HEYNE BÜCHER

Tip des Monats

3 Romane in einem Band

Willi Heinrich

Geometrie einer Ehe
In einem Schloß zu wohnen
Gottes zweite Garnitur

WILHELM HEYNE VERLAG
MÜNCHEN

HEYNE TIP DES MONATS
Nr. 23/4

Gottes zweite Garnitur
Geometrie einer Ehe

In einem Schloß zu wohnen

Printed in Germany 1986
Umschlagfoto: G.P.A./Sigrid Bumm, München
Rückenfoto: Isolde Ohlbaum, München
Umschlaggestaltung: Atelier Ingrid Schütz, München
Gesamtherstellung: Ebner Ulm
ISBN 3-453-54247-9

Inhalt

Geometrie einer Ehe

Die meisten Katastrophen bereiten sich im verborgenen vor. In diesem Fall waren die Dinge jedoch vorauszusehen, wie die Spitze eines Eisbergs vor dem Bug eines Schiffes. Dabei fing der Tag nicht schlechter an als andere Tage zuvor, es war ein ungewöhnlich schöner Sommertag, das Thermometer kletterte schon um sieben Uhr früh auf annähernd zwanzig Grad, einige Zirruswolken über dem Taunus trieben in den hohen Luftströmungen nach Osten ab, und Rudolf ging ausnahmsweise wieder einmal pünktlich zum Frühstück. Seit die gemeinsame Morgentafel immer mehr zu einem Austragungsort nicht zu bewältigender Meinungsverschiedenheiten geworden war, ließ er Irene allein frühstücken und kam erst dann herunter, wenn er sicher sein konnte, daß ihr kaum mehr Zeit blieb, ein neues oder altes Problem anzuschneiden. Auch seine Begrüßung fiel heute akzentuierter aus als sonst. Nicht etwa, daß er es an den unter zivilisierten Menschen selbstverständlichen Regeln des Anstandes hätte fehlen lassen, aber wenn Irene ihn in ihrer aufreizend aggressiven Art anschaute, verschlangen sich ihm die Worte im Mund regelmäßig zu einem unentwirrbaren Knäuel und wurden zu mißratenen Artikulationen. Akustisch klang das ähnlich wie ein unwilliges Grunzen; ein Rückfall in die primitivsten Formen sprachlicher Kommunikation.

Es begann auch nicht schlimmer als sonst, obwohl sie noch am Vorabend eine heftige Auseinandersetzung gehabt hatten, die sich zur Abwechslung um den Busen einer schwedischen Filmschauspielerin handelte. Sie waren zusammen im Kino und über den Film wieder einmal völlig verschiedener Ansicht gewesen. Daß sich an dieser ungemein lächerlichen Meinungsverschiedenheit eine so heftige Kontroverse hatte entzünden können, hing weniger mit dem Film als mit grundsätzlichen Problemen zusammen.

Bei schönem Wetter wurde das Frühstück auf der Terrasse serviert. Mathilde, vierundfünfzigjährige alleinstehende Witwe aus Kappersdorf, still und gottgläubig wie die meisten Dorfbewohner, erledigte ihre Pflichten auch diesmal so gewissenhaft und zufriedenstellend wie immer. Der Kaffee war angenehm warm, auf dem Tisch lag eine makellos weiße Decke, die Brötchen waren frisch und knusprig. Nichts deutete auch nur im entferntesten auf einen unheilvollen Verlauf des Tages hin, und daß Rudolfs Eintreffen von Irene mit einem bedeutungsvollen Augenaufschlag quittiert wurde, brauchte gleichfalls noch kein schlechtes Omen zu sein. Ob er gut geschlafen habe, wollte sie wissen, und Rudolf sagte: »Ja«, obgleich er weder in dieser Nacht noch in den vorhergegangenen Nächten besonders gut geschlafen hatte, was ebenso mit seinem Magengeschwür wie mit seinem allgemeinen psychischen Zustand zusammenhing.

Hätte er sich einreden können, hinter ihren gelegentlichen Fragen nach seinem Wohlbefinden versteckten sich Äußerungen einer persönlichen Anteilnahme, so wäre es auch diesmal eine willkommene Gelegenheit gewesen, ihr endlich einmal von seinem Magengeschwür zu erzählen, aber im Grunde waren ihr solche Banalitäten genauso gleichgültig wie die Eingeborenen von Kalimantan. Solange sie keinen unmittelbaren Einfluß auf ihre Tageskasse hatten, existierten sie nicht für sie, und genausogut hätte sie die morgendliche Konversation mit einer anderen Floskel beginnen können. Schon vor zehn Jahren war ihm zum erstenmal aufgefallen, daß sich ihr Vokabular auf eine Reihe stereotyper Redewendungen beschränkte, die sie, je nach Anlaß, etwas variierte oder anders akzentuierte. Er führte das auf ihren ständigen Umgang mit der Kundschaft zurück. Nur die Diktion wurde von Irene individuell gehandhabt, sie hatte ein untrügliches Gefühl für Salonkunden und wußte sofort, welche man dem Personal anvertrauen konnte. Auch für Qualität hatte sie ein sicheres Gefühl; solange es sich um Diamanten handelte.

Irenes fatale Eigenschaft, aus jedem beliebigen Thema ungünstige Parallelen zu seiner eigenen Person zu ziehen, hatte sie von ihrem verstorbenen Vater, ebenso die Art, völlig unvermittelt zu sagen: »Du siehst heute miserabel aus.«

»Ich sehe schon seit Wochen miserabel aus«, sagte Rudolf, und sie sagte: »Warum tust du dann nichts dagegen?«

Daß sie es überhaupt zur Kenntnis genommen hatte, war bemerkenswert genug, aber von seinem Magengeschwür erzählte er ihr auch diesmal nichts. »Vielleicht fahre ich für einige Tage weg«, sagte er, und Irene sagte: »Du könntest dir bei Murat die neue Kollektion anschauen.« Sie dachte immer praktisch.

»Meinetwegen«, sagte Rudolf.

Daß sie ihm eigenhändig die Tasse nachfüllte, passierte nicht alle Tage, auch den Zucker schob sie ihm hin und die Sahne. Er ertappte sich dabei, daß der Anblick ihrer dünnfingrigen gepflegten Hände verdrängte Assoziationen in ihm wachrief. Heute bewiesen sie ihre Geschicklichkeit nur noch im Geschäft, und trotzdem erfüllte es ihn von Zeit zu Zeit mit Genugtuung, wenn er sich daran erinnerte, wie sensibel sie sein konnten.

Trotz der warmen Jahreszeit trug sie bereits wieder eines ihrer dunklen Kleider, die so wirkungsvoll zu ihrer weißen Haut kontrastierten. Sie sah immer ein wenig so aus, als käme sie direkt von einer Galapremiere. Auf die Kundschaft und im dezenten Rahmen des Geschäftssalons vermittelte sie neben dem wohltuenden Eindruck gepflegter Eleganz auch eine vertrauenerweckende Atmosphäre seriöser Tüchtigkeit. Die Steigerung des Umsatzes in den letzten fünf Jahren um fast dreihundert Prozent war ausschließlich ihr Verdienst.

Daß Irene ihre gestrige Auseinandersetzung noch mit keinem Wort erwähnt hatte, war wohl nur dem schönen Wetter zuzuschreiben; sie sagte: »Wann willst du fahren?«

»So bald wie möglich«, sagte Rudolf.

»Dann tu das, mein Schätzchen.«

Er blickte über den Tisch hinweg in ihr Gesicht. Im allgemeinen wurde sie fünf Jahre jünger eingeschätzt, er erinnerte sich, daß sie in einigen Tagen vierzig werden würde, und sagte: »Ich fahre erst nach deinem Geburtstag.«

»Aber diesmal bitte keine Pralinen, Schätzchen«, sagte sie heiter.

»Vielleicht hast du einen besonderen Wunsch?«

Sie lächelte belustigt. »Du bist süß.«

Sie würde es nie unterdrücken können, ihn daran zu erinnern, daß sie durchaus in der Lage war, sich besondere Wünsche selbst zu erfüllen, und daß es sich – worauf es ihr vor allem ankam – eigentlich um ihr Geld handelte.

Er bemerkte plötzlich, daß sie ihn aufdringlich anschaute und den Kopf schüttelte. »Warum schüttelst du den Kopf?« fragte er.

Irene zog verwundert die Augenbrauen hoch. »Habe ich den Kopf geschüttelt?«

»Natürlich hast du den Kopf geschüttelt«, sagte Rudolf ungeduldig, und Irene sagte: »Das mußt du geträumt haben.«

Ihre Unverfrorenheit, einem erwachsenen Menschen eine bewußte Wahrnehmung ausreden zu wollen, ließ ihn wieder sein Magengeschwür spüren. »Ich möchte nur mal wissen, was du dir davon versprichst!« sagte er verdrossen.

»Wovon?« fragte Irene im Ton nachsichtiger Verwunderung.

»Von diesem lächerlichen Theater. Du weißt so gut wie ich, daß du den Kopf geschüttelt hast!«

»Aber es lag doch nicht der geringste Anlaß dafür vor«, sagte Irene nachsichtig. »Was ist nur heute mit dir los, Schätzchen?«

Er schaute angewidert in ihr grinsendes Gesicht. Es war kein gewöhnliches Grinsen, wie es Männern eigen ist, sie zog nur ein wenig die dünnen Mundwinkel nach unten, wobei ihre Augen den Ausdruck nachsichtiger Verwunderung unverändert beibehielten. »Es scheint dir wirklich nicht gutzugehen«, sagte sie.

Rudolf schwieg. Wie immer, wenn er den Eindruck gewonnen hatte, seinem Selbstbewußtsein – oder dem, was davon übriggeblieben war – für den Augenblick genug zugemutet zu haben, brach er das Gespräch einfach ab. Letztlich war es doch jedesmal nur das gleiche Spiel, und daß er es immer einige Sekunden zu spät bemerkte, hätte auch einen weniger sensiblen Mann zur Verzweiflung treiben können.

Ihr Geburtstag fiel ihm wieder ein, und er mußte für sich widerwillig einräumen, daß sie sich in den achtzehn Jahren ihrer Ehe höchstens zu ihrem Vorteil verändert hatte. Mit zweiundzwanzig war sie noch ein schlaksiges Ding mit mageren Schenkeln und einer schrecklichen BDM-Frisur aus der Inzucht Rosenbergscher Renommierställe gewesen, blond, frisch und deutsch. Heute gab sie sich mondäner, kultivierte Sinnlichkeit mit einem Schuß unverbindlicher Frivolität, die sich auch für den Eingeweihten als unverbindlich erwies. Das hatte sich allerdings erst in den letzten Jahren so entwickelt, und Rudolf sah darin nicht das Ergebnis einer ehebedingten Übersättigung, eher eines der mangelnden Konzentration. Einem guten Kunden ein teures Kollier anzudrehen, ersetzte ihr alle Freuden des Ehebettes, nichts auf der Welt hätte sie in ähnlicher Weise befriedigen können. Ihre Identifikation mit dem Geschäft war schon so weit fortgeschritten, daß sie auch im Schlafzimmer nur noch davon sprach. Mitunter führte sie bei den unpassendsten Gelegenheiten laute Betrachtungen über die Kreditwürdigkeit eines Kunden bei Teilzahlungsgeschäften. Dabei war sie alles andere als frigid. Die ersten Jahre seiner Ehe mit ihr waren sogar im besten Sinne harmonisch verlaufen, zwar ständig belastet von Auseinandersetzungen geschäftlicher Art, aber die materiellen Vorteile hatten solche Schönheitsfehler mehr als aufgewogen. Für einen achtundzwanzigjährigen Mann, der glaubte, seine Daseinsberechtigung damals nur mit einem unvollendeten Studium und dem verblichenen Glanz eines Ritterkreuzes belegen zu können, ein nicht zu unterschätzender Gesichtspunkt. Auch hatte Irene schon immer eine Rolle in seinem Leben gespielt, und nicht erst nach dem Krieg.

Er trank seine Tasse leer und stand auf. »Ich komme heute etwas später«, sagte er, und Irene sagte: »Wann kommst du nicht später, Schätzchen!«

Sie wußte genau, daß er dieses ›Schätzchen‹ nicht ausstehen konnte, um so weniger, als sie es auch in Gegenwart anderer benutzte; es war ihm oft peinlich. Ohne sie noch einmal anzuschauen, wandte er sich dem Haus zu, aber schon auf halbem Weg erreichte ihn Irenes Stimme wie das Gurren einer Taube. Sie saß mit übereinandergeschlagenen Beinen fröhlich lächelnd auf ihrem Stuhl, winkte ihm mit zappelnden Fingern graziös zu und sagte: »Bis dann, mein Schätzchen!«

Den Wunsch, sie umzubringen, hatte er immer als töricht empfunden. Er wußte auch nicht, ob er, wäre sie vor seinen Augen in einen reißenden Fluß gefallen, fähig gewesen wäre, ihrem Ertrinken untätig zuzusehen. In Gedanken hatte er sie oft schon in den peinlichsten Situationen gesehen, wobei er jedesmal eine brutale Rolle gespielt hatte. Er litt unter dieser alles zersetzenden Resignation und widerwärtigen Demaskierung seines Ichs, und was alles so aussichtslos machte, war die Erkenntnis, daß ihre Einschätzung der Wahrheit viel näher kam, als er vor einiger Zeit noch einzuräumen bereit gewesen war. Nichts war für einen Mann so schlimm zu ertragen wie die methodische Reduzierung seiner Persönlichkeit vom bewunderten Helden auf einen mittelmäßigen Mann und parallel dazu der Verlust seines Selbstvertrauens. Seine finanzielle Abhängigkeit verleitete ihn immer öfter dazu, Trost in Gedanken an die Vergangenheit zu suchen und sich in der Scheinwelt ihrer verblichenen Requisiten von den bedrückenden Realitäten abzukapseln. Diese Fähigkeit bewahrte ihn letztlich vor der völligen Selbstaufgabe und auch davor, aus augenblicklichen Depressionen geborene Intuitionen in die Tat umzusetzen. Komplikationen jeder Art waren seiner Natur zuwider. Einmal hatte er ernsthaft erwogen, sich von ihr zu trennen, und es war nicht nur der zwangsläufige Verzicht auf liebgewordene Bequemlichkeiten gewesen, der ihn damals wie heute davor zurückschrecken ließ, eher seine Unselbständigkeit, sein mangelndes Selbstvertrauen und die scheinbar unlösbare Verstrickung in ein kompliziertes Verhältnis gegenseitiger Abhängigkeiten. Außerdem liebte er sie immer noch mit jener sentimentalen Anhänglichkeit, die oft frühen Jugendbekanntschaften eigen ist. Es gab sogar Anzeichen dafür, daß ihre Empfindungen für ihn – zumindest an manchen Tagen – ähnlich waren. Für eine Frau, deren Interessen so vollkommen auf ihren Beruf bezogen waren, spielte es wohl auch keine so wesentliche Rolle, ob ihre Ehe harmonisch verlief oder nicht. Wahrscheinlich war das auch der Grund dafür, daß sie anscheinend nie selbst auf den Gedanken einer Trennung gekommen war. Ebenso war er sicher, daß ihre zeitweiligen Flirts mit anderen Männern in keinem Fall zu einem intimen Verhältnis geführt hatten. Es genügte ihr, lediglich auch auf diesem Gebiet ihre Selbsteinschätzung gelegentlich einmal von unbefangener Seite bestätigt zu sehen, und sei es nur, um zu demonstrieren, wie leicht es für sie wäre, einen anderen Mann zu finden. Die mit einem Liebhaber verbundenen privaten Komplikationen hätten sie wohl viel zu sehr von ihren beruflichen Pflichten abgelenkt. Schließlich ging es dabei auch um den guten Namen ihrer Familie, der ihr noch wichtiger war als physisches Wohlbehagen.

Die getrennten Schlafzimmer im neuen Haus waren Irenes Wunsch gewesen. Rudolf hatte ihr nicht widersprochen. Sie komplizierten ihre ehelichen Beziehungen nicht, und Irene legte es auch nicht darauf an, Komplikationen zu schaffen. Sobald er zu ihr kam, legte sie ihre Illustrierte – oder was sie sonst gerade in den Händen hielt – zur Seite und war für ihn da. Ohne Enthusiasmus zwar und mit den Gedanken bei Dingen, die ihr weitaus wichtiger dünkten, aber sie nahm sie nie zum

Vorwand, sich ihm zu entziehen. In diesem Punkt war sie genauso korrekt wie mit ihren Geschäftsbüchern.

Die Schlafzimmer lagen im oberen Stock des zweigeschossigen Hauses, eine Treppe aus weißem Marmor führte hinauf. Für Marmor hatten die Diefenbachs seit eh und je eine Schwäche gehabt, ihr dreigeschossiges Stadthaus, wo Irenes Mutter heute noch das alte Sieben-Zimmer-Apartment bewohnte, hatte fast ebenso viele Marmortreppen wie Fenster, selbst die Wände im Treppenhaus waren mit Marmor verkleidet, ebenso die Mauern der großen Ladenfront im Erdgeschoß. Rudolf hatte eine Aversion gegen Marmor, er erinnerte ihn an Heldengedenktafeln und unterkühlte Friedhofskapellen. So war die Marmortreppe im neuen Landhaus unmittelbare Ursache lang anhaltender Auseinandersetzungen zwischen ihm und Irenes Bruder Erich einerseits und Irene andererseits gewesen. Für Erich Diefenbach, Architekt aus innerer Berufung, hatte Irenes Wunsch nach einer Marmortreppe eine Fülle stilistischer Korrekturen in der ursprünglichen Konzeption erforderlich gemacht. Allerdings hatte Erich, im Gegensatz zu Rudolf, sehr bald die Ansichten seiner Schwester übernommen, aber das tat er immer. Für seine beruflichen Qualitäten – die sich inzwischen auch anderweitig herumgesprochen hatten, denn nicht umsonst beschäftigte er neuerdings ein Dutzend Mitarbeiter – sprach allein schon die Tatsache, daß Rudolf – trotz Marmortreppe – in dem neuen Haus verhältnismäßig rasch heimisch geworden war.

Von seinem Fenster aus konnte Rudolf den großen Swimmingpool in Erichs Grundstück sehen. Das Haus stand etwa zwanzig Meter entfernt hinter einem jungen Buchenhang, eines Tages würde er das ganze Anwesen wie eine hohe Mauer umgeben. Erich hatte ihn anpflanzen lassen, um den Swimmingpool gegen neugierige Blicke von der Straße abzuschirmen, er schätzte es nicht, seine Intimsphäre preiszugeben. Als sie sich vor einunddreißig Jahren auf der Straße kennengelernt hatten, war Erich noch ein pummeliger Junge mit roten Haaren gewesen, vier Jahre jünger als Rudolf und sehr schüchtern. Obwohl seine Eltern einen Maybach fuhren, hatte er sich immer ein Fahrrad gewünscht und es nie bekommen. Seine Eltern befürchteten, er könnte mit dem gefährlichen Ding verunglücken. Jeden Morgen hatte er mit seiner schwarzen Schulmappe vor der Haustür gestanden.

»NIMMST DU MICH MIT, RUDOLF?«

Und Rudolf ließ ihn – damit seine Eltern es nicht sehen konnten – hinter der nächsten Hausecke auf den Gepäckträger steigen. Er mochte den rothaarigen, schüchternen Jungen nicht besonders gern, aber es schmeichelte ihm, daß der Sohn der reichen Diefenbachs wie ein gutdressierter

Hund auf Schritt und Tritt hinter ihm herlief oder mit geröteten Backen aufregenden Geschichten zuhörte, die Rudolf für ihn erfand, und Rudolfs Fantasie war hierin unerschöpflich. Nur für Erich waren es keine erfundenen Geschichten, Erich glaubte alles, Wort für Wort, und seine Bewunderung war grenzenlos. »Du würdest mich immer heraushauen, nicht wahr?« fragte er einmal, und Rudolf sagte: »Wo heraushauen?«

»Allgemein, so«, sagte Erich mit glühendem Gesicht. »Nicht wahr?«

»Klar würde ich dich heraushauen«, sagte Rudolf großzügig, und drei Tage später prügelte sich Erich auf dem Schulhof mit zwei Jungen herum, die einen Kopf größer waren als er. Er war einfach ohne jeden äußeren Anlaß auf sie zugegangen, hatte beiden hintereinander heftig gegen das Schienbein getreten und verteidigte sich nun, so gut er konnte. Der aber rührte sich nicht. Rudolf stand keine zehn Schritte entfernt, schwitzte vor Furcht und Anstrengung und rührte sich nicht. Dann sah er am anderen Ende des Schulhofes einen Lehrer auftauchen und sagte ganz laut: »Laßt die Pfoten von ihm!« Und während er es sagte, beobachtete er, wie der Lehrer eilends über den kahlen, kopfsteingepflasterten Hof kam. Die beiden großen Jungen ließen von Erich ab, und Rudolf sagte wieder ganz laut: »Rührt ihn nicht mehr an!«

Einer der beiden, ein schlaksiger Bursche mit einem roten Eiterpickel auf der Nase, kam zu ihm und sagte überrascht: »Was haben wir denn da für einen Gartenzwerg!«

Weder er noch der andere Junge, noch Erich hatten den Lehrer bisher gesehen, sie starrten jetzt alle drei Rudolf an, und während er über ihre Schultern hinweg den Lehrer beobachtete, fühlte er Erichs Blick unverwandt auf sich gerichtet, und da schlug er blindlings zu. Er schlug mit aller Kraft mitten auf den eiterigen Pickel des schlaksigen Jungen, und der schlaksige Junge setzte sich verdutzt auf den Hosenboden, griff mit beiden Händen nach seiner blutenden Nase und sagte: »Oh!« Dann war auch der Lehrer da, Rudolf kannte ihn nur vom Schulhof, er griff sich Rudolfs Ohrläppchen und sagte: »Komm mit, Bürschchen!« Und Erich sagte mit schriller Stimme: »Er war es gar nicht, er hat mir nur helfen wollen!«

Der Lehrer, ein hagerer Mann mit einer unansehnlichen Brille, schaute Erich an und sagte: »Wie siehst du denn aus!« Erich sah wirklich schlimm aus, die Jacke zerrissen und das Hemd, das Gesicht schmutzig und das rechte Augenlid angeschwollen. Er sagte: »Die beiden da waren es, Herr Lehrer; sie sind über mich hergefallen.«

Nun war auch der schlaksige Junge mit der blutenden Nase wieder auf die Beine gekommen, er sagte: »Das ist gelogen«, und Rudolf, dessen Ohrläppchen in dem schmerzhaften Griff der geübten Pädagogenfinger höllisch weh tat, sagte: »Ich habe es gesehen.«

»Er hat uns gegen das Schienbein getreten«, sagte der andere große

Junge. Der Lehrer behielt noch ein paar Augenblicke Rudolfs Ohrläppchen zwischen den Fingern, dann ließ er los, holte ein schwarzes Notizbuch aus der Rocktasche und schrieb sich ihre Namen auf. Bei Erich stutzte er und fragte: »Von dem Juweliergeschäft Diefenbach?« und Rudolf sagte: »Seine Eltern haben einen Maybach.«

»Das ist mir egal«, sagte der Lehrer und strich Rudolfs und Erichs Namen wieder aus seinem Notizbuch. Zu den beiden großen Jungen sagte er: »Ich werde es eurem Klassenlehrer melden. Geht auf euer Zimmer hinauf!«

»Das ist eine Ungerechtigkeit«, sagte der Junge mit der blutenden Nase fassungslos, und sein Freund sagte: »Warum ausgerechnet wir?«

Der Lehrer steckte zuerst das Notizbuch weg und gab ihm dann eine Ohrfeige. Er schlug so heftig zu, daß ihm bei der schnellen Bewegung die Brille von der Nase direkt neben Rudolfs Füße purzelte. Sie war glücklicherweise unbeschädigt geblieben, und Rudolf setzte seinen Fuß darauf. Das häßliche Knirschen erregte ihn, er nahm rasch den Fuß zurück. Der Lehrer suchte noch immer seine Brille. Er war ohne Brille hilflos, und Rudolf hob sie auf und sagte: »Sie ist kaputtgegangen!«

Die beiden großen Jungen grinsten, auch Erich grinste ein wenig, und nur der Lehrer grinste nicht. Er betrachtete, so gut es ging, seine kaputte Brille, drehte sich um und ging schräg über den kahlen, kopfsteingepflasterten Hof auf die Schule zu. Seine Richtung, die ihn unweigerlich fünfzig Meter vom Eingang entfernt die glatte Hausfront hätte hinaufführen können, korrigierte er erst im letzten Augenblick, und der Junge mit der blutenden Nase sagte zu Rudolf: »Das war anständig von dir!«

»Wieso?« sagte der andere Junge, der die Ohrfeige noch nicht verwunden hatte, und Rudolf sagte zu ihm: »Ist noch etwas?« Aber es war nichts mehr, die beiden großen Jungen trotteten demoralisiert davon, und Erich sagte mit glänzenden Augen: »Menschenskind!«

»Tu so etwas ja nicht mehr!« sagte Rudolf, und wieder drei Tage später lernte er Irene kennen. Es war das erstemal, daß Erich ihn mit in die Wohnung nahm. Das war die größte Wohnung, die Rudolf bis dahin gesehen hatte, und auch Erichs Mutter war da. Sie drückte Rudolf geistesabwesend die Hand und sagte: »Da ist ja unser Held!«

Für Rudolfs Begriffe war sie eine überaus schöne und vornehme Dame mit sehr schlanken und kühlen Händen. Er wurde rot im Gesicht, brachte keinen Ton heraus, und Erichs Mutter sagte: »Werden Sie auch in Zukunft auf ihn aufpassen?«

Für eine Dame wie sie hätte Rudolf praktisch alles getan. Sie tätschelte ihm dann noch geistesabwesend die Wange und tauchte irgendwo in der riesengroßen Wohnung unter. Dann durfte er Erichs Zimmer ansehen, und Irene fragte ihn: »Wie alt bist du?«

»Sechzehn«, sagte Rudolf. Sie gefiel ihm überhaupt nicht, war dünn und blaß und völlig uninteressiert. Erichs Zimmer dagegen gefiel ihm sehr gut, es war fast ein kleiner Salon mit feinen Möbeln, und Erich führte ihm seine Dampfeisenbahn vor, während Irene neben ihnen am Boden saß und Rudolf immerzu anschaute. »Stimmt es, daß du ein Held bist?« sagte sie, und Erich sagte: »Hör nicht auf diese dumme Kuh!« Er gab ihr einen Tritt und schickte sie hinaus, aber bei Rudolfs nächstem Besuch war sie wieder da und schaute ihn immerzu an, ohne ein Wort zu sagen.

Mit der Zeit gefiel es ihm, daß sie ihn so anschaute, er fühlte sich dann sehr wichtig, und einmal zupfte er sie an ihren langen, blonden Zöpfen. »Och, du Held!« sagte sie, und eines Tages erwischte sie ihn mit dem Dienstmädchen. Eigentlich beschäftigten die Diefenbachs zwei, aber jenes, mit dem Irene ihn erwischte, hieß Barbara, war höchstens siebzehn und schon etwas verdorben. Es hatte damit angefangen, daß sie ihm an der Tür jedesmal schöne Augen machte, und beim dritten Mal gab er ihr schnell einen Kuß. Er hatte vorher schon ein paar Mädchen geküßt, und der Unterschied zwischen ihnen und Barbara bestand wohl hauptsächlich darin, daß die anderen keine Ahnung gehabt hatten, warum man sich küßte, wogegen Barbara bereits mehr als nur eine Ahnung hatte. Als Irene dazukam, knetete er mit beiden Händen Barbaras festes Gesäß, zu viel mehr reichten nämlich seine Erfahrungen zu diesem Zeitpunkt nun auch wieder nicht.

Für ein neunjähriges Mädchen reagierte Irene bemerkenswert vernünftig, sie fing weder an zu schreien, noch stellte sie sich sonst an. Rudolf konnte, als er sie am Ende des langen Flurs auftauchen sah, nicht einmal mehr schnell genug seine Hände wegnehmen. Sie verschwand dann sofort wieder, und Barbara, die sie nicht bemerkt hatte, flüsterte ungeduldig: »Mach doch weiter!«

Er erzählte ihr nichts von Irene, hatte eine Woche lang ein schlechtes Gewissen, aber Irene denunzierte ihn nicht, sie wurde seitdem nur jedesmal rot, wenn sie ihn sah, und mit der Zeit lernte Rudolf auch die anderen Familienmitglieder kennen, Erichs Vater, Erichs verschiedene Onkels und Tanten, Erichs Großvater mütterlicherseits, Erichs Hund Bello und Erichs Wellensittich Fritz. Von allen gefiel ihm Erichs Vater am wenigsten, er war groß wie ein Schrank, trug einen schwarzen Bart, schwarze Anzüge und einen Zwicker. Meistens hielt er sich unten im Laden auf, und wenn er zufällig mal in der Wohnung war, durfte nur geflüstert werden. Auch Irene flüsterte immer, wenn ihr Vater in der Wohnung war, und einmal – Erich war gerade für einen Augenblick hinausgegangen – flüsterte sie: »Willst du bei mir auch?«

»Was?« fragte Rudolf sehr überrascht.

Sie wurde rot. Mit wehenden Zöpfen rannte sie hinaus.

Das Haus stand auf einem schönen Südhang, ein schmaler Feldweg führte zwischen Wiesen und Äckern zu den vorläufig sechzehn Häusern hinauf, die in einem dekorativen Halbkreis oberhalb Kappersdorf am Wald standen. Eigentlich hätte der Weg von der Gemeinde schon vor einem Jahr zu einer richtigen Straße ausgebaut werden sollen, aber seit die Kappersdorfer Gemeindeväter den Eindruck gewonnen hatten, beim Verkauf des dreihundertundsechzig Ar umfassenden erstklassigen Baugeländes zu einem Quadratmeterpreis von zehn Deutschen Mark skrupellos übervorteilt worden zu sein, rührten sie sich nicht mehr. Dabei waren die dreihundertundsechzigtausend Mark zu jener Zeit, als Erich sie ihnen offerierte, Anlaß genug gewesen, den zustimmenden Gemeinderatsbeschluß mit einem anschließenden ausgedehnten Umtrunk im einzigen Gasthaus von Kappersdorf gebührend zu feiern. Auch später, als Erich das handtuchförmige Baugelände am schönen Waldrand von Kappersdorf in achtzehn Parzellen zu je zweitausend Quadratmeter aufteilte und sich anschickte, zahlungskräftige Interessenten dafür zu finden, ahnten die Gemeindeväter von Kappersdorf noch nichts Schlimmes. Ihr Groll wurde erst geweckt, als ihnen die schier unglaubwürdige Kunde zugetragen wurde, der geschäftstüchtige Architekt aus der Stadt veräußere die Parzellen zu einem Quadratmeterpreis von fünfzig Deutschen Mark. Das entsprach beim heutigen Stand und unter Berücksichtigung des Umstandes, daß Erich je eine Parzelle für sich und seine Schwester reserviert hatte, einem bisherigen Reingewinn von weit über einer Million, der sich, sobald auch die beiden restlichen Parzellen verkauft wurden – woran nach Lage der Dinge kein Zweifel bestehen konnte –, um weitere einhundertundsechzigtausend Mark erhöhen würde. Angesichts dieser stolzen Erfolgsbilanz waren für Erich die Kappersdorfer Ressentiments nicht allzu schmerzlich, denn wenn er auch der geistige Vater des Projektes gewesen war, so hätte er es doch ohne finanzielle Unterstützung durch seine Schwester kaum realisieren können. Mit ihrem untrüglichen Gefühl für lukrative Engagements hatte sie die Anregung ihres Bruders augenblicklich aufgegriffen. Fünf der bisher verkauften vierzehn Parzellen hatte sie bei ihrem täglichen Umgang mit exklusiven Kunden vergeben, denen sie beiläufig von ihrem neuen Grundstück und den noch brachliegenden anderen erzählte; den Rest hatte Erich vermittelt. Rudolf, dem Spekulationen zuwider waren, wurde in das Geschäft erst eingeweiht, als es bereits unabänderlich war. Zur Belohnung für seine nachträgliche Einwilligung durfte er sich dann einen englischen Sportwagen kaufen, was auch den Vorteil hatte, daß er später, als sie in dem neuen Haus wohnten, nicht zusammen mit Irene ins Geschäft zu fahren brauchte. Er kam meistens eine Stunde später als sie, was er um so unbefangener tun konnte, als Irene auch ohne ihn zurechtkam, seine Tätigkeit beschränkte sich auf reine

Büroarbeiten, die man bequem an einem halben Tag erledigen konnte. Eine Ausnahme bildeten nur jene seltenen Anlässe, die eine physische Trennung Irenes von ihrem Geschäft unvermeidlich machten, so zum Beispiel, wenn sie ihren Urlaub zusammen mit Erich und ihrer Schwägerin in Südfrankreich verbrachte. Wie sie es schaffte, sich ihren vornehmblassen Teint auch dort zu bewahren, war ihr Geheimnis, und krank wurde sie eigentlich nie. Sie hatte in diesen achtzehn Jahren nur zweimal mit harmlosen Erkältungen im Bett gelegen.

In der Regel begann er seinen Arbeitstag nach dem Frühstück mit einem halbstündigen Spaziergang über die Kappersdorfschen Wald- und Wiesenwege. Irene gegenüber motivierte er ihn mit gesundheitlichen Gründen, aber es gab auch noch einen anderen Grund, der nur indirekt mit seiner Gesundheit zu tun hatte und von dem Irene wohl nichts wußte.

Während er für den Spaziergang andere Schuhe anzog, hörte er sie irgendwo mit Mathilde reden, ihre energische Stimme drang bis in jeden Winkel des Hauses. In spätestens fünf Minuten würde sie sich in den Wagen setzen, in die Stadt fahren und das Geschäft aufschließen. Dann würde sie den Tresor öffnen, die wertvollen Kollektionen für die Schaufenster herausholen und sich mit Joswig über angefallene Details unterhalten. Wie sie es an jedem Morgen tat.

Um ihr nicht mehr zu begegnen, wartete er, bis unten die Haustür hinter ihr zuschlug. In Gedanken verfolgte er ihren Weg zur Garage, sah sie in Gedanken in ihrem engen dunklen Kleid mit kleinen Schritten und seitwärts gesetzten Füßen die Treppe hinuntersteigen, das Gesicht beschattet von einem breitrandigen dunklen Hut, eine langbeinige Provokation aus einem Modejournal, kühl, selbstbewußt und immer auf eine undefinierbare Art aggressiv. Wie eine Wespe.

Vom Fenster aus sah er ihren großen dunkelblauen Wagen den staubigen Weg nach Kappersdorf hinunterrollen, dann hörte er Katharinas Stimme. Sie stand hinter dem großen Swimmingpool jenseits des jungen Buchenhags und blickte zu ihm herauf. Aus dieser Entfernung wirkte sie wie ein großes Mädchen, sie sah heute noch fast genauso aus wie vor vier Jahren, als Erich sie geheiratet hatte. Daß sie seine Sekretärin und erst einundzwanzig gewesen war, hatte Irene weniger schockiert als die Heirat überhaupt. Es war ihr schwergefallen, ihren Bruder mit einer anderen Frau teilen zu müssen; bis kurz vor der Hochzeit hatte sie sogar Pläne für ein gemeinsames Haus gehabt, und Rudolf, dem der Gedanke, unter einem Dach mit Erich leben zu müssen, nie behagt hatte, war über die neue Entwicklung sehr erleichtert gewesen. Daß Irene ihre Schwägerin heute sogar regelmäßig ins Kino und in die Oper einlud, verdankte diese ausschließlich ihrem Geschick, Irene richtig zu behandeln. Sie war anpassungsfähig, intelligent und zielstrebig. Falls es Erich mit seinem

Entschluß, nie zu heiraten, tatsächlich ernst gewesen wäre, hätte er nicht ausgerechnet sie zu seiner Sekretärin machen dürfen.

Rudolf nahm den gewohnten Weg, zuerst ein Stück in den Wald hinein, dann über eine Lichtung hinweg auf einen schmalen Pfad, der später wieder zum Waldrand führte. Dort trafen sie sich wie an fast jedem schönen Morgen. Der Platz war insofern günstig gewählt, als er über achthundert Schritte von den Häusern entfernt in einer einsamen Gegend lag, in die sich – nach menschlichem Ermessen – höchstens einmal ein Waldarbeiter verlaufen könnte, und seit Rudolf den Platz kannte, hatte er hier noch nie einen Waldarbeiter bemerkt. »Du hast dich fünf Tage nicht sehen lassen«, und Katharina sagte: »Es hat drei Tage geregnet.«

»Gestern hat es nicht geregnet«, sagte Rudolf. Katharina nickte. »Ich hatte zu tun.«

Wäre sie seine Frau gewesen, hätte er vielleicht an ihren kurzen Shorts Anstoß genommen, aber so fand er sie attraktiv, und Katharina hatte auch die passenden Beine, braun gebrannt und schlank. Sie küßte ihn auf den Mund und sagte: »Hast du mich vermißt?«

»Ich vermisse dich immer«, sagte Rudolf. »Vielleicht verreise ich bald.«

»Aber doch nicht mehr vor ihrem Geburtstag!« sagte Katharina schnell, und Rudolf sagte: »Nein.«

»Du hättest mich gestern anrufen können«, sagte sie verstimmt. Er hatte es ein paarmal tun wollen und es jedesmal im letzten Augenblick wieder unterlassen.

Sie brauchten nicht mehr weit zu gehen, ein paar Dutzend Schritte zwischen die Bäume, vom Weg ab. Dort gab es Unterholz und zwischen dem Unterholz etwas Gras, eine Kinderwiese, gerade groß genug, um sich zu verstecken, und Katharina legte sich auf die Kinderwiese und sagte: »Wir hatten gestern abend wieder Streit.«

»Worüber?« fragte Rudolf.

»Über Michael; er fand ihn zu blaß.«

Rudolf grinste. »Als Vater ist er einmalig. Ich hätte ihm nie einen Sohn zugetraut.«

»Heute wundere ich mich auch darüber«, sagte Katharina.

Er setzte sich neben sie ins Gras. »Es müßte für dich einen Weg geben, einmal ohne ihn wegzufahren; wir könnten uns irgendwo treffen.«

»Mit dem Kind?« sagte sie.

Sie hatten schon so oft darüber gesprochen, daß es ihn plötzlich anwiderte. Deprimiert betrachtete er das dichte Unterholz, und während er es betrachtete, fühlte er sich plötzlich wie in einem Käfig. Einmal hatte er sogar an ein Stundenhotel gedacht, aber sie hätte sich wahrscheinlich sowenig darauf eingelassen wie auf seinen Vorschlag, in der Stadt ein möbliertes Zimmer zu mieten.

Das Gras war noch feucht vom Tau, er zog seine Jacke aus und sagte: »Du wirst deine Shorts verderben.«

»Zieh sie mir aus!« sagte Katharina. Sie lag ausgestreckt neben ihm und schaute ihn an, aber er wußte vorher nie, ob sie ihn jetzt gerade haben wollte oder nicht. Oft saßen sie nur nebeneinander, ohne ein Wort zu reden, oder sie gingen im Wald spazieren und sprachen über belanglose Dinge. Als es zwischen ihnen angefangen hatte, war ihm noch jeder Ort recht gewesen; heute schien es ihm für einen siebenundvierzigjährigen Mann nicht mehr angebracht, sich wie ein lüsterner Junge im feuchten Gras zu wälzen, und Katharina sagte: »Kannst du heute nicht?«

Immer, wenn sie auf diese Weise mit ihm redete, wurde es ihm gleichgültig, wo sie es taten, ob im Wald oder zwischen Tür und Bett, wenn Mathilde für ein paar Minuten das Haus verlassen hatte, und immer war da die Angst, erwischt zu werden. Auch jetzt wieder, sie erledigten es mit der gleichen Hast, wie man ein Glas Wasser hinunterstürzt, atemlos und in einem Zug, kaum daß sich ihre Lippen dabei berührten oder ihre Hände Zeit fanden, Zärtlichkeiten auszutauschen. Es war jedesmal wie eine rasch verrichtete Notdurft, wie ein unkontrollierbares Stakkato ihrer Lenden, bis sie wie betäubt ins Gras zurückfielen und sich dort umschlungen hielten, als könnten sie auf diese Weise den flüchtigen Augenblick noch eine Weile festhalten.

Es war heiß in der Sonne, die schräg zwischen die Bäume schien, Rudolfs Augen brannten vor Schweiß, er wischte sie mit dem Handrücken ab, wischte die Hände im nassen Gras ab, küßte Katharinas Brust, die feucht war vom Schweiß, von seinem wie von ihrem, und sie sagte: »Wie lange wirst du wegbleiben?«

»Ich weiß es noch nicht«, sagte Rudolf. »Vielleicht vierzehn Tage.« Seine Ellbogen waren naß und schmutzig, er putzte sie mit einem Taschentuch ab, warf es dann zwischen das dichte Unterholz und sagte: »Warum fragst du?«

»Nur so«, sagte sie. Sie stand langsam auf, als kostete es sie eine ungeheuere Kraft, blieb ein paar Augenblicke nackt und mit hängenden Schultern auf der kleinen Lichtung stehen, dann zog sie ihre Shorts an und sagte: »Es ist auch egal.«

Sie war schöner als Irene, auch wenn er den Altersunterschied dabei berücksichtigte. Irene hatte schon mit zwanzig Jahren ihre knochigen Schultern und Hüften gehabt, den harten, etwas männlichen Zug um den Mund und die dünnen Lippen. Bei Katharina war alles weicher, fließender, ihre Brüste waren voller als Irenes Brüste, ihre Hüften runder, und die Taille war schmaler; daran hatte auch das Kind nichts geändert. Jedesmal, wenn er sie nackt sah, schien es ihm unvorstellbar, daß sie einen dreijährigen Sohn hatte. Er haßte ihn, und er haßte Erich, weil er der Vater war. Der bloße Gedanke daran, wie er sich mit seinem plumpen Körper auf sie legte, konnte ihm die Haut im Nacken zusammenziehen.

Sie hatte jetzt auch das Hemd wieder an und setzte sich zu ihm ins Gras. »Bist du traurig?« fragte sie, und Rudolf sagte: »Warum?«

»Du siehst so aus«, sagte Katharina. »Für mich ist es genauso schlimm wie für dich.«

Rudolf schwieg. Immerhin war er über zwanzig Jahre älter als sie, er hätte wissen müssen, wohin es führte, aber für ihn war es mehr als nur ein kleines Abenteuer, mehr als eine gelegentliche Flucht aus der Monotonie seiner Ehe; er konnte sich sein Leben ohne sie nicht mehr vorstellen.

Vielleicht wäre es ohne seine finanzielle Abhängigkeit auch dazu nie gekommen. Im Grunde war sein Verhältnis mit Katharina nur eine logische Folge der ersten Inkonsequenzen. Er empfand es selbst als paradox, aber gerade die pekuniären Vorteile seiner Ehe, also das, was er am wenigsten missen wollte, hatten ihn auch am stärksten von Irene entfremdet. Er verabscheute sie ebensosehr dafür, wie er das angenehme Leben an ihrer Seite zu schätzen wußte. Erst durch Irene hatte er die Möglichkeit bekommen, sich zu dem zu entwickeln, was er heute war. Ohne sie wäre sein Leben ganz anders verlaufen, und neben ihm sagte Katharina: »Was ist los mit dir?«

»Wir reden zu oft darüber«, sagte er. »Wir sollten es genauso machen wie die anderen.«

»Wie machen die es?« sagte Katharina, und Rudolf sagte: »Sie tun es nur. Willst du eine Zigarette?«

Sie nickte. Während sie rauchten, saß sie mit gerunzelter Stirn neben ihm. »Die vierzehn Tage ohne dich werden wieder langweilig werden«, sagte sie. »Du hast mir schon im vergangenen Jahr gefehlt, obwohl ...«

»Obwohl?« sagte Rudolf. Sie grinste ein wenig. »Damals war es auch noch nicht so, wie es heute ist.«

»Leider«, sagte Rudolf, und Katharina sagte: »Zu einfach konnte ich es dir ja auch nicht machen. Wo fährst du hin? Paris?«

»Vielleicht«, sagte er. Sie drückte unlustig ihre Zigarette aus. »Es ist doch zu blödsinnig, daß wir nie zusammen wegfahren können. Mir graut heute schon davor, daß ich im August wieder mit ihnen weg muß. Waren sie eigentlich schon immer so unzertrennlich?«

»Wenn sie nicht seine Schwester wäre«, sagte Rudolf, »hätte er sie geheiratet. Was treibst du heute?«

»Was soll ich schon treiben!« sagte Katharina. Ihr hübsches Gesicht wirkte plötzlich flach und leer in der Sonne; er berührte ihr Knie und sagte: »Willst du mit mir in die Stadt fahren?«

»Was soll ich dort allein?« sagte Katharina, und Rudolf sagte: »Du bist auch hier allein.«

»Bevor ich geheiratet habe«, sagte Katharina, »habe ich mich nie gelangweilt.« Sie stand auf, putzte ihre Shorts ab und sagte: »Ich muß ins Haus zurück.«

Während sie wieder zum Waldrand gingen, sagte sie geistesabwesend: »Er würde sich nie scheiden lassen.«

»Vielleicht, wenn wir zusammen durchbrennen«, sagte Rudolf. Sie blickte schnell in sein Gesicht. »Würdest du das tun?«

Er hatte schon oft darüber nachgedacht und war nie zu einem Ergebnis gekommen. Vor zehn Jahren hätte er es sich noch eher zugetraut.

»Das Gericht«, sagte Katharina, »würde ihm das Kind zusprechen.«

»Das ist sicher«, sagte Rudolf, und Katharina sagte: »Es ist mein Kind. Außerdem könnte ich es meinen Eltern nie begreiflich machen.«

Damit würde sie auch nie fertig werden, er ging heute nicht darauf ein und sagte: »Warum zerbrichst du dir den Kopf darüber?«

»Tust du es nie?« fragte sie kurz.

Seit er mit ihr schlief, tat er es ununterbrochen. Er legte ihr den Arm um die Hüften, und am Waldrand blieb sie stehen, lehnte den Kopf an seine Brust und sagte: »Ich habe heute einen schlechten Tag.«

Sie war etwas kleiner als er. Über ihren Kopf hinweg betrachtete er den Waldrand auf der anderen Talseite; dazwischen lagen grüne Wiesen mit vielen Blumen. Er konnte sich Katharina vorstellen, wie sie in seinem eigenen Haus einen Knopf an seine Jacke nähte oder den Tisch deckte, aber er würde nie ein eigenes Haus haben, und sie würde den Tisch auch nie für einen anderen Mann als für Erich decken. Es entsetzte ihn, nur daran zu denken, wie er sich mit Irene vor einem Scheidungsrichter auseinandersetzen müßte, und genauso entsetzte es ihn, sich Erichs Gesicht im Augenblick einer unvermeidlich gewordenen Aussprache zu vergegenwärtigen. Es war etwas anderes, einem Freund Hörner aufzusetzen, als ihm dafür in die Augen schauen zu müssen. Jedesmal, wenn er daran dachte, fühlte er sich deprimiert.

»Woran denkst du?« fragte Katharina, und Rudolf sagte: »An uns beide.« Sie schaute aufmerksam in sein Gesicht, dann zuckte sie mit den Schultern und sagte: »Wir haben doch alles, oder nicht?«

»Ja«, sagte Rudolf. »Wir haben alles.« Er lächelte sie an, bis sie sein Lächeln erwiderte und ihn berührte. Sie tat immer genau das, wonach ihr gerade zumute war und was andere Frauen nur in Gedanken vollzogen. Für einen seit achtzehn Jahren verheirateten Mann war sie eine Art Personifizierung seiner heimlichen Gedanken, und sie kam aus dem gleichen Milieu wie er. Die Welt der Diefenbachs hatte sie – fast gegen ihren Willen – zu Komplizen werden lassen, die sich darin verbündet hatten, die scheinbar wohlgefügte Ordnung ihrer neuen Umgebung durch unqualifiziertes Handeln ständig in Frage zu stellen. Jedesmal, wenn er

Irene auf diese Weise betrog, empfand er eine bösartige Genugtuung. Die gleiche Genugtuung, die er auch jetzt bei Katharinas Berührung empfand, wenn er sich Erichs dickes, selbstzufriedenes Gesicht ins Bewußtsein rief. Er hatte Erichs Karriere immer mit Unbehagen verfolgt. Seine berufliche Tätigkeit, seine Unabhängigkeit und seine gesellschaftliche Position – die nicht angeheiratet war wie seine eigene – waren nicht zuletzt Ursache für seine Minderwertigkeitskomplexe, und daß er ihn heute mit seiner Frau betrog, erschien ihm fast wie ausgleichende Gerechtigkeit.

Sie stand so nahe bei ihm, daß er die feinen Augenfältchen unter ihrem Make-up sehen konnte, eine hübsche, schwarzhaarige junge Frau mit einem kleinen Leberfleck über der rechten Stirnhälfte und dunklen Augen, die immer ein wenig verschleiert wirkten. Sie hatte das Kinn gegen seine Brust gestemmt, beobachtete, während sie ihn berührte, neugierig sein Gesicht, dann stieß sie ihn mit dem Knie von sich und lächelte. »Wenn du heute nacht nicht zu ihr gehst, komme ich morgen wieder.«

»Sie ist zur Zeit indisponiert«, sagte Rudolf, und Katharina sagte: »Manche mögen es dann am liebsten.«

Er sah ihr nach, wie sie rasch durch den Wald ging. Sie paßte nicht nur im Bett zu ihm, und sie hatte ihn auch nie nach seinem Ritterkreuz gefragt. Ihr hatte er nie etwas vorzumachen brauchen, um sie für sich zu gewinnen, sie hatte ihn genommen, wie er war, im Gegensatz zu Irene, die schon als kleines Mädchen einen Helden aus ihm gemacht hatte. Als er Katharina zum erstenmal begegnet war, hatte sie noch lange Haare.

»ERICH HAT MIR VIEL VON IHNEN ERZÄHLT!«

Insgesamt wirkte sie ein bißchen überspannt, ihr enges Kleid, das knapp die Schenkel bedeckte, war allein schon eine Provokation, und Erich stand neben ihr und grinste verlegen.

Irenes Schweigen wurde bereits peinlich, sie gab ihr nicht einmal die Hand, blickte sie nur stumm an und verließ dann das Zimmer. »Was hat sie nur?« sagte Erich besorgt, und Rudolf sagte: »Damit hast du rechnen müssen.«

»Ist sie eifersüchtig?« fragte Katharina lächelnd. Rudolf lächelte auch. »Sie hat ihren Bruder für sich behalten wollen.« Mit den Augen sagte er: Du hast ihn doch nur seines Geldes wegen genommen! Und Katharina sagte mit den Augen: Genau wie du seine Schwester auch! Laut sagte sie: »Vielleicht liegt das an Ihnen!«

»An mir?« fragte Rudolf verwundert. Sie nickte heiter. »Vielleicht fühlt sie sich von Ihnen vernachlässigt.«

Sie war ein unverschämtes kleines Biest, aber sie gefiel ihm, und Erich sagte nervös: »Ich hätte sie darauf vorbereiten sollen.«

»Mit einer Verlobungsanzeige?« sagte Katharina, und ihre Stimme klang unvermittel gereizt. Rudolf betrachtete sie grinsend. »Paßt es Ihnen auch nicht?« fragte sie ihn.

»Doch!« sagte Rudolf. »Sie bringen etwas Leben ins Haus. Sind Sie immer so aggressiv?«

Sie blickte ihn lächelnd an und sagte zu Erich: »Er sieht auch ohne Ritterkreuz gut aus. Was machen wir jetzt mit ihr?«

»Vielleicht könntest du einmal mit ihr reden?« sagte Erich zu Rudolf, und Katharina sagte: »Warum tust du es nicht selbst?«

Wahrscheinlich kannte sie ihn noch nicht gut genug. Er hatte es nicht fertiggebracht, von seiner Schwester loszukommen, und er hing mehr an ihr als an jedem anderen Menschen auf der Welt. Sie ersetzte ihm Vater und Mutter zugleich, und Rudolf war sich sicher, daß er diese Heirat, wenn er sie gegen den Willen seiner Schwester durchsetzte, früher oder später bereuen würde.

»Es ist so...«, sagte Erich verlegen, aber da kam Irene zurück und sagte: »Ich habe Kaffeewasser aufgesetzt.« Zu Katharina sagte sie: »Sie trinken doch eine Tasse mit?«

»Nur, wenn es Sie keine Überwindung kostet«, sagte Katharina, und so etwas war Irene noch nie gesagt worden. Sie starrte sie ein paar Sekunden verblüfft an, dann ging sie wieder hinaus. Erich füllte die Stille hinter ihr mit einem verlegenen Lachen. »Das ist nun mal ihre Art!« sagte er zu Rudolf, und Rudolf sagte amüsiert: »Ein bißchen aufregend, was?«

»Danke«, sagte Katharina, und Rudolf sagte: »Wofür?«

»Daß Sie mich aufregend finden.« Sie saß bequem in einem Sessel, hatte die schlanken Beine so übereinandergeschlagen, daß sie ihn unter ihrem kurzen Kleid einen weißen Schlüpfer sehen ließ.

Erich stand seufzend auf. »Ich werde einmal nach ihr schauen.« Er starrte unschlüssig vor sich auf den Boden, dann ging er hinaus.

»Hat er Angst vor ihr?« fragte Katharina. Rudolf lächelte. Er betrachtete ihr hübsches Gesicht, ihre Beine. Sie wurde ein wenig rot und sagte: »Das habe ich nicht gern.«

»Was ich nicht glaube«, sagte Rudolf. »Schließlich müssen Sie sich etwas dabei gedacht haben, als Sie sich diesen Rock anschafften.«

»Gefällt er Ihnen nicht?« fragte sie, und Rudolf sagte: »Bei Ihnen schon.« Eigentlich hatte er erwartet, daß sie ihn jetzt etwas weniger von ihren Beinen sehen ließ, aber sie änderte ihre Haltung nicht, blickte ihn nur neugierig an und zog an ihrer Zigarette. »Ich vermute«, sagte Rudolf, »er hat Ihnen eine Menge über mich erzählt, wie ich aussehe, welche Krawatten ich trage...«

»Von den Krawatten hat er nichts erzählt«, sagte Katharina lächelnd. »Wie ist seine Mutter?«

»Keine Gefahr für Sie«, sagte Rudolf. »Sie heiraten in eine feine Familie.«

»Kommen Sie nicht auch aus kleinen Verhältnissen?« fragte Katharina. Er verspürte zum erstenmal den Wunsch, sie zu küssen.

Zum Glück kam im gleichen Augenblick Erich zurück. »Darfst du mich heiraten?« fragte Katharina. Er bekam einen knallroten Kopf. »So ist das nun auch wieder nicht!« Zu Rudolf sagte er: »Habt ihr euch schon etwas kennengelernt?«

»Etwas«, sagte Rudolf und wischte sich mit einem Taschentuch die Stirn ab. Auch Irene kam jetzt wieder herein, sie sagte: »Ich habe im Salon servieren lassen.«

Erst beim Kaffee sagte sie, ohne Katharina anzusehen: »Ich habe mich vorhin schlecht benommen.«

»Ich habe es gemerkt«, sagte Katharina und schob sich ein Stück Kuchen in den Mund. Irenes Selbstkritik war so außergewöhnlich, daß es Rudolf vorübergehend die Sprache verschlug. Schließlich sagte er: »Diese Hochzeit kommt für meine Frau etwas überraschend.«

»Das tut mir leid«, sagte Katharina kauend. »Sie gefällt mir.«

»Sie mir auch!« sagte Irene verdutzt. Sie mußten beide lachen, und Irene fragte: »Wollen Sie noch eine Tasse?«

»Danke, nein«, sagte Katharina. Sie putzte sich mit der Serviette den Mund ab und sah sich im Zimmer um. »Sie haben es sehr gemütlich hier.«

»Gefällt es Ihnen?« sagte Irene, und Katharina sagte: »Prima.«

»Ich zeige Ihnen noch die anderen Zimmer«, sagte Irene und stand auf. »Meine Mutter wohnt auch hier, aber sie fühlt sich im Augenblick nicht wohl.« Als sie hinausgingen, schob sie ihre Hand unter Katharinas Arm.

Erich grinste erleichtert. »Sie ist ein bißchen vorlaut, aber sonst in Ordnung. Gefällt sie dir?«

»Sie weiß anscheinend, was sie will«, sagte Rudolf. »Bist du dir sicher, daß sie dich liebt?«

»Warum würde ich sie sonst heiraten?« fragte Erich verwundert, und Rudolf sagte: »Weil sie dir gerade auf dem Weg gelegen hat. Als deine Sekretärin hatte sie es einfacher als die anderen.«

»Ich auch«, sagte Erich und trank seine Tasse leer. Sein rundes Gesicht glänzte vor Zufriedenheit. »Klasse, was?« sagte er.

»Im Bett?« fragte Rudolf, und Erich sagte grinsend: »Nicht nur. Sie hat es auch hier oben!« Er klopfte sich mit dem Zeigefinger gegen die Stirn.

Obwohl Katharina einen starken Eindruck auf ihn gemacht hatte, war Rudolf plötzlich schlechter Laune. Er ging zum Fenster und blickte auf die Straße hinab. »Wenn du heiratest«, sagte Rudolf, »wird deine Wohnung zu klein werden.«

»Vielleicht baue ich eines Tages«, sagte Erich.

Rudolf kehrte an den Tisch zurück und sah zu, wie Erich sich noch ein Stück Kuchen in den Mund schob. Obwohl er vier Jahre jünger war als Rudolf, bekam er bereits eine Glatze. »Was sie wohl an dir findet?« sagte Rudolf.

Erich hörte auf zu kauen, blickte ihn mit seinen rötlichen Augen böse an und grinste dann. »Hättest du mir nicht zugetraut, was?«

»Hoffentlich enttäuschst du sie nicht«, sagte Rudolf und ging hinaus. Er fand die beiden Frauen im Schlafzimmer, sie saßen auf dem Bett und betrachteten ein altes Familienalbum. »Das war er mit vier Monaten«, sagte Irene. »War er nicht süß?«

»Himmlisch!« sagte Katharina kichernd. Rudolf kannte das Bild, er lag nackt auf einem Bärenfell und streckte den Hintern in die Luft. Mit zwei großen Schritten war er bei ihnen und nahm Irene das Album weg. »Vielleicht willst du ihr auch noch meine Unterhosen zeigen«, sagte er. Sie stand auf und sagte zu Katharina: »Das Gästezimmer haben Sie noch nicht gesehen. Wenn es Ihnen gefällt, können Sie ab und zu bei uns wohnen.«

»Gerne«, sagte Katharina und blickte Rudolf an. Es tat ihm bereits wieder leid, daß er sich so hatte gehenlassen, aber er konnte es nun einmal nicht leiden, wenn man fremden Leuten das Familienalbum zeigte, und dazu noch einem so hübschen Mädchen wie Katharina.

Er ging mit ihnen zur Tür. Irene drehte sich blitzschnell nach ihm um, stieß ihm das Knie zwischen die Beine und sagte zu Katharina: »Zum Gästezimmer geht's nach rechts. Haben Sie am nächsten Wochenende schon etwas vor?«

»Noch nicht«, sagte Katharina, und Irene sagte: »Dann können Sie zu uns kommen.«

Katharina kam am Wochenende wirklich und brachte eine kleine Tasche mit, sie sagte: »Ich habe nur das Wichtigste eingepackt.«

»Sie hätten von mir ein Nachthemd haben können«, sagte Irene und führte sie in ihr Zimmer. Dort blieben Sie über zwei Stunden, während Rudolf im Salon auf sie wartete. Als sie schließlich kamen, sagte Irene: »Wir gehen heute abend ins Kino.«

Rudolf, der sich diesen Abend ganz anders vorgestellt hatte, sagte: »Ohne mich.«

»Wer hat dich denn eingeladen?« sagte Irene.

Er verbrachte den Abend vor dem Fernsehgerät, trank vor Ärger eine halbe Flasche Kognak leer und rauchte viel. Als Irene hereinkam, sagte sie: »Wenn du schon so viel rauchen mußt, mach wenigstens ein Fenster auf. Warum bist du noch nicht im Bett?«

Rudolf schwieg und blickte Katharina an, die heute ein längeres Kleid trug und auch sonst in ihrem Äußeren etwas zurückhaltender war. In der vergangenen Nacht hatte er von ihr geträumt, sie hatte irgendwo neben ihm gesessen und sich von ihm den weißen Schlüpfer ausziehen lassen. »War der Film gut?« fragte er sie, und Katharina sagte: »Ich hatte ihn schon einmal gesehen.«

»Mein Mann versteht nicht viel von Filmen«, sagte Irene. »Sind Sie schon müde?«

»Ein wenig«, sagte Katharina, und Irene sagte: »Dann werde ich mich rasch um Ihr Bett kümmern.«

Als sie draußen war, nahm Katharina die halbleere Kognakflasche in die Hand und betrachtete das Etikett. »Warum lassen Sie sich das gefallen?« fragte sie.

»Was?« fragte Rudolf, und Katharina sagte: »Daß sie in diesem Ton mit Ihnen spricht.«

Natürlich hatte sie es nicht überhören können, er sagte gereizt: »Ich denke, Sie verstehen sich so gut mit ihr?«

Sie stellte die Kognakflasche auf den Tisch zurück und sagte: »Sie wird meine Schwägerin.«

»Mit der Sie es nicht verderben wollen!« sagte Rudolf, und Katharina sagte etwas kühl: »Nicht um jeden Preis; das müßten Sie eigentlich noch wissen.« Sie setzte sich zu ihm an den Tisch und lächelte. »Oder ist das immer so, wenn man erst einmal verheiratet ist?«

Wahrscheinlich wußte sie schon mehr über seine Ehe, als unbedingt erforderlich war, um einen Mann zu verachten oder zu bemitleiden, er sagte grob: »Kümmern Sie sich um Ihren eigenen Dreck.«

»Ich wollte Sie nicht ärgern«, sagte Katharina ruhig. »Vielleicht sind Sie nicht glücklich verheiratet.«

»Das steht Ihnen auch noch bevor«, sagte Rudolf. »Oder macht es Ihnen Spaß, einen kleinen Spießer zu heiraten?«

Sie schwieg und blickte zur Tür; ihr Gesicht wirkte plötzlich flach und angestrengt.

»Hören Sie«, sagte Rudolf, dem seine Worte bereits wieder leid taten, »ich habe nichts dagegen, daß Sie ihn heiraten; es ist Ihr Problem.«

»Er hat mir keine Ruhe gelassen«, sagte Katharina, noch immer die Tür anschauend. Dann richtete sie den Blick in sein Gesicht und sagte: »Vielleicht mache ich einen Fehler. Es ist auch nicht gut, mit Ihnen verwandt zu sein, aber ich bin alt genug für diesen Fehler.«

»Was hat das mit mir zu tun?« fragte Rudolf, und Katharina sagte: »Das weiß ich selbst noch nicht.«

Sie schauten sich ein paar Sekunden an, dann fragte Rudolf: »Lieben Sie ihn?«

»Wie ist das?« fragte Katharina lächelnd.

Er betrachtete ihre Brust, und während er sie betrachtete, merkte er, daß er sich nichts anderes mehr wünschte, als mit ihr zu schlafen.

Er stand auf, ging in das Schlafzimmer und vom Schlafzimmer ins Bad. Vielleicht würde er eine Weile warten können, aber das war noch nicht sicher, und sie schien sich ihrer Sache ebensowenig sicher zu sein wie er. Wahrscheinlich war es nur eine Frage der Zeit; seit er sie zum erstenmal gesehen hatte, wußte er, daß sie mehr für ihn werden würde als nur eine hübsche Verwandte.

Er ging wieder ins Schlafzimmer, und als Irene hereinkam, blickte sie belustigt in sein Gesicht. »Ich glaube, du gefällst ihr«, sagte sie, und Rudolf sagte: »Wieso?«

»Sie redet nur noch von dir«, sagte Irene und ließ ihr Kleid fallen. Er beobachtete, wie sie ihre Wäsche auszog, sie trug immer schwarze Wäsche zu ihrer weißen Haut. Katharinas Haut war braun gewesen und der Schlüpfer weiß. Er sagte heiser: »Komm her!«

Irene schaute ihn überrascht an, dann kam sie zu ihm und sagte: »Es war ein Bergman-Film.«

»Du lieber Gott!« sagte Rudolf und zog sie auf sich.

Mit dem Jaguar schaffte er den Weg unter normalen Bedingungen in dreißig Minuten. Um diese Zeit war der Verkehr nicht so dicht, es gab keine Stauungen, fünf Minuten vor halb zehn fuhr er in den Hof. Er stellte den Wagen neben Irenes dunkelblauen Mercedes. Wie an jedem Morgen ging er zuerst zu ihrer Mutter hinauf. Ursprünglich hatte Irene vorgehabt, sie mit in das neue Haus zu nehmen, aber sie wollte nicht. Sie wollte dort sterben, wo sie fünfzig Jahre mit ihrem Mann gelebt hatte, und im neuen Haus hätte sie sich tagsüber nur gelangweilt. Hier bekam sie täglich Besuch von ihren alten Freundinnen, hatte ihre vertrauten Möbel und eine Haushälterin, die sich den ganzen Tag um sie kümmerte. Seit ihr Mann nicht mehr lebte, wollte sie auch in kein Auto mehr steigen. Es lag kein plausibler Grund dafür vor, aber ihre Gedanken waren mit Logik nicht mehr zu analysieren. Die meiste Zeit saß sie an einem Fenster, beobachtete den Verkehr auf der Straße, ohne ihn richtig wahrzunehmen. Seit sie vor drei Jahren plötzlich im Geschäft erschienen war und zum Entsetzen des Personals ihren verstorbenen Mann suchte, war sie auch nicht mehr hinuntergegangen, und wenn sie spazierenging, benutzte sie den Hauseingang. Sie ignorierte alles, was mit dem Geschäft zusammenhing, geradeso, als hätte es nie existiert.

Er traf sie im gleichen Zimmer, wo er ihr vor einunddreißig Jahren zum erstenmal begegnet war, und sie schaute ihn genauso geistesabwesend an wie damals. Als er sie fragte, wie sie sich fühle, nickte sie und sagte, sie suche seit zwei Tagen ihre Brille. Er ging zu der Haushälterin hinaus und fragte sie, ob ihr bekannt sei, daß seine Schwiegermutter seit zwei Tagen ihre Brille suche.

»Sie liegt in ihrem Bett«, sagte die Haushälterin, die fünfundzwanzig Jahre für das Rote Kreuz gearbeitet hatte und durch nichts mehr zu erschüttern war. Sie erzählte Rudolf, daß seine Schwiegermutter seit gestern mittag die Brille ständig unter ihrem Kopfkissen verstecke und sie jedesmal dorthin zurücktrage, sobald sie, die Haushälterin, sie unter dem Kopfkissen hervorhole.

»Hatte sie das schon öfter?« fragte Rudolf, und die Haushälterin sagte: »Nein, das ist ganz neu.«

Er kehrte zu Irenes Mutter zurück. Sie saß jetzt am Tisch und blätterte in einem Buch. Er wußte, daß sie ohne Brille unfähig war, auch nur eine Zeile zu lesen, und fragte: »Soll ich dir deine Brille holen?«

»Nein, danke«, sagte sie. »Ich habe sie unter mein Kopfkissen gelegt. Wohnt ihr immer noch auf dem Land?«

»Ja«, sagte Rudolf. »Besucht dich heute jemand?«

»Elfriede will kommen«, sagte Irenes Mutter. »Wir wollen zusammen in den Zoo.«

»Es ist schönes Wetter«, sagte Rudolf, und sie nickte und sagte: »Es hat schon lange nicht mehr geregnet.« Sie sah immer noch gut aus, eine feine alte Dame mit weißen Haaren und gepflegten Händen, Rudolf sagte: »Kann ich noch etwas für dich tun?« aber sie hörte ihm schon nicht mehr zu. Er ging wieder zu der Haushälterin hinaus und bat sie, die Brille aus dem Schlafzimmer zu holen.

»Das zehntemal heute morgen«, sagte die Haushälterin.

Während Rudolf die Treppe hinunterstieg, zählte er die Stufen. Bevor sie in das neue Haus gezogen waren, hatte er sie fast jeden Morgen gezählt. Über zehn Jahre hatte er in diesem Haus gewohnt, zusammen mit Irene und ihrer Mutter. Seitdem hatte sich viel geändert.

Er ging direkt in sein Büro. Auf dem Schreibtisch lagen die Morgenpost und die Kassenbücher. Die damit verbundene Arbeit war zeitweilig von einer Angestellten erledigt worden, bis Irene sie eines Tages hinauswarf; sie hatte Rudolf zuviel von ihren Beinen sehen lassen.

Obwohl er sich im Laden üblicherweise erst sehen ließ, wenn er mit seiner Büroarbeit fertig geworden war, hatte Irene einen siebenten Sinn für seine Anwesenheit, sie kam dann für ein paar Minuten zu ihm, setzte sich neben ihn auf den Schreibtisch und sah die Post durch, wobei sie, je nach Anlaß, leise vor sich hin fluchte oder lobende Zensuren verteilte. Hinterher inspizierte sie regelmäßig die Werkstatt, wozu sie nur den Hof zu überqueren brauchte. Dort arbeiteten zwei erfahrene Goldschmiede und ein Uhrmachermeister an den laufenden Reparatureingängen. Zwei von ihnen waren schon bald dreißig Jahre in der Firma beschäftigt; Irenes Vater hatte sie noch eingelernt.

Ihr persönlicher Eindruck auf das Personal war schon immer groß gewesen, die sechs Verkäuferinnen kopierten sie, wo sie konnten. Das ging sogar so weit, daß einige von ihnen die gleiche Frisur wie Irene trugen, von Joswig, der sie förmlich anbetete, ganz zu schweigen. Ihn konnte Rudolf nicht ausstehen, und das nicht nur, weil er Irene ständig den Hof machte. Die Stammkundinnen des Geschäfts ließen sich ausschließlich von ihm bedienen. In seiner eigentlichen Funktion, das Personal zu beaufsichtigen und in der Garderobe die Damenhandtaschen nach illegal konfiszierten Wertgegenständen zu durchsuchen, hatte er es inzwischen zu solcher Perfektion gebracht, daß ihm die Mädchen auch nicht böse gewesen wären, wenn er seine manuellen Inquisitionen auch auf ihre Dessous ausgedehnt hätte. Das alles jedoch änderte nichts daran, daß er ein erstklassiger Verkäufer war; Irenes Nachsicht lagen selbst in diesem Fall praktische Erwägungen zugrunde, auch wenn sie sich oft über ihn lustig machte. »Er ist ein Strichjunge.«

»Vielleicht magst du Strichjungen«, sagte Rudolf, und Irene sagte: »Wie einen Tumor im Bauch.«

Nein, es war nichts zwischen ihr und Joswig.

Als sie nach einer halben Stunde noch nicht in das Büro gekommen war, wurde er unruhig. Er stand auf und ging in den Laden. Trotz des frühen Vormittags waren schon viele Kunden da, Rudolf definierte sie mit einem Blick als Leute mittleren Einkommens, die sich aus einem besonderen Anlaß einen besonderen Luxus im Rahmen ihrer bescheidenen Möglichkeiten leisten wollten. Auch Joswig war stark beschäftigt, parlierte mit zwei älteren Damen, denen man ansah, daß ihnen so viel Charme schon lange nicht mehr begegnet war. – Nur von Irene war nichts zu sehen.

Jetzt gab es nur noch zwei Möglichkeiten, Rudolf wandte sich zuerst dem Salon zu, der im hinteren Teil des großen Ladens lag. Man erreichte ihn über zwei Stufen, die zu einem schweren Samtvorhang führten. Noch ehe er ihn zurückschlagen konnte, vernahm er Irenes Stimme und dann eine andere, die ihm merkwürdig vertraut klang. Er blieb, die Hand am Vorhang, regungslos stehen, während sein Gedächtnis in Sekundenschnelle alle Menschen auf die Bildfläche seiner Erinnerung projizierte, deren er in der Eile habhaft werden konnte, und dann hatte er den richtigen gefunden.

Sein erstes Empfinden war das eines Menschen, der sich plötzlich mit einem unangenehmen Detail aus seiner Vergangenheit konfrontiert sieht, er biß sich auf die Lippen, blieb noch einen Augenblick unschlüssig stehen und schlug schließlich den Vorhang zurck. Und da saß er, die Beine lässig übereinandergeschlagen, das ewig grinsende Gesicht Irene zugewandt, eine Zigarette zwischen den Fingern.

Thomas Klein, wie ein Gespenst aus dem Gestern, mit der gleichen

Miene gelangweilter Arroganz, die Rudolf schon vor zwanzig Jahren so an ihm gehaßt hatte. Er war es tatsächlich, nur ein klein wenig verändert, und nicht gerade zu seinem Vorteil.

Als ihre Blicke sich trafen, stand er langsam auf, blickte grinsend in Rudolfs Gesicht und sagte: »Da ist er ja!«

»Das ist eine Überraschung«, sagte Rudolf, ohne die Zähne auseinanderzunehmen, und Thomas gab ihm die Hand und sagte: »Habe ich mir gedacht.«

»Warum hast du mir nie von Herrn Klein erzählt?« fragte Irene.

Noch stärker als das unerwartete Auftauchen von Thomas beschäftigte Rudolf die Frage, wie lange er sich schon mit Irene unterhalten und was er während dieser Zeit alles ausgeplaudert hatte. Er war schon immer ein wichtigtuerischer Schwätzer gewesen, ein hagerer, unsympathischer Bursche mit flinken Augen und dünnen Lippen, die nie fähig waren, eine geschlossene Linie zu bilden.

»Hat mein Mann früher auch so wenig geredet?« fragte Irene.

Thomas grinste. »Nicht daß ich wüßte; wir haben uns oft unterhalten.«

Allein schon dafür hätte ihm Rudolf etwas antun können. Natürlich hatten sie sich oft unterhalten, aber für jedes Wort von damals hätte sich Rudolf jetzt die Zunge abbeißen mögen.

»Ich habe Herrn Klein für ein paar Tage zu uns eingeladen«, sagte Irene. »Er verbringt seinen Urlaub in unserer Stadt.«

Es war reine Boshaftigkeit, sie hatte noch nie einen alten Bekannten von ihm zu sich ins Haus eingeladen, Rudolf sagte mühsam: »Eine originelle Idee.«

»Er ist doch dein Kriegskamerad!« sagte Irene kühl.

»Seinen Urlaub ausgerechnet in dieser Stadt zu verbringen«, sagte Rudolf. Thomas grinste. »Ich komme aus der Provinz. Einmal im Jahr brauche ich Betrieb.« Zu Irene sagte er: »Kennen Sie Weinheim, gnädige Frau?«

Irene kannte es von einigen Wochenendausflügen, und sie unterhielten sich eine Weile über die Bergstraße im Frühling und über Weinheim im allgemeinen, während Rudolf neben ihnen stand und zuhören durfte. Dann forderte Irene ihn auf, Herrn Klein nach Hause zu fahren. »Sicher werden Sie sich viel zu erzählen haben«, sagte sie charmant, und Thomas sagte: »Sicher, gnädige Frau.«

Es war nicht mehr mit anzuhören, Rudolf drehte sich um und ging in sein Büro. Als Thomas hereinkam, fragte er ihn: »Wie hast du mich gefunden?«

»Purer Zufall«, sagte Thomas. Er setzte sich grinsend auf den Schreibtisch, blickte grinsend in Rudolfs Gesicht und sagte: »Hauptmann Wittmann! Wer hätte das gedacht.«

»Was wundert dich?« sagte Rudolf beherrscht, und Thomas sagte: »Nichts. Du hattest schon damals den Dreh heraus.« Er schlug ihm grinsend auf die Schulter, und Rudolf stand auf. »Hast du Gepäck?«

»Im Hotel«, sagte Thomas.

Sie gingen in den Hof. Als Thomas den Jaguar sah, pfiff er durch die Zähne. »Man muß nur die richtige Frau heiraten!«

»Was hindert dich daran?« sagte Rudolf. Thomas antwortete nicht sofort. Erst als er im Wagen saß, sagte er: »Ich hatte ein wenig Pech.«

Das Hotel gehörte zu jenen, in denen man nur abstieg, wenn man keine andere Wahl hatte. »Offen gestanden«, sagte er, als er mit seinem Koffer herauskam, »bin ich auch hier, um mir einen neuen Job zu suchen. Weißt du nichts für mich?«

»Was hast du bisher gemacht?« fragte Rudolf.

»Dies und das«, sagte Thomas.

Er war dann ungewohnt schweigsam, blickte mit verkniffenem Gesicht durch die Windschutzscheibe, und am Stadtrand sagte er: »Wie hast du sie kennengelernt?«

»Meine Frau?« sagte Rudolf. Thomas nickte.

»Ich kannte sie schon, als sie neun Jahre alt war«, sagte Rudolf und überholte einen Lastwagen. Es war, als hätte der Jaguar seine Geschwindigkeit von einer Sekunde auf die andere verzehnfacht. Thomas schaute mit käsigem Gesicht auf das Tachometer und sagte: »Mir wäre er zu schnell. Hat sie ihn dir gekauft?«

Rudolf blickte rasch in sein Gesicht. »Wie kommst du darauf?«

»Sie erzählte mir, daß das Geschäft ihr gehöre«, sagte Thomas. Rudolf schwieg. Um ihn zu demütigen, war ihr kein Mittel primitiv genug. Den Rest des Weges fuhr er so schnell, daß Thomas nicht mehr dazu kam, Fragen zu stellen. Erst als sie hinter Kappersdorf zu den Häusern hinauffuhren, sagte Thomas: »Ich wollte dir nicht zu nahe treten.«

»Warum tust du es dann?« fragte Rudolf.

Er ließ den Wagen vor der Garage stehen, Thomas fragte: »Gehört das Haus euch?«

»Ja«, sagte Rudolf, und diesmal sagte Thomas nichts.

Mathilde hatte sie kommen sehen und öffnete die Tür. »Ein Bekannter«, sagte Rudolf. »Führen Sie ihn in das kleine Gästezimmer.«

»Habt ihr auch ein großes?« fragte Thomas.

»Ja«, sagte Rudolf. »Ich habe noch etwas zu erledigen.«

Er ging auf dem direkten Weg durch den Garten zu Katharina. Wie er erwartet hatte, lag sie neben dem Swimmingpool und blätterte in einer Zeitung. »Was tust du hier?« fragte sie bestürzt.

Rudolf blickte zum Haus. »Ist euer Mädchen da?«

Sie schüttelte den Kopf. »Sie kauft im Dorf ein. Ist etwas passiert?«

»Ich erkläre es dir im Haus«, sagte Rudolf.

Drinnen ließ er sich in einen Sessel fallen, steckte sich eine Zigarette an und fragte: »Michael?«

»Therese hat ihn mitgenommen«, sagte Katharina beunruhigt. »Was ist los?«

»Wir haben Besuch«, sagte Rudolf. »Ein ehemaliger Zugführer von mir; Irene hat ihn für ein paar Tage eingeladen.«

»Und?« sagte Katharina. Sie setzte sich auf seinen Schoß und sagte mit blassem Gesicht: »Deshalb jagst du mir so einen Schrecken ein!«

»Wir müssen aufpassen«, sagte Rudolf. »Wenn er etwas merken sollte, würde er es ihr sofort erzählen.«

»Ich denke, er ist dein Kriegskamerad!«

»Ein Scheißkerl«, sagte Rudolf mit rotem Kopf. »Zeig dich nicht so oft am Swimmingpool; er kann dich von seinem Fenster aus beobachten.«

Katharina lachte verwundert. »Warum hat sie ihn eingeladen, wenn du es nicht wolltest?«

»Warum hat sie Haare, wo keiner sie sieht?«

»Du siehst sie doch«, sagte Katharina, und Rudolf sagte erbittert: »Ich bin genauso ein Scheißkerl wie er.«

»Das bist du nicht«, sagte Katharina.

»Wenn ich keiner wäre«, sagte Rudolf, »hätte ich ihn nicht hierhergebracht.«

Er legte den Kopf an ihre Brust und sagte: »Du glaubst nicht, wie mich das alles ankotzt.«

»Das ist nur im Moment so«, sagte Katharina, aber es war immer so, gestern, heute und in aller Zukunft. Es gab nur einen Augenblick, wo er es ganz vergessen konnte: wenn sie sich unter ihm aufbäumte und zusammen mit ihm den Orgasmus erreichte. Je länger er Erich auf diese Weise hinterging, desto öfter brauchte er diesen Augenblick, und je öfter er ihn brauchte, desto erbärmlicher fühlte er sich hinterher. Er hatte sich auch schon lange nicht mehr so erbärmlich gefühlt wie nach seinem Gespräch mit Thomas, und es war etwas anderes, das zu sein, was man wirklich war, oder Katharina auf dem Schoß zu haben. Es war etwas anderes, sich von einem hergelaufenen Kerl Aufklärung über sich selbst erteilen lassen zu müssen, oder das Gesicht an Katharinas Brust zu legen. Es war alles ganz anders, sobald man sich auf diesen einen bewußten Augenblick beschränkte, der alle anderen Augenblicke in ein paar Atemzüge zusammenfaßte, die vergangenen und die zukünftigen und alles, was immer auch dazwischenlag. Er sagte: »Eines Tages werde ich es ihr heimzahlen.«

»Das tust du doch immer«, sagte Katharina ruhig. Ihr Gesicht war völlig ausdruckslos, Rudolf fragte: »Warum sagst du das?«

»Mir brauchst du nichts vorzumachen«, sagte sie. »Wenn es anders zwischen euch wäre, hättest du mich nicht gebraucht.« Sie hatten auch darüber schon oft gesprochen, und ohne Mitleid hätte sie sich vielleicht nie dazu aufgerafft, mit ihm zu schlafen. Sie hatte ihn vom ersten Tag an immer nur bemitleidet.

»WIE HAST DU ES NUR SO LANGE BEI IHR AUSGEHALTEN!«

»Ich verstehe es heute selbst nicht mehr«, sagte Rudolf. Irene hatte ihn vor zwei Minuten in Katharinas Gegenwart gefragt, ob er sich nicht, wenn er schon zu faul sei, sich für seine Gäste umzuziehen, wenigstens die Haare ordentlich frisieren könne, obwohl er nicht unordentlicher frisiert war als sonst. Er grinste ein wenig und sagte: »Ich könnte dich auch fragen, weshalb du es so lange bei Erich aushältst.«

»Eine Frau hat weniger Möglichkeiten als ein Mann«, sagte Katharina.

Erich machte wieder einmal Überstunden. Jedesmal, wenn sie sich zu Hause in der Zweizimmerwohnung mit den afrikanischen Giftpfeilen und Löwenfellen langweilte, verbrachte sie den Abend bei ihrer Schwägerin. Das ging nun schon seit zwei Jahren so, aber Rudolf war mit ihr noch keinen Schritt weitergekommen. Zuerst war sie mit dem Kind beschäftigt gewesen und dann mit sich selbst. Wahrscheinlich brauchte jede Frau eine gewisse Zeit, um ihren Mann so gut zu kennen, daß sie sich auch über ihre letzten Skrupel hinwegsetzen konnte. Jedesmal, wenn sie allein mit Rudolf war, sprach sie mit ihm über Erich. »Er wird immer kindischer«, sagte sie.

»Spielt er neuerdings wieder mit seiner Dampfeisenbahn?« fragte Rudolf.

»Das nicht«, sagte Katharina. Seit sie das Kind hatte, fand Rudolf sie noch schöner, er betrachtete ihr Gesicht, ihre langen Beine und sagte: »Hast du ihn noch nicht satt?«

»Schon lange«, sagte Katharina. Sie hatten nicht viel Zeit, denn Irene war ja nur kurz hinausgegangen, und Rudolf sagte: »Was war diesmal wieder los?«

»Es handelt sich um Michael«, sagte Katharina, und sie erzählte Rudolf, wie Erich gestern abend wieder nach Hause gekommen, sofort in das Schlafzimmer gelaufen war und Michael anschaute.

»Er hat so ein rotes Gesicht«, sagte er. Wenn es sich um seinen Sohn handelte, benahm er sich wie verrückt.

Katharina erwiderte, er habe im Schlaf immer ein rotes Gesicht.

Sie sei einfach zu oberflächlich, meinte Erich unvermittelt heftig. Dann gab er keine Ruhe, bis sie Michael das Fieber gemessen hatte; die Temperatur war normal, aber Erich fand sie zu hoch und rief einen Arzt an, der ihm gleichfalls bestätigte, daß die Temperatur normal sei.

»Er gefällt mir einfach nicht!« sagte Erich eigensinnig, und Katharina sagte: »Warum bringst du ihn nicht gleich in ein Krankenhaus?«

»Und das geht immer so zwischen euch?« fragte Rudolf.

»Seit das Kind da ist, kann man nicht mehr vernünftig mit ihm reden«, sagte Katharina.

»Vielleicht ist es dir früher nicht so aufgefallen«, sagte Rudolf. Sie dachte darüber nach, dann schüttelte sie den Kopf. »Früher kam zuerst ich. Heute rangiere ich nur noch an dritter Stelle.«

»An dritter Stelle?« fragte Rudolf, und sie sagte: »Hinter seinen afrikanischen Giftpfeilen.«

»Ich habe mich immer gefragt«, sagte Rudolf langsam, »wie er überhaupt eine Frau befriedigen kann.«

»Wer sagt dir, daß er es kann?« fragte Katharina. Dann kam wieder Irene herein, aber sechs Wochen später ergab sich eine andere Gelegenheit. Am Tage vorher war er von Irene in die große Grundstücksspekulation eingeweiht worden, auch Katharina hatte es erst am gleichen Tag von Erich erfahren, sie sagte: »Mir kann es ja nur recht sein, aber daß er vorher nie etwas davon erzählt hat!«

»Das tun die Diefenbachs immer so«, sagte Rudolf.

Sie waren allein in der Wohnung, Irene hatte sich mit Erich bei einem Notar verabredet. »Als ob er nicht mit seiner eigenen Frau darüber reden könnte!« sagte Katharina verdrossen. »Ich finde das nicht richtig.«

»Was findest du richtig an ihm?« fragte Rudolf, und Katharina sagte: »Er ist großzügig.«

»Auch im Bett?« sagte Rudolf. Sie drückte die Zigarette, die sie sich gerade angesteckt hatte, wieder aus, blickte in sein Gesicht und fragte: »Was willst du eigentlich?«

»Dich«, sagte Rudolf. Er setzte sich neben sie auf die Sessellehne und küßte sie. Katharina ließ es geschehen. Hinterher sagte sie: »Das führt doch zu nichts.«

»Ich weiß es«, sagte Rudolf. Er fühlte sich elend, niedergeschlagen und ernüchtert, und Katharina griff nach seiner Hand und sagte ruhig: »Du bist mir von dieser Familie am sympathischsten, aber es führt einfach zu nichts. Wie stellst du dir das vor?«

»Ich bin nicht mehr fähig«, sagte Rudolf, »mir überhaupt etwas vorzustellen.« Sie schwieg, blickte ihn eine Weile schweigend an und sagte dann: »Es wäre auch viel zu gefährlich.«

Hätte sie etwas anderes gesagt, wäre es vielleicht nie zu mehr gekommen. Als er sie wieder küßte, streichelte sie seinen Nacken, duldete, daß er ihre Brust berührte, ihre Bluse öffnete und die Hand unter den Stoff schob. Er überlegte nicht mehr, sie erwiderte seine Küsse und sagte keuchend: »Hör doch auf, hör doch auf!« Sie sagte es auch noch, als sie schon halb ausgezogen war, aber dann hielt sie seine Hände fest und sagte: »Nein!«

Sie machte sich energisch los, knöpfte ihre Bluse zu und stand auf. »Ich habe dir gesagt, daß das zu nichts führt«, sagte sie, und Rudolf sagte tonlos: »Ich habe es nicht gewollt.«

»Dann nimm dich zusammen«, sagte sie. »Sie kann jeden Augenblick zurückkommen.«

Natürlich hatte sie recht, es wäre unverantwortlicher Leichtsinn gewesen. Er ging ins Bad, wischte sich ihren Lippenstift vom Gesicht, und als er zu ihr zurückkam, hatte sie bereits den Mantel an und sagte: »Versuch das nicht mehr.«

»Es ist gut«, sagte Rudolf, und er fühlte sich wieder elend und deprimiert. Sie betrachtete ihn mit einem Ausdruck unschlüssigen Mitleids, küßte ihn auf den Mund und sagte: »Gute Nacht.«

»Gute Nacht«, sagte er benommen.

Diesmal ließ sie zwei Monate vergehen, dann stand sie plötzlich wieder vor der Tür. Irene besuchte gerne die Oper, Rudolf nicht, und Erich hatte geschäftlich verreisen müssen. »Ist ihre Mutter noch auf?« fragte sie, und Rudolf sagte: »Ich habe sie den ganzen Abend nicht gesehen.« Ihr unerwartetes Erscheinen hatte ihn völlig durcheinandergebracht, acht Wochen lang hatte er an nichts anderes mehr gedacht, und nun konnte er es ihr nicht sagen. Er half ihr aus dem Mantel, und Katharina sagte: »Erich hätte mich ruhig mitnehmen können; Therese wäre auch einmal zwei oder drei Tage allein mit Michael fertig geworden.«

»Wo ist er hingefahren?« fragte Rudolf.

Sie setzte sich im Wohnzimmer in einen Sessel. »Angeblich nach Berlin. Seit Michael da ist, komme ich überhaupt nicht mehr aus dem Haus. Gib mir etwas zu trinken!«

Sie beobachtete, wie er die Flasche holte und zwei Gläser füllte. »Ihr hättet mit dem Kind noch warten sollen«, sagte er. Katharina nahm ihr Glas, trank es halb leer und stellte es auf den Tisch zurück. »Er hat mich nicht gefragt«, sagte sie. Auf Rudolf wirkte sie ungewohnt deprimiert, er setzte sich zu ihr und sagte: »Dann brauchst du auch keine Rücksicht auf ihn zu nehmen.«

Sie blickte ihn nachdenklich an und zuckte mit den Schultern. »Es liegt mir nicht.«

»Mir auch nicht«, sagte Rudolf. »Ich habe es bisher noch nie versucht.«

»Noch nie?« fragte sie, und Rudolf sagte: »Seit ich verheiratet bin. Wovor hast du Angst?«

»Vor mir selbst«, sagte Katharina.

Nun, da sie schon mit dieser Selbstverständlichkeit darüber reden konnten, erschien ihm alles Weitere unvermeidlich, er sagte: »Wenn es nur das ist...«

»Es ist nicht nur das!« sagte Katharina ungeduldig. »Mir macht es keinen Spaß, wenn man ständig Angst haben muß, dabei erwischt zu werden.«

»Heute würde uns niemand erwischen«, sagte Rudolf ruhig.

»Vielleicht ihre Mutter?«

Rudolf stand auf, schloß die Tür ab und drehte sich langsam nach ihr um. Sie saß, die Beine übereinandergeschlagen, im Sessel und blickte ihn unverwandt an. »Was kann ich sonst noch tun?« fragte er, und Katharina sagte mürrisch: »Jedenfalls war es keine Art, erst jetzt zu erzählen, daß sie bauen wollen. Er hätte mir wenigstens mal den Bauplatz zeigen können.«

»Wichtige Dinge«, sagte Rudolf, »erledigen die Diefenbachs immer unter sich.«

»Wer sind sie schon!« sagte Katharina mürrisch. »Nur weil ihnen ihre Eltern einen Haufen Geld vermacht haben!«

Rudolf ging zu ihr. Er setzte sich wieder neben sie auf die Sessellehne und sagte: »Bis jetzt brauchst du dich noch für nichts zu entschuldigen.«

»Ich habe schon mit vierzehn Jahren arbeiten müssen«, sagte Katharina, und Rudolf sagte: »Du versuchst schon wieder, dich für etwas zu entschuldigen, was du noch gar nicht getan hast.«

»Wieso?« sagte Katharina. Dann lachte sie kurz auf. »Du weißt ja noch gar nicht, ob ich überhaupt will.«

»Eben!« sagte Rudolf und küßte sie. Heute sträubte sie sich auch nicht, als er unter ihr Kleid griff, sie lehnte sich mit geschlossenen Augen an seine Brust und sagte: »Aber doch nicht hier!«

Er hob sie aus dem Sessel und trug sie zur Couch. Unzählige Male in den vergangenen zwei Jahren hatte er diesen Augenblick in seinen Gedanken erlebt, geradeso, als könnte er auf diese Weise alles wettmachen, was er in seiner Ehe versäumt, an Demütigungen eingesteckt und an Selbstvertrauen verloren hatte. Er nahm sich nicht einmal die Zeit, ihr das Kleid auszuziehen, zerrte ihren weißen Schlüpfer herunter, und dann trat sie ihm mit voller Kraft vor die Brust und sagte: »Ich bin doch kein Vieh!«

Er verstand es nicht, er stand halb ausgezogen da und beobachtete, wie sie aufstand, ihren Schlüpfer anzog und ihre Strümpfe festmachte. Dann ging sie zu ihrem Sessel und zündete sich eine Zigarette an. »Du hast es falsch gemacht. Ich brauche Musik und Kerzen dazu.«

Rudolf schwieg. Seine Ernüchterung war so groß, daß kein Gefühl mehr in ihm war. Er knöpfte seine Hose zu, schloß die Tür auf und ging ins Bad. Er hielt den Kopf unter das eiskalte Wasser, bis es ihm die Haut im Nacken zusammenzog. Dann trocknete er sich ab, betrachtete sich ein paar Sekunden im Spiegel und kehrte zu Katharina zrück. »Hoffentlich hast du wenigstens Vergnügen dabei gehabt«, sagte er heiser vor Enttäuschung, und Katharina sagte: »Sei nicht kindisch. Du kriegst es, aber nicht heute.«

Er ging zu ihr hin, setzte sich ihr gegenüber an den Tisch und sagte: »Wann?«

»Das weiß ich noch nicht«, sagte sie kühl.

Dabei blieb sie auch in der folgenden Zeit, sie kam nur noch, wenn Irene im Haus war, und er glaubte schließlich nicht mehr daran. Zwar erzählte sie ihm auch künftig noch alles, was zwischen ihr und Erich passierte, aber wenn er einmal – in unbeobachteten Augenblicken – zärtlich werden wollte, schlug sie ihm auf die Finger und sagte: »Verbrenn sie dir nicht; ich bin heiß.« So, wie sie es sagte, steigerte es seine Begehrlichkeit nur noch, er träumte immer öfter von ihr, fühlte sich unlustig und angespannt zugleich, sein Wunsch, mit ihr zu schlafen, führte sogar zeitweilig dazu, daß er wieder öfter in Irenes Bett ging, er brauchte sich, wenn er sich zu ihr legte, nur vorzustellen, daß es Katharina sei, die bei ihm war.

»Du arbeitest zuwenig«, sagte Irene seufzend. »Warum hast du kein Pferd geheiratet!«

»Die halten wenigstens das Maul«, sagte Rudolf erbittert.

Wie immer, wenn Besuch im Haus war, entfaltete Irene ihren ganzen Charme. Daß sie überhaupt noch welchen hatte, wurde Rudolf nur bei solchen Gelegenheiten bewußt. Fast hatte es den Anschein, als blühe sie förmlich auf, wenn sie sich endlich wieder einmal von ihrer angenehmeren Seite zeigen konnte. Auch Thomas, der zum feierlichen Anlaß einen dunklen Anzug trug, zeigte sich der ungewohnten Umgebung durchaus gewachsen, machte Irene plumpe Komplimente und ließ sich endlos über Stil und Gemütlichkeit ihres Hauses aus. Nach einer halben Stunde kam sich Rudolf wie ein ungebetener Gast vor, dessen Rolle sich darauf beschränkte, Zeuge davon zu sein, wie blendend sich die beiden verstanden.

Beim Essen, das von Mathilde im sogenannten kleinen Salon serviert wurde – ein Raum, der für Rudolfs Dafürhalten völlig überflüssig war –, erkundigte sich Thomas, wem der schöne Swimmingpool im Nachbargrundstück gehöre, und Irene sagte, ihrem Bruder, sie selbst lege keinen Wert auf einen Swimmingpool und ihr Mann auch nicht, was eine glatte Unterstellung war, aber es lohnte sich nicht, darüber zu streiten, denn wenn Rudolf den Swimmingpool benutzen wollte, brauchte er dazu vorher kein Plebiszit der Diefenbachs einzuholen. »Dann ist die dunkelhaarige Dame von nebenan wohl Ihre Schwägerin?« fragte Thomas.

»Die ehemalige Sekretärin meines Bruders«, sagte Irene. »Sie kommt aus sehr kleinen Verhältnissen. Wie lange waren Sie im Krieg mit meinem Mann zusammen?«

»Über ein Jahr«, sagte Thomas, und Irene sagte: »Dann waren Sie sicher dabei, als er das Ritterkreuz bekommen hat?«

»Natürlich«, sagte Thomas grinsend. In seinem dunklen Anzug sah er wie ein Vertreter auf einem Betriebsfest aus, nicht gerade schlecht, aber in der Uniform hatte er mehr vorgestellt. Irene sagte: »Das müssen Sie mir einmal erzählen; mein Mann spricht nie darüber.«

»So kenne ich dich gar nicht, alter Junge!« sagte Thomas grinsend, und Irene sagte: »Wie kennen Sie ihn denn?«

Es hatte ja einmal kommen müssen, und sosehr sich Rudolf vor diesem Augenblick immer gefürchtet hatte, so ruhig sah er ihm jetzt auch entgegen. Nicht etwa, daß seine Furcht vor dieser Enthüllung inzwischen geringer geworden wäre, als sie es noch vor zehn oder fünfzehn Jahren war. Die Furcht war unverändert, es mangelte ihm heute nur an jener Eitelkeit, die immer gleich alles zu einer Frage des Überlebens werden läßt. Damals hätte er vielleicht noch versucht, es unter allen Umständen zu verhindern. Heute schien es ihm gering, gemessen an dem, was von ihm ohnehin schon auf der Strecke geblieben war, und Katharina würde sich höchstens darüber amüsieren. Katharina hatte nie einen Helden gebraucht, sie hatte einen kleinen Spießer mit Geld geheiratet, der noch heute mit der Dampfeisenbahn aus seiner Kinderzeit spielte, und mehr hatte sie damals nicht gewollt.

Immerhin war es für ihn selbst aufschlußreich, daß ihn Katharinas Reaktion im Augenblick stärker beschäftigte als die von Irene. Vielleicht deshalb, weil er sie sich schon so oft in Gedanken ausgemalt hatte, daß sie ihn auf keinen Fall mehr überraschen konnte, und ehe Irene nicht wußte, wie sich die Sache nun wirklich zugetragen hatte, würde sie Thomas auch nicht aus dem Haus gehen lassen. Insofern war es gleichgültig, ob sie es jetzt erfuhr oder erst morgen oder übermorgen, aber Thomas übte sich vorläufig in kumpelhafter Solidarität, sagte, es seien damals eben verrückte Zeiten gewesen, und wenn Rudolf nicht darüber sprechen wolle, dann wolle er es auch nicht. Geradeso, als ob er wüßte, daß er sich mit dieser wichtigtuerischen Formulierung für sie nahezu unentbehrlich machte. Rudolf sagte angewidert: »Es ist mir egal, ob du es ihr erzählst oder nicht.«

»Jetzt möchte ich es doch einmal genau wissen«, sagte Irene und legte ihr Besteck weg. Es gab ihre Spezialität an warmen Abenden, Matjes mit Bohnen und Kartoffeln, dazu Bockbier.

»Es waren verrückte Zeiten«, sagte Thomas wieder, und Irene sagte kühl: »Für uns genauso; wir hatten fast täglich Luftangriffe. Hing es nicht mit einem amerikanischen Panzervorstoß zusammen?«

»Dann wissen Sie es ja schon«, sagte Thomas. »Ihr Mann hat ein paar abgeschossen.«

»Warum kann man dann nicht darüber reden?« sagte Irene. Thomas schob mit unübersehbarer Gereiztheit seinen Teller von sich und sagte: »Wir tun es ja schon die ganze Zeit.«

Vielleicht war er doch nicht mehr der gleiche Schwätzer wie früher, er tat Rudolf in dieser Sekunde fast ein wenig leid. Er trank sein Glas aus und sagte: »Es war eine Falschmeldung.«

»Was?« sagte Irene verständnislos, und Thomas sagte betroffen: »Aber hör mal...«

»Er weiß so gut wie ich, daß es eine Falschmeldung war«, sagte Rudolf. »Die Panzer sind in ein vergessenes deutsches Minenfeld gefahren; ein General, der es von weitem beobachtet hatte, glaubte, ich hätte sie abgeschossen, und meldete es der Division.«

Es erschien ihm plötzlich verwunderlich, warum er es niemals erzählt hatte, dabei war es jetzt so einfach gewesen. Er blickte in das weiße Gesicht Irenes, dann in das betroffene von Thomas, dann stand er auf und ging durch die Tür die Treppe hinauf in sein Schlafzimmer. Er setzte sich auf das Bett, betrachtete seine Hände, und zum erstenmal seit langer Zeit empfand er wieder uneingeschränkte Genugtuung. Nicht darüber, daß sie es nun endlich wußte. Von allen war dies sozusagen die stärkste Säule gewesen, auf der seine Ehe ruhte, auch später noch, als sich die anderen als untauglich erwiesen hatten. Seine Genugtuung kam vielmehr aus dem Gefühl, sich endlich selbst überwunden, mit ein paar Worten, die ihm jetzt nicht mehr Mühe abverlangt hatten als alle seine Worte an sie, sich von einem Alptraum befreit zu haben, der es ihm zwanzig Jahre lang unmöglich gemacht hatte, ihr unbefangen in die Augen zu schauen, ihr unbefangen das zu sagen, was er ihr unzählige Male hatte sagen wollen, und nun schien es ihm, als wäre er innerlich so leer wie eine weggeworfene alte Hose.

Er ertappte sich dabei, daß er grinste, er saß grinsend auf seinem Bett und betrachtete noch immer seine Hände. Ein nicht unsympathischer magerer Mann, der auch eine Stunde später noch auf seinem Bett saß und sich so leer fühlte wie lange nicht mehr.

So saß er auch noch, als Irene hereinkam, das Licht anknipste und in der Tür stehenblieb. Sie sagte nichts, stand nur in der Tür und starrte ihn an, und er stellte fest, daß sie miserabel aussah, kein Blut mehr unter der Haut, spitze Backenknochen, ein fremdes Gesicht, in dem seine Existenz keine anderen Spuren als die einer grenzenlosen Enttäuschung hinterlassen hatten. »Ich weiß, es war nicht fair von mir«, sagte er, und Irene sagte mit fremder Stimme: »Was bist du doch für ein kleiner, schäbiger Dreckskerl.«

»Ich war immer ein kleiner, schäbiger Dreckskerl«, sagte Rudolf, »aber ein kleiner, schäbiger Dreckskerl hätte dir nicht genügt. Ohne eine hübsche Fassung hast du noch nie etwas in deine Kollektionen aufgenommen. Und da wir schon einmal dabei sind ...«

Er stand auf, ging zu ihr hin und blickte grinsend in ihr weißes Gesicht. »Ich habe es so satt wie deinen Hintern«, sagte er. »Du kannst dir gar nicht vorstellen, wie ich deine Visage satt habe.«

Er hatte nicht die Absicht gehabt, ihr gerade das zu sagen, aber wenn er sich vorhin noch innerlich leer gefühlt hatte, so steckte er jetzt bis obenhin voll mit kalter Wut, und er sagte in seiner kalten Wut: »So satt wie deinen bloßen Arsch, verstehst du?«

Sie sagte nichts, er sah nur, wie ihr Gesicht unter seinen Worten zersplitterte, wie eine von einem Stein getroffene Glasscheibe. Das letzte, was er von ihr sah, bevor sie sich umdrehte und ihn allein ließ, waren ihre entsetzten Augen.

Er setzte sich wieder auf sein Bett, steckte sich eine Zigarette an und grinste weiter, ohne es zu wissen. Es war der gleiche Reflex gewesen, aus dem heraus man Spinnen tötete und Würmer. Die Würmer, weil man eines Tages von ihnen aufgefressen wird. Alle Welt haßte Würmer und Spinnen, die Spinnen ihrer dünnen Beine wegen, mit denen sie ihre Beute festhalten, wenn sie ihren Körper leerpumpen. Irenes Beine waren immer dünn gewesen und mit fünfzehn Jahren auch schon sehr lang. Mit sehnigen, dem Führer ergebenen BDM-Beinen kreuzte sie damals wieder seinen Weg.

»HALLO, RUDOLF!«

Er hätte sie fast nicht wiedererkannt. »Verdammt groß bist du geworden«, sagte er verwundert, und sie sagte: »Du auch, Rudolf. Warum hast du uns nie besucht?«

Davon abgesehen, daß ihr Vater noch immer in dem Ruf stand, ein großer Nazi zu sein, hatte es auch sonst noch einige private Gründe gegeben, sie in den vergangenen Jahren nicht mehr zu besuchen, aber das lag nun alles schon so weit zurück, daß es kaum mehr wichtig war. Seit er vor einem knappen Jahr den billigen Verführungskünsten eines Fräuleins übler Art erlegen war, das ihn, gegen angemessenes Honorar mit der gelangweilten Routine und barbarischen Gründlichkeit seines Handwerks, in jene geheimnisvollen Bezirke menschlichen Seins eingeführt hatte, deren rechtzeitige Offenbarung den Kindern gegenüber von den meisten Eltern in so sträflicher Weise versäumt wird, weckte selbst die Erinnerung an sein harmloses Intermezzo mit Irene im grünen Mainwald keine Schuldkomplexe in ihm, eher ein Gefühl nachsichtiger Verwunderung. Sie war jetzt auch nicht mehr das naive Mädchen von damals, sah für ihre fünfzehn Jahre schon fast erwachsen aus und hatte, abgesehen von ihren unverändert dünnen Beinen, einen bemerkenswerten Reifeprozeß durchgemacht. Was da vor ein paar Jahren nur als vage Andeutung vorhanden gewesen war, hatte sich inzwischen zu handgerechten Formen und Dimensionen entwickelt, und hübsch war sie schon immer gewesen. Ihr Gesicht war hübscher als die Gesichter jener Mädchen, die er in den Garnisonstädten seiner bisherzigen Militärzeit kennengelernt hatte, ein sehr regelmäßiges Mädchengesicht, frisch und klar; es tat direkt gut, sie anzuschauen. Wenn sie zwei oder drei Jahre älter gewesen wäre, hätte er sie ins Kino eingeladen, er sagte: »Vielleicht hätte es deinen Eltern nicht gepaßt, wenn ich euch besucht hätte. Was macht Erich?«

»Der macht jetzt sein Abitur«, sagte Irene. »Er will Architekt werden.«

Der kleine, pummelige Erich als Architekt! Rudolf grinste. »Er hatte schon immer komische Einfälle. Was wird dann aus eurem Geschäft?«

»Das übernehme ich«, sagte Irene. »Mein Vater will es so; Erich hat kein Talent dafür.«

Das waren natürlich ganz neue Aspekte, und während er Irene unter diesen neuen Aspekten betrachtete, entschloß er sich, mehr intuitiv als überlegt, sie doch ins Kino einzuladen, und sie war sofort einverstanden. Am Abend trafen sie sich an einer Straßenecke, in ihrem knielangen blauen Kleid sah sie fast wie eine Dame aus, Rudolf sagte: »So kenne ich dich noch gar nicht«, und Irene sagte: »Wir haben uns auch schon lange nicht mehr gesehen.«

»Drei Jahre«, sagte Rudolf, und Irene sagte: »Fast vier« und wurde ein wenig rot dabei. »Hast du Urlaub?« fragte sie. Er nickte, und Irene sagte: »Vor einem Jahr habe ich dich einmal gesehen; in Uniform.«

Rudolf hatte sie nicht gesehen, er sagte: »Im Urlaub trage ich sie kaum.«

»Aber sie haben dich doch jetzt entlassen?« fragte Irene.

Das hatte er ursprünglich auch gehofft, aber seit die Geschichte mit der Tschechoslowakei passiert war, redete kein Mensch mehr davon. Es war allerdings nicht so, daß Rudolf sehr unglücklich darüber gewesen wäre, es gab in der letzten Zeit zwischen ihm und seinem Vater Differenzen. Rudolfs ursprüngliche Abneigung gegen die Nazis war nicht mehr so vorbehaltlos; seit sie eine weltgeschichtliche Korrektur nach der anderen durchsetzten und die fremden Staatsmänner ihnen das Haus einliefen, fühlte er sich geneigt, sie zu akzeptieren, und es gab kaum einen Mann in seiner Kompanie, der anders empfunden hätte als er. Nur sein Vater ließ sich durch nichts beeindrucken, für Rudolf war er ein verbohrter alter Mann, dem jeder Sinn für historische Ereignisse fehlte, ein unverbesserlicher Sozi mit politischen Scheuklappen vor den Augen.

Rudolf sagte: »Es sieht nicht so aus, als ob sie uns überhaupt entlassen würden. Übermorgen muß ich wieder in die Kaserne zurück.«

»Bist du schon Unteroffizier?« fragte Irene, und Rudolf sagte: »Obergefreiter, aber vielleicht melde ich mich jetzt für die Offizierslaufbahn.«

Er hätte es schon vor einem Jahr getan, wenn sein Vater nicht dagegen gewesen wäre; schließlich war es nämlich auch eine pekuniäre Frage, er hatte die finanzielle Abhängigkeit von seinem Vater satt, und als Obergefreiter konnte man sich nicht einmal ein verwöhntes Mädchen wie zum Beispiel Irene leisten. »Das wäre prima«, sagte sie begeistert. »Als Offizier würdest du bestimmt gut aussehen.«

»Na ja«, sagte Rudolf geschmeichelt. Außerdem war er es in diesen zwei Jahren überdrüssig geworden, sich von jedem hergelaufenen Unteroffizier herumkommandieren lassen zu müssen. Mit Politik hatte es ohnedies nichts zu tun, ob man Offizier war oder nicht.

Im Kino kaufte er Irene eine Tüte mit Karamellen, steckte ihr eine in den Mund, und Irene berührte mit der Zungenspitze seine Finger und sagte: »Zu Hause wissen sie nicht, daß ich im Kino bin; ich habe ihnen gesagt, ich hätte Dienst.«

»BDM-Dienst?« fragte Rudolf, und Irene nickte. »Sonst gehe ich immer hin«, sagte sie, und dann fing der Film an. Den ersten Teil mit der Wochenschau bekam Rudolf noch mit, dann berührte er unbeabsichtigt Irenes Hand, und von da an konzentrierte sich sein ganzes Denken und Fühlen auf ihre Nähe. Es war plötzlich wieder genauso wie im Wald, als er ihr den Rücken gestreichelt hatte, und Irene hielt seine Hand so fest umklammert, als handelte es sich um eine liebgewordene Puppe, die sie um keinen Preis der Welt mehr hergeben wollte. Später hielt sie sie mit ihren dünnen Beinen fest, ihre mageren Schenkel fühlten sich ganz kühl an, Rudolf registrierte es ebenso mit Verwunderung wie mit Erregung. Wären die Leute in den hinteren Reihen nicht gewesen, er hätte sie sicher geküßt, er genierte sich aber noch immer ein wenig, weil sie so jung war, hatte deshalb wieder Skrupel, aber schließlich hatte sie bereits einen gutentwickelten Busen, Haare und auch sonst alles, was das üble Fräulein von damals auch gehabt hatte, zwar noch nicht so aufdringlich und mehr im verborgenen, was es, für Rudolfs Empfinden, besonders reizvoll machte, er war so in seine verschiedenen Wahrnehmungen versunken, daß ihm der Film viel zu rasch zu Ende ging, und als es hell wurde, hatten sie beide rote Köpfe, und Irene hielt wieder seine Hand fest, im Kino und auf dem Weg aus dem Kino hinaus und auch noch draußen auf der Straße. Sie redeten nichts, gingen wie benommen durch die Straßen, und in einer dunklen Nische küßte er sie. Sie hatte überhaupt keine Ahnung, wie man sich dabei anstellte, fuhr ihm mit den nassen Lippen ständig um die Nase herum und fühlte sich unter ihrem dünnen Kleidchen alles in allem so unfertig an, daß er doch wieder Skrupel bekam und sie unvermittelt losließ. »Sehen wir uns morgen wieder?« fragte sie enttäuscht, und Rudolf sagte: »Ja« und brachte sie nach Hause, aber am nächsten Tag versetzte er sie und verbrachte den Abend bei seinen Eltern.

Als er einmal hinter der Gardine stehend aus dem Fenster schaute, sah er sie unten auf der Straße. Seine Befürchtung, sie würde heraufkommen, erfüllte sich nicht, einige Zeit später war sie verschwunden und ließ sich auch nicht mehr sehen. »Ich habe dir noch einen Kuchen gebacken«, sagte seine Mutter. Sie wirkte an diesem Abend sehr bedrückt, auch sein Vater redete nicht viel, saß die meiste Zeit am Radio und hörte ausländische Sender, obwohl er sich diesen letzten Tag von Rudolfs Urlaub extra freigenommen hatte. Rudolf sagte: »Was die erzählen, stimmt auch nicht alles.«

»Das habe ich ihm schon hundertmal gesagt«, sagte seine Mutter. Sie war in den letzten Jahren völlig grau geworden, ihre Haut welk, wenn Rudolf sie anschaute, tat sie ihm leid. Sie gehörte zu jenen Frauen, die den Führer nur insgeheim verehrten, und sie litt unter dieser Intoleranz ihrem Mann gegenüber, schluckte alles in sich hinein und machte sich damit kaputt. »Wenn sie jetzt noch mit den Polen anfangen«, sagte sein Vater vom Radio her, »gibt es Krieg«, und Rudolf sagte: »Das hast du uns schon vor zwei Jahren erzählt. Die sind viel zu schlau, um sich auf so etwas einzulassen.«

»Du bist so dumm wie deine Mutter«, sagte sein Vater und schaltete das Radio aus. Dann betrachtete er die Uniform, die Rudolfs Mutter am Nachmittag frisch gebügelt hatte, und sagte: »In vier Wochen kannst du schon tot sein.«

»Und wennschon!« sagte Rudolf. »Besser tot, als ständig deine Meckerei anhören müssen. Warum gehst du nicht zu den Russen, wenn sie dir lieber sind?«

»Das will ich dir sagen«, sagte sein Vater, aber er sagte dann nichts, sondern schlug Rudolf mit der großen Hand mitten auf den Mund und ging wieder in sein Schlafzimmer. »Du brutaler Mensch!« schrie Rudolfs Mutter hinter ihm her. Mehr konnte sie nicht sagen, weil sie einen Weinkrampf bekam.

Rudolf wischte sich das Blut vom Mund, er brachte vor Zorn und Schmerz keinen Laut heraus. Während er seiner Mutter beruhigend die zuckenden Schultern tätschelte, nahm er sich endgültig vor, Offizier zu werden. »Er wird mich nie mehr schlagen.« – Zwei Jahre später sprengten polnische Partisanen einen Güterzug mit einer Ladung fabrikneuer Kanonen in die Luft. Als man Karl Wittmann von der Lokomotive herunterholte, war er bereits tot.

Rudolf bekam einen kurzen Sonderurlaub. Bei der Beerdigung sah er Irene in einem schwarzen Mantel unter den wenigen Leuten stehen, die es Karl Wittmann wenigstens nach seinem Tod verziehen hatten, daß er nie bereit gewesen war, sich mit den Nazis zu arrangieren. Auch Onkel Friedrich war da, er half Rudolf, seine Mutter nach Hause zu bringen, und sagte: »Es war das Beste für euch alle; er hätte euch mit seinem Lästermaul noch in Teufels Küche gebracht. Habt ihr eine Flasche Bier im Haus?«

»Ich hole dir eine«, sagte Rudolf, und vor der Haustür traf er Irene. Sie stand mit ihrem schwarzen Mantel im Regen, eine richtige junge Dame. »Es tut mir so leid, Rudolf«, sagte sie.

»Ja«, sagte Rudolf, und sie gingen, als hätten sie sich verabredet, nebeneinander durch die Straße. Rudolf sagte: »Du wirst dir die Kleider verderben.«

»Eigentlich müßte ich sehr böse mit dir sein«, sagte Irene, und Rudolf sagte: »Ich weiß es, aber es war damals der letzte Abend, und ich wollte meine Eltern nicht allein lassen.«

»Auf einen Sprung hättest du herunterkommen können.«

»Ich hatte Angst«, sagte Rudolf, und Irene sagte: »Vor mir?«

»Das auch«, sagte Rudolf. »Du warst noch zu jung.«

»Heute nicht mehr«, sagte Irene. Rudolf blieb stehen, er strich mit der Hand über ihr nasses Haar und sagte: »Das verstehst du noch nicht.«

»Ich glaube, ich verstehe das sehr gut, Rudolf«, sagte sie, und Rudolf legte für einen Augenblick den Kopf auf ihre Schulter und sagte: »Ich habe oft an dich gedacht.«

»Ich auch an dich, Rudolf«, sagte Irene. Und dann sagte sie: »Du weinst ja!«

»Ja«, sagte er. »Es sieht so aus«, und wischte sich mit dem Ärmel die Augen ab. »Ich muß morgen wieder weg«, sagte er, und Irene fragte: »Wo liegt ihr?«

»Vor Moskau«, sagte Rudolf. »Vielleicht sehen wir uns jetzt nicht mehr«, aber er sah sie schon nach einem halben Jahr wieder, und sie sagte lächelnd: »Ich gratuliere dir, Rudolf.«

»Ich hätte nie Offizier werden sollen«, sagte er. »Als einfacher Soldat bist du wenigstens nur für dich selbst verantwortlich.«

»Ja, das verstehe ich«, sagte Irene und lud ihn zu sich nach Hause ein, aber Rudolf schüttelte den Kopf. »Wenn es nicht so viele von seiner Sorte geben würde«, sagte er, »sähe heute alles ganz anders aus.«

»Er ist mein Vater«, sagte Irene. »Soll ich ihm davonlaufen?«

»Nein«, sagte Rudolf. »Natürlich nicht.« Sie hatte inzwischen ihr eigenes Fahrrad bekommen, und nach dem Essen fuhren sie spazieren; die Uniform hatte Rudolf im Schrank gelassen. »Erich geht es gut?« fragte er, und Irene sagte: »Sie haben ihn vor acht Wochen zum Arbeitsdienst eingezogen. Liegt ihr immer noch vor Moskau?«

»Schon lange nicht mehr«, sagte Rudolf. Ihr Rock war zum Fahrradfahren viel zu eng, sie streifte ihn weit über die Knie, und Rudolf sagte: »Wohin fahren wir eigentlich?«

»Weißt du es nicht mehr?« sagte sie.

Er wußte es noch, und im Wald stellten sie die Räder an einen Baum. Hier sah man wenigstens keine SA-Uniformen und Etappenhengste; Rudolf konnte sie nicht ausstehen. »An dieser Stelle muß es gewesen sein!« sagte Irene. Sie wurde nicht rot, schaute ihn mit ihren schönen Augen fest an, und dann setzten sie sich dorthin, wo sie schon damals gesessen hatten. »Du bist ganz anders geworden«, sagte sie, und Rudolf sagte: »Bis vor zwei Jahren konnte ich kein Blut sehen.«

»Wir werden den Krieg gewinnen«, sagte Irene. »Ich glaube fest an den Führer.«

»Glaube, an wen du willst«, sagte Rudolf. Er steckte sich eine Zigarette an, und Irene nahm ihm die Zigarette aus der Hand, tat einen Zug und sagte: »Ich habe noch nie geraucht.«

»Warum tust du es jetzt?« sagte Rudolf. Sie sagte: »Ich weiß nicht.«

Es war ein sehr schöner Tag und der Wald still und kühl. Rudolf dachte daran, daß er in zehn Tagen wieder weg mußte, er sagte: »Ich wollte dir ein paarmal schreiben.«

»Ich habe immer so darauf gewartet«, sagte Irene. Sie weinte lautlos, saß im Gras zwischen dem hohen Gesträuch und weinte nur mit den Augen. »Ich war nicht immer anständig zu dir«, sagte Rudolf beklommen, aber sie schüttelte den Kopf und sagte: »Das ist es nicht.«

»Ich bin an einem Sonntag geboren«, sagte Rudolf und küßte ihre verweinten Augen. Er hatte seit der Geschichte mit dem üblen Fräulein kein Mädchen mehr gehabt und streichelte ihre Brust. Als er die Bluse aufknöpfte, legte sie sich auf den Rücken und sagte: »Ich habe immer daran denken müssen. Du auch?«

»Ja«, sagte Rudolf. Ihr enger Rock machte ihm Mühe, sie sagte: »Ich ziehe ihn aus, Rudolf.«

Es erinnerte ihn an ein Lazarett, seine Erregung war plötzlich weg, er sagte: »Laß nur« und nahm die Hände von ihr. Sie schaute ihn wieder an wie damals, mit einem leeren Gesicht, und sie tat ihm leid. Er zog sie an sich, aber es wurde auch nicht anders, als er ihre Hand in seine Hose schob, sie verhielt sich stocksteif dabei, und der Augenblick kam nicht wieder. »Du bist ein merkwürdiges Mädchen«, sagte er. »Hast du noch nie einen Freund gehabt?«

»Außer dir nicht«, sagte Irene. Er brachte sie nach Hause, und dort sagte sie: »Es ist besser, du wartest im Wald auf mich.«

Er wartete fast eine ganze Stunde auf sie, dann kam sie atemlos angefahren. »Meine Mutter wollte mich nicht weglassen«, sagte sie. »Sie hat mich heute nacht im Bett weinen hören.«

»Warum hast du geweint?« fragte Rudolf. Sie zuckte nur mit den Schultern.

Heute war es ganz anders, sie redeten kein Wort dabei, lagen nur am

Boden, küßten und streichelten sich, und weil er ihretwegen die halbe Nacht nicht geschlafen hatte, wuchs seine Erregung mit jeder Berührung. Sie trug diesmal einen weiten Rock, den er ihr nicht auszuziehen brauchte, und als sie zu zittern anfing, war es bereits zu spät. Ohne einen Laut von sich zu geben, lag sie mit schmerzverzerrtem Gesicht da, hielt sich an seinen Armen fest und weinte mit zuckenden Lippen, aber Rudolf sah es nicht, und als er sie wieder sehen konnte, hatte sie das Gesicht mit beiden Händen bedeckt. »Was hast du mit mir gemacht?« fragte sie tonlos, und Rudolf sagte genauso tonlos wie sie: »Das ist nur beim erstenmal so; hab' keine Angst.« Er ließ sich neben sie fallen, streichelte ihre mageren Schenkel und sagte: »Wirklich! Du brauchst keine Angst zu haben.«

Ähnlich war es gewesen, als sie dem brüllenden Gefreiten Metzler die Hose ausgezogen hatten; Rudolf hatte sich neben seinem Kopf übergeben müssen.

Er stand mit käsigem Gesicht auf, ging ein Stück in den Wald hinein und rauchte eine Zigarette. Wenn er Glück hatte, würden sie noch in der alten Stellung liegen, ein kahler Hügel in einer kahlen Landschaft mit einem endlosen Himmel darüber. Er kehrte zu Irene zurück, sie saß mit verweintem Gesicht am Boden und sagte: »Es tut so weh.«

»Das hört bald auf«, sagte Rudolf. »Hast du dich abgeputzt?«

»Mit meinem Taschentuch«, sagte sie.

»Du bist ein vernünftiges Mädchen«, sagte Rudolf und küßte sie auf den Mund.

»Bekomme ich jetzt ein Kind?« fragte sie furchtsam, und Rudolf sagte: »Wofür hältst du mich. Du kriegst bestimmt keines.«

»Ich helfe meinem Vater schon im Geschäft«, sagte sie. »Er würde mich hinauswerfen.«

»Du kannst völlig unbesorgt sein«, sagte Rudolf, und Irene schlang die Arme um seine Beine. Sie preßte das Gesicht gegen seine Knie und sagte: »O Rudolf!«, sonst nichts. So blieb sie über eine Minute sitzen, während er ihr Haar streichelte, und von da an trafen sie sich jeden Tag im Wald. Am letzten Tag seines Urlaubs weinte sie wieder, sagte, sie würde in den Main springen, wenn ihm etwas passiere, und Rudolf sagte: »Der Krieg kann nicht mehr lange dauern. Mir passiert bestimmt nichts.«

»Jetzt ist es mir egal, ob wir ihn gewinnen oder nicht«, sagte Irene weinend. »Wenn du nur wieder nach Hause kommst.«

»Bestimmt!« sagte Rudolf beruhigend.

Der Schmerz an seinen Fingern kam von der brennenden Zigarette, er drückte sie rasch aus, blieb noch eine Weile auf seinem Bett sitzen und ging dann zu Irene hinüber.

Sie lag auf dem Bauch und preßte das Gesicht in das Kissen. Sie trug eines ihrer durchsichtigen Nachthemden, die ihr nur bis an die Knie reichten, und sie hatte sich nicht zugedeckt. Er betrachtete ihre langen weißen Beine: »Ich habe das nicht sagen wollen; verzeih mir.«

Er setzte sich neben sie, berührte ihren Rücken, und sie fuhr so rasch herum, daß sie ihn mit der Hand voll ins Gesicht traf, ehe er ihrem Schlag ausweichen konnte. »Du Vieh!« sagte sie. »Du dreckiges, jämmerliches, elendes Vieh!« Und dann fing sie an zu schreien. Er blickte auf ihren schreienden Mund, auf die Speichelfäden in ihren Mundwinkeln, und er erkannte sie nicht wieder.

An der Tür traf er mit Mathilde zusammen, sie sagte verstört: »Was ist denn los, um Gottes willen, Herr Wittmann!«

»Nichts«, sagte Rudolf. »Gehen Sie wieder in Ihr Bett.« Und als sie stehenblieb und ihn entsetzt anstarrte, sagte er ganz leise: »Sie sollen sich zum Teufel scheren!«

Sie sagte wieder: »Um Gottes willen!« und rannte in ihrem geblümten Morgenrock die Treppe hinunter. Einen Augenblick später kam Thomas herauf, Thomas in einem blau-weiß gestreiften Pyjama. »Was ist passiert, Menschenskind?« sagte er. »Habt ihr euch gestritten?«

»Nein«, sagte Rudolf. »Wir unterhalten uns immer so.«

Es war jetzt still geworden in Irenes Zimmer, Thomas kam die Treppe herauf und sagte: »Du blutest!«

»Ja?« sagte Rudolf und wischte sich mit dem Handrücken das Blut von der Nase. Thomas starrte ihn betroffen an. »Und alles wegen dieser lächerlichen Geschichte!« sagte er. »Soll ich einmal mit ihr reden?«

»Warum nicht«, sagte Rudolf. Er blickte in sein hageres, verlebtes Gesicht. »Hier ist die Tür!« sagte er.

»Ich könnte ihr ja erzählen . . .«, sagte Thomas, und Rudolf stieß Irenes Schlafzimmertür auf und sagte: »Erzähl es ihr!«

Er blieb einen Schritt neben der Tür stehen und beobachtete, wie Thomas mit vorgestrecktem Kopf in das Zimmer schaute. »Warum gehst du nicht hinein?« fragte er, und Thomas sagte mit feuerrotem Gesicht: »Aber das kannst du doch nicht . . .« Und in das Zimmer sagte er: »Entschuldigen Sie, Frau Wittmann, er hat mich einfach . . . ich hatte ja keine Ahnung.«

»Hast du noch nie einen Weiberarsch gesehen?« sagte Rudolf und ging die Treppe hinunter. Er wußte noch immer nicht, was er tat. Erst als er unten eine Minute gewartet hatte, kehrte er zu Irenes Zimmertür zurück, und Thomas war nicht mehr zu sehen. Er drückte die Klinke hinunter, und die Tür war abgeschlossen. Er schlug mit der Faust dagegen, und Irene öffnete ihm im Morgenrock und sagte: »Warum gehst du nicht zu deiner kleinen Mätresse hinüber; wir kommen hier ohne dich zurecht.«

Ihr Gesicht wirkte völlig normal, und an ihrem Gesicht vorbei sah

Rudolf Thomas in seinem blau-weiß gestreiften Pyjama verlegen grinsend neben ihrem Bett stehen, dann schlug sie ihm die Tür vor der Nase zu. Er hörte noch, wie sie den Schlüssel herumdrehte, und als er zum zweitenmal die Treppe hinunterstieg, sah er Erich und Katharina ins Haus kommen und hinter ihnen Mathilde. »Was geht hier vor«, fragte Erich gereizt. Sicher hatte er schon tief geschlafen; wenn man ihn aus dem Schlaf weckte, war er für die nächsten zwei Stunden nicht zu ertragen. Rudolf betrachtete seine dicken nackten Beine unter dem Mantel, auch Katharina trug nur einen Mantel über ihrem Pyjama, ihr Gesicht war ohne Farbe. Sie sagte: »Mathilde hat uns gerufen.«

»Das habe ich mir gedacht«, sagte Rudolf, und Mathilde rannte in ihrem geblümten Morgenrock rasch in ihr Zimmer. »Was ist geschehen«, sagte Katharina mit farblosem Gesicht, und Rudolf sagte: »Sie weiß alles.«

Sie tastete sich wie blind zu einem Sessel und ließ sich hineinfallen. »Was weiß wer?« sagte Erich. Mit seinen dicken nackten Beinen unter dem Mantel sah er ungemein lächerlich aus; er schlief nur in Nachthemden, Pyjamas waren ihm zu unbequem.

Rudolf ging zu Katharina, beugte sich zu ihr hinunter und sagte ruhig: »Ist es dir lieber, wenn er es von ihr erfährt?«

»Nein«, sagte sie, und Rudolf sagte zu Erich: »Wir lieben uns.«

»Wer?« fragte Erich, und sein dickes, rundes Gesicht wirkte flach wie eine Scheibe.

»Katharina und ich«, sagte Rudolf. »Wir haben nichts dagegen, wenn du dich scheiden läßt.«

Erich schaute ihn an wie ein Schaf, während sich sein flaches Gesicht langsam mit Blut füllte, bis es wie eine knallrote runde Scheibe aussah. Dann sagte er: »Fällt mir nicht ein. Oder bildest du dir ein, ich hätte das nicht gewußt?«

»Was hast du gewußt?« sagte Rudolf, und Erich schrie: »Alles, alles habe ich gewußt. Daß ich eine kleine, dreckige Hure geheiratet habe, die von mir ein Kind hat und es hintenherum mit dir treibt. Für wie dumm haltet ihr mich eigentlich?«

»Anscheinend noch immer nicht für dumm genug«, sagte Rudolf leise, und Erich schrie: »Bildet euch ja nicht ein, daß ich in der Stadt mit den Fingern auf mich zeigen lasse, und wenn sie ein Kind von dir bekommt, werde ich es adoptieren, verstehst du!« Er rannte auf seinen nackten Beinen zur Tür, und an der Tür drehte er sich noch einmal um und schrie: »Nie lasse ich mich scheiden, versteht ihr, nie!« Dann war er draußen, und Katharina sagte mit blutleerem Gesicht: »Gib mir etwas zu trinken!«

Rudolf ging in das Wohnzimmer, holte eine Flasche und zwei Gläser, stellte sie in der Diele auf den Tisch, und bei alldem fühlte er nichts. »Er muß es von ihr erfahren haben«, sagte Katharina tonlos. »Er kann es nur von ihr erfahren haben.«

»Möglich«, sagte Rudolf und goß die Gläser voll. Eins gab er Katharina, und sie trank es mit geschlossenen Augen aus und sagte dann: »Was tun wir jetzt?«

»Vorerst nichts«, sagte Rudolf, und Katharina sagte: »Wenn er sich nicht scheiden läßt, tue ich auch nichts. Meine Eltern würden es nicht überleben.«

»Das haben schon unzählige Eltern vor ihnen überlebt«, sagte Rudolf. Dann fiel ihm wieder ein, daß Thomas immer noch in Irenes Schlafzimmer war. Es versetzte ihm einen Stich, der ihn zusammenzucken ließ, aber Katharina merkte es nicht, sie saß mit weißem Gesicht vor ihrem leeren Glas und starrte geistesabwesend in die Luft. »Wie sie es nur herausbekommen hat!« sagte sie. »Wir waren doch immer so vorsichtig.«

»Nicht vorsichtig genug«, sagte Rudolf und stieg die Treppe zu seinem Schlafzimmer hinauf. Er holte seine alte Dienstpistole aus der Nachttischschublade, und während er sie in der Hand hielt, merkte er, wie lächerlich das alles war. Er legte sie wieder in die Schublade und kehrte zu Katharina zurück. »Ich kann jetzt unmöglich zu ihm hinübergehen und mich wieder neben ihn ins Bett legen«, sagte sie. »Ist Irene in ihrem Zimmer?«

»Sie wird uns nicht stören«, sagte Rudolf. »Sie hat diesen Scheißkerl bei sich.«

»Deinen Kriegskameraden?« sagte Katharina fassungslos.

»Ganz legal«, sagte Rudolf. »Ich habe ihn selbst zu ihr hineingeschickt.« Er setzte sich und fing an zu grinsen. Er sah völlig entstellt aus, während er grinste, und Katharina sagte rauh: »Was hast du vor?«

»Nichts«, sagte Rudolf. »Du kannst dich in das große Gästezimmer legen. Wenn sie morgen früh weg ist, kommst du heraus; ich sage dir Bescheid.«

Er ging mit ihr und half ihr aus dem Mantel. »Wenn sie hereinkommt...«, sagte sie. Rudolf schloß die Tür von innen ab, und sie legte sich in eins der beiden Betten im Gästezimmer; er sah, daß sie am ganzen Körper zitterte. »Versuch zu schlafen«, sagte er. »Morgen früh sehen wir weiter. Hat er sich nie etwas anmerken lassen?«

»Erich?«

»Man sollte wissen, wann sie dahintergekommen sind«, sagte Rudolf. Er setzte sich neben sie und streichelte ihr Gesicht. »Er hat nie ein Wort gesagt«, sagte Katharina.

»Irene wird ihm davon abgeraten haben.«

»Warum?«

»Das weiß ich auch noch nicht«, sagte Rudolf. »Mir ist lieber, daß sie es wissen.«

Das war nicht einfach so dahergesprochen, in einem gewissen Sinne fühlte er sich innerlich freier als vorher. Thomas fiel ihm wieder ein, ein paar Sekunden fühlte er sich versucht, hinaufzugehen und die Tür aufzubrechen, aber sicher tat sie es nur, um ihn, Rudolf, zu provozieren, aus Enttäuschung, Haß oder was immer auch dahinterstecken mochte, und neben ihm sagte Katharina: »Wieso ist dein Kriegskamerad bei ihr?«

»Sie will sich revanchieren«, sagte Rudolf.

Vielleicht war es trotzdem das Ende. Wenn sie sich scheiden ließ, würde er betteln gehen müssen, für einen Mann in seinem Alter gab es keine Stellungen mehr, wenigstens keine, mit denen es sich noch lohnte weiterzuleben.

Katharina tastete nach seiner Hand und sagte mit weißem Gesicht: »Ich habe Angst.«

»Ich bleibe bei dir«, sagte Rudolf.

Am Morgen lag sie schlafend neben ihm, und während er sie anschaute, fiel ihm alles wieder ein. Er tastete nach seiner Uhr, es war fünf vor neun, Irene mußte schon längst im Geschäft sein.

Um Katharina nicht zu wecken, stand er vorsichtig auf, zog seine Jacke an und trat auf die Diele hinaus. Dort traf er Thomas, er saß in einem Sessel, blätterte in einer Zeitung und hatte seinen Koffer neben sich stehen. »Zeit, daß du endlich kommst!« sagte er. »In diesem Haus spinnen anscheinend alle. Wo ist deine Frau?«

Wenn es nur Unverfrorenheit war, spielte er seine Rolle gut, fast zu gut, Rudolf ging zu ihm hin, nahm ihm die Zeitung weg und warf sie auf den Tisch. »Wie lange warst du bei ihr?« fragte er.

Thomas zuckte ärgerlich mit den Schultern. »Ich habe nicht auf die Uhr geschaut, eine halbe Stunde vielleicht. Sie gab keine Ruhe, bevor ich ihr alles erzählt hatte.«

»Was erzählt?« fragte Rudolf, und Thomas sagte: »Wie das damals mit den Panzern gewesen war.«

»In ihrem Bett?« fragte Rudolf. Thomas stand gereizt auf. »Jetzt hör mal zu«, sagte er, »du hast mich in diese blödsinnige Situation hineingebracht; ich habe vor Aufregung die halbe Nacht nicht geschlafen.«

»Wo nicht geschlafen?« fragte Rudolf, und Thomas sagte gereizt: »In meinem Zimmer natürlich, wo sonst?«

Rudolf setzte sich hin und dachte ein paar Sekunden nach, dann ging er in die Küche, aber Mathilde war nicht in der Küche, sie war auch nicht in ihrem Zimmer, und als er ihren Schrank öffnete, war er leer. Er kehrte zu Thomas zurück und fragte: »Hast du unsere Haushälterin gesehen?«

»Und ob!« sagte Thomas verdrossen. »Als ich sie nach deiner Frau fragen wollte, rauschte sie mit ihren Koffern gerade zur Haustür hinaus.«

»Dann weiß es jetzt schon ganz Kappersdorf«, sagte Rudolf. Er setzte sich wieder hin und sagte: »Du lieber Gott!«

»Ich verstehe kein Wort«, sagte Thomas verdrossen. »Außerdem habe ich noch nicht gefrühstückt.«

»Warte hier«, sagte Rudolf. Er ging zu Katharina, sie war bereits wach. »Bleib hier, bis ich zurückkomme«, sagte er. »Schließ die Tür ab; ich bringe den Kerl rasch weg.«

»Wen?« fragte Katharina. Sie sah elend aus, blaß und mit Ringen unter den Augen. Er küßte sie auf die Stirn und sagte: »Diesen Scheißkerl.«

»Wo sind die anderen?« fragte Katharina, und Rudolf sagte: »Darüber reden wir, wenn ich zurückkomme.«

Thomas erwartete ihn ungeduldig. »Was wird hier eigentlich gespielt?« fragte er, und Rudolf sagte: »Wie ich sehe, hast du deinen Koffer bereits gepackt.«

»Vorsichtshalber«, sagte Thomas. »Vielleicht störe ich.«

»Das glaube ich auch«, sagte Rudolf. »Willst du wieder in dein altes Hotel?«

»Wenn ich dort noch ein Zimmer bekomme«, sagte Thomas mürrisch, und Rudolf sagte: »In diesem Hotel bekommst du immer ein Zimmer.«

Er ging ins Bad, zog sich in seinem Zimmer um und fuhr Thomas anschließend in die Stadt. Nach dessen Gesichtsausdruck zu urteilen, befriedigte ihn der Verlauf der Dinge in keiner Weise, er fragte: »Passiert das öfter bei euch? Ich habe mich nicht mal von deiner Frau verabschiedet.«

»Dazu hattest du gestern abend ausreichend Gelegenheit«, sagte Rudolf. »Hast du sie wenigstens einmal geküßt?«

»Anscheinend bin ich ein kompletter Idiot«, sagte Thomas, und Rudolf sagte: »Das scheint mir auch so.«

»Es geht mich ja nichts an«, sagte Thomas verdrossen, »aber Hemmungen hat sie jedenfalls keine. In dieser Situation mit einem fremden Mann zu sprechen!«

»Ich hoffe, sie hat wenigstens noch etwas angezogen«, sagte Rudolf mitfühlend, und Thomas schaute ihn böse an und sagte: »Man hätte es meinen sollen. Sie lag im Bett, und ich durfte erzählen.«

»Umgekehrt hätte ich Anstoß daran genommen«, sagte Rudolf. »Vielleicht gefiel ihr dein Pyjama?«

»So eine lächerliche Situation«, sagte Thomas mit rotem Kopf, »habe ich nicht einmal im Krieg erlebt.«

»Was etwas heißen soll!« sagte Rudolf. Das Gespräch erheiterte ihn, obwohl ihm keineswegs heiter zumute war. »Habt ihr etwas gehört?« fragte er, und Thomas fragte: »Was gehört?«

»Stimmen von unten«, sagte Rudolf. »Mein Schwager war noch da.«

»Ich habe nichts gehört«, sagte Thomas und schaute ihn mißtrauisch an.

Rudolf schwieg. Er sprach erst wieder, als sie vor dem Hotel angekommen waren. »Hast du ihr etwas von dem Mädchen erzählt?«

»Von welchem Mädchen?« fragte Thomas, und Rudolf sagte: »In Binaville.«

»Sehe ich so aus?« sagte Thomas eingeschnappt. Er kletterte aus dem Wagen, streckte Rudolf die Hand hin und sagte: »Vielleicht sehen wir uns gelegentlich wieder.«

»Vielleicht«, sagte Rudolf. Thomas grinste plötzlich: »Es ist nicht alles Gold, was glänzt, was?« fragte er, und Rudolf sagte: »Nein« und fuhr davon.

Katharina war nicht mehr da, er sah es, als er eine halbe Stunde später die Tür zum Gästezimmer öffnete. Im ganzen Haus war außer ihm kein Mensch, er schaute auch in Irenes Schlafzimmer nach und ging dann durch den Garten zu Katharina hinüber. Sie war selbst an der Tür und sagte: »Du hättest nicht herüberkommen sollen.« Ihre Stimme klang verändert, unpersönlich und etwas feindselig.

»Ich hätte vieles in meinem Leben nicht tun sollen«, sagte Rudolf. »Darf ich einen Augenblick hineinkommen?« Sie zögerte, dann öffnete sie die Tür und sagte: »Bitte!«

Das Haus hatte die gleiche große Wohndiele wie Irenes Haus, nur die Treppe nach oben war nicht aus Marmor, sondern aus Holz. Heute führte ihn Katharina nicht in das Wohnzimmer, sie setzte sich in der Diele an den Tisch und sagte: »Ich habe mit Erich telefoniert; er kam gerade von deiner Frau.«

»Das habe ich mir gedacht«, sagte Rudolf. »Er hat sich neue Instruktionen geben lassen. Läßt er sich scheiden?«

»Nein«, sagte Katharina. Sie sah nicht mehr so blaß aus wie heute früh, nur die Ringe unter ihren Augen waren noch da. »Er besteht aber darauf, daß wir uns nicht mehr sehen.«

»Etwas schwierig«, sagte Rudolf. »Will er das Haus verkaufen?«

»Ich habe ihm versprochen, daß nichts mehr zwischen uns sein wird«, sagte Katharina, und Rudolf sagte: »Versprechen kannst du viel.«

»Du irrst dich«, sagte sie und blickte ihn fest an. »Ich meine es so, wie ich es gesagt habe. Es wäre künftig sowieso unmöglich zwischen uns.«

»Es war auch bisher möglich, obwohl sie es gewußt haben«, sagte Rudolf, und Katharina sagte: »Warum hast du sie mit dem Ritterkreuz angelogen?«

Er hatte es geahnt. Nachdem Irene es erfahren hatte, mußte es auch Erich erfahren, er sagte: »Alles, was sie darüber wußte, hatte sie nicht von mir.«

»Du hast ihr nie erzählt, was tatsächlich passiert war?« sagte Katharina, und Rudolf sagte: »Warum hätte ich es ihr erzählen sollen?«

»Es war nicht anständig«, sagte Katharina kalt. Sie saß steif auf ihrem Stuhl, die Hände im Schoß verschränkt, distanziert, abweisend und fremd, und Rudolf sagte: »Sie hätte mich auch ohne Ritterkreuz geheiratet.«

»Gerade deshalb war es nicht anständig.«

Er hätte noch einige wesentliche Dinge dazu sagen können, aber so, wie sie dasaß, machte sie es ihm unmöglich. Er stand auf und sagte: »Wenn ich geahnt hätte, wieviel es dir bedeutet, hätte ich es dir erzählt.«

»Mir bedeutet es nichts«, sagte Katharina. »Wir sind ja auch nicht miteinander verheiratet.«

»Nein«, sagte Rudolf, »das sind wir nicht.« Er drehte sich um und ging in den Garten hinaus und vom Garten in sein Schlafzimmer. Er holte wieder die Pistole aus der Schublade, steckte sie in die Tasche und ging in den Wald. Er ging den gleichen Weg, den er noch gestern morgen mit Katharina gegangen war, und es war auch der gleiche Sonnenschein wie gestern. Es war alles unverändert, auch das Gras, in dem er mit ihr gelegen hatte. Er ließ sich mit dem Gesicht in das Gras fallen, lag regungslos da und konnte nicht mehr denken. Er konnte auch nichts mehr fühlen, lag regungslos, gefühllos und wie tot im Gras, atmete den Geruch des Grases, den Geruch des Waldbodens, atmete Katharinas Geruch, den Geruch ihrer Haut, ihres Parfüms, ihrer Wäsche, den Geruch ihres Schoßes.

»WIR HABEN EIN HALBES JAHR AUSGEMACHT!«

»Du hättest nicht hierherkommen dürfen«, sagte Rudolf. Er hatte wie jeden Morgen seinen Spaziergang gemacht, und plötzlich war sie hinter ihm hergekommen. Sie war auch hinter ihm hergekommen, als er vom Weg abbog und sich mitten in dem dichten Unterholz auf die kleine Kinderwiese setzte. Und jetzt saß sie neben ihm und sagte: »Ich bin nicht deshalb hierhergekommen. Ich wollte nur mit dir spazierengehen.«

»Und nun sind wir zusammen spazierengegangen«, sagte Rudolf. »Willst du mich umbringen?«

»Ist es so schlimm?« fragte sie ruhig, und Rudolf sagte: »Ich bin nicht mehr ich selbst ohne dich.«

»Unsere verwandten Seelen!« sagte Katharina. »Warum sind wir uns nicht schon begegnet, bevor wir verheiratet waren.«

»Das ist ein altes Spiel«, sagte Rudolf, und der Geruch war nun so stark, daß neben ihm nichts anderes mehr galt, er sagte: »Ich kann nicht mehr.«

Sie blickte ihn eine Weile an, dann stand sie auf und zog ihr Kleid aus. »Ich glaube, er ist impotent«, sagte sie.

Natürlich war Erich nicht impotent, impotente Männer machten in der Regel keine Kinder, und daß sie es gerade jetzt sagte, paßte ebensosehr zu ihr wie ihr weißer Schlüpfer. Als er sich auf sie legte, streichelte sie sein Gesicht und weinte.

Er hatte es noch nie erlebt wie mit ihr, bei Irene nicht und bei keiner anderen Frau, sie erreichte den Augenblick auch viel früher als er, kaum, daß sie ihre Bewegungen aufeinander abstimmen konnten, und dann hing sie, den Kopf in das weiche Gras gestemmt, mit halboffenem Mund an ihm, ihre Hände überall, ihre Beine, unartikulierte Laute ausstoßend, weit fort und nahe zugleich, dann nur noch ganz nahe, bis ihre Muskeln schlaff wurden und sie in sich zusammenfiel. Sie blieb eine Weile wie betäubt neben ihm liegen, atmete laut, dann öffnete sie ihre Augen und lächelte ihn an. Er streichelte wieder ihr Gesicht, und er war selbst wie betäubt, so, als wäre er aus großer Höhe auf diese Wiese gefallen, und er zog sie erneut an sich, aber sie waren beide so erschöpft, daß sie sich nur noch küßten, und irgendwann stand sie auf und sagte: »Man wird uns vermissen.«

»Niemand wird uns vermissen«, sagte Rudolf, und Katharina sagte: »Therese; ich kann nicht so lange fortbleiben.« Sie zog sich an, und als sie sich angezogen hatte, fiel sie vor ihm auf die Knie, legte sich auf ihn und streichelte ihn, während sie wieder unverwandt in sein Gesicht schaute. »Man sollte nie den ersten Mann heiraten«, sagte sie, und Rudolf sagte: »War Erich dein erster?«

»Du kennst meine Eltern nicht«, sagte Katharina. Sie rollte sich von ihm ab und blieb, die Hände im Nacken verschränkt, neben ihm liegen. »Machst du dir Vorwürfe?« fragte sie.

»Nein«, sagte Rudolf. »Du?«

»Jetzt nicht mehr«, sagte sie. »Andere haben schon vor ihrer Hochzeit ein Dutzend Männer gehabt. Er wird heute abend genauso neben mir liegen und schnarchen wie immer; für ihn wird sich nichts geändert haben. Wie oft machst du es noch mit ihr?«

Er mußte lächeln. »Warum willst du es wissen?«

»Ich könnte sie umbringen«, sagte Katharina. »Einmal in der Woche?«

»Nein«, sagte Rudolf, und sie sagte: »Zweimal?«

»Ich bin seit achtzehn Jahren mit ihr verheiratet«, sagte Rudolf.

Katharina schwieg. Nach einer Weile sagte sie: »Ich werde sie selbst fragen.«

Er hielt das für einen Scherz, aber acht Tage später waren er und Irene bei ihr eingeladen. »Unser vierter Hochzeitstag!« sagte Erich, und Irene sagte: »Das habe ich vollkommen vergessen.«

Rudolf wußte, daß sie ihn auf keinen Fall vergessen hatte, er sagte zu Katharina: »Ich auch; es tut mir leid.«

»Dir braucht das nicht leid zu tun«, sagte Katharina. »Erich hat mir einen Pelzmantel geschenkt.«

»Darf ich ihn einmal sehen?« sagte Irene. Sie gingen zusammen die Treppe hinauf, und Erich sagte grinsend: »Fünfzehntausend Mark, echter Nerz.«

»Ein Breitschwanz hätte ihr besser gestanden«, sagte Rudolf. Er brachte es nicht fertig, in sein argloses Gesicht zu schauen.

»Glaubst du?« fragte Erich besorgt. »Ich habe mir noch überlegt ...« Er verstummte, dann schüttelte er den Kopf. »Nerz ist immer Klasse«, sagte er. »Er steht ihr gut. Wie geht es dir?«

»Danke«, sagte Rudolf, ohne ihn anzuschauen.

»Du siehst nicht besonders gut aus«, sagte Erich und gab ihm ein Glas. Zum Glück kamen jetzt Irene und Katharina wieder zurück. »Wo hast du ihn gekauft?« fragte Irene lächelnd.

»Bei Diebold«, sagte Erich. »Fünfzehntausend Mark!« Er schaute sie erwartungsvoll an, aber sie sagte nichts.

Es gab Champagner, und Erich sagte grinsend: »Bei euch müssen es jetzt doch bald siebzehn sein?«

»Achtzehn«, sagte Rudolf. Sie saßen in dem großen Wohnzimmer mit den vielen Fellen am Boden und Giftpfeilen an der Wand. Katharina wandte sich lächelnd an Irene. »Wird das nicht langweilig, achtzehn Jahre immer mit dem gleichen Mann?«

»Das steht dir auch noch bevor«, sagte Erich grinsend. Sie schaute ihn nachdenklich an, dann sagte sie: »Wie wird das erst mit dir?«

»Was?« fragte Erich verständnislos. Er hatte zur Feier des Tages einen Smoking angezogen und schon viel getrunken; sein rundes Gesicht war knallrot. Rudolf ertappte Irene bei einem merkwürdigen Blick, sie sagte: »Bist du nicht mehr zufrieden mit ihm?«

»Ich weiß nicht, wie das bei euch ist«, sagte Katharina.

»Wie was ist?« sagte Irene mit dem gleichen merkwürdigen Blick.

Katharina schaute sie belustigt an. »Wie oft ihr es noch tut.«

Ein paar Sekunden sprach niemand ein Wort, dann sagte Erich gereizt: »Du bist unmöglich!«

»Warum?« fragte Irene lächelnd. »Wir sind doch unter uns!«

»Das meine ich auch«, sagte Katharina. Sie blickten sich lächelnd an, und Irene sagte: »Zweimal. Ist das zuwenig?«

»Für dein Alter nicht«, sagte Katharina. »Oder meinst du im Jahr?«

Irene lächelte nicht mehr. Zu Erich sagte sie: »Mein Glas ist leer.«

»Entschuldige bitte«, sagte er. Er stand mit rotem Kopf auf, füllte ihr Glas und sagte: »Das ist doch alles dummes Geschwätz.«

Irene schwieg. Sie sprach erst wieder, als Erich von einem großen Auftrag erzählte; die Stadtverwaltung hatte seinen Entwurf für ein neues Altersheim mit dem ersten Preis ausgezeichnet, er sagte: »Nach den vorläufigen Kalkulationen kommt es auf mindestens fünf Millionen Mark.«

»Bekommst du den Auftrag?« fragte Irene, und Erich sagte selbstzufrieden: »Das ist so gut wie sicher.«

»Ich habe immer gewußt, daß aus dir etwas wird«, sagte Irene, und Rudolf sagte: »Im Gegensatz zu mir.«

»Wenn du es schon selbst sagst...«, sagte Irene, und Katharina sagte unvermittelt scharf: »Wenn er sein Studium gemacht hätte, säße er heute auch in einer guten Stellung.«

»Niemand hat ihn daran gehindert«, sagte Irene. Katharina blickte zuerst sie, dann Rudolf an. »Warum sagst du nichts?«

»Es lohnt sich nicht«, sagte Rudolf und griff nach seinem Glas. Irene lächelte verächtlich. »Jetzt spielt er wieder den Märtyrer.«

»Ich wollte dir nicht deine Rolle verderben«, sagte Rudolf.

»Mach dich nicht lächerlich«, sagte Irene. Sie stand auf und ging hinaus.

»Das hättest du nicht sagen dürfen«, sagte Erich mürrisch, und Rudolf sagte: »Warum nicht?«

Erich schaute ihn einen Moment böse an, dann lief er Irene nach, und Katharina sagte: »Jetzt habe ich uns den schönen Abend verdorben.« Sie setzte sich lächelnd auf seinen Schoß. »Du bist leichtsinnig«, sagte Rudolf.

»Sie haben über uns zu reden«, sagte Katharina. »Das dauert mindestens eine Viertelstunde.« Sie nahm seine Nase zwischen die Finger und sagte: »In Zukunft wirst du es nur noch einmal in der Woche tun.«

Rudolf grinste. »Mindestens siebenmal.«

»Das hältst du nicht durch«, sagte Katharina. »Es ist nur schade.«

»Was?«

»Alles«, sagte sie deprimiert.

»Wir brauchen uns nichts vorzuwerfen«, sagte Rudolf, denn sie hatten es sich nicht leichtgemacht. Seit er sie kannte, waren jetzt über vier Jahre vergangen, und noch vor vier Wochen, als Irene sie und Erich eingeladen hatte, war es völlig ungewiß gewesen.

»Was feiert ihr eigentlich?« hatte Katharina an der Tür gefragt.

»Sie will mit ihrem neuen Haus angeben«, sagte Rudolf. Irene hatte ein paar Geschäftsfreunde eingeladen, von jener Sorte, die auf allen Partys anzutreffen sind, sich am kalten Büfett die Bäuche vollschlagen, sich mit Champagner vollaufen lassen und Gespräche nur über sich selbst führen. Am Schluß küßten die Herren der Gastgeberin die Hand, sagten: »Es war ein reizender Abend«, und die Damen sagten: »Auf bald, meine Liebe.«

Sie hatten sich zur fortgeschrittenen Stunde auf der dunklen Terrasse getroffen, und Katharina sagte: »Ich mußte einfach mal an die frische Luft. Sind sie nicht gräßlich?«

»Sie selbst finden sich unwiderstehlich«, sagte Rudolf. »Willst du eine Tablette?« Er hielt ihr eine kleine Schachtel hin, und sie fragte: »Wofür sind sie gut?«

»Das weiß ich auch nicht«, sagte Rudolf. Sie lachten beide, und Katharina sagte: »Ohne dich wäre ich hier völlig verloren, Rudolf.«

»Wir sind verwandte Seelen«, sagte Rudolf. »Immer unterwegs und immer gefährdet.«

»Von wem gefährdet?« fragte Katharina, und Rudolf sagte: »Von uns selbst«, und küßte sie auf den Mund.

»Wenn uns jemand beobachtet!« sagte sie.

»Die Nacht ist ein gutes Tier«, sagte Rudolf. »Sie bellt und beißt nicht. Wann wirst du endlich vernünftig werden?«

»Ich bin es immer«, sagte Katharina. Sie trug ein elegantes Kleid mit einem tiefen Dekolleté. Rudolf sagte: »Wenn du es wärst, würdest du endlich das tun, was du schließlich doch tun mußt.«

»Das ist noch nicht sicher«, sagte Katharina, und Rudolf sagte: »So sicher, wie du einen sehr hübschen Bauch hast.« Er hatte an diesem Abend zuviel getrunken, und Katharina auch. Als er sie gegen die Terrassenbrüstung drängte, hängte sie sich schwer an ihn und murmelte: »Was weißt du von meinem Bauch?«

Sie wurden durch Erich gestört, der mit einem Champagnerglas auf die Terrasse kam und sagte: »Eine großartige Party, was?«

»Großartig«, sagte Rudolf, und Erich schlang, mit einer Hand das Champagnerglas balancierend, die Arme um ihn und sagte feierlich: »Küß mich, Bruder!« Er war noch betrunkener als Rudolf und Katharina zusammen, und Katharina sagte angewidert: »Du bist ja völlig besoffen!«

»Ich bin nicht besoffen«, sagte Erich laut. »Ich bin nur in Stimmung.«

»Im Bett leider nie«, sagte Katharina, und Erich fing an zu lachen, ließ vor Lachen das Champagnerglas fallen und sagte prustend: »Ist das eine Frau, Rudolf! Sie hat von mir das schönste Kind der Welt bekommen und noch immer nicht genug.«

»Vielleicht solltest du doch einen Kaffee trinken«, sagte Rudolf, und Erich sagte: »Ich weiß, ich war noch nie so ein Kerl wie du. Schon in der Schule«, sagte er zu Katharina, »hat er mich einmal unter fünfzig Jungen herausgehauen. Unter fünfzig Jungen!« sagte er mit erhobenem Zeigefinger und ging wieder ins Haus.

»Ich frage mich manchmal, ob er wirklich so naiv ist«, sagte Rudolf, und Katharina sagte: »Wenn du es nicht weißt ...« Sie war plötzlich schlecht gelaunt, stieß Rudolf von sich und sagte: »Nicht jetzt. Mir ist nicht danach.«

Sie gingen wieder zu den anderen hinein, die trinkend und plaudernd an den Tischen saßen. Rudolf mußte einige Gläser nachfüllen. »Wenn du sie nicht bald hinauswirfst«, sagte er zu Irene, »lege ich mich ins Bett.«

»Sie finden dich sowieso zum Kotzen langweilig«, sagte Irene. »Warum erzählst du ihnen nicht einmal, wie du das Ritterkreuz bekommen hast?«

»Vielleicht interessieren sie sich auch dafür, wie oft am Tag ich uriniere«, sagte Rudolf.

Sie wurde gelb vor Ärger und sagte: »Du Hampelmann!« Zu einem Mann, über den sich Rudolf schon den ganzen Abend geärgert hatte, sagte sie: »Wie geht es Ihrer Frau?« Er war kahlköpfig, trug einen auffälligen Brillantring am kleinen Finger und sprach mit allen Leuten so laut, daß man oft nur noch seine Stimme hörte. Einige der Gäste waren bereits gegangen, die Frau eines Schmuckfabrikanten, eine magere Person mit einem künstlichen Haarknoten, sagte zu Rudolf: »Ich habe Ihrer Frau schon gesagt, daß Sie uns unbedingt einmal besuchen müssen, Herr Wittmann. Unsere Bekannten wollen Sie alle kennenlernen.«

»Mit oder ohne Ritterkreuz?« fragte Rudolf, und die Frau des Schmuckfabrikanten sagte konsterniert zu ihrem Mann: »Was meinst du, Ferdinand?« Ferdinand war doppelt so dick wie sie und sah mit seinem gutmütigen runden Gesicht wie ein Nilpferd aus. »Meinetwegen«, sagte er, »können Sie es sich umhängen. Es gibt doch auch welche ohne Hakenkreuz?«

»Waren Sie nicht in der Partei?« sagte Rudolf, und der dicke Schmuckfabrikant drohte ihm scherzhaft mit dem dicken Finger und sagte: »Ich glaube, Sie sind ein Schelm, Herr Wittmann.«

»Das auch«, sagte Rudolf. Zum Glück brachen jetzt wieder zwei Paare auf, Irene verabschiedete sie in der Diele und sagte zu Rudolf: »Das war unsere letzte Party; man blamiert sich nur mit dir.« Rudolf schwieg. Er schwieg auch noch, als sie sich am frühen Morgen in ihr Schlafzimmer zurückzog, und etwas später griff er nach seinem Mantel, verließ leise das Haus und ging durch den Garten auf die Straße. Der wolkenlose Himmel versprach einen schönen Tag; im Osten, wo in der dunstigen Ebene die Stadt lag, rötete sich der Horizont, und im Wald wurden die Vögel wach. Er hatte sich schon lange gewünscht, wieder einmal einen Sonnenaufgang im Freien zu erleben, schob die Hände in die Manteltaschen und erinnerte sich, wie oft er um diese Tageszeit an einem fremden Waldrand gestanden oder vor einem Angriff im Morgengrauen einer Lerche zugehört hatte.

Die frische Luft tat ihm gut, er schlug einen Waldweg ein, und nach hundert Metern kam ihm jemand nachgelaufen. Er blieb überrascht stehen, und Katharina sagte: »Ich sah dich aus dem Haus gehen.« Sie trug gleichfalls einen Mantel über ihrem Kleid, hakte sich bei ihm unter und lachte: »Deinen Smoking hättest du wenigstens ausziehen können. Erich schläft schon wie ein Stinktier.«

»Wie ein Murmeltier«, sagte Rudolf sanft, und Katharina sagte: »Ich will mich nicht näher dazu äußern. Wo gehst du hin?«

»Ich hätte jetzt doch nicht schlafen können«, sagte Rudolf, und Katharina sagte: »Ich auch nicht. Erich ist da ganz anders.«

Sie ging eine Weile stumm neben ihm her, und plötzlich sagte sie: »Du verstehst nicht, warum ich ihn geheiratet habe?«

»Ich verstehe es sehr gut«, sagte Rudolf.

»Ohne ihn wäre ich nie aus einem Büro herausgekommen«, sagte Katharina. »Möglich, daß ich einen schlechten Charakter habe, aber ich habe zu Hause zuviel gesehen und erlebt. Meine Mutter hat ihr Leben lang für andere Leute arbeiten müssen.«

»Als Sekretärin?« fragte Rudolf, und Katharina sagte: »Als Putzfrau.« Sie blickte in sein Gesicht. »Enttäuscht dich das?«

»Was hat das damit zu tun, daß du hübsch bist?« fragte Rudolf, und Katharina sagte: »Es wäre mir lieber, ich würde das gelegentlich von Erich hören. Bitte, verdirb uns diesen schönen Morgen nicht. Ich möchte nur mit dir spazierengehen.«

Er streichelte ihre Hand, und dort, wo der Waldweg wieder ins Freie führte, zog er seinen Mantel aus, legte ihn auf den Boden und sagte: »Bleiben wir ein wenig hier?«

»Wenn du nicht zu aufdringlich wirst«, sagte Katharina und setzte sich auf seinen Mantel. Sie blickte mit übernächtigtem Gesicht über das grüne Tal hinweg zum jenseitigen Waldrand hinüber und sagte: »Wie still es hier ist!«

»Ja«, sagte Rudolf. Sie sah auch übernächtigt noch hübsch aus, und er streichelte wieder ihre Hand. Sie hatte kühle, schlanke Finger, er küßte ihre Nägel, und Katharina sagte ruhig: »Du hättest keine Hemmungen, sie zu betrügen?«

»Irene?« fragte Rudolf, und Katharina sagte: »Ja.«

»Mit dir nicht«, sagte Rudolf. »Hast du das von mir hören wollen?«

»Mir ist noch nicht klargeworden, was ich von dir hören will«, sagte Katharina. Sie lehnte den Kopf an seine Schulter, während sie unverwandt den jenseitigen Waldrand anschaute. »Als ich dich zum erstenmal sah«, sagte sie, »wußte ich, daß mir jemand mit dir eine Falle stellen will.«

»Der liebe Gott?« sagte Rudolf, und Katharina sagte: »Vielleicht der liebe Gott oder der Teufel oder sonstwer. Das schlimme dabei ist, daß ich keinen Charakter habe.«

»Das ist nicht wahr«, sagte Rudolf.

»Nicht eine Spur von Charakter habe ich«, sagte sie eigensinnig. »Ich weiß auch genau, daß diese Sache zwischen uns zu nichts führen wird, und trotzdem ...«

»Trotzdem?« sagte Rudolf. Sie nahm den Blick vom Waldrand und wandte ihm voll das Gesicht zu. »Ja«, sagte sie. »Trotzdem!«

Er hatte sich vorhin geschworen, sie an diesem Morgen nicht mehr zu küssen, und sagte: »Bei mir ist es genauso.«

»Liebe ist es jedenfalls nicht«, sagte sie, während sie ihn noch immer voll anschaute. »Ich habe noch nie irgendwelche schönen Vorwände gebraucht.«

»Wenn es keine Liebe ist«, sagte Rudolf, »dann weiß ich auch nicht, was es ist.«

»Ich weiß es«, sagte Katharina. »Und du weißt es auch.« Sie stand auf, schüttelte sich das lange Haar aus der Stirn und beobachtete, wie die Sonne aus dem Wald auftauchte. »Jetzt ist sie da!« sagte sie. »So habe ich sie noch nie gesehen.«

»Weil du immer in der Stadt gewohnt hast«, sagte Rudolf, und Katharina sagte: »Ich hasse die Stadt. Wollen wir noch ein halbes Jahr warten?«

»Wozu?« sagte Rudolf, und sie sagte: »Irene ist dein Problem. Ich möchte ihm noch eine Chance geben.«

»Dein Fehler ist«, sagte Rudolf, »daß du zu viel Charakter hast.«

»Das ist kein Charakter«, sagte Katharina.

Rudolf schwieg. Er zog seinen Mantel an, und sie gingen durch den Wald zurück. Bevor sie aus dem Wald traten, trennte sie sich, Katharina küßte ihn noch rasch auf den Mund.

Er wartete ein paar Minuten, fühlte sich plötzlich müde und ungewaschen, alt und verbraucht, allein und nutzlos. So ging er ins Haus. Er ging zuerst ins Bad, duschte kalt, und als er in sein Schlafzimmer kam, lag Irene in seinem Bett. »Wo warst du?« sagte sie, und er sagte: »An der frischen Luft.«

Es war schon lange nicht mehr passiert, daß er sie in seinem Bett angetroffen hatte, und sie hatte auch nichts mehr an; er sah es an ihren nackten Schultern. Als er sich zu ihr legte, sagte sie: »Ist mein Schätzchen sehr müde?«

Vielleicht war es auch für sie eine Chance, er nahm ihr die Decke weg, und sie sagte: »Dieses blöde Volk widert mich manchmal genauso an wie dich, aber wir brauchen es.«

»Natürlich«, sagte Rudolf. Mit geschlossenen Augen streichelte er ihren Körper, sie hatte das gleiche weiche, seidige Haar wie Katharina, und einmal sagte sie verwundert: »Was ist nur heute mit dir los, Schätzchen?«

Er gab keine Antwort.

Er wußte nicht, wieviel Zeit vergangen war, vielleicht wäre er noch eine Stunde mit dem Gesicht im Gras liegengeblieben, wenn die Pistole nicht schmerzhaft gegen seine Leisten gedrückt hätte. Er drehte sich auf den Rücken, holte sie aus der Tasche und betrachtete sie. Bis der Schmerz sein Bewußtsein erreicht hätte, wäre es bereits ausgelöscht. Als es Unteroffizier Kleiber erwischte, hatte er gerade grinsend am Boden gesessen, und sein Gesicht hatte keine Zeit mehr gefunden, sich zu verändern, er hatte noch gegrinst, als sie ihn in das Loch legten, aber das war nur eine von verschiedenen Möglichkeiten und dazu noch die schlechteste. Er hatte diesen Krieg nicht überlebt, um sich neunzehn Jahre danach eine Kugel durch den Kopf zu schießen, nicht einmal Katharinas wegen und auch nicht wegen Irene. Vielleicht dachte Katharina in ein paar Wochen anders darüber, und während er noch immer auf dem Rücken liegend die Pistole betrachtete, entschloß er sich, am nächsten Morgen nach Paris zu fahren. Er würde sich ein hübsches, schwarzhaariges Mädchen mit auf das Hotelzimmer nehmen und vierzehn Tage mit ihm im Bett verbringen, vielleicht auch zwei Mädchen, wenn eines nicht reichte, um Katharina aus seinem Bewußtsein zu verdrängen, und später würde man dann weitersehen.

Er nahm das Magazin aus der Pistole und warf es in das dichte Unterholz, die Pistole steckte er wieder ein, er hatte sie während des ganzen Krieges bei sich getragen und konnte sich noch nicht von ihr trennen. Dann stand er auf und kehrte in das Haus zurück. In seinem Schlafzimmer legte er sich auf das Bett, sah in die nahen Baumwipfel, hörte die Vögel, und als Irene hereinkam, waren über zwei Stunden vergangen. Sie drückte die Tür hinter sich ins Schloß, lehnte sich mit dem Rücken dagegen und blickte ihn an.

Es gab sicher unzählige Männer, die ihn um sie beneiden würden. Es war überhaupt unvorstellbar, daß man sie eines Tages so satt bekommen konnte, wie er sie satt hatte, auch wenn er dabei berücksichtigte, daß er seit dreiundzwanzig Jahren mit ihr schlief. Im Bett konnte sie ihn – wenn ihm gerade danach zumute war – heute noch die dreiundzwanzig Jahre vergessen lassen. Es war auch nur ihre Art, derer er überdrüssig geworden war, ihre Art ihn anzuschauen, zu reden oder ihre Wäsche auszuziehen. Ihre Art zu essen, zu argumentieren oder ihn zu verachten. Es war ihre dreimal verfluchte Persönlichkeit, derer er überdrüssig geworden war, weil alles, was sie tat, sich nur auf ihr eigenes Ich bezog, weil sie nichts anderes auf der Welt respektierte als sich selbst und weil ihr nie etwas anderes wichtiger gewesen war.

Er sagte: »Mathilde ist davongelaufen«, und er verabscheute sich im gleichen Augenblick dafür, weil er von allem, was er ihr jetzt hätte sagen können, gerade dieses sagte und weil er unter ihrem kalten Blick wieder einmal die Flucht in eine Banalität ergriff, statt sie hinauszuwerfen oder wenigstens darauf zu warten, bis sie von selbst zu reden anfinge.

Sie kam zu ihm, setzte sich neben ihn auf das Bett und sagte: »Ich wollte mich schon lange nach einem anderen Mädchen umsehen; sie wurde mir in letzter Zeit zu bequem. Hast du mit Katharina gesprochen?«

»Ja«, sagte Rudolf, und Irene sagte: »Entweder du läßt jetzt die Finger von ihr, oder du bekommst keinen Pfennig mehr.«

Eine andere Frau hätte ihm in einer solchen Situation höchstens mit einer Scheidung gedroht, aber sie wußte genau, wo er am verletzlichsten war, er sagte: »Du könntest dich auch scheiden lassen.«

»Das wäre zu einfach für dich«, sagte Irene kalt, und Rudolf sagte: »Hast du Angst, ich würde sie dann heiraten?«

»Dazu müßte sie zuerst sich einmal scheiden lassen«, sagte Irene. »Erich denkt nicht daran.«

»Man könnte ihn dazu zwingen«, sagte Rudolf, und Irene sagte kalt: »Wie?«

Sie saß steif neben ihm, mit dem gleichen verächtlichen Blick, den er immer an ihr gehaßt hatte, er sagte: »Er kann auf die Dauer nicht untätig zuschauen.«

»Das tut er schon lange«, sagte Irene. »Bist du dir darüber im klaren, was es für uns und für das Geschäft bedeuten würde, wenn diese Sache an die Öffentlichkeit käme?«

»Das ist dein einziges Problem«, sagte Rudolf. »Andere hast du nicht?«

»Solange sie nicht in aller Öffentlichkeit ausgetragen werden«, sagte Irene, »werde ich mit allem fertig. Ich habe noch nie fremde Leute für meine Probleme gebraucht.«

»Du nicht«, sagte Rudolf. Er stand auf, trat an das offene Fenster und blickte über den Swimmingpool hinweg zu Erichs Haus hinüber. Hinter ihm sagte Irene: »Du bist jetzt siebenundvierzig, und sie hat ihren Mann und ihr Kind. Normalerweise hätte man annehmen müssen, daß ihr von selbst zur Vernunft kommt.«

»Seit wann weißt du es?« sagte Rudolf zum Fenster hinaus, und Irene sagte: »Seit du zum erstenmal nach ihrem Parfüm gestunken und ihre Haare an deiner Wäsche gehabt hast. Wann wirst du verreisen?«

»Morgen«, sagte Rudolf. Er drehte sich zu ihr um und sagte: »Ich bleibe für längere Zeit weg.«

»Darum wollte ich dich bitten«, sagte Irene und ging hinaus.

Gegen ihre Kaltschnäuzigkeit war er schon immer hilflos gewesen. In einem gewissen Sinne bewunderte er sie sogar, so wie jetzt und wie jedesmal, wenn sie ihm ihre Überlegenheit gezeigt hatte. Man konnte entweder überlegen oder ein Hampelmann sein, und ihre Rollen waren vom ersten Augenblick an endgültig verteilt gewesen. Er sah keine Möglichkeit, es zu ändern.

Er sah sie bis zum Abend nicht mehr und lag auch den ganzen Nachmittag auf dem Bett. Als sie nach Hause kam, kümmerte sie sich selbst um das Essen, saß mit ihm am Tisch, ohne ein Wort zu sprechen, und nach dem Essen ging sie in ihr Schlafzimmer. Er blieb noch eine Weile unschlüssig sitzen, bis es draußen dunkel wurde, und als er hinaufging, stand ihre Tür offen. Sie saß in ihrem durchsichtigen Perlonnachthemd vor ihrem

Frisierspiegel, und er blieb in der Tür stehen und schaute sie an. Ihre Blicke trafen sich im Spiegel, sie sagte: »Es wird einige Tage dauern, bis wir ein anderes Mädchen finden.«

»Das habe ich mir gedacht«, sagte Rudolf, und er verabscheute sich wieder dafür. Er verabscheute sich, weil er vor ihrer Tür stehengeblieben war und nur auf ein Zeichen von ihr wartete. Sie beendete ihre Arbeit vor dem Spiegel, ging zu ihrem Bett und sagte: »Warst du schon im Bad?«

»Noch nicht«, sagte Rudolf und ging ins Bad. Vom Bad ging er in sein Zimmer, zog sich aus und kämpfte wieder mit sich. Schließlich ging er zu ihr hinüber, sie machte das Licht aus und sagte: »Ich habe schon den ganzen Tag Kreuzschmerzen.«

Sie hatte es ihm auf diese Weise schon lange nicht mehr zu verstehen gegeben, und sie redete heute auch nicht über das Geschäft, klammerte sich heftig an ihn und hatte ein nasses Gesicht. Er hatte fast vergessen gehabt, daß sie noch weinen konnte, und als sie ins Bad ging, zündete er sich eine Zigarette an und versuchte, nicht an Katharina zu denken, aber es glückte ihm ebensowenig, wie er damals Irene nicht mehr aus seinem Kopf gebracht hatte.

Es dauerte lange, bis Irene aus dem Bad zurückkam, sie legte sich im Dunkeln neben ihn und sagte: »Vielleicht habe auch ich einiges falsch gemacht.«

»Sicher«, sagte Rudolf, und Irene sagte heftig: »Bitte, sie ist fünfzehn Jahre jünger als ich.«

»Das ist keine Frage des Alters«, sagte Rudolf.

»Was sonst?«

»Vielleicht eine Frage der Toleranz«, sagte Rudolf. »Ich bin wie ein Hund, an den du dich gewöhnt hast, mehr nicht.«

»Das lag auch an dir«, sagte Irene, und ihre Stimme klang bereits wieder kalt. Es war jetzt wieder genauso wie vorher, er griff resigniert zu ihr hinüber und sagte: »Natürlich.«

»Wenn du dich von Anfang an richtig für das Geschäft eingesetzt hättest«, sagte sie, »wäre alles anders gekommen.«

»Sicher«, sagte Rudolf resigniert.

»Schließlich leben wir davon«, sagte Irene. »Hast du nicht alles, was du willst?«

»Sicher«, sagte Rudolf. Ihre Brust fühlte sich weich und leer an, leer wie alles an ihr und leer wie ihr Bauch. Zuerst hatte sie sich noch zu jung für Kinder gefühlt, dann zu beschäftigt und dann zu alt. In Wirklichkeit hatte sie nie welche haben wollen. Kinder hätten sie daran gehindert, das Geschäft selbst zu führen, und mehr als das Geschäft hatte sie nie gebraucht.

Er betrachtete das Zimmer in der Dunkelheit, und neben ihm sagte Irene: »Eine andere Frau wäre weniger tolerant gewesen. Habe ich dir je Vorhaltungen gemacht?«

»Vielleicht wäre es besser gewesen, du hättest es getan«, sagte Rudolf.

»In deinem Alter ist das zwecklos«, sagte sie, und Rudolf sagte: »Vielleicht.«

»Du hast es so gewollt«, sagte sie.

»Was?«

Sie schwieg. Er berührte in der Dunkelheit ihr Gesicht, es war das Gesicht seiner Frau, vertraut in jeder Verästelung seiner Linien, in jeder Regung, er kannte es seit dreißig Jahren, im Guten wie im Bösen, so und so. Er sagte: »Ich habe es nicht gewollt.«

»Sie ist ein Flittchen«, sagte Irene, und Rudolf sagte: »Das ist sie nicht.«

»Genauso hat sie sich Erich geangelt«, sagte Irene. Rudolf nahm die Hand von ihrem Gesicht. »Ich kenne diese Geschichte anders.«

»Natürlich!« sagte Irene verächtlich. »Die vernachlässigte Ehefrau. Ohne ihn säße sie heute noch in einem Büro.«

»Sie hätte auch einen anderen gefunden«, sagte Rudolf, und Irene sagte: »Einen wie dich.«

Er stand auf und ging zur Tür. »Warum hast du mir nie die Wahrheit erzählt?« fragte Irene. Rudolf blieb stehen. »Worüber?«

»Über das Ritterkreuz.«

»Ist das jetzt noch so wichtig?« fragte Rudolf, und Irene sagte: »Für mich ist es wichtig.«

»Das ist dein großer Fehler«, sagte Rudolf.

In seinem Zimmer setzte er sich ans Fenster. Drüben hinter dem Swimmingpool war alles dunkel, im Mondlicht sah er das Fenster ihres Schlafzimmers. Oft, wenn sie allein im Zimmer gewesen war, hatte sie sich vor seinen Augen ausgezogen. Heute waren die Gardinen geschlossen, sie würde bei Erich im Bett liegen und sich mit ihm versöhnen, genauso, wie er es eben mit Irene getan hatte. Sicher war es Irene auch gar nicht um eine Versöhnung gegangen, sondern um den Triumph, ihn im Bett zu haben, ihm beweisen zu können, daß es immer noch genügte, ihn ihre weißen Spinnenbeine sehen zu lassen, und er würde jedesmal darauf hereinfallen. Vielleicht lag es an den getrennten Schlafzimmern, seit sie sich nicht mehr jeden Abend vor seinen Augen auszog, übten ihre weißen Schenkel wieder mehr Faszination auf ihn aus als früher. Und sie war bis zum Schluß unversöhnlich geblieben. Es war mehr als nur gekränkte Eitelkeit bei ihr; als sie ihn zum erstenmal mit dem Ding am Halse gesehen hatte, waren ihr die Tränen gekommen.

»ICH BIN SO GLÜCKLICH, RUDOLF!«

Und diesmal setzte sie es durch, daß er ihre Eltern besuchte. »Erich konnte sich leider nicht freimachen«, sagte sie. »Er arbeitet jetzt für den Staat.«

Die Straße existierte nur noch zur Hälfte, und während sie zusammen über die Trümmerhaufen kletterten, sagte Irene: »Es passierte beim letzten Angriff.«

»Meine Mutter hat mir schon davon erzählt«, sagte Rudolf, und Irene sagte: »Wir haben großes Glück gehabt.«

Wo schöne Schaufenster gewesen waren, stand jetzt eine Bretterfront, die Häuser auf der anderen Straßenseite waren bis auf die Fassaden ausgebrannt, ihre Mauern standen schwarz vor dem Himmel. »Es muß schlimm für euch gewesen sei«, sagte Rudolf zwischen den Zähnen, und Irene sagte: »Jetzt habe ich keine Angst mehr.«

Ihre Eltern saßen bereits am Kaffeetisch, Irenes Vater nahm wieder seinen altmodischen Zwicker ab, gab Rudolf die Hand und sagte: »Sie können stolz sein, Herr Hauptmann!«

»Lieber Himmel!« sagte Irene fassungslos. Sie fiel Rudolf vor ihren Eltern um den Hals und sagte mit einer dem Augenblick angemessenen Mischung aus Lachen und Weinen: »Das ist mir ja noch gar nicht aufgefallen.«

Ihr Vater blickte sie konsterniert an, faßte sich aber rasch und sagte lächelnd: »Wenn das so ist, müssen wir vorher noch etwas trinken!« Zu seiner Frau sagte er: »Wo steht die Kognakflasche, Martha?«

»Ich hole sie sofort«, sagte seine Frau und ließ sich von Rudolf die Hand küssen. Sie war immer noch schön, von jener gediegenen Schönheit alter Schmuckstücke, eine stille, in sich gekehrte, meist ein wenig geistesabwesend wirkende Frau mit nachgefärbtem Haar und erschreckend kühlen Händen. »Ich freue mich, daß Sie uns besuchen«, sagte sie, und ihr Mann sagte: »Ich habe es immer bedauert, daß meine Tochter Sie nicht schon früher einmal mitgebracht hat. Setzen Sie sich, Herr Hauptmann.«

Seine Frau kam mit dem Kognak, sie stellte die Flasche auf den Tisch, und Irenes Vater sagte lächelnd: »Es kommt etwas überraschend für uns; Irene hat uns nie erzählt, daß Sie mehr für sie sind als nur ein alter Jugendfreund. Wären Sie damit einverstanden, wenn wir mit der Verlobung noch warten, bis der Krieg vorbei ist?«

»Lange kann das ja nicht mehr dauern«, sagte Rudolf und betrachtete das goldene Parteiabzeichen an dem dunklen Jackett von Herrn Diefenbach. Sonst hatte er sich nicht sehr verändert, nur sein schwarzer Bart war grau geworden, er verdeckte seinen dünnlippigen Mund fast völlig. Es fiel Rudolf zum erstenmal auf, daß Irene nicht die geringste Ähnlichkeit mit ihm hatte, selbst das blonde Haar hatte sie von ihrer Mutter. Vielleicht war es keine reine Freude, mit diesem Mann verheiratet zu sein, er hatte einen unangenehmen Blick, ein kühler, erfahrener Geschäftsmann, jene distanzierte Verbindlichkeit ausstrahlend, die auf verwöhnte Kunden so vertraueneinflößend wirkt. Als Kaufmann wußte er auch, daß man keinen Vertrag abschloß, solange es unkontrollierbare Imponderabilien dabei gab, und ein toter Bräutigam wäre ihm selbst mit Ritterkreuz nicht attraktiv genug gewesen für seine Tochter.

Es gab Marmorkuchen und Bohnenkaffee, Irenes Vater sagte: »Sie glauben nicht, wie schwierig es heutzutage ist, an ein halbes Pfund Bohnenkaffee und einige Eier heranzukommen«, und Rudolf sagte: »Ich glaube es Ihnen, meiner Mutter ergeht es da ganz ähnlich.«

»Ach ja!« sagte Irenes Vater zerstreut. Dann fragte er: »Sie sind jetzt also nicht mehr in Rußland eingesetzt?«

»Nein«, sagte Rudolf. Ursprünglich hatte seine Division nur zur Auffrischung nach Frankreich verlegt werden sollen, aber acht Tage später landeten die Alliierten in der Normandie. Es war hoffnungslos, Rudolf wußte es, und Irenes Vater schien es auch zu wissen, er sagte: »Sie und Ihre Kameraden haben getan, was Sie konnten. Sie waren nie in der Partei?«

»Nein«, sagte Rudolf, und Irene legte ihm unter dem Tisch bittend die Hand auf das Knie. Er nickte ihr beruhigend zu.

»Ihr Vater war ja auch dagegen«, sagte Herr Diefenbach und betrachtete durch das Fenster die leeren Ruinen auf der anderen Straßenseite. »Wahrscheinlich halten Sie mich jetzt für einen alten Narren.«

»Sie werden Ihre Gründe gehabt haben«, sagte Rudolf ruhig, und Irenes Vater nahm wieder seinen Zwicker ab, rieb sich die Augen und setzte den Zwicker wieder auf. »Ich war im Ersten Weltkrieg bei Verdun«, sagte er. »Toter Mann und Höhe 304. Vielleicht sagt Ihnen das heute nichts mehr.«

»Ich habe viel darüber gelesen«, sagte Rudolf, und Irenes Vater sagte: »Als die NSDAP aufkam, hatte ich zum erstenmal wieder das Gefühl, daß es damals doch nicht umsonst gewesen war. Sie glauben wohl auch nicht mehr daran, daß wir diesen Krieg noch gewinnen können.«

»Es sieht nicht so aus«, sagte Rudolf, und Irenes Vater nickte. Er betrachtete wieder durch das Fenster die Ruinen auf der anderen Seite, dann stand er auf und sagte zu seiner Frau, die stumm zugehört hatte: »Ich habe noch im Keller zu tun.«

»Ich komme mit«, sagte sie. Sie gab Rudolf die Hand, schaute ihn geistesabwesend an und sagte: »Besuchen Sie uns noch einmal, bevor Sie wieder an die Front müssen.«

»Gerne«, sagte Rudolf, und Irenes Vater sagte: »Sie sind uns immer willkommen, Herr Hauptmann.«

Er ging hinaus, ohne Rudolf die Hand zu geben, auch seine Frau ging hinaus, und Rudolf fragte: »Was wollen sie im Keller?«

»Wir haben noch ein paar Sachen unten«, sagte Irene. »Nur billigen Schmuck, die wertvollen Stücke haben wir zu Bekannten aufs Land gebracht.« Sie legte ihm die Arme um den Hals und blickte in sein Gesicht. »Ich glaube, sie mögen dich«, sagte sie, und Rudolf sagte: »Warum trägt er immer dieses blödsinnige Parteiabzeichen? Er wird sich damit nur Feinde schaffen.«

»Ich weiß nur, daß er nachts nicht mehr schlafen kann«, sagte Irene und führte ihn in ihr Zimmer. Er hatte es noch nie gesehen und sagte: »Sehr hübsch!«

»Das Bett?« sagte Irene lächelnd. Sie schloß die Tür von innen ab und sagte: »Hoffentlich bist du von meiner Mutter nicht enttäuscht. Sie spricht nie viel.«

»Gemütskrank?« sagte Rudolf. Sie zuckte mit den Schultern: »Kein Mensch weiß es, auch die Ärzte nicht. Sie hat das schon seit zehn Jahren, und seit die Fliegerangriffe angefangen haben, ist es noch schlimmer geworden.« Sie nahm das Ritterkreuz zwischen die Finger und betrachtete es mit feuchten Augen. »Ob wir den Krieg verlieren oder nicht«, sagte sie, »das kann dir keiner mehr nehmen. Für uns kommt es wie gerufen.«

»Wieso?« fragte Rudolf verständnislos, und Irene sagte: »Es hat meinen Vater sehr beeindruckt, er war selbst Offizier im Ersten Weltkrieg. In seiner Schreibtischschublade hat er heute noch ein paar Auszeichnungen liegen. Wofür hast du es bekommen?«

»Ich hatte Glück«, sagte Rudolf. Wenn er jemals ernsthaft vorgehabt hätte, ihr die Wahrheit zu sagen, so wäre dies die letzte Gelegenheit gewesen, aber während er in ihre glücklichen Augen schaute, konnte er es einfach nicht.

Schließlich hatte er auch, wenn man es objektiv beurteilte, das Ritterkreuz nicht weniger verdient als mancher General, der nie einen feindlichen Panzer aus der Nähe gesehen hatte. Er hatte bisher in jeder Situation getan, was man von einem Kompanieführer verlangen konnte, selbst dann noch, als Leutnant Thomas Klein aufgeregt zur Tür hereingestürzt gekommen war: »Die ganze Division ist abgehauen!«

»Sie sind wohl nicht ganz bei Trost«, sagte Rudolf. Er hatte gerade einen längeren Fußmarsch hinter sich und nicht die geringste Lust, sich schon wieder in neue Strapazen zu stürzen. »Vor einer Stunde«, sagte er, »habe ich noch von der zweiten Kompanie aus mit dem Bataillon telefoniert.«

»Es ist aber so!« sagte Thomas und ließ sich atemlos auf einen Stuhl fallen. »Kein Schwein mehr in den Stellungen.«

Rudolf betrachtete ihn angewidert. Thomas verlor nicht nur beim geringsten Anlaß sofort die Nerven, sondern er hatte auch noch eine vulgäre Ausdrucksweise. Es konnte Rudolf jedesmal in Wut bringen, Leute wie ihn bei der deutschen Wehrmacht als Offizier zu sehen. Er sagte: »Nehmen Sie sich zusammen, Mann! Was sollen die Zivilisten von uns denken!«

Er hatte nämlich seinen Gefechtsstand im Hause einer französischen Familie aufgeschlagen, die sich nicht nur durchweg aus sympathischen Menschen zusammensetzte, sondern ihm auch noch allen Ernstes nahegelegt hatte, sich in ihrem Keller zu verstecken, bis die Deutschen, die den Krieg ohnedies verloren hätten, abgezogen seien. Da sie überdies eine sehr reizvolle Tochter hatten, war Rudolf ein paar Minuten geneigt gewesen, sich ihren Vorschlag ernsthaft durch den Kopf gehen zu lassen, bis ihm noch rechtzeitig eingefallen war, daß die Franzosen in dem üblen Ruf standen, nach den Deutschen und Russen die unfreundlichsten Gastgeber Kriegsgefangenen gegenüber zu sein.

Vorerst verhielt es sich so, daß der sympathische Hausherr, ein grauhaariger Dorfschullehrer, mit seiner sympathischen Frau auf einem alten Sofa saß, während die ebenso sympathische Tochter am Tisch Däumchen drehte und Thomas beunruhigt anschaute. Thomas wiederum schaute Rudolf beschwörend an und sagte: »In fünf Minuten können die Amis hier sein.«

»Wo haben Sie Ihre Geschütze?« fragte Rudolf, und Thomas sagte: »Bis jetzt noch am alten Platz.« Dann sagte er aufgeregt: »Hören Sie, da vorne sitzt kein einziger Infanterist mehr!«

»Im nächsten Krieg«, sagte Rudolf, der jetzt gleichfalls etwas nervös wurde, »melde ich mich auch zur Infanterie.« Er schnallte sich das Koppel um, griff nach seiner Mütze und sagte: »Ziehen Sie Ihre Geschütze auf die Straße; ich kümmere mich um den Rest.«

»Wird gemacht!« sagte Thomas und rannte hinaus.

»Wollen Sie nicht doch hierbleiben?« fragte der sympathische Dorfschullehrer auf deutsch, und Rudolf sagte auf französisch: »Hinterher weiß man immer, was besser gewesen wäre.«

»Pardon!« sagte der sympathische Dorfschullehrer. »Ich habe Sie nicht verstanden, Monsieur.«

Rudolf sagte es ihm noch einmal auf deutsch, und der sympathische Dorfschullehrer nickte bekümmert und sagte: »C'est la guerre.«

»Eine große Meise«, bestätigte Rudolf auf deutsch und verabschiedete sich. Der sehr reizvollen zwanzigjährigen Tochter des Dorfschullehrers gab er die Hand und sagte: »Vielleicht komme ich noch einmal vorbei.«

»Comment?« sagte sie, und Rudolf sagte: »Mit einem amerikanischen Karabiner im Kreuz« und trat auf die Straße hinaus. Da man neuerdings an keiner Hausecke mehr sicher war, behielt er die Maschinenpistole in der Hand. Er wollte keinem Haufen entschlossener Maquisards in die Hände fallen.

Von seinem ganzen Kompanietrupp existierten nur noch zwei Melder, die er bei den Geschützen gelassen hatte. Daß sie noch nicht bei ihm aufgetaucht waren, betrachtete er vorerst als ein gutes Zeichen. Auch sonst war nichts Beunruhigendes zu hören, die Dorfstraße lag verlassen in der angenehmen Nachmittagssonne, nur ein struppiger Hund machte drohende Augen; Rudolf jagte ihn davon.

Er kam unbelästigt aus dem Dorf hinaus, hier führte die Straße auf einen Hügel, beiderseits der Straße standen grüne Obstbäume, und Rudolf ging zwischen den grünen Obstbäumen in der angenehmen Nachmittagssonne zu seinen Geschützen. Noch ehe er die Kuppe des Hügels erreicht hatte, hörte er hinter sich einen Wagen, es war ein Kübelwagen mit einer Divisionsstandarte und der Mann neben dem Fahrer ein General. Er mußte zu einer fremden Einheit gehören, auf seine ungeduldige Frage erklärte Rudolf ihm ausführlich Zweck und Details seines Hierseins, und der General erkundigte sich, ob Rudolf etwas von seiner Division gesehen habe.

»Nein«, sagte Rudolf, und der General fuhr mit seinem Kübelwagen weiter den Hügel hinauf. Eigentlich hätte Rudolf ihn warnen müssen, aber ein General war im allgemeinen über die taktische Lage besser unterrichtet als ein Oberleutnant, und außerdem hatte Rudolf keine Zeit verlieren wollen.

Auf der Kuppe des Hügels, von der aus man die Kuppe des nächsten Hügels sehen konnte, mußte Rudolf die Straße verlassen, einen Talgrund durchqueren und einen neuen Hügel hinaufsteigen. Auf diesem Hügel stand ein kleiner Laubwald, und am Waldrand standen die Geschütze, zwei nagelneue 7,5-cm-Kanonen, der Stolz der Kompanie. Nur von seiner Kompanie fand Rudolf nichts, weder Fahrzeuge noch Bedienung, und während er sich darüber Gedanken machte, prasselte es über ihm ins Geäst.

Er legte sich automatisch auf den Boden, während es über ihm unverändert ins Geäst prasselte. Nach einer halben Minute war er sich sicher, daß es sich nur um ein amerikanisches Maschinengewehr handeln konnte. Wenigstens wußte er jetzt, warum seine Männer die Geschütze im Stich gelassen hatten, und wenn ihn nicht alles täuschte, stand das Maschinengewehr auf dem mit hohem Gras bewachsenen Hügel der anderen Talseite, von dem ihn nur ein flacher Talgrund mit einem kleinen Gewässer trennte. Etwas später hörte er durch das Maschinengewehrfeuer hindurch ein wohlvertrautes Geräusch, und als er den Kopf hob, sah er die amerikanischen Panzer über den Hügel kommen. Zuerst sah er nur zwei, dann vier und plötzlich zwölf. Sie kamen durch das hohe Gras, fuhren seelenruhig in den Talgrund hinab und dann direkt auf Rudolf zu.

Es war wie bei einem Manöver, und da inzwischen auch das Maschinengewehrfeuer verstummt und der Anblick der zwölf anrollenden Panzerriesen zu verlockend war, als daß Rudolf seinem irrsinnigen Gedanken hätte widerstehen können, stand er auf, richtete – nachdem er sich vergewissert hatte, daß es geladen war – das rechte Geschütz auf den vordersten Panzer, und die Granate schlug neben ihm in den weichen Talgrund. Rudolf schob schwitzend eine neue Granate ein, richtete und feuerte wieder. Diesmal hatte er den Eindruck, den Panzer erwischt zu haben, es war ein Sherman, und er blieb in einer Rauchwolke stehen, während neben ihm eine zweite Rauchwolke sichtbar wurde. Dann waren es plötzlich drei Rauchwolken, obwohl Rudolf erst eine Granate abgefeuert hatte, aber er war viel zu aufgeregt und bereits wieder damit beschäftigt, mit zitternden Händen den Zünder der nächsten Granate einzustellen, als daß ihm die Eigentümlichkeiten des Vorgangs voll bewußt geworden wären. Er wurde erst stutzig, als der fünfte Sherman vorübergehend in einer Rauchwolke untertauchte, schob jedoch unbeirrt eine neue Granate in den Verschluß, richtete auf einen anderen Sherman und sah ihn hinter einer Rauchwolke verschwinden, bevor er überhaupt die Leine berührt hatte. Die restlichen Panzer fuhren rückwärts aus dem Talgrund den Hügel hinauf, den sie eben heruntergekommen waren, kurvten wie wild und verschwanden mit heulenden Motoren hinter der Kuppe. Von den sechs, die zurückgeblieben waren, versuchte einer vergeblich, ihnen zu folgen, und bei den anderen öffneten sich die Turmluken, die Besatzungen kletterten heraus, und da Rudolf den Eindruck hatte, sie würden nun mit geballten Fäusten zu ihm heraufkommen, feuerte er eine Granate über ihre Köpfe hinweg. Die Panzerbesatzungen legten sich wie auf ein Kommando auf den Boden, standen wieder wie auf ein Kommando auf und rannten dann geduckt den grasbewachsenen Hügel hinan, ein paar von ihnen waren anscheinend verletzt, sie humpelten, und Rudolf hätte sie einzeln abschießen können, aber er hatte bisher immer nur auf Panzer und nie direkt auf Menschen geschossen. Außerdem war ihm vor Furcht und Aufregung so übel, daß er sich fast übergeben hätte, und als von jenseits des Talgrundes plötzlich wieder das amerikanische Maschinengewehrfeuer einsetzte, lief er in den Wald hinein. Er rannte, ohne ein einziges Mal stehenzubleiben, durch den Wald den Hügel hinab und querfeldein den nächsten Hügel wieder hinauf, erreichte atemlos die Straße und rannte weiter. Kurz vor dem Dorfeingang wurde er wieder von dem Kübelwagen des Generals eingeholt, und der General schrie: »So bleiben Sie doch stehen, Menschenskind!«

Rudolf blieb atemlos stehen, und der General kletterte aus dem Kübelwagen und sagte: »Ihr Soldbuch!«

Es war das Ende, Rudolf glaubte es zu wissen, er hatte immer gewußt, daß es einmal auf diese Weise enden würde, und er sagte atemlos: »Es war so, Herr General...«, und der General sagte: »Ich habe es selbst beobachtet. Wo stecken Ihre Leute?«

»Alle abgehauen, Herr General«, sagte Rudolf, und der General blätterte in seinem Soldbuch, nickte und gab es Rudolf zurück. »Das war sehr tapfer, Oberleutnant«, sagte er. »Ich beglückwünsche Sie.«

Ohne die Generalsuniform hätte er wie ein Beamter ausgesehen, er hatte ein mageres, blutleeres Bürokratengesicht mit übermüdeten Augen und dünnen Lippen, und er sagte: »Sie müssen von hier weg. Oder wollen Sie ganz allein die Erste Amerikanische Armee aufhalten?« Er wirkte plötzlich sehr menschlich, fast väterlich, Rudolf sagte verwirrt: »Ich hatte nicht...«, und der General sagte: »Ich kann Sie ein Stück mitnehmen.«

»Danke gehorsamst, Herr General«, sagte Rudolf, »ich habe irgendwo noch einige Männer...«

»Das ist brav, sehr brav«, sagte der General und kletterte wieder in den Kübelwagen. Zum Fahrer sagte er: »Weiter!«

»Herr General...«, sagte Rudolf, und der General nickte ihm zerstreut zu, sagte: »Sehr brav, ich werde es persönlich Ihrem Kommandeur melden«, und fuhr davon.

Rudolf setzte sich, wo er gerade stand, auf die Straße. So saß er noch, als Thomas mit drei Geschützen die Straße heruntergefahren kam, er sagte: »Gott sei Dank, daß Sie hier sind; als wir den Zaster drüben hörten, haben wir Sie bereits abgeschrieben.«

»Dieser Dummkopf!« sagte Rudolf aufgebracht, und Thomas sagte konsterniert: »Von wem reden Sie?«

»Ich wollte diesem Dummkopf erklären«, sagte Rudolf, »daß die Panzer... Wußten Sie, daß unser Abschnitt vermint war?«

»Keine Ahnung«, sagte Thomas. »War er vermint?«

Rudolf schwieg. Er erzählte es ihm erst am Abend, als sie wieder bei der Division waren, und Thomas sagte grinsend: »Dafür kriegen Sie das Ritterkreuz.«

»Ich habe keinen einzigen Panzer getroffen«, sagte Rudolf, und Thomas sagte: »Denken Sie an Ihre Kompanie; das ist eine Auszeichnung für alle, und Sonderurlaub bekommen Sie auch. Wennschon, dann hätten Sie es dem General sofort erklären müssen; jetzt ist es zu spät.«

»Wenn es jemals herauskommt...«, sagte Rudolf, und Thomas sagte: »Wenn Sie es sonst keinem erzählt haben, kommt es nie heraus. Als Ihr Nachfolger habe ich nicht das geringste Interesse daran, Sie zu verpetzen.«

»Als mein Nachfolger?« fragte Rudolf, der seinen Ohren nicht recht traute. Thomas nickte grinsend. »Wir profitieren beide davon. Man wird Sie als lebendes Denkmal der Panzerjäger in die Heimat abschieben, damit Sie dort Sonntagsreden über den Endsieg halten, und ich werde befördert und übernehme die Kompanie. Seien Sie kein Spielverderber; die Heimat braucht Helden.«

»Sie haben nicht für fünf Pfennige Charakter!« sagte Rudolf erbittert, und Thomas sagte grinsend: »Nicht mal für einen.«

Es war eine schöne Nacht, hell und mild, die Ziegeldächer von Kappersdorf reflektierten das Mondlicht, und im Garten zirpten Grillen. Während Rudolf zum Fenster des Schlafzimmers hinausschaute, sah er plötzlich Erich neben dem Swimmingpool stehen; ohne seine brennende Zigarette hätte er ihn vielleicht gar nicht bemerkt, sein Körper hob sich kaum von den dunklen Ziersträuchern im Garten ab.

Rudolf beobachtete mit angehaltenem Atem, wie der andere regungslos dastand, ab und zu an seiner Zigarette zog und in den Swimmingpool starrte. Dann warf er die Kippe in das Wasser und setzte sich auf den Boden. So saß er über eine halbe Stunde, während Rudolf die gleiche Zeit an seinem Fenster saß und ihn beobachtete. Dann zog er seinen Morgenmantel an und ging zu ihm hinunter. Er hatte es nicht vorgehabt, er sträubte sich innerlich bis zum letzten Augenblick dagegen, aber unten setzte er sich neben Erich auf den warmen Boden, hielt ihm eine Zigarettenpackung hin, und Erich sagte: »Danke« und nahm sich eine.

»Ich werde morgen früh verreisen«, sagte Rudolf.

»Ich weiß es«, sagte Erich und zog an seiner Zigarette. Es waren jetzt noch mehr Grillen geworden, ihr feiner Lärm schmerzte Rudolf in den Ohren, er sagte: »Ich müßte froh sein, daß alles so gekommen ist, und ich bin es trotzdem nicht. Wenn sie mir noch einmal eine Gelegenheit gibt, tue ich es wieder.«

»Sie wird dir keine Gelegenheit mehr geben«, sagte Erich, und seine Stimme klang nur müde.

»Willst du sie umbringen?« fragte Rudolf, und Erich sagte: »Sie hat es mir versprochen.«

»Sie hat es dir schon einmal versprochen«, sagte Rudolf. »Es geht hier nicht um mich; was mit mir los ist, weiß ich.«

»Dann bring dich selbst um«, sagte Erich. »Bring dich um, und wir haben alle unsere Ruhe.«

»Das wäre schlecht für die Firma«, sagte Rudolf. »Genausogut könntest du dich scheiden lassen.«

»Ich bin in der Stadt bekannt wie ein bunter Hund«, sagte Erich. »Für mich wäre es nicht weniger schlimm als für meine Schwester. Gerade jetzt, wo ich ein paar größere Aufträge in Aussicht habe.«

Rudolf blickte angewidert in sein Gesicht. »Dann schick sie irgendwohin; hier geht sie kaputt.«

»Ich gehe auch nicht kaputt«, sagte Erich. »Sie hat das Kind und ihre Arbeit; mehr braucht eine Frau nicht.«

»Natürlich nicht!« sagte Rudolf. »Ich sehe nur keinen anderen Weg.« Er legte ihm die Hand auf den Arm und sagte: »Es tut mir leid, daß das ausgerechnet zwischen uns passiert ist.«

»Damit kannst du es nicht mehr ausradieren«, sagte Erich und stand auf.

Er warf seine Kippe in den Swimmingpool und sagte: »Und zu dir habe ich einmal aufgeschaut!«

»Irene auch«, sagte Rudolf. »Mir blieb gar nichts anderes übrig, als diese Rolle zu spielen.«

»Du kotzt mich an«, sagte Erich und ging ins Haus. Rudolf grinste, ohne es zu merken. Er saß grinsend am Swimmingpool, hörte die Grillen und betrachtete die Sterne über Kappersdorf. Schön war es ja hier, man gab so etwas nicht ohne weiteres auf, und das Haus hatte sieben Zimmer, vier im Parterre und drei im ersten Stock, zwei Schlafzimmer, zwei Gästezimmer, den kleinen Salon, das große Wohnzimmer und das Mädchenzimmer. Außerdem hatte es eine Küche, zwei Badezimmer und eine große Wohndiele. Es hatte eine eingebaute Bar im Wohnzimmer, eine mit schmiedeeisernen Ornamenten verzierte Glastür zwischen Wohnzimmer und Diele, einen schönen Kaminplatz aus Juramarmor und im Wohnzimmer ein acht Meter langes Fenster mit einem eindrucksvollen Blick auf Kappersdorf und die Berge. Und vom Wohnzimmer aus kam man direkt auf die regensicher überdachte Terrasse. Erichs Haus war innen noch moderner, ein harmonischer Dreiklang zwischen Holz, Ziegeln und Solnhofener Platten – das Haus eines renommierten Architekten. Die beiden Grundstücke waren zusammen über viertausend Quadratmeter groß und hatten keine unmittelbare Nachbarschaft, weil Erich zwischen ihnen und den anderen noch ein Stück Wald dazugekauft hatte, so daß die beiden Häuser für sich allein standen. Und jenseits der Straße fingen Äcker und Wiesen an, und das Gelände fiel steil ab nach Kappersdorf. Es gab weit und breit keine idealere Wohnlage, und jedes Haus für sich hatte über dreihunderttausend Mark gekostet. Nicht einmal ein Drittel dessen, was Erich und Irene an den Grundstücken verdient hatten. Man konnte sich ihnen, auch wenn man zwei Semester Volkswirtschaft studiert hatte, getrost anvertrauen, sie gingen keine unkalkulierbaren Risiken ein und verdienten selbst dann noch Geld, wenn sie nachts im Bett lagen und schliefen. Die Verhältnisse arbeiteten für sie, es gab keine Probleme, keine Ungewißheiten und keine Rückschläge, und es war selbstverständlich, daß sich weder Erich noch Irene unter diesen Umständen einen Skandal leisten konnten. Irene nicht, weil es dem guten Ruf des alten Familienunternehmens abträglich gewesen wäre, und Erich nicht, weil er oft für Institutionen arbeitete, die unliebsame und allgemeines Interesse erregende Begebenheiten in der Intimsphäre ihrer Bediensteten mit seismographischer Empfindlichkeit registrierten und ihre puritanischen Maßstäbe auch außerhalb ihres unmittelbaren Autoritätsbereichs anzulegen pflegten. Es entsprach, nach Rudolfs Empfinden, im Grunde der gleichen Gepflogenheit, einem Beamten nur dann einen verantwortlichen Posten zu geben, wenn er sich auch im Familienleben jener deutschen Ordentlichkeit befleißigte, die ihren sichtbaren Ausdruck in einer uneingeschränkten Gebärfreudigkeit der Beamtenfrau und einem regelmäßigen Kirchgang im Kreise der Familie fand. Eheprobleme hatten sich innerhalb dieses Kreises abzuspielen, ohne in die Öffentlichkeit zu dringen.

Er betrachtete grinsend die mondbeschienenen Dächer von Kappersdorf. Er empfand in dieser Sekunde eher Genugtuung als Reue. Natürlich tat Erich ihm ein wenig leid. Trotzdem verabscheute Rudolf ihn mit der ganzen Inkonsequenz eines Menschen, der seine Position innerhalb der Familie einem anderen abtreten mußte, den er früher nie für ganz voll genommen hatte.

Es waren, zugegebenermaßen, niedrige Beweggründe, seine ständig wachsende Leidenschaft für Katharina vor sich selbst zu rechtfertigen, obwohl auch diese Definition fragwürdig war. Seit er sie zum erstenmal gesehen hatte, war er von dem Wunsch besessen gewesen, mit ihr zu schlafen, und nun, da er sie endgültig verlieren sollte, wurde ihm bewußt, daß er sie liebte. Nicht nur allein wegen seiner erotischen Beziehungen zu ihr, sondern er hatte sich eben in eine begehrenswerte Frau verliebt. Er liebte ihre Stimme, ihre frivole Art, ihn sexuell zu provozieren oder sich von ihm ausziehen zu lassen. Er liebte ihre Hände, ihren Gang, ihren Nacken und ihr Haar. Es gab nichts an ihr, das er nicht liebenswert gefunden hätte, obwohl er ihre zahlreichen Unzulänglichkeiten ebenso kannte wie ihre guten Seiten, aber er liebte sogar ihre Schwächen. Was ihn bei Irene abstieß, wußte er bei Katharina zu schätzen, und wenn sie ihm einmal eine kleine Wartezeit verordnete, begehrte er sie nur noch mehr. Das hatte nichts mehr mit Logik zu tun und – im Hinblick auf Irene – auch nichts mit Fairneß. Auf eine kurze Formel gebracht: Er hatte Irene satt und Katharina noch nicht. Vielleicht hätte es nicht so zu sein brauchen, wenn sich Irene mit der gleichen Intensität um ihre Ehe wie um ihr Geschäft gekümmert hätte, er glaubte sogar, daß hier die Wurzel allen Übels lag. Nur eines vermochte er sich nicht einzureden, nämlich, daß es einem anderen Mann an seiner Stelle auch nur ähnlich ergangen wäre. Er war tief innerlich so in der Vorstellung befangen, ein Schwächling zu sein, daß er sich gar keine Mühe mehr gab, sich selbst zu widerlegen. Und je ausdauernder er vor dieser Vorstellung resignierte, desto enthemmender wirkte sie sich auf seine moralischen Skrupel aus.

Genauso, wie er jedem Menschen das Recht zubilligte, aus seinem Leben das Beste zu machen, billigte er sich selbst auch jede Freiheit des inneren und äußeren Handelns zu, wenn sie ihm dabei half, seinem Selbstbewußtsein neuen Auftrieb zu geben. Daß Katharina seine Geliebte geworden war, hatte ihm mehr Selbstvertrauen verliehen, als es ein ehrlich verdientes Ritterkreuz jemals vermocht hätte.

Nach einer Weile kehrte er in das Haus zurück.

Am Morgen traf er Katharina noch einmal. Er hatte gar nicht ernsthaft damit gerechnet, und wenn es nach seinen ursprünglichen Plänen gegangen wäre, hätte er um diese Zeit schon unterwegs nach Paris sein müssen. Nachdem er aber die halbe Nacht mit fruchtlosen Meditationen verbracht hatte, war er erst später aufgewacht. Irene hatte ihn nicht geweckt, sie war, ohne sich von ihm zu verabschieden, wie an jedem Morgen ins Geschäft gefahren, und das Frühstück mußte er sich selbst zubereiten. Die Brötchen waren von gestern, der Kaffee nicht richtig warm, er aß ohne Appetit, packte anschließend seine Koffer und entschloß sich dann zu einem letzten Spaziergang vor seiner Abreise. Erst als er Katharina auf dem schmalen Waldweg stehen sah, merkte er, daß er insgeheim darauf gehofft, daß er sich nur ihretwegen zu diesem Spaziergang entschlossen hatte, und sagte: »Ich habe nicht mehr daran geglaubt.«

»Woran hast du nicht mehr geglaubt?« fragte Katharina, und Rudolf sagte: »Daß du noch einmal hierherkommst.«

Sie sah blaß und elend aus, als hätte sie die ganze Nacht nicht geschlafen. An ihrem Platz setzten sie sich ins Gras, und Rudolf sagte: »Hat er dir eine Szene gemacht?«

»Im Gegenteil«, sagte Katharina. Rudolf blickte in ihr blasses Gesicht. »Was heißt das?«

»Daß ich immer noch mit ihm verheiratet bin«, sagte Katharina. »Ich kann ihn nicht aus dem Bett werfen. Wann fährst du?«

»Gleich«, sagte Rudolf. »Wenn die beiden nicht mitspielen, kommen wir mit einer Scheidung nicht durch.«

»Er hat mir nie einen Anlaß für eine Scheidung gegeben«, sagte Katharina, und Rudolf sagte: »Außerdem willst du dich nicht von Michael trennen.«

»Vergiß meine Eltern nicht«, sagte Katharina.

»Natürlich«, sagte Rudolf. »Sie würden es nicht überleben.«

»Ich weiß, daß ich bürgerlich bin«, sagte Katharina.

Rudolf schwieg. Er sah keinen Ausweg, und je länger er darüber nachdachte, desto hoffnungsloser wurde es. Es war vom ersten Tag an hoffnungslos gewesen, aber in jenem Stadium hatten Überlegungen, die über den Augenblick hinausreichten, nicht viel gewogen.

Er betrachtete wieder Katharinas blasses Gesicht, und sie sagte: »Ich habe gestern Unsinn geredet.«

»Sprechen wir nicht mehr darüber«, sagte Rudolf. »Es war alles ein wenig zuviel für dich.«

»Trotzdem hätte ich das nicht sagen dürfen«, sagte Katharina. »Wenn einer im Krieg das Ritterkreuz bekommen hat, muß er verrückt gewesen sein.«

»Oder ein Held«, sagte Rudolf. »Ich bin nie einer gewesen.« Er griff nach ihrer Hand. »Ich bin froh, daß du noch mal hergekommen bist.«

»Es ergab sich so«, sagte Katharina unklar. »Wie sie es nur herausbekommen hat!«

»Wir haben nicht genügend aufgepaßt«, sagte Rudolf, und Katharina sagte: »Es wird uns nicht mehr passieren.« Ihre Hand fühlte sich plötzlich ganz kühl an, und als Rudolf in ihr Gesicht blickte, war es weiß vor Wut. »Soll das heißen, daß wir uns nicht mehr treffen können?« sagte er, und sie sagte: »Ich denke nicht daran.«

»Dann fahren wir eben im alten Zug weiter«, sagte Rudolf. »Diesmal sogar mit einer Fahrkarte.«

»Und nicht mehr zweiter Klasse«, sagte Katharina hart. Als er ihre Lippen berührte, benetzte sie seine Handfläche mit Speichel. »Es soll Glück bringen«, sagte sie. »Wie lange bleibst du weg?«

»Zwei oder drei Wochen«, sagte Rudolf, und Katharina sagte: »Zwei.«

»Es ist gut«, sagte er. Sie schaute prüfend in sein Gesicht. »Was denkst du jetzt?«

Rudolf lächelte ein wenig. »Daß du nicht an die Hölle glaubst.«

»Wenn es nur so wäre!« sagte sie.

Er sah ihr nach, wie sie rasch davonging. Gewissensbisse hatte sie jedesmal gehabt, zum Glück aber immer erst hinterher.

»ICH KANN IHM NICHT MEHR IN DIE AUGEN SCHAUEN!«

Sie sagte es in seinem Zimmer. Mathilde hatte ihren freien Tag, es regnete draußen, und Katharina sagte beim Anziehen: »Ich komme mir richtig schäbig vor.«

»Seit wann?« fragte Rudolf, und Katharina sagte: »Seit vier Wochen.« Vor vier Wochen hatte es zwischen ihnen angefangen, in den letzten acht Tagen hatte sie sich allerdings nicht mehr sehen lassen. Bis sie vor einer halben Stunde vor der Tür gestanden und gesagt hatte: »Hier bin ich!«

»Vielleicht sollten wir es ihnen sagen«, sagte Rudolf. Sie blickte ihn rasch an. »Wie stellst du dir das vor?«

»Keine Ahnung«, sagte Rudolf. »Wie wäre es mit einem Zimmer in der Stadt?«

Sie war jetzt angezogen, trat ans Fenster und blickte zu ihrem Haus mit dem Swimmingpool hinüber. »Möbliert?«

»Warum nicht?«

»Das ist nichts für mich«, sagte Katharina. »Was würden die Leute von uns denken!«

»Ich denke an den Winter«, sagte Rudolf.

»Im Schnee soll es auch nett sein«, sagte Katharina. »Außerdem haben wir dein Zimmer hier.«

Natürlich hatten sie das Zimmer, aber für Rudolf waren zu viele Risiken damit verbunden, wovon Mathilde mit ihrer Angewohnheit, selbst an ihren freien Tagen hin und wieder nach dem Rechten schauen zu müssen, noch das kleinste war.

Katharina kam vom Fenster zurück, setzte sich auf einen Stuhl und sagte: »Ich glaube, ich liebe dich.«

Rudolf mußte lächeln. »Irgend etwas muß ja dahinterstecken, wenn man so viel riskiert.«

»Was riskiere ich?« fragte sie, und Rudolf sagte: »Dein warmes Nest.«

»Es ist nur warm, wenn ich es für mich allein habe«, sagte Katharina. »Ich würde Michael dafür hergeben, wenn ich nicht mehr mit ihm ins Bett müßte.«

»Das würdest du nicht«, sagte Rudolf. »Du hängst viel zu sehr an ihm.«

»An dir hänge ich auch«, sagte sie ruhig. »Ich bin mir nur noch nicht ganz sicher, warum du es tust.«

»Du bist hübsch«, sagte Rudolf, und sie sagte: »Ist das alles?«

Er schüttelte stumm den Kopf.

»Du willst es ihr heimzahlen, indem du mit mir schläfst«, sagte sie. »Das ist es doch?«

»Dafür wärst du mir zu schade«, sagte Rudolf. Er stand auf, trat vor den Spiegel und betrachtete sein Gesicht. »Gefällst du dir nicht mehr?« sagte Katharina, und Rudolf sagte: »Ich habe mir noch nie gefallen.« Schon vor fünfundzwanzig Jahren hatte er seine Nase zu dünn und sein Kinn zu weich gefunden, und Katharina sagte: »Vielleicht kommst du dir auch ein wenig schäbig vor.«

»Vielleicht«, sagte Rudolf. Er setzte sich wieder neben sie und blickte sie an. »Natürlich ist es auf die Dauer kein Zustand; ich sehe nur keine Möglichkeit, ihn zu beenden. Hast du eine Idee?«

»Nein«, sagte sie. »Ich kenne dich zuwenig.«

»Was hat das damit zu tun?« fragte Rudolf, und Katharina sagte: »Alles. Ich komme nie dahinter, wer du nun wirklich bist.«

Rudolf grinste. »Um dir das zu erklären, müßte ich mich an die hübschen Träume meiner Kindheit erinnern; ich habe sie leider alle vergessen.

»Ich auch«, sagte Katharina. »Ist das nicht traurig?« Sie lehnte den Kopf an seine Schulter und blickte durch das Fenster in den Regen.

Die einsame Stelle am Mainufer hatte Rudolf nie vergessen, er erinnerte sich auch jetzt wieder daran, wie oft er dort allein auf dem Rücken gelegen, die hohen Pappeln betrachtet und daran gedacht hatte, was aus ihm später einmal werden würde; heute wußte er es, und Katharina sagte: »Ich habe nie verstanden, weshalb du nicht mehr studiert hast.«

»Das ist eine lange Geschichte«, sagte Rudolf.

Angefangen hatte sie damit, daß Irene eines Tages plötzlich vor seiner Tür gestanden hatte und sagte: »Ich habe meinem Vater einen Vorschlag gemacht.« – »Welchen?« fragte Rudolf, und Irene sagte: »Er will es dir selbst sagen. Komm mit!«

Rudolf hatte gerade sein zweites Semester abgeschlossen und keine große Lust, sich mit ihrem Vater zu unterhalten. Seit dieser als alter Parteigenosse von den Amerikanern nach deren Einmarsch acht Wochen in ein Gefängnis gesperrt und später von einer deutschen Spruchkammer zu zehntausend Mark Geldbuße verurteilt worden war, konnte man sich mit ihm nicht mehr vernünftig unterhalten. Rudolf sah ihn nur noch selten, obwohl sich zwischen Irene und ihm nichts geändert hatte, sie besuchte ihn fast täglich in seinem Zimmer, und wenn sie ihn nicht besuchte, trafen sie sich irgendwo in der Stadt.

Das Gespräch mit ihrem Vater fand unter vier Augen statt, Irene wartete im Nebenzimmer. »Ich möchte mich kurz fassen«, sagte ihr Vater. »Vielleicht haben Sie schon davon gehört, daß die Amerikaner neuerdings kommissarische Leiter für bestimmte Geschäfte einsetzen. Als altes Parteimitglied darf ich mein Geschäft nicht weiterführen.«

Er machte eine Pause und starrte mit verbissenem Gesicht durch das Fenster auf die Ruinen der anderen Straßenseite. Rudolf stellte wieder einmal fest, daß dieser Mann in dem einen Jahr nach dem Krieg erschreckend alt geworden war, der Bart war völlig grau. Rudolf sagte: »Ich habe davon gehört.«

»Ich wollte das Geschäft auf meine Tochter umschreiben lassen«, sagte Irenes Vater. »Man hat es abgelehnt. Ich bitte Sie darum, sich um die Stellung eines kommissarischen Leiters für mein Geschäft zu bewerben.«

Das kam so unerwartet, daß Rudolf ihn nur stumm anblickte, und Irenes Vater sagte: »Meine Tochter würde sozusagen als Angestellte bei Ihnen arbeiten und Ihnen dabei helfen.«

»Ob das reicht?« fragte Rudolf zurückhaltend, und Irenes Vater sagte: »Sie haben die erforderliche Schulbildung und waren nie in der Partei. Als kommissarischer Leiter wären Sie auch nicht mehr auf Ihr Studium angewiesen ...« Er machte wieder eine Pause, rieb sich die Augen hinter dem altmodischen Zwicker und sagte dann: »Ich bin ein alter Mann, meine Frau ist, wie Sie wissen, leidend. Ich möchte nicht, daß ein wildfremder Mensch mein Geschäft übernimmt; es ist seit achtundvierzig Jahren in Familienbesitz. Tun Sie es Irene zuliebe; Sie werden es nicht bereuen.«

»Kann ich mit ihr reden?« sagte Rudolf.

Ihr Vater nickte. Er stand auf, verließ das Zimmer, und etwas später kam Irene herein. »Ich hätte dich darauf vorbereiten sollen«, sagte sie, und Rudolf sagte: »Das hättest du besser getan.« Er wußte noch nicht, wie er sich entscheiden würde, und Irene sagte: »Du kannst uns jetzt nicht im

Stich lassen. Wenn du es nicht machst, setzen sie uns so einen Kommunisten vor die Nase, der nur in seine eigene Tasche arbeitet und uns eines Tages hinausdrückt!«

»Ich verstehe doch überhaupt nichts von der Branche«, sagte Rudolf. Irene lächelte. »Das macht nichts; ich werde dich einarbeiten. Notfalls wirst du bei der Handelskammer eine Prüfung ablegen.« Sie legte ihm die Hände auf die Schultern und sagte leise: »Tu' es für mich.«

Rudolf schwieg. Im Grunde hatte er das Studium bereits satt; er fühlte sich schon zu alt dafür, und das Angebot war verlockend. Trotz des Stipendiums lag er immer noch seiner Mutter auf der Tasche, und ohne Irene, die ihm regelmäßig Geld gab, wäre er finanziell nicht durchgekommen. Er sagte: »Wenn das Stipendium nicht wäre...«

»Du mußt wissen, was dir wichtiger ist«, sagte Irene frostig, und zu diesem Zeitpunkt war ihm Irene noch immer wichtiger als alles andere einschließlich Stipendium. Er verdankte es einem alten Parteifreund seines Vaters aus der SPD, der heute in der zuständigen Kommission saß und ihm auch zu der Immatrikulation verholfen hatte. Es war ein Glücksfall gewesen, um den ihn unzählige andere beneideten, er sagte: »Wie soll ich denen das erklären?«

»Du brauchst dein Studium ja nicht ganz aufzugeben«, sagte Irene. »Es genügt, wenn du zwei oder drei Semester aussetzt. In einem Jahr kann sich viel ändern.«

Wenn es nach ihr gegangen wäre, hätten sie sofort nach dem Krieg geheiratet, aber er hatte sich in den Kopf gesetzt gehabt, zuerst sein Studium fertigzumachen. – »Ich möchte auf meinen eigenen Beinen stehen.« – Andererseits hatte ihn sein Stolz auch nicht daran gehindert, seit einem Jahr von ihr Geld anzunehmen, und nun brauchte sie ihn; er hatte gar keine andere Wahl.

In der nächsten Zeit lernte er alles, was er für das Geschäft wissen mußte, er lernte auch Irene auf eine ganz neue Art kennen, und wenn er einmal etwas nicht begriff, küßte sie ihn und sagte: »Wir machen das morgen weiter.« Sie war viel geschäftstüchtiger, als er es ihr jemals zugetraut hätte, und was er bei ihr nicht lernte, brachte ihr Vater ihm bei, sie saßen stundenlang in seinem Büro, blätterten alte Kataloge durch, sahen sich zusammen die Geschäftsbücher der vergangenen Jahre an, und schließlich wußte Rudolf genau, was eine gute Uhr von einer schlechten und einen wertvollen Brillanten von einem weniger wertvollen unterschied. Merkwürdigerweise brauchte er dann doch keine Prüfung bei der Handelskammer zu machen, man war dort mehr an seiner politischen Vergangenheit interessiert, und er bekam eine Vorladung.

Der amerikanische Offizier hinter dem Tisch war ein Jude, er sagte: »Sie waren nicht in der Partei?«

»Nein«, sagte Rudolf.

»Nicht im Jungvolk, nicht in der Hitlerjugend?« fragte der Offizier, und Rudolf sagte: »Nein.« Der Offizier blätterte in einigen Akten, er war noch jung, höchstens zweiundzwanzig, und er sagte: »Aber Offizier waren Sie?«

»Bei den Panzerjägern«, sagte Rudolf, und der amerikanische Offizier sagte: »Bei der Hitler-Panzerabwehr?«

»Wie immer Sie es auch nennen mögen«, sagte Rudolf.

»Ein Nazi-Offizier«, sagte der amerikanische Offizier. »Ihr Vater war kein Nazi-Offizier.«

»Vielleicht war er schon zu alt dafür«, sagte Rudolf, der jetzt langsam in Wut geriet, und der amerikanische Offizier blickte ihn verächtlich an und sagte: »Sie können gehen!«

»Darf ich fragen . . .?« sagte Rudolf, aber der Offizier winkte mit dem Kinn zur Tür. Rudolf ging hinaus, und draußen wartete Irene auf ihn. »Er hat mich wie den letzten Dreck behandelt«, sagte Rudolf erbittert.

»Dann hat es nicht geklappt?« fragte sie bestürzt, und Rudolf sagte: »Ich glaube nicht«, aber vierzehn Tage später erhielt er ein amtliches Schreiben des Oberbürgermeisters mit der lapidaren Mitteilung, daß er auf Vorschlag der Industrie- und Handelskammer und mit Genehmigung der Militärregierung zum kommissarischen Leiter der Firma Diefenbach ernannt worden sei.

»Aus diesen Amerikanern werde ich nicht schlau«, sagte er zu Irene, und Irene sagte glücklich: »Dafür könnte ich ihn umarmen.«

»Es war ein Jude«, sagte Rudolf. Sie schaute ihn betroffen an und sagte: »Hast du etwas gegen die Juden?«

»Du großer Gott«, sagte Rudolf.

Ihr Vater hatte feuchte Augen. »Das werden wir Ihnen nie vergessen«, sagte er, und Irene sagte: »In vier Wochen heiraten wir.«

»Wer sagt das denn?« fragte Rudolf stirnrunzelnd. Sie lächelte ihn fröhlich an und sagte: »Ich, mein Schätzchen.«

Es wurde auf ihren ausdrücklichen Wunsch eine Feier im kleinsten Familienkreis mit Bohnenkaffee und anderen Raritäten. »Seit wann habt ihr Verbindungen zum schwarzen Markt?« fragte Rudolf.

»Ich habe einen Brillantring verscheuert«, sagte Irene. Sie heiratete mit Rücksicht auf den verlorenen Krieg und die vielen gefallenen Kameraden von Rudolf in einem schwarzen Kleid. Der Standesbeamte hatte genauso verhungert ausgesehen wie alle Menschen und ihnen nahegelegt, künftig Freud und Leid miteinander zu teilen. Dann waren sie durch die endlosen Ruinenviertel der Stadt wieder nach Hause gegangen, und Rudolfs Mutter hatte während der ganzen Zeit geweint. – »Wenn das dein Vater noch erleben könnte!« – Sie weinte auch jetzt wieder, Irene küßte sie auf die Wange und sagte: »Ich werde ihn dir nicht wegnehmen.«

»Sie haben ihren Bruder geschnappt«, sagte Rudolf, und Irene fragte: »Onkel Friedrich?«

»Er hat doch nur in einem Büro gearbeitet!« sagte Rudolfs Mutter weinend. Sie war eine alte Frau geworden und verstand die Dinge nicht mehr. Erich, der Trauzeuge gewesen war und neben ihr saß, tätschelte beruhigend ihren Arm: »Sie werden ihn schon wieder laufenlassen«, sagte er. Seit einem halben Jahr arbeitete er für ein Architekturbüro, hatte sich ein Bärtchen wachsen und die Haare kurz schneiden lassen. Er war trotz Krieg und Nachkriegszeit sehr dick geworden, Rudolf führte es auf seine Drüsen zurück. Er hatte auch kaum mehr Kontakt zu ihm, tagsüber war Erich im Büro, und nachts schlief er vorläufig noch bei seinen Eltern, die Rudolf ohnedies nur besuchte, wenn es sich nicht umgehen ließ. Mit seinem Vater verstand sich Erich immer weniger, Rudolf hatte sogar oft den Eindruck, als verachte dieser ihn auf eine undefinierbare Art. Nur mit seiner Schwester verstand sich Erich gut, Rudolf ertappte ihn manchmal dabei, daß er sie mit Blicken förmlich anbetete.

Immerhin hatten es die Diefenbachs so kurz nach dem Krieg schon wieder zu einem Dienstmädchen gebracht, und obwohl sich anstelle der großen Schaufenster immer noch eine Bretterwand befand, war Irene guter Dinge. Der ausgelagerte Schmuck hatte alle Fährnisse der vergangenen sieben Jahre einschließlich Besatzungszeit überstanden, Irene schätzte seinen Verkaufswert auf fünf Millionen Mark. Alles eine Folge der vorausschauenden Taktik ihres Vaters, das gesamte Vermögen schon vor 1937 wertbeständig anzulegen und im Geschäft nur noch Ramsch zu verkaufen. Ökonomisch war den Diefenbachs durch den Krieg – wenn man von den zertrümmerten Fensterscheiben und den minimalen, kriegsbedingten Geschäftsbilanzen der vergangenen Jahre einmal absah – kein materieller Verlust entstanden. Dafür mußten sie ihre große Wohnung heute mit einem Flüchtlingsehepaar mit vier Kindern teilen. Irene zog es unter diesen Umständen vor, die nächsten Jahre in der Wohnung ihrer Schwiegermutter zu leben, die von Einweisungen verschont geblieben war, was sie ihrem toten Mann zu verdanken hatte. Da sie sich künftig mit Rudolfs Zimmer begnügen wollte, standen Rudolf und Irene das Schlaf- und Wohnzimmer zur Verfügung, mehr Wohnraum, als die meisten in dieser Zeit für sich beanspruchen konnten, und bis zum Geschäft waren es nur ein paar Schritte. Sobald sich die Verhältnisse etwas gebessert hatten, wollte Irene versuchen, die obere Siebenzimmerwohnung für sich freizubekommen, im Augenblick wohnten dort, die bisherigen Mieter einbezogen, vierzehn Personen. Gemessen an früheren Zeiten ging es im vornehmen Hause Diefenbach wie in einer Kaserne zu, was wohl auch der Grund dafür sein mochte, daß Irenes Mutter die meiste Zeit im Bett verbrachte. Selbst am Hochzeitstag ihrer Tochter saß sie in einem alten Hauskleid am Tisch, betrachtete geistesabwesend das Geschirr und ihre Familie, nippte geistesabwesend an ihrem Glas, und wenn Rudolf sie einmal etwas fragte, nickte sie nur. Dafür entwickelte ihr Mann bereits wieder einen bemerkenswerten Unternehmungsgeist, in spätestens vier Wochen sollten – wenn auch in kleinem Maßstab und mit Holz umrandet – die neuen Schaufenster eingesetzt werden. »Von den echten Sachen wird vorläufig nichts verkauft«, sagte er. »Wir haben noch das billige Zeug.«

Er tat genauso, als hätten sich die Verhältnisse überhaupt nicht geändert, und Rudolf hielt es für angebracht, ihn darauf hinzuweisen, daß er sich im Geschäft auf keinen Fall mehr sehen lassen dürfe. »Wenn es herauskäme«, sagte er, »würden sie dir sofort einen anderen kommissarischen Leiter vor die Nase setzen.«

»Ich werde mich nur im Büro aufhalten, wo mich keiner sieht«, sagte sein Schwiegervater. Eigentlich hatte sich Rudolf das ganz anders vorgestellt, er sagte verstimmt: »Wenn das so ist, könntet ihr auf mich verzichten.«

»Du hast genug im Laden zu tun«, sagte Irene, und weil es ihr Hochzeitstag war, sagte Rudolf jetzt nichts mehr. Erst als sie am Abend im Bett lagen: »Es paßt mir nicht, daß er sich im Büro herumdrücken will. Entweder ich bin kommissarischer Leiter, oder ich bin es nicht.«

»Mach dich nicht lächerlich«, sagte Irene leichthin. »Schließlich mußt du erst noch etwas eingearbeitet werden; von Geschäftsbüchern verstehe ich vorläufig so gut wie gar nichts.«

»Das könnten wir genausogut in seiner Wohnung erledigen«, sagte Rudolf, und Irene sagte unvermittelt gereizt: »Er hat fast sein ganzes Leben in seinem Büro verbracht; willst du ihn jetzt hinauswerfen?«

Rudolf schwieg. Immerhin war das ihre Hochzeitsnacht, und Irene wurde auch gleich wieder zärtlich. Sie zog ihr Nachthemd aus und sagte lächelnd: »Überlaß das nur mir, ich werde das alles regeln, mein Held!«

Sie war in den letzten Jahren noch schöner geworden, eine langbeinige, weißhäutige Frau, mit mageren Schenkeln, hübschen Brüsten und blonden Haaren, die auch an ihrem Schoß sehr hübsch aussahen. Sie sagte: »Die Hochzeitsreise werden wir später nachholen. Bist du noch nicht fertig?«

Sie hatte sehr kühle Hände. Als sie ihn berührte, bekam er eine Gänsehaut.

Von da an saß er wieder täglich zusammen mit seinem Schwiegervater im Büro, machte sich mit den Geschäftsbüchern vertraut und machte im Keller Inventur. Neben den billigeren Schmuckstücken entdeckte er auch einige wertvolle, darunter ein sehr schönes Kollier, und sein Schwiegervater sagte: »Wenn wir den Maybach noch hätten, könnten wir die anderen Sachen endlich herbeischaffen.«

»Geht es nicht mit der Bahn?« fragte Rudolf.

»Zu riskant«, sagte sein Schwiegervater. »Sie durchsuchen immer noch die Züge nach Schwarzhändlern. Vorerst sind wir noch nicht darauf angewiesen.«

Für die Neueröffnung des Geschäftes hatte Irene Blumen besorgt, die in vielen großen Vasen herumstanden, schon am ersten Tag war der Laden voll von Leuten, die noch rasch ihr Geld anlegen wollten; die vier Verkäuferinnen, von Irene persönlich ausgesucht, hatten hart zu arbeiten. Rudolf hielt sich meist im Hintergrund, aber einmal wandte sich eine ältere, vornehm wirkende Dame direkt an ihn. Sie wollte wissen, ob er der Geschäftsführer sei, und als er ihr es bestätigte, erkundigte sie sich, ob er kein Kollier zu verkaufen habe. »Es darf bis zu hunderttausend Mark kosten«, sagte sie. »Wir haben im Osten fast alles verloren. Was wir noch gerettet haben, wollen wir in Schmuck anlegen, mein Mann ist schwer krank, und...« Sie fing plötzlich an zu weinen.

Man sah ihr an, daß sie wirklich bessere Zeiten erlebt hatte, sie tat Rudolf leid: »Warten Sie einen Augenblick!«

Irene war mit einer anderen Kundin beschäftigt, er ging zu seinem Schwiegervater ins Büro. Jedesmal, wenn er in einem seiner schwarzen Anzüge zusammengekrümmt und hager hinter den Geschäftsbüchern saß, erinnerte er Rudolf an einen hungrigen Raben. Er sagte: »Wir haben doch noch dieses Kollier im Keller?«

Sein Schwiegervater ließ sich in seiner Arbeit nicht stören. »Was jetzt noch im Keller ist«, sagte er, ohne Rudolf anzuschauen, »wird nicht verkauft.«

»Wer bestimmt das?« sagte Rudolf, und sein Schwiegervater sagte: »Ich.«

Vielleicht war es der anmaßende Ton, der Rudolf zu der Erwiderung verführte, daß darüber, was verkauft werde und was nicht, schließlich er, Rudolf, auch noch ein Wort mitzureden habe, und sein Schwiegervater nahm seinen altmodischen Zwicker ab, blickte Rudolf kühl an und sagte, er müsse als Geschäftsführer erst einmal trocken hinter den Ohren werden, bevor er sich anmaße, solche für die Zukunft des Geschäftes lebenswichtige Entscheidungen zu treffen.

Es war mehr, als Rudolf vertragen konnte, er starrte einen Augenblick wütend in das Gesicht ihm gegenüber, dann ging er in den Keller, schloß die beiden massiven Luftschutztüren auf und holte das Kollier aus der Kassette. Als er wieder die Treppe hinaufstieg, kam ihm Irene entgegen. »Was soll das?« fragte sie, und Rudolf sagte: »Er wird sich endlich daran gewöhnen müssen, daß ich nicht sein Angestellter bin.«

»Was willst du mit dem Kollier?« fragte sie.

»Verkaufen«, sagte Rudolf, und Irene stellte sich direkt vor ihn und sagte: »Nur, wenn du mich totschlägst.« Er hatte sie noch nie so entschlossen gesehen, sie riß ihm das Kollier aus der Hand, hielt es ihm unter die Nase und sagte: »Weißt du, was das eines Tages wert sein wird?«

»Bestimmt nicht mehr als heute«, sagte Rudolf gereizt, und Irene sagte: »Was bist du doch für ein Dummkopf, Rudolf« und stieg die Treppe hinauf. Oben blieb sie noch einmal stehen und sagte: »In Zukunft werde ich mich allein um die Kundschaft kümmern.«

»Es ist gut«, sagte Rudolf. Er kehrte in das Büro zurück, zog seinen Mantel an, und sein Schwiegervater nahm wieder einmal seinen altmodischen Zwicker ab und fragte: »Wohin gehst du?«

»Sucht euch einen anderen Hampelmann«, sagte Rudolf.

Er ging direkt nach Hause. »Warum kommst du so früh?« fragte seine Mutter.

»Ich muß mir über etwas klarwerden«, sagte Rudolf. »Laß mich eine halbe Stunde allein.« Ohne sich um ihr besorgtes Gesicht zu kümmern, ging er in das Schlafzimmer, legte sich auf das Bett, und eine Viertelstunde später kam Irene herein. Sie setzte sich neben ihn, berührte seine Schulter und sagte: »Ich wußte gar nicht, daß du so sentimental sein kannst. Ein Geschäft ist nun mal kein Wohltätigkeitsinstitut.«

»Das habe ich inzwischen mitbekommen«, sagte Rudolf, und Irene sagte scharf: »Jeder weiß, daß unser Geld bald entwertet wird. Wir können uns keine Sentimentalitäten leisten, verstehst du?«

»Ich verstehe dich sehr gut«, sagte Rudolf.

»Ich habe der Dame erklärt«, sagte Irene, »daß wir zur Zeit keine Kolliers zu verkaufen haben. In was für einer Welt lebst du eigentlich?«

»Das frage ich mich manchmal auch«, sagte Rudolf, der sich nun selbst nicht mehr verstand. Aber zwischen der Einsicht, einen Fehler begangen zu haben, und der Überwindung, ihn zugeben zu sollen, war ein großer Unterschied. »Wenn ich euch lästig falle«, sagte er, »gehe ich auf die Universität zurück.«

»Das wirst du nicht tun«, sagte Irene. Sie ging zur Tür, schloß sie ab und kam wieder zu ihm. »Ich habe nicht viel Zeit«, sagte sie. »Der Laden ist voll und auf die Mädchen noch kein Verlaß.«

»Warum hast du dann die Tür abgeschlossen?« sagte Rudolf, und Irene sagte: »Weil ich mich ungestört mit dir unterhalten möchte.«

Sie sah an diesem Tag besonders hübsch aus, trug zum feierlichen Anlaß ein elegantes Kleid, war von Kopf bis Fuß eine gepflegte Dame. Erhaben über alles Gewöhnliche stand sie vor ihm, und er sagte: »Dann zieh dich mal aus.«

Er hatte es gar nicht sagen wollen, aber es hing ebensosehr mit ihrem erhabenen Aussehen wie mit seiner Unsicherheit zusammen. Das Bedürfnis, wenigstens sein Gesicht zu wahren, ließ ihn Dinge sagen, die ihm selbst widerstrebten, und Irene blickte ihn eine kleine Weile stumm an, stand dann auf, zog sich rasch aus und legte sich zu ihm. »Mach es kurz!« sagte sie.

Es war das erste Mal, daß sie ihn dabei nicht küßte, sie lag mit abgewandtem Gesicht unter ihm, und hinterher sagte sie: »Ich brauche dich heute im Geschäft nicht mehr, Schätzchen. Mach dir einen gemütlichen Tag, und heute abend gehen wir zusammen ins Kino.«

»Fein«, sagte Rudolf. »Heute abend gehen wir zusammen ins Kino.«

Sie berührte mit den Lippen flüchtig seine Stirn, zog sich hastig an, und an der Tür sagte sie noch: »Und tu' so etwas nie wieder!«

»Nein«, sagte Rudolf.

Er wartete noch, bis Katharina das Haus erreicht haben mußte, und ging dann auf direktem Weg in die Garage, fuhr den Jaguar auf die Straße und holte sein Gepäck aus dem Haus. Er verstaute es hinter dem Fahrersitz, kehrte noch einmal ins Haus zurück und blickte vom Fenster seines Schlafzimmers zu Katharina hinüber, aber sie ließ sich nicht mehr sehen.

Er fuhr zuerst in die Stadt zu seiner Bank, versorgte sich mit Devisen und überlegte sich im Wagen, ob er sich von Irene verabschieden solle oder nicht. Er traf seine Entscheidung, als er sich daran erinnerte, daß sie heute morgen das Haus verlassen hatte, ohne ihn zu wecken, und fuhr aus der Stadt hinaus. Er fuhr ohne Pause auf der Autobahn nach Saarbrücken. Dort machte er in einem Gasthaus eine kurze Rast, aß eine Kleinigkeit und fuhr dann nach Metz weiter. Er liebte diese Strecke, ihre Landschaft mit den schnurgeraden Baumalleen und verlassenen Weihern, mit den zahllosen Soldatenfriedhöfen und einsamen Gehöften. Auf den gleichen Straßen war seine Division im Spätsommer 1944 vor den pausenlos nachrückenden Amerikanern nach Osten marschiert.

Warum Rudolf diesmal nicht auf der direkten Route nach Verdun weiterfuhr, hing mit den Erinnerungen zusammen, die durch den Besuch von Thomas in einer bisher nie erlebten Weise intensiviert worden waren. Aber dies war nicht der einzige Grund für seinen ungewöhnlichen Entschluß. Seine Gründe, diese Gegend bisher zu meiden, wogen heute, neunzehn Jahre nach Kriegsende, nicht mehr so schwer, er hielt es auch für völlig unwahrscheinlich, daß es in Binaville einen Menschen geben könnte, der sich nach dieser langen Zeit noch an ihn erinnern würde, und während Rudolf nun in mäßigem Tempo von Etain nach Damvillers fuhr, überlegte er sich zum ungezählten Male, ob wohl das Mädchen damals ein Kind von ihm bekommen habe. Die Vorstellung faszinierte ihn ebenso, wie sie ihn bedrückte. Seit fast zwanzig Jahren trug er sich mit der Absicht, eine passende Gelegenheit wahrzunehmen, sich nach jenem Mädchen zu erkundigen, und nun hatte er sich, fast unbewußt, endgültig dazu entschlossen.

Das gebirgige Waldgelände, das Rudolf jetzt durchfahren mußte, wirkte undurchdringlich und unbewohnt, erst auf der anderen Seite, als die Häuser von Binaville auftauchten, änderte sich das Bild wieder. Zwar war der in einem Talkessel liegende Ort auf drei Seiten von Wald umgeben, aber nach Südwesten hin gab es große Viehkoppeln und Äcker. Der Ort selbst, bestehend aus ein paar Dutzend düsteren Bauernhöfen, lag mit seinem Ostrand direkt am Wald. Dort stand auch, von den übrigen Häusern etwas abgesetzt, an einer Straßenkreuzung das einzige Restaurant von Binaville.

Da es das erste Haus war, das Rudolf auf dem Weg durch den Ort bemerkte, und sich auf der breiten Dorfstraße ohnedies kein Mensch sehen ließ, entschloß er sich, kurz einzukehren, wobei er von der Überlegung ausging, daß ihm der Wirt vielleicht etwas über das Mädchen erzählen könnte.

Er stellte den Jaguar vor dem Restaurant ab, setzte sich an einen der rotlackierten Tische und betrachtete die einsame Dorfstraße. Wenn er sich richtig erinnerte, mußte es das vierte oder fünfte Haus auf der rechten Seite gewesen sein, und während er darüber nachdachte, wurde ihm bewußt, wie lächerlich das alles war. Er kannte nicht einmal den Namen des Mädchens und würde sich mit neugierigen Fragen nur verdächtig machen. Zudem verbanden ihn mit diesem düsteren Dorf keine anderen Erinnerungen besonderer Art, es war nur ein flüchtiges Nachtquartier zwischen Moskau und Amiens gewesen, ein paar Stunden Schlaf, bevor es wieder weitergegangen war, eine unklare Erinnerung an ein sechzehnjähriges Mädchen, das er zuerst vor psychischem und physischem Schaden bewahrt hatte, um ihm den gleichen Schaden dann selbst zuzufügen, ein schmutziges, kleines mageres Mädchen mit dunklen Augen, schwarzen Haarfransen in der Stirn und einem zerrissenen Höschen.

Er mußte lächeln, während er sich daran erinnerte, und dann kam auch der Wirt, ein mittelgroßer, lebhafter, etwa vierzigjähriger Mann, der zuerst den Jaguar, dann Rudolf anschaute und sich nach seinen Wünschen erkundigte. Rudolf bestellte ein Bier, und als der Wirt das Bier brachte, setzte er sich unaufgefordert zu ihm an den Tisch: »Vous venez d'Allemagne, Monsieur?«

Rudolf bestätigte ihm, daß er aus Allemagne komme. Der Wirt blickte zum Himmel und sagte: »Es wird bald dunkel, Monsieur. Wenn Sie bei mir übernachten wollen: Ich habe ein schönes Zimmer für Sie.«

»Mit Bad?« fragte Rudolf belustigt, und der Wirt sagte: »Bad nicht,

Monsieur, aber fließendes Wasser, warm und kalt. Und ein ganz neues Bett.«

Das war eine Möglichkeit, an die Rudolf noch nicht gedacht hatte. Mehr als das fließende Wasser reizte ihn plötzlich der Gedanke, noch einmal in dem gleichen Dorf zu schlafen, in dem er schon vor zwanzig Jahren einmal geschlafen hatte. Da er sich nach der langen Fahrt und den Aufregungen der vergangenen Tage ohnedies abgespannt fühlte und eine Übernachtung in Binaville die Möglichkeit bot, seine Anwesenheit unauffällig zu kaschieren, beschloß er, sich das Zimmer wenigstens einmal anzuschauen.

Das Restaurant war innen so klein, daß nur wenige Tische Platz hatten, der Wirt führte ihn eine schmale Holztreppe hinauf und zeigte ihm das Zimmer. Es sah besser aus, als Rudolf befürchtet hatte, und vom Fenster blickte man direkt auf den nahen Wald. Rudolf sagte: »Ich bleibe hier.«

Anscheinend passierte das nicht alle Tage, der Wirt schien es zuerst selbst nicht fassen zu können, er sagte: »Sie wollen hier übernachten, Monsieur?« und Rudolf sagte: »Wenn Sie mir auch ein ordentliches Essen bieten können; ich bin hungrig.«

»Sie werden zufrieden sein, Monsieur«, sagte der Wirt eifrig. Er kümmerte sich persönlich um das Gepäck, auch seine Frau tauchte auf und sagte: »Bonjour, Monsieur, vous parlez français?«

»Un petit peu, Madame«, sagte Rudolf, was eine Untertreibung war, denn er sprach sehr gut Französisch. Sie machte gleichfalls einen ordentlichen Eindruck, sah mehr nach einer Frau aus der Stadt aus und trug ein schwarzes Kleid. Daß die Frauen in dieser Gegend fast ausnahmslos schwarze Kleider trugen, wußte Rudolf noch von früher. Darin schien sich also nichts geändert zu haben. Während er sich in seinem Zimmer etwas frisch machte, hörte er sie unten mit ihrem Mann reden. Er trat an das Fenster und beugte sich ein wenig hinaus. Von hier aus konnte er bequem auf die Häuser schauen, auch das Haus des Mädchens war zu sehen, allerdings nur die Rückseite mit dem Schlafzimmerfenster. Er erinnerte sich, wie sie in der Dunkelheit nach Binaville gekommen waren, sie hatten an diesem Tag vierzig Kilometer hinter sich gebracht, durch Fliegerangriffe sieben Männer und drei Fahrzeuge verloren, zwei Geschütze im Straßengraben liegenlassen müssen, und sie waren deprimiert, erschöpft und gereizt gewesen. Rudolf hatte angewidert die häßlichen Häuser betrachtet.

SCHON WIEDER SO EIN VERFLUCHTES KAFF!

Zuerst ging er in den Bataillonsgefechtsstand und erhielt dort den Auftrag, mit seinen Geschützen den Ortsrand gegen überraschende Panzervorstöße zu sichern. Er ließ die Geschütze in Stellung bringen, teilte die Wachen ein und kümmerte sich dann um sein Quartier. Er entschied sich für ein Haus am anderen Ende des Ortes, das äußerlich etwas besser aussah als die übrigen, und traf nur eine ältere Frau an, die ihn furchtsam anschaute. Als er sie um ein Glas Wasser bat, rannte sie zur Tür hinaus, und Thomas sagte: »Blödsinniges Volk hier!«

Innen wirkte das Haus nicht sehr sauber, es hatte drei Räume, darunter ein Schlafzimmer mit kariertem Bettzeug, und Thomas sagte: »Heute nacht werden wir gut schlafen, Boß!«

Diesen Ton hatte er sich erst angewöhnt, seit Rudolf das Ritterkreuz trug, und seitdem wünschte sich Rudolf insgeheim, daß ihn ein amerikanischer Panzer vor die Kanone bekäme. Er wünschte es ihm, obwohl er sich der Verwerflichkeit seines Wunsches bewußt war, aber der bloße Gedanke, künftig von der Diskretion dieses Mannes abhängig zu sein, war unerträglich für ihn. Unerträglich auch die plump-vertrauliche Art, die sich Thomas seitdem angewöhnt hatte, sein stupides Grinsen, wenn er das Ritterkreuz an Rudolfs Hals betrachtete oder Befehle von ihm bekam. – »Wird gemacht, Boß!«

Nach dem Essen, das vom Bataillon mit einem erbeuteten Jeep zugestellt wurde, inspizierte Rudolf noch einmal die Geschützstellungen. Die Posten meldeten keine besonderen Vorkommnisse, es war eine mondhelle Nacht, die Straße zog sich gut sichtbar wie ein weißer Streifen durch die schwarzen Wälder, und Rudolf schärfte den Posten erhöhte Wachsamkeit ein. Dann kehrte er in sein Quartier zurück, und als er die Tür öffnete, hörte er ein Mädchen weinen.

Mit ein paar großen Schritten war er im Schlafzimmer, wo Thomas beim Schein einer rauchenden Lampe gerade damit beschäftigt war, einem halbwüchsigen Mädchen die Hose auszuziehen. Als er Rudolf bemerkte, ließ er das Mädchen grinsend los und sagte: »Sie kam plötzlich hereingeschneit!«

Rudolf betrachtete zuerst das halbnackte Mädchen, dann betrachtete er das grinsende Gesicht von Thomas und sagte mit vor Wut undeutlicher Stimme: »Hauen Sie ab!«

»Wohin?« sagte Thomas. Er schien es für einen schlechten Scherz zu halten, grinste noch immer, hörte dann unvermittelt auf zu grinsen und starrte Rudolf mit schmalen Augen an.

»Ich gebe Ihnen fünf Sekunden«, sagte Rudolf und legte seine Hand an die Pistole. Er hätte ihn in dieser Sekunde kaltblütig erschießen können. Aus den Augenwinkeln bemerkte er, wie das Mädchen seine Hose hinaufzog, vom Bett aufstand und ihn unverwandt anschaute. Auch Thomas stand auf. Er knöpfte seine Uniform zu und sagte: »Vielleicht wird Ihnen das noch leid tun.« Dann ging er hinaus, und Rudolf nahm die Hand von der Pistole und sagte zu dem Mädchen: »Wohnst du hier?«

Das Mädchen nickte und fing wieder an zu weinen. »Du brauchst nicht zu weinen«, sagte Rudolf. »Niemand wird dir etwas tun.«

Nach einigem Zureden erfuhr er von ihm, daß es von der Viehkoppel kam und seine Großmutter suchte. Anscheinend handelte es sich dabei um die ältere Frau, die bei Rudolfs Eintreffen zur Tür hinausgelaufen war. »Hast du keine Ahnung, wo sie sein könnte?« fragte er, und das Mädchen schüttelte den Kopf.

»Wenn du willst«, sagte Rudolf, »kannst du hierbleiben. Wo sind deine Eltern?«

Das Mädchen erzählte ihm, daß seine Mutter nicht mehr lebe und sein Vater in deutscher Gefangenschaft sei. »Hast du sonst keine Geschwister?« fragte Rudolf, und das Mädchen sagte: »Einen Bruder, aber der ist nicht hier.«

»Wo ist er?« fragte Rudolf, und das Mädchen sagte: »Weiß ich nicht.«

Es schien jetzt Vertrauen zu ihm gefaßt zu haben und lächelte schüchtern. Rudolf gab ihm den Rest seiner Nudelsuppe und ein Stück Brot, das Mädchen schlang beides heißhungrig hinunter und sagte erst hinterher: »Merci, Monsieur.«

Es war ein hübsches Mädchen, etwas mager und nicht sehr sauber, aber das Gesicht gefiel ihm, und einen kleinen Busen hatte es auch schon. Als er seine Stiefel auszog, zog es gleichfalls seine Schuhe aus und blickte ihn unschlüssig an. Er hatte zwar nicht damit gerechnet, daß es seine Aufforderung, hierzubleiben, so wörtlich nehmen werde, aber schließlich war dieses Mädchen noch ein halbes Kind und das Bett breit genug; wahrscheinlich schlief sonst die ganze Familie darin. Er sagte: »Dann leg dich hin!«

Die Lampe ließ er brennen, zog auch nur seinen Rock aus, und das Mädchen legte sich im Kleid neben ihn und schaute ihn wieder unverwandt an. Er fragte, seit wann seine Mutter tot sei, und das Mädchen sagte: »Schon lange, Monsieur.«

»Das ist schlimm für dich«, sagte Rudolf, aber das Mädchen sagte leichthin: »Ich habe ja noch meine Großmutter.« Sein schwarzes Haar sah genauso ungewaschen aus wie sein Gesicht, und seine Kleider rochen nach Stall. Merkwürdigerweise war es gerade dieser Stallgeruch, der Rudolf allmählich erregte, und als er dem Mädchen über das schwarze Haar strich, griff es nach seiner Hand und küßte sie. Es war anscheinend nicht mehr ganz unerfahren, wenigstens hielt es seine Hand fest und drückte sie schließlich gegen seinen kleinen Busen. »Du bist ja ganz schön auf Draht!« sagte Rudolf überrascht, und das Mädchen lächelte und sagte: »Oui, Monsieur.« Sein Busen fühlte sich gar nicht so klein an, und der Stallgeruch war jetzt schon so intensiv, daß er Rudolf in der Nase kitzelte, er sagte: »Du riechst nach Kühen.«

»Das ist nur mein Kleid, Monsieur. Soll ich es ausziehen?«

»Meinetwegen«, sagte Rudolf, und das Mädchen stand auf, zog sein Kleid aus, und unter dem Kleid trug es ein zerrissenes Höschen und ein schmutziges Hemd. »Dein Hemd riecht auch«, sagte Rudolf, und das Mädchen zog augenblicklich sein Hemd aus. Sein Busen sah noch hübscher aus, als Rudolf mit seinen Händen wahrgenommen hatte, und als es sich wieder zu ihm legte, blickte er zuerst seinen Busen, dann das Fenster und dann die rauchende Lampe an. Ein paar Sekunden versuchte er noch an Irene zu denken, mit der er noch vor vier Wochen geschlafen hatte, aber es gelang ihm nicht. Er machte die Lampe aus, zog das Mädchen an sich und streichelte seine kleinen Brüste. Er war noch immer entschlossen, ihm nichts Ernsthaftes anzutun, schließlich konnte er als Offizier kein halbwüchsiges Mädchen vergewaltigen, und anscheinend wußte es auch noch nicht recht, wozu das alles führen könnte, lag nur neben ihm und ließ sich die kleinen Brüste streicheln, und als Rudolf ihm auch noch das zerrissene Höschen auszog, kuschelte es sich dicht an ihn.

Seit ein paar Tagen wußte er endgültig, daß der Krieg verloren war. Ohne diesen verlorenen Krieg würde er jetzt nicht mit einem nackten, halbwüchsigen Mädchen, von dessen Existenz er vor einer halben Stunde noch keine Ahnung gehabt hatte, in diesem Bett liegen, und wer konnte schon sagen, ob er den verlorenen Krieg überleben würde, er könnte schon morgen früh genauso tot in einem Straßengraben liegen wie die vielen anderen, die er in diesen vier Jahren tot in einem Straßengraben oder auf einem kahlen Acker hatte liegen sehen, und gemessen daran spielte es jetzt keine Rolle mehr, ob er vorher noch ein halbwüchsiges Mädchen vergewaltigte oder nicht. Außerdem vergewaltigte er es ja nicht, es schien nur darauf zu warten, daß er endlich etwas unternahm, zeigte sich auch sonst willig und gelehrig, klammerte sich fest und ließ sich streicheln, wo es ihn gerade gelüstete, nur küssen wollte er es nicht, der Stallgeruch weckte Begehrlichkeit, aber keine Zärtlichkeit in ihm, er drehte das Mädchen auf den Rücken und nahm sich vor, es so behutsam wie möglich zu tun, aber als es aufschrie, vergaß er seine guten Vorsätze, vergaß sich selbst, vergaß Stallgeruch und Offiziersuniform, und das Mädchen klammerte sich an ihn, genau wie Irene es auch getan hatte, und später weinte es, genau wie Irene auch geweint hatte.

Er ekelte sich vor sich selbst, streichelte dem Mädchen beruhigend die zuckenden Schultern, das nasse Gesicht, redete beruhigend auf es ein und schickte es dann hinaus, sich zu waschen. Das beschmutzte Laken zog er ab und steckte es unter das Bett, drehte auch die Matratze herum und wartete auf das Mädchen. Als es nach fünf Minuten noch nicht hereingekommen war, ging er in die Küche, auch dort war es nicht. Er kehrte in das Schlafzimmer zurück, zog sich rasch an, und als er die Lampe anzündete, stellte er fest, daß das Mädchen seine Kleider mitgenommen hatte. Er empfand keinen Ekel mehr, nur noch Müdigkeit und Resignation.

Im Morgengrauen wurde er von Thomas geweckt, er hatte das Laken unter dem Bett entdeckt und sagte wütend: »Haben Sie mich deshalb hinausgeschickt?«

»Scheren Sie sich zum Teufel«, sagte Rudolf schlaftrunken, und Thomas sagte: »Vielleicht interessiert es Sie wenigstens, daß zweihundert amerikanische Panzer hierher unterwegs sind.«

Rudolf wurde sofort hellwach. »Woher wissen Sie das?«

»Meldung vom Bataillon«, sagte Thomas. »In einer Stunde bauen wir ab.«

»Dann geht der Mist schon wieder los«, sagte Rudolf. Er stand auf, riß Thomas das Laken aus der Hand, warf es in eine Ecke und sagte: »Ich bin genauso ein Schwein wie Sie.«

»Das ist gut«, sagte Thomas. Dann grinste er und sagte: »Ich glaube, Sie haben die Kleine zuerst unterschätzt; sie war so scharf wie eine Tretmine.«

»Sie war zu lange allein«, sagte Rudolf, »aber so etwas verstehen Leute wie Sie nicht.«

»Ich verstehe nur das, was ich sehe«, sagte Thomas und rannte hinaus.

Als Rudolf vor das Haus trat, standen drei halbwüchsige Jungen bei dem Jaguar und bestaunten ihn. »So einen haben die hier noch nie gesehen«, sagte der Wirt lächelnd. »Wann wollen Sie essen, Monsieur?«

»In einer halben Stunde«, sagte Rudolf. »Sind Sie in Binaville geboren?«

Der Wirt nickte. »Ich habe das Restaurant von meinem Vater übernommen. Meine Frau stammt aus Châlons.«

»Dann müssen Sie sich im Dorf ja gut auskennen«, sagte Rudolf. Der Wirt lachte: »Wie in meiner Küche, Monsieur.«

Rudolf zögerte, aber der Mann blickte ihn so unbefangen an, daß er seine Bedenken überwand. »Ich war schon einmal hier, 1940 während des Krieges. In einem der ersten Häuser auf der rechten Seite habe ich eine Nacht geschlafen. Sicher wissen Sie, ob die Leute noch leben.«

»Welches Haus?« fragte der Wirt neugierig, und Rudolf sagte: »Das vierte oder fünfte.« Er wußte genau, daß es das vierte gewesen war, und er war auch nicht 1940 in Binaville gewesen, sondern 1944, aber so genau wollte er das dem Wirt nicht erzählen. Er schien sich auch wirklich gut auszukennen, denn er sagte sofort: »Dann müssen es entweder die Brunots oder die Pichons gewesen sein, Monsieur. Die Brunots leben heute in Reims.«

»Und die Pichons?« fragte Rudolf.

»Da wohnt nur noch der Sohn hier«, sagte der Wirt. »Der Vater ist gestorben, und die Tochter wohnt in Châlons. Hatten die Leute eine Tochter?«

»Ich weiß es nicht mehr«, sagte Rudolf, auf die Dorfstraße schauend. »Ich glaube es nicht.«

»Dann können es nur die Brunots gewesen sein«, sagte der Wirt. »Die Brunots hatten einen Sohn, er ist im Krieg gefallen.«

»So«, sagte Rudolf mechanisch, und der Wirt sagte: »Ich wurde erst gegen Ende des Krieges eingezogen; wir hatten zweimal deutsche Soldaten hier. Waren Sie nur die eine Nacht hier?«

»Ja«, sagte Rudolf. »Ich erinnerte mich auch erst wieder daran, als ich jetzt den Ortsnamen gelesen habe. Es liegt schon zu lange zurück.«

»Oui«, sagte der Wirt lächelnd. »Vierundzwanzig Jahre, Monsieur, wenn Sie 1940 hiergewesen waren. Sie haben ein gutes Gedächtnis.«

»Ich erinnere mich jetzt wieder genau«, sagte Rudolf, »daß ich in dem Haus kein Mädchen gesehen habe. Wie alt ist jenes Mädchen in Châlons?«

»Sie muß jetzt sechsunddreißig Jahre sein«, sagte der Wirt. Mit seinem Gesicht stimmte plötzlich etwas nicht, es wirkte auf eine unangenehme Art neugierig, und Rudolf sagte: »Ich bin sicher, daß die Leute keine Tochter hatten.«

»Eh bien!« sagte der Wirt. »Wenn Sie so sicher sind ...« Er lächelte wieder und sagte: »Ich werde mich jetzt um Ihr Essen kümmern, Monsieur.«

Rudolf trat auf die Straße und wandte sich den grünen Viehkoppeln am Südwestausgang des Dorfes zu. Dort mußte irgendwo auch ein kleiner Weiher sein, er erinnerte sich deshalb so deutlich daran, weil einer seiner Männer am frühen Morgen beim Baden fast darin ertrunken wäre. Es waren auch nur ein paar hundert Schritte bis dahin, einige Bäume standen dort, und an den Ufern wuchs Schilf. Da er auf einer kleinen Anhöhe lag, konnte Rudolf das Dorf von hier aus gut sehen, auch das Haus der Pichons konnte er sehen, auf der leeren Dorfstraße rollte ein Fuhrwerk, der Mann auf dem Sitz rauchte eine Pfeife.

Sie muß es gewesen sein, dachte Rudolf, dem Alter nach könnte es stimmen. Es erleichterte ihn, daß sie heute in Châlons wohnte, sicher war sie dort verheiratet, und es war lächerlich, daß er sich ihretwegen auch nur einen Augenblick lang Sorgen gemacht hatte. Trotzdem bereute er seinen Entschluß, eine Nacht in Binaville zu verbringen, nicht, hier waren seine Erinnerungen noch intensiver, und nicht nur die an das Mädchen. Er hatte noch deutlich vor Augen, wie sie bei Sonnenaufgang aus dem Dorf in den dunstigen Morgen gefahren waren, und was immer auch davor und danach geschehen war, würde diesen Sonnenaufgang nun nicht mehr aus seinem Gedächtnis löschen können. Es war auch nicht nur der Sonnenaufgang allein, es war die ganze Atmosphäre jener Jahre, die endlosen Straßen mit den Pappeln und fernen Horizonten, die endlose Jagd nach einem ungewissen Ziel, seine besten Jahre, die er auf diesen Straßen vergeudet hatte, ein Morgengrauen und ein Sonnenuntergang, ein einsamer Waldrand im Schnee und ein Kornfeld im Wind. Er hatte später nie bedauert, daß dieser Krieg verlorengegangen war, aber damals war er noch beteiligt, und dieser Krieg hatte unverwischbare Spuren hinterlassen. In dieser Sekunde liebte er die Männer seiner ehemaligen Kompanie, wie er sie damals nie geliebt hatte, selbst Thomas erschien ihm in dieser Sekunde weniger widerwärtig, ein Mann, der ihn ein großes Stück auf seinen Straßen begleitet hatte, dessen Erinnerungen heute seinen eigenen Erinnerungen glichen, der an seiner Seite geflucht, geschlafen, gegrinst und seine Furcht mit ihm geteilt hatte, ein Mann in einem verlassenen Dorf in den Argonnen im Oktober 1944.

Es war, als brauchte er nur aufzustehen und über die leere Dorfstraße zu seinen Geschützen zu gehen, als hörte er die Stimmen seiner Männer unter den Bäumen und dazwischen seine eigene. Damals hatte er nur das besessen, was er auf der Haut trug, und er hatte sich keine Sekunde als Schwächling gefühlt, im Gegenteil! Ob man es ehrlich verdient hatte oder nicht, das änderte kaum etwas daran, daß ein Ritterkreuz das Selbstbewußtsein eines Mannes auch dann hob, wenn er so gut wie keines besaß, es war immer wie ein Spießrutenlaufen gewesen, in der Heimat ebenso wie an der Front, und je länger er die Rolle eines Helden gespielt hatte, desto mehr war er in sie hineingewachsen, bis er schließlich selbst davon überzeugt gewesen war, einer zu sein. Man war über Nacht zu einer Persönlichkeit geworden, und daß er keine drei Wochen später tatsächlich, wenn auch nicht sechs, so doch zwei Shermans persönlich abgeschossen hatte, war auch nur eine Folge seines gesteigerten Selbstbewußtseins gewesen. Wenn man sich mit dieser Rolle erst einmal identifizierte, wuchs man mitunter über sich selbst hinaus, auch dann, wenn man es gar nicht wollte.

Es wurde bereits dunkel, als er ins Restaurant zurückkehrte, in einer Ecke neben der Bar war ein Tisch für ihn gedeckt, und in einer anderen Ecke saßen zwei Männer, der Kleidung nach Dorfbewohner, die hier ihr Glas Wein tranken und Zigaretten rauchten, einfache Leute mit dem charakteristischen Hautpigment der Landbevölkerung. Auch der Wirt war da, er fragte: »Haben Sie sich etwas umgesehen, Monsieur?« und Rudolf sagte: »Ja.«

Das Essen war gut und ausreichend. Rudolf trank eine halbe Flasche Rotwein dazu, bestellte hinterher noch einen Kaffee, und der Wirt setzte sich wieder zu ihm und wollte wissen, ob er sich noch erinnern könne, an welchem Tag er 1940 durch Binaville gekommen sei. »Vielleicht habe ich

Sie damals sogar gesehen«, sagte er lächelnd. »Ich stand immer auf der Straße, wenn Ihre Kolonnen vorbeimarschierten.«

Seine Frage brachte Rudolf in Verlegenheit, hatte er den Feldzug gegen Frankreich doch nur aus der Perspektive einer Regimentsschule erlebt und heute keine Ahnung mehr, in welchem Monat er überhaupt begonnen hatte, er sagte ausweichend: »Das liegt schon so lange zurück.«

»Ich dachte, Sie wüßten es noch«, sagte der Wirt lächelnd. »Wo Sie sich sogar noch an die Pichons erinnern konnten«, und Rudolf sagte: »Sagten Sie vorhin nicht, daß es die Brunots gewesen sein müssen?«

»Ach ja!« sagte der Wirt. »Ich habe das verwechselt, Monsieur. Aber vielleicht wissen Sie noch ungefähr, ob es in der ersten oder in der zweiten Hälfte vom Mai gewesen war?«

»In der ersten«, sagte Rudolf unüberlegt, und der Wirt sagte: »Das ist nicht gut möglich, Monsieur. Zu uns kamen Ihre Soldaten erst Mitte Juni. Waren Sie bei einer Panzerdivision?«

»Nein«, sagte Rudolf verärgert, und der Wirt sagte: »Bei uns hier sind nur Panzer durchgefahren, Monsieur, die anderen marschierten über Reims und Verdun; unsere Straße war nicht so wichtig für sie. Wir hatten auch nur einmal Einquartierung, es waren Männer von einem Troß. Vielleicht waren Sie dabei?«

»Das ist möglich«, sagte Rudolf, und der Wirt lächelte wieder und sagte: »Verzeihen Sie, wenn ich so neugierig bin, Monsieur, aber es passiert sonst nie, daß einer von den ehemaligen deutschen Soldaten hierherkommt. Auch während des Krieges kamen erst wieder 1944 welche vorbei, im Oktober, bevor die Amerikaner eintrafen.«

»Vielleicht war er im Oktober hier«, sagte einer der beiden Männer in der anderen Ecke.

Rudolf wandte ihm das Gesicht zu und blickte in zwei kalte Augen, die unvermittelt ein Angstgefühl in ihm weckten. Der Mann stand auf, kam zu ihm und setzte sich an die Stirnseite des Tisches. Rudolf schätzte ihn auf fünfundvierzig, er hatte derbe Gesichtszüge, abstehende Ohren und eine tiefe Narbe quer über dem Kinn.

»Das ist Monsieur Pichon«, sagte der Wirt. »Ich habe ihm erzählt, daß Sie neben seinem Haus einquartiert waren.«

»Und ich habe Ihnen erzählt«, sagte Rudolf, »daß ich mich an das Haus nicht mehr genau erinnern kann.«

Die beiden Männer wechselten einen raschen Blick, und Monsieur Pichon sagte: »Sie meinten, es sei das vierte oder fünfte Haus auf der rechten Seite gewesen, Monsieur?«

Rudolf zwang sich zur Ruhe. »Es kann ebensogut das sechste oder siebente gewesen sein.«

»Aber heute mittag«, sagte der Wirt, »waren Sie sich noch sicher, daß es das vierte oder fünfte gewesen sei.«

Obwohl er sein freundliches Wesen unverändert beibehielt, gewann Rudolf immer mehr den Eindruck, in ein Komplott geraten zu sein, er sagte gereizt: »Ich weiß es nicht mehr.«

»Vielleicht sehen Sie sich die Häuser einmal von innen an«, sagte Monsieur Pichon, während seine kalten Augen keine Sekunde von Rudolf abließen, und Rudolf fragte: »Wozu?«

»Es ist so ...«, sagte der Wirt verbindlich, und Monsieur Pichon sagte: »Sei still!« Er stand auf und kehrte an seinen Tisch zurück, wo er sich leise mit dem zweiten Mann unterhielt.

»Er war ein guter Freund der Brunots«, sagte der Wirt lächelnd. »Schade, daß Sie sich nicht an sie erinnern können, Monsieur. Ich vermute, er wollte sich mit Ihnen über die Brunots unterhalten.«

»Warum tut er es nicht mit Ihnen?« fragte Rudolf. Er stand auf, ging durch das Restaurant zur Treppe und stieg zu seinem Zimmer hinauf. Dort setzte er sich auf das Bett und dachte ein paar Minuten angestrengt nach. Wenn er jetzt fortfuhr, würde er sich erst recht verdächtig machen, er hatte sich an diesem Abend schon zu viele Dummheiten geleistet, und außerdem könnten sie ihm – selbst wenn sie wirklich Verdacht geschöpft hätten – nichts nachweisen. Morgen würde er in aller Frühe aufstehen und drei Stunden später in Paris sein.

Als er lange genug darüber nachgedacht hatte, kam er zu dem Schluß, daß er dem Gespräch sicher eine zu große Bedeutung beimaß. Die Leute hier lebten so von der übrigen Welt abgeschnitten, daß jeder Fremde für sie willkommener Anlaß war, ein wenig zu plaudern, um so mehr dann, wenn man noch gemeinsame Bekannte und Erinnerungen hatte. Es war lächerlich, wie er sich anstellte.

Trotzdem konnte er dann lange nicht einschlafen, es war warm im Zimmer, durch das offene Fenster hörte er Nachtvögel im nahen Wald. Es erinnerte ihn an jene bedeutsame Nacht vor dreiundzwanzig Jahren im Wald von Pratulin, als man ihn zur Frontbewährung zur 17. Panzerdivision abkommandiert hatte, an das Gesicht des Kompaniechefs im abgeblendeten Schein einer Taschenlampe beim Verlesen des Führerbefehls. – An der Ostfront steht ihr, in Rumänien an den Ufern des Pruth ... – Und drüben auf der anderen Seite des Bugs hatte die Festung Brest-Litowsk gelegen und tausend Kilometer hinter Brest-Litowsk Moskau. »Ob wir das jemals schaffen werden?« hatte er zu Oberleutnant Döring gesagt, und Döring hatte geantwortet: »Ich bin nur ein kleiner Kacker, Mann!« Zwei Stunden später war er tot gewesen.

»ICH WOLLTE IMMER EINMAL SEINE FAMILIE BESUCHEN.«

»Warum hast du es nie getan?« fragte Irene. Wenn er von Rußland erzählte, hätte sie ihm heute noch, ein Jahr nach ihrer Hochzeit, stundenlang zuhören können. »Ich weiß es selbst nicht mehr, woran es gelegen hat«, sagte Rudolf. »Jedesmal kam etwas dazwischen.«

»Ich zum Beispiel«, sagte Irene lächelnd, und Rudolf sagte: »Du auch.« Sie waren am Abend im Kino gewesen und hatten in der Wochenschau einen Ausschnitt aus dem Generals-Prozeß gegen die Südost-Generale gesehen. Irene sagte: »Ich finde nicht richtig, was sie mit den Leuten machen; sie haben nur ihre Pflicht getan.«

»Es war nicht ihre Pflicht, sich an den Judendeportationen zu beteiligen und sich zum Handlanger der SS zu machen«, sagte Rudolf.

»Das waren doch nur Partisanen.«

Rudolf schwieg. Daß sich auch die Wehrmacht an den Judenverfolgungen beteiligt hatte, war eine seiner schockierendsten Erfahrungen gewesen. Trotzdem war ihm bei den Prozessen nicht ganz wohl. Bei Göring und den anderen Parteibonzen hatte er noch Genugtuung empfunden, bei Jodel schon nicht mehr so sehr, und wenn es nach Irene gegangen wäre, so hätte man in Nürnberg gleich noch ein paar Russen mit aufhängen müssen. »Diese primitiven Scheusale«, sagte sie, und Rudolf sagte: »Immerhin waren wir es, die in ihr Land einmarschiert sind.«

»Hättet ihr sie nur alle totgeschlagen«, sagte Irene. Seit sie von den Vergewaltigungen deutscher Frauen durch die Russen gehört hatte, war sie noch unversöhnlicher. – »Ich brauche mir nur vorzustellen, daß mir so etwas passiert wäre.« – Es war zwecklos, über diesen Punkt mit ihr zu diskutieren oder sie an die Juden erinnern zu wollen; ihr Haß war so groß, daß sie keine Argumente gelten ließ.

Der Zustand ihrer Mutter hatte sich in den letzten Monaten etwas gebessert, sie nahm wieder größeren Anteil an ihrer Umgebung und verbrachte auch nicht mehr den ganzen Tag im Bett. Wenn Rudolf mit ihrem Mann zusammensaß, wurde fast immer politisiert, und obwohl sich dieser in seinen Äußerungen mehr zurückhielt als Irene, war es für Rudolf ersichtlich, daß er die Militärregierung entschieden ablehnte, den amerikanischen Präsidenten als ein Unglück für Europa und die deutschen Politiker als einen Schandfleck in der deutschen Geschichte betrachtete. – »Ratten, die wieder aus ihren Löchern kommen.« – »Was hast du gegen sie?« fragte Rudolf, und sein Schwiegervater sagte: »Was jeder anständige Deutsche gegen sie hat.«

Tagsüber saß er noch immer von morgens bis abends im Büro, obwohl die Arbeit, die dort zu erledigen war, höchstens zwei Stunden in Anspruch nahm. Rudolfs Tätigkeit beschränkte sich hauptsächlich darauf, ihm gelegentlich über die Schulter zu schauen und das Personal zu beaufsichtigen, aber seit der Währungsreform gab es auch hier kaum mehr etwas zu tun. Irene mußte zwei Mädchen entlassen, und ein paar Wochen lang sah es so aus, als könnte man das Geschäft ganz schließen. Es wurde erst wieder besser, als es Rudolf endlich gelang, einen Mietwagen aufzutreiben, mit dem man den ausgelagerten Schmuck holen konnte. Er fuhr mit Irene und dem Besitzer des Wagens nach Eisenbach, wo die Bekannten der Diefenbachs wohnten, ein Landarzt, dessen Frau eine alte Schulfreundin von Irenes Mutter war. Die vier Kisten hatte Irenes Vater eigenhändig in deren Keller vergraben, aber der Boden war inzwischen so hart geworden, daß Rudolf über zwei Stunden hacken und graben mußte, während ihm Irene und die Frau des Landarztes zuschauten und Ratschläge erteilten. Der Besitzer des Mietwagens half ihm, die Kisten in den Wagen zu schaffen. »Du machst dir kein Bild davon«, sagte die Frau des Landarztes zu Irene, »was wir dieser Kisten wegen alles ausgestanden haben; unser Keller wurde zweimal von den Amerikanern aufgebrochen.«

»Ihr habt uns einen großen Gefallen getan«, sagte Irene und küßte sie auf die Wange.

»War das alles?« fragte Rudolf später, und Irene sagte: »Wovon redest du?«

»Immerhin haben sie euer ganzes Vermögen gerettet«, sagte Rudolf. »Wenn sie weniger ehrlich gewesen wären...«

»Dann hätten wir die Kisten nicht zu ihnen gebracht«, sagte Irene. »Wir hätten sie ja genausogut bei uns behalten können; unser Keller ist nie durchsucht worden.«

»Das wußte man vorher nicht«, sagte Rudolf. Vielleicht redete er es sich auch nur ein, daß die Frau des Landarztes beim Abschied ein enttäuschtes Gesicht gemacht hatte, er sagte: »Irgendwie müßt ihr euch doch erkenntlich zeigen.«

»Das haben wir bereits getan«, sagte Irene kurz. Sie hatte es am Schluß auffällig eilig gehabt, als wollte sie die Rückkehr des Arztes von einem Patientenbesuch unter keinen Umständen abwarten, Rudolf fragte: »Mit Geld?«

Sie wandte ihm nervös das Gesicht zu und sagte: »Sie wollten damals nicht einmal wissen, was in den Kisten war. Wir waren auch nicht so dumm, es ihnen zu erzählen.«

»Dumm wart ihr noch nie«, sagte Rudolf verstimmt. Zu Hause durfte er zuschauen, wie Irene und ihr Vater den Inhalt der Kisten auspackten, er bestand ausschließlich aus schwarzen Kassetten, von denen jede verschlossen und sorgfältig in Ölpapier verpackt war. Als Rudolf die wertvollen Kolliers, Uhren und anderen Dinge sah, schüttelte er den Kopf und sagte: »Was habt ihr für ein Schwein gehabt!«

»Köpfchen!« sagte Irene zufrieden. »Wenn wir das an die Amis verkaufen, haben wir bald wieder genug Betriebskapital.«

»Wieso an die Amis?« fragte Rudolf, und Irene sagte: »Das sind heute die einzigen hier, die noch Geld haben. Laß mich das nur machen.«

Es waren nicht nur Amerikaner, auch Engländer, Franzosen, Polen und Tschechen kamen in den Laden, die Taschen voll mit nagelneuen Markscheinen. Irene mußte wieder zwei Verkäuferinnen einstellen, und weil der Umgang mit Besatzungstruppen nicht immer einfach war, vertraute sie Rudolf die Kasse an. Allerdings kam es schon am dritten Tag zu einer kleinen Panne, als sie ihn dabei ertappte, wie er einem Amerikaner zehn Mark zuviel zurückgab. »Wenn ich mich nicht selbst um alles kümmere«, sagte sie wütend, »klappt in diesem Saftladen überhaupt nichts.«

Irene war in geschäftlichen Dingen zwar noch nie besonders großzügig gewesen, aber seit sich das Geld in der Kasse zu Bündeln häufte, schien sie, für Rudolfs Begriffe, jedes Maß verloren zu haben, er sagte: »Wie ich dich kenne, bezahlen die Leute ohnedies fünfzig Prozent über den Preis«, und Irene sagte: »Wenn sie schon ihren verdammten Krieg gewonnen haben, sollen sie auch dafür bezahlen.« Dann fing sie an zu lächeln, tätschelte seine Hand und sagte: »Geh ein wenig an die frische Luft, Schätzchen. Es wird dir guttun.«

»Du sollst vor der Kundschaft nicht immer Schätzchen zu mir sagen«, sagte Rudolf am Abend zu ihr. »Was macht das für einen Eindruck!«

»Wieso?« fragte sie. »Diese Kerls verstehen doch kein Wort Deutsch und kommen alle aus Texas.« Jemand mußte ihr eingeredet haben, daß die Texaner ausnahmslos geistig unterentwickelt seien, und unglücklicherweise kam es bereits am nächsten Morgen schon wieder zu einer Auseinandersetzung. Es begann damit, daß ihr Vater plötzlich im Laden erschien, mit auf dem Rücken verschränkten Händen umherspazierte und eine der Verkäuferinnen aus einem unersichtlichen Grund barsch anfuhr. Das Mädchen hatte schon vor dem Krieg in der Branche gearbeitet und beschwerte sich bei Rudolf. »Entweder sind Sie der Chef oder er«, sagte es. »Ich finde auch eine andere Stellung.«

»Niemand hindert Sie daran, sich eine zu suchen«, sagte Rudolf und ging zu seinem Schwiegervater. »Komm mit ins Büro!« sagte er, und sein Schwiegervater fragte: »Wozu?«

»Willst du, daß wir es hier vor der Kundschaft besprechen?« fragte Rudolf. Jetzt war auch Irene auf die Szene aufmerksam geworden, sie kam zu ihnen und fragte ungeduldig: »Was ist nun schon wieder los?«

»Anscheinend paßt es ihm nicht, daß ich mich in meinem eigenen Geschäft aufhalte«, sagte ihr Vater, und Rudolf sagte: »Ich habe dir schon ein dutzendmal erklärt, daß du hier nichts zu suchen hast.«

»Ich habe hier nichts zu suchen!« sagte sein Schwiegervater zu Irene. »Hast du das gehört!«

»Wenn ihr nicht augenblicklich aufhört«, sagte sie wütend, »werfe ich euch beide hinaus.« Und zu Rudolf sagte sie: »Du benimmst dich unmöglich.«

Daß sie jedesmal die Partei ihres Vaters ergriff, wäre nicht einmal so schlimm gewesen, wenn sie es wenigstens nicht vor der versammelten Kundschaft getan hätte. Rudolf lief kreidebleich in das Büro, griff nach seinem Hut und verließ das Geschäft durch den Seiteneingang. Er war so aufgebracht, daß er auch nicht stehenblieb, als Irene ihm nachgelaufen kam und seinen Namen rief. Natürlich wäre es vernünftiger gewesen, sich einmal unmißverständlich mit ihrem Vater auszusprechen, als immer nur davonzulaufen, aber abgesehen davon, daß ihm Szenen jeder Art zuwider waren, hatte er auch die schlechteren Trümpfe auf seiner Seite. Das Geschäft gehörte nun einmal nicht ihm, und er hatte auch schon viel mehr Zeit damit verloren, als er ursprünglich geplant hatte.

Da er keine Lust verspürte, besorgte Fragen seiner Mutter zu beantworten, ging er den ganzen Tag nicht nach Hause, lief über zwei Stunden durch die Straßen und sah den Männern zu, die die Schuttberge der Luftangriffe wegräumten. Zum Essen ging er in ein Restaurant, und den Nachmittag verbrachte er dann in einem Kino und in einem Kaffee. Bis dahin hatte er sich auch wieder so weit beruhigt, daß er nüchterner über seine Situation nachdenken konnte, und im Grunde ging es ihm nicht schlecht. Wenn er Geld brauchte, konnte er jederzeit zu einer Bank gehen und einen Scheck einlösen; in diesem Punkt ließ ihm Irene völlig freie Hand. Er konnte auch jederzeit das Geschäft verlassen und sich die Zeit mit angenehmeren Beschäftigungen vertreiben. Er hatte oft den Eindruck, Irene ermuntere ihn indirekt dazu, einmal bemängelte sie seine blasse Gesichtsfarbe, dann wieder machte sie ihn auf das besonders schöne Wetter aufmerksam. Sie selbst fühlte sich nur im Geschäft wohl; solange die Ladenkasse klingelte, brauchte sie keine Oper und kein Kino, und als er sie vor ein paar Wochen zum erstenmal gefragt hatte, ob es nicht Zeit werde, an den Nachwuchs zu denken, hatte sie ihm rundweg ins Gesicht gelacht. – »Wir haben ja noch das ganze Leben vor uns, Schätzchen!« – Natürlich kam es auf ein paar Jahre nicht an, und ein Mann, der vorhatte, eines Tages wieder sein Studium aufzunehmen, sollte eigentlich andere Dinge im Kopf haben. Trotzdem hielt er es wieder einmal für richtig, Irene daran zu erinnern, daß er nur ihretwegen dieses Opfer, sein Studium abzubrechen, auf sich genommen hätte, und als sie am Abend nach Hause kam und ihn fragte, wo er den ganzen Tag gesteckt habe, sagte er: »Ich werde mich jetzt endgültig um mein Studium kümmern.«

Irene setzte sich auf die Couch, faltete die Hände im Schoß und sagte: »Das kannst du uns nicht antun, Schätzchen; sie würden sofort einen anderen Kommissar ernennen. Willst du, daß man uns auf die Straße setzt?«

Natürlich wollte er nicht, daß man sie auf die Straße setzte, und mit dem Scheckheft in seiner Tasche wäre es dann vorbei, er sagte mehr aus Trotz: »Ich habe es endgültig satt, mich mit diesem alten Narren herumzustreiten.«

»Er ist ein alter Mann, kein alter Narr«, sagte Irene ruhig. »Du mußt dich auch einmal in seine Situation versetzen. Es ist keine schöne Sache, wenn man sein eigenes Geschäft nicht mehr betreten darf, nur weil sich ein paar Idioten das so ausgedacht haben.«

Rudolf hatte bereits wieder die Lust verloren, sich mit ihr auseinanderzusetzen, und sagte: »Jedenfalls habe ich...«

»Selbstverständlich, Schätzchen«, sagte Irene. »Es wird auch nicht mehr vorkommen; ich habe mit ihm gesprochen. Bist du nun zufrieden?«

»Jedenfalls...«, sagte Rudolf wieder, und Irene streckte ihm die Hand hin und sagte: »Komm, Schätzchen!«

Er konnte sich nicht mehr genau daran erinnern, wann sie eigentlich aufgehört hatte, wie ein Mädchen auszusehen, heute jedenfalls sah sie mit ihren vierundzwanzig Jahren schon sehr reif aus, sehr damenhaft, eine gepflegte, blondhaarige Frau, sehr verführerisch, wenn sie wollte. Ihre dünnen Beine hatte sie behalten, aber oberhalb der Knie waren sie nicht mehr so dünn, Rudolf ließ sich von ihr scheinbar widerwillig auf die Couch ziehen, ließ sich von ihr scheinbar widerwillig die Wange küssen, und Irene sagte: »Sei jetzt wieder vernünftig, Schätzchen. Wenn du willst, gehen wir heute abend auch aus.«

»Warum bleiben wir nicht zu Hause?« fragte Rudolf.

»Dann kümmere ich mich jetzt um das Abendessen«, sagte Irene und ging zu seiner Mutter in die Küche. Es wäre ihm lieber gewesen, sie hätte sich mit dem Abendessen noch etwas Zeit gelassen, die Augenblicke, wo er es kaum mehr abwarten konnte, sie bei sich zu haben, waren nicht mehr so häufig wie noch vor einem Jahr, dafür ergaben sie sich unmittelbarer, er war den ganzen Abend über zerstreut, beantwortete Fragen seiner Mutter ungeduldig oder nur halb und entschuldigte sich später mit Kopfschmerzen. »Dann leg dich schon ins Bett, Schätzchen«, sagte Irene mit einem feinen Lächeln, und seine Mutter sagte: »Nimm vorher eine Tablette; du hast sicher wieder zuviel gearbeitet.«

»Das tut er immer«, sagte Irene, und Rudolf ging hinaus. Als sie schließlich zu ihm kam, drückte sie mit dem Rücken die Tür hinter sich zu, blieb mit dem Rücken an der Tür lächelnd stehen und sagte: »Wir haben heute allein achtzehn Armbanduhren verkauft.«

»Das ist ja schön«, sagte Rudolf. Er beobachtete ungeduldig, wie sie zum Bett kam, ihr Kleid fallen ließ und es geistesabwesend über einen Bügel hängte. »Wenn man es sich mal überlegt«, sagte sie, »kaufen diese Amis doch spottbillig bei uns ein, eine Fünfhundert-Mark-Uhr für hundert Dollar.«

»Was willst du daran ändern?« fragte Rudolf ungeduldig. Es paßte ihm ja auch nicht, daß diese Burschen das neue Geld gleich bündelweise aus der Tasche zogen, während jeder anständige Deutsche mit vierzig Mark angefangen hatte. Irene setzte sich geistesabwesend zu ihm auf das Bett und sagte: »Man sollte wissen, ob sie so etwas wie eine Truppenzeitung haben.«

»Was?« fragte Rudolf überrascht, und Irene sagte: »Wenn sie eine Truppenzeitung hätten, könnte man sich ja mal erkundigen, ob sie auch Inserate aufnehmen.«

»Das ist doch absurd«, sagte Rudolf. Sie hatte sich erst halb ausgezogen, und als er ihr ungeduldig den Rücken küßte, sagte sie: »So absurd ist das gar nicht, Schätzchen. Stell dir vor, was das für 'ne ausgezeichnete Reklame für uns wäre; die Amis kämen nur noch zu uns. Könntest du dich nicht einmal erkundigen?«

»Nein«, sagte Rudolf ungeduldig, weil sie immer noch halb ausgezogen auf dem Bett saß. Schließlich stand sie wieder auf, hängte ihre Sachen über einen Stuhl und sagte: »Man sollte einen von ihnen kennen. Vor ein paar Tagen war ein höherer Offizier im Geschäft; der hätte es sicher gewußt.«

»Du bist ja völlig übergeschnappt«, sagte Rudolf ungeduldig. »Willst du dich nicht endlich hinlegen?«

Sie schien jetzt erst zu merken, daß sie nichts mehr anhatte, und legte sich zu ihm. »Wir könnten den Umsatz glatt verdoppeln«, sagte sie. »Vielleicht kriegen sie in Texas keine Uhren!«

»Nein«, sagte Rudolf. »In Texas richten sie sich noch nach der Sonne.«

Sie schaute ihn verwundert an, dann sagte sie: »Paß aber auf, ich kann jetzt wirklich kein Kind brauchen.«

»Schade, daß ich dir keine Armbanduhren machen kann«, murmelte Rudolf an ihren Brüsten, und Irene lächelte und sagte: »Ja, schade.«

Da er sich vorgenommen hatte, früh aufzuwachen, schlief er vor Furcht, er könnte die Zeit verpassen, erst gegen Morgen ein, und als er wieder zu sich kam, war es schon neun Uhr. Andererseits sahen die Dinge im freundlichen Licht der Morgensonne weitaus unkomplizierter aus, als das gestern abend noch der Fall gewesen war. Monsieur Pichon würde jetzt bereits wieder seiner täglichen Arbeit nachgehen, und niemand hatte Rudolf in seiner Nachtruhe gestört, weder hatte sich ein Polizist noch eine empörte Menschenmenge vor seiner Tür bemerkbar gemacht, und sein Entschluß, in aller Frühe wegzufahren, war so lächerlich gewesen wie die Sache selbst. Er nahm sich jetzt, angesichts des schönen Wetters, sogar vor, ausgiebig zu frühstücken, und selbst der Umstand, daß aus dem Warmwasserhahn am Waschbecken nur kaltes Wasser kam, vermochte seine gute Laune nicht zu beeinträchtigen.

Eine Steckdose für seinen elektrischen Rasierapparat fand er neben dem Lichtschalter an der Tür, und alles wäre in dieser angenehmen Weise weitergegangen, wäre der Wirt nicht plötzlich zur Tür hereingekommen. Als Rudolf in sein betretenes Gesicht schaute, vergaß er seine gute Morgenlaune. Was ihm seit gestern abend an Komplikationen möglicher Art eingefallen war, zuckte blitzartig wieder durch sein Bewußtsein, und der Wirt sagte: »Grand malheur, Monsieur! Man hat Ihnen die Luft aus den Reifen gelassen.«

»Aus welchem?« fragte Rudolf bestürzt, und der Wirt sagte: »Aus allen vieren, Monsieur. Ich weiß gar nicht, was ich sagen soll!«

Rudolf wußte es auch nicht, er warf seinen Rasierapparat auf das Bett und rannte die Treppe hinunter. Er rannte durch das leere Restaurant auf die Straße, und da stand er! Noch niedriger, noch rassiger und auf allen vier Felgen. Keine Luft mehr, keine Ventile mehr; es war ein deprimierender Anblick, und während Rudolf noch versuchte zu begreifen, kam auch der Wirt herausgelaufen und sagte: »Es müssen diese verdammten Bengels gewesen sein, Monsieur. Sie wissen ja, wie Kinder sind.«

»Ich weiß nur, wie sie bei uns in Deutschland sind«, sagte Rudolf, und sein Ärger war so groß, daß er sich unbewußt seiner Muttersprache bediente. »Wissen Sie, wer es getan hat?« fragte er wieder auf französisch, und der Wirt hob ratlos die Hände und sagte: »Es muß heute nacht passiert sein, Monsieur.«

»Wo ist die nächste Tankstelle?« fragte Rudolf.

»Zehn Kilometer von hier«, sagte der Wirt. »Soll ich für Sie anrufen, Monsieur?«

Rudolf nickte. »Ich brauche Ventile und eine Luftpumpe.«

»Ich erledige es sofort«, sagte der Wirt und lief ins Haus. Rudolf ging einmal um den Wagen herum. Zum Glück schien sonst noch alles in Ordnung zu sein; es war ein Fehler gewesen, den Wagen hier vor dem Haus stehen zu lassen, er hätte ihn zumindest hinter das Haus fahren sollen. Er hing an diesem Wagen, für ihn bedeutete der Jaguar mehr als nur ein Prestigefahrzeug.

Deshalb empfand er diesen üblen Streich auch als eine persönliche Kränkung. Sein Ärger wurde noch größer, als der Wirt ihm mitteilte, daß der Besitzer der Tankstelle erst gegen Mittag vorbeikommen könne. Auf Rudolfs Frage, ob es denn sonst keine Möglichkeit gäbe, zuckte er mit den Schultern und sagte: »Sie sind hier nicht in Paris, Monsieur. In Binaville gibt es nur drei Leute, die einen eigenen Wagen besitzen. Der eine arbeitet in Verdun und kommt erst gegen Abend zurück.«

»Und die anderen?« fragte Rudolf, und der Wirt sagte: »Ich habe auch einen kleinen Wagen, Monsieur, aber der steht seit vier Wochen in Châlons mit einem Getriebeschaden, und Monsieur Pichon ist mit seinem heute früh weggefahren.«

Es war immerhin nicht uninteressant, daß ausgerechnet Monsieur Pichon zu den drei Leuten in Binaville gehörte, die einen eigenen Wagen besaßen, Rudolf sagte: »Es muß doch sonst noch eine andere Möglichkeit geben, aus diesem Dorf herauszukommen. Wo ist die nächste Bahnstation?«

Der Wirt lächelte. »In Cernay, Monsieur«, und Rudolf fragte: »Wo liegt das?«

»Zwölf Kilometer von hier«, sagte der Wirt.

Es war zum Verzweifeln, Rudolf sagte gereizt: »Und wie kommen Sie in die Stadt, wenn Sie keinen Wagen haben?«

»Wir können mit dem Milchauto nach Cernay fahren«, sagte der Wirt. »Das fährt jeden Morgen um sechs Uhr hier vorbei. Einmal in der Woche fährt auch ein Omnibus.«

»Das wundert mich«, sagte Rudolf gereizt, und der Wirt sagte: »Comment, Monsieur?«

»Daß er einmal in der Woche und nicht einmal im Monat fährt«, sagte Rudolf. Der Wirt zuckte wieder mit den Schultern. »Die Leute hier haben Zeit, Monsieur. Was wir so zum Leben brauchen, kaufen wir bei einem Händler; der kommt regelmäßig hier vorbei.«

»Das beruhigt mich«, sagte Rudolf. Die Verhältnisse in Binaville schienen tatsächlich noch so mittelalterlich zu sein, daß er bereits dazu neigte, sein Mißgeschick mit einer Art von Galgenhumor hinzunehmen, er sagte: »Rufen Sie die Tankstelle noch einmal an, der Mann soll so schnell wie möglich kommen; ich werde ihn gut bezahlen.«

»Das wird er gerne hören«, sagte der Wirt und ging wieder in das Haus. Für einen Augenblick tauchte auch seine Frau in der Tür auf, sie schaute Rudolf merkwürdig an und verschwand wieder. Erst jetzt wurde ihm bewußt, daß er nur in Hemd und Hose heruntergelaufen war, er folgte der Frau in das Restaurant. Sie stand hinter der Bar, hielt ein leeres Glas in der Hand und betrachtete es; von ihrem Mann war nichts zu sehen. Vielleicht stand das Telefon im Wohnzimmer, das Rudolf neben der Küche vermutete.

In seinem Zimmer zog er sich vollends an, packte seine Sachen in den Koffer, und als er wieder in das Restaurant kam, war auch der Wirt da. »Sie haben Glück, Monsieur«, sagte er. »Er will versuchen, in einer Stunde hierzusein. Wollen Sie jetzt frühstücken?«

Rudolf nickte. Da es schon sehr warm war, zog er es vor, im Freien an einem der rotlackierten Tische zu sitzen. Der Wirt empfahl ihm eine

Portion Ardennenschinken, und nachdem Rudolf seinen ersten Ärger überwunden hatte, nahm er sich vor, aus der Situation das Beste zu machen, und der Schinken war vorzüglich. Trotzdem aß er ihn ohne großen Appetit, die Aufregungen des Morgens und der starke Kaffee erinnerten ihn wieder schmerzhaft an sein Magengeschwür, er schluckte zwei Pillen, ließ über die Hälfte des Schinkens stehen und entschloß sich zu einem kleinen Spaziergang.

Da Monsieur Pichon ja weggefahren war, folgte er ein Stück der Dorfstraße, die zu dieser Tageszeit genauso verlassen wirkte wie gestern abend.

Vor Monsieur Pichons Haus verlangsamte er seine Schritte. Nun, da er es aus der Nähe sah, glaubte er sicher zu sein, daß es das richtige war, es unterschied sich zwar äußerlich kaum von den anderen Häusern, aber er wußte doch, daß sich die Stalltür rechts vom Hauseingang befunden hatte, und Monsieur Pichons Haus war das einzige in unmittelbarer Nähe, bei dem das zutraf; bei den Nachbarhäusern war es genau umgekehrt.

Obwohl kein Mensch zu sehen war, hatte Rudolf plötzlich das Gefühl, Mittelpunkt neugieriger Blicke zu sein, er ging rasch weiter und näherte sich dem Dorfausgang. Hier hatten seine Geschütze gestanden, links und rechts der Straße mit Schußrichtung auf die schmale Schneise der Straße, die schnurgerade durch den Wald führte. Die Erinnerung war so mächtig, daß er einen Augenblick überwältigt stehenblieb und mit angehaltenem Atem die Straße betrachtete, als könnten in jeder Sekunde einige Shermans auftauchen. Er hatte sie hinterher noch oft gesehen, in den Ardennen und später bei Oppenheim. Und als sie dann wieder aus ihrem Brückenkopf heraus antraten, hatte er zusammen mit Thomas in einem halbzerstörten Haus einen Schrank mit Zivilkleidern entdeckt, die Uniform ausgezogen und sich zu Fuß – einmal mitten durch die amerikanische HKL hindurch – nach Hause durchgeschlagen. Er war keinen Tag in Gefangenschaft gewesen, ein Glücksumstand, der ihn heute noch mit Genugtuung erfüllte. Er war auch keinen Augenblick in diesen acht Jahren gerne Soldat gewesen, auch später nicht, als er die Offiziersuniform getragen hatte, aber von allen Möglichkeiten, seine moralische Integrität unter den Nazis zu wahren, schien für ihn ein Platz bei der Panzerabwehr immer noch der beste gewesen zu sein. Er hatte nie auf Zivilisten zu schießen brauchen und auch nie etwas mit den Juden zu tun gehabt. Was immer auch hinter der Front geschehen war, hatte sich ohne seine Einwilligung zugetragen, er war nie danach gefragt worden, hatte nie eine Partei gewählt und auch nie gegen seine persönliche Überzeugung gehandelt. Selbst damals nicht, als er noch den Eindruck gehabt hatte, daß die Feldzüge gegen Frankreich und Rußland unumgänglich geworden und die Nazis vielleicht ein notwendiges Übel seien, um die geschichtlichen

Irrtümer und Ungerechtigkeiten der Vergangenheit zu korrigieren. Als der Krieg angefangen hatte, war er zweiundzwanzig und seit zwei Jahren Soldat gewesen. Heute sah er manches anders, aber auch danach hatte ihn nie jemand gefragt, er hatte sich auch nie schuldig gefühlt im Sinne einer Kollektivschuld, höchstens beschämt, wenn er daran dachte, was durch sein Volk und im Namen dieses Volkes alles geschehen war. Aber er war, genau wie Oberleutnant Döring auch, immer nur ein kleiner Kacker gewesen, und er hatte das alles nicht gewollt.

Er hatte auch die Sache mit dem Mädchen nicht gewollt. Hätte es im entscheidenden Augenblick nicht geschrien, so wäre es nicht viel mehr als ein flüchtiges Abenteuer in einer durcheinandergeratenen Welt gewesen, ein kleiner Tribut an den Soldaten zwischen Abend und Morgen, vielleicht zwischen Leben und Tod. Aber da das Mädchen geschrien hatte, wäre es richtiger gewesen, sein anfängliches Verhalten als Unwissenheit, Dankbarkeit, Neugierde, Einsamkeit – oder was sonst auch immer dahintergesteckt haben mochte – zu verstehen. Es war unfair gewesen, einem sechzehnjährigen Mädchen ein Kind zu machen oder sich zumindest so zu verhalten, daß es eventuell ein Kind bekommen könnte. Es war nicht nur unfair, es war unverantwortlich gewesen; jetzt, da er es noch einmal aus dieser Perspektive, aus dieser räumlichen Nähe betrachtete, schämte er sich dafür. Heute wäre er unfähig, einem sechzehnjährigen Mädchen so etwas anzutun, er war zwar fähig, seine Frau zu betrügen und mit der Frau seines Schwagers zu schlafen, aber Katharina war alt genug, um alle Konsequenzen klar zu erkennen. Sie waren beide erwachsene Menschen, die sich ihrer Handlungsweise bewußt waren und trotzdem taten, was zu manchen Komplikationen zwischen ihnen führte. Der ständige Konflikt zwischen ihrem besseren Wissen und ihrer gegenseitigen Abhängigkeit, zwischen moralischen Skrupeln und der Unfähigkeit, auf den anderen verzichten zu können, führte immer wieder zu unerfreulichen Szenen zwischen ihnen.

»DU HAST NICHT RICHTIG AUFGEPASST!«

»Ich bin kein grüner Junge mehr«, sagte Rudolf verärgert, und Katharina sagte: »Das war das letzte Mal!« Sie lagen wieder im Wald, und Rudolf wußte nicht, was mit ihr los war, er fragte: »Was, das letzte Mal?«

»Stell dich nicht dumm«, sagte sie. Daß sie unberechenbar sein konnte, war ihm schon öfter aufgefallen, und heute schien sie es besonders darauf abgesehen zu haben, ihn zu provozieren, er sagte: »Bitte«, sonst nichts.

»Anscheinend macht es dir nichts aus!« sagte Katharina gereizt.

Dafür, daß sie erst seit zwei Monaten miteinander schliefen, benahm sie sich schon reichlich inkonsequent, er sagte: »Es ist dein Entschluß.«

»Vielleicht bist du sogar froh darüber«, sagte sie. Rudolf schwieg. Abgesehen davon, daß er ohne sie nicht mehr sein konnte, gab es auch noch eine andere Seite dieser Beziehung, die sich in einem wachsenden Unbehagen äußerte. Jedesmal, wenn er mit ihr geschlafen hatte, nahm er sich vor, es nicht mehr zu tun, und wenn dies tatsächlich das Ende ihrer intimen Beziehungen sein sollte, würde es seiner eigenen Unfähigkeit, ein Ende zu machen, nur entgegenkommen, aber anscheinend schien ihr sein Schweigen ebensowenig zu behagen wie seine einsilbigen Kommentare, sie sagte gereizt: »Wenn du dich nicht mehr mit mir unterhalten willst, kann ich ja gehen.«

»Ich wußte nicht«, sagte Rudolf müde, »daß das eine Unterhaltung sein sollte«, und Katharina sagte: »Vielleicht wäre es dir sogar recht.«

»Wovon redest du jetzt wieder?« fragte Rudolf, der ihren Gedanken immer weniger folgen konnte, und Katharina sagte: »Daß es das letzte Mal zwischen uns gewesen ist.«

In diesem Moment war es ihm gleichgültig, er sagte: »Wenn es dir lieber ist...«

»Natürlich!« sagte sie verächtlich. »Es hat einmal eine Zeit gegeben...«

»Du lieber Gott!« sagte Rudolf, und er wurde jetzt gleichfalls ärgerlich. »Was willst du eigentlich? Daß ich in Tränen ausbreche?«

»Ich bin nicht blöd«, sagte sie und fing an zu weinen. Als er sie beruhigen wollte, stieß sie ihn von sich und rannte weg.

Sie ließ sich eine ganze Woche lang nicht mehr sehen, und als sie sich dann zufällig begegneten, sagte sie: »Es hat keinen Zweck mehr; wir müssen damit aufhören.«

»Wie du willst«, sagte Rudolf müde.

Weder empfand er Erleichterung noch Enttäuschung darüber, aber nach weiteren acht Tagen begann er sie zu vermissen. Jeden Abend blickte er von seinem Fenster aus zu ihr hinüber, schlief nachts unruhig und fühlte sich ein paarmal versucht, ihr einen Brief zu schreiben. Eines Morgens kam sie von selbst zu ihm, wahrscheinlich hatte sie Mathilde das Haus verlassen sehen, sie stand mit blassem Gesicht vor seiner Tür und sagte: »Ich muß mit dir reden.«

Rudolf führte sie stumm in die Diele und deutete auf einen Stuhl. Die Anstrengung, die es ihn kostete, sich seine Erleichterung nicht anmerken zu lassen, trieb ihm das Blut in den Kopf, und Katharina sagte: »Nicht hier.«

Sie ging mit ihm in sein Schlafzimmer, warf ihre Kleider auf den Boden, zog auch ihn aus, und er sagte noch: »Ich hätte dir einen Brief geschrieben.«

»Wir wollen nicht mehr darüber reden«, sagte sie atemlos, aber sie redeten dann doch darüber, hinterher, als sie wieder angezogen waren, sie sagte verzweifelt: »Was mußt du von mir denken!«

»Ich hätte es auch nicht mehr lange ausgehalten«, sagte Rudolf. »Dafür ist es schon zu spät.«

»Wofür?« fragte sie, und Rudolf sagte: »Um noch einmal damit aufzuhören.«

»Andere denken sich nichts dabei«, sagte sie und legte den Kopf an seine Schulter. »Sind wir blöder als sie?«

»In fünf Jahren«, sagte Rudolf, »wirst du dir auch nichts mehr dabei denken. Je länger du mit ihm zusammen leben mußt, desto leichter wird es dir fallen.«

»Dir auch?« fragte sie, und er sagte: »Mir auch.«

Sie berührte ihn wieder, dann lachte sie kurz auf: »Fünf Jahre! Neuerdings will er abends immer eine warme Suppe haben.«

»Der liebe Junge«, sagte Rudolf, und Katharina sagte: »Eine Milchsuppe. Als Michael noch in den Windeln gelegen hat, überzeugte er sich immer selbst davon, ob die Milch auch richtig warm sei. Kannst du dir das vorstellen?«

»Bei ihm kann ich mir alles vorstellen«, sagte Rudolf.

»Nur von den Windeln wollte er nichts wissen«, sagte Katharina, »er sagte immer: ›Der Bub ist naß!‹ und ging sich die Hände waschen.«

»Das mußt du jetzt auch tun«, sagte Rudolf lächelnd. Sie ging ins Bad, und als sie herauskam, sagte sie: »Wir kommen heute abend zu euch.«

»Ist dir das nie peinlich?« fragte Rudolf.

»Wegen Irene?«

»Es hätte ja sein können«, sagte Rudolf, und Katharina sagte: »Ich gönne es ihr.«

Am Abend kam es dann zu einem kleinen, scheinbar unbedeutenden Zwischenfall, der Rudolf zu denken gab. Obwohl Erich ein eigenes Fernsehgerät hatte, verbrachte er auch dann den halben Abend vor dem Bildschirm, wenn er bei seiner Schwester zu Besuch war. Er saß dann, die Füße auf einen Stuhl gelegt, bequem in einem Sessel, bedachte die politischen Kommentare der politischen Kommentatoren mit eigenen Kommentaren, und bei spannenden Kriminalfilmen führte er aufgeregt Selbstgespräche. – »Dieser Idiot von einem Kommissar merkt das nicht!« –

Irene, die sich weniger für Kriminalfilme als für Opernübertragungen interessierte, unterhielt sich mit Katharina über Geburtswehen und meinte, sie wäre jetzt schon viel zu alt, um sich diese Tortur noch zumuten zu können. Rudolf hörte ihnen mit einem Ohr zu, mit dem anderen verfolgte er die Vorgänge auf dem Bildschirm. Sein Interesse an dem Gespräch nahm erst zu, als Katharina beiläufig bemerkte, sie wolle das auch nicht mehr mitmachen müssen, und ein Kind sei genug für sie.

»Dann paß nur gut auf!« sagte Irene lächelnd, und Katharina sagte: »Mir brauchst du das nicht zu sagen.«

»Will er noch eins?« fragte Irene, zu Erich deutend, der gefesselt auf den Bildschirm starrte. Katharina nickte: »Er meint, auf einem Bein könne man nicht stehen.«

Das regte Rudolf auf, er sagte: »So eine blödsinnige Anwendung einer blödsinnigen Floskel habe ich noch nie gehört.«

»Vielleicht wäre es dir unangenehm?« sagte Irene mit einem merkwürdigen Gesichtsausdruck. Er schaute sie verständnislos an.

»Wenn sie noch ein Kind bekäme!« sagte Irene, und Katharina, die ein wenig blaß geworden war, sagte: »Ihr habt ja schließlich auch keine Kinder.«

»Nein«, sagte Irene, und diesmal blickte sie Rudolf an. »Er ist ein guter Aufpasser.«

»Das gefällt mir nicht«, sagte Rudolf am nächsten Morgen. »Vielleicht haben sie doch schon etwas gemerkt.«

Katharina widersprach: »Sie wollte dich nur aufziehen. Liegt es bei euch wirklich nur daran, daß sie keines will?«

Sie saßen wieder an ihrem gewohnten Platz auf der kleinen Kinderwiese, Katharina hatte das Kleid bis zu den Hüften geschoben und war schon etwas ungeduldig. »Du müßtest das am besten wissen!« sagte Rudolf. Sie wurde ein wenig rot und nahm ihre Hände weg. »Ich meine es nicht so; es könnte ja auch an anderen Dingen liegen.«

»Sie könnte ein Dutzend Kinder haben«, sagte Rudolf.

»Warum hast du ihr dann nie eines gemacht?«

»Weil sie es nicht wollte«, sagte Rudolf.

»Und du wolltest?«

»Natürlich«, sagte Rudolf, und Katharina sagte langsam: »Dann verstehe ich dich nicht.«

Er verstand sich manchmal selbst nicht. Richtig angefangen hatte es eigentlich erst, als eines Tages wieder ein Schreiben des Oberbürgermeisters eintraf, worin ihm seine Abberufung als kommissarischer Leiter der Firma Diefenbach mitgeteilt wurde. Irenes Vater hatte die Nachricht gleichzeitig bekommen und rief Rudolf zu sich ins Büro. Auch Irene war da, ihr Gesicht sah sehr zufrieden aus. »Selbstverständlich ändert das nichts«, sagte ihr Vater großzügig. »Wir werden weitermachen wie bisher; das Geschäft lasse ich jetzt auf Irene umschreiben.«

Natürlich war es ein großer Triumph für ihn, auch wenn er sich nicht viel anmerken ließ; für ihn war das genauso, als hätten die Nazis am Ende den Krieg doch noch gewonnen. Rudolf, der von den Ereignissen völlig überrascht worden war, sagte: »Dann bin ich jetzt mehr oder weniger euer Angestellter?«

»Das kommt auf dich an«, sagte sein Schwiegervater, und Irene sagte mit einer ihrem Vater gegenüber ungewohnten Kälte: »Halt deinen Mund! Du weißt genau, daß das nicht stimmt!« Zu Rudolf sagte sie: »Wir gehen morgen zusammen auf die Bank; dort werden wir alles regeln.«

»Was regeln?« fragte Rudolf, und Irenes Vater sagte mürrisch: »Sie will dich quasi zu ihrem Kompagnon machen; ich habe ihr davon abgeraten.«

»Ich weiß selbst, was ich zu tun habe«, sagte Irene, und Rudolf sagte: »Was verstehst du unter einem Kompagnon?«

»Daß wir ein gemeinsames Konto haben werden«, sagte Irene. Das hörte sich natürlich nicht schlecht an, bis heute hatte er nur ein eigenes Konto gehabt; Irene hatte ihm regelmäßig Geld überwiesen, aber sie sagte sofort einschränkend: »Bei größeren Beträgen müssen wir uns selbstverständlich vorher absprechen.«

»Vielleicht könntest du das ein wenig präziser formulieren«, sagte Rudolf, und Irene sagte: »Umgekehrt ist es genauso. Wenn ich einen größeren Betrag brauche, sage ich es dir ebenfalls.«

Obwohl alles vernünftig und einleuchtend klang, gefiel Rudolf die Sache nicht, er fragte: »Was verstehst du unter einem größeren Betrag?«

»Von tausend Mark an aufwärts«, sagte Irene in geschäftlichem Ton. »Wir werden uns da schon einig werden, Schätzchen.«

»Das muß ich mir erst noch überlegen«, sagte Rudolf.

Er überlegte es sich den ganzen Tag, und abends im Bett sagte er: »Wird er jetzt wieder in den Laden kommen?«

»Nein«, sagte Irene. »Ich habe es ihm ausgeredet; die Kundschaft würde sich nur darüber wundern. Du bleibst an der Kasse und er im Büro.«

»Und wenn ich zehnmal im Monat tausend Mark abhebe?« fragte Rudolf, und Irene sagte heiter: »Dann werde ich mein Schätzchen fragen, wofür es zehntausend Mark im Monat braucht. Das Geschäft läuft natürlich unter meinem Namen.«

»Also willst du mich doch nicht zum Teilhaber machen«, sagte Rudolf, und Irene sagte: »Vater ist dagegen. Solange er noch lebt, müssen wir uns da anpassen.«

»Wenn wir einmal Kinder haben ...«, sagte Rudolf.

»Das hat noch Zeit«, sagte Irene rasch.

»Ich könnte da anderer Ansicht sein«, sagte Rudolf, und Irene sagte sehr kühl: »Du würdest damit zwischen uns alles kaputtmachen, Schätzchen!«

Vielleicht wäre es trotzdem eine gute Gelegenheit gewesen, seinen Willen durchzusetzen, aber zu diesem Zeitpunkt hatte er sich bereits so sehr an das nur notdürftig kaschierte angenehme Nichtstun gewöhnt, das Irene ihm bot, daß er es nicht mehr missen wollte. Auch sein Platz an der Ladenkasse war mehr repräsentativ als notwendig, die Arbeit dort hätte genausogut von Irene selbst oder von einer Verkäuferin erledigt werden können. Seine gelegentlichen Versuche, sich wenigstens im Umgang mit der Kundschaft nützlich zu machen, scheiterten meist an seiner Unfähigkeit, deren Launen zu ignorieren. Er verfiel rasch in einen ungeduldigen Ton, und seit er einem besonders schwierigen Interessenten unverblümt nahegelegt hatte, sich wegen eines teueren Brillantringes besser an die Konkurrenz zu wenden, ließ ihn Irene kaum noch mit einem Kunden allein. Es machte ihm insofern nicht viel aus, da er keine Lust zu dieser Art von Umgang mit wildfremden Leuten hatte, er brachte es einfach nicht über sich, seine Empfindungen für diesen oder jenen Kunden zu unterdrücken, es erschien ihm sogar psychologisch falsch, sich einer Unterwürfigkeit zu befleißigen, welche viele Kunden nur dazu ermunterte, häusliche Komplexe abzureagieren, besonders die Verkäuferinnen hatten in dieser Beziehung viel auszustehen. Was sich manche Leute an Ton und Haltung den jungen Mädchen gegenüber herausnahmen, konnte Rudolf jedesmal in Harnisch bringen. Dies traf auf die einheimische Kundschaft noch mehr zu als auf die Amerikaner und anderen Ausländer, bei denen man ohnedies keine Rücksichtnahme erwartete. In diesem Punkt hatten sich die Verhältnisse seit der Währungsreform grundlegend geändert, mit wachsendem Einkommen wuchs auch das Selbstbewußtsein der Leute wieder und mit ihrem Selbstbewußtsein ihre Neigung, das Personal zu schikanieren. Hätte er keine anderen Möglichkeiten gehabt als entweder die, ständig den Launen dieser Leute ausgesetzt zu sein oder sein Studium wiederaufzunehmen, so hätte er sich wahrscheinlich für das Studium entschieden. Vielleicht hätte es sogar genügt, wenn Irene ihn einmal dazu ermuntert hätte, aber sie verlor kein Wort darüber, und da es unverändert seinem eigenen Gutdünken anheimgestellt blieb, seine Zeit im Geschäft oder auf angenehmere Weise zu verbringen, überwog sein natürlicher Hang zur Bequemlichkeit. An manchen Tagen war er höchstens zwei oder drei Stunden in der Firma, ging schon gegen elf Uhr zum Essen weg und setzte sich am Nachmittag auf eine Bank in einem Park oder in ein Kino. Seit die gemeinsamen Mahlzeiten immer öfter zu einem Anlaß unfruchtbarer Auseinandersetzungen mit seinem Schwiegervater geworden waren, dessen politische Ansichten nur selten Rudolfs Beifall fanden, zog er es vor, bei seiner Mutter oder in einem Restaurant zu essen. Obwohl er von der neuen Regierung auch keine übertrieben hohe Meinung hatte, fand er es unzutreffend, daß Irenes Vater sie als Marionette und Handlanger der Besatzungsmächte bezeichnete. Überhaupt hatten der Schock über den verlorenen Krieg und die nachträglichen Enthüllungen über die Naziverbrechen die politischen Überzeugungen seines Schwiegervaters nur vorübergehend beeinflussen können, seine Resignation wich sehr bald einer immer aggressiveren Einstellung, die er durch bestimmte Ereignisse im weltpolitischen Geschehen nur noch bestätigt zu sehen glaubte. Es war nutzlos, sich mit ihm darüber auseinanderzusetzen, ob die Nazis nun tatsächlich sechs oder nur fünf Millionen Juden umgebracht, ob sie den Krieg absichtlich vom Zaun gebrochen hatten oder, wie Irenes Vater es sah, durch die Westmächte dazu provoziert worden waren. Er widersprach zwar nicht, wenn Rudolf, beispielsweise, Hitler als einen perfekten Narren bezeichnete, aber er war viel zu sehr in der Vorstellung befangen, daß es ohne das ›Versailler Diktat‹ zu keinem zweiten Weltkrieg gekommen wäre, als daß man mit ihm darüber vernünftig hätte diskutieren können.

Bei schönem Wetter ging Rudolf auch hin und wieder mit seiner Mutter spazieren, besuchte zusammen mit ihr das Grab seines Vaters oder kaufte ihr ein neues Kleid. Sie war trotz ihres Alters immer noch eine rüstige Frau und ging, was sie zu Lebzeiten ihres Mannes nie mehr getan hatte, wieder regelmäßig in die Kirche, um für ihn zu beten. Rudolf machte keinen Versuch, sie daran zu hindern, er selbst glaubte nicht an ein Jenseits. Sein Vater hatte auch nie eine Kirche besucht und war trotzdem ein rechtschaffener Mann gewesen, im Gegensatz zu jenen, deren Religiosität sie nicht daran gehindert hatte, Hitler – zumindest – zu tolerieren. In diesem Punkt hatte sich sein Vater nie etwas vorzuwerfen brauchen.

Tatsächlich hielt sich sein Schwiegervater in der folgenden Zeit zurück, kam nur gelegentlich auf einen Sprung in den Laden, beobachtete scharfäugig die Vorgänge und kehrte dann wieder zu seiner Arbeit zurück. Manchmal passierte es, daß er Rudolf anschaute und halblaute Bemerkungen wie ›Faulpelz‹ und ›Schmarotzer‹ vor sich hin murmelte, aber jedesmal, wenn Rudolf ihn deshalb zur Rede stellen wollte, schloß er sich in seinem Büro ein.

»Ich höre mir das nicht mehr lange an«, sagte Rudolf, und Irene sagte besänftigend: »Laß ihn doch reden; er ist ein alter Mann und nicht mehr zu ändern. Ich habe ihn schon ein paarmal schlafend über seinen Büchern angetroffen.«

»Er könnte genausogut in seiner Wohnung schlafen«, sagte Rudolf, aber seit dort die Flüchtlingsfamilie eingewiesen worden war, fühlte sich sein Schwiegervater nur noch im Büro wohl. Auch Irene wurde mit der Zeit ungeduldig. Zwar gab es zwischen ihr und Rudolfs Mutter kaum Differenzen, denn Irene war vernünftig genug, die Eigenheiten einer alten Frau zu respektieren. Trotzdem merkte Rudolf an zahllosen Kleinigkeiten, daß es ihr mit der Zeit in der Wohnung seiner Mutter zu eng wurde.

»Wenn wir Kinder hätten«, sagte er, »wäre es noch viel enger hier.«

»Deshalb will ich auch keine«, sagte Irene. »Wie stellst du dir das vor in zwei Zimmern!«

»Andere müssen mit noch weniger Raum auskommen«, sagte Rudolf, und Irene sagte: »Was andere müssen, ist kein Maßstab für mich.«

Vielleicht war dies auch der Grund, weshalb sie auch im Bett meist geistesabwesend und ein wenig zerfahren wirkte, ihn regelmäßig ermahnte, ja gut aufzupassen, und einmal sagte: »Es soll da doch solche Dinger geben.«

»Was für Dinger?« sagte Rudolf, und Irene sagte: »Die von einem Arzt eingesetzt werden.«

»Bei dir mag ich das nicht!« sagte Rudolf.

Um nicht wieder durch das Dorf zu müssen, entschied sich Rudolf für einen Weg am Waldrand, der später an den Viehkoppeln vorbei zu dem kleinen Weiher führte. Es war jetzt schon sehr heiß geworden, Rudolf zog im Gehen seine Jacke aus. Kurz vor dem Weiher begegnete er einem Mann, seiner Kleidung nach ein Bewohner des Dorfes, er trug nur eine alte Hose und ein Hemd. Als Rudolf ihn grüßte, drehte er das Gesicht zur Seite. Das brauchte nicht unbedingt ein schlechtes Zeichen zu sein, die Leute hier waren nicht darauf angewiesen, einem Fremden zu hofieren, und Rudolfs Verdacht wurde erst wach, als er später einmal zurückschaute. Der Mann war stehengeblieben und blickte ihm regungslos nach.

Zu seiner Enttäuschung war der Wagen des Tankstellenbesitzers noch nicht eingetroffen, obgleich es bereits Mittag war. Auch vom Wirt und seiner Frau war nichts zu sehen, Rudolf fand sie weder im Restaurant noch in der kleinen Küche. Sie wirkte nicht sehr sauber, auf dem Tisch lagen Brotreste und geschnittene Zwiebeln, die Pfannen und Töpfe auf den Wandregalen waren schwarz vor Ruß. Er kehrte auf die Straße zurück, lief einmal um das ganze Haus und betrachtete es von allen Seiten. Dann setzte er sich wieder an einen der rotlackierten Tische und zündete sich eine Zigarette an. Mehr als die Frage nach dem Verbleib des Wirtes beschäftigte ihn eine Feststellung: Es gab weit und breit keinen einzigen Telegrafenmast, und die vier Drähte, die von der anderen Straßenseite zum Haus führten, kamen von einer Starkstromleitung, deren eiserne Masten hinter den grünen Viehkoppeln verschwanden.

Während Rudolf darüber nachdachte, fiel ihm auch wieder ein, daß er in dem Restaurant weder ein Telefon gesehen noch den Wirt hatte telefonieren hören. Dieses kleine Dorf war überhaupt nicht an das Telefonnetz angeschlossen.

Er ließ seine Zigarette auf den Boden fallen, trat sie sorgfältig aus und blickte auf die Dorfstraße, wo jetzt drei Männer standen. In einem von ihnen erkannte er den, der ihm schon am Weiher begegnet war. Es sah aus, als warteten sie auf etwas, und obwohl sie Rudolf nicht zu beachten schienen, hatte er das sichere Gefühl, daß sie nur seinetwegen dort standen.

Außer der einen Möglichkeit, einfach abzuwarten, gab es noch eine andere, aber die Vorstellung, bei dieser Hitze zehn oder zwölf Kilometer über eine staubige Landstraße marschieren zu müssen – wobei sich am Schluß noch herausstellen konnte, daß er nur ein Opfer seines schlechten Gewissens geworden war –, vermochte Rudolf nicht zu diesem Marsch anzuspornen. Zudem war dies ein Tag neunzehn Jahre nach Kriegsende, und das Dorf lag inmitten eines zivilisierten Landes auf einem zivilisierten Kontinent. Die Résistance war bereits Geschichte geworden, es gab Verträge, Abkommen, feierliche Unterschriften und eine Deutsch-Französische Gesellschaft. Es gab täglich Verbrüderungen, Versicherungen gegenseitiger Freundschaft, gemeinsame Veranstaltungen, Truppenparaden und deutsche Militärdepots auf französischem Boden. Und wenn an dieser Sache trotzdem etwas sein sollte, würde man sie mit Geld aus der Welt schaffen können. Es gab heutzutage fast kein Problem mehr, das sich nicht friedlich und mit Geld regeln ließ, und Irene würde auch mit dieser Sache fertig werden.

Er ertappte sich dabei, daß er grinste. Er grinste über sich selbst, über Irene und über die drei Männer auf der Dorfstraße, die kein einziges Mal zu ihm herschauten und trotzdem nur seinetwegen dort standen. Er grinste über seine innere Ruhe, über seinen Zynismus und darüber, daß er hier an diesem schönen Tag an einem rotlackierten Tisch neben seinem Jaguar saß und nichts anderes tun konnte als warten. Er grinste, weil er es plötzlich amüsant fand, in einer Situation zu sein, wie er sie sonst nur im Krieg erlebt hatte. Nur hatte er damals noch seine Geschütze und ein paar Dutzend entschlossener Männer gehabt, die mit ihm darin einig gewesen waren, daß es nichts Blödsinnigeres als den Heldentod für eine verlorene Sache gäbe, und wäre es ihm damals eingefallen – aus welchen Gründen auch immer –, dieses Dorf mit seinen Geschützen in einen Trümmerhaufen zu verwandeln, so stünden heute hier nicht einmal diese paar Häuser. Die drei Männer würden nicht auf der Dorfstraße stehen, er würde sich nicht den Kopf darüber zu zerbrechen brauchen, wo der Wirt und seine Frau verblieben waren, und er wäre auch nie hierhergefahren. Er säße jetzt bereits in Paris in seinem Hotelzimmer und könnte sich überlegen, wie er den ersten Abend verbringen solle, ob mit einer Hure der oberen oder unteren Preisklasse oder ganz schlicht bei einer Flasche Wein in einem seriösen Restaurant.

Dann sah er den Wagen. Er kam aus südlicher Richtung, wo die Straße zwischen den grünen Viehkoppeln über die Hügel führte. Er tauchte auf einer Kuppe auf, verschwand im Tal und tauchte auf der nächsten Kuppe wieder auf. Zwischen seinem Verschwinden und seinem Auftauchen verging jedesmal eine für Rudolf endlos erscheinende Zeitspanne, und es waren insgesamt vier Hügelkuppen, die von Süden nach Norden immer flacher wurden, bis die Straße vom letzten Hügel wie ein Teppich auf

Binaville ausrollte. Als der Wagen über den letzten Hügel kam, konnte Rudolf auch die Marke erkennen, es war ein kleiner, uralter Citroën, der auf seinen hohen Rädern so langsam kam, als wäre dies nun nicht nur das Ende dieser, sondern aller Reisen überhaupt. Die letzten Meter schien er nur noch mit äußerster Kraft zu schaffen, dann stand er, keine zwei Meter von dem Jaguar entfernt, auf der staubigen Straße in der Sonne, und der Mann am Lenkrad war Monsieur Pichon. Neben ihm saß eine Frau, und Rudolf, der nur die Frau anschaute, sah ihr Gesicht undeutlich hinter der Scheibe, aber er hätte es, obwohl inzwischen zwanzig Jahre vergangen waren, unter allen Gesichtern der Welt und hinter hundert Autoscheiben wiedererkannt, es war, als ob das Gesicht in seiner Erinnerung im Bruchteil einer Sekunde die Veränderung erfuhr, die aus einem kleinen schmutzigen Mädchen eine Frau, aus einem jungen Offizier einen reifen Mann und aus einer Trümmerlandschaft des Krieges eine moderne Stadt werden läßt. Er hätte, um ganz sicher zu sein, nicht erst erleben müssen, wie sie die Wagentür öffnete, ihre Beine aus dem Citroën streckte, sich, gleichsam um sich selbst drehend, aus dem Wagen wand und dann, schon auf den Beinen stehend, den Blick auf Rudolf richtete, eine schlanke, schwarzhaarige Frau, nicht schön und nicht häßlich, das Gesicht des kleinen schmutzigen Mädchens zwanzig Jahre später, ein Gesicht, das sich trotzdem einprägte, mit langen Wimpern, einer geraden Nase, einem ausgeprägten, vielleicht ein wenig zu breit geratenen Mund und sehr schwarzen Augen. Ihre Augen waren anders in seiner Erinnerung, weniger ausdruckslos, ihr Blick schien ständig ein Ziel zu suchen und nirgendwo haftenzubleiben, und Monsieur Pichon fragte: »Nun?«

»Er ist es«, sagte die Frau, und ihre Stimme klang nur gleichgültig.

Rudolf stand auf, und im Aufstehen sah er, daß auch die drei Männer von der Dorfstraße herangekommen waren, sie standen seitlich von ihm, die Arme tief herunterhängend und völlig regungslos; ihre Gesichter wirkten in der Sonne flach und wie tot. Und Monsieur Pichon sagte sehr höflich: »Wir möchten uns mit Ihnen unterhalten, Monsieur. Würden Sie bitte in mein Haus kommen?«

Rudolf nickte. Er nahm seine Jacke von der Stuhllehne, zog sie an und ging zwischen der Frau und Monsieur Pichon auf die Häuser zu. Als sie auf die Dorfstraße kamen, sah er plötzlich überall Gesichter an den Fenstern, und vor den Häusern, an denen er nicht mehr vorüber mußte, standen sie an den Türen, Männer und Frauen, auch kleine Kinder dazwischen, und alle blickten ihn schweigend an. Pichon öffnete die Tür zu seinem Haus, trat zur Seite und sagte zu Rudolf: »Nach Ihnen, Monsieur.«

»Danke«, sagte Rudolf mechanisch, und dann stand er wieder in dem kleinen niedrigen Wohnraum mit den alten Möbeln und dem alten Sofa, die nun noch einmal zwanzig Jahre älter geworden waren, aber diesmal überwältigte ihn die Erinnerung nicht, er war bis ins Innerste ruhig und nur noch entschlossen, diese lästige Angelegenheit so schnell und schmerzlos wie möglich hinter sich zu bringen. Monsieur Pichon sagte: »Setzen wir uns, Monsieur. Trinken Sie ein Glas Wein?«

»Nein«, sagte Rudolf. »Ich werde in Paris erwartet.«

»Dann werden sich Ihre Freunde dort noch etwas gedulden müssen«, sagte Monsieur Pichon. »Setzen Sie sich!«

Seine Stimme klang plötzlich so, daß Rudolf gehorchte, und Monsieur Pichon sagte zu seiner Schwester. »Du auch, Julienne.«

Sie setzte sich auf das alte Sofa und blickte Rudolf an. In einem hübscheren Kleid hätte sie wahrscheinlich ganz attraktiv ausgesehen; Rudolf ertappte sich dabei, daß er ihre langen Beine betrachtete. Das sollten also die Beine des mageren Mädchens sein, die er damals festgehalten hatte. Er sah in ihr Gesicht, und ein paar Sekunden lang schauten sie sich über den Tisch hinweg an, dann schlug die Frau den Blick nieder und wurde ein wenig rot. Also war sie von dieser Begegnung doch nicht so unberührt, wie sie vorhin den Anschein erweckt hatte. Er schwitzte plötzlich und wandte sich an ihren Bruder: »Was wollen Sie?«

»Meine Schwester hat eine Tochter von Ihnen«, sagte Monsieur Pichon. »Sind Sie verheiratet, Monsieur?«

Rudolf ließ ihn seinen Ehering sehen, und Monsieur Pichon sagte: »Meine Schwester hat Ihretwegen viel durchmachen müssen, Monsieur. Es war zu jener Zeit für ein junges Mädchen nicht einfach gewesen, von einem deutschen Soldaten ein Kind zu bekommen; die Leute hier haben sie aus dem Dorf getrieben. Sie mußte in Châlons als Kellnerin arbeiten und mit fremden Männern ins Bett.«

Es hörte sich noch schlimmer an, als Rudolf befürchtet hatte. Er wollte wieder in das Gesicht der Frau blicken, aber sie hielt den Kopf jetzt gesenkt. Monsieur Pichon setzte sich schwerfällig an den Tisch und sagte: »Was wollen Sie tun, Monsieur?«

Rudolf schwieg. Nach allem, was er gehört hatte, schien es ihm ausgeschlossen, daß man diese Sache mit ein paar Geldscheinen aus der Welt schaffen konnte, und Monsieur Pichon sagte: »Ich werde Ihnen Gelegenheit geben, darüber nachzudenken. Hier wird Sie niemand suchen, Monsieur.«

»Wenn Sie Geld wollen ...«, sagte Rudolf mit belegter Stimme, und Monsieur Pichon sagte kalt: »Damit ist es nicht getan. Ich möchte, daß Sie meine Schwester heiraten.«

»Wie stellen Sie sich das vor?« sagte Rudolf. Monsieur Pichon stand auf. »Das ist Ihr Problem, Monsieur. Kommen Sie mit!«

Rudolf blickte in sein derbes Gesicht mit der tiefen Narbe quer über dem

Kinn, es war das Gesicht eines Totschlägers, und Rudolf gehorchte wieder. »Hier hinein!« sagte Monsieur Pichon und stieß eine Tür auf.

Sie führte in das Schlafzimmer, Rudolf erkannte es auf den ersten Blick wieder, und während er sich noch umschaute, hörte er, wie die Tür hinter ihm abgeschlossen wurde. Er drehte sich rasch um und blickte direkt in die Augen der Frau. Sie war mit in das Zimmer gekommen und stand kaum zwei Schritte von ihm entfernt. »Ich habe es nicht gewollt, Monsieur«, sagte sie.

Rudolf betrachtete sie wieder. Für eine sechsunddreißigjährige Frau sah sie noch sehr gut aus, was nicht zuletzt an ihrer Figur lag, die sogar unter ihrem billigen Kleid noch attraktiv wirkte oder vielleicht gerade durch das billige Kleid. Sie trug keine Strümpfe, wahrscheinlich auch keinen Büstenhalter, ihre Brustwarzen hoben sich deutlich unter dem dünnen Stoff ab.

Zu einem Stuhl im Schlafzimmer hatten es die Pichons in den vergangenen zwanzig Jahren auch noch nicht gebracht, Rudolf setzte sich auf das Bett und sagte: »Was verspricht er sich davon?«

»Ich weiß es nicht«, sagte die Frau. »Wie ich ihn kenne, würde er Sie eher umbringen, als ...«

»Als was?« fragte Rudolf, und die Frau sagte: »Wir haben Schande über seine Familie gebracht.«

Es klang ein wenig nach Altem Testament, Rudolf mußte grinsen, aber er grinste mehr aus Verlegenheit als aus Bedürfnis. Abgesehen davon, daß es die peinlichste Situation war, in die er sich jemals selbst hineinmanövriert hatte, wußte er auch nicht, wie er sich der Frau gegenüber verhalten sollte. Schließlich begegnet man nicht jeden Tag einer Fremden, der man, als sie ein sechzehnjähriges Mädchen war, ein Kind gemacht hat. Er sagte: »Warum setzen Sie sich nicht?«

Sie blickte ihn wie unschlüssig an, dann setzte sie sich zögernd zu ihm auf das Bett. Damals war sie weniger zimperlich gewesen, während er sie wieder anschaute, erinnerte er sich an ihr schmutziges Hemd und an das zerrissene Höschen. Wären die äußeren Umstände etwas weniger verfänglich gewesen, so hätte er sie jedem anderen Mädchen aus Paris oder sonstwoher vorgezogen. Er sagte: »Vielleicht erinnern Sie sich, daß Sie an der Geschichte damals auch nicht ganz unschuldig gewesen waren. Man legt sich als sechzehnjähriges Mädchen nicht zu fremden Männern ins Bett.«

Sie wurde ein wenig rot. »Mein Bruder denkt anders darüber.«

»Das habe ich schon gemerkt«, sagte Rudolf. »Warum haben Sie mich vorhin nicht verleugnet, wenn Sie es nicht gewollt haben?«

Sie zuckte mit den Schultern. »Warum hätte ich Sie schonen sollen?«

»Vielleicht hätten Sie sich und Ihrem Bruder viel Ärger damit erspart.«

»Ich hatte meinen Ärger schon«, sagte die Frau gleichgültig. Rudolf trat seine Zigarette auf dem schmutzigen Holzboden aus. »Ich verstehe, daß es für Sie nicht leicht gewesen ist. Wieso haben Sie mit fremden Männern geschlafen?«

»Wir mußten leben«, sagte sie gleichgültig, und Rudolf sagte: »Reden Sie von Ihrer Tochter?«

»Es ist auch Ihre Tochter, Monsieur«, sagte die Frau. Es berührte ihn eigenartig, daß sie ihn erst daran erinnern mußte, er sagte: »Wie ist sie?«

»Ein braves Mädchen«, sagte die Frau. »Sie sieht Ihnen sehr ähnlich. Als mein Bruder Sie gesehen hat, wußte er sofort, daß Sie der Vater sind.«

Das machte immerhin einiges verständlich, Rudolf fragte: »Warum haben Sie sie nicht mitgebracht?«

»Mein Bruder wollte es nicht.«

»Und Ihre Tochter?«

Die Frau zuckte wieder mit den Schultern. »Sie hat keine hohe Meinung von Ihnen, Monsieur.«

»Das verstehe ich«, sagte Rudolf. Er stand auf, trat an das Fenster und blickte auf den nahen Waldrand. Schließlich war es trotz allem seine Tochter, und er hatte sich immer eine gewünscht. In Gedanken machte er sich bereits ein Bild von ihr, und je länger sich seine Gedanken mit ihr beschäftigten, desto stärker wurde sein Wunsch, sie kennenzulernen. Er sagte: »Nehmen wir einmal an, ich willigte ein, Sie zu heiraten. Ich müßte zuerst nach Deutschland zurück und die Scheidung von meiner Frau abwarten, wobei ich noch nicht sicher bin, daß sie damit einverstanden sein wird.«

»Haben Sie Kinder?« fragte die Frau, und Rudolf sagte: »Nein.« Vielleicht wäre es in dieser Situation klüger gewesen, ihr etwas vorzulügen, aber es widerstrebte ihm. Er setzte sich wieder zu ihr auf das Bett und lächelte: »Ich bedaure es trotzdem nicht, daß wir uns hier getroffen haben.«

»Ich auch nicht«, sagte die Frau und schaute ihn merkwürdig an. »Ist sie schön?«

»Wer?« fragte Rudolf, und sie sagte: »Ihre Frau.«

Zweifellos war Irene hübscher als sie, aber bei ihr war etwas anderes da, das bei Irene fehlte, und während er darüber nachdachte, fiel es ihm auch ein. Juliennes Gesicht war weiblicher als das von Irene. Sie verkörperte jenen Typ von Frauen, bei denen sich ein Mann ausweinen konnte. Bei Irene konnte man sich nicht ausweinen. Er sagte: »Fast so schön wie du. Du heißt Julienne?«

Sie nickte, während sie ihn noch immer auf ihre merkwürdige Art anschaute.

»Schön«, sagte Rudolf. »Da wir nun mal schon eine gemeinsame Tochter haben, werde ich Julienne zu dir sagen. Ich heiße Rudolf.«

»Rudolf?« sagte sie langsam. Er lächelte. »Gefällt er dir nicht?«

»Nein«, sagte sie, und Rudolf sagte: »Du wirst dich daran gewöhnen.« Er stand auf, trat an die Tür und schlug mit der Faust dagegen. »Was hast du vor?« sagte die Frau, und ihre Stimme klang zum erstenmal etwas beunruhigt. Rudolf gab keine Antwort. Es dauerte eine Weile, bis die Tür aufgeschlossen wurde, und Monsieur Pichon fragte: »Was wünschen Sie, Monsieur?«

»Mit Ihnen reden«, sagte Rudolf, und Monsieur Pichon sagte: »Reden Sie mit meiner Schwester, Monsieur. Sie werden sich viel zu erzählen haben.« Zu Julienne sagte er: »Ich habe zwei Hähnchen besorgt; sie liegen in der Küche.«

»Wie lange wollen Sie mich hier festhalten?« fragte Rudolf. Monsieur Pichon blickte ihn kühl an. »Bis mein Anwalt hier ist, Monsieur. Der wird alles mit Ihnen bereden.«

Er ging wieder hinaus; die Tür ließ er diesmal hinter sich offen. Dafür war jetzt die Haustür abgeschlossen, Rudolf stellte es fest, als er den engen, schmutzigen Flur betrat. Auf dem Rückweg entdeckte er sein vollzähliges Gepäck im Wohnzimmer. Er ging wieder in das Schlafzimmer und sagte: »Wofür braucht er einen Anwalt?«

»Er ist ein einfacher Mann«, sagte Julienne. »Zu einem Anwalt hat er Vertrauen. Hast du Hunger?«

»Nein«, sagte er, und sie sagte: »Aber ich. Ich habe heute noch nichts gegessen; mein Bruder hat mich in aller Frühe aus dem Bett geholt.«

Sie gefiel ihm immer besser, er betrachtete ihre schlanken Finger, die sehr gepflegt aussahen. Sie hatte lange Oberschenkel und schmale Fesseln, ihre Brust unter dem dünnen Kleid wirkte auch ohne Büstenhalter hoch und fest. »Ich verstehe nicht«, sagte Rudolf, »weshalb du nicht geheiratet hast!«

»Ich habe mit zu vielen Männern geschlafen«, sagte sie ruhig.

»Heute auch noch?«

Ihre Augen verengten sich ein wenig, dann sagte sie: »Ich arbeite in einer Fabrik.«

Ihren gepflegten Händen nach zu schließen, konnte es keine schwere Arbeit sein, er sagte: »Das sieht man dir nicht an.«

»Danke«, sagte sie lächelnd. Sie sah sehr nett aus, wenn sie lächelte, dem Mädchen von damals am ähnlichsten; er schaute ihr fasziniert nach.

Während sie in der Küche war, rauchte er auf dem Bett sitzend eine Zigarette. Möglich, daß es ihrem Bruder nur um eine finanzielle Entschädigung ging, und wenn das so war, würde man schon einen Weg finden. Irene bestimmt! Wie er sie kannte, würde sie gleich mit zwei

Anwälten angereist kommen und notfalls auch noch den deutschen Botschafter persönlich bemühen. Sie würde zwar schockiert, aber äußerlich gelassen sein und diese lästige Geschichte in ihre entschlossenen Hände nehmen. Solange es auf dieser Welt Irene gab, brauchte ihm vor nichts bange zu sein, sie beherrschte alle Situationen, kühl, souverän und scheinbar unbeteiligt wie zum Beispiel damals:

»VATER IST EBEN GESTORBEN.«

Er konnte es zuerst nicht fassen, starrte sie ungläubig an, und sie sagte: »Komm mit!« Er ging mit ihr ins Büro, und da saß er, das Gesicht auf dem Kassenbuch, ein müder alter Mann, eingeschlafen für immer. »Ich habe schon den Arzt angerufen«, sagte Irene, und ihr Gesicht war ohne Farbe.

»Mein Gott!« sagte Rudolf erschüttert, und Irene sagte: »Kümmere du dich wieder um den Laden; die Leute brauchen nichts zu merken. Erzähl auch dem Personal nichts.«

»Soll ich deine Mutter ...?« sagte Rudolf, und Irene sagte: »Das mache ich selbst. Geh schon!«

Sie weinte erst am Abend, als sie neben ihm im Bett lag, und Rudolf streichelte ihr Gesicht und sagte: »Er hat doch immer ein gesundes Herz gehabt!«

»Das wußte man bei ihm nie«, sagte Irene weinend. »Ich habe ihn ein paarmal dabei ertappt, wie er heimlich Tabletten schluckte. Mir erzählte er immer, sie seien für seine Verdauung.«

»Es muß schrecklich für dich gewesen sein«, sagte Rudolf, »ihn so am Tisch sitzen zu sehen.«

»Um die Bücher mußt du dich jetzt kümmern«, sagte Irene weinend.

»Natürlich«, sagte Rudolf, und er fühlte, daß dies ein entscheidender Augenblick seines Lebens und das Ende auch der letzten Chance dafür war, sein Studium noch einmal aufzunehmen.

Die Einäscherung fand auf Irenes ausdrücklichen Wunsch nur im engsten Familienkreis statt. – »Das ist keine Reklame für das Geschäft!« – In ihrem schwarzen Kleid und mit dem blassen Gesicht sah sie sehr rührend aus, sie hielt sich an Rudolf fest, und Erich liefen die Tränen über die Backen. Nur die Mutter weinte nicht, sie machte den Eindruck, als wüßte sie nicht recht, wo sie sich befand, und blickte geistesabwesend ins Leere. Auf dem Heimweg sagte Irene: »Ich werde das Geschäft in seinem Sinne weiterführen«, und es klang wie eine Kampfansage. Rudolf war sich nur nicht sicher, an wen, und Erich griff plötzlich nach seiner Hand und sagte: »Jetzt müssen wir alle zusammenhalten, Rudolf.«

»Selbstverständlich«, sagte Rudolf überrascht. Es hatte nicht pathetisch geklungen, eher verzweifelt, der Tod seines Vaters schien Erich merkwürdigerweise sehr nahegegangen zu sein, obwohl er von ihm nie besonders gut behandelt worden war. Irene betrachtete seine Manschetten und sagte: »Ich werde mich jetzt in Zukunft etwas mehr um dich kümmern.«

»Er könnte schon längst verheiratet sein«, sagte Rudolf, und Erich sagte: »Ich werde nie heiraten.«

»Eine Frau würde dich nur ausnutzen«, sagte Irene und blickte zufrieden in sein dickes Gesicht. Seit er eine eigene Wohnung und die Aussicht hatte, sich auch beruflich bald selbständig zu machen, hatte sein Selbstbewußtsein zugenommen. Seine Absicht, ein eigenes Büro zu eröffnen, war bisher immer am Widerstand seines Vaters gescheitert. – »Er würde uns nur auf der Tasche liegen.« – Irene hatte in dieser Beziehung mehr Vertrauen in seine berufliche Qualifikation, sie sprachen nach dem Essen darüber. »Fünfzigtausend Mark«, sagte Erich. »In spätestens drei Jahren hätte ich sie wieder hereingeholt.«

»Das ist ein bißchen viel auf einmal«, sagte Irene. »Geht es nicht mit weniger?«

»Wenn ich mir meinen Anteil auszahlen lasse...«, sagte Erich, und Irene sagte: »Du weißt genau, daß das im Moment nicht möglich ist. Wir müßten das Haus verkaufen und künftig Miete bezahlen. Hast du schon etwas in Aussicht?«

»Schon lange«, sagte Erich. »Mitten im Stadtzentrum. Je früher ich mich selbständig mache, desto besser ist es für euch alle.«

»Du bekommst das Geld«, sagte Irene. »Wir gehen nächste Woche zusammen zum Notar.«

»Wozu das?« fragte Erich verwundert, und Irene sagte: »Ordnung muß sein, Brüderchen. Wenn du eines Tages Konkurs machst, werden die fünfzigtausend Mark auf deinen Erbteil angerechnet.«

»Könntet ihr euch nicht erst morgen darüber unterhalten?« sagte Rudolf angewidert. Irene blickte ihn kühl an. »Du hast gehört, daß er das Geld dringend braucht. Ich bin da anders als Vater.«

»Ein Herzblatt!« sagte Erich glücklich. Er hatte immer noch verweinte Augen und heftete den Blick gerührt auf seine Schwester. »Du wirst sehen, ich ziehe einen großen Laden auf.«

»Das Zeug dazu hast du«, sagte Irene nickend. Und zu Rudolfs Mutter sagte sie: »Du bist so still!«

»Von Geschäften verstehe ich nichts«, sagte Rudolfs Mutter. Sie trug das gleiche schwarze Kleid, das sie schon bei der Beerdigung ihres Mannes getragen hatte, und sagte: »Das ist ja auch so viel Geld!«

»Ich werde das Zehnfache hereinholen«, sagte Erich enthusiastisch. »Das Hundertfache, sage ich euch!«

»Übernimm dich nicht«, sagte Irene und ging, um nach ihrer Mutter zu schauen, die sich nach der Einäscherung ihres Mannes sofort wieder in das Bett gelegt hatte.

Am Abend, als sie allein waren, sagte Rudolf zu Irene: »Hast du dir das auch gut überlegt? Ich meine, es ist auch für uns ein Haufen Geld.«

»Wir werden uns vorübergehend etwas einschränken«, sagte Irene. »Ich wünsche keine Differenzen mit ihm.«

»Für fünfzigtausend Mark«, sagte Rudolf, »kann er sich ein ganzes Haus hinstellen.«

»Allein schafft er es nicht«, sagte Irene. »Er braucht ein paar zuverlässige Mitarbeiter. Wenn er nicht groß einsteigt, kommt er auch nicht groß heraus. – Ich bin völlig erledigt, Schätzchen. Gute Nacht.«

»Gute Nacht«, sagte Rudolf. Er wünschte manchmal, ihr Vertrauen in ihn wäre genauso vorbehaltlos wie ihr Vertrauen in Erich. Für Erich hatte sie sich immer eingesetzt, schon vor ein paar Monaten hatte sie ihren Vater dafür gewonnen, daß Erich sich ein möbliertes Zimmer suchen durfte, weil er bei dem Krach, den die Flüchtlingsfamilien im Haus machten, nicht arbeiten könne. Und mit Geld hatte sie Erich immer ausgeholfen, er hatte nur ein Wort zu sagen brauchen. Obwohl Rudolf bemüht war, nicht unfair zu sein, verdroß es ihn doch, daß es Leute wie Erich gab. Nicht nur, daß er sich während des Krieges mit seinem Studium fast vier Jahre um eine Einberufung gedrückt hatte, später war ihm auch noch das unverschämte Glück zuteil geworden, einen ruhigen Posten bei einer Institution zu erwischen, die sich im besonderen Auftrag des Führers damit beschäftigte, absurde Pläne für den Wiederaufbau nach dem Endsieg zu entwerfen. Für ihn war mit dem Dritten Reich seine schöne Stellung verloren; das einzige Opfer, das ihm vom Krieg abverlangt worden war, und nun bekam er von Irene fünfzigtausend Mark. So groß war sein Schmerz über den Tod seines Vaters nun doch wieder nicht, daß er deshalb dieses für ihn so wichtige Gespräch auch nur um einen Tag verschoben hätte.

Als Rudolf am nächsten Morgen aufwachte, war Irene bereits bei ihrer Mutter gewesen, sie sagte beim Frühstück: »Es wird jetzt Zeit, daß wir endlich die Wohnungsfrage regeln. Die Leute müssen hinaus.«

»Du kannst eine Flüchtlingsfamilie nicht auf die Straße setzen«, sagte Rudolf, und Irene sagte: »Das Wohnungsamt soll ihnen eine andere besorgen. Ich kann meine Mutter jetzt nicht mehr allein lassen.«

»Das gleiche Problem erhebt sich auch für mich«, sagte Rudolf. »Wenn wir hier ausziehen, ist meine Mutter allein.«

»Sie ist viel selbständiger«, sagte Irene. »Und wenn du willst, kannst du sie zehnmal am Tag besuchen. Schließ schon das Geschäft auf; ich komme etwas später.«

»Was hast du vor?« fragte Rudolf, und Irene stupste ihm mit dem Finger auf die Nase und sagte: »Abwarten, Schätzchen!«

Sie kam erst zwei Stunden nach Rudolf ins Geschäft und lächelte zufrieden. »In spätestens zwei Monaten«, sagte sie, »haben wir die Wohnung wieder für uns.«

»Wer sagt das?« fragte Rudolf, und Irene sagte: »Der reizende Herr vom Wohnungsamt.«

»So ganz einfach?« sagte Rudolf mißtrauisch. Irene öffnete ihre Handtasche, holte ein paar goldene Uhren der neuesten Kollektion heraus und sagte: »Die kannst du wieder an ihren Platz zurücklegen, Schätzchen. Und vergiß nicht, daß wir heute Besuch von diesem Schmitze oder Schmitzke bekommen; der Mann ist ungeheuer wichtig für uns.«

»Du hast doch nicht ...?« sagte Rudolf fassungslos, und Irene sagte: »Hab' dich nicht so, mein Schätzchen. Das ist ein uralter Brauch.«

»Du kommst sicher eines Tages in die Hölle«, sagte Rudolf.

Heute hatte er diese Befürchtung nicht mehr, Irene würde sich zur gegebenen Zeit selbst mit dem Himmel arrangieren, und Juliennes Hähnchen waren vorzüglich, braun und knusprig. Obwohl er sich vorgenommen hatte, aus Protest gegen seinen unfreiwilligen Aufenthalt nichts zu essen, konnte er der Versuchung nicht widerstehen, er sagte: »Du bist eine gute Köchin.«

»Ich habe lange in einem Restaurant gearbeitet«, sagte sie und wischte ihre fettigen Finger an einem Taschentuch ab. »Zu Hause habe ich Servietten«, sagte sie, als sie Rudolfs Blick bemerkte, und Rudolf sagte: »Hast du eine eigene Wohnung?«

»Zwei Zimmer und Küche«, sagte Julienne. Sie verschränkte die Hände auf dem Tisch und blickte wieder in sein Gesicht. »Du hast dich wenig verändert«, sagte sie.

»Du dich sehr«, sagte Rudolf. Er stand auf und ging in die Küche. In einem Eimer fand er Wasser, er goß etwas in eine kleine, verrostete Wanne und wusch sich die Hände. Da er kein Handtuch fand, trocknete er sie an den Gardinen ab und kehrte zu Julienne zurück. Sie saß noch am Tisch und rauchte eine Zigarette. »Du hättest eine von meinen haben können«, sagte Rudolf, und Julienne sagte: »Eure schmecken mir nicht; sie sind wie die amerikanischen. Tut es dir leid?«

»Was?« fragte Rudolf. Sie sagte: »Daß du hierhergekommen bist.«

»Nein«, sagte Rudolf. Sie blies ihm den Rauch ihrer Zigarette ins Gesicht und sagte: »Mein Bruder hat immer geglaubt, daß du dich eines Tages nach mir erkundigen wirst.«

»Ist er nicht verheiratet?« fragte Rudolf, und Julienne sagte: »Er haßt die Frauen. Er war bei der Résistance, eine Frau hat seine Gruppe verraten, als sie eine Brücke sprengen wollte. Außer meinem Bruder ist keiner davongekommen.«

»Wovon lebt er heute?«

»Er hat ein paar Äcker und Vieh; reich ist er nicht.«

»Immerhin gehört er zu den wenigen Leuten hier«, sagte Rudolf, »die es zu einem eigenen Wagen gebracht haben.«

»Den habe ich bezahlt«, sagte Julienne, und Rudolf fragte: »Womit?«

»Mit Geld«, sagte Julienne und blies ihm wieder den Rauch ins Gesicht. Sie hatte plötzlich feuchte Augen, Rudolf sagte: »Du mußt mich sehr hassen.«

»Nur damals, als ich das Kind bekommen habe«, sagte sie. »Das ist schon lange her.«

»Ja«, sagte Rudolf. »Sehr lange.«

»Dann werde ich jetzt den Tisch abräumen«, sagte Julienne und drückte ihre Zigarette auf einem Teller aus. Sie wirkte verändert auf ihn, und er kam zuerst nicht darauf, woran es lag. Erst später, als sie schon in der Küche war, fiel es ihm ein. So, wie sie ihn angeschaut hatte, glich sie Frauen in anrüchigen Vergnügungslokalen.

Er trat wieder an das Fenster und blickte zu dem nahen Waldrand hinüber. Es lag nur eine Wiese dazwischen, dreißig Meter vielleicht, mit ein paar schnellen Schritten könnte er dort sein. Er öffnete das Fenster und beugte sich hinaus. Das rechte Nachbarhaus hatte einen kleinen Garten mit Obstbäumen, auf der anderen Seite lag ein großer Haufen Brennholz. Sonst war nichts zu sehen, Rudolf schloß das Fenster wieder und setzte sich auf das alte Sofa. Neben der Tür stand ein kleines Büfett, es war genauso alt wie die übrigen Möbel, und die vergilbten Fotografien mit ihren häßlichen Holzrahmen an den Wänden stellten wohl die Pichons aus drei Generationen dar. Er betrachtete sie aus der Nähe. Der junge Mann mit dem Bärtchen über der Oberlippe könnte Juliennes Bruder sein, die anderen Gesichter waren ihm unbekannt, derbe, einfache Leute in der düsteren Kleidung ihrer Landschaft.

Er setzte sich wieder auf das Sofa und versuchte sich vorzustellen, wie sich Juliennes Brust heute anfühlen würde. Er versuchte sich zu erinnern, wie ihre Beine ausgesehen hatten. Zumindest wusch sie sich heute öfter und roch nicht mehr nach Stall. Sie hatte mit fremden Männern geschlafen, um ihre Tochter großzuziehen und ihrem Bruder einen Citroën zu kaufen, aber der Citroën war schon uralt. Es brauchte aber nicht zu bedeuten, daß sie heute nicht mehr mit fremden Männern schlief. Vorhin, als sie ihm den Rauch ins Gesicht geblasen hatte, meinte er, daß sie nur auf ein Zeichen von ihm wartete, und da sie schon eine Tochter von ihm hatte, käme es auch darauf nicht mehr an. Zweihundert Mark monatlich müßte eine Menge Geld für sie sein, und so viel würde Irenes Geschäft immer tragen, auch zweitausend, wenn es sein müßte. Irene würde das schon regeln. Es war nur unangenehm, ihr auch diese letzte Enttäuschung nicht ersparen zu können, immerhin war er damals schon so gut wie verlobt gewesen mit ihr, und während sie zu Hause um ihn gezittert hatte, war er mit einem halbwüchsigen Mädchen ins Bett gegangen. Ihr wirkliches Alter hatte er erst nachträglich von Thomas erfahren, der sie wenigstens danach gefragt hatte. Er, Rudolf, hatte sie nicht danach gefragt, ihm hatte es genügt, daß sie bereits einen kleinen Busen und Haare gehabt hatte. Er ekelte sich vor sich selbst.

Am späten Nachmittag bekam er wieder Besuch von Monsieur Pichon, er zog sich im Wohnzimmer einen Stuhl zwischen die Beine, setzte sich an den Tisch und sagte mürrisch: »Sie haben Glück, Monsieur. Früher haben wir bei uns solche Dinge ohne Anwalt erledigt. Ich möchte Sie bitten, sich ab sofort als meinen Gast zu betrachten.«

»Das habe ich bereits getan«, sagte Rudolf überrascht. Vielleicht hatten ihm Julienne oder seine Nachbarn zugeredet, denen nicht daran gelegen sein konnte, in eine unangenehme Sache verwickelt zu werden. »Wenn Sie aber nichts dagegen haben«, sagte Rudolf, »würde ich es wieder vorziehen, im Gasthaus zu wohnen.«

»Da Sie mein Gast sind«, sagte Monsieur Pichon mürrisch, »sollen Ihnen keine Unkosten entstehen. Sie wohnen hier; meine Schwester wird für Sie sorgen. Sobald wir unsere Angelegenheit geregelt haben, können Sie weiterfahren.«

»Das wäre also morgen vormittag?« sagte Rudolf, und Monsieur Pichon sagte: »Vorausgesetzt, daß wir uns einig werden.«

»Und wenn wir uns nicht einig werden?« fragte Rudolf. Monsieur Pichon blickte ihn kalt an. »Als Gast unseres Landes unterstehen Sie auch unseren Gesetzen, Monsieur. Vergessen Sie das nicht.«

»Die scheinen Sie gut zu kennen«, sagte Rudolf, und Monsieur Pichon sagte: »Ich habe mich inzwischen erkundigt. Wenn ich Sie damals erwischt hätte, säßen Sie heute nicht hier.«

»Das fürchte ich auch«, sagte Rudolf. Vielleicht war er doch ein Totschläger, Rudolf betrachtete seine schweren, behaarten Hände. Männer wie er konnten die besten Patrioten sein und handelten auch danach. »Wenn es Ihnen recht ist«, sagte Rudolf, »möchte ich mir ein wenig die Beine vertreten.«

»Die Tür steht offen«, sagte Monsieur Pichon mürrisch. »Wann wollen Sie zu Abend essen?«

»Sagen wir um sieben Uhr«, sagte Rudolf, und Monsieur Pichon sagte: »Meine Schwester wird sich darum kümmern.« Er stand auf, blickte mit einem Ausdruck nur mühsam beherrschter Wut zum Fenster und sagte: »Versuchen Sie es nicht durch den Wald, Monsieur; dort kommt man als Fremder nicht sehr weit.«

»Ich möchte nicht gerne zu Fuß weiter«, sagte Rudolf. »Sie brauchen sich keine Sorgen zu machen.«

»Ich nicht, Monsieur«, sagte Monsieur Pichon und ging hinaus. Rudolf wartete ein paar Minuten, dann überzeugte er sich davon, daß die Haustür tatsächlich offen war. Er zog seine Jacke an und trat auf die Straße.

Es war das gleiche Bild wie gestern, außer ein paar Hühnern war kein Lebewesen zu sehen, aber Rudolf war sich sicher, daß jeder seiner Schritte beobachtet wurde. Sein Jaguar war verschwunden, er sah es, als er sich dem Restaurant näherte. Im Vorübergehen glaubte er hinter den schmutzigen Scheiben das Gesicht des Wirtes für einen Augenblick zu erkennen. Da er sich zum Komplizen von Monsieur Pichon gemacht hatte, würde er wohl auch keinen Wert darauf legen, Rudolf noch einmal für eine Nacht in seinem Haus zu haben. Rudolf nahm sich vor, die Rechnung nur dann zu bezahlen, wenn der Wirt sich persönlich darum bemühen würde.

Eigenartigerweise fühlte er sich lange nicht so deprimiert, wie es seiner Situation angemessen gewesen wäre, seine Gedanken beschäftigten sich weitaus öfter mit seiner illegalen Tochter in Châlons als mit den möglichen unangenehmen Konsequenzen. Auch wenn sie keine hohe Meinung von ihm hatte, wuchs sein Wunsch, sie kennenzulernen, mit jedem Versuch, sich ihr Bild vorzustellen. Wenn ihre Ähnlichkeit mit ihm tatsächlich so groß war, wurde auch verständlich, weshalb der Wirt sofort Verdacht geschöpft hatte, aber es erfüllte Rudolf jetzt eher mit Genugtuung als mit Verdruß. In einem gewissen Sinne erheiterte es ihn sogar, daß Irene, die sich immer gegen Kinder gesträubt hatte, sich nun mit der Existenz einer zwanzigjährigen Tochter abfinden müßte. Wahrscheinlich würde sie keine Ruhe geben, ehe sie sie nicht gesehen hatte, um sie dann häßlich, ungebildet und ganz ihres Vaters würdig zu finden. Er besaß Humor genug, selbst dieser unangenehmen Situation noch Komik abzugewinnen, und während er seinen Spaziergang noch bis zu dem kleinen Weiher ausdehnte, ertappte er sich wieder beim Grinsen. Sicher war er der einzige Narr unter allen Narren der Welt, der es darauf angelegt hatte, sich mutwillig mit einer lästigen Vergangenheit zu konfrontieren. Während jeder normale Mensch einen weiten Bogen um die Stätten seiner moralischen Verfehlungen machte, hatte es ihn wie einen Kriminellen an den Ort seiner Tat zurückgetrieben, und insofern geschah es ihm recht, wenn er nun die Folgen zu tragen hatte. Andererseits gab es schlimmere Dinge; einen Menschen illegal zu zeugen war immer noch besser, als ihn illegal verschwinden zu lassen.

Monsieur Pichon schien doch Vertrauen in ihn gefaßt zu haben. Obwohl Rudolf seine Umgebung scharf im Auge behielt, konnte er kein verdächtiges Wesen entdecken, weder wurde er von einem der zahlreichen Obstbäume aus mit einem Feldstecher beobachtet, noch bemerkte er andere verdächtige Indizien. Auffällig war nur, daß sich auch keines von den Kindern, die er heute vormittag vor den Häusern gesehen hatte, auf der Straße herumtrieb; hier schien sich alles Leben innerhalb der grauen Mauern abzuspielen, selbst die Hühner machten einen lustlosen Eindruck, spazierten lust- und scheinbar ziellos über die staubige Dorfstraße, die nun, da die Sonne schräg über den großen Wäldern stand, wie in ein rötliches Licht getaucht schien. Für Manager und andere gesundheitlich labile Leute gab es wohl kaum einen ruhigeren Ort, um ihre strapazierten Nerven zu erholen, Rudolf neigte bereits dazu, die häßlichen Steinhäuser mit der breiten, leeren Straße romantisch zu finden, eine vergessene Oase der inneren und äußeren Ruhe. Die Konflikte seiner Ehe erschienen ihm hier weitaus weniger dramatisch, geradeso, als ob er sie als Unbeteiligter betrachten könnte, und was ihm vorgestern noch den Schlaf geraubt hätte, rührte hier kaum mehr an sein Bewußtsein. Wahrscheinlich wäre es viel vernünftiger gewesen, den Urlaub hier statt in Paris zu verbringen, die Luft war besser, es gab schöne Wege, die mitten durch die grünen Koppeln über die Hügel führten, und das Essen war zwar einfach, aber kräftig. Egal, wie morgen die Begegnung mit dem Anwalt verlaufen mochte, es bestand hinterher kein unmittelbarer Anlaß, fluchtartig das Dorf zu verlassen.

Die Assoziation verwunderte ihn, bis er merkte, daß er es gar nicht so eilig hatte, sich wieder von Julienne zu trennen, und obwohl er sich sagte, daß es nur eine sentimentale Regung sei, wurde er das Gefühl nicht los, als steckten noch andere Dinge dahinter, aber die wollte er im Moment gar nicht so genau wissen.

Sie begegnete ihm, als er sich wieder den ersten Häusern näherte, und er war so in Gedanken gewesen, daß er sie erst im letzten Augenblick bemerkte. Sie lächelte, stellte sich auf die Fußspitzen und küßte ihn auf den Mund. Er war viel zuwenig darauf gefaßt gewesen, als daß er den Versuch gemacht hätte, es zu verhindern, und sagte: »Warum tust du das?«

»Mein Bruder wollte es so«, sagte sie und schob ihm eine Hand unter den Arm. »Die Leute hier sollten es sehen.« Sie gingen nebeneinander zum Haus ihres Bruders, und Rudolf sagte: »Wozu?«

»Er hat ihnen erzählt, wir seien uns bereits einig geworden«, sagte Julienne. »Die Leute bezweifeln, daß ein Mann wie du eine Frau wie mich heiraten würde.«

»Die Leute hier«, sagte Rudolf, »scheinen nicht dumm zu sein«, und Julienne sagte: »Ich bin in Binaville geboren.«

»Pardon«, sagte Rudolf und mußte lächeln. Wenn er sich daran erinnerte, mit welcher Gleichgültigkeit sie ihm heute vormittag begegnet war, fand er keine Erklärung für ihr verändertes Wesen, sie wirkte jetzt fast ein wenig übermütig. »Du tust anscheinend nur, was dein Bruder dir befiehlt«, sagte er, und Julienne sagte: »Er ist zehn Jahre älter als ich.« Vor dem Haus blieb sie stehen und sagte: »Er war in Varennes und hat mit einem Anwalt telefoniert.«

»Läßt er mich deshalb frei herumlaufen?« fragte Rudolf, und Julienne sagte mit einem kleinen Lächeln: »Wenn es nach ihm gegangen wäre, hätte ich nicht in deiner Haut stecken wollen.«

»Diesen Eindruck hat er mir auch gemacht«, sagte Rudolf. »Könnte sich deine Tochter nicht einmal dazu überwinden, mir wenigstens guten Tag zu sagen?«

»Ich müßte noch einmal mit ihr reden«, sagte Julienne. »Nur wird es dir nicht mehr viel nützen, du willst morgen ja weiterfahren.«

»Das kommt darauf an«, sagte Rudolf, und Julienne sagte: »Worauf?«

»Ob es mir morgen in Binaville noch genauso gefällt wie heute«, sagte Rudolf und öffnete die Haustür. »Was essen wir heute abend?« fragte er, und Julienne sagte lächelnd: »Was Monsieur befehlen.« Seit sie ihn geküßt hatte, fühlte er sich in einen Zustand angenehmer Erwartung versetzt, er blickte auf die leere Dorfstraße und fragte: »Willst du es ihnen noch einmal vorführen?«

»Verwöhn sie nicht«, sagte Julienne und ging an ihm vorbei ins Haus. Während er ihr folgte, betrachtete er ihre schmale Taille und ihre strumpflosen Beine. Sie hatte einen guten Gang, selbstsicher und locker in den Hüften, ähnlich bewegten sich die Mädchen auf den Champs-Elysées. Es wäre wirklich nichts dabei, wenn er noch einmal mit ihr schliefe, ein Liebesakt der Versöhnung, sozusagen, vielleicht würde es ihm helfen, sich Katharina vollends aus dem Kopf zu schlagen; seit er hier war, hatte er kaum mehr an sie gedacht.

»Willst du kalt oder warm essen?« fragte Julienne in der Küche, und Rudolf sagte: »Kalt, Brot, Wurst, Schinken, Butter und eine Flasche Rotwein dazu.«

»Du bist ein Kapitalist«, sagte Julienne.

Er hätte sie auch erst später küssen können, nach dem Essen zum Beispiel, aber ihre aufreizende Art, ihn anzuschauen und anzulächeln, ließ ihn plötzlich ungeduldig werden. Sie sträubte sich auch nicht, als er ihr beim Küssen die Hand auf die Brust legte, und sie fühlte sich genauso an, wie er es erwartet hatte. »Mach mich nicht wild«, sagte sie atemlos.

»Wie ist das?« fragte Rudolf. Sie lächelte nur.

»Wirst du heute nacht hier schlafen?«

»Das hängt von meinem Bruder ab«, sagte sie. »Geh schon ins Zimmer; ich bin es nicht gewohnt, Männer in der Küche zu haben.«

»Aber im Bett?« sagte Rudolf. Er hatte es gar nicht sagen wollen. Julienne bekam schmale Augen. »Ist das bei euch anders?«

»Nein«, sagte Rudolf, und er hätte sich selbst ohrfeigen mögen, aber sie lächelte bereits wieder und sagte: »Mal sehen, ob du auch nichts verlernt hast.«

»Seit wann?« fragte Rudolf, und sie sagte: »Seit damals.«

Sie war auf dem besten Weg, ihn um sämtliche Finger ihrer kleinen Hand zu wickeln, und während er im Wohnzimmer darüber nachdachte, kamen ihm wieder Bedenken. Wenn er mit ihr schlief, würde er seine Position dem Anwalt gegenüber nur noch verschlechtern, möglicherweise war hierzulande so etwas gleich identisch mit einer Verlobung, denn wozu hätte sie sonst erst ihren Bruder fragen müssen! Es sah alles ein wenig abgekartet und nach System aus, der Kuß auf der Straße, ihr verändertes Wesen; er würde sich hüten, darauf hereinzufallen. Er nahm sich vor, unnachgiebig sich selbst gegenüber zu bleiben. – Als hätte er sich das nicht schon hundertmal vorgenommen! –

Zum Beispiel, als diese Geschichte mit den neuen Möbeln passierte. Nachdem die Flüchtlingsfamilie die drei Zimmer geräumt hatte, gefielen Irene die alten Möbel nicht mehr, sie waren ihr zu massiv, zu dunkel und belasteten angeblich ihre Psyche; ein paar kräftige Männer mußten sie auf den Speicher schaffen. Ihre Mutter konnte sie allerdings dazu nicht überreden; in deren Zimmer blieb alles unverändert, auch im Zimmer des Dienstmädchens führte Irene keine Veränderungen herbei, dafür aber in den anderen um so gründlicher: Aus ihrem ehemaligen Mädchenzimmer wurde ein Gästezimmer, aus dem großen Arbeitszimmer ihres Vaters das Wohnzimmer, aus Erichs Zimmer das Arbeitszimmer und aus dem ehemaligen Wohnzimmer das Schlafzimmer. Die modernen Möbel erregten Rudolfs Mißfallen, Irene hatte sie allein ausgesucht, und als das neue Schlafzimmer eintraf und Rudolf die einteiligen Matratzen sah, reichte es ihm. Er behauptete, auf ihnen nicht schlafen zu können. »Ich habe mein Leben lang auf dreiteiligen Matratzen geschlafen«, sagte er, und Irene sagte: »Diese hier sind viel gesünder.«

»Jedenfalls schlafe ich auf diesen Dingern nicht«, sagte Rudolf. Zumindest hätte er erwarten dürfen, daß sie ihn beim Kauf der Möbel auch einmal um seine Meinung fragte. »Und wenn du dir die Haare herausreißt«, sagte er, »schlafe ich auf diesen Dingern nicht.«

»Dann wirst du eben künftig im Gästezimmer schlafen«, sagte Irene. Für das Gästezimmer hatte sie merkwürdigerweise dreiteilige Matratzen genommen, Rudolf sagte: »Wenn du schon für das Gästezimmer dreiteilige genommen hast ...«

Wahrscheinlich hätte er auf den einteiligen Matratzen genausogut geschlafen, aber sie waren nun einmal die einzige Gelegenheit, gegen die Art, wie sie ihn bei dem Möbelkauf übergangen hatte, nachträglich sein Veto einzulegen. »Entweder«, sagte er, »du tauschst die Dinger um, oder ich schlafe tatsächlich künftig im Gästezimmer.«

»Sobald wir einmal eine größere Wohnung bekommen«, sagte Irene, »werden wir sowieso zwei Schlafzimmer haben.«

»Wieso eine größere Wohnung?« fragte Rudolf. »Wir haben hier vier Zimmer; mehr brauchen wir nicht.«

»Du bist ein kleiner Spießer«, sagte Irene. »Wenn ich eine Siebenzimmerwohnung haben kann, bleibe ich nicht in vier Zimmern wohnen.«

»Du lieber Gott«, sagte Rudolf. »Was soll dann deine Mutter allein in dieser großen Wohnung hier?«

»Sie wird wieder ihre alten Möbel vom Speicher bekommen und kann sich jeden Tag in ein anderes Zimmer setzen.«

»Das ist sicher ungeheuer aufregend für sie«, sagte Rudolf. »Jedenfalls schlafe ich auf diesen Dingern nicht.«

Irene blickte ihn eine Weile an, dann rief sie das Mädchen herein und sagte: »Mein Mann wird ab sofort im Gästezimmer schlafen, Anna. Überziehen Sie das Bett frisch.«

»Im Gästezimmer?« fragte Anna. Sie war tüchtig, fleißig und vom Land, in den Gepflogenheiten besserer Familien kannte sie sich noch nicht besonders aus. Sie machte einen schockierten Eindruck.

»Ja, im Gästezimmer«, sagte Irene ungeduldig. »Beeilen Sie sich!«

Die Fronten waren nun so verhärtet, daß es ohne Prestigeverlust von einer Seite zu keiner Verständigung mehr kommen konnte. Rudolf schlief also fortan im Gästezimmer. Er schlief vierzehn Tage im Gästezimmer, und jeden Morgen, wenn er zum Frühstück kam, blickte ihn Irene prüfend an und sagte: »Gut geschlafen, Schätzchen?« Und Rudolf antwortete regelmäßig. »Sehr gut.« Aber in den letzten Tagen dieser zwei Wochen hatte er nicht mehr so gut geschlafen, er lag oft stundenlang wach im Bett und kämpfte mit sich. Schließlich war es auch nicht richtig, daß ein verheirateter Mann allein im Gästezimmer schlief, aber er hatte sich nun einmal vorgenommen, hart zu bleiben, und da sie ihn so vernachlässigte, wurde er auch in seiner Arbeit, die er seit dem Tod seines Schwiegervaters sehr ernst genommen hatte, immer nachlässiger. Er verließ immer öfter das Geschäft, trieb sich in Cafés, Bars und Restaurants herum, beobachtete mit Genugtuung, wie die Trümmer in den Straßen immer seltener und die neuen Häuser kongruent dazu immer häufiger wurden, und trotzte. Aber am fünfzehnten Tag sah er sich in einem Kino einen Film an, der für Jugendliche verboten war, und abends im Bett überkam ihn das Verlangen nach Irene mit solcher Heftigkeit, daß er seinen Trotz überwand und zu ihr hinüberging. Sie saß noch vor ihrem Spiegel und sagte: »Kannst du nicht schlafen, Schätzchen?«

Ihr Nachthemd war neu und ganz schlicht eine Provokation, er fragte: »Haben wir irgendwo Kopfwehtabletten?«

»Hat mein Schätzchen Kopfschmerzen?« sagte Irene. »Ja, wir haben Kopfwehtabletten. Soll ich dir eine geben?«

»Ich bitte darum«, sagte Rudolf förmlich, und Irene stand in ihrem provozierenden Nachthemd auf, öffnete einen Schrank und brachte ein kleines Röhrchen zum Vorschein. »Meine eigenen, Schätzchen«, sagte sie. »Nimm gleich zwei.«

»Danke«, sagte Rudolf und ging ins Bad. Er warf zwei Tabletten in das WC und kehrte mit dem Röhrchen zu Irene zurück. »Hier sind sie wieder«, sagte er, und Irene sagte: »Leg sie auf das Bett; ich räume sie später weg.« Sie saß noch immer vor dem Spiegel, behandelte ihr Gesicht mit einer weißen Creme, und Rudolf wußte nicht mehr weiter. »Ist noch etwas, Schätzchen?« fragte sie und blickte ihn im Spiegel an.

»Nein«, sagte Rudolf und ging hinaus. Er konnte vor Ärger und Enttäuschung wieder die halbe Nacht nicht schlafen, und am nächsten Abend wartete er so lange, bis er sicher sein konnte, daß sie im Bett lag. Er traf sie lesend an, und sie sagte: »Brauchst du wieder Kopfwehtabletten, Schätzchen?«

»Nein«, sagte Rudolf. Vielleicht redete er es sich nur ein, aber es schien ihm, als ob ihr Blick eine verächtliche Nuance annahm, sie sagte: »Was brauchst du denn, mein Schätzchen?«

»Darüber wollte ich gerade mit dir reden«, sagte Rudolf und machte das Licht aus. Im Dunkeln ging er zu ihr, und sie hatte immer noch die Zeitung in den Händen. Er nahm sie ihr weg, nahm ihr auch die Bettdecke weg, und sie sagte: »Warum hast du das nicht gleich gesagt, Schätzchen?«

Sogar etwas Neues ließ sie sich heute einfallen, vielleicht war sie durch das neue Schlafzimmer dazu animiert worden. Nicht etwa, daß Rudolf es als unangenehm empfunden hätte, bei weitem nicht, nur eben als ungewohnt, und einmal sagte sie keuchend: »Habe ich dich jetzt?« Sie hatte ihn, genau dort, wo er bei einem fairen Spiel aufhörte, aber sie hörte noch nicht auf, und später sagte sie wütend: »Du Dummkopf!« und rannte hinaus.

Rudolf schaltete grinsend das Licht ein, lag grinsend auf dem Rücken, und wenn er jetzt endlich eine Tochter bekäme, würde sie ihm wenigstens nichts vorwerfen können, aber es wurde wieder nichts aus der Tochter, er sah es ihr schon an, als sie wieder hereinkam. »Das passiert mir nicht mehr«, sagte sie, und Rudolf sagte: »Hauptsache, du hast deinen Spaß gehabt.«

»Wir haben jetzt wichtigere Dinge zu tun«, sagte sie. »Der Laden muß endlich renoviert werden; mit diesen holzverschalten kleinen Fenstern können wir uns nicht länger sehen lassen.«

»Dazu brauchst du nicht den ganzen Laden zu renovieren«, sagte Rudolf, und Irene sagte: »Wenn wir schon dabei sind, wird das auch gleich erledigt. Ich habe mir gedacht, daß wir den hinteren Teil verkleinern, dann kommt noch ein Salon dabei heraus.«

»Wofür brauchst du einen Salon?« fragte Rudolf verwundert, und Irene sagte: »Für die guten Kunden. Erich macht uns die Pläne, ich weiß schon ungefähr, wie er aussehen soll.«

Rudolf ging ins Bad. Dann holte er seinen Pyjama aus dem Gästezimmer, und Irene sagte: »Ich denke, du kannst auf den einteiligen Dingern nicht schlafen?«

Sie war noch nie sehr fair gewesen, er schluckte es hinunter und sagte: »Das kostet alles eine Unmenge Geld.«

»Aber doch nicht deines, Schätzchen«, sagte Irene. »Wir müssen mit der Zeit gehen, sonst schnappt uns die Konkurrenz die besten Kunden weg.«

»Es wäre mir lieber«, sagte Rudolf, »du würdest mich nicht immer vor vollendete Tatsachen stellen; schließlich sind wir verheiratet.«

»Nicht im Geschäft«, sagte Irene. »Das Geschäft ist meine Sache; ich rede dir auch nicht in deine Sachen hinein.«

»In welche?« fragte Rudolf erbittert.

»Dann hättest du eben eine andere Frau heiraten sollen«, sagte Irene gähnend.

Spätestens beim Essen wurde ihm klar, daß er, um seine guten Vorsätze durchzuhalten, zumindest das doppelte Format hätte besitzen müssen. Es begann damit, daß ihm Julienne ein Radieschen in den Mund steckte. Dann steckte sie ihm auch noch eine Scheibe Schinken in den Mund und ließ sich von ihm die fettigen Finger küssen. Er hatte es nicht vorgehabt, aber da sie die Finger schon einmal an seinem Mund hatte, küßte er sie eben. Sie sprachen auch nicht viel dabei, tauschten nur, zwischen Radieschen und Schinken, lange Blicke aus, und einmal sagte Rudolf: »So gefällst du mir viel besser als heute vormittag.«

»Er hat mir befohlen, dich wie Luft zu behandeln«, sagte Julienne, und Rudolf fragte: »Warum hat er später seine Direktiven geändert?«

»Seine was?« fragte Julienne verwundert.

»Ich meine«, sagte Rudolf, »seit wann hat er dir befohlen, mich nicht mehr wie Luft zu behandeln?«

»Seit er mit dem Anwalt telefoniert hat«, sagte Julienne.

Also schien es doch eine abgekartete Sache zu sein, es wunderte ihn nur, daß sie so offen darüber sprach. Möglicherweise war sie ein wenig naiv; er wußte noch zuwenig von ihr. Als er sie nach der Fabrik fragte, erzählte sie ihm, daß es sich um eine Textilfabrik handele. »Arbeitet deine Tochter auch in dieser Fabrik?« fragte Rudolf. Sie nickte und steckte ihm wieder ein Radieschen in den Mund. »Ich werde dafür sorgen«, sagte Rudolf kauend, »daß sie nicht länger in der Fabrik arbeiten muß. Hat sie schon einen Freund?«

»Sie ist zwanzig«, sagte Julienne.

Der Gedanke, daß seine Tochter vielleicht einen hergelaufenen Kerl heiraten könnte, erregte ihn plötzlich. »Zumindest sollte er einen anständigen Beruf haben.«

»Für ein Mädchen aus der Fabrik ist jeder Mann recht.«

»Dann muß sie eben aus der Fabrik heraus, zum Teufel!« sagte Rudolf erregt. Sie schaute ihn zuerst erstaunt an, dann fing sie an zu lachen. Sie lachte so heftig, daß sie sich verschluckte, ein Radieschen ausspuckte und Rudolf mit Tränen in den Augen anschaute. »Du bist komisch!« sagte sie außer Atem.

»Wieso komisch?« sagte Rudolf, durch ihren Heiterkeitsausbruch konsterniert, und Julienne sagte, noch immer lachend: »Ihr Männer seid alle komisch.«

Er merkte es jetzt selbst und grinste. »Ich muß mich erst noch an den Gedanken gewöhnen, eine Tochter zu haben. Könntest du sie nicht hierherbringen?«

»Vielleicht«, sagte Julienne und trank ihr Glas leer. Dann räumte sie den Tisch ab, und Rudolf beobachtete, wie sie das Geschirr in die Küche trug. Der Zwiespalt zwischen seinem Wunsch, mit ihr zu schlafen, und seiner Furcht, damit einen großen Fehler zu begehen, versetzte ihn in einen Zustand schmerzhafter Unschlüssigkeit, aber schließlich war es eine Angelegenheit, die nur sie und ihn betraf, und ob sie mit dem Vater ihrer Tochter oder mit einem wildfremden Mann schlief, war ihre Entscheidung. So ganz streng konnten die Bräuche hierzulande nun auch wieder nicht sein, wenn Monsieur Pichon ihre Beziehungen zu fremdem Männern geduldet und sich dafür sogar einen Citroën hatte kaufen lassen. Wahrscheinlich bestand die Schande nur darin, daß das Kind von einem deutschen Offizier und nicht von einem französischen Patrioten stammte.

Er ging in die Küche, aber Julienne war nicht mehr da. Sie mußte, ohne daß er es gemerkt hatte, das Haus wieder verlassen haben, und seine Unschlüssigkeit war jetzt noch größer als zuvor. Er legte sich im Schlafzimmer auf das Bett und beschäftigte sich in Gedanken mit der nackten Julienne von heute. Die Entdeckung eines weiblichen Körpers hatte ihn schon immer mehr reizen können als alles, was einen Mann sonst noch reizen konnte, zu wissen, wie eine Frau ohne Kleider aussah, hatte ihn schon immer viel stärker faszinieren können als der Gedanke an die erste Mondlandung.

Er verbrachte den ganzen Abend damit, sich alle Details ins Gedächtnis zu rufen. Wie Julienne zuerst das Kleid und dann das Hemd ausgezogen und sich zu ihm ins Bett gelegt hatte. Damals hatte es kein elektrisches Licht gegeben, er erinnerte sich der rußenden Lampe auf dem Nachttisch, an das zerrissene Höschen und an den deftigen Stallgeruch. Heute würde sie nicht mehr nach Stall riechen und kein zerrissenes Höschen mehr tragen, vielleicht trug sie überhaupt keines; da sie schon, wie er bereits festgestellt hatte, keinen Büstenhalter trug, konnte sie auch auf den Schlüpfer verzichten. Je länger er auf Julienne warten mußte, desto unwirklicher wurden ihm seine Bedenken. Er trat zweimal vor das Haus und horchte in die Nacht. In den meisten Häusern schienen sie bereits zu schlafen, er sah nur selten ein Licht in den Fenstern; hier gingen sie mit den Hühnern ins Bett, und Julienne kam nicht. Am Schluß glaubte er auch nicht mehr daran, daß sie noch kommen würde, er holte sein Waschzeug aus dem Koffer und putzte sich in der Küche die Zähne; es war sehr warm im Haus, er ging mit nacktem Oberkörper ins Schlafzimmer, öffnete das Fenster und betrachtete den Sternenhimmel. Laß sie kommen, lieber Gott, dachte er, laß sie nur dieses eine Mal kommen. Er dachte es immer wieder, auch als er bereits im Bett lag. Es schien frisch überzogen worden zu sein, die Laken fühlten sich steif und kühl an, ihm war, während er die kühlen Laken auf der Haut fühlte, als hätte er sein halbes Leben auf Julienne gewartet, zwanzig Jahre lang. Es machte ihn fast verrückt, daran zu denken, wie weich sich ihr Mund angefühlt hatte, als sie ihn auf der Straße geküßt hatte und später noch einmal im Haus.

Er schwitzte auf den kühlen Laken, drehte sich zur Seite und blickte zum Fenster. Es hatte einen Laden, er hätte ihn vorhin schließen sollen, jetzt konnte er sich nicht mehr dazu aufraffen, noch einmal aufzustehen, und Julienne kam nicht. Es war alles Unsinn gewesen, was er sich eingeredet hatte, daß sie ihn hereinlegen wollten und was ihm sonst noch an ungereimten Dingen eingefallen war. Sie würde von dem einen Kind genug haben, und ihr Bruder war nicht so dumm, seine Schwester zu einem Mann ins Bett zu schicken, der sich am nächsten Morgen mit seinem Anwalt auseinandersetzen sollte.

Daß sie dann doch noch kam, erschien ihm wie ein Wunder, er hatte sie auch nicht zur Haustür hereinkommen hören, er hörte sie erst, als sie schon in das Schlafzimmer trat und das Licht einschaltete. Obwohl er sie nicht sehen konnte, weil er sich schlafend stellte, war er sich seiner Sache so sicher, daß er gar nicht erst die Augen zu öffnen brauchte. Eigentlich hatte er es nach allem, was er ihretwegen in den letzten Stunden ausgestanden hatte, gar nicht vorgehabt, sich schlafend zu stellen, aber nun, da sie hier war, wollte er nicht, daß sie von seiner Ungeduld erfuhr. Als sie das Licht wieder ausmachte, drückte ihm die Furcht, sie könnte das Zimmer verlassen, fast die Luft ab. Er hörte sie im Dunkeln zum Fenster gehen, den Laden schließen, hörte im Dunkeln, wie sie ihr Kleid abstreifte, und dann kam sie zu ihm. Sie legte sich dorthin, wo sie schon damals gelegen hatte, links von ihm und ganz an den Rand des Bettes. Der Gedanke, daß sie ihr

Kleid ausgezogen hatte, daß sie neben ihm lag und auf ihn wartete, ließ ihn seinen Stolz, seine guten Vorsätze und seine Skrupel vergessen, er schob behutsam die Hand zu ihr hinüber, als befürchtete er, eine ungeschickte Bewegung könnte sie vertreiben, und als er ihre Hüfte berührte, kam sie ihm mit ihrer Hand entgegen, schlang die Finger um die seinen und führte sie an ihre Brust, die sich auch jetzt noch straff und fest anfühlte. »Du bist spät gekommen«, sagte er, und Julienne sagte: »Ich darf nicht lange bleiben, er hat es mir verboten.«

»Wo ist er?« fragte Rudolf, und sie sagte: »Er schläft bei Nachbarn.« Sie kam unvermittelt mit dem ganzen Körper zu ihm, schob die Hände in seine Achselhöhlen und preßte den Mund auf seine Brust.

Sie war genauso, wie er sie sich vorgestellt hatte, wie er sich ihre Brüste, ihre Beine, wie er sie sich als Frau vorgestellt hatte, die mit vielen Männern im Bett gewesen war. In jeder Zärtlichkeit, in jeder Phase, sich ihm zu geben und ihn zu nehmen, unverwechselbar mit Irene und Katharina. Ihre Berührungen, ohne Hast und doch nirgendwo verweilend, waren gleichfalls unverwechselbar, und unverwechselbar ihre Art, ihn zu küssen, ihm ihre Empfindungen durch die Hände mitzuteilen, durch einen leichten Druck ihrer Schenkel ihre Bereitschaft, um ihn dann mit einem heiseren Aufstöhnen plötzlich zu umfassen.

Nun, da es nur noch an ihm selbst lag, den Augenblick zu bestimmen, ließ er sich Zeit, erlebte es bewußter, hinhaltender, erlebte es anders, als er es bisher erlebt hatte, ohne Furcht vor dem Ende, vor der Ernüchterung, vor der Rückkehr zu seinem in siebenundvierzig Jahren liebgewonnenen und hassenswerten Ich, und Julienne preßte wieder den Mund an seine Brust, verstärkte den Druck ihrer Beine, bis sie ihn, den Augenblick wahrnehmend, sanft, aber entschieden von sich schob und ihn, schon seitlich liegend, auf den Mund küßte. Sie blieb noch ein paar Minuten bei ihm, legte ihr Ohr auf sein klopfendes Herz und lachte ein wenig. Es hörte sich überrascht an, auch etwas zufrieden, er hatte bisher nie eine Frau auf diese Weise lachen hören, und dann stand sie auf, zog sich im Dunkeln an und verließ das Haus, ohne ein Wort zu sagen, aber auch Rudolf hätte jetzt nicht gewußt, was ihm noch zu sagen geblieben wäre, er wünschte nur, sie hätte hierbleiben können, die Nacht und den ganzen darauffolgenden Tag.

Er stand auf, suchte im Dunkeln nach seinen Zigaretten und zündete sich eine an. Er war kaum müde. Wie bei einem Koitus, den man nur in Gedanken vollzieht, war seine Begierde jetzt noch größer geworden, geradeso, als hätte er sich mit einem Blick durch ein Schlüsselloch begnügen müssen, er wußte nicht einmal mehr, wie sich ihre Brüste angefühlt hatten, ihre Beine, es war alles viel zu rasch gegangen, obwohl er sich mehr Zeit gelassen hatte als bei jeder anderen Frau, ein flüchtiger Eindruck nur, die blasse Erinnerung an weiches Haar, an den sanften

Druck ihrer Schenkel, an ihre geschmeidige Art, ihm entgegenzukommen, aber nicht deutlich genug, um Wunsch und Wirklichkeit nachträglich auseinanderhalten zu können, es war wie ein Eindruck aus einem schnell fahrenden Wagen gewesen, hundert Bilder und Empfindungen in rascher Folge, hintereinander und übereinander, keines lange genug, um es sich einzuprägen. Hätte er eine Frau wie Julienne geheiratet, so wäre sein Leben wahrscheinlich ganz anders verlaufen, er hätte studiert und säße heute irgendwo als gutbezahlter Mann in der Wirtschaft, verantwortlich für seine Arbeit und für seine Familie. Das Gefühl, für eine Familie verantwortlich zu sein, war ihm in diesen achtzehn Jahren seiner Ehe kein einziges Mal gekommen, bis vor ein paar Stunden hatte er noch nicht einmal gewußt, wie es war, eine Tochter zu haben; nun glaubte er es zu wissen. Er glaubte auch zu wissen, wie es gewesen wäre, wenn er anstelle von Irene eine Frau wie Julienne geheiratet hätte, eine Frau, die nur für das Bett und das Haus da war, kein betuliches Hausmütterchen, um Gottes willen nicht. Aber eine, die wußte, was ein Mann gerne hörte, sah und fühlte, die ihm, auch einmal außerhalb der konventionellen Zeiten und des konventionellen Rahmens, die Hosen aufknöpfte, nicht immer nach diesem stumpfsinnigen System der Samstagabende, weil der Sonntag der einzige Tag war, an dem Irene ausschlafen konnte. – »Im Geschäft darf ich nicht so vergammelt aussehen.« – Oder: – »Jetzt hättest du auch noch bis Samstag warten können.« –

»Anscheinend«, sagte Rudolf, »verwechselst du das irgendwie mit einem Kalender«, und Irene sagte: »Bitte, wenn du unbedingt mußt . . .«

Nein, abgewiesen hatte sie ihn nie, sie hatte nur von ihm erwartet, daß er sich ihrem Reglement anpaßte.

Am Morgen weckte sie ihn, es mußte schon sehr spät sein, er sah es an der Sonne, die warm auf das Bett schien, und Julienne sagte: »Schläfst du immer so lange?« Sie saß neben ihm auf dem Bett und blickte mit einem eigenartig konzentrierten Ausdruck in sein Gesicht.

»Ich habe heute nacht von dir geträumt«, sagte Rudolf, und Julienne sagte: »Damit ist es jetzt aus; dein Wagen steht vor der Tür.«

»Mein Wagen?« sagte Rudolf, und Julienne sagte: »Mein Bruder wünscht, daß du sofort wegfährst.«

»Und der Anwalt?« sagte Rudolf, der kein Wort verstand.

Julienne zuckte mit den Schultern. »Er kommt nicht. Mein Bruder hat vor einer halben Stunde noch einmal mit ihm telefoniert; der Anwalt meinte, daß alles schon verjährt sei.«

Obwohl Rudolf das insgeheim gehofft hatte, kam es nun doch sehr überraschend für ihn, er sagte: »Dann kann ich also weiterfahren?«

»Ja«, sagte Julienne, und diesmal blickte sie ihn nicht an dabei.

Während er darüber nachdachte, schien es ihm plötzlich unvorstellbar, daß dies bereits wieder das Ende zwischen ihnen sein sollte, er zog sie lächelnd an sich und sagte: »Du warst großartig!«

»Du auch«, sagte sie, aber als er unter ihr Kleid griff, schlug sie ihm auf die Finger und sagte: »Damit ist jetzt Schluß! Wofür hältst du mich?«

Mit der weiblichen Logik schien es hierzulande auch nicht besser zu sein als anderswo, aber anscheinend war es eine mehr taktische Geste gewesen, denn als er es noch einmal versuchte, hielt sie still und sagte: »Das Gummiband war kaputt.«

Möglich, daß es stimmte, und es konnte ihm auch nur recht sein. Während er sie streichelte, kam ihm ein Einfall, er sagte: »Wir werden zusammen nach Paris fahren.«

Sie blickte ihn stirnrunzelnd an. »Du bist verrückt.«

»Das kann sein«, sagte Rudolf, von seinem eigenen Einfall fasziniert. »Trotzdem werde ich mit dir nach Paris fahren.«

»Was soll ich dort?« fragte Julienne. Sie roch auch jetzt nicht nach Stall, er schob ihr Kleid zurück, küßte sie und sagte: »Ich weiß es schon. Fährst du mit?«

Sie schien jetzt erst zu merken, daß es ihm ernst damit war, und machte sich von ihm los. »Wenn ich morgen früh nicht in der Fabrik bin, werden sie mich hinauswerfen.«

»Um so besser«, sagte Rudolf. »Wo steckt dein Bruder?«

»Er kümmert sich um das Vieh«, sagte Julienne. »Er will dich nicht mehr sehen.«

Dafür hatte Rudolf volles Verständnis, er sagte: »Es muß eine große Enttäuschung für ihn gewesen sein.«

»Vergewaltigung einer Minderjährigen verjährt bei uns nach fünfzehn Jahren«, sagte Julienne lächelnd.

Es war doch viel mehr, als Rudolf ursprünglich befürchtet hatte, er sagte beeindruckt: »Da hatte er sich allerdings einiges vorgenommen. Ich dachte, es ginge ihm nur um den Vaterschaftsnachweis!«

»Der ist auch schon verjährt«, sagte Julienne. Sie hatte plötzlich nasse Augen, und Rudolf sagte: »Du weinst ja!«

»Nein«, sagte sie. »Ich weine nicht.«

»Natürlich weinst du«, sagte Rudolf und wischte mit den Fingern über ihre Augen. Und dann sagte er: »Ich werde mich scheiden lassen.« Er hatte es sich vorher nicht überlegt, es kam so unvermittelt wie sein Einfall, mit ihr nach Paris zu fahren. »Natürlich!« sagte er grinsend. »Ich werde mich scheiden lassen.«

Julienne starrte ihn ungläubig an. Vielleicht redete er es sich nur ein: Seit er mit ihr geschlafen hatte, erschien sie ihm hübscher als Katharina und Irene zusammen. Aber dann sagte er, weil ihm im gleichen

Augenblick wieder Bedenken kamen: »Vorausgesetzt, meine Frau willigt in die Scheidung ein.«

»Und wenn sie nicht einwilligt?« fragte Julienne.

»Dann werden wir einen anderen Weg finden.« Er stand auf, trat an das Fenster und atmete ein paarmal tief durch. Natürlich brauchte er sie nicht gleich zu heiraten, er würde ein paar angenehme Wochen mit ihr verbringen, sein Magengeschwür auskurieren, und dann würde man weitersehen. Der Anblick der friedlichen Landschaft vor dem Fenster mit ihren grünen Wiesen und Wäldern belebte seine Fantasie, er sagte: »Ich möchte irgendwo mit dir wohnen. Bis dahin könnten wir alles regeln.«

»Wenn ich meine Stellung verliere«, sagte Julienne, »finde ich so rasch keine mehr.«

Rudolf drehte sich nach ihr um. Sie saß immer noch auf dem Bett und blickte ihn zweifelnd an. »Wieviel verdienst du in der Fabrik?« fragte er, und Julienne sagte: »Vierhundert Francs.« Das waren etwa dreihundertfünfzig Mark, für Irene ein Taschengeld. Er hatte zwar noch keine Ahnung, wie er es ihr beibringen würde, aber er war entschlossen, es durchzusetzen. »Du wirst deine Stellung sofort aufgeben«, sagte er, und Julienne sagte: »Du mußt tatsächlich verrückt geworden sein.« Ihr Gesicht war auf einmal sehr blaß. Rudolf ging zu ihr hin, nahm ihr blasses Gesicht zwischen die Hände und betrachtete es. Und während er es betrachtete, schien es ihm so vertraut wie Irenes, er küßte sie auf den Mund und sagte: »Ich möchte, daß du bei mir bleibst.«

»Wozu?« fragte sie ruhig, und Rudolf sagte genauso ruhig: »Um mit mir zu schlafen.«

Er hätte ihr auch etwas anderes sagen können, etwas Romantischeres, aber ihr Gesicht blieb völlig unbewegt, sie sagte nur: »Ich habe in Verdun eine Tante.«

»Ja?« sagte Rudolf.

»Ich mag Paris nicht«, sagte Julienne. »Wenn ich meiner Tante sage, worum es sich handelt, wird sie uns ihre Wohnung geben.«

»Das ist ja eine schlimme Tante!« sagte Rudolf grinsend. Natürlich hörte es sich nicht schlecht an, und wenn es klappte, würde er noch eine Menge Geld dabei sparen. »Warum nicht in deiner Wohnung in Châlons?« sagte er.

»Das geht nicht«, sagte Julienne.

Warum es nicht ging, verriet sie ihm nicht; vielleicht hing es mit ihrer Tochter zusammen, und Rudolf war Verdun für diesen Zweck genauso lieb wie Châlons. Er erinnerte sich, daß er noch nicht einmal den Namen ihrer Tochter wußte, aber als er sie danach fragte, sagte sie: »Ich muß vorher noch mit ihr reden; es ist besser, wir überstürzen nichts.«

Das war ihm auch recht. Obwohl es ihn danach drängte, das Mädchen endlich zu sehen, wurde er dabei ein Gefühl des Unbehagens nicht los. Schließlich hatte er einiges an ihr gutzumachen, und wie er es fertigbringen sollte, ihr überhaupt in die Augen zu schauen, war ihm vorerst auch noch schleierhaft. Außerdem war sein Wunsch, ein paar ungestörte Wochen mit Julienne zu verbringen, zumindest ebenso groß wie der, seine Tochter kennenzulernen, er fragte: »Was wird dein Bruder dazu sagen?«

»Ich werde mit ihm reden«, sagte Julienne. »Ich möchte nur nicht riskieren, daß du mich in Verdun einfach sitzenläßt.«

»Das werde ich nicht tun«, sagte Rudolf, und sie sagte: »Nein?«

»Nein«, sagte Rudolf. Sie blickte ihn eine Weile prüfend an, dann stand sie auf und sagte: »Warte hier auf mich.«

Er beobachtete, wie sie hinausging, eine schwarzhaarige schlanke Frau in einem billigen Kleid, mit billigen Schuhen und hübschen Beinen, die alle Tricks beherrschten. Selbst wenn Irene in eine Scheidung einwilligte, wäre Julienne damit nicht geholfen, sie würde einen Mann am Halse hängen haben, der unfähig war, eine Familie zu ernähren, einen Dreckskerl, der nur auf ihren Schoß scharf war und ihn eines Tages genauso satt haben würde, wie er heute Irene satt hatte, einen Schwächling, dem es nur darum ging, sich ein paar angenehme Wochen zu machen.

Aber ganz so einfach war es nun auch wieder nicht, er merkte es, während er darüber nachdachte, denn wenn er erst einmal richtig auf eine Frau scharf geworden war, konnte er blödsinnig stur werden. So war es auch mit Katharina gewesen, und diesmal hatte er sich, ob er es nun wissen wollte oder nicht, in Julienne verliebt, in eine schwarzhaarige und reife Frau mit viel Erfahrung im Bett, in eine Frau, die schon einmal ein Kind von einem bekommen hatte, von einem Schwächling mit einem Vaterkomplex und sentimentalen Jugenderinnerungen.

Julienne blieb lange weg, er hatte Zeit, über alles nachzudenken, zu viel Zeit sogar, denn je länger er darüber nachdachte, desto unsicherer wurde er. Er wusch sich in der Küche mit kaltem Wasser, fand auch eine Steckdose für seinen Rasierapparat, und dann begann wieder das Warten auf Julienne. Sein Wagen stand tatsächlich vor dem Haus, er sah es, als er einmal ins Freie trat. Die Ventile waren wieder da, die Reifen aufgepumpt, und die Straße lag wie immer leer in der warmen Sonne.

Dann bemerkte er Monsieur Pichon, er kam aus einem Haus auf der anderen Straßenseite, und Rudolf drehte sich rasch um. Er lief in das Wohnzimmer, setzte sich auf einen Stuhl und wartete, bis Monsieur Pichon hereinkam. Sein Gesicht war jetzt noch mürrischer als gestern, er sagte: »Sie wollen sich von Ihrer Frau scheiden lassen?«

»Wenn sie in eine Scheidung einwilligt«, sagte Rudolf, und Monsieur Pichon sagte: »Warum wollen Sie sich scheiden lassen?«

»Ich habe meine Gründe«, sagte Rudolf. Monsieur Pichon blickte ein paar Sekunden mürrisch in sein Gesicht, dann setzte er sich hin und sagte: »Wenn meine Schwester nichts mehr verdient, komme ich in Schwierigkeiten; sie schickt mir jeden Monat hundertfünfzig Francs.«

Rudolf griff nach seiner Brieftasche, holte einige Scheine heraus und sagte: »Das sind fünfhundert. Als Vorschuß.«

Monsieur Pichon blickte das Geld an, dann Rudolf und dann wieder das Geld, nahm dann das Geld, steckte es in die Hosentasche und sagte: »Sie wollen mit ihr nach Verdun fahren?«

»Ja«, sagte Rudolf, und Monsieur Pichon sagte: »Ich werde sie selbst hinbringen. Sie muß vorher noch einmal nach Châlons. Warten Sie in einem Hotel auf sie.«

»In welchem?«

»Sie werden in einem guten Hotel wohnen wollen«, sagte Monsieur Pichon. »Nehmen Sie das ›Bellevue‹.«

»Es ist gut«, sagte Rudolf. »Wann werden Sie sie bringen?«

»Morgen«, sagte Monsieur Pichon, und sein Gesicht trug noch immer den gleichen mürrischen Ausdruck. »Es war doch so, daß Sie meine Schwester vergewaltigt haben?«

Rudolf nickte.

»Sie war damals noch ein halbes Kind«, sagte Monsieur Pichon. »Wäre ich dazugekommen, so hätten wir Sie an den Beinen aufgehängt.«

»Ich bin sehr froh«, sagte Rudolf ruhig, »daß Sie nicht dazugekommen sind, Monsieur.«

»Ich habe nicht gewußt«, sagte Monsieur Pichon mürrisch, »daß in diesem Land so etwas heute nicht mehr bestraft werden kann. Sie haben Glück gehabt, Monsieur!«

»Das hat mir Ihre Schwester auch schon gesagt«, sagte Rudolf. »Ich werde versuchen gutzumachen, was noch gutzumachen ist.«

»Dafür ist es für meine Schwester zu spät. Sie hat Ihnen erzählt, daß sie in einer Fabrik arbeitet?«

»Ja«, sagte Rudolf, und Monsieur Pichon sagte: »Man hat sie schon nach einem halben Jahr wieder hinausgeworfen. Falls Sie sie heiraten wollen, sollen Sie wissen, wen Sie heiraten.«

Rudolf blickte eine Weile stumm in sein mürrisches Gesicht. Dann fragte er: »Warum sagen Sie mir das?«

»Sie gefallen mir«, sagte Monsieur Pichon, ohne ihn anzuschauen. »Schade, daß Sie damals so ein Schwein waren, Monsieur.«

»Ich war noch jung«, sagte Rudolf. »Was ist mit ihrer Tochter?«

»Die ist in Ordnung«, sagte Monsieur Pichon. »Ich glaube aber nicht, daß sie von Ihnen etwas wissen will. Sie hat meine Schwester seit über zwei Jahren nicht mehr besucht.«

»Ich dachte, sie wohnt bei ihr?«

»Sie ist ihr davongelaufen«, sagte Monsieur Pichon. Er stand schwerfällig auf. »Wollen Sie immer noch nach Verdun fahren?«

»Ich weiß es noch nicht«, sagte Rudolf langsam.

Monsieur Pichon nickte. »Wie Sie wollen, Monsieur.« Er holte das Geld aus der Hosentasche, betrachtete es und sagte: »Ich brauche einen anderen Wagen; meiner schafft es nicht mehr lange.«

»Ich werde Ihnen noch einmal tausend Francs besorgen«, sagte Rudolf. »Behalten Sie es.«

Monsieur Pichon steckte das Geld wieder ein. »Meine Schwester wird morgen mittag im Hotel nach Ihnen fragen, Monsieur. Wenn Sie nicht mehr dort sind, bringe ich sie nach Châlons zurück.«

»Ja«, sagte Rudolf, »so können wir es machen. Falls ich vorher abreisen sollte, werde ich Ihnen einen Brief hinterlassen.«

»Mit tausend Francs?« fragte Monsieur Pichon, und Rudolf sagte: »Wie besprochen.«

»Dann wünsche ich Ihnen eine gute Reise, Monsieur«, sagte Monsieur Pichon und ging hinaus.

Rudolf steckte sich mechanisch eine Zigarette an. Er betrachtete wieder die vergilbten Familienfotos an den Wänden, den schmutzigen Fußboden, die alten, vergammelten Möbel. Er betrachtete die rußige Decke, die schmutzigen Fensterscheiben, und während er all das betrachtete, hatte er auch wieder den Stallgeruch in der Nase. Das ganze Haus roch nach Stall, nach Mist, nach Dreck. Er warf mit einer angewiderten Bewegung seine brennende Zigarette auf das alte Sofa, beobachtete, wie der Stoff zu schwelen anfing und sich rings um die Zigarette schwarz färbte. Dann stand er auf, beugte sich über den qualmenden Stoff, füllte seinen Mund mit Speichel und ließ ihn auf die glimmende Stelle fallen. Zu dem Stallgeruch im Haus kam nun auch noch der Geruch versengten Stoffes, er drehte sich angewidert um, lief in die Küche und packte sein Waschzeug in den Koffer.

Zwei Minuten später fuhr er aus dem Dorf hinaus, und er fuhr so rasch, daß der Wagen hinter den letzten Häusern fast aus der Kurve getragen worden wäre; er riß ihn buchstäblich in letzter Sekunde auf die Straße zurück. Von da an fuhr er langsamer. Er kurbelte das Fenster herunter und atmete den frischen Fahrtwind ein. Er fuhr eine halbe Stunde und noch einmal eine halbe Stunde durch eine grüne Landschaft mit vielen Viehkoppeln, mit einsamen Gehöften und leeren Dörfern, und jedesmal, wenn er an Julienne dachte, spürte er sein Magengeschwür. Er versuchte, sie zu hassen, und er empfand nur Mitleid. Und je länger er Mitleid für sie empfand, desto gleichgültiger wurde es ihm, was sie war und mit wie vielen Männern sie geschlafen hatte, ob vor zehn Jahren oder heute noch. Er fuhr, ohne zu wissen, wohin er fuhr, und später konnte er wenigstens heulen. Er fühlte das Wasser über seine Backen laufen, fühlte den Fahrtwind im Gesicht und fuhr, ohne zu wissen, wohin, durch eine grüne Landschaft, über Hügel hinweg und durch grüne Wälder bis an eine Straßenkreuzung, und von dort nach Verdun waren es noch fünf Kilometer.

Das Hotel stand in der Nähe eines grünen Parks mit einem See. Im Park saßen viele Frauen mit spielenden Kindern, und vom Hotelfenster konnte Rudolf die Türme der Kathedrale sehen. Er nahm zuerst ein Bad, wechselte seinen Anzug und ließ sich einen Kaffee auf das Zimmer bringen.

Das Personal war freundlich, das Doppelzimmer war ordentlich, auch der Kaffee war ordentlich, er saß am Fenster, rauchte eine Zigarette, trank seinen Kaffee und dachte an Julienne. Er betrachtete das breite Doppelbett und dachte an Julienne. Er betrachtete die Türme der Kathedrale, die Menschen auf der Straße, die spielenden Kinder im Park und dachte an Julienne. Er dachte ununterbrochen an Julienne, und daß sie seinetwegen eine Hure geworden war, daß sie, um seine Tochter großzuziehen, eine Hure geworden war, und als die Tochter dann endlich auf ihren eigenen Beinen hatte stehen können, war sie ihrer Mutter davongelaufen. Dabei gab es nichts an Julienne, was darauf hätte schließen lassen, daß sie auch heute noch eine Hure war. Er kannte diese fetten Weiber mit ihren verlebten, aufgequollenen Gesichtern, und auch die anderen, dünnen, mit den billigen Kleidern und geilen Augen, mit den knallrot bemalten Lippen und mageren Ärschen, die nach billigem Parfüm und nach den Spermen fremder Männer stanken, dieses widerliche Hurengesindel, das an übelriechenden Ecken auf seine Kundschaft wartete. Er kannte sie alle, und Julienne war keine von ihnen, Julienne war höchstens eine Edelhure, die es nicht mit jedem trieb, nicht in jeder Version, die noch erröten konnte und einem Mann die Brust küßte. Die nach Kernseife roch und nach gesundem Schweiß, die noch aufstöhnte und sich an ihn festklammerte. Eine Hure benahm sich anders, er hatte es selbst erlebt und seitdem nie wieder das Bedürfnis verspürt, mit einer Hure zu schlafen.

Er trank seinen Kaffee aus, zog seine Jacke an und ging auf die Straße. Er ging an dem Park mit den vielen Frauen und spielenden Kindern vorbei über eine Brücke. Auf der Brücke blieb er stehen, betrachtete den Fluß und die Höhen hinter dem Fluß. Es wurde Abend, und der Fluß schimmerte rötlich in der Sonne. Die Bäume beiderseits des Flusses standen dunkel vor dem rötlichen Himmel, und die Höhen hinter dem Fluß waren nackt und kahl. Er erinnerte sich an Namen aus Büchern, an alles, was er darüber gehört und gelesen hatte, und er stand über dem Fluß auf der Brücke, betrachtete die untergehende Sonne und die jungen Pärchen am Ufer des Flusses.

Er fühlte sich plötzlich sehr unwichtig, ein Zwerg mit zwerghaften Problemen, ein Schwächling vor einer historischen Kulisse, ein Mann, der nicht davor zurückgeschreckt war, mit der Schwägerin seiner Frau zu schlafen, und der trotzdem beinahe darüber gestrauchelt wäre, daß eine andere, die schon ein Kind von ihm hatte, nun zehn oder zwanzig Jahre lang mit fremden Männern im Bett gewesen war, ein kleiner, blaßhäutiger Spießer mit einem geilen Hintern und moralischen Maßstäben, ein kleiner, schäbiger Kerl, der nie eine gute Gelegenheit ausgelassen hätte, seine Frau zu betrügen, und der trotzdem nur mit anständigen Frauen schlafen wollte. Ein armseliger Scheißkerl mit einer Aversion gegen Huren, die sich ihr Geld weniger skrupellos verdienten als andere, deren Namen täglich in der Zeitung standen. Ein absolutes Nichts vor einer historischen Kulisse, in der ein paar hunderttausend Männer abgeschlachtet worden waren, und wenn es ihm im letzten Krieg genauso ergangen wäre, hätte er sich viele Probleme erspart.

Er setzte seinen Weg in die Stadt fort, und überall, wo er vorbeikam, erinnerten in Stein gehauene Monumente an den Krieg, Generale, in selbstbewußter Haltung das geschäftige Volk zu ihren Füßen mißachtend, überdimensionale nationale Reliefs, kriegerische Statuen, Soldaten mit und ohne Gewehr, verrostete Kanonen, grasbewachsene Festungswälle und in den Schaufenstern der Geschäfte sehr viel Kitsch, Kanonen aus Zuckerguß, Granaten aus Zuckerguß, Granaten als Aschenbecher, Seitengewehre als Wandschmuck und zahllose bunte Ansichtskarten von den Schlachtfeldern. Ohne jene Schlacht wäre Verdun eine kleine, verschlafene Provinzstadt wie viele Provinzstädte geblieben.

Rudolf kehrte ins Hotel zurück, setzte sich wieder an das Fenster und versuchte, sich über seine nächsten Schritte klarzuwerden. Mit dem Geld würde er einige Wochen hinkommen, auch dann, wenn er Monsieur Pichon noch einmal tausend Francs gab. Notfalls konnte er sich von seiner Bank auch noch einige tausend Mark überweisen lassen, es gab im Augenblick keine schwierigen Probleme. Die würden erst dann beginnen, wenn Irene von seinen Plänen erfuhr, und er hatte vorläufig nicht die Absicht, sie umgehend damit zu konfrontieren. Um so weniger, als er sich über diese Pläne noch keineswegs schlüssig geworden war. Er war sich auch in den vergangenen Stunden nur soweit über sich selbst klargeworden, daß er wußte, sein Bedürfnis, einige ungestörte Wochen mit Julienne zu verbringen, war noch größer als seine Enttäuschung über ihre Unaufrichtigkeit, wobei noch nicht einmal feststand, ob sie ihm die ganze Wahrheit auch dann verschwiegen hätte, wenn er mit ihr schon nach den ersten fünf Minuten über ernsthafte Heiratsabsichten geredet hätte. Wenn er berücksichtigte, daß sie ihm ihr anrüchiges Handwerk schon gestern abend unverblümt eingestanden hatte, wog ihr Versuch, sich wenigstens für die jüngere Vergangenheit ein harmloses Alibi zu verschaffen, nicht allzu schwer. Wahrscheinlich hatte sie es auch nur auf Wunsch ihres Bruders getan, der zu dieser Zeit noch hoffen konnte, der Anwalt würde gleich zwei Gendarmen mitbringen. In anderen Ländern wußte man ja nie, wie die Verhältnisse lagen, und wäre ihm die gleiche Geschichte in Rußland passiert, so säße er jetzt vielleicht schon in einem Gefängnis.

Wie immer, wenn ihn ein scheinbar unlösbares Problem beschäftigte, beschloß er, vorläufig nichts zu überstürzen. Er würde die Dinge auf sich zukommen lassen, und wenn sich herausstellen sollte, daß acht Tage ausreichten, um Julienne satt zu kriegen, würde er eben seine geplante Reise nach Paris fortsetzen. Was nicht heißen sollte, daß er sich heimlich davonmachen würde. Da sich aber der Zorn ihres Bruders schon mit fünfhundert Francs soweit hatte besänftigen lassen, daß er sich selbst dazu hergab, seine Schwester nach Verdun in Tantes Schlafzimmer zu bringen, müßte sich auch mit Julienne ein vernünftiges Arrangement treffen lassen. Wenigstens sollte sie keinen Vorwand mehr haben, seinetwegen auf ihren bisherigen Broterwerb nicht verzichten zu können, und soweit war alles klar. Wenn es ihn trotzdem nicht ganz befriedigte, so deshalb nicht, weil er bei all diesen Überlegungen das Gefühl nicht los wurde, sich auf eine recht schäbige Weise ein Hintertürchen offenzuhalten, denn wenn es möglich sein sollte, Julienne – beispielsweise – mit monatlich fünfhundert Mark abzufinden – was für sie viel Geld sein mußte –, würde er nicht einmal darauf angewiesen sein, Irene einzuschalten. Auf fünfhundert Mark mehr oder weniger kam es bei der Großzügigkeit, mit der sie seine privaten Bedürfnisse akzeptierte, auch nicht mehr an. Er brauchte künftig nur etwas sparsamer zu sein, seine Garderobe ein wenig einzuschränken und nicht immer gleich das teuerste Essen in einem Restaurant zu bestellen. Gemessen an dem, was Irene allein für ihre Garderobe ausgab, fielen die fünfhundert Mark kaum ins Gewicht. Ihre Schränke hingen voll von Kleidern, die sie oft nur zwei- oder dreimal getragen hatte, sie liebte es, sich mindestens viermal am Tag umzuziehen, und seit sie das neue Haus bei Kappersdorf bewohnten, hatte sie einen Teil ihrer Garderobe bei ihrer Mutter untergebracht; schließlich wäre es auch zu umständlich gewesen, hätte sie, um ihr Kleid zu wechseln, erst noch eine halbe Stunde mit dem Wagen fahren müssen, und was sie den Dienstmädchen an kaum getragenen Kleidern alles schenkte, hätte eigentlich ausreichen müssen, deren ganze Familien zu versorgen. Es war auch keine Menschenfreundlichkeit, die Irene dazu bewegte, sondern ganz einfach das ewige Problem, wo sie die neuen Sachen noch unterbringen sollte. Wenn man es, wie Rudolf, einige Jahre mit angesehen hatte, wirkte es ansteckend, zumindest wäre er von sich aus nie auf den Gedanken gekommen, sich mehr Anzüge zu kaufen, als sich ein Mann, der seine Bequemlichkeit liebte, leisten sollte. Nur brachte er es – im Gegensatz zu ihr – nie fertig, einen noch halbwegs guten Anzug herzuschenken. Manchmal genoß er es, vor seinem offenen Kleiderschrank zu sitzen und sich daran zu erinnern, daß er einmal mit zwei Anzügen hatte auskommen müssen.

Nein, was das Geld betraf, gab es keine Probleme, und wenn eine Frau jemals für sich in Anspruch hatte nehmen können, ihren finanziell von ihr abhängigen Mann diese Abhängigkeit nicht fühlen zu lassen, dann ganz gewiß Irene. Seit sie sich zum erstenmal über dieses Thema ausgesprochen hatten, war es von ihr nie wieder berührt worden, und solange er keine fünftausend Mark auf einmal abhob, würde sie es auch in Zukunft nicht berühren. Vielleicht war es gerade diese Großzügigkeit bei ihr, die ihn seine Abhängigkeit besonders bewußt werden ließ, und je großzügiger sie sich zeigte, desto abhängiger fühlte er sich. Zwar hätte er sich, ohne ihre Geringschätzung, die sie ihn fast täglich fühlen ließ, auch darüber hinwegsetzen können, aber beides zusammen war auf die Dauer deprimierend. Es hatte auch fast unmerkbar angefangen, mit Kleinigkeiten nur, sei es, daß sie ihn einmal dabei ertappte, wie er die Beine fremder Frauen anstarrte oder sich abfällig über einen ihrer zahlreichen Bekannten äußerte. Sie betrachtete ihn dann jedesmal mit einem Blick nachsichtiger Verachtung, der ihm das Blut in den Kopf treiben konnte. Dabei handelte es sich bei ihren Bekannten doch durchweg um Leute, die nach Rudolfs Ansicht vor Wichtigkeit fast über ihre eigenen Füße stolperten, Geschäftsfreunde und andere, die sie irgendwo privat kennengelernt und reizend gefunden hatte. Meist lud sie sie dann gleich zu einem Besuch in ihre Wohnung ein, und sobald sie dort erst einmal heimisch geworden waren, wurde man sie nicht mehr los. Da waren zum Beispiel die Ganskes, nette Leute zwar, aber zum Erbrechen geschwätzig. Was allein die Frau an einem einzigen Abend von sich geben konnte, hätte das Protokoll einer Bundestagssitzung füllen können. Ihr Mann, ein Anwalt, stand ihr darin nicht viel nach, sie brachten es beide fertig, mit ihrer – zugegebenermaßen oft geistreichen – Konversation alle anderen Gäste an die Wand zu spielen, aber gerade ihre Intelligenz machte sie für Rudolf unerträglich. Er hatte im Prinzip nichts gegen intelligente Leute, solange sie sich nicht bei jeder Gelegenheit damit brüsteten. Irene jedenfalls fand die beiden todschick, und seit sie sie an manchen Sonntagen sogar zum Kaffee einlud, hatte Rudolf seine bisherige Aversion gegen Fußballspiele überwunden, was ihm immerhin einen plausiblen Vorwand verschaffte, sich vor den Kaffeepartys mit den Ganskes zu drücken. Es war ihretwegen zwischen ihm und Irene schon zu manchen Auseinandersetzungen gekommen, wovon eine sogar fast tätlich verlaufen wäre, aber zu diesem Zeitpunkt war er sich bereits sicher gewesen, daß sie ihn mehr verachtete als liebte. Der Tag, an dem sie ihm ihre wirklichen Gefühle zum erstenmal nicht nur mit Blicken, sondern viel unmißverständlicher zu verstehen gegeben hatte, war ausgerechnet ihr achter Hochzeitstag gewesen. Da er auf einen Wochentag gefallen war, hatte ihn Irene mit Rücksicht auf das Geschäft erst am Abend feiern wollen.

»ICH KANN DESHALB DOCH NICHT DEN GANZEN LADEN DICHTMACHEN!«

Sie aßen in einem Restaurant außerhalb der Stadt, und nach dem Essen sagte Irene: »Wir hätten auch an den Rhein fahren können.«

»Gefällt es dir hier nicht?« fragte Rudolf, und Irene lächelte unternehmungslustig über den Tisch und sagte: »Ich hätte noch Lust, irgendwo zu tanzen.«

»Es ist dein Hochzeitstag«, sagte Rudolf, und Irene sagte sanft: »Unserer, Schätzchen.« Und draußen im Wagen sagte sie: »Hast du es in diesen acht Jahren nie bereut, daß du mich geheiratet hast?«

»Manchmal«, sagte Rudolf, und Irene sagte: »Ich nicht. Ihr Männer seid doch alle gleich.«

»Wenn man es so sieht...«, sagte Rudolf, und Irene sagte lächelnd: »Sei nicht schon wieder eingeschnappt, Schätzchen! Schließlich ist es unser Hochzeitstag.«

Sie wollte unbedingt nach Koblenz in ein Tanzlokal, das sie schon von einem früheren Besuch her kannten, und Rudolf blickte auf seine Armbanduhr. »Es wird zu spät.«

»Laß mich ans Steuer!« sagte Irene.

In Wiesbaden überfuhr sie mit sechzig Stundenkilometern eine Stoppstelle. Rudolf bemerkte aus den Augenwinkeln einen weißen Helm und sagte: »Halt an!«

»Wozu?« fragte Irene, und Rudolf sagte: »Ein Polizist mit Motorrad; du hast eine Stoppstelle überfahren.« Irene blickte in den Rückspiegel, dann trat sie das Gaspedal durch und lachte.

»Mach keinen Unsinn!« sagte Rudolf. »Er wird uns einholen.«

»Feigling!« sagte Irene. Sie fuhr jetzt so rasch, daß der Polizist auf seinem Motorrad etwas zurückblieb, und Rudolf beugte sich zu ihr hinüber, drehte den Zündschlüssel herum und zog ihn ab.

»Warum hast du das getan?« fragte Irene leise. Dann war auch der Polizist da und ließ sich Irenes Papiere zeigen. »Sie haben eine Stoppstelle überfahren«, sagte er, und Irene sagte: »Ich habe keine gesehen.« Der Polizist leuchtete mit der Taschenlampe in ihr Gesicht und sagte: »Sind Sie mit einer gebührenpflichtigen Verwarnung einverstanden?«

»Nein«, sagte Irene. Rudolf stieg aus und sagte: »Wieviel?«

»Ich kann auch eine Anzeige gegen Sie erstatten, wenn Ihnen das lieber ist«, sagte der Polizist zu Irene, und zu Rudolf sagte er: »Fünf Mark.«

Rudolf bezahlte und bekam eine Quittung. »Und das nächste Mal wissen Sie Bescheid!« sagte der Polizist zu Irene, bevor er wieder auf sein Motorrad stieg.

»Er hätte uns nicht eingeholt«, sagte Irene, und Rudolf sagte: »Laß mich ans Steuer.«

»Wenn es dir nicht paßt, wie ich fahre«, sagte Irene, »kannst du zu Fuß weitergehen.« Sie war vor Wut nicht mehr voll zurechnungsfähig, und Rudolf sagte: »Entweder du setzt dich jetzt auf die andere Seite, oder ich gehe tatsächlich zu Fuß.«

»Dann geh doch zu Fuß, du Hampelmann!« sagte sie. Sie standen mitten im Wald auf einer verkehrsarmen Straße, und es war kurz nach zehn Uhr. Rudolf setzte sich wieder auf seinen Platz. Er sagte auch nichts, als Irene auf der Straße wendete und den gleichen Weg zurückfuhr. »Das werde ich dir nie verzeihen«, sagte sie, und er hörte, daß sie weinte. »Mich vor diesem uniformierten Scheißkerl lächerlich zu machen!«

»Er hat nur seine Pflicht getan«, sagte Rudolf, und Irene sagte: »Ich möchte nur wissen, wofür du dein Ritterkreuz bekommen hast!«

Es wäre trotzdem noch nicht zu spät gewesen, den Abend zu retten, aber sie ließ es auch dabei nicht bewenden, sondern sagte: »Ein Mann, der die Hosen voll hat, wenn er nur einen Polizisten sieht!«

Rudolf schwieg. Zum erstenmal, seit er mit ihr verheiratet war, empfand er einen tödlichen Widerwillen gegen sie.

In der Nacht schlief er wenig, die Matratze war ihm zu weich. Wäre Julienne bei ihm gewesen, so hätte es ihn wahrscheinlich nicht gestört. Er verbrachte die meiste Zeit mit angenehmen Vorstellungen, wie er ihr das Kleid aufknöpfen und den Schlüpfer ausziehen würde. Wie er sie auf das Bett legen und betrachten würde, und diesmal würde er sich auch nachträglich noch an alles erinnern können: an ihre Brust, ihre Schenkel, an ihr Gesäß und ihr Haar. Und je länger er sich in Gedanken damit beschäftigte, je länger er sich vorstellte, wie ihre Brüste unter seinen Händen hart und ihre Lenden feucht würden, desto besessener wurde er von dem Wunsch, wieder mit ihr zu schlafen. Er war am Schluß so verrückt von den Bildern in seinem Kopf, daß es ihn noch vor Sonnenaufgang aus dem Bett trieb. Er nahm im Bad eine kalte Dusche, zog sich an und ging die Treppe hinunter durch das menschenleere Vestibül auf die dunkle Straße. Dort befanden sich auch die Parkplätze für die Hotelgäste, er stieg in seinen Wagen und fuhr eine Weile durch die schlafende Stadt. Später auf eine Straße, die nach Douaumont führte, sie schlängelte sich in vielen Kurven eine mit niedrigem Gesträuch bewachsene Höhe hinauf, und hier fiel

Rudolf wieder einmal ein, daß Juliennes Geschichte noch andere Widersprüche enthielt. So hatte sie zum Beispiel gesagt, daß man sie aus Binaville davongejagt habe, obwohl sie doch angeblich vergewaltigt worden war. Zumindest war es ungewöhnlich, und er nahm sich vor, noch einmal mit ihr darüber zu reden.

Er hatte jetzt die Höhe erreicht, beiderseits der Straße wuchs halbhohes, verkrüppeltes Gesträuch, dazwischen waren in der Morgendämmerung wassergefüllte Granattrichter zu erkennen. Eine große Tafel verkündete in drei Sprachen, daß der Besucher an dieser Stelle die Peripherie des Schlachtfeldes erreichte. Es war jetzt schon merklich heller geworden, die Straße führte schnurgerade über ein flaches Plateau immer tiefer in die Trichterlandschaft hinein. An einer Kreuzung stand das steinerne Monument eines sterbenden Löwen, das den äußersten Punkt des deutschen Angriffes auf Verdun markierte. An den wenigen Kreuzungen der Straße tauchten Namen wie Vaux, Douaumont und Ornes auf, und dann sah Rudolf auch den riesigen Soldatenfriedhof inmitten des ehemaligen Schlachtfeldes, ein unübersehbares Feld weißer Kreuze, und dahinter, einem riesigen Sarg ähnlich, mit einem Turm, der ebenso an eine Granate wie an einen überdimensionalen Phallus erinnerte – Symbol vertaner Männlichkeit für alle, die hier begraben lagen –, ein düsteres, langgestrecktes Bauwerk: das Beinhaus von Douaumont.

Rudolf hielt den Wagen an, stieg aus und betrachtete das Gräberfeld. Dunkle, eigenartig geformte Zypressen säumten es, und die Kreuze standen in diagonalen Linien zum Beinhaus, militärisch ausgerichtet, noch im Tod eine disziplinierte Armee. Schmale Pfade führten zwischen den Gräbern hindurch, und überall wuchsen Blumen, auf den Gräbern und zwischen den Gräbern. Eingerahmt wurde das Feld von einer dichtbewaldeten Landschaft mit tiefen Schluchten und dunklen Höhen, die sich scheinbar endlos nach allen Seiten fortpflanzten. Nur im Osten wurden sie flacher, dort mußte irgendwo im Morgendunst die Woëvreebene liegen und im Westen, gleichfalls in weißen Dunst gehüllt, das Maastal. Über alldem spannte sich ein blasser Himmel mit rötlichen Wolkenschleiern, die sich immer kräftiger färbten, bis der Himmel und auch das riesige Gräberfeld wie in rotes Licht getaucht schienen, und etwas später sah Rudolf die Sonne aus dem Dunst der Woëvreebene kommen, eine glühende Scheibe gebündelten Lichts, die sich lautlos aus dem Dunst in den rötlichen Himmel schob, und dann war es endgültig Tag geworden.

Es war kühl neben den Gräbern, Rudolf setzte sich fröstelnd in den Wagen, steckte sich eine Zigarette an und sah zu, wie die Sonne immer höher stieg. Es gab tausend Möglichkeiten, einen neuen Tag anzufangen, und hier, neben diesem Gräberfeld, wurde es einem besonders bewußt. Es gab auch tausend Möglichkeiten, ein neues Leben anzufangen, aber bis heute hatte er sich nie dazu aufraffen können. Er konnte sich auch jetzt noch nicht dazu aufraffen. Die Vorstellung, was aus ihm werden würde, wenn er einmal nicht mehr über Irenes Vermögen verfügen könnte, war deprimierend, furchteinflößend und abstoßend. Es graute ihm davor, ein armseliges Dasein in einer armseligen Umgebung führen zu müssen. Sein eigenes Leben erschien ihm nun, da er es einmal aus dieser Perspektive betrachtete – auch aus der Perspektive des riesigen Gräberfeldes an seiner Seite –, so unerträglich nicht, er würde sich genau überlegen müssen, wieviel es ihm bedeutete und was er dafür einzuhandeln im Begriffe stand. Ein paar angenehme Tage mit einer anderen Frau; auch bei Irene hatte es einmal so angefangen, bei Katharina ebenso, und nun konnte er schon an sie denken, ohne sich damit weh zu tun, obwohl er sich ihretwegen noch vor zwei Tagen fast erschossen hätte. Es war am Schluß auch nicht mehr dasselbe gewesen wie in der ersten Zeit, oft hatte er neben ihr gesessen und nicht einmal den Wunsch verspürt, sie zu berühren, er hatte sich mit ihr unterhalten, wie er sich mit jeder anderen Frau auch unterhalten hätte, über ihren letzten Urlaub, über das Wetter, über all diese tausend Belanglosigkeiten, über die man sich mit einer Frau unterhält, wenn man einmal alles – oder fast alles – von ihr weiß. Wenn man sich nicht mehr den Kopf darüber zu zerbrechen brauchte, wie sie sich im Augenblick des Orgasmus verhalten, ob sie schreien oder nur stöhnen, ob sie sich aufbäumen oder nur einfach zur Seite rollen und wie ihr Gesicht dabei aussehen würde. All das brauchte man sich nicht mehr zu überlegen, der Reiz des Abenteuers war verloren, und was blieb, war eine Frau mit Launen, mit einem Leberfleck unterhalb des Nabels und mit den im Grunde belanglosen Problemen der meisten Frauen.

Er kannte sich selbst nicht mehr, wußte nicht mehr, ob seine Gedanken und Überlegungen noch identisch mit seinem besseren Wissen waren, ob er Katharina tatsächlich geliebt oder sie nur als einen Zeitvertreib betrachtet hatte, ob seine gelegentliche Ungeduld, sie wiederzusehen, nun tatsächlich Liebe oder nur die Folge einer durch äußere Umstände bedingten Enthaltsamkeit gewesen war. Bei einem Verhältnis, das schon über ein Jahr dauerte, hätte man sich eigentlich darüber schlüssig werden sollen, und wenn er sie liebte, wenn es tatsächlich das war, womit er es immer vor sich entschuldigt hatte, blieb trotzdem noch die Erkenntnis, daß sie ihm jetzt, gemessen an Julienne, kaum mehr etwas bedeutete. Vielleicht würde sie ihm wieder etwas bedeuten, wenn er ein paar Jahre mit Julienne zusammengelebt hatte, oder Julienne würde ihm bis dahin noch mehr bedeuten, als es heute schon der Fall war. Es deprimierte ihn, daran denken zu müssen, daß nur eine neue Frau aufzutauchen brauchte, um all das in Frage zu stellen, was ihn bisher mit Katharina verbunden hatte, und vielleicht würde nach Julienne wieder eine neue Frau auftauchen, und nach dieser wieder eine, und immer so weiter, sein ganzes Leben lang. Wenn man es erst einmal angefangen, wenn man seine Frau zum erstenmal betrogen hatte, spielte es keine Rolle mehr, wie oft man sie noch betrog und mit wem. Es war, als hätte man sich auf einen Weg begeben, von dem es kein Zurück mehr gab.

Er versuchte vergeblich, sich an die angenehmen Bilder der vergangenen Nacht zu erinnern, sie verblaßten im kühlen Licht des Morgens zu schemenhaften Exzessen seiner überhitzten Fantasie, ohne Blut und Leben. Die Erregung, die sie ihm vermittelt hatten, kehrte nicht wieder, es blieb von allem nur ein schaler Geschmack in seinem Mund und ein Gefühl innerer Leere und Ratlosigkeit. Er fuhr planlos weiter, an den zertrümmerten Betonkolossen der ehemaligen Forts vorbei, fuhr auf einer Straße in einen Talgrund mit einem dunklen Teich, und hinter dem Teich, wo sich jetzt ein undurchdringliches Dickicht ausbreitete, hatte es einst ein Dorf namens Vaux gegeben. Er fuhr auch an anderen Orten vorbei, an die nur noch eine Kapelle oder eine kleine Tafel erinnerte, und je weiter er fuhr, desto unberührter wirkte die Trichterlandschaft beiderseits der Straße. Er verließ sie dort, wo einst das Dorf Ornes gestanden hatte, und folgte einem Weg, der, an den Ruinen der ehemaligen Kirche vorbei, mitten durch das Angriffsgebiet der deutschen Divisionen führte, fuhr auf dem immer schlechter werdenden Weg in westlicher Richtung auf einem schmalen Höhenrücken an verrostetem Stacheldraht, an zerschossenen Stellungen und verwahrlosten Friedhöfen vorbei, und er war an diesem Morgen noch keinem Menschen begegnet. An einer Stelle, von der aus sich ein ungehinderter Blick über die dichtbewaldeten Hügel bot, hielt er wieder an, setzte sich in das hohe Gras und überlegte, ob er nach seiner Rückkehr ins Hotel seine Rechnung bezahlen und sofort nach Paris weiterfahren solle. Er saß über eine halbe Stunde im Gras, blickte über die verlassenen Hügel hinweg und kämpfte mit sich, aber er fühlte sich unausgeschlafen, gleichgültig den Problemen gegenüber, und in der Sonne war es angenehm warm. Er saß, zwischen den zahllosen Granattrichtern beiderseits der Straße, in dem hohen Gras in der Sonne, fühlte seine Lider schwer werden, und es war so still, als gäbe es außer ihm keinen Menschen mehr auf der Welt.

Es war nur angenehm, in dieser Stille in der warmen Sonne zu sitzen, es belebte auch seine Fantasie wieder, in Gedanken holte er Julienne an seine Seite, sah sie neben sich im Gras liegen, in der Stille, die sie jetzt beide umgab, in der absoluten Einsamkeit; er allein mit ihr, und je länger er das Bild in seinem Bewußtsein festhielt, desto weniger schläfrig fühlte er sich, er empfand sogar, während er die verlassene Landschaft mit ihren alten Granattrichtern betrachtete, bei dem Gedanken, hier mit Julienne zu schlafen, eine fast perverse Befriedigung, geradeso, als könnte er damit das sinnlose Sterben einiger hunderttausend Männer ungeschehen machen. Er hatte solche Zustände schon während seiner eigenen Kriegserlebnisse gehabt; immer dann, wenn ihn nach schlimmen Stunden der schier unglaubliche Glücksfall seines Überlebens wie ein Hammerschlag getroffen hatte, war sein Bedürfnis nach einer Frau besonders groß gewesen, und hier in dieser toten Landschaft mit ihrer schrecklichen Geschichte war es nicht viel anders. Sie deprimierte ihn ebenso, wie sie ihn faszinierte; als ehemaligem Offizier fiel es ihm nicht schwer, sich die Strapazen und Verluste einer angreifenden Truppe in diesem schwierigen Gelände zu vergegenwärtigen, aber gleichzeitig erinnerte es ihn auch an seine eigenen Kriegserlebnisse, wobei merkwürdigerweise die angenehmeren Erinnerungen überwogen. Erinnerungen an die seltenen Stunden irgendwo in einem friedlichen Etappendorf, die nur den einen Schönheitsfehler hatten, daß sie mit keiner Frau in Zusammenhang standen, aber indem er sie jetzt gedanklich in die Gegenwart und in diese unvergängliche Landschaft des Krieges transferierte und auch Julienne in seine komplizierten Assoziationen mit einbezog, erreichte er – wiederum gedanklich – eine neue Intensivierung seiner Empfindungen für sie, die ihn seiner friedlichen Umgebung bald überdrüssig werden ließ. Er kletterte wieder in seinen Wagen und fuhr auf dem direkten Weg zum Hotel zurück, wo er sich zuerst einmal rasierte. Dann ließ er sich das Frühstück auf das Zimmer bringen. Vor Furcht, Julienne könnte schon etwas früher kommen und ihn nicht antreffen, verbrachte er den ganzen Vormittag in seinem Zimmer.

Sie kam erst am späten Nachmittag, und mit ihrem Kleid hätte sie sich auch in Paris sehen lassen können. Er hätte sie ohnedies fast nicht erkannt, sie hatte ihr Haar hochgesteckt, ihr Gesicht geschminkt, und ihre Schuhe wirkten ganz neu. Da ihm noch rechtzeitig eingefallen war, daß sie nicht einmal seinen vollen Namen wußte, hatte er nach dem Mittagessen im Vestibül auf sie gewartet, war zwischendurch vor dem Hotel spazierengegangen, und als sie endlich zur Tür hereinkam, hatte er die Hoffnung schon fast aufgegeben gehabt.

Sein erster Eindruck war der, eine Dame vor sich zu haben, die sich nur durch ein Versehen in diese Provinzstadt verlaufen hatte. Er brauchte eine ganze Weile, um zu begreifen, daß es wirklich Julienne war, und dann versetzte ihm der Gedanke daran, was er alles versäumt hätte, wenn er, ohne auf sie zu warten, nach Paris gefahren wäre, fast einen Schock. Er sagte: »Bist du es wirklich?« und Julienne sagte lächelnd: »Wenn ich in diesem Aufzug nach Binaville käme, würden sie mich steinigen.«

Ihr Make-up veränderte ihr Gesicht völlig, es mußte zum großen Teil an ihrem Lippenstift liegen, sie benutzte ihn so geschickt, daß ihr etwas breiter Mund nicht mehr auffiel, sie sah wie eine jener gepflegten Frauen im ›Tour d'Argent‹ aus, wenn sie sich mit ihren Kavalieren zum Diner trafen, sicher nicht ganz so aufgeputzt wie diese, aber im Verhältnis zu dem, was er bisher von ihr gesehen hatte, war der Vergleich so absurd nicht. Um ihr nicht zu viel von seinen Empfindungen zu verraten, erkundigte er sich nach ihrem Bruder, und Julienne sagte: »Er ist schon wieder zurückgefahren.«

»Ich wollte ihm noch etwas mitgeben«, sagte Rudolf, und Julienne sagte: »Tausend Francs? Ich habe sie ihm ausgeredet. Wieviel hast du ihm schon gegeben?«

»Hat er es dir nicht erzählt?« fragte Rudolf, und Julienne sagte: »Das nicht.« Sie blickte sich im Vestibül um und lachte. »Ein feiner Laden; so gut habe ich noch nie gewohnt.«

»Ich habe ein Doppelzimmer«, sagte Rudolf. »Wir können ein paar Tage hierbleiben.«

»Das ist mir auch recht«, sagte Julienne. »Meiner Tante paßt es erst nächste Woche; sie hat Besuch.« Sie schaute zu der schwarzhaarigen Dame an der Rezeption hin und fragte lächelnd: »Als was wirst du mich ausgeben?«

»Als meine Frau«, sagte Rudolf. »Komm!« Er griff nach ihrem Ellbogen und sagte: »Ich wohne nur eine Treppe hoch; Aufzug lohnt sich nicht.«

»Ich fahre gern mit dem Aufzug«, sagte Julienne.

Rudolf führte sie zum Aufzug, und die schwarzhaarige Dame an der Rezeption nickte ihnen freundlich lächelnd zu.

»Nette Leute!« sagte Julienne.

In seinem Zimmer blickte sie sich neugierig um, öffnete die Tür zum Bad und trat dann an das Bett. Sie betastete die Matratze und schob beeindruckt die Unterlippe vor. »Sie knarrt nicht«, sagte Rudolf, und seine Stimme klang rauh. Sie wandte ihm mit einer jähen Bewegung das Gesicht zu und küßte ihn heftig. »Ich muß erst noch meine Sachen holen«, sagte sie.

»Du hast alles, was du brauchst«, sagte Rudolf, und Julienne sagte lächelnd: »Meine Zahnbürste.«

»Du kannst meine nehmen«, sagte Rudolf. »Bist du schon hungrig?«

»Wonach?« fragte sie und legte ihre Handtasche auf das Bett.

»Darf ich in dein Bad?«

»Es gehört dir«, sagte Rudolf.

Die Tür ließ sie hinter sich offen, er steckte sich eine Zigarette an, dann hörte er Wasser in die Wanne laufen, er ging zu ihr hinein, und sie saß bereits in der Wanne und wurde wieder rot. Es erregte ihn, daß eine Frau wie sie noch erröten konnte, er setzte sich zu ihr auf den gekachelten Rand der Wanne, beugte sich zu ihr hinunter und küßte ihre schöne Schulter. Sie nahm ihm die Zigarette aus der Hand, warf sie auf den Boden, knöpfte mit ihren nassen Fingern seine Kleider auf und sagte: »Komm!«

Sie ließen sich dann kaum mehr Zeit, sich richtig abzutrocknen, Rudolf trug sie zum Bett, und sie sagte noch: »Du bist stark!«

Es war heute ganz anders, geradeso, als hätten sie beide ein Leben lang darauf warten müssen, sie schien unter seinen Liebkosungen förmlich zu explodieren, erstickte ihn fast mit ihren Küssen, stöhnte an seinem Ohr und krallte die Nägel in seine Haut. Als es vorüber war, trug er sie ins Bad zurück, und sie sagte wieder: »Komm!«

Beim nächsten Mal trug er sie nicht mehr ins Bad, sie blieben wie betäubt auf dem Bett liegen, und Rudolf sagte: »Du bist schön.«

Sie rauchte eine von seinen Zigaretten, legte den Kopf auf seine Beine und betrachtete die Zimmerdecke. »Wir haben dich angelogen«, sagte sie. »Es war alles abgesprochen zwischen uns.«

»Was war abgesprochen?« sagte Rudolf, und Julienne sagte: »Daß sie mich aus dem Dorf gejagt hätten; ich bin damals freiwillig weggegangen, weil die Leute über das Kind redeten. Mein Bruder wollte dich nur einschüchtern, damit du viel bezahlst.«

»Warum erzählst du mir das?« fragte Rudolf nach einer Pause, und Julienne sagte: »Ich weiß es nicht. Es war auch nie so, daß ich von meinem Bruder abhängig gewesen wäre; eher umgekehrt.«

»Ist das alles?« fragte Rudolf, und Julienne sagte: »Nein. Ich kenne in Châlons vier Männer, die mich aushalten. Sie sind verheiratet und verdienen gut; einer von ihnen ist ein Bankdirektor.«

»Sei still!« sagte Rudolf, und Julienne sagte: »Sie kommen nicht oft, einmal im Monat. Mehr als zweimal in der Woche habe ich es nie getan.«

»Nie?« sagte Rudolf, und Julienne sagte: »In den letzten zwölf Jahren nicht mehr. Habe ich dir schon gesagt, daß ich nicht mehr in der Fabrik arbeite?«

»Nein«, sagte Rudolf.

»Dann sage ich es dir jetzt«, sagte Julienne. Sie machte sich von ihm los, drückte ihre Zigarette aus und ging wieder in das Bad. Als sie herauskam, war sie angezogen, und ihr Gesicht war blaß. »Ich gehe jetzt«, sagte sie, und Rudolf fragte: »Wohin?«

»Zu meiner Tante«, sagte sie. »Ich wollte es dir hier erzählen.«

Rudolf blickte eine Weile in ihr blasses Gesicht, dann streckte er ihr die Hand entgegen und sagte: »Komm!« Sie zögerte, und Rudolf sagte: »Wenn das Kind nicht gewesen wäre, hättest du doch nie mit fremden Männern geschlafen?«

»Das ist unwahrscheinlich«, sagte sie, und Rudolf sagte: »Dann gehen wir jetzt zusammen essen.«

Er empfand nur Erleichterung. Er holte seine Kleider aus dem Bad. Julienne sah zu, wie er sich anzog. »Ich weiß wirklich nicht, warum ich es dir erzählt habe«, sagte sie, und Rudolf sagte: »Ich bin sehr froh darüber.«

Zum Essen gingen sie in das Restaurant hinüber, wo fünf Kellner ein halbes Dutzend Gäste bedienten. »Heute mußt du bestellen«, sagte Rudolf, und Julienne blickte mit glänzenden Augen in sein Gesicht und sagte: »Du bist der Herr!«

Er bestellte das teuerste Menü und beim Maître d'Hôtel einen teueren Wein. Der Maître d'Hôtel war ein redseliger Mann und wollte wissen, ob sie aus Paris kämen.

»Ja«, sagte Rudolf, und der Maître d'Hotel erzählte, daß er zehn Jahre in Paris gearbeitet habe.

Beim Essen blickte Rudolf auf Juliennes Finger, aber sie benahm sich, als hätte sie immer in solchen Restaurants gegessen, und während er sie beobachtete, wurde sie wieder ein wenig rot und sagte: »Bist du enttäuscht?«

»Worüber?« fragte Rudolf, und Julienne sagte: »Über mich.«

»Ich glaube, ich liebe dich«, sagte Rudolf, und Julienne sagte: »Du hast mir auch sofort gefallen. Ich habe alles falsch gemacht.«

»Dann säßen wir jetzt nicht hier«, sagte Rudolf. Nach dem Essen holte er seinen Mantel aus dem Zimmer, und Julienne, die unten auf ihn gewartet hatte, sagte: »Wohin gehen wir?«

»Wir fahren«, sagte Rudolf.

Sie setzte sich zu ihm in den Wagen, und er fuhr mit ihr auf der Straße nach Douaumont. »Warst du schon einmal hier?« fragte er, und Julienne sagte: »Früher; mit meinem Vater.«

»Was ist aus ihm geworden?« fragte Rudolf, und Julienne sagte: »Er ist nicht mehr aus deutscher Kriegsgefangenschaft heimgekommen.«

»Die verdammten Schweine«, sagte Rudolf.

Es war eine schöne Nacht, sternklar und mild, er fuhr mit ihr dorthin, wo er am Morgen gesessen hatte, auf den einsamen Weg mit den vielen Granattrichtern auf beiden Seiten und dem weiten Blick über die bewaldeten Berge. Er legte seinen Mantel in das hohe Gras und sagte: »Setz dich!«

»Du kennst dich hier gut aus«, sagte Julienne, und Rudolf sagte: »Ich war schon einmal hier. Was tun wir jetzt mit dir?«

»Was du willst«, sagte sie.

»Meine Frau wird Schwierigkeiten machen«, sagte Rudolf und setzte sich zu ihr. Er gab ihr eine Zigarette, steckte sich selbst eine an und betrachtete die schwarzen Silhouetten der Berge.

»Liebst du sie nicht mehr?« fragte Julienne. Rudolf schüttelte den Kopf. Dann fiel ihm ein, daß sie es in der Dunkelheit nicht sehen konnte, und er sagte: »Nein. Ich habe ein Verhältnis mit einer anderen Frau.«

»Dann liebst du diese?« fragte Julienne, und Rudolf sagte: »Es ist eine komplizierte Geschichte. Es wäre besser, ich würde sie nicht mehr sehen.«

»Dann liebst du sie«, sagte Julienne ruhig.

»Ich liebe nur mich selbst«, sagte Rudolf. »Außerdem bin ich von meiner Frau abhängig.«

»Abhängig?« sagte Julienne. Rudolf lachte kurz auf. »Nicht so; sie hat das Geld.«

»Ach so!« sagte Julienne. Sie tastete im Dunkeln nach seiner Hand und hielt sie fest. »Du brauchst mich nicht zu heiraten«, sagte sie ruhig. »Es geht mir jetzt nicht schlecht.«

»Deine Tochter ist dir davongelaufen«, sagte Rudolf, und Julienne sagte: »Das hätte er dir nicht erzählen sollen.«

»Stimmt es nicht?« fragte Rudolf.

»Doch«, sagte Julienne, »aber er hätte es dir trotzdem nicht erzählen sollen. Weiß deine Frau etwas von mir?«

»Ich habe ihr nie etwas davon erzählt.« Plötzlich fiel ihm ein, daß sie morgen Geburtstag hatte. Er nahm sich vor, ihr wenigstens ein Telegramm zu schicken; es war unmöglich, daß er an ihrem vierzigsten Geburtstag überhaupt nichts von sich hören ließ. Vierzig Jahre waren für eine Frau viel bedeutungsvoller als für einen Mann, Männer graute es vor dem fünfzigsten Geburtstag, vielleicht deshalb, weil man dann genau wußte, daß man nun die längste Zeit gelebt hatte, und er erinnerte sich, daß Irene schon an ihrem letzten Geburtstag mehr deprimiert als heiter gewirkt hatte.

Sie tat ihm leid, weil sie jetzt vierzig wurde, alle Frauen taten ihm in dieser Sekunde leid. Für einen Mann war es leichter, alt zu werden, aber für eine Frau mußte es schrecklich sein, und auch Julienne würde einmal alt werden, ihre schönen Brüste würden sich in leere Beutel verwandeln, ihr glatter Teint in eine Landschaft, die dieser hier gleichen würde.

Er griff in der Dunkelheit nach ihrer Hand und preßte sie so heftig, daß sie aufschrie. »Ich wollte dir nicht weh tun«, sagte er, und eigentlich hatte er nie einer Frau weh tun wollen, auch Irene nicht. »Ich werde ihr einen Brief schreiben«, sagte er, und Julienne sagte: »Was wirst du ihr schreiben?«

»Keine Ahnung«, sagte Rudolf. »Ich muß mir das ein paar Tage lang überlegen.«

»Ich habe dir gesagt ...«, sagte Julienne, und Rudolf sagte: »Daß es dir gutgeht und daß ich dich nicht zu heiraten brauche; ich weiß.« Sie hatte ihm, wenn er es sich recht überlegte, gestern und vorgestern ein ganz schönes Theater vorgespielt. Merkwürdigerweise ärgerte er sich erst jetzt darüber, und er sagte: »Macht es dir Spaß, so zu leben?« Sie schwieg, und Rudolf fragte noch einmal: »Macht es dir Spaß?«

»Nein«, sagte Julienne, »aber ich habe ...«

»Das spielt jetzt keine Rolle mehr«, sagte Rudolf, und Julienne sagte mit unvermittelt harter Stimme: »Ich möchte nicht mehr in die Fabrik zurück. Ich möchte auch nicht mehr als Kellnerin arbeiten.«

»Was würde das ungefähr kosten?« sagte Rudolf, und Julienne sagte mit der gleichen harten Stimme: »Vierhundert Francs im Monat.«

Es war der gleiche Betrag, den sie schon einmal in einem anderen Zusammenhang erwähnt hatte, Rudolf sagte: »Die du angeblich in deiner Fabrik verdient hast?«

»Ja«, sagte Julienne. Er ließ ihre Hand los und betrachtete wieder die schwarzen Silhouetten der Berge. Es war plötzlich alles so schwierig geworden, und er wußte nicht, woran es lag. »Ich fragte es nur für den Fall«, sagte er, »daß ich mit der Scheidung nicht durchkomme; meine Frau wird nämlich dagegen sein.«

»Das hast du mir schon zweimal erzählt«, sagte Julienne, und Rudolf sagte: »Ich könnte dir sechshundert Francs im Monat geben.«

»Zweihundert habe ich mir ja schon verdient«, sagte Julienne mit unverändert harter Stimme.

Rudolf blickte in der Dunkelheit betroffen in ihr Gesicht. »Wie meinst du das?«

»In Châlons bekomme ich für jedesmal hundert Francs«, sagte Julienne. »Bei vier Männern sind das vierhundert Francs im Monat.«

»Du lieber Gott!« sagte Rudolf. Er beobachtete fassungslos, wie sie aufstand, und sagte: »Du mußt mich mißverstanden haben!«

»Ich habe dich schon richtig verstanden«, sagte Julienne und schlug ihm mit der Handtasche leicht ins Gesicht. »Bring mich jetzt nach Hause!«

Rudolf schwieg. Erst als sie im Wagen saßen, fragte er: »Warum sprichst du so mit mir?«

»Warum sprichst du so mit mir?« fragte Julienne. »Habe ich von Geld geredet?«

Er gab keine Antwort, und sie sprachen auch auf der ganzen Rückfahrt kein Wort mehr miteinander. Vor dem Hotel stieg Julienne sofort aus und ging quer über die Straße. Auf der anderen Seite holte er sie ein und sagte atemlos: »Du wolltest bei mir im Hotel bleiben!«

»Ich habe es mir anders überlegt«, sagte Julienne. Rudolf griff hart nach ihrem Arm und zwang sie stehenzubleiben. »Ich wollte dich nicht kränken«, sagte er, und er konnte vor Angst, sie würde nun tatsächlich endgültig fortgehen, kaum sprechen. »Bleib hier!« sagte er. »Bitte!«

Sie blieb ein paar Sekunden unbeweglich stehen, als horchte sie in die Dunkelheit, dann machte sie ihren Arm los und sagte: »Ich werde es mir überlegen.«

»Bis wann?« fragte Rudolf, und Julienne sagte: »Das weiß ich noch nicht. Gute Nacht!«

Er machte keinen Versuch mehr, sie zurückzuhalten. Als sie schon längst verschwunden war, stand er immer noch auf dem gleichen Fleck, und es war ihm genauso zumute wie damals, als er sich fast mit Irene geprügelt hätte. Wahrscheinlich hatte sie ihm jene Szene ebensowenig verziehen, wie Julienne ihm seine ungeschickten Worte nicht verzeihen würde.

Er ging langsam zum Hotel zurück, ließ sich an der Rezeption seinen Schlüssel geben und setzte sich in seinem Zimmer im Dunkeln ans Fenster. Er hätte wieder heulen mögen, mehr aus Wut über sich selbst als über alles andere, aber es passierte ihm immer wieder, daß er sich zu unüberlegten Worten hinreißen ließ. Schon bei Irene war es ihm passiert.

»DU KANNST MICH KREUZWEISE!«

Anlaß zu diesem Streit waren wieder einmal die Ganskes gewesen. Irene hatte ihm seine Abneigung, vor ihren Bekannten von seinen früheren Heldentaten zu erzählen, nie verziehen. Oft kam es ihm vor, als hätte sie ihn nur wegen seines Ritterkreuzes geheiratet, sie erzählte es allen Leuten, und wenn er deren Neugierde nicht befriedigte, zeigte sie sich enttäuscht von ihm. Im Grunde bestand das Dilemma seiner Ehe darin, daß Irene in bestimmten Vorstellungen befangen war, wie sich ein ehemaliger Ritterkreuzträger im tristen Alltag der Ehe zu verhalten habe, sie stellte – oft auch unausgesprochene – Anforderungen an ihn, die er einfach nicht erfüllen konnte, weil sie gegen seine Mentalität gingen. Die schlimmste Enttäuschung für sie war wohl, daß er nicht das geringste Talent für das Geschäft mitbrachte, der Kundschaft gegenüber wirkte er hölzern und unfreundlich, das Ärgste, was einem versierten Geschäftsmann unterlaufen konnte. Wahrscheinlich hatte sie ihn sich immer als einen strahlenden Helden mit unwiderstehlichem Charme vorgestellt, der diese lobenswerten Eigenschaften auch hinter der Ladentheke beherrschte, und als eine attraktive Zugnummer für die hochgeschätzte Kundschaft. Statt dessen erlebte sie ihn als einen zur Trägheit neigenden, in jeder Beziehung mittelmäßigen Mann, dessen ganzer Charme darin bestand, ihr gelegentlich Komplimente über ihre Figur zu machen. Nicht etwa, daß sie das nicht gerne gehört hätte, aber auf die Dauer war es eben doch kein Ersatz für das, was sie von ihm erwartet hatte, und je enttäuschter sie sich von ihm zeigte, desto seltener raffte er sich noch zu einem Kompliment auf.

Ein halbes Jahr nach jenem Vorfall mit der Stoppstelle ergab es sich, daß das seitdem besonders angespannte Verhältnis zwischen ihnen zu einer neuen Entladung führte. Auch diesmal war es wieder ein geringfügiger äußerer Anlaß, er hatte seiner Mutter das Fernsehgerät gekauft, und da sich Irene unverändert gegen die Anschaffung eines eigenen Gerätes sträubte, verbrachte er mindestens zwei Abende in der Woche bei seiner Mutter und sah sich das Programm an. Hier fühlte er sich auch wohler, bei

Irene mußte er ständig Rücksicht auf ihre kranke Mutter nehmen. Obwohl sich ihr Zustand wieder etwas gebessert hatte, wirkte der Anblick ihres blassen, immer ausdruckslosen Gesichtes doch sehr deprimierend auf ihn. Wenn sie mit vorgeschobenem Kopf durch die große Wohnung schlich, fror ihn jedesmal, er hatte dann immer das Gefühl, als suche sie ihren verstorbenen Mann.

Dann kamen die Übertragungen der Fußballweltmeisterschaft, und da sich Rudolf nun einmal der Ganskes wegen zu einem Fußballfan entwickelt hatte, versäumte er keine Übertragung am Bildschirm. Zwei Wochen lang verlor Irene kein Wort darüber. Als er aber zu Beginn der dritten Woche erst nach Mitternacht nach Hause kam, weil er sich noch einmal eine Wiederholung der Übertragungen angesehen hatte, traf er Irene im Wohnzimmer an, und sie sagte: »Weißt du eigentlich, wie spät es ist?«

Er merkte schon an ihrer Stimme, daß sie sehr gereizt war, und sagte: »Ich hatte ja keine Ahnung, daß du meinetwegen aufbleiben würdest!«

»Du hättest wenigstens anrufen können«, sagte Irene. »Das ist doch keine Art, mich den ganzen Abend hier allein herumsitzen zu lassen!«

Nun traf es ja zu, daß sie in der letzten Zeit nicht mehr so oft zusammen ausgefahren waren, was nicht zuletzt mit dem Mercedes zusammenhing. Seit die Firma ein neues und noch schöneres Modell herausgebracht hatte, legte Irene nicht mehr so großen Wert darauf, in vornehmen Restaurants zu speisen. Dafür ging sie um so öfter ins Theater oder in die Oper, während Rudolf dann zu Hause saß und sich langweilte. Er sagte daher: »An den meisten Abenden bin ich es, der hier allein herumsitzt!«

»Weil man mit dir nichts Vernünftiges anfangen kann!« sagte Irene gereizt.

Anscheinend wollte sie wieder einmal Streit, Rudolf sagte so ruhig er konnte: »Wobei zuerst einmal zu definieren wäre, was du unter vernünftig verstehst.«

Er schickte sich an, das Zimmer zu verlassen, aber Irene sagte mit unvermittelt schriller Stimme: »Bleib hier, wenn ich mit dir zu reden habe!«

Jedesmal, wenn sie diese dunklen Flecken unter den Augen bekam, war eine unangenehme Szene in Sicht, eine Erscheinung übrigens, die ihm erst im Laufe der beiden letzten Jahre an ihr aufgefallen war. Er setzte sich auf einen Stuhl und sagte: »Du wirst deine Mutter aufwecken. Was ist denn los mit dir?«

»Ich habe es satt«, sagte Irene, »mit einem Mann verheiratet zu sein, der sich wie ein Verrückter diese blödsinnigen Fußballspiele anschaut.«

»Man braucht wenigstens nicht so viel dabei zu denken wie in der Oper«, sagte Rudolf. »Außerdem hast du mir nie verraten, daß es dich stört.«

»Wenn du ein Kerl wärst«, sagte Irene, »hättest du es schon selbst gemerkt. Jedenfalls wünsche ich, daß du morgen wieder im Geschäft bist.«

Er hätte es, um des lieben Friedens willen, akzeptiert, wenn sie es in einem anderen Ton vorgebracht hätte, so aber sagte er: »Daß du ohne mich im Geschäft zurechtkommst, habe ich inzwischen gelernt. In drei Tagen gehen die Spiele zu Ende; dann bin ich wieder da.«

»Ich habe morgen gesagt und nicht in drei Tagen«, sagte Irene.

»Du kannst mich kreuzweise«, sagte Rudolf, der jetzt auch in Zorn geriet. »Wenn du einen brauchst, um ihn herumzukommandieren, mußt du dir einen Trottel suchen.«

»Den habe ich schon!« sagte Irene laut, und Rudolf sagte genauso laut: »Aber keinen, der dir auch noch den Hintern abwischt.«

Es passierte ihm sonst eigentlich nie, daß er sich soweit gehenließ, aber für einen Mann gab es nun einmal nichts Demütigenderes, als von der eigenen Frau als Trottel apostrophiert zu werden, und dann sah er Irene mit wutentstelltem Gesicht auf sich zukommen, und sie schlug mit beiden Fäusten gleichzeitig auf ihn ein. Als er ihre Arme festhielt, rammte sie ihm das Knie zwischen die Leisten, und Rudolf versetzte ihr einen Stoß, der sie rücklings zu Boden warf.

Der Anblick war so schrecklich, daß er jäh zur Vernunft kam, er ging zu ihr, um ihr auf die Beine zu helfen, aber nun trat sie mit den Füßen nach ihm, während ihr Gesicht einen solchen Ausdruck von Haß annahm, daß Rudolf sich umdrehte und zur Tür hinauslief. Er lief die Treppe hinunter und auf die Straße, aber schon nach ein paar Metern wurde er von Irene eingeholt, und sie sagte atemlos: »Bleib hier, Rudolf. Bitte!«

Sie griff nach seiner Hand, zog ihn ins Haus zurück und die Treppe hinauf, und im Wohnzimmer legte sie das Gesicht an seine Brust und weinte. »Ich habe dich nicht schlagen wollen«, sagte sie, und Rudolf sagte: »Ich dich auch nicht.« Er streichelte ihren zuckenden Rücken, aber das Bild Irenes vorhin am Boden entsetzte ihn jetzt noch; er würde es sein Leben lang nicht mehr vergessen können. Er sagte: »Es war meine Schuld; ich hätte das nicht sagen sollen.« Wie weit mußte es mit einem Mann gekommen sein, wenn er seine Frau auf den Boden warf; er verstand es jetzt selbst nicht mehr. »Es tut mir leid, Irene«, sagte er, »bitte, glaub mir, daß es mir leid tut.«

Sie hörte auf zu weinen, blickte ihn verzweifelt an und sagte: »Das darf nie wieder zwischen uns passieren, Rudolf.«

»Nein«, sagte er heiser, und Irene sagte: »Es war schrecklich; wir sind jetzt doch schon so lange miteinander verheiratet. Wie konnte es nur dazu kommen!«

»Wir werden nicht mehr darüber reden«, sagte Rudolf. Der Teufel mußte in ihn gefahren sein, er berührte ihr nasses Gesicht und sagte: »Komm! Gehen wir schlafen.«

»Du hättest nicht einfach davonlaufen dürfen«, sagte sie.

»Ich werde nie mehr davonlaufen«, sagte Rudolf und führte sie ins Schlafzimmer. Sie setzte sich auf das Bett, blickte mit leerem Gesicht vor sich hin und sagte: »Wir müssen beide den Verstand verloren haben. Was ist nur los mit uns?«

»Ich glaube, das kommt in jeder Ehe einmal vor«, sagte Rudolf, und Irene sagte: »Das bestimmt nicht.« Sie schaute ihn wieder verzweifelt an und sagte: »Doch nicht so, daß man sich gegenseitig verprügelt!«

Er hätte sie ja daran erinnern können, daß eigentlich nur sie es gewesen war, die geprügelt hatte, aber er sagte es nicht, und Irene sagte mit angewiderter Stimme: »Wie die Tiere!«

Er verbrachte wieder eine miserable Nacht, und jedesmal, wenn er sich an dieses verhängnisvolle Gespräch zwischen Julienne und ihm erinnerte, hätte er sich selbst etwas antun mögen. Trotzdem stand er auch am nächsten Morgen verhältnismäßig zeitig auf, ließ sich das Frühstück auf das Zimmer bringen und setzte sich dann an das Fenster. Von hier aus konnte er den Hoteleingang und die Straße beobachten. Nur einmal, als das Zimmermädchen hereinkam, ging er in die Halle hinunter, setzte sich neben den Eingang und wartete. Später wartete er wieder in seinem Zimmer am Fenster, und so verging der Vormittag. Zum Mittagessen ging er in den Speisesaal und setzte sich an einen Tisch neben der Tür. Auch von hier aus konnte er den Hoteleingang im Auge behalten, und nach dem Essen fiel ihm wieder ein, daß heute Irenes vierzigster Geburtstag war. Die Furcht, Julienne könnte kommen, während er zu einem Postamt ging, verschaffte ihm einen willkommenen Vorwand, das Telegramm nicht aufzugeben; schließlich hatte sich Irene auch nicht von ihm verabschiedet. Eine Zeitlang erfüllte es ihn sogar mit einer bösartigen Genugtuung, ihr zu ihrem vierzigsten Geburtstag nicht zu gratulieren, sollte sie sehen, wie sie damit fertig wurde, aber dieses Gefühl vermochte sich auf die Dauer nicht gegen seine Skrupel durchzusetzen, er gab das Telegramm schließlich an der Rezeption auf.

Er fühlte sich jetzt etwas leichter, lief eine halbe Stunde vor dem Hotel auf und ab, und nach dieser halben Stunde setzte er sich in die Hotelbar und bestellte sich einen Kognak. Auch von der Hotelbar aus konnte er den Eingang im Auge behalten. Er war so verzweifelt, daß er sich noch einen zweiten und dritten Kognak bestellte, dann wäre er vor Müdigkeit und Erschöpfung fast an der Bar eingeschlafen. Er schleppte sich zu seinem Zimmer hinauf, legte sich auf das Bett, und dort kamen ihm vor Müdigkeit und Verzweiflung die Tränen. Er heulte eine Weile lautlos vor sich hin, drehte sich auf den Bauch und heulte, das Gesicht im Kopfkissen, lautlos weiter. So schlief er irgendwann ein, und irgendwann wachte er wieder auf. Er hatte geträumt, jemand streichle sein Gesicht, und er griff nach der Hand, die sein Gesicht streichelte, und hielt sie fest. Später merkte er, daß es Juliennes Hand war, er konnte sie nicht sehen, es war schon ganz dunkel im Zimmer, und Julienne machte ihre Hand los, stand auf und ging ins Bad. Als sie wieder herauskam, war sie ausgezogen, sie legte sich zu ihm und fing wieder an, sein Gesicht zu streicheln. Rudolf preßte den Mund auf ihre Hand, er konnte nicht reden, brachte keinen Laut heraus, preßte nur den Mund auf ihre Hand, und sie knöpfte wieder seine Kleider auf und schmiegte sich an ihn.

Sie gingen auch nicht mehr zum Abendessen hinunter, und als er am nächsten Morgen aufwachte, lag sie immer noch neben ihm und schlief. Er nahm ihr vorsichtig die Decke weg und betrachtete sie, als hätte er sie noch nie gesehen. Er fuhr mit den Fingerspitzen über ihren Hals zu den Schultern, über ihre Brüste und dorthin, wo sie sich am wärmsten anfühlte, und dabei wachte sie auf. Sie schaute ihn ein paar Sekunden schlaftrunken an, lächelte ein wenig, und alles begann wieder von vorn. Und sooft er es auch mit ihr erlebte, war es doch jedesmal ganz anders, ihre Berührungen waren anders, ihre Art, sich zu geben und ihn zu nehmen, und wäre das Zimmermädchen nicht gewesen, das jeden Augenblick an die Tür klopfen könnte, so hätte er eine endlose Zeit neben ihr liegen und immer wieder von vorn anfangen können, ohne daß es ihm zuviel geworden wäre. Er wurde es auch nicht satt, sie zu betrachten, und wenn er sie betrachtete, schaute sie ihn immer nachdenklich an, streichelte mit den Fingerrücken seine Wange, dann schlief sie, trotz Zimmermädchen, noch einmal ein.

Er stand leise auf, ging ins Bad, und nach dem Bad zog er sich an und ging zur Rezeption hinunter. Die schwarzhaarige Dame war heute nicht da, an ihrer Stelle saß ein etwas mürrisches junges Mädchen, er sagte ihm, daß seine Frau gestern abend eingetroffen sei, und bestellte das Frühstück mit Eiern und Schinken auf sein Zimmer. Dann bat er um Tinte und Papier, setzte sich im Vestibül an einen Tisch und schrieb einen Brief an seine Bank. Er bat das Mädchen an der Rezeption, den Brief per Eilboten zu erledigen, und wenn es klappte, würde er bei etwas sparsamer Lebensweise und mit dem, was er noch an Geld bei sich trug, eine gute Weile hinkommen. Noch gestern wäre er zu so etwas unfähig gewesen, aber seit spätestens heute früh war er nur noch von einem Gedanken besessen. Er kehrte zu Julienne zurück und traf sie in der Badewanne an. Sie hielt ihm den Mund hin und fragte: »Wo warst du?«

»Ich habe mich um das Frühstück gekümmert«, sagte Rudolf, und Juliene sagte lächelnd: »Ich habe einen Riesenhunger!«

»Ich habe seit gestern mittag nichts mehr gegessen«, sagte Rudolf. Julienne blickte neugierig in sein Gesicht und fragte: »Warum nicht?«

»Deinetwegen«, sagte Rudolf, und Julienne sagte: »Jetzt werde ich hierbleiben, bis du mich fortschickst.«

»Ich werde dich nicht fortschicken«, sagte Rudolf.

Er durfte Julienne den Rücken abtrocknen, und sie legte ihm wieder die Arme um den Hals und sagte: »Du mußt viele Frauen gehabt haben.«

»Wie kommst du darauf?« fragte Rudolf, und Julienne wurde nur rot. Er beobachtete, wie sie sich anzog, und es traf nicht zu, daß sie keinen Schlüpfer trug, nur gegen Büstenhalter schien sie etwas zu haben, und das konnte sie sich noch immer leisten. Als sie sich das Kleid über den Kopf zog, klopfte es an die Tür, und Julienne lief in das Bad zurück. Es war der Zimmerkellner mit dem Frühstück, ein wortkarger, aber freundlicher junger Mann. Anscheinend hatte er – nachdem er gestern nur für eine Person serviert hatte – neue Gäste erwartet, er blickte Rudolf einigermaßen überrascht an, und Rudolf gab ihm zwei Francs und sagte: »Merci.«

»Merci, Monsieur«, sagte der Zimmerkellner und lächelte höflich. Zumindest für solche Fälle war das Personal in französischen Hotels besser geschult als anderswo. Rudolf schloß die Tür hinter ihm ab, und Julienne kam aus dem Bad und sagte: »Wir werden heute zu meiner Tante gehen; dort sind wir ungestörter.«

»Ich denke, sie hat Besuch!« sagte Rudolf lächelnd, und Julienne lächelte auch und sagte: »Jetzt nicht mehr.« Sie küßte ihn wieder, und auch beim Frühstück küßte sie ihn und blickte ihn verliebt an. »Mon petit soldat«, sagte sie.

»Das ist schon lange her«, sagte Rudolf, und Julienne sagte: »Ich werde trotzdem mon petit soldat zu dir sagen. Rudolf gefällt mir nicht. Wie heißt du mit dem Familiennamen?«

»Wittmann«, sagte Rudolf. Sie verzog das Gesicht und sagte: »Der gefällt mir auch nicht. Ich werde mir noch etwas einfallen lassen.«

»Du hast dir schon sehr viel einfallen lassen«, sagte Rudolf, und Julienne wurde wieder rot und fragte: »Wann?«

»Heute nacht, zum Beispiel«, sagte Rudolf. Dann erinnerte er sich an den Brief an seine Bank, und er sagte: »Wir können noch nicht zu deiner Tante gehen; ich erwarte wichtige Post hierher.«

»Von deiner Frau?« fragte Julienne und leckte sich etwas Konfitüre von den Fingern.

»Von meiner Bank«, sagte Rudolf, und Julienne sagte: »Wie lange dauert das?«

»Zwei oder drei Tage«, sagte Rudolf. Julienne dachte mit gerunzelter Stirn nach, dann schüttelte sie den Kopf und sagte: »Bei meiner Tante sind wir ungestörter. Kannst du dir die Post nicht nachschicken lassen?«

»Dazu müßten wir hier im Hotel unsere Adresse angeben«, sagte Rudolf, und Julienne sagte: »Na und? Ich werde ihnen sagen, wo wir wohnen.«

»Meinetwegen«, sagte Rudolf. Im Grunde war es ihm auch recht, er hatte das Hotelzimmer bereits wieder satt. »Eine Badewanne hat sie wohl nicht, deine Tante?« sagte er, und Julienne sagte: »Nur eine kleine, eine, wo man sitzt. Sie vermietet das Haus oft an Fremde, die zu Besuch nach Verdun kommen; von ihrer Rente allein könnte sie nicht leben.«

»Sie hat ein eigenes Haus?« sagte Rudolf, angenehm überrascht, und Julienne sagte: »Ein ganz kleines!« Sie zeigte mit den Fingern, wie klein es war, und Rudolf küßte ihre Finger und fragte: »Wie lange wird sie uns darin wohnen lassen?«

»Solange dein Geld reicht«, sagte Julienne. »Sie verlangt dreihundert Franc im Monat.«

»Eine tüchtige Frau!« sagte Rudolf lächelnd, und Julienne sagte: »Es ist viel billiger als das Hotel.«

»Gemütlicher auch«, sagte Rudolf.

»Und kochen werde ich selbst«, sagte Julienne. »Was ißt du gern?«

»Ich habe ein Magengeschwür«, sagte Rudolf. »Nicht zu fett und nicht zuviel.«

Ihr Gesicht wurde augenblicklich besorgt. »Ist es schlimm?«

»Nein«, sagte Rudolf. »Überhaupt nicht.«

»Aber im Hotel«, sagte Julienne, »hast du fett und viel gegessen.«

»Nur im Hotel«, sagte Rudolf. Anscheinend war sie noch immer nicht beruhigt, sie blickte forschend in sein Gesicht und fragte: »Ist es wirklich nicht schlimm?«

»Bestimmt nicht«, sagte Rudolf. Als er es zum erstenmal Katharina erzählt hatte, war sie gerade damit beschäftigt gewesen, sich anzuziehen, und sie hatte nur mit den Schultern gezuckt.

– »ERICH HAT AUCH EINES.« –

Es enttäuschte ihn, daß sie es so gleichgültig hinnahm. Er sagte: »Seinem Appetit nach zu schließen, kann es bei ihm nicht sehr schlimm sein.«

»Hast du keinen Appetit?« fragte Katharina, und Rudolf sagte verärgert: »Das hat doch nichts mit dem Appetit zu tun!«

»Wieso nicht?« sagte Katharina. »Eben hast du noch selbst gesagt, daß Erichs Magengeschwür bei seinem guten Appetit nicht so schlimm sein könne.«

Ihre Pedanterie verdroß ihn, er steckte sich eine Zigarette an, und

Katharina sagte: »Wenn du ein Magengeschwür hast, darfst du auch nicht soviel rauchen.«

Sie lagen im Wald, und Rudolf fühlte sich deprimiert und erschöpft, angewidert von sich selbst und wieder einmal schuldbewußt. Er sagte: »Ich bin mir manchmal nicht sicher, ob er wirklich noch nichts gemerkt hat.«

»Der und etwas merken!« sagte Katharina verächtlich. »Der merkt ja nicht einmal mehr, daß ich neben ihm im Bett liege. Zur Zeit hat er nur einen neuen Wagen im Kopf, er will auch einen Jaguar haben, aber den großen. Mir gefällt die Kiste nicht.«

»Warum kauft er sich keinen Mercedes?« fragte Rudolf.

»Er hat etwas gegen Mercedes, ich weiß nicht, was. Er bespricht ja nichts mit mir.«

»Überhaupt nichts?« fragte Rudolf. Katharina klappte ihre Handtasche auf und betrachtete ihr Gesicht in einem Spiegel. »Nur langweiliges Zeug, über die Regierung und ähnlichen Mist. Er will immer wissen, welche Partei ich wähle.«

»Das könntest du ihm ja auch verraten«, sagte Rudolf erheitert, und Katharina sagte: »Dem verrate ich nicht einmal mehr, wann ich meine Tage habe.« Sie packte ihren Spiegel und die Puderdose wieder in die Handtasche, wandte Rudolf das hübsche Gesicht zu und fragte: »Wie sehe ich aus?«

»Wie eine Frau, die eben mit einem Mann geschlafen hat«, sagte Rudolf.

Katharina grinste. »Mich verjüngt es. Trotzdem wollte ich dich nicht zum Mann haben.«

Das war immerhin etwas ganz Neues, Rudolf sagte: »Warum nicht?«

»Du bist mir zu kompliziert«, sagte Katharina. »Meine Mutter hat mir immer davon abgeraten, einen komplizierten Mann zu heiraten.« Sie lachte unvermittelt auf. »Kannst du dir vorstellen, daß er mir früher immer Blumen neben die Schreibmaschine gelegt hat?«

»Erich?« fragte Rudolf. Katharina nickte. »Solange ich noch seine Angestellte war. Ich dachte immer, sie kämen von einem anderen; es war noch einer im Büro beschäftigt, der ständig hinter mir her war. So leicht wie dir habe ich es noch keinem gemacht. Wenn du nicht mein Typ wärst, müßtest du heute noch zappeln.«

»Erich war ja auch nicht dein Typ«, sagte Rudolf, und Katharina sagte: »Den habe ich ja auch nur geheiratet. Als er mich zum erstenmal geküßt hat, habe ich ihm eine Ohrfeige gegeben.«

»Das hat dich erst recht unwiderstehlich für ihn gemacht«, sagte Rudolf. Die Vorstellung erheiterte ihn, er fragte grinsend: »Wie hat er reagiert?«

»Er war vierzehn Tage lang beleidigt«, sagte Katharina. »Ich bin dann nur noch mit ganz engen Pullovern ins Geschäft gekommen.« Sie legte sich auf den Rücken und gähnte. »Was mußte er sich auch dieses verdammte Haus hierher bauen«, sagte sie. »Wenn wir in der Stadt geblieben wären, hätte ich es mir mit dir vielleicht noch einmal überlegt.«

»Das enttäuscht mich«, sagte Rudolf und betrachtete ihren langen schönen Hals. Er erinnerte sich, daß sie einmal behauptet hatte, sie hasse die Stadt, aber sie gehörte nun einmal zu den Frauen, deren Ansichten sich von Tag zu Tag änderten. Er sagte: »Ich sehe nur nicht ganz ein...«

»Das ist doch ganz einfach!« sagte Katharina ungeduldig. »Er fährt jeden Morgen in die Stadt, und ich sitze hier herum. Will ich abends mal ausgehen, ist er zu faul. Ohne dich würde ich hier völlig verkümmern. Dabei erzählt er mir mindestens einmal in der Woche, was für ein herrliches Leben ich habe.« Sie drehte sich ein wenig herum, legte den Kopf auf Rudolfs Beine und blickte von unten in sein Gesicht. »Ihr habt alle eure Arbeit in der Stadt«, sagte sie. »Wie ich den Tag hier verbringe, ist euch egal.«

»Du hättest ihm auch in der Stadt Hörner aufgesetzt«, sagte Rudolf, und Katharina sagte: »Mit dir?«

»Ja«, sagte Rudolf. »Einmal, in unserer Wohnung, hätte nicht mehr viel gefehlt.«

»Ach das meinst du!« sagte Katharina. »Ich wollte damals nur sehen, wie weit du gehen würdest.«

»Das läßt sich nachträglich leicht behaupten«, sagte Rudolf.

Katharina lächelte dünn. »Ich kann sehr egoistisch sein. Am Anfang hat es mich nur geärgert, daß Irene mich so von oben herab behandelt hat. Sie behandelt mich heute noch so.«

»Dann hast du es nur deshalb getan?«

Sie schüttelte ungeduldig den Kopf. »Dann hätte ich dich nur scharf gemacht. Ich habe dir vorhin ja gesagt, daß du mein Typ bist.« Sie zog seinen Kopf zu sich herunter, küßte ihn auf den Mund und rieb ihre Nase an der seinen. »Wenn du nicht so kompliziert wärst«, sagte sie, »würde ich vielleicht doch mit dir abhauen. Bei dir bin ich mir nur nicht sicher, wie es dann weitergehen würde. Außerdem hast du nichts und bist du nichts.«

»Jetzt warst du wenigstens einmal ehrlich«, sagte Rudolf ernüchtert.

Katharina lachte. »Das ist immer euer wunder Punkt! Als ob es bei einem Mann darauf ankäme, was er ist! Du siehst gut aus und bist außerdem intelligent.«

»Und im Bett nicht schlecht«, sagte Rudolf.

»Im Wald auch nicht!« sagte Katharina mit einem zärtlichen Blick. »Was würdest du, beispielsweise, anfangen, wenn ich dir sagte, schön, ich haue morgen früh mit dir ab?«

Rudolf schwieg. An diesem Punkt hörte es immer auf, und sie wußte das genausogut wie er. Es war vom ersten Augenblick an hoffnungslos gewesen. »Wenn du einen richtigen Beruf gehabt hättest«, sagte Katharina, »hätte ich dich, als ich noch ledig war, auf der Stelle geheiratet. Dir wäre ich sogar nachgelaufen, und ich bin bisher nie einem Mann nachgelaufen. Wir hatten eben Pech miteinander.«

»Ja«, sagte Rudolf. »Das hatten wir.«

Sie hatte sich im Laufe der letzten Monate irgendwie verändert. Seit ihrer letzten größeren Auseinandersetzung, als sie ihm Unachtsamkeit vorgeworfen und ihn acht Tage lang geschnitten hatte, war es zu keinen größeren Differenzen mehr zwischen ihnen gekommen. Sie wirkte ausgeglichener als früher, war auch nicht mehr so unberechenbar, und ihre Selbstbezichtigungen hielten sich in Grenzen. Wahrscheinlich gehörte sie zu jenen Frauen, die, je länger sie ihren Mann betrügen, immer besser mit ihren Skrupeln fertig werden und ihr Verhältnis mit einem anderen Mann als eine Art Schicksal hinnehmen, gegen das anzulaufen über ihre Kräfte geht. Aber auch das war bei ihr nie endgültig. Immer dann, wenn sie einige Zeit nicht mehr darüber gesprochen hatte, brach es plötzlich wieder aus ihr heraus, und sie konnte dann hoffnungslos deprimiert sein. So wie jetzt, wie in dieser Sekunde, ihr Gesicht sah unvermittelt flach und leer aus, und für ein paar Augenblicke schien sie mit ihren Gedanken weit weg zu sein, dann lächelte sie wieder in seine Augen, und Rudolf fragte: »Woran hast du eben gedacht?«

»Eben?« sagte sie, und Rudolf sagte: »Ja.«

Sie runzelte die Stirn, als müßte sie angestrengt nachdenken, dann zuckte sie mit den Schultern und sagte: »Ich weiß es nicht mehr; es ist auch egal.«

»Diese Resignation«, sagte Rudolf, »paßt überhaupt nicht zu dir«, und Katharina sagte: »Früher war ich ganz anders. Vielleicht habe ich daran gedacht.«

Sie stand auf, putzte ihr Kleid ab und blieb eine kleine Weile gebückt stehen, während sie vor sich auf den Boden starrte, dann richtete sie sich wie ungeduldig auf und sagte etwas ärgerlich: »Ich weiß wirklich nicht mehr, woran ich gedacht habe!«

»Vielleicht auch besser so«, sagte Rudolf.

Während er mit Julienne durch die Stadt fuhr, fragte er: »Wo wohnt deine Tante?«

»Ganz am Ende«, sagte Julienne. »Es ist ein Vorort; er heißt Belleray.«

Der Ortsteil Belleray hatte nur einige Dutzend Häuser. Man erreichte ihn über zwei Brücken, zuerst über den Maaskanal, der hier kurz vor Belleray vom Fluß abzweigte, und dann über den Fluß selbst. Die Häuser standen nahe am Ufer in einer nach Osten vorspringenden Flußschleife.

Rings um die Häuser gab es saftige Wiesen und einzelne Baumgruppen. Auch hier wurde das Tal im Osten und Westen von den dunklen Maashöhen flankiert, und das Haus von Juliennes Tante war so klein, daß es zwischen den hohen Bäumen fast verschwand. Es stand etwas abgesetzt von den anderen Häusern, war einstöckig, hatte einen kleinen Garten mit Gemüsebeeten und einen grüngestrichenen Holzzaun. Zum nahen Ufer waren es höchstens zwanzig Meter. Ein Weg, nicht viel breiter als der Jaguar, führte von der Straße zum Haus. Es sah alles ein wenig nach Puppenstube aus, und Rudolf sagte lächelnd: »Ob wir da beide Platz haben?«

»Oh, es ist innen viel größer, als es von außen aussieht«, sagte Julienne. »Gefällt es dir nicht?«

»Ein richtiges Liebesnest«, sagte Rudolf, und Julienne schlug ihm errötend und sehr sanft auf den Mund. Da der Garten nur einen schmalen Eingang hatte, mußte Rudolf den Wagen außerhalb des Zauns stehenlassen, er fragte: »Ist deine Tante noch hier?«

»Ich glaube nicht«, sagte Julienne. »Sie hat mir den Schlüssel mitgegeben.«

Innen wirkte das Haus sauber, Julienne führte Rudolf durch die Zimmer, zuerst in die kleine Küche, dann in die Wohnstube und am Schluß ins Schlafzimmer. Das breite Bett stand direkt neben dem Fenster und machte einen ordentlichen Eindruck. Während Rudolf es betrachtete, fühlte er Juliennes Blick in seinem Gesicht, er schaute sie rasch an, und sie wurde wieder rot.

»Es ist nicht so gut wie das Bett im Hotel«, sagte sie, und Rudolf fragte: »Warum nicht?« Sie blinzelte ein wenig, dann sagte sie: »Du hast das Bad noch nicht gesehen.«

Es war so, wie sie es beschrieben hatte, sehr klein und mit einer Sitzbadewanne. Dafür gab es eine Dusche, und Rudolf sagte: »Mehr brauchen wir nicht.« Er ging wieder in das Wohnzimmer, betrachtete das altmodische Sofa, die altmodischen Sessel mit den verblichenen Stoffbezügen, aber man saß wenigstens bequem in ihnen, er stellte es fest, als er sie nacheinander ausprobierte, sogar ein kleines, nicht mehr sehr neues Radio stand auf dem alten Büfett, und an den Wänden hingen die Familienfotos. Auch Juliennes Tante, eine kleine, magere Frau mit spitzer Nase und einem riesigen Hut, war zu sehen, auf einem anderen Foto stand sie neben ihrem verstorbenen Mann, der mindestens zwei Köpfe größer gewesen sein mußte als sie, er sah wie ein Holzfäller aus, aber Julienne erzählte, daß er Bäcker gewesen sei.

Alles in allem war es eben Omas gute Stube, mit vielen Spitzendeckchen, Blumenvasen, Porzellanfigürchen und buntbestickten Sofakissen. Neben dem Fenster stand noch eine Nähmaschine, und im ganzen Haus roch es ein wenig nach alten Leuten. Rudolf machte das Fenster auf. Von hier aus hatte man einen schönen Blick über den Fluß und auf die Kathedrale von Verdun.

»Gefällt es dir?« fragte Julienne, und Rudolf sagte: »Viel besser als im Hotelzimmer. Hier kann man wenigstens die Schuhe ausziehen.«

»Nicht nur die Schuhe!« sagte Julienne und kicherte. Er hatte sie bisher noch nie kichern hören, es hörte sich an wie bei einem Schulmädchen, und als er sie anschaute, schlug sie sich auf den Mund und wurde todernst.

»Was ist los?« fragte Rudolf überrascht, und sie sagte: »Manchmal bin ich albern.«

»Du bist niedlich«, sagte Rudolf überzeugt und küßte sie. Dann trugen sie sein Gepäck in das Haus. Der Schrank im Schlafzimmer war leer; Julienne betrachtete beeindruckt Rudolfs schöne Anzüge und sagte fachmännisch: »Billig waren die nicht. Hast du zu Hause noch mehr?«

»Zwei oder drei Dutzend«, sagte Rudolf, und Julienne sagte ungläubig: »So viel Kleider hat nicht einmal eine reiche Frau!«

»Du kennst meine eigene nicht«, sagte Rudolf.

Nach und nach erfuhr er noch mehr über Juliennes Tante, daß es sich bei ihr um die Schwester ihrer Mutter handle, daß sie zwei Söhne gehabt habe, wovon der eine im letzten Krieg gefallen und der andere in Paris mit einer Schlampe verheiratet sei. Auch von sich selbst erzählte Julienne wieder, später, als sie im Wohnzimmer saßen, Julienne auf Rudolfs Schoß, und er erfuhr bei dieser Gelegenheit, daß sie ihren Bruder monatlich mit fünfzig Francs unterstützte. »Zu mir hat er hundertfünfzig gesagt«, sagte Rudolf, und Julienne sagte lächelnd: »Er ist der ehrlichste Mensch, solange es nicht um Geld geht. Genau wie ich auch.«

Da sie es selbst sagte, glaubte Rudolf es riskieren zu können, ihr beizupflichten. »Du hast mich ganz schön an der Nase herumgeführt«, sagte er. »Machst du das mit allen Männern so?«

»Nur, wenn es sich lohnt«, sagte Julienne heiter. »Schließlich muß man leben.«

Er wurde immer weniger klug aus ihr; jedenfalls stand das in krassem Widerspruch zu ihrer Empfindlichkeit von gestern abend, er sagte: »Ich dachte, man könnte mit dir über solche Dinge nicht reden!«

»Jetzt kannst du über alles mit mir reden«, sagte Julienne und küßte ihn auf die Nase.

»Warum gestern abend noch nicht?« fragte Rudolf, und Julienne sagte: »Gestern abend dachte ich noch, du wolltest nur ein paarmal mit mir schlafen.«

»Und jetzt denkst du es nicht mehr?« fragte Rudolf.

»Nein«, sagte Julienne. »Jetzt nicht mehr.«

Zum Mittagessen fuhren sie noch einmal in die Stadt. Julienne hatte zwar zu Hause essen wollen, um ihm zu zeigen, wie gut sie kochen konnte, aber dazu hätte sie erst wieder einkaufen müssen, und Rudolf zog es vor, sie in seiner Nähe zu haben. Sie aßen in einem billigen Restaurant in der Avenue du Gal Mangin, und nach dem Essen fuhren sie ein wenig spazieren. Zuerst ein Stück der Maas folgend nach Samogneux, dann über eine Brücke nach Forges, und von Forges auf den Mort Homme. Es ergab sich so, weil Rudolf einfiel, daß Irenes Vater auf dem Toten Mann gekämpft hatte. Um auf den Gipfel zu kommen, mußten sie zuerst durch ein Dorf namens Chattancourt fahren, von dort führte eine schmale Straße steil durch einen düsteren Föhrenwald auf die Kuppe des Hügels. Weiter oben wurden die Bäume immer seltener, und dann wuchs nur noch wildwucherndes Gesträuch in einer trichterübersäten Landschaft. Auf dem höchsten Punkt stand das Denkmal der französischen 69. Infanteriedivision, der skelettartige Körper eines Mannes mit einem Totenschädel. Julienne betrachtete ihn voller Abscheu und fand es geschmacklos. »Ein toter Mann«, sagte Rudolf, und Julienne sagte: »Ich mag tote Männer nicht.«

»Ich eigentlich auch nicht«, sagte Rudolf. Er betrachtete die Trichterlandschaft ringsum, die schmalen Feuerschneisen durch den jungen Föhrenwald und den weiten Horizont mit seinen zahllosen Hügeln und Tälern. Es war so still, daß er meinte, sein eigenes Herz schlagen zu hören, und Julienne legte ihm die Hand auf den Arm und sagte: »Ich bin keine gute Patriotin, mußt du wissen.«

»Ich bin auch kein guter Patriot«, sagte Rudolf. Sein Blick fiel auf einen schmalen Pfad, der mitten in die Trichterlandschaft führte. Er faßte Julienne bei der Hand und sagte: »Wir wollen uns etwas umschauen.« Er führte sie durch das Gesträuch auf dem schmalen Pfad in die mit hohem dürrem Gras bewachsene Trichterlandschaft hinein. An vielen Stellen ließen sich noch halbzerfallene Schützengräben und Unterstände erkennen, aber das Gelände wurde, je weiter sie gingen, immer schwieriger, und Julienne blieb plötzlich stehen und sagte: »Ich habe genug.« Sie setzte sich in das hohe Gras, blickte in sein Gesicht und sagte: »Hast du mich deshalb hierhergeführt?«

Er verstand sie zuerst nicht, aber während er in ihre Augen schaute, wurde ihm klar, was sie meinte, und er sagte: »Würde es dir etwas ausmachen?«

»Weshalb?« fragte sie verwundert. Sie schien wirklich keine gute Patriotin zu sein, er setzte sich neben sie und sagte: »Auf diesem Berg sind mehr Männer gestorben, als nebeneinander Platz hätten.«

»Was geht das uns an?« sagte Julienne. »Ich war damals noch nicht einmal auf der Welt. Warst du schon auf der Welt?«

»Nein«, sagte Rudolf, und Julienne sagte: »Hier sind wir wenigstens allein.« Sie betastete das Gras und sagte: »Es ist ganz trocken. Wie alt ist eigentlich deine Frau?«

»Vier Jahre älter als du«, sagte Rudolf, und Julienne sagte: »So jung noch!«

Er mußte lachen. »Sehe ich so aus, als wäre ich mit einer alten Frau verheiratet?«

»Nein«, sagte Julienne. »Und die andere? Wie alt ist sie?«

»Fünfundzwanzig«, sagte Rudolf. Julienne spitzte ein wenig die Lippen und sagte: »Deshalb!«

Ihre Art, es zu betonen, gefiel ihm nicht, er sagte: »Was, deshalb?«

»Sie ist fünfzehn Jahre jünger als deine Frau«, sagte Julienne. »Männer in deinem Alter mögen junge Frauen. Liebst du sie?«

»Es ergab sich so«, sagte Rudolf. »Sie ist mit meinem Schwager verheiratet.«

»Mit dem Bruder deiner Frau?« fragte Julienne verwundert. Rudolf nickte. Jetzt, da er sich mit ihr darüber unterhielt, merkte er, wie sehr es ihm immer gefehlt hatte, sich einmal mit einem Menschen aussprechen zu können, er sagte: »Schockiert es dich?«

»Mich?« sagte Julienne. Sie schaute ihn belustigt an. »Ich gehe seit zwanzig Jahren mit verheirateten Männern ins Bett, und seit zwanzig Jahren erzählen sie mir alle die gleichen Geschichten.«

»Wenn es nicht ausgerechnet die Frau meines Schwagers wäre!« sagte Rudolf, und Julienne sagte: »Hast du Gewissensbisse?«

»Ja«, sagte Rudolf. »Manchmal.«

»Mon petit soldat!« sagte Julienne lächelnd. »Das muß schlimm sein für dich.«

Es hatte den Anschein, als ob sie sich ein wenig über ihn lustig machte, er sagte verstimmt: »Hast du nie welche gehabt?«

»Wozu?« fragte Julienne lächelnd. »Ohne mich hätten sich die Männer scheiden lassen und eine andere geheiratet.«

Das war eine ganz neue Perspektive, und während Rudolf darüber nachdachte, mußte er grinsen. »Wenn man es so sieht...«

»Klar, mon petit soldat!« sagte Julienne heiter. »Ihre Frauen müßten mir sogar dankbar sein. Für deine Frau ist es ja auch besser, wenn es in der Familie bleibt. Oder nicht?«

»Ich glaube nicht«, sagte Rudolf, »daß sie das beruhigt.«

»Weiß sie es?« fragte Julienne rasch. Rudolf nickte.

»Dann ist es ja viel einfacher, als ich gedacht habe«, sagte Julienne, und Rudolf sagte: »So einfach ist es auch nicht.«

»Es ist für keine Frau einfach, von ihrem Mann betrogen zu werden«, sagte Julienne. »Ich meine es in bezug auf dich. Wenn sie es weiß, brauchst du dir keine Gewissensbisse zu machen. Unangenehm ist es nur, wenn du es hinter ihrem Rücken tust.«

»Vielleicht bin ich darin etwas altmodisch«, sagte Rudolf. »Ich komme mir ein bißchen wie ein Schwein vor.«

»Bei mir auch?« fragte Julienne und blickte aufmerksam in sein Gesicht. Er schüttelte den Kopf. »Bei dir nicht.«

»Vielleicht liegt es an der Gesellschaft, in der du verkehrst«, sagte Julienne. »Dort ist das immer gleich eine Sache des guten Geschmacks; ich weiß das von meinem Bankdirektor. Er leidet jedesmal, wenn er seine Frau betrügt, aber wenn er es nicht täte, würde er erst recht leiden. Warum schaust du mich so an?«

»Ich wundere mich über dich«, sagte Rudolf langsam, und Julienne sagte: »Ich bin nicht dumm, was?«

»Für dumm habe ich dich noch keinen Augenblick gehalten«, sagte Rudolf.

Sie legte ihm die Hand auf das Knie und sagte: »Es stimmt auch nicht, daß ich noch keine Heiratsanträge bekommen hätte. Hätte ich weniger über Männer gewußt, so wäre ich vielleicht schon längst verheiratet. Ich glaube, es gibt keinen Mann, der seine Frau nicht betrügt.«

»Ich kenne eine ganze Reihe ...«, sagte Rudolf, und Julienne sagte ungeduldig: »Dann betrügen sie sie in Gedanken; für mich ist das kein Unterschied. Ich gehöre nicht zu deiner Gesellschaft; verstehst du? Einen wie dich würde ich nur heiraten, wenn mir das Wasser bis zum Hals stünde, und vier Wochen später würde ich dich mit deinem besten Freund betrügen, nur um dir zu zeigen, wieviel er in Wirklichkeit taugt.« Sie beugte sich zu ihm hinüber, küßte ihn auf den Mund und knöpfte seine Jacke auf.

»Nicht hier«, sagte Rudolf, und Julienne sagte: »Warum nicht? Mon petit soldat ist sentimental. Stimmt's?«

»Vielleicht«, sagte Rudolf, und Julienne sagte: »Aber ich bin nicht sentimental. Ich bin auch nicht mit dir hierhergelaufen, nur um mir die Beine zu zerkratzen. Schau an!«

Sie zeigte ihm ihre zerkratzten Beine, auch dort, wo sie nicht zerkratzt waren, und sagte: »Nein?«

»Nein«, sagte Rudolf. Sie blickte neugierig in sein Gesicht, dann zog sie ihren Schlüpfer aus und fragte mit verschleierten Augen: »Nicht einmal dafür?«

Es war sehr heiß in der Sonne, und während er sie anschaute, schwitzte er am ganzen Körper. Er ließ sich auf sie fallen, und sie sagte noch: »Ihr dummen Männer!«

Hinterher spuckte sie in einen Granattrichter und sagte: »Ich verstehe nie, was euch hierherzieht. Mein Vater war da genauso, er rannte den lieben langen Tag über die Schlachtfelder und schaute sich alles an; dabei kannte er die Geschichte nur von meinem Großvater. Hat dein Vater hier gekämpft?«

»Mein Schwiegervater«, sagte Rudolf, und Julienne sagte: »Vielleicht müßte man ein Mann sein, um es zu verstehen. Für mich ist das ein Stück Boden wie jedes andere Stück Boden auch.«

»Du hättest es auch nicht auf einem Friedhof getan«, sagte Rudolf, und Julienne sagte: »Wenn es der gleiche wäre, auf dem ich einmal beerdigt werde: immer! Vielleicht hätte ich dann weniger Angst davor.« Sie zog sich an, betrachtete im Taschenspiegel ihr Gesicht und lachte.

»Worüber lachst du?« fragte Rudolf.

»Über mich selbst«, sagte Julienne. »Ich glaube, ich habe mich ein wenig in mon petit soldat verliebt.«

»Bist du dir da auch sicher?« fragte Rudolf, und Julienne sagte: »Na, hör mal! Zuerst wollte ich gar nicht mehr zu dir kommen, dann erst in vier Tagen, und dann bin ich schon gestern abend zu dir gerannt. Ich muß ein wenig verrückt geworden sein!«

»Ich auch«, sagte Rudolf und küßte ihr Ohr. Es erschien ihm plötzlich unvorstellbar, künftig auch nur noch einen Tag ohne sie auskommen zu können, und er sagte: »Hoffentlich hat sich deine Tante darauf eingerichtet, daß sie längere Zeit nicht mehr in ihrem Haus wohnen wird. Ich werde ihr die Miete gleich für drei Monate im voraus bezahlen.«

»Das möchte ich nicht«, sagte Julienne. »Gib sie ihr monatlich. Außerdem kann ich meine Herren nicht so lange warten lassen.«

Es versetzte Rudolf einen Stich, er sagte unvermittelt gereizt: »Wir haben vereinbart, daß damit Schluß ist. Was du zum Leben brauchst, bekommst du künftig von mir.«

»Vierhundert Francs?« fragte Julienne neugierig, und Rudolf sagte: »Sechshundert; vielleicht auch noch etwas mehr. Untersteh dich nicht, dich noch einmal mit diesen Dreckskerls einzulassen.«

»Du bist goldig!« sagte Julienne und fing herzlich an zu lachen. Sogar Tränen kamen ihr wieder beim Lachen, sie legte Rudolf, der sie indigniert anschaute, die Hände um den Nacken, zog ihn an sich, küßte ihn auf den Mund und sagte: »Schrecklich goldig!«

»Ich sehe nicht ganz ein ...«, sagte Rudolf, und Julienne küßte ihn so heftig, daß er nicht weiterreden konnte. Dann stand sie auf, putzte sich die Augen ab und sagte: »Jetzt werde ich uns zu Hause einen guten Kaffee kochen.«

In einem gewissen Sinne hatte sie Eigenschaften sowohl von Irene als auch von Katharina. Mit Katharina hatte sie eine unwiderstehliche Frivolität gemeinsam und mit Irene eine sehr bestimmte Art, am Ende doch immer ihren Willen durchzusetzen. Er getraute sich schon nicht mehr, ihr zu widersprechen, aus Furcht, sie könnte sonst zu ihrer Kundschaft nach Châlons zurücklaufen. So viel wußte er jetzt schon, daß sie zu jenen Frauen gehörte, deren man sich nie ganz sicher war. Sie glich einem hübschen Vogel, auf den man ständig aufpassen mußte, wollte man verhindern, daß er in seine liebgewordene Freiheit entwich.

Wenigstens in diesem Punkt hatte er bei Irene nie Angst haben müssen, sie schien ihm, trotz ihrer Geringschätzung, auf eine nicht analysierbare Art verfallen zu sein, geradeso, als ob sie eine schicksalhafte Haßliebe mit ihm verbände, der sie nicht entrinnen konnte. Ohne die Ganskes wäre ihm das wohl nie so bewußt geworden.

»RÜHR MICH NICHT AN, DU HUND!«

Irene hatte sie wieder einmal sonntags nachmittags zum Kaffee in die Wohnung ihrer Mutter eingeladen, und es war insofern ein außerordentliches Ereignis, als dieser Tag mit dem fünfunddreißigsten Geburtstag der Frau Ganske zusammenfiel. Sie sah allerdings schon etwas reifer aus, ihr Make-up vermochte nur mühsam die Spuren ihrer zahllosen Zweikämpfe mit Männern zu kaschieren, angeblich hatte sie – wenn Irenes Informationen zutrafen – mit ihrem jetzigen Mann die zwanzigste Eroberung gemacht, wovon sie drei gefreit und die anderen nur ausprobiert hatte. Ihr erster Mann war einem bedauerlichen Unglück zum Opfer gefallen, als er nachts auf der Autobahn in stark angeheitertem Zustand den Grünstreifen übersah und einen entgegenkommenden Lastzug rammte. Zum Glück hatte er, von einer geschäftlichen Besprechung heimkehrend, allein im Wagen gesessen, und die zweite Ehe der Frau Ganske fand in beiderseitigem Einvernehmen ein natürliches Ende. Sie scheute sich auch nicht, über ihre bewegte Vergangenheit mit einer Ausführlichkeit zu plaudern, die auf den unvorbereiteten Zuhörer schon ein wenig peinlich wirkte, dabei war sie eine sehr nette Frau, charmant, intelligent und ungeheuer schlagfertig. Eine gute Figur hatte sie sich auch erhalten; wenn man sie anschaute, erschienen die zwanzig Männer durchaus glaubhaft, aber was ihren dritten Ehemann betraf, so machte er nicht den Eindruck, als hätte er sich bereits bei der Hochzeit mit einer Ehe auf Zeit abgefunden. Zudem war es immer etwas schwierig, ausgerechnet als Frau eines Anwalts eine Scheidung durchzusetzen, wofür auch nicht die geringsten Indizien vorlagen, die beiden machten vielmehr einen sehr glücklichen Eindruck, sparten auch in Gegenwart Dritter nicht mit Kosenamen, in der Regel nannte sie ihren Mann ›Herzchen‹, und Herr Ganske sagte ›Engelchen‹ zu ihr. Es war immer angenehm zu erleben, wenn sich zwei Ehepartner so ausgezeichnet verstanden, und Irene fand die bewegte Vergangenheit der Frau – obwohl sie in solchen Dingen eher prüde war – sogar interessant. Vielleicht hoffte sie, von ihr noch einiges Wissenswertes im Umgang mit Männern erfahren zu können.

Da es also keine Kaffeeparty wie alle anderen werden sollte, wünschte Irene, daß Rudolf zur Feier des Tages seiner Fußballeidenschaft einmal entsagte, aber es handelte sich unglücklicherweise um ein ungemein wichtiges Spiel, das über den Verbleib einer von Rudolf sehr geschätzten Mannschaft in der Oberliga entschied. Er machte Irene daher den Vorschlag, die Kaffeeparty etwas später anzusetzen, und Irene wiederum antwortete ihm mit dem Gegenvorschlag, er solle etwas später auf den Fußballplatz gehen. Da er berechtigte Zweifel hegen konnte, in diesem Fall noch rechtzeitig wegzukommen, wies er Irenes Vorschlag entschieden zurück, und Irene bekam ihre berüchtigten Schatten unter den Augen und sagte, es sei den Ganskes gegenüber unentschuldbar, wenn er der Frau nicht einmal zum Geburtstag gratuliere.

»Sie wird es überleben«, sagte Rudolf, der neben dem wichtigen Fußballspiel noch andere Gründe hatte, jedes überflüssige Beisammensein mit den Ganskes zu vermeiden. Mitunter kam es ihm nämlich so vor, als hätte es Frau Ganske darauf angelegt, mit ihm ihre einundzwanzigste Eroberung zu machen, wozu nicht zuletzt Irenes farbige Schilderungen über sein Heldentum im Krieg beigetragen haben mochten, jedenfalls schaute ihm Frau Ganske oft mit einem Ausdruck nur mühsam unterdrückter Begehrlichkeit in die Augen, und da er sich seiner Schwäche gutaussehenden Frauen gegenüber nur zu sehr bewußt war, betrachtete er jede Begegnung mit ihr als Versuchung. Allein schon der Gedanke an ihre zwanzig Liebhaber machte ihn nervös, Frauen mit solchen Erfahrungen hatten ihn von jeher stärker gereizt als andere, und daß Katharina die Mitteilungen ihrer physischen Zuneigung immer so unverschlüsselt offerierte, war ja auch einer der Gründe gewesen, die ihn in ihre Arme getrieben hatten.

Nun konnte man die eigene Frau natürlich nicht gut in derart komplizierte Zusammenhänge einweihen, ohne sich dadurch nicht der Gefahr auszusetzen, krankhafter Einbildungen verdächtigt zu werden, und Irene, die in seiner Verstockheit nur wieder einmal mehr den Ausdruck bösen Willens erblicken mußte, reagierte mit entsprechender Schärfe: »Wenn du heute auf den Fußballplatz gehst, bist du für alle Zeit für mich erledigt!«

Ihre Formulierung ließ nicht ganz deutlich werden, was sie sich darunter vorstellte, doch pflegte man Hinweise auf eine eventuelle Scheidung normalerweise etwas verbindlicher zu präzisieren, und Rudolf sah in ihrer Drohung nichts anderes als einen neuen Versuch, ihn an seine Abhängigkeit zu erinnern. Da er jedoch gerade dagegen im Laufe der letzten Jahre allergisch geworden war, fiel seine eigene Reaktion wieder einmal trotzig aus, er griff nach seinem Hut und ließ Irene einfach stehen.

Nach dem Fußballspiel setzte er sich noch in ein Restaurant und begoß mit zwei Gläsern Bier den Verbleib der von ihm geschätzten Mannschaft in der Oberliga. Entsprechend spät kam er nach Hause, die Ganskes waren bereits gegangen, und Irene erwartete ihn im Salon. »Das hast du absichtlich getan«, sagte sie mit blassem Gesicht, und Rudolf, der nach den zwei Gläsern Bier wieder versöhnlich gestimmt war, sagte: »Ich kann nichts dafür, daß mir die beiden mit ihrem ständigen Geschwätz auf die Nerven fallen.«

»Du hättest schon vor einer Stunde hiersein können«, sagte Irene. Rudolf ging zu ihr hin und versuchte, sie zu küssen, aber sie stieß ihn angewidert von sich und sagte: »Du stinkst nach Bier. Du hast dich in eine Kneipe gesetzt, bis du sicher sein konntest, daß sie fort sind.«

»Nun gut«, sagte Rudolf. »ich habe nach dem Spiel Durst bekommen und zwei Gläser Bier getrunken. Was ist schon dabei?« Er versuchte ein zweites Mal, sie zu küssen, und als sie ihn wieder von sich stieß, sagte er leise: »Tu das nicht mehr. Ich möchte keinen neuen Streit mit dir, aber nicht unter jeder Bedingung. Wenn du unbedingt Leute einladen mußt, dann bitte solche, die mir nicht auf die Nerven fallen.«

»Wen ich in meine Wohnung einlade«, sagte Irene, »ist meine Sache. Wenn es dir nicht paßt, kannst du ausziehen.«

»Schön«, sagte Rudolf. Er rannte in die Diele und rief nach dem Mädchen. »Holen Sie mir meine Koffer vom Speicher!« sagte er, und Anna sagte verständnislos: »Ihre Koffer?«

»Sämtliche Koffer«, sagte Rudolf und rannte in das Schlafzimmer. Er riß seine Kleider aus dem Schrank, warf sie auf das Bett und wußte vor Wut nicht mehr richtig, was er tat. So traf ihn Irene an, sie blieb in der Tür stehen und sah zu, wie er seine Kleider auf das Bett warf. Dann ging sie wieder hinaus und schloß die Tür von draußen ab. Er merkte es erst, als er zehn Minuten lang vergeblich auf die Koffer gewartet hatte, dann schlug er mit den Fäusten gegen die verschlossene Tür, aber draußen rührte sich nichts. Schließlich setzte er sich auf das Bett, zündete sich eine Zigarette an und war sehr erleichtert darüber, daß sie die Tür abgeschlossen hatte. Jetzt, da er wieder ruhig darüber denken konnte, fand er seine Absicht, mit allem, was ihm gehörte, aus dem Haus zu gehen, geradezu idiotisch, und Irene ließ ihn zwei geschlagene Stunden in dem abgeschlossenen Zimmer sitzen. Dann kam sie herein und fing wortlos an, seine Sachen in den Schrank zu räumen.

»Jetzt hättest du eine Chance gehabt, mich loszuwerden«, sagte Rudolf, und Irene sagte, ohne ihn anzuschauen: »Wenn ich einmal soweit bin, werde ich es dir selbst sagen.« Sie hatte gerötete Augen, als er nach ihrer

Hand greifen wollte, zog sie sie rasch zurück und blickte ihn mit einem Ausdruck unversöhnlichen Hasses an. »Rühr mich nicht an, du Hund!«

Sie sprach dann den ganzen Abend kein Wort mehr mit ihm und ging früh ins Bett. Obwohl er noch über eine Stunde aufblieb, traf er sie lesend an, er legte sich zu ihr, knipste seine Nachttischlampe aus, und Irene sagte: »Willst du mir nicht wenigstens gute Nacht sagen?« Rudolf beugte sich zu ihr hinüber, berührte mit den Lippen ihre Wange und sagte: »Gute Nacht!«

»Gute Nacht, Rudolf!« sagte sie.

Er schlief in dieser Nacht sehr tief und träumte angenehme Dinge. Als er aufwachte, saß Julienne neben ihm, und er merkte, daß sein angenehmer Traum gar kein Traum, sondern ein ebenso angenehmes Erlebnis gewesen war. Obwohl sie bereits etwas angezogen hatte, kam sie noch einmal zu ihm, und Rudolf sagte: »Schließlich bist du daran schuld!«

»Das haben wir gleich«, sagte sie und heute war es wieder anders als sonst. Dann brachte sie ihm das Frühstück ans Bett, Eier und Schinken, wie im Hotel, und ihr Kaffee war genauso gut wie gestern mittag. Rudolf küßte wieder die Konfitüre von ihren Fingern und sagte: »Ich würde sie gerne einmal sehen.«

»Wen?« fragte Julienne verwundert, und Rudolf sagte: »Unsere Tochter.« Sie ließ ihm noch einen Augenblick ihre Hand, dann zog sie sie zurück und sagte: »Sie haßt dich.«

»Ich habe es befürchtet«, sagte Rudolf. Er hatte plötzlich keinen Appetit mehr und sagte: »Ich habe auch nicht vor, mich ihr als ihr Vater vorzustellen, ich möchte sie nur einmal sehen. Ließe sich das machen?«

»Ihr Freund bringt sie jeden Tag nach Hause«, sagte Julienne, und Rudolf fragte: »Wo wohnt sie?«

»Bei ihm«, sagte Julienne. »Sie wollen bald heiraten.«

»Was arbeitet er?«

»Ich weiß es nicht, sie hat es mir nie erzählt.« Ihr Gesicht wirkte plötzlich verschlossen, Rudolf griff wieder nach ihrer Hand und sagte: »Es war sicher nicht einfach für dich, als sie dir davongelaufen ist.«

»Für welche Mutter ist das schon einfach!« sagte Julienne. Sie trug das Geschirr hinaus, kam wieder herein und setzte sich neben ihn. Rudolf gab ihr eine Zigarette, und sie sagte: »Er hat sie gegen mich eingenommen; von allein wäre sie nicht davongelaufen.«

»Hast du nie versucht...«, sagte Rudolf, und Julienne sagte: »Er läßt mich gar nicht mehr mit ihr sprechen.«

»Das ist schlimm«, sagte Rudolf. Er streichelte ihre Hand, und Julienne sagte: »Ich habe es nur ihretwegen in der Fabrik versucht. Als sie erfuhren, was ich früher getrieben habe, warfen sie mich hinaus.«

»Wie bist du zu der Stellung gekommen?«

»Jemand hat mich empfohlen«, sagte Julienne kurz. Sie blickte ihn nachdenklich an. »Liegt dir so viel daran, sie zu sehen?«

»Ich glaube«, sagte Rudolf langsam, und Julienne sagte: »Dann mach dich fertig!« Sie ging hinaus, und Rudolf hörte sie in der Küche hantieren. Vielleicht war er wieder einmal im Begriff, einen großen Fehler zu begehen, aber sein Bedürfnis, wenigstens zu wissen, wie seine Tochter aussah, war noch stärker als seine Bedenken. Er ging ins Bad und vom Bad zu Julienne in die Küche. »Vielleicht wäre es dir lieber, wenn ich sie nicht sähe«, sagte er, und Julienne sagte: »Sie ist deine Tochter.«

Das Restaurant war in einer Straße mit hohen Bäumen und kleinen Häusern. Es hatte eine Glasveranda mit Tischen und Stühlen, und Julienne setzte sich an einen Tisch und sagte: »Wir haben noch etwas Zeit.«

»Kommt sie hier vorüber?« fragte Rudolf. Julienne nickte. »Ich habe sie von hier aus oft beobachtet.«

»Oft?« sagte Rudolf. Sie wandte ihm das Gesicht zu und sagte: »Nur in der ersten Zeit. Ich hatte mir jedesmal vorgenommen, sie anzusprechen, aber ich habe es nie getan. Nach einem Jahr hatte ich mich daran gewöhnt.«

»Daß sie nicht mehr bei dir war?« sagte Rudolf, und Julienne sagte: »Ja.«

Es war keine große Geschichte, und sie passierte jeden Tag. Rudolf blickte mit angestrengtem Gesicht über die Straße. »Ich könnte versuchen, sie unter irgendeinem Vorwand anzusprechen«, sagte er, und Julienne sagte: »Versuch es.«

»Indem ich mich nach einer Straße erkundige«, sagte Rudolf. »Nenne mir irgendeine!«

»Die Rue Michelet«, sagte Julienne. »Sie ist ganz in der Nähe.« Sie beugte sich etwas über den Tisch und sagte leise: »Tu' es nicht.«

»Ich werde mich ihr nicht zu erkennen geben«, sagte Rudolf. »Ich möchte nur einmal ihre Stimme hören.« Er schwitzte vor Aufregung an den Händen. Nun, da es bald soweit war, wünschte er, er hätte es sich und Julienne erspart.

Ein Kellner kam, und Rudolf bestellte zwei Portionen Tee. »Etwas zu essen, Monsieur?« fragte der Kellner, und Rudolf blickte Julienne an. »Nein«, sagte sie. Ihr Gesicht sah plötzlich blaß aus, Rudolf sagte: »Es ist noch nicht zu spät, wenn du es nicht willst.«

»Ich habe sie auf die Welt gebracht und ihre Windeln gewaschen«, sagte Julienne. »Es ist nicht mehr mein Problem.«

»Das glaube ich dir nicht«, sagte Rudolf. Der Kellner brachte den Tee, blickte den Jaguar vor der Veranda an und verschwand wieder. »Kommt sie immer um die gleiche Zeit?« fragte Rudolf.

»Wenn sie nichts anderes vorhat«, sagte Julienne. »Setz dich schon in den Wagen; ich gebe dir ein Zeichen.«

»Und wenn sie auf der anderen Straßenseite kommt?« fragte Rudolf, und Julienne sagte: »Sie kommt immer auf dieser Seite. Wahrscheinlich wird sie wieder von ihrem Freund begleitet.«

Rudolf stand auf, stieg die vier Stufen zur Straße hinunter und setzte sich in den Jaguar. Es war nicht viel Betrieb auf der Straße, sie lag ziemlich nahe am Stadtrand, und die kleinen Häuser auf beiden Seiten hatten Vorgärten mit vielen Blumen. Während Rudolf wartete, fiel sein Blick auf Juliennes Gesicht; hinter der Scheibe der Veranda sah es jetzt ganz weiß aus, weiß und irgendwie verloren, ein Gesicht ohne Hoffnung. Es ließ ihn für einen Moment erschrecken, er starrte sie über die Distanz, die ihn von ihr trennte, ein paar Augenblicke atemlos an, dann kletterte er aus dem Wagen, lief, immer nur ihr Gesicht anschauend, zu ihr hinein und legte einen Geldschein auf den Tisch. »Komm!« sagte er.

Julienne stand sofort auf, er schob seine Hand unter ihren Arm und führte sie die kleine Treppe hinunter. Er öffnete ihr die Tür, setzte sich hinter das Lenkrad und fuhr aus der Stadt hinaus. Als sie die letzten Häuser hinter sich hatten und über eine Brücke fuhren, legte Julienne den Kopf an seine Schulter und weinte. Er streichelte mit einer Hand ihr Gesicht und fühlte sich sehr froh. Als ob er gerade einer schlimmen Gefahr entronnen sei. Er fühlte sich wie damals, wenn sie einen schwierigen Angriff hinter sich gebracht hatten und die grünen Bäume wieder wahrnahmen und den blauen Himmel. Während er Juliennes Gesicht streichelte, hörte sie auf zu weinen, sie hielt seine Hand fest und preßte sie gegen ihre Brust. So fuhren sie bis nach Saint-Ménehould und von Saint-Ménehould durch die Argonnen, und Julienne ließ seine Hand nur dann los, wenn er sie zum Fahren brauchte, und jedesmal, wenn er sie nicht mehr brauchte, hielt sie sie wieder fest und drückte sie gegen ihre Brust.

Es war noch hell, als sie nach Verdun kamen, und Rudolf sagte: »Bis jetzt haben wir mit dem Wetter Glück gehabt.«

»Ja«, sagte Julienne. »Ich glaube, es bleibt noch einige Tage schön.«

»Bis dahin werden wir auch mehr wissen«, sagte Rudolf, und Julienne sagte: »In bezug auf was?«

»Ich habe so etwas wie Lotterie gespielt«, sagte Rudolf, und mehr war es vorläufig auch nicht. Natürlich hätte er es mit dem Geld auch geschickter anstellen können, aber dann wäre es eben kein Lotteriespiel mehr gewesen, und so blieb eben alles dem lieben Gott überlassen. Und Irene!

Er grinste beim Fahren vor sich hin, und neben ihm sagte Julienne: »Was heißt das: Du hast Lotterie gespielt?«

»Das heißt«, sagte Rudolf, »daß ich mir eine Chance gegeben habe. Du brauchst dir deshalb keine Gedanken zu machen.«

Sie fuhren auf dem direkten Weg nach Hause, und im Haus band sich Julienne eine Schürze um und sagte: »Jetzt habe ich in der Küche zu tun. Ruh dich ein wenig aus.«

»Das haben wir alle beide verdient«, sagte Rudolf. Im Wohnzimmer setzte er sich an das Fenster und blickte auf den Fluß hinaus. Es gab eben Dinge, die man nicht tun sollte, und Juliennes Tochter sehen zu wollen, war eines dieser Dinge gewesen. In so einem Fall konnte man entweder mit der Mutter schlafen oder mit der Tochter reden; beides zusammen war unfair. Es war auch unfair gewesen, nachdem er sich zwanzig Jahre nicht darum gekümmert hatte, ob überhaupt eine Tochter existierte oder nicht; er verstand sich nun selbst nicht mehr. Vielleicht würde er sie eines Tages einmal besuchen, wenn alles etwas übersichtlicher geworden war als jetzt, denn schließlich mußte auch die Geduld einer Frau wie Irene früher oder später erschöpft sein. Sie konnte nicht einfach ignorieren, daß er eine erwachsene Tochter besaß und ein paar Wochen lang mit einer anderen Frau zusammengelebt hatte. Diesmal würde sie sich zu einem Entschluß aufraffen müssen, und wenn sie es tat und in eine Scheidung einwilligte, würde es noch immer nicht zu Ende sein, im Gegenteil, die Probleme würden dann erst richtig anfangen!

In seiner augenblicklichen Verfassung wünschte er sich eine Ideallösung, die darin bestünde, daß er, ohne sich scheiden zu lassen, künftig mit Irenes Geld sein Verhältnis mit Julienne fortsetzte. Er war ihr in diesen wenigen Tagen so sehr verfallen, wie eben ein Schwächling einer hübschen und erfahrenen Frau verfallen konnte, und der Gedanke, daß sie bereits eine Tochter von ihm hatte, schuf zusätzlich eine Bindung ganz eigener Art, wie er sie bisher in dieser Intensität weder bei Irene noch bei Katharina erlebt hatte. Zudem kochte sie auch noch gut, er konnte sich beim Abendessen davon überzeugen, und nach dem Abendessen gingen sie wieder ins Bett, und sie standen bis zum Morgen nicht mehr auf. Sie blieben auch den ganzen nächsten Tag im Haus, und wenn sie nicht im Bett lagen, saß Julienne im Wohnzimmer auf seinem Schloß oder hatte in der Küche zu tun. Dann waren ihre Lebensmittel aufgebraucht, und sie fuhren zum Einkaufen in die Stadt. Obwohl sie nie ein Wort darüber verloren hatte, merkte Rudolf, daß Julienne gerne in dem Jaguar fuhr, sie genoß es, neben ihm zu sitzen, und überall, wo sie fuhren, wurde der Wagen bewundert. Hier noch mehr als in einer großen Stadt.

Nach zwei Tagen wußte er fast alles über Julienne, welche Speisen sie am liebsten aß, welche Kleider sie bevorzugte und daß sie nie in ihrem Leben ein Theater besucht hatte.

Am Morgen des fünften Tages wurden sie von einem Postboten

geweckt, der einen eingeschriebenen Brief brachte. »Für Monsieur Wittmann«, sagte er, und Rudolf sagte: »Der bin ich.«

Er hatte sich nur einen Morgenmantel übergezogen, und der Postbote blickte ihn abschätzend an und fragte: »Haben Sie einen Ausweis, Monsieur?«

»Warten Sie hier!« sagte Rudolf und ging zu Julienne ins Schlafzimmer. »Wer ist es?« fragte sie schlaftrunken, und Rudolf sagte: »Der Postbote; er bringt den Brief meiner Bank.«

»Dann kann ich ja weiterschlafen«, sagte sie gähnend, und Rudolf sagte: »Tu' das!« Er nahm seinen Reisepaß aus der Brieftasche, kehrte zu dem Postboten zurück und sagte: »Der Brief ist noch an mein Hotel adressiert; ich bin vor fünf Tagen hierhergezogen.«

»Man hat es mir im Hotel gesagt«, sagte der Postbote. Er schaute sich lange Rudolfs Reisepaß an, betrachtete lange das Foto und Rudolfs Gesicht, dann sagte er: »Unterschreiben Sie, Monsieur.«

Rudolf unterschrieb eine Quittung und bekam seinen Brief. Er enthielt einen Scheck über zehntausend Francs und war auf eine Bank in Verdun ausgestellt. Rudolf steckte ihn wieder in den Umschlag und ging zu Julienne ins Schlafzimmer. Sie schlief bereits wieder, er setzte sich vorsichtig neben sie und betrachtete ihr Gesicht. Sie sah auch im Schlaf noch hübsch aus, so, als ob sie vor sich hin lächele, und dann lächelte sie tatsächlich, zwar immer noch nicht ganz wach, aber sich seiner Nähe schon bewußt.

Irene pflegte in solchen Fällen nicht zu lächeln, sie reagierte immer ungehalten, wenn sie im Schlaf gestört wurde, und drehte sich brummend auf die andere Seite. Nicht einmal am Morgen nach ihrer Hochzeitsnacht hatte sie Verständnis dafür gehabt. – »Ich brauche acht Stunden Schlaf, sonst bin ich nicht fit!« – Überhaupt waren es die schäbigsten Flitterwochen gewesen, die man sich vorstellen konnte, ohne Hochzeitsreise und andere Finessen. Er wäre bei ihr auch nie auf den Gedanken gekommen, zwei Tage lang keine Hosen mehr anzuziehen, wie er es jetzt bei Julienne getan hatte. Als er sie geheiratet hatte, war schon nichts mehr an ihr gewesen, was zu entdecken sich noch gelohnt hätte. Wie immer, wenn man bereits vor der Heirat schon fünf Jahre mit einer Frau geschlafen hatte. Im Grunde hatte es sich nur noch um die legale Fortsetzung eines illegalen Verhältnisses gehandelt, ohne Höhepunkte und angenehme Überraschungen. Die Überraschungen hatten sich erst viel später eingestellt, und als angenehm hatte er sie eigentlich nie empfunden. Im gleichen Maße, wie sich Irene in seinen Augen zu ihrem Nachteil entpuppte, waren auch die guten Vorsätze, die er für diese Ehe mitgebracht hatte, verlorengegangen. Er hatte sich gehenlassen, wie man sich bei Menschen gehenläßt, auf die einen guten Eindruck zu machen ohnedies nichts einbringt, und eines Tages war es dann so weit gewesen, daß er sich zum erstenmal ernsthaft mit dem Gedanken an eine Scheidung befaßt hatte, und dies ausgerechnet wieder an einem Hochzeitstag, dem zwölften übrigens, was es nicht besser machte. Irene hatte ihn drei Tage zuvor ausnahmsweise mit nach Paris genommen, um sich die neuen Kollektionen einer großen Firma anzuschauen. Mißtrauisch, wie sie war, lebte sie ständig in der Furcht, die Leute würden durch ihre Vertreter immer die weniger guten Stücke anbieten lassen und die anderen unter der Hand verscheuern. Nach dem geschäftlichen Teil ihrer Reise hatte Irene sofort nach Hause fahren wollen – »Ich habe keine Ruhe, wenn wir beide hier sitzen!« –

Rudolf widersprach: »Nachdem wir schon einmal hier sind, kommt es auf einen Tag mehr oder weniger auch nicht an.«

Schließlich ließ sie sich doch dazu überreden, noch einen Tag zu bleiben, aber nur, weil Rudolf ihr versprach, am Abend mit ihr in die Oper zu gehen. Sie amüsierte sich dann so gut, daß sie auf Rudolfs Zureden noch einen weiteren Tag in Paris blieb, aber dann hielt sie es nicht mehr aus. – »Wer weiß, was im Geschäft alles passiert ist!« – Und den zwölften Hochzeitstag wollte sie unbedingt zu Hause feiern. Rudolf hätte ihn lieber allein mit ihr in Paris verbracht, aber sie hatte für den Abend Erich und noch einige Bekannte einschließlich der Ganskes eingeladen, und so trafen sie denn, wie vorgesehen, am frühen Nachmittag zu Hause ein, um als erstes zu erfahren, daß Joswig am Vormittag ein Zwölftausend-Mark-Kollier für neuntausend Mark verkauft hatte. »Es war nicht meine Schuld!« sagte er aufgelöst, und Irene fragte mit feuerrotem Kopf: »Wessen Schuld denn?«

»Ihr Mann muß das Kollier falsch ausgezeichnet haben«, sagte Joswig. »Ich habe es leider zu spät bemerkt.«

»Das ist völlig ausgeschlossen«, sagte Rudolf, obwohl ihm schon einmal ein ähnlicher Fehler unterlaufen war. Nur hatte es sich damals um einen kleinen Betrag gehandelt, und Irene sagte zu Joswig: »Sind Sie sich da auch sicher?«

»Sie können Fräulein Metzmaier fragen«, sagte Joswig. »Sie hat das Kollier vor mir in der Hand gehabt. Wenn Sie es wünschen, werde ich zu dem Kunden gehen ...«

»Das kommt nicht in Frage!« sagte Irene und ging in das Büro. Dort sagte sie zu Rudolf: »Du bist doch zu nichts zu gebrauchen! Einen Angestellten, dem so etwas passierte, würde ich auf die Straße setzen.«

Rudolf schwieg. Natürlich war es eine unangenehme Sache, er konnte sie sich auch nur so erklären, daß er die falsche Spalte der Preisliste erwischt hatte, als er den Betrag auf das Kollier übertrug, aber andererseits war dem Geschäft außer der Verdienstspanne nichts verlorengegangen, und mit Rücksicht auf den Hochzeitstag hätte man eigentlich darüber hinwegsehen können. Leider schien aber Irene wieder einmal anderer Auffassung zu sein, sie sagte blaß vor Ärger: »Hätte ich in Paris nur nicht auf dich Idioten gehört, dann wären wir heute vormittag hiergewesen.«

Es ließ sich, wenn man überhaupt dazu bereit war, nur mit ihrer Erregung entschuldigen, sie schien nicht mehr richtig zu wissen, was sie sagte, und die dunklen Flecken unter ihren Augen sahen jetzt wie Tintenkleckse aus. »Dreitausend Mark zum Fenster hinausgeworfen!« sagte sie fassungslos, und Rudolf sagte genauso fassungslos: »Du wirst dich sofort entschuldigen!«

»Wofür?« fragte sie zitternd. »Daß ich einen Dummkopf von einem Mann geheiratet habe?«

Noch nie war die Versuchung, ihr eine Ohrfeige zu geben, für Rudolf so groß gewesen, und die Anstrengung, die es ihn kostete, seinem jähen Zorn nicht nachzugeben, saugte ihm das Blut aus dem Gesicht. Er drehte sich wortlos um und ging in die Wohnung hinauf. Er schlug das Telefonbuch auf, suchte sich die Adresse eines Anwaltes heraus und zog sich dann im Schlafzimmer um. Während er sich umzog, kam auch Irene herein, sie riß sich die Kleider herunter, zog ihren Morgenrock an und ging ins Bad. Rudolf blickte angewidert auf die Wäsche, die sie am Boden liegengelassen hatte, schwarzes Reizzeug aus Paris, wie manche Huren es tragen, mit durchsichtigem Gewebe und raffinierten Spitzen. Wahrscheinlich trug sie nur deshalb Schwarz, weil sich ihre blonden Haare darunter besser abhoben! Er schleuderte die Wäsche angeekelt mit dem Fuß durch das Zimmer, setzte sich auf das Bett, in dem er jede Nacht neben ihr schlief, wo er sie im Schlaf grunzen hörte und ihre weißen Spinnenbeine zu ihm herüberkamen. Er hatte es bis zum Erbrechen satt, und als sie aus dem Bad zurückkam, sagte er: »Ich werde mich scheiden lassen.«

Sie schaute ihn einen Augenblick lang verächtlich an, dann zog sie ihren Morgenrock aus, trat nackt an den Schrank und sagte: »Dann such dir nur einen guten Anwalt; du wirst ihn brauchen.«

»Du auch!« sagte Rudolf, während er angewidert ihr weißes Gesäß betrachtete. »Es gäbe da eine ganze Menge, was sich von meiner Seite anführen ließe.«

Sie fuhr rasch zu ihm herum und sagte mit vor Wut entstelltem Gesicht: »Wenn du willst, werde ich dir sogar eine Liste darüber aufstellen. Du bist ja nicht einmal fähig, eine Frau zu befriedigen.«

Nun traf es ja zu, daß er sie in letzter Zeit ein wenig vernachlässigt hatte, aber er konnte die vielen Auseinandersetzungen mit ihr nicht mehr vergessen, und jedesmal, wenn er sich zu ihr ins Bett legte, fielen sie ihm wieder ein. Er war jetzt auch, im Gegensatz zu ihr, völlig gelassen und sagte mit ruhiger Stimme: »Vielleicht nicht so, wie man dich befriedigen kann; für eine normale Frau reicht es noch.« Er stand auf und ging ins Wohnzimmer hinüber. Dort holte er sich die Zeitungen, die sich während ihrer Abwesenheit angesammelt hatten, setzte sich in einen Sessel und begann zu lesen. Seine Absicht, zu einem Anwalt zu gehen, hatte er für den Moment fallenlassen; er versprach sich nichts davon. Wenn sie eines ihrer eleganten Kleider anzog und sich auch sonst ein wenig herausputzte, würde sie jedes Gericht für sich einnehmen; er hatte nicht die geringste Chance gegen sie.

Später kam sie zu ihm herein und sagte: »Du mußt dich noch umziehen; in einer halben Stunde kommen unsere Gäste.«

»Es sind deine Gäste«, sagte Rudolf, und Irene sagte: »Wenn du mir jetzt noch den Abend verdirbst, kannst du gleich zu deiner Mutter ziehen.«

»Eine Möglichkeit, über die sich reden läßt«, sagte Rudolf. Sie kam zu ihm, riß ihm die Zeitung aus der Hand und sagte: »Willst du jetzt vernünftig mit mir reden oder nicht?«

Sie hatte sich ein teueres Kleid angezogen und das Gesicht geschminkt. Sie war jetzt wieder eine vollkommene Dame, und nichts an ihr erinnerte mehr an die häßliche Szene zwischen ihnen. Eine kultivierte, gutriechende, gepflegte und elegante Frau. Während er sie anschaute, erinnerte er sich daran, wie sie vorhin ihren Morgenrock ausgezogen hatte und nackt an den Schrank getreten war, um frische Wäsche herauszuholen. Er wußte nicht, warum er gerade daran denken mußte, sie waren seit zwölf Jahren verheiratet, und seit zwölf Jahren zogen sie sich voreinander aus und an. Es war zu einer Routine ohne Bedeutung und System geworden, eine alltägliche Begebenheit zwischen Mann und Frau, und trotzdem hatte dieses Bild ihrer Nacktheit ihm die Besinnung zurückgegeben. Vielleicht, weil eine nackte Frau immer ein wenig hilflos und schutzbedürftig wirkt, weil der Anblick ihrer Brüste und ihres Schoßes keinen Mann, der noch einen Funken von Ritterlichkeit in sich hat, unberührt läßt. Es hatte nichts mit Erotik zu tun, nichts mit primitiven Instinkten, eher mit einem Gefühl der Verlorenheit, mit Mutterkomplexen und Angst vor dem Sterben. Sie hatte ihm einfach leid getan, und er hatte sich selbst ein wenig leid getan, ihre Nacktheit hatte ihn gerührt und zugleich resignieren lassen; man kämpfte nun mal als Mann mit keiner Frau, auch dann nicht, wenn sie so stark war wie Irene. Höchstens im Bett, und dort wieder auf eine andere Weise, eine abgewandelte Form des Heimzahlens; er war sich nur nicht sicher, wofür, und Irene sagte: »Wirst du dich jetzt endlich umziehen?«

»Was soll ich anziehen?« fragte er, und Irene sagte: »Deinen Smoking natürlich. Erich kommt sicher im Smoking.«

Manchmal wunderte er sich, daß er es dann trotzdem noch einmal sechs Jahre ausgehalten hatte, sechsmal dreihundertundfünfundsechzig Nächte neben ihr im Bett, neben ihr am Tisch und neben ihr an der Badewanne, wenn sie ihn hereingerufen hatte, damit er ihr den Rücken einseife. Oft fühlte er sich geneigt, es Katharina zuzuschreiben. Ihr Auftauchen brachte eine neue Perspektive in seine Ehe, ein neues Spannungsfeld, an dem sich seine Begierden und Leidenschaften wieder aufladen konnten, ein neues Risiko und eine neue Selbstbewährung. Auch wenn seine Beziehungen zu ihr vom ersten Augenblick an hoffnungslos im Sinne einer grundlegenden Veränderung seines Lebens gewesen waren, hatte sie ihm doch zu einem Auftrieb gegen seine Resignation verholfen, durch sie hatte er das Gefühl wiedergewonnen, nicht überflüssig zu sein. Ohne Katharina wäre er wohl nie zu dieser Gelassenheit seinen ehelichen Problemen gegenüber fähig gewesen, er wäre weiterhin daran gescheitert, Irene die Stirn zu bieten, auch wenn es sich bei seiner Opposition gegen sie letztlich mehr oder weniger nur um einen Selbstbetrug handelte. Es hatte ihn aber wenigstens der resignierenden Untätigkeit enthoben, der fatalen Neigung, sich auf einen fruchtlosen Haß beschränken zu müssen. Mehr noch: Indem er sich mit Katharina eingelassen hatte, war ihm auch Irene wieder erträglicher geworden, und das allein schon schien ihm sein Verhältnis mit ihr, wenn auch nicht moralisch, so doch wenigstens in seiner praktischen Bedeutung zu rechtfertigen.

Am Nachmittag fuhren sie zur Bank, wo Rudolf den Scheck einlöste, Julienne wartete im Wagen auf ihn, und als er zu ihr kam, sagte sie: »Wohin fahren wir jetzt? Wieder auf den Mort Homme?«

Es kam nun nach allem, was sie vor fünf Tagen darüber gesagt hatte, für Rudolf doch ein wenig überraschend, er sagte: »Was willst du dort?«

»Man war so herrlich allein!« sagte Julienne lächelnd, und Rudolf sagte »Wir können auch einmal auf die Höhe 304 fahren; dort ist man sicher genauso allein.«

»Wo ist das?« fragte Julienne, und Rudolf sagte: »Nicht weit vom Mort Homme. Warte eine Augenblick!« Er ging in ein Geschäft mit Souvenirs und kaufte eine Karte der Schlachtfelder. Wie er vermutet hatte, lag die Höhe 304 nur wenige Kilometer westlich vom Mort Homme.

Sie mußten wieder über Chattancourt fahren, vorbei am Mort Homme durch eine menschenleere, hügelige Landschaft mit bewaldeten Kuppen, Viehkoppeln und vielen Äckern. In Esnes, einem kleinen Dorf mit roten Ziegeldächern, stießen sie auf die D 18, die sich in zahlreichen Krümmungen die Höhe hinaufzog, dann zweigte mitten im Wald auf der rechten Seite eine schnurgerade Straße ab, an deren Ende auf dem höchsten Punkt der Höhe ein mächtiger Obelisk stand. Um ihn herum war der Wald gerodet worden, Feuerschneisen führten in alle Himmelsrichtungen, und Rudolf sagte lächelnd: »Hier ist es noch stiller als auf dem Mort Homme!«

»Ja«, sagte Julienne ernsthaft. »Es singen keine Vögel.«

Sie ließen den Jaguar bei dem Obelisk stehen und gingen auf einer der Schneisen ein Stück in das Gelände hinein. Beiderseits der Schneise war es völlig unbegehbar, eine wüste, mit niedrigen Föhren bewachsene Trichterlandschaft und zahllosen, halbzerfallenen Schützengräben. Auf der Schneise wuchs hohes Gras, sie führte in sanftem Gefälle in ein Tal hinab. Auf halbem Weg dorthin setzten sie sich an den Waldrand, und Julienne blickte geistesabwesend über das Tal hinweg.

»Woran denkst du?« fragte Rudolf, und sie sagte: »Wie lange das wohl noch dauern wird.« Er verstand sie nicht und fragte: »Wovon redest du?«

»Von uns«, sagte Julienne. »Wann willst du deiner Frau schreiben?«

»Vielleicht morgen«, sagte Rudolf. »Warum beschäftigst du dich damit?«

»Du solltest ihr nicht schreiben«, sagte Julienne. »Wenn sie sich doch nicht scheiden läßt, ist es überflüssig.«

»Es ist noch nicht sicher, daß sie sich nicht scheiden läßt«, sagte Rudolf. Er legte sich auf den Rücken und betrachtete den wolkenlosen Himmel über den Föhren. Julienne beugte sich über ihn, blickte in sein Gesicht und sagte: »Mir würde es genügen, dich ab und zu zu sehen. Dir nicht?«

»Nein«, sagte Rudolf, und es war ihm in dieser Sekunde ernst damit. »Diesmal mache ich keine halbe Sache«, sagte er. »Wenn sie sich nicht scheiden läßt, wird sie keine Ruhe mehr haben.«

»Erzähl mir etwas von ihr«, sagte Julienne. »Warum klappt es nicht mehr zwischen euch?«

»Das ist eine lange Geschichte«, sagte Rudolf. »Wir passen eben nicht zueinander.«

»Das gibt es oft«, sagte Julienne und küßte ihn. Sie knöpfte seine Jacke und sein Hemd auf, legte den Mund auf seine Brust und sagte: »Warum habt ihr keine Kinder?«

»Sie wollte keine«, sagte Rudolf, und Julienne sagte mit dem Mund an seiner Brust: »Du auch nicht?«

»Nein«, sagte Rudolf wahrheitswidrig, aber was hätte er ihr sonst sagen sollen! »Nicht von ihr.« Er streichelte ihren Nacken und sagte: »Ich werde bei dir bleiben, bis sie sich scheiden läßt.«

»Meinetwegen brauchst du dich nicht scheiden zu lassen«, sagte Julienne und richtete sich auf. »Ich bin mir nämlich nicht sicher, ob ich dich dann heiraten würde.«

Er erinnerte sich, daß sie das schon einmal in einem anderen Zusammenhang gesagt hatte, aber er hatte es nur für eine Laune gehalten, und auch diesmal schien es ihm kaum mehr zu sein. »Darüber reden wir, wenn es soweit ist«, sagte er, und Julienne sagte: »Es würde dir bald leid tun. Wovon sollten wir überhaupt leben?«

Es war immer das gleiche, ob bei Katharina oder bei Julienne, und seine Aussichten, ausgerechnet in Frankreich etwas daran ändern zu können, waren erst recht hoffnungslos. Er sagte: »Du müßtest natürlich mit mir nach Deutschland kommen.«

Julienne lächelte nur.

Den nächsten Tag verbrachten sie wieder im Haus. Sein Bedürfnis, Julienne nackt zu sehen, wuchs mit jedem Tag. Selbst in der Küche durfte sie nur ihre Schuhe anziehen, und er saß dann am Tisch und betrachtete sie. Er betrachtete sie, wenn sie im Bett lag, im Wohnzimmer auf dem Sofa oder in einem Sessel saß oder durch das Haus ging. Er wurde es nicht müde, sie anzuschauen, und Julienne wurde es nicht müde, ihn zu lieben. Dann küßte sie ihn und sagte: »Schlaf ein wenig, mon petit soldat«, aber sobald er aufwachte, war sie wieder bei ihm, und sie ließ sich jedesmal etwas Neues einfallen. Am achten Tag standen sie wieder nicht auf, sie ruhten sich aus, und Julienne brachte das Essen ans Bett. »Wenn das so weitergeht, muß ich mich in Châlons ein paar Tage erholen.«

»Habe ich dich endlich soweit«, sagte Rudolf grinsend, und Julienne lachte. »Gib nicht so an, mon petit soldat; ich halte einiges aus.«

Daß sie einiges aushalten konnte, hatte er inzwischen schon selbst mitbekommen. Er wunderte sich auch ein wenig über sich selbst, aber sie brauchte ihn nur anzuschauen oder seine Brust zu küssen, und er fühlte sich wieder so, wie eine Frau wünschte, daß ein Mann sich fühlte. Wenn es einmal nicht genügte, ihn nur anzuschauen oder seine Brust zu küssen, dann küßte sie ihn eben an anderen Stellen, und das half immer bei ihm. Das intime Zusammenleben mit ihm schien ihr auch ausgezeichnet zu bekommen, sie sah täglich hübscher aus, war immer gut gelaunt, lachte herzlich über jede Nichtigkeit und ließ sich von ihm unanständige Geschichten aus seiner Soldatenzeit erzählen, wußte auch selbst einige, und wenn sie sich genug erzählt und heiße Hände bekommen hatten, küßten sie sich besonders innig.

Er hätte dieses unbeschwerte, von keinen Augenblicksproblemen überschattete Leben mit ihr noch einige Wochen fortsetzen können, ohne daß es ihm überdrüssig geworden wäre, aber am Abend des achten Tages läutete es an der Haustür, und weil Julienne für ihre Arbeit in der Küche außer einer Schürze nichts anhatte – sie sah dann besonders hübsch aus –, bat sie ihn, die Tür zu öffnen. Nun war Rudolf auch nicht viel korrekter angezogen als sie, und er fragte, ob sie Besuch erwarte.

»Wahrscheinlich ist es meine Tante«, sagte Julienne. »Gib ihr die dreihundert Francs für den ersten Monat und schick sie wieder weg.«

»Ich bin weder rasiert noch angezogen.« Darauf Julienne: »Dann gib mir deinen Morgenmantel und bleib solange im Schlafzimmer.«

Sie zog seinen Morgenmantel an, ging zur Haustür, und Rudolf, der in der Tür zum Schlafzimmer stehengeblieben war, hörte sie einen überraschten Laut ausstoßen, und dann sah er Irene. Er sah zuerst nur ihren großen Hut, sah noch, wie Julienne zur Seite taumelte, dann lief er ins Schlafzimmer. Die Tür hatte keinen Schlüssel. Er stürzte zu seinen Kleidern, zog seine Hose an, und als er sie zuknöpfte, kam Irene herein und hinter ihr Julienne, aber er hatte nur Augen für Irene, und ihr Gesicht sah aus, als wäre es zu Stein geworden. Sie betrachtete seinen nackten Oberkörper, die Kleidungsstücke am Boden und das Bett. Sie öffnete den Mund, schloß ihn wieder und lehnte sich einen Augenblick mit der Schulter gegen den Türrahmen. Dann stand sie wieder fest auf den Beinen und sagte: »Schick dieses Weib weg!«

Er kannte die ganze Skala ihrer Stimme, aber dies war ein völlig neuer Ton, es hörte sich an, als sei auch ihre Stimme zu Stein geworden, kalt und ohne Leben. Er blickte zu Julienne hin, die mit blassem Gesicht neben Irene stand und den Morgenmantel unter dem Hals zusammenhielt. »Warte in der Küche auf mich«, sagte er, und Juliene nickte und sagte: »Ist sie deine Frau?«

»Ja«, sagte Rudolf. »Warte bitte draußen.« Sie drehte sich um, und Rudolf sagte zu Irene: »Wir können es hier erledigen, wenn es dir recht ist.«

Nun, da der Fall eingetreten war, den er sich in diesen acht Tagen hundertmal in seinen Gedanken ausgemalt und vorgestellt hatte, reagierte er genauso kaltblütig, wie er in seinen Gedanken reagiert hatte. Es war auch nur der erste Schock gewesen, der ihn verwirrt hatte. Man konnte sich auf eine Katastrophe noch so sehr eingestellt haben: Im Augenblick, da sie wirklich eintritt, kommt sie doch überraschend. Hätte er wenigstens seine Kleider angehabt, so wäre er vielleicht weniger schockiert gewesen, ein nackter Mann fühlte sich – im Gegensatz zu einer Frau – immer ein wenig hilflos.

Er griff nach seinem Hemd, zog es an und stopfte es in die Hose. »Du kannst dich auf das Bett setzen«, sagte er.

Irene kam ins Zimmer, und ihr Gesicht sah immer noch wie aus Stein aus. Sie blieb neben dem Bett stehen und sagte: »Wer ist sie?«

»Sie hat eine zwanzigjährige Tochter von mir«, sagte Rudolf, sein Hemd zuknöpfend. »Ich lernte sie im Krieg kennen!«

Jetzt setzte sich Irene doch auf das Bett, und ihr Gesicht sah nicht mehr wie aus Stein aus, sondern so, als hätte sie sich gerade übergeben, gelb und grün und die Lippen schneeweiß. Sie sagte: »Als du in Frankreich eingesetzt warst?«

»Genau«, sagte Rudolf. »Sie war damals sechzehn Jahre alt.« Er setzte sich auf die andere Seite des Bettes, zog seine Socken und Schuhe an, dann stand er auf und suchte nach seiner Krawatte, und Irene sagte tonlos: »Du Dreckskerl!«

»Ich weiß es«, sagte Rudolf, »aber es ist nun mal nichts mehr daran zu ändern.«

»Und seit wann triffst du dich hier mit ihr?« sagte Irene tonlos. Er hatte nun endlich die Krawatte gefunden und band sie am Fenster. »Seit ich ohne dich in Urlaub fahren muß«, sagte er wahrheitswidrig. Natürlich bin ich mit einer Scheidung einverstanden; du kannst sie sofort in die Wege leiten.« Er prüfte den Sitz seiner Krawatte in der Fensterscheibe, griff nach seiner Jacke und zog sie an. »Damit wäre für den Augenblick wohl alles gesagt«, sagte er. »Wohnst du im Hotel?«

Sie schwieg, blickte ihn lange schweigend an, dann stand sie auf und ging zur Tür. Er lief ihr nach und sah, daß sie in die Küche ging; in diesem Haus brauchte man nicht lange danach zu suchen, und in der Küche blieb sie stehen und starrte Julienne an.

»Mach dir nichts daraus«, sagte Rudolf zu Julienne. »Ich habe ihr gesagt, daß ich mich scheiden lasse.«

»Ist sie einverstanden?« fragte Julienne mit völlig normaler Stimme, und Rudolf sagte: »Das möchte ich doch annehmen.« Zu Irene sagte er: »Hast du jetzt alles gesehen?«

Sie wandte ihm langsam das Gesicht zu, und so furchtsam, wie er es sich immer eingeredet hatte, konnte er nun doch nicht sein, er hätte sonst vor ihrem Blick erschrecken müssen, aber er war innerlich so ruhig wie lange nicht mehr und sagte: »Ich bringe dich zur Tür.«

Er ging hinter ihr zur Haustür, und dort sagte er: »Ich hätte dir das gerne erspart, aber ich glaube, es ist besser so. Für uns beide.«

»Du wirst sie nicht heiraten«, sagte Irene ohne Stimme.

Vor dem Haus stand der Jaguar und draußen auf der Straße ein Taxi. Er sah ihr nach, wie sie zu dem Taxi ging, und der Fahrer öffnete ihr die Tür. Sie fuhr davon, ohne sich noch einmal umzudrehen.

Er traf Julienne im Wohnzimmer, sie saß in einem Sessel und rauchte. Als er hereinkam, blickte sie prüfend in sein Gesicht und sagte: »Wie hat sie uns gefunden?«

»Durch meine Bank«, sagte Rudolf. »Von ihr erfuhr sie das Hotel, und von dort bis hierher war es nicht mehr schwierig.«

»Nein«, sagte Julienne. »Ich verstehe nur nicht ...«

»Ich habe mir ohne ihr Wissen einen größeren Betrag überweisen lassen«, sagte Rudolf. »Als sie es merkte, hat sie wahrscheinlich sofort die Bank angerufen.«

»Dann hast du einen Fehler gemacht«, sagte Julienne ohne Betonung, und Rudolf sagte: »Diesmal nicht. Es ist alles so gelaufen, wie ich es erwartet habe.«

Er setzte sich zu ihr auf die Sessellehne, nahm ihr die Zigarette aus den Fingern und tat einen tiefen Zug. Dann steckte er ihr die Zigarette zwischen die Lippen, und er fühlte sich wie nach einem Bad, frisch und sehr wohl. So, als hätte er einen jahrealten Schmutz heruntergewaschen, und Julienne sagte: »So sieht sie also aus?«

»Wie hast du sie dir vorgestellt?« fragte Rudolf, und Julienne sagte: »Nicht so schön. Sie ist eine vornehme Dame.«

»Solange sie ihre Wäsche anhat«, sagte Rudolf. »Ohne Wäsche ist sie nicht vornehmer als du.« Er mußte allerdings sich selbst gegenüber einräumen, daß sie eine bemerkenswerte Haltung bewiesen hatte, eine andere Frau hätte sich wahrscheinlich weniger in der Gewalt gehabt. »Als sie meinen Morgenmantel bei dir gesehen hat«, sagte er, »wußte sie natürlich sofort, woran sie mit dir war.«

»Sie hat mich einfach zur Seite gestoßen«, sagte Juliene. Sie lachte kurz auf. »Da hat sie Glück gehabt!«

»Warum Glück?« fragte Rudolf, und Julienne sagte: »Ich wußte auch sofort, woran ich mit ihr war. Ich lasse mich sonst nicht so ohne weiteres zur Seite stoßen; ich mag das nämlich nicht.«

»Das kann dir niemand verdenken«, sagte Rudolf. Er küßte sie und sagte: »Jetzt könnte ich einen Kognak vertragen.«

»Ich auch«, sagte Julienne und trat ihre Zigarette am Boden aus. »Seit wann kennst du sie?«

»Sie war noch sieben Jahre jünger als du«, sagte Rudolf, und Julienne sagte verwundert: »Du hast sie schon mit neun Jahren ...«

»Um Gottes willen!« sagte Rudolf. »Das war viel später; damals war sie gerade siebzehn.«

»Dann hast du es lange bei ihr ausgehalten«, sagte Julienne nachdenklich, und Rudolf sagte: »Wahrscheinlich zu lange. Als kleines Mädchen war sie ganz nett, sie rannte mir immer nach.« Er hatte aber auch keinen billigen Trick ausgelassen, um ihr zu imponieren.

– »NEHMT IHR MICH HEUT WIEDER MIT, RUDOLF?« –

»Wenn du deinen Eltern nichts davon erzählst«, sagte er, und Irene sagte: »Aber um sieben Uhr muß ich zu Hause sein.«

Erich hatte sich von seinem Schulfreund ein Fahrrad ausgeliehen, und Irene setzte sich zu Rudolf auf den Gepäckträger und hielt sich an seinem Bauch fest. Sie fror an ihren Händen, Rudolf sagte: »Steck sie in meine Hosentaschen.«

Sie steckte sie rein und sagte: »Da ist es aber warm drin.«

Die Schrebergärten lagen weit außerhalb der Stadt, sie hatten fast eine halbe Stunde zu fahren, und Rudolf sagte: »Gestern habe ich das Licht wieder gesehen; es müssen mindestens fünf Männer gewesen sein.«

»Vielleicht eine Bande!« sagte Erich. »Wir dürfen uns ja nicht erwischen lassen.«

»Er hat die Hosen voll!« sagte Rudolf über die Schulter zu Irene. Es erregte ihn, daß sie die Hände in seinen Hosentaschen hatte, und sie kicherte. »Kichere nicht, blöde Kuh!« sagte Erich verdrossen.

Es war schon dunkel, als sie die Gärten erreichten, sie stellten die Räder an eine Böschung, kletterten die Böschung hinauf, und von hier aus konnten sie die Schrebergärten überblicken. In jedem Garten stand eine kleine Hütte, die meisten waren einfach aus Brettern zusammengenagelt, aber es gab auch welche aus Ziegelsteinen, und Rudolf sagte: »Wir sind noch etwas zu früh dran.«

»Um sieben Uhr muß ich zu Hause sein«, sagte Irene wieder, und ihre Stimme klang plötzlich furchtsam. Erich sagte: »Diese blöde Kuh wird uns am Ende noch alles verderben.«

»Sag nicht immer blöde Kuh zu mir!« sagte Irene aufgebracht. Sie saß dicht neben Rudolf auf der Böschung und zitterte in ihrem dünnen Mantel. Die Abende waren schon sehr frisch, und sie hatte auch noch Kniestrümpfe an. »Ist dir kalt?« fragte Rudolf, und Irene sagte: »Ein bißchen, Rudolf!«

»Weil sie wieder kurze Hosen angezogen hat!« sagte Erich verdrossen. »Zu Hause hat sie lange bis ans Knie.«

»Ich habe keine kurzen Hosen an!« sagte Irene, und Erich sagte: »So? Meinst du, ich hätte nicht gesehen, wie du die langen schnell ausgezogen hast, bevor wir weggefahren sind!«

»Wenn du es wieder zu Hause erzählst«, sagte Irene, »rede ich kein Wort mehr mit dir.« Zu Rudolf sagte sie: »Er verpetzt mich immer!«

»Seid endlich still!« sagte Rudolf. Das Gespräch zwischen den beiden hatte ihn wieder erregt. Während sie in der Dunkelheit in dem feuchten Gras der Böschung saßen, legte er Irene eine Hand auf das Knie. »Hoffentlich erkältest du dich nicht«, sagte er. »Willst du dir meine Jacke unterlegen?«

»Ich friere nicht mehr«, sagte Irene und kuschelte sich dicht an ihn. Sie hatte tatsächlich ganz kurze Hosen an, er merkte es, als er ihr einmal schnell über die Schenkel strich, und Erich sagte: »Vielleicht schleppen sie Leute hierher und bringen sie um.«

»Das hat es alles schon gegeben«, sagte Rudolf.

Sie blickten alle drei angespannt auf die dunklen Gärten, aber es dauerte noch zwanzig Minuten, bis sie das Licht wieder sahen. Es wanderte durch die Gärten, verhielt hier und dort ein paar Sekunden und wanderte dann wieder weiter, bis es irgendwo in der Tiefe verschwand. Rudolf vermutete, daß es sich um einen Mann handelte, der in seiner Gartenhütte schlief; er kam jeden Abend um die gleiche Zeit, und Erich fragte flüsternd: »Was die wohl treiben?«

»Es ist besser, du weißt es nicht«, sagte Rudolf so düster wie möglich, und Irene schob ängstlich die Hand unter seinen Arm und preßte ihn heftig.

»Ihr bleibt jetzt hier«, sagte Rudolf. »Ich sehe mir die Sache heute einmal aus der Nähe an.«

»Das ist viel zu gefährlich!« sagte Erich beschwörend. »Wenn sie dich erwischen, machen sie dich kalt.« Er las viele Abenteuerromane, die Rudolf ihm, nachdem er sie selbst gelesen hatte, großzügig schenkte, und Rudolf sagte wieder so düster wie möglich: »Was sein muß, muß sein. Verhaltet euch ganz still!«

Er stand auf, ging die Böschung hinunter und ein Stück auf dem Weg, der an den Gärten vorbeiführte, bis ihn die beiden in der Dunkelheit nicht mehr sehen konnten. Dort setzte er sich hin, ließ etwa eine Viertelstunde verstreichen und rannte dann den Weg zurück. Er rannte atemlos die Böschung hinauf und sagte: »Wir müssen verschwinden, sie haben mich gesehen.«

»Wer?« fragte Erich entsetzt, und Rudolf sagte: »Diese Kerls; ich war bis auf drei Schritte an sie heran. Los!«

Sie stürzten die Böschung hinunter zu ihren Rädern, und Rudolf half Irene auf den Gepäckträger und sagte: »Halte dich gut fest!«

»Ja, Rudolf«, sagte sie zitternd.

Sie fuhren, so schnell sie konnte, zur Straße und ein paar Kilometer auf der Straße weiter, dann bog Rudolf auf einen Weg ein, der zu einem nahen Wald führte, und Erich fragte keuchend: »Wohin fährst du?«

»Wir müssen uns eine Weile verstecken«, sagte Rudolf. »Vielleicht haben sie einen Wagen und kommen hinter uns her.«

»Haben sie dich verfolgt?« fragte Erich keuchend, und Rudolf sagte: »Mindestens zehn Männer, sie schleppten schwere Säcke. Als sie mich sahen, ließen sie sie fallen und rannten hinter mir her.«

Am Waldrand stellten sie ihre Räder ab und setzten sich keuchend auf den Boden. »Was wohl in den Säcken gewesen ist«, fragte Erich.

»Keine Ahnung«, sagte Rudolf, und Irene sagte entsetzt: »Leichen!«

»Das glaube ich nicht«, sagte Erich. »Stell dir vor, zehn Säcke voll!«

»Du hast vielleicht Mut gehabt!« sagte Irene bewundernd zu Rudolf. »Ich wäre vor Angst gestorben.«

»Ob wir es der Polizei melden sollen?« sagte Erich. Rudolf widersprach: »Das hat keinen Zweck; wir wissen ja nicht, was in den Säcken steckte. Ich werde morgen abend noch einmal hingehen, aber allein!«

»Ganz allein?« fragte Irene bewundernd, und Rudolf sagte: »Die Verantwortung für euch ist mir zu groß.« Ihre Bewunderung tat ihm gut, sie hatte sich wieder dicht an ihn gekuschelt, und Rudolf sagte: »Du frierst!«

»Nur an den Beinen«, sagte sie, und Erich sagte: »Weil du deine langen Hosen nicht anbehalten hast. Wenn du eine Lungenentzündung kriegst, erzähle ich es zu Hause.«

»Ich werde dir deine Beine massieren«, sagte Rudolf zu Irene. Er massierte sie unter ihrem engen Rock, und Erich sagte: »Können wir noch nicht weiterfahren?«

»Es ist besser, wir warten noch ein paar Minuten«, sagte Rudolf, Irenes dünne Schenkel massierend. Es schien ihr genauso zu gefallen wie ihm, sie schnaufte vor Behagen und sagte: »Jetzt wird mir ganz warm.«

»Mir auch«, sagte Rudolf, und Erich sagte zu Irene: »Das nächste Mal behältst du die langen Hosen an!«

»Du bist ja nur neidisch«, sagte sie.

Rudolf, der sich angenehm erhitzt fühlte, fragte: »Wieso neidisch?«

»Weil du meine Beine massieren darfst«, sagte Irene, und Erich sagte wütend: »Blöde Gans!«

Rudolf fand seine Sprache unschicklich, er sagte zurechtweisend: »So redet man nicht mit seiner Schwester.«

»Er ist nur wütend, weil ich nicht mehr mit ihm spiele«, sagte Irene, und Rudolf fragte: »Was habt ihr denn gespielt?«

»Hör doch nicht auf diese blöde Kuh!« sagte Erich schnell. Irene schlug mit der Faust nach ihm, ohne zu treffen. »Wenn du noch einmal Kuh zu mir sagst«, sagte sie, »erzähl ich ihm alles.«

»Erzähl es ihm doch!« sagte Erich und stand auf. »Ich muß nach Hause.«

»So plötzlich?« sagte Rudolf, und zwei Tage später traf er Irene allein auf der Straße. Anscheinend hatte sie ihn wieder abgepaßt, als sie sein Fahrrad sah, fragte sie: »Wohin fährst du, Rudolf?«

Nun hatte er am Vortag mit Gudrun, die im gleichen Haus wohnte wie er, Ärger gehabt, weil sie nicht mit ihm ins Kino gegangen war. Seit er sich in sie verliebt hatte, gab sie ihm einen Korb nach dem anderen, dabei hatten sie sich früher, als sie noch kleiner waren, immer gut verstanden. Er hatte im Augenblick auch nichts Bestimmtes vor, und daß er Irene dann einlud, mit ihm spazierenzufahren, geschah nur aus Ärger über Gudrun. Ihr Gesicht rötete sich vor Freude, sie sagte: »Ich darf aber nicht zu spät nach Hause kommen!«

»Das läßt sich einrichten«, sagte Rudolf. Sie setzte sich auf seinen Gepäckträger und fragte: »Warst du gestern wieder dort?«

»Wo?« fragte Rudolf, und Irene sagte: »Bei der Bande.«

»Sie hat sich nicht mehr blicken lassen«, sagte Rudolf. »Wahrscheinlich haben wir sie vertrieben.«

»Ich habe solche Angst um dich gehabt!« sagte Irene.

Er fuhr mit ihr in den Wald, und sie setzten sich an einem einsamen Weg auf eine Bank und sahen zu, wie die welken Blätter von den Bäumen fielen.

Es war ein kühler, unfreundlicher Tag, und Rudolf sagte lächelnd: »Hoffentlich hast du heute lange Hosen angezogen!«

»Ja«, sagte sie und ließ ihn unter ihrem engen Rock ein kleines Stück ihrer langen Hosen sehen. »Die trage ich nur im Winter«, sagte sie. »Für den Sommer habe ich ganz dünne.«

»Ich auch«, sagte Rudolf und nahm sich vor, Gudrun bei der nächsten Gelegenheit zu küssen. Er fragte: »Was waren das eigentlich für Spiele zwischen dir und Erich, über die er nicht reden wollte?«

Sie wurde ein wenig rot. »Er ist eingeschnappt, weil ich es dir erzählt habe.«

»Waren sie so schlimm?« fragte Rudolf lächelnd, und Irene sagte: »Er wollte immer den Doktor spielen und mich untersuchen.«

»Ach so!« sagte Rudolf. Manchmal bedauerte er es, keine hübsche Schwester zu haben; fremde Mädchen waren meist zimperlich, man konnte nichts Rechtes mit ihnen anfangen. »Hast du mitgespielt?« sagte er, und Irene sagte rasch: »Nur ein paarmal; das war doch doof.«

»Das kommt darauf an, wie man so etwas spielt«, sagte Rudolf lüstern, und Irene sagte: »Ich spiele lieber Räuber und Gendarm.«

Sie war doch genauso wie die anderen Mädchen, Rudolf stand enttäuscht auf und sagte: »Ich habe noch etwas zu tun.« Er befürchtete, Gudrun zu verpassen, wenn sie aus dem Geschäft kam; sie war Verkäuferin.

»Wirst du mich wieder einmal mitnehmen?« fragte Irene, und Rudolf sagte: »Wenn dir so viel daran liegt.«

»Sehr viel«, sagte Irene und wurde wieder rot.

Heute wurde sie nicht mehr rot, und er erinnerte sich gerne an jene ersten Begegnungen mit ihr, obwohl er sich damals noch über sie lustig gemacht hatte. Natürlich: Mit Grudun hatte sie sich nicht vergleichen lassen, aber Gudrun war auch sechs Jahre älter und schon ein wenig erfahren gewesen, sonst hätte sie ihn nicht so lange zappeln lassen, bis sie schließlich doch mit ihm ins Kino gegangen war, und für den ersten Kuß von ihr hatte er noch einmal ein paar Wochen gebraucht. Sie war dann aber sehr rasch scharf geworden, und wäre ihr eines Tages nicht der Fähnleinführer über den Weg gelaufen, so hätte er vielleicht sie und nicht Irene geheiratet.

Die Erinnerungen an seine ersten Jahre mit Irene waren angenehmer als alle anderen Erinnerungen an seine Jugend, er hätte sich diese Zeit ohne sie auch nicht vorstellen können, und sie hatte auch immer zu ihm gehalten. Es rührte ihn ein wenig, daran zu denken, und er sagte: »Wir wohnten nicht weit voneinander entfernt in der gleichen Straße; ich sah sie beinahe jeden Tag. Kennengelernt haben wir uns durch ihren Bruder.«

»Mit dessen Frau du heute ein Verhältnis hast?« sagte Julienne lächelnd, und Rudolf sagte: »Das hätte er sich damals auch noch nicht träumen lassen!«

»Wenn deine Frau es weiß«, sagte Julienne, »weiß er es doch sicher auch?«

»Natürlich«, sagte Rudolf, und Julienne sagte amüsiert: »Warum hat er dich dann noch nicht erschossen?«

Rudolf grinste. »Er ist nicht der Typ dafür.« Es war merkwürdig, daß er ihm nie etwas angemerkt hatte, aber schließlich dauerte sein Verhältnis mit Katharina noch nicht sehr lange; möglich, daß er und Irene erst in den letzten Wochen dahintergekommen waren. Jetzt, da er darüber nachdachte, fiel ihm auf, daß Erich sich in letzter Zeit kaum mehr hatte sehen lassen, angeblich war er mit größeren Aufträgen beschäftigt gewesen, und was Irene anging, so hatte seine Ehe mit ihr ohnedies ein Stadium erreicht gehabt, wo zusätzliche Äußerungen einer schweigend getragenen Enttäuschung kaum mehr ins Gewicht gefallen wären. Er sagte: »Sie haben beide gehofft, die Sache zwischen seiner Frau und mir würde früher oder später von allein aufhören.«

»So etwas hört nur selten von allein auf«, sagte Julienne. Sie setzte sich auf seinen Schoß und fragte: »Was wird deine Frau jetzt tun?«

»Das kann man bei ihr nie wissen«, sagte Rudolf, obwohl Irenes letzte Bemerkung nicht gerade nach Resignation geklungen hatte. Er hielt es jedoch für klüger, Julienne nicht zu beunruhigen, und sagte: »Ich vermute, wir werden es bald erfahren.«

Julienne nickte. »In der Küche hat sie mich angeschaut, als wollte sie mich umbringen.«

»Sie ist mehr für subtilere Mittel«, sagte Rudolf, und Julienne sagte heiter: »Da bin ich aber neugierig.«

Der nächste Tag verlief ohne besondere Ereignisse. Um ein weiteres Zusammentreffen mit Irene zu vermeiden, fuhren sie spazieren, zuerst nach Montfaucon, wo sie in einem Restaurant zu Mittag aßen und anschließend ein Denkmal für die gefallenen Amerikaner des Ersten Weltkrieges besuchten, dann nach Cunel zu einem riesigen amerikanischen Soldatenfriedhof, und von Cunel nach Varennes in den Argonnen. Es fiel Rudolf auf, daß Julienne auf eine nicht ganz deutbare Art verändert wirkte, nicht nachdenklich und auch nicht bedrückt, höchstens ein wenig unsicher, und das auch wiederum in einer nicht in Worte zu kleidenden Art. Vielleicht wäre es ihm noch stärker aufgefallen, wenn er nicht ständig mit seinen eigenen Problemen beschäftigt gewesen wäre, er ertappte sich ein paarmal dabei, daß er Irenes Verhalten in dieser oder jener Situation ihrer Ehe, wenn auch nicht zu entschuldigen, so doch wenigstens zu verstehen versuchte. Überhaupt neigte er seit ihrem gestrigen Besuch immer häufiger dazu, sich zur Abwechslung auch einmal die angenehmeren Zeiten mit ihr ins Gedächtnis zu rufen, zum Beispiel ihre sehr sympathische Angewohnheit, sich von ihm in der Badewanne den Rücken einseifen zu lassen und ihm zur Belohnung dafür die Hand zu küssen. Schließlich hatte es in diesen achtzehn Jahren ihrer Ehe nicht nur Auseinandersetzungen gegeben. Wenn sie wollte, konnte sie auch ihm gegenüber charmant sein, und abgesehen von den vielen Differenzen über dieses und jenes hatte es durchaus Stunden gegeben, die in Gedanken nachzuerleben ihm auch heute noch Vergnügen bereiteten. Am meisten fühlte er sich jedoch durch die Kriegszeit mit ihr verbunden, denn es war ja nicht nur bei dem ersten Erlebnis im Wald geblieben, sie hatten sich in den restlichen Tagen seines Urlaubs täglich getroffen, und dann hatte sie ihm zärtliche Briefe an die Front geschickt. In seinem nächsten Urlaub waren sie sogar zusammen sieben Tage in den Odenwald gefahren. Ihren Eltern hatte sie eine Geschichte von einem BDM-Lehrgang in Würzburg erzählt, und dagegen hatte ihr Vater nie etwas einzuwenden gehabt.

»ER HAT MIR SOGAR ZWEIHUNDERT MARK MITGEGEBEN!«

Auf der Bahnhofstoilette zog sie ihre BDM-Uniform aus, und sie fuhren zusammen nach Wertheim.

Der Wirt des kleinen Gasthauses stellte beim Anblick von Rudolfs Offiziersuniform keine unbequemen Fragen und gab ihnen ein schönes Doppelzimmer mit Blick auf den Main. Am liebsten wäre Rudolf diese ganzen sieben Tage mit Irene im Bett geblieben, aber spätestens um zehn Uhr mußten sie zum Frühstück aufstehen, und tagsüber gab es fast immer einen Fliegeralarm. Dafür gingen sie schon am frühen Abend ins Bett, und wenn Irenes Furcht vor einem Kind nicht gewesen wäre, so hätten es die schönsten Tage sein können, die er bisher mit ihr erlebt hatte. Sie bestand jedesmal auf Vorsichtsmaßnahmen und sagte: »Ich werde im Geschäft gebraucht«, denn zu dieser Zeit war sie ihrem Vater bereits unentbehrlich geworden. Sie erzählte Rudolf auch, daß sie schon mit vierzehn Jahren ihren ersten Kunden bedient habe, und sie war sehr stolz darauf. Nachmittags gingen sie meistens spazieren, entweder auf die alte Burg oder durch die Stadt mit ihren bunten Fachwerkhäusern. Manchmal legte ihm Irene beide Hände um den Hals, blickte ihn sehr zärtlich an und sagte dreimal hintereinander: »Ich liebe dich!« Daß sie dabei auf keinen Menschen Rücksicht nahm, war ihm mitunter ein wenig peinlich, denn sie konnte es ebenso in einem überfüllten Restaurant wie mitten auf der Straße tun.

Was ihn ein wenig an ihr enttäuschte, waren ihre bürgerlichen Ansichten über Liebesspiele, sie schätzte keine komplizierten Variationen, und Küsse duldete sie nur dort, wo sie es noch als schicklich empfand, aber das war nun einmal eine Eigenheit von ihr, an die man sich gewöhnen mußte und auch gewöhnen konnte. Sehr gut dagegen gefiel ihm ihre Stimme, sie konnte schön singen, und wenn sie zusammen am Main spazierengingen, sang sie immer.

Sie trafen sich auch später, als sie wieder zu Hause waren, jeden Tag in seinem Zimmer. Es waren unvergeßliche Stunden, und im nächsten Urlaub fuhren sie wieder in den Odenwald, diesmal gleich für vierzehn Tage. Rudolf fand, je besser sie sich kennenlernten, immer mehr Übereinstimmungen zwischen ihr und ihm heraus, sie liebte Bücher, die er selbst liebte, sah sich gerne einen Film an, und wenn es ein trauriger Film gewesen war, kam sie mit verweinten Augen aus dem Kino, und Rudolf hatte auch verweinte Augen. Über Politik sprachen sie kaum, denn sie vermieden alles, was zu einer Verstimmung zwischen ihnen hätte führen können, und da sie nun einmal den Führer als eine Art höheres Wesen betrachtete, ließ ihr Rudolf ihren Glauben an ihn. Jeder Mensch brauchte in diesen trostlosen Zeiten etwas, an das er sich klammern konnte, und Rudolf persönlich zog es eben vor, sich an eine Frau zu klammern. Bei Irene holte er sich die Ausdauer für alles, was ihn an der Front erwartete, er beschäftigte seine Gedanken mit ihr, weil es sonst nichts mehr gab, womit seine Gedanken zu beschäftigen sich noch ernsthaft gelohnt hätte, und nach dem Krieg war es wiederum Irene, die ihn angesichts dessen, was aus der Heimat geworden war, vor Melancholie bewahrte. Es gab wenig zu essen und kein Vergnügen mehr außer dem einen, das auszurotten selbst die vielen Luftangriffe nicht vermocht hatten, und was wäre einem Mann in dieser Zeit noch geblieben, hätte er sich nicht von Zeit zu Zeit im Bett von einer Frau trösten lassen können.

Möglich, daß er es in jenen Jahren zu oft getan hatte und daß hier auch die Wurzel allen Übels in seiner Ehe zu suchen war. Eine gewisse Übersättigung war schon dagewesen, als er sie geheiratet hatte, und im Gegensatz zu anderen Männern, die solche natürlichen Erscheinungen beruflich kompensieren können, war ihm diese Möglichkeit immer verschlossen geblieben. Mit den ersten Zweifeln an seiner eigenen Nützlichkeit wuchs auch das Bedürfnis nach Selbstbestätigung, und er hatte sie nur noch im Bett finden können. Es half ihm aber nur so lange, bis auch das zur Gewohnheit geworden war, und von da bis zu der wachsenden Entfremdung zwischen Irene und ihm war es nicht mehr sehr weit gewesen.

Mit den Zweifeln an sich selbst wuchsen aber notwendigerweise auch die Zweifel daran, ob er Irene immer richtig beurteilt, ob er sein persönliches Versagen nicht mehr oder weniger auf sie abgewälzt hatte. Letztlich war auch seine Liaison mit Katharina nichts anderes als eine Flucht vor sich selbst, ein billiger Vorwand, das Gefühl der Minderwertigkeit in einer wilden Umarmung ersticken zu können, so wie man ein kleines Feuer mit einem Tuch erstickt, um es dann nur wieder erneut aufflackern zu sehen.

Es waren, insgesamt gesehen, nur düstere Perspektiven, die sich aus seinen Überlegungen ergaben, und je länger er sie fortsetzte, desto stärker wurden auch seine Zweifel, ob Julienne wirklich eine Lösung seines Problems bringen könnte. Er wußte, noch während er zweifelte, daß es keine Lösung war, daß er, ob er es wollte oder nicht, an Irene gebunden bleiben würde. Es gab keinen Ausweg.

Als sie am Abend nach Hause kamen, fand er einen Brief von ihr vor. »Sie will morgen mit mir sprechen«, sagte er zu Julienne. »Ich soll um vier Uhr im ›Bellevue‹ sein.«

»Was wirst du tun?« fragte sie, und Rudolf sagte: »Hingehen.« Er las den Brief noch einmal. Sie hatte eine Schrift wie ein Mann, steil und energisch. Sein Gefühl, daß sie noch in der Stadt sein könnte, hatte ihn also doch nicht getrogen. Es war auch charakteristisch für sie, daß sie ausgerechnet im ›Bellevue‹ abgestiegen war, obwohl sie es logischerweise in einen Zusammenhang mit Julienne bringen mußte, aber in solchen Dingen war sie konsequent. »Es ist ganz gut so«, sagte er und steckte den Brief in seine Tasche. »Ich hätte mich ohnedies mit ihr aussprechen müssen.«

»Und wenn sie dich nicht mehr wegläßt?« fragte Julienne. Rudolf grinste. »Wie stellst du dir das vor?«

»Ich wüßte, wie ich dich daran hindern könnte«, sagte Julienne, und Rudolf sagte: »Gegen dich hat sie keine Chance.«

Julienne schwieg. Sie setzte sich an den Tisch und blickte durchs Fenster auf die Berge. »Trotzdem wäre es mir lieber, du brauchtest nicht hinzugehen«, sagte sie nach einer Weile.

»Mir auch«, sagte Rudolf. »Aber wenn ich mich jetzt nicht mit ihr ausspreche, dann nie.«

»Ja«, sagte Julienne. »Das verstehe ich.«

Sie stand auf, ging wieder in die Küche und ließ sich eine halbe Stunde nicht mehr sehen. Beim Abendessen war sie wortkarg, auch Rudolf sprach nicht viel; von der Kaltblütigkeit, mit der er gestern Irenes Besuch aufgenommen hatte, war nicht mehr viel übriggeblieben, er war nervös, stocherte unlustig im Essen herum, und einmal sagte Julienne: »Macht es dir Sorgen?«

»Na ja«, sagte er, »es gibt angenehmere Dinge, aber ich bin trotzdem froh, daß es endlich soweit gekommen ist.«

»Und wenn sie sich nicht scheiden läßt?« sagte Julienne.

Darauf wußte er ebensowenig eine Antwort wie sie. Wahrscheinlich hatte sie inzwischen auch sein Bankkonto sperren lassen; in entscheidenden Augenblicken kannte sie keinen Pardon.

Julienne griff über den Tisch hinweg nach seiner Hand und sagte sehr ruhig: »Ich habe dir gesagt, daß du dich meinetwegen nicht scheiden lassen brauchst. Wir können uns auch so von Zeit zu Zeit irgendwo sehen, wenn du es willst!«

Es enttäuschte ihn, daß sie so rasch resignierte, er hätte jetzt eher ihren Zuspruch brauchen können als ihre Resignation. Er sagte: »Darum handelt es sich nicht. Wenn ich morgen bei ihr gewesen bin, wissen wir mehr.«

»Hoffen wir es«, sagte Julienne, ohne ihn anzuschauen. Er erinnerte sich wieder daran, daß sie schon den ganzen Tag etwas unsicher gewirkt hatte, geradeso, als ob sie, in einem übertragenen Sinne, die Richtung verloren hätte, aber vielleicht spürte sie, daß er selbst noch nicht mit sich ins reine gekommen war; Frauen hatten da oft ein untrügliches Gefühl.

Sie gingen dann auch früh schlafen, und am nächsten Morgen fuhr er nach dem Frühstück mit ihr in die Stadt. Sie wollte einige Sachen einkaufen. Zum Mittagessen gingen sie heute in ein Restaurant. »Es macht mich nervös, untätig herumzusitzen«, sagte er, und Julienne sagte: »Hast du Angst?«

Er glaubte nicht, daß es Angst war, aber er wünschte, er hätte die Auseinandersetzung mit Irene bereits hinter sich. »Wovor sollte ich Angst haben?« sagte er.

Das Restaurant war nahe am Fluß, sie aßen im Freien, und Rudolf betrachtete die hohen Festungswälle der Zitadelle auf der anderen Seite. Mit seinem Geld würde er vielleicht ein halbes Jahr hinkommen. Es war auch ziemlich unwahrscheinlich, daß Juliennes Tante das Haus länger als einige Monate vermieten würde, und er würde früher oder später wieder in ein Hotel ziehen müssen, und vom Hotel auf die Straße oder zu Julienne nach Châlons. Er würde in ihrer Wohnung herumsitzen, an die vielen Männer denken, die sie hier empfangen hatte, und von ihrem Geld leben; es gab keine vernünftige Alternative zu Irenes Wünschen. Er sagte: »Es ist völlig normal, daß ich ein wenig nervös bin.«

Julienne schwieg. Erst nach dem Essen sagte sie: »Wieso hat deine Frau eigentlich das Geld und du nicht?«

»Wir haben ein Geschäft, das ihr gehört«, sagte Rudolf, und Julienne sagte verwundert: »Aber du bist doch ihr Mann.«

Rudolf verspürte keine Lust, ihr im einzelnen zu erläutern, wie die Dinge zusammenhingen, wahrscheinlich waren ihr Begriffe wie Gütertrennung und Güterrechtsregister ohnedies fremd. Wenn er es heute überlegte, hatte er sich damals von Irene wie ein Trottel überfahren lassen. – »Es ist dir doch recht, Schätzchen, wenn wir das Vermögen getrennt behandeln?« – Aber zu jener Zeit war ihm noch alles recht gewesen, er hatte noch immer sein Studium und damit eigenen Verdienst im Auge gehabt, und der Gedanke, sein Leben lang von dem Geld seiner Frau abhängig zu sein, wäre damals für ihn kaum diskutabel gewesen. Er sagte: »Das Geschäft ist auf ihren Namen eingetragen.«

»Das ist mir zu kompliziert«, sagte Julienne, und Rudolf sagte: »Mir auch. Zerbrich dir nicht deinen kleinen Kopf darüber.« Er aß ohne Appetit, nach dem Essen blieben sie noch eine Weile sitzen, tranken Kaffee, und Julienne wollte wissen, um was für ein Geschäft es sich handele.

»Ein Juweliergeschäft«, sagte Rudolf, und Julienne sagte beeindruckt: »Wo man diese teuren Sachen kaufen kann?«

»Wenn man das Geld dazu hat«, sagte Rudolf. »Gehen wir!«

Er bezahlte die Rechnung, und sie fuhren auf dem direkten Weg nach Hause.

Er hatte jetzt noch fast zwei Stunden Zeit. Trotzdem schaute er immer wieder auf die Uhr, und Julienne sagte: »Du steckst einen mit deiner Nervosität an!«

Ihre Stimme klang ein wenig gereizt, und in dieser Sekunde wußte er endgültig, daß er wieder einmal einen Fehler gemacht hatte, er hätte diese Auseinandersetzung mit Irene noch ein paar Wochen hinausschieben und sich gründlicher darauf vorbereiten sollen. Dann hätte vielleicht alles schon ganz anders ausgesehen, er hätte wertvolle Zeit gewonnen, und das nicht nur im Hinblick auf Irene. Wie oft hatte er wieder einmal seine Fähigkeit, ihr die Stirn zu bieten, überschätzt. Solange es nur darum ging, sich in Gedanken mit ihr auseinanderzusetzen, hatte ihn seine Fantasie noch nie im Stich gelassen, aber dann, wenn es tatsächlich darauf ankam, hatte er meist keine Fantasie mehr.

Sie hatte immer die besseren Argumente und Trümpfe gehabt, und genauso würde es auch diesmal wieder sein. Er sagte: »Ich bin nicht nervöser als sonst«, und Julienne sagte: »Denk daran, was ich dir gesagt habe.«

Er schaute sie fragend an.

»Daß du mich nicht zu heiraten brauchst«, sagte sie. »Hast du es wirklich ernsthaft vorgehabt?«

»Natürlich!« sagte Rudolf, und Julienne sagte: »Warum?«

»Warum heiratet man eine Frau!« fragte Rudolf ungeduldig, und Julienne sagte: »Du hast schon einmal geheiratet.«

»Jeder Mann hat in seinem Leben einmal Pech«, sagte Rudolf, ohne Überzeugung. »Der eine so und der andere eben so.«

»Oft liegt es auch an dem Mann«, sagte Julienne, und dagegen ließ sich schlecht etwas einwenden.

Dann saßen sie wieder im Wohnzimmer, und Rudolf rauchte eine Zigarette nach der anderen. Er merkte selbst, daß er sich lächerlich benahm, aber seine Nervosität war noch größer als seine Fähigkeit, sie wenigstens nach außen hin zu unterdrücken. Julienne saß auf dem Sofa, hatte die schlanken Beine übereinandergeschlagen, die Hände vor den Knien verschränkt und beobachtete einmal sein Gesicht und dann wieder seine Hände. »Warum schaust du mich so an?« fragte er gereizt, und sie sagte: Ich verstehe dich nicht. Du kennst sie jetzt schon seit über dreißig Jahren.«

»Eben deshalb!« sagte Rudolf. »Ich versuche nur, an uns beide zu denken.«

»Ich bin mit meinen Problemen immer allein fertig geworden«, sagte Julienne. »Mir scheint doch, du hast Angst vor ihr!«

Rudolf drückte gereizt seine Zigarette aus. Daß ausgerechnet sie das sagte, war viel schlimmer, als hätte es Katharina oder eine andere Frau gesagt, er fragte: »Sehe ich so aus?«

»Danach kann man bei einem Mann nicht urteilen«, sagte Julienne. Sie schaute ihn, den Kopf etwas zur Seite geneigt, lächelnd an. »Wie ein großer Held benimmst du dich jedenfalls nicht.«

»Wenn du einen Helden brauchst«, sagte Rudolf gereizt, »bist du bei mir allerdings an der falschen Adresse«, und Julienne sagte: »Mir ist ein ängstlicher Mann im Bett auch lieber als ein toter Held im Grab. Warum bringst du sie nicht um?«

Er traute seinen Ohren nicht, aber sie lächelte unbefangen in sein Gesicht, und er sagte mürrisch: »Ich bin nicht verrückt!«

»Die meisten Männer«, sagte Julienne, »die ihre Frauen umbringen, sind nicht verrückt; sie wollen nur ihre Ruhe haben. Seit ich das weiß, habe ich mir vorgenommen, nie zu heiraten.«

»Das macht ja alles viel einfacher für uns«, sagte Rudolf mürrisch, und Julienne sagte heiter: »Für mich war es vom ersten Tag an einfach. Zuerst wollte ich Geld von dir, und dann wollte ich dich. Wenn ein Mann mir gefällt, mache ich es eben auch mal umsonst.« Sie kam zu ihm, setzte sich auf seinen Schoß und strich ihm lächelnd über das Haar. »Mir sind die weichen Männer lieber als die anderen, obwohl gerade sie eher dazu neigen, ihre Frau umzubringen. Auf dem Mort Homme würde sie kein Mensch suchen und finden. Du mußt sie nur einmal einladen, mit dir hinaufzufahren.«

»Wen?« fragte Rudolf verständnislos, und Julienne sagte: »Deine Frau, mon petit soldat.«

Er starrte sie betroffen an. »Das ist doch nicht dein Ernst?«

»Natürlich nicht«, sagte Julienne heiter. »Aber ich mag leidende Männer nur dann, wenn sie gerne leiden. Mein Bankdirektor, zum Beispiel, wäre todunglücklich, wenn er nicht ständig leiden dürfte. Hast du nie daran gedacht, sie umzubringen?«

»Ich bin zum Glück völlig normal«, sagte Rudolf. Man war sich bei ihr nie ganz sicher, wie sie es gerade meinte. Er mußte unwillkürlich grinsen. »Du hast es nicht nur zwischen den Beinen!«

»Das wäre für einen Mann auf die Dauer auch zu langweilig«, sagte Julienne.

Und dann wurde es Zeit für ihn. Sie ging noch mit ihm zur Tür und sagte: »Wenn du in einer Stunde nicht zurück bist, komme ich dich holen.«

»Es wird rascher gehen«, sagte Rudolf, aber darin täuschte er sich, denn als er zum Hotel kam, erfuhr er von der schwarzhaarigen Dame an der Rezeption, daß Madame dringend auf die Bank mußte und ihn bitten lasse, hier auf sie zu warten.

Er konnte sich nicht erklären, was sie ausgerechnet jetzt auf der Bank zu suchen hatte, und ließ sich in der nächsten Viertelstunde, während er im Vestibül auf sie wartete, die verrücktesten Sachen einfallen. Abgesehen davon, daß es wirklich nur verrückte Dinge waren, wurde er immer nervöser, er bestellte sich einen Kognak, und als eine weitere Viertelstunde verstrich, ohne daß Irene eintraf, bezahlte er und trat auf die Straße hinaus.

Es geschah etwa im gleichen Augenblick, als sie in einem Taxi vorgefahren kam, sie gab dem Taxifahrer einen Geldschein und sagte zu Rudolf: »Gehen wir in den Park hinüber!«

Sie gingen über die Straße in den schönen Park, in dem immer viele Frauen saßen und Kinder spielten, und Irene sagte: »Ich möchte morgen vormittag wieder nach Hause fahren.«

»Was hindert dich daran?« sagte Rudolf, und nun, da er sich mit ihr unterhielt, war er innerlich wieder ganz ruhig.

»Ich bin mit dem Zug gekommen«, sagte Irene, ohne ihn anzusehen. Er hatte es sich gedacht, weil er ihren Wagen noch nicht gesehen hatte, und sagte: »Dann wirst du auch wieder mit dem Zug zurückfahren.«

»Ich hatte vor, mit dir zu fahren«, sagte Irene, und Rudolf sagte: »Ich bleibe hier.«

»Mach keinen Unsinn, Schätzchen«, sagte Irene, und ihre Stimme klang wie immer. Auch ihr Gesicht sah aus wie immer, etwas blaß, aber sehr gefaßt. Sie trug einen ihrer großen Hüte, und ein sehr elegantes Seidenkleid. Von den einfach gekleideten Frauen im Park hob sie sich ab wie ein Makropode von einer Barbe. »Wenn dieses Weib Geld braucht«, sagte sie, »wird sie es bekommen.«

»Das hat mit Geld nichts zu tun«, sagte Rudolf, und Irene sagte: »Für dich schon, Schätzchen.«

Sehr taktvoll war sie noch nie gewesen, und wäre sie ein wenig diplomatischer vorgegangen und hätte ihn nicht ausgerechnet wieder an seine Abhängigkeit erinnert, so wäre es durchaus möglich gewesen, daß er mit ihr zusammen nach einer vernünftigen Lösung gesucht hätte, aber so forderte sie nur seinen Trotz heraus, er sagte genauso nüchtern: »Diesmal täuschst du dich.«

»Hast du dir das auch gut überlegt?« fragte Irene, ihren Ehering betrachtend, und Rudolf sagte: »Ich habe dich satt!«

»Ich dich schon lange, Schätzchen«, sagte Irene. »Da dir aber so viel an einer Scheidung liegt, wirst du sie nicht bekommen.«

»Vielleicht wirst du eines Tages anders darüber denken.«

Irene blieb stehen und blickte kalt in sein Gesicht. »Darauf würde ich mich an deiner Stelle lieber nicht verlassen. Du willst also nicht mit mir nach Hause fahren?«

Das war nach allem, was geschehen war, noch mal ein faires Angebot, und er wußte auch, welche Überwindung es sie kostete, aber so, wie sie das Gespräch begonnen hatte, machte sie ihm ein Einlenken unmöglich, er sagte: »Für nichts auf der Welt.«

Sie betrachtete eine Weile mit hochgezogenen Augenbrauen seinen Mund, dann drehte sie sich um und ging zum Ausgang des Parks. Er war auch jetzt noch völlig ruhig, und noch ehe sie ganz aus seinem Blickfeld verschwunden war, beschäftigten sich seine Gedanken bereits wieder mit Julienne. Er brauchte sie sich nur im Bett vorzustellen, um auch den letzten Zweifel zu zerstreuen, und wenn Irene ohnedies nicht vorhatte, sich scheiden zu lassen, würde er auch noch in einem halben Jahr zu ihr zurückkehren können, und ein halbes Jahr schien ihm, wenn er an die angenehmen Stunden mit Julienne dachte, eine schier endlose Zeit zu sein. Im Grunde hatte dieses Gespräch alles viel einfacher werden lassen, er wußte jetzt, woran er war, und brauchte sich über das, was geschehen sollte, vorläufig nicht mehr den Kopf zu zerbrechen. Viel schlimmer wäre es gewesen, wenn sie ihm sofort mit einer Scheidung gedroht und ihn vor eine Alternative gestellt hätte, und so gesehen war sie auch nicht sehr klug, höchstens in ihrem Sinne konsequent gewesen. Wahrscheinlich hätte sie auch gar nicht anders handeln können, ohne gegen ihre eisernen Prinzipien zu verstoßen. Ihren Bekannten würde sie erzählen, daß er einen längeren Erholungsurlaub verbringe, was sie um so unbefangener tun konnte, als sie ohnedies sicher war, daß er früher oder später zu ihr zurückkommen würde, nämlich dann, wenn er kein Geld mehr hatte. Aber vielleicht würde ihm bis dahin noch eine andere Lösung einfallen.

Wie immer, wenn er für eine schwierige Entscheidung Aufschub gewonnen hatte, fühlte er sich erleichtert, und dieses Gefühl wurde noch durch die angenehmen Vorstellungen, die sich mit Julienne beschäftigten, intensiviert. Auch seine letzte Befürchtung, Irene könnte sich die Sache doch noch anders überlegt haben und irgendwo auf ihn warten, erfüllte sich nicht, er sah sie weder vor dem Hotel noch später auf der Straße.

Er fuhr auf dem direkten Weg zu Julienne, aber er traf sie nicht, wie er gehofft hatte, vor dem Haus, sondern im Wohnzimmer an. Sie saß auf dem Sofa, rauchte eine Zigarette und blickte ihn eigenartig an. »Hast du mit ihr gesprochen«, fragte sie, und Rudolf sagte: »Ja.« Als er sie küssen wollte, schob sie ihn nachdrücklich von sich und sagte: »Sie war hier!«

»Wer?« fragte Rudolf verständnislos. »Doch nicht meine Frau?«

»Du warst kaum weg«, sagte Julienne, »als sie schon vor der Tür stand. Sie bat mich, ihr eine Minute zuzuhören.«

Rudolf spürte, wie er kalkweiß wurde, und sagte mit belegter Stimme: »Du hast sie hoffentlich nicht hereingelassen?«

»Ich konnte ihr schlecht die Tür vor der Nase zuschlagen«, sagte Julienne. »Schließlich ist sie deine Frau.«

»Und?« sagte Rudolf. Als sie nicht sofort antwortete und ihn nur wieder stumm anschaute, faßte er nach ihrem Arm.

»Du tust mir weh!« sagte sie und machte ihren Arm los.

»Was wollte sie von dir?« fragte Rudolf, und Julienne sagte: »Sie saß hier, wo ich jetzt sitze. Zuerst schaute sie mich nur an, dann zog sie ihre Handschuhe aus und fragte, ob es zuträfe, daß ich eine Tochter von dir hätte.«

»Und dann?« sagte Rudolf. Julienne zuckte mit den Schultern. »Sie sagte, daß sie sich auf keinen Fall scheiden lassen werde, und wieviel ich dafür verlangte, nicht mehr mit dir zusammenzukommen.«

»Das sieht ihr ähnlich«, sagte Rudolf zwischen den Zähnen. »Was hast du ihr geantwortet?«

»Ich fand keine Zeit, ihr zu antworten«, sagte Julienne langsam. »Sie fragte, ob mir zehntausend Francs genügen würden.«

Rudolf blickte sie stumm an, und sie sagte rasch: »Ich habe sie nur angelächelt. Sie war auch sehr nett zu mir, direkt freundlich, was hätte ich tun sollen!«

»Du hättest sie hinauswerfen können«, sagte Rudolf.

Julienne drückte ihre Zigarette aus. »Das habe ich auch getan, aber an der Tür blieb sie noch einmal stehen und sagte ...« Sie brach ab und lachte verwundert auf.

»Was?« fragte Rudolf ungeduldig, und Julienne sagte: »Du mußt ihr mehr bedeuten, als du glaubst. Sie sagte: hunderttausend Francs!«

Es übertraf alles, was er für möglich gehalten hatte. Er setzte sich auf einen Stuhl und sagte: »Bist du sicher, daß du dich nicht verhört hast?«

»Sie hat es noch einmal deutlich wiederholt«, sagte Julienne. »Weißt du, was ich mit hunderttausend Francs anfangen würde?«

»Nein«, sagte Rudolf. Er stand auf, trat ans Fenster und blickte auf den Fluß.

Wahrscheinlich hatte sie in der Nähe so lange gewartet, bis er das Haus verlassen hatte, und er brauchte sich jetzt wenigstens nicht mehr den Kopf darüber zu zerbrechen, warum sie auf der Bank gewesen sein könnte.

Er drehte sich zu Julienne um. Sie saß immer noch auf dem Sofa, hatte sich wieder eine Zigarette angezündet und im Gesicht den gleichen merkwürdigen Ausdruck von vorhin. »Willst du die hunderttausend Francs haben?« sagte er ruhig, und Julienne sagte: »Wofür hältst du mich?«

Er ging zu ihr. »Für sie wären das etwa achtzigtausend Mark. Um mich vor dir zu demütigen, wären ihr notfalls auch zweihunderttausend Francs nicht zuviel gewesen.«

»Sie muß dich sehr hassen«, sagte Julienne, und Rudolf fragte überrascht: »Wieso hassen?«

»Wenn sie dich liebte, hätte sie sich dir vor die Füße geworfen, sie wäre aber nicht zu mir gekommen, um mir hunderttausend Francs anzubieten. Wo hast du mit ihr gesprochen.«

»Sie hat mich im Hotel warten lassen«, sagte Rudolf, und Julienne sagte: »Das muß ein kurzes Gespräch gewesen sein!«

»Ja«, sagte Rudolf.

Je länger er über ihre List nachdachte, desto mehr regte es ihn auf, er sagte mit blassem Gesicht: »Diese verdammte Hure!«

»Was hast du gegen Huren?« fragte Julienne kühl.

Er ertappte sich in den nächsten Tagen dabei, daß er oft über Irene nachdachte. Es schmeichelte seiner Eitelkeit doch, daß sie sogar bereit gewesen wäre, hunderttausend Francs für ihn zu bezahlen. Für eine Frau, die an ihrem Geld hing wie Irene, mußte das große Überwindung gekostet haben; er wußte es zu würdigen.

Wenigstens hatte der Zwischenfall keine sichtbaren Spuren in seinem Verhältnis zu Julienne hinterlassen, sie blieben zwar in den nächsten Tagen nicht mehr so oft im Bett, fuhren viel spazieren, machten große Ausflüge, einmal nach Metz und dann nach Reims. Nur nach Châlons wollte sie nicht, und für eine Fahrt nach Paris konnte er sie gleichfalls nicht begeistern. »Nach Paris fahren nur Ausländer«, sagte sie, und Rudolf sagte: »Warst du schon einmal dort?«

»Zweimal«, sagte Julienne. »Mir ist es zu groß und zu laut.«

Es enttäuschte ihn ein wenig, er wäre gern einmal mit ihr nach Paris gefahren. Auch als er ihr in Metz ein hübsches Kleid kaufen wollte, lehnte sie ab. »Ich habe genug Kleider«, sagte sie, obwohl er nur drei bei ihr gesehen hatte, aber sie erzählte ihm, daß sie in Châlons einen ganzen Schrank voll habe.

Am zwölften Tag ließ sie sich von ihm die dreihundert Francs geben, um sie ihrer Tante zu bringen. »Es ist besser, du lernst sie nicht kennen«, sagte sie. »Sie ist neugierig und redet viel.«

»Ich kann dich wenigstens hinfahren«, sagte Rudolf, und Julienne sagte: »Es ist nicht weit.«

Am Nachmittag wusch sie ihre und Rudolfs Wäsche. Rudolfs Vorschlag, sie an eine Wäscherei zu geben, wurde mit Befremden abgelehnt. »Ich lasse von fremden Leuten nicht gerne meine Schlüpfer anschauen«, sagte sie, und er mußte, während sie in der Küche arbeitete, eine Stunde ohne sie verbringen. Dann hängte sie die Wäsche im Garten auf, rauchte im Wohnzimmer eine Zigarette und sagte: »Ich muß morgen einmal nach Châlons fahren und nach meiner Wohnung schauen.«

»In Ordnung«, sagte Rudolf, weil er glaubte, bei dieser Gelegenheit endlich einmal ihre Wohnung kennenzulernen, und Julienne sagte: »Ich werde mit der Bahn fahren.«

Er fragte: »Warum nicht mit mir?«

»Weil ich es so will«, sagte sie. »Ich bleibe eine Nacht dort.«

»Wozu?« fragte Rudolf, und sie blickte ruhig in sein Gesicht und sagte: »Willst du, daß ich nicht mehr zurückkomme?«

Natürlich wollte er das nicht, allein schon ihre Frage erschreckte ihn, er sagte: »Du weißt genau, daß ich das nicht will.«

»Dann frag mich nicht zuviel«, sagte Julienne.

Rudolf ging hinaus. Er lief einmal um das Haus herum, betrachtete geistesabwesend Juliennes Schlüpfer und seine eigenen Slips, die einträchtig nebeneinander hinter dem Haus auf der Leine hingen, dann kehrte er wieder in das Wohnzimmer zurück und sagte: »Es macht mich verrückt, daran zu denken.«

»Es ist nicht das, was du denkst«, sagte Julienne kühl, und Rudolf sagte: »Dann verstehe ich nicht, warum du mich nicht mitnehmen willst. Warum soll ich deine Wohnung nicht sehen?«

»Ich will es nicht«, sagte Julienne. Sie stand auf, kam zu ihm und legte die Hand auf seinen Arm. »Das sind zwei verschiedene Welten«, sagte sie. »Ich möchte sie nicht durcheinanderbringen. Verstehst du?« Er verstand es nicht, und Julienne sagte mit einem kleinen Lächeln: »Vielleicht kann ich es dir eines Tages erklären. Wirst du mich morgen vormittag zum Bahnhof bringen?«

»Ich werde dich nach Châlons fahren und am Stadtrand absetzen«, sagte Rudolf, und Julienne sagte mit leicht erhobener Stimme: »Ich fahre mit dem Zug.« Dann ging sie hinaus, die trockene Wäsche hereinzuholen, und Rudolf ließ sich in einen Sessel fallen. Durchs Fenster beobachtete er sie. Der Gedanke, sie würde morgen nacht wieder mit einem ihrer verdammten Kerle schlafen, ließ ihn sein Magengeschwür spüren, er preßte die Arme gegen den Leib und saß ein paar Minuten regungslos. Aber es war besser, er verlor sie nur für eine Nacht als für immer.

Wenigstens in diesem Punkt hatte er sich bei Irene immer sicher sein können, es wäre unter ihrer Würde gewesen, sich einen Liebhaber zu nehmen, dabei gab es genug Männer, die es sich weiß Gott was hätten kosten lassen, sie einmal ohne elegante Kleider zu sehen. Jedesmal, wenn er mit ihr ausgegangen war und er die Blicke der Leute auf Irene gerichtet sah, hatte er Genugtuung empfunden. Es war gar nicht so selbstverständlich, eine kultivierte und gutaussehende Frau im Bett zu haben, sie, wann immer man wollte, in ein lüsternes Weibchen verwandeln zu können, denn das war sie, zumindest in den ersten fünf Ehejahren, immer gewesen.

Nun, da er darüber nachdachte, fiel ihm wieder ein, wie oft sie ihn berührt hatte, im Kino und anderswo, selbst später noch, als sie schon verheiratet waren. Ihre Hände hatten ihm immer angenehme Erinnerungen beschert, dünnfingrige, neugierige Hände, von jener kultivierten Kühle, die zu ihrem blassen, gepflegten Typ gehörte.

Seine Erfahrungen hatten ihn gelehrt, daß Frauen ebenso neugierig sein konnten wie Männer, nur war ihre Neugierde rascher befriedigt, und was zu Beginn noch ein reizvolles Spiel gewesen war, wurde sehr bald zu routinierten Manipulationen zweckdienlicher Art. Trotzdem – und wenn er berücksichtigte, wie alt seine intimen Beziehungen zu Irene schon waren – konnte seine Ehe in dieser Hinsicht einer kritischen Analyse durchaus standhalten, es hatte Zeiten gegeben, wo Irene ihm unentbehrlich gewesen war, und wenn diese verdammten Auseinandersetzungen nicht gewesen wären, wenn sie sich auch außerhalb des Bettes gegenseitig geachtet hätten, säße er jetzt wahrscheinlich nicht hier, er könnte noch so unbeschwert mit ihr leben wie vor zehn oder zwölf Jahren, als sie zusammen das Geschäft zu dem gemacht hatten, was es heute war, als sie sich den ersten Wagen angeschafft hatten und jeden Abend und jedes Wochenende zusammen weggefahren waren, mindestens einmal im Monat zu jenem kleinen Gasthaus in Wertheim, wo sie schon im Krieg gewesen waren und Irene ihm neun Jahre nach dem Krieg einmal beim Abendessen unter dem Tisch die Hand auf das Knie gelegt hatte.

»ICH BIN HEUTE SEHR GLÜCKLICH, RUDOLF!«

»Ich auch«, sagte er. »Wir sollten uns nie mehr streiten!«

»Wenn du nicht anfängst ...«, sagte sie.

Er sagte nichts dazu, weil es wirklich ein schöner Tag war, ihr erster Wochenendausflug mit dem neuen Wagen.

Sie schliefen zwar nicht mehr in den alten Betten, und das Zimmer von damals war von einem älteren Ehepaar belegt, aber dieser Ausflug glich trotzdem einer Reise in die Vergangenheit, in zärtliche Erinnerungen und schöne Stunden. Am Abend gingen sie noch am Mainufer spazieren, und Irene hakte sich bei Rudolf ein, betrachtete mit zurückgelegtem Kopf den Sternenhimmel und sagte: »Eigentlich können wir beide doch sehr miteinander zufrieden sein!«

»Eigentlich schon«, sagte er, und sie stellte ihm jene ebenso uralte wie auch überflüssige Frage: »Liebst du mich auch noch?«

»Ich bin ganz verrückt nach dir«, sagte Rudolf. Der neue Wagen, das Aufsehen, das er überall erregt hatte, das gute Abendessen und der Wein hatten auch ihn zärtlich gestimmt, und Irene sagte: »Als wir das letzte Mal hier spazierengegangen sind, habe ich noch wahnsinnige Angst um dich haben müssen. Ich glaube, das verbindet mehr als alles andere.«

»Ja«, sagte Rudolf. »Das glaube ich auch.«

Sie tranken noch in einem stimmungsvollen Weinkeller mit riesigen Fässern und roten Laternen ein paar Gläser Wein, waren beide sanft betrunken und gingen dann Arm in Arm am dunklen Mainufer zurück, und Irene sagte: »Weißt du es noch?«

»Im Augenblick leider nicht«, sagte Rudolf, und Irene legte ihm die Hände um den Hals und sagte ganz laut dreimal hintereinander: »Ich liebe dich!«

»Ich dich auch«, sagte Rudolf, und Irene zog ihre Schuhe aus, hing sich schwer bei ihm ein und ging in Strümpfen weiter. »Ich verstehe zwar nicht ganz, warum du das machst«, sagte Rudolf behutsam, »aber wenn es dir so bequemer ist ...«

»Viel bequemer!« sagte Irene und fing, mit den Schuhen unter dem Arm, an, alte BDM-Lieder zu singen.

»Vielleicht ist es schon ein bißchen zu spät dafür«, sagte Rudolf behutsam, und Irene setzte sich auf den Bordstein und sagte: »Ich lasse mich von dir nicht schikanieren!«

»Das muß ein anderer gewesen sein«, sagte Rudolf, und Irene sagte: »Jetzt möchte ich baden!« Sie stand auf, ging zum Ufer und zog ihre Strümpfe aus. Ein paar späte Passanten blieben stehen, sahen erwartungsvoll zu, und Rudolf sagte: »Du kannst doch nicht allen Leuten deine schönen Sachen zeigen.«

»Schick sie fort«, sagte Irene, und Rudolf sagte: »Noch einfacher wäre es, wir gingen in unser Hotelzimmer.«

»Wenn ich mich dort ausziehen darf«, sagte Irene, und Rudolf sagte: »Bis auf die Haut.« Er suchte ihre Schuhe und Strümpfe, faßte sie am Arm und führte sie zum Gasthaus. Im Zimmer zog sie sich aus, legte sich weißhäutig und mit offenen Beinen auf das Bett und sagte: »Verführe mich!«

»Ich fürchte, ich bin da völlig außer Übung«, sagte Rudolf, und Irene sagte: »Dann werde ich dich verführen«, und kam mit ihren kühlen Händen zu ihm.

Das ältere Ehepaar nebenan hatte sich in dieser Nacht sicher etwas gewundert, denn die Betten waren laut und Irene auch, aber am nächsten Morgen war sie dafür um so stiller und hatte höllische Kopfschmerzen. Sie schwor, nie wieder ein Glas Wein anzurühren, sie war eben das Trinken nicht gewohnt, vielleicht hatte sie das noch von ihrem Führer – »Eine deutsche Frau trinkt nicht!« – Rudolf sagte lächelnd: »Dafür warst du gestern abend auch prächtig in Form.«

»Das hättest du auch ohne diesen elenden Wein haben können«, sagte sie. »Hast du auch gut aufgepaßt?«

Es war eine reine Manie, genauso, wie sie ihn jedesmal, wenn er sich an das Lenkrad des Wagens setzte, fragte, ob er auch den Führerschein nicht vergessen habe, obwohl er ihn noch nie vergessen hatte, aber ohne Ermahnungen und Belehrungen ging es nun mal nicht bei ihr. Er mußte ihr ein feuchtes Handtuch auf die Stirn legen, und als er sich dann auch gleich noch selbst dazulegen wollte, sagte sie: »Aber doch nicht am frühen Morgen, Schätzchen! Was sind denn das für neue Sitten?«

Es war eben das schlimme bei ihr, daß sie nicht zwischen unschicklich und reizvoll unterscheiden konnte. Gerade nach dem Aufwachen war Rudolf immer zärtlich gestimmt, und dann verdarb sie es ihm jedesmal mit ihren dummen Prinzipien.

Als sie dann das nächste Mal nach Wertheim kamen, trank sie tatsächlich nur Apfelsaft. So verlief der Abend auch nicht mehr so heiter wie der letzte, zwar forderte ihn Irene wieder auf, sie zu verführen, aber sie war diesmal nicht ganz so zärtlich, hatte irgendwelche Hemmungen und wurde rasch müde. Bevor sie müde wurde, sprach sie auch noch über das Geschäft und über eine neue Kollektion, dann sagte sie: »Gute Nacht, Schätzchen.« Dafür verlief wenigstens der Sonntag harmonisch, sie gingen zur Burg hinauf, setzten sich dort auf eine Bank, und Irene sagte: »Siehst du, es ist auch ohne Wein gegangen.«

»Es ging schon früher ohne Wein«, sagte Rudolf. Trotzdem war er von dem Abend enttäuscht, manche Frauen konnten ohne enthemmende Mittel zwar durchaus zärtlich, aber eben nicht das sein, was sie nach zwei Gläsern Wein sein konnten, eine Tatsache, die wohl mit der Erziehung der jungen Mädchen zusammenhing.

Bei Irene hing es wahrscheinlich auch mit ihrer Furcht vor einem Kind zusammen, und wenn sie etwas getrunken hatte, verlor sie schnell die Kontrolle über sich und wurde hitzig, was sie früher auch ohne Alkohol geworden war, aber daran schien sie sich heute nicht mehr gerne erinnern zu wollen.

Um ihr den Tag nicht zu verderben, behielt Rudolf seine Gedanken für sich, und Irene sagte: »Man sollte es überhaupt nicht tun, wenn man etwas getrunken hat; es kann zu Mißgeburten führen.«

»Wer hat dir denn das erzählt, du lieber Gott!« sagte Rudolf, und Irene sagte: »Ich habe es irgendwo gelesen. Versprich mir, daß du dich nie wieder betrinken wirst!«

Rudolf protestierte: »Ich war seit mindestens acht Jahren nicht mehr betrunken.«

»Du merkst es eben schon nicht mehr«, sagte Irene zurechtweisend. »Trinke irgendeinen Saft, das ist viel gesünder.«

»Karottensaft!« sagte Rudolf angewidert, und Irene sagte: »Ja, der soll sehr nahrhaft sein.«

Schon am nächsten Tag kaufte sie zehn Pfund Karotten und einen Mixer, und vor dem Mittagessen gab es dann ein Glas Karottensaft. Es gab auch vor dem Abendessen ein Glas Karottensaft und am nächsten Morgen vor dem Frühstück. Dann gab es eines Tages keine frischen Karotten mehr, und Irene kam mit Bananen nach Hause und machte statt Karottensaft Bananenmilch. »Die soll genauso gesund sein«, sagte sie. »Trink, mein Schätzchen, das stärkt deine Potenz!«

»Für wen nur?« fragte Rudolf höhnisch, und Irene sagte mit einem strahlenden Lächeln: »Für mich, mein Schätzchen.«

Nein, sie hatten auch Spaß miteinander gehabt. Außerdem war sie immer noch eine schöne Frau, er erinnerte sich, wie straff ihre Brüste aussahen, erinnerte sich an ihre etwas knochigen Hüften und an ihre langen, dünnen Beine. Es war gar nicht so einfach, eine Frau wie sie aufzugeben für eine andere, von der man nur wußte, daß sie eine zwanzigjährige Tochter von einem hatte und mit fremden Männern ins Bett ging. Die einem nicht einmal ihre Wohnung zeigen und morgen früh wieder zu ihren Kunden fahren wollte, um ihren Kontrakt einzuhalten, alles für hundert Francs und einen psychisch kranken Bankdirektor! Er kannte eine ganze Reihe von Bankdirektoren, und es waren durchweg ehrenwerte und sympathische Männer, aber diesen Bankdirektor in Châlons hätte er eigenhändig im Vaux-Teich ersäufen können. Wenn man bedachte, wie viele Männer dort ums Leben gekommen waren, nur weil man sie als kriegsdiensttauglich befunden hatte, käme es auf diesen einen auch nicht mehr an. Er stellte ihn sich als kleinen, fetten Kerl mit einem Hängebauch vor, den er dann zwischen Juliennes Beine ...

Er durfte nicht daran denken, und als sie von draußen hereinkam und die trockene Wäsche in die Küche trug, lief er ihr nach und sagte: »Wenn es nur wegen des Geldes ist ...«

Sie wandte sich rasch nach ihm um, und für die winzige Zeitspanne, die er brauchte, um es festzustellen, waren ihre Pupillen fast doppelt so groß wie sonst, dann schrumpften sie wieder auf ihre normale Größe zusammen, und sie sagte: »Ich habe noch zu tun.«

»Julienne . . .«, sagte er bittend, und Julienne nickte ihm beruhigend zu und sagte: »Es ist schon wieder vorbei. Langweilst du dich?«

»Nein«, sagte er. »Kannst du nicht wenigstens übermorgen fahren?«

»Unangenehme Sachen«, sagte sie, »soll man so rasch wie möglich erledigen. Ich bin in einer halben Stunde fertig.«

Sie brauchte nur zwanzig Minuten, dann kam sie mit seiner gebügelten Wäsche herein, legte sie in den Schrank und sagte: »Jetzt hätte ich Lust, noch etwas spazierenzufahren!«

»Wohin du willst«, sagte Rudolf.

Sie wollte auf den einsamen Weg hinter Ornes, den sie schon am ersten Abend gefahren waren, und da es heute windig war, zog sie einen Pullover an. Es war das erste Mal, daß er sie in einem Pullover sah, es ließ sie viel jünger erscheinen, und Rudolf sagte: »Du siehst fabelhaft aus.«

»Unter einem Pullover«, sagte Julienne lächelnd, »sieht jede Brust fabelhaft aus; das ist es doch, was du meinst?«

»Das kommt auf die Brust an«, sagte Rudolf.

Im Wagen fragte sie: »Wann fährt sie wieder weg?«

»Morgen vormittag«, sagte Rudolf. »Sie wollte, daß ich sie nach Hause bringe.«

»Das kann ich verstehen«, sagte Julienne.

Sie fuhren diesmal nicht über die Schlachtfelder, sondern auf der direkten Route nach Etain bis zu einer Straße, die über Damloup am Ostrand der Höhen nach Ornes führte. Während der Fahrt sprachen sie wenig, Julienne betrachtete scheinbar aufmerksam die Landschaft, und dort, wo früher das Dorf Ornes gestanden hatte, betrachtete sie die kleine Kapelle und sagte: »Wozu steht sie hier?«

»Sie soll an ein Dorf erinnern«, sagte Rudolf.

Sie fuhren jetzt auf dem schmalen, unbefestigten Weg wieder in das Kampfgebiet hinein bis dorthin, wo sie schon am ersten Abend gesessen hatten, und Julienne betrachtete die vielen waldigen Hügel. »Bei Tag sehen sie ganz anders aus«, sagte sie.

»Ich war schon einmal tagsüber hier«, sagte Rudolf. Er griff nach ihrer Hand und sagte: »Ich wollte dich nicht kränken; deine Reise nach Châlons kommt nur etwas überraschend für mich.«

»Ich habe mich erst heute dazu entschlossen«, sagte Julienne. Sie legte sich auf den Rücken, zupfte einen Grashalm aus dem Boden und nahm ihn zwischen die Zähne. »Was wirst du jetzt tun?« sagte sie, und Rudolf sagte: »Nichts. Ich bleibe bei dir.« – »Wie lange noch?«

Als er nicht antwortete, faßte sie nach seinem Kinn und zwang ihn, ihr in die Augen zu sehen. »Bis du kein Geld mehr hast?«

»Hat sie dir das gesagt?« fragte Rudolf, und Julienne sagte: »Das sage ich mir selbst.«

»Vorerst habe ich noch Geld«, sagte Rudolf, und Julienne sagte: »Für wie lange?«

»Wenn wir sparsam sind, für ein gutes halbes Jahr. Später kann ich den Wagen verkaufen.«

»Und dann?« fragte Julienne. »Was wirst du dann verkaufen? Deine Seele?«

»Die habe ich schon verpfändet«, sagte Rudolf.

»Ich auch«, sagte Julienne. Sie nahm den Grashalm aus dem Mund und sagte: »Ich verstehe trotzdem nicht, weshalb du so abhängig von ihr bist. Hast du keinen Beruf?«

»Ich habe immer von ihrem Geld gelebt«, sagte Rudolf. »Nach dem Krieg half ich ihr im Geschäft, etwas anderes habe ich nie getan. Ich könnte höchstens in einem anderen Geschäft als Angestellter arbeiten.«

»Das würdest du nie tun«, sagte Julienne bestimmt, und Rudolf sagte: »Nein.«

»Ja«, sagte Julienne, »dann weiß ich auch nicht mehr weiter. Wir können nicht ewig im Haus meiner Tante bleiben.«

»Bis wann noch?« fragte Rudolf, und Julienne sagte: »Ein paar Wochen, vier oder sechs, vielleicht auch acht.«

»Dann wollen wir bis dahin nicht mehr darüber reden«, sagte Rudolf. Er beugte sich über sie, küßte ihren Mund, ihre Augen, und dann merkte er, daß ihre Augen naß waren. »Warum weinst du?« sagte er, und Julienne sagte: »Warum soll ich nicht weinen. Möchtest du es nicht?«

»Doch«, sagte Rudolf. »Ich werde dich oft besuchen.« Er streichelte ihr Gesicht, ihre Brust, und sie hielt seine Hand auf ihrer Brust fest und sagte: »Als kleines Mädchen träumte ich immer davon, eines Tages in die Stadt zu kommen.«

»Das kann ich verstehen«, sagte Rudolf, der an Binaville dachte, und Julienne sagte: »Nicht daß ich unzufrieden wäre. Es ist nur alles ganz anders gekommen, als ich es mir vorgestellt hatte. Ich hatte viele Rosinen im Kopf.«

»Ich auch«, sagte Rudolf.

»Binaville wäre auch nichts gewesen«, sagte Julienne. »Ich wäre dort nie aus dem Trott herausgekommen. Man muß nehmen, was man hat.«

»Das ist nicht immer einfach«, sagte Rudolf, und Julienne sagte: »Wir werden alle einmal erwachsen. Zwischen uns beiden wäre es doch nie etwas geworden.«

»Das kann man vorher nie sagen«, sagte Rudolf mit belegter Stimme, und Julienne sagte: »Ich bin mir da ziemlich sicher.«

»Weil du mit fremden Männern geschlafen hast?«

Sie schüttelte den Kopf. »Das hätte mich nicht daran hindern können. Vielleicht bin ich zum Heiraten schon zu alt.«

»Zu alt?« sagte Rudolf, und Julienne sagte mit nassen Augen: »Einfach zu lange allein gewesen.«

Der Tag ohne sie erschien ihm endlos. Da er es in der Enge des kleinen Hauses nicht aushielt, fuhr er wieder über die Schlachtfelder, zuerst nach Azannes und Flabas, vorbei an deutschen Soldatenfriedhöfen, die einen sehr gepflegten Eindruck machten, dann durch den Bois des Caures mit dem ehemaligen Gefechtsstand eines gefallenen französischen Offiziers, der sich bei den Kämpfen um diesen Wald einen legendären Ruf geschaffen hatte, und vom Bois des Caures auf einem einsamen Weg zu dem ehemaligen Dorf Beaumont am Ende eines sich von Osten nach Westen erstreckenden Höhenzuges, an das gleichfalls nur noch eine kleine Kapelle inmitten eines urwaldähnlichen Dickichts erinnerte. Auch hier bestand das Gelände rings um die Kapelle aus einer unbegehbaren Trichterlandschaft. Nur wenige Schritte abseits entdeckte Rudolf in einem Trichter eine riesige, völlig verrostete Granate. Er fürchtete, daß noch mehr Blindgänger herumliegen würden, und kehrte zu der Kapelle zurück, setzte sich auf ihre steinernen Stufen und zündete sich eine Zigarette an.

Der Himmel war heute bewölkt, es roch nach Regen, und in der Einsamkeit, die ihn umgab, mußte Rudolf wieder an die Vergangenheit denken, an Geschützstellungen an einem verlassenen Waldrand, an die Eintönigkeit hoffnungslosen Wartens. Wenn er über sein letztes Gespräch mit Julienne nachdachte, erschien es ihm jetzt, als sei es ein Abschied für immer gewesen. Der Gedanke war so deprimierend, daß von allem Empfindungen, mit denen er in den letzten Tagen an Irene gedacht hatte, nur noch dumpfer Haß blieb. Die Möglichkeit, daß es ihr vielleicht schon gelungen sein könnte, Julienne zu beeinflussen, schien ihm, während er sich damit beschäftigte, gar nicht so absurd, denn warum hatte sie ausgerechnet heute, wenige Tage nach ihrer Begegnung mit Irene, nach Châlons fahren müssen! Daß sie es nur eines Mannes wegen getan haben könnte, erschien ihm unter dieser neuen Perspektive fast unglaubwürdig. Zwar gab es keine Beweise dafür, es war durchaus denkbar, daß er sich alles nur einredete, aber nachdem sein Mißtrauen einmal wach geworden war, wurde er es nicht mehr los. Er glaubte auch sicher zu sein – wenn er sich an ihren merkwürdigen Gesichtsausdruck nach ihrem Gespräch mit Irene erinnerte –, daß sie ihm nur von einem Teil der Unterhaltung erzählt hatte. Wie ein Tölpel hatte er sich wieder einmal von Irene an der Nase herumführen lassen, darin war sie immer ein Meister gewesen. Eine Zeitlang hatte sie auch bei Katharina gegen ihn intrigiert, vielleicht weniger aus Eifersucht als aus Boshaftigkeit, denn zu dieser Zeit war zwischen Katharina und ihm noch nichts Ernsthaftes gewesen. Aufgefallen war es ihm zum erstenmal, als ihn Katharina anläßlich eines Besuches den ganzen Abend ignoriert und sich nur mit Irene unterhalten hatte. Auch beim Abschied war sie sehr kühl gewesen.

»ICH FINDE DIE TÜR SCHON ALLEIN.«

Am nächsten Morgen rief er sie an und fragte, warum sie so abweisend gewesen sei.

Das müsse er selbst am besten wissen, sagte Katharina, und er sagte: »Verdammt noch mal, ich weiß es nicht!«

Sie blieb ein paar Sekunden still, dann fragte sie, ob er rasch bei ihr vorbeikommen könne.

»In fünf Minuten«, sagte Rudolf. Er ging, ohne Irene etwas zu sagen, in den Hof, setzte sich in den Wagen und fuhr zu Katharina. Sie öffnete ihm im Morgenrock die Tür und sagte: »Ich hatte noch keine Zeit, mich anzuziehen. Als du angerufen hast, lag ich noch im Bett.«

»Das macht nichts«, sagte er, und sie führte ihn ins Wohnzimmer. An den Wänden hingen Löwenfelle und Erichs afrikanische Giftpfeile, auch auf dem Boden lagen Felle, und vor dem Fenster standen afrikanische Trommeln. »Warum hält er sich eigentlich keine Urwaldaffen?« sagte Rudolf angewidert, und Katharina sagte: »Ich komme mir schon selbst wie einer vor; ich darf in der Wohnung nichts verändern. Willst du etwas trinken?«

»Zieh dir lieber etwas über«, sagte Rudolf. »Wenn er uns so erwischt, redet er sich weiß Gott was ein.«

»Vor dem Mittagessen kommt er nicht nach Hause«, sagte Katharina. »Oder stört es dich?«

»Nur dann, wenn du nichts darunter anhast«, sagte Rudolf.

»Ich habe tatsächlich nichts darunter an«, sagte Katharina. »Wieso findest du mich zu dick?«

»Was finde ich dich?« sagte Rudolf, und Katharina sagte: »Zu dick.«

Er betrachtete den kreisrunden Leberfleck über ihrer rechten Stirnhälfte, und ihre Augen waren ausnahmsweise einmal nicht verschleiert, sondern aggressiv auf ihn gerichtet. Er sagte: »Wer hat dir denn diesen Blödsinn eingeredet?«

»Hast du zu Irene gesagt, daß ich dick werde, oder nicht?« sagte Katharina, und Rudolf setzte sich in einen Sessel und fragte: »Wann hat sie dir das gesagt?«

»Vor drei Tagen in der Oper«, sagte Katharina. »Sie sagte, du fändest mich, seit ich das Kind habe, zu dick.«

»Ich fand dich dick, als du es bekommen hast!« sagte Rudolf ärgerlich. »Wenn ich einmal so etwas gesagt habe, dann nur damals.«

»Dann hat sie mich wieder angelogen«, sagte Katharina und steckte sich mit rotem Kopf eine Zigarette an. »Warum tut sie das?«

»Weil sie uns auseinanderhalten möchte.«

»Dazu hat sie doch keinen Grund«, sagte Katharina, und ihr Gesicht war immer noch rot vor Ärger. Rudolf sagte: »Noch nicht.«

»Weder heute noch später«, sagte Katharina und blies ihm den Rauch ihrer Zigarette ins Gesicht. Seit dieser Geschichte vor einem Jahr auf Irenes Couch war sie stets ein wenig abweisend zu ihm.

»Es war übrigens nicht das erste Mal«, sagte sie. »Sie hat schon öfter solche Dinge behauptet.«

»Zum Beispiel?« sagte Rudolf, und Katharina sagte: »Daß ich mich für deinen Geschmack nicht gewählt genug ausdrücke.«

»Das ist ihre persönliche Ansicht«, sagte Rudolf. »Wenn ich nach Hause komme, werde ich ihr ...«

»Sag nichts zu ihr!« sagte Katharina. »Ich weiß jetzt, woran ich mit ihr bin.«

»Das hättest du einfacher haben können«, sagte Rudolf und blickte zur Tür. »Michael schläft«, sagte Katharina. Er betrachtete ihre nackten Beine unter dem Morgenrock. Die Vorstellung, daß sie darunter nackt war, ließ seinen Mund trocken werden. Er konnte nichts mehr sagen. Sie schaute ihn grinsend an, dann stand sie auf, küßte ihn auf den Mund und sagte: »Dafür, daß sie mich angelogen hat.«

»Du hast einen bezaubernden Leberfleck«, sagte Rudolf heiser.

»Ich habe noch einen«, sagte Katharina. »Der ist noch hübscher.«

»Wo?« fragte Rudolf, und sie sagte: »Den zeige ich nur nachts.« Sie ging mit ihm zur Tür und sagte lächelnd: »Ich werde es mir noch einmal überlegen.«

»Was?« fragte Rudolf, und sie sagte: »Das mit uns beiden.«

Das dauerte dann immer noch drei Monate, und erst im neuen Haus, als sie Tür an Tür wohnten, entschloß sie sich endgültig.

Einmal traf er nach seiner Rückkehr aus dem Wald Irene im Haus an, sie sagte: »Ich hatte meine Handtasche vergessen.«

»Warum hast du nicht angerufen?« fragte Rudolf, und Irene sagte: »Es hat sich niemand gemeldet. Wo ist Mathilde?«

»Sie wird im Dorf einkaufen«, sagte Rudolf. Ihre unerwartete Anwesenheit hatte ihn doch erschreckt, er fragte: »Bist du schon lange hier?«

»Nein«, sagte Irene. »Willst du mitfahren?«

Um sie nicht mißtrauisch zu machen, willigte er ein, obwohl er in der Stadt verschiedene Besorgungen machen wollte, für die ihm sein eigener Wagen lieber gewesen wäre, und Irene sagte: »Hast du im Gras gesessen?«

»Ich sitze oft im Gras«, sagte Rudolf geistesgegenwärtig.

»Du hast einen Flecken an deiner Hose«, sagte Irene.

Während er sich umzog, verwünschte er seinen Leichtsinn. Vorsichtshalber ging er noch ins Bad, und als er in sein Schlafzimmer zurückkam, sah er Irene mit seiner Hose in der Hand neben dem Schrank stehen.

»Was ist los?« fragte er.

Sie schaute ihn an, dann hängte sie die Hose in den Schrank und sagte: »Wenn du mitfahren willst, mußt du dich beeilen.«

»Ich habe es mir anders überlegt«, sagte Rudolf.

»Wie du willst, Schätzchen«, sagte sie und ging hinaus.

Heute verabscheute er alles an ihr, ihre träge Art, sich auszuziehen, sich hinzulegen und sich ihm zu geben, sich anschließend im Bad zu waschen und ihr Gesicht im Spiegel zu betrachten. Er verabscheute sogar, wie sie aß, die Haltung ihrer Finger. Achtzehn Jahre hatte er ihre gezierte Angewohnheit, mit spitzen Lippen und vorgestrecktem Kopf ein Stück Fleisch von der Gabel zu nehmen und es langsam zwischen den Zähnen zu zermalmen, ertragen müssen. Es gab Augenblicke, wo er sie nicht mehr sehen und nicht mehr riechen konnte, so wie jetzt, da es ihm schien, als hätte er Julienne durch sie endgültig verloren.

Zum Mittagessen fuhr er nach Vacherauville und setzte sich in ein kleines Restaurant am Fluß. Schon während der Fahrt hierher hatte es zu regnen angefangen, er aß ohne Appetit und fuhr wegen des schlechten Wetters direkt nach Hause. Seine absurde Hoffnung, Julienne könnte schon wieder eingetroffen sein, erfüllte sich nicht, er setzte sich im Schlafzimmer auf das Bett, es roch nach Julienne. Auch das Zimmer roch nach Julienne, die Küche, das ganze Haus. Er öffnete den Kleiderschrank, betrachtete ihre Kleider, ihren Koffer. Er holte ihre Wäsche heraus und preßte sie an sein Gesicht, atmete ihren Geruch ein, und dann legte er sich mit der Wäsche wieder auf das Bett. Wenn sie vorgehabt hätte, nicht mehr zurückzukommen, hätte sie wahrscheinlich ihre Sachen nicht hiergelassen, er legte seinen Kopf auf ihre Wäsche und blickte durch das Fenster in den Regen. Die dunklen Höhen beiderseits des Flusses waren in Wolken gehüllt, er sah so lange hin, bis ihm vor Müdigkeit die Augen zufielen, und er verschlief den ganzen Nachmittag. Vielleicht hätte er noch länger geschlafen, wenn nicht das beharrliche Läuten der Türglocke ihn geweckt hätte, er stand schlaftrunken auf, und sein erster Gedanke war Julienne. Er rannte, noch immer schlaftrunken, zur Tür, riß sie auf und blieb vor Überraschung regungslos stehen. »Was tust du hier?« hörte er sich fragen, und Erich sagte: »Darf ich hineinkommen?«

Rudolf machte ihm mechanisch Platz, drückte mechanisch die Tür hinter sich ins Schloß, und Erich fragte: »Wo geht es ins Zimmer?«

»Diese Tür«, sagte Rudolf und ging mit ihm ins Wohnzimmer. Er war vom Schlaf und dem unerwarteten Besuch so benommen, daß er sich einfach in den nächsten Sessel fallen ließ und Erich stumm anstarrte.

»Darf ich mich setzen?« fragte Erich. Rudolf winkte mit dem Kinn zum Sofa, beobachtete stumm, wie Erich sich hinsetzte, und als er saß, sagte er: »Du kannst dir wohl denken, weshalb ich hier bin?«

Das konnte Rudolf, und er hatte sich inzwischen wenigstens soweit gefaßt, daß seine Stimme wieder funktionierte, er sagte: »Ich nehme an, sie hat dich hergeschickt.«

»Ich bin aus eigenem Entschluß gekommen«, sagte Erich, und sein dickes Gesicht sah gesund und rot aus wie immer. Er holte ein Zigarrenetui aus der Tasche, hielt es Rudolf hin, und als Rudolf den Kopf schüttelte, nahm er eine Zigarre heraus, steckte sie zwischen die Zähne, biß die Spitze ab, spuckte die Spitze auf den Boden und blickte sich im Zimmer um. »Nicht sehr komfortabel«, sagte er, und Rudolf sagte: »Was willst du?«

»Dich bitten, nach Hause zu kommen«, sagte Erich und zündete seine Zigarre an. Das abgebrannte Streichholz warf er auf den Boden. »Sie sitzt zu Hause und heult«, sagte er. »Ich konnte es nicht länger mit ansehen.«

»Wer heult?« fragte Rudolf mit gerunzelter Stirn, und Erich sagte: »Deine Frau.«

Das war eine so absurde Vorstellung, daß Rudolf grinsen mußte. Er war jetzt auch nicht mehr schlaftrunken, und je länger er Zeit hatte, Erichs dickes rundes Gesicht anzuschauen, desto ruhiger wurde er. Er sagte: »Wen willst du mit dieser einfältigen Geschichte rühren?«

»Ich sage dir, wie es ist«, sagte Erich. »Wenn sie dir nur noch den Dreck unter deinen Nägeln wert ist, mußt du nach Hause. Sonst garantiere ich für nichts.«

»Ich glaube nicht«, sagte Rudolf, »daß sie sich meinetwegen etwas antun wird«, und Erich sagte: »Sie hängst mehr an dir, als du jemals begreifen wirst.«

»Wie man an einem Spielzeug hängt«, sagte Rudolf und stand auf. Er schaute vom Fenster in den Regen hinaus und sagte: »Sie hat achtzehn Jahre Zeit gehabt, mir dieses Gefühl zu zeigen. Soll ich dir sagen, wie sie mich in diesen achtzehn Jahren behandelt hat?«

Erich schwieg, und Rudolf drehte sich nach ihm um. »Ich werde so lange hierbleiben, bis sie sich scheiden läßt.«

»Sie wird sich nicht scheiden lassen«, sagte Erich. »Überleg dir, was du tust.«

»Sie hat mir oft genug Anlaß gegeben, es mir zu überlegen«, sagte Rudolf. »Jetzt, da ihr jemand ihr hübsches Spielzeug wegnehmen will, auf dem sie jeden Tag herumtrampeln konnte, will sie es wiederhaben.«

»Es war nicht immer nur so«, sagte Erich. »Ich, zum Beispiel, habe nie auf dir herumgetrampelt. Vielleicht kannst du das auch mal berücksichtigen.«

»Deshalb bin ich ja auch hier.«

»Etwas zu spät«, sagte Erich, und sein Gesicht sah noch immer gesund und rot aus. Rudolf wußte nicht, was man ihm noch alles antun mußte, um von ihm genauso gehaßt zu werden, wie Irene ihn haßte. Er sagte: »Wenn es dir nicht nur um Irene ginge, müßtest du alles daransetzen, mich nicht mehr nach Kappersdorf zurückzuholen.«

»Dieses Risiko nehme ich auf mich«, sagte Erich, und jetzt wirkte sein Gesicht zum erstenmal ein wenig grau. »Mich kannst du nicht mehr treffen, falls du das damit meinst; ich bin fertig damit.«

»Für alle Zeit?« fragte Rudolf, und Erich blickte in seine Augen und sagte: »Für alle Zeit.«

»Dann solltest du dich besser scheiden lassen«, sagte Rudolf.

Erich sah von ihm weg. »Bei ihr weiß ich wenigstens, woran ich bin. Du wirst sie eines Tages genauso satt haben, wie du heute meine Schwester satt hast. Ich will nicht, daß sie sich etwas antut.«

»Sie ist dafür nicht der Typ«, sagte Rudolf. »Kümmere dich lieber um Katharina.«

»Die tut immer nur anderen etwas an«, sagte Erich. Er blickte wieder in Rudolfs Gesicht und sagte: »Kommst du mit nach Hause?«

»Nein«, sagte Rudolf, und Erich sagte: »Ich bitte dich darum.«

Rudolf schwieg. Er hatte ihn noch nie in diesem Ton reden hören, nicht einmal damals am Swimmingpool, als sie sich über Katharina unterhalten hatten; er schien seine Schwester noch mehr zu lieben als sich selbst, und Erich sagte: »Versprich mir wenigstens, daß du es dir überlegen wirst.«

Er wirkte plötzlich sehr klein auf dem Sofa, ein kleiner, dicklicher Mann mit einem runden, enttäuschten Gesicht. Rudolf sagte: »Vielleicht.«

»Das genügt mir«, sagte Erich und stand auf. Er trug seine Zigarre zum Fenster, machte das Fenster auf, warf die Zigarre hinaus und drehte sich zu Rudolf um. »Eines habe ich in meinem Leben gelernt, nämlich daß es zwecklos ist, die Dinge anders sehen zu wollen, als sie wirklich sind.«

»Hauptsache, die Kasse stimmt!« sagte Rudolf.

Erich öffnete den Mund, schloß ihn wieder und ging zur Tür. Er machte die Tür weit auf und ging hinaus. Etwas später hörte Rudolf seinen Wagen auf der Straße anfahren.

Er setzte sich in einen Sessel, er wußte jetzt nicht mehr, was richtig war und was nicht, wußte nicht mehr, weshalb er nicht mit Erich gefahren war, wo doch schon feststand, daß er Julienne nicht behalten konnte. Er ging ins Schlafzimmer und legte sich auf das Bett. Dort blieb er über zwei Stunden liegen, dann war es draußen Nacht geworden, und er wußte immer noch nicht, was er tun sollte. Er stand wieder auf, zog seinen zerdrückten Anzug aus und einen anderen an und fuhr zum ›Bellevue‹. Vor dem Hotel sah er Erichs Wagen stehen und fand ihn selbst halb betrunken allein an einem Tisch in der Bar sitzen. Als er Rudolf sah, sagte er: »Ich wäre noch einmal bei dir vorbeigekommen«, und Rudolf sagte: »Das ist jetzt nicht mehr nötig.«

Er bestellte sich einen Kognak. Sie waren die einzigen Gäste in der Bar, und Rudolf sagte: »Ich wollte dir noch einmal sagen, daß mir diese ganze Geschichte leid tut.«

Im Grunde war es lächerlich, und er war auch nicht hierhergekommen, um sich noch einmal für eine Sache zu entschuldigen, für die es ohnedies keine Entschuldigung gab. Es fiel ihm im Augenblick nur nichts anderes ein. Vielleicht wollte er einfach alles dem Zufall überlassen. Er war so unschlüssig wie lange nicht mehr, und es schien ihm in seiner derzeitigen Verfassung immer noch besser, mit Erich zu reden, als in einem muffigen Haus ohne Julienne herumzusitzen, und Erich sagte: »Ich bin nur wegen meiner Schwester hier; über das andere haben wir schon gesprochen.«

»Du mußt es wissen«, sagte Rudolf. Er bereute es schon wieder hierzusein, es gab nichts mehr zu bereden zwischen ihnen, und er konnte auch nicht mit ihm nach Kappersdorf fahren. Jetzt, da er in sein vom Trinken gerötetes rundes Gesicht schaute, wußte er, daß er Julienne nicht einfach davonlaufen konnte, und Erich sagte: »Solange nicht die ganze Stadt darüber spricht, werde ich damit fertig. So bleibt es wenigstens unter uns.«

»Das auch«, sagte Rudolf angewidert, und Erich sagte verbissen: »Sie ist noch zu jung, um zu begreifen, wieviel es bedeutet, sich einfach in ein warmes Nest zu setzen.«

»So einfach, wie ich es getan habe«, sagte Rudolf. Erich nahm einen Schluck aus seinem Glas, wischte sich mit dem Handrücken den Mund ab und sagte: »Du bist nicht schlecht damit gefahren. Es geht dir jedenfalls so besser, als wenn du diese Frau geheiratet hättest. Daß dir das mit Katharina passiert ist, könnte ich noch verstehen; ich war selbst einmal soweit.«

»Wie weit?« fragte Rudolf. Erich blickte ihn mit seinen wäßrigen Augen starr an. »Was, wie weit?«

»Du hast eben gesagt«, sagte Rudolf, »daß du auch einmal soweit gewesen wärst.«

Erich trank sein Glas aus, wischte sich wieder den Mund ab und sagte: »Als Mann verstehe ich es; es ist nur schlimm, wenn ausgerechnet der beste Freund dahintersteckt.«

»Das war ich nie«, sagte Rudolf angewidert, und Erich sagte: »Heute weiß ich es.« Er legte ihm seine dicke kleine Hand auf den Arm und sagte weinerlich: »Mir geht es wirklich nur um Irene.«

»Es sollte dir mehr um deine eigene Frau gehen«, sagte Rudolf, und Erich sagte: »Die hat alles, was eine Frau sich wünschen kann.«

»Nicht von dir«, sagte Rudolf. »Was sie nicht hat, wird sie sich auch in Zukunft bei mir holen. Wenn ich wirklich dein bester Freund wäre, sollte ich eher verhungern, als mit dir nach Kappersdorf zu fahren. Was ist dir lieber?«

»Wenn du verreckst«, sagte Erich weinerlich.

Sein unglückliches Gesicht war nicht länger zu ertragen. Rudolf bezahlte seinen Kognak, lief hinaus, und auf der Straße wußte er immer noch nicht, was er tun sollte. Wäre Julienne hiergewesen, hätte er es vielleicht gewußt. Ohne Julienne fühlte er sich hilflos und nur wieder seinen eigenen Zweifeln ausgeliefert.

Er lief, ohne zu wissen, wohin, kreuz und quer durch die dunklen leeren Straßen, versuchte an Julienne zu denken und dachte immer wieder an Irene und daran, daß sie seinetwegen in Kappersdorf Tränen vergoß. Weinende Frauen war er nicht gewachsen, und eine weinende Irene war ohnedies kaum vorstellbar.

Das beschäftigte ihn auch noch die halbe Nacht lang, er lag auf seinem Bett, rauchte eine Zigarette nach der anderen, und wenn Julienne nicht sehr bald aus Châlons zurückkäme, würde er vielleicht doch nach Hause fahren, Irene trösten und sich selbst ein wenig trösten lassen, nicht von Irene. Wenn es sich erreichen ließe, daß sie und Erich sein Verhältnis mit Katharina duldeten, wäre mehr gewonnen, als sich mit einer Scheidung gewinnen ließe, und Katharina reizte ihn noch immer. Er hatte sie ein paar Tage aus seinem Bewußtsein verdrängen können, aber vergessen hatte er sie nicht.

Während er darüber nachdachte, merkte er, daß er sie vermißte, und vielleicht war alles gar nicht so schlimm, wie er es sich einredete, ein paar Wochen mit ihr würden wohl ausreichen, um Julienne zu verdrängen, es würde jetzt sogar viel einfacher sein als vorher, ohne Komplikationen, ohne Furcht vor der Zukunft, vor dem Erwischtwerden, ohne schlechtes Gewissen und Skrupel. Er würde weder auf Irenes Geld noch auf Katharinas Jugend zu verzichten brauchen, und es würde ihm auch nichts ausmachen, wie bisher von Zeit zu Zeit mit Irene ins Bett zu gehen. Man konnte ganz gut mit zwei Frauen zurechtkommen, besonders dann, wenn sie so verschieden waren wie Irene und Katharina, die eine reif und kühl, die andere jung und leidenschaftlich, und vielleicht war dies sogar die einzige Art, eine Frau wie Irene ein ganzes Leben zu ertragen.

Plötzlich merkte er jedoch, daß weder die Möglichkeit, bei Julienne zu bleiben und ein wirtschaftliches Fiasko zu riskieren, noch die, sich unter Irenes Augen mit Katharina zu vergnügen, sehr attraktiv war. Die beste Lösung – so schien es ihm im Moment – wäre ein Haufen Geld und eine Frau wie Julienne gewesen.

Als Julienne kam, lag er noch im Bett, zwar nicht mehr schlafend, aber ein Blick durch das Fenster auf den wolkenverhangenen Himmel hatte ihn darin bestärkt, daß alles, was er unternehmen konnte, letzten Endes Unsinn war. Selbst Juliennes Eintreffen vermochte seine pessimistische Stimmung nicht völlig zu beseitigen, er begrüßte sie zwar so, wie man eine Frau begrüßt, die man erst seit zwei Wochen richtig kennt, aber er tat es nicht mit jener Unbefangenheit, die ihm noch vor ihrer Abreise selbstverständlich gewesen war. Zudem fand er, daß sie schlecht aussehe, sie hatte Schatten unter den Augen, und auch ihre Gesichtsfarbe wirkte im grauen Licht des regnerischen Morgens nicht so frisch wie sonst. Vielleicht hatte sie doch wieder mit einem Mann geschlafen oder mit zweien; wenn sie es richtig eingeteilt hatte, wäre es sogar mit allen vieren möglich gewesen, er mußte, während sie ihn küßte, ständig daran denken, empfand ihre Küsse auch als weniger leidenschaftlich, empfand auch nicht jenes berauschende Gefühl, das ihn bisher jedesmal überkommen hatte, wenn er ihre Brust berührt hatte, sie machte sich von ihm los und sagte: »Es wird höchste Zeit, daß du aufstehst. Weißt du, wie spät es ist?«

»Ohne dich«, sagte Rudolf, »spielte das keine Rolle«, und Julienne sagte: »Aber jetzt bin ich wieder hier; ich habe frische Brötchen mitgebracht; wir werden zusammen frühstücken.«

»Wie war es?« fragte er, und sie blickte schnell in sein Gesicht und sagte: »Das Haus war nicht abgebrannt.«

»Das beruhigt mich«, sagte Rudolf, und dann ging sie in die Küche. Er stand auf und lief enttäuscht ins Bad. Nachdem sie vierundzwanzig Stunden weggewesen war, hätte sie sich ruhig noch ein wenig zu ihm legen können, ihr Eifer, sich um das Frühstück kümmern zu müssen, war doch lächerlich!

Er steigerte sich, während er daran dachte, in eine absurde Erbitterung hinein, aber wahrscheinlich lag das nur an dem trüben Wetter. Bei trübem Wetter war das Haus unerträglich eng, dumpf, dämmeriges Halbdunkel in den kleinen Räumen, eine unbequeme Sitzbadewanne und kaltes Wasser. Zwar gab es einen Gasbadeofen, aber er funktionierte nicht richtig, er stank jedesmal nach Gas, und das Wasser wurde kaum warm. Mit einiger Erbitterung dachte er an den Komfort in Kappersdorf, an die vielen Bequemlichkeiten, auf die er hier verzichten mußte, und als er zu Julienne in die Küche ging, fand er ihre Frisur unordentlich, ihre nackten Beine nicht ganz sauber, und er erinnerte sich mit einem gewissen Unbehagen, daß sie überhaupt nicht immer sehr gepflegt war, jedenfalls hatte sie in diesen vierzehn Tagen die wenigste Zeit im Bad verbracht, und ihr Parfüm roch billig. Sie fragte: »Warum siehst du mich so an?« und Rudolf sagte: »Ich habe dich schon lange nicht mehr gesehen.«

Beim Frühstück vermied er es, sie anzuschauen, ihr Kaffee schmeckte ihm heute nicht, die Eier waren zu hart, er war schweigsam und Julienne auch, so, als ob es zwischen ihnen nichts mehr zu sagen gäbe, und einmal lachte sie unvermittelt kurz auf, Rudolf fragte verwundert: »Warum lachst du?«

»Über dich«, sagte Julienne, aber weshalb sie über ihn gelacht hatte, verriet sie ihm nicht. Als sie das Geschirr hinaustrug, blickte er wieder mit Widerwillen auf ihre nicht ganz sauberen Beine und Schuhe. Er wußte nicht, was mit ihm los war, vielleicht hätte er jetzt wieder mit ihr ins Bett gehen sollen, aber nicht einmal das wollte er, seine Gedanken beschäftigten sich öfter mit Erich als mit ihr, es beschäftigte ihn, ob er noch im Hotel oder bereits wieder nach Hause gefahren war, und dann beschäftigte er sich damit, wie man diesen Tag am besten herumbringen könnte, wenn er schon keine Lust verspürte, mit Julienne ins Bett zu gehen. Im Winter wäre es hier ohnedies unerträglich geworden, er stellte sich mit Entsetzen vor, wie er den ganzen Winter in dieser billigen, muffigen Umgebung verbringen müßte, und ihre Wohnung in Châlons würde auch nicht viel besser sein. Wenn man in einem so großen Haus gelebt hatte wie er, wirkten solche billigen Quartiere direkt deprimierend. In einem großen Haus störte es ihn nicht, wenn es draußen regnete, man konnte von einem Zimmer ins andere laufen, sich in die Diele oder auf die gedeckte Terrasse setzen und zuschauen, wie der Regen vom Wind über das Tal gepeitscht wurde. Es war lächerlich, aber er hatte Heimweh, er vermißte sein Zimmer, seine täglichen Spaziergänge mit Katharina und vor allem Katharina selbst. Er vermißte sie mit einer Intensität, die ihn nun, nachdem er sie vierzehn Tage lang fast völlig vergessen hatte, doch ein wenig überrumpelte. Ihre letzte Begegnung fiel ihm ein, worüber sie mit ihm gesprochen, wie sie ihn angeschaut hatte. Er erinnerte sich an ihren Mund, an ihre Art, ihn zu küssen, an das Spiel ihrer Zunge dabei, an die Art, ihn zu berühren, und an den Leberfleck.

»ER IST ECHT; MIT DER ZUNGE KRIEGST DU IHN NICHT WEG.«

Irene war wieder einmal zu Murat gefahren, und Rudolf war allein im Haus; Mathilde hatte sich für eine Familienfeier zwei Tage freigenommen. Am Vormittag rief Katharina im Geschäft an und erzählte ihm, daß Erich für einen oder zwei Tage nicht zu Hause sei, er habe kurzfristig verreisen müssen.

»Das trifft sich nicht schlecht«, sagte Rudolf, und Katharina sagte: »Wenn ich Therese wegschickte, würde es auffallen.«

»Mathilde ist nicht da«, sagte Rudolf.

Katharina sagte ein paar Sekunden nichts, dann sagte sie: »Wirklich nicht?«

»Vor übermorgen kommt sie nicht zurück«, sagte Rudolf, und Katharina sagte: »Gegen zehn Uhr.«

Sie kam pünktlich und verlangte etwas zu trinken. »Was willst du?« sagte Rudolf, und Katharina sagte: »Etwas, das mich umwirft.«

Er gab ihr einen doppelten Kirsch, trank selbst einen, und Katharina sagte mit geröteten Wangen: »So fühle ich mich schon wohler.«

»Ist dir nicht gut?« fragte Rudolf besorgt.

»Das nicht, jetzt bin ich ja da«, sagte sie. »Ich war mir den ganzen Tag nicht sicher, ob ich kommen soll.«

Ihre Skrupel waren nicht immer zu erklären, und Rudolf sagte: »Du kommst doch auch in den Wald.«

»Im Walde spüre ich sie nicht«, sagte Katharina. Dann trank sie noch einen doppelten Kirsch, schaute sich in der Diele um und sagte: »Ich mag Marmor nicht.«

»Ich auch nicht«, sagte Rudolf.

Sie stiegen die Treppen zu seinem Zimmer hinauf, und Katharina sagte: »Mir wäre auch lieber, wir hätten getrennte Schlafzimmer. In welches gehen wir?«

»Welches dir lieber ist«, sagte Rudolf, und Katharina sagte: »Zeig mir ihr Bett!«

Er öffnete die Tür, und sie setzte sich vor Irenes Frisierspiegel, betrachtete das Bett und sagte: »Ich kann nichts dafür, aber es macht mir nichts aus.«

»Mir auch nicht«, sagte Rudolf. Er trat hinter sie, küßte ihren Nacken, und sie stand auf und zog ihr Kleid aus. Sie hatte nichts darunter an und ließ sich, wieder vor dem Spiegel sitzend, von ihm streicheln. Während er sie streichelte, trafen sich ihre Blicke im Spiegel, und sie fragte: »Machst du das bei ihr auch?«

»Heute nicht mehr«, sagte Rudolf.

Sie betrachtete wieder das Bett und sagte: »Vielleicht wäre es nicht richtig; sie hat mir nichts getan.«

»Wir können auch in mein Zimmer gehen«, sagte Rudolf, und Katharina fragte: »Wo macht ihr es? Hier?«

»Ja«, sagte Rudolf.

Sie stand auf, legte sich auf Irenes Bett, und auch von dort aus konnte sie sich im Spiegel sehen. »Ihr hättet ihn auch woanders hinstellen können«, sagte sie, und Rudolf sagte: »Sie wollte ihn an dieser Stelle haben.«

»Und da ist er noch nicht blind geworden?« sagte Katharina lächelnd. Sie beobachtete im Spiegel, wie er sich auszog und sich zu ihr legte. »Du wirst immer magerer.«

»Mein Magengeschwür«, sagte Rudolf.

»Bist du sicher, daß es ein Magengeschwür ist?«

Ihr Gesicht im Spiegel war plötzlich etwas blaß, Rudolf grinste: »Auf diese Weise erwischt es mich nicht.«

»Weißt du das genau?« fragte sie besorgt.

»Ich hoffe es«, sagte Rudolf. Er beugte sich über sie und betrachtete ihren Leberfleck. Sie sagte: »Er ist echt; mit der Zunge kriegst du ihn nicht weg.«

»Du bist hübsch«, sagte Rudolf.

»Ihm fällt das nicht mehr auf.«

Manchmal hatte Rudolf den Verdacht, daß Erichs Indolenz sie noch mehr erbitterte als der Zwang, mit ihm schlafen zu müssen. »Er ist ein Banause«, sagte er und streichelte ihr weiches Fell. Sie blickte angespannt in den Spiegel, auch dann noch, als ihr Atem bereits laut wurde, und bis zum letzten Augenblick. Dann schlang sie heftig die Arme um ihn und hielt ihn fest an sich gepreßt.

»War das nicht leichtsinnig?« fragte er an ihrem Ohr, und sie sagte: »Heute nicht.« Sie machte sich von ihm los, ging ins Bad, und als sie wieder hereinkam, sagte sie lächelnd: »Jetzt muß ich etwas trinken.«

»Ich auch«, sagte Rudolf.

Im Bad roch es nach ihrem Parfüm, er öffnete das Fenster, ging dann in die Diele hinunter und holte den Kirsch und Gläser.

Sie saß nackt auf dem Bett und sagte: »Es ist doch blödsinnig, daß man sich so liebt wie wir und trotzdem nicht miteinander schlafen soll.«

»Niemand sagt, daß du es nicht tun sollst«, sagte Rudolf, und sie sagte: »Was wohl geschehen würde, wenn sie eines Tages dahinterkäme?«

»Keine Ahnung«, sagte Rudolf. Er gab ihr das Glas, und sie trank es mit geschlossenen Augen aus und sagte: »Soll ich es in den Spiegel werfen?«

»Das würde diesen Abend nur komplizieren«, sagte Rudolf, und Katharina sagte: »Daran merkt man, wie kompliziert er schon ist.« Sie ging vom Bett zum Spiegel und betrachtete ihr Gesicht aus der Nähe. »Ich habe Angst vor dem Altwerden«, sagte sie. »Es sollte etwas dagegen geben.«

»Ich bin siebenundvierzig«, sagte Rudolf, und Katharina sagte: »Davor graut mir heute schon. Erich ist bereits jetzt zu nichts mehr zu gebrauchen. Kann das bei einem Mann so früh aufhören?«

»Warum bist du nicht froh darüber?« fragte Rudolf, und Katharina sagte: »Es ist schrecklich, aber ich habe mich schon dabei ertappt, daß ich mir wünschte, es würde ihm einmal etwas zustoßen.«

»Andere bringen ihren Mann um«, sagte Rudolf. Er nahm einen Schluck aus der Flasche: »Willst du noch?«

Sie schüttelte den Kopf, während sie sich noch immer im Spiegel betrachtete. »Solange Irene da ist«, sagte sie, »würde uns das auch nichts nützen.«

»Sie wird auch noch in dreißig Jahren dasein«, sagte Rudolf. Er ging zu ihr, küßte ihren Nacken, und sie sagte: »Bis dahin wird sie genauso aussehen wie ihre Mutter. Kannst du dir vorstellen, daß du einmal mit einer Frau verheiratet sein wirst, die genauso aussieht wie ihre Mutter?«

»Heute noch nicht«, sagte Rudolf, und Katharina sagte: »Meine Mutter war als Mädchen auch sehr hübsch. Ich muß dir einmal ein Bild von ihr zeigen.«

»Ist sie es heute nicht mehr?« sagte Rudolf lächelnd, und Katharina lächelte auch und sagte: »Wenn ich einmal so aussehe wie sie, möchte ich nicht mehr leben.«

»Dann laß uns nicht daran denken«, sagte Rudolf, aber er mußte die halbe Nacht daran denken. Vor Tagesanbruch kletterte sie aus dem Bett, zog ihr Kleid an und küßte Rudolf noch einmal. »Hoffentlich verreisen sie bald wieder«, sagte sie, und Rudolf sagte: »Wir haben wenigstens noch etwas, worauf wir hoffen können; in diesem Punkt sind wir besser dran als sie.«

»Nur schade, daß sie es nicht wissen«, sagte Katharina. »Bleib liegen, ich finde den Weg allein. Ich liebe dich, Rudolf!«

»Ich dich auch«, sagte er mit belegter Stimme.

Er hatte auch nie aufgehört, sie zu lieben. Möglich, daß er ein paarmal nicht mehr daran gedacht hatte, so wie man mitunter nicht an seinen Bauch und an seine Mitesser denkt, aber aufgehört sie zu lieben, hatte er nie, auch in diesen vierzehn Tagen mit Julienne nicht. Katharinas Beine waren immer sauber. Sie gehörte zu jenen Frauen, die nur noch dafür lebten, ihren Körper jung zu erhalten, die keine anderen Ambitionen mehr haben, als wenigstens so lange wie möglich mit der Genugtuung zu leben, daß es sie nur ein Wort kosten würde, jeden Mann ins Bett zu bekommen. Ohne diese Genugtuung hätten sie wahrscheinlich an ihrem Leben und an sich selbst verzweifeln müssen. In dieser Beziehung war sie Julienne auch am ähnlichsten, nur mit dem Unterschied, daß eine Frau wie Katharina in Gedanken zwar mit jedem Mann, in Wirklichkeit aber höchstens mit zwei Männern schlafen konnte, während Julienne genau das tat, wovon viele Frauen nur zu träumen wagen, was nicht heißen sollte, daß sie unaufrichtiger wären als Julienne, sie waren höchstens vorsichtiger und mit gesellschaftlichen Skrupeln belastet. Im Grunde beeindruckte Rudolf Katharinas Art ebenso wie die von Julienne, sie hatten viel gemeinsam, aber sie waren eben verschiedene Wege gegangen, die eine dorthin, wo es als vornehm galt, Kaviar zu essen, und die andere zu jenen Außenseitern, die dieser Gesellschaft und ihrer Spielregeln überdrüssig geworden waren. Als unmittelbar Beteiligter konnte man sich nur für die eine oder andere entscheiden, und Katharinas gepflegte, manchmal auch etwas frivole Sinnlichkeit war seiner Mentalität doch näher als Juliennes fast animalische Art. Er war ihrer, ohne daß er es gemerkt hatte, rascher überdrüssig geworden, als er es noch vor wenigen Tagen gemeint hatte, aber vielleicht lag es auch an diesem kleinen Haus mit seinen muffigen Zimmern. In der Sonne hatte Julienne immer sehr verführerisch ausgesehen.

Als sie wieder zu ihm hereinkam, setzte sie sich an den Tisch und blickte über den Tisch hinweg in Rudolfs Gesicht. »Was machen wir nun?« fragte sie.

Das hatte sie ihn vor zwei Tagen noch nicht zu fragen brauchen, ihre Wünsche hatten sich ohne Absprache in einem Zentrum getroffen, aber sie schien in dieser Sekunde sowenig daran zu denken wie er selbst, und Rudolf sagte: »Fahren wir eben spazieren.«

Sie betrachtete die verregneten Fensterscheiben und sagte: »War hier etwas los, während ich weg war?«

»Hier?« fragte Rudolf, und Julienne sagte: »Ja.«

»Nein«, sagte Rudolf. »Es war nichts los.«

Im Wagen schlug sie den Mantelkragen hoch, steckte die Hände in die Taschen und sah zu, wie Rudolf den Motor anließ. »Seit du weg warst«, sagte er, ohne sie anzuschauen, »bist du irgendwie verändert«, und Julienne sagte: »Du auch. Wohin fahren wir?« – »Wohin du willst«, sagte Rudolf, und Julienne sagte: »Mir ist es egal.«

Er fuhr mit ihr lustlos durch die Stadt und unbewußt wieder auf die Straße nach Ornes. Ein paarmal ertappte er sich dabei, daß er ihre nackten Knie anschaute. Wenigstens bei diesem kühlen Wetter hätte sie Strümpfe anziehen können. Als sie zu ihm ins Hotel gekommen war, hatte sie Strümpfe angehabt, und das Kleid war viel hübscher gewesen als dieses hier. Auch die hochgesteckten Haare hatten ihr besser gestanden als die ungepflegten Zotteln, und sie schminkte sich auch kaum mehr, wozu auch! Er hatte lange genug mit ihr geschlafen, vielleicht schon zu lange, und da ohnedies feststand, daß sich ihre Wege wieder trennen würden, brauchte sie sich auch keine Mühe mehr zu geben. Sie ließ sich gehen, geradeso, als wäre ihr daran gelegen, ihn abzustoßen, und vielleicht war es genau das, was sie bezweckte. Er sagte: »Irgendwie müssen wir uns jetzt überlegen, wie es weitergehen soll.«

»Ich dachte, du wüßtest es«, sagte Julienne gleichgültig, und Rudolf sagte verstimmt: »Es geht uns beide an.«

»Wir werden uns trennen«, sagte Julienne.

Es löste kein Gefühl in ihm aus, keine Erleichterung und keinen Schmerz, er sagte ruhig: »Wann?«

Sie wandte ihm langsam das Gesicht zu und sagte: »Vielleicht morgen.« Rudolf nickte, ohne es zu merken. »Wann hast du dich dazu entschlossen?« fragte er unverändert ruhig, und Julienne sagte genauso ruhig: »Es ist am besten so.«

Vielleicht war es tatsächlich am besten so, aber es kam nun doch ein wenig überraschend, er sagte: »Du mußt doch einen Grund dafür haben.« Sie schüttelte den Kopf. Dann sagte sie: »Wir haben es beide gewußt. Warum sollen wir es noch lange hinausschieben?«

»Wir haben noch nichts besprochen«, sagte Rudolf. »Ich weiß nicht, wohin ich dir das Geld überweisen soll und wann wir uns das nächste Mal wieder treffen werden.«

»Wir werden uns nicht mehr treffen«, sagte Julienne, und Rudolf sagte: »Vor zwei Tagen dachtest du noch anders.«

Sein Verdacht, daß ihr Gesinnungsumschwung mit ihrer Reise nach Châlons zusammenhängen könnte, schien sich zu bestätigen, und da sie inzwischen wieder auf dem einsamen Weg zwischen Ornes und Bras fuhren, durch die Trichterlandschaft des Bois de Chaume, durch eine verregnete, menschenleere Trichterlandschaft mit schwarzen, verkrüppelten Bäumen und tiefhängenden Wolken, hielt er den Wagen an, faßte nach Juliennes Arm und sagte: »Was hast du in Châlons getrieben?«

»Laß mich los!« sagte sie.

Sie öffnete die Wagentür, stieg aus und ging im Regen zwischen den niedrigen Bäumen auf dem Weg weiter. Rudolf lief ihr nach und fragte: »Was soll das?«

»Ich gehe gern im Regen«, sagte Julienne. Sie schob die Hand unter seinen Arm und sagte: »Es ist auch für deine Tochter besser so.«

»Was?« sagte Rudolf.

Sie schaute ihn an, und der Regen lief ihr vom Haar über das Gesicht, und ihre Augen waren wieder naß, während sie Rudolf anschaute. »Frag nicht«, sagte sie, aber er fragte trotzdem: »Hängt es mit meiner Frau zusammen?«

»Es hängt mit uns allen zusammen«, sagte Julienne. »Mit dir, mit mir und mit deiner Frau. Es waren ein paar schöne Tage, mon petit soldat. Man muß wissen, wenn es Zeit ist aufzuhören.«

»Mir leuchtet nicht ein ...«, sagte Rudolf, und Julienne sagte: »Du wirst eines Tages von selbst darauf kommen.« Sie blieb stehen und zeigte auf eine dunkle Öffnung zwischen den Bäumen: »Was ist das?«

»Ein ehemaliger Unterstand«, sagte Rudolf.

Ein schmaler Pfad schlängelte sich zwischen Trichtern und Bäumen zu einem tunnelförmigen Loch, das in eine steile Böschung führte, es war mit einem starken, völlig verrosteten Eisenblech verschalt. Schon nach wenigen Metern war der Stollen bis zu seiner oberen Kante mit Geröll gefüllt, und vor dem Geröll stand eine leere Holzkiste.

»Was ist hier passiert?« sagte Julienne, die Geröllmassen im Hintergrund, und Rudolf sagte: »Sicher ein Volltreffer. Die Kiste wurde nachträglich hingestellt, vielleicht von einem Waldarbeiter, der hier Schutz vor dem Regen suchte. Hier hat er sich ein Feuer gemacht!« Er wies auf einen rußgeschwärzten Fleck am Boden, und Julienne sagte lächelnd: »Was du alles siehst!« Sie setzte sich auf die Holzkiste und sagte: »Gib mir eine Zigarette!«

Die Kiste war breit genug für sie beide, Rudolf setzte sich zu Julienne, gab ihr eine Zigarette und Feuer, und sie sagte: »Ein Volltreffer von einer Granate.«

»Ja«, sagte Rudolf. »Sicher wurden ein paar Soldaten getötet, die hier gesessen haben.«

»Wo wir jetzt sitzen?« fragte Julienne, und Rudolf sagte: »Ja.«

Er blickte in den Regen hinaus. Jenseits des Weges fiel das Gelände ebenso steil ab, wie es auf dieser Seite anstieg. In den tiefen Schluchten sammelte sich Nebel, der in dünnen Schleiern über die bewaldeten Kuppen strich, und Rudolf sagte: »Was soll ich dir sagen?«

»Ich weiß es auch nicht«, sagte Julienne.

Jetzt, da es endgültig geworden war, hätte er noch einmal vierzehn Tage oder vier Wochen mit ihr verbringen können. Sie könnten wieder spazierenfahren und sich auf dem Mort Homme in die Sonne legen. Und bei trübem Wetter könnten sie im Bett bleiben und sich all das erzählen, was sie sich noch nicht erzählt hatten, das war eine ganze Menge. Andererseits gab es da auch noch irgendwo Katharina. Julienne wäre früher oder später doch nach Châlons zurückgekehrt, er könnte es nicht verhindern. Er würde sich mit dem Gedanken vertraut machen müssen, aber womit er sich nicht vertraut machen konnte, war die Möglichkeit, durch sein Verhältnis mit ihr auch Katharina zu verlieren.

Es überraschte ihn, daß ihm der Gedanke gekommen war, wie sie darauf reagieren würde. Sicher hatte sie schon längst alles erfahren, und was sie noch nicht erfahren hatte, würde Erich ihr erzählen, dem es sogar eine Genugtuung sein müßte, kein Detail auszulassen!

Der Gedanke beunruhigte ihn, er trat seine Zigarette am Boden aus und sagte: »Ich kann dich zu nichts zwingen.«

»Nein«, sagte Julienne, und es hörte sich an, als hätte sie ihre letzte Entscheidung erst in dieser Sekunde getroffen. Sie legte ihm die Hand auf das Knie und sagte: »Mein Zug fährt morgen früh um neun Uhr.«

»Es ist gut«, sagte Rudolf. Sie blickte ihn rasch an, sagte aber nichts, und sie saßen eine Weile stumm nebeneinander auf der Kiste in dem halbzerfallenen Stollen. Rudolf starrte wieder in den Regen hinaus und wußte nicht mehr, was er ihr noch sagen könnte. Er wußte nur, daß sie ihn nicht mehr sehen wollte, aber warum sie ihn nicht mehr sehen wollte, wußte er nicht. Er hätte sie danach fragen können, aber nicht einmal dazu reichte es mehr. Er sagte nur: »Ich weiß noch immer nicht, wohin ich dir das Geld schicken soll«, und Julienne sagte: »Ich bin bis heute auch ohne dein Geld ausgekommen.«

»Aber wie!« sagte Rudolf.

Julienne nahm die Hand von seinem Knie. »Du siehst das nicht richtig«, sagte sie ruhig. »Als ich damit anfing, tat ich es nur, um mich und das Kind durchzubringen. Heute hab' ich mich daran gewöhnt; ich möchte es auch nicht mehr anders. Verstehst du?«

»Nein«, sagte Rudolf, und er fühlte sich elend. »Ich will nicht, daß du so weitermachst. Ich werde dir monatlich fünfhundert Francs schicken; so viel habe ich immer übrig.«

»Ich auch«, sagte Julienne. »Wenn ich wollte, könnte ich zweitausend Francs im Monat haben. Es ist mir, abgesehen von der ersten Zeit, nie schlecht gegangen. Es gibt genug Frauen in Châlons, denen es schlechter geht als mir. Meine Freundin wurde von ihrem Mann sitzengelassen; ohne mich würde sie verhungern.«

Es reimte sich alles nicht zusammen, was sie sagte und wie sie es sagte; er glaubte ihr kein Wort, und als er ihr den Arm um die Hüfte legte, stand sie auf und sagte: »Jetzt darfst du mich noch in ein gutes Restaurant einladen. Nach dem Essen mache ich uns zu Hause einen Kaffee.«

»Warum machst du dir etwas vor?« sagte Rudolf benommen. Sie gab keine Antwort und ging rasch in den Regen hinaus. Als er zu ihr kam, preßte sie ein Taschentuch gegen den Mund und sagte: »Ich glaube, ich habe mir einen Schnupfen geholt.«

Zum Essen fuhren sie zum ›Bellevue‹. Erich war bereits abgefahren, die schwarzhaarige Dame an der Rezeption erzählte, daß er schon am frühen Morgen weggefahren sei.

»Wir können auch in einem anderen Hotel essen«, sagte Rudolf enttäuscht, und Julienne sagte: »Warum sind wir denn hier?«

Sie aßen dann doch im ›Bellevue‹, und Julienne benahm sich wie immer. Später zu Hause servierte sie den Kaffee im Wohnzimmer, und nach dem Kaffee ging sie ins Bad. Er hörte, wie sie sich wusch, und als sie herauskam, hatte sie seinen Morgenmantel an. Sie kam zu ihm, knöpfte seine Kleider auf, rutschte vor ihm auf die Knie und küßte seinen Bauch, bis er sie auf den Boden drückte. Sie nahmen sich keine Zeit mehr, zum Bett zu gehen, und im Augenblick des Orgasmus sagte er: »Du verdammte Hure!«

Sie stöhnte, wie er sie noch nie hatte stöhnen hören, dann blieben sie am Boden liegen, und Rudolf streichelte ihr Gesicht und sagte tonlos: »Bleib bitte noch hier, Julienne.«

»Nein«, sagte sie. »Es ist zu spät.«

Er brachte sie zum Bahnhof, und er stand mit ihr neben dem Zug auf dem Bahnsteig. Er hatte ihren Koffer in das Abteil getragen, und sie hatte draußen auf ihn gewartet. »Wirst du mir einmal schreiben?« fragte er, und Julienne sagte: »Ja.«

Es regnete auch heute, Rudolf schlug seinen Mantelkragen hoch und blickte in ihr Gesicht, das naß vom Regen war. »Du wirst dich erkälten«, sagte er, und Julienne sagte: »Es regnet oft bei uns.«

Sie sah blaß aus, vielleicht deshalb, weil sie in der Nacht kaum geschlafen hatten. Sie hatten auch nicht mehr viel miteinander gesprochen, sondern sich nur in den Armen gehalten und gestreichelt, und irgendwann, als es vor dem Fenster schon zu dämmern angefangen hatte, waren sie eingeschlafen und dann so spät aufgewacht, daß ihnen nicht einmal mehr Zeit für das Frühstück geblieben war. Auf der Fahrt zum Bahnhof hatte sie wieder seine Hand gegen ihre Brust gepreßt, aber sie hatte nicht geweint. Sie weinte auch jetzt nicht, sie blickte ihn nur an, und Rudolf blickte sie an. Er küßte sie noch, und dann stand sie am Fenster und sagte: »Wenn du das Haus verläßt, legst du den Schlüssel unter die Fußmatte.«

»Es ist gut«, sagte Rudolf. Er erinnerte sich, daß sie seine Adresse nicht wußte, und schrieb sie ihr auf ein Blatt Papier. »Vergiß nicht zu schreiben«, sagte er.

Sie nickte. Als der Zug anrollte, lief er neben ihm her, und sie schaute ihn unverwandt an. Er hoffte immer noch, sie würde weinen, aber ihre Augen blieben trocken, und dann wurde der Zug schneller, und Rudolf sah noch, wie sie das Papier mit seiner Adresse in kleine Stücke zerriß, sie auf ihrer flachen Hand aus dem Fenster hielt und wegwehen ließ.

Er schaute dem Zug nach, solange er ihn sehen konnte, dann ging er zu seinem Wagen. Er blieb eine Viertelstunde darin sitzen und blickte durch die regennasse Scheibe auf den Bahnhof, aber es war kein Gefühl in ihm, er war innerlich leer. Er ließ den Motor an und fuhr durch die Stadt, ohne zu wissen, wohin er fuhr, und zum Schluß landete er wieder vor dem ›Bellevue‹. Er verlangte ein Zimmer, und die schwarzhaarige Dame an der Rezeption fragte lächelnd: »Ihr altes, Monsieur?«

»Nein«, sagte Rudolf. »Geben Sie mir ein anderes.«

Er bekam ein anderes Zimmer und kehrte mit dem Schlüssel zu seinem Wagen zurück. Er holte seine Sachen, und er ließ im Haus alles so, wie es war, auch in die Küche ging er nicht mehr. Den Schlüssel legte er unter die Fußmatte, dann fuhr er wieder zum Hotel und bestellte sich ein Frühstück. Er setzte sich in seinem Zimmer an das Fenster, und es war genauso wie vor zwei Wochen, als er am Fenster gesessen und auf Julienne gewartet hatte. Nur wußte er jetzt nicht mehr, auf wen er noch warten sollte, er wußte auch nicht, warum er hier saß und nicht gleich nach Kappersdorf zurückgefahren war, er wußte nur, daß er jetzt genug hatte, und als der Zimmerkellner mit dem Frühstück kam, faßte er den Entschluß, nach Châlons zu fahren. Er hätte sich genausogut dazu entschließen können, nach Paris zu fahren, denn er wußte auch nicht, was er in Châlons tun könnte, ob es ihm nur darum ging, wenigstens einmal seine Tochter zu sehen, oder ob er ein letztes Mal versuchen wollte, Julienne zu überreden, noch ein paar Wochen oder Monate bei ihm zu bleiben. Das alles waren Dinge, die ihn im Augenblick weniger beschäftigten als der Entschluß selbst, und in Châlons mußte es auch möglich sein, bei einem Postamt ihre Adresse zu erfahren. Er fand es in dieser Sekunde einfach unzumutbar, wieder nach Kappersdorf zu fahren, ohne seine Tochter überhaupt gesehen zu haben, und je länger er sich mit diesem Gedanken beschäftigte, desto logischer erschien er ihm auch. Unabhängig davon, wieviel ihm dieses Mädchen, das seine Tochter war, wirklich bedeutete, bot sie ihm zumindest einen Vorwand, sich noch einmal mit Julienne aussprechen zu können. Es kam ihm, während er über die letzten Stunden mit ihr nachdachte, immer mehr so vor, als hätte er die Zeit mit ihr einfach verträumt.

Er dachte daran, wie sie neben ihm auf dem Mort Homme gelegen und seine Brust geküßt hatte, wie sie gestern vormittag neben ihm auf dem einsamen Weg zwischen Ornes und Bras gegangen war, er erinnerte sich an jedes Detail ihres Zusammenseins, und je länger er sich daran erinnerte, desto unfaßlicher wurde ihm, daß dies nun alles unwiderruflich zu Ende sein sollte. Dann erinnerte er sich wieder an Katharina, und er nahm sich vor, ihr einen Brief zu schreiben, aber da der Brief in Erichs Hände hätte fallen können, tat er es nicht. Der Schock über Juliennes plötzliche Abreise war zumindest ebenso groß wie sein Bedürfnis nach einem Wiedersehen mit Katharina. Andererseits scheute er sich davor, nach allem, was geschehen war, ihr und Irene wieder unter die Augen treten zu müssen, und er merkte, während er darüber nachdachte, daß hierin der eigentliche Grund lag, weshalb er lieber nach Châlons als nach Kappersdorf fahren würde. Hätte seine Mutter noch gelebt, so wäre er jetzt zu ihr gefahren, um bei ihr abzuwarten, wie die Dinge sich weiterentwickeln würden. Ihr plötzlicher Tod vor über einem Jahr war für ihn mehr gewesen als allein der Verlust der Mutter, mit ihr hatte er auch die Möglichkeit verloren, sich von Fall zu Fall in sein altes Zimmer flüchten und sich dort vor den Problemen seiner Ehe abkapseln zu können. Seit sie nicht mehr lebte, fühlte er sich auf eine unwiderrufliche Weise Irene ausgeliefert, und trotzdem hatte gerade dieses Ereignis, so schmerzlich es auch für ihn gewesen war, eine zeitweilige Normalisierung seiner Ehe zur Folge gehabt. Am Abend nach der Beerdigung war Irene noch in sein Zimmer gekommen, hatte sich zu ihm auf das Bett gesetzt und mitfühlend seine Hand berührt.

»DU HAST IMMER SEHR AN IHR GEHANGEN.«

»Wer hängt nicht an seiner Mutter!« sagte Rudolf, und Irene sagte: »Bei mir war es mein Vater; zu meiner Mutter habe ich nie ein besonders gutes

Verhältnis gehabt. Ich hätte es auch nie für möglich gehalten, daß sie meinen Vater so lange überleben würde. Willst du verreisen?«

»Das würde es nur noch schlimmer machen«, sagte Rudolf. Es tat ihm gut, daß sie neben ihm auf dem Bett saß, und während sie seine Hand streichelte, kamen ihm wieder die Tränen.

»Immerhin«, sagte Irene, »hat sie deinen Vater lange überlebt«, und Rudolf sagte: »Er ist auch nicht eines natürlichen Todes gestorben. Am liebsten würde ich zusammen mit dir ein paar Tage wegfahren.«

»Du weißt, daß das jetzt nicht geht, Schätzchen«, sagte Irene mitfühlend.

Sie war auch in der folgenden Zeit sehr rücksichtsvoll, vermied jede Auseinandersetzung und kam zweimal in sein Schlafzimmer, was sie, seit sie das neue Haus bewohnten, noch nicht getan hatte. Um diese ungewöhnliche Periode friedlichen Ehelebens so lange wie möglich zu erhalten, ging Rudolf sogar einige Male mit ihr in die Oper, was ihm um so leichter fiel, als auch Katharina mitging. Obwohl sie sich aus Opern genausowenig machte wie er, war es für sie immer eine der seltenen Gelegenheiten, in die Stadt zu kommen und jene Kleider zu tragen, die sie sonst immer nur im Schrank hängen hatte. Seit Irene sie – aus einer puren Laune, wie Rudolf vermutete – zum erstenmal eingeladen hatte, waren diese Besuche fast zur Gewohnheit geworden, und nach der Vorstellung setzten sie sich noch eine Stunde in ein Café und plauderten. In dieser Beziehung war Katharina viel kaltblütiger als er, es schien ihr so gut wie nichts auszumachen, mit der Frau ihres Liebhabers in die Oper zu gehen und anschließend bei einer Tasse Kaffee noch einige Eheerfahrungen auszutauschen, während er in Erichs Gegenwart jedesmal Beklemmungen hatte. Leider führte ausgerechnet so ein gemeinsamer Opernbesuch auch das Ende dieser friedlichen Periode seiner Ehe herbei, es begann schon in der großen Pause, als Rudolf, von einem unbändigen Durstgefühl geplagt, ein Bier trinken wollte. »Das kommt nicht in Frage!« sagte Irene. »Wenn du ein Bier trinken willst, mußt du ins Wirtshaus und nicht in die Oper gehen.«

Noch mehr als ihr Ton selbst mißfiel es Rudolf, daß sie es in Katharinas Gegenwart sagte. Er fraß seinen Ärger in sich hinein und bestellte das Bier nach der Vorstellung, als sie noch in das Café gingen.

»Du hättest ruhig auch einen Kaffee oder einen Tee bestellen können«, sagte Irene, und Rudolf sagte: »Hör endlich auf, wie eine alte Ziege zu meckern.«

Er hatte seinen Ärger wieder zu lange in sich hineingefressen; in solchen Fällen genügte ein kleiner Anlaß, um ihn wie eine Mine hochgehen zu lassen, und Irenes weißer Teint wurde noch eine Nuance weißer, sie sagte: »Du Strohkopf.«

»So viel hast du auch nicht drin«, sagte Rudolf empört. Dann trat ihn jemand auf den Fuß, und er merkte, daß es Katharina gewesen war. Der Gedanke, daß sie nach jedem Opernbesuch mit Irene hier einen Kaffee trank, um sie dann vielleicht am nächsten Morgen mit ihm zu betrügen, hatte plötzlich etwas Aufregendes für ihn, er fing an zu kichern, und Irene sagte mit weißem Gesicht: »Wenn du dich nicht wie ein normaler Mensch benehmen kannst, gehen wir nach Hause.«

»Entschuldige«, sagte Rudolf kichernd, »aber mir ist gerade etwas Saukomisches eingefallen.« Er blickte Katharina an, und sie wurde unter seinem Blick ein wenig rot und sagte: »Darf man wissen, was es war?«

»Nein«, sagte Rudolf, »das darf man auf keinen Fall wissen«, und Irene sagte verächtlich: »Sehr originell wird es schon nicht gewesen sein.«

»Es war viel origineller«, sagte Rudolf, »als du jemals mit deinem kleinen Kopf begreifen würdest.« Er trank sein Bier aus und sah sich nach der Bedienung um. »Du willst doch nicht noch ein Glas bestellen!« sagte Irene.

Da sein größter Durst inzwischen gestillt war, hätte er darauf verzichten können, aber wieder war es nur ihr Ton, der ihn zum Widerspruch reizte, er sagte: »Opern machen mich durstig«, und Irene sagte: »Weil du nichts davon verstehst.«

Sie trug ein elegantes Abendkleid mit einem prächtigen Kollier; in ihrer Loge hatte sie mehr Aufsehen erregt als die Primadonna auf der Bühne, und Rudolf sagte: »Wenn du nicht immer diese hübschen Dinger tragen könntest, würde dir dieser Zirkus nur halb soviel Spaß machen.«

»Nur wenn ich das gleiche Niveau hätte wie du«, sagte Irene kalt.

Knapp drei Monate war es also gutgegangen, eigentlich sehr lange, wenn er berücksichtigte, daß sie sonst fast jeden Tag eine Auseinandersetzung gehabt hatten, und daß es jetzt wieder soweit gekommen war, hing auch nur mit Katharinas Anwesenheit zusammen, er sagte: »Laß doch um Gottes willen dein Niveau aus dem Spiel, Liebling«, und Irene sagte: »Darüber brauchen wir beide uns glücklicherweise nicht mehr zu unterhalten.«

»Wirklich nicht«, sagte er grinsend, und Irene sagte mit vor Wut heiserer Stimme: »Du Idiot!«

Wahrscheinlich hing es mit ihrer Enttäuschung darüber zusammen, daß nun alle Mühe der vergangenen Wochen umsonst gewesen sein sollte, und Rudolf bezog ihre Beschimpfung auch mehr darauf als auf seine letzte Bemerkung, aber sie hätte sich vor Katharina, deren Gesicht jetzt gleichfalls die Farbe gewechselt hatte, nicht soweit gehenlassen dürfen; er sagte fassungslos: »Auch das paßt zu deinem Niveau!«

Irene stand auf und verließ das Café. »Diesmal warst du genauso schuld daran wie sie«, sagte Katharina, und Rudolf sagte: »Ich weiß, aber ich konnte nicht mehr anders. Sobald sie nur den Mund auftut, könnte ich sie umbringen.«

»Eine herrliche Ehe!« sagte Katharina, und ihre Stimme klang zufrieden. »Wie kommen wir jetzt nach Hause?«

»Mit einem Taxi«, sagte Rudolf und bezahlte die Rechnung. Sie brauchten dann aber doch kein Taxi, Irene hatte im Fond ihres Wagens auf sie gewartet und sagte zu Katharina: »Entschuldige bitte.«

»Das gibt es bei uns gelegentlich auch«, sagte Katharina und setzte sich zu ihr. In ihrem kostbaren Nerz sah sie sehr attraktiv aus, und Rudolf sagte: »Wo sind die Autoschlüssel?«

Irene warf sie ihm auf den vorderen Sitz, und Rudolf sagte: »Vielen Dank!«

Auf der Heimfahrt versuchte Katharina ein paarmal, ein Gespräch anzufangen, aber dieser Versuch scheiterte an Rudolfs Verbissenheit ebenso wie an Irenes beharrlichem Schweigen, und als sie sich verabschiedete, sagte sie noch: »Es war trotzdem ein netter Abend!«

»Ein ausnehmend netter«, sagte Rudolf.

Irene ging sofort die Treppe hinauf, während er noch den Wagen in die Garage fuhr, und als er dann in das Haus kam, erwartete sie ihn mit weißem Gesicht in der Diele. »Das war das letzte Mal, daß wir zusammen in die Oper gegangen sind«, sagte sie, und Rudolf sagte: »Damit kannst du mich nicht sehr erschrecken.«

Er wollte an ihr vorbei, aber sie stellte sich ihm in den Weg und sagte zitternd vor Erregung: »Wer bist du überhaupt, daß du meinst, so mit mir umspringen zu dürfen? Ohne mich wärst du heute irgendwo ein kleiner Angestellter.«

»Ohne dich«, sagte Rudolf, »wäre ich endlich wieder einmal ein Mensch.« Er schob sie auf die Seite, ging in sein Zimmer und zog sich aus. Als er später aus dem Bad kam, saß sie im Nachthemd auf dem Bett und sagte: »Wir hatten uns vorgenommen, uns nicht mehr zu streiten.«

»Das haben wir schon oft getan«, sagte Rudolf, und Irene: »Warum mußtest du auch ausgerechnet heute abend Bier trinken! Du weißt, daß ich das nicht leiden kann.«

»Ich kann auch einiges an dir nicht leiden«, sagte Rudolf, und Irene sagte: »Zum Beispiel?«

Es war allein schon die Provokation, wie sie dasaß, die dünnen Schenkel geöffnet und die Brüste halb entblößt. Er zog sich aus, und Irene sagte: »Du könntest dich wenigstens entschuldigen.«

Ihr Gesicht war jetzt sehr sanft, sehr hübsch, sie mußte Zeit und Mühe dafür verwendet haben, er sagte: »Wofür?«

»Wenn du ein Kavalier wärst«, sagte sie.

Er sagte: »Ich bin glücklicherweise kein Kavalier.«

»Dann sei wenigstens ein Mann«, sagte Irene und zog ihr Nachthemd aus.

Seitdem war sie nicht mehr in sein Zimmer gekommen, vielleicht würde sie es wieder tun, wenn er jetzt nach Hause fuhr, aber darüber war er sich auch nach dem Frühstück noch nicht klargeworden. Er blieb den ganzen Vormittag in seinem Zimmer, saß am Fenster und beobachtete die Leute auf der Straße. Der Park auf der anderen Seite war heute leer, die großen Bäume standen dunkel im Regen; es war ein überaus trostloser Anblick.

Plötzlich kam ihm alles sinnlos und gleichgültig vor, ob er seine Tochter noch kennenlernte oder nicht, ob er noch ein paar Wochen mit Julienne schlief oder nicht, und vielleicht gab es einen triftigen Grund, weshalb sie nicht gewollt hatte, daß er seine Tochter kennenlernte, vielleicht war sie verkrüppelt oder häßlich oder weiß Gott was! Und wenn sie nicht verkrüppelt und nicht häßlich war, würde es ihm nur um so schwerer fallen, von ihr gehaßt oder verachtet zu werden. Er hätte sich schon vor zehn Jahren darum kümmern sollen, ob er eine Tochter hatte oder nicht; heute war es zu spät.

Zum Mittagessen ging er hinunter in den Speisesaal. Er aß wieder ohne Appetit, und als das Dessert serviert wurde, sagte der Kellner: »Eine Dame möchte Sie sprechen!«

Also war Julienne doch zurückgekommen! Er vergaß in der Aufregung sogar, sich beim Kellner zu bedanken, vergaß sein Dessert, und dann vergaß er, den Mund zu schließen.

»Ich dachte zuerst, es sei eine Verwechslung«, sagte Katharina. »Erich erzählte mir, daß du nicht im Hotel wohnst.«

Ihre Stimme brachte ihn wenigstens soweit zur Besinnung, daß er ihr die Hand geben konnte, aber sie ließ seine Hand sofort wieder los und sagte: »Wo können wir uns hier ungestört unterhalten?«

»In meinem Zimmer«, sagte Rudolf. Er ging mit ihr die Treppe hinauf, und oben merkte er, daß er den Schlüssel vergessen hatte.

Die schwarzhaarige Dame an der Rezeption machte diesmal einen etwas schockierten Eindruck, aber das konnte man ihr auch wirklich nicht verdenken. Er kehrte mit dem Schlüssel zu Katharina zurück und sagte fassungslos: »Ich muß verrückt geworden sein!«

»Ich auch«, sagte Katharina. »In einer Stunde fährt mein Zug zurück.«

In seinem Zimmer setzte sich Rudolf auf das Bett und starrte sie wieder an. Kein Ereignis in den letzten zwanzig Jahren hatte ihn so maßlos überrascht wie dieses, er sagte: »Wie kommst du hierher?«

»Mit dem Zug«, sagte Katharina, und zog ihren Mantel aus. Sie warf ihn über einen Stuhl, setzte sich zu Rudolf auf das Bett und sagte: »Wo ist diese Frau?«

»Welche Frau?« fragte Rudolf schwerfällig, und Katharina sagte: »Die eine Tochter von dir hat.«

»Sie ist heute früh abgereist«, sagte Rudolf. Er griff nach ihren Händen und sagte: »Du großer Gott!«

»Sie wissen nicht, daß ich hier bin«, sagte Katharina. »Als Erich heute morgen das Haus verlassen hat, habe ich mich in ein Taxi gesetzt und bin zum Bahnhof gefahren; spätestens um sieben Uhr muß ich wieder daheim sein. Willst du sie heiraten?«

»Du großer Gott!« sagte Rudolf wieder, und Katharina machte ungeduldig ihre Hände frei. »Ich habe dich gefragt, ob du sie heiraten willst?«

»Nein«, sagte Rudolf. »Wir haben uns endgültig getrennt. Woher weißt du ...«

»Von Erich«, sagte Katharina. »Wußtest du, daß er sich mit ihr getroffen hat?«

»Wer mit wem?« fragte Rudolf, und Katharina sagte: »Erich mit dieser Frau. Er war vorgestern mit einem Anwalt bei ihr in Châlons und hat ihr Geld dafür gegeben, daß sie sich nicht mehr mit dir trifft.«

Rudolf konnte ein Weile nichts sagen, schließlich fragte er: »Wieviel Geld?«

»Das hat er mir nicht erzählt«, sagte Katharina. »Er hat nur den ganzen Abend vor sich hingegrinst, und dann wollte er noch mit mir schlafen; ich habe ihm einen Tritt gegeben.« Sie blickte in seine Augen und sagte ruhig: »Stimmt es, daß du mit ihr geschlafen hast?«

»Ja«, sagte Rudolf. Katharina sagte: »Ich hab's nicht glauben wollen.«

»Sie hat eine Tochter von mir«, sagte Rudolf.

»Seit wann weißt du es?«

»Seit ich hier bin.« Er griff wieder nach ihrer Hand und sagte: »Als ich sie kennenlernte, war sie ein sechzehnjähriges Mädchen, das sich freiwillig zu mir ins Bett gelegt hat.«

»Das wollte ich nicht wissen«, sagte Katharina und stand auf. Sie trat an das Fenster und blieb mit abgewandtem Gesicht dort stehen. Sie sah sehr elegant aus, eine gepflegte, schlanke Frau mit schwarzen Haaren und einem kleinen Leberfleck oberhalb der rechten Stirnhälfte und einem zweiten über ihrem glatten Fell. Wenn man sie betrachtete, vergaß man, daß sie einmal als kleine Sekretärin angefangen hatte. Es gab keinen Vergleich zwischen ihr und Julienne, sie waren beide grundverschieden, auch wenn sie das gleiche schwarze Haar und das gleiche glatte Fell hatten, aber Katharinas Fell war weicher, sie sagte: »Seitdem hast du sie nicht mehr gesehen?«

»Nein«, sagte Rudolf, und Katharina sagte: »Dann verstehe ich nicht, warum du ausgerechnet jetzt zu ihr gefahren bist.«

Das wußte er auch nicht, es war eine viel zu komplizierte Geschichte, man konnte sie nicht mit ein paar Worten erklären, er sagte: »Ich werde sie dir später einmal erzählen.«

»Auch wenn sie eine Tochter von dir hat«, sagte Katharina, »hättest du nicht mit ihr ins Bett zu gehen brauchen. Hätte Irene das Geld nicht geschickt, wäre sie jetzt noch hier.«

»Das kann sein«, sagte Rudolf, und Katharina drehte sich mit blassem Gesicht nach ihm um und sagte: »Danke.«

»Das ist nicht wahr«, sagte Rudolf ruhig. »Wenn das wahr wäre, hättest du dich nicht dazu aufgerafft, hierherzukommen.«

»Wovon redest du?« sagte Katharina, und ihre Stimme klang zum erstenmal kalt. »Von uns beiden«, sagte Rudolf. Er stand auf, ging zu ihr hin und blickte in ihr blasses Gesicht. »Es ist nicht wahr, daß es dir soviel ausmacht. Sie ist eine Frau, mit der man nur schlafen kann.«

»Um so schlimmer!« sagte Katharina kalt, und Rudolf sagte: »Für dich weniger als für mich. Ich wäre auf alle Fälle zurückgekommen; sie hätte sich ihr verdammtes Geld sparen können.«

»Wann?« sagte Katharina, und als er sie fragend anschaute, sagte sie: »Ich fragte dich, wann du zurückgekommen wärst? Wenn du kein Geld mehr gehabt hättest?«

Das erinnerte ihn an Irene, und deshalb sagte er: »Ja.«

»Ich hätte mir einen anderen Grund gewünscht«, sagte Katharina, und Rudolf sagte: »Du hast keinen anderen hören wollen.« Er ging wieder zum Bett, setzte sich und betrachtete seine Hände. Katharina sagte: »Ich habe mir nämlich eingeredet, dir auch etwas zu bedeuten.«

»Wäre es anders, so gäbe es für mich keinen Grund, nach Kappersdorf zurückzufahren.«

»Du hast gar keine andere Wahl«, sagte Katharina.

Das war unmißverständlich. Er saß auf seinem Bett, betrachtete seine Hände, und es fiel ihm kein vernünftiges Wort mehr ein. Es fiel ihm auch nichts ein, als Katharina ihren Mantel anzog und zur Tür ging. Dort blieb sie noch einmal stehen und sagte: »Sonst hast du mir nichts zu sagen?«

»Nicht so schnell«, sagte Rudolf müde. »Wenn du meinst, gehen zu müssen, dann geh.«

Sie blickte eine Weile in sein Gesicht, dann kam sie wieder zu ihm und setzte sich neben ihn auf das Bett. »Was war mit dir los?« fragte sie, und Rudolf sagte: »Vielleicht hatte ich es satt.«

»Mich?« fragte Katharina, und Rudolf sagte: »Die Umstände, unter denen wir zusammensein mußten.«

»Für mich waren sie genauso schlimm. Was wirst du jetzt tun?«

»Ich weiß es nicht«, sagte Rudolf und blickte zum Fenster auf die Kathedrale. »Ich habe mir immer eine Tochter gewünscht.«

Katharina schaute ihn wieder eine Weile an, dann sagte sie: »Hast du mit ihr gesprochen?«

»Sie wollte mich nicht sehen. Sie wohnt auch nicht mehr bei ihrer Mutter.«

Katharina schwieg. Dann berührte sie rasch seine Hand, stand auf und zog ihren Mantel aus. »Wir können zusammen nach Hause fahren«, sagte sie. »Es war nicht angenehm ohne dich.«

Vor Erleichterung kamen ihm fast die Tränen, er sagte: »Ich hätte dich nicht allein lassen dürfen. Hat sie dir eine Szene gemacht?«

»Weder sie noch er«, sagte Katharina. »Sie benahmen sich nicht anders als vorher. Wenn es ihnen nicht mehr paßt, sollen sie sich scheiden lassen; wir werden schon irgendwie durchkommen.«

»Du hast nicht immer so gedacht!«

»Nein«, sagte Katharina kurz.

Während er sie anschaute, kam ihm ein Gedanke, er sagte: »Dann bleib eine Nacht hier.«

»Hier?« sagte sie, und Rudolf sagte: »Wenn du soweit bist, wie du sagst.«

Sie starrte ein paar Sekunden mit gerunzelter Stirn vor sich auf den Boden, dann sah sie ihn an: »Gut!«

Es kam nun trotz allem unerwartet für ihn, daß er sie ungläubig anblickte. »Was ist?« fragte sie.

Er mußte grinsen. »Ich habe es dir nicht zugetraut. Wir fahren morgen früh. Vielleicht ist es auch besser, wir kommen nach Hause, wenn sie beide noch im Geschäft sind.«

»Du mußt nur damit rechnen«, sagte Katharina, »daß er mich heute abend von der Polizei suchen läßt; er weiß nicht, wo ich bin.«

Rudolf nickte. Er dachte grinsend nach, dann sagte er: »Das läßt sich verhindern«, und griff zum Telefon.

»Was hast du vor?« fragte Katharina, und Rudolf sagte: »Ich werde ihr Bescheid sagen.«

»Irene!«

»Soll ich es nicht tun?« fragte er.

»Tu' was du willst«, sagte sie ruhig.

Die schwarzhaarige Dame an der Rezeption war am Apparat, er gab ihr die Nummer, und sie sagte: »Das wird etwas dauern, Monsieur.«

»Ich warte«, sagte Rudolf, und zu Katharina sagte er: »Wenn wir schon einmal dabei sind, wollen wir gleich Pfähle und keine Zahnstocher machen.«

»Du mußt wissen, was du tust«, sagte sie, und ihr Gesicht war ein wenig blaß. »Tut es dir schon leid?« fragte Rudolf. Sie schüttelte den Kopf.

Dann kam die Verbindung. Als er Irene hörte, tat sein Herz ein paar schnelle Schläge, er sagte nur: »Ich bin es«, und auf der anderen Seite blieb es eine Weile ruhig, er vernahm ihre leisen Atemzüge, dann sagte sie: »Von wo aus telefonierst du?«

»Von meinem Hotel in Verdun«, sagte Rudolf und blickte Katharina an. »Wir kommen morgen nach Hause.«

»Wer ist wir?« fragte Irene, und Rudolf sagte: »Katharina und ich. Sie ist hier bei mir.«

»In Verdun?« fragte Irene ungläubig, und Rudolf sagte: »Seit einer halben Stunde.« Es blieb wieder eine Weile ruhig, dann wurde die Verbindung unterbrochen, und Rudolf sagte: »Sie hat aufgelegt.«

Er zog geistesabwesend seine Zigaretten aus der Tasche, und Katharina nahm ihm das Päckchen aus der Hand und steckte sich eine zwischen die Lippen. »Wir sind beide übergeschnappt«, sagte sie, und Rudolf sagte: »Da bin ich noch nicht sicher.« Er gab ihr Feuer, zündete sich selbst eine Zigarette an und sagte: »Sie werden es nicht riskieren, uns beide auf die Straße zu setzen. Es käme dann genau zu dem Skandal, den sie unter allen Umständen vermeiden wollen.«

»Irene könnte sich scheiden lassen und Erich nicht«, sagte Katharina, und Rudolf sagte: »Nach diesem Anruf müssen sie damit rechnen, daß du ihm davonläufst; es käme in jedem Fall zu einem Skandal. Stell dir das vor: du und ich!« Er grinste.

»Hoffentlich hast du dabei nichts übersehen«, sagte Katharina, ihr Gesicht war noch immer blaß.

»Ich kenne die beiden länger als du«, sagte Rudolf. »Hast du schon gegessen?«

»Im Zug«, sagte Katharina. Sie ging zum Aschenbecher, drückte ihre Zigarette aus und sagte: »Ich brauche jetzt frische Luft.«

»Wir müssen ohnedies in ein anderes Hotel gehen«, sagte Rudolf, und Katharina sagte: »Warum?«

»Es ist besser«, sagte Rudolf. Er griff wieder zum Telefon und verlangte seine Rechnung. Die schwarzhaarige Dame an der Rezeption sagte schockiert: »Wir müssen Ihnen das Zimmer bis morgen früh berechnen, Monsieur.«

»Tun Sie das«, sagte Rudolf.

Er half Katharina in den Mantel und zog sie an sich. »Das war die beste Idee deines Lebens«, sagte er lächelnd. »Es ist fast wie ein Wunder!«

»Was?« fragte Katharina, und er sagte: »Daß du hier bist.«

»Ich sollte lieber zu einem Psychiater gehen«, sagte Katharina mit bedenklicher Miene.

An der Rezeption bezahlte er die Rechnung, und die schwarzhaarige Dame blickte Katharina mit gerunzelter Stirn an; wahrscheinlich zerbrach sie sich den Kopf darüber, mit welcher er nun wirklich verheiratet war.

Dem Hoteldiener, der das Gepäck zum Wagen brachte, schenkte Rudolf zehn Francs, und der Mann machte ein verblüfftes Gesicht.

»Ich kann diese Stadt nämlich nicht mehr sehen«, sagte Rudolf.

Zu Katharina sagte er: »Wenn es dir recht ist, suchen wir uns ein Hotel außerhalb der Stadt.«

»Mir ist alles recht«, sagte sie.

Sie fuhren wieder an der schmalen Straße nach Ornes vorbei, und Rudolf sagte: »Warum eigentlich nicht!«

»Seit wann führst du Selbstgespräche?« fragte Katharina verwundert, und Rudolf sagte: »Hier bin ich einige Male mit ihr gefahren.«

»Mit dieser Frau?« sagte Katharina, und Rudolf sagte: »Ja.«

Obwohl es ein großer Umweg für sie war, fuhr er mit ihr bis zu der Kapelle von Ornes und von dort auf den einsamen, unbefestigten Weg. »Wohin fährst du?« fragte Katharina verwundert. Er wußte es selber nicht. Er wußte auch nicht, warum er ausgerechnet hierhergefahren war.

»Eine merkwürdige Gegend!« sagte Katharina.

Rudolf nickte. »Für Leute, die gern allein sein wollen. Es will mir immer noch nicht in den Kopf, daß sie sich von ihnen hat kaufen lassen.«

»Das tun andere auch«, sagte Katharina. Sie betrachtete die düstere Landschaft und sagte: »Hier muß doch im letzten Krieg irgendwo eine Schlacht gewesen sein?«

»Im vorletzten, Schäfchen«, sagte Rudolf, während sie zwischen den verkrüppelten Bäumen durch den Regen fuhren. »Ich bin froh, daß du hier bist«, sagte er warm. »Allein war es schrecklich.«

»Du warst ja nicht allein«, sagte Katharina, und Rudolf sagte: »Es gibt noch eine andere Art von Alleinsein. Schau dir diese Landschaft an!«

»Ich schaue dich an!« sagte Katharina mit gefurchter Stirn. »Was ist los mit dir?«

Er trat auf die Bremse, schaltete den Motor aus und nahm sie in die Arme. Er küßte sie, streifte ihren engen Rock hinauf, und sie hielt seine Hand fest und sagte: »Sieh lieber zu, daß wir endlich in ein Hotel kommen; dein Wagen ist mir zu klein. Hast du eigentlich gewußt, daß sie dich noch so liebt?«

»Irene?« fragte Rudolf, und Katharina sagte: »Ja.«

Er nahm die Hand von ihr. »Das ist keine Liebe; sie hängt an mir wie an ihren Kolliers. Frauen wie sie können sich von nichts trennen.«

»Die andere konnte es!«

»Nicht von ihrer Tochter!« sagte Rudolf. »Vielleicht hofft sie, sie mit dem Geld zurückkaufen zu können.« Er grinste wütend. »Das hätte ich diesem kleinen Hund nicht zugetraut!«

»Von wem sprichst du?«

»Von Erich«, sagte Rudolf. Am meisten brachte ihn auf, daß Erich, nachdem er in Châlons gewesen war, auch noch die Stirn gehabt hatte, ihn in Verdun zu besuchen, aber davon sagte er Katharina nichts. »Sie hat immer einen gefunden, der sich die Hände für sie schmutzig macht. Bist du sicher, daß er dich nie betrogen hat?«

»Nein«, sagte Katharina, und Rudolf sagte: »Du solltest dir einmal seine Sekretärin anschauen.«

»Das habe ich schon getan«, sagte Katharina. »Sie ist rothaarig und gewöhnlich; eine richtige Nutte.«

»Und es macht dir nichts aus?« fragte Rudolf. Sie schüttelte den Kopf. »Jetzt nicht mehr. Außerdem habe ich keine Beweise dafür; ich will es auch nicht wissen.«

»Mich interessiert es«, sagte Rudolf langsam und fuhr weiter. Sie fuhren bis Bras, und dort fanden sie ein kleines Hotel, direkt an der Straße. Hinter dem Hotel sah man wieder den Fluß, und Rudolf sagte: »Wie gefällt es dir?«

»Das kommt auf die Betten an«, sagte Katharina, aber die Betten waren in Ordnung. Der Wirt, ein großer magerer Mann mit einer Glatze, sagte: »Wir haben erst vor zwei Jahren renovieren lassen. Haben die Herrschaften sonst noch einen Wunsch?«

»Bringen Sie uns zwei Kaffee!« sagte Rudolf.

Katharina betrachtete vom Fenster aus die dunklen Höhen jenseits des Flusses und sagte: »Hier möchte ich nicht leben und nicht sterben.«

»Du brauchst weder das eine noch das andere«, sagte Rudolf. »Morgen bist du ja wieder in Kappersdorf.«

»Das ist fast genauso schlimm«, sagte Katharina. Sie drehte sich mit blassem Gesicht zu ihm um und sagte: »Lach mich nicht aus, aber ich habe Angst.«

»Ich nicht«, sagte Rudolf.

Sie fuhren die Strecke in vier Stunden, und als sie hinter Kappersdorf den staubigen Weg, der zu den Häusern führte, erreichten, sagte Katharina: »Ich schaue zuerst einmal nach, ob er zu Hause ist.«

»Es ist gut«, sagte Rudolf.

Er half ihr beim Aussteigen, und sie preßte einen Augenblick lang seine Hand und ging dann auf das Haus zu. Er beobachtete noch, wie sie die Haustür aufschloß, dann trug er sein Gepäck die Treppe hinauf. Er läutete an der Tür, und als sich drinnen nichts rührte, schloß er auf. Er stellte sein Gepäck in der Diele ab und ging zuerst in die Küche. Sie wirkte unaufgeräumt, auf dem Spültisch stand schmutziges Geschirr, auch der Boden war schmutzig, und jetzt erst konnte er sicher sein, daß außer ihm niemand im Haus war. Er kehrte zur Haustür zurück und trug das Gepäck in sein Zimmer. Hier war alles peinlich sauber. Nur in Irenes Schlafzimmer traf er die gleiche Unordnung an wie in der Küche, das Bett war nicht gemacht, auf dem Boden lagen Strümpfe, Wäschestücke und ihr Nachthemd. Er ging in die Diele hinunter, schaltete den Thermostat für die Warmwasserheizung ein und zog sich in seinem Schlafzimmer aus. Schon lange war sein Bedürfnis nach einem heißen Bad nicht mehr so groß gewesen, er blieb über eine halbe Stunde in der Wanne liegen, rauchte eine Zigarette und genoß es, wieder zu Hause zu sein. Er hatte nicht gewußt, wie sehr ihm das alles gefehlt hatte. Wahrscheinlich hätte er das auf die Dauer mehr vermißt, als er Julienne vermissen würde. Seit Katharina wieder bei ihm war, hatte er eigentlich kaum mehr an Julienne gedacht.

Nach dem Bad zog er seinen Morgenmantel an und beschloß, Katharina anzurufen, aber als er aus dem Bad trat, sah er sie die Treppe heraufkommen. »Alles in Ordnung!« sagte sie mit Erleichterung in der Stimme, und Rudolf sagte: »Was heißt das?«

»Er ist im Büro«, sagte sie. »Therese erzählte mir, daß er gestern den ganzen Abend bei seiner Schwester verbracht habe.«

»Dann werden sie die neue Marschroute festgelegt haben«, sagte Rudolf. »Willst du baden?«

»Nicht jetzt«, sagte Katharina und ging mit ihm in sein Schlafzimmer. Sie setzte sich auf das Bett und sah zu, wie er sich anzog. »Anscheinend«, sagte er, »hat sie für Mathilde noch keinen Ersatz gefunden«, und Katharina sagte: »Sie wird in den letzten Tagen andere Sorgen gehabt haben. Was soll ich ihm sagen, wenn er heute abend nach Hause kommt?«

»Nichts«, sagte Rudolf. »Laß ihn reden. Wenn er dich hinauswirft, kommst du zu mir herüber. Ich bringe dich dann in ein Hotel.«

»Und du?« fragte Katharina, und Rudolf sagte: »Ich komme natürlich mit.«

Jetzt, da die Entscheidung dicht bevorstand, war er ganz ruhig, er dachte sogar mit heiterer Gelassenheit an die bevorstehende Auseinandersetzung mit Irene. Seit er wußte, daß sie an Julienne vielleicht hunderttausend Francs bezahlt hatte, nur um zu verhindern, daß er noch länger mit ihr zusammenlebte, empfand er zum erstenmal seit vielen Jahren ihr gegenüber wieder ein deutliches Gefühl der Überlegenheit, und Katharina sagte: »Es ist eine Dummheit gewesen, daß ich auf dich gehört habe!«

»Wann?« fragte Rudolf, und sie sagte: »Gestern. Ich hätte, wie ich es vorgehabt hatte, fahren sollen.«

Er ging zu ihr hin, setzte sich zu ihr auf das Bett und blickte in ihr blasses Gesicht. »Ich dachte, wir hätten eine vergnügte Nacht gehabt«, sagte er, und Katharina sagte: »Der Preis dafür ist mir fast ein wenig zu hoch. Ich weiß nicht, was ich anfangen soll, wenn er mich davonjagt.«

»Gestern hast du es noch gewußt«, sagte Rudolf, und Katharina sagte: »Gestern muß ich den Verstand verloren haben.«

Obwohl es ihn enttäuschte, blieb er auch jetzt noch gelassen, er faßte nach ihren Händen und sagte: »Er wird dich nicht hinauswerfen. Erstens tut er immer nur das, was Irene will, und zweitens hat er wahrscheinlich selbst ein schlechtes Gewissen. Mich hat immer gewundert, weshalb er als Architekt so viele Geschäftsreisen machen muß. Wo fährt er da eigentlich jedesmal hin?«

»Ich kann es doch nie nachprüfen«, sagte Katharina verdrossen. »Jedenfalls habe ich keine Lust, noch einmal als Sekretärin anzufangen.«

»Das brauchst du auch nicht«, sagte Rudolf. »Ich habe auch keine Lust, irgendwo Straßen zu fegen.«

Letztlich machte ihm ihr erneuter Gesinnungsumschwung nicht viel aus, er nahm ihn ebensowenig ernst wie das, was sie gestern gesagt hatte. Sie war, genau wie er auch, kleinmütig, egoistisch und mittelmäßig. Wenn er bis dahin noch nicht gewußt hätte, was ihn wirklich mit ihr verband, so hätte er es spätestens in diesem Augenblick wissen müssen, aber er wußte es schon längst, und es vermochte seine Empfindungen für sie auch nicht mehr zu beeinflussen. Irene gehörte nicht zum Mittelmaß, sie stand turmhoch darüber, aber es konnte für einen Mann auf die Dauer ermüdend sein, immer zu einem Turm aufschauen zu müssen.

»Hör zu«, sagte er ruhig, »ich weiß genau, woran ich mit den beiden bin. Sie wollen ihre Ruhe, und sie wollen das Gefühl haben, auf uns herumtanzen zu können. Solange sie uns unser kleines Vergnügen lassen, gönne ich ihnen auch ihr Vergnügen. Erich ist kein Problem, er ist ein kleiner Spießer, der keine eigene Meinung hat und nur auf seine Schwester hört. Laß mich das machen; ich werde das alles in Ordnung bringen.«

»Hoffentlich hast du Glück!« sagte Katharina. Dann stand sie auf und sagte: »Ich bin todmüde. Vielleicht kann ich mich noch eine Stunde hinlegen, bevor er nach Hause kommt.«

Rudolf brachte sie zur Haustür. Sie machte einen geistesabwesenden Eindruck und gab ihm nur flüchtig die Hand. »Bis später!« sagte er, und Katharina nickte.

Er ging in sein Schlafzimmer, setzte sich auf das Bett, betrachtete das Zimmer, die vielen Anzüge in seinem Schrank, und während er sie betrachtete, hörte er unten das Telefon läuten. Er ging hinunter, nahm den Hörer ab, aber niemand meldete sich, er glaubte zwar, Irenes leise Atemzüge zu hören, und dann wurde auf der anderen Seite aufgelegt. Wenn ihn seine Vermutung nicht täuschte, würde Irene jetzt spätestens in einer halben Stunde hiersein.

Er kehrte in das Schlafzimmer zurück und setzte die Betrachtung seiner Anzüge fort. Sobald man sich an so viel Luxus gewöhnt hatte, überlegte man es sich zweimal, ob man bereit war, ihn für eine Frau wie Julienne aufzugeben. Möglich auch, daß das für jede andere Frau genauso zuträfe,

Katharina eingeschlossen, aber während er darüber nachdachte, merkte er, daß sie ihm doch mehr bedeutete als diese Anzüge. Er würde auch heute noch, wenn es sein müßte, mit zwei oder drei Anzügen auskommen, aber nicht ohne Katharina. Er brauchte Katharina, um Irene zu ertragen, und Irene brauchte er, um Katharina halten zu können. Hier in der Mitte lag der Weg für ihn, kein schöner zwar, aber so viel hatte er inzwischen gelernt, daß man von Fall zu Fall sein Gewissen, nicht aber die Leidenschaft für eine Frau beruhigen konnte, und Katharina war nun mal der Ausgleich zu seinen Minderwertigkeitskomplexen und seiner mißratenen Ehe. Es gab heute nach achtzehn Jahren kaum noch Gemeinsamkeiten zwischen ihm und Irene, selbst zwischen ihren politischen Ansichten gab es eine unüberbrückbare Kluft. Sie würde sich von diesen kleinen Splitterparteien mit ihren extremen Parolen immer stärker angezogen fühlen als von den anderen, sie würde nie begreifen, daß der Staat, in dem sie lebte, trotz aller Schönheitsfehler immer noch besser war als jener vor zwanzig Jahren. Sie würde nie davon ablassen können, Hitlers Autobahnen zu bewundern und zu behaupten, daß es ohne ihn heute noch keine Autobahnen in Deutschland gäbe, aber das waren im Grunde unwichtige Dinge, die wichtigen Auseinandersetzungen entzündeten sich immer an Banalitäten. Es war nicht so, daß Irene nur die Oper besuchte, sie besuchte auch das Theater, und gute Filme sah sie sich sogar leidenschaftlich gerne an, nur war es immer schwierig, sich mit ihr darüber einig zu werden, was ein guter und was ein schlechter Film war. Der Film, den sie zuletzt miteinander angeschaut hatten, war ein schwedischer und nach Rudolfs Empfinden ein saumäßiger Film gewesen.

»DER LETZTE DRECK!«

Zufällig behandelte er ein Dreiecksverhältnis, ein Mann zwischen zwei Frauen, wovon die eine seine legale und die andere seine illegale war. Die legale verfügte über alle äußeren Vorzüge einer schwedischen Frau, sie war blond, schön, groß gewachsen und hatte einen mächtigen Busen. Sieger in diesem ungleichen Zweikampf der beiden Frauen blieb praktisch der Busen der Ehefrau. Nachdem er seine moralischen Verfehlungen unversehens eingesehen hatte, kehrte der Ehemann reumütig zu ihr zurück und ließ die weniger vollbusige Geliebte skrupellos fallen.

Der Film war, nach Rudolfs Dafürhalten, vom ersten bis zum letzten Meter wirklichkeitsfremd, ebenso die Schauspieler, von denen besonders die Hauptfigur einen Typ verkörperte, wie er sonst nur in schlechten Romanen vorkommt, aber Irene war ganz hingerissen von ihm, und die vollbusige Schauspielerin definierte sie als große Künstlerin, wogegen Rudolf meinte, daß er außer ihrem Busen nichts Großes an ihr entdeckt habe, und Irene erwiderte, sie hätte wenigstens eine bessere Figur abgegeben als die andere, die überhaupt nichts vorgestellt hätte.

»So übel fand ich die gar nicht«, sagte Rudolf. »Sie hatte ein nettes Gesicht und eine hübsche Figur. Ihr niedlicher Busen hätte mich mehr reizen können als der der Blonden.«

»Du hast schon immer eine Schwäche für niedliche Busen gehabt«, sagte Irene, was völlig unzutreffend war, und sie sagte dann auch noch: »Das ist ja fast ein bißchen pervers bei dir.«

»An deinem eigenen«, sagte Rudolf, »hast du es nie als pervers empfunden«, und Irene sagte: »Damals warst du auch noch ein Kerl; heute bist du ein Schlappschwanz.«

Er hatte keine Ahnung, was plötzlich in sie gefahren war, schließlich hatten sie sich über einen Film unterhalten, und er sagte, mehr impulsiv als überlegt: »So taufrisch bist du heute auch nicht mehr.«

Irene schwieg. Sie sprach den ganzen Abend nicht mehr mit ihm, und weil er den Tag nicht auf diese Weise beenden wollte, ging er vom Bad zu ihr ins Schlafzimmer, und sie sagte schroff: »Was willst du?«

Das war eine ebenso überflüssige wie provokatorische Frage, aber er nahm sich zusammen und sagte: »Vielleicht will ich dich davon überzeugen, daß ich kein Schlappschwanz bin.«

Er setzte sich zu ihr, und als er ihr die Decke wegziehen wollte, schlug sie ihm derb auf die Hand und sagte: »Laß deine Pfoten weg; du ekelst mich an!«

»Dagegen läßt sich etwas tun«, sagte Rudolf und ging in sein eigenes Schlafzimmer. Möglich, daß sie gerade unpäßlich war, sie war dann immer besonders unberechenbar, aber andererseits war dies kein Grund, ihn so schlecht zu behandeln. Er schwor sich, sie so lange nicht mehr in ihrem Schlafzimmer zu besuchen, bis sie ihn selbst dazu auffordern würde, und als er dann das Licht ausschaltete, hörte er sie hereinkommen und im Dunkeln fragen: »Schläfst du schon?«

Er gab keine Antwort, und sie ging wieder hinaus. Am nächsten Morgen war sie wie immer, sie fragte ihn lächelnd, ob er gut geschlafen habe, und er sagte: »Ja«, obwohl er weder in dieser Nacht noch in den vergangenen Nächten besonders gut geschlafen hatte. Sie goß ihm heute sogar den Kaffee ein und sagte: »Du siehst miserabel aus«, und er sagte: »Ich sehe schon seit acht Wochen miserabel aus.«

»Warum tust du dann nichts dagegen?« sagte sie.

»Vielleicht fahre ich für ein paar Tage weg«, sagte er, und Irene sagte: »Du könntest dir bei Murat die neue Kollektion anschauen.«

»Meinetwegen«, sagte Rudolf, und Irene fragte: »Wann willst du fahren?«

»So bald wie möglich.«

»Dann tu' das, mein Schätzchen!«

Er blickte über den Tisch hinweg in ihr Gesicht. »Ich fahre erst nach deinem Geburtstag.«

»Aber diesmal bitte keine Pralinen, Schätzchen«, sagte sie heiter.

»Vielleicht hast du einen besonderen Wunsch?«

Sie lächelte belustigt in sein Gesicht: »Du bist süß!«

Sie würde es nie unterdrücken können, ihn daran zu erinnern, daß sie durchaus in der Lage war, sich besondere Wünsche selbst zu erfüllen, und daß es sich – worauf es ihr vor allem ankam – eigentlich um ihr Geld handelte.

Er bemerkte plötzlich, daß sie ihn aufdringlich anschaute und den Kopf schüttelte. »Warum schüttelst du den Kopf?« fragte er.

Irene zog verwundert die Augenbrauen hoch. »Habe ich den Kopf geschüttelt?«

»Natürlich hast du den Kopf geschüttelt!« sagte Rudolf ungeduldig, und Irene sagte: »Das mußt du geträumt haben.«

Ihre Unverfrorenheit, einem erwachsenen Menschen eine bewußte Wahrnehmung ausreden zu wollen, ließ ihn wieder sein Magengeschwür spüren. »Ich möchte nur wissen«, sagte er, »was du dir davon versprichst!«

»Wovon?« fragte Irene im Ton nachsichtiger Verwunderung, und Rudolf sagte verdrossen: »Von diesem lächerlichen Theater. Du weißt so gut wie ich, daß du den Kopf geschüttelt hast!«

»Aber es lag doch nicht der geringste Anlaß dafür vor!« sagte Irene nachsichtig. »Was ist nur heute mit dir los, Schätzchen?«

Er schaute angewidert in ihr grinsendes Gesicht. Es war kein gewöhnliches Grinsen, wie es Männern eigen ist, sie zog nur ein wenig die dünnen Mundwinkel nach unten, wobei ihre Augen den Ausdruck nachsichtiger Verwunderung unverändert beibehielten. »Es scheint dir wirklich nicht gutzugehen!« sagte sie.

Rudolf schwieg. Er trank seine Tasse leer und stand auf. »Ich komme heute abend etwas später«, sagte er, und Irene sagte: »Wann kommst du nicht später, Schätzchen!«

Sie wußte genau, daß er dieses ›Schätzchen‹ nicht ausstehen konnte. Ohne sich noch einmal umzuschauen, wandte er sich dem Haus zu, aber schon auf halbem Wege erreichte ihn Irenes Stimme wie das Gurren einer Taube. Sie saß mit übereinandergeschlagenen Beinen fröhlich lächelnd auf ihrem Stuhl, winkte ihm mit den Fingern graziös zu und sagte: »Bis dann, mein Schätzchen!«

Manchmal wurde er den Verdacht nicht los, daß sie schon hinter sein Verhältnis mit Katharina gekommen war, aber im Grunde war der gestrige Vorfall nach dem Kino genauso lächerlich und überflüssig gewesen wie die meisten Auseinandersetzungen zwischen ihnen, und so bedeutungslos sie auch schienen, summierten sie sich doch zu einer endlosen Kette kleiner Demütigungen, von denen jede einzelne untilgbare Spuren hinterließ.

Heute konnte man dieses Verhalten als Folge seines Verhältnisses mit Katharina ansehen, von dem sie zu dieser Zeit tatsächlich schon gewußt haben mußte, aber der Vorfall hätte sich in dieser Weise auch schon viel früher abspielen können, es hatte schon vorher Auseinandersetzungen ganz ähnlicher Art gegeben, obwohl natürlich gerade heute diese letzte Differenzen wenigstens nachträglich erklärbar waren. Aber schließlich war sein Verhältnis mit Katharina nicht zuletzt ein Ergebnis dieser seit vielen Jahren andauernden Streitereien gewesen, und so gesehen brauchte er sich auch nicht den Kopf darüber zu zerbrechen, ob seine Ehe ohne Katharina friedlicher verlaufen wäre.

Seine Erwartung, Irene würde innerhalb der nächsten halben Stunde eintreffen, erfüllte sich nicht. Gegen Abend bekam er Hunger, im Kühlschrank fand er Bier und etwas Wurst. Das Brot im Kasten war ziemlich trocken, er setzte sich an den Küchentisch, und dann hörte er draußen Schritte. Sekunden später kam Irene herein, sie schleppte eine schwere Einkaufstasche und sagte, als sie das Bier und das Brot auf dem Tisch sah: »Das Brot kannst du nicht mehr nehmen. Ich werde uns etwas machen.«

Sie stellte die schwere Einkaufstasche auf den Tisch, nahm ihren großen Hut ab und ging, den Hut in der Hand, in die Diele.

Rudolf stand auf, legte die Wurst wieder in den Kühlschrank und trank die halbe Flasche Bier leer. Dann ging er in das Wohnzimmer, setzte sich neben den offenen Kamin in einen Sessel und zündete sich eine Zigarette an. Am schlimmsten waren immer die ersten fünf Minuten, und daß sie bis jetzt so ruhig gewesen war, hatte noch nichts zu bedeuten. Er holte sich eine Zeitung und las, ohne recht zu merken, was er las, und irgendwann kam sie zu ihm herein und sagte: »Wir können in der Diele essen.«

Er faltete die Zeitung zusammen und ging in die Diele. Sie hatte Rühreier mit Schinken gemacht, Brote gestrichen und eine weiße Decke auf den Tisch gelegt. Wie immer am Abend trank sie Tee, aber sie hatte seine Bierflasche und sein Glas auf den Tisch gestellt, und als er sich zu ihr setzte, sagte sie: »Ich habe gestern abend mit Erich gesprochen; er wird sich scheiden lassen.«

Das war eine der Möglichkeiten, mit denen Rudolf nicht ernsthaft gerechnet hatte, er schob seinen Teller von sich und sagte: »Dann bist du mich auch los.«

»Das macht mir nichts aus«, sagte Irene und griff nach ihrem Besteck. »Du wirst eines Tages von allein zurückkommen, wenn ihr beide in der Gosse sitzt.«

»Lieber würde ich krepieren«, sagte Rudolf. »Wir werden auch nicht in der Gosse sitzen, sondern mindestens im ›Frankfurter Hof‹.«

»Nicht lange«, sagte Irene, und Rudolf sagte: »Lange genug, um die ganze Stadt zu informieren. Sie werden nur noch in dein Geschäft kommen, um sich deine Hörner anzuschauen, und was Erich betrifft...« Er beugte sich über den Tisch zu ihr. »Er soll sich seiner Sache nicht zu sicher sein. Mindestens eine von seinen Huren können wir ihm heute schon nachweisen.«

Es war ein primitiver Bluff, aber er verfehlte seine Wirkung nicht, sie legte mit weißem Gesicht das Besteck aus der Hand und sagte: »Das ist nicht wahr!«

»Frag es selbst, dein kleines Brüderchen«, sagte Rudolf. »Und jetzt erlaubst du, daß ich meine Sachen packe.«

Es war mehr oder weniger ein Hasardspiel, und seine Knie zitterten, als er die Treppe hinaufstieg. Er ging zuerst auf den Speicher, holte zwei große Koffer herunter und schleppte sie in sein Schlafzimmer. Er stellte sie neben die anderen, die er noch gar nicht ausgepackt hatte, und öffnete den Schrank. Dann hörte er Irene hereinkommen, sie drückte die Tür hinter sich ins Schloß und sah ihm stumm zu. Er packte nur seine besten Anzüge in die Koffer und sagte, ohne Irene anzuschauen: »Den Rest werde ich abholen lassen. Und wenn du wieder einmal hunderttausend Francs übrig hast, dann gib sie für einen wohltätigen Zweck aus.«

Die Koffer waren voll, er klappte sie zu und schloß sie ab. Als er sich umdrehte, sah er Irene mit tränennassem Gesicht an der Tür lehnen, und sie sagte: »Bleib hier!«

»Du kennst meine Bedingung«, sagte er. »Entweder wir bleiben beide hier oder keiner von uns. Es liegt nur an dir.«

Sie drehte sich um, öffnete die Tür und ging hinaus. Etwas später hörte er sie unten in der Diele telefonieren, dann kam sie wieder herauf und sagte mit tränenüberströmten Gesicht: »Dein Essen wird kalt.«

Er ging zu ihr hin, legte ihr die Hände auf die Schultern und sagte: »Vielleicht bin ich ein Schwein, aber du hast mindestens ebensoviel Schuld wie ich selbst. Es liegt zum größten Teil auch an der Frau, was aus einem Mann wird.«

»Und wenn ich dich darum bitte?« sagte sie, und Rudolf sagte: »Ich kann es nicht. Wenn das mit Katharina wegfällt, ist mir alles egal. Ich bin so verrückt nach ihr, wie ich früher nach dir verrückt gewesen bin.«

»Eines Tages wirst du sie genauso satt haben wie mich«, sagte Irene, und Rudolf sagte: »Das hat mir dein Bruder auch schon gesagt. Warum wartest du es nicht ab? Viele Männer haben irgendwo eine Hure sitzen, ich ziehe Katharina einer Hure vor. Das ist eine Frage des Niveaus, deines Niveaus, übrigens. So viel habe ich von dir gelernt.«

»Du Tier!« sagte sie. Sie schüttelte seine Hände von ihren Schultern und ging hinaus. Zu spät bemerkte er, daß sie den Schlüssel mitgenommen hatte. Erst als sie ihn draußen ins Schlüsselloch steckte und abschloß, versuchte er es noch zu verhindern, aber es war bereits zu spät. Sie hatte ihn schon einmal eingeschlossen, damals in der Wohnung ihrer Mutter, und es verdroß ihn, daß er auch diesmal wieder darauf hereingefallen war, aber sie kam schon fünf Minuten später wieder, drehte von draußen den Schlüssel herum, und er hörte sie in ihr Schlafzimmer gehen. Er öffnete langsam die Tür, während er überlegte, welcher neue Trick dahinterstekken könnte, aber im Haus war alles ruhig, und so ging er eben ins Bad und legte sich anschließend ins Bett.

In dieser Nacht schlief er sehr tief und wachte am Morgen zeitig auf. Der Himmel war heute wieder wolkenlos, er trat ans Fenster und blickte zu Katharina hinüber, aber ihre Vorhänge waren noch geschlossen. Er ging ins Bad, duschte kalt, rasierte sich lange und umständlich, und als er aus dem Bad trat, kam ihm Irene entgegen. Sie ging, ohne ihn anzuschauen, an ihm vorbei.

Er zog sich in seinem Zimmer an, und er wußte wieder nicht, was er nun tun sollte. Erst als er eine halbe Stunde später die Treppe hinunterstieg und den gedeckten Frühstückstisch sah, wußte er es wieder. Er setzte sich an den Tisch, und Irene kam mit dem Kaffee aus der Küche und sagte: »Wir können auch auf der Terrasse frühstücken; hilf mir den Tisch hinaustragen.«

Ihr Gesicht wirkte blaß, aber ruhig, und sie hatte nur ihren Morgenrock an.

Es versprach ein schöner Tag zu werden, auf der Terrasse war es schon sehr warm, und Irene goß ihm den Kaffee ein. Als sie die Kanne wegstellte, griff er nach ihrer Hand und sagte: »Es tut mir alles sehr leid.«

Sie blickte ihn eine Weile ausdruckslos an, dann zog sie ihre Hand zurück und sagte: »Fährst du heute mit mir?«

»Nein«, sagte er, und Irene sagte: »Dann komm nicht so spät; ich habe deine ganze Arbeit liegenlassen.«

Sie hatte ihren Morgenrock nur unordentlich zugeknöpft, und er ertappte sich dabei, wie er ein paarmal ihre halbentblößten weißen Schenkel betrachtete, auch ihre Brüste waren nur unvollkommen bedeckt, jedesmal, wenn sie sich über ihre Tasse beugte, konnte er sie sehen. Sicher tat sie auch das absichtlich, und es erregte ihn zu beobachten, wie sie kein plumpes Mittel ausließ, ihn zu reizen, und als er sich seiner Sache sicher geworden war, faßte er über den Tisch hinweg nach ihrer Brust. Er hatte es gar nicht vorgehabt, aber sie unternahm auch nichts, es zu verhindern, sie trank nur ihre Tasse aus, stand auf und ging ins Haus.

Er starrte ihr atemlos nach, und seine Erregung war jetzt schon so groß, daß sie kein anderes Empfinden in ihm aufkommen ließ. Er stand auf, ging ins Haus und die Treppe hinauf, und als er in ihr Schlafzimmer kam, saß sie nackt vor dem Spiegel. Er blieb einen Augenblick in der Tür stehen und erinnerte sich, wie Katharina vor dem gleichen Spiegel gesessen hatte. Als sich ihre Blicke im Spiegel trafen, ging er zu ihr hin, hob sie vom Stuhl und trug sie zum Bett.

Noch nie hatte er sich ihr gegenüber so brutal benommen, geradeso, als könnte er ihr auf diese Weise alles heimzahlen, Julienne und die hunderttausend Francs eingeschlossen, aber während der ganzen Zeit starrte sie mit einem Ausdruck unverhohlenen Triumphes in sein Gesicht, und als er sich von ihr wälzte, stand sie wortlos auf und ging ins Bad.

Also hatte sie es doch wieder einmal geschafft, und er begriff jetzt nicht mehr, wie es dazu gekommen war; es war wie ein Teufelskreis, aus dem es kein Entrinnen gab, und als sie aus dem Bad zurückkam, sagte sie: »Du hast deinen Wagen gestern abend vor der Garage stehenlassen.«

»Ich habe ihn vergessen«, sagte er, und Irene sagte: »Es war leichtsinnig; wie leicht hätte er in dieser abgelegenen Gegend gestohlen werden können.«

»Er ist nicht gestohlen worden«, sagte Rudolf, und Irene sagte: »Das ist nicht dein Verdienst.«

Er beobachtete, wie sie sich wieder vor den Frisierspiegel setzte, sie sagte: »Willst du nicht endlich ins Bad gehen?«

»Ich dachte, du hättest noch etwas mit mir zu besprechen«, sagte er, und sie blickte ihn im Spiegel verächtlich an und sagte: »Im Augenblick nicht.«

Dann würde es also so weitergehen wie bisher! Er stand müde auf, ging ins Bad und vom Bad in sein Zimmer. Er zog sich an und betrachtete im Spiegel sein Gesicht. Er war dieser verdammten Frau ebenso verfallen wie sie ihm, und er konnte nichts daran ändern.

Als er wieder ans Fenster trat, sah er über den Swimmingpool hinweg Katharina am offenen Fenster stehen. Sie war noch im Pyjama, winkte ihm lächelnd zu, und er winkte erleichtert zurück. Also hatte Irene gestern abend doch mit Erich telefoniert, man war auf dem besten Wege, sich zu arrangieren und sich den Gegebenheiten und Verhältnissen anzupassen, so wie man sich eben unter zivilisierten Menschen arrangierte und anpaßte. Es war alles nur eine Frage der Zweckmäßigkeit. Irene würde auch in Zukunft ihren Helden herumzeigen können, und er würde sich von Katharina den braunen Leberfleck drei Zentimeter unterhalb ihres Nabels zeigen lassen.

Er sah, wie sie, zwei Schritte hinter dem Fenster stehend, ihre Pyjamajacke öffnete, mit beiden Händen unter ihre schönen Brüste faßte und sie ihm, leicht anhebend, gleichsam darbot. Es war im Grunde genauso billig wie alles, was ihn mit ihr verband. Er zwang sich zu einem Grinsen, und Katharina grinste auch, so wie Julienne einmal gegrinst hatte, wenn sie, rittlings auf seinem Schoß sitzend, zu ihm gekommen war, aber Katharina sah doch hübscher aus als sie, jünger und unverbrauchter. Als sie mit dem Kinn zum Wald winkte, schüttelte er den Kopf. Er wußte nicht, warum er den Kopf schüttelte, ob es mit Irene zusammenhing oder damit, daß Katharina ihn in dieser Sekunde genauso anwiderte wie er sich selbst, und schließlich war morgen auch noch ein Tag und übermorgen und immer noch einer. Er sah, wie sie enttäuscht mit den Schultern zuckte und vom Fenster wegtrat.

Er ging wieder zum Spiegel und betrachtete erneut sein Gesicht. Natürlich hatte er noch nie etwas getaugt, aber er hatte sich selbst auch nie etwas vorgemacht, und da die Lust dem Menschen ebenso mitgegeben war wie der Schmerz, steckte vielleicht doch ein viel komplizierteres System dahinter als nur jenes, Kinder zu zeugen, um sich von ihnen überleben zu lassen, Töchter in die Welt zu setzen, die einen verachten, und Frauen zu schwängern, die viel zu hübsch waren, um an der Seite eines fettbäuchigen Spießers zu vergammeln.

Einen Augenblick lang war es wie eine Vision, wie ein Blick in eine Welt voller hübscher Dinge und angenehmer Konstellationen, aber dann fühlte er wieder den Boden unter sich, das Gewicht seines Körpers und sein Magengeschwür. Das Paradies, das er sich wünschte, hatte es nie gegeben. Er würde auch in Zukunft auf Katharina nicht verzichten und Irene nicht missen wollen. Er konnte es einfach nicht, und es war auch gar nicht nur eine Frage seiner finanziellen Abhängigkeit, es war viel mehr. Es war ihre dreimal verdammte Persönlichkeit, ohne die er nicht mehr sein konnte. Ohne sie wäre alles umsonst gewesen. Sein ganzes Leben.

Er wischte sich grinsend das Wasser aus den Augen und ging zu ihr.

In einem Schloß zu wohnen

1

Es gibt Situationen im Leben, in denen man sich selber fremd erscheint und frühere Handlungsweisen kaum mehr zu begreifen vermag. Dieses Gefühl kann besonders intensiv werden, wenn plötzlich ein Teil der Vergangenheit lebendig wird. Dann ist es oft, als hätte damals ein ganz anderer all jene Dinge getan, gedacht und empfunden, die heute längst vergessen scheinen und die doch so wenig ausgelöscht werden können wie eine alte Narbe.

Als ich vor kurzem eines Morgens zufällig einen Blick auf die Schlagzeile einer Boulevard-Zeitung warf, erging es mir ähnlich, ich erinnerte mich fast blitzartig an einen bewegten Abschnitt meiner Vergangenheit, und wie im grellen Licht eines Blitzes sah ich in Gedanken Irmgard Widdau vor mir, genauso, wie ich sie damals auf dem Aktgemälde im Arbeitszimmer ihres Mannes gesehen hatte. Ich würde den Anblick nie vergessen können.

Dann erst wurde mir bewußt, daß in den Riesenlettern der Schlagzeile ihr Name gar nicht erwähnt wurde, dort stand nur: INDUSTRIE-CHEFIN IN VOLLTRUNKENHEIT TÖDLICH VERUNGLÜCKT. Und doch hatte ich sofort an sie denken müssen. War ich sie in meinem Herzen noch immer nicht ganz losgeworden?

Ich ging näher an den Zeitungskiosk heran. Tatsächlich konnte ich aus der nächsten fettgedruckten Zeile entnehmen, daß sie und keine andere damit gemeint war, es hieß dort: IRMGARD WIDDAU FUHR IN IHREM NEUEN SPORTWAGEN GEGEN EINEN BAUM. Daneben war ein Foto von ihr abgedruckt, ein Schnappschuß vom letzten Bonner Presseball. Sie sah unverändert gut aus, sehr elegant, hochmütig und provozierend, aber ich meinte in ihrem Gesicht noch mehr als damals jene unübersehbaren Spuren ihres verzweifelten Kampfes gegen Alter, Leere und Einsamkeit entdecken zu können.

In einer gewissen Weise hatte sie sich in den siebzehn Jahren, seit unsere Wege sich getrennt hatten, nicht sehr verändert. Bei ihr hätte es mich nicht einmal sehr überraschen können, wenn sie, wie eine Göttin aus einem fernen Land, unsterblich gewesen wäre. Und nun war sie trotzdem tot, und die Art ihres Todes paßte so ziemlich präzis zu alldem, was ich schon von ihr gehört hatte, noch ehe ich in ihren Dienst getreten war. Was für ein seltsamer Dienst ...!

In all den Jahren seitdem hatte sie natürlich oft von sich reden gemacht, vor allem, als ihr Mann verunglückte, auch er durch einen Autounfall, dessen näheren Umstände nie ganz aufgeklärt werden konnten. Es würde mich nicht wundern, wenn er das Leben an ihrer Seite nicht mehr hätte ertragen können; sein baldiger Tod nach meinem Ausscheiden aus ihren Diensten war keine Überraschung für mich. Überrascht hatte mich nur, daß Irmgard Widdau sich später als fähig erwiesen hatte, den Widdau-Konzern weiterzuführen, mit keinem anderen Assistenten als Hartung, dem ehemaligen Sekretär ihres Mannes. Manchmal hatte ich mich gefragt, ob sie diesen steifleinernen Burschen ebenfalls verführt und so in ihre Gewalt bekommen hatte. Wußte ich ja nur zu gut, was sie mit einem Mann alles anzustellen vermochte.

Wußte ich es wirklich? Richtig klug bin ich nie aus ihr geworden. Es hatte in der Vergangenheit immer wieder den einen oder anderen Skandal um sie gegeben; die Klatschblätter hatten sich ihrer ebenso intensiv angenommen wie der Soraya oder Jacqueline Onassis. Mich hatten diese Affären kaum mehr berührt, ich hatte mein Leben mittlerweile auf eine gesunde Basis gestellt, mit Frau, Kindern, einer gesicherten Position, und die Zeit mit Hedy, Eva, Margot und Irmgard Widdau war für mich in eine fast unwirkliche Ferne gerückt. Heute betrachte ich sie als eine Periode meines Lebens, in der ich mir – wenn auch mit einer kleinen Verspätung – die Hörner abgelaufen hatte, zumal die Verhältnisse, in denen wir jetzt leben, mit jenen vor fünfzehn oder zwanzig Jahren kaum mehr vergleichbar sind.

Aber meine Erlebnisse mit Irmgard Widdau waren mir eben noch unverändert gegenwärtig. Die Erinnerung an ihre Fähigkeit, mich ihr willfährig zu machen, war unlöschbar in meinem Gedächtnis haften geblieben. Diese plötzliche Konfrontation mit ihrem Ende ließ es mir wieder deutlich werden. Nur fragte ich mich jetzt nach so langer Zeit, ob es ihr, gegen meinen Willen, wirklich möglich gewesen wäre, so viel Gewalt über mich zu gewinnen, und ob ich es nicht vielmehr so gewollt, ob ich mich in diesen Zustand nicht hineingewünscht, ihn vielleicht sogar erträumt hatte!

Ich selbst! Diese Frage beschäftigte mich beim Lesen der Schlagzeilen am stärksten. Hatte ich mich seitdem wirklich so sehr verändert, wie ich mir das einredete? Hatte der Rupert Kruedener von heute wirklich kaum mehr etwas mit jenem Mann gemein, der 1956 in das Villenviertel von Heidelberg kam, um sich bei Widdau um den Posten eines Privatchauffeurs zu bewerben?

Im Vorzimmer saßen schon zwei, als Rupert eintraf, beide jünger als er, höchstens fünfundzwanzig, und beide waren sie besser angezogen als er. An einem niedrigen Tisch mit einer Marmorplatte standen vier große, ledergepolsterte Sessel, auf dem Tisch stand ein Aschenbecher aus

Rauchglas. Alles wirkte sehr ansehnlich. An einer Wand umfaßte ein solider Holzrahmen eine verlassene Landschaft mit einer Pappelreihe. Rupert blieb, bevor er seine Aufmerksamkeit den beiden wartenden Männern widmete, mit dem Blick ein paar Sekunden lang daran hängen. Er mochte Pappeln. Dann erwiderte er den Blick der beiden Männer, die ihn mit zurückhaltender Neugierde musterten. Er setzte sich, ohne ein Wort zu sagen, zu ihnen an den Tisch; sie lagen ihm beide nicht. Der jüngere war schmächtig, fast mager, mit seiner randlosen Brille sah er intellektuell aus, vielleicht ein Student auf Arbeitssuche. Rupert wußte es aus eigener Erfahrung, wie schwierig, wenn man keine vermögenden Eltern hatte, ein Studium zu finanzieren war. Der zweite Mann war groß und kräftig, vom Typ her ein Lastwagenfahrer oder Mechaniker; die Ölspuren an seinen derben Händen hatten Seife und Bürste widerstanden.

In den großen Ledersesseln saß es sich bequem, in Ruperts eigenem Zimmer hätten sie kaum Platz gehabt. Er hätte vorher den alten Kleiderschrank auf die Diele stellen müssen. Falls er den Transport überstanden hätte! Er lächelte bei dem Gedanken ein wenig. Alles in diesem Haus erinnerte ihn an seine ärmlichen Verhältnisse, er erlebte die ungewohnte Umgebung wie in einem Kino: Luxus zum Anschauen, jedoch nicht zum Teilhaben.

Der Aschenbecher weckte in ihm den Wunsch nach einer Zigarette, er nahm Feuerzeug und Zigarettenetui aus der Tasche. Er rauchte nach dem System aller Männer, die ihre Zigaretten einteilen müssen, eine nach dem Frühstück, eine nach dem Mittagessen, nachmittags eine, und der Rest am Abend. Heute funktionierte das System nicht. Er hatte vor lauter Nervosität schon mehr geraucht, als er hätte dürfen.

Er fragte sich, warum er so nervös war. Wenn es mit dieser Stellung nicht klappte, dann eben mit einer anderen. Es gab, zwölf Jahre nach Kriegsende, genug offene Stellen. Bauarbeiter waren am häufigsten gesucht, aber soweit war er noch nicht, obwohl sie gut verdienten. Er hätte diese Möglichkeit, als Hilfsarbeiter auf dem Bau zu arbeiten, nur als letzte Alternative ins Auge gefaßt. Wer dort einmal landete, hatte kaum mehr eine Chance, noch einmal den Absprung zu finden. Die Versuchung zur Resignation war zu groß, und Geld schwächt den Charakter, untergräbt den Stolz. Er hielt das bißchen, das ihm noch von seinem Stolz verblieben war, für wichtig genug, um es nicht vollends aufzugeben.

Das Feuerzeug funktionierte nicht gleich, der Stein war schon zu abgenutzt. Rupert hatte nicht einmal mehr Geld für ein Päckchen Feuersteine. Seit er das letzte bekommen hatte, waren über sechs Wochen vergangen. Beim fünften Versuch klappte es endlich; die Flamme schoß hoch.

Die beiden Männer beobachteten ihn stumm, der Intellektuelle mißbilligend. Vielleicht empfand er es als ungehörig, daß Rupert als Stellungssuchender vor dem Allerheiligsten des großen Widdau eine Zigarette rauchte. Aber der andere grinste erleichtert, fummelte in seiner Tasche, holte eine zerdrückte Zigarette heraus und beugte sich herüber. »Darf ich?« Er zündete sie an Ruperts Zigarette an, sein Gesicht entspannte sich, nach dem zweiten Zug wurde er gesprächig, fragte: »Waren Sie auch auf zehn Uhr bestellt?«

Rupert nickte.

»Ist keine Art«, sagte der Mann, und seine Stimme klang aufsässig. »Gleich drei auf einmal zu bestellen«, setzte er erklärend hinzu. »Wie bei einer Musterungskommission. Ob da noch mehrere Bewerber kommen?«

»Keine Ahnung«, sagte Rupert. »Vielleicht.«

»Dann hau ich ab«, sagte der Mann. »Stinkt mir sowieso hier. Nicht mein Fall. Oder sagt *Ihnen* dieses Haus zu?«

Rupert zuckte mit den Achseln.

»Zu pompös«, sagte der andere. »Hier juckt es mir in den Fäusten, etwas zusammenzuhauen. Wetten, hier sind sie so fein, daß sie sich sogar den Hintern mit Eau de Cologne waschen! In so einem Laden hab' ich einmal gearbeitet, und nie wieder.«

Rupert lächelte. »Warum sind Sie dann hier?«

»Nur mal so. Ich hab' noch zwei andere Adressen. Dieser Stall hier erinnert mich zu sehr an die eingebildeten Pinkel mit Litzen und Sternen beim Kommiß. Diese Zeiten mit Jawohlsagen und Strammstehen sind glücklicherweise vorbei. Nichts für mich.«

Viel konnte er von *diesen Zeiten* nicht mitbekommen haben, Rupert schätzte ihn zwischen dreiundzwanzig und fünfundzwanzig. Trotzdem fragte er: »Waren Sie beim Kommiß?«

»Gottlob nein«, sagte der Mann. »Bin Jahrgang 34. Und Sie?«

Rupert verspürte wenig Lust, sich von ihm ausfragen zu lassen. Er sah zum Fenster hin. Es nahm fast die ganze Wand ein, Glas vom Boden bis zur Decke, darunter standen ein paar große Schalen mit Grünpflanzen, und genau in der Mitte des großen Fensters war die Ruine des Alten Schlosses wie in einem überdimensionalen Rahmen eingefangen, einem großartigen Wandgemälde ähnlich, geschaffen von einem Künstler mit unbegrenzten Mitteln. Er betrachtete eine Weile das Schloß, dann erwiderte er den Blick des Mannes neben ihm und antwortete unlustig: »Jahrgang einundzwanzig.«

Der Mechaniker, oder was immer auch er sein mochte, feixte: »Ich dachte immer, der sei in Rußland geblieben. Wenn ich mal so alt bin wie Sie, such' ich mir was Besseres als das hier, vielleicht werd' ich Taxifahrer, aber nur mit einer eigenen Taxe, sonst lohnt sich das Geschäft nicht. Als Taxifahrer ...«

Er verstummte, weil die Tür aufging. Ein Mädchen mit weißer Schürze forderte den Intellektuellen auf, ihm zu folgen. Rupert kannte das Mädchen bereits; es hatte ihm vorhin die Tür zum Dienstboteneingang geöffnet; in diesem Haus hatte alles seine Ordnung. Ein paar Sekunden lang erwiderte sie seinen Blick; sie war jung, etwas hochnäsig, aber sehr hübsch. Dann wandte sie ihm rasch den Rücken zu und folgte dem Intellektuellen.

Der Mechaniker zog schaudernd eine kleine Schau ab. »Die ist genauso eingebildet wie ihre Herrschaft«, sagte er. »Hier stinkt alles vor Einbildung. Der Kerl, der eben hineingegangen ist, übrigens auch; hat kein Wort mit mir gesprochen, dabei kann er, wenn man richtig hinschaut, ein Differential nicht mal von einem VW-Motor unterscheiden. Aber solche Typen sind hier sicher gefragt. Was die suchen, das ist ein Gentleman-Schofför. Da hat unsereiner keine Chance.«

»Davon hat in dem Zeitungsinserat nichts gestanden«, sagte Rupert. Der Mechaniker winkte geringschätzig ab. »Ist auch nicht nötig, ich brauch' mich hier nur umzusehen, um zu wissen, woran ich bin.« Er drückte seine Zigarette aus und stand auf. »Ich hau ab. Wenn Sie klug sind, machen Sie es genauso. Hier kommen Sie nur zum Zug, wenn Sie eine adelige Großmutter haben.«

Vielleicht hatte er recht. Trotzdem erwiderte Rupert: »Anhören kostet nichts.«

»Mich würde es die Nerven kosten«, sagte der Mechaniker. »Wenn Sie hier Schofför werden, müssen Sie dreimal am Tag das Oberhemd wechseln.« Er war bereits an der Tür. Dort drehte er sich noch einmal um und sagte: »Denken Sie an meinen Tip: Eine eigene Taxe ist das einzig Wahre!«

Er knallte die Tür hinter sich zu. Das laute Geräusch rief das Dienstmädchen auf den Plan, es fragte verwundert: »Was war das?«

»Die Tür«, antwortete Rupert lächelnd. Sie musterte ihn überrascht. Dann erst schien ihr aufzufallen, daß er alleine im Zimmer saß, sie fragte: »Wo ist der andere Herr?«

»Es hat ihm zu lange gedauert«, sagte Rupert. »Er will sich nach einer besseren Stellung umschauen.«

Sie verschwand irritiert. Wie sie ihren kleinen Hintern schwenkte, war gekonnt.

Rupert stand auf und trat an das große Fenster. Darunter war ein Garten mit glattgeschorenem Rasen, mit bunten Gartenschirmen, weißlackierten Gartenstühlen, und etwas links davon entdeckte Rupert einen Swimmingpool, eingefaßt von niedrigen Bäumen, grünen Hecken und vielen Blumen. Ein Anblick zum Verlieben! Vielleicht hatte er sich bereits ein wenig in ihn verliebt!

Am Ende des Gartens, hinter einer halbhohen Zierhecke, öffnete sich das Rheintal, und jenseits des Neckars ragten die Giebeldächer der alten Häuser über die engen Gassen; ein Bild wie aus einem Märchenalbum mit einem verwunschenen alten Schloß im Mittelpunkt. Sechs Jahre totaler Krieg hatten die Stadt unberührt gelassen, noch immer war das Schloß ihre einzige Ruine, Symbol sentimentaler Erinnerungen zahlloser Besucher aus aller Welt, für die amerikanischen Besatzungstruppen ebenso wie für zivile Touristen aus Übersee. Immer wieder bewundert, fotografiert, beliebtestes Motiv aus Old Germany.

Über dem Schloß ein wolkenloser Augusthimmel, Urlaubszeit. Rupert versuchte, nicht daran zu denken, die Vorstellung zu verdrängen, wie er sie in all den vergangenen Jahren verdrängt und es zu ignorieren versucht hatte, wenn deutsche Touristen mit teuren Autos an ihm vorbeigefahren waren, überladen mit Reisegepäck, mit bunten Strohhüten am Heckfenster vom letzten Urlaub in Nizza oder Venedig, damit jeder es sehen konnte: Wir fahren wieder nach Italien, nach Frankreich. Keine große Sache mit 100 PS unter der Motorhaube, heute noch bis nach Lugano, morgen zum Mittagessen bis nach Florenz oder Venedig. Nach Italien, nach Italien!

Die Fensterscheibe war kühl, sie kühlte seine heiße Stirn, sie ließ auch seine Gedanken ruhig werden. Als ob Hedys Hand sie berührte! Neid machte nur bitter, ungerecht. Er würde auch ohne Italien leben können. Noch vor fünfzig Jahren waren es nur ein paar tausend, die dorthin reisen konnten, ein paar tausend Privilegierte, und die anderen kamen ohne das aus, waren, wenn man ihnen nachträglich glauben durfte, zufrieden mit sich und ihrem Leben gewesen. Außerdem: Der Chauffeur, der hier gesucht wurde, hatte, wenn auch nicht auf eigene Rechnung, sicher Gelegenheit, einiges von der Welt zu sehen.

Der Intellektuelle blieb lange bei Widdau. Vielleicht kein gutes Zeichen für mich, dachte Rupert. Ich sollte es genauso tun wie der andere, die Tür hinter mir zuschlagen und auf die Straße hinausgehen, mit erhobenem Kopf, ohne nervöse Herzbeschwerden, ohne den Nacken zu beugen. Denn wofür nahm er das alles auf sich! Für vierhundert Mark monatlich oder fünfhundert, falls Widdau großzügig war? Fünfhundert Mark! Und das Haus hier hatte mindestens vierhunderttausend gekostet, fast das Monatsgehalt von achtzig oder neunzig Jahren für einen, der fünfhundert verdiente. Nur wenige konnten sich einen solchen Palast leisten, Gärtner beschäftigen, Dienstmädchen, einen Chauffeur. Mit sechsunddreißig war man schon zu alt, um es noch weit zu bringen. Ruckmann hätte es vielleicht schaffen können, wenn sie ihm noch eine Chance gegeben hätten...

Rupert nahm den Kopf vom Fenster. Dort, wo er die Stirn angelehnt hatte, war ein feuchter Fleck auf der Scheibe. Er ertappte sich dabei, daß er ihn mit seinem Taschentuch gedankenlos wegzuwischen versuchte. Er mußte über sich lächeln. Ordentlichkeit konnte ansteckend sein. Hatte er sich bereits mit diesem Haus und seinem Besitzer identifiziert? Wunschdenken, sonst nichts.

Von hier oben sah die Stadt schöner aus, heiterer, ihr Lärm blieb in der Tiefe, auch der Gestank ihrer zahllosen Autos, deutsche, amerikanische, holländische, große Reisebusse, die über die holprigen Straßen polterten. Ein pausenloses Rattern, Röhren und Dröhnen beherrschte die engen Straßenschluchten, in denen sich buntscheckige Touristenhaufen vor Schaufenstern drängten, Souvenirs einkauften oder sich Schulter an Schulter zum Neckarufer schoben.

Hier oben merkte man nichts von alldem, der Lärm der Stadt verebbte an den waldigen Talhängen, fünfzig Meter über ihren Dächern herrschte gepflegte Stille zwischen den vornehmen Villen. Früher, bevor man damit angefangen hatte, auch die Talwände zu bebauen, war er hier oft auf einsamen Waldwegen gewandert. Heute mußte man, um der Stadt zu entrinnen, viel weiter marschieren. Nur an Regentagen oder im Herbst, wenn der organisierte Touristenrummel ausklang, wurde die Stadt wieder liebenswert, und mitunter, wenn er am wenigsten darauf gefaßt war, schien sie ihn plötzlich anzulächeln, mit der runzligen Heiterkeit einer alten Dame.

Er fand nur immer weniger Zeit, ihr Lächeln zu entdecken, ihrem stickigen Atem zu entrinnen. Es gab zu viele Dinge, die ihn ablenkten, beschäftigten, dauernd auf Trab hielten. Auch machte es keinen rechten Spaß mehr, die nahe gelegenen Wälder zu durchstreifen. Früher hatten sie jedermann gehört, heute gab es überall Schilder, die das Betreten von Privatbesitz unter Strafe stellten. Die Stadtverwaltung brauchte Geld für neue Autostraßen, für eine neue Neckarbrücke, für den neuen Bahnhof, und die Waldgrundstücke gingen weg wie warme Semmeln, als ob ihre Käufer sich erhofften, hier jene Ruhe zu finden, die sie vor einem frühen Herzinfarkt bewahrte, aber bis sie das Geld für ihre einsam gelegenen Grundstücke beisammen hatten, waren viele schon auf der Strecke geblieben. Ihre Kinder würden sie einmal billiger bekommen als sie.

Werner zum Beispiel, er brauchte nur noch zuzugreifen, sein Vater hatte für alles gesorgt, was sich ein junger Mann wünschen konnte, das eigene Haus, das eigene Auto und Geld, soviel er nur haben wollte. Und trotzdem legte er so großen Wert auf seine, Ruperts, Freundschaft, besuchte ihn und Hedy fast jeden Abend, weil er, wie er sagte, die Mansarde mit ihren schrägen Wänden und feuchten Schimmelflecken in der Tapete romantisch fand und weil er nicht wußte, was er mit sich selber im schönen Haus seines Vaters anfangen sollte. In all den großen

Zimmern, zwischen alldem glatten Komfort fühlte er sich einsam wie ein verlassener Hund. Der Arme!

Rupert lächelte. Dann vernahm er hinter sich wieder die Stimme des Mädchens. Er drehte sich nach ihm um, es sagte: »Herr Widdau wartet auf Sie.« Aus den Augenwinkeln sah er noch den Intellektuellen zum Ausgang gehen, ein vages Lächeln in den schmalen Mundwinkeln. Vielleicht war alles schon gelaufen, aber wenn das so war, würde Widdau ihn kaum mehr empfangen.

Er ging an dem Mädchen vorbei. Ihre Art, ihm die Tür zu öffnen, erschien ihm vielversprechend, als ob ihn dort Besonderes erwartete, und tatsächlich kam er in einen Raum, der noch größer, noch pompöser war als der andere. Weiche Teppiche überlappten sich, an manchen Stellen lagen gleich drei übereinander. Von dem mächtigen Diplomatenschreibtisch aus hatte man durch das auch hier bis zum Boden reichende Fenster einen ungehinderten Blick auf die Stadt mit ihrem alten Schloß und den grünen Hügeln, über die sich ein samtblauer Himmel spannte.

Von der Decke hing ein schwerer Lüster. An der rechten Wandseite, unmittelbar über dem Schreibtisch, hing ein Ölgemälde in einem massiven Holzrahmen, es zeigte eine unbekleidete Frau vor einem großen Spiegel, der dem Betrachter auch ihre ihm abgewandte Körperseite sehr anschaulich darstellte. Ein anregendes Kunstwerk für all jene, die solche Art von Anregung brauchten, aber der Mann hinter dem Schreibtisch sah nicht so aus, als gehörte er zu ihnen.

Habe ich in jenem Augenblick das Gemälde wirklich so und nicht anders gesehen? Schließlich hatte ich meine Pubertät zu jener Zeit schon eine ganze Weile hinter mich gebracht. Auch wußte ich damals noch nicht, daß das Gemälde keine beliebige Frau darstellte, kein unbedeutendes, wenn auch anregendes Malermodell, sondern sie selbst, Irmgard Widdau! Ich wunderte mich nur darüber, warum das Bild ausgerechnet im Arbeitszimmer ihres Mannes hing, ausgerechnet dort, wo jeder Besucher es sehen konnte und wo er auch seine zukünftigen Angestellten empfing.

Was mich heute eigentümlich berührt, ist der Umstand, daß ich diesen ersten Augenblick des Frauenaktes nie vergessen konnte. Ich sehe das Bild, ja ich sehe Irmgard Widdau noch genauso plastisch vor mir wie damals, ihren langen Hals, die schmalen Schultern, ihre provozierenden Brüste, die langen Schenkel... Jede Pore von ihr scheint sich in mir so tief eingeprägt zu haben, daß mir die Erinnerung an die Stunden unserer Liebe – falls man das, was zwischen uns war, überhaupt Liebe nennen kann – ein fast physisches Gefühl ihrer Gegenwart bereitet. Vielleicht war es gerade dieser erste Blick auf das Gemälde, der diese unlöschbare Faszination in mir ausgelöst hat. Diese erste, fast beiläufige Begegnung mit ihrem

Aktbildnis schien mir kennzeichnend zu sein für alle Stadien meines Verhältnisses zu ihr. Denn sie ist mir, trotz allem, was zwischen uns war, im Grunde genauso unnahbar geblieben wie damals, als sie im Arbeitszimmer ihres Mannes von ihrem Gemälde aus meinen Blick zu erwidern schien. Und war nicht gerade bei jenem Gemälde der Spiegel in ihrem Rücken ungemein typisch für sie, ein Sinnbild ihrer Selbstverliebtheit, einen Kreis schließend, den sie um sich zog, damit keiner ihn durchdringen könnte? Und doch wäre sie, ohne ihr besonderes Verhältnis zu ihrem Mann, für mich nicht die gewesen, zu der sie dann geworden ist.

Karl Widdau war der Typ eines Vorstandsvorsitzenden, nicht von jener Sorte, die gerne ihre Ellbogen benutzt. Er war eher ein Geldaristokrat, höflich, zurückhaltend, und auch ein bißchen von oben, jedoch ohne es einen sehr merken zu lassen, ein Mann von mittlerer Größe mit einem blassen, müde aussehenden Gesicht und einer unauffälligen Brille. Er war ganz das Gegenteil dessen, was Rupert erwartet hatte. Eine knappe Geste forderte ihn zum Sitzen auf. Es waren dieselben Sessel wie im Vorraum, vielleicht noch etwas niedriger, man hatte fast das Gefühl, unmittelbar auf dem Boden zu hocken. Auf dem Tisch bemerkte er seine Papiere, auch sein Foto befand sich bei ihnen. Widdau begann das Gespräch, indem er sich zuerst erkundigte, ob er verheiratet sei und Kinder habe. Rupert dachte sofort, daß es ein Fehler gewesen war, den Trauring anzubehalten. Wozu trug er ihn überhaupt noch? Verheiratet zu sein war für diesen Job nicht gut, es verminderte seine Chancen, denn der Mann hinter dem Schreibtisch schien nicht zu jenen Leuten zu gehören, die sich auf Gefühle oder soziale Rücksichtnahmen einlassen; dazu wirkte er zu unbeteiligt, zu kühl. Er gehörte nicht zu den hemdsärmeligen Typen, die sich ihren Weg nach oben hatten schwer erkämpfen müssen und sich aus jener Zeit eine sentimentale Regung für Unterprivilegierte bewahrt hatten. Bei jenen hatte man vielleicht eine Chance, weil mitunter noch ihr Gewissen rebellierte. Werners Vater gehörte auch zu ihnen; er hatte auf seinem Weg nach oben sicher ein paar Dutzend andere kaputtgemacht, überzähliges Fußvolk, das eben auf der Strecke bleiben mußte. In einer Schlacht gab es immer Sieger und Besiegte, Überlebende und Opfer. Heute saß er fest im Sattel seines Konzerns, und Tausende Arbeiter schworen auf ihn als einen sozialen Brotherrn.

Rupert antwortete, daß er seit vier Jahren verheiratet sei und keine Kinder habe. Er sagte: »In Ihrem Zeitungsinserat stand nichts davon, daß die Bewerber ledig sein sollen.«

Widdau nickte. »Ich hatte es nicht zur Bedingung gemacht. Es hätte die Sache aber vereinfacht. Die Stellung, die ich zu vergeben habe, läßt wenig Zeit für ein Familienleben.«

Rupert riskierte ein Lächeln. »Das ist nun mal so in diesem Beruf.«

»Denkt Ihre Frau genauso darüber?«

»Wir sind beide berufstätig«, sagte Rupert. Das stimmte zwar, gab jedoch seine Ehesituation nur unvollkommen wieder.

Widdau lehnte sich in seinen Stuhl zurück und verschränkte die Hände vor der Brust. Er hatte lange, dünne Finger und gepflegte Nägel. An der rechten Hand blitzte ein auffälliger Diamantring. Er betrachtete Rupert eine Weile prüfend, dann sagte er: »Die betreffende Stellung würde Ihnen unvermeidlich Einblicke in mein Privatleben geben. Es handelt sich also um eine Vertrauensstellung.«

Das hörte sich vielversprechender an, als Rupert es bisher für möglich gehalten hatte. Um jedoch nicht vorlaut zu erscheinen, begnügte er sich damit, Widdaus prüfenden Blick stumm zu erwidern.

»Sie haben vier Jahre für Herrn Ruckmann gearbeitet«, sagte Widdau nach einer neuen Pause. »Ich habe von dem Fall damals in der Zeitung gelesen. Das muß vor etwa sechs Wochen gewesen sein. Sind Sie seitdem ohne Arbeit?«

»Ja«, antwortete Rupert.

»Sie haben Herrn Ruckmann persönlich gefahren?«

Rupert nickte. »In den letzten zwei Jahren. Vorher war ich bei ihm als Lastwagenfahrer beschäftigt.«

»Dann waren Sie sicher viel unterwegs«, sagte Widdau mit einem kleinen Lächeln. In diesem Augenblick war er Rupert fast sympathisch. Er sagte: »Manchmal acht oder vierzehn Tage in einem Stück.«

Widdau betrachtete geistesabwesend seinen Diamantring. »Bei mir kann es Ihnen passieren, daß sie mitunter vier oder sechs Wochen unterwegs sein werden. Würde sich Ihre Frau damit abfinden?«

Für Rupert war das unter seinen gegebenen Verhältnissen eine abstrakte Frage, aber das konnte Widdau ja nicht wissen, er antwortete ausweichend: »Andere Frauen müssen das auch.«

»Das ist keine Antwort auf meine Frage«, sagte Widdau etwas kühl. Rupert merkte, daß er einen Fehler begangen hatte; Männer wie Widdau konnten es sich leisten, daß ihre Fragen präzis beantwortet wurden, er sagte rasch: »Ich wollte damit sagen, daß es weder für meine Frau noch für mich eine besondere Härte wäre, wenn wir uns längere Zeit nicht sehen könnten.«

»Das können Sie natürlich besser beurteilen als ich«, sagte Widdau, und diesmal lächelte er wieder. »Bevor Sie sich aber festlegen, muß ich Ihnen noch sagen, daß nicht ich einen Chauffeur brauche. Die endgültige Entscheidung liegt also nicht bei mir.«

Rupert starrte ihn betroffen an. »Sie sagten doch . . .«

»Ich werde es Ihnen sofort erklären«, fiel Widdau ihm ins Wort. »Mich beschäftigen noch einige Lücken in Ihrem Lebenslauf. Beispielsweise gehen Sie auf die Jahre zwischen 1945 und 1952 mit keinem Wort ein. Nach allem, was Sie hier schreiben, kann ich kaum davon ausgehen, daß Sie über ausreichende finanzielle Mittel verfügten, um ohne eine Beschäftigung auszukommen. Oder wollen Sie über diesen Punkt lieber nicht sprechen?« Sein Blick war plötzlich unangenehm durchdringend.

Rupert schüttelte den Kopf. »Dazu besteht für mich kein Anlaß. Ich bin erst 1952 aus französischer Kriegsgefangenschaft zurückgekommen.«

»So spät?« fragte Widdau verwundert. Rupert zuckte mit den Achseln. »Ich hatte dort eine Arbeit, die mir zusagte. Und ich verdiente gut. Ich bin freiwillig zwei Jahre länger in Frankreich geblieben. Das taten damals viele aus unserem Lager.«

Widdau blätterte stumm in seinen Papieren, dann blickte er rasch auf. »Ihre Heimatstadt ist Kassel. Wie kamen Sie nach Heidelberg?«

»Ich habe hier studiert.«

Einen Augenblick lang wirkte Widdaus Gesicht überrascht, aber er hatte es sofort wieder in der Gewalt und fragte: »Was haben Sie studiert?«

»Medizin«, antwortete Rupert. Widdau blickte ihn prüfend an, als wartete er noch auf eine Erklärung. Rupert gab sie ihm: »Als ich gegen den Willen meines Vaters heiratete, schickte er mir kein Geld mehr. Ich war gezwungen, das Studium abzubrechen, und habe mich bei Herrn Ruckmann um meine damalige Stellung beworben.«

»Als sein Fahrer?«

»Nein, ich habe zuerst im Büro gearbeitet. Herr Ruckmann hat mir dann vorgeschlagen, einen Lastwagen zu fahren; er hat auch die Kosten für den Führerschein übernommen. Ich habe darin eingewilligt, weil ich als Fahrer besser verdiente.«

Widdau musterte ihn nachdenklich. »Dann kannten Sie Herrn Ruckmann sicher sehr gut?«

Vielleicht war das eine Fangfrage. Rupert hielt es nicht für ausgeschlossen, daß er damit seine Verschwiegenheit auf die Probe stellen wollte. Er antwortete zurückhaltend: »Das mußte ich. Ich habe lange genug für ihn gearbeitet.«

»Waren Sie anwesend, als man ihn fand?« fragte Widdau eher beiläufig. Rupert blickte von ihm weg zum Fenster und sagte kurz: »Ja.«

»Eine schlimme Sache«, sagte Widdau, und Rupert hatte zum ersten Mal den Eindruck, daß er Ruckmann gekannt haben mußte. Er beobachtete, wie er wieder in seinen Papieren blätterte. Schließlich sagte er: »Sie erwähnen, daß Ihr Vater Berufsoffizier war. Wo hat er gedient?«

»Er war zuletzt Oberst im Generalstab der Luftwaffe«, antwortete

Rupert widerwillig. Das Thema war ihm unangenehm, aber Widdau schien das diesmal nicht zu bemerken oder er wollte es nicht merken, er fragte: »Familientradition?«

»So ähnlich«, sagte Rupert. Widdau betrachtete wieder seinen Ring. Zu seiner Familientradition gehörte es wohl, reich zu sein, dachte Rupert. Anscheinend fühlte er sich durch die frühere Tätigkeit von Ruperts Vater beeindruckt, denn er sagte: »Diese Männer haben viel durchmachen müssen.«

»Besonders jene, die nach dem 20. Juli umgebracht worden sind«, sagte Rupert. Eigentlich hatte er das gar nicht sagen wollen, aber es war ihm, während er an seinen Vater erinnert wurde, so in den Kopf geschossen. Widdau fragte auch sofort: »Aber Ihr Vater gehörte nicht zu ihnen?«

»Er verurteilte sie«, sagte Rupert. Er wünschte, dieses Verhör ginge zu Ende, aber merkwürdigerweise schien Widdau an seiner persönlichen Meinung zu diesem Thema interessiert zu sein, denn er erkundigte sich, ob dies auch seine, Ruperts, Auffassung sei. Ehe sich Rupert jedoch darüber schlüssig werden konnte, ob es in diesem Falle ratsam sei, ihm die Wahrheit zu sagen, wechselte Widdau sprunghaft das Thema und sagte: »Ich verstehe nicht ganz, weshalb Sie Ihr Studium abbrechen mußten. Es gibt heute viele Studenten, die sich das Geld für ihr Studium selber verdienen. In den Semesterferien oder durch eine Nebenbeschäftigung. Hätten Sie das nicht auch versuchen können?«

»Sie übersehen, daß ich verheiratet bin«, antwortete Rupert ein wenig gereizt.

»Sie haben keine Kinder, und Ihre Frau arbeitet, wie Sie mir vorhin erzählten, ebenfalls.«

»Damals nicht«, sagte Rupert. Jedesmal, wenn er meinte, dieses Thema sei endgültig für ihn abgeschlossen, kam einer, der ihn daran erinnerte. Er war nahe daran, einfach aufzustehen und das Zimmer zu verlassen.

Als hätte Widdau seine Gedanken erraten, sagte er unvermittelt: »Warten Sie einen Augenblick; ich rufe meine Frau.«

Er ließ Rupert allein. Während dieser auf seine Rückkehr wartete, dachte er: Wozu braucht er seine Frau?

Sicher, Ruckmann hat mich stärker beeindruckt als die meisten anderen Männer, mit denen ich es bis heute zu tun hatte. Er war sehr typisch für jene Zeit, die so manches verändert und alte Wertbestimmungen auf den Kopf gestellt hat. Damals suchte jeder nach einer kleinen Chance, um neu anzufangen. Manche verkauften sich für das liebe Geld, andere ergaunerten es sich. Der verlorene Krieg hatte neue Dimensionen geschaffen, neue Erkenntnisse und moralische Maßstäbe. Nur das Geld hatte nichts von seinem alten Gewicht eingebüßt. Viele von denen, die neu anfangen mußten, eroberten sich eine mittlere Basis und gaben sich damit zufrieden, andere machten im Handumdrehen ein großes Vermögen und brachten es auch wieder durch. Es gab aber auch solche, die es nicht nur zu Reichtum gebracht, sondern ihn auch noch vermehrt hatten, und das nicht immer auf legalen Wegen, aber davon redet heute keiner mehr. Ruckmann gehörte zu jenen, die sich nachträglich nichts vorzuwerfen brauchten, aber er hatte die Probleme eines freien Unternehmers unterschätzt, sie vielleicht gar nie richtig erkannt. Sein persönliches Schicksal hat mich oft entmutigt und mich dazu verführt, einen bequemeren Weg zu suchen. Möglicherweise war ich deshalb bei Irmgard Widdau gelandet. Damals erschien mir alles so selbstverständlich, daß ich kaum darüber nachgedacht habe. Ich redete mir ein, endlich den großen Wurf geschafft zu haben. Heute empfinde ich nur noch Verwunderung über meine damalige Handlungsweise. Und noch etwas: Scham.

Ruckmann hatte zu den hemdsärmeligen Typen gezählt, er war keiner von der feinen Art gewesen, wie Widdau sie repräsentierte. Er war ein Mann gewesen, der sich dauernd selber vorwärts zu schieben schien, permanent schwitzend und fast platzend vor Vitalität, ein Schrank von einem Mann, und trotzdem hatte der eiserne Mauerhaken seine fünfundneunzig Kilogramm getragen. Er mußte ihn eigenhändig in die Wand geschlagen haben, auf dem Boden lagen noch der Hammer, etwas abgebröckelter Verputz und der umgestürzte Stuhl. Seine schwarzhaarige Freundin hatte, als sie ihn entdeckte, fast eine Viertelstunde lang geschrien. Rupert fand, sie hätte froh sein sollen, daß Ruckmann schon vor ihrer Heirat mit ihm seinem Leben ein Ende gesetzt hatte. Als trauernde Witwe wäre sie nur in den Konkursstrudel hineingezogen worden. Vielleicht hatte er auch gar nicht ernsthaft die Absicht gehabt, sie zu heiraten. Frauen hatten ihm nicht viel mehr als Essen und Trinken bedeutet, eine Befriedigung physischer Bedürfnisse. Seine Sprache war so rauh und rüde gewesen wie seine Manieren, zehnmal am Tag hatte er damit drohen können, diesem oder jenem Mitarbeiter oder Geschäftspartner den Hals umzudrehen, aber er hatte trotzdem keinen auf dem Gewissen gehabt, denn in Wahrheit war er an der wichtigsten Stelle, nämlich dort, wo die dicken Muskelstränge sein Herz bedeckt hatten, viel zu weich gewesen.

Seine polternde Stimme, als Rupert sich in seinem Büro vorgestellt hatte, klang ihm heute noch in den Ohren: »Studiert haben Sie also, Männeken. Ich habe nicht studiert, sechs Jahre Volksschule, zweimal rausgeflogen, dann in eine Besserungsanstalt, und hier habe ich in einer alten Scheune angefangen, vor sechs Jahren, genau an dieser Stelle, wo Sie jetzt stehen, hier habe ich die Hemdsärmel hinaufgekrempelt und alles aus dem Boden gestampft, mit diesen Händen, eine ganze Fabrik aus dem nackten Boden gestampft . . .«

Die ihm dann schließlich das Genick gebrochen hatten, waren nicht so einfach von Herkunft und von so rüden Manieren gewesen wie er. Leute wie sie drohten niemandem damit, ihm den Hals umzudrehen, bei denen ging das auf die kultivierte Art, ohne dramatische Gesten und großes Muskelspiel. Das tat sich hinter schalldichten Türen im Kreis penibler Ästheten, bei einem geselligen Plauderstündchen am runden Tisch mit erfrischenden Fruchtgetränken. Hinterher diktierte ein überlasteter leitender Angestellter einen höflichen Brief mit bedauernden Floskeln, und das Ende war der Mauerhaken.

Ein paar Tage zuvor waren sie unangemeldet in Ruckmanns Büro erschienen, sie waren mit einem großen, schwarzen Mercedes vorgefahren, chromglänzende Anonymität verbreitend, Rupert hatte mit ihrem Fahrer gesprochen, aber der schwieg sich über ihre Identität beharrlich aus, erzählte nur bereitwillig, daß 120 PS unter der Motorhaube steckten, während Ruckmann die Herren durch die Fabrik führte.

»Vier Wochen, dann bin ich über dem Berg«, hatte er ihnen gesagt. »Machen Sie jetzt keine Mätzchen, meine Herren.« Und die Herren nickten lächelnd, inspizierten mit undurchdringlichen Mienen Werkhallen und Auslieferungslager, und als sie sich von ihm verabschiedeten, wirkten sie fast menschlich. Am Abend dieses Tages veranstaltete Ruckmann eine intime Party, zu der er nur seine Verlobte, den Syndikus und zwei Herren aus der Verkaufsabteilung einlud. Rupert mußte sie anschließend nach Hause fahren, keiner von ihnen konnte sich mehr auf den Beinen halten. Nur Ruckmann verspürte plötzlich noch Lust zu einer kleinen Spazierfahrt. Unterwegs auf leerer Landstraße ließ er Rupert anhalten, kletterte schwerfällig aus dem Wagen, hockte sich an den Straßenrand und winkte Rupert neben sich. »Wenn alles gutgeht«, sagte er, »gibt's auch für dich eine Gehaltsaufbesserung. Ich hoffe, ich habe die Kerls heute überzeugen können, aber bei diesen Fischköpfen weiß man nie genau, woran man ist.«

»Ich hatte sie bisher noch nie bei Ihnen gesehen«, sagte Rupert vorsichtig. Ruckmann grinste. »Ist sonst auch nicht üblich, daß die von ihrem hohen Podest runtersteigen. Sie kamen von meiner Bank, ich stecke dort bis über beide Ohren in der Kreide. Jetzt wollen sie mir meinen Kredit nicht verlängern.«

»Wäre das schlimm gewesen?« fragte Rupert besorgt.

Ruckmann nickte. »Für die nicht! Die hätten sich sogar an meinem Konkurs gesundgestoßen, aber ich hätte den Laden dichtmachen müssen. Vorher müssen die mich umlegen. Freiwillig gehe ich da nicht raus, mein Freund.«

Rupert, der von seinen finanziellen Problemen nichts gewußt hatte, sagte verstört: »Aber . . .«

»Schnauze!« unterbrach Ruckmann grob. »Für mich gibt's jetzt kein ›Wenn und Aber‹ mehr, nur noch ein ›Entweder-Oder‹. Entweder ich habe die Fischköpfe heute überzeugen können, daß der Betrieb kerngesund ist, oder sie lassen mir die Luft ab. Das passiert Ruckmann aber nicht. Mein Vater hat noch mit Schnürsenkeln hausiert. Entweder, habe ich mir damals gesagt, du stinkst eines Tages vor Geld, oder du gehst vor die Hunde. Alles, was dazwischenliegt, ist Halbseide, Kompromiß. Ruckmann macht keine Kompromisse. Ich bin in meinem Leben zu oft getreten und gestoßen worden, mein Freund. Wenn jemand weiß, was das heißt, ein armes Schwein zu sein, dann ist es Ruckmann. Dorthin bringt mich keiner mehr, nicht für hundert nackte Weiber.«

Er verstummte, zündete sich eine Zigarette an und starrte aus schmalen Augen über die Straße hinweg.

Der Himmel über ihnen wurde grau, der Morgen flocht der Nacht silberne Strähnen ins Haar, leuchtete das Dunkel der Wälder aus, enthüllte ein mit milchigem Nebel gefülltes Tal und jenseits des Tales einen alten Forst mit Baumstämmen wie antike Säulen. Dazwischen lag eine kleine, einsame Wiese, eine Schmetterlingsoase für abgehetzte Großstadtnerven. Die Luft war frisch und klar wie der Tau auf den Gräsern.

»Deine Frau hab' ich lang nicht mehr gesehen«, sagte Ruckmann in den Morgen hinein. »Ist sie krank?«

Rupert schüttelte den Kopf.

»Jedenfalls habe ich sie lang nicht mehr gesehen«, sagte Ruckmann beharrlich. »Früher hat sie immer mal in den Betrieb reingeschaut. Ist was Kleines unterwegs?«

Rupert wußte, daß er ihn von diesem Thema nun nicht mehr würde abbringen können, er antwortete: »Wir verstehen uns nicht mehr.« Eines Tages hätte Ruckmann es doch erfahren, und nun wußte er es. Es ihm zu sagen, war Rupert leichter gefallen, als er befürchtet hatte.

Ruckmann starrte ihn ungläubig an. »Was heißt das? Daß ihr euch scheiden lassen wollt?«

»Soweit sind wir noch nicht«, sagte Rupert. Ruckmann ließ seinen Zigarettenstummel auf den Boden fallen und zertrat ihn unter dem Absatz. Seine Stimme klang verdrossen: »Ausgerechnet ihr! Hätte ich euch nicht zugetraut. Woran fehlte es denn? Am Geld?«

»Andere verdienen mehr«, sagte Rupert. »Aber es hat nicht nur am Geld gelegen.«

»Woran sonst noch?«

»Sie würden es vielleicht doch nicht verstehen«, antwortete Rupert ausweichend.

Ruckmann nickte. »Zu dumm, ich weiß. War auf keiner Hochschule wie du, mein Ehrgeiz lag auf einer anderen Ebene. Und wohin hast du es gebracht mit deiner Hochschule? Zum Schofför bei Ruckmann! Und soll ich dir sagen, warum du es so weit gebracht hast? Weil ich dich dazu gemacht habe. Du würdest sonst noch heute für zweihundert Mark im Büro hocken. Als mein Schofför kriegst du vierhundert und bist trotzdem nicht zufrieden. Soll ich dir verraten, mit wieviel ich hab' anfangen müssen?«

»Das waren noch andere Zeiten«, sagte Rupert unlustig.

Ruckmann grinste. »Als du noch ein feiner Pinsel warst? Heute bin ich der feine Pinsel. Ich bin enttäuscht von euch beiden, hätte euch mehr Verstand zugetraut. Kommt alles von der verdammten Gleichberechtigung. Die funktioniert vielleicht im Bett, aber außerhalb des Bettes ist der Mann der Mann. Da laß ich mir von niemanden was reinreden, schon gar nicht von einer Frau. In meinen Augen seid ihr alle beide überdreht, ihr verdient zusammen sechshundert Mark. Damit kann man zu zweit auskommen. Oder nicht?«

Sicher, dachte Rupert. Sicher konnte man mit sechshundert Mark auskommen, wenn man keine sonstigen Bedürfnisse hatte, wenn man nicht von einer Zweizimmerwohnung mit einem eigenen Bad träumte. Wenn man sich nicht daran störte, in einer vergammelten Mansarde mit schrägen Wänden und feuchten Tapeten zu wohnen. Dann konnte man mit sechshundert auskommen und sogar noch jeden Monat hundert Mark zurücklegen. Eine Zeitlang hatten sie das auch getan, an jedem Ersten einen Hunderter auf die Sparkasse getragen, und eines Tages waren zweitausend auf dem Konto gewesen. Dann brach plötzlich das alte Bettgestell zusammen, und die neue Schlafcouch hatte allein schon siebenhundertfünfzig gekostet. Sie hätten auch ein billigeres Bett kaufen können, aber das Zimmer hatte mit der Schlafcouch aufgeräumter ausgesehen. Und als sie erst einmal mit Neuanschaffungen angefangen hatten, gab es kein Halten mehr; Hedy wollte unbedingt einen Kühlschrank, damit sie nicht mehr täglich einzukaufen brauchte. Wenn eine Frau berufstätig ist, fehlt oft die Zeit dafür. Anstelle des zweiflammigen Gaskochers in der Küche, den sie auch noch mit ihren Zimmernachbarn Eva Botez und deren Mann teilen mußten, war endlich auch die Anschaffung eines Elektroherdes unumgänglich geworden, damit Hedy nicht mehr ihre knappe Mittagspause ausschließlich in der Küche zu verbringen brauchte, und schließlich war auch für jeden von ihnen ein neuer Wintermantel und neue Unterwäsche fällig gewesen. Die alten Sachen nach dem Waschen im Zimmer zum Trocknen aufhängen zu müssen, war schon peinlich geworden; Werner würde sich bei ihrem Anblick oft sein Teil gedacht haben. Innerhalb einer Woche waren die zweitausend Mark, für die sie fast zwei Jahre lang gespart hatten, weg gewesen, und in manchen Nächten hatte er Hedy dabei ertappt, wie sie mit offenen Augen neben ihm gelegen und zur Decke gestarrt hatte.

Aber wie hätte er das Ruckmann alles erklären sollen! Glücklicherweise schienen diesen schon wieder ganz andere Gedanken zu beschäftigen, er betrachtete geistesabwesend die Landschaft. Es war inzwischen fast Tag geworden. Der milchige Nebel im Tal hatte sich in der Sonne, die mit ihren ersten Strahlen die waldigen Bergkuppen erreichte, bereits aufgelöst. Die Konturen der Landschaft hoben sich scharf von dem sich rot färbenden Himmel ab, ließen versteckte Täler ahnen, das Silber kühler Bäche, einsame Gehöfte auf verlassenen Lichtungen und verschwiegene Graspfade. Wie lange war das schon her, seit er sie zusammen mit Hedy aufgespürt hatte! Wie weit weg lag das alles schon!

Neben ihm räusperte sich Ruckmann, er sagte: »Das ist es wert, auch einmal eine Nacht durchzusaufen. Sonst kommt man doch nicht dazu, es zu erleben.«

Im ersten Moment war sich Rupert nicht ganz sicher, wovon er sprach, er fragte: »Sie meinen den Sonnenaufgang?«

»Für so was habt ihr Jungen heute doch kein Auge mehr«, sagte Ruckmann. »Habt zuviel Dinge im Kopf.«

»Jeder nach seinen Verhältnissen«, sagte Rupert.

Ruckmann widersprach ihm grob: »Das hat nichts mit den Verhältnissen zu tun, mein Freund. Um dabei etwas zu empfinden, braucht man keinen Pfennig, nur ein Paar Augen, die noch sehen können, aber die habt ihr heute nicht mehr.«

Rupert kannte seine sentimentalen Anwandlungen als Folge alkoholischer Exzesse. Aber in diesem Augenblick wirkte Ruckmann vollkommen nüchtern. Er hockte geistesabwesend am Straßenrand, sein bulliges Gesicht sah in der Morgenröte fast sanft aus.

Heute weiß ich, daß es nicht alleine von den Lebensverhältnissen abhängt, ob man sich zufrieden fühlt oder nicht. Damals sah ich meine Lebensumstände noch zu pragmatisch, vielleicht auch zu resignierend. Letztlich liegt es immer nur an einem selbst, was man aus seinem Leben zu machen versteht, ob man es einfach akzeptiert oder zu verändern versucht. Sicher war mir meine Rolle als Irmgard Widdaus Chauffeur nicht wie ein unabwendbares Schicksal auferlegt worden und auch keine logische Konsequenz meiner Ehemisere gewesen. Etwas in mir selber hatte mich dazu getrieben, diese Rolle, die mir im Grunde widerstrebte, zu übernehmen. Heute ist mir das klar.

Widdaus Stimme schreckte ihn aus seinen Gedanken, er sagte: »Das ist Herr Kruedener.« Zu Rupert sagte er: »Meine Frau.«

Rupert hatte die beiden nicht hereinkommen hören. Er stand rasch auf und starrte die Frau an. In diesem Moment geschah etwas mit ihm, aber das wurde ihm erst viel später bewußt. Vielleicht lag es auch nur an dem Blick, mit dem sie ihn maß; er würde ihn nie vergessen können.

Sie war eine gutgewachsene, schmalhüftige Frau. In ihrem dünnen Sommerkleid wirkte sie fast mädchenhaft. Ihr kirschrot geschminkter Mund fiel Rupert zuerst auf. Dann stellte er fest, daß sie das Haar kurz geschnitten trug, mit einer eingefärbten silbergrauen Strähne über der Stirn; irgendwie paßte sie nicht zu ihrem Typ, sie ließ sie noch auffallender erscheinen. Ihr Gesicht kam Rupert sofort bekannt vor, als wäre er ihr schon einmal begegnet. Dann erinnerte er sich. Er warf einen raschen Blick auf das Gemälde über dem Schreibtisch. Von da an konnte er sie nur noch stumm anschauen. Er beobachtete, wie sie hinter den Schreibtisch ging, sich hinsetzte und seine Papiere in die Hand nahm. Widdau blieb neben Rupert stehen und sagte: »Sie werden inzwischen vielleicht schon gemerkt haben, daß ich einen Chauffeur für meine Frau suche. Die Entscheidung darüber liegt also in erster Linie bei ihr.«

Das schuf für Rupert eine völlig neue Sachlage; er blickte etwas atemlos in das ausdruckslose Gesicht der Frau. Sie betrachtete noch immer seine Papiere, dann nahm sie das Foto in die Hand, schaute Rupert prüfend an und sagte: »Das ist kein neues Foto.«

Ihre Stimme klang rauh und ein wenig hart, Rupert antwortete: »Es ist erst zwei Jahre alt.«

»Üblicherweise legt man einem Bewerbungsschreiben ein neues Foto bei«, sagte Irmgard Widdau zurechtweisend. Rupert bekam einen roten Kopf. Er erinnerte sich jedoch noch rechtzeitig daran, daß er es sich nicht leisten konnte, empfindlich zu sein. Er sagte: »Ich hatte keine Gelegenheit mehr, mir ein neues zu besorgen.«

»Dazu hat man immer Gelegenheit«, sagte Irmgard Widdau. Diesmal ärgerte Rupert sich nicht, im Gegenteil, er begann neugierig auf sie zu werden. Er ertappte sich dabei, daß er wieder das Aktbildnis an der Wand betrachtete. Ihr Gesicht auf dem Gemälde war genauso wie in Wirklichkeit. Die Faszination des Gemäldes ging hauptsächlich von dem Farbkontrast des nackten Frauenkörpers vor dem dunklen Hintergrund aus. Zweifellos war der Maler ein Künstler gewesen, Rupert hatte noch keinen anderen Frauenakt gesehen, der seine erotische Fantasie so zu erregen vermocht hätte wie dieser. Vielleicht lag es auch an der Diskrepanz zwischen dem völlig unbeteiligten Gesicht der Frau auf dem Bild und der dargebotenen Sinnlichkeit ihres Körpers, als studierte sie mit gleichgültiger Neugierde ihre Wirkung auf den zufälligen Betrachter.

Vielleicht hatte er das Gemälde den Bruchteil einer Sekunde zu lange angeschaut. Als er das Gesicht abwandte, begegnete er dem Blick von

Irmgard Widdau; er konnte es nicht verhindern, daß er errötete. Er sah schnell zu ihrem Mann hin, aber der war inzwischen ans Fenster getreten und trommelte mit den Fingern ungeduldig gegen die Scheibe. Irmgard Widdau fragte: »Wer hat dieses Arbeitszeugnis unterschrieben?«

»Herr Gersbacher«, sagte Rupert, und seine Stimme klang etwas rauh. »Er war Syndikus bei Herrn Ruckmann.«

Seine Antwort schien sie zu befriedigen, sie legte die Papiere und das Foto auf den Schreibtisch und fragte: »Was wissen Sie über Lepidopteren?«

Er mußte ein paar Augenblicke lang nachdenken, dann fragte er unsicher: »Sie meinen Schmetterlinge?«

Statt ihm zu antworten, stand sie auf und ging zur Tür. Dort drehte sie sich noch einmal nach Rupert um und fragte: »Kannten Sie Professor Berger?«

Er war sich nicht sicher, von wem sie sprach, und antwortete zögernd: »Ich kannte auf der Universität einen Professor Berger, er hielt dort Vorlesungen über Anatomie, ich weiß aber nicht...«

Sie unterbrach ihn: »Bei uns hieß er nur die Laus. Bei Ihnen auch?«

Rupert nickte überrascht. Dann fiel die Tür hinter ihr zu. Ihr Mann kam vom Fenster zurück und forderte Rupert zum Sitzen auf.

»Meine Frau hat einige Semester Medizin studiert«, sagte er. »Außerdem hat sie eine Schwäche für Schmetterlinge; sie hat da so etwas wie eine...« Er hüstelte und sagte dann: »Sammlung. Ich glaube, so nennt man das.«

Rupert blickte ihn stumm an.

Widdau sagte lächelnd. »Nun, meine Frau hat Sie als ihren Fahrer akzeptiert.«

Darüber war sich Rupert keinen Augenblick lang sicher gewesen, er murmelte verwirrt: »Das freut mich.«

»Welche Vorstellungen haben Sie von Ihrem Gehalt?« fragte Widdau. »In Ihrem Bewerbungsschreiben erwähnen Sie nichts davon.«

Rupert sagte zögernd: »Ich dachte... bei Herrn Ruckmann habe ich vierhundert Mark bekommen.«

»Bei mir bekommen Sie sechshundert«, sagte Widdau sachlich. »Sind Sie einverstanden?« Rupert nickte, er war zu überrascht, um einen Ton hervorzubringen. Widdau fuhr im gleichen sachlichen Ton fort: »Vier Wochen Probezeit. Wenn Sie mit Ihrer Arbeit zurechtkommen, erhöhe ich Ihr Gehalt auf siebenhundert.«

Sein Angebot war so ungewöhnlich, daß Rupert ihn auch diesmal nur stumm anschauen konnte. Widdau fuhr fort: »Ich werde veranlassen, daß Sie Telefon bekommen. Als Fahrer meiner Frau müssen Sie jederzeit für sie erreichbar sein. Den Wagen bringen Sie in der Nähe Ihrer

Wohnung unter. Sicher läßt sich dort irgendwo eine Garage dafür finden.«

»Kann der Wagen nicht hier ...«, setzte Rupert an, aber Widdau schnitt ihm das Wort ab: »Nein, ich habe meine Gründe dafür. Meine Frau hat innerhalb eines Jahres zwei Unfälle verursacht; der Führerschein wurde ihr entzogen. Sie hat sich noch nicht damit abfinden können, Autofahren ist für sie genauso eine Passion wie ihre Schmetterlinge. Stünde der Wagen hier, so würde sie ihn auch ohne Führerschein benutzen.«

»Das kann ich verstehen«, sagte Ruppert. Widdau winkte ungeduldig ab. »Ich bin noch nicht fertig. Meine Frau hat noch eine Passion, sie trinkt mitunter mehr, als ihr guttut. In dieser Verfassung ist sie für ihre Handlungsweise nicht verantwortlich zu machen. Ihr Vorgänger zeigte sich diesem Problem nicht gewachsen, er hat es ihr, trotz meines ausdrücklichen Verbots, hin und wieder erlaubt, sich an das Lenkrad zu setzen, und er hat auch noch in anderer Beziehung mein Vertrauen enttäuscht. Ich hoffe, Sie werden mich nicht enttäuschen.« Er stand auf und ging wieder zum Fenster. Mit abgewandtem Gesicht fuhr er fort: »Ihre Aufgabe besteht hauptsächlich darin, meiner Frau, wenn sie mit dem Wagen wegfahren will, jederzeit zur Verfügung zu stehen und sie, wenn sie betrunken ist, so unauffällig wie möglich nach Hause zu bringen. Haben Sie eine eigene Wohnung, oder wohnen Sie nur als Untermieter?«

Als Rupert nicht sofort antwortete, drehte er sich nach ihm um und sagte: »Falls Sie jetzt an dieser Stellung nicht mehr interessiert sind, lassen Sie es mich wissen.«

Sein Gesicht war kühl und beherrscht. Wider Willen empfand Rupert Bewunderung für ihn. Nichts an seinem Wesen deutete darauf hin, welche Überwindung dieses Gespräch ihn gekostet haben und wie schwer es ihn angekommen sein mußte, einem künftigen Angestellten Einblick in seine intimsten Probleme zu geben, aber manche Leute hatten so etwas wie eine seelische Hornhaut; vielleicht gehörte Widdau zu ihnen. Rupert antwortete so unbefangen wie möglich: »Wenn Sie glauben, daß ich mich für diese Stellung eigne, nehme ich sie gerne an.«

Für einen Augenblick lang wirkte Widdaus Gesicht erleichtert, aber seine Stimme klang unverändert beherrscht: »Sie sind ein gebildeter Mensch. Gebildete Menschen neigen eher zu Toleranz als andere. Für diesen Posten brauche ich einen Mann, der keine sozialen Komplexe hat. Wann könnten Sie mit der Arbeit anfangen?«

»Wann Sie es wünschen«, antwortete Rupert. »Ich könnte schon morgen anfangen.«

»Donnerstag genügt«, sagte Widdau und kehrte hinter seinen Schreibtisch zurück. »Sie haben vorhin meine Frage nach Ihrer Wohnung nicht beantwortet.«

»Ich habe ein eigenes Zimmer«, sagte Rupert.

»Mit einem separaten Eingang?«

»Eine Mansardenwohnung«, sagte Rupert. Und obwohl es nicht die volle Wahrheit war, setzte er hinzu: »Meine Frau und ich wohnen dort ganz allein.«

»Das trifft sich gut«, sagte Widdau.

Warum es sich gut traf, verriet er Rupert jedoch nicht. Statt dessen wechselte er das Thema: »Ihren Vertrag lasse ich bis Donnerstag fertig machen. Solange Sie noch kein eigenes Telefon haben, werden Sie sich jeden Vormittag um zehn bei meiner Frau melden. Sie wird Ihnen dann sagen, ob Sie gebraucht werden oder nicht. Was ich Ihnen in dieser Stellung nicht gewährleisten kann, ist eine geregelte Arbeitszeit, Sie werden auch über das Wochenende Dienst tun müssen. Wir gleichen das auf andere Weise aus, mit arbeitsfreien Tagen oder bezahlten Überstunden.«

Er verstummte, blätterte geistesabwesend in Ruperts Papieren und blickte dann auf. »Das wäre für den Augenblick alles, den Rest erledigen wir am Donnerstag, wenn Ihr Arbeitsvertrag vorliegt. Sehen Sie sich inzwischen in Ihrer Nachbarschaft nach einer Garage um.«

Er war nicht der Typ, einem Angestellten die Hand zu geben; Rupert ersparte sich und ihm einen peinlichen Augenblick des Zögerns. Er war schon beinahe an der Tür, als Widdau noch sagte: »Warten Sie draußen einen Moment.«

Dagegen hatte Rupert nichts einzuwenden. Er betrachtete, während er vor der Haustür wartete, den gepflegten Garten. Etwas später kam das Dienstmädchen zu ihm, sie überreichte ihm einen weißen Umschlag und sagte: »Herr Widdau möchte, daß Sie sich damit einen neuen Anzug kaufen.«

Sie war jetzt viel zugänglicher, vielleicht betrachtete sie ihn nunmehr als Gleichgestellten. Rupert schob den Umschlag, ohne ihn anzusehen, in sein Jackett und fragte: »Eine Chauffeur-Livree?«

Das Mädchen lächelte. »Die gnädige Frau mag keine Livrees. Bei uns geht es ganz zivil zu.«

Bei seinen bisherigen flüchtigen Begegnungen mit ihr hatte er ihr nicht viel Aufmerksamkeit geschenkt. Nun stellte er fest, daß sie sehr hübsch war, ein schwarzhaariges, gertenschlankes Mädchen mit einem etwas blassen, jedoch anziehenden Gesicht.

Er sagte, auf ihren Ton eingehend: »Wirklich?«

»Das werden Sie schon noch merken«, sagte sie vieldeutig und musterte ihn aufmerksam. Er hatte den Eindruck, daß er ihr gefiel. Sie fragte: »Wann fangen Sie mit der Arbeit an?«

»Übermorgen«, sagte er.

Sie lächelte wieder. »Dann viel Glück.«

Sie sagte es in einem eigenartigen Ton und wandte sich dann schnell dem Haus zu. Rupert blickte ihr verwundert nach.

Dann stand er auf der sonnenbeschienenen Straße, und ohne den Umschlag in seiner Tasche wäre er vielleicht nicht ganz sicher gewesen, ob er sich das alles nur einredete, aber seine Erlebnisse der letzten halben Stunde waren genauso real wie diese vornehme Straße mit ihren schönen Villen und gepflegten Gärten.

Er betrachtete sie nun mit ganz anderen Augen als vor seinem Eintreffen, sie erschienen ihm seltsam vertraut, geradeso, als wären sie fortan ein selbstverständlicher Bestandteil seines eigenen Lebens. Hatte er nicht allen Grund, mit sich zufrieden zu sein? Er befühlte durch das Jackett hindurch den Umschlag mit den Geldscheinen. Sicher, es gab bei diesem Job einige Unabwägbarkeiten, und vielleicht würde er noch andere Überraschungen in sich bergen, von denen er noch nicht wußte, wie sie ausfallen könnten, aber der Gedanke an Irmgard Widdau war bereits stärker als seine insgeheimen Befürchtungen. Ihr Bildnis ging ihm nicht mehr aus dem Kopf, als hätte sie ihn mit ihren gleichgültigen Augen verhext. Genauso verhext wie ihren Mann. Denn welche einleuchtende Erklärung gäbe es sonst dafür, daß ein Mann in seiner Position sich nicht schon längst von ihr getrennt hatte?

Rupert fand keine.

2

Nicht über Widdau und seine tieferen Beweggründe, an seiner merkwürdigen Ehe festzuhalten, hätte ich mir Gedanken machen sollen, sondern über meine eigenen, die es mir so ungemein wichtig hatten erscheinen lassen, egal, was es mich kosten würde, diese Stellung als Fahrer seiner Frau zu bekommen. Seit ich sie im Büro ihres Mannes zum ersten Male gesehen hatte, war mir nichts anderes erstrebenswerter erschienen, als in ihren Dienst zu treten, sie künftig in meiner unmittelbaren Nähe zu wissen und noch mehr über sie zu erfahren. Ich kam mir wie ein neugieriger Junge vor, versessen darauf, einen Blick in fremde Gärten zu werfen, die er bisher nur vom Hörensagen gekannt hatte. Vielleicht lockte es mich auch, Einblicke in eine Welt zu gewinnen, zu der ich unter normalen Umständen niemals Zutritt gefunden hätte. Als hätte ich endlich Gelegenheit gefunden, mich ernsthaft zu bewähren, und in einem gewissen Sinne wurde diese Stellung auch so etwas wie eine Bewährungsprobe für mich. Daß ich dabei, wenigstens zeitweilig, auch noch das bißchen Stolz, das ich mir bis dahin bewahrt hatte, vergessen mußte, wiegt vielleicht weniger schwer als das, was ich in meiner damaligen Stellung über Menschen erfahren durfte, auch wenn ich, rückblickend, davon ausgehen kann, daß Irmgard Widdau für jene Welt der Reichen ebensowenig typisch war wie alles, was ich in ihrem Hause erlebt habe.

Meine früheren Erfahrungen mit Frauen zuerst in Frankreich und später in meiner ersten Zeit in Heidelberg waren kaum über das hinausgegangen, was den meisten jungen Männern an Erfahrungen zuteil wird. Es hatte einige Mädchen gegeben, an die ich mich heute gerne erinnere, aber richtig verliebt habe ich mich erst, als Hedy in mein Leben trat. In einem gewissen Sinne traf mich die Begegnung mit ihr genauso unvorbereitet wie meine Begegnung mit Irmgard Widdau. Nichts, was ich vorher über Frauen gewußt hatte, war mir bei diesen Zusammentreffen nützlich gewesen, auch meine Erlebnisse mit Eva Botez nicht. Zwar ahnte ich damals noch nicht, was sich hinter dem scheinbar unzugänglichen Wesen Irmgard Widdaus in Wirklichkeit verborgen hielt, und dennoch hatte ich das unbestimmte Gefühl, daß sich meine Beziehungen zu ihr ähnlich kompliziert entwickeln würden wie meine Beziehungen zu Hedy. Möglicherweise war das der Grund dafür, daß ich unmittelbar nach meinem erfolgreichen Gespräch mit Widdau auf dem Heimweg intensiver über meine Ehe mit Hedy nachgedacht habe, als ich es bis dahin jemals getan hatte.

Für den Heimweg ließ sich Rupert Zeit. Er hatte die Hände in die Taschen geschoben und lief geistesabwesend durch die Straßen. Der Touristenbetrieb an den Neckarufern war heute noch größer als sonst. Vielleicht lag das am schönen Wetter; seit acht Tagen hatte es nicht mehr geregnet. Überall wurde fotografiert und gefilmt, daneben schleppten müde Passanten ihre kostbaren Souvenirs, abgehetzte Hausfrauen ihre Einkaufstaschen. Junge Mädchen ließen im Gehen ihre Brüste wippen, amerikanische Soldaten imponierten ihren Ehefrauen mit historischen Details der alten Stadt. Durch die engen Straßen rollten endlose Autokolonnen. An einem Brückengeländer standen zwei Negerstudenten und starrten melancholisch in den Fluß. Vielleicht hatten sie Heimweh. Das leuchtende Ziegelrot der alten Brücke kontrastierte augenfällig zu den grünenden Hängen des Königstuhls, und nach Osten, wo das Tal sich verengte, die Berge sich näher rückten, sich gegenseitig über die Schultern zu blicken schienen und in besonnter Eitelkeit ihre alten Burgruinen feilboten, wechselten in den Wäldern Licht und Schatten, wenn weiße Wolken die Sonnenbahn kreuzten, eingetaucht in das seidige Blau des Himmels. Die Luft, reich mit Feuchtigkeit gesättigt, die aus den großen Strömen stieg, hüllte den Horizont in schimmernde Farben. Ihr Widerschein spiegelte sich auf den alten Stadtmauern und noch in den verschwiegensten Winkeln der engen Gassen.

Als er vor sechs Jahren nach Heidelberg gekommen war, hatte Rupert die Stadt noch aufregend empfunden. Aufregend wie alles, was ihn hier erwartet hatte. Die Stadt hatte ihn aufgenommen wie einen der Ihren, sie machte keinen Unterschied zwischen Fremden und Einheimischen, ihr Lächeln galt diesen wie jenen. Heute hatten sich seine Gefühle für sie verändert, als verbände ihn nur noch eine Haßliebe mit ihr. Er fühlte sich von ihr angezogen und abgestoßen zugleich, oft erschien ihm ihr Lächeln aufgesetzt, das Lächeln einer Hure, wenn sie ihr Geld verlangt. Es gab aber auch noch Augenblicke, in denen er sich von ihm überwältigen ließ, es sogar erwiderte.

So widerspruchsvoll wie seine Gefühle für die Stadt war auch der Weg, der ihn vor sechs Jahren hierher geführt hatte, widerspruchsvoll vom ersten Tage an.

Er kam an der alten Stadthalle vorbei. Jedesmal, wenn er sie sah, mußte er an Hedy denken, denn dort hatte alles zwischen ihnen angefangen, an einem warmen Juliabend auf einem Sommernachtsball für Fremde und Einheimische. Die Stadtverwaltung wußte, was sie ihren Gästen schuldig war, sie sollten sich auch dann nicht langweilen, wenn sie das Schloß schon bewundert hatten oder die Nepomuk-Statue, die Jesuitenkirche, den Hexenturm und was es sonst noch in einer Stadt wie Heidelberg alles zu bewundern gab. So spielte man ihnen eben in der alten Stadthalle zum Tänzchen auf, veranstaltete die übliche Schloßbeleuchtung mit anschließendem Feuerwerk, schickte Raketen in die Luft, rote, grüne und blaue, und die Touristen riefen überwältigt ›Aaah‹ und ›Oooh‹. Auch die Einheimischen riefen ›Aaah‹ und ›Oooh‹, wenn auch nicht ganz so überwältigt wie die Touristen, weil sie diese Schau schon zu oft erlebt hatten. Anschließend ging man zurück in die Stadthalle zum Tanzen, wo im Gedränge jeder jedem auf die Zehen trat.

Zufällig war an diesem Tag von Ruperts Vater die monatliche Geldüberweisung eingetroffen, dreihundert Mark, gerade noch rechtzeitig für eine Eintrittskarte. Für Getränke brauchte Rupert kein Geld, Werner spielte wie immer den großen Mann, ließ eine Flasche nach der anderen auffahren. Zu jener Zeit war er wieder mal verlobt, schien sich jedoch, wie üblich, nicht endgültig festlegen zu wollen, tanzte mit dieser und mit jener und überließ es Rupert, seine eifersüchtige Verlobte zu trösten. Aber auch Rupert konnte sich nicht recht für sie begeistern, hielt auch nach anderen Mädchen Ausschau. Dann brachte Werner plötzlich ein Mädchen angeschleppt, das nicht recht wollte, dauernd nach der Tür schaute und einen geistesabwesenden Eindruck machte. Erst viel später gab sie sich lockerer, tanzte mal mit Rupert und mal mit Werner, und schließlich, als Werners Verlobte immer eifersüchtiger wurde, nur noch mit Rupert. Sie gefiel ihm auf den ersten Blick, er fragte sie nach ihrem Namen, erfuhr, daß sie Hedy hieß, aber ihren Familiennamen verriet sie ihm nicht. Sie erzählte ihm, daß sie verabredet gewesen und versetzt worden sei, erzählte es etwas ärgerlich und belustigt zugleich, und Rupert antwortete ihr, daß es ihm nicht in den Kopf gehe, daß man ein so hübsches Mädchen wie sie versetzen könne. Anscheinend hörte sie das nicht ungern, denn sie taute dann noch mehr auf, erlaubte ihm sogar, sie einmal zu küssen, aber das hätte er besser sein lassen, denn die Berührung ihrer Lippen weckte Empfindungen in ihm, die seine Sinne verwirrten. Unter ihrem dünnen Kleid fühlte sie sich weich und fest zugleich an, er wurde es nicht müde, sie an sich zu pressen, aber als er sich mit ihr für den nächsten Abend verabreden wollte, ließ sie ihn abblitzen, erklärte, sie sei nicht mehr frei, und er solle sie sich aus dem Kopf schlagen, je rascher, desto besser für ihn. Das war leichter gesagt als getan, er gab es nicht auf, sie umzustimmen, ohne Erfolg jedoch, und als er sie, weil Werner ihn einmal ansprach, für ein paar Sekunden lang aus den Augen ließ, war sie plötzlich verschwunden.

Er hatte bis zu diesem Tag nicht gewußt, wie groß eine Stadt wie Heidelberg sein konnte. Viel zu groß, um ein Mädchen, von dem man nur den Vornamen wußte, aufzuspüren. Er durchstreifte, immer in der Hoffnung, ihr zufällig zu begegnen, stundenlang die Straßen, ging in Tanzlokale, die er früher nie aufgesucht hatte, oder setzte sich ganze Abende am Neckarufer auf eine Bank und betrachtete die vorübergehenden Mädchen. Er war verzweifelt und tief deprimiert. Nach vier Wochen hatte er die Hoffnung, ihr noch einmal zu begegnen, aufgegeben. Dann erwähnte Werner eines Tages beiläufig, er habe sie auf der Straße mit einem amerikanischen Soldaten gesehen und sie sei ihm schon in der Stadthalle so vorgekommen, als gehörte sie dieser Sorte von Mädchen an.

Im ersten Augenblick empfand Rupert Enttäuschung, aber er drängte dieses Gefühl sofort zurück. Auch darin unterschied sich Werner nicht von den meisten anderen. Den verlorenen Krieg hatten sie inzwischen seelisch verwunden, ebenso die Konzentrationslager, die zerbombten Städte, die unzähligen Soldatenfriedhöfe. Nichts hatte ihre Haut ankratzen können. Aber die *Amimädchen* trafen sie tief bis ins deutsche Mark.

Er unterhielt sich dann nicht weiter mit Werner über dieses Thema, und acht Tage später begegnete er ihr dann selber, geradeso, als hätte es sein müssen. Er sah sie zufällig vor einem Kino stehen und die Aushangfotos betrachten. Inmitten der vielen Menschen, die sich zur Kasse drängten, wirkte sie ein wenig verloren.

Als er sie atemlos ansprach, blickte sie ihn zuerst abweisend an, dann schien sie sich jedoch an ihn zu erinnern, sie lächelte und sagte: »Sie sind das!«

»Wenn Sie es erlauben«, sagte er und fragte sie, noch immer atemlos vor Freude über dieses glückliche Wiedersehen, ob sie Lust habe, mit ihm eine Tasse Kaffee zu trinken. »Falls Ihr Verlobter zufällig nicht in der Nähe ist«, setzte er vorsorglich hinzu.

»Zufällig nicht«, erwiderte sie. »Er ist vor einer Woche nach Amerika zurückgefahren.«

Das war für Rupert keine schlechte Nachricht. Dennoch gelang es ihm, Mitgefühl zu äußern: »Das war sicher nicht einfach für Sie. Wird er lange wegbleiben?«

»Das nehme ich an«, sagte sie, und ihr Ton machte nicht deutlich, was sie dabei empfand. Rupert fragte behutsam: »Konnte er Sie nicht mitnehmen?«

»Im Augenblick nicht«, antwortete sie. »Außerdem wäre seine Familie sicher nicht damit einverstanden gewesen.«

Rupert fragte verblüfft: »Er hat eine eigene Familie?«

»Eine Frau und zwei Kinder«, sagte Hedy fast heiter.

Rupert nickte überrascht. »Natürlich, daß ich daran nicht gedacht habe! Es tut mir leid.«

Sie musterte ihn ein wenig unschlüssig. »Was wollen Sie eigentlich?«

»Das sagte ich Ihnen schon«, antwortete er geistesgegenwärtig. »Sie zu einer Tasse Kaffee einladen.«

»Bei sich zu Hause?« erkundigte sie sich.

Er lächelte. »Das könnte ich Frau Klein nicht antun. Sie ist meine Zimmerwirtin und seit sechzehn Jahren Witwe.«

»Das sind die schlimmsten«, sagte Hedy, und diesmal lächelte sie auch. »Trotzdem traue ich Ihnen nicht. Sie sind ziemlich frech.«

»Ich sehe nur so aus«, sagte er. »Ich werde Sie auch in keinen Wald locken, falls Sie das befürchten.«

»Das würde Ihnen auch sehr schwerfallen«, sagte sie.

Rupert sagte: »Dann weiß ich nicht, wovor Sie Angst haben.«

Sie betrachtete ihn amüsiert. »Sie wissen wohl auf alles eine Antwort! Ihren selbstlosen Typ habe ich bisher nur im Kino kennengelernt. Hoffentlich übernehmen Sie sich in dieser Rolle nicht.«

»Wir spielen sie alle, so gut wir können«, sagte Rupert. »Sie spielen Ihre ja auch nicht schlecht.«

»Ich hatte sechs Jahre Zeit, mich an sie zu gewöhnen«, sagte sie. Er fragte verwundert: »So lange sind Sie schon verlobt?«

Sie erwiderte kühl seinen Blick. »Meine Eltern sind bei einem Luftangriff umgekommen. Bob hat mich halb verhungert von der Straße aufgelesen. Wie gefällt Ihnen das?«

»Es ist eine sehr einleuchtende Geschichte«, sagte Rupert. Wer immer auch dieser Bob sein mochte: Er hatte etwas getan, wozu ihn seine Uniform nicht verpflichtet hatte. Wäre es ihm nur um ein Mädchen zum Schlafen gegangen, hätte er es wahrscheinlich nicht sechs Jahre bei ihr ausgehalten. Er lächelte. »Trinken Sie jetzt eine Tasse Kaffee mit mir, oder wollen Sie lieber ins Kino gehen?«

»Ich hatte nicht vor, ins Kino zu gehen«, antwortete sie und folgte ihm über die Straße. Sie gingen in eine Café-Terrasse. Von einer Balustrade aus hatten sie einen schönen Blick auf den Fluß und das alte Schloß. »Waren Sie schon einmal hier?« fragte Rupert. Sie nickte.

Er bestellte Kaffee und Kuchen. Hedy entschied sich für Apfeltorte mit Sahne. Dann lachte sie unvermittelt auf und sagte: »Das ist mir noch nie passiert.«

»Daß Sie zu einer Tasse Kaffee eingeladen werden?« fragte Rupert.

»Daß ich einem Mann, von dem ich überhaupt nichts weiß, mein halbes Leben erzähle«, sagte sie. Rupert blickte fasziniert in ihr hübsches Gesicht. Er konnte es noch immer nicht ganz fassen, daß sie mit ihm auf dieser sonnenbeschienenen Terrasse saß, so nahe, daß er nur die Hand auszustrecken brauchte, um sie zu berühren.

Er sagte: »Ich heiße Rupert, bin noch ledig und studiere Medizin. Was wollen Sie sonst noch wissen?«

»Studiert Ihr Freund auch?« fragte sie.

»Sie meinen Werner?«

Sie musterte ihn nachdenklich. »Ich nehme an, er hat Ihnen gesagt, daß er mich vor einiger Zeit zusammen mit Bob auf der Straße gesehen hat.«

»Haben Sie mir deshalb von Bob erzählt?« fragte Rupert. Sie wich seinem Blick aus. »Wir lieben uns, aber ich will nicht, daß er sich meinetwegen scheiden läßt. Es ist mir zu riskant.«

Rupert nickte. »Einem Mann die Ehefrau und zwei Kinder ersetzen zu sollen, ist nicht einfach. Ich kann Sie verstehen. Aber das macht es doch aussichtslos?«

»C'est la vie«, sagte sie.

Sie sprachen dann nur noch über belanglose Dinge, über das Wetter, die vielen Touristen, aber als sie sich von ihm verabschiedete, nahm sie seine Einladung für den übernächsten Tag sofort an.

Sie trug, als er sie wieder sah, einen gelben Pulli und einen engen grauen Rock. Hätte sie ihm in der Stadthalle nicht verraten, daß sie dreiundzwanzig war, so hätte er sie mindestens drei Jahre jünger eingeschätzt. Sie fragte sofort, ob er es inzwischen nicht bereut hätte, sie wieder eingeladen zu haben. Er war sich nicht sicher, warum sie das fragte, aber sie erklärte es ihm und sagte, daß sie sich über ihn gewundert habe. Es sei doch allgemein bekannt, daß Mädchen, die sich mit einem Amerikaner einließen, einen schlechten Ruf hätten.

Das klang bitter, er antwortete: »Es gibt Leute, die das nicht so sehen.«

»Und zu diesen zählen Sie sich?«

»Wenn Sie nichts dagegen haben«, sagte er.

Sie schwieg.

Weil es wieder ein schöner Tag war, fuhren sie auf den Königstuhl. Auch hier herrschte der übliche Touristenrummel, es war keine rechte Umgebung für zwei, die noch zu neugierig aufeinander waren, als daß sie sich schon mit einem Blick auf die Rheinebene hätten begnügen müssen. Aber der schmale Aussichtspfad auf dem Bergkamm hinter dem Sanatorium gehörte ihnen an diesem Tag ganz allein, und dort begann Hedy plötzlich zu reden, erzählte, daß sie von allen Mitbewohnern im Haus geschnitten werde, ihre gutbezahlte Bürostellung verloren habe, weil eine Kollegin ihrem Chef zuflüsterte, daß sie sich mit einem Amerikaner herumtreibe. Der Chef, ein Mann, der schon empfindlich geworden sei, wenn er bei einer Angestellten lackierte Fingernägel feststellte, habe ihr grundlos gekündigt und ihr ein so schlechtes Arbeitszeugnis ausgestellt, daß sie später nur noch als Hilfsarbeiterin für zweihundert Mark monatlich in einer Fabrik angestellt worden sei. Auf Ruperts Frage antwortete sie, daß Bob ihr zwar vor seiner Abreise etwas Geld zurückgelassen habe, aber die bisherige gemeinsame Wohnung koste mehr Miete, als sie in ihrer Fabrikzeit verdiente. Bisher habe Bob die Miete bezahlt, aber seit er weg sei ... Sie sprach nicht weiter.

Es war wie ein Dammbruch gewesen, und danach ging sie mit leerem Gesicht neben ihm her, wischte sich mit dem Handrücken die Augen ab und sagte: »Verdammt noch mal.«

Es klang resigniert und trotzig zugleich, und als Rupert mitfühlend nach ihrer Hand griff, ließ sie es zu. Worte hätten ihr jetzt doch nicht helfen, sie höchstens verletzen können, aber er nahm, was sie ihm erzählt hatte, sehr ernst. Vielleicht war er ihr gerade noch rechtzeitig begegnet, um Schlimmes zu verhüten. Er würde aber darauf achten müssen, daß sie sich nicht einredete, er wollte ihr nur aus Mitleid helfen.

Als hätte sie seine Gedanken erraten, sagte sie: »Ich weiß nicht, warum ich Ihnen das alles erzähle.«

»Vielleicht hilft es Ihnen ein wenig«, sagte Rupert. »Ich wäre sehr froh darüber.«

Hier oben war es angenehm kühl. Es war inzwischen später Nachmittag geworden. Durch die dichtbelaubten Bäume schickte die Sonne gelbe Strahlenbündel in den Wald, verstreute Lichtpfützen auf den moosbewachsenen Boden und ließ in der Tiefe den Fluß aufblitzen.

Hedy sagte: »Mir kann niemand helfen.«

»Vielleicht wollen Sie es nicht«, erwiderte Rupert. »Sie sind zu stolz, um sich helfen zu lassen, aber Sie brauchten einen, bei dem Sie sich aussprechen konnten.«

Sie blickte von der Seite in sein Gesicht. »Was erwarten Sie eigentlich von mir?«

»Daß Sie mit mir schlafen«, antwortete Rupert. »Das ist es doch, was Sie mir insgeheim unterstellen.«

»Wollen Sie es nicht?« fragte sie ruhig.

Er lächelte. »Ich könnte mir nichts heißer wünschen als das, aber das liegt schließlich nicht nur bei mir. Ich weiß nicht, weshalb Sie so mißtrauisch sind. Jemand scheint Ihnen eingeredet zu haben, daß Männer mit nichts anderem als mit solchen Absichten reisen.«

»Und womit reisen *Sie?*«

»Mit einem einigermaßen guten Gewissen«, antwortete Rupert. »Das ist nicht immer ein leichtes Reisegepäck, ich habe seinetwegen schon manchen Zug verpaßt, aber diesen wollte ich nicht verpassen. Ich hätte es mir mein Leben lang nicht verzeihen können. Seit Sie mir in der Stadthalle davongelaufen sind, habe ich nicht mehr richtig geschlafen, mein Studium vernachlässigt und den Appetit verloren. Ich bin, um es banal auszudrükken, hoffnungslos in Sie verliebt.«

Sie erwiderte gleichgültig: »Das legt sich wieder. Außerdem glaube ich Ihnen nicht. So, wie Sie das sagen, klingt es viel zu geübt, um echt zu sein.«

»Das liegt an der menschlichen Unfähigkeit, große Gefühle in einfache Worte zu kleiden«, sagte Rupert. »Ich weiß nicht, warum Sie sich nicht zutrauen, einen Mann wie mich verliebt machen zu können. Daß Sie hübsch sind, wissen Sie genausogut wie ich. Ich nehme an, ich bin nicht der erste Mann, der Ihnen das bestätigt.«

»Und ich bin nicht die erste Frau, der Sie so etwas sagen«, erwiderte sie etwas ungeduldig. »Erzählen Sie mir jetzt nur nicht, daß ich Ihr erstes Mädchen sei.«

Das war keine ungeschickte Art, ihn auszuhorchen, er lächelte wieder. »Das ist auch nicht meine Absicht, aber Sie sind die erste, die mich um den Schlaf gebracht hat. Ob Sie mir das glauben oder nicht.«

»Soll ich mich deshalb bei Ihnen entschuldigen?« fragte sie sarkastisch. »In der Stadthalle hatte ich nicht den Eindruck, daß Sie sich sehr einsam fühlten oder nach der Frau Ihres Lebens suchten. Mit Klischees kenne ich mich einigermaßen aus.«

Sie machte es ihm heute noch schwerer als bei ihren bisherigen Begegnungen. Er sagte: »Denken Sie von mir, was Sie wollen, aber es ist die Wahrheit. Es passiert im Jahr nur zwei- oder dreimal, daß ich zu einer Tanzveranstaltung gehe. Vielleicht habe ich an jenem Abend gefühlt, daß ich Sie dort treffen würde.«

Sie lächelte skeptisch. »So etwas wie eine innere Stimme! Soll ich Ihnen mit einfachen Worten sagen, was Sie von mir denken? Sie denken, daß eine, die mit einem Amerikaner geschlafen hat, sicher leicht zu haben sei.«

»Bestimmt haben Sie schon einmal einen kranken Zahn gehabt«, sagte Rupert. Sie blickte ihn verständnislos an. Er sagte: »Man kann, obwohl die Schmerzen dadurch nur noch schlimmer werden, es nicht sein lassen, ihn mit der Zunge zu berühren. Ich sehe Sie ganz anders, als Sie befürchten.«

»Vielleicht existiert das, was Sie von mir sehen, nur in Ihrer Einbildung«, sagte sie und blieb stehen. »Ich möchte nicht zu spät nach Hause kommen.«

»In die leere Wohnung?« fragte Rupert. Als sie keine Antwort gab, ergriff er wieder ihre Hand und sagte: »Sie haben schlechte Erfahrungen gemacht, aber deshalb sollten Sie nicht alle Menschen über einen Kamm scheren.«

Sie nickte. »Das sagte Bob auch immer. Für mich ist es genauso, als wäre er noch da. Sie hätten keinen leichten Stand gegen ihn.«

»Das hätte er, nach allem, was Sie mir von ihm erzählt haben, auch nicht verdient«, sagte Rupert.

Auf dem Rückweg sprachen sie nicht viel. Sie wollte auch nicht, daß er sie bis zu ihrer Wohnung begleitete, erklärte sich jedoch damit einverstanden, am Samstagabend mit ihm ins Kino zu gehen. Zum Abschied küßte sie ihn rasch auf die Wange.

Er mußte die halbe Nacht daran denken, und die folgenden Tage verbrachte er wie in Trance. Nie war ihm die Zeit so lang geworden, und als er sie dann endlich vor dem Kino traf, konnte er nur stumm ihre Hand drücken. Er hielt ihre Hand auch im Kino fest; für den Film hatte er kaum ein Auge. Er war glücklich, neben ihr zu sitzen, ihre Nähe zu erleben, und manchmal, wenn sie den Druck seiner Finger erwiderte, fühlte er Schauer auf seiner Haut.

Hinterher schlenderten sie noch durch die Hauptstraße, betrachteten die Auslagen der Schaufenster, und später setzten sie sich am Neckarufer auf eine Bank. Im Fluß spiegelten sich die Lichter der Stadt, ein warmer Wind kam durch das Tal, und die Berge jenseits des Neckars standen schwarz vor dem Sternenhimmel. Rupert hielt wieder Hedys Hand, und plötzlich fragte sie mit einer ganz unbefangenen Stimme: »Wo wohnst du?« Im ersten Moment konnte er ihr vor Freude nicht antworten, er preßte nur wieder ihre Hand. Dann erzählte er ihr von seiner Mansarde und fügte lächelnd hinzu: »Sie ist nicht sehr komfortabel, aber vom Fenster aus kann man direkt auf den Neckar schauen.«

»Wirklich?« fragte sie und blickte ihn merkwürdig an. Er sagte: »Warum sollte ich dich anlügen?«

»Trotzdem würde ich mich gerne selber davon überzeugen«, sagte sie und stand auf. Als er mit ihr zu seiner Wohnung ging, zitterten ihm die Knie.

Sie kamen ungesehen die Treppe hinauf, und nachdem Hedy eine Weile aus dem Fenster geschaut hatte, setzte sie sich auf das Bett und betrachtete die Mansarde. »Sie ist wirklich nicht komfortabel«, sagte sie lächelnd. Rupert sagte: »Im Krieg und in der Gefangenschaft habe ich oft schlechter wohnen müssen.«

»Der Krieg ist kein Maßstab«, sagte Hedy. »Zu Hause hatte ich . . .« Sie sprach nicht weiter, Rupert fragte: »Ja?«

Sie zuckte mit den Achseln. »Das ist vorbei.«

Sie trug wieder den gelben Pulli; ihr enger Rock gab im Sitzen ihre schlanken Beine frei; Rupert konnte kaum den Blick von ihr wenden. Mit ihrem kurzgeschnittenen Haar, dem schmalen Gesicht und mit ihren langen Wimpern über den dunklen Augen erschien sie ihm unsagbar schön. Er fragte sie, ob sie etwas trinken wolle, und nahm, ohne ihre Antwort abzuwarten, eine angebrochene Weinbrandflasche aus dem Schrank. »Ich habe ihn geschenkt bekommen«, sagte er. »Du wirst vielleicht eine bessere Marke gewohnt sein.«

»Bob mochte keinen Weinbrand, er hat Whisky vorgezogen«, sagte sie und beobachtete, wie er zwei kleine Gläser füllte. Sie trank ihr Glas sofort auf einen Zug leer. Er fragte lächelnd: »Was mußt du hinunterspülen?«

Sie blickte ihn wieder merkwürdig an. »Warum hast du mich angelogen?«

Zuerst war er sich nicht sicher, wovon sie sprach, dann fiel ihm Frau Klein ein, er sagte: »Im Prinzip ist sie gegen Damenbesuch, obwohl ich davon überzeugt bin, daß sie bestechlich ist. Ich habe das noch nie auszuprobieren brauchen. Noch immer mißtrauisch?«

»Ich weiß nicht«, sagte sie. »Aus dir werde ich nicht recht schlau.«

»Warum nicht?«

Sie schlug die langen Beine übereinander, griff wieder nach ihrem Glas und sagte dann: »Du siehst nicht aus wie einer, der viel Zeit verliert, aber auf den äußeren Eindruck eines Menschen kann man nicht gehen. Bis jetzt warst du eher schüchtern.«

»Ist das ein Vorwurf?«

»Nein«, sagte sie. »Mir ist nur dieser Widerspruch an dir aufgefallen.«

»Ich bin sonst gar nicht schüchtern«, sagte Rupert. »Dir gegenüber bin ich aber befangen. Vielleicht, weil ich mich so heftig in dich verliebt habe. Ich weiß selbst nicht mehr, was mit mir los ist.« Er beobachtete, wie sie wieder ihr Glas leertrank. Er hatte plötzlich das sichere Gefühl, daß es noch andere Probleme in ihrem Leben gab außer jenen, von denen sie ihm bereits erzählt hatte. Als er sie danach fragte, erwiderte sie seinen Blick und sagte: »Ich konnte am Monatsanfang die Miete für meine Wohnung nicht bezahlen. Der Hausbesitzer hat mir eine Frist bis zum fünfzehnten gesetzt.«

»Der fünfzehnte ist heute«, sagte Rupert. Sie nickte. »Er hat mir heute morgen gekündigt. Es war eine möblierte Wohnung. Ich mußte sie sofort verlassen.«

Rupert blickte sie eine Weile stumm an, dann fragte er: »Hast du deine Kleider nicht mitnehmen dürfen?«

»Doch«, sagte sie. »Ich habe sie in zwei Koffer gepackt; sie stehen im Bahnhof bei der Gepäckaufbewahrung.«

Er stand auf, trat ans Fenster und blickte ein paar Sekunden lang hinaus. Schließlich drehte er sich nach ihr um und sagte: »Du hast mir erzählt, daß Bob dir etwas Geld hinterlassen hätte.«

»Zweihundert Mark«, sagte sie. »Davon lebe ich, seit er weggefahren ist.«

»Und wenn ich dir das Geld für die Miete gebe?« fragte er.

»Das hat keinen Zweck«, sagte sie. »Daß ich das Geld nicht hatte, war nur ein Vorwand für sie, mich loszuwerden. Seit Bob nach Amerika zurück ist, ließen sie es mich bei jeder Gelegenheit fühlen, was sie von mir denken. Besonders die Frau des Hausbesitzers. Solange Bob hier war, haben sie sich nicht getraut, es mich fühlen zu lassen.«

»Ich verstehe«, sagte er. »Und was wirst du jetzt tun?«

Sie sah von ihm weg. »Ich weiß es nicht, Rupert.«

Er berührte ihre Schulter. »Dann warte hier. Ich bin gleich wieder zurück.«

Heute bin ich mir nicht mehr ganz sicher, was mich dazu bewogen hatte, Hedy bei mir aufzunehmen. Ob ich sie wirklich so sehr zu lieben meinte, daß mir mein Leben ohne sie bereits unvorstellbar geworden war. Möglicherweise hatte ich nicht lange genug über meine Empfindungen für sie nachgedacht. Sie war das erste Mädchen gewesen, bei dem ich mir einredete, es unbedingt besitzen zu müssen. Vielleicht, weil es zwischen uns vom ersten Augenblick an so schwierig gelaufen war. Andererseits hätte ich sie, auch wenn ich weniger für sie empfunden, sie weniger heiß begehrt hätte, in jener Situation keinesfalls sich selber überlassen können. Vielleicht war es in Wirklichkeit nicht viel mehr als eine günstige Gelegenheit für mich gewesen, sie noch in der gleichen Nacht zu besitzen. Ich bin mir nach so langer Zeit auch nicht mehr ganz sicher, wer von uns beiden eigentlich diese Entscheidung getroffen hatte, sie oder ich, und ob ich Hedy auch dann so rasch bekommen hätte, wenn ihre Situation weniger schwieriger gewesen wäre. In Wirklichkeit ist sie innerlich von Bob nie ganz losgekommen.

Bei Irmgard Widdau hatten die Dinge einfacher gelegen, bei ihr brauchte ich mir nicht den Kopf zu zerbrechen, wer von uns beiden den entscheidenden Schritt getan hatte, und ›besessen‹ hatte ich sie ebensowenig wie Hedy. Wenigstens nicht in dem Sinne, wie Männer oft meinen, eine Frau zu besitzen. In Wahrheit ist es wohl so, daß man einen anderen Menschen nie ausschließlich besitzen kann. Auch meine heutige Ehe hat nicht mit einer *Besitzergreifung* begonnen. Vielleicht habe ich Ruth nie so heiß begehrt wie damals Hedy, aber aus unserer Ehe ist eine zuverlässige Sache geworden, keine bleibende Leidenschaft, dafür jedoch eine verständnisvolle, gegenseitige, tiefe Freundschaft. Dazu hatte es zwischen Hedy und mir nie gereicht, möglicherweise deshalb nicht, weil ich mich ihr aufgrund der damaligen Ausgangssituation später immer ein wenig überlegen gefühlt, mich als ihren *Retter* gesehen hatte, und Hedy mußte das sehr bald gespürt haben.

An jenem Tag, als ich meine Stellung bei Irmgard Widdau bekommen habe, steckte ich noch bis zum Hals in meinem alten Problem; Hedy war noch immer gegenwärtig in mir. Ich litt an dem Fehlschlag meiner Ehe, und Irmgard Widdau war für mich eine willkommene Gelegenheit, meine Gedanken von Hedy abzulenken. Vielleicht auch eine Gelegenheit, mein Selbstvertrauen zurückzugewinnen. So genau weiß ich das heute nicht mehr.

Frau Klein empfing ihn bereits an der Tür. Er war sich sicher, daß sie ihn schon vorher mit Hedy die Treppe hatte hinaufgehen hören oder sie vom Fenster aus gesehen hatte, bevor sie in das Haus gegangen waren. Sie verbrachte die meiste Zeit am Fenster.

Er fragte, ob sie ein paar Minuten Zeit für ihn habe, aber das war nur eine Formalität, denn sie war immer glücklich, wenn er sie besuchte und einen kleinen Plausch mit ihr hielt. Im Wohnzimmer durfte er sich auf das ihm schon vertraute alte Plüschsofa zwischen kunstvoll bestickte Kissen setzen. Auf einem spähte ein bunter Papagei zwischen Palmenblättern hervor, auf einem anderen lustwandelte eine Rokokodame durch einen schönen Park. Die alten Möbel waren wie immer auf Hochglanz poliert, über der Tür hing die verblaßte Fotografie eines Mannes mit stattlichem Schnurrbart. Auf dem Tischtuch waren noch die Ränder einiger ausgewaschener Rotweinflecken zu erkennen, in einem Messingbauer auf der Fensterbank zwitscherten zwei Wellensittiche, und in einer großen Silberschale, die im Laufe der vielen Jahre schon einiges von ihrem Glanz eingebüßt hatte, lagen angefaulte Äpfel und Birnen. Auf einem kleinen Teetisch stand noch das schmutzige Geschirr vom Abendessen, und unter der Tischlampe lagen Patience-Karten und ein Brillenetui. Die Tapete an der Wand wirkte schon genauso vergilbt wie Frau Klein selber.

Rupert kam sofort zur Sache: »Es geht um eine mir sehr nahestehende

Dame, Frau Klein. Sie ist heute hier eingetroffen und hat noch keine Wohnung gefunden. Da wir ohnedies bald heiraten wollen ...«

»Aber natürlich!« sagte Frau Klein enthusiastisch. »Heiraten wollen Sie! Nein, so was!« Sie klatschte glücklich in ihre kleinen dicken Hände. »Das war wohl die junge reizende Dame, mit der Sie vorhin die Treppe hinaufgegangen sind? Das ist Ihre Verlobte?«

Rupert nickte.

»Sie sind ja ein ganz Schlimmer!« sagte Frau Klein und drohte ihm scherzhaft mit dem Zeigefinger. »Mir nie ein Wort von ihr zu erzählen! Wie alt ist sie denn?«

Vorsichtshalber und in der insgeheimen Hoffnung, Hedy werde ihm das verzeihen, antwortete Rupert: »Fünfundzwanzig.«

Frau Klein sagte erleichtert: »Dann ist ja alles in Ordnung. Sie sieht noch so jung aus, und man will ja keine Scherereien mit der Polizei haben. Ich meine, wenn sie noch nicht ganz volljährig gewesen wäre, aber so ... Also wirklich, ich bin ganz sprachlos, ich hatte ja überhaupt keine Ahnung. Ich freue mich so für Sie, Herr Kruedener ...«

Mit Rücksicht darauf, daß Hedy ihn sicher schon ungeduldig erwartete, unterbrach Rupert ihren Redefluß, er sagte: »Es ist ja nur für ein paar Tage gedacht, bis meine Verlobte etwas anderes gefunden hat.«

Frau Klein widersprach ihm energisch: »Aber das können Sie doch nicht tun, ich meine, wo Ihre Verlobte hier noch völlig fremd ist, wird sie froh sein, bei Ihnen wohnen zu können. Meinetwegen kann Sie hier wohnen bleiben, solange sie will.« Sie blickte erwartungsvoll in sein Gesicht. »Ihr Herr Vater wird sicher auch ganz glücklich sein. Oder weiß er noch gar nichts davon?«

»Wir wollen ihn überraschen«, sagte Rupert ausweichend.

»Das ist aber reizend!« sagte Frau Klein und patschte wieder in ihre Hände. »Ich bin sicher, es wird eine große Überraschung für ihn werden. Er ist ja so ein feiner Herr, Ihr Herr Vater. Mein armer, verstorbener Mann sagte auch immer, unsere Offiziere ... Wie sagte er doch?« Sie griff sich zerstreut an den Kopf und sagte klagend: »Mit meinem Gedächtnis wird es von Tag zu Tag schlimmer, es ist nicht schön, wenn man alt wird, aber ich weiß genau, daß mein verstorbener Mann eine sehr hohe Meinung von unseren Offizieren gehabt hat, eine sehr hohe«, sagte sie und wies mit dem Zeigefinger zur Decke. Dann wurde sie unvermittelt sachlich: »Natürlich müssen wir auch noch über die Miete reden, Sie werden, wenn Ihre Verlobte bei Ihnen wohnt, mehr Strom und Wasser verbrauchen ...«

Rupert stand auf. »Daran habe ich auch schon gedacht. Wenn Sie damit einverstanden sind, zahle ich Ihnen künftig genausoviel wie Herr Botez, achtzig Mark monatlich.«

Anscheinend hatte er ihre insgeheimen Erwartungen einigermaßen getroffen, denn sie sagte strahlend: »Selbstverständlich bin ich damit einverstanden, lieber Herr Kruedener. Heute haben wir den fünfzehnten, das trifft sich ja auch sehr gut. Jetzt müssen Sie mir Ihre Verlobte aber auch vorstellen. Warum haben Sie sie nicht gleich mit heruntergebracht?«

Rupert sagte geistesgegenwärtig: »Sie fühlte sich zu müde; sie war den ganzen Tag auf Wohnungssuche.«

»Das arme Ding!« sagte Frau Klein mitfühlend. »Noch heute abend setze ich den neuen Mietvertrag auf. Warten Sie, ich komme mit Ihnen an die Wohnungstür. Bestellen Sie viele Grüße an Ihr Fräulein Braut, herzliche Grüße von mir, und kommen Sie mich bald einmal mit ihr besuchen.«

Ihr faltenreiches, zerknittertes Gesicht mit den rosafarbenen Bäckchen strömte Wohlwollen aus, sie winkte ihm, als er die Treppe zum Dachgeschoß hinaufstieg, sogar noch nach, eine kleine, dicke Frau mit einer schmuddeligen Schürze und weißen, unordentlich in die Stirn hängenden Haarsträhnen. Eigentlich war Rupert immer gut mit ihr ausgekommen, man durfte ihr nur nicht die Miete schuldig bleiben, denn so herzlich sich Frau Klein sonst auch geben konnte: In Gelddingen verstand sie keinen Spaß.

Sein Weg führte ihn auf dem nächsten Treppenabsatz an einer uralten, halbvertrockneten Spargelpflanze vorbei, die unter einem schrägen Dachfenster in einem hölzernen Kübel ein freudloses Dasein fristete; ihre verhornten Ranken reichten bis zum Boden herab. Die Treppe endete auf einer dunklen Diele, die nur von einer trüben Glühbirne erhellt wurde. Gegenüber war die Tür zu Ruperts Mansarde. Daneben waren noch zwei andere Türen. Hinter der nächsten wohnten Eva Botez und ihr Mann, und die letzte führte in die gemeinsame kleine Küche. In zwei verstaubten Rahmen hingen die verblaßten Bilder des Schlosses und der Altstadt von Heidelberg. So mochte sie einmal vor fünfzig Jahren ausgesehen haben. Die Spinnweben an der Decke waren vielleicht schon genauso alt wie die Bilder.

Als Rupert die Mansardentür öffnete, spürte er sein Herz klopfen. Hedy saß noch auf dem Bett. Sie wandte ihm langsam das Gesicht zu und fragte: »Wo warst du so lange?«

»Bei der Hauswirtin«, antwortete er. »Ich hatte gehofft, sie wüßte vielleicht irgendwo ein leeres Zimmer für dich.«

»Weiß sie eins?«

Er setzte sich neben sie auf das Bett. »Nein, aber wenn du nicht so schrecklich empfindlich wärst, wüßte *ich* eins für dich.«

»Wirklich?« fragte sie und blickte ihn mit flachen Augen an.

Noch nie hatte es ihm ein Mädchen so schwer gemacht, er griff nach ihrer Hand und sagte: »Frau Klein hätte nichts dagegen, wenn du vorläufig bei mir wohnen bleibst. Natürlich nur, wenn du das willst.«

»Ich schlafe nicht gern auf der Straße«, sagte sie. »Wieso war sie damit einverstanden?«

»Ich habe ihr erzählt, wir seien verlobt.«

Sie sagte mit einem eigenartigen Lächeln: »Das war aber sehr edel von dir!«

Er rückte ein wenig von ihr weg. »Ich bin bestimmt kein Heiliger, aber ich verspreche dir . . .«

»Versprich mir lieber nichts«, unterbrach sie ihn schnell. »Wenn ich schon mit einem Mann in einem Zimmer schlafen muß, dann möchte ich nicht ausgerechnet einen Heiligen neben mir liegen haben.«

Ihre nüchterne Art, sein Angebot zu akzeptieren, verwirrte ihn so sehr, daß er sie nur anschauen konnte. Sie lächelte. »Vielleicht hattest du doch eine zu hohe Meinung von mir. Du gefällst mir, Rupert.«

»Du mir auch«, sagte er mit belegter Stimme.

Sie nickte. »Dann werde ich vorläufig bei dir bleiben. Hoffentlich tut es dir hinterher nicht leid.«

»Wann hinterher?« fragte er mit der gleichen belegten Stimme. Sie antwortete: »Später eben«, und betrachtete das Zimmer. Es war etwa fünf Meter lang und vier Meter breit. Beiderseits des schmalen Giebelfensters zog sich die Decke schräg zum Boden. Die verblaßte Streifentapete war mit Schimmelflecken bedeckt. Neben der Tür stand ein alter Kleiderschrank. Außer einem kleinen Tisch, zwei klapprig aussehenden Stühlen und einem Bücherregal standen nur noch ein Waschbeckenständer mit einem halbblinden Spiegel und ein eiserner Kohlenofen im Zimmer. Die Tapete hinter dem Ofen und die Decke darüber waren rußgeschwärzt.

Hedy fragte: »Wie lange wohnst du schon hier?«

»Fast eineinhalb Jahre«, sagte er, noch immer ihre Hand festhaltend. Sie sagte lächelnd: »Dann hast du keine Fantasie, Rupert. Du hättest den Waschständer neben den Ofen, den Tisch vor das Fenster und den Schrank neben das Bett stellen sollen; er paßt sicher in diese Nische hinein. Damit würdest du viel Platz gewinnen.«

»Darüber habe ich noch nie nachgedacht«, sagte er verwundert.

»Ich habe mit Bob lange Zeit in so einem kleinen Zimmer wohnen müssen«, sagte sie. »Später fanden wir dann eine größere Wohnung. Damals haben wir die Möbel auch ein paarmal umgestellt, bis wir uns wohl gefühlt haben. Vielleicht haben Männer keinen Blick für so etwas; Bob hatte auch keinen. Er hat das alles mir überlassen.« Sie stand auf. »Ich muß noch meine Koffer vom Bahnhof abholen.«

»Ich komme mit dir«, sagte er und sprang rasch auf die Beine. Sie blickte ihn unschlüssig an, und ein paar Sekunden lang blieben sie dicht nebeneinander in dem schmalen Raum zwischen Tisch und Bett stehen, ohne recht zu wissen, wie sie weitermachen sollten. Schließlich fragte Hedy: »Wer wohnt sonst noch hier oben?«

»Ein Tanzakrobat mit seiner Frau«, antwortete Rupert. »Sie sind über das Wochenende aber nur selten hier.«

»Heute auch nicht?«

»Nein«, sagte Rupert, und sonst nichts. Sie musterte ihn aufmerksam, dann warf sie ungeduldig den Kopf zurück und sagte halb ärgerlich, halb belustigt: »Du machst es einem wirklich nicht leicht, Rupert. Bist du immer so?«

Während er noch darüber nachdachte, wie sie das meinte, legte sie plötzlich die Hände um seinen Nacken und küßte ihn.

Er hatte es nicht gewollt, nicht in diesem Augenblick. Sie stahl ihm seine Rolle und drängte ihn in eine andere, für die er sich zu gut dünkte. Er sagte heiser: »Ich will nicht, daß du dir einredest, ich hätte es nur deshalb getan. Du bist mir überhaupt nichts schuldig, Hedy.«

»Ich bin dir sehr viel schuldig«, sagte sie ruhig, »aber deshalb habe ich dich nicht geküßt. Begreifst du denn nicht, daß das für mich keine einfache Situation ist?«

»Eben deshalb«, sagte er. »Ich möchte sie für dich nicht noch schwerer machen.« Sein Mund war von ihrem Kuß so trocken, daß er kaum reden konnte. Er sagte: »Ich glaube, du hast eine völlig falsche Vorstellung von mir.«

»Das glaube ich nicht«, erwiderte sie. »Aber vielleicht hast du eine falsche von mir. Ich bin nicht mehr ganz unerfahren und auch nicht prüde, und wenn ich einen Mann mag, dann zeige ich es ihm. Oder hast du dein Angebot inzwischen schon bereut?«

Statt ihr zu antworten, zog er sie fest an sich und bedeckte ihr ganzes Gesicht mit Küssen. Sie murmelte. »So ist es schon viel besser, Rupert. Eigentlich habe ich gar keine Lust mehr, heute abend noch zum Bahnhof zu gehen. Das können wir auch morgen tun.«

Sie sprach seine eigenen Gedanken aus, er sagte ein wenig atemlos: »Natürlich. Wie du willst. Du wirst sicher hungrig sein?«

Sie schüttelte den Kopf. »Kein bißchen. Hast du überhaupt eine eigene Küche?«

»Eine kleine«, sagte er. »Sie gehört aber nicht mir allein; die Leute nebenan benutzen sie auch.«

»Ein eigenes WC hast du auch nicht«, sagte Hedy. »Und nun gehört nicht einmal mehr dein Zimmer dir allein, du armer Mann.« Sie lächelte in sein Gesicht und wiederholte langsam: »Du armer Mann!«

Er kam sich in diesem Augenblick sehr reich vor und sagte: »Ich habe ja dich, wie kann ich da arm sein!«

»Das hast du sehr schön gesagt«, murmelte sie und küßte ihn wieder. Dann machte sie sich von ihm los und sagte: »Und nun sei lieb und dreh das Licht aus.«

Ihre großen, dunklen Augen wirkten ein wenig feucht. Benommen ging er zum Lichtschalter neben der Tür. Im Dunkeln hörte er, wie sie sich auszog und dann den alten Bettrost knarren. Er sagte: »Wenn du einen Pyjama haben willst ...«

Aber sie wollte keinen Pyjama haben, und als er zu ihr kam, murmelte sie: »Aber doch nicht so, Rupert!«

Er war so aufgeregt, daß er kaum seine Schnürsenkel aufbrachte. Augenblicke später fühlte er ihren Körper vom Kopf bis zu den Zehen. Sie drängte sich heftig an ihn, küßte seine Schultern und seinen Mund, und einmal flüsterte sie: »Paß gut auf, Rupert.«

Während er ihren Körper entdeckte, dachte er, daß es noch mit keinem anderen Mädchen so gewesen sei wie mit ihr. Auch ihre Art, seine Liebkosungen zu erwidern, hatte er noch bei keinem anderen Mädchen so erfahren, und kein anderes hatte sich so angefühlt wie sie. Als sie sich ihm öffnete, verlor er fast die Besinnung, und während der ganzen Zeit hörte er sie seinen Namen stammeln. Er fühlte sich glücklich wie nie zuvor.

Die ersten Tage mit ihr waren die schönsten, sie verbrachten sie beide wie in einem Zustand permanenter Verzückung. Sie brauchten sich nur zu küssen oder einander in die Augen zu schauen, um alles andere vergessen zu können. Da Rupert in seinen Semesterferien viel Zeit hatte, wanderten sie tagsüber oft durch die Stadt. Zu seinem eigenen Fahrrad kaufte er noch ein zweites, so daß sie bei schönem Wetter den ganzen Tag unterwegs waren. Zumeist fuhren sie auf verlassenen Waldwegen durch den Odenwald oder wanderten dort, ihre Räder zurücklassend, quer durch die sommerlichen Felder, und immer, wenn es ihnen danach zumute war, liebten sie sich. Rupert wurde es keinen Augenblick lang satt, Hedys Körper zu bewundern, und wenn sie neben ihm in einem Kornfeld oder an einem Waldrand lag, wollte er sie sofort wieder nackt sehen, und auch sie liebte es, seinen Körper zu betrachten und ihn zu liebkosen. Nachts lag sie bis zum Einschlafen in seinen Armen, hörte ihm zu, wenn er ihr von seinem Studium erzählte, aber in manchen Augenblicken hatte er den Eindruck, als sei sie mit ihren Gedanken weit weg von ihm, und dann empfand er jedesmal ein jähes Gefühl von Eifersucht, denn er glaubte zu wissen, bei wem ihre Gedanken waren. Es fiel ihm immer schwerer, sie nicht nach ihren Erlebnissen mit Bob zu fragen und sich seine Eifersucht nicht anmerken zu lassen. Diese war auch der Anlaß für ihren ersten Streit.

Es war an einem Sonntagmorgen, während sie noch im Bett lagen. Draußen regnete es, sie hörten die Tropfen gegen die Scheibe prasseln und den Wind im Kamin stöhnen. Eva Botez und ihr Mann waren schon wach, ihre Stimmen drangen undeutlich durch die dünne Wand zu ihnen herüber. Hedy hatte sie zwei Tage zuvor kennengelernt und beide sympathisch gefunden. Sicher wäre ihr, zumindest Eva Botez, weniger sympathisch gewesen, wenn sie von den früheren Beziehungen zwischen ihr und Rupert gewußt hätte, aber er hatte sich noch nicht dazu aufraffen können, sie ihr zu beichten, zumal er, seit Hedy bei ihm wohnte, dieses Kapitel als endgültig abgeschlossen betrachtete. Auch an diesem Morgen überlegte er wieder, ob er ihr davon erzählen solle, er konnte sich jedoch nicht dazu überwinden, und als Hedy, während sie sich eng an ihn kuschelte, schläfrig sagte, daß sie bei dem schlechten Wetter den Tag am liebsten im Bett verbringen würde, antwortete er: »Niemand hindert dich daran. Du kannst hier tun und lassen, was du willst.« Sie hatte wie immer ohne Pyjama geschlafen, und er konnte nicht widerstehen, sie aufzudekken und zum ungezählten Male ihren schlanken Körper zu bewundern. Sie wandte ihm schläfrig das Gesicht zu und fragte: »Du willst doch nicht schon wieder?«

»Bei dir will ich immer wieder«, sagte er, ihren Schoß streichelnd. Er hatte dort eine Stelle entdeckt, die ihn jedesmal faszinierte, weil Hedy, wenn er sie liebkoste, zu zappeln anfing. Auch diesmal versuchte sie, seiner Berührung zu entrinnen, aber er war viel stärker als sie, und es gelang ihm, sie so heftig zu erregen, daß sie zu seufzen anfing und lächelnd sagte: »Du bist ein schrecklicher Mensch.«

»Schrecklicher als Bob?« fragte er, und er hätte sich im gleichen Augenblick dafür die Zunge abbeißen mögen. Er fühlte, wie ihr Körper unvermittelt steif wurde. Dann stieß sie seine Hand von sich und sagte mit ganz leiser Stimme: »Frag mich so etwas nie wieder, Rupert.«

»Es tut mir leid«, murmelte er beschämt. »Es ist mir so herausgerutscht; ich wollte es nicht sagen.«

»Aber du hast es gesagt«, erwiderte sie. »So etwas sagt man nicht, wenn man nicht auch daran denkt. Wenn es dich heute stört, daß ich mit Bob zusammengelebt habe, ist es besser, wir sprechen uns darüber aus. Ich hasse es, nicht zu wissen, woran ich mit einem Mann bin.«

Er sagte verzweifelt: »Das ist alles nicht wahr, Hedy. Bitte, reden wir nicht mehr davon. Es wird nicht wieder vorkommen, ich verspreche es dir. Es ist mir egal, was zwischen Bob und dir gewesen ist. Ich liebe dich, alles andere ist unwichtig.«

Sie blickte ihn ein paar Sekunden lang prüfend an, dann nickte sie und sagte: »Ich werde jetzt aufstehen und mich um das Frühstück kümmern.«

Sie duldete es, daß er sie küßte, machte sich dann jedoch rasch von ihm los und trat an den Waschständer. Sicher hatten sie seine Worte tiefer getroffen, als sie sich jetzt anmerken ließ. Er fühlte sich elend und tief deprimiert. Es waren immer nur Kleinigkeiten, die zwei Menschen auseinanderbringen konnten; diesen ersten Streit mit ihr würde er sich nie verzeihen.

Er beobachtete mit angehaltenem Atem, wie sie sich wusch. Jedesmal, wenn er sie dort stehen sah und sie ihm den schmalen, langen Rücken zukehrte, erschien es ihm fast unfaßbar, daß sie ihm gehörte, daß sie sein Bett mit ihm teilte und immer da war, wenn er sie brauchte. Wie glücklich war er mit ihr, und wie dumm hatte er sich eben benommen. Als hätte der Teufel ihm die Worte eingegeben!

Er war so sehr in ihren Anblick vertieft, daß er die Schritte draußen erst hörte, als auch schon an die Tür geklopft und sie gleich darauf aufgestoßen wurde. Für ein paar Augenblicke lang sah er das tödlich verlegene Gesicht Werners wie in einer Großaufnahme überdeutlich vor sich, dann schlug die Tür wieder zu, und Rupert heftete den Blick auf Hedy. Sie hatte keinen Versuch gemacht, ihre Blöße zu bedecken, ihr Gesicht war eher überrascht als schockiert, eher verwundert als betroffen. Sie fragte: »War das nicht Werner?«

Ihre Reaktion war so ungewöhnlich, so ganz anders, als Rupert es befürchtet hatte, daß er sie nur anstarren konnte. Dann erinnerte er sich, daß er die Tür, als er vor einer Stunde aus dem WC zurückgekommen war, nicht wieder verriegelt hatte. Er sagte mit heiserer Stimme: »Es war meine Schuld, Hedy. Warum hast du dich nicht mit dem Handtuch bedeckt?«

»Ich war zu überrascht«, antwortete sie, und ihr Gesicht trug noch immer den gleichen verwunderten Ausdruck wie vorhin. »Besucht er dich oft?«

»Ich hätte daran denken müssen«, sagte Rupert, und es erleichterte ihn, daß sie so gefaßt reagierte. Er hatte befürchtet, sie würde sich wie ein Flittchen fühlen müssen, das für eine Nacht das Bett mit ihm geteilt hatte. »Er schaut Sonntag morgens oft bei mir herein«, sagte er. »Jetzt hat er uns den ganzen Tag verdorben. Ich werde ihm sagen, daß er sich hier nicht mehr blicken lassen soll.«

Sie kam zu ihm, setzte sich neben ihn auf das Bett und sagte gleichgültig: »Als zukünftiger Mediziner wird er wissen, wie eine nackte Frau aussieht. Ich weiß nicht, warum du dich so anstellst. Mir hat das nichts ausgemacht. Oder war es dir peinlich, daß er mich bei dir gesehen hat?«

Er sagte unvermittelt gereizt: »Wieso mir? Das hätte doch höchstens dir peinlich sein müssen. Du hättest dich wenigstens umdrehen können!«

Sie sagte heiser: »Ich war hinten genausowenig angezogen wie vorne. Wäre es dir lieber gewesen, wenn er nur meinen Po gesehen hätte?«

Er verstand sie immer weniger, entweder hatte sie überhaupt kein Schamgefühl oder sie fühlte sich Männern gegenüber so sehr überlegen, daß ihr ein Vorfall wie dieser nicht unter die Haut ging. Sicher hatte

Werner sie sofort erkannt, er würde sich jetzt sein Teil von ihm denken, aber was ging ihn schließlich Werner an!

Er riß sich zusammen: »Es war mir nur wegen dir peinlich, Hedy. Ich hatte Angst, es sei dir furchtbar unangenehm gewesen und du würdest mir deshalb Vorwürfe machen, weil ich die Tür nicht verriegelt hatte.«

»Da kennst du mich aber schlecht«, sagte sie. »Ich habe ja vorläufig nichts zu verbergen. Es hätte nur sein können, daß es *dir* unangenehm gewesen wäre, von ihm mit einem Amiflittchen ertappt zu werden. Bedeutet er dir viel?«

»Überhaupt nichts«, antwortete Rupert. »Er ist ein aufdringlicher Kerl, und was er von uns denkt, ist mir egal.« Er legte erleichtert den Arm um ihre schmale Taille und grinste. »Jetzt wird er vielleicht noch öfter kommen als früher. Er war schon in der Stadthalle scharf auf dich.«

»Damals wußte er noch nicht, daß ich mit einem Amerikaner ging«, sagte sie. »Erzähl mir von ihm. Was für ein Mensch ist er? Du hast nie über ihn gesprochen.«

Rupert zuckte mit den Achseln. »Er bedeutet mir wirklich nichts, er fühlt sich als eine Art jugendlicher Liebhaber mit idealistischer Prägung und hält sich Frauen gegenüber für unwiderstehlich.«

»Kennst du ihn schon lange?«

»Seit eineinhalb Jahren, seit ich hier wohne. Seinem Vater gehören ein halbes Dutzend Fabriken, Werner ist der einzige Sohn. Mit so viel Geld im Rücken fiele es mir auch leicht, den Idealisten zu spielen.«

»Das wußte ich nicht«, sagte Hedy nachdenklich.

Rupert grinste wieder. »Falls du dich deshalb in ihn verlieben solltest: Es gibt einen Haken dabei. Sein Vater will nicht, daß er Arzt wird; er hat ihn als Universalerben seiner Fabriken vorgesehen.«

»Wieso ist das ein Haken?«

»Vielleicht enterbt er ihn«, sagte Rupert. »Außerdem hat Werner noch andere Ideale, beispielsweise will er nur eine Frau heiraten, der das Geld seines Vaters gleichgültig ist. Leider hat er sie bisher noch nicht gefunden.«

»Aber er ist doch verlobt?«

Rupert winkte ab. »Das ist er immer, nur seine Verlobte ist jedesmal eine andere. Er stellt so hohe Ansprüche, daß kaum ein Mädchen sie erfüllen kann.«

»Ich bestimmt nicht«, sagte Hedy lächelnd.

Damals traute ich ihr nicht ganz, aber ich hatte Hedy wohl vom ersten Augenblick an falsch eingeschätzt. Heute kommen mir diese ganzen Heidelberger Jahre wie eine endlose Verstrickung in widersprüchliche Empfindungen vor. Einerseits redete ich mir ein, Hedy von ganzem

Herzen zu lieben, und auf der anderen Seite habe ich ihr Verhältnis mit Bob doch nie ganz vergessen können. Das ist mir aber erst viel später bewußt geworden. Ich hatte mich in jener Zeit im Unterbewußtsein eben doch mit der weitverbreiteten vorgefaßten Meinung infiziert, daß deutsche Mädchen, die sich mit Amerikanern einließen, leicht zu haben seien, und schließlich und letztlich hatte ich Hedy auch schneller bekommen, als ich es ursprünglich für möglich gehalten hatte. Trotz ihres anfänglichen Sträubens. Oder hatte sie sich gar nicht ernsthaft gesträubt? Ich bin mir nach so langer Zeit in diesem Punkt nicht mehr ganz sicher, aber ich schäme mich heute meiner damaligen Einstellung, die ich zwar nicht wahrhaben wollte, die ich aber in Wirklichkeit bei allem, was ich tat, nie ganz verdrängen konnte. Mit Hedy teilte ich einige Jahre lang den Alltag unbemittelter Menschen, mit Irmgard Widdau kurze Zeit den Luxus einer mir damals märchenhaft erscheinenden Welt. Bei Hedy suchte ich außer Sex auch Liebe, und ich habe sie, meine ich, bei manchen Gelegenheiten gefunden. Was ich bei Irmgard suchte, ist mir nie klargeworden. Vielleicht werde ich eines Tages mit Ruth darüber reden, denn nun, da Irmgard Widdau tot ist, habe ich keinen plausiblen Grund mehr, diesen Teil meiner Vergangenheit Ruth noch länger zu verschweigen. Sicher war es nicht nur Irmgard Widdaus Körper, der mich damals lockte, und sicher auch nicht allein ihr Geld. Ich erinnere mich jedoch noch lebhaft meiner zwiespältigen Empfindungen auf dem Heimweg von Widdau. Damals hatte ich noch nicht konkretisiert, was mich an Irmgard Widdau tatsächlich faszinierte, und Hedy war mir zu jener Zeit noch immer psychisch zu nahe gewesen, als daß ich mich mit dem Gedanken hätte abfinden können, sie für immer verloren zu haben. Mir sind meine damaligen Empfindungen noch genauso gegenwärtig, wie mir Frau Klein und ihr altes Haus gegenwärtig sind, in dem ich so viele wichtige Jahre meines Lebens verbracht habe. Ich erinnere mich unverändert an seine Gerüche, an die verstaubten Gipsbüsten hübscher Mädchen auf dem ersten Treppenabsatz vor Frau Kleins Wohnungstür, an ihre fein ziselierten Gesichtszüge und Brüste, die so vollkommen aussahen, daß ich sie oft bewundernd angestarrt habe. Und auf dem nächsten Treppenabsatz hatte die Büste eines edlen Jünglings mit römischer Nase gestanden, dessen seelenloser Blick sich hoffnungslos in dem dichten Geranke dunkelgrünen Efeus zu verfangen haben schien, das aus großen Töpfen über das Gesimse der Treppenhausfenster quoll und das Hausinnere noch dunkler erscheinen ließ, als es ohnehin war. Alles ist mir noch so lebendig wie damals, als ich von Widdau nach Hause kam und Hedys Abwesenheit wieder genauso schmerzhaft empfand wie in den vergangenen acht Wochen, seit sie mich verlassen hatte. Verlassen durch meine Schuld; heute kann ich keinen Zweifel mehr daran hegen. Es ist nicht sehr angenehm, sich an den Rupert Kruedener von damals zu entsinnen, an seine Widersprüche, Unentschlossenheit und an seine permanenten Zweifel an Hedys moralischer Integrität.

Sicher, vieles läßt sich nur aus der damaligen Zeit erklären, aus der Denkweise, die wir uns nach dem verlorenen Krieg angewöhnt hatten, aus unseren Ängsten und Zweifeln. Welches aufgeklärte Mädchen braucht sich heute noch Gedanken zu machen, wenn sich ihre Tage einmal nicht rechtzeitig einstellen. Hätte es schon damals die Pille gegeben, wäre uns manches erspart geblieben, Hedy ebenso wie mir. Auch von Ami-Liebchen spricht heute kaum noch ein Mensch in Deutschland, und seit der sexuellen Aufklärung braucht man sich seiner physischen Bedürfnisse auch nicht mehr zu schämen.

Braucht man es wirklich nicht mehr? Wenn man tiefer hineinschaut in den persönlichen Alltag der Menschen, kann man oft Zweifel daran hegen. Und es gibt auch heute noch welche, die sehr arm, und andere, die sehr reich sind, solche, die im Überfluß leben, und andere, die sich noch immer die Nase an Schaufenstern vor Dingen plattdrücken müssen, von denen sie nur träumen können. Natürlich hat es inzwischen manche Veränderungen gegeben. Kein Privatchauffeur würde sich heute mehr mit sechshundert Mark zufriedengeben, und auch Frau Klein würde Mühe haben, ihre vergammelte Mansarde für teures Geld an einen deutschen Studenten zu vermieten. Sogar die Welt, in der wir leben, ist nicht mehr die gleiche wie damals. Wir haben den Vietnam-Krieg gehabt und den Krieg zwischen den Israelis und Arabern. Überall hat es politische Veränderungen gegeben, gewaltsame und friedliche. Wir haben heute eine andere Regierung als zu jener Zeit, wir haben die APO und die Blumenkinder erlebt, Männer sind auf den Mond und Fernseher fast in jede Wohnung gekommen. Ich frage mich oft, ob das auch an uns eine Veränderung bewirkt hat, an unserer Art zu leben, zu denken und zu empfinden. Heute komme ich mir, wenn ich über diese Dinge nachdenke, fast abgeklärt vor; für mich sind die Stürme ausgestanden, aber unsere kleine Tochter hat neulich den Lippenstift ihrer Mutter ausprobiert, und unser Junge wünscht sich jetzt einen Anzug mit Krawatte, wie sein Vater sie trägt. In dieser Beziehung sind sich die Generationen gleichgeblieben. Und auch im Verhältnis der Geschlechter zueinander scheint der alte ›Kampf‹ noch immer nicht ausgestanden zu sein. Liebe und Haß sind unverändert gegenwärtig, Zweifel und Mißtrauen werden nie ganz ausgestanden sein. Solange das so ist, haben wir auch keinen Grund, auf die Welt, die wir uns seitdem geschaffen haben, stolz zu sein. Sie wird sich in Wirklichkeit nur im gleichen Maße zu ihrem Vorteil verändern wie die Menschen, die sie bewohnen.

An diesem Morgen hatten sie wieder einmal eine Auseinandersetzung, und wie so oft war Werner die Ursache. Es war ein grauer Dezembertag, draußen blies ein schneidender Wind durch die Straßen, die tiefhängenden Wolken sahen nach Schnee aus. Hedy lag noch im Bett, während sich Rupert, nur mit Hemd und Hose bekleidet, um den Ofen kümmerte. Hedy sagte: »Ich finde Werner ganz nett. Ich weiß wirklich nicht, was dir an ihm nicht gefällt.«

Rupert erwiderte verärgert: »Er macht sich und anderen doch nur etwas vor. Wenn einer von sich selber behauptet, ein Idealist zu sein, steckt nie viel dahinter.«

»Vielleicht ist das nur ein Vorurteil von dir«, sagte Hedy. »Immerhin könnte er es sich leichter machen, auf das Medizinstudium verzichten und in den Fabriken seines Vaters den großen Mann spielen. Mir imponiert das irgendwie. Es gibt in seiner Situation bestimmt nicht viele, die so denken wie er.«

»Sicher nicht«, sagte Rupert, während er sich vergeblich bemühte, den alten Kohlenofen anzuheizen. »Andere an seiner Stelle würden weniger Wind darum machen. Er weiß genau, daß sein Vater ihn nicht fallenlassen wird. Er wird ihm, sobald er seinen Doktor hat, eine Praxis einrichten oder ein Sanatorium für reiche Leute hinstellen, die sich bei ihm von hübschen Schwestern den Wohlstandsspeck heruntermassieren lassen. Ein Mann wie Werner wird sich nicht dazu herablassen, jahrelang als kleiner Assistenzarzt in einem Krankenhaus für andere die Dreckarbeiten zu erledigen. Er zitiert zwar bei jeder Gelegenheit Albert Schweitzer, aber er wäre sicher der letzte, der freiwillig in den Urwald ginge, um sich dort selbstlos um Eingeborene zu kümmern. Frag ihn doch mal danach!«

Hedy schwieg. Sie beobachtete, wie er in den Ofen pustete. Nach einer Weile sagte sie: »Wenn man ihn reden hört, gewinnt man jedenfalls den Eindruck, daß es ihm mit dem, was er sagt, auch ernst ist.«

»Genauso ernst wie mit seinen diversen Bräuten«, sagte Rupert. »Wenn er wenigstens ehrlich genug wäre, zuzugeben, daß es ihm Spaß machte, alle zwei Monate ein neues Mädchen auszuprobieren, aber bei ihm ist das natürlich etwas ganz anderes, er ist immer nur auf der Suche nach der einen, die ihn wirklich verdient, die nicht auf das Geld seines Vaters aus ist und die ihm zehnmal am Tag versichert, daß die ganze Menschheit auf einen Arzt wie ihn gewartet habe. Wenn einer genug Geld hat, sagen ihm die Mädchen alles, was er hören will.«

»Vielleicht bist du nur neidisch auf sein Geld«, sagte Hedy.

Er grinste wütend. »Hast du das von ihm?«

»Darüber haben wir nie gesprochen«, sagte sie kühl.

Er richtete sich auf und rieb sich den vom langen Bücken schmerzenden Rücken. »Ich jedenfalls bin ihm nicht nachgelaufen, im Gegenteil, er war es, der sich mir in der Uni aufgedrängt hat. Ich habe mich immer nur durch meine gute Erziehung daran hindern lassen, ihm zu sagen, daß er sich einen anderen Freund suchen soll, der ihn genauso anbetet wie seine Verehrerinnen.«

»Wenn das ein Seitenhieb auf mich sein soll...«

Er unterbrach sie gereizt: »Das redest du dir nur wieder mal ein. Jedenfalls sieht er es gern, wenn du ihm zuhörst. Damals, als wir uns kennenlernten, hatte er noch keine so hohe Meinung von dir, heute läßt er keine Gelegenheit aus, um sich vor dir mit seinen angeblichen guten Eigenschaften zu brüsten. In den letzten Monaten ist kaum ein Sonntag vergangen, an dem wir ihn nicht am Hals gehabt hätten.«

»Bei ihm daheim kümmert sich eben niemand um ihn. Seine Mutter lebt nicht mehr...«

»Meine auch nicht«, sagte Rupert. »Und wie ist das bei dir? Werner ist kein Kind mehr, er kennt genug Leute, die ihm, wenn er es nur wünscht, Gesellschaft leisten. Wahrscheinlich will er das aber gar nicht, er gefällt sich in der Rolle des unverstandenen Millionärssöhnchen; er bemitleidet sich selber. Das ist auch so ein Klischee, das er aus einem Buch aufgegriffen hat. Wenn er könnte, würde er einen Roman über sein trauriges Leben als unverstandener Sohn eines reichen Vaters schreiben.«

»Du bist ekelhaft«, sagte Hedy. »Ich verstehe nicht, warum er sich solche Mühe mit dir gibt.«

»Weil ich der einzige bin, der ihm nicht in den Hintern kriecht.«

»Wenn es ihn nicht gäbe, würde kein Mensch uns besuchen. Du solltest froh sein, daß er sich so oft um uns kümmert.«

»Du meinst um dich? Ich weiß, daß du dich bei mir langweilst.«

»Du wirst das noch so oft sagen, bis ich selber daran glaube.«

»Dann glaube es doch«, sagte er und trat mit dem Fuß unbeherrscht gegen den schlecht brennenden Kohlenofen. »Eines Tages werfe ich ihn zum Fenster hinaus.«

»Erst muß du das Geld für einen neuen haben«, sagte Hedy.

Er drehte sich heftig nach ihr um: »Ich weiß, daß Werner mehr Geld hat als ich. Wenn dich das stört, mußt du eben zu *ihm* gehen.«

Ihr Gesicht wurde weiß vor Zorn. »Daß du mir jedesmal die Worte im Mund verdrehst, wird dir anscheinend gar nicht mehr bewußt. Vielleicht gehe ich eines Tages wirklich zu ihm.«

»Dann geh doch!« sagte Rupert, und er wußte kaum mehr, was er sagte. Er rannte aus dem Zimmer in die Küche, füllte ein Glas mit Wasser und trank es auf einen Zug leer. Jedesmal, wenn es zu solchen Szenen zwischen ihnen kam, fühlte er sich angewidert von sich selber, aber er konnte nichts dagegen tun. Es war, als hätte er keinen Einfluß mehr auf das, was er sagte, und auch jetzt verstand er nicht mehr, wie es überhaupt dazu gekommen war.

Er wartete in der Küche, bis er wieder ruhig denken konnte, dann kehrte er zu Hedy zurück. Sie lag mit dem Gesicht zur Wand und rührte sich nicht. Er setzte sich neben sie, legte die Hand auf ihre Schulter und sagte: »Bitte, verzeih mir. Ich habe das alles nicht sagen wollen, Hedy. Wir sind beide nervös und gereizt.«

»Das ist kein Grund, so mit mir zu reden«, sagte sie, ohne ihn anzusehen. »Manchmal kommt es mir so vor, als wären wir gar nicht mehr fähig, wie zwei vernünftige Menschen miteinander zu sprechen. Was ist nur los mit uns?«

Er hörte an ihrer Stimme, daß sie weinte, und er hätte sich am liebsten selber ohrfeigen mögen. Er küßte sie auf die Wange und murmelte: »Es kommt alles nur von dieser Sache; sie geht mir nicht aus dem Kopf. Ich kann an nichts anderes mehr denken. Ich verstehe nicht, wie es passieren konnte. Ich habe jedesmal aufgepaßt.«

»Wie oft willst du mir das noch sagen?«

Er richtete sich ernüchtert auf. Natürlich änderte es an den Realitäten nichts, wenn er sich ständig wiederholte, aber welche Gewißheit hatte er eigentlich, daß das Kind wirklich von ihm war? Schließlich hatte sie schon vorher mit Bob geschlafen! Vielleicht war sie nur deshalb zu ihm gekommen.

Noch während er das dachte, verachtete er sich dafür. Wenn das Kind wirklich von Bob wäre, müßte sie mindestens schon im vierten Monat sein, aber in einer Situation wie dieser klammerte sich ein Mann eben an jeden noch so absurden Gedanken. Er sagte: »Wir werden schon irgendwie damit fertig werden. Wenn es nicht anders geht, setze ich eben ein paar Semester aus und suche mir eine Arbeit.«

Sie drehte sich rasch nach ihm um. »Das will ich auf keinen Fall, Rupert. Ich kann das Kind auch hier bekommen, dann sparen wir das Geld für das Krankenhaus. Früher sind die Frauen nur bei Komplikationen ins Krankenhaus gegangen.«

»Du willst es hier zur Welt bringen?« fragte er schockiert. »In diesem Loch?«

»Warum nicht? Im Krieg haben die Frauen ihre Kinder sogar im Luftschutzkeller und zwischen brennenden Häusern zur Welt bringen müssen. Wir brauchen auch keinen Arzt dafür, eine Hebamme ist billiger. Wir werden uns rechtzeitig nach einer erkundigen.«

Der alte Kohlenofen bullerte jetzt, es wurde rasch warm im Zimmer. Rupert war nur halb beruhigt, er sagte: »Wenn bei der Geburt etwas schiefgeht . . .«

»Bei mir wird nichts schiefgehen«, sagte Hedy und griff nach seiner Hand. »Meinetwegen brauchst du dir keine Sorgen zu machen. Ich steh' das schon durch, Rupert.«

Sie war viel vernünftiger und zuversichtlicher als er, und trotzdem... Er wünschte dieses Kind nicht. Er haßte es, weil es ihm aufgezwungen wurde und weil er in diese Sache hineingeschlittert war wie ein unerfahrener Junge. In spätestens acht Wochen würde man ihr das Kind schon ansehen, und er sah nur eine Möglichkeit, das zu verhindern. Er getraute sich aber nicht, sie Hedy gegenüber auch nur anzudeuten. Wenigstens jetzt noch nicht.

Von nebenan drangen die Stimmen von Eva Botez und ihrem Mann zu ihnen herüber. Hedy sagte: »Hoffentlich üben sie nicht wieder den ganzen Sonntag eine neue Tanznummer ein. Am letzten war es nicht mehr mit anzuhören. Ihr Zimmer ist doch viel zu klein für solche Proben; sie müßten sich irgendwo einen leeren Raum dafür mieten.«

»Dazu fehlt ihnen das Geld«, sagte Rupert. »Ich werde gelegentlich mit ihnen sprechen. Früher, als ich noch allein hier wohnte, hat mich das nicht gestört, im Gegenteil, es hat mich ein wenig abgelenkt.«

»Abgelenkt, wovon?«

»Von meinen Zweifeln«, antwortete er. »Während der ersten Semester hatte ich oft Sorge, das Studium nicht zu schaffen.«

Sie berührte mit der Hand seine Wange. »Du warst damals viel allein?«

»Manchmal, aber solange man jung ist, läßt es sich ertragen.«

»Mir ist das Alleinsein immer schwergefallen«, sagte sie. »Besonders als Bob nicht mehr hier war.«

Es war das erste Mal seit Monaten, daß sie seinen Namen wieder erwähnte. Rupert fragte: »Warum hat er seine Familie nicht nach Deutschland kommen lassen? Andere haben das doch auch getan.«

»Seine Schwiegereltern waren dagegen, sie haben ein Geschäft und wünschten sich einen Schwiegersohn, der es später einmal für alle weiterführen sollte. Mit Bob haben sie sich nie verstanden. Er war Polizist in St. Louis.«

»Verkehrspolizist?« fragte Rupert überrascht. Sie mußte lächeln. »Nein, ich glaube, drüben sagt man Detektiv dazu. Er hängt an seinem Beruf, mit dem Geschäft seiner Schwiegereltern wollte er nichts zu tun haben, aber seine Frau ist mit dem Geschäft mehr verheiratet als mit ihm; sie hat schon als junges Mädchen dort mitgeholfen. Sie waren auch alle wütend auf ihn, weil er so lange in Deutschland geblieben ist, er hätte schon 1948 aus der Armee entlassen werden können, ist aber meinetwegen noch hiergeblieben.«

Rupert betrachtete seine Fingernägel. »Denkst du noch oft an ihn?«

»Nicht oft«, sagte sie lächelnd. »Bist du eifersüchtig?«

Trotz der vielen Auseinandersetzungen zwischen ihnen hatte er nie damit aufgehört, es zu sein. Auch das war einer der vielen Widersprüche, die er immer wieder an sich feststellte. Er sagte: »Eines habe ich nie ganz verstanden: Weshalb er geduldet hat, daß du in einer Fabrik gearbeitet hast. Hatte er nicht genug Geld für euch beide?«

Sie nickte. »Doch, aber ich wollte nicht zu abhängig von ihm sein, ich wußte immer, daß er eines Tages zu seiner Familie zurückkehren würde. In der Fabrik habe ich auch nur im letzten Jahr gearbeitet, als ich meine Stellung auf dem Büro verloren hatte. Bob war von morgens bis abends im Dienst, wozu hätte ich da den ganzen Tag alleine in der leeren Wohnung sitzen sollen? Ich habe mir auf diese Weise mein Taschengeld verdient und war von Bob unabhängiger. In der Fabrik könnte ich jederzeit wieder anfangen, das war so eine stumpfsinnige Beschäftigung, bei der du nicht viel denken mußtest, und mehr als zweihundert Mark verdiente man dort als junges Mädchen nicht. Ein halbes Jahr bevor Bob nach Amerika zurück mußte, hat er mich dazu überredet, die Stellung aufzugeben. Damals rechnete er noch damit, mindestens zwei weitere Jahre in Deutschland bleiben zu können, sie haben ihn dann aber gegen seinen Willen aus der Armee entlassen, es hing mit Einsparungsmaßnahmen der amerikanischen Regierung zusammen, seine ganze Division ist aufgelöst worden, und hier in Deutschland hätte er als Amerikaner kaum eine gutbezahlte Stellung finden können. Wenn er nicht ...« Sie verstummte und horchte zur Tür. »Ist das schon Werner?«

Rupert hatte die Schritte auch gehört, er sagte langsam: »Das ist nicht Werner. Diese Schritte würde ich unter tausend anderen erkennen.«

Sie verfärbte sich. »Dein Vater?«

»Damit habe ich schon lange gerechnet«, sagte Rupert und stand rasch auf. »Deck dich zu. Ich versuche, ihn vor der Tür loszuwerden.«

Jetzt konnte er auch deutlich die Stimme seines Vaters erkennen, anscheinend unterhielt er sich auf dem Flur mit Grigore Botez. Augenblikke später wurde hart gegen die Tür geklopft. Rupert stand mit vier großen Schritten dort, öffnete sie und trat schnell auf die Diele hinaus. Er prallte unmittelbar vor der Tür mit seinem Vater zusammen, der sich eben anschickte, mit seinem schweren Spazierstock wieder die Tür zu bearbeiten. Über seine Schulter hinweg konnte Rupert die verstörten Gesichter von Eva Botez und ihrem Mann sehen; sie standen beide halb angezogen vor ihrer Mansardentür. Er fragte so ruhig, wie er konnte: »Was willst du?«

Hermann Kruedener ließ die erhobene Hand mit dem Stock sinken und sagte verblüfft: »Wie redest du mit deinem Vater?«

Ihre letzte Begegnung lag bereits über ein halbes Jahr zurück, Rupert hatte ihn während der Semesterferien besucht, war jedoch, wie bei früheren Anlässen, schon nach wenigen Tagen nach Heidelberg zurückgefahren. Hermann Kruedener hatte sich nach dem Krieg so wenig verändert, daß jedes Zusammensein zwischen ihnen jedesmal mit einer

Auseinandersetzung endete. In Heidelberg war er noch nie gewesen, sein Erscheinen erfolgte für Rupert so unvermittelt, daß er es noch immer nicht begreifen konnte. Er erwiderte: »Ich bin es nicht gewohnt, daß man mit einem Stock an meine Tür klopft. Außerdem habe ich Besuch.«

»Von deiner Ami-Hure?« fragte Hermann Kruedener bleich vor Zorn. Rupert konnte ihn nur anstarren. Dann blickte er rasch zu Grigore und Eva Botez hin; sie gaben ihm durch ein Kopfschütteln zu verstehen, daß sie Hedy nicht erwähnt hatten. Er sagte heiser: »Ich werde sie heiraten.«

»Deshalb bin ich hier«, sagte Hermann Kruedener. »Du wirst dieses Flittchen nicht heiraten, nicht, solange ich lebe.« Er sprach so laut, daß auch Hedy jedes seiner Worte verstehen mußte. Rupert fühlte, wie ihm das Blut in die Stirn schoß, er sagte: »Ich weiß nicht, wie du es verhindern willst.«

»Das wirst du gleich sehen«, sagte Hermann Kruedener. Ehe Rupert ihn daran hindern konnte, griff er nach der Türklinke, stieß die Tür nach innen auf und drängte sich an Rupert vorbei in die Mansarde. Über seinen Kopf hinweg sah Rupert einen Augenblick lang das weiße Gesicht von Hedy, dann stand er mit einem einzigen Satz zwischen ihr und seinem Vater und sagte mit noch immer beherrschter Stimme: »Du wirst hier keine Szene machen. Wenn du mit mir reden willst, dann tue es, aber nicht in diesem Ton.«

»Ich werde mit dir reden, sobald diese Person das Zimmer verlassen hat«, sagte sein Vater laut. »Wenn sie nicht freiwillig geht, werde ich ihr dabei helfen.«

Bis dahin hatte Rupert noch immer auf eine Verständigung mit ihm gehofft, aber dafür war es nun schon zu spät. Er sah zu Hedy hin. Sie saß, das Laken gegen die Brust gepreßt, mit blutleerem Gesicht im Bett und blickte seinen Vater an. Rupert sagte zu ihr: »Bleib ganz ruhig, Hedy. Er wird dir nichts tun. Bevor er dich hinauswirft, müßte er erst mich hinauswerfen, und ich glaube nicht, daß er das schaffen wird.«

Sein Vater sagte fassungslos: »Sie muß dich um den Verstand gebracht haben, so mit mir zu reden. Ich kann zu deiner Entschuldigung nur annehmen, daß du nicht weißt, was für ein Frauenzimmer du dir da aufgeladen hast.«

»Ich weiß alles über sie«, sagte Rupert. »Es gibt nichts, was du mir von ihr erzählen könntest.«

»Du weißt ...« Sein Vater verstummte ungläubig.

»Sicher sogar noch mehr als du«, sagte Rupert kalt. »Du hast dir für dein Hochzeitsgeschenk den weiten Weg hierher umsonst gemacht. Ich hoffe, die Leute, die dir das alles zugetragen haben, wußten auch, daß ihre Eltern im Krieg umgekommen sind.«

»Das ist für ein anständiges deutsches Mädchen kein Grund, sich einem

Amerikaner an den Hals zu werfen«, sagte Hermann Kruedener. Er humpelte zum Tisch, setzte sich, das steife Bein von sich streckend, auf einen Stuhl, knöpfte seinen schwarzen Mantel auf und sagte zu Hedy: »Ich bleibe hier sitzen, bis Sie verschwunden sind, und wenn ich den ganzen Tag und die ganze Nacht hier sitzen müßte. Ein Mädchen wie Sie wird schnell wieder ein anderes Bett finden; meinen Sohn heiraten Sie nicht, eher bringe ich Sie um.«

»Dann mußt du auch mich umbringen«, sagte Rupert und ging zu ihr. Er nahm ihr weißes Gesicht in die Hände und sagte: »Ignoriere ihn, mein Lamm. Er hat noch immer nicht begriffen, daß er keine Uniform mehr trägt und keine Befehle mehr erteilen kann. Er gehört zu den Leuten, die für den Krieg mitverantwortlich waren und ihn auch noch gewinnen wollten, als er schon längst verloren war. Er ist auch mitverantwortlich für alles, was dir und deinen Eltern widerfahren ist. Was immer er auch sagt, es ist ohne Bedeutung für uns.«

»Ich will, daß er geht«, murmelte sie. »Bitte, schick ihn hinaus.«

»Er wird von alleine gehen«, sagte Rupert. »Und wenn er versuchen sollte, sich zwischen uns zu stellen, wird er das den ganzen Rest seines Lebens bereuen.«

Sie wurde noch blasser: »Überleg dir, was du tust.«

»Das habe ich bereits getan«, sagte er und drehte sich nach seinem Vater um, dessen Gesicht sich bei Ruperts Worten dunkelrot gefärbt hatte. Rupert sagte kalt: »Sie ist viel toleranter als du, und du wirst auch keine Gelegenheit mehr haben, ihr das zu beweisen. Wir werden uns eine andere Wohnung suchen, von der du nichts erfahren wirst. Das verspreche ich dir.«

»Womit?« fragte sein Vater mit mühsam unterdrücktem Zorn. »Wer bist du denn, daß du es dir leisten kannst, eine andere Wohnung zu suchen! Du kannst froh sein, daß Frau Klein dich nicht schon lange auf die Straße gesetzt hat. Sag deinem Flittchen, daß ich, wenn sie nicht augenblicklich verschwindet, dafür sorgen werde, daß sie unter Polizeiaufsicht gestellt wird. Die weiß, wie man mit solchen Weibern umspringt.«

Hedy sagte fassungslos: »Sie sind ein häßlicher alter Mann. Gehen Sie hinaus, damit ich mich anziehen kann.«

»Ziehen Sie sich auf der Straße an, Sie kleine Schlampe«, brüllte Hermann Kruedener unvermittelt los. »Dort, von wo Sie hergekommen sind. Seien Sie froh, daß ich Sie so leicht davonkommen lasse.«

Hedy blickte ihn ein paar Sekunden lang stumm an, dann sagte sie mit ganz ruhiger Stimme: »Er ist wirklich so, wie du ihn mir geschildert hast, Rupert; ich habe nicht glauben wollen, daß es solche Menschen gibt. Würdest du ihn bitten, für eine Minute das Zimmer zu verlassen?«

»Das wäre zwecklos«, sagte Rupert genauso ruhig wie sie. »Ich könnte ihn höchstens hinauswerfen, aber man hat mich in der Schule gelehrt, daß man Vater und Mutter ehren soll. Zieh dich in der Küche an, mein Lamm. Anschließend gehen wir aus und machen uns einen schönen Tag. Falls er heute abend noch hier ist, übernachten wir in einem Hotel.«

Er legte ihre Wäsche und ihr Kleid auf das Bett, nahm einen Mantel aus dem Schrank und hängte ihn ihr über die Schultern. Er küßte sie, bevor sie aus dem Bett kletterte, auf den Mund, und ging noch mit ihr bis zur Tür. »Ich komme gleich zu dir«, sagte er. »Laß mich noch ein paar Minuten mit ihm allein.«

Sie nickte und verließ das Zimmer. Damit sein Vater ihr nicht folgen konnte, schloß er vorsorglich die Tür ab und schob den Schlüssel in die Hosentasche. Seine Augen waren voller Haß, als er sagte: »Jetzt können wir weiterreden. Du wirst mich nicht daran hindern, sie zu heiraten, und wenn ich es nicht schon vorgehabt hätte, dann würde ich sie jetzt sogar heiraten, wenn ich nichts für sie übrig hätte, aber ich liebe sie. Du wirst dich damit abfinden müssen, ob dir das gefällt oder nicht.«

Diesmal färbte sich das Gesicht seines Vaters kupferrot, er sagte undeutlich vor Zorn: »Du undankbarer Bastard!«

Er schien seiner Sinne nicht mehr mächtig zu sein, aber Rupert war ihm für seine Unbeherrschtheit fast dankbar; sie ließ ihm den endgültigen Bruch noch leichter werden. Er sagte kalt: »Ich möchte mich auf diesem Niveau nicht länger mit dir unterhalten, Vater. Wirst du jetzt gehen, oder ist es dir lieber, wenn *ich* gehe?«

Hermann Kruedener starrte ihn eine Weile stumm an. Als er wieder sprach, klang seine Stimme unnatürlich ruhig: »Begreifst du überhaupt, worauf du dich da einläßt?«

»Darüber möchte ich mich mit dir nicht mehr unterhalten. Ich begreife, daß ein Mann wie du Hedy nicht anders sehen kann, aber wir denken in allen Dingen verschieden. Ich möchte mit der Welt, in der du lebst, nichts zu tun haben.«

»Du wirst es noch bereuen«, sagte sein Vater. »Sobald sie dich nicht mehr braucht, wird sie sich auch wieder mit andern Männern einlassen.«

»Das ist mein Risiko«, sagte Rupert. Er ging zur Tür, schloß sie auf und fragte: »Willst du, daß ich gehe?«

»Das ist nicht nötig«, sagte Hermann Kruedener, und zum ersten Male klang seine Stimme resigniert. »Ich habe meine Pflicht getan.«

»Du hast immer ein bißchen mehr als deine Pflicht getan«, sagte Rupert. »Und für das, was du heute getan hast, wirst du eines Tages im Himmel einen besonders schönen Platz bekommen. Ich lasse dich jetzt allein und schließe von außen die Tür ab. Du wirst Frau Klein rufen müssen, damit sie dir öffnet. Ich bin sicher, ihr kennt euch schon. Oder soll ich dich mit ihr bekannt machen?«

Hermann Kruedener stand schwerfällig auf. Er knöpfte sorgfältig seinen Mantel zu, griff nach seinem Stock und humpelte, ohne Rupert noch einmal anzusehen, an ihm vorbei auf den Flur und von dort die Treppe hinunter. Rupert blickte ihm nach, bis er hinter dem nächsten Treppenabsatz verschwand. Dann legte er sich aufs Bett und versuchte, seine Gedanken zu sammeln. Als Hedy hereinkam, wandte er ihr langsam das Gesicht zu. Sie legte den Mantel über eine Stuhllehne und sagte: »Ich habe ihn weggehen hören. Mir tut das alles sehr leid, Rupert. Ich habe das nicht gewollt. Ob er jetzt wieder nach Hause fährt?«

»Das kann uns egal sein«, sagte er. »Er wird sich hier nicht mehr sehen lassen; das ist sicher.«

Sie setzte sich zu ihm auf das Bett und betrachtete durch das schmale Giebelfenster den grauen Winterhimmel. »Vielleicht schickt er dir jetzt kein Geld mehr.«

»Das glaube ich nicht«, sagte Rupert. »Er hat schon allen seinen Bekannten erzählt, daß sein Sohn Medizin studiert und eines Tages Arzt werden wird. Er ist zu stolz, um ihnen einzugestehen, daß nichts daraus wird, weil er eine Schwiegertochter bekommt, die ihm nicht paßt. Da mache ich mir keine Sorgen.«

»Trotzdem wäre es besser gewesen, ich hätte mich schon lange nach einer Stellung umgesehen«, sagte sie. »Ich hätte nicht auf dich hören sollen, Rupert. Mir hätte es nichts ausgemacht, wieder in der Fabrik zu arbeiten. Seit wir uns kennen, liege ich dir auf der Tasche. So kann es auf keinen Fall mit uns weitergehen. Wieso hast du ihm gesagt, daß du mich heiraten würdest?«

Er sagte rasch: »Darüber waren wir uns doch immer einig!«

»Vielleicht nicht«, sagte sie. »Vielleicht willst du es heute nur noch tun, weil ein Kind unterwegs ist, aber ich möchte nicht, daß du mich nur deshalb heiratest.«

»Du bist verrückt«, sagte er betroffen.

Sie schüttelte den Kopf. »Ich glaube nicht, daß ich verrückt bin, Rupert. Viele Männer heiraten eine Frau nur deshalb. Ich hatte befürchtet, daß dein Vater nicht mit mir einverstanden sein wird, nur ...« Sie verstummte und begann unvermittelt zu weinen.

Er nahm ihr Gesicht in die Hände und sagte: »Vergiß ihn.«

»Er hätte mich am liebsten mit den Blicken umgebracht«, sagte sie. »Vorhin in der Küche habe ich mir gewünscht, ich wäre tatsächlich tot.«

»Bis heute abend wirst du ihn vergessen haben«, sagte Rupert und küßte sie auf den Mund. »Ich habe mir auch schon oft gewünscht, tot zu sein, und ich lebe noch immer und bin froh, daß ich lebe, sonst hätte ich dich nicht kennengelernt.«

Sie mußte lächeln und murmelte: »Ich mag dich sehr, Rupert.«

Dann wischte sie die Augen ab und sagte: »Verdammt noch mal, wozu heule ich eigentlich! Soll er doch von mir denken, was er will!«

»So gefällst du mir schon viel besser«, sagte Rupert. »Er ist es nicht wert, daß man ihn ernst nimmt.«

»Und wenn er dir trotzdem kein Geld mehr schickt?«

»Dann werde ich das Studium eben an den Nagel hängen und mir eine Arbeit suchen. Mich bekommt er jedenfalls nicht klein.«

»Das werde ich auf keinen Fall zulassen«, sagte sie bestimmt. »Ich würde immer daran denken müssen, daß du es meinetwegen hast abbrechen müssen. Könntest du dich nicht um ein Stipendium bewerben?«

Er grinste unfroh. »Es gibt genug andere, deren Eltern nicht in der Lage sind, ihnen das Studium zu finanzieren. Mein Vater ist es, er könnte mir auch fünfhundert Mark im Monat schicken, ohne sich damit weh zu tun. Daß er mir nur dreihundert schickt, betrachtet er als einen pädagogischen Effekt. Ich müßte eben versuchen, während der Semesterferien einen Job zu finden.«

Sie nickte. »Und ich würde wieder in der Fabrik arbeiten. Mit dem, was wir dann zusammen verdienten, müßten wir leben und auch dein Studium bezahlen können.«

»Du vergißt dabei nur eines.«

Sie blickte ihn fragend an.

»Das Kind«, sagte er. »Du kannst kein Kind bekommen und gleichzeitig in einer Fabrik arbeiten.«

Er stand auf, trat ans Fenster und betrachtete den grauen Schneehimmel. »Er kann nur von Frau Klein erfahren haben, daß du bei mir wohnst. Vielleicht hat er Erkundigungen über dich einziehen lassen. Du hast ihr doch nie etwas von Bob erzählt?«

»Natürlich nicht«, sagte Hedy. »Aber...« Sie sprach nicht weiter.

Er drehte sich nach ihr um: »Ja?«

»Sicher war es dumm von mir«, sagte sie, seinem Blick ausweichend. »Sie fragte mich einmal, ob ich Heidelberg erst durch dich kennengelernt hätte. Ich antwortete ihr, ich hätte schon früher mal hier gewohnt. Sie wollte dann wissen, wo. Ich war auf ihre Frage so wenig vorbereitet, daß ich ihr meine alte Adresse genannt habe. Vielleicht war sie einmal dort und hat sich nach mir erkundigt.«

Rupert nickte. »Das würde alles erklären. Sicher hat sie meinem Vater geschrieben; die Adresse kannte sie von seinen Briefen. Wir müssen uns künftig einen eigenen Briefkasten zulegen; sie ist heimtückisch und verlogen. Ich habe sie bisher falsch eingeschätzt, sonst hätte ich dich vor ihr gewarnt. Vielleicht findet schon lange hinter meinem Rücken eine rege Korrespondenz zwischen den beiden statt. Meinem Vater sähe das ähnlich. Ein Mann, der im Dritten Reich seinem eigenen Sohn damit gedroht hat, ihn anzuzeigen, ist zu allem fähig.«

»Davon hast du mir nie etwas erzählt!« sagte Hedy überrascht. Er kam vom Fenster zurück und setzte sich wieder neben sie. »Es erschien mir nicht wichtig genug. Es passierte im August '44, als er mit seinem angeschossenen Bein im Lazarett lag. Ich besuchte ihn und erklärte ihm, daß der Krieg verloren und Hitler ein Verbrecher sei. Das hat ihn so aufgeregt, daß er zu schreien anfing und mir ins Gesicht schleuderte, ich sei genauso ein Verräter wie die Offiziere vom 20. Juli, und er würde mich, wenn ich nicht augenblicklich still sei, der *Gestapo* melden. Daran will er sich heute nicht mehr erinnern, obwohl er unverändert der Ansicht ist, daß Hitler mit den Feldzügen gegen Frankreich und Polen der ganzen Welt bewiesen habe, daß er ein Genie gewesen sei und daß er ohne schlechte Berater auch den Krieg gegen Rußland gewonnen hätte. Damals im Lazarett habe ich mir vorgenommen, ihn so bald nicht mehr zu sehen. Deshalb bin ich auch freiwillig länger in Frankreich geblieben. Das hat er mir nie verziehen.«

»Das wußte ich alles nicht«, sagte Hedy bedrückt.

Rupert streichelte ihre Wange. Wenn sein Vater wirklich kein Geld mehr schickte, würde Hedy bis zu seinem Examen in einer Fabrik arbeiten müssen, vielleicht noch länger, und sie würden noch mindestens fünf Jahre in dieser Mansarde hausen. Der Gedanke erschien ihm unvorstellbar, besonders seit er Gründe hatte, anzunehmen, Frau Klein intrigiere hinter seinem Rücken gegen Hedy.

Sie sagte geistesabwesend: »Ohne das Kind wäre alles halb so schlimm. Wir beide allein könnten uns immer irgendwie durchschlagen, ohne daß du das Studium aufzugeben brauchtest, auch wenn dein Vater kein Geld mehr schickt.«

Manchmal hatte er den Eindruck, daß sie fähig war, seine geheimsten Gedanken zu erraten. Trotzdem fragte er: »Wie kommst du darauf?«

»Hast du nie daran gedacht?«

Er antwortete ausweichend: »Ich weiß nicht, wovon du redest«, und er verachtete sich gleichzeitig dafür, daß er nicht den Mut fand, offen mit ihr darüber zu sprechen.

Vierzehn Tage nach dem Besuch seines Vaters heirateten sie. Werner war als Trauzeuge geladen und wollte ihnen anschließend ein großes Essen in einem teuren Hotel spendieren. Rupert lehnte sein Angebot ab. Nach der Trauung fuhren er und Hedy mit ihren Rädern in ein kleines Dorf im Odenwald und kehrten dort in ein Gasthaus ein. Nach dem Essen fragte er sie, ob sie sehr enttäuscht sei, daß er Werners Einladung abgelehnt habe.

Sie schüttelte den Kopf. »Ich wollte es auch nicht, es hätte so blöd ausgesehen. Wenn wir es uns schon nicht leisten können, zu unserer Hochzeit Gäste einzuladen, dann feiern wir sie besser allein.«

»Bei einem Wiener Schnitzel«, sagte Rupert grinsend. »Ich habe mir diesen Tag auch immer ganz anders vorgestellt.«

Sie blickte ihn prüfend an. »Tut es dir schon leid?«

Es tat ihm nicht leid, aber er fühlte sich eher deprimiert als glücklich, obwohl der Gedanke, daß Hedy jetzt auch offiziell seine Frau war, wieder ein warmes Gefühl von Zuneigung in ihm weckte.

Er streichelte ihre Hand und sagte: »Wir werden das später alles nachholen, das Hochzeitsessen, die Hochzeitsreise, eines Tages werden wir vielleicht sogar stolz darauf sein, daß wir so und nicht anders geheiratet haben.«

»Ich bin es schon heute«, sagte Hedy und preßte seine Hand.

Drei Tage später traf am späten Nachmittag ein Eilbrief von Ruperts Vater ein, er schrieb nur, daß er von der Hochzeit gehört und seine Konsequenzen daraus gezogen habe. Ab sofort werde er ihm die monatlichen Geldzuwendungen streichen.

Rupert las den Brief zweimal durch, dann gab er ihn Hedy und sagte: »Jetzt gibt es keinen Zweifel mehr, daß er seine Information von Frau Klein bekommt. Er hätte es sonst nicht so rasch erfahren können. Sie muß es ihm noch am gleichen Tag geschrieben oder ihn angerufen haben.«

»Dann war es eben doch ein Fehler, daß wir geheiratet haben«, sagte Hedy blaß. »Was tun wir jetzt?«

»Darüber haben wir schon gesprochen; ich breche das Studium ab und suche mir eine Arbeit.«

»Wenn das Kind nicht wäre...«

Er unterbrach sie gereizt: »Es ist aber nun mal unterwegs. Ich kann es auch nicht ändern. Hör endlich auf damit, über das Kind zu reden. Wir haben es noch früh genug am Hals hängen.«

»Du überläßt alles mir«, sagte sie leise.

Er blickte rasch auf. »Was soll das heißen, ich überlasse alles dir? Schließlich kriegst du es und nicht ich.«

Sie stand auf und schlug, als sie das Zimmer verließ, heftig die Tür hinter sich zu. Obwohl er wußte, daß er im Unrecht war, blieb er trotzig am Tisch sitzen und wartete auf ihre Rückkehr, aber irgendwann ertrug er es nicht mehr, allein im Zimmer zu sein. Er fand Hedy in der Küche, sie saß auf einem Stuhl und weinte. Er griff nach ihrer Hand und sagte: »Ich habe es wirklich nicht so gemeint, Hedy. Es ist für uns beide schwierig, aber wenn wir jetzt den Kopf verlieren, können wir gleich Schluß machen. Ich gehe morgen zum Arbeitsamt, sicher finde ich dort eine Stellung.«

»Ich bin dir nur im Weg«, sagte sie weinend. »Wenn du meinetwegen das Studium aufgeben mußt...«

Er unterbrach sie: »Deinetwegen würde ich noch viel mehr aufgeben. Ich habe dieses Studium nur angefangen, weil mein Vater mich dazu gedrängt hat. Ich hatte nie große Lust, noch einmal die Schulbank drücken zu müssen. Schulfreunde von mir haben heute schon längst irgendwo in der Wirtschaft eine gutbezahlte Stellung. Ich war blöde, es nicht genauso zu machen wie sie, ich hätte nie auf meinen Vater hören sollen. Komm, beruhige dich. Wir werden schon irgendwie einen Ausweg finden. Ich bin sicher, daß wir einen finden.«

Sie wischte sich die Tränen ab und sagte: »Dann werde auch ich mir wieder eine Arbeit suchen. Solange man mir das Kind nicht ansieht, komme ich bestimmt wieder in der Fabrik unter.«

»In zwei oder drei Monaten sieht man es dir an«, sagte er. »Das lohnt sich doch gar nicht. Die paar hundert Mark machen uns auch nicht reicher. Ich will nicht, daß du in diesem Zustand in einer Fabrik arbeitest, verstehst du?«

Sie blickte ihn an. »Und wenn das Kind nicht wäre, hättest du nichts dagegen, daß ich dort arbeite?«

»Das ist doch hypothetisch«, sagte er ungeduldig. »Natürlich wäre ohne das Kind alles einfacher, aber damit ist uns nicht geholfen.«

Sie murmelte: »Wir müssen irgendwas tun. Wenn das Kind erst einmal da ist, wird alles nur noch schlimmer. Bitte, sag mir, was ich tun soll, Rupert. Ich weiß es nicht mehr.«

Er wußte es, aber er brachte es noch immer nicht über sich, sie darum zu bitten, das Kind nicht auf die Welt zu bringen. Er war feige, unentschlossen und voller Skrupel. Er sah keinen Weg aus dieser verfahrenen Situation.

Er überredete Hedy dazu, mit ihm in die Mansarde zurückzukehren, und sagte dort: »Wenn ich eine gute Stellung finde, ist das Kind kein Problem. Ich werde mich morgen früh darum kümmern.«

»Das ist doch keine Lösung«, sagte sie verzweifelt. »Das ist doch alles keine Lösung, Rupert. Das vorhin, als du gesagt hast, daß du nur wegen deines Vaters studieren würdest, das war doch nicht dein Ernst. Ich möchte kein Kind haben, das du schon haßt, bevor es auf die Welt kommt. Du wirst es nie lieben lernen. Ich weiß es. Es ist hoffnungslos, daß wir über ein Kind reden, das wir beide nicht brauchen können.«

»Ich hasse es nicht«, widersprach Rupert ihr. »Das redest du dir nur ein. Natürlich bin ich nicht glücklich darüber, sowenig wie du. Ich habe es mir nicht gewünscht und du dir auch nicht. Es hätte zu keinem unglücklicheren Zeitpunkt kommen können. Später, wenn ich erst einmal eine Assistentenstelle gehabt hätte, wäre alles einfacher gewesen. Ich hasse es wirklich nicht, Hedy, aber du kannst auch nicht von mir erwarten, daß ich mich darauf freue.«

Sie blickte eine Weile vor sich hin, dann nickte sie und sagte: »Nein, das kann ich nicht von dir erwarten, Rupert.« Sie stand auf, ging zum Schrank und zog ihren Mantel an. »Was hast du vor?« fragte er beunruhigt.

»Wir haben kein Brot mehr«, sagte sie. »In einer Stunde schließen die Geschäfte. Ich bin bald zurück.«

Es war ihm nicht unlieb, daß sie noch eine Besorgung zu machen hatte, das gab ihm die Möglichkeit, ungestört über alles nachzudenken. Er las wieder den Brief seines Vaters, und er versuchte sich vorzustellen, welche Überwindung es gekostet haben mußte, ihn zu schreiben, denn er hatte sich, als er ihn schrieb, darüber klar sein müssen, daß er damit seinen eigenen Herzenswunsch, seinen Sohn Arzt werden zu lassen, zumindest fraglich, wenn nicht gar unmöglich werden ließ, aber vielleicht war seine Enttäuschung noch größer gewesen als sein Stolz, oder er verließ sich einfach darauf, daß Rupert früher oder später klein beigeben und reumütig zu ihm zurückkehren würde. Obwohl seine Reaktion für Rupert nicht ganz überraschend kam, hatte er doch keinen Augenblick lang ernsthaft damit gerechnet. Wie es den Anschein hatte, kannte er seinen Vater noch immer nicht ganz, und wahrscheinlich würde er ihn auch nie völlig verstehen lernen.

Er blieb eine Weile in Gedanken versunken am Tisch sitzen, dann fiel ihm auf, daß Hedy lange wegblieb. Zum Bäcker waren es nur ein paar Schritte, sie hätte schon längst zurück sein müssen. Er begann sich Sorgen um sie zu machen.

Als er das Warten nicht länger ertrug, verließ er das Zimmer und stieg die Treppe hinunter. Er warf einen Blick in den Bäckerladen, aber dort war sie nicht, auch beim Milchmann nicht und nicht im Fleischerladen. Da er keinen Mantel angezogen hatte, begann er zu frieren, ein kalter Wind blies durch die dunklen Straßen, Rupert schob fröstelnd die Hände in die Taschen, er überlegte, wohin sie sonst noch gegangen sein könnte, vielleicht zu Werner, es wäre nicht das erste Mal, daß sie, wenn sie nicht mehr weiter wußte, zu ihm lief und sich bei ihm ausweinte. Der Gedanke, daß sie jetzt bei ihm in seinem warmen Zimmer sitzen könnte, während er, Rupert, sich die größten Sorgen um sie machte und ihretwegen frierend auf der dunklen Straße stand, ließ ihn so wütend werden, daß er in das nächste Gasthaus ging, sich zuerst einen Schnaps und dann noch ein Bier bestellte, aber er hielt es dort nicht lange aus, seine Unruhe war noch größer als sein Ärger, er bat den Wirt, telefonieren zu dürfen, und rief bei Werner an. Dort meldete sich jedoch nur das Dienstmädchen, es sagte ihm, daß der junge Herr ausgegangen sei; mehr wußte sie nicht.

Rupert bezahlte seine Zeche und das Telefongespräch. Als er auf die Straße hinaustrat, wehte ihm der Wind einen eisigen Schneeregen ins Gesicht. In der Erwartung, Hedy sei inzwischen in die Wohnung zurückgekehrt, rannte er nach Hause, jagte, zwei Stufen auf einmal nehmend, die Treppe hinauf, und als er die Tür zu seinem Zimmer aufstieß, sah er Werner am Tisch sitzen und in einem Notizbuch blättern. Er mußte zu Fuß oder mit einem Taxi gekommen sein; sein Wagen hatte nicht vor der Haustür gestanden. Bei Ruperts Eintreffen ließ er das Notizbuch sinken und blickte ihn stumm an. »Wo ist Hedy?« fragte Rupert sofort. Statt ihm zu antworten, sagte Werner: »Ich warte seit einer halben Stunde auf dich.«

»Ich habe vor zehn Minuten bei dir angerufen«, sagte Rupert und setzte sich zu ihm an den Tisch. »War Hedy bei dir?«

Werner nickte. »Deshalb bin ich hier. Sie wollte von mir eine Adresse haben.«

Obwohl Rupert im gleichen Augenblick wußte, wovon er sprach, fragte er: »Was für eine Adresse?«

»Um das Kind loszuwerden«, sagte Werner und steckte das Notizbuch in seine Tasche zurück. »Sie war deshalb schon einmal vor vierzehn Tagen bei mir, konnte sich damals jedoch noch nicht schlüssig werden, ob sie es tun solle oder nicht. Sie wollte es von einer Aussprache mit dir abhängig machen. Hast du heute mit ihr über dieses Thema gesprochen?«

Rupert starrte ihn wortlos an. Er fühlte sich plötzlich so schlecht, daß er in die Küche gehen und ein Glas Wasser trinken mußte. Er blieb noch eine Weile mit geschlossenen Augen neben dem Spülstein stehen, dann kehrte er zu Werner zurück und fragte: »Wo ist sie jetzt?«

Werner blickte auf seine Armbanduhr. »Ich habe sie zu einem zuverlässigen Mann geschickt; sie dürfte es jetzt schon hinter sich haben.«

»Sie hat...« Rupert konnte nicht weitersprechen.

Werner sagte: »Der betreffende Arzt wollte sie erst für morgen bestellen, sie hatte jedoch Angst, sie würde bis dahin nicht mehr den Mut dazu haben. Ich konnte ihn dazu überreden, den Eingriff noch heute abend vorzunehmen. Er will sie vorsichtshalber bis morgen früh bei sich behalten. Gegen zehn kannst du sie bei ihm abholen. Oder soll ich das für dich tun?«

»Du hast sie auch hingebracht«, sagte Rupert heiser.

»Mit einem Taxi«, sagte Werner. »Mein Wagen ist in der Werkstatt. Übrigens hat Hedy mich gebeten, dir zu sagen, daß sie es nur deinetwegen getan hat.«

Er stand auf, ein gutaussehender junger Mann in einem hellgrauen, eleganten Zweireiher. Rupert hatte ihn noch nie so gehaßt wie in diesem Augenblick. Er beobachtete, wie er zur Tür ging. Dort zögerte er, dann kam er noch einmal zurück und legte Rupert die Hand auf die Schulter. »Es war für euch beide die beste Lösung, Rupert. Mach ihr keine Szene, ich glaube, sie konnte nicht mehr anders.«

»Nimm deine Hand weg«, sagte Rupert leise.

Werner drehte ihm stumm den Rücken zu. Erst als die Tür hinter ihm zuschlug, fiel Rupert ein, daß er ihn nicht danach gefragt hatte, was der Eingriff kosten würde, aber darauf kam es jetzt vielleicht auch nicht mehr an.

Er ließ sich auf das Bett fallen und weinte.

3

Heute weiß ich, daß an jenem Tag meine Ehe kaputtgegangen ist, auch wenn sie nach außen hin noch eine Weile gehalten hat. In Wirklichkeit ist Hedy nie darüber hinweggekommen, daß ich ihr diese schwere Entscheidung allein überlassen habe. Meine damalige Handlungsweise erscheint mir nach so langer Zeit selbst unbegreiflich. Ich habe in einem entscheidenden Augenblick meines Lebens versagt, und wahrscheinlich werde ich mir das nie ganz verzeihen können. Einerseits hatte ich das Kind nicht gewollt, und auf der anderen Seite war ich durch Erziehung und Herkunft mit zu vielen Vorbehalten belastet gewesen, als daß ich meine eigene Frau dazu hätte überreden oder ermuntern können, eine Abtreibung vornehmen zu lassen. Ich bin aus dem Rupert Kruedener von damals nie ganz schlau geworden, und daß mir nichts Besseres eingefallen war, als Werner für die damaligen Geschehnisse verantwortlich zu machen, scheint mir ebenfalls charakteristisch für meine damalige Denkweise zu sein. Ich bin zwar heute noch davon überzeugt, daß ein Kind alles nur noch schlimmer gemacht und uns vielleicht schon früher auseinandergebracht hätte. Worüber ich nicht hinwegkomme, ist meine damalige Unfähigkeit und Feigheit, diese schwere Entscheidung mit Hedy zu teilen. Ich rechne mir das heute übler an als alles, was mir in jener Zeit und später mit Irmgard Widdau noch widerfahren ist. Vielleicht war es so, daß mein Versagen gegenüber Hedy es mir später so leicht hatte werden lassen, auch noch den Rest meines Stolzes aufzugeben. Meine Ehe mit Hedy hatte mich für Irmgard Widdau erst richtig ›reif‹ werden lassen. Sie hat mich dann nur noch zu pflücken brauchen.

Seine neue Stellung bei Irmgard Widdau feierte Rupert noch am gleichen Abend zusammen mit Grigore und Eva Botez. Er hatte drei Flaschen Wein besorgt und Eva und ihren Mann zum Abendessen eingeladen.

Eva Botez hatte ihn vom ersten Tag an beeindruckt, und jedesmal, wenn er sie sah, versuchte er sich vorzustellen, wie hübsch sie einmal gewesen sein mußte, aber ihre Ehe mit Grigore Botez und das Leben, das sie seitdem führte, hatten ihr Gesicht gezeichnet. Es hätte gar nicht erst der streichholzlangen Narbe auf ihrer rechten Wange bedurft, um sie zehn Jahre älter erscheinen zu lassen. Vor ihrer Ehe mit Grigore war sie lange Zeit mit einem Messerwerfer herumgereist, ein Mann, von dem sie wie von einem Pflegevater erzählte. Aus jener Zeit hatte sie noch mehr Narben am Körper.

Wie immer, wenn den ganzen Tag die Sonne geschienen hatte, war es in den Mansarden unter dem Dach auch noch am Abend fast unerträglich warm, obwohl Rupert beide Fensterflügel geöffnet hatte. Eva Botez trug nur einen dünnen Hausmantel. Die große Silberspange, mit der sie ihr schwarzes, tief herabhängendes Haar im Nacken zusammengefaßt hatte, gehörte zu einem Bühnenkostüm. Ihr Mann trug nur eine knappe Badehose, während Rupert sich trotz der Hitze im Zimmer darauf beschränkt hatte, den Oberkörper zu entblößen.

Üblicherweise begnügten sich Eva Botez und ihr Mann beim Abendessen mit Kartoffeln, grünem Salat und einer dünnen Soße. Fleisch kam nur selten auf den Tisch, und auch dann hatte Rupert jedesmal den Eindruck, daß es von einem Pferdeschlächter stammte. Auch ihre Vorliebe für Matjes-Heringe oder Quark war nicht nach seinem Geschmack. An diesem Abend gab es deutsches Beefstak, Ruperts Beitrag zum festlichen Anlaß. Seit Hedy nicht mehr hier war, kamen Eva Botez und ihr Mann wieder öfter herüber, in ihrer eigenen Dachkammer, wo neben den Möbeln auch noch die großen Artistenkoffer und das Bühnengerät standen, ging es noch enger zu als bei Rupert. Ruperts Mansarde war auch wohnlicher eingerichtet als ihre eigene. Auf der breiten Schlafcouch lag eine gelbe Decke, und die rote Lederbank vor dem Tisch war seine letzte gemeinsame Anschaffung mit Hedy gewesen. Rot und gelb waren ihre Lieblingsfarben.

Nach dem Essen zündete sich Eva Botez eine Zigarette an, setzte sich auf die Couch und schlug die langen, nackten Beine übereinander. Ihre roten Schnürsandalen ließen ihre rotlackierten Zehen frei. Rupert ertappte sich dabei, daß er ihre vom Hausmantel kaum bedeckten Schenkel betrachtete; obwohl er sie nun so lange kannte, konnte sie ihn noch immer aufregen. Sie war großgewachsen, ihr geschmeidiger Körper erinnerte ihn jedesmal an eine schöne Katze. Sie erwiderte mit einem kleinen Grinsen seinen Blick und fragte: »Keine Musik?«

Auch ihre tiefe Stimme klang für Rupert aufregend. Er schaltete das Radio auf dem Wandbrett über der Couch ein. Vor zehn Wochen hatte er die letzte Rate bezahlt, Luxus auf Stottern. Er drehte an der Skala, bis er Musik fand. Eva Botez sagte: »Laß das – ein Tango. Das höre ich gern.« Sie ließ, während Rupert am Radio drehte, kein Auge von seinem nackten Rücken. Ihr Mann rülpste; sie sagte: »Alte Sau.« Er grinste nur und goß sein Glas mit Wein voll. »Prost«, sagte er. Er kam aus Rumänien und wohnte mit seiner Frau nun schon über acht Jahre bei Frau Klein in der Dachkammer. Eva hatte Rupert erzählt, daß sie sich nach dem Krieg im Hansa-Theater in Hamburg kennengelernt hatten; sie waren dort im selben Programm aufgetreten und hatten sich zu einer gemeinsamen Tanznummer zusammengetan: *Die zwei Rodos.* Tagsüber schliefen sie, abends gingen sie zur Arbeit, manchmal nur für eine Viertelstunde in ein Nachtlokal, ab und zu bekamen sie auch längere Engagements in großen Städten. Das passierte aber in den letzten Jahren immer seltener. Sie saßen viel untätig herum und warteten auf einen Anruf ihres Agenten. Ihr Zusammenleben litt darunter, es gab regelmäßig häßliche Szenen zwischen ihnen. Wo die Armut zu groß wird, hat die Liebe kaum mehr eine Chance. Irgendwie hatten sie beide den Anschluß verpaßt, der politische Emigrant aus Rumänien und die uneheliche Tochter eines Zirkusakrobaten. Tanzartistik war nicht mehr gefragt, seit sich das Publikum an sogenannten Schönheitstänzen ergötzen konnte. Was wog schon ein dreifacher Salto neben einer hübschen Frauenbrust, wenn sie genüßlich entblößt wird!

Im Radio sang eine melancholische Männerstimme ein sentimentales Lied von einem Pferdehalfter an der Wand. Eva Botez sagte geistesabwesend: »Als ich noch ein Kind war, wünschte ich mir immer ein Pferd und eine große Wiese.«

»Daheim hatten wir Pferde«, sagte Grigore Botez. »Vier Stück.«

Seine Frau grinste. »Vor einer Woche waren es noch sechs.«

»Zwei sind gestorben«, sagte Grigore. Rupert hatte ihn noch nie lachen sehen, er beherrschte sein Gesicht wie ein Jongleur seine Bälle. Nur seine Schnurrbartspitzen beherrschte er nicht; sie zitterten auch jetzt vor unterdrücktem Lachen. Er fragte: »Wozu Wiese?«

»Damit das Pferd immer genug zu fressen hat«, sagte Eva und kicherte.

Ihr Mann trank sein Glas aus und stand auf. »Muß noch weg. Tut mir leid.«

»Ich weiß, wohin du mußt«, sagte Eva mit einem angewiderten Grinsen. »Wir kommen auch ohne dich zurecht.«

Er wandte ihr sein dunkles Zigeunergesicht zu. »Bin bald zurück.«

»Meinetwegen brauchst du dich nicht zu beeilen«, sagte sie. »Bring ihr nur, was du in der Hose hast. Ich brauch es nicht.«

»Das ist gut«, sagte er und gab Rupert die Hand. »War ein gutes Essen, und der Wein auch gut.« Er sprach Deutsch mit einem harten Akzent. Rupert beobachtete, wie er barfuß und mit knappsitzender Badehose zur Tür ging, ein stattlicher Mann mit breiten Schultern und einer schmalen Taille, wortkarg, geheimnisvoll und so unergründlich wie seine Gedanken.

Er hatte seine Frau schon betrogen, bevor Rupert Hedy kennengelernt hatte, aber seit sie kaum mehr ein Engagement bekamen, betrog er sie noch öfter. Im Augenblick mit einem kaum zwanzigjährigen Mädchen aus Mannheim. Zweimal in der Woche ging er zu ihr, aber zwischen ihm und Eva wurde nie über Scheidung gesprochen. Sie waren aufeinander angewiesen, er brauchte Eva als Partnerin für seine Tanznummer, und sie brauchte ihn genauso. Jeder von ihnen wäre ohne den anderen verloren gewesen.

Kurze Zeit später hörten sie ihn die Treppe hinuntersteigen.

Eva sagte: »Am Freitag morgen ist er um fünf nach Hause gekommen. Vielleicht schneide ich ihm eines Nachts die Kehle durch.«

Rupert lächelte: »Dafür hast du ihn noch immer zu gern.«

Warum sie Grigore noch gern hatte, wußte Rupert allerdings nicht. Vielleicht hatten sie verwandte Seelen. Er sah, daß sie ihr Glas leergetrunken hatte, und füllte es wieder. Sie küßte ihn rasch auf den Mund.

Manchmal erinnerte sie ihn an ein verlassenes Tier, und wie ein verlassenes Tier kam sie, seit Hedy nicht mehr da war, jedesmal zu ihm herüber, wenn Grigore das Haus verlassen hatte, mitunter auch morgens, wenn Grigore noch schlief. Beim ersten Mal hatte sich Rupert seinetwegen Gewissensbisse gemacht und sie wegschicken wollen, aber sie hatte sich einfach ausgezogen und ihm erzählt, daß Grigore auf ihre Drohung, sie würde, falls er sie weiterhin mit fremden Frauen betrüge, mit Rupert schlafen, nur geantwortet habe, er habe nichts dagegen, wenn sie dem einsamen Junggesellen von nebenan ein wenig die Zeit vertreibe.

Hedys Auftauchen hatte ihre intimen Beziehungen beendet, aber seit sie Rupert verlassen hatte, war ihm Evas Gegenwart wieder unentbehrlich geworden. Sie verstand es, ihn zu trösten, und er hatte ihren Trost nie nötiger gebraucht als in den vergangenen Wochen. Ganz am Anfang war sie auf Hedy eifersüchtig gewesen, aber sie hatte nie versucht, gegen sie zu intrigieren oder auf alte Rechte zu pochen, im Gegenteil, sie hatte sich Hedys wie einer guten Freundin angenommen und ihr niemals etwas von ihren früheren Beziehungen mit Rupert erzählt.

Er empfand auch diesmal ihre Nähe als tröstend, und als sie unvermittelt sagte: »Ich kann mich schließlich in keine Rumänin verwandeln!« fragte er verwundert: »Wie kommst du darauf?«

»Nur so«, sagte sie unklar und öffnete ihren Hausmantel. Sie betastete ihren sehnigen Bauch und sagte: »Heute tut er mir wieder weh; jedesmal wenn ich viel gegessen habe.«

Rupert hatte ihr schon oft geraten, einen Arzt aufzusuchen, aber sie wollte nicht. Er vermutete, daß sie ein Magengeschwür hatte. Er erinnerte sich, wie sie zum erstenmal davon gesprochen und ihn gebeten hatte, sie, weil er doch Medizin studiere, zu untersuchen. Er sagte lächelnd: »Damit hast du mich schon damals verführt.«

»Hast dich aber leicht verführen lassen«, sagte sie mit einem gutmütigen Grinsen. Sie schloß oberflächlich den Hausmantel und sagte: »Einmal, als wir gerade drei Monate verheiratet waren, hat Grigore mir von seiner Heimat erzählt und daß ich ihn an etwas erinnern würde.«

»Vielleicht hat er damals deine Seele entdeckt«, sagte Rupert. Sie grinste wieder.

»Die hat er mir schon längst aus dem Leib gestoßen. Ich glaube, er ist dauernd auf der Suche, er weiß nur nicht, was er sucht, und bei der in Mannheim wird er es auch nicht finden. Er hat es bis heute bei keiner gefunden. Weißt du, ich kann mich nicht mehr darüber aufregen, Rupert. Als ich zum erstenmal merkte, daß er mich betrügt, hätte ich mir fast die Pulsadern durchgeschnitten. Heute bin ich so abgestumpft, daß ich nichts mehr dabei empfinde. Ich bin innerlich wie tot, und wenn ich dich nicht hätte, könnte ich überhaupt nichts mehr empfinden. Bei dir kann ich das manchmal vergessen. Ich weiß nicht, wie ich dir das sagen soll, aber das mit Hedy war nicht einfach für mich. Verstehst du?«

Er nickte stumm.

»Manchmal hatte ich einen richtigen Haß auf sie«, sagte Eva. »Aber ich habe nie gewünscht, daß sie dir davonläuft. Heute abend habe ich dich zum erstenmal wieder lachen sehen. Ich bin froh, daß du die neue Stellung bei diesen Bonzen gefunden hast. Was ist das eigentlich für ein Weib, diese Widdau?«

»Ich kenne sie ja kaum«, sagte Rupert und stand auf. Er ging zum Fenster und blickte auf die Straße hinab. Von irgendwoher klangen Kirchenglocken über die Stadt. Am Ufer gingen viele Leute spazieren und betrachteten die untergehende Sonne, die den Fluß rot aufleuchten ließ. Zwei schwerbeladene Kohlenkähne glitten lautlos stromabwärts und zogen weiße Furchen hinter sich her. Von einem hell erleuchteten Ausflugsdampfer, der sich mit flatternden Wimpeln gegen den Strom stemmte, drangen Musikfetzen herüber. Wie oft hatte er hier mit Hedy gestanden. Es war noch dasselbe wie damals, und trotzdem war alles ganz anders geworden.

Hinter ihm sagte Eva: »Ich habe noch immer nicht ganz mitbekommen, weshalb Hedy dir davongelaufen ist. War es wegen des Kindes?«

Er drehte sich nach ihr um und nickte.

»Das begreife ich nicht«, sagte sie. »In eurer Lage wäre es doch nur eine Last für euch gewesen.«

»Es ist eine komplizierte Geschichte«, sagte Rupert. Noch vor kurzer Zeit war er nicht fähig gewesen, mit ihr darüber zu reden, aber heute abend drängte es ihn dazu, sich mit einem anderen Menschen auszusprechen. Er setzte sich neben sie auf die Couch, griff nach seinem Glas und trank es leer.

»Du hast einen guten Zug«, sagte sie lächelnd.

»Du auch«, sagte er und füllte ihr leeres Glas. »Hedy hat das Kind nur abtreiben lassen, um zu verhindern, daß ich mein Studium abbrechen mußte. In Wirklichkeit war mir das Kind ein willkommener Anlaß gewesen, damit Schluß zu machen. Ich habe es nie über mich gebracht, ihr zu sagen, daß ich die Studiererei satt hatte. Ich redete mir ein, sie wünschte sich nichts sehnlicher als einen Akademiker zum Mann. Vielleicht war das auch so. Nach allem, was sie durchgemacht hatte, mußte sie an einer sicheren Existenz interessiert sein. Als Chauffeur hätte ich sie ihr nicht in gleicher Weise bieten können. Außerdem hielt ich sie für ambitioniert genug, lieber mit einem Arzt als mit einem Kraftfahrer verheiratet zu sein. Kein Mann räumt gegenüber seiner Frau gerne ein, daß er ein Versager ist.«

»Du hast das Studium nicht geschafft?« fragte Eva überrascht.

Er schüttelte den Kopf. »Ich hatte es satt, zwischen den Studenten zu sitzen, von denen die meisten zehn Jahre jüngen waren als ich. Ich hatte auch nicht mehr die Geduld dafür, und ich glaube auch nicht, daß ich ein guter Arzt geworden wäre. Es war der Wunsch meines Vaters, nicht mein eigener. Ich habe durch den Krieg und die Gefangenschaft so viele Jahre verloren, daß ich nicht noch mehr verlieren wollte. Ich hätte mit Hedy von vornherein darüber reden sollen.«

»Ist nicht leicht für einen Mann«, sagte Eva.

Ihre Worte, noch mehr aber der Ton, wie sie es sagte, taten ihm gut. Ohne sie wäre sein Leben oft noch unerträglicher gewesen. Er fühlte sich auf eine Weise mit ihr verbunden, wie das oft zwischen Menschen der Fall ist, die ähnliche oder die gleichen Probleme haben.

Er sagte: »Alles, was ich in den vergangenen Jahren getan habe, war im Grunde falsch und inkonsequent, auch später, als ich mich dazu habe hinreißen lassen, Hedy die Wahrheit zu sagen. Ich könnte mir noch heute dafür die Zunge abbeißen.«

»Wann war das?« fragte Eva teilnahmsvoll.

»Am Tag, bevor sie mir davongelaufen ist. Ich redete mir damals ein, sie mit Werner erwischt zu haben.«

»Erzähl!« sagte Eva gespannt.

»Ich hätte an diesem Tag mit Ruckmann nach Frankfurt fahren sollen, er hatte es sich aber dann anders überlegt und mich am frühen Nachmittag nach Hause geschickt. Ich traf Hedy in Werners Gesellschaft an. Sie saßen hier auf der Couch und fuhren, als ich plötzlich hereinkam, wie ertappt auseinander.«

»Waren sie . . .« Eva Botez verstummte.

»Nein, aber mir genügte es damals, ihn neben ihr auf der Couch sitzen zu sehen, während sie beide annehmen mußten, daß ich mit Ruckmann in Frankfurt war. Hedy hatte Nachtschicht gehabt. Sonst hatte sie um diese Tageszeit ihre Einkäufe erledigt, und als ich sie dann plötzlich mit Werner antraf ...«

Er sprach nicht weiter. Eva berührte seinen Arm. »Ich glaub nicht, daß sie damals was mit ihm hatte, Rupert. Sie ist nicht der Typ dafür. Sie hat ihn irgendwie gemocht; das war alles. Mir sagte sie einmal, er wäre ein guter Freund, aber zum Mann würde sie sich jeden anderen wünschen nur nicht ihn. Es gefiel ihr eben, daß er sich um sie kümmerte. Vielleicht hast du es zuletzt nicht mehr so oft getan wie früher. Und dann ist es zum Krach zwischen euch gekommen?«

»Erst als Werner gegangen war. Ich habe mich in meiner Eifersucht dazu hinreißen lassen, ihr ein paar dumme Dinge an den Kopf zu werfen. Sie erwiderte, daß ich nur neidisch auf Werner sei, und wenn sie mir noch etwas bedeutete, würde ich endlich meine Stellung bei Ruckmann aufgeben und mein Studium weitermachen, sonst hätte sie das Kind behalten können. Vielleicht habe ich mich deshalb über ihre Worte so geärgert, weil ich insgeheim wußte, daß sie recht hatte, aber ich war damals noch nicht so weit, es mir einzugestehen. Jedenfalls, ich weiß nicht mehr genau, was ich gesagt habe, antwortete ich ihr sinngemäß, meinetwegen hätte sie das Kind nicht abzutreiben brauchen, weil ich ohnehin vorgehabt hätte, das Studium an den Nagel zu hängen.«

»Das war blöd«, sagte Eva, und ihr Gesicht sah ein wenig blaß aus. »Das war das Schlimmste, was du ihr damals hast antun können.«

Er nickte. »Das ist mir auch sofort bewußt geworden, aber da war es schon passiert. Am nächsten Tag war sie dann verschwunden, aber das weißt du ja.«

Sie griff nachdenklich nach ihrem Glas, nahm einen großen Schluck und stellte es auf den Tisch zurück. »Und du glaubst noch immer, daß Werner seine Hände dabei im Spiel hatte?«

»Wer sonst? Mit den zweihundert Mark, die sie in der Fabrik verdiente, wäre sie nicht weit gekommen. Ich bin nicht einmal davon überzeugt, daß sie etwas mit ihm hat; er hat sich schon immer in der Rolle eines selbstlosen Freundes gefallen, und er hat Geld genug, um ihr ein Zimmer zu besorgen und über die erste Zeit hinwegzuhelfen. Er hat sich seitdem ja auch nicht mehr bei mir sehen lassen. Sicher spielt er die gekränkte Unschuld, weil ich ihn an jenem Abend verdächtigt habe, sie hinter meinem Rücken verführen zu wollen.«

Eva sagte offen: »Dann verstehe ich nicht, warum du nicht einmal zu ihm gehst und ihn nach ihr fragst.«

»Lieber würde ich sterben«, sagte Rupert. Sie grinste dünn. »So seid ihr Männer eben. Ich sollte mir auch einen reichen Freund mit einem Haufen Geld suchen. Vielleicht gewinnen wir mal im Toto. Dann werde ich mir lauter fantastische Kostüme kaufen und mit Grigore eine ganz tolle Tanznummer einüben. Eine, bei der wir uns beide ausziehen.«

Rupert mußte lächeln. »Dazu brauchst du keine fantastischen Kostüme.«

»Das verstehst du nicht. Wenn man etwas Schickes anhat, wirkt das Ausziehen auf Männer viel aufregender. Ich hätte es nie für möglich gehalten, daß ein intelligenter Mann wie du so blöd reagieren kann, Rupert. Weißt du, ich hab' eine ziemlich dicke Haut, aber wenn ich an Hedys Stelle gewesen wäre, ich wäre dir genauso davongelaufen. Vielleicht hatte sie sich auf das Kind gefreut, und dann sagst du ihr so was ins Gesicht. Das war doch verrückt.«

»Ich weiß«, sagte er müde. »Aber ich kann mich nicht ändern.«

»Mir gefällst du auch so«, sagte sie und knöpfte seine Hose auf.

So endete es eben auch an diesem Abend wieder auf der Couch. Als Rupert ihr einmal das Gesicht zuwandte, sah er, daß sie die Augen geschlossen hatte. Vielleicht war sie in Gedanken schon wieder bei Grigore. Und wo war er vorhin mit seinen Gedanken gewesen? Bei ihr, bei Hedy oder schon bei Irmgard Widdau? Es war absurd, auch nur davon zu träumen!

4

Am Mittwoch abend wusch ein Gewitterregen den Staub und den Ölfilm von den Straßen. Am Donnerstag war der Himmel noch bedeckt, der Strom braungefärbt von Schlamm. Auf allen Plätzen und in allen Grünanlagen standen tiefe Pfützen, die Fenster der vorüberfahrenden Autos waren wegen des plötzlichen Temperatursturzes innen beschlagen. Trotzdem standen, als Rupert am Vormittag das Haus verließ, schon wieder ein paar Unentwegte an der Brücke und schossen Fotos von dem berühmten steinernen Tor mit den beiden hockenden Löwen.

Am Tag zuvor hatte Rupert einen neuen Anzug gekauft. In dem Briefumschlag, der ihm durch das Dienstmädchen ausgehändigt worden war, hatten vier Hundertmarkscheine gesteckt. Genug Geld für eine neue Garderobe. Rupert hatte sich für einen einreihigen Flanellanzug entschieden, er fühlte sich darin wie ein anderer Mensch und betrachtete sich im Vorbeigehen öfter in den Schaufensterscheiben der Hauptstraße. Es fiel ihm auf, daß manch neugieriger Mädchenblick ihn streifte, und wenn das betreffende Mädchen ihm gefiel, gab er ihn zurück. Schließlich, warum sollten sie ihn nicht ansehen! Er sah nicht schlecht aus, und es gab genug Frauen, die sein hageres, sonnenverbranntes Gesicht interessant fanden. Der Gedanke, daß von all seiner stattlichen Männlichkeit eines Tages nichts übrigbliebe, konnte ihn mitunter deprimieren. Auch wenn ihn keine schlimme Krankheit erwischte, hatte er, um sich noch einigermaßen fit zu fühlen, bestenfalls noch fünfzehn Jahre vor sich, und was waren schon fünfzehn Jahre! Immerhin, für einen ordentlichen dritten Weltkrieg würden sie langen.

Wenn man genug Geld in der Tasche hätte, könnte man diese Jahre noch ausnutzen, er wußte auch, wie. Sein Wunsch war schon immer, einmal nach Italien zu kommen, eine andere Kultur, andere Menschen kennenzulernen, einige unbeschwerte Ferienwochen unter südlicher Sonne zu verbringen. Früher war eine Italienreise das Privileg weniger Auserwählter gewesen, die sich heute darüber ärgerten, es mit anderen teilen zu müssen, und die sich über die jährliche Pilgerfahrt motorisierter Touristen mittlerer Gehaltsgruppen über die Alpenpässe mokierten, sie gar als Modekrankheit interpretierten oder verächtlich von Massenkonsum sprachen. Es schien Rupert immer noch besser zu sein, die Deutschen überquerten die Alpenpässe neuerdings auf Autoreifen statt auf Panzerketten.

Einen neuen Hut hätte er auch brauchen können, aber wozu eigentlich! Wenn Irmgard Widdau auch keinen Wert auf einen uniformierten Fahrer legte, so würde ein Chauffeur mit Hut sicher ebensowenig ihren Vorstellungen entsprechen. Überhaupt, ein Chauffeur mit Hut, so etwas hatte die Welt noch nie gesehen! Er mußte lachen. Außerdem durfte er mit dem Rest der vierhundert Mark nicht leichtsinnig umgehen; irgendwann würden sie ihm vom Monatsgehalt abgezogen werden, und er wußte noch nicht, wann er das nächste Geld bekommen würde.

Um zu Widdaus Haus zu kommen, konnte man die Straße oder eine Treppe mit vielen Stufen benutzen. Letztere war anstrengender, jedoch bedeutend kürzer. Rupert entschied sich diesmal für die Treppe, sie führte zwischen Gärten und Häusern steil den Berg hinauf. Er mußte öfter stehenbleiben, und das lag nicht nur an der steilen Treppe. In der vergangenen Nacht hatte er vor Aufregung kaum geschlafen; schließlich trat man nicht jeden Tag eine solche Stellung an. Auch Hedy war ihm die halbe Nacht nicht aus dem Kopf gegangen, und er hatte zum ungezählten Male mit sich gekämpft, ob er sich nicht doch endlich bei Werner nach ihr erkundigen solle, aber sein Trotz war noch immer stärker als sein Bedürfnis, sich über ihren Aufenthaltsort Gewißheit zu verschaffen. In diesem Punkt unterschied er sich kaum von seinem Vater.

Auch heute öffnete ihm wieder das Dienstmädchen. Sie musterte ihn wohlgefällig und sagte: »Ich hätte Sie beinahe nicht erkannt. Herr Widdau hat Besuch; Sie müssen warten.«

»Das bin ich gewohnt«, sagte Rupert und folgte ihr in den Empfangsraum.

Dort sagte sie: »Ich heiße Margot. Und Sie?«

»Ich dachte, das wüßten Sie schon«, sagte er.

»Bis jetzt kenne ich nur Ihren Familiennamen.«

»Dann dürfen Sie Rupert zu mir sagen«, antwortete er. Sie lächelte. »Der Name paßt zu Ihnen. Er klingt so kernig wie Sie aussehen.«

»Ist das jetzt ein Kompliment?«

»Nehmen Sie es, wie Sie wollen«, sagte sie. Er lächelte. »Margot gefällt mir auch. Wird es lange dauern?«

Sie schickte einen Blick zu Widdaus Tür. »Sein Sekretär, Herr Hartung, ist bei ihm. Da weiß man nie, ob es lange dauern wird.«

»Sicher ein hübscher Mann«, sagte Rupert, sich hinsetzend. Sie lachte. »Er ist so groß und langweilig wie eine Fahnenstange. Mit unsereins gibt der sich nicht ab.«

Rupert hatte den Eindruck, daß sie sich noch gerne ein wenig mit ihm unterhalten hätte, sie sagte dann aber, daß die gnädige Frau auf sie warte, und ging rasch hinaus.

Tatsächlich mußte sich Rupert noch eine Viertelstunde gedulden, und der Mann, der schließlich aus Widdaus Büro kam, sah genauso aus, wie Margot ihn geschildert hatte: Groß, steif und langweilig. Er trug eine schwarze Aktentasche und setzte sich, Ruperts Gruß herablassend erwidernd, in einen Sessel; seine Mission hier schien also noch nicht beendet zu sein. Rupert hatte keine Ahnung, was ein Sekretär in seiner Position zu tun hatte; sicher war es eine Vertrauensstellung, und als Herr Hartung ihm beiläufig erklärte, daß Herr Widdau ihn erwarte, ärgerte er sich über ihn. Er ging wortlos an ihm vorbei zu Widdau hinein. Dieser saß hinter seinem Schreibtisch, nickte ihm lächelnd zu und sagte: »Nehmen Sie Platz, Herr Kruedener. Ich habe schon alles vorbereiten lassen. Lesen Sie den Arbeitsvertrag in Ruhe durch und sagen Sie mir, ob Sie mit allem einverstanden sind.«

Er gab Rupert den Vertrag und beobachtete, während dieser ihn las, sein Gesicht. Der Vertrag enthielt einige Klauseln, die Rupert sofort auffielen. Er fragte: »Sie können mir fristlos kündigen?«

»Ich sagte Ihnen schon bei Ihrem ersten Besuch, daß es sich um eine Vertrauensstellung handelt, die Sie, dritten Personen gegenüber, zu strengstem Stillschweigen verpflichtet«, antwortete Widdau. »Wenn Sie ihn unterschreiben, sind Sie, mit allen rechtlichen Folgerungen, daran gebunden.«

Es leuchtete Rupert ein, daß er sich nach allem, was er ihm über seine Frau erzählt hatte, rückversichern wollte. Er unterschrieb den Vertrag und sagte: »Das ist selbstverständlich.«

»Es freut mich, daß Sie es so sehen«, sagte Widdau und betrachtete Ruperts Unterschrift. Dann griff er nach einem großen Umschlag, reichte ihn Rupert über den Schreibtisch und sagte: »Meine Frau hat sich einen neuen Wagen gekauft; Sie können ihn sofort beim Händler abholen. Dieser Umschlag enthält eine schriftliche Vollmacht für Sie, ferner Ihr erstes Gehalt.«

»Sie haben mir bereits vierhundert Mark...«

Widdau fiel ihm ins Wort: »Die verrechnen wir später. Ich nehme an, Sie sind im Augenblick auf Ihr volles Monatsgehalt angewiesen. Ich habe Ihnen noch einen zusätzlichen Betrag für Spesen beigelegt; diese rechnen Sie an jedem Monatsende ab. Im Falle größerer Reparaturen wird die Rechnung direkt an mich geschickt. Meine Frau will heute mittag ausfahren, seien Sie mit dem Wagen pünktlich um drei Uhr hier. Haben Sie schon eine Garage gefunden?«

»In der gleichen Straße, in der ich wohne«, antwortete Rupert.

»Das trifft sich gut«, sagte Widdau. Er machte jetzt einen etwas zerstreuten Eindruck und blickte mit gerunzelter Stirn vor sich auf den Schreibtisch. Dann sagte er: »Ach ja, es wird noch etwa eine Woche dauern, bis das Telefon bei Ihnen installiert wird. Und noch etwas, Herr Kruedener. Ich bin nicht kleinlich, und wenn sich die private Benutzung des Wagens in Grenzen hält, nehme ich keinen Anstoß daran. Ihr Vorgänger war da leider sehr hemmungslos. Das wäre für heute alles.« Er verabschiedete ihn mit einem Kopfnicken.

Auch diese Begegnung hatte ihn für Rupert nicht durchsichtiger werden lassen. Komplizierte Menschen waren nicht gerade sein Fall.

Im Empfangsraum traf er zu seiner Überraschung Irmgard Widdau an. Sie saß mit übereinandergeschlagenen Beinen in einem Sessel und unterhielt sich mit Hartung. Bei Ruperts Anblick unterbrachen sie ihr Gespräch, und Irmgard Widdau sagte: »Seien Sie heute nachmittag pünktlich hier.«

Die unerwartete Begegnung hatte Rupert so sehr überrumpelt, daß er nur nicken konnte, aber sie wandte sich sofort wieder von ihm ab und setzte ihr Gespräch mit Hartung fort. Anscheinend unterhielten sie sich über einen neuen Tennisplatz am Stadtrand. Ihre beiläufige Art, Rupert in seiner Gegenwart abzufertigen, ärgerte diesen. Er verließ mit rotem Kopf das Haus.

Im Garten begegnete er wieder Margot, sie war damit beschäftigt, Blumen zu pflücken. »Sind die für mich?« fragte Rupert. Sie lachte. »Sie sind vielleicht eingebildet! Die gnädige Frau will immer frische Blumen in ihrem Zimmer haben.« Sie blickte ihn gespannt an. »Gehen Sie jetzt den neuen Wagen holen?«

»Möchten Sie mitkommen?«

»Möchten schon«, sagte sie, »aber ich darf ja nicht weg. Ich bin neugierig, was es diesmal für ein Modell ist.«

»Diesmal«, vergewisserte sich Rupert.

Sie schickte einen schnellen Blick zum Haus und senkte die Stimme: »Das ist in den vergangenen zwei Jahren schon der dritte.«

Rupert zuckte mit den Achseln. »Warum nicht! Manche Leute wechseln ihre Autos wie andere das Hemd.« Er öffnete den Briefumschlag und suchte nach der Adresse des Händlers. »Plymouth-Vertretung, Chrysler Corporation«, sagte er.

Margot lachte wieder: »Das klingt ja ganz toll; so was könnte ich niemals aussprechen. Man merkt, daß Sie studiert haben.«

»Das wissen Sie auch schon!« sagte er verblüfft.

»Hier weiß man alles«, sagte sie leichthin. »Die Typenbezeichnung des letzten Wagens habe ich auch nicht aussprechen können.«

»Chrysler Corporation ist nicht das Modell, sondern die Herstellerfirma«, sagte Rupert. »Der Schreck wegen des Modells steht mir erst noch bevor.«

»Mögen Sie amerikanische Autos nicht?«

Er grinste. »Doch, aber sie passen besser auf die Milchstraße als in unsere engen Gassen. Drücken Sie mir die Daumen, damit ich ihn heil herbringe.«

Sie musterte ihn wieder wohlgefällig. »Der neue Anzug steht Ihnen aber prima.«

»Vielen Dank«, sagte er. »Sie sind ein nettes Mädchen.« Er hätte beinahe noch: *Viel netter als Ihre Herrin* hinzugefügt, ließ es dann aber sein. Vielleicht hätte sie es der *Gnädigen Frau* erzählt; er kannte sie für solche vertraulichen Äußerungen noch nicht gut genug, aber das Lächeln, mit dem sie sein kleines Kompliment erwiderte, hätte vielleicht auch einen eingefleischten Junggesellen schwach werden lassen. Es kostete gar keine große Mühe, einer Frau etwas Nettes zu sagen, und oft war es wirkungsvoller als ein teueres Geschenk. Warum einem ausgerechnet gegenüber der eigenen kaum ein paar freundliche Worte einfallen, gehört auch zu jenen Dingen, auf die es keine einleuchtende Antwort gibt. Hedy hatte sicher oft auf ein kleines Kompliment von ihm gewartet.

Für den Weg zurück in die Stadt nahm Rupert diesmal nicht die Abkürzung. Das verlängerte die Vorfreude, obwohl er vor Neugierde auf Irmgard Widdaus neuen Wagen fast platzte. Seit er für Ruckmann gearbeitet hatte, liebte er Autos, sie waren mitunter zuverlässiger und unkomplizierter als Frauen und sie gaben einem Mann das Gefühl, etwas zu sein. Ähnlich hatte er empfunden, als er Ruckmanns Privatwagen zum ersten Male aus der Garage geholt hatte, ein neues Mercedes-Modell, zwar nicht zu vergleichen mit den amerikanischen Straßenkreuzern, aber für die damalige Zeit war auch er ein Ereignis gewesen. Jetzt würde er sich vermutlich an ein automatisches Getriebe und an acht Zylinder mit zwei-

oder dreihundert PS gewöhnen müssen. In Heidelberg fuhren genug Chrysler-Modelle auf den Straßen; er kannte sich da schon einigermaßen aus.

Der Gedanke, selbst einmal am Lenkrad eines solchen Superschlittens zu sitzen, ließ ihn fast schwindlig werden. Ohne Chauffeurlivree würden die Leute vielleicht einen Industriekapitän in ihm vermuten. Seit das Auto so etwas wie ein Statussymbol geworden war, konnte es nicht mehr groß genug sein. Ein großes Auto erregte hierzulande mehr Aufsehen als der Umstand, daß sich neuerdings sogar einfache Arbeiter ein eigenes Häuschen leisten konnten. In Amerika konnten sie sich schon lange beides leisten: Das große Auto und das eigene Haus. Dort fuhr fast jeder ein *Statussymbol*, und niemand achtete mehr darauf.

Der Gedanke ernüchterte ihn, er ging unwillkürlich langsamer. Schließlich war es nicht sein eigener Wagen, den er abholen sollte, und jene, die sich hierzulande solche Autos anschafften, kompensierten vielleicht nur Minderwertigkeitskomplexe damit oder gaben gerne an. War er im Grunde viel anders als sie? Sein Weg führte ihn am alten Bahnhof vorbei. Dort rissen Preßluftbohrer die Straße auf, bahnten sich ratternd einen Weg durch Kopfsteinpflaster. In ein paar Monaten würde der Bahnhof selber an der Reihe sein, ein Opfer des Fortschritts. Tausend Meter westlich davon stand bereits der neue; Schaustück und Paradepferd der Bundesbahndirektion. Schließlich mußte sie für ihr permanentes Defizit auch etwas vorweisen können!

Rupert erinnerte sich, daß er Zigaretten kaufen mußte. Als er vorhin in Margots Gegenwart den Umschlag geöffnet hatte, war er nicht nur auf die Adresse des Autohändlers, sondern auch auf ein gutes Dutzend Hundertmarkscheine gestoßen. Auch wenn er berücksichtigte, daß sechs davon für sein erstes Gehalt bestimmt waren, blieben für Spesen noch genug übrig. Nun, ein Mann wie Widdau konnte es sich leisten, mit Spesengeldern großzügig zu sein. Fast genauso großzügig wie die Bundespost, die ihm zu Gefallen innerhalb von acht Tagen einem kleinen Angestellten einen Telefonanschluß installieren lassen wollte, während andere, die ihn viel dringender brauchten, schon seit Jahren darauf warten mußten. So war das eben! Die Zigaretten kaufte er an einem Kiosk in der Bahnhofshalle. Seit der neue Bahnhof in Betrieb war, wirkte die alte Halle gespenstig leer. Noch vor einigen Wochen waren von hier aus jeden Morgen die Werktätigen aus der ländlichen Umgebung Heidelbergs zu ihren Arbeitsplätzen geströmt. Seit die Fernsehantenne aufs Hausdach gehörte wie der Schinken in den Rauchfang, ernährte die Landwirtschaft ihren Mann kaum mehr.

Mit dem Kioskbesitzer wechselte Rupert einige Worte. Der Mann schien froh über jeden Kunden zu sein, er erzählte Rupert, daß er seit über

vierzig Jahren in diesem Kiosk gestanden habe und nun endgültig dichtmachen müsse. Nein, er denke nicht daran, sich um eine Konzession im neuen Bahnhof zu bemühen, die Miete dort sei viel zu hoch und er selber schon viel zu alt, um diesen ganzen Trubel zu überleben. Er senkte vertraulich die Stimme und sagte: »Die sind alle verschuldet bis über beide Ohren.«

»Wer?« fragte Rupert verwundert.

Der Zigarettenhändler machte eine unklare Handbewegung und flüsterte: »Alle, glauben Sie mir. Alle, wohin Sie schauen.«

Draußen auf dem Bürgersteig standen viele Leute und sahen den Muskelmännern bei der Arbeit an den Preßluftbohrern zu; ein lüsternes Mädchen wirkte ganz hingerissen.

Der Himmel hatte sich etwas aufgeklart, und als Rupert weiterging, kam sogar einmal die Sonne durch, zwar nur für wenige Minuten, aber für Rupert doch lange genug, um sein umdüstertes Gemüt etwas aufzuheitern und ihn von seiner Bitterkeit abzulenken.

Aber warum war er eigentlich bitter? Befand er sich nicht auf dem Weg in einen neuen Abschnitt seines Lebens? Zwar wieder in ein Leben voller Ungewißheiten und Abhängigkeiten, aber immerhin in eines, das völlig neue Perspektiven eröffnete. Er ertappte sich dabei, daß er ebenso Neugierde wie Unbehagen empfand.

Das Büro der Plymouth-Vertretung war in einem Hinterhof untergebracht. Dies war ein konservatives Land, und amerikanische Firmen taten sich hier vorläufig noch schwer und mußten bescheiden anfangen, selbst so ein großer US-Konzern wie die Chrysler Corporation. Das Personal war deutsch, in dem kleinen Raum saßen zwei Tippmädchen, ein junger Mann fragte etwas gelangweilt nach Ruperts Begehr. Sein neuer Anzug schien hier wenig Eindruck zu machen, und wahrscheinlich hätte er auch in einem noch eleganteren kaum den Eindruck erweckt, ernsthafter Interessent für einen amerikanischen Luxuswagen zu sein. Aber warum eigentlich? Die Typen, die sonst in solchen Autos hockten, sahen auch nicht immer wie Krupp von Bohlen und Halbach aus! Rupert knallte dem gelangweilten jungen Mann Widdaus schriftliche Vollmacht auf den Tisch. Er wirkte zuerst überrascht, dann wurde er devot und bat Rupert, sich einen Augenblick lang zu gedulden. Wahrscheinlich ging er den Boß verständigen.

Die Tippmädchen waren jetzt neugierig geworden, sie ließen Rupert die schlanken Beine sehen, eine puderte sich gar rasch die Nase. Sie waren beide hübsch und verliehen selbst dem tristen Hinterhofbüro eine wohlgefällige Atmosphäre. Mit Hedy war sogar die vergammelte Dachkammer Frau Kleins heller und freundlicher geworden, die verschimmelte Tapete hatte kaum mehr gestört. Aber der Glanz, den Hedy dort verbreitet hatte, war mit ihrem Weggehen erloschen. Oder war er schon vorher erloschen gewesen? Hatte nicht schon vorher die muffige Tapete den Glanz ausgelöscht, hatte nicht schon vor Hedys Weggehen alles ein wenig muffig geschmeckt, das Brot, das sie sich geteilt hatten, die Liebe, die sie sich gegenseitig noch schenken konnten! Muffig wie alles in Frau Kleins altem Haus? Und dabei hatte er sich, zumindest in der ersten Zeit, solche Mühe um Hedy gegeben!

Der Boß war ein großer, dicker Mann. In einem Zeitungsartikel hatte Rupert einmal gelesen, daß 80 Prozent aller Bosse Übergewicht hätten. Ob das eine Folge ihrer Position oder eine Voraussetzung dafür war, hatte Rupert dem Artikel nicht entnehmen können.

»Sie wollen also den Wagen für Herrn Widdau abholen«, sagte der dicke Boß. »Sind Sie der Fahrer?«

Rupert stellte fest, daß der junge Verkäufer bereits wieder seine gelangweilte Miene aufsetzte, und auch die beiden Tippmädchen wirkten jetzt enttäuscht und geschäftig zugleich. Obwohl sich daraus Komplikationen ergeben könnten, verstieg sich Rupert zu der Antwort: »Ich bin ein Neffe von Herrn Widdau.«

Der Dicke reagierte betreten, sein junger Verkäufer fast erleichtert, und die beiden Tippmädchen lächelten wieder. Der Dicke entschuldigte sich: »Das wußte ich nicht. Würden Sie mir bitte folgen, Herr Kruedener?«

Er und der junge Verkäufer begleiteten Rupert auf den Hof zu einer Garage mit einem massiven Eisentor. Ihre Art, es gemeinsam zu öffnen, ähnelte einem Ritual. Und da standen sie: Ein halbes Dutzend Traumschiffe, Visitenkarten eines Landes, dem es auch ohne Karl den Großen und Goethe nicht an Selbstbewußtsein mangelte. Drei Plymouth und drei Chrysler, Silberhechte mit gläsernen Augen und Schwanzflossen wie Kometenschweife. Einer fiel Rupert besonders auf, ein extrem niedriges, langgestrecktes Kabriolett.

»Das ist er«, sagte der dicke Boß und betrachtete es voller Stolz, als hätte er es mit eigenen Händen geschaffen. Es war für Rupert nicht leicht, unbeeindruckt zu erscheinen. Hätte es an ihm selber gelegen: Seine Wahl wäre nicht anders ausgefallen.

»Herr Kramer wird eine kleine Probefahrt mit Ihnen machen und Ihnen alles erklären«, sagte der Dicke. »Der Wagen hat ein vollautomatisches Drehmoment-Wandler-Getriebe und macht zweihundert Spitze. Wir sind die ersten, die für den deutschen Markt den Tachometer mit Kilometereinteilung liefern. Sie werden mit dem Wagen bestimmt zufrieden sein.«

Der junge Mann, der Kramer hieß, hatte sich bereits hinter das Lenkrad gesetzt und den Motor angelassen. Es fiel Rupert sofort auf, daß man ihn kaum hörte, auch später nicht, als sie auf die Straße fuhren. Rupert hatte das Gefühl, auf einem Luftkissen zu sitzen, in diesem Wagen fuhr man nicht, man schwebte, und wo immer man schwebte, blieben die Passanten stehen, schoben beeindruckt die Unterlippe vor, lächelten oder bekamen einen fast andächtigen Blick. Ein Straßenbahnführer verlangsamte mit offenem Mund seinen Triebwagen. Das sollte in einer Stadt, die nicht nur eine international berühmte Touristenattraktion, sondern auch Sitz des US-Hauptquartiers war, etwas heißen.

Herr Kramer pries unaufhörlich die großartigen Vorzüge des Wagens. Schließlich trat er auf die Bremse und forderte Rupert auf, nun selber einmal das Lenkrad zu übernehmen. Das Armaturenbrett sah wie die Schaltzentrale eines Kraftwerkes aus, die zahllosen Knöpfe und kleinen Hebel steckten voller Tücken. Als Rupert nach dem Blinker suchte, glitten lautlos die Scheiben nach unten, ein anderer Knopf, den er versehentlich zwischen die Finger bekam, ließ die Sitzlehnen nach hinten klappen, aber nach fünf Minuten beherrschte er das komplizierte Instrumentarium, und Herr Kramer brauchte nicht länger seine Nerven zu strapazieren. Er sah nun fast enttäuscht aus, und Rupert mußte sich zusammennehmen, damit er am Lenkrad nicht zu übermütig wurde. Sie fuhren einmal um den Wilhelmplatz herum und noch an der Bonifatiuskirche vorbei, dann glaubte Herr Kramer es verantworten zu können, Rupert sich selber zu überlassen.

Der dicke Boß erwartete sie bereits an der Toreinfahrt. Rupert mußte im Büro noch eine Empfangsbestätigung unterschreiben, dann waren die Formalitäten erledigt. Wenig später fuhr er wieder an der Bonifatiuskirche vorbei, diesmal allein und mit dem heißen Gefühl, das vielleicht einen monarchistisch geprägten Touristen überkommen mag, der bei der Besichtigung von Schloß Hohenschwangau in einem unbeobachteten Augenblick auf dem goldenen Thron von König Ludwig des II. Platz nimmt, und auch diesmal genoß er es, Mittelpunkt vieler bewundernder Blicke zu sein. Wenn ein Mann Aufsehen erregen will, kostet es immer gleich ein halbes Vermögen. Mädchen hatten es da viel einfacher, sie brauchen nur einen engen Pulli anzuziehen.

5

Noch immer habe ich hauptsächlich mit Autos zu tun. Heute sind es freilich keine amerikanischen Straßenkreuzer, keine Luxusspielzeuge für reiche Männer und launische Frauen mehr, keine karosserierten Rennpferde, sondern schwere Last-Elefanten, Büssings und Hanomags, die Nacht für Nacht in alle Himmelsrichtungen über die Autobahn rollen. Ich brauche mich auch hinter kein Lenkrad mehr zu setzen, keine defekten

Reifen wechseln oder Motorpannen zu beseitigen. Dafür habe ich meine Leute. Ich bin Einsatzleiter einer großen Speditionsfirma, in der ich Arbeit fand, als ich Heidelberg so fluchtartig verlassen hatte. Damals mußte ich allerdings als einfacher Fernfahrer anfangen, aber ich hatte Glück. Irgendwie, ich weiß selber nicht wie, bin ich dem Chef angenehm aufgefallen, vielleicht hatte er auch einen Narren an mir gefressen. Das weiß man bei Chefs nie ganz genau, weil sie über ihre Beweggründe kaum sprechen. Jedenfalls machte er mich eines Tages zum Stellvertreter des damaligen Einsatzleiters, und einige Jahre später, als dieser aus Gesundheitsgründen ausschied, bekam ich diesen verantwortungsvollen Posten. Vielleicht hatte auch Ruth damals beim Chef ein Wort für mich eingelegt, sie arbeitete als seine Sekretärin, und schon bei unserer ersten Begegnung lächelte sie mich auf eine Weise an, die ich nie vergessen habe. Auch bei ihr war es Liebe auf den ersten Blick, aber sie erwies sich dann beständiger und zuverlässiger als bei Hedy. Genauso zuverlässig wie unsere Büssings und nicht so launisch wie ein hochgezüchteter Luxuswagen. Ich mag diese starken und unverwüstlichen Brummer, ich mag alles, was mit meiner Arbeit zusammenhängt, sogar die Fahrpläne, die ich aufstelle und die von meinen Fahrern zuverlässig eingehalten werden. Manchmal, bei einem besonders wertvollen Transport, fahre ich als Beifahrer mit, und dann träume ich, wenn wir nachts auf den Straßen sind, mitunter mit offenen Augen von lockenden Fernen und romantischen Abenteuern, aber ich weiß heute, daß Zuverlässigkeit und Abenteuer sich gegenseitig ausschließen.

Aber jener Plymouth, den ich damals für Irmgard Widdau gefahren habe, lockte das Abenteuer förmlich heraus.

Die Straße, in der Widdau wohnte, war nur einseitig bebaut. Auf der anderen Seite begann der Wald. Es handelte sich durchweg um hochherrschaftliche Villen, die in großen Gärten versteckt waren. Die Straße war eine Sackgasse und Widdaus Haus das letzte Gebäude am Waldrand. Hier endete die Straße auf einem halbrunden Platz mit einigen Garagen. Auf ihm konnte Rupert den Wagen wenden. Er stellte ihn vor dem Gartentor ab und drückte auf den Klingelknopf.

»Die gnädige Frau wird gleich kommen«, sagte Margot und betrachtete den Plymouth. Ihr Gesicht war tief beeindruckt. »Mein Gott, ist der schön«, flüsterte sie.

»Doch, ein ganz netter Wagen«, sagte Rupert mit gespieltem Gleichmut. Sie fragte: »Was der wohl kostet?«

»Wenn Sie es wüßten, wäre er nicht weniger nett«, sagte Rupert lächelnd. »Sie finden sicher auch den Mond schön und haben nie danach gefragt, was er kostet.«

Sie musterte ihn argwöhnisch. »Sie reden, als wären Sie mit einer Missionarin verheiratet.«

Rupert mußte lachen. Das hatte ihm bisher noch niemand unterstellt, aber insgeheim ärgerte er sich, daß er, um seine eigene Begeisterung vor ihr zu verbergen, einfältiges Zeug redete.

Margot sagte: »Vielleicht sind Sie nur neidisch, weil der Wagen nicht Ihnen gehört.«

»Bestimmt«, sagte er, von ihrem Scharfsinn überrascht.

Als hätte sie seine Empfindungen erraten, kicherte sie plötzlich und sagte: »Eben haben Sie ganz dumm ausgesehen.«

»Vielleicht bin ich es auch.«

Sie machte eine großzügige Geste. »So brauchen Sie sich jetzt auch wieder nicht herunterzuputzen.«

Gerade Dienstmädchen können oft sehr tolerant sein. Er beobachtete verwirrt, wie sie ihm den Rücken zukehrte und im Haus verschwand.

Die gnädige Frau ließ sich Zeit, er mußte ziemlich lange an der Gartenpforte auf sie warten. Merkwürdigerweise konnte er sich, obwohl er sie erst vor wenigen Stunden wieder gesehen hatte, kaum mehr an ihr Gesicht entsinnen. Wenn er an sie dachte, hatte er jedesmal ihren Körper vor Augen oder das, was er auf dem Aktbild im Arbeitszimmer ihres Mannes von ihm gesehen hatte. Daneben wirkte ihr Gesicht in seiner Erinnerung fast unwichtig, nur an die eingefärbte Haarsträhne über ihrer Stirn entsann er sich noch. Und an ihre Augen, obgleich er sich nicht einmal über ihre Farbe schlüssig werden konnte, aber ihren Blick glaubte er noch deutlich zu spüren. Wäre das Bild für eine Frau in ihrer Position nicht absurd gewesen, so hätte er ihn als hungrig analysiert, aber wonach hätten sie schon Hunger haben können! Vielleicht nach Männern?

Er versuchte wieder vergeblich, sich ihr Gesicht vorzustellen. Wie rasch Gesichter aus dem Gedächtnis verschwinden konnten! Keines der Mädchen, die er vor Hedy kennengelernt hatte, war ihm heute mehr gegenwärtig, und während er sich an sie erinnerte, kam ihm auch das Gesicht seiner Mutter dazwischen. Frieda Kruedener ... In Gedanken sah er ihren Grabstein vor sich. Gestorben im Jahre des Herrn 1943 an Lungentuberkulose. Weiß der Himmel, wo sie sich infiziert haben mochte, und dann die schlechte Ernährung in jenen Jahren! Auch sie war ein *ziviles* Opfer des Krieges. Ruperts Vater hätte als hoher Offizier die Möglichkeit gehabt, ihr zu einer besseren Ernährung zu verhelfen. Dies hätte jedoch seinem Grundsatz widersprochen, daß in einer Zeit, in der es um die Existenz der Nation ging, von jedem Opfer gebracht werden müßten, und als ihm der schlimme Gesundheitszustand seiner Frau endlich klargeworden und er zu ihr nach Hause gefahren war, um sich persönlich um sie zu kümmern, war es schon zu spät gewesen. Auch dieser Posten stand in Ruperts

Rechnung mit ihm noch offen, aber vermutlich würde er ihn jetzt nie wiedersehen.

Hinter sich vernahm er Schritte. Er drehte sich rasch um und sah Irmgard Widdau durch den Garten kommen.

Man konnte gegen Frauen, wie sie eine war, einwenden, was man wollte, irgendwie unterschieden sie sich eben doch vom einfachen Volk. Sie bewegte sich, als seien Eleganz und Überlegenheit ihr angeboren. Vielleicht zog sie sich ein wenig zu auffällig an, aber man konnte, wie bei einem teueren Wagen, hinter dem modischen Aufputz die klassische Linie erkennen. Mit ihrem lilafarbenen Seidenkleid hätte sie unbesorgt zu jedem Cocktail-Empfang ins Parkhotel gehen können. Die Verpackung war jedenfalls attraktiv, und der Inhalt, wenn das Ölgemälde im Zimmer ihres Mannes nicht sehr schmeichelte, kaum weniger. Was wogen daneben die sogenannten menschlichen Werte! Aber das war eine gefährliche Einstellung, und er wußte es.

Auch diesmal schien er kaum für sie vorhanden zu sein, sie verlor kein Wort, nickte ihm nur flüchtig zu und ließ sich von ihm die Wagentür öffnen. Sie vergewisserte sich sofort, ob er einen Make-up-Spiegel hatte und betrachtete sich darin. Von der Seite sah ihr Gesicht schon ein wenig gezeichnet aus; im Haus war das Rupert nicht so aufgefallen. Die Schminke wirkte porös, als schimmerte ihr Privatleben hindurch. Manche Männer mögen das.

Nachdem Rupert eine angemessene Zeit gewartet hatte, ohne irgendwelche Direktiven zu bekommen, erkundigte er sich, wohin die Fahrt gehen solle. Sie klappte den Make-up-Spiegel hinauf und antwortete: »Nach Heidelberg.«

Dort war man, korrekt gesehen, eigentlich schon, aber wenn sie damit die Innenstadt von Heidelberg meinte, konnte ihm das recht sein.

Während der Fahrt stellte er unbehaglich fest, daß sie jede seiner Bewegungen aufmerksam beobachtete. Er war sich dieses riesigen Wagens noch nicht sicher genug, um darüber hinwegzusehen, aber es unterlief ihm kein Fahrfehler, und wenig später, als sie die Neckarbrücke überquerten und die Passanten sich die Hälse nach ihnen verrenkten, wurde ihre Aufmerksamkeit abgelenkt. Sie schien das Aufsehen, das der Wagen erregte, zu genießen. Was bisher nach kühler Arroganz ausgesehen hatte, entpuppte sich für Rupert nun als nur mühsam unterdrückte Erwartung. Jeder hatte eben seine persönliche Art, glücklich zu sein. Rupert fand, daß sich die Leute in Anbetracht ihrer gemeinsamen Erinnerungen an die schlimmen Zeiten in Luftschutzkellern die kleinen Freuden des Daseins gegenseitig gönnen sollten, zumal man schon wieder an vielen Stellen damit beschäftigt war, sich Gedanken über atombombensichere Luftschutzkeller zu machen.

In der Hauptstraße forderte Irmgard Widdau ihn auf, vor einem Geschäft zu halten. Er mußte seine ganze Geschicklichkeit aufbieten, um den großen Wagen in eine Parklücke einzuschleusen, aber das funktionierte besser, als er befürchtet hatte. Er beobachtete, wie sie mit langen Beinen und auf hohen Absätzen in dem Geschäft verschwand. Auch aus dieser Perspektive hatte sie unleugbare Vorzüge aufzuweisen, und sie schien das genau zu wissen.

Während er auf ihre Rückkehr wartete, gab es auf dem Bürgersteig einen kleinen Menschenauflauf. Eine farbige amerikanische Soldatenfrau hatte ihren Kinderwagen vor dem Geschäft stehenlassen. Mehr als ein halbes Dutzend Passantinnen überboten sich gegenseitig in gerührtem Enthusiasmus über das schokoladenbraune Baby unter der weißen Wolldecke; ihre Rührung breitete sich wie eine Epidemie aus, immer mehr Leute versammelten sich um den Kinderwagen. Vielleicht waren es die gleichen, die einem zimmersuchenden Negerstudenten die Tür vor der Nase zuschlugen. Auch kleine Katzen werden einmal groß. Arme, kleine Katzen, dachte Rupert.

Aus dem Geschäft brachte ein junger Verkäufer ein großes Paket angeschleppt. Er zögerte beim Anblick des Plymouth unschlüssig, dann fragte er Rupert, ob dies *der* Wagen sei.

Dies sei gewiß ein Wagen, erwiderte Rupert, aber ob es *der* Wagen sei, wisse er sowenig wie er.

»Der Wagen der Dame«, antwortete der junge Mann, als gäbe es außer Irmgard Widdau sonst keine andere Dame auf der Welt. Ihr Eintreffen beendete die kleine Unklarheit.

Als Rupert ihr unter der neugierigen Anteilnahme ungeladener Zuschauer, die sich inzwischen um den Wagen versammelt hatten und ihn begafften, die Tür öffnen wollte, sagte sie rasch: »Lassen Sie das; ich will nicht, daß man merkt, daß Sie mein Chauffeur sind.«

Warum sie das nicht wollte, erklärte sie Rupert nicht. Beim Weiterfahren fragte sie ihn, ob er den Weg nach Amorbach kenne.

Rupert kannte ihn. Insgeheim fand er es bedeutungsvoll, daß sie ausgerechnet nach Amorbach fahren wollte, aber er war schon so weit, daß ihm alles, was sie tat, irgendwie bedeutungsvoll erschien.

Sie kamen an der Universität vorbei. In den letzten Jahren hatte er sich ihren Anblick erspart, aber sogar auf den Schlachtfeldern von Verdun war inzwischen wieder Gras gewachsen. Als er mit seinem Studium angefangen hatte, war er bereits über dreißig gewesen, ein reifer Mann unter lauter jungen, ehrgeizigen Studenten, die gerade ihr Abitur gemacht hatten, und die alle nicht nur intelligenter waren als er, sondern auch eine ganz andere Mentalität hatten. Sie hatten weder den Krieg an der Front noch die Gefangenschaft kennengelernt, sie dachten und empfanden anders als er, und was ihn zu bewegen vermochte, kräuselte bei ihnen nicht einmal die Oberfläche ihres Bewußtseins. Er hatte sich unter ihnen fremd und isoliert gefühlt, und oft war es ihm unglaublich erschienen, daß er noch vor zehn Jahren genauso gedacht und empfunden haben sollte wie sie. Hatte er das wirklich? Es war nicht mehr die gleiche Zeit wie vor zehn Jahren, es war nicht einmal mehr die gleiche Welt.

Gegenüber vom Universitätsplatz ließ Irmgard Widdau ihn anhalten und beobachtete einige Studenten, die den Platz überquerten. Weckte ihr Anblick Erinnerungen in ihr? Vielleicht gab es auch bei ihr so etwas wie eine unbewältigte Vergangenheit! Rupert entsann sich, daß sie, genau wie er auch, einige Semester Medizin studiert hatte. Bei ihr konnte man sich ihre Beweggründe schlecht vorstellen. Es lag ihm auf der Zunge, sie zu fragen, wann sie studiert habe, er ließ es jedoch sein. Sicher war das lange vor ihrer Ehe mit Widdau gewesen.

Ihr Gesicht war ihm, während sie an ihm vorbeischaute, ganz nahe. Wie in einer Großaufnahme sah er ihren schlanken, ausrasierten Nacken, ihre sonnenverbrannte Haut, die kleinen Fältchen an ihren Mundwinkeln. Der tiefe Ausschnitt ihres Kleides gewährte ihm Einblick bis zu ihrem rosafarbenen Büstenhalter; er konnte kaum mehr den Blick von ihr losreißen.

Er hatte einen Moment lang nicht aufgepaßt, und als er den Kopf hob, begegnete er unvermittelt ihrem Blick. Ihr Gesicht trug einen fast belustigten Ausdruck. Er fühlte, wie er errötete, und er konnte es nicht verhindern.

Als sie sprach, klang ihre Stimme ironisch: »Sie können weiterfahren.«

Daß sie ihn dabei ertappt hatte, wie er in ihren Ausschnitt starrte, war ihm unsagbar peinlich, und ihr ironischer Ton verstärkte dieses Gefühl noch. Was bildete er sich überhaupt ein! Daß sie ein Auge auf ihn haben könnte? Ausgerechnet auf ihn! Eine Frau wie sie würde sich niemals eine solche Blöße geben, sich mit einem Angestellten einzulassen. Er wünschte es auch nicht. Widdau hatte ihm mit dieser Stellung einen so hohen Vorschuß an Vertrauen bewiesen, daß schon der insgeheime Wunsch, seine Frau besitzen zu wollen, einem Vertrauensbruch gleichkäme. Vielleicht war sie auch nur darauf aus, mit ihm zu spielen, ihn zu provozieren, um ihn dann, wenn er darauf hereinfiele und das Spiel ernstnähme, eiskalt zurechtzuweisen. Die Ironie in ihrer Stimme war nur ein kleiner Vorgeschmack dessen, was ihn erwartete, wenn er sich zu Wünschen verstiege, die weder seiner Stellung noch seiner Person angemessen wären. Er mußte ein paar Augenblicke lang den Verstand verloren haben. Er biß sich wütend auf die Lippen.

Um nach Amorbach zu kommen, mußten sie zuerst nach Eberbach fahren. Überall waren Baustellen zu passieren, die Straße zwischen

Heidelberg und Eberbach wurde verbreitert, Ampeln steuerten den Verkehr. Das Fahren mit dem automatischen Getriebe ersparte Rupert lästiges Schalten, er hatte sich schon nach wenigen Kilometern so sehr daran gewöhnt, daß er es nicht mehr missen wollte.

Hinter Eberbach wurde die Straße leer, eine alte Eisenbahnbrücke führte von einer Talwand zur anderen, der Wald kam bis zur Straße heran und begleitete sie bergaufwärts. Zwischen Fichtenwäldern winkte ein Tal mit grünen Wiesen herauf, aber Irmgard Widdau hatte keinen Blick dafür. Sie hatte das Radio eingeschaltet, rauchte eine Zigarette und machte einen geistesabwesenden Eindruck. Später kamen sie durch ein kleines Dorf, einige Kinder unterbrachen ihr Spiel und betrachteten großäugig den vorbeifahrenden Wagen. Zwei Halbwüchsige auf Rädern stoppten ihre Fahrt und sahen ihm nach. Nur eine alte Frau, die vor ihnen die Straße überquerte und einen leeren Eimer trug, hob nicht den Kopf. Ihr Blick schien bereits einer anderen Welt zugekehrt zu sein.

Das Tal verengte sich zwischen Fichtenschonungen, hinter einer Talkrümmung tauchten zwischen grünen Bäumen die Mauern der früheren Benediktinerabtei und der schöne Rokokobau der evangelischen Pfarrkirche auf. Rupert war mit Hedy zweimal hier gewesen, einmal mit der Bahn und einmal mit den Rädern, aber es blieb ihm keine Zeit, wehmütigen Erinnerungen nachzuhängen, er hatte Mühe, den großen Wagen heil durch das dichte Touristengedränge in den engen Straßen zu steuern. Die meisten Touristen schienen mit den Omnibussen eingetroffen zu sein, die sich auf den wenigen Parkplätzen breit machten, und immer noch kamen neue hinzu. Die Menschentrauben auf den Straßen wichen kaum zur Seite, Rupert kam nur noch im Schrittempo voran, vor den scharfkantigen Scheinwerferverkleidungen des Plymouth teilte sich das lebhaft-farbige Gedränge nur widerwillig, ein Mann mit neiderfüllten Blicken spuckte Irmgard Widdau eine gehässige Bemerkung zu; ihr gleichgültiges Gesicht veränderte seinen Ausdruck nicht. Sie forderte Rupert vor einem kleinen Café auf, in eine Parklücke zu steuern; ein deutsches Autofabrikat hätte dort bequem Platz gefunden; mit dem Plymouth war das Einparken ein wahres Kunststück. Rupert kam ins Schwitzen, aber er schaffte es zu seiner eigenen Verwunderung doch, und neben ihm sagte Irmgard Widdau: »Das haben Sie gut gemacht.«

Das war sein erstes Lob aus ihrem Munde. Er wollte sich bereits auf eine längere Wartezeit gefaßt machen, aber sie forderte ihn auf, mit ihr ins Café zu kommen. Vor Überraschung vergaß er, ihr den Wagenschlag zu öffnen. Sie stieg auch so rasch aus, daß er keine Zeit mehr dafür gefunden hätte.

Während er neben ihr zum Eingang des Cafés ging, bemerkte er an den Fenstern die neugierigen Gesichter der dort sitzenden Gäste, auch drinnen wurden sie aufdringlich angestarrt, es war fast wie ein Spießrutenlaufen. Die meisten Gäste waren Frauen, vielleicht gehörten sie zu einem Mütterverein, der sich zur nachmittäglichen Omnibusfahrt hier bei Kaffee und Kuchen ein Stelldichein gab. Er sah, wie überall Köpfe zusammengesteckt und getuschelt wurde; auch Diskretion wollte gelernt sein.

Irmgard Widdau schien keinen Anstoß daran zu nehmen, sie blickte kühl und unbeteiligt in die Runde, entdeckte noch vor Rupert einen Tisch, der vermutlich deshalb nicht besetzt war, weil er nur zwei Personen Platz bot. Während sie sich hinsetzten, fragte sie: »Was wollen Sie trinken?«

Er lächelte. »Da wir in einem Café sind, vielleicht eine Tasse Kaffee.«

»Das finde ich ungemein originell«, sagte sie. »Und wenn Sie in eine Wirtschaft gehen, dann nur, um dort ein Bier zu trinken?«

Man konnte ihr antworten, was man wollte: irgendwie war es immer falsch. Trotzdem zwang er sich, auf ihren Ton einzugehen, er sagte: »In der Regel fehlte mir das Geld dazu.«

»Jetzt verdienen Sie ja genug«, erwiderte Irmgard Widdau. »Außerdem sind Sie eingeladen. Oder hat Ihnen mein Mann für solche Zwecke kein Geld gegeben?«

Er nickte.

»Dann bestellen Sie uns zwei Cognacs«, sagte sie. Er winkte einem Mädchen mit weißer Schürze. Dieses blickte, während er mit ihm sprach, Irmgard Widdau neugierig an, aber für sie schien das Mädchen nicht zu existieren, sie betrachtete derweil gelangweilt die Gäste im Café. Es fiel Rupert auf, daß sie geringschätzig die Mundwinkel nach unten gezogen hatte. Dann erwiderte sie unvermittelt seinen Blick und fragte: »Waren Sie schon einmal in der Schweiz?«

»Nein«, sagte er mit Überwindung, denn so, wie sie es gefragt hatte, erschien ihm dieses Versäumnis fast unverzeihlich.

Sie sagte: »Wir fahren am Montag nach Luzern, vermutlich für eine Woche. Im September sind wir einen ganzen Monat unterwegs. Ich sage Ihnen das heute schon, damit Sie sich darauf einstellen können.«

Er war sich nicht sicher, was er ihr darauf antworten sollte. Doch nicht etwa: *Darauf freue ich mich?* Einerseits zwang sie ihn durch ihr undurchschaubares Verhalten in die Rolle eines Kavaliers, der seine Herzensdame zu einem Kaffee nach Amorbach gefahren hatte, und die bevorstehenden Reisen würden ihm, nach bisherigen Erfahrungen, eine ähnliche Rolle in Aussicht stellen, aber auf der anderen Seite teilte sie ihm ihre Pläne in einer Art und in einem Ton mit, die ihn jedesmal wieder daran erinnerten, daß er nicht mehr als ihr Angestellter war. Immerhin der Gedanke, mit ihr eine ganze Woche in der Schweiz verbringen zu dürfen, verursachte ihm Herzklopfen, er zwang sich zu einem möglichst sachlichen Ton: »Wohin wollen Sie im September fahren? Wieder in die Schweiz?«

»Das steht noch nicht fest. Vielleicht weiter südlich.«

»Nach Italien?« platzte er heraus.

Sie musterte ihn belustigt. »Seien Sie nicht so neugierig, mein Junge.«

In dieser Art hatte noch keine Frau mit ihm gesprochen; er konnte sie nur stumm anschauen. Als hätte sie seine Empfindungen erraten, sagte sie: »Daran müssen Sie sich gewöhnen. Ihr Vorname gefällt mir nicht. Oder soll ich Sie mit Ihrem Familiennamen ansprechen?«

Er öffnete, um ihr zu antworten, arglos den Mund, entdeckte jedoch im letzten Augenblick, daß ihre Lippen vor unterdrücktem Lachen zuckten, und sagte etwas gereizt: »Ich glaube nicht, daß Sie meine Meinung dazu interessiert.«

Sie lächelte dünn. »Seien Sie nicht empfindlich. Als mein Fahrer sind Sie überbezahlt, und als mein Gesellschafter müssen Sie sich Ihr Geld erst noch verdienen.«

»Davon hat Ihr Gatte nichts gesagt«, meinte er verwirrt.

»Sie arbeiten für mich und nicht für meinen Mann«, wies sie ihn zurecht.

Das Eintreffen des Mädchens ersparte ihm eine Antwort. Irmgard Widdau forderte ihn auf, sofort die Rechnung zu bezahlen, und trank, als das Mädchen gegangen war, ihr Glas auf einen Zug leer. Dann beugte sie sich über den Tisch und sagte kühl: »Wenn Sie diese Stellung behalten wollen, dann tun Sie immer genau das, was ich Ihnen sage, und erzählen Sie meinem Mann nichts, was ich ihm nicht selber erzählen würde. Mehr verlange ich nicht von Ihnen.«

Wenn er das, was sie damit ausdrücken wollte, richtig verstanden hatte, konnte er sich leicht zwischen alle Stühle setzen. Er sagte ausweichend: »Dazu müßte ich erst wissen, was ich Ihrem Gatten nicht erzählen darf.«

»Das werde ich Ihnen von Fall zu Fall verraten«, sagte sie und entfernte sich in Richtung zur Toilette. Rupert zwang sich, ihr nicht nachzusehen. Das taten genug andere für ihn.

Während sie weg war, zündete er sich eine Zigarette an. Sicher kannte er Irmgard Widdau noch zu wenig, um aus ihren Worten voreilige Schlüsse zu ziehen. Als Frau wirkte sie auf ihn aggressiv und unnahbar zugleich. Vielleicht war das aber nur eine Art von Maske, hinter der sie ihr wirkliches Ich versteckte. Vielleicht war sie in Wirklichkeit unsicher. Gäbe es nur Sünder und Heilige, wäre die Welt viel übersichtlicher, aber dazwischen gab es noch eine breite Skala menschlicher Eigenschaften, die zu erforschen mühsamer war als die primitive Katalogisierung in Gute und Schlechte. In diesem Fall hatte er den Eindruck, daß vorläufig noch alle Türen verschlossen waren. Was er bisher gesehen hatte, war nur wie ein Blick durch das Schlüsselloch gewesen.

In den letzten Minuten waren mehrere Tische frei geworden. Das Serviermädchen war damit beschäftigt, gebrauchtes Kaffeegeschirr abzuräumen. Ihr hübsches Gesicht wirkte verdrossen; sie tat Rupert leid. Alle Mädchen, die darauf angewiesen waren, Geld zu verdienen, taten ihm leid.

Vielleicht deshalb, weil er immer daran denken mußte, wo Hedy jetzt stecken mochte.

Er vergewisserte sich mit einem Blick durch ein Fenster, daß der Himmel nicht nach Regen aussah. Der Plymouth wurde wieder von einigen Schaulustigen umlagert. Er nahm sich vor, bei der nächsten Einkehr in ein Gasthaus oder Café das Verdeck zu schließen; bei dem Plymouth kostete das nur einen Knopfdruck.

Da er nicht wußte, wohin Irmgard Widdau noch fahren wollte, suchte er vorsichtshalber die Toilette auf, und als er zurückkam, erwartete sie ihn schon ungeduldig am Tisch und fragte: »Wo haben Sie gesteckt?«

Zu ihrer Entschuldigung konnte er ihr zugute halten, daß sie der Tür zum WC den Rücken zukehrte. Trotzdem ärgerte er sich wieder, er sagte: »Dort, wo auch Sie waren.«

»Das hätten Sie mir vorher sagen müssen«, sagte sie und stand auf. In ihrer selbstherrlichen Entschiedenheit hätte sie ebensogut ein Mann sein können; er folgte ihr verdrossen.

Draußen stellte er fest, daß sie einen eigenen Satz Schlüssel für den Wagen hatte; sie schloß ihre Wagentür auf und legte die Schlüssel in den Handschuhkasten. Rupert hatte sich schon bei der Übernahme des Wagens gewundert, daß man ihm nur einen Schlüsselsatz mitgegeben hatte. Den zweiten mußte sie selber abgeholt haben. Er bezweifelte, daß ihr Mann davon wußte.

Entgegen seinen Erwartungen schien sie für diesen Tag keine Pläne mehr zu haben, denn sie forderte ihn auf, nach Heidelberg zurückzufahren. Erst als sie Amorbach schon hinter sich gelassen hatten, fragte Rupert: »Weiß Ihr Gatte von diesen Schlüsseln?«

»Von welchen?«

Er wies mit dem Kinn zum Handschuhkasten.

»Das gehört zu den Dingen, die Sie ihm nicht sagen werden«, beschied sie ihn. »Und hören Sie um Himmels willen auf damit, dauernd von meinem *Gatten* zu reden. Bei Ihnen klingt das nach Schlafzimmer.« Sie öffnete ihre Handtasche und puderte die Nase.

Rupert schwieg betroffen. Es wäre ihm nie in den Sinn gekommen, sich, wenn er ihren Gatten erwähnte, etwas Unanständiges zu denken, vielmehr hätte er es in seiner Position eher als vertraulich empfunden, einfach von ihrem Mann zu sprechen, und schließlich gehörte zu einer Ehe auch ein Schlafzimmer.

Der Himmel war wolkenlos. Rupert ertappte sich dabei, daß er um das Erlebnis, neben dieser Frau in einem Auto zu sitzen, zu verlängern, unbewußt langsam fuhr, aber auch Irmgard Widdau schien keine Eile zu haben, sie hatte sich genüßlich zurückgelehnt, die langen Beine übereinandergeschlagen und hielt das Gesicht in die Sonne. Vielleicht wartete sie darauf, daß er sich in seiner Nebenrolle als ihr Gesellschafter eine kurzweilige Konversation einfallen ließe, aber dazu hätte er erst einmal wissen müssen, worüber man sich in ihren Kreisen zu unterhalten pflegte.

Später, als das Tal sich verengte, die Straße steil anstieg und die Berge höher wurden, fiel ihm auf, daß sie von der Seite unverwandt in sein Gesicht schaute. Es machte ihn nervös, er erwiderte ihren Blick und sah, daß sie kaum wahrnehmbar lächelte. Sie sagte: »Sie beherrschen den Wagen schon sehr gut. Falls Sie ihn einmal privat benutzen wollen, können Sie mir das sagen.«

Das klang nach einem Vorschuß, und Vorschüsse müssen eines Tages verrechnet werden. Er antwortete: »Ich glaube nicht, daß ich mir das finanziell leisten kann.«

»Es würde Sie nur das Benzin kosten«, erwiderte sie. »Oder soll ich Ihnen auch das noch bezahlen?« Ihre Stimme klang verärgert. Sicher hatte sie erwartet, daß ihm vor Dankbarkeit der Atem wegbliebe. Er sagte: »Ich meinte es anders. Wenn ich mit so einem teueren Wagen einen Blechschaden habe, ist es mir lieber, wenn Sie sich selbst davon überzeugen können, daß es unverschuldet geschehen ist.«

»Das könnte Ihnen auch auf dem Weg von der Garage zu meiner Wohnung passieren«, wies sie ihn zurecht. »Ich habe es Ihnen jedenfalls angeboten; mehr kann ich nicht tun.«

Anscheinend lag ihr daran, seine Dankbarkeit zu provozieren, aber wozu? Er antwortete: »Dann werde ich gerne daran denken. Vielen Dank.« Innerlich war er entschlossen, von ihrem Angebot keinen Gebrauch zu machen.

Er betrachtete sie aus den Augenwinkeln. Sie war zwar nur die Ehefrau eines Industriebosses, aber ihre erhabene Art, in diesem Luxusauto zu sitzen, hatte fast etwas Königliches. Den linken Arm hatte sie lässig auf der Lehne angewinkelt. Am Handgelenk baumelte ein schwerer, goldener Armreif. Ihre langen, ovalen Fingernägel waren spitz zugefeilt und rosa lackiert. Das lila getönte Seidenkleid spannte sich straff über ihre Haut.

Rupert sah von ihr weg. Er ärgerte sich über seinen romantischen Vergleich. Sie hatte bestimmt nichts von einer Königin an sich, eher von einer Hexe. Oder von einer läufigen Hündin, aber in diesem Punkt war er sich noch nicht sicher.

6

Von der Garage zu seiner Wohnung waren es nur wenige hundert Schritte. Er erreichte die Haustür etwa im gleichen Augenblick, als Werner heraustrat. Wie immer war er elegant angezogen. In seinem einreihigen, hellgrauen Sommeranzug und der etwas zu grellen Krawatte sah er mehr nach einem Playboy als nach einem zukünftigen Mediziner aus. Sein Gesicht war tief gebräunt. Sicher war er wieder in einem österreichischen oder italienischen Badeort gewesen. Für St. Moritz war das nicht die richtige Jahreszeit. Hedy hatte einmal von ihm behauptet, er sähe wie Gregory Peck aus. Wer, zum Teufel, war dieser Gregory Peck?

Er streckte Rupert die Hand entgegen und sagte: »Hier bin ich wieder.«

Rupert blickte über seine Hand hinweg. »Das sehe ich. Und wo ist Hedy?«

»Wieso Hedy?« fragte Werner überrascht. »In der Wohnung ist sie nicht; ich war eben oben.«

Seine Verwunderung wirkte echt. Rupert sagte: »Komm«, und stieg vor ihm die Treppe hinauf. Er hatte plötzlich keine Kraft mehr in den Beinen und mußte zweimal kurz stehenbleiben. Werner fragte besorgt: »Ist dir nicht gut?«

Rupert schwieg. Im Zimmer riß er weit das Fenster auf. Draußen wurde es bereits dunkel, das Geläute der Abendglocken kam über die Dächer und schien die Lichter der Stadt aufzuwecken. Sie wurden immer zahlreicher, bis sie den Fluß wie eine glitzernde Perlenkette säumten, die sich im dunklen Wasser spiegelte. Rupert sagte, ohne sich umzudrehen: »Du hast dich über sechs Wochen nicht mehr sehen lassen.«

»Wir waren in Italien«, sagte Werner.

Rupert wandte ihm das Gesicht zu. Er hatte sich auf die Couch gesetzt. Im Halbdunkel des Zimmers konnte Rupert sein Gesicht nicht sehen. »Wieder mal eine Verlobungsreise?« fragte Rupert. »Oder ist es diesmal die große Liebe?«

Werner fragte überrascht: »Woher weißt du es?«

»Bisher war es jedesmal die große Liebe«, erwiderte Rupert.

»Aber wenn ihr heiraten wollt, muß sie sich vorher von mir scheiden lassen. Bist du deshalb hier?«

»Ich verstehe kein Wort«, sagte Werner. »Von wem redest du?«

»Ich dachte, wir reden von Hedy«, sagte Rupert unsicher.

Werner lachte nervös auf. »Du bist verrückt, Mann, Hedy und ich ... Das ist doch ...« Er sprach nicht weiter. Rupert sah, daß er reglos zu ihm herschaute. Er ging zu ihm an den Tisch, setzte sich auf einen Stuhl und fragte: »Du weißt nichts von ihr?«

»Ich habe sie zuletzt vor sieben oder acht Wochen gesehen«, sagte

Werner, und seine Stimme klang jetzt ungläubig und fassungslos: »Sie ist nicht mehr bei dir?«

Rupert schwieg. Jetzt, da es keinen Zweifel mehr darüber geben konnte, daß Hedy nicht zu Werner gegangen war, wurde ihm bewußt, daß er es immer geahnt, ja sogar befürchtet hatte. Hedy bei Werner, das hatte alles so logisch werden lassen, so endgültig und irgendwie auch akzeptabel. Es hatte ihn der Mühe enthoben, sich ernsthaft um sie zu sorgen, sich den Kopf darüber zu zerbrechen, was aus ihr geworden war, denn einen *besseren* Mann als Werner hätte sie sich kaum wünschen können, einen mit genug Geld, mit einer großen Zukunft, einen, der wußte, was Frauen gerne hören wollten. Es wäre weniger schmerzhaft gewesen, sie bei Werner zu wissen, und deshalb hatte er nie eine andere Alternative ins Auge fassen wollen und sich verbissen nur an diese eine geklammert. Und jetzt...

Er hörte sich sagen: »Ich dachte wirklich, sie sei bei dir.« Er stand auf, ging wieder zum Fenster und blickte auf die Straße hinab. Unter den dichtbelaubten Bäumen gingen verliebte Pärchen Hand in Hand. Andere saßen auf den Bänken am Flußufer, hielten sich umschlungen und küßten sich. Hedy hatte sie von hier aus oft beobachtet, und ihr Gesicht war dann jedesmal verschlossen gewesen.

Er hörte Werner von der Couch aufstehen, ans Fenster kommen, und dann fühlte er seine Hand auf der Schulter. Mit ruhiger Stimme fragte er: »Was ist passiert, Rupert?«

Rupert hätte in diesem Augenblick nicht mit ihm darüber reden können. Statt dessen fragte er: »Wer ist es diesmal?«

»Ich habe sie auf der *Uni* kennengelernt«, antwortete Werner. »Du bist ihr noch nicht begegnet; sie heißt Anni. Ich habe mir das gut überlegt, Rupert, diesmal ist es die Richtige. Es ist besser, wenn man auch beruflich die gleichen Interessen hat, sonst endet es...« Er sprach nicht weiter.

»Wie bei Hedy und mir?«

Werner nahm die Hand von seiner Schulter. »Das wollte ich nicht sagen, Rupert. Ich dachte dabei an meine verstorbene Mutter. Anni ist auch sonst in Ordnung. Willst du mir nicht erzählen, was zwischen euch vorgefallen ist? Du weißt, ich habe Hedy immer sehr gemocht.«

»Immer nicht«, erinnerte Rupert ihn.

Werner räumte ein: »Ich hatte mich damals in ihr getäuscht, ich wußte nicht, wie sie zu dem Amerikaner gekommen ist. Ist sie dir davongelaufen?«

Rupert schwieg.

»Jetzt brauche ich einen Drink«, sagte Werner. »Darf ich?« Ohne eine Antwort abzuwarten, nahm er die Flasche und zwei Gläser vom Bord, füllte, nachdem er das Licht eingeschaltet hatte, die Gläser am Tisch und sagte: »Du trinkst doch einen mit?«

Rupert schloß das Fenster und ging zu ihm. »Hast du dein Examen schon gemacht?«

»Bevor wir nach Italien gefahren sind«, antwortete Werner.

»Was meinte dein Vater dazu?«

Werner lächelte. »Er hat sich damit abgefunden. Sicher hat er bis zum letzten Augenblick darauf gehofft, ich würde es nicht schaffen. Er hätte wissen müssen, daß ich so dumm nicht bin.«

»Dumm warst du nie«, sagte Rupert und griff nach einem Glas. Er kippte den Weinbrand hinunter und goß das Glas wieder voll. »Auf deine neue Braut«, sagte er und trank auch das zweite Glas leer. »Wie gefällt sie deinem Vater?«

»Gut«, sagte Werner. »Sie imponiert ihm irgendwie. Er will uns später eine große Praxis einrichten.«

»Natürlich«, sagte Rupert. »Und noch später ein kleines Privatsanatorium.«

Werner blickte ihn forschend an. »Ich kann mir denken, wie dir dabei zumute ist.«

»Behalte es für dich«, sagte Rupert. »Ich habe nie Arzt werden wollen, ob du es mir glaubst oder nicht. Hedy hat es geglaubt, sonst wäre sie noch hier.«

»Das verstehe ich nicht«, sagte Werner. »Du hast keine Ahnung, wo sie ist?«

»Ich habe keine Ahnung«, bestätigte Rupert. »Als ich vor acht Wochen abends nach Hause kam, lag ein Zettel auf dem Tisch. Sie schrieb mir, daß sie sich von mir trennen müsse. Nicht mehr und nicht weniger. Ich möchte nicht mehr darüber sprechen.«

»Das kann ich verstehen«, sagte Werner und griff nach seinem Glas. »Nur eines verstehe ich nicht: Wie du darauf gekommen bist, daß ich dahinterstecken könnte. Das ist doch absurd. Ich würde niemals einem Freund die Frau ausspannen. Das ist nicht meine Art. Außerdem, Hedy war mir zu kompliziert. Ich habe sie vielleicht gerade deshalb gemocht, aber als Ehefrau ziehe ich ein unkompliziertes Mädchen vor. Bei Anni weiß ich immer, woran ich bin. Hedy ist nie ganz aus sich herausgegangen, es gab da immer einige Bezirke, in denen sie sich verschlossen gehalten hat. Wenigstens mir gegenüber, aber ich habe oft daran denken müssen, daß es dir vielleicht genauso ergangen ist. Nimm es mir nicht übel, Rupert, ihr habt einfach nicht zusammengepaßt.« Er setzte das Glas an den Mund und trank es leer.

Rupert fragte: »Warum nicht?«

»Das ist schwer zu sagen«, antwortete Werner. »Ihr seid beide, jeder auf seine Weise, unbeständig. Ein Mann kann damit leben. Bei einer Frau ist es vielleicht so, daß sie irgendwann zur Ruhe kommen will. Frauen sind, glaube ich, nur dann unbeständig, wenn sie keine Geborgenheit finden.«

»Keine Altersversorgung?« fragte Rupert.

»So würde ich das nicht nennen.«

»Das hast du auch nicht nötig«, sagte Rupert. »Die Frau, die dich heiratet, braucht sich um ihre Zukunft keine Gedanken mehr zu machen.«

»Nicht von ungefähr«, sagte Werner, und es klang nach einer Zurechtweisung.

Rupert hatte ihn nie gemocht, und in diesem Augenblick wurde ihm auch klar, weshalb. Nicht etwa, weil er einen reichen und dazu noch einen einigermaßen liberalen Vater hatte. Auch nicht, weil ihm die Mädchen nachliefen, aber er hatte etwas, was Rupert nie gehabt hatte: Die Selbstsicherheit und Überlegenheit eines jungen Mannes, der es sich leisten konnte, seinen eigenen Willen durchzusetzen, ohne dafür bezahlen zu müssen. Ruckmann war ähnlich selbstsicher und überheblich gewesen, aber er hatte dafür bezahlt, und bei ihm hatte Rupert diese Eigenschaften auch nicht gestört, weil er Ruckmann in anderen Dingen überlegen gewesen war. Werner gegenüber fühlte er sich nicht überlegen, nicht einmal gleichwertig, obwohl er älter war als er und über mehr Erfahrungen verfügte, aber das waren Erfahrungen, die im Frieden nicht mehr zählten. Seine Empfindungen für Werner waren die eines Mannes, der, im Gegensatz zu ihm, nie die Wahl gehabt hatte, sich für einen bestimmten Weg zu entscheiden. Er hatte immer nur nehmen müssen, was sich ihm gerade geboten hatte.

Er sagte: »Sicher nicht von ungefähr, denn du hast nie ein Risiko einzugehen brauchen. Dein Vater hätte dich auch nicht fallenlassen, wenn du Pfarrer geworden wärst. Er hätte dir deine eigene Kirche gebaut.«

Werner blickte ihn ein paar Sekunden lang nachdenklich an, dann stand er auf und sagte: »Wenn du es *so* siehst, hat es natürlich keinen Sinn, daß wir darüber diskutieren.«

»Ich hatte auch nicht vor, mit dir zu diskutieren«, sagte Rupert, und er empfand jetzt nur noch Genugtuung darüber, daß es ihm gelungen war, ihn zu verletzen.

Werner wandte sich der Tür zu, drehte sich jedoch auf halbem Weg noch einmal um und sagte versöhnlich: »Mein Vater hat mir diese Sache von Ruckmann erzählt. Das muß alles sehr schwer für dich gewesen sein, Rupert. Hast du schon eine andere Stellung gefunden?«

Rupert nickte.

»Es hätte mich schon damals, als du dein Studium abgebrochen hast, bei meinem Vater nur ein Wort gekostet, um dir eine gutbezahlte, deinen Fähigkeiten angemessene Stellung zu verschaffen«, sagte Werner. »Ich wollte jedoch deine Entscheidung nie beeinflussen, aber du hättest mich nur einmal danach zu fragen brauchen. Ich hoffe, daß du das immer so gesehen hast.«

»Du kennst meine Prinzipien«, sagte Rupert.

»Ja, und die änderst du wohl nie, nicht wahr?« sagte Werner, und dann ging er endgültig.

Rupert wartete, bis seine Schritte auf der Treppe verklungen waren. Das war wohl wieder einmal ein Abschied für immer, aber er bereute seine Worte nicht. Wenigstens diese Befriedigung, sich auch ihm gegenüber als Wohltäter der Menschheit aufspielen zu können, hatte er Werner verdorben. Kein Grund, stolz darauf zu sein, aber darauf kam es wohl schon lange nicht mehr an. Er kehrte ans Fenster zurück und beugte sich in die kühle Nachtluft hinaus.

Wo bist du jetzt, mein Liebling? dachte er. Das Wort *Liebling* war ihm fast automatisch in den Sinn gekommen, weil er es Hedy gegenüber so oft gebraucht hatte, aber jetzt kam es ihm inhaltsleer und banal vor, eine sentimentale Phrase. Sooft er auch die Frage an sich richtete: Mein Gott, wo sie jetzt wohl stecken mag? Sie weckte in Wahrheit kein Echo in ihm. Er fühlte sich völlig gleichgültig und auf eine Weise entmutigt, die ihn seltsam erleichternd berührte, fast wie eine innere Befreiung. Denn schließlich, was konnte er noch tun?

Er wollte sich nicht bemitleiden, er hatte eben Pech gehabt, das passierte vielen Menschen. Er hatte nie seinen Weg gefunden, weil er keine Vorstellung von diesem Weg gehabt hatte. Gemessen an dem, was im Krieg alles geschehen war, war ihm, was er danach noch hätte tun können, belanglos, ja fast banal erschienen. Als lohnte es sich, angesichts der Millionen Menschen, die sinnlos gefallen oder umgebracht worden waren, nicht mehr, in dieser Welt noch einen Finger zu rühren. Seine Fähigkeit, sich zur Wehr zu setzen, ernsthaft um etwas zu kämpfen, hatte sich in jenen Jahren verbraucht, er hatte sich immer mehr nur noch treiben lassen. Vielleicht hätte Hedy noch eine Veränderung herbeiführen können, aber auch sie war mit ihrer eigenen Vergangenheit nicht fertig geworden. Sie hatten beide so schwer daran zu tragen, daß ihnen für den anderen keine Kraft mehr geblieben war, ihm eine Hilfe zu sein. Möglicherweise hatte Werner sogar recht, daß sie nicht die richtige Frau für ihn war und er nicht der richtige Mann für sie.

Von seinem Vater hatte er ebenso dessen aufbrausende Art wie seine oft selbstmörderische Eigensinnigkeit, auf einem einmal eingenommenen Standpunkt zu beharren, aber diese Eigenschaft zu schneller Resignation vor scheinbar Unvermeidlichem, diese Neigung, Konflikte geradezu herauszufordern, waren ein Teil seines Ichs, ein Teil dessen, was sich in ihm während dieser letzten fünfzehn Jahre herauskristallisiert hatte.

Und wie verhielt es sich mit seiner neuen Stellung? Unterwarf er sich nicht schon wieder fast willenlos einer mehr oder weniger zufälligen Konstellation? Würde es am Ende nicht einfach darauf hinauslaufen, daß er sich zum Spielzeug einer extravaganten Frau machen ließ!

Aber da war noch etwas anderes. Auf eine ihm vorläufig noch selbst unklare Weise meinte er immer mehr, in dieser Stellung eine Chance zu bekommen, sein verlorenes Selbstvertrauen zurückzugewinnen, sich dieser Frau gegenüber zu behaupten, auch wenn er noch keine Ahnung hatte, wie er das bewerkstelligen könnte. Ihre Faszination auf ihn war sicher schon ebensogroß wie seine Entschlossenheit, das Vertrauen ihres Mannes nicht zu enttäuschen.

Vielleicht würde er auf dem Weg dahin durch eine Art von Fegefeuer gehen müssen, aus dem er geläutert hervorgehen würde oder gehärtet oder noch mehr verbrannt, als er schon war. Alles erschien ihm in dieser Sekunde akzeptabler zu sein, als weiterhin in dumpfer Resignation zu verharren.

7

Der Vierwaldstätter See war grün. Mit den Tageszeiten veränderte sich seine Farbe von einem lichten Blattgrün zu einem satten Smaragdgrün. In der Mitte hatte er einen bläulichen schimmernden Streifen, auf dem, wenn der Wind über den See strich, weiße Silberkämme tanzten. Sein diesseitiges Ufer wurde von gepflegten Gärten mit Privatstränden gesäumt. In den Gärten standen Villen oder Hotels, die schneeweiß oder pastellfarben in der Sonne glänzten und so ordentlich und solide aussahen wie ihre Besitzer.

Am gegenüberliegenden Ufer gab es keine Gärten und Villen. Dort reckte sich ein kahler, im Gegenlicht violett wirkender gewaltiger Felsklotz in den seidigblauen Himmel. Über seinen Gipfel hinweg segelten elfenbeinfarbene Wolken südwärts zu den schneebedeckten Bergen, die sich messerscharf vom Ultramarin des Horizonts abzeichneten. Weißbäuchige Möwen ließen sich vom Wind treiben, schossen pfeilschnell auf das Wasser hinab oder fingen im Flug die Kuchenkrümel auf, die ihnen von den zahlreichen Gästen an den Restaurationstischen am Seeufer zugeworfen wurden.

Das Hotel stand unmittelbar am Wasser. Es war ein modernes Hotel mit einem Fahrstuhl, mit weinroten Teppichen und kultivierten Gästen. In der Hotelhalle wirkte die Atmosphäre immer gedämpft, die Gäste unterhielten sich fast nur flüsternd. Wer in normalem Tone redete, erregte unliebsames Aufsehen, wer husten mußte, tat es hinter der hohlen Hand.

Draußen, im Hotelpark und am Strand, wirkten die Gäste entspannter, sie ruhten bequem in ihren Liegestühlen, plauderten zwanglos und genossen den Anblick auf den See und auf die Berge.

Auf dem See gab es immer etwas zu sehen, schneeweiße Segelboote und Motorboote durchpflügten ihn, zogen lange Wasserschleier hinter sich her oder gertenschlanke Mädchen und athletisch aussehende junge Männer auf Wasserskiern. Es gab aber auch einige hoffnungslose Exzentriker, die noch mit eigener Kraft über den See ruderten. Einteilige und zweiteilige Badeanzüge gaben einen umfassenden Einblick in die neueste Bademode, es gab sie in allen Farben, manche mit Reißverschluß, andere geknöpft. Auch hier waren die Einblicke zumeist sehenswert. Ein riesiges Floß aus mächtigen Baumstämmen diente tagsüber als Sonnendeck und abends als Treffpunkt für Verliebte.

Der Hotelpark wurde von den Nachbargrundstücken durch eine Sandsteinmauer abgegrenzt. Inmitten des kurzgeschnittenen Rasens standen bequeme Sitzbänke. Ein Springbrunnen plätscherte, gußeiserne Vogelimitationen pickten in kleinen Gruppen imaginäre Würmer aus dem Gras.

Von den Hotelzimmern aus hatte man einen ungehinderten Blick auf den See. Die Zimmer waren modern möbliert, mit eingebauten Nachttischen, indirekter Beleuchtung, auch Radio und Telefon fehlten nicht. Neben der Balkontür war eine kleine Frühstücksnische, die Rupert besonders gefiel. Überhaupt war sein Eindruck sehr positiv, Landschaft und Hotel entsprachen ganz seinen ursprünglichen Erwartungen. Er badete bei schönem Wetter oft im See, saß stundenlang in der Frühstücksnische oder auf dem Balkon und beobachtete das bunte Treiben am Strand und an der Uferpromenade. Wenn ihm einmal die Zeit zu lang wurde, machte er einen Spaziergang, trank in einem kleinen Restaurant ein Glas Bier, und bei allem, was er tat, dachte er viel über Irmgard Widdau nach. Je mehr er von ihr erfuhr, desto rätselhafter wurde sie ihm. Schon in Luzern war sie aus dem Wagen geklettert, hatte den kleineren ihrer beiden Koffer mitgenommen und ihm den Auftrag erteilt, weiter nach Hergiswil zu fahren, dort in ein Hotel zu gehen und auf sie zu warten. Die beiden reservierten Doppelzimmer hatte er zuerst als eine Fehlbuchung betrachtet, er war jedoch an der Rezeption darüber aufgeklärt worden, daß Frau Widdau sie, weil keine Einzelzimmer frei gewesen waren, bestellt habe.

Nun, fünf Tage nach seinem Eintreffen, hatte er eigentlich genug im See geschwommen, auch hinreichend Gelegenheit gehabt, über Irmgard Widdau nachzudenken, und er fand es an der Zeit, daß sie wieder auftauchte, denn darüber, was sie in Luzern zu erledigen hatte, war er von ihr im unklaren gelassen worden.

Hatte es ihm in den ersten Tagen noch Spaß gemacht, in dieser schönen

Umgebung in einem komfortablen Hotelzimmer zu wohnen, so verstärkte sich im Laufe der Zeit ein lästiges Gefühl von Alleinsein. Vielleicht deshalb, weil er nicht nur ausreichend Gelegenheit hatte, seine Gedanken mit Irmgard Widdau, sondern auch mit Hedy zu beschäftigen. Untätigkeit war für einen Mann in seiner Situation das reinste Gift. Statt Abstand zu gewinnen, verstrickte er sich immer mehr in schmerzliche Erinnerungen. Er fing sogar an, dieses Hotel zu hassen, ließ es ihn doch jedesmal die immer nur erträumte, jedoch nie verwirklichte Hochzeitsreise mit Hedy bewußt werden. In einer solchen Umgebung hatte er mit ihr wohnen, in einem solchen Zimmer mit ihr schlafen wollen, aber die Vorstellung daran war mit der Zeit unwirklich geworden, das Bild verblaßte. Geblieben war nur die graue Realität ihres Heidelberger Alltags.

Am Abend des fünften Tages ging er zum Essen in ein Restaurant. Dort mußte er zwar aus der eigenen Tasche bezahlen, im Hotel wäre das Essen auf Irmgard Widdaus Rechnung gesetzt worden. Er war jedoch des ermüdenden Rituals im vornehmen Speisesaal des Hotels rasch leid geworden. Immer wurde man dort von anderen Gästen beobachtet oder vom Chefkellner, der wie ein verhinderter Feldherr seine schwarzbefrackten Untertanen dirigierte. Sie bewegten sich wie Matadore in der Arena, führten den ehrfürchtigen Gästen graziöse Posen in der Absicht vor, sie zu beeindrucken. Was ihnen auch meistens gelang. Die Mahlzeiten wurden in fast absolutem Schweigen eingenommen, wer mit seinem Tischnachbarn sprechen wollte, tat es mit dem Mund an dessen Ohr. Harmlose Bewegungen erregten sofort die Aufmerksamkeit des Chefkellners, ließen ihn an den Tisch eilen, sich nach besonderen Wünschen erkundigen. Nicht einmal die Zigarette konnte man sich selber anzünden, alleine schon der Griff nach der Packung rief mindestens zwei diensteifrige Kellner mit brennenden Feuerzeugen herbei, und auch nach dem Essen war es unschicklich, vorzeitig den Saal zu verlassen. Wer es dennoch riskierte, erntete vorwurfsvolle Blicke.

Bei alledem war das Publikum eher bürgerlich als international, weder Snobs noch andere auffällige Typen bewohnten das Hotel, oft waren es kleine Familien, die Kinder saßen eingeschüchtert zwischen ihren stumm speisenden Eltern, als hätte der Chefkellner ihnen heimlich mit einem Messer gedroht. Auf Rupert wirkten diese Gäste wie eine kleinstädtische Reisegesellschaft, die durch unvorhergesehene Umstände in ein Hotel verschlagen worden war, das weder ihrem Milieu noch ihrem Einkommen entsprach.

Dagegen aß es sich in dem Restaurant sehr gemütlich, und das Steak mit gemischtem Salat war ausgezeichnet. Dennoch aß Rupert an diesem Abend ohne Appetit, sogar das Bier schmeckte ihm schal.

Er überlegte, ob er den Abend noch mit einer kleinen Spazierfahrt verkürzen solle, Irmgard Widdau hatte ihm in Luzern noch einmal ausdrücklich gesagt, daß er den Wagen während ihrer Abwesenheit jederzeit benutzen könne, aber nicht einmal dazu mochte er sich aufraffen.

Es war schon dunkel, als er wieder auf die Straße trat. Von hier aus verlief sie in einer leichten Krümmung zum Ortsende von Hergiswil, näherte sich dann dem See, bis eine dunkel getönte senkrechte Felswand sie unmittelbar an das Ufer drängte. Über der Wand erhoben sich zerklüftete Kalksteingipfel über dreitausend Meter hoch zum Himmel, vereinigten sich zu einem riesigen Kamm, dessen schneebedeckte Silberspitzen an sonnigen Tagen bis zu den eleganten Boulevards von Luzern und Zug leuchteten.

Gegenüber dem Hotel war eine Tankstelle, dahinter befand sich eine kleine Grünanlage mit zwei Sitzbänken. Die Tankstelle war bereits geschlossen, die Bänke lagen im Dunkeln. Rupert ging hinüber, setzte sich hin und zündete sich eine Zigarette an. Er schob die Hände in die Taschen und blickte zum Hoteleingang hinüber. Ein Hoteldiener mit grüner Schürze und Goldbuchstaben an der Mütze wartete noch auf späte Gäste, aber die Straße war leer, nur noch gelegentlich fuhr ein Wagen vorbei, hinter den Windschutzscheiben glimmten Zigarettenspitzen. Später tauchten schweren Schrittes zwei Männer mit großen Rucksäcken, Bergsteigerausrüstung und Wollmützen auf. Ihre genagelten Stiefel hallten laut auf der leeren Straße; vom Hoteldiener kaum beachtet verschwanden sie im Hoteleingang.

Ein Licht nach dem anderen erlosch. Ruperts Zigarette war schon lange aufgeraucht. Dennoch konnte er sich nicht dazu aufraffen, in sein leeres Hotelzimmer zu gehen. Er breitete die Arme auf der Banklehne aus, legte den Kopf in den Nacken und betrachtete den Sternenhimmel. Der Große Bär, der Kleine Bär mit seinem Nordstern, der Drache, die Zwillinge Castor und Pollux – da oben war noch viel Platz. Er hätte etwas davon brauchen können hier, wo alle Dinge sich so drängten. Er dachte wieder: Lieber Gott, bring sie mir zurück!

Es gibt Wünsche, die auf eine fehlgeleitete Weise erfüllt werden. Manche Leute wünschen sich einen Lotteriegewinn und beerben statt dessen einen lieben Menschen, dessen früher Tod weder voraussehbar noch ersehnt worden war. Andere wünschen sich Unsterblichkeit, und wenn sie alt genug geworden sind und ihre ganze Familie überlebt haben, fühlen sie sich einsam und verlassen.

Ich selber wünschte mir an jenem Abend wieder Hedy zurück, aber heute bin ich eigentlich froh darüber, daß mein Wunsch nicht in Erfüllung gegangen ist. Vermutlich war mein flehentlicher Anruf an den lieben Gott nur ein letztes Aufbegehren gegen den schnöden Verlauf aller irdischen

Dinge. In Wirklichkeit war ich zu jener Zeit schon gar nicht mehr auf Hedy, sondern bereits auf Irmgard Widdau eingestellt, aber auch sie schien mich an jenem Abend im Stich gelassen, meine insgeheimen Erwartungen von dieser Reise endgültig enttäuscht zu haben. Das müßige Nichtstun in einem vornehmen Hotel am Vierwaldstätter See, der Ausflug in eine *schönere* Welt, die ich dort hätte genießen können, waren nicht das, was ich mir in überheblicher Weise versprochen hatte. Vielleicht paßten sie auch gar nicht zu meiner Mentalität. Ich bewege mich zwar heute noch hin und wieder in sogenannten besseren Kreisen, betrachte solche Erlebnisse jedoch eher als kurzweilig als für mich von Nutzen. Auch damals war das, was ich mir von dieser Schweizer Reise versprochen hatte, meine heimlichen Wünsche, die ich damit verknüpfte, weder Luxus noch Müßiggang gewesen, nur wagte ich es noch nicht, sie mir offen einzugestehen. So wurden sie mir eben auf die bereits erwähnte fehlgeleitete Weise erfüllt.

Der Hoteldiener hatte doch nicht ganz umsonst gewartet, ein amerikanischer Straßenkreuzer aus Luzern, Luxusausgabe eines Taxis, kam unvermittelt vorgefahren, und die Frau, die ihm entstieg, aschblond, von Kopf bis Fuß gepflegtes Weibchen, war Rupert trotz der schlechten Straßenbeleuchtung ungemein bekannt. Er dachte: Ich will verdammt sein? und: Jetzt schau dir das nur an!

Mit angehaltenem Atem beobachtete er, wie sich Irmgard Widdau in den Wagen zurückbeugte, ganz offensichtlich damit beschäftigt, von einer, für Rupert noch unsichtbaren, jedoch zweifellos im Wageninneren verbliebenen Person auf herzliche Weise Abschied zu nehmen. Dann tauchte ihr Kopf wieder auf, der Hoteldiener bemühte sich um ihren Koffer, verschwand mit ihm eilfertig durch die Tür, der Wagen setzte sich in Bewegung, Irmgard Widdau, noch auf der Straße stehend, winkte hinter ihm her. Für den Bruchteil einer Sekunde glaubte Rupert im Fond die Silhouette einer Frau zu erkennen, oder war es ein Mann? Er konnte sich nicht mehr schlüssig werden und blickte mit halb offenem Mund den roten Schlußlichtern nach, bis sie hinter einer Straßenkrümmung verschwanden. Er sah Irmgard Widdau noch in das Hotel gehen, dann war auf der Straße wieder alles wie zuvor, und doch schien sich für Rupert auf einmal die ganze Welt verändert zu haben.

Wenn die Person im Wagen ein Mann gewesen war – und Rupert zweifelte nun nicht mehr daran, denn ganz offensichtlich hatte sie sich mit einem langen Kuß von ihm verabschiedet –, war das Rätsel, womit sie sich in den vergangenen fünf Tagen die Zeit vertrieben hatte, gelöst, und Rupert war sich sicher, daß ihr Mann von dem heimlichen Nebenbuhler in Luzern nichts wußte.

Er ließ noch einige Minuten verstreichen, dann stand er auf und ging über die Straße. Der Hoteldiener hatte inzwischen wieder seinen Platz vor dem Hoteleingang eingenommen, er grüßte Rupert höflich.

Die Rezeption war unbesetzt, aber der Nachtportier mußte irgendwo in der Nähe sein, vielleicht hielt er sich in dem kleinen Raum hinter der Rezeption auf. Rupert läutete ihm nicht, sondern nahm selbständig den Zimmerschlüssel vom Schlüsselbrett. Irmgard Widdaus Zimmer lag unmittelbar neben dem seinen. Sicher hatte sie an der Rezeption festgestellt, daß er nicht in seinem Zimmer war, aber schließlich war er ihr keine Rechenschaft darüber schuldig, wo er während der Zeit ihrer Abwesenheit die Abende verbracht hatte. Er zog sich sofort aus, legte sich ins Bett und lauschte auf ein Geräusch von nebenan. Er konnte jedoch nur das Geräusch fließenden Wassers hören; vielleicht nahm sie vor dem Schlafengehen noch ein Bad. Er versuchte sich vorzustellen, wie sie nackt in der Wanne saß.

Mit offenen Augen lag er im Dunkeln. Durch das offene Fenster konnte er auch von seinem Bett aus die Sterne sehen; auf der Kriegsschule hatte er es gelernt, sich nachts nach ihnen zu orientieren. Es fiel ihm auf, daß sie hier viel näher wirkten als von seiner Dachkammer in Heidelberg aus. Sicher redete er sich das nur ein. Es mochte an der klaren Gebirgsluft liegen. Es sah fast so aus, als hätte man die Sterne bei sich im Zimmer und schlief mit ihnen ein.

Ein fremdes Geräusch beunruhigte ihn ein paar Augenblicke lang, dann konnte er es identifizieren; das diskrete Summen kam vom Zimmertelefon. Es hörte sich an, als hätte sich eine Wespe ins Zimmer verirrt. Er griff rasch nach dem Hörer. Wer außer Irmgard Widdau hätte ihn zu so später Stunde sonst noch anrufen können! Ihre Stimme klang am Telefon anders als sonst, tief und etwas heiser, sie forderte ihn kurz auf, den Wagen aus der Garage zu holen. Kein Wort mehr und kein Wort weniger. Noch ehe er es ganz begriffen hatte, war die Leitung wieder tot.

Er blickte auf die Uhr; es war kurz nach elf, aber bei ihr wunderte ihn schon nichts mehr. Er fand für ihr nächtliches Ansinnen keine andere Erklärung als die, daß sie, aus welchen Gründen auch immer, noch heute abend das Hotel verlassen wollte. Bestimmt hatte sie schon ein paarmal bei ihm angeläutet; er machte sich auf eine Rüge gefaßt.

Hastig zog er sich an, packte auch gleich vorsichtshalber seinen Koffer; sicher war sicher. Merkwürdigerweise fühlte er sich eher erwartungsvoll als verärgert. Nachdem er sie fünf Tage lang vermißt hatte, war er fast süchtig danach, sie wieder neben sich im Auto zu haben. Zum Schlafen war er ohnedies nicht müde genug, im Gegenteil, er war jetzt hellwach. Der Gedanke, zum heimlichen Mitwisser ihrer amourösen Abenteuer geworden zu sein und daß sie sich ihm, ohne es vorläufig zu ahnen, mehr oder weniger ausgeliefert hatte, ließ sie ihn aus einer ganz neuen Perspektive sehen. Er empfand eine unklare Genugtuung.

Auf dem schummerig beleuchteten Korridor standen vor den Zimmertüren Schuhe Spalier, Damenschuhe, Herrenschuhe, weiße, schwarze, neue und auch unansehnliche. Sie erinnerten ihn an die lästigen Bekleidungsappelle aus seiner Kasernenzeit.

Der Nachtportier hatte sich inzwischen an der Rezeption eingefunden. Ruperts Wunsch nach dem Schlüssel für die große Gemeinschaftsgarage nahm er ohne ersichtliche Gemütsregung zur Kenntnis. Für alle, die es sich leisten konnten, in diesem Hotel abzusteigen, war das Privileg auf Extravaganzen im Zimmerpreis inbegriffen. Man konnte mitten in der Nacht ein Bad nehmen oder am späten Vormittag das Frühstück aufs Zimmer kommen lassen. Ebenso konnte man, ohne Anstoß zu erregen, zu jeder Stunde den Wagen aus der Garage holen. Der Nachtportier sagte: »Bitte sehr, mein Herr.« Es schien sich um einen im Dienst ergrauten Mann zu handeln, der seine Fähigkeit, Empfindungen zu äußern, längst eingebüßt hatte.

Auch der Hoteldiener verriet keine Verwunderung. Er ließ sich von Rupert den Garagenschlüssel aushändigen, schloß das Tor auf und wünschte freundlich eine angenehme Fahrt. Über Ruperts Beziehungen zu Irmgard Widdau schien man sich in diesem Hotel noch nicht ganz schlüssig geworden zu sein, und nachdem sie nun persönlich aufgetaucht war, stand zu befürchten, daß sich das Hotelpersonal eher verunsichert als aufgeklärt fühlte. Rupert mußte grinsen.

Er parkte den Wagen vor dem Hoteleingang, stieg aus und drückte dem Hoteldiener ein Trinkgeld in die Hand. Er glaubte, das verantworten zu können. Der Hoteldiener blieb erwartungsvoll neben dem Wagen stehen, blickte einmal Rupert und dann wieder den Hoteleingang an. Es dauerte auch keine zwei Minuten mehr, bis Irmgard Widdau in Begleitung des Nachtportiers an der Tür erschien. Sie hatte sich diesmal auf jugendlich aufgeputzt, trug eine weiße Seidenbluse mit roten Rosen, einen weiten Faltenrock und weiße Sandalen. Über die Bluse hatte sie eine cremefarbene Stola drapiert. Vor der erleuchteten Kulisse des Hoteleingangs war es ein fast perfekter Bühnenauftritt.

Daß sie Rupert diesmal ein kleines Lächeln schenkte, hatte er wohl dem Hoteldiener zu verdanken, der ihr diensteifrig den Wagenschlag aufriß. Rupert blieb noch eine Sekunde lang unschlüssig neben dem Wagen stehen, dann setzte er sich hinter das Lenkrad und fragte: »Werden Ihre Koffer gebracht?«

»Wozu meine Koffer?« fragte sie.

Er antwortete unschlüssig. »Ich weiß ja nicht, wohin wir fahren.«

»Immer der Nase nach, mein Junge«, sagte sie.

In dieser Richtung führte die Straße zuerst über den Bruneck-Paß und in ihrer gedachten Verlängerung ungefähr nach Genua. Auf eine längere Reise gefaßt, trat Rupert das Gaspedal durch; der Wagen schoß über die leere Straße. »Fahren Sie nicht wie ein Verrückter«, wies Irmgard Widdau ihn zurecht und betrachtete prüfend den Tachostand des Kilometerzählers. »Sie haben den Wagen in den vergangenen fünf Tagen nicht benutzt?« fragte sie.

Daß sie darauf ein Auge haben könnte, hatte ihr Rupert nicht zugetraut. Er merkte, daß er sie, zumindest in diesem Punkt, unterschätzt hatte. »Ich hatte keine Lust«, antwortete er und fragte, ob er das Verdeck schließen solle. Sie sagte: »Wozu? Es ist eine warme Nacht.« Sie blickte ihn von der Seite prüfend an. »Sie waren vorhin nicht in Ihrem Zimmer?«

»Ich war spazieren.«

»Haben Sie mich ankommen sehen?«

»Heute abend?«

»Wann sonst?« fragte sie ungeduldig.

Also machte sie sich deshalb doch Gedanken; es bestärkte ihn darin, daß in dem Taxi ihr Liebhaber gesessen hatte. Er sagte:

»Ich sah Sie aus dem Taxi steigen.«

»Wo waren Sie?«

Ihre Beharrlichkeit amüsierte ihn, er sagte: »Ich sagte Ihnen schon, daß ich im gleichen Augenblick von einem Spaziergang zurückgekommen bin.«

»Mehr können Sie für Ihr Geld auch nicht verlangen«, sagte sie kühl.

Es schien ihm typisch für sie zu sein, ihm seine finanzielle Abhängigkeit bei jedem geringfügigen Anlaß unter die Nase zu reiben. Er ärgerte sich. Falls sie von ihrem Liebhaber enttäuscht worden sein sollte, brauchte sie deshalb ihr Mütchen nicht an ihm zu kühlen. Das würde auch erklären, weshalb sie mitten in der Nacht noch eine Spazierfahrt machen wollte. Vielleicht war in Luzern nicht alles nach ihren Wünschen verlaufen.

Sie waren etwa eine Viertelstunde lang gefahren, als die Scheinwerfer sich in Wasser spiegelten. Der Vierwaldstätter See konnte es nicht mehr sein, sicher ein anderer, und am Ufer stand ein hell erleuchtetes Restaurant.

»Wir kehren hier ein«, sagte Irmgard Widdau.

Die Reise hatte also nicht so lange gedauert, wie Rupert das befürchtet hatte. Er fuhr auf einen kleinen Parkplatz am Seeufer.

Das Restaurant hatte eine verglaste Veranda. Über den Tischen hingen kleine, rote Papierlaternen. Ein intimer Anblick. Ein Kellner mit weißer Jacke öffnete ihnen die Tür. Wenn man mit einem solchen Wagen vorfuhr, fand sich meistens ein Kellner, der sich schon an der Tür bemühte.

Drinnen saßen nur zwei verliebte Pärchen. Aus unsichtbaren Lautsprechern klang gedämpfte Radiomusik. Der Besitzer, ein weißhaariger, elegant gekleideter Herr mittleren Alters, krümmte bei Irmgard Widdaus Anblick hinter der Theke höfisch den Rücken.

Sie studierte die Weinkarte und gab ihre Bestellung auf. Während sie mit dem Kellner sprach, betrachtete Rupert ihr Gesicht. Sie hatte ein kräftiges Make-up aufgelegt, ihr Mund war wieder zu auffällig geschminkt. Das feine Spinnengewebe winziger Fältchen in ihren Augenwinkeln hatte das Make-up nicht verdecken können. Bei künstlichem Licht wirkten ihre Augen eher blau als grau. Sie sah wieder sehr hübsch, sehr verführerisch aus, vielleicht schon ein bißchen verbraucht, aber sie war kein junges Mädchen mehr, sondern eine reife, erfahrene Frau; er schätzte sie auf fünfunddreißig. Es war ein Gesicht, das sich einprägte. Nur die eingefärbte Haarsträhne über ihrer Stirn störte ihn, vermutlich trug sie das ganze Haar gefärbt, er hätte sich vorstellen können, daß dunkles Haar besser zu ihrem Typ gepaßt hätte als aschblondes.

Unvermittelt erwiderte sie seinen Blick, sie fragte rasch: »Woran haben Sie eben gedacht?«

Daß der Kellner schon gegangen war, hatte er gar nicht mitbekommen, er antwortete verwirrt: »An nichts.«

»Ein Feigling sind Sie auch«, sagte sie trocken.

Er fühlte, wie ihm das Blut in den Kopf schoß. »Es wird Sie nicht interessieren.«

»Dann hätte ich Sie nicht danach gefragt«, erwiderte sie.

»Daß Ihnen diese Haarfarbe nicht steht«, sagte er.

Sie musterte ihn verwundert. »Was Sie nicht sagen! Wie hätten Sie es denn lieber? Malvenfarbig?«

»Jedenfalls dunkler«, sagte er.

Der Kellner kam mit einem silbernen Kühler, entnahm ihm eine Flasche, trocknete sie mit der Serviette ab und goß Irmgard Widdau zuerst ein. Da sie und nicht Rupert die Bestellung aufgegeben hatte, war sein Verhalten nicht ungewöhnlich. Sie kostete von dem Wein, ließ ihn wie ein professioneller Weinprüfer auf der Zunge rollen und nickte dann zustimmend. Der Kellner entfernte sich erleichtert. Der Besitzer hinter der Theke lächelte glücklich. Zufriedene Gäste waren heutzutage nicht mehr selbstverständlich.

Irmgard Widdau fragte: »Wie war das also? Meine Haarfarbe gefällt Ihnen nicht?«

Rupert riskierte ein Lächeln. »Das wollte ich damit nicht sagen. Ich wollte nur sagen, daß dunkles Haar Ihnen noch besser stehen würde.«

»Vielleicht taugt Ihr Geschmack nichts«, sagte sie belustigt. »Ist Ihre Frau dunkel?«

»Das hat damit nichts zu tun«, sagte er.

»Sicher hat das etwas damit zu tun«, erwiderte sie. »Männer sind meistens auf eine bestimmte Haarfarbe festgelegt. Außerdem haben Sie recht, ich habe das Haar färben lassen, meine Naturfarbe wurde mir zu langweilig. Was geht Sie das an?«

Er sagte mit rotem Kopf: »Sie haben mich danach gefragt.«

»Und Sie haben mir offen und ehrlich geantwortet«, sagte sie. »Sind Sie immer so offen?«

Er schwieg verdrossen.

»Wir können es ja auf einen Versuch ankommen lassen«, sagte sie. »Sie haben mich aus dem Taxi steigen sehen. Was haben Sie sonst noch gesehen?«

Er antwortete ausweichend: »Ich weiß nicht . . .«

»Natürlich wissen Sie, wovon ich rede«, unterbrach sie ihn kühl. »Wenn Sie anfangen, mir nachzuspionieren, fliegen Sie. Ist das klar?«

Er wurde unvermittelt wütend. »Ich hatte nicht vor, Ihnen nachzuspionieren. Wenn Ihnen diese Begegnung unangenehm war, so hätten Sie mir vorher Ihre Ankunft mitteilen können, damit ich nicht zufällig auf der Straße gewesen wäre.«

»Wieso unangenehm?« fragte sie. »Was bilden Sie sich eigentlich ein, Sie grüner Junge?«

Ihr Gesicht war jetzt weiß vor Zorn. Es wurde ihm bewußt, daß er sich in seinem Ärger zu unbedachten Worten hatte hinreißen lassen, er murmelte: »So habe ich das nicht gemeint. Entschuldigen Sie bitte, Frau Widdau.«

»Dann möchte ich wissen, wie Sie es gemeint haben«, sagte sie kalt. »Wenn Sie mir nicht nachspioniert haben, warum haben Sie sich dann nicht gezeigt? Wo waren sie genau, als ich aus dem Taxi gestiegen bin?«

Er merkte, daß er mit einer Lüge alles nur noch verschlimmern würde. »Ich saß auf einer Bank hinter der Tankstelle auf der anderen Straßenseite.«

»Und Sie sind nicht herübergekommen, als Sie mich erkannt haben?«

»Ich wußte nicht, ob Ihnen das recht ist.«

Sie blickte ihn eine Weile an, dann trank sie ihr Glas leer, griff, bevor Rupert ihr zuvorkommen konnte, nach der Flasche und füllte ihr Glas wieder. Ihr Gesicht wirkte jetzt geistesabwesend, sie sah durch das Fenster auf den dunklen See hinaus. Es wurde Rupert immer ersichtlicher, daß dieses zufällige Zusammentreffen vor dem Hoteleingang alles andere als ein Glücksfall für ihn gewesen war.

Von den noch anwesenden Gästen brach ein Paar auf. Die Radiomusik wurde durch Nachrichten unterbrochen, irgendwo hatte es einen schweren Verkehrsunfall gegeben, ein Ehemann hatte seine Frau umgebracht, die Weizenernte versprach dieses Jahr ungewöhnlich gut auszufallen.

Aus den Augenwinkeln stellte Rupert fest, daß Irmgard Widdau nach ihrer Stola und Handtasche griff und aufstand. In der Annahme, sie wolle auf die Toilette, blieb er sitzen, aber sie ging dann, ehe der überraschte Kellner ihr die Tür öffnen konnte, zum Ausgang und verließ das Restaurant. Als Rupert sich umdrehte, sah er den Wirt mit dem Kellner an der Tür stehen. Sie flüsterten miteinander, verstummten jedoch, als sie seinen Blick bemerkten. Plötzlich kam ihm ein schlimmer Verdacht. Er griff unwillkürlich nach seiner Brieftasche. Sofort kam der Kellner zu ihm und fragte: »Sie wollen bezahlen?« Rupert nickte. An der Grenze hatte er von seinem eigenen Geld vorsorglich fünfzig Mark in Schweizer Franken umgetauscht, in den vergangenen Tagen jedoch das meiste davon ausgegeben. Der noch verbliebene Rest reichte gerade aus, um die Flasche Wein zu bezahlen und dem Kellner ein Trinkgeld zu geben. Der Wirt öffnete ihm die Tür, wünschte ihm eine gute Nacht und blickte ihn eigenartig an. Nicht ohne Grund, denn als Rupert auf den kleinen Parkplatz neben dem Hotel kam, sah er seinen Verdacht bestätigt: Irmgard Widdau war mit dem Wagen weggefahren.

Ein paar Augenblicke lang wußte er nicht, was tun. Sicher hätte er ein Taxi auch mit deutschem Geld bezahlen können, aber dazu hätte er erst wieder ins Restaurant gehen und von dort aus telefonieren müssen. Die Erinnerung an den eigenartigen Blick des Wirts und die Vorstellung, was er und der Kellner von ihm denken müßten, ließen ihn rasch davon abkommen. Dann lieber die fünfzehn oder zwanzig Kilometer nach Hergiswil zu Fuß zurücklegen. Er hatte sich bereits entschieden.

Viel später, als er schon auf der dunklen Chaussee marschierte und die Nachtluft sein heißes Gesicht kühlte, fragte er sich, ob er richtig gehandelt habe. Vielleicht war sie nur einige Kilometer weit in die entgegengesetzte Richtung gefahren und inzwischen zum Restaurant zurückgekehrt. Konnte es nicht sein, daß sie die Gelegenheit wahrgenommen hatte, wieder einmal hinter dem Lenkrad eines Autos zu sitzen? Aber dann erinnerte er sich an ihr weißes Gesicht und an ihren geistesabwesenden Blick durch das Fenster auf den dunklen See. In diesen Minuten mußte sie ihren perversen Plan ausgebrütet, sich überlegt haben, wie sie ihn am wirkungsvollsten demütigen könnte. Als ob sie so etwas nötig gehabt hätte! Einem Angestellten gegenüber, der ihr im Grunde nicht viel mehr bedeutete als der Dreck an ihren Schuhen. Nur weil er sich ein wenig im Ton vergriffen hatte oder unfreiwillig zum Mitwisser ihrer kleinen Geheimnisse geworden war? Er fand keine Antwort darauf.

Und nun mußte er fünfzehn oder zwanzig Kilometer durch die Nacht laufen, und er machte nicht einmal den Versuch, eines der wenigen, in der gleichen Richtung fahrenden Autos anzuhalten. Die Straße führte fast schnurgerade über kleine Hügel hinweg, stieg manchmal steil, dann wieder weniger steil an. Später folgte sie einem Tal, dessen Konturen sich in der Dunkelheit nur ahnen ließen, sie durchschnitt Wälder und auch Wiesen, deren Heugeruch warm und vertraut sie auf langen Strecken begleitete. Am Horizont flackerten immer wieder Lichter auf, oft schienen sie im freien Raum zu schweben, vielleicht gehörten sie zu hochgelegenen Bauernhäusern oder es waren die Scheinwerfer eines Autos, das einen Paß überquerte. Oder waren es schon niedrig stehende Sterne? In der Dunkelheit verwoben sich die Konturen von Land und Himmel, die Nacht ließ alles eins werden, Höhe und Tiefe, Nähe und Ferne. In den dunklen Räumen beiderseits der Straße waren hin und wieder unklare Laute zu hören, vielleicht von Tieren, die sich im Schlaf bewegten. Es war unheimlich, auf dieser nächtlichen, verlassenen Straße zu marschieren, er hatte sich noch nie so allein gefühlt und auch noch nie so mißverstanden, aber je länger er marschierte, desto größer wurde sein Haß auf diese Frau, der er all das verdankte. Dieses elende Biest, dachte er, diese läufige Hündin. Für das, was sie ihm heute angetan hatte, würde er ihr einen Denkzettel verpassen, den sie so rasch nicht wieder vergessen sollte. Er wußte noch nicht, wie, aber er war fest entschlossen dazu. Er fing an, seine Schritte zu zählen, und bei jedem Schritt dachte er: Diese läufige Hündin, dieses elende Biest, diese Edelhure, und er steigerte sich immer mehr in seinen Haß hinein, Hündin linkes Bein, und Hündin rechtes Bein, links und rechts, und ein Lied, eins, zwei, drei und vier. Er hätte vor Haß fast zu singen angefangen. Den Fahrer eines von hinten kommenden Wagens, der seinetwegen, anscheinend in der Absicht, ihn mitzunehmen, die Geschwindigkeit drosselte, ignorierte er. Er wollte diesen Weg jetzt zu Fuß zurücklegen, und er hätte es auch getan, wenn er die ganze Nacht hätte marschieren müssen, weil er diesen Marsch für seinen Haß brauchte, jeden einzelnen Schritt die ganzen fünfzehn oder zwanzig Kilometer lang, und jeder Schritt führte ihn nur noch tiefer in seinen Haß hinein.

War es wirklich nur mein Haß auf sie gewesen? Heute zweifle ich daran. Vielleicht hatte mir auch nur vorgeschwebt, ihr, indem ich den ganzen Weg zu Fuß zurücklegte, ein schlechtes Gewissen zu bescheren. Oder ihr Mitleid zu wecken? Ich bin mir nicht mehr sicher. Aber wenn es Haß war, dann sicher auch Haß auf mich selber, auf meine Tölpelhaftigkeit, auf meine Unentschlossenheit, auf meine grandiose Fähigkeit, mir jedesmal alles selber zu verpatzen. Vielleicht empfand ich an jenem Abend einen pauschalen Haß auf alle Frauen, denn noch hatte ich Hedy nicht vergessen gehabt, ihre Art, mich sitzenzulassen, noch nicht verwunden. Daß sich hinter dem, was ich damals als Haß empfand, aber auch eine fast atemlose Begierde nach Irmgard Widdau versteckte, ist mir erst einige

Stunden später bewußt geworden, aber vorläufig fühlte ich mich noch als unschuldiges Opfer ihrer perversen Launen. Und so war ich eben auf meiner Straße eisern weitermarschiert, mit links und rechts und drei und vier.

Und die Straße schien kein Ende zu nehmen. Es wäre eine gute Straße gewesen, um Schluß zu machen, sich vor das nächste Auto zu werfen, der permanenten Quälerei ein Ende zu setzen, auf einer fremden Straße, in einer fremden Dunkelheit, in einer Landschaft, die man nur ahnen konnte. Wenn er nur den Mut aufgebracht hätte, aus seinem verpfuschten Leben eine Konsequenz zu ziehen.

Er hatte damit gerechnet, bis nach Hergiswil vier Stunden zu brauchen, aber er schaffte es in nicht ganz drei, und er war noch nie in seinem Leben so stramm marschiert wie in dieser Nacht. Von einem nahen Kirchturm hatte es gerade drei geschlagen, als er den Plymouth vor dem Hotel stehen sah. Mit zitternden Knien und einem stechenden Krampf in der rechten Wade legte er die letzten Meter zum Hoteleingang zurück. Er fuhr den Wagen auf einen unbewachten Parkplatz in der Nähe, schloß vorsorglich das Verdeck und humpelte dann die wenigen Stufen zum Hoteleingang hinauf. Die Hotelhalle lag dunkel, nur über der Rezeption brannte eine Lampe. Der Nachtportier schien keine Gäste mehr zu erwarten, vielleicht machte er hinter der Rezeption ein heimliches Nickerchen. Rupert nahm seinen Schlüssel und fuhr mit dem Fahrstuhl zwei Etagen höher. Vor Irmgard Widdaus Tür blieb er unwillkürlich stehen und drückte die Klinke nieder; sie war nicht abgeschlossen. Auch die von der Diele ins Zimmer führende Tür stand halb offen. Er lauschte unschlüssig, konnte jedoch kein Geräusch vernehmen.

Bis zu diesem Augenblick hatte er mehr instinktiv als überlegt gehandelt, auch als er die Flurtür hinter sich zuzog, hatte er noch keinen Entschluß gefaßt. Es war nur sein Haß, der ihn auf der Stelle hielt. Welche Erklärung sollte er ihr, wenn sie seine Anwesenheit bemerkte, geben? Doch nicht die, daß er hereingekommen sei, um ihr einen Denkzettel zu verpassen? Trotzdem riskierte er es, sich auf den Fußspitzen der Zimmertür zu nähern, und dann sah er sie im Licht einer Nachttischlampe halbnackt auf dem Bett liegen.

Der Anblick war so unvermittelt für ihn, daß er den Atem anhielt. Er hatte, noch ehe er die leere Flasche neben dem Bett entdeckte, sofort den Eindruck, daß sie betrunken war. Ihr Gesicht wirkte aufgedunsen, das rechte Bein und der rechte Arm hingen seitlich vom Bett. Sie mußte bei dem Versuch, sich ihrer Kleidung zu entledigen, plötzlich umgekippt sein, neben der leeren Flasche lag ihr Faltenrock am Boden, auch ihre Handtasche und der Zimmerschlüssel lagen dort. Er betrachtete ihre nackten Schenkel und dann ihren halboffenen Mund. Betrunkene Frauen widerten ihn an. Eva Botez trank mitunter auch mehr, als sie vertrug, aber doch nie so viel, daß sie nicht mehr gewußt hätte, was sie tat. Irmgard Widdau schien es nicht mehr gewußt zu haben, sie hätte sonst zumindest die Zimmertür hinter sich abgeschlossen. Vielleicht wußte sie nicht einmal, weshalb sie trank, aber wer hätte das bei einer Frau wie ihr schon zu sagen vermocht! Möglicherweise gab es in ihrem Leben Dinge, die zu vergessen ihr nur in der Trunkenheit möglich war, und vielleicht gehörte der Mann aus Luzern mit zu ihnen. Trotzdem war es für eine so gutaussehende und sicher auch intelligente Frau wie sie, die mit einem der reichsten Männer Heidelbergs verheiratet war, nicht gerade die feine Art, sich auf solche Weise aus der Wirklichkeit zu stehlen.

Spätestens in diesem Augenblick hätte er das Zimmer wieder verlassen sollen, aber er konnte sich nicht dazu aufraffen. Er stand nur einfach da und starrte sie an. Angeblich sollte es ja Frauen geben, die den Alkohol brauchten, weil ihre gutverdienenden Männer keine Zeit mehr für sie hätten. Rupert hielt dies für eine Erfindung von Leuten, denen daran gelegen war, die Menschen unwissend zu halten, indem sie ihnen erzählten, daß Reichtum in Wahrheit unglücklich mache, weshalb es besser sei, wenn auch arm, so doch glücklich zu sein. In Wirklichkeit fuhren jene, die wirklich Not litten, nicht in amerikanischen Luxusautos spazieren, und seelische Einsamkeit war keine spezifische Krankheit der Reichen und Erfolgreichen. Diese wußten genau, wofür Geld gut sein konnte, warum also sollte man Mitleid für sie empfinden! Irmgard Widdau wußte es auch. In jedem anderen Falle hätte das, was sich hier seinen Augen bot, eine echte menschliche Tragödie sein können. Bei ihr schien es ihm jedoch nur der Wunsch nach immer neuen Außerordentlichkeiten zu sein, der sich in all den verschiedenen Zügen und Unterströmungen ihres zwielichtigen Charakters offenbarte. Sie war, wenn er an Hedy dachte, keine Frau, die sein Mitleid verdiente, und vielleicht war dies hier die von ihm erhoffte Gelegenheit, ihr alles heimzahlen zu können, was sie ihm heute und auch schon in den vergangenen Tagen an Demütigungen zugefügt hatte.

Als er zu ihr ging, empfand er nur noch Genugtuung. Er bückte sich nach der leeren Flasche und betrachtete das Etikett: schottischer Whisky. Falls sie heute abend die ganze Flasche leergetrunken hatte, müßte sie eigentlich theoretisch tot sein. Ihre Autoschlüssel fielen ihm ein. Wenn er sie zu sich nähme, würde sie ihm künftig nicht mehr davonfahren können. Er fand sie in ihrer Handtasche. Was sonst noch darin steckte, beachtete er nicht. Er legte die Handtasche auf den Tisch und beugte sich dann über Irmgard Widdau. Aus ihrem halboffenem Mund schlug ihm der Geruch von Alkohol und Magensäure entgegen. Sie rührte sich auch nicht, als er nach ihrem Kinn faßte und es ein paarmal hin und her bewegte. Er hatte noch keine Frau erlebt, die so sehr betrunken war wie sie.

Während er auf sie hinabblickte, kam ihm ein jäher Einfall. Sie sollte ihren Denkzettel haben, aber so, daß er sie zwar beunruhigen, jedoch nie zur völligen Gewißheit für sie werden würde. Er mußte, als er daran dachte, leise auflachen. Rasch, damit ihm keine Skrupel zuvorkämen, schob er einen Arm unter ihren Rücken, setzte sie, ihren baumelnden Kopf stützend, aufrecht hin und streifte ihr das Hemd über den Kopf. Ihr Büstenhalter war genauso durchsichtig wie ihr Slip, amerikanische Reizwäsche, manche Männer hatten das gern. Der Mann aus Luzern vielleicht auch. Er knöpfte ihn auf, streifte ihn ab und betrachtete sie mit klopfenden Schläfen. Er hatte noch nie die Brust einer reifen Frau gesehen, sie erschien ihm viel schöner und erregender, als er sie sich vorgestellt hatte. Aus Sorge, sie könnte vielleicht doch wach werden, ließ er sie sanft auf den Rücken sinken und machte sich daran, ihr noch den Rest auszuziehen. Auch ihr raffinierter Strumpfgürtel war eine neue Erfahrung für ihn. Er enthüllte ihm ein sehr dunkles, dichtes Haarpolster.

Sie war am ganzen Körper braungebrannt, ihr großer Garten in Heidelberg bot sicher ausreichend Gelegenheit, Sonnenbäder ohne Bikini zu nehmen. Dem Gemälde im Arbeitszimmer ihres Mannes glich sie aufs Haar, als hätte jener Künstler ein Farbfoto von ihr gemacht, aber was er nicht zum Ausdruck hatte bringen können, war das unmittelbare Erlebnis ihrer realen Nacktheit, das Erlebnis, ihre Haut atmen zu fühlen, so wie Rupert sie jetzt fühlte, und ihre Anatomie dort, wo auf dem Gemälde ihre rechte Hand den Schoß verdeckte.

Hatte Rupert bis dahin kaum etwas anderes als den Wunsch verspürt, ihr seine Demütigungen heimzuzahlen, so ließ ihr Anblick jetzt neue Wünsche in ihm wach werden, die zu unterdrücken er kaum mehr fähig war. Er dachte zwar noch: Laß die Finger davon, nimm sie um Gottes willen von da weg, aber er konnte nicht mehr anders, als zu erfahren, wie sie sich anfühlte, als sei sie ihm fortan, wenn er es wußte, auf eine mystische Weise zugehörig. Der Wunsch, sie durch seine Liebkosung aus ihrem fauligen Dornröschenschlaf zu wecken, wurde fast übermächtig. Für eine kleine Weile wußte er nicht mehr, was er tat. Er starrte fasziniert auf sie nieder, bis ihm plötzlich einfiel, daß er, wenn er sich jetzt nicht bezähmte, kaum besser war als sie, und dann erst nahm er die Hand zurück. Er hatte das Gefühl, als hätte er sie in einen heißen Ofen getaucht. Als er aufstand, schwitzte er am ganzen Körper. Vielleicht würde es ihm morgen früh leid tun, diese einmalige Gelegenheit nicht gründlicher ausgekostet zu haben, aber er meinte, daß er um seiner selbst willen darauf verzichten sollte, und wenn er es bei dem beließ, was bis jetzt geschehen war, hatte er nicht viel mehr getan als das, was er sich vorgenommen hatte.

Um ihr, wenn sie morgen früh aufwachte, das Nachdenken zu erschweren, hängte er auch noch ihre Bluse und ihren Rock in den Schrank, legte ihre Wäsche ordentlich auf einen Stuhl und überlegte, was er mit dem Zimmerschlüssel tun solle. Da er sie schlecht einschließen konnte, steckte er ihn von innen ins Schloß. Schließlich griff er nach einer Wolldecke, schob, indem er gleichzeitig ihr rechtes Bein hochlegte, ihren Körper zur Bettmitte und deckte sie bis zum Hals zu. Er hatte eine fast schmerzhafte Erektion. Als er die Nachttischlampe ausknipste, hörte er Irmgard Widdau leise schnarchen. Im Grunde konnte sie ihm dankbar sein, würde sie doch, nachdem er sich ihrer so fürsorglich angenommen hatte, jetzt viel besser schlafen können als halb entkleidet.

In seinem Zimmer trat er an den Spiegel und betrachtete sein Gesicht; es war knallrot. Er riß seine Kleidung herunter, duschte sich eiskalt und zündete sich dann auf dem Bett eine Zigarette an. Später fiel ihm ein, daß es ein Fehler gewesen war, ihre Autoschlüssel mitzunehmen. Sie würde sie vermissen und sofort die richtigen Schlüsse daraus ziehen. Er konnte sich jedoch aus Furcht, wenn er noch einmal zu ihr ginge, vollends den Kopf zu verlieren, nicht dazu aufraffen, die Schlüssel wieder in ihre Handtasche zu stecken, solange sie ihm nicht beweisen konnte, daß er es gewesen war, der sie entkleidet und die Schlüssel an sich genommen hatte, drohte ihm auch keine unmittelbare Gefahr. Er versuchte, sich vorzustellen, wie sie darauf reagieren würde, wenn es ihr gelänge, ihn zu überführen. Vermutlich würde sie ihn fristlos entlassen. Eine Frau wie sie würde eine solche Demütigung nicht einfach hinnehmen. Jetzt erst wurde ihm bewußt, auf was er sich da eingelassen hatte, aber er bereute nichts davon. Die halbe Nacht mußte er daran denken, wie sie ausgesehen hatte.

8

Am nächsten Morgen wachte er spät auf. Er hatte miserabel geschlafen, sein Kopf schmerzte, im Mund hatte er einen üblen Geschmack. Mit einem raschen Blick auf die Uhr stellte er fest, daß es schon fast zehn war. Da er sich zu dieser fortgeschrittenen Tageszeit von Irmgard Widdau nicht im Zimmer erwischen lassen wollte, entschloß er sich, das Frühstück heute nicht heraufkommen zu lassen. Er duschte sich rasch, zog sich hastig an und ging in den Frühstücksraum. Die meisten Gäste hatten bereits gefrühstückt, der Raum war fast leer. Durch die großen Fenster schien warm die Sonne. Ein Ventilator summte einschläfernd. Es kostete Rupert trotz der kalten Dusche große Mühe, die Augen offenzuhalten.

Wie immer gab es frische Brötchen, zwei Sorten Marmelade, Butter und eine dicke Scheibe gekochten Schinken. Mit Irmgard Widdau rechnete

Rupert noch nicht. Wenn sie überhaupt vor Mittag aufwachte, würde sie wohl in ihrem Zimmer frühstücken. Wenn er an sie dachte, empfand er Unbehagen. Mochte der Himmel wissen, was er sich gestern abend vorgestellt hatte! Jetzt, bei hellem Tageslicht, erschien ihm seine Handlungsweise unverantwortlich, ja fast frevelhaft. Aber warum eigentlich? Sollte sie doch von ihm denken, was sie wollte! Trotzdem hatte er Herzklopfen, einen engen Hals und andere Beschwerden. Das Frühstück schmeckte ihm ausnahmsweise nicht, der Kaffee war ihm zu bitter, er brachte nur ein Brötchen hinunter und zündete sich dann sofort eine Zigarette an. Außer ihm saß nur noch ein Pärchen im Frühstückszimmer. Der Bart des jungen Mannes erinnerte Rupert an Babylon, 3000 v. Chr. Alles kehrt wieder! Das Mädchen wirkte geziert, etwas angestrengt, ihr wuschliges, blondes Haar ließ ihr Gesicht klein erscheinen. Sie trug ein Organza-Kleid mit tiefem Ausschnitt, einen dünnen Goldreif am rechten Handgelenk; an ihren zierlichen Porzellanfingerchen konnte Rupert keinen Ehering entdecken. Vielleicht hatten sie offiziell getrennte Zimmer. In diesem Hotel wurde sicher auf gute Sitten geachtet, und sei es auch nur zum Schein. Der Anblick ihrer kleinen Brüste, die sich kaum unter dem dünnen Kleid abzeichneten, erfüllte Rupert nun, da er wußte, wie Irmgard Widdau aussah, fast mit Mitleid.

Durch das große Fenster beobachtete er einige Gäste, die sich bequem in Liegestühlen räkelten, sich dort vom Frühstück ausruhten und neue Kräfte für das Mittagessen sammelten. Nicht mehr ganz junge Frauen kokettierten in modischen Strandanzügen, ältere Herren, mißtrauisch bewacht von ihren gestrengen Frauen, verbargen ihre Korpulenz hinter Morgenzeitungen.

Auch die Zigarette schmeckte Rupert nicht; er drückte sie angewidert aus und beschloß, auf sein Zimmer zurückzukehren. Vielleicht stand ihm dort ein Anruf von Irmgard Widdau bevor, und an diesem Morgen wollte er ihr keinen zusätzlichen Anlaß zur neuen Rüge geben.

An der Rezeption wurde er vom Tagesportier angesprochen: »Hat die gnädige Frau ihre Autoschlüssel gefunden?«

Rupert verspürte einen Stich in der Herzgrube, er antwortete geistesgegenwärtig: »Vermißt sie sie?«

»Ich dachte, Sie wüßten es schon«, sagte der Portier. Im Gegensatz zum Nachtportier wirkte er noch rüstig und vital. »Sie hat sie gestern abend auf dem Weg in ihr Zimmer verloren.«

Rupert sagte mechanisch: »Dann wären sie doch sicher schon gefunden und bei Ihnen abgegeben worden.«

»Bis jetzt leider nicht«, sagte der Portier bedauernd.

Rupert fragte: »Wann hat Frau Widdau Ihnen den Verlust mitgeteilt?«

»Sie rief vor etwa einer Stunde von ihrem Zimmer aus an«, sagte der Portier und wandte sich einem anderen Gast zu.

Vor einer Stunde, das war gegen halb zehn gewesen, als Rupert noch geschlafen hatte. Es erschien ihm unbegreiflich, wie sie es geschafft hatte, so früh wach zu werden.

Er war so durcheinander, daß er, statt den Fahrstuhl zu benutzen, die Treppe hinaufstieg, und während der ganzen Zeit hatte er Atembeklemmungen. Vor ihrem Zimmer verhielt er den Schritt und lauschte, der Staubsauger eines Zimmermädchens im gleichen Flur übertönte jedoch jedes andere Geräusch. Mit einem unguten Gefühl wollte er seine eigene Zimmertür aufschließen, fand sie aber schon offen vor, und als er in das Zimmer kam, saß Irmgard Widdau mit verschränkten Beinen in der Frühstücksnische und blickte auf den See hinaus. Obwohl sie ihn gehört haben mußte, sah sie ihn nicht an.

Das Zimmer war bereits aufgeräumt, Rupert vermutete, daß Irmgard Widdau durch das Zimmermädchen Einlaß gefunden hatte. Er sagte heiser: »Guten Morgen.«

Jetzt erst wandte sie ihm das Gesicht zu, es wirkte frisch und ausgeruht, als hätte sie zwölf Stunden geschlafen. Da sie nichts sagte, sondern ihn nur anschaute, raffte er sich zu einer Floskel auf: »Sie warten schon auf mich?« Die Worte waren ihm leichter über die Lippen gekommen, als er befürchtet hatte. Warum auch nicht? Hatte er etwa Angst vor ihr? Wer war sie schon? Ein kleines Weibchen mit einem lüsternen Hintern und einer verkorksten Seele!

Sie fragte ihn: »Haben Sie eine Badehose dabei?«

Warum kein Flugzeug? Er starrte sie verständnislos an. Schließlich vergewisserte er sich: »Eine Badehose?«

»Ja«, sagte sie ungeduldig. »Oder habe ich mich so undeutlich ausgedrückt?«

Das hatte sie nicht, vielleicht steckte eine Falle dahinter. Vorsichtshalber sagte er: »Ich glaube nicht, daß ich eine mitgenommen habe.« Im gleichen Moment hätte er sich dafür die Zunge abbeißen mögen; vielleicht war ihr vom Zimmerkellner bereits zugetragen worden, daß er täglich im See gebadet hatte. Sie sagte: »Kaufen Sie sich eine, aber rasch. Ich will in fünf Minuten zum Baden wegfahren. Beeilen Sie sich.«

Wozu mußte sie zum Baden wegfahren, wenn sie einen ganzen See unmittelbar vor dem Hotel hatte! Er war jetzt davon überzeugt, daß sie etwas im Schilde führte, aber was, zum Teufel? Vielleicht wollte sie ihn nur loswerden, um sein Zimmer nach den vermißten Autoschlüsseln zu durchsuchen, aber die trug er vorsorglich in der Hosentasche. Er machte auf dem Absatz kehrt und verließ das Zimmer.

Gleich neben der Tankstelle auf der anderen Straßenseite gab es ein

Geschäft für Sportbekleidung. Eine neue Badehose konnte man immer brauchen, seine alte war schon ziemlich unansehnlich geworden. Da die gnädige Frau ihn dazu aufgefordert hatte, würde er sie ihr auf die monatliche Spesenabrechnung setzen. Oder besser nicht! Was würde ihr Mann dazu sagen?

Er entschied sich für eine rote Badehose mit weißen Randstreifen. Wenn er Irmgard Widdau darin nicht gefiel, sollte sie mit ihrem Luzerner Liebhaber baden gehen. Auf dem Rückweg kam ihm ein jäher Verdacht. Vielleicht lag ihr gar nicht so sehr daran, selber zu baden, sondern *ihn* baden zu lassen, damit sie in Ruhe seine Kleidung nach den Autoschlüsseln durchsuchen könnte. Möglicherweise hatte sie das Zimmer bereits durchstöbert und war nun auf den Einfall gekommen, auch seinen Anzug zu durchstöbern. Dazu mußte sie natürlich an einen anderen See fahren, weil sich dort eine Gelegenheit unauffälliger bieten würde als hier.

Je länger er darüber nachdachte, desto überzeugter war er davon, daß er mit seiner Kombination richtig lag, aber so intelligent wie sie war er auch, vielleicht noch ein wenig intelligenter. Sicher wäre es am ungefährlichsten gewesen, die Schlüssel einfach in den See zu versenken, statt sie in der Hosentasche zu tragen. Eine neue Überlegung hielt ihn davon ab. Falls sie ihn wegen der gestrigen Vorfälle aus ihren Diensten entlassen sollte, hätte er mit den Autoschlüsseln wenigstens ein sinniges Abschiedspräsent für sie, schön eingepackt in Seidenpapier mit einigen höflichen Zeilen, beispielsweise: ›Mit herzlichem Dank für das kleine Souvenir und auch dafür, daß Sie so nett stillgehalten haben.‹

Oder so ähnlich. Er mußte grinsen.

Der Plymouth stand noch auf dem unbewachten Parkplatz. Zwei Damen mit Shorts und Krampfadern bemühten sich verstohlen, ihre Bewunderung nicht zu offensichtlich zu zeigen; als Rupert neben dem Wagen auftauchte, ignorierten sie ihn und unterhielten sich laut über das schöne Wetter. Er prüfte, ob noch genug Treibstoff im Tank war. Falls Irmgard Widdau nicht gerade die Absicht hatte, zum Baden an den Genfer See zu fahren, müßte das Benzin reichen. Als er aus dem Wagen kletterte, fiel ein Schatten über sein Gesicht, und da stand sie auch schon neben ihm, schlank, begehrenswert, in einem ärmellosen Leinenkleid: Ein Rasseweib. Man konnte sonst von ihr halten, was man wollte.

»Ich muß mir noch ein Handtuch holen«, sagte er, weil ihm bei ihrem unerwarteten Anblick nichts anderes einfiel. Sie erwiderte: »Lassen Sie sich von der Sonne trocknen«, und stieg, ohne seine Hilfe abzuwarten, in den Wagen. Dort sagte sie: »Richtung Grimselpaß.«

Das klang eher nach Italien als nach Genfer See. Er setzte sich neben sie und ließ den Motor an.

Vorläufig war es die gleiche Straße, die er in der vergangenen Nacht marschiert war. Bei diesem Anblick spürte er seine schmerzenden Beinmuskeln wieder. Bei Tag sah alles viel unkomplizierter aus, viel einleuchtender. Himmel und Erde waren dort, wo sie hingehörten. Auf den Wiesen weideten dicke Kühe, überall standen Bauernhäuser, die er in der Nacht nicht gesehen hatte. Die Wiesen waren eingezäunt, hin und wieder lag ein Düngerhaufen am Straßenrand. Und hier hatte er heute nacht am liebsten sterben wollen! Ein Dunghaufen mehr!

Zum Restaurant von gestern abend war es mit dem Plymouth ein Pappenstiel, kaum der Rede wert, man brauchte nur einmal richtig auf das Gaspedal zu treten, schon war man dort. Später führte die Straße in die Höhe, an parkähnlichen Wäldern und steilen Felswänden vorbei, die zerklüftet zum Himmel ragten. Auf grünen Hügeln inmitten gepflegter Obstgärten standen einsame Gehöfte mit weißgekalkten Mauern. Die fruchtschweren Zweige der Obstbäume neigten sich tief unter ihrer Last; viele waren mit Holzgabeln abgestützt.

Der riesige Achtzylindermotor des Plymouth schnurrte leise durch eine sich ständig verändernde Landschaft, oft dehnte sie sich nach allen Seiten wie eine große, grüne Lunge, um sich dann plötzlich wieder zu einem engen Tal zusammenzuziehen. Es war ein ständiger Wechsel von Licht und Schatten, von schönen Wäldern und weiten Wiesen. Hin und wieder leuchteten am Horizont weiße Schneefelder auf, ein kleines Dorf begleitete ein Stück weit die Straße, breite Dächer und ein spitzer Kirchturm flogen vorbei, dann kam wieder offene Landschaft mit einem See, dessen Wasser glatt und blau wie ein gefärbter Spiegel aussah. Oft kroch die Straße auch unter die lichtdurchfluteten Tunnels zartblättriger Birkenalleen, und in der Tiefe rauschten in steinigen Betten kleine Gebirgswässer.

Rupert fuhr gemächlich, genoß die Landschaft. Als Irmgard Widdau ihn unvermittelt aufforderte, schneller zu fahren, sagte er: »Wie Sie wünschen.« Aber dann verengte sich die Straße, schlängelte sich in Haarnadelkurven eine steile Talwand hinauf, und vor ihnen fuhren vier andere Wagen, hübsch einer hinter dem anderen, ohne Eile, Lebenskünstler am Lenkrad oder Fahrer, die sich dem Herdentrieb im Maschinenzeitalter nicht mehr zu entziehen vermochten. Der erste in der Reihe schien Angst zu haben, überholt zu werden, und die drei anderen riskierten es gar nicht erst, ihn zu überholen.

»Warum versuchen Sie es nicht?« fragte Irmgard Widdau.

Das hätte sie eigentlich die drei anderen vor ihm fragen sollen, aber er sah ein, daß sie das schlecht tun konnte. Er antwortete: »Die Strecke ist zu unübersichtlich.« Trotzdem nahm er zweimal einen Anlauf, und jedesmal rückten die vier vor ihm noch enger zusammen, als hätten sie es darauf abgesehen, in einer Gemeinschaftsleistung ihrer Mittelklassewagen dem

Plymouth das Gruseln zu lehren. Sie fuhren auch ziemlich in der Mitte der Straße, wie es sich für Mittelklassewagen anscheinend gehörte.

»Wenn Sie es sich nicht zutrauen«, sagte Irmgard Widdau, »übernehme ich das Lenkrad.«

Das hätte Rupert gerade noch gefehlt. Er verspürte, im Gegensatz zu heute nacht, nicht die geringste Lust, seinem Leben in dieser schönen Landschaft ein frühes Ende zu bereiten. »Sie sehen doch, daß es nicht zu schaffen ist«, sagte er. »Die lassen uns nicht vor.«

»Weil Sie es noch nicht ernsthaft versucht haben«, erwiderte sie. »Haben Sie Angst?«

»Das ist mehr eine Frage der Intelligenz«, sagte er gereizt. »Ich kann auf dieser kurvenreichen Straße keine vier Autos auf einmal überholen; Sie sehen doch, daß sie keinen Abstand halten.«

»Ich sehe nur, daß Sie anscheinend die Hose voll haben«, sagte Irmgard Widdau.

Es war ähnlich, als hätte sie ihm eine Ohrfeige versetzt. Er spürte den Schlag bis zum Magen hinunter und auch den Reflex seines Fußes, als er auf das Gaspedal stieg. Der Plymouth schoß wie eine getretene Katze los.

Bis zur nächsten Kurve waren es noch etwa dreihundert Meter, und während er sie mit den Blicken abschätzte, wußte Rupert, daß er es vor der Kurve nicht mehr schaffen würde, alle vier Wagen zu überholen. Dabei war er jedoch völlig ruhig, er war sogar fähig, festzustellen, daß auf der linken Straßenseite ein geröllbedeckter Berghang sehr steil in ein tiefes Tal mit einem breiten Fluß abfiel. Auf der rechten Seite war der schroff ansteigende Hang mit Wald bewachsen. Es gab keine Möglichkeit zum Ausweichen, weder nach rechts noch nach links. Er registrierte es mit einem fast sachlichen Interesse.

Als er auf die Hupe des Starktonhorns drückte, reagierten die Fahrer der mit schweizerischen Zulassungsnummern versehenen vier Wagen schreckhaft, sie ruckten so schlagartig auf die Seite, daß es wie eingeübt aussah, aber ihr Tempo verringerten sie nicht, im Gegenteil, sie schienen es fast gleichzeitig beschleunigt zu haben. Trotzdem schaffte Rupert es noch, bis auf die Höhe des zweiten Wagens zu kommen, dann war die nächste Kurve schon so nahe, daß er sie entweder schneiden oder zu einer Notbremsung ansetzen mußte. Er handelte instinktiv, trat voll auf die Bremse, sah noch aus den Augenwinkeln, wie die überholten Wagen in unverändertem Tempo rechts an ihm vorbeizogen, dann riß er unmittelbar vor der Kurve den schweren Plymouth hinter dem letzten Wagen auf die rechte Straßenseite zurück. Fast im gleichen Augenblick tauchte aus der Kurve die massige Vorderfront eines Ausflugbusses auf. Eine Sekunde später wäre es zu spät gewesen.

Danach war alles wieder wie zuvor, die gleiche Geschwindigkeit, dieselbe Reihenfolge. Nur Irmgard Widdaus Gesicht war anders. Es sah aus, als müßte sie sich jeden Augenblick übergeben.

Aus dem unmittelbar vor ihnen fahrenden Wagen drohte eine Faust aus dem Fenster, ein anderer Fahrer drückte empört auf die Hupe. Als hätten die übrigen darauf gewartet, ließen sie ebenfalls ihre Hupen ertönen; es hörte sich wie bei einer Hochzeit an. Rupert konnte es ihnen nicht verdenken. Was er riskiert hatte, war unverantwortlich gewesen. Außerdem hatten sie an seinem Kennzeichen ersehen können, daß er aus Deutschland kam, und in ihrem eigenen Land wollten sie, Fremdenverkehr hin, Fremdenverkehr her, noch immer selber die Reihenfolge bestimmen. Warum auch nicht!

Er wischte sich den Schweiß von der Stirn, fuhr scharf rechts ran und trat auf die Bremse. Noch länger hinter den vieren herzufahren, wäre doch kein reines Vergnügen gewesen. Er sagte: »Solange Sie mich als Fahrer eingestellt haben, werden Sie es künftig mir überlassen, wann ich überholen soll und wann nicht. Andernfalls müssen Sie sich nach einem anderen umsehen.« Er war so wütend, daß ihm das, was er sagte, kaum bewußt wurde. Merkwürdigerweise reagierte sie eher ironisch als empört, sie sagte: »Sie haben die Nerven verloren, das war alles. Wenn Sie früher zum Überholen angesetzt hätten, wäre es noch zu schaffen gewesen.«

»Auf den Friedhof immer«, sagte er. »Wenn Sie lebensmüde sind, so ist das Ihre Privatangelegenheit, aber mich lassen Sie dabei aus dem Spiel.«

Sie musterte ihn kühl. »Ich habe Sie nicht um Ihre Meinung gefragt. Als ich Ihnen sagte, daß Sie überholen könnten, wäre es noch Zeit gewesen; Sie haben zu lange gezögert, und als es dann zu spät war, haben Sie es trotzdem noch versucht. Warum? Weil Sie sich über mich geärgert haben?«

Daß sie ihn durchschaute, ließ es für ihn nur noch schlimmer werden, er sagte: »Ihretwegen würde ich mein Leben bestimmt nicht aufs Spiel setzen, wenn Sie es genau wissen wollen.«

»Meinetwegen?« fragte sie kühl. »Was heißt das?«

»Legen Sie es aus, wie Sie wollen.«

Sie lächelte verwundert. »Sie werden unverschämt, mein Junge. Fahren Sie zurück!«

Er blickte sie verständnislos an. »Zum Hotel?«

»Ja. Ich habe es mir anders überlegt. Ich habe nicht die Absicht, noch länger in einem völlig verdreckten Wagen zu fahren. Sie werden ihn heute mittag waschen.«

Rupert kletterte aus dem Wagen und betrachtete ihn von allen Seiten; er sah ein wenig angestaubt aus, aber von verdreckt konnte keine Rede sein. Er setzte sich wieder auf seinen Platz, ließ den Motor an und fuhr weiter, bis er eine Stelle zum Wenden fand. Neben ihm fragte Irmgard Widdau: »Wollten Sie noch etwas sagen?«

Rupert schwieg. Er fand, daß er an diesem Tag schon genug gesagt hatte.

9

Zum Mittagessen kam sie nicht in den Speisesaal; Rupert aß allein an seinem Tisch. Nach dem Essen fuhr er mit dem Wagen zum anderen Ortsende und ließ ihn dort an einer Tankstelle waschen; die Rechnung bezahlte er aus seiner eigenen Tasche. Anschließend stellte er den Wagen in der Garage ab, ging auf sein Zimmer und duschte sich. In der Badehose setzte er sich auf den Balkon. Die Sichtblenden auf beiden Seiten verwehrten den Blick auf die angrenzenden Zimmer; hier war man völlig ungestört. Auch ungestört, um seinen Gedanken nachzuhängen. Die neue Badehose war ihm ein wenig eng, er hätte sie eine Nummer größer kaufen sollen. Früher hatte Hedy das für ihn getan. Er klappte den Liegestuhl noch tiefer, damit er von den Motorbootfahrern und Seglern auf dem See nicht gesehen werden konnte, verschränkte die Hände im Nacken und blinzelte in die Sonne. Wie schon so oft in seinem Leben war er sich wieder einmal unschlüssig. Eine kurze Weile überlegte er, ob er kündigen solle, aber es hätte wie eine Flucht ausgesehen; diesen Triumph wollte er ihr nicht gönnen. Andererseits hatte sie ihn schneller mürbe gemacht, als er es noch vor wenigen Tagen für möglich gehalten hätte, sie schien ihn bereits besser zu kennen, als er sich selbst, seine Empfindlichkeiten, seine schwachen Stellen, und sie schlug immer genau dorthin, wo er am verletzlichsten war. Wie ein Boxer auf das angeschlagene Auge seines Gegners. Ehre, wem Ehre gebührt! Seine Empfindungen für sie veränderten sich von einer Minute zur anderen. Am Schluß war er schon wieder geneigt, sie zu bewundern.

In der warmen Sonne wurde er schläfrig, seine Glieder schmerzten noch von dem langen Marsch in der vergangenen Nacht. Trotzdem konnte er nicht einschlafen, er war zu unruhig, zu überreizt, und als er im Zimmer das Telefon summen hörte, wurde ihm bewußt, daß er darauf gewartet hatte. Seit er sie kannte, tat er kaum mehr etwas anderes, als auf sie zu warten. Er stand auf, ging ins Zimmer und nahm den Hörer ab. Sie sagte nur: »Kommen Sie herüber. Gleich.«

»Ich muß mich erst anziehen«, sagte er. Sie sagte kurz: »Kommen Sie, wie Sie sind.« Und weg war sie.

Er hätte ja genausogut ohne Badehose sein können! Grinsend ging er zu ihr hinüber. Ihre Tür war offen, er fand sie auf dem Balkon. Sie saß, die langen Beine auf das Geländer gestützt, im Liegestuhl; ihr Bikini hätte mancherorts Anstoß erregen können. Die Augen versteckte sie hinter einer großen, dunklen Sonnenbrille. Neben ihr auf dem Boden standen eine Flasche Sonnenöl und ein Aschenbecher mit den Resten zweier Äpfel – anscheinend hatte sie sich für einen Diät-Tag entschlossen. Er würde ihrem vom Alkohol strapazierten Magen nur guttun. Als er mit seiner roten Badehose neben ihr auftauchte, nahm sie die Sonnenbrille ab und musterte ihn. »Ist sie das?« fragte sie. Obwohl er sofort wußte, wovon sie sprach, fragte er: »Was?«

»Die neue Badehose«, antwortete sie.

Eigentlich war er auf Schlimmeres gefaßt gewesen, aber ihre Stimme klang völlig normal, fast heiter. Sie forderte ihn auf, ihr den kleinen Holzbehälter vom Tisch zu holen. Er fühlte sich leicht wie eine Feder an. Irmgard Widdau öffnete mit dem Fingernagel den flachen Deckel und ließ Rupert ein Dutzend imprägnierter Schmetterlinge sehen, jeder einzelne war mit einer feinen Nadel am Boden des Holzbehälters aufgespießt. Es waren besonders prächtige Exemplare. Ihre schönen Leichen ließen Rupert daran denken, ob Irmgard Widdau es mit ihren Männereroberungen genauso tun würde: Einfangen, aufspießen und sie in einem verstaubten Winkel ihrer Erinnerung aufbewahren.

»Was soll ich damit?« fragte er.

»Sie ansehen und auf den Tisch zurücklegen«, sagte sie.

Sie stellte sich an, als wären es Kronjuwelen, aber er stieß auf einen Widerspruch: Sie schenkte ihnen keinen Blick. Vor zwei Wochen, im Arbeitszimmer ihres Mannes, hatte sie so getan, als liebte sie Schmetterlinge über alles.

Wenn sie ihn nur herübergerufen hatte, um ihm die Schmetterlinge zu zeigen, hätte sie seine und ihre Zeit nützlicher ausfüllen können, aber sie hatte dann doch noch ein Anliegen an ihn.

»Da Sie schon hier sind«, sagte sie, »können Sie mir den Rücken einölen.«

Schließlich war er nicht rein zufällig hier, und diese neue Beschäftigung, die sie für ihn hatte, entsprach schon eher seinen insgeheimen Erwartungen. »Warten Sie«, sagte sie und kam mit dem Sonnenöl zu ihm ins Zimmer. Sie setzte sich, die Brust der Lehne zugekehrt, breitbeinig auf einen Stuhl und verlangte nach einem Handtuch. Vielleicht sollte er ihr auch noch den Schweiß von der Stirn trocknen. Sie hatte jedoch eine andere Verwendung dafür, öffnete, als er ihr das Handtuch aus dem Badezimmer geholt hatte, die Druckknöpfe der oberen Hälfte ihres Bikinis, bedeckte mit dem Handtuch ihre Brust und sagte: »Jetzt können Sie.«

Wenn sie wüßte, was er schon alles mit ihr gekonnt hatte, würde sie sich weniger geziert anstellen, aber vielleicht wußte sie es auch schon. Zumindest könnte sie es ahnen. »Reiben Sie das Öl gut in die Haut«, sagte sie. »Ich möchte den Liegestuhl nicht beschmutzen.«

Daß er ein Mann war, schien sie nicht zu kümmern. Oder doch?

Sie hatte schmale, wohlgeformte Schultern und eine Wespentaille. Ihre Haut fühlte sich fest und kühl an. Ihr Rücken krümmte und wand sich unter seinen Händen. Das Handtuch bedeckte ihre Brüste nur unvollkommen; vielleicht war das Absicht.

Es war etwas anderes gewesen, ihren Körper heute nacht in völliger Apathie zu erfahren als jetzt, da ihre Haut unter seinen Berührungen zu knistern schien. Er hatte den Eindruck, daß sie hochgradig erregt war, und obwohl er sich zusammennahm, um ihr nichts von seinen eigenen Empfindungen zu verraten, war das leichter gedacht als getan. Als er merkte, daß er sich kaum mehr länger beherrschen konnte, nahm er rasch die Hände von ihr und sagte atemlos: »Das dürfte reichen. Kann ich sonst noch was für Sie tun?«

Ihr Gesicht rötete sich vor Ärger. »Ja, Sie können wieder verschwinden.«

Also hatte sie doch seinen Kniefall erwartet, aber so leicht wollte er es ihr nicht machen. An der Tür sah er sich noch einmal nach ihr um. Sie hatte ihm den Rücken zugekehrt und knöpfte eben das Oberteil ihres Bikinis zu. Ihre Haltung verriet eine Niederlage, aber das war für ihn kein Grund zur Genugtuung. Wäre er sich sicher gewesen, daß sie nicht darauf aus war, ihm nur eine neue Demütigung zuzufügen, hätte er eben vielleicht ihren Mann vergessen können. Er war nahe daran gewesen.

Die kalte Dusche in seinem Badezimmer brachte ihn wieder einigermaßen zur Besinnung, aber er war sich darüber im klaren, daß er nicht viel mehr als ein bißchen Zeit gewonnen hatte. Noch so eine Attacke wie diese, und er würde vielleicht doch auf die Knie fallen und sie um weitere Vergünstigungen anflehen. Kein Mann stand so fest auf den Beinen, daß eine liebeskundige Frau ihn nicht auf die Knie zwingen könnte, zumal wenn sie so aussah wie Irmgard Widdau. Er gewann, je länger er über dieses letzte Erlebnis nachdachte, immer mehr die Überzeugung, daß sie darauf aus war, ihn moralisch fertigzumachen, und sie würde sich, um das zu erreichen, gar nicht mehr groß anzustrengen brauchen. Heute nacht war es ihr sogar fast gelungen, ohne auch nur einen Finger zu rühren. Der Anblick ihres nackten Körpers mußte ihn vollends um den Verstand gebracht haben.

Was reizte ihn eigentlich so sehr an ihr? Bei Hedy war es ihre Frische, ihre Mädchenhaftigkeit gewesen, bei Eva Botez ihre lässige, animalische Art, und beiden war gemeinsam, daß sie einen Mann gesucht hatten, an den sie sich anlehnen konnten. Irmgard Widdau brauchte keinen Mann zum Anlehnen, dazu war sie zu aggressiv, zu provozierend, als suchte sie ständig einen, mit dem sie ihre Kräfte messen konnte. Vielleicht steckte aber auch etwas ganz anderes dahinter. Vielleicht verbarg sich unter dem eindrucksvollen Mäntelchen kühler Überlegenheit nur die Lüsternheit einer verhinderten Dirne. Und dennoch: Diesen hochmütigen Mund stöhnen zu hören, dieses kalte, arrogante Gesicht einmal vor Lust verzerrt zu sehen – das war eine wirkliche Provokation, das war es, wovor er sich hüten mußte. Sie sich zu unterwerfen, war bei ihr vielleicht identisch mit einer Selbstauslieferung, mit einer Hölle ohne Ende. Die Glut seiner Begehrlichkeit war nur ein kleiner Vorgeschmack davon.

10

Den Nachmittag verschlief er. Eigentlich hatte er vorgehabt, sich auf dem Balkon in die Sonne zu setzen. Er war jedoch plötzlich zu müde geworden, daß er, als er sich für ein Weilchen auf das Bett legte, unvermittelt eingeschlafen war. Als er aufwachte, fühlte er sich ausgeruht und entspannt. Mit einem Blick auf die Uhr stellte er fest, daß es bereits auf sechs zuging. Durch das offene Fenster drangen ungewohnte Geräusche. Er stand rasch auf und blickte hinaus. Männer waren damit beschäftigt, auf der großen, offenen Strandterrasse zusätzliche Tische und Stühle aufzustellen. Zimmermädchen kamen mit weißen Tischtüchern angelaufen, zwei Kellner schmückten die Bäume im Park mit bunten Lampions. Neben der Terrasse war ein Tanzpodium vorbereitet worden; inmitten des geschäftigen Treibens stand der Geschäftsführer wie ein Kapitän auf der Kommandobrücke und erteilte seine Befehle. Alles sah nach einem Sommernachtsball aus; Rupert erinnerte sich, daß Samstag war.

In der Erwartung, daß auch Irmgard Widdau durch den Lärm unter ihrem Fenster zu neuen Taten erwachte, zog er sich hastig an, band sich eine Krawatte um und wusch sich im Bad vorsorglich die Hände. Er fand zum ungezählten Male, daß er sehr männliche Hände hatte, groß und langgliedrig: Chirurgenhände! Idiot, dachte er.

Durch die offene Badezimmertür hörte er das Telefon summen. Hatte ihn seine Ahnung also nicht getrogen! Bevor er etwas sagen konnte, hörte er Irmgard Widdaus Stimme: »Bestellen Sie uns für heute abend einen Tisch, aber nicht zu nahe bei der Kapelle. Können Sie tanzen?«

Eine blöde Frage! Trotzdem antwortete er: »Nicht sehr gut.«

»Gibt es etwas, das Sie gut können?« fragte sie und beendete das Gespräch. Diesmal ärgerte er sich nicht. Er blieb eine Weile grinsend neben dem Telefon stehen, dann machte er sich daran, ein gutes Versteck für ihre Autoschlüssel zu finden. Unter dem Fußabstreifer vor der Balkontür wähnte er sie einigermaßen sicher aufgehoben.

Er ging zum Geschäftsführer hinunter und bestellte einen Tisch. Da die meisten Tische noch nicht reserviert waren, entschied er sich für einen unter einer alten Buche; dort saß man nicht so sehr in dem zu erwartenden Trubel. Mit seinen schwarzen Frackschwänzen sah der Geschäftsführer, ein hagerer Mann mit einer großen Nase, wie ein Pinguin aus. Er wirkte nervös und geistesabwesend.

Auf dem großen Floß draußen auf dem See hatten sich Möwen niedergelassen. Sie beäugten erwartungsvoll die ihnen rätselhaften Vorgänge am Ufer und hatten vor Verwunderung ihre heiseren Schreie vergessen. Ein Kellner kam zu Rupert und stellte eine kleine Karte auf den bestellten Tisch; hier funktionierte eben alles. Auf der Karte stand in großen Druckbuchstaben: Reserved – Reservée – Reserviert.

Rupert fand das sehr kosmopolitisch. Vom Kellner erfuhr er, daß die Veranstaltung um neun Uhr beginne.

»Frackzwang?« fragte Rupert vorsichtshalber.

»Nein«, antwortete der Kellner. »Unsere Gäste sollen sich ganz ungezwungen geben können.« Er sprach wie ein gebildeter Mensch und sah auch so aus.

Für Rupert wurde es Zeit, in den Speisesaal zu gehen. Appetit verspürte er zwar keinen. Sein jüngstes Erlebnis mit Irmgard Widdau war ihm mächtig auf den Magen geschlagen. Vielleicht hatte sie aber andere Pläne?

Tatsächlich hatte sie andere. Da man bei ihr nie wußte, woran man war, erkundigte er sich von der Rezeption aus telefonisch nach ihren weiteren Absichten. Sie befahl ihm, den Wagen vorzufahren. Er hatte nichts dagegen einzuwenden. Länger als ein paar Stunden hielt er es kaum mehr ohne sie aus.

Zur Abwechslung trug sie ein dunkelblaues Brokatkleid; es war so eng, daß sie sich kaum darin bewegen konnte. Wenn sie kleine Schritte machte, sah sie wie eine First Lady aus. In diesem raffinierten Kleid war alles verpackt, wovon der kleine Mann zu träumen pflegte: Geld, Luxus, gepflegte Langeweile und erotische Abenteuer mit Frauen, wie man sie sonst nur im Kino kennenlernte, aber die Tagträume des kleinen Mannes waren wie faulige Gase aus den schillernden Tümpeln seiner Illusionen, sie waren so prächtig wie Orchideen und so giftig wie Knollenblätterpilze.

Rupert bewunderte die Eleganz in Gedanken.

Und doch wünschte sich jeder kleine Mann einmal, von solchen Dingen nicht nur träumen zu können, sich nicht länger nur die Nase an den Schaufensterscheiben des Lebens nach einer schönen Puppe plattdrücken zu müssen, die anderen vorbehalten war. Vielleicht hätte er, wenn ihm die Puppe geschenkt worden wäre, daheim feststellen müssen, daß ihr Inneres nur aus Holzwolle bestand, aber wer hätte das vorher schon zu sagen gewußt!

Er war so sehr in seine Gedanken versunken, daß er für ein paar Augenblicke lang vergessen hatte, auf Irmgard Widdau zu achten. Als sie ihn fragte: »Träumen Sie?«, blickte er verwirrt auf.

Sie stand neben dem Wagen und wartete darauf, daß er die Tür aufschloß. Er ging zu ihr hinüber und murmelte: »Entschuldigen Sie bitte.«

»Etwas konfus?« fragte sie hinterhältig.

Er grinste. »Ich wüßte nicht, warum.«

»Vielleicht fällt es Ihnen heute abend noch ein«, sagte sie und setzte sich in den Wagen. Gott allein wußte, wie viele Männer für ihren Dünkel schon hatten bezahlen müssen.

»Wir fahren zu dem Restaurant von gestern abend«, beschied sie ihn.

Es ging also schon wieder los! Klar, daß ihr nicht unbekannt sein konnte, wie peinlich ihm das war. Er schluckte es hinunter wie einen verfaulten Fisch. Während der Fahrt verschränkte sie wieder die Beine, legte einen Arm über die Rückenlehne, ihr Oberkörper war ihm halb zugedreht. Er merkte, daß sie ihn unausgesetzt beobachtete. Sollte sie! Einen schönen Mann wie ihn sah sie so schnell vielleicht nicht wieder. Er lächelte.

»Warum lachen Sie?« fragte sie beherrscht.

Er erwiderte ihren Blick. »Nicht über Sie.«

»Das will ich Ihnen auch nicht geraten haben, mein Junge«, sagte sie sachlich. Er erinnerte sich, wie ihr Schoß aussah, und schwieg. Bis zum Restaurant sagte sie nichts mehr.

Auch heute abend stand der Kellner an der Tür; anscheinend hatte er nicht viel zu tun. Tatsächlich waren nur fünf Tische besetzt. Vielleicht lag das Restaurant zu einsam. Der Wirt schien sich über ihren Besuch zu freuen, seine höfische Verbeugung fiel noch tiefer aus als gestern abend. Lakai, dachte Rupert.

Irmgard Widdau studierte die Speisekarte und sagte: »Steak, Forelle, Rauchfleisch oder *Cordon bleu.* Worauf haben Sie Appetit?«

Auf dich, hätte Rupert am liebsten gesagt. Tatsächlich sagte er jedoch: »*Cordon bleu* kenne ich nicht.«

»Kann ich Ihnen empfehlen«, sagte Irmgard Widdau und bestellte dasselbe für sich, dazu eine Flasche Johannisberger, sehr mundend und spritzig. Während des Essens sorgte sie dafür, daß ihre Gläser immer gefüllt waren; sie kam Rupert, wenn er zur Flasche greifen wollte, jedesmal zuvor. Nach dem dritten Glas sagte er: »Mehr darf ich nicht trinken.«

»Warum nicht?«

»Der Wein ist schwer«, sagte Rupert. Sie lächelte dünn. »Was sind Sie eigentlich? Ein Mann oder eine leere Badehose?«

»Das ist sehr witzig«, sagte er verärgert. »Schließlich muß ich Sie noch nach Hause fahren.«

»Das steht noch nicht fest«, sagte sie. »Gestern abend taten Sie es ja auch nicht. Wie haben Sie es geschafft? Per Taxi?«

Er blickte sie nur an.

»Apropos Badehose«, sagte sie. »Die muß ich Ihnen noch bezahlen. Vielleicht kaufe ich sie Ihnen auch ab. Mal sehen.« Sie fing unvermittelt an zu lachen, verschluckte sich beim Trinken, und als sie wieder zu Atem gekommen war, wischte sie sich mit einem winzigen Batist-Taschentuch den kirschrot geschminkten Mund ab. Es war das erste Mal, daß sie in seiner Gegenwart laut gelacht hatte. Sicher brütete sie bereits wieder eine neue Teufelei aus.

Sie winkte dem Kellner, verlangte nach der Rechnung und legte mit einem gnädigen Nicken einen Geldschein auf den Tisch. Der Kellner verbeugte sich noch tiefer als sein Gebieter, der ihnen diesmal persönlich die Tür öffnete. »Gnädige Frau, mein Herr«, sagte er devot. Von der Tür aus beobachtete er, wie sie in den Plymouth stiegen. Heute nacht würde er vielleicht von Irmgard Widdau träumen. Es war für Rupert beruhigend, zu sehen, daß sie auf erfahrene Männer genauso Eindruck machte wie auf ihn. Wahrscheinlich neidete der Wirt es ihm, ihr Liebhaber zu sein. Denn daß Rupert nicht ihr Mann war, mußte er seit spätestens gestern abend wissen.

Bevor er den Motor anließ, wischte sich Rupert rasch und unauffällig über die Augen. Wein in größeren Mengen vertrug er nicht. Bier konnte ihm nichts anhaben, aber dieser süffige Johannisberger hatte es in sich gehabt. Der wirft sogar ein Pferd um, dachte er, leicht besäuselt. Er nahm sich vor, nicht schneller als siebzig Stundenkilometer zu fahren.

Irmgard Widdau sagte unvermittelt: »Ich habe gestern abend meine Autoschlüssel verloren.«

Rupert blickte sie rasch an, aber sie betrachtete den See. In der sterbenden Sonne glänzte er wie ein riesiger Rubin; dahinter ragte ein bläulicher Felskegel in den verblassenden Himmel.

»Als Sie den Wagen vor dem Hotel abgestellt haben?« fragte Rupert mit Überwindung.

Sie musterte ihn. »Das glaube ich nicht. Worauf warten Sie noch? Fahren Sie los.«

Es war ihm lieber so; das Thema war heikel genug. Sie schaltete das Radio ein, eine ländliche Blaskapelle spielte Volkstänze, Irmgard Widdau wippte im Takt mit dem reizenden Füßchen dazu.

Sie fragte: »Haben Sie einen Smoking im Reisegepäck?«

Er schüttelte überrascht den Kopf. »Ich besitze keinen. Unsereins braucht ihn doch nie.«

»Wer ist das, unsereins?«

Er grinste. »Die unteren sechzig Millionen in Deutschland.«

»Da befinden Sie sich ja in großer Gesellschaft«, sagte sie belustigt. »Wollten Sie nur deshalb Arzt werden, um sich aus ihnen herauszuheben?«

»Ich bin ja nicht wie...« Er sprach nicht weiter.

»Wie ich?« fragte sie rasch.

»So etwas zu sagen, würde ich mir nie erlauben.«

»Sie erlauben sich eine ganze Menge, mein Junge«, erwiderte Irmgard Widdau.

Ihr Eintreffen vor dem Hotel ersparte es Rupert, sich ihren süffisanten Ton noch länger anhören zu müssen. Er fühlte sich erleichtert und enttäuscht zugleich.

Mittlerweile habe ich mich in Gedanken so sehr in meine Identität jener Jahre zurückgefunden, daß mir mein heutiges Ich fast schon wieder fremd erscheint. Aber in diesem Stadium meiner Erinnerungen wird mir doch fast durchsichtig klar, wie damals alles gelaufen ist. Irmgard Widdau hatte mich Stück um Stück in eine Intimität verstrickt, die ich wie ein parfümgeschwängertes, schmusig erleuchtetes Boudoir empfand, in dem man kaum mehr anders kann, als nur noch erotisch zu empfinden, zu denken und zu wünschen. Und doch überließ sie den letzten Schritt mir. Sie lüftete hin und wieder ein wenig den Schleier von ihren eigenen Wünschen, ohne sich eindeutig zu ihnen zu bekennen. Sie provozierte mich und stieß mich im nächsten Augenblick wieder in meine Bedeutungslosigkeit zurück. Sie ließ mich sehen, was sie anzubieten hatte, aber nur, um es mir vor der Nase wegzuziehen. Vielleicht hat sie vom ersten Augenblick an darauf gewartet, daß ich die Geduld verlieren und sie so nehmen würde, wie sie es insgeheim erwartete. Nicht als Verführte, sondern als raffinierte Verführerin, die sich ihre Willfährigkeit nicht eingestehen wollte. Kann sein, daß ich ihr schon auf unserer gemeinsamen Fahrt nach Amorbach nur einmal unter das Kleid hätte zu greifen oder sie in die Arme zu nehmen brauchen, aber sie konnte es sich leisten, zu warten. Sie war sich meiner bereits so sicher, daß sie die Rolle der überlegenen *Gebieterin* bis zum traurigen Ende spielen konnte.

Vielleicht hätte sie das nicht getan, wenn sie meine eigene Willfährigkeit nicht gefühlt hätte und daß ich so scharf auf sie war, wie ein Mann nur scharf sein kann. Noch immer ist mir ihre Faszination unklar geblieben, der Reiz, den sie auf mich ausübte. War es ihre Reife, ihre Arroganz, ihr luxuriöser Stil, ihre Verderbtheit oder ihre Verlorenheit hinter der selbstsicheren Maske? Oder war es meine eigene Zerrissenheit zwischen dem Wunsch, sie zu besitzen, und der Erkenntnis, daß es zu nichts führen würde, zu nichts führen konnte? Ja, ich habe mich gegen sie gewehrt, eigentlich stärker, als es mir damals bewußt geworden ist, und schließlich habe ich mich auch von ihr losgerissen, aber es war doch so schmerzhaft, daß ich meinte, ein Stück von mir sei an ihr hängengeblieben. Vielleicht bringe ich sie deshalb plötzlich nicht mehr aus dem Kopf.

Die kleine Band spielte einschmeichelnde Weisen, schwülstig wie die Lampionbeleuchtung an diesem Abend. Geschäftige Kellner schleppten zahllose Wein- und Sektkübel herbei, ihre Schatten huschten grotesk verzerrt über die Parklandschaft des Hotels. Auch diesmal übernahm Irmgard Widdau die Auswahl der Getränke. Rupert war ihr dankbar dafür; Weinkarten in schweizerischen Luxushotels setzten Kenntnisse voraus, die ihm nirgendwo beigebracht worden waren. Zur fortgeschrittenen Stunde ging es sehr laut zu am See, besonders eine deutsche Tischgesellschaft, drei Männer mit ihren Frauen, war erfolgreich bemüht, nationale Ressentiments gegenüber deutschen Staatsbürgern wachzuhalten. In Tanzpausen stimmten sie mehr laut als schön heimatliche Volksweisen an, ließen ihre Champagnergläser klingen und alle Welt sehen, wie königlich sie sich amüsierten. Rupert glaubte nicht, daß sie Hotelgäste waren, aber das traf auf die meisten Anwesenden an diesem Abend zu. Anscheinend handelte es sich um eine offene Veranstaltung, zu der auch die Gäste anderer Hotels geladen waren.

Irmgard Widdau hatte sich wieder für eine Flasche Johannisberger entschieden. Es fiel Rupert auf, daß sie kaum sprach. Vielleicht bereute sie es bereits, hier zu sei. Rupert hatte in seinem Zimmer über eine Stunde lang auf sie warten müssen. Als sie schließlich an seine Tür geklopft hatte, war das Fest schon in vollem Gang gewesen. Die Blicke, mit denen sie die deutsche Tischgesellschaft musterte, drückten Geringschätzung aus, und einmal fragte sie, mit ihrer glimmenden Zigarettenspitze zu ihnen hinüberdeutend: »Gehören die auch zu Ihren sechzig Millionen?«

Er antwortete: »Wenn sie getrunken haben, sind sie sich alle gleich. Außerdem scheint mir das eher ein nationales als ein soziologisches Phänomen zu sein.«

Sie lächelte. »Das dürften Sie meinen Mann nicht hören lassen. Er hält sehr viel von uns Deutschen.«

»Dafür halten andere um so weniger von uns«, sagte Rupert. »Im Grunde sind die Menschen alle gleich. Sobald sie sich auf ihre Nationalität besinnen, haben sie ein Brett vor dem Kopf. Bei den Engländern und Franzosen ist das nicht viel anders. Ich habe über fünf Jahre in Frankreich gelebt.«

»Ich weiß es von meinem Mann«, sagte Irmgard Widdau und musterte ihn nachdenklich. »Was ich nicht begreife, ist, daß Sie es so lange dort ausgehalten haben. Hatten Sie eine Freundin, von der Sie sich nicht trennen konnten?«

Er grinste. »Sie hätten ihr den Kopf kahlgeschoren wie den anderen auch, die sich während des Krieges mit deutschen Soldaten eingelassen hatten.«

»Fünf Jahre ohne Frau?«

Ihre Augen blickten merkwürdig gespannt. Er sagte: »Wenn Sie den Krieg hinzuzählen, waren es noch einige mehr.«

»Und trotzdem sind Sie freiwillig länger in Frankreich geblieben«, sagte Irmgard Widdau und klopfte die Asche von ihrer Zigarette.

Er sagte: »Im Gefangenenlager waren zu viele Unbelehrbare, die aus dem verlorenen Krieg nichts gelernt hatten. Wer sich freiwillig meldete, länger zu bleiben, kam aus dem Lager heraus.«

»Dann müssen Sie nach Ihrer Heimkehr einen großen Nachholbedarf gehabt haben«, sagte Irmgard Widdau. »Oder sprechen Sie nicht gerne darüber?«

Ihr Interesse für ihn wurde jetzt sehr privat, er fragte: »Interessiert Sie das?«

»Nicht sehr«, sagte sie. »Ich weiß nur, daß Männer gerne davon erzählen. Wollen Sie tanzen?«

Dazu hatte sie ihn schließlich mitgenommen. Er stand auf.

Auf der Tanzfläche ging es sehr eng zu, aber das Gefühl, sie im Arm zu halten, ihre Haut unter dem glatten Kleid zu fühlen, ließ ihm das Gedränge sogar lieb werden. Sie sagte: »Das geht doch sehr gut. Tanzen Sie oft?«

»Manchmal.«

»Mit Ihrer Frau?«

»Mit der auch.«

Ihre Hand lag ganz leicht auf seiner Schulter, und trotzdem meinte er, sie durch das Jackett zu spüren. Ihr Gesicht wirkte gelockert, fast weich; er hatte es noch nie so gesehen.

Da immer neue Paare hinzukamen, war es nur noch möglich, auf der Stelle zu tanzen, die Band spielte eine schnulzige Melodie; Rupert hörte sie kaum. Wie in einer Großaufnahme sah er Irmgard Widdaus Gesicht vor sich, fühlte, wie sie sich an ihn lehnte und ihre langen Schenkel an den Knien. Das war kein Tanzen mehr, ihre Art, sich an ihn zu pressen, konnte er nur noch als Provokation empfinden. Jetzt wieder, noch unmißverständlicher als vorhin, und bei alldem blickte sie ihn mit halbverschleierten Augen neugierig an.

Er wußte nicht mehr, wie viele Gläser er an diesem Abend schon getrunken hatte, aber er wußte noch immer, daß sie die Frau von Karl

Widdau war, auch wenn es ihm immer schwerer fiel, sich daran zu erinnern. Denn was kümmerte ihn Karl Widdau! Zu lange schon hatte er auf eine solche Gelegenheit gewartet, davon geträumt, eine Frau wie sie in den Armen zu halten, und nun hielt er, der kleine Mann von der Straße, endlich seine schöne Puppe in den Armen und brauchte nicht mehr länger von seiner Mansarde aus zuschauen, wie andere in ihren dicken Autos vorbeifuhren. War es das, was ihn immer bedrückt hatte, weshalb seine Ehe kaputtgegangen war? Dann hätte er jetzt allen Grund gehabt, glücklich zu sein, aber noch während er daran dachte, wußte er, daß er sich nur etwas vormachte, daß er einen teuren Wagen fuhr, der nicht ihm gehörte, eine Frau in den Armen hielt, die sich insgeheim lustig über ihn machte, ihn, aus welchen Gründen auch immer, zu provozieren versuchte, um ihn dann, wenn er ihr lästig wurde, eiskalt abblitzen zu lassen. Er verlor es keine Sekunde lang aus den Augen, und dennoch war es ihm unmöglich, sich ihren herausfordernden Bewegungen zu entziehen, er fing sogar an, sie zu erwidern, sie seine Erregung fühlen zu lassen, aber gerade dann, als er meinte, sich ihrer schon so gut wie sicher zu sein, schob sie ihn sanft von sich und sagte: »Es ist heiß hier; ich muß etwas trinken.« Sie zwängte sich durch die tanzenden Paare hindurch, kehrte an den Tisch zurück und legte die Stola um ihre Schultern. Als Rupert zu ihr kam und auf sie hinabschaute, fragte sie: »Was ist los mit Ihnen?«

Als ob sie das nicht wüßte! Er griff nach der Flasche, goß die Gläser voll und fragte: »Was versprechen Sie sich davon?«

»Wovon?« fragte sie.

Es war sinnlos, mit ihr darüber reden zu wollen.

An den Tischen ringsum wurde es jetzt immer lauter, die Zurückhaltung schmolz mit dem Eis in den Sektkübeln, immer neue Flaschen wurden entkorkt, man flirtete, lächelte sich zu, drückte sich verstohlen die Hände oder tauschte heiße Blicke aus. Ein junges Pärchen nebenan konnte es nicht mehr abwarten und rannte, Hand in Hand, dem Hotel zu. Rupert wünschte sich plötzlich weit weg von hier. Neben sich hörte er Irmgard Widdau sagen: »Sie haben mir nicht geantwortet. Was sollte ich mir versprechen?«

»Daß Sie mich scharfmachen können«, platzte Rupert heraus. Er wäre sonst daran erstickt, und es war ihm egal, wie sie darauf reagieren würde, aber sie reagierte gelassen.

»Sie sind ja größenwahnsinnig, mein Junge. Wie kommen Sie darauf?«

Er starrte erbittert auf ihre feuchtglänzenden Lippen. Sie griff nach ihrem Glas und sagte: »Trinken Sie. Das wird Sie vielleicht abkühlen.«

»Warum nur mich?« fragte er aufsässig. »Wenn Sie unverschämt werden«, sagte sie nicht unfreundlich, »schicke ich Sie zu Ihrer Frau nach Hause. Die Schmetterlinge, die ich Ihnen heute nachmittag gezeigt habe, wurden eigenhändig von mir gefangen, und Sie haben mir dabei geholfen. Ich sage Ihnen das nur, falls mein Mann Sie danach fragen sollte.«

Damit machte sie ihn zu ihrem Komplizen; er sah nur keinen Sinn dahinter. »Hier in Hergiswil?« fragte er dümmlich.

Sie betrachtete ihn amüsiert. »Haben Sie in Hergiswil schon einen Schmetterling gesehen?«

Er war sich nicht sicher und sagte dreist: »Sie müssen ja wissen, wo Sie sie gefangen haben. Ob hier oder sonstwo.«

»Eben«, sagte sie und lächelte. Sie blickte zu der Band hinüber. »Ein Tango. Kommen Sie!«

Auf der Tanzfläche war es jetzt leerer geworden, die ersten Gäste rüsteten zum Aufbruch. Rupert schwitzte. Der schwere Johannisberger schien seinen Kopf in eine neblige Moorlandschaft verwandelt zu haben, in der seine Gedanken wie schwarze Vögel umherirrten.

Irmgard Widdau lächelte jetzt nicht mehr, ihr Gesicht wirkte merkwürdig angespannt, ihre halb geöffneten Lippen entblößten ebenmäßige Zähne. An ihrem goldenen Halsband hing ein großer, in Platin gefaßter Aquamarin; er paßte gut zu ihrem blauen Brokatkleid und mußte ein Vermögen gekostet haben; Rupert hatte bisher noch kein Auge für ihn gehabt. Es enttäuschte ihn, daß sie jetzt manierlich tanzte und ihn nicht mehr provozierte. Vielleicht befürchtete sie, es könnte von anderen Gästen beobachtet werden. Vorhin, als die Tanzfläche übervoll gewesen war, hatte niemand es sehen können.

In der nächsten Tanzpause bestellte sie noch eine Flasche Wein; es mußte die dritte oder vierte sein. Als sie Ruperts Glas nachfüllen wollte, hielt er die Hand darüber. Sie zog das Glas zu sich hinüber und füllte es bis zum Rand. »Ich habe Sie nicht eingeladen, um allein zu trinken«, sagte sie.

Vielleicht wollte sie ihn betrunken machen, aber wozu? Ihr Gesicht sah noch erstaunlich frisch aus, ihre Augen wirkten klar. Sie schien eine Unmenge Alkohol zu vertragen. Er beobachtete, wie sie eine Zigarette zwischen die Lippen steckte, und gab ihr Feuer.

»Sie wollten also ursprünglich Arzt werden«, sagte sie. »Haben Ihre Eltern das gewünscht?«

»Meine Mutter«, antwortete er widerwillig. »Sie kam aus einer Arztfamilie.«

»Lebt sie noch?«

Er schüttelte den Kopf.

»Sie sind nicht sehr gesprächig«, sagte Irmgard Widdau. »Erzählen Sie mir etwas von sich.«

»Da gibt es nicht viel zu erzählen«, sagte er. »Mein Vater wollte ursprünglich, daß ich Berufsoffizier werde wie er. Zum Glück gab es damals noch keine Bundeswehr.«

»Eine Uniform hätte Ihnen sicher gut gestanden«, sagte Irmgard Widdau. »Sie verstehen sich mit Ihrem Vater nicht?«

»Wir denken zu verschieden.«

»Wegen Ihrer Ehe?«

Sie schien sich bei ihrem Mann eingehend über sein Privatleben informiert zu haben, er sagte: »Nicht nur deshalb. Außerdem spreche ich nicht gerne darüber.«

»Das habe ich schon gemerkt«, sagte sie und blies ihm den Rauch ihrer Zigarette ins Gesicht. »Sie haben auch allen Grund dazu.«

Er blickte rasch auf. »Wie meinen Sie das?«

»Nur so«, sagte sie. »Ich dachte, Sie würden sich gerne mit einem Menschen über Ihre Probleme unterhalten. Oder haben Sie keine?«

»Sie haben ja auch welche«, sagte er.

Sie drückte ihre Zigarette aus, stand auf und ging ins Hotel; ihre Stola ließ sie auf dem Stuhl liegen; sie nahm nur die Handtasche mit.

Einer der Lampions in den Bäumen hatte Feuer gefangen, ein Kellner zerrte ihn mit einem eisernen Haken herunter.

Die meisten Gäste waren bereits gegangen, nur auf dem Tanzpodium drängten sie sich noch immer. Rupert betrachtete den Himmel über den Bäumen und den Mond, der sich angeschickt hatte, über den See zu wandern und das Wasser aufglänzen ließ. Die Berge ragten wie tintenblaue riesige Tannenspitzen in die Sternennacht.

Neben ihm fragte eine Stimme: »Herr Kruedener?«

Rupert sah, daß es ein Kellner war; er nickte.

»Frau Widdau hat ihre Stola vergessen«, sagte der Kellner. »Sie möchten sie ihr bitte hinaufbringen.«

Wenn sie deshalb schon einen Kellner bemüht hatte, wäre es für sie einfacher gewesen, ihm auch diesen Auftrag zu erteilen. Rupert war jedoch durch ihren plötzlichen Entschluß, das Fest zu verlassen, viel zu sehr überrascht, um sich zu ärgern.

Während er mit der Stola zum Hoteleingang ging, fühlte er den Blick des Kellners im Rücken; er würde sich bestimmt seine Gedanken machen, aber bei Kellnern gehörte das wohl mit zum Beruf.

Beim Gehen merkte er, daß er Mühe hatte, sich einigermaßen aufrecht zu halten; der Johannisberger entfaltete erst jetzt seine volle Wirkung. Ein paarmal fühlte er sich versucht, eine kleine Rast einzulegen, aber er schaffte es dann doch bis zum Fahrstuhl und von dort bis zu ihrer Zimmertür. Auf dem Flur begegnete ihm ein älteres Ehepaar; er versteckte die weiße Stola hinter seinem Rücken und wartete, bis die beiden verschwunden waren. Dann klopfte er an. Da sie sich nicht meldete, ging er hinein. Augenblicke später sah er Irmgard Widdau im Morgenrock auf dem Bett liegen. Sie rauchte schon wieder. Wenn sie es nicht schaffte, sich mit Alkohol umzubringen, dann sicher eines Tages mit Nikotin. Sie sagte: »Schließen Sie die Tür hinter sich ab.«

Anscheinend würde sein Besuch länger ausfallen, als er erhofft oder befürchtet hatte. Er war sich noch nicht ganz sicher, welcher Art seine Empfindungen waren. Vorsorglich begnügte er sich damit, die Tür nur ins Schloß zu drücken; kein vernünftiger Mensch schneidet sich selber den einzigen Fluchtweg ab. Er legte die Stola auf einen Stuhl und sagte: »Ich dachte, Sie würden noch einmal zurückkommen.«

Das hörte sich blöde an, aber etwas Besseres fiel ihm unter den gegebenen Umständen nicht ein. Außerdem fühlte er sich durch ihren prüfenden Blick verunsichert. Sie hatte die Hände im Nacken verschränkt, die Zigarette in den Mundwinkel geklemmt und die nackten Beine übereinandergeschlagen. Er wäre jede Wette eingegangen, daß sie außer ihrem seidenen Morgenrock nichts auf der Haut trug. Da sie nichts sagte, sondern ihn nur auf diese unangenehme Art anschaute, fragte er förmlich: »Kann ich wieder gehen?«

»Dann hätten Sie ja gar nicht erst zu kommen brauchen«, erwiderte sie und deutete neben sich auf das Bett. »Setzen Sie sich dahin; ich habe mit Ihnen zu reden.« Sie machte einen völlig nüchternen Eindruck auf ihn, und daß sie ihn aufforderte, sich neben sie auf das Bett zu setzen, empfand er eher alarmierend als hoffnungsvoll. Er setzte sich knapp auf die Bettkante und blickte in ihr Gesicht. Sie nahm die Zigarette aus dem Mundwinkel und sagte: »Sie waren gestern abend in meinem Zimmer.«

Das klang eher nach einer Feststellung als nach einer Frage. Im ersten Moment fühlte er sich versucht, es einfach abzustreiten, aber dann erwiderte er: »Wie kommen Sie darauf?«

»Die Fragen stelle ich«, wies sie ihn kühl zurecht. »Waren Sie in meinem Zimmer, ja oder nein?«

Solange sie ihm das nicht nachweisen konnte, bestand vielleicht kein Anlaß zu einem freimütigen Geständnis. Er antwortete ausweichend: »Ich weiß nicht, was Sie mit dieser Frage bezwecken.«

»Vielleicht wissen Sie es jetzt«, sagte sie und nahm auch die zweite Hand unter ihrem Nacken hervor. Sie öffnete sie und hielt sie ihm dicht unter die Nase. Er betrachtete stumm die Autoschlüssel. »Das war kein gutes Versteck«, sagte sie. »Unter den Teppichen habe ich zuerst danach gesucht.«

Er wußte jetzt, weshalb sie ihn unten allein gelassen hatte. Eine bessere Gelegenheit, sein Zimmer zu durchsuchen, hätte sie nicht finden können. Er machte gar nicht erst den Versuch, zu behaupten, es handle sich dabei um seine eigenen Wagenschlüssel, denn diese hätte er nicht zu verstecken brauchen. Er sagte: »Ich tat es nur in Ihrem Interesse. Ihr Mann hat mir ausdrücklich befohlen, Sie nicht ans Lenkrad zu lassen.«

»Hat er Ihnen auch befohlen, mich auszuziehen?« fragte sie.

Obwohl er einsah, daß Leugnen keinen großen Sinn mehr hatte, sagte er: »Ich weiß nicht, wovon Sie reden. Als ich in Ihr Zimmer kam, lagen Sie bereits im Bett.«

Sie verzog geringschätzig die Mundwinkel. »Ich kenne meine Angewohnheiten besser als Sie, mein Junge. Vor allem lege ich meine Wäsche niemals zusammengefaltet auf einen Stuhl, sondern hänge sie über die Lehne. Merken Sie sich das für künftige Gelegenheiten. Was haben Sie mit mir getrieben?«

Nun, da schon so gut wie alles ausgesprochen war, brauchte er sich keine Zurückhaltung mehr aufzuerlegen, denn wenn sie den Vorfall zum Anlaß nehmen wollte, ihm zu kündigen, sollte sie wenigstens wissen, warum sie ihm kündigte. Er fragte: »Was wollen Sie hören? Daß ich an Ihnen gefummelt habe?«

Ihre Augen verengten sich. »Haben Sie das?«

»Es bot sich so an«, sagte er. »Wenn ich es ableugnete, würden Sie es mir doch nicht glauben.«

»Haben Sie oder haben Sie nicht?«

Er blickte schweigend auf sie nieder.

Sie sagte: »Bei Ihnen wußte ich vom ersten Augenblick an, woran ich bin. Finden Sie es sehr elegant, eine solche Situation auszunutzen?«

»Wenn ich sie wirklich ausgenutzt hätte«, sagte er, »wüßten Sie es genauso wie ich.«

»Was haben Sie getan?« fragte sie. »Wenn Sie mir die Wahrheit sagen, werde ich es vielleicht vergessen.«

»Das brauchen Sie nicht«, sagte er. »Sie werden ohne Mühe einen Ersatz für mich finden.«

»Sie wollen es mir nicht verraten?«

Er stand auf. »Es war nicht fair, aber das sind Sie ja auch nicht immer. Es tut mir leid.«

»Was tut Ihnen leid?« fragte sie, und ihr Gesicht war eher neugierig als zornig. »War es so schlimm, daß Sie es mir nicht verraten können?«

»Ich habe mich bereits entschuldigt«, sagte er und wollte sich der Tür zuwenden. Sie fuhr ihn schroff an: »Bleiben Sie; ich habe Sie noch nicht weggeschickt. Ihr Vorgänger wurde von meinem Mann fristlos entlassen, weil er seine Eifersucht unterschätzt hat. Wollen Sie diese Stellung behalten oder nicht?«

Das klang fast geschäftlich. Er sagte: »Ich lasse nicht gerne mit mir spielen. Wenn Sie nur einen Fahrer brauchen, um Ihre Launen an ihm abzureagieren, bin ich vielleicht nicht der richtige Mann für Sie.«

»Setzen Sie sich wieder hin«, sagte sie kurz.

Er gehorchte.

Sie sagte: »Ich habe Ihnen heute abend erzählt, was es mit den Schmetterlingen auf sich hat. Früher habe ich tatsächlich welche gefangen; heute kaufe ich sie mir. Davon weiß mein Mann nichts, er redet sich ein, ich würde hauptsächlich nur deshalb regelmäßig in die Schweiz fahren, weil es in der Gegend von Hergiswil besonders schöne und seltene Exemplare gäbe. Geht das in Ihren Kopf?«

Es ging hinein und ging trotzdem nicht hinein. Bildete sie sich wirklich ein, mit einem so fadenscheinigen Vorwand ihren Mann zum Narren halten zu können? Aber warum nicht, wenn dieser sich selber zum Narren machte! Er fragte: »Wäre es da nicht einfacher für Sie, Sie würden sich von ihm trennen?«

Sie lächelte nachsichtig. »Wozu? In meinem Alter trennt eine Frau sich nur dann von ihrem Mann, wenn die Nachteile ihrer Ehe die Vorteile überwiegen. Ich habe alles, was ich brauche, und bin mit einem Mann verheiratet, der ein gutes Dutzend hochdotierte Ehrenämter und mehr Aktien und Obligationen hat, als er im Kopf behalten kann. Fünfmal in der Woche sehe ich ihn höchstens zum Frühstück, in der übrigen Zeit ist er in seinen Fabriken oder geschäftlich unterwegs. Er ist achtzehn Jahre älter als ich. Warum sollte ich mich von ihm trennen?«

Vielleicht gerade deshalb, dachte Rupert. Anscheinend hatte sie doch nicht alles, was sie brauchte. Wenn sie nicht vorhatte, ihn zu ihrem Liebhaber zu machen, warum erzählte sie ihm das? Vielleicht fühlte sie seine Skrupel und versuchte sie zu unterlaufen, indem sie ihn zu ihrem Komplizen machte, ihn in ihr Vertrauen zog. Befürchtete sie, seine Loyalität gegenüber ihrem Mann sei doch größer als sein Wunsch, sie zu besitzen? Aber für eine Frau, die nur darauf aus war, einen Angestellten hörig zu machen, gab es in ihrem Verhalten zu viele Widersprüche. Vielleicht steckte noch etwas anderes dahinter, eine ganz persönliche Problematik.

Er fragte impulsiv: »Wenn es Ihnen so gut geht, warum trinken Sie dann?«

Ihre Stimme wurde unvermittelt eisig: »Gewöhnen Sie es sich ab, mich nach Dingen zu fragen, die ich Ihnen nicht von selbst erzähle. Und versuchen Sie nie wieder, mir die Autoschlüssel wegzunehmen; ich sage Ihnen das kein zweites Mal. Lassen Sie mir jetzt ein Bad ein.«

Er blickte verblüfft zuerst sie und dann die Badezimmertür an.

»Hier drinnen?«

»Wo sonst?« fragte sie und drückte ihre Zigarette in einem Aschenbecher aus. Es war ein Uhr nachts, aber warum nicht! Falls er auch noch als ihre Kammerzofe arbeiten sollte, war seine Stellung mit sechshundert Mark nicht überbezahlt.

Im Badezimmer roch es nach ihrem Parfüm. Während er Wasser

einlaufen ließ, betrachtete er im Spiegel sein Gesicht; es war feuerrot. Er wußte jetzt, daß er sie bekommen würde. Sie war schon viel zu weit gegangen, um auf diesem Weg noch einmal umkehren zu können. Aber wollte er es auch? Er hatte das sichere Gefühl, daß es, so oder so, nicht gut enden könnte. Von moralischen Gesichtspunkten einmal ganz abgesehen. Er dachte, hör auf damit, bevor es zu spät ist. Sie ist eine verheiratete Frau. Du hast noch nie etwas mit einer verheirateten Frau gehabt. Wenn ihr Mann es herausbekäme, würdest du nie mehr eine andere Stellung bekommen.

Er kehrte zu Irmgard Widdau zurück und stellte auf den ersten Blick fest, daß sie inzwischen die obersten Knöpfe ihres Morgenrocks geöffnet und sich eine neue Zigarette angezündet hatte. Sie schien nur noch auf ihn zu warten. Er sagte steif: »Wenn Sie mich dann nicht mehr brauchen ...«

»Nein«, sagte sie. »Ich brauche Sie nicht mehr.«

Was hatte er erwartet? Daß sie ihn bitten würde, die Nacht bei ihr zu verbringen? Er rannte zur Tür.

Auf dem Flur fiel ihm ein, daß er vorhin vergessen hatte, seinen Zimmerschlüssel an der Rezeption mitzunehmen. Er fuhr mit dem Fahrstuhl hinunter. Der Nachtportier bedauerte: »Als die gnädige Frau ihren Schlüssel holte, hat sie auch Ihren mitgenommen, Herr Kruedener.«

Daß er daran nicht gedacht hatte! Wie hätte sie sonst in sein Zimmer kommen und die Autoschlüssel finden können! An diesem Abend ging ihm alles schief. Sie hatte es natürlich gewußt. Die Vorstellung, wie sie sich, als er vorhin aus ihrem Zimmer gelaufen war, über ihn amüsiert hatte, weil sie sicher war, daß er zurückkommen würde, war fast unerträglich. Als er zu ihr hinauffuhr, brannte sein Gesicht.

Aber er hatte Glück. Ihre Zimmertür war noch offen, er brauchte nicht zu klopfen. Auch drinnen schien er Glück zu haben: sie war offensichtlich im Bad; im Zimmer war sie nicht. Er sah sich hastig nach dem Schlüssel um, konnte ihn jedoch nirgendwo entdecken. Im gleichen Augenblick vernahm er ihre Stimme aus dem Bad, sie fragte: »Sind *Sie* das?«

Ihren Luzerner Freund konnte sie kaum mehr erwarten, er ging zur Badezimmertür und antwortete: »Sie müssen noch meinen Zimmerschlüssel haben.«

Ein paar Sekunden lang blieb es still, er versuchte, nicht daran zu denken, daß sie jetzt vielleicht in ihrer Badewanne vor unterdrücktem Lachen fast erstickte. Dann hörte er ihre Stimme wieder: »Ich kann Sie nicht verstehen.«

Sicher konnte sie ihn genausogut verstehen wie er sie, trotzdem sagte er vernehmlich: »Ich brauche meinen Zimmerschlüssel.«

»Mein Gott, sprechen Sie lauter oder kommen Sie herein«, antwortete sie.

Wenn er ihrer Aufforderung folgte, war er so gut wie verkauft; er wußte es. Sich noch einmal vom Anblick ihres Körpers losreißen zu müssen, wäre über seine Kraft gegangen. Oder wollte sie ihm nur seinen nächtlichen Besuch von gestern heimzahlen, ihn, wenn er tatsächlich zu ihr hineinginge, genauso aufheizen, wie sie es vorhin beim Tanzen getan hatte, um ihn dann sanft, aber bestimmt von sich zu schieben?

Er setzte sich auf den nächsten Stuhl und wartete, aber es dauerte über zwanzig Minuten, bis sie, nur mit einem Badetuch bekleidet, ins Zimmer kam. Er stand rasch auf und sagte: »Ich kann ohne den Schlüssel nicht in mein Zimmer.«

»Holen Sie ihn aus meiner Handtasche«, sagte sie und setzte sich auf das Bett. Darauf, daß er in ihrer Handtasche steckte, hätte er auch von allein kommen können; schließlich hatte er auch ihre Autoschlüssel dort gefunden.

Die Handtasche lag auf einem Stuhl, er öffnete sie und nahm den Schlüssel heraus.

Irmgard Widdau sagte: »Mit Damenhandtaschen kennen Sie sich ja bereits einigermaßen aus.«

Ihre Sticheleien konnten ihn schon nicht mehr ärgern. Er drehte sich nach ihr um. Sie war damit beschäftigt, ihre Füße abzutrocknen. Da sie sich zu diesem Zweck tief bücken mußte, erwies sich das Badetuch als unzulängliches Bekleidungsstück; ihr Anblick war einfach unzumutbar. Er machte auf dem Absatz kehrt, aber ihre Stimme holte ihn noch vor der Tür ein, sie sagte: »Über dem Waschbecken steht eine kleine, blaue Flasche. Bringen Sie sie mir.«

Irgendwann würde er das nicht länger durchstehen; er fühlte es.

Sie wandte ihm das Gesicht zu. »Haben Sie nicht gehört?«

Er ging ins Bad. Dort standen mindestens ein Dutzend Flaschen und Fläschchen, aber jene, von der sie gesprochen hatte, war nicht zu übersehen. Er stellte fest, daß es sich um Hautöl handelte. Weiber! dachte er grimmig.

Im Zimmer harrte seiner eine neue Überraschung. Irmgard Widdau lag bäuchlings auf dem Bett, das Badetuch bedeckte gerade noch notdürftig ihr Gesäß. Sie sagte: »Reiben Sie mir, bevor Sie gehen, den Rücken ein; meine Haut braucht das, wenn ich heiß gebadet habe.«

Was ihre Haut brauchte, glaubte Rupert allmählich zu wissen. Er schraubte den Verschluß auf, goß aus der Flasche ein paar Tropfen in die hohle Hand und beugte sich über sie. Mittags Sonnenöl, abends Hautöl, demnächst würde er ihr vielleicht auch noch den Hintern mit Talkumpuder einstäuben müssen, aber Überwindung kostete es ihn nicht, im Gegenteil, die Berührung ihres Körpers, der Anblick ihres sich wollüstig windenden Rückens wirkte nicht weniger erregend auf ihn als heute nachmittag, und als sie sagte: »Die Beine auch, wenn Sie schon dabei sind«, zögerte er keinen Augenblick, ihr auch diesen Wunsch zu erfüllen.

Vielleicht hätte er es ohne den genossenen Wein, ohne ihre vorausgegangenen Provokationen auf dem Tanzpodium, gar nicht so weit kommen lassen, aber sie provozierte ihn auch jetzt wieder, zog, während er ihren Rücken und ihre Beine einölte, das Badetuch noch tiefer hinunter, und was sie ihn dabei sehen ließ, hatte mit ihrem Rücken so wenig gemein wie ein seriöses Kurhotel mit einem Freudenhaus. Trotzdem verlor er keinen Augenblick lang die Beherrschung über sich, auch dann nicht, als das Badetuch, sei es von ihr beabsichtigt oder nicht, vollends von ihrem Körper glitt. Ihr Gesäß war kaum größer als das von Hedy, wohlgeformt und sehr niedlich. Der Versuchung, sie auch dort einzuölen, widerstand er heroisch. Er gewann sogar, je weniger Mühe es ihn kostete, sie durch bloßes Berühren ihres Rückens und ihrer Beine in zunehmendem Maße zu erregen, einen klaren Kopf zurück. Seine Genugtuung darüber, mit so unverfänglichen Berührungen ihre Erregung wecken zu können, sie zu erleben, wie sie ihrem Höhepunkt zutrieb, war noch größer als sein Wunsch, sie zu besitzen. In keinem Augenblick, seit er sie kannte, hatte er sich ihrer so ebenbürtig, ja sogar überlegen gefühlt wie jetzt, und diese Überlegenheit auszukosten, erschien ihm ungleich reizvoller als das rasche Verträufeln in ihren Armen. Mit einer fast sachlichen Neugierde beobachtete er ihre sich rasch steigernde Ekstase. Er hatte vor ihr noch keine Frau erlebt, die so empfindsam reagierte. Er hörte sie keuchen, sah, wie sie ihre Finger in das Kopfkissen krallte, die Beine öffnete und wieder schloß, dann stöhnte sie unvermittelt auf. Sie fuhr so rasch herum, daß ihre Reaktion völlig unerwartet für ihn kam. Sie griff in seine Haare, riß seinen Kopf zu sich herunter und biß ihm brutal in die Lippen.

Der Schmerz war so heftig, daß er aufschrie. Er versuchte, sie abzuschütteln, ihre Zähne von seinen Lippen zu lösen, aber sie biß nur noch fester zu. An ihren verdrehten Augen erkannte er, daß sie sich dessen gar nicht bewußt war. Erst als er ihr, weil er den Schmerz nicht mehr länger ertrug, die Hände um den Hals legte und mit aller Kraft zudrückte, löste sich ihr Biß, sie fiel, nach Luft ringend, japsend auf den Rücken. Er blieb, die Hände gegen die blutenden Lippen gepreßt, eine Weile benommen neben ihr sitzen. Dann sah er, daß sie die Augen geöffnet hatte und ihn lächelnd anschaute. »Du hast Hände wie ein Mörder«, sagte sie, nach ihrem Hals greifend. »Tut es weh?«

Er gab keine Antwort. Sie griff nach seinen Händen, nahm sie von seinem Mund und betrachtete ihn. »Das geht wieder vorbei«, sagte sie. »Warte!« Sie holte ein Taschentuch unter dem Kopfkissen hervor, tupfte das Blut von seinen Lippen und lächelte wieder. »Jetzt sind wir quitt«, sagte sie.

Er blickte auf sie nieder. Ihre Brüste sahen im Sitzen größer aus. Während er sie betrachtete, ihre auffallend großen Warzen registrierte, wurde er sich einer fast schmerzhaften Erregung bewußt. Dennoch war er jetzt wieder fähig, sich daran zu erinnern, wer sie war und wem sie gehörte. Er stand auf und wandte sich der Tür zu.

»Wohin gehen Sie?« fragte sie.

Er gab keine Antwort.

Sie sagte spöttisch: »Erzähle mir nur nicht, daß du schon genug hast.«

Im Gegenteil, er hätte jetzt erst richtig anfangen können, aber was er eben mit ihr getrieben hatte, war schon schlimm genug. Er würde es nie mehr ungeschehen machen können.

In seinem Zimmer schloß er die Tür hinter sich ab, ließ sich bäuchlings aufs Bett fallen und atmete schwer. Sie ist eine Hexe, dachte er. Wenn ich sie nicht so rasch wie möglich loswerde, wird sie mich auf einer schwarzen Messe ihrem Teufel opfern.

In dieser Nacht schlief er kaum. Am nächsten Morgen rief sie ihn schon kurz nach neun Uhr und sagte ihm, daß sie in einer Stunde nach Hause fahren wolle. Ihre Stimme klang kühl und überlegen wie immer, und auf der ganzen Heimfahrt sprach sie kein einziges Wort mit ihm. Er war fest entschlossen, keinen Tag länger für sie zu arbeiten.

11

Daheim fand er einen Brief von Hedy vor. Sie bat ihn, sich am Samstag gegen sechzehn Uhr in einem von ihr namentlich genannten Café mit ihr zu treffen. Der Brief mußte am Tag seiner Abreise eingetroffen sein, und am Samstag war er noch in Hergiswil gewesen. Da sie ihre Adresse nicht angegeben hatte, blieb ihm keine Möglichkeit, sich mit ihr in Verbindung zu setzen.

Ihr erstes Lebenszeichen nach so langer Zeit wühlte ihn tief auf. Er las immer wieder die wenigen Zeilen, sie hatte nur ihren Namen darunter gesetzt, ohne Gruß; ein Geschäftsbrief hätte kaum unverbindlicher klingen können. Am Abend, als Eva Botez zu ihm herüberkam, zeigte er ihr den Brief. Sie las ihn aufmerksam, dann faltete sie ihn zusammen und legte ihn auf den Tisch. »Warum kommt sie nicht hierher, wenn sie dich sprechen will?«

»So etwas erledigt man besser an einem neutralen Ort«, antwortete Rupert. »Ich nehme an, sie will sich von mir scheiden lassen. In einem Café hat es zwischen uns angefangen, und ähnlich will sie es auch enden lassen. Sie war schon immer auf Ordnung bedacht.«

»Ich an ihrer Stelle wäre auch nicht hierher gekommen«, sagte Eva und setzte sich neben ihn auf die Couch. Wie immer, wenn sie noch spät zu ihm herüberkam, trug sie nur einen Morgenrock. »Was ist mit deinen Lippen passiert?«

»Ich habe mir versehentlich hineingebissen«, sagte er und stand auf. Er ging zum Fenster und sah hinaus. Bis zu diesem Augenblick hatte er sich eingeredet, mit Hedy innerlich fertig zu sein. Nun merkte er, daß ihn die Trennung noch genauso schmerzte wie am ersten Tag. Hinter ihm fragte Eva Botez mitfühlend: »Wäre es schlimm für dich, wenn sie sich scheiden ließe?«

Er zuckte mit den Achseln. »Ich kann sie nicht daran hindern.«

»So einfach ist das nicht«, widersprach sie ihm. »Solange du ihr keinen Grund gibst oder nicht damit einverstanden bist, wird sie nicht damit durchkommen. Das haben schon andere vor ihr probiert und sind dabei auf die Nase gefallen.«

Er kehrte zu ihr zurück und betrachtete das schwarz glänzende Telefon auf dem Tisch. »Wann wurde es installiert?«

»Vorgestern. Frau Klein hat ihnen die Zimmertür aufgeschlossen. Sie mußten für den Anschluß die Wand aufhauen. Das kostet dich eine neue Tapete.«

»Hat Frau Klein das gesagt?«

Sie nickte. Er betrachtete wieder das Telefon. »Ich brauche es nicht mehr. Ich sage ihnen morgen Bescheid, daß sie es abholen können.«

»Bist du verrückt?« fragte sie konsterniert.

Er grinste. »Vielleicht. Ich gebe die Stellung auf.«

Sie blickte ihn eine Weile an, dann griff sie nach seiner Hand, zog ihn neben sich auf die Couch und fragte: »Was ist passiert, Rupert?«

Er verspürte keine Lust, sich mit ihr darüber zu unterhalten; sie hätte es doch nicht verstanden. Zum ersten Male, seit er sie kannte, empfand er ihre Anwesenheit als lästig.

Sie sagte: »In die Schweiz habe ich es nie geschafft; es muß ein schönes Land sein. Du hast einen Knall, diese Stellung aufzugeben. So eine kriegst du so schnell nicht wieder. Übrigens, ich habe dir noch nicht erzählt, daß wir am Mittwoch für acht Tage nach Frankfurt fahren. Die Agentur hat uns dort ein Engagement verschafft; es soll eine ziemlich große Bühne sein.«

»Das freut mich für euch«, sagte Rupert. Der Gedanke, sie acht Tage nicht zu sehen, war ihm ausnahmsweise sympathisch. Damit sie nichts von seinen Empfindungen erriet, setzte er hinzu: »Schade, daß ich die Vorstellung nicht besuchen kann.«

»Ist doch immer die alte Masche«, sagte sie abwinkend. »Grigore hat keine Einfälle mehr, und wenn ich mal welche habe, findet er sie blöd und will nichts davon wissen. Warum willst du die Stellung aufgeben? Kommst du mit diesem Weib nicht zurecht?«

»Mit der kommt keiner zurecht«, sagte Rupert. Er zog, weil es im Zimmer sehr warm war, das Hemd aus. Als er es über einen Bügel hängte, läutete das Telefon. Dieses Geräusch in seinem Zimmer war noch so ungewohnt für ihn, daß er unwillkürlich zur Tür schaute. Eva Botez mußte lachen. »Das ist dein Telefon. Ist sie das?«

Da ihn Irmgard Widdau heute nachmittag ohne ein Wort verabschiedet hatte, war er, seit sein Blick zum erstenmal auf das Telefon gefallen war, minütlich auf einen Anruf von ihr gefaßt gewesen. Er hatte sich vorgenommen, den Hörer nicht abzunehmen, aber wenn er es jetzt nicht tat, würde Eva Botez erst recht wissen wollen, was vorgefallen war. Noch während er es dachte, wurde ihm klar, daß ihm das nur ein willkommener Vorwand war, seiner eigenen Neugierde nachzugeben. Er meldete sich kurz. Irmgard Widdaus Stimme klang genauso kurz: »Seien Sie morgen um vierzehn Uhr mit dem Wagen pünktlich bei mir.«

»Das geht nicht«, sagte er mit Überwindung.

Er fühlte förmlich, wie es ihr vor Überraschung vorübergehend die Sprache verschlug. Schließlich fragte sie: »Was soll das heißen?«

Rupert atmete tief durch. Er hatte sich für dieses Gespräch jedes Wort zurechtgelegt gehabt, und nun war ihm keines davon geläufig. Er sagte heiser: »Daß Sie sich einen anderen Fahrer suchen können.«

Noch während er das sagte, wartete er mit Herzklopfen auf ihre Reaktion, aber sie beendete unvermittelt das Gespräch. Er starrte blaß vor Wut und Enttäuschung auf den Hörer nieder. Was hatte er sich erhofft? Daß sie ihn inständig darum bitten würde, sich eines anderen zu besinnen? Er erinnerte sich, wie sie gestern zu ihm gesagt hatte, daß er größenwahnsinnig war. War er es etwa nicht?

Er legte langsam den Hörer zurück, verschränkte die Hände zwischen den Knien und dachte: Aus! Er konnte nichts anderes mehr denken. In dieser Sekunde wurde ihm schmerzhaft klar, daß er sich dieses Ende niemals ernsthaft gewünscht, daß er sich nur selber etwas vorgemacht hatte. Er war ihr schon so sehr verfallen, daß die Vorstellung, sie nie mehr zu sehen, niemals wieder neben ihr in dem Plymouth zu sitzen, nie mehr mit ihr in luxuriösen Hotels wohnen zu können, schlimmer war als alles andere, das er sich sonst noch zufügen könnte. Sie war so unbegreiflich, daß sie nicht in seinen Kopf ging. Dabei hatte er sie selber provoziert. Es war zum Totlachen.

Er griff mechanisch nach seinen Zigaretten, zündete sich eine an, dann fiel sein Blick auf Eva Botez. Sie saß neben ihm und beobachtete sein Gesicht.

Als ihre Blicke sich trafen, sagte sie: »Ich glaube, jetzt hast du einen Fehler gemacht, Rupert. Was war los zwischen euch? Hat sie dich vernaschen wollen?«

»Wie kommst du darauf?« fragte er schroff.

Sie lächelte. »Ich kenne dich lange genug. Ich glaube, eben bist du über deinen eigenen Schatten gesprungen. Bist du in sie verknallt?«

Daß sie ihn durchschaute, machte es nur noch schlimmer, er sagte abweisend: »Sie ist verheiratet.«

»Ich auch«, sagte sie. »Oder ist da ein Unterschied?«

Natürlich war da ein Unterschied: Grigore hatte nichts dagegen, daß sie zu ihm ins Bett kam. Bei Widdau konnte er das schwerlich voraussetzen. Aber vielleicht war es trotzdem gut so. Seine Reaktion machte ihm bewußt, wie weit er ihr schon verfallen war. Lieber ein Ende mit Schrecken als dieses zermürbende Spiel noch weiterzutreiben. Für ein paar Sekunden lang empfand er sogar Erleichterung, aber das Gefühl ging rasch vorbei. Was zurückblieb, waren Enttäuschungen und Resignation.

Er sagte: »Rede keinen Unsinn.«

»Und das ist von ihr«, sagte sie, den Finger auf seine wundgebissene Lippe legend. »Früher habe ich das bei Grigore genauso gemacht. Weißt du, was du jetzt brauchst?«

Er blickte sie schweigend an.

Sie öffnete den Gürtel ihres Morgenrocks, zog ihn aus und legte sich neben ihn auf die Couch. »Laß dir Zeit«, sagte sie. »Tu es erst, wenn du es dir wünschst.«

»Ich bin nicht in Stimmung dafür«, sagte er.

»Das wäre kein Problem«, sagte sie und fing an, seine Brust und seinen Rücken zu streicheln. Als sie seinen Gürtel öffnen wollte, hielt er ihre Hand fest und sagte: »Wirklich nicht, Eva. Ich habe heute einen Scheißtag.«

»Ich habe jeden Tag einen Scheißtag«, sagte sie. »Leg dich zu mir. Komm! Du brauchst ja nichts zu tun. Du hast mir in den paar Tagen gefehlt, ich kann dir nicht sagen, wie. Leg dich zu mir, damit ich dich fühlen kann.«

Er wollte ihr nicht weh tun, und obwohl sie ihn an diesem Abend erotisch völlig kalt ließ, legte er sich zu ihr, nahm ihr Gesicht in die Hände und küßte sie. Sie murmelte: »Mit so einer kannst du mal ins Bett gehen, aber mehr nicht. Die macht mit dir, was sie will, und wenn du fertig bist, sucht sie sich einen anderen. Die hat es nicht nötig wie unsereins auf einen zu warten.«

»Sie ist ein Dreck«, sagte er.

Die Wärme ihres Körpers umfing ihn wie ein wollenes Tuch. Es war angenehm, sich von ihm einhüllen zu lassen, an nichts mehr zu denken, nur noch den Kopf an ihrer Schulter liegen zu haben und ihre Haut zu riechen. Einen Menschen zu fühlen, der ihn mochte. Er tastete mit der Hand nach dem Lichtschalter, und als er dann im Dunkeln neben ihr lag, fühlte er sich schläfrig. Kein Wunder, nachdem er in der vergangenen Nacht kaum ein Auge zugetan hatte.

Anscheinend war er tatsächlich eingeschlafen, denn als er Evas Stimme hörte, brauchte er eine ganze Weile, um sich zurechtzufinden. Sie hatte sich neben ihm aufgerichtet und sagte: »Da kommt jemand die Treppe herauf, Rupert.«

»Grigore?« fragte er schlaftrunken.

Sie antwortete: »Das sind nicht seine Schritte. Es muß ...« Sie brach ab. Im gleichen Augenblick wurde von außen an die Tür geklopft. Rupert griff rasch nach dem Lichtschalter, aber das hätte er besser sein lassen, denn als Irmgard Widdau die Tür öffnete, sah sie ihn mit Eva Botez auf der Couch liegen. Sie verschwand zwar sofort wieder, aber bis dahin war Rupert bereits auf den Beinen. Er sagte, während er sich in größter Hast das Hemd überstreifte: »Geh in dein Zimmer hinüber. Mach schnell.«

»Was hast du vor?« fragte Eva.

Er lief ohne ihr zu antworten zur Tür. Auf dem halbdunklen Flur stopfte er sich das Hemd in die Hose und beugte sich über das Treppengeländer. Irmgard Widdau hatte bereits den übernächsten Treppenabsatz erreicht, er rannte, zwei Stufen auf einmal nehmend, hinter ihr her. Als sie seine Schritte hörte, blieb sie stehen und sah sich nach ihm um. Er konnte es noch immer nicht ganz fassen: Sie war zu ihm in seine Wohnung gekommen! Atemlos sagte er: »Sie haben mir am Telefon nicht gesagt, daß Sie zu mir kommen wollen. Ich hätte sonst keinen Besuch gehabt.«

»Von Ihrer Frau?« fragte sie.

Den Bruchteil einer Sekunde lang zögerte er, aber es wäre absurd gewesen, Eva Botez als Hedy auszugeben. Er schüttelte den Kopf und sagte: »Sie brauchen sich nicht um sie zu kümmern; sie hat das Zimmer bereits verlassen.«

»Wirklich?« fragte sie. Im gleichen Augenblick hörte er oben eine Tür zuschlagen. Er sagte: »Ja. Wollen Sie mit hinaufkommen?«

Sie folgte ihm sofort.

In seinem Zimmer setzte sie sich auf einen Stuhl, schlug die Beine übereinander und nahm ein silbernes Zigarettenetui aus der Handtasche. Rupert gab ihr Feuer. Sie trug wieder das lilafarbene Seidenkleid und ellbogenlange weiße Handschuhe. Ihr Blick wanderte durch die Mansarde und blieb auf dem zerwühlten Laken der Bettcouch haften, aber sie verlor kein Wort darüber. Sie sagte: »Ich kann mich nicht lange aufhalten; ich bin mit einem Taxi hier.«

Rupert trat an das Waschbecken, kämmte sich die Haare aus der Stirn und setzte sich dann ihr gegenüber auf die Couch. In diesem Augenblick empfand er nur noch Genugtuung. »Wo ist Ihre Frau?« fragte sie.

»Verreist«, antwortete er. Vielleicht wäre es klüger gewesen, ihr die Wahrheit zu sagen. Er brachte es jedoch nicht über sich, ihr einzugestehen, daß Hedy ihm davongelaufen war.

Sie lächelte eigentümlich. »Das soll hin und wieder vorkommen. Haben Sie es sich mit der Kündigung inzwischen anders überlegt?«

Seit sie hier in seinem Zimmer war, gab es für ihn nichts mehr zu überlegen. Trotzdem sagte er: »Ich würde jederzeit eine andere Stellung finden.«

»Und ich jederzeit einen anderen Fahrer«, sagte sie. »Wollen Sie mehr Geld haben?« Sie wartete seine Antwort nicht ab, stand auf und trat ans Fenster. »Eine hübsche Aussicht haben Sie.«

»Sie können sich dort oben, wo Sie wohnen, auch nicht beklagen«, sagte er.

Sie drehte sich nach ihm um. »Dann bleibt es also bei unserer morgigen Verabredung?«

»Darf ich mir das noch eine Nacht überlegen?« fragte er, aber das war nicht viel mehr als ein kläglicher Versuch, das Gesicht zu wahren. Sie durchschaute ihn sofort und sagte kühl: »Nein. Ich möchte es sofort wissen.«

Er griff nach seinen Zigaretten, zündete sich eine an und sagte dann: »Mir ist nicht ganz klar, warum Sie das tun.«

»Darüber bin ich Ihnen keine Rechenschaft schuldig«, sagte sie. »Nehmen Sie an, ich schätze Sie als sicheren Fahrer.«

»In Hergiswil waren Sie anderer Meinung.«

Sie setzte sich lächelnd auf den Stuhl zurück. »Sie haben sich von mir zu einem Fahrfehler verleiten lassen. Als meinem Chauffeur darf Ihnen so etwas nicht passieren. Übrigens haben Sie einen guten Geschmack.«

Er war sich nicht sicher, worauf sie anspielte, und er erfuhr es auch nicht, weil sie sprunghaft das Thema wechselte: »Haben Sie sich nie eine andere Wohnung gewünscht?«

Er grinste. »Nicht ganz Ihr Geschmack?«

Sie sah sich wieder in der Mansarde um. »Als sturmfreie Bude für einen Studenten mag sie ja ganz amüsant sein, aber über dieses Alter sind Sie ja schon einigermaßen hinaus. Vielleicht haben Sie keinen Ehrgeiz?«

»Ich habe mir schon als kleiner Junge gewünscht, in einem Schloß zu wohnen«, sagte er.

Das Schloß, von dem er heute träumte, sah anders aus als jenes seiner Kindheitstage. Es glich der Villa ihres Mannes aufs Haar, und sie war dort die Schloßherrin, die Personifizierung all seiner nie verwirklichten Träume.

Sie drückte ihre Zigarette aus und sagte: »Es bleibt also bei morgen nachmittag?«

Noch vor einer Stunde war er fest entschlossen gewesen, sie nie mehr zu sehen. Jetzt konnte er kaum den Blick von ihr losreißen und das Herz schlug ihm bis zum Hals. Alleine schon der Gedanke, sich nach einer neuen Stellung umschauen, unterwürfig Bewerbungsschreiben aufsetzen und einen guten Eindruck auf Leute machen zu müssen, die ihm vielleicht unsympathisch waren, widerstrebte ihm zutiefst. Oder sich wieder in die langen Reihen jener einzuordnen, die ihre Arbeitslosenunterstützung in Empfang nahmen. Im Grunde hatte er gar keine andere Alternative zu ihr. Er sagte: »Wenn Sie Wert darauf legen.«

Sie wurde sofort kühl. »Sie verdrehen die Dinge. Ich bin durchaus nicht auf Sie angewiesen. Ich schätze es nur nicht, ständig das Personal zu wechseln. Sie sind mit meinen Gewohnheiten schon einigermaßen vertraut.« Sie lächelte wieder. »Außerdem sind Sie ein guter Tänzer.«

Rupert lächelte auch. »Wenn Sie meinen.«

»O ja, das meine ich«, sagte sie. »Und ich kenne mich da zufällig ein wenig aus. Wenn Sie künftig nicht mehr versuchen, heimlich in mein Zimmer einzudringen, und meine Handtasche zu durchstöbern, können wir vielleicht miteinander auskommen.«

Daß er ihre Handtasche durchstöbert hatte, schien sie ihm stärker nachzutragen, als alles andere. Er sagte: »Ich werde mir Mühe geben.«

»Wenn Sie wollen, können Sie das sogar sehr gut«, sagte sie unklar und heftete den Blick auf die kleinen Blutkrusten an seiner Unterlippe. »In zwei Tagen sieht man nichts mehr davon«, sagte sie fachkundig. »Hier haben Sie noch ein kleines Pflästerchen.«

Ehe er es richtig begriff, beugte sie sich zu ihm hinüber, berührte mit den Lippen seinen Mund und stand dann schnell auf.

»Seien Sie morgen pünktlich und bringen Sie ihre rote Badehose mit«, sagte sie. »Ich habe Ihnen in Hergiswil ja schon gesagt, daß ich sie Ihnen abkaufen möchte.«

Er konnte sie nur anstarren. Die Berührung ihrer Lippen weckte Gefühle in ihm, wie er sie bisher nicht gekannt hatte. Sie sagte lächelnd: »Sie sollten, wenn Sie wieder einmal Besuch haben, die Tür abschließen. Ich hoffe, die Dame ist wegen der Störung nicht böse. Wohnt sie hier im Haus?«

Rupert nickte mechanisch.

»Ein ausgefallener Typ«, sagte Irmgard Widdau. »Ich setze voraus, daß Sie ihr nichts von mir erzählen werden. Daß ich Ihnen vertraue, dürften Sie inzwischen mitbekommen haben. Ist sie eine Studentin?«

Rupert mußte unwillkürlich grinsen. »Sie ist mit einem Artisten verheiratet.«

»Er wohnt auch hier?«

Er nickte.

»Dann sind Sie sicher nicht mit ihm befreundet«, sagte Irmgard

Widdau. »Gibt es noch mehr Ehemänner, denen Sie Hörner aufsetzen?«

›Ihrem eigenen‹, hätte er beinahe geantwortet. Er bezähmte sich jedoch rechtzeitig und antwortete für den Fall, daß ihr das imponierte: »Darüber möchte ich nicht sprechen.«

Sie musterte ihn mit kaum unterdrückter Verwunderung. »Dann habe ich Sie unterschätzt. Sie sehen gar nicht so aus.«

Er hätte gerne von ihr gewußt, wie er aussah, aber auch diese Bemerkung versagte er sich. Statt dessen antwortete er: »Das passiert mir oft.«

»Werden Sie nicht schon wieder frech«, sagte sie nicht unfreundlich. »Sie haben ja erlebt, wohin das führen kann. Bis morgen also.«

Sie ging so rasch zur Tür, daß er zu spät kam, um sie ihr zu öffnen. Er lief zum Fenster. Vor dem Haus stand ein dunkles Taxi. Kurz darauf sah er Irmgard Widdau aus der Haustür kommen. Der Taxifahrer öffnete ihr diensteifrig den Wagenschlag. Rupert hoffte, sie würde noch einen Blick heraufwerfen. Sie tat es nicht. Sicher wäre es auch zuviel von ihr verlangt gewesen. Er beobachtete, wie das Taxi davonfuhr.

Und jetzt? fragte er sich, aber er wußte keine Antwort darauf. Als Eva Botez zu ihm hereinkam, saß er auf der Couch und rauchte.

»War das deine Chefin?« fragte sie.

Er nickte nur. Dann sah er sie an. »Laß mich bitte allein, Eva. Ich muß jetzt nachdenken.«

»So siehst du auch aus«, sagte sie.

12

Damit er sich nicht verspätete, fuhr Rupert bereits zehn Minuten vor der vereinbarten Zeit zu Widdaus Haus hinauf. Dort wurde er am Gartentor von Margot begrüßt, sie sagte lächelnd: »Sie sind aber pünktlich.«

»Nur bei schönem Wetter«, sagte er und gab ihr die Hand. Es konnte nichts schaden, wenn er sich mit ihr gut stellte. Da sie im Haus zu wohnen schien, wußte sie über die gnädige Frau sicher noch besser Bescheid als er. Gestern nachmittag, als er mit Irmgard Widdau aus der Schweiz zurückgekommen war, hatte er Margot nur flüchtig gesehen. Sie trug wieder ein einfaches, ärmelloses Kleid unter der Schürze, das kaum ihre Knie bedeckte. Anscheinend hatte sie wenig Zeit, sich in die Sonne zu legen; es fiel ihm zum erstenmal auf, daß sie eine fast unnatürlich weiße Haut hatte. Sie fragte: »Hat es Ihnen in Hergiswil gefallen?«

»Doch, es war ganz nett«, antwortete er.

Sie kicherte und sagte: »Die gnädige Frau ist gleich soweit. Sie können drinnen auf sie warten.«

Bisher hatte er das Haus immer durch einen Nebeneingang betreten. Heute führte Margot ihn in ein geräumiges Foyer mit vielen Türen. Die schwarzen und weißen Marmorplatten des Fußbodens waren schachbrettartig versetzt. Hinter einer schmiedeeisernen Tür war eine Treppe zum oberen Stockwerk. Ihre Stufen waren ebenfalls aus Marmor. Hinter einem pastellfarbenen Vorhang entdeckte Rupert eine Garderobe. Auf einem Tisch unter einem großen Spiegel stand eine kostbare Vase mit einem Kornblumenstrauß. Durch ein bis zum Boden reichendes Fenster neben dem Haupteingang konnte man in den Garten schauen. Der Stil des Hauses, eine etwas eigenwillige Mischung aus ländlichem Komfort und moderner Architektur, spiegelte sich auch in seiner Inneneinrichtung wider, ein Widerspruch, der Rupert bereits bei seinem ersten Besuch aufgefallen war. Beide Stilelemente stießen sich jedoch nicht aneinander, sondern schienen sich eher zu ergänzen. Man hatte den Eindruck, als hätten sich hier zwei verschiedene Geschmacksrichtungen zu einem Kompromiß gefunden.

»Ist Herr Widdau hier?« fragte Rupert.

Margot schüttelte den Kopf. »Er mußte heute morgen geschäftlich nach München fahren.«

Er beobachtete, wie sie einige verwelkte Blumen aus der Vase nahm und fragte: »Fährt er auch einen amerikanischen Wagen?«

Margot lachte. »Er selbst kann gar nicht fahren; er hat einen Chauffeur und benutzt immer Geschäftswagen. Seit dem Unfall mit der gnädigen Frau fährt er, wenn es nicht zu umständlich ist, am liebsten mit der Bahn.«

»Wann war der Unfall?« fragte Rupert interessiert.

Sie blickte rasch zur Treppe hin und senkte die Stimme: »Seien Sie leise; sie hat es nicht gern, wenn man davon spricht. Der Unfall war vor zwei Jahren. Der gnädigen Frau ist nichts dabei passiert, aber ihr Mann hat fast drei Monate im Krankenhaus liegen müssen.«

»Was sind das eigentlich für Fabriken, die ihm gehören?«

Sie lachte wieder. »Keine Ahnung. Vielleicht weiß er es selber nicht richtig. Seien Sie still; das muß sie sein.«

Sie verschwand rasch hinter einer Tür. Rupert drehte sich um und sah Irmgard Widdau die Treppe herunterkommen. Sie trug weiße Schuhe, sehr knapp sitzende Shorts, einen weißen, ärmellosen Pullover, und ihr Gesicht sah frisch und ausgeruht aus.

Im ersten Augenblick hätte er sie kaum wiedererkannt, und während er sie noch anstarrte, wurde ihm bewußt, daß sie sich das Haar hatte umfärben lassen. Es war jetzt nicht mehr aschblond, sondern haselnußbraun, und sie trug es glatt um den schmalen Kopf gebürstet. Sie sah aus, als hätte sie sich seit gestern um zehn Jahre verjüngt.

Sie sagte: »Passen Sie auf! Wenn jetzt irgendwo eine Uhr schlägt, werden Sie ihr Leben lang mit offenem Mund herumlaufen müssen. Haben Sie Ihre Badehose mitgebracht?«

Er konnte nur nicken.

Sie rief nach Margot, die gleich darauf mit einer Strandtasche und einer Wolldecke auftauchte und sie zum Wagen trug. Es fiel Rupert auf, daß sie es jetzt vermied, ihn anzusehen.

Es war ein warmer, sonniger Augusttag. Während Rupert den Wagen die kurvenreiche Straße zum Neckarufer hinabfuhr, blickte er immer wieder Irmgard Widdau an. Es war unfaßbar für ihn, wie sehr eine andere Frisur und eine andere Haarfarbe ihr Gesicht verändert hatten; als wäre sie in eine neue Haut geschlüpft. Vielleicht war sie doch eine Hexe, die nicht nur die Sinne der Männer verwirren, sondern sich selber auch nach Belieben in einen anderen Menschen verwandeln konnte. Plötzlich erschien es ihm unbegreiflich, daß er sich noch gestern ernsthaft mit der Absicht getragen hatte, seine Stellung bei ihr aufzugeben. Allein schon ihr heutiger Anblick war es wert, daß er sich von ihr dazu hatte überreden lassen, es nicht zu tun. Er meinte, es nicht mehr ertragen zu können, ihre Nähe zu missen und künftig ohne ihre permanente Provokation leben zu sollen oder ohne die Gewißheit darüber, welche ihm unbekannte Seite ihres schillernden Wesens sie ihm noch enthüllen könnte. Sicher war es nicht immer die reinste Freude, für sie zu arbeiten und ihre Launen zu ertragen, aber sein Leben erschien ihm in diesem Augenblick ungleich weniger eintönig als zuvor. Wann hatte er es sich in den letzten Jahren schon einmal leisten können, an einem Wochentag um diese Tageszeit zum Baden zu fahren! Früher hatte er das mit Hedy oft getan, aber das lag lange zurück. Außerdem hatte er sich schon ein wenig in dieses Luxusauto verliebt. Es gab unzählige Chauffeure, die sich glücklich schätzen würden, einen solchen Wagen zu fahren. Dazu noch an der Seite einer Frau wie Irmgard Widdau!

Er begann sich zu fragen, weshalb sie ihr Haar hatte umfärben lassen. Doch nicht etwa seinetwegen! Wahrscheinlich kam sie alle vierzehn Tage mit einer neuen Haarfarbe vom Friseur zurück. Er beobachtete, wie sie das Radio einschaltete. Auch ihre Shorts waren eine Provokation. Die Versuchung, ihre langen, braungebrannten Schenkel zu berühren, war so groß, daß er ihr kaum mehr widerstehen konnte. Vielleicht wartete sie nur darauf? Vorsorglich ließ er es nicht darauf ankommen; bei ihr war man nie sicher, worauf sie wartete. Auch empfand er, wenn er an ihren Mann dachte, heute wieder Skrupel. In Hergiswil hatte er ihn weit weg gewußt.

Im Radio schluchzte eine Männerstimme. Das Schluchzen kam immer mehr in Mode, es rührte die Herzen der Teenager auf. Sie fingen an zu kreischen und machten sich vor Begeisterung fast in die Hose, aber besser, sie taten es bei solcher Musik als beim Abspielen zackiger Marschlieder.

Wohin Irmgard Widdau fahren wollte, verriet sie ihm vorläufig nicht.

anscheinend hatte sie sich den Odenwald auserkoren, die Fahrt führte flußaufwärts, dem grünen Neckarufer folgend. Auf der anderen Seite tauchte ein Campingplatz auf, Wohnwagen und Zelte standen bunt gemischt auf der Wiese. Vor einer provisorischen Toilette warteten ungeduldig dringende Fälle. Spielende Kinder kreischten um die Wette mit plärrenden Kofferradios, spärlich bekleidete Frauen wuschen am Ufer das Eßgeschirr blank, und nebenan hielt eine junge Mutter ihr Jüngstes über dem Wasser ab. Seit es den Leuten wieder besser ging, sehnten sie sich anscheinend nach dem *einfachen Leben* zurück.

Auch auf der Straße herrschte reger Verkehr, Rupert registrierte auffallend viele Kleinwagen, die Fahrer am Lenkrad sahen zumeist wie Vertreter aus; montags begaben sie sich auf ihre große Wochentour. Gelegentlich rollte auch ein amerikanischer Straßenkreuzer der Besatzungstruppen vorbei, manchmal auch einer mit einem holländischen Kennzeichen. Seit die Nazis verschwunden waren, kamen sogar die Niederländer wieder nach Heidelberg. Einmal begegnete ihnen auch ein schwarzer Mercedes mit bundesdeutschem Regierungsstander und einem wichtig aussehenden livrierten Fahrer am Lenkrad. Im breiten Fond saß ein unscheinbares kleines Männchen mit einer dicken Hornbrille und war in eine interessante Lektüre vertieft. Den Politikern von heute sah man ihren Beruf auch nicht mehr an.

Rupert wußte noch immer nicht, wo die Fahrt enden würde, auch zehn Minuten später nicht, als Irmgard Widdau ihn auf eine schmale Nebenstraße einbiegen ließ, die zwischen dichten Wäldern steil bergan führte. Vielleicht hatte sie ihre Badepläne inzwischen schon wieder verworfen. Immerhin hatte diese Route den Vorzug, daß sie praktisch allein auf der Straße waren, und die Landschaft war sehr hübsch. Hier war Rupert noch nie gewesen. Während er sich noch den Kopf über Irmgard Widdaus weitere Absichten zerbrach, forderte sie ihn unvermittelt auf, anzuhalten. Sie sagte: »Wir tauschen die Plätze; lassen sie mich ans Lenkrad.«

Er hatte, als sie ihn anhalten ließ, gleich ein ungutes Gefühl gehabt. »Ihr Mann hat mir ausdrücklich befohlen ...«

Sie unterbrach ihn. »Hat er Ihnen auch befohlen, mir, wenn ich betrunken bin, die Wäsche auszuziehen?«

Sie schlug schon wieder auf seine verletzliche Stelle. Er sagte: »Es ist viel zu gefährlich für Sie. Wenn wir einer Verkehrsstreife begegnen ...«

Auch diesmal ließ sie ihn nicht aussprechen. »Hier gibt es keine Verkehrsstreifen, mein Junge.«

Sicher nicht. Die Landschaft wirkte so verlassen, daß alles wie nach einem Komplott aussah. Wieder einmal wußte Rupert nicht weiter, und als sie nach seinem Arm griff und »rücken Sie herüber zu mir?« sagte, gehorchte er widerstrebend. Sie kletterte über seine Beine hinweg. Für einen Augenblick lang hatte er sie auf dem Schoß und berührte mit den Händen ihre Hüften, dann glitt sie weiter, setzte sich hinter das Lenkrad und sagte: »Denken Sie weniger an mich als an sich selber.«

Das war sicher ein gutgemeinter Rat. Er wünschte nur, sie würde sich bei solchen Gelegenheiten etwas klarer ausdrücken. Verdrossen sah er zu, wie sie sich rasch mit der Schaltung vertraut machte. Sie hatte ihn schon so oft dabei beobachtet, daß sie sich mit der Automatik sofort zurechtfand. Als sie den Wagen anrollen ließ, lächelte sie zufrieden.

Also hatte sie ihn wieder einmal geschafft! Aber was hätte er tun können? Sie gewaltsam daran hindern? Zudem stellte er bald fest, daß sie eine sichere Fahrerin war; sogar ein entgegenkommender Kleinlastwagen konnte sie auf der schmalen Straße keinen Augenblick lang unsicher machen. Er schloß daraus, daß sie schon öfter mit so großen Wagen gefahren war.

»Zünden Sie mir bitte eine Zigarette an«, sagte sie.

Er vermutete, daß sie ihn mit dieser persönlichen Geste versöhnlich stimmen wollte. Sie schenkte ihm sogar, als er ihr die Zigarette zwischen die Lippen steckte, ein kleines Lächeln.

Bald darauf durchfuhren sie ein grünes Tal. Eine mit Sommerblumen übersäte Wiese begleitete sie. Inmitten der Wiese floß ein kleiner Bach mit sehr klarem Wasser. Am Ende der Wiese stand ein Bauernhof. Auf einer Bank neben dem Hauseingang saß pfeiferauchend ein alter Mann und schien die Zeit und die Welt vergessen zu haben.

Es fiel Rupert auf, daß Irmgard Widdau aufmerksam den rechten Waldrand im Auge behielt. Sie fuhr jetzt sehr langsam und bog wenig später auf einen für den öffentlichen Verkehr gesperrten, steil ansteigenden Waldweg ein. Er war kaum breiter als der Wagen, offensichtlich handelte es sich um einen kaum benutzten, mit hohem Gras bewachsenen Forstweg. Er schlängelte sich stetig in die Höhe, der Laubwald blieb zurück. Tannenschonungen begleiteten den Weg, später waren es hohe Fichten, deren schirmähnliche Kronen in den blauen Himmel ragten. Kleine Lichtungen gaben hin und wieder den Blick auf wellenförmige Kuppen und waldbewachsene Höhenrücken frei, die am Horizont zu verebben schienen. In den sanften Tälern mit ihren gelben und braunen Äckern wechselten Licht und Schatten unter hochziehenden Kumuluswolken, die Luft roch nach Harz, Fichtennadeln und Sommer.

Rupert machte sich bereits Gedanken darüber, ob der Weg nicht mitten im Wald enden würde, als sie einen anderen kreuzten. Auf ihn bog Irmgard Widdau ein. Sie folgte ihm noch etwa hundert Meter bis zu einer handtuchförmigen, mit hohen Ginsterbüschen bewachsenen kleinen Lichtung. Dort brachte sie den Wagen zum Stehen, öffnete die Tür und sagte: »Wir sind da.«

Zum Baden war sie jedenfalls nicht hierhergefahren; so viel hatte Rupert inzwischen mitbekommen. Außerdem mußte sie schon einmal hier gewesen sein; er selbst hätte es nicht riskiert, mit dem großen Wagen auf so schmalen, unbekannten Waldwegen zu fahren. Sie sagte: »Bringen Sie die Wolldecke und die Tasche mit; wir gehen noch ein paar Schritte.«

Rupert gehorchte. Sie überquerten die Lichtung bis zu einer Gruppe junger Tannen. Das Gras hier war so hoch, daß es ihnen bis zu den Knien reichte. Irmgard Widdau nahm Rupert die Wolldecke aus der Hand, breitete sie am Boden aus und verschwand, ohne ein Wort zu sagen, mit der Tasche zwischen den Tannen. Als sie kurz darauf zurückkam, war sie im Bikini, sie fragte: »Wo haben Sie Ihre Badehose?«

»Schon an«, sagte Rupert. »Bleiben wir hier?« Er merkte selbst, daß das, nach all ihren Vorbereitungen, eine dumme Frage war.

Sie lächelte: »Falls Ihnen der Platz nicht gefällt, können Sie für sich einen anderen suchen. Ziehen Sie sich endlich aus, oder wollen Sie in der Sonne braten?«

Während er ihrem Wunsch nachkam, fragte er sich, wozu sie ausgerechnet hierhergefahren war. Wenn es ihr nur um ein kleines Sonnenbad ginge, hätte sie das ebensogut in ihrem großen Garten in Heidelberg haben können.

Er durfte sich neben sie auf die Wolldecke setzen. Sie nahm eine Flasche mit Sonnenöl aus der Tasche, rieb ihre Arme und Beine ein und gab die Flasche dann ihm. »Machen Sie es wie ich; Sie kriegen sonst einen Sonnenbrand.«

Eigentlich hatte er erwartet, ihr wieder den Rücken einölen zu dürfen. Daß sie ihn nicht dazu aufforderte, enttäuschte ihn. Sie bemerkte, daß er ihre Frisur betrachtete, und fragte: »Gefällt sie Ihnen?«

»Sie sollten das Haar immer so tragen«, antwortete er.

»Mein Mann sieht es nicht gern«, sagte sie. »Er findet, daß mich diese Frisur zu jung macht.«

»Was ist daran falsch?« fragte er verwundert.

»Sie erinnert ihn daran, daß er wesentlich älter ist als ich«, sagte Irmgard Widdau. »Viele Männer haben das nicht gern.« Sie legte sich auf den Rücken, verschränkte die Hände im Nacken und ließ Rupert ihre ausrasierten, feucht glänzenden Achselhöhlen sehen.

»Sie waren schon einmal an diesem Platz?« erkundigte er sich.

»Vor Jahren. Mein erster Mann liebte diese Landschaft.«

Er sagte überrascht: »Dann ist das Ihre zweite Ehe?«

»Warum nicht? Oder finden Sie mich zu jung dafür?«

»Das nicht«, antwortete er. »Ich wußte es nicht.«

»Es gibt so manches, das Sie nicht wissen«, sagte sie. »Meine erste Ehe dauerte nur sechs Monate. Wir haben uns auf der Universität kennengelernt. Hans, so hieß mein erster Mann, war drei Jahre jünger als ich. 1944, das war kurz nach unserer Hochzeit, wurde er eingezogen. Er ist bald darauf an der Ostfront gefallen.«

»Das muß schlimm für Sie gewesen sein«, sagte Rupert betroffen.

Sie zuckte mit den Achseln. »Wir hatten kaum Gelegenheit, uns richtig kennenzulernen. Für seinen Vater war es noch schlimmer als für mich; Hans war sein einziger Sohn.«

»Haben Sie noch Kontakt zu Ihrem damaligen Schwiegervater?«

»Sicher«, sagte sie trocken. »Ich bin ja mit ihm verheiratet.« Er starrte sie entgeistert an. »Sie haben den Vater Ihres gefallenen Mannes geheiratet?«

Sie fragte belustigt. »Warum nicht? Wir wohnten im gleichen Haus und haben uns gegenseitig getröstet. Das ergab sich damals fast von allein. Ich hatte auch keine Lust, wieder auf die Uni zu gehen. Das Examen hätte ich ohnehin nicht bestanden; ich verwechselte die einfachsten medizinischen Grundbegriffe. Warum hätte ich das bequeme Leben, das mein jetziger Mann mir bieten kann, aufgeben sollen? Ich sah keinen Grund dafür. Als er mir einen Heiratsantrag machte, willigte ich ein.«

Rupert dachte darüber nach. Es gab da einige Widersprüche, die nicht in seinen Kopf gingen. Er sagte: »Wenn Sie seinen Sohn auf der *Uni* kennengelernt haben, hat er sicher ebenfalls Medizin studiert. Hatte sein Vater keine anderen Pläne mit ihm?«

»Meinem Mann gehört unter anderem eine große pharmazeutische Fabrik«, antwortete sie. »Hans sollte dort eines Tages die Leitung übernehmen; er war anders als sein Vater, der sich nur für Bilanzen interessiert. Hans wollte auch bei der Produktion mitreden. Das hätte er nur tun können, wenn er medizinisch vorgebildet gewesen wäre.«

»Hat sein Vater nicht verhindern können, daß er eingezogen wurde?«

Sie zuckte mit den Achseln. »Sein Vater schon, aber Hans meinte, es könnte später einmal für ihn wichtig sein, wenn er in einem Feldlazarett praktische Erfahrungen sammelte. Nach Kriegsende wollte er das Studium beenden. Er hat sich freiwillig als Sanitäter gemeldet. Das Feldlazarett wurde bei einem russischen Angriff von Panzern überrollt. Dabei ist er gefallen.«

Ihre Stimme klang fast gleichgültig. Rupert gewann jedoch den Eindruck, daß ihre Gleichgültigkeit gespielt war. Vielleicht war Hans der wunde Punkt in ihrem Leben? Aber als er tot war, hatte sie keinen Augenblick lang gezögert, sich dem Schwiegervater an den Hals zu werfen. Für sie schien es, um ihr Ziel zu erreichen, keine Tabus zu geben. Es fiel Rupert nicht schwer, sich vorzustellen, wie sie, allein mit ihrem Schwiegervater in einem Haus lebend, kein Mittel ausgelassen hatte, um ihn zu verführen. Bei einem Mann wie ihm, der gesellschaftliche

Rücksichten zu nehmen hatte, war ihr das sicher ungleich schwerer gefallen als bei ihren sonstigen Eroberungen.

Er beobachtete, wie sie eine Apfelsine aus der Strandtasche nahm, sie mit ihren spitz zugefeilten Nägeln schälte und in der Mitte auseinanderbrach. Sie hielt ihm eine Hälfte hin und fragte: »Wollen Sie?«

Er griff stumm zu.

Über den Baumwipfeln segelte ein großer Habicht am blauen Himmel und hielt nach Beute Ausschau. Schlangen brauchten keine scharfen Schnäbel und keine scharfen Krallen, um sich ihrer Beute zu versichern. Sie verhielten sich ähnlich wie diese Frau neben ihm, und nicht einmal Karl Widdau war ihr gewachsen gewesen.

»Woran denken Sie?« fragte sie unvermittelt.

Er fuhr ertappt zusammen. »Ich denke über Sie nach.«

»Das habe ich mir gedacht«, sagte sie und drehte sich, in sein Gesicht blickend, auf die Seite. »Ich habe Sie aus über fünfundzwanzig Bewerbern herausgesucht«, sagte sie. »Wollen Sie wissen, weshalb?«

Das hätte ihn interessieren können. Trotzdem sagte er nur: »Sie werden Ihre Gründe dafür gehabt haben. Was ist aus der ersten Frau Ihres Mannes geworden?«

»Er ließ sich lange vor meiner Zeit von ihr scheiden«, antwortete sie. »Hans wurde ihm zugesprochen.« Sie lächelte wieder. »Ich weiß genau, was Sie von mir denken. Sicher wundern Sie sich auch darüber, weshalb ich Ihnen so viel von mir erzähle. Was ich mir bis heute in den Kopf gesetzt habe, das habe ich immer erreicht. Falls Sie mich für hemmungslos halten: ich bin es tatsächlich. Ich finde Hemmungen altmodisch. Im Augenblick gibt es nur ein Problem für mich, und das sind Sie. Sie sind für mich so etwas wie ein notwendiges Übel. Ich brauche Sie, um so leben zu können, wie ich das möchte. Ich habe mich für Sie entschieden, weil Sie intelligent und gebildet sind. Das kann man von den meisten Männern, die sich ihren Lebensunterhalt auf Ihre Art verdienen, nicht behaupten. Die verstehen etwas von Autos, aber damit hat es sich in der Regel schon. Ich brauchte einen Fahrer, dem ich volles Vertrauen schenken kann und der dieses Vertrauen nicht auszunutzen versucht. Gebildete Leute neigen weniger dazu als andere. Sie haben ihren Stolz und sicher auch eine hohe Meinung von sich. Vielleicht sind Sie ein Mann mit Prinzipien. Das ist mir nicht unlieb, solange mir ihre Prinzipien nicht im Weg sind. Sie würden früher oder später doch das meiste über mich erfahren. Es ist mir daher lieber, Sie erfahren es von mir selbst.«

»Wenigstens sind Sie offen«, sagte Rupert verwundert.

Sie lächelte. »Warum nicht? Indem ich Sie in mein Vertrauen ziehe, mache ich Sie zu meinem Verbündeten.«

»Auch gegen Ihren Mann?«

»Wo es sein muß«, sagte sie gleichgültig. »Ich brauche einen Fahrer, auf den ich mich in jeder Beziehung verlassen kann, auch seiner eigenen Familie gegenüber.«

Rupert war sich nicht sicher, ob er sich geschmeichelt oder abgestoßen fühlen sollte. Er fragte: »Und für einen solchen halten Sie mich?«

»Ich bin mir noch nicht ganz sicher«, sagte sie. »Mit Ihrem Vorgänger habe ich Pech gehabt, er hat versucht, mich zu erpressen, und ist, als ich mich nicht darauf eingelassen habe, zu meinem Mann gelaufen, um ihn über mich aufzuklären. Mein Mann hat ihn, ohne ihn erst anzuhören, vor die Tür gesetzt.«

»Obwohl er so eifersüchtig ist?«

Sie berührte seinen Arm und befühlte seine Muskeln. »Er würde sich von keinem anderen über seine Frau aufklären lassen, schon gar nicht von einem kleinen Angestellten. Seine Furcht, mich zu verlieren, ist noch größer als seine Eifersucht. Er hat meinetwegen zu seiner Familie die Beziehungen abgebrochen, weil sie sich mit unserer Heirat nicht abfinden wollte. Es leben noch zwei Brüder von ihm. Er hat ihnen ihre Geschäftsanteile ausbezahlt. Heute kauft er sich hinter ihrem Rücken durch Strohmänner in ihre Firmen ein. Eines Tages wird er es in der Hand haben, ihre Existenz zu vernichten.«

»Haben Sie ihn dazu ermuntert?« fragte Rupert schockiert.

»Das war nicht nötig«, sagte sie. »Wenn man ihn gekränkt hat, kann er skrupellos sein. Vielleicht wird er ihnen aber auch verzeihen. Das hängt davon ab, ob sie sich bereit finden, sich bei mir für ihre damalige Bemerkung, unsere Heirat sei eine Geschmacklosigkeit, zu entschuldigen. Er könnte es sich heute gar nicht mehr leisten, sich von mir zu trennen, denn damit würde er vor aller Öffentlichkeit eingestehen, daß jene Leute, die er am meisten haßt, mit ihren Voraussagen recht behalten haben. Er würde lieber daran sterben, als ihnen diesen Triumph zu gönnen, aber um das zu verstehen, ist ihr Kopf vielleicht nicht groß genug. Oder doch?«

Er blickte angewidert und fasziniert zugleich in ihr lächelndes Gesicht. »Vielleicht muß man, um das zu verstehen, so sein wie er«, sagte er.

»Sicher«, räumte sie ein. »Für ihn käme eine Trennung von mir dem Eingeständnis gleich, daß alles, was er in den letzten fünfzehn Jahren getan hat, im Grunde sinnlos gewesen war. Ich sehe keinen Anlaß, ihn von dieser Auffassung abzubringen. Im Gegenteil.«

»Vielleicht lieben Sie ihn gar nicht?« sagte Rupert mehr impulsiv als überlegt. Er bereute es sofort, aber sie nahm seine Worte fast amüsiert auf. »Muß ich das? Ich habe mit seiner Familie eine Rechnung zu begleichen, die so alt ist wie ich selbst.« Sie berührte seine Schulter. »Was ist das für eine Narbe?«

»Eine Erinnerung an einen Granatsplitter.«

»Wie schrecklich!« sagte sie. »Hat es sehr weh getan?«

Ihr Gesicht war ihm so nahe, daß er ihr Sonnenöl riechen konnte. Wie durch ein Vergrößerungsglas sah er die feinen Schweißperlen auf ihrer Stirn, das etwas verschmierte Rot ihrer Lippen und ihre verschleierten Augen. Sie beugte sich über ihn und streichelte mit der Handfläche zuerst seine Brust und dann seine Schenkel. Bei alldem sah sie ihn neugierig an. Er blickte auf ihre Hand nieder, beobachtete, wie sie seine Badehose streifte und dort liegen blieb. »Wenn Sie ein braver Junge sind«, sagte sie, »werden Sie diese Stellung bei mir noch liebgewinnen.«

Er konnte nicht verhindern, daß ihre Berührung ihn erregte. Für einen Augenblick lang verspürte er den Wunsch, aufzustehen und davonzulaufen, aber warum eigentlich? Hatte er sich in Wirklichkeit etwas sehnlicher gewünscht als das? Was ging ihn ihr Mann an! Sollte er etwa mehr Rücksicht auf ihn nehmen als sie?

Trotzdem wich er, als ihre Hand noch höher glitt, mit den Hüften zurück. Sie fragte belustigt: »Haben Sie Angst? Vielleicht sind Sie nur mutig, wenn Sie es mit schlafenden Frauen zu tun haben. Manche Männer spielen sich dann gerne auf.«

Er sagte: »Manche Frauen sollten sich, wenn sie Sonne nicht vertragen, lieber in den Schatten legen.«

»Woraus schließen Sie, daß ich Sonne nicht vertrage?« fragte sie.

Ihre frivole Art, mit den Blicken seine Erregung abzuschätzen, trieb ihm das Blut in den Kopf. Er richtete rasch den Oberkörper auf und griff nach seinen Zigaretten. Irmgard Widdau musterte ihn belustigt. »Ist Ihnen das peinlich? Ich dachte immer, Männer seien stolz darauf.«

»Vielleicht jene Männer, mit denen Sie es bisher zu tun hatten«, sagte er gereizt. Sie lachte leise. »Werden Sie nicht schon wieder frech, mein Junge. Ich könnte sonst auf den Gedanken kommen, Sie hier allein sitzen zu lassen. Nach allem, was ich gestern in Ihrem Zimmer gesehen habe, scheinen Sie nicht gerade prüde zu sein. Ist Ihre Frau wegen dieser anderen davongelaufen?«

Er vergaß, seine Zigarette anzuzünden, und starrte sie fassungslos an. »Woher wissen Sie das?«

»Man hat seine Verbindungen«, antwortete sie gleichgültig. »Es war mir nicht unwichtig zu wissen, was für eine Art von Mann Sie sind. Sie brauchen mir nicht zu antworten, die Gründe, weshalb ihre Frau von Ihnen weggegangen ist, interessieren mich nicht. Es ist allerdings besser, wenn Sie meinen Mann im Glauben lassen, daß Sie glücklich verheiratet seien; er würde sonst vielleicht an Ihrer moralischen Integrität zweifeln.« Sie kicherte. Dann nahm sie ihm die Zigarette aus der Hand und fragte: »Haben Sie auch Feuer?«

Er griff nach seinem Feuerzeug. Ihre Informationen konnte sie erst nach der Rückkehr aus Hergiswil erhalten haben. Die Zeit davor war für solche Recherchen, wer immer sie auch ausgeführt haben mochte, zu kurz gewesen. Sie blies ihm den Rauch ihrer Zigarette ins Gesicht und betrachtete seine Badehose. »Sie gefällt mir«, sagte sie. »Ich sagte Ihnen ja schon, daß ich sie Ihnen abkaufen möchte. Was würde sie kosten?«

Er hatte sich noch viel zuwenig von seiner letzten Überraschung erholen können, um das, worüber sie redete, richtig zu begreifen. Erst als sie ihre Frage wiederholte, sagte er: »Ich weiß nicht, was Sie damit bezwecken.«

»Das habe ich Ihnen schon mehrfach erklärt«, erwiderte sie. »Ich möchte Ihnen diese Badehose abkaufen. Wieviel ist sie Ihnen wert? Hundert Mark?«

Er hatte kaum mehr als zwölf Schweizer Franken dafür bezahlt. Bevor er antworten konnte, sagte sie: »Damit wir uns richtig verstehen: Wenn ich sie Ihnen abkaufe, möchte ich sie sofort haben.«

»Wozu?« fragte er verständnislos.

Sie beugte sich zu ihrer Strandtasche hinüber und nahm eine Leica heraus. »Raten Sie einmal«, sagte sie.

Jetzt erst verstand er, aber er konnte es noch immer nicht recht glauben. »Sie wollen ein Foto von mir machen?«

»Ohne Badehose«, bestätigte sie. »Dafür bezahle ich Ihnen das Mehrfache dessen, was sie gekostet hat.«

Er mußte unwillkürlich grinsen. »Diese Art von Dienstleistung ist in meinem Vertrag nicht vorgesehen.«

»Fünfhundert Mark?« fragte sie.

Es gab eine ganze Menge schon lange benötigter Dinge, die er sich für fünfhundert Mark hätte kaufen können. Trotzdem sagte er: »Das ist doch nicht Ihr Ernst?«

Sie sagte kühl: »Tausend. Außerdem würde ich meinen Mann dazu bewegen, daß er Ihnen ab sofort monatlich siebenhundert Mark bezahlt, Ihnen eine hübsche Zweizimmerwohnung und ein zinsgünstiges Darlehen für eine neue Einrichtung besorgt. Sie haben die Wahl.«

Sie griff wieder in die Tasche, holte ein Scheckheft und einen Füllfederhalter heraus und stellte, die Leica neben sich legend, den Scheck auf ihren Knien aus. Sie hielt ihn Rupert unter die Nase und sagte: »Tausend Mark und alles, was ich Ihnen sonst noch versprochen habe. Entscheiden Sie sich. Ja oder nein.« Er blickte eine Weile auf den Scheck nieder, dann fragte er: »Und wenn ich es nicht tue?«

»Dann sind Sie nicht der richtige Mann für mich«, sagte sie. »Ich würde meinem Mann sagen, daß Sie versucht hätten, zudringlich zu werden. Erfahrungsgemäß wird er meiner Version mehr Glauben schenken als der Ihren, falls Sie überhaupt noch Gelegenheit haben würden, ihm eine zu geben, was ich bezweifle.«

Mit einer Zweizimmerwohnung, einer neuen Wohnungseinrichtung und siebenhundert Mark monatlich könnte er vielleicht wieder darauf hoffen, daß Hedy zu ihm zurückfand, und wenn sie erst wieder bei ihm wäre, würde er sich eine andere Stellung suchen. Er sagte heiser: »Wofür wollen Sie das Foto haben?«

»Nehmen Sie an, ich würde es mir abends im Bett gerne betrachten«, sagte sie. »Als Sie mich in Hergiswil ausgezogen haben, waren Sie auch nicht gerade zimperlich. Sie haben mich gesehen, und jetzt möchte ich Sie sehen und mir ein kleines Souvenir davon aufbewahren. Haben Sie Angst, ich könnte es meinem Mann zeigen? Das wäre für mich entschieden peinlicher als für Sie.«

Sie blickte auf ihre Armbanduhr. »Ich lasse Ihnen noch eine Minute Zeit.« Ihre Stimme klang endgültig.

Die hohen Fichten warfen bereits lange Schatten über die Lichtung. Durch ihre Zweige fielen schräge Sonnenstrahlen auf den moosbewachsenen Boden. Im Wald zirpten Vögel. Zwei Schmetterlinge tanzten über den grünen Ginsterbüschen.

Rupert sah nichts von alldem. Er starrte vor sich nieder. Es gab nicht viel gegeneinander abzuwägen, und wenn er nur wegen dieses lächerlichen Fotos die Stellung bei ihr verlieren würde, könnte er es sich vielleicht sein Leben lang nicht mehr verzeihen. Sie hatte recht. Ihre Waffen waren ungleich schärfer als seine eigenen, und Leute ohne Geld hatten nicht die Freiheit der Wahl. Er hatte bei dieser Sache kaum etwas zu verlieren, jedoch eine ganze Menge zu gewinnen, denn wenn sie ihn tatsächlich fotografierte, würden ihre Beziehungen zueinander nicht mehr dieselben sein wie bisher; sie würde sich damit auch ihm auf eine unwiderrufliche Weise ausliefern.

Obwohl sich seine Argumente überzeugend anhörten, wußte er, daß sein Entschluß, ihren Wunsch zu erfüllen, noch einen tieferen Hintergedanken hatte. Er sagte: »Sie wissen, daß ich die tausend Mark gebrauchen kann.«

»Deshalb habe ich sie Ihnen angeboten«, sagte sie zustimmend. »Sie sind einverstanden?«

Er nickte, ohne es eigentlich zu wollen.

»Warten Sie«, sagte sie und drückte ihre Zigarette aus. Sie beugte sich zu ihm herüber und sagte lächelnd: »Ich möchte Sie noch ein wenig fotogener haben. Sie haben doch nichts dagegen?«

Er blickte stumm auf ihre Hände nieder. Daß sie im Umgang mit Männern erfahren war, hätte sie ihm nicht erst zu zeigen brauchen, aber deshalb tat sie es schließlich auch nicht. Als er sie zu küssen versuchte, drehte sie rasch das Gesicht weg und sagte: »Erst das Foto, mein Junge. Ich glaube, jetzt können Sie sich sehen lassen. Stehen Sie auf.«

Er gehorchte benommen und beobachtete, wie sie die Leica an das rechte Auge setzte und ihn anvisierte. Er hörte das Klicken des Auslösers, und dann noch einmal. Dann sagte sie: »Drehen Sie sich halb um. Ich möchte Sie noch im Profil haben. Ja, so ist es schön. Genauso!« Und dann klickte es wieder zweimal. »Jetzt noch ihren Rücken«, sagte sie. »Sie haben breite Schultern und eine schmale Taille. Danke, das ist alles.« Sie stand auf, drückte Rupert den Scheck in die Hand und verschwand mit ihrer Leica in Richtung zum Wagen. Vermutlich wollte sie, damit er es sich nicht anders überlegte, den Film in Sicherheit bringen. Er setzte sich auf die Wolldecke, zog seine Badehose an und starrte dann reglos zwischen seine Beine. Er fühlte sich beschmutzt.

Ich frage mich heute, wie ich mich in jenem Moment wirklich gefühlt habe. Sicher habe ich auch Scham empfunden. Vielleicht weniger wegen des Fotos als aus anderen Gründen, denn schließlich hatte ich das nicht zuletzt für Geld gemacht. Tausend Mark waren zu jener Zeit für mich ein so riesiger Betrag, daß ich mir dafür nicht nur die Vernunft, sondern auch noch mein bißchen Stolz hatte abkaufen lassen. Über ihre eigenen Beweggründe bin ich mir damals nicht recht schlüssig geworden. Heute meine ich, daß ihr dieses Spiel nicht nur ein perverses Vergnügen bereitete, sondern auch einen praktischen Zweck erfüllen sollte, mich nämlich von ihr abhängig zu machen, indem sie mir jederzeit damit drohen könnte, das Foto unliebsamen Nebenbuhlerinnen zu zeigen. Sicher hat sie darüber hinaus auch testen wollen, ob ich schon willfährig genug für ihre extravaganten Sexspiele war. Übrigens soll es auch schon im Mittelalter Hexen gegeben haben, die sich einer anderen Person dadurch bemächtigten, daß sie Bilder von ihnen anfertigten, und Irmgard Widdau war eben eine Hexe aus dem zwanzigsten Jahrhundert: Magie mit einer Leica! Und ich hatte mich bereitwillig von ihr *bannen* lassen. Vielleicht war das insgeheim mein Wunsch gewesen? Wenigstens an jenem Tag. Sie selber zu verzaubern, indem ich sie meine Männlichkeit sehen ließ.

Es ist ein ziemliches Chaos von Gefühlen, das der Rupert Kruedener von heute in seinem damaligen Ich entdeckt, aber vielleicht bedarf es nur eines äußeren Anstoßes, um unsere Gefühle in Unordnung zu bringen? Für mich war dieser Anstoß Irmgard Widdau gewesen.

Er mußte lange auf sie warten. Als er einmal einen Blick auf den Scheck warf, stellte er fest, daß die Unterschrift fehlte, und ohne Unterschrift war er ein wertloses Stück Papier. Ihm wurde vor Zorn und Enttäuschung fast übel, denn wenn sie es mit dem Scheck nicht ernstgemeint hatte, dann konnte er sich auch auf ihre übrigen Versprechungen nicht verlassen; sie hatte ihn wieder einmal an der Nase herumgeführt.

Er blieb ein paar Sekunden lang mit weißem Gesicht sitzen. Dann zog er die Badehose aus, legte sie neben sich auf die Wolldecke und wartete. Als sie schließlich zurückkam, wirkte ihr Gesicht ganz unbefangen. Sie fragte: »Warum haben Sie Ihre Badehose nicht angezogen?«

Von unten sahen ihre Beine noch länger aus. Sie beugte sich lächelnd zu ihm nieder, nahm ihm den Scheck aus der Hand und zerriß ihn in viele kleine Stücke. »Trotzdem waren Sie ein braver Junge«, sagte sie. »Zur Belohnung dürfe Sie mich jetzt anschauen.« Sie zog mit lässigen Bewegungen den Bikini aus, setzte sich neben ihn auf die Wolldecke und sagte: »Aber nur anschauen! Haben Sie verstanden?«

Er begriff kaum, was sie sagte, er starrte sie nur an, und als sie sich auf den Rücken legte, hatte er ein dumpfes Dröhnen im Kopf. Sie schlug unbekümmert die Beine übereinander, verschränkte die Hände hinter dem Nacken und sagte: »Zünden Sie mir eine Zigarette an.«

Als er sich nicht rührte, blickte sie ihn an und fragte: »Haben Sie keine mehr?« Dann fiel ihr sein Gesichtsausdruck auf, sie sagte warnend: »Machen Sie keine Dummheiten, mein Junge. Hier bin ich es, der die Spielregeln bestimmt. Wenn ich etwas von Ihnen haben will, werde ich Sie das vorher wissen lassen.«

»Sie meinen, Sie können sich für Ihr Scheißgeld alles leisten?« fragte er leise.

Sie lächelte dünn. »So gut wie alles. Sie jedenfalls sind schon für tausend Mark zu haben. So billig hat mein Mann es mir nicht gemacht. Bei ihm mußte ich mich etwas mehr anstrengen. Seien Sie jetzt still. Ich will noch ein paar Minuten die Sonne genießen.«

Sie schloß die Augen und öffnete sie erst wieder, als sie seine Hand an der Brust fühlte. Sie sagte: »Hören Sie auf damit, sonst wird es Ihnen leid tun. Ich habe Ihnen eben gesagt, daß die Spielregeln von mir bestimmt werden.«

»Jetzt nicht mehr«, sagte er. »Es ist mir egal, was Sie hinterher tun werden. In den nächsten fünf Minuten werden Sie tun, was *ich* will.«

»Sie sind ja verrückt«, murmelte sie verwundert. »Was bilden Sie sich ein, Sie kleiner Pikkolo? Daß ich mit Ihnen schlafe?«

»Etwas anderes haben Sie doch keinen Augenblick lang im Sinn gehabt«, sagte er und griff nach ihrem Schoß.

Sie versuchte, sich seiner Hand zu entziehen, und als es ihr nicht gelang und er Gelegenheit hatte, sich ihrer Erregung zu vergewissern, schlug sie ihm heftig auf den Mund.

Mit einer einzigen lautlosen Bewegung war Rupert über ihr, aber sie wehrte sich wie eine Rasende, stieß mit den Beinen nach ihm, trommelte mit den Fäusten in sein Gesicht und auf seine Brust, und als er merkte, daß er es so nicht schaffen würde, griff er rasch unter ihren Rücken hindurch nach ihrem Arm und warf sie auf den Bauch. Er ließ sich mit seinem vollen

Gewicht auf sie fallen, zwängte mit den Knien ihre Schenkel auseinander und hielt sie mit seinem Körper am Boden fest. »Das nützt dir jetzt alles nichts mehr«, sagte er keuchend. »Diesmal wirst du deine Schulden bezahlen.«

Sie gab keine Antwort, aber er fühlte, wie ihr Widerstand schwächer wurde. Als er die Hände unter ihre Schenkel schob, hielt sie unvermittelt still. Sie sträubte sich kein einziges Mal mehr, und als er sie anhob und in sie eindrang, hörte er sie aufstöhnen.

Für ein paar Augenblicke lang schien sich sein ganzer Körper in einem brennenden Jucken zusammenzuziehen, dann wurde aus dem Jucken Bewegung und aus der Bewegung Rhythmus. Wie durch einen roten Nebel sah er ihren sich krümmenden Rücken, ihre schweißglänzenden Lenden, die seine Bewegungen zu erwidern begannen, mit seinen Schenkeln zusammentrafen und sich wieder von ihnen lösten, immer rascher und immer heftiger, während er sie keuchen hörte und ihre Nässe seine Sinne noch mehr aufstachelte, bis sie mit einem heiseren Aufschrei unter ihm zusammenbrach und seine Zuckungen zwischen ihren Schenkeln erstickte. Er ließ erst von ihr ab, als keine Kraft mehr in ihm war. Dann rollte er sich von ihr herunter und blieb, nach Luft ringend, neben ihr liegen. Erst jetzt, da er wieder denken konnte, wurde ihm bewußt, was er getan hatte. Er schloß die Augen und dachte, daß nun alles vorüber sei, aber irgendwann, er hatte kein Gefühl dafür, wieviel Zeit vergangen war, fühlte er ihre Hand. Sie streichelte seine Wange, und als er die Augen aufschlug, sah er ihr Gesicht dicht über sich. Sie küßte ihn sanft auf den Mund und murmelte: »Bist du immer so brutal?«

In diesem Augenblick verzieh er ihr alles.

Wie lange sind wir noch liegengeblieben? Ich weiß es heute nicht mehr. Ich kann mich auch nicht daran erinnern, was wir noch gesprochen und getan haben. Für den Rest dieses Tages ist mein Gedächtnis so leer wie eine abgewischte Schultafel. Ich nehme an, es ging alles zwangsläufig weiter. Irgendwie geht es immer weiter.

13

Da Irmgard Widdau ihn erst wieder für den Nachmittag zu sich bestellt hatte, blieb Rupert bis gegen zehn Uhr im Bett und dachte über die Ereignisse des gestrigen Tages nach. Obwohl er, wenn er an ihren Mann dachte, ein unbehagliches Gefühl nicht unterdrücken konnte, bereute er nichts davon. Er war nur noch von dem Wunsch besessen, sie sobald wie möglich wieder in die Arme schließen zu können, ihren Körper aufs neue zu erfahren und ihre Berührungen auf seiner Haut zu fühlen. Sie gehörte nicht zu jenen Frauen, deren man schon nach dem ersten Male überdrüssig wird; im Gegenteil. Er war jetzt noch süchtiger nach ihr als zuvor. Daß er sie gestern nachmittag ganz besessen hatte, erschien ihm nachträglich fast wie ein Wunder, das er noch nicht ganz zu begreifen vermochte. Er verfiel, während er sich erinnerte, in angenehmes Träumen, und als Eva Botez hereinkam, fühlte er sich unzumutbar gestört. Sie fragte: »Wieso liegst du noch im Bett?«

»Ich habe erst heute nachmittag Dienst«, antwortete er. Es fiel ihm auf, daß sie schlecht aussah, und die Hände gegen den Magen preßte. »Hast du Schmerzen?«

Sie nickte und setzte sich neben ihn aufs Bett. »Schon seit vorgestern abend. Ich habe keine Magentabletten mehr und auch kein Geld, neue zu kaufen. Grigore hat mir noch keins gegeben. Gestern abend ist er wieder zu seiner kleinen Nutte gegangen und noch nicht zurückgekommen. Es wird von Tag zu Tag schlimmer mit ihm.«

Rupert stand auf, nahm seine Brieftasche aus dem Jackett und gab Eva Botez zwanzig Mark. »Für deine Tabletten«, sagte er, »du brauchst sie mir nicht zurückzugeben.«

Sie fragte ungläubig: »Hast du im Toto gewonnen?«

»Ich verdiene zur Zeit nicht schlecht«, sagte er. »Außerdem kompensiere ich damit mein schlechtes Gewissen.«

Sie lachte. »Mir gegenüber?«

»Das hat mit dir nichts zu tun«, sagte er. »Zier dich nicht; ich kann die zwanzig Mark entbehren. Du solltest endlich zu einem Facharzt gehen, schiebe es nicht länger hinaus, Eva. Eine Operation würde viel teurer werden als eine rechtzeitige Untersuchung.«

»Fachärzte sind auch teuer«, sagte sie. »Wir sind in keiner Krankenkasse. Grigore meinte immer, das sei hinausgeworfenes Geld.« Sie schob den Geldschein in die Tasche ihres Morgenrocks und sagte: »Irgendwann geb ich sie dir zurück, Rupert, vielleicht schon nächste Woche, wenn wir aus Frankfurt zurückkommen. Gestern abend ist es bei dir spät geworden. Ich habe dich nicht heimkommen hören. Hast du mit deiner Chefin zu Abend gegessen?«

Er hatte gewußt, daß Eva auf ihn warten würde, und da ihm nach seinem letzten Erlebnis mit Irmgard Widdau nicht danach zumute gewesen war, sich mit ihr unterhalten zu müssen, war er zum Essen in ein Restaurant gegangen und hatte anschließend noch ein paar Gläser Bier getrunken. Zur Feier des Tages.

Während er sich rasch wusch, kam Eva Botez zu ihm und sagte grinsend: »Hat dich ein Pferd gebissen?«

Das blutunterlaufene Mal an seiner rechten Schulter war noch von Irmgard Widdau. Ein kleines Souvenir an den gestrigen Tag. Sie konnte zubeißen wie ein Wölfin. Er antwortete: »Eine Viper. Tu mir den Gefallen und stell keine Fragen mehr.«

Sie spitzte die Lippen, als wollte sie pfeifen, ließ es dann aber sein und setzte sich auf die Couch zurück. »Wenn du nichts dagegen hast«, sagte sie, »leg ich mich hier noch eine Stunde schlafen. Bei dir ist es gemütlicher als bei uns drüben.«

»Du kannst bleiben, solange du willst«, sagte er und trocknete sich ab. »Falls das Telefon läuten sollte, nimmst du nicht ab.«

»Damit sie nicht merkt, daß du Besuch hast«, sagte Eva und beobachtete, wie er sich anzog. »Hat Hedy nichts mehr von sich hören lassen?«

Er schüttelte den Kopf.

»Das ist komisch«, sagte sie. »Sie muß doch etwas gedacht haben, als du nicht in das Café gekommen bist.«

»Sie wird mich jetzt endgültig abgeschrieben haben«, sagte Rupert, aber der Gedanke daran löste kein Empfinden in ihm aus. Er konnte nur noch an Irmgard Widdau denken.

Da er seit seiner Rückkehr aus Hergiswil noch keine Zeit dafür gefunden hatte, packte er seine schmutzige Wäsche in ein Stück Papier. Als er einmal zu Eva Botez hinschaute, stellte er fest, daß sie ihren Morgenmantel geöffnet hatte und ihren Körper betrachtete. Er fragte belustigt: »Gefällst du dir noch?«

Sie erwiderte seinen Blick. »Dir anscheinend nicht mehr. Seit du für dieses Weib arbeitest, schaust du mich an, als wäre ich nicht da.«

»Das ist Unsinn«, sagte er und ging rasch zu ihr hin. Er küßte sie auf den Mund, berührte ihre Brust und sagte: »Du bist verdammt hübsch, aber ich habe heute keine Zeit. Sie wartet auf mich.«

»Deine Viper?« fragte sie.

Er nahm das Wäschepaket unter den Arm und verließ das Zimmer.

Vor der Haustür lief er Frau Klein in die Arme, sie sagte strahlend: »Daß man Sie auch wieder mal sieht, Herr Kruedener! Wo stecken Sie denn den ganzen Tag?«

Anscheinend kam sie vom Einkaufen; sie schleppte eine schwere Tasche. Er antwortete: »Ich habe eine neue Stellung und viel zu tun.«

»Das freut mich aber«, sagte Frau Klein und stellte die Tasche ab. »Ich muß mich etwas ausruhen«, sagte sie. »Mein Herz will eben nicht mehr richtig. Hoffentlich verdienen Sie auch gut in der neuen Stellung. Jetzt, wo alles so teuer wird? Ich habe gerade für ein bißchen Fleisch und Gemüse acht Mark ausgegeben. Ein Telefon haben Sie auch bekommen, habe ich gesehen! Das muß ja eine sehr gute Stellung sein, wenn Sie sogar ein Telefon brauchen. Wissen Sie, es tut mir ja so leid, ich mache das ungern, aber bei diesen Preisen müssen wir Hausbesitzer uns anpassen, ob wir wollen oder nicht. Ich wollte Ihnen schon seit acht

Tagen sagen, daß ich die Miete erhöhen muß, aber Sie waren ja nie anzutreffen.«

Nachdem sie erst vor einem Jahr die Miete um dreißig Mark erhöht hatte, war Rupert auf ihr neuestes Ansinnen nicht gefaßt gewesen, er sagte: »Ich finde, für dieses Mansardenzimmer...«

Frau Klein unterbrach ihn in beschwörendem Ton: »Aber es hat doch eine so schöne Lage, Herr Kruedener. Was denken Sie, was ich verdienen könnte, wenn ich das Zimmer an Kurgäste vermieten würde, und da muß ja, nachdem die Männer von der Post die ganze Wand aufgerissen haben, auch eine neue Tapete hinein. Die alte war doch noch ganz schön und...«

Rupert sagte ungeduldig: »Darum werde ich mich gelegentlich kümmern, Frau Klein. Entschuldigen Sie bitte, ich bin in Eile.«

»Aber natürlich!« sagte sie herzlich. »Die Pflicht geht vor. Ich kenne da einen Mann, der das Zimmer sehr preiswert tapezieren könnte. Wenn Sie seine Adresse haben wollen... Das ist ein sehr schöner Anzug, den Sie da tragen. Haben Sie den neu gekauft?«

»Von meiner letzten Arbeitslosenunterstützung«, sagte Rupert und wandte ihr den Rücken zu. Sie rief ihm noch etwas nach, er achtete jedoch nicht darauf. Sie war eine geldgierige alte Hyäne; es wurde höchste Zeit, daß er sich um eine andere Wohnung kümmerte.

Er ging noch bei der Wäscherei vorbei und von dort zur Garage. Es war das erste Mal, daß er den Wagen vorzeitig holte, aber heute meinte er, es sich leisten zu können.

Zum Mittagessen fuhr er in ein kleines Landgasthaus außerhalb Heidelbergs und anschließend noch einige Kilometer durch den Odenwald. Das Wetter war nicht so schön wie gestern, aber Rupert hatte ohnehin kaum ein Auge dafür. Nach dem ersten Hochgefühl, das seine gestrigen Erlebnisse in ihm zurückgelassen hatten, stellten sich nun auch wieder Zweifel bei ihm ein. Vor allem die Fotos gingen ihm nicht aus den Kopf, und er begann sich zu fragen, wozu Irmgard Widdau sie wirklich gewollt hatte. Doch nicht etwa, um sich auch dann, wenn er nicht bei ihr war, an seinem männlichen Körper berauschen zu können! Dazu war sie nicht der Typ. Alles, was sie tat, geschah letztlich mit einem Hintergedanken, und er hatte sich mit den Fotos stärker von ihr abhängig gemacht, als er es in seiner gestrigen Verfassung hatte wahrnehmen wollen. Er verstand jetzt auch nicht mehr, woher er den Mut genommen hatte, sie sich auf diese Weise gefügig zu machen. Vielleicht war es gar kein Mut gewesen, sondern so etwas wie ein letztes Aufbegehren gegen sie oder der Wunsch, ihr alles heimzuzahlen, was sie ihm an Demütigungen zugefügt hatte, aber schließlich konnte man eine lüsterne Frau nicht dadurch bestrafen, indem man ihre geheimsten Wünsche erfüllte! Letztlich hatte er sich mit dem, was gestern geschehen war, nicht an ihr gerächt, sondern sich ihr nur noch bedingungsloser ausgeliefert als bisher. Je länger er darüber nachdachte, desto deprimierter wurde er. Er verstand sich jetzt selbst nicht mehr, und als er eine halbe Stunde später an ihrer Haustür läutete, kostete es ihn große Überwindung.

Auch diesmal wurde ihm von Margot geöffnet, sie sagte: »Es ist gut, daß Sie so pünktlich kommen. Herr Widdau möchte mit Ihnen sprechen.«

Ruperts erste Empfindung war Bestürzung, er sagte heiser: »Ich dachte, er sei noch in München?«

»Er ist heute vormittag zurückgekommen«, sagte Margot.

»Wissen Sie, weshalb er mit mir sprechen will?«

»Das hat er mir nicht verraten«, sagte Margot lächelnd. »Sie werden es ja gleich von ihm erfahren.«

Er folgte ihr mit Herzklopfen ins Haus. Es war etwas anderes, sich an die Frau eines anderen Mannes heranzumachen, als ihm dafür in die Augen sehen zu müssen. Er hatte, als er sein Zimmer betrat, einen ganz trockenen Mund. Zu seiner Erleichterung begrüßte Widdau ihn diesmal sehr leutselig, er gab ihm sogar die Hand und sagte: »Meine Frau erzählte mir, daß sie sehr zufrieden mit Ihnen ist, Herr Kruedener. Sie braucht Sie heute nicht, erst morgen vormittag wieder. Sie läßt Sie bitten, gegen zehn Uhr hier zu sein. Bitte, nehmen Sie Platz.«

Seine Worte wirkten auf Rupert ebenso beruhigend wie enttäuschend. Noch vor ein paar Sekunden hatte ihm der Gedanke, ihr nach allem, was gestern geschehen war, wieder gegenübertreten zu müssen, fast Unbehagen eingeflößt, und nun enttäuschte es ihn, daß er sie erst morgen sehen sollte. Anscheinend wußte er selbst nicht mehr, was er eigentlich wollte. Er sagte: »Das trifft sich ganz gut. Dann kann ich heute nachmittag den Wagen zur ersten Inspektion in die Werkstatt bringen. Ich weiß allerdings nicht, ob er bis zehn Uhr morgen fertig sein wird.«

»Ist diese Inspektion wichtig?« fragte Widdau.

Von Autos schien er entschieden weniger zu verstehen als von Wertpapieren; Rupert antwortete: »Bei einem solchen Wagen schon.«

»Dann muß ich erst meine Frau fragen«, sagte Widdau. »Ich kenne ihre Pläne für morgen nicht.« Er machte einen müden abgespannten Eindruck; auch der Umgang mit Aktien schien anstrengend zu sein. Er bat Rupert, ein paar Augenblicke zu warten, und verließ das Zimmer.

Während er alleine war, betrachtete Rupert wieder das Ölgemälde an der Wand. Als er es zuletzt gesehen hatte, war er noch nicht in der Lage gewesen, anatomische Vergleiche mit der Wirklichkeit anzustellen; jetzt stellte er fest, daß das Gemälde Irmgard Widdau in keiner Weise schmeichelte; es war ein getreues Abbild ihrer selbst. Es zeigte sie auf der Seite liegend, mit angewinkeltem Ellbogen, den Kopf leicht auf die Hand stützend. Eine fast liebevoll ausgeführte anatomische Studie. Der Spiegel im Hintergrund gab ihren Rücken von den Schulterblättern bis hinab zur Gesäßfalte wider. Die Brustwarzen wirkten etwas kleiner als in Wirklichkeit, und das kaum wahrnehmbare vage Lächeln auf ihren Lippen mochte dem Maler ebenso rätselhaft erschienen sein wie dem Betrachter des Bildes. Auf dem Gemälde konnte man sie nicht anders als erotisch sehen, eine Frau, die nur für das Bett geschaffen schien. In Wirklichkeit waren ihre Bedürfnisse vielleicht viel differenzierter, sie war weniger willenloses Objekt als unergründliche Sphinx, deren wahre Gedanken und Absichten nie ganz zu ergründen waren. Möglicherweise machte man es sich zu leicht, sie nur als lüsternes Weibchen einzustufen, dem der Sinn nach nichts anderem strebte, als einem Mann willige Beute zu sein. Für Karl Widdau jedenfalls war sie es nicht gewesen, sie hatte sich in ihrer Ehe ihr Eigenleben zu bewahren gewußt, und daß sie ihn mit einem kleinen Angestellten betrog, geschah sicher weniger einem unwiderstehlichen Bedürfnis, als kühl kalkulierten Absichten folgend. Ihr vages Lächeln auf dem Gemälde gab keine Antwort darauf.

Aber vielleicht redete er sich das alles nur ein. Ihr Mann war wesentlich älter als sie, vielleicht konnte er ihr nicht mehr das geben, was sie von einem Mann erwartete, und wenn es so war, dann erwies er ihm, indem er ihr gab, was sie suchte, sogar insofern einen Dienst, als sie es von einem Mann bekam, bei dem Widdau nicht zu befürchten brauchte, sie könnte für immer bei ihm hängenbleiben, oder ihm seinetwegen gar davonlaufen. Man mußte nur alles in die richtige Perspektive rücken, und schon sahen die Dinge viel akzeptabler aus. Indem er für Widdau Mitleid empfand, erwies er ihm jedenfalls keinen Dienst. Wer hatte heutzutage überhaupt noch Mitleid mit dem anderen? Einem Mann die Frau wegzunehmen, galt als verabscheuungswürdig. Ihn, wenn er zufällig anderer Nationalität war, für eine vaterländische Parole totzuschießen, wurde als Heldentat gefeiert. Intelligente Leute behaupten zwar, daß der Krieg und das Töten mit zur menschlichen Natur gehörten, aber dann gehörten auch die Sexualtriebe dazu, und das in einem weitaus legitimeren Maße, weil sie eine funktionelle Notwendigkeit sind wie Essen und Trinken. Im Grunde waren sogar Erscheinungen wie Notzucht, Masturbation, Nymphomanie, Päderastie, Masochismus und Fetischismus stärker in der menschlichen Natur verankert als beispielsweise die Ehe, denn sie war eine Erfindung der Bürokratie und für die Ehepartner das Ergebnis pragmatischer Überlegungen.

Glücklicherweise gab es noch andere Gesichtspunkte, auch wenn er sie in seiner zwiespältigen Verfassung nicht sehen wollte.

Draußen hatte es zu regnen bekonnen, das Schloß verschwand hinter einem grauen Schleier, der sich langsam über das ganze Tal ausbreitete und die Konturen der Stadt verschwimmen ließ. Nur die schlanke

Silhouette der Heiliggeistkirche hob sich noch scharf konturiert von den Bergen ab.

Widdau kam zurück. Er sagte: »Meine Frau ist damit einverstanden, daß Sie den Wagen zur Inspektion geben. Sie erwartet Sie aber trotzdem, auch wenn der Wagen noch nicht fertig sein sollte, gegen zehn Uhr. Bringen Sie eine Aufstellung Ihrer bisherigen Spesen mit. Meine Frau möchte sie mit Ihnen durchgehen.«

Er trat ans Fenster und blickte in den Regen hinaus. In seinem dunkelblauen Anzug sah er schlank und fast jugendlich aus, nur seine Schultern wirkten wie die eines alten Mannes, kraftlos und müde. Als hätte er seinen Blick gefühlt, drehte er sich rasch nach ihm um und verschränkte die Arme vor der Brust. Er sagte: »Sie erwähnten einmal, daß Ihre Frau berufstätig ist. Arbeitet sie in einem Büro?«

Vielleicht wußte er die Wahrheit schon und wollte ihm nur eine Falle stellen; es wäre eine günstige Gelegenheit gewesen, ihm reinen Wein einzuschenken. Trotzdem konnte sich Rupert nicht dazu überwinden. Er erinnerte sich, daß Irmgard Widdau ihm ausdrücklich davon abgeraten hatte. »Sie arbeitet in einer Fabrik in Mannheim«, antwortete er, und da er merkte, daß diese Auskunft Widdau zu überraschen schien, setzte er hinzu: »Sie hat bei einem Luftangriff auf Mannheim ihre Eltern verloren, und nach dem Krieg war es dann schwer für sie, ohne richtige Berufsausbildung eine passende Stellung zu finden.«

Widdau nickte. »Das kann ich verstehen. Ich habe diese Luftangriffe auf Mannheim selbst miterlebt; es war schrecklich.« Er blickte geistesabwesend vor sich auf den Boden, dann fragte er unvermittelt: »Wieviel müßten Sie verdienen, damit Ihre Frau nicht länger in der Fabrik zu arbeiten braucht?«

So viel Anteilnahme brachte Rupert erst recht in Verlegenheit, er antwortete unbehaglich: »Das ist schwer zu sagen. Wir suchen schon lange eine größere Wohnung, aber dazu muß eine Frau mitverdienen. Für einen Baukostenzuschuß und eine Wohnungseinrichtung brauchen wir mehr, als ich mit meinem Gehalt monatlich auf die Seite legen kann.«

Widdau setzte sich hinter seinen Schreibtisch, blätterte in einigen Papieren und sagte: »Ich habe Ihnen bei Ihrer Einstellung gesagt, daß ich, wenn meine Frau mit Ihnen zufrieden ist, Ihr Gehalt aufbessern werde. Nach allem, was ich heute von ihr erfahren habe, können wir Ihre Probezeit schon jetzt als abgeschlossen betrachten und Ihr Gehalt, wie vorgesehen, auf siebenhundert erhöhen.«

Rupert blickte wortlos in sein freundliches Gesicht. Er fragte sich, was seine Frau ihm, ohne ihn dadurch mißtrauisch zu machen, alles erzählt haben mußte, daß er sich so generös zeigte. Oder hatte er persönliche Gründe, ihn als ihren Fahrer zu erhalten? Bevor er sich bedanken konnte, erkundigte sich Widdau in beiläufigem Ton, welche Vorstellungen er von der Höhe eines Baukostenzuschusses habe.

Über dieses Thema hatte sich Rupert schon so oft mit Hedy unterhalten, daß er ihm ohne Überlegung antworten konnte: »Mindestens fünftausend Mark, wenn es eine gute Wohnung sein soll.«

»Eine Zweizimmerwohnung mit Küche und Bad?« fragte Widdau. »Oder soll sie größer sein?«

Er tat so, als hätte er eine zu verschenken. Rupert gewann immer mehr den Eindruck, daß Widdau ihn zu ködern versuchte. Aber wozu? Er antwortete so unbefangen, wie möglich: »Eine Zweizimmerwohnung würde uns genügen.«

Widdau blätterte wieder in seinen Papieren und sagte: »Ich baue zur Zeit in einem Vorort ein größeres Miethaus. Es soll voraussichtlich bis Weihnachten bezugsfertig sein. Falls Sie daran interessiert sind, würde ich eine Zweizimmerwohnung für Sie reservieren lassen. Die Miete beträgt hundertfünfzig Mark monatlich. Als Mietvorauszahlung sind je nach Größe der Wohnung zwischen fünf- und zehntausend Mark vorgesehen. Bei einer Zweizimmerwohnung dürfte sie vermutlich nicht höher als fünftausend Mark sein. Da Sie noch eine Wohnungseinrichtung brauchen, wäre ich bereit, Ihnen ein zinsloses Darlehen über zehntausend Mark zu beschaffen, das wir in Monatsraten von zweihundert Mark von Ihrem Gehalt verrechnen könnten. Sie brauchen sich nicht sofort zu entscheiden. Denken Sie in Ruhe darüber nach und sagen Sie dann mir oder meiner Frau Bescheid.«

Sein Vorschlag deckte sich fast völlig mit ihren gestrigen Versprechungen, obwohl Rupert angenommen hatte, daß sie genausowenig ernst gemeint waren, wie der ungültige Scheck. Er sagte mühsam: »Das kommt alles sehr unerwartet für mich, Herr Widdau. Ich bin Ihnen sehr dankbar und werde mit meiner Frau darüber sprechen.«

Widdau nickte lächelnd. »Tun Sie das. Diese Vereinbarung wäre natürlich unabhängig von Ihrem Arbeitsvertrag. Haben Sie sonst noch ein Problem?«

Rupert konnte nur den Kopf schütteln. Widdau stand auf, reichte ihm über den Schreibtisch hinweg die Hand und sagte: »Ich höre also wieder von Ihnen, Herr Kruedener.«

Seine Hand fühlte sich kühl und schmal wie die einer Frau an. Noch draußen vor der Tür meinte Rupert ihren sanften Druck zu spüren.

Von irgendwoher kreuzte Margot seinen Weg, sie fragte lächelnd: »War es schlimm?«

Sie war einen halben Kopf kleiner als er und trug heute ein tiefausgeschnittenes Wollkleid unter der weißen Schürze. Wieder stellte Rupert fest, daß sie ungewöhnlich hübsch war. Mit ihrer sahnigen Haut hätte sie jedem Mann den Kopf verdrehen können. Er fragte sich, wieso sie es bei ihrem Aussehen nötig hatte, in diesem Haus das Dienstmädchen zu spielen. Für ein Mädchen wie sie war das nicht gerade ein attraktiver Beruf. Wenigstens heute nicht mehr. Er antwortete: »Wie man es nimmt. Was macht die gnädige Frau?«

Sie lachte. »Bei Regenwetter liegt sie am liebsten im Bett. Soll ich ihr etwas bestellen?«

»Das tue ich selbst«, sagte Rupert und blickte geistesabwesend auf ihren Ausschnitt nieder. Sie errötete ein wenig und sagte: »Dann bis morgen«, über seine Dienststunden schien sie genauso Bescheid zu wissen wie ihre hohe Herrin.

Wegen des trüben Himmels hatte Rupert das Verdeck des Plymouth heute morgen gar nicht erst geöffnet. Er setzte sich hinein, wischte sich mit der Hand den Regen aus dem Gesicht und fuhr dann langsam in die Stadt hinunter. Das Gespräch mit Widdau hatte Spuren in ihm hinterlassen. Er fühlte sich beschämt und belustigt zugleich. Und ob ich sonst noch ein Problem habe? dachte er. Welche Antwort hatte Widdau auf diese Frage erwartet? Daß er ihm erzählen würde, seiner Frau schon so gut wie hörig zu sein! Die Situation war absurd, peinlich und auch grotesk. Es wäre ihm lieber gewesen, Widdau hätte ihn auch heute genauso unpersönlich abgefertigt, wie bei früheren Begegnungen. Seine neuerliche Verbindlichkeit war Rupert fast unerträglich.

Er fuhr zuerst zu der Plymouth-Vertretung. Dort traf er wieder den jungen Mann an, der ihn schon bei seinem ersten Besuch empfangen hatte. Er hatte nichts dagegen einzuwenden, daß Rupert den Wagen gleich hier ließ, setzte jedoch hinzu, daß er ihn vor morgen abend auf keinen Fall abholen könne. Er empfahl ihm für künftige Inspektionen, einen Tag vorher anzurufen.

Während er zu Fuß im Regen nach Hause ging, fiel Rupert ein, daß er sich unbedingt noch einen zweiten neuen Anzug zulegen müßte. Es wurde ihm schon peinlich, vor Irmgard Widdau immer im gleichen zu erscheinen. Was sonst noch in seinem Kleiderschrank hing, taugte nicht mehr viel.

Er beeilte sich, in seine Wohnung zu kommen. Als er die halbdunkle Treppe hinaufstieg, vernahm er von oben ein Geräusch. Im Treppenhaus roch es nach amerikanischen Zigaretten. Er blieb stehen und blickte hinauf. Vielleicht hatten Eva und Grigore Botez Besuch bekommen. Aber der Mann, den er wenig später breitbeinig vor seiner Zimmertür stehen sah, schien auf ihn gewartet zu haben. Er trug einen hellblauen Anzug mit sehr engen Hosen und auffallend gelbe Schuhe. Auch sein Schal war gelb. Rupert wohnte lange genug in Heidelberg, um einen Amerikaner, auch wenn er keine Uniform anhatte, sofort als solchen zu erkennen, und noch ehe er die letzten Stufen zu ihm hinaufgestiegen war, ahnte er instinktiv, wer dieser Mann war. Er blieb, atemlos ebenso vom Treppensteigen wie vor Überraschung, vor ihm stehen und fragte: »Wollen Sie zu mir?«

»Wenn Sie Herr Kruedener sind«, sagte der Fremde, und auch sein Akzent wies ihn als Amerikaner aus. In dem dunklen Flur konnte Rupert sein Gesicht nur undeutlich sehen, er ging, um etwas Zeit zu gewinnen, zum Lichtschalter und drehte sich dann wieder nach dem Fremden um. Genauso hatte er ihn sich immer vorgestellt: ein kompaktes Gesicht mit kantigem Kinn, rötlichem Teint und hellgrauen, scharf blickenden Augen. Er hatte kurzgeschnittenes blondes Haar, abstehende Ohren und unter dem rechten Auge eine kleine, kreuzförmige Narbe. Er war nicht ganz so groß wie Rupert, jedoch bedeutend kräftiger, mit breiten Schultern, die fast das Jackett zu sprengen drohten. »Sind Sie Herr Kruedener?« vergewisserte er sich in seinem weichen, schlurrenden Akzent. Rupert nickte. Nun, da er sich von seiner ersten Überraschung erholt hatte, war er ganz ruhig. Er sagte: »Und Sie sind Bob?«

Der Fremde grinste dünn. »Dann brauche ich mich Ihnen nicht mehr vorzustellen. Ich bin hier, weil ich mit Ihnen reden möchte.«

Rupert wandte sich seiner Zimmertür zu. Da er sie beim Weggehen nie abschloß, fiel ihm Eva Botez erst ein, als er sie in Ihrem Hausmantel auf der Bettcouch sitzen sah; sie blickte ihn fragend an. Er drehte sich rasch nach Bob um, aber dieser konnte Eva noch nicht gesehen haben. »Wir unterhalten uns in der Küche«, sagte Rupert und zog die Tür hinter sich zu.

»Sie haben Besuch?« fragte Bob.

»Wie kommen Sie darauf?«

Bob grinste wieder. »Warum sollen Sie keinen Besuch haben?«

Sein Deutsch war fast fehlerfrei; Rupert erinnerte sich, von Hedy einmal gehört zu haben, daß seine Mutter aus Deutschland kam. Er begleitete ihn in die kleine Küche; glücklicherweise sah sie einigermaßen aufgeräumt aus. Er deutete auf einen Stuhl, aber Bob schüttelte den Kopf und sagte: »Ich habe wenig Zeit.«

»Falls Sie Hedy besuchen wollen...«, sagte Rupert.

»Ich komme in ihrem Auftrag zu Ihnen«, sagte Bob.

Obwohl Rupert, seit er ihn vor seiner Zimmertür hatte stehen sehen, halb darauf gefaßt gewesen war, traf ihn die Gewißheit so schmerzhaft, daß er ein paar Sekunden lang nicht reden konnte. Nach allem, was Hedy ihm von Bob erzählt hatte, war sein Empfinden für ihn nie ohne leise Sympathie gewesen, aber er hatte ihn wie ein Schemen zwischen sich und Hedy gefühlt, permanent gegenwärtig und unauslöschlich in ihrer Erinnerung vorhanden. Jetzt war er kein Schemen mehr, sondern ein Mensch aus Fleisch und Blut, dessen plötzliche Anwesenheit all jene schmerzlichen Gefühle in Rupert wachwerden ließ, die er in den vergangenen Wochen mit mehr oder weniger Erfolg zu verdrängen versucht hatte. Er empfand, während er in sein gesundes, rosiges Gesicht blickte, einen jähen Haß auf ihn. »Was wünschen Sie?« fragte er kurz.

»Daß Sie sich von Hedy scheiden lassen«, antwortete Bob und nahm eine Zigarettenpackung aus der Tasche. Er streckte sie Rupert hin und zündete sich, als dieser den Kopf schüttelte, eine an.

»Welches Interesse haben Sie daran?« fragte Rupert mit erzwungener Ruhe. »Sie sind doch schon verheiratet.«

»Meine Schwiegereltern konnten ihre Tochter inzwischen davon überzeugen, daß es für alle Beteiligten besser sei, wenn sie sich von mir scheiden ließe«, sagte Bob fast heiter. »Ich hatte bei der Wahl meiner Frau leider nicht soviel Glück wie Sie, Herr Kruedener. Daß Sie nichts damit anzufangen wußten, dürfen Sie nicht Hedy anlasten.«

Rupert fühlte, wie ihm das Blut in den Kopf schoß. Er sagte: »Sie kennen bisher nur die Version meiner Frau.«

»Ihre eigene interessiert mich nicht«, sagte Bob. »Ich kenne Hedy länger als Sie. Sie werden verstehen, daß ich ihr mehr Glauben schenke als Ihnen. Als Ehemann sieht man die Dinge doch nur subjektiv.«

»So wie Sie Ihre bisherige Frau gesehen haben«, sagte Rupert. Bob nickte. »Mag sein, aber ich bin entschlossen, mich zu bessern.«

»Und dazu sind Sie nach Deutschland gekommen?«

»Nicht nur deshalb, Herr Kruedener«, sagte Bob und klopfte die Asche von seiner Zigarette. »Ich kam dienstlich herüber. Hedy hat Ihnen ja von meinem früheren Beruf erzählt. Ich habe ihn inzwischen wiederaufgenommen. Sie werden verstehen, daß ich bei dieser Gelegenheit auch Hedy sehen wollte.«

Rupert sagte gereizt: »Es scheint, Sie haben das inzwischen gründlich getan, oder wollen Sie mir einreden, Sie hätten in all diesen Wochen nur über vergangene Zeiten geplaudert?«

»Sie liegen schon wieder falsch«, erwiderte Bob unverändert gelassen. »Als ich vor etwa zehn Wochen nach Heidelberg gekommen bin, begegnete ich Hedy vor ihrer Haustür. Ich gestehe, daß ich dort auf sie gewartet habe. Sie hat mir einmal geschrieben, daß sie verheiratet sei. Wir verabredeten uns für den nächsten Tag zu einem Whisky in meinem Hotel. Als sie kam, brachte sie gleich ihr Gepäck mit. Sie sagte mir, sie wolle sich für eine Weile von Ihnen trennen, um sich über ihre Gefühle schlüssig zu werden. Ich habe sie zu dieser Trennung weder überredet noch sie dazu ermuntert. Leider hatte ich auch nicht viel Zeit, ich mußte bereits am nächsten Tag nach London fliegen. Wir arbeiteten dort mit der Interpol zusammen. Bevor ich mich von ihr verabschiedete, habe ich Hedy in einer kleinen Pension untergebracht und sie dazu überreden können, ihre Arbeit in der Fabrik aufzugeben. Sie haben sich dort nach ihr erkundigt?«

»Das war mein gutes Recht«, sagte Rupert. Nun, da er fast alles zu wissen meinte, fand er Hedys Verhaltensweise unverantwortlich.

Bob sagte: »Sie hätten in Ihrer Ehe mehr an Ihre Pflichten als an Ihre Rechte denken sollen. Man hat ihr in der Personalabteilung der Fabrik gesagt, daß Sie nach ihr gefragt haben. Leider konnte sie sich damals noch nicht endgültig entschließen, sie wollte sich ihre weiteren Schritte noch einige Wochen überlegen, und ich selbst konnte aus beruflichen Gründen erst letzte Woche wieder nach Deutschland kommen. Sie war sich aber auch dann noch nicht ganz schlüssig geworden und wollte ihre endgültige Entscheidung von einem letzten Gespräch mit Ihnen abhängig machen. Sie hat Ihnen deshalb geschrieben, um sich mit Ihnen in einem Café zu treffen. Sie sind nicht erschienen.«

»Weil ich Ihre Nachricht zu spät erhalten habe«, sagte Rupert. »Ich war beruflich eine Woche in der Schweiz. Sagen Sie ihr, daß ich mich auf keinen Fall scheiden lassen werde.«

»Ich hoffe, Sie überlegen sich das noch anders«, sagte Bob. Er ging zum Spülbecken, drückte seine Zigarette aus, und als er zurückkam, wirkte sein Gesicht kalt und entschlossen. »Sie werden keine Unannehmlichkeiten bei einer Scheidung haben«, sagte er. »Ihre Anwaltskosten übernehme ich. Sie können als Scheidungsgrund mich angeben und daß Ihre Frau Sie meinetwegen verlassen habe.«

»Wo ist Hedy?« fragte Rupert.

»Sie will Sie nicht mehr sehen«, sagte Bob. »Ich kann das verstehen. Sie hat mir alles erzählt. Begreifen Sie eigentlich, was Sie ihr angetan haben?«

»Um mir Moral zu predigen, sind Sie vielleicht nicht der richtige Mann«, sagte Rupert heiser. »Ich möchte wissen, wo sie ist.«

»Wozu?«

»Ich möchte mit ihr reden.«

»Sie hatten lange genug Zeit, es zu tun«, sagte Bob. »Sie widersetzen sich also einer Scheidung?«

»Darüber bin ich Ihnen keine Auskunft schuldig«, sagte Rupert. »Wenn meine Frau sich von mir scheiden lassen will, soll sie mir das selber sagen.«

Bob nickte. »Dann zwingen Sie mich zu meinem Bedauern, mir den Gast in Ihrem Zimmer einmal näher anzusehen. Da sich auf mein Klopfen niemand meldete und die Tür nicht verschlossen war, habe ich mir vorhin erlaubt, einen Blick hineinzuwerfen. Ich nehme an, daß Sie mit der in Ihrem Bett liegenden Dame intime Beziehungen pflegen. Es dürfte für Ihre Frau nicht ganz uninteressant sein, wer sie ist.«

Er wollte sich der Tür zuwenden, Rupert vertrat ihm rasch den Weg.

»Das werden Sie nicht tun.«

Bob lächelte sanft. »Warum nicht?«

»Weil ich Sie daran hindern werde«, sagte Rupert. Der Gedanke, Hedy würde erfahren, daß Eva Botez in seinem Bett gelegen hatte, war ihm unvorstellbar. Als Bob ihn auf die Seite schob, schlug er blindlings zu. Er traf ihn am Kopf und wollte wieder zuschlagen, aber dann fiel er plötzlich auf den Rücken und er wußte nicht, wie es geschehen war. Erst viel später, als er Eva Botez seinen Namen rufen hörte, kehrte sein Bewußtsein zurück. Er richtete sich taumelnd auf und fragte: »Wo ist er?«

»Die Treppe hinuntergelaufen«, antwortete sie verstört. »Was hat er dir getan?«

Rupert hatte es selber noch nicht ganz begriffen. Dann spürte er sein schmerzendes Kinn, er betastete es und ging mit unsicheren Schritten zum Spülbecken. Bob mußte ihn so rasch getroffen haben, daß er seine Bewegung nicht einmal mehr mitbekommen hatte. Er drehte den Wasserhahn auf und hielt den Kopf unter den eiskalten Strahl, bis er wieder klar denken konnte. »Gib mir ein Handtuch«, sagte er.

Sie lief in sein Zimmer und brachte ihm eins. Während er sich abtrocknete, fragte sie, noch immer verstört: »Wer war das, Rupert? Kennst du ihn?«

Er hatte ihr nie etwas von Bob erzählt, und Hedy sicher auch nicht. Ohne ihr zu antworten, ging er in sein Zimmer, setzte sich auf die Couch und betastete wieder sein Kinn. Es fühlte sich an, als sei es von einem Hammer getroffen worden, aber schließlich hatten die Amerikaner schon immer die besseren Boxer gehabt.

Eva Botez war ihm besorgt nachgekommen. Er fragte sie: »War er bei dir im Zimmer?«

»Bevor er die Treppe hinuntergerannt ist«, antwortete sie. »Er warf nur einen Blick herein und verschwand sofort wieder. Ich bin aufgewacht, weil ich euch in der Küche so laut reden hörte.«

»Du hast geschlafen?«

»Seit du weggegangen bist. Ich war plötzlich so müde, weil ich wegen der Bauchschmerzen die halbe Nacht nicht geschlafen hatte. Du hattest doch nichts dagegen, daß ich in deinem Zimmer bleibe!«

Wenn das so war, hatte sie Bob, als er schon vor Ruperts Eintreffen an die Tür geklopft hatte und einen Blick in das Zimmer geworfen hatte, wahrscheinlich gar nicht bemerkt. Er fragte: »Hast du im Morgenrock geschlafen?«

»Das tue ich doch nie«, sagte sie verwundert. »Ich habe ihn erst angezogen, als ich eure Stimmen gehört habe. Warum fragst du?«

Es war sinnlos, ihr eine Erklärung geben zu wollen. Er sagte: »Holst du mir ein Glas Wasser?«

Während sie in der Küche war, stand er auf und betrachtete im Spiegel sein Gesicht. Es würde genügen, wenn Hedy erfuhr, wie die Frau in seinem

Bett ausgesehen hatte; Eva Botez war unverwechselbar, und Bob hatte sie sich zweimal angesehen.

Als sie mit dem Glas Wasser hereinkam, fragte sie nervös: »Habe ich etwas falsch gemacht, Rupert?«

Er schüttelte den Kopf. »Du nicht. Bitte laß mich jetzt allein, Eva. Ich kann über diese Sache nicht sprechen. Wenigstens nicht heute.«

Sie verließ stumm das Zimmer.

14

An Margot fiel ihm sofort auf, daß sie heute abend keine weiße Schürze trug. Mit ihrem dunkelblauen, knielangen Kleid hätte sie sich auf jedem Sommernachtsball in der Stadthalle sehen lassen können.

Er sagte: »Sie kommen mir so fremd vor!«

Sie lachte. »Gefalle ich Ihnen?«

»Fast zu gut«, sagte er. »Vielleicht werde ich mich noch in Sie verlieben.«

»Lassen Sie das ja nicht die gnädige Frau hören«, sagte sie. »Kommen Sie mit, Sie brauchen keine Angst zu haben. Herr Widdau mußte heute nachmittag schon wieder für drei Tage verreisen. Wir sind ganz allein.«

Rupert hatte es halb vermutet. Als Irmgard Widdau ihn vor einer Stunde angerufen und ihm gesagt hatte, sie wolle seine Spesenabrechnung noch heute abend mit ihm durchgehen, war er sich sofort darüber klar, daß dies nicht der einzige Grund dafür sein könnte, ihn noch so spät in ihr Haus zu bestellen. Im Grunde war ihm ihr Anruf nicht ungelegen gekommen; er lenkte ihn von seinem Zusammentreffen mit Bob ab. Er war bereits entschlossen gewesen, den Abend nicht in seinem Zimmer zu verbringen, sondern sich irgendwo zu betrinken, aber um sich von trüben Gedanken abzulenken, war das Trinken auch kein Patentrezept; im Gegenteil.

Margot führte ihn die Treppe hinauf; er bewunderte, während er ihr folgte, ihre anmutigen Hüften. Auch das obere Stockwerk hatte viele Türen, durch die beiden Fenster des langen Flurs schauten dichtbelaubte Bäume herein. Auf dem Marmorboden lag ein roter Läufer. Hier also war Irmgard Widdaus eigentliches Reich, die Privatgemächer der Schloßherrin! Rupert ertappte sich dabei, daß er schon wieder Herzklopfen hatte. Margot öffnete eine Tür und sagte: »Bitte sehr, mein Herr.« Es klang jedoch eher scherzhaft als respektvoll.

Drinnen mußte sich Rupert erst einmal umschauen; ein Zimmer wie dieses hatte er noch nie gesehen. Es hatte Chintz-verkleidete Wände und Chintz-Vorhänge an den Fenstern. In einer Nische stand eine eingebaute Couch mit Spiegelsimsen. An der rechten Wandseite entdeckte Rupert einen zierlichen antiken Damensekretär. Um einen niedrigen, runden

Tisch standen kleine Polstersessel. Der Raum war in der einsetzenden Dämmerung mit indirektem Licht beleuchtet. Der dicke Teppichbelag verführte dazu, die Schuhe auszuziehen. Ein schwerer, roter Samtvorhang verdeckte halb den Zugang zu einem Nebenraum, anscheinend handelte es sich dabei um einen Alkoven; Rupert konnte das Fußende eines breiten Bettes sehen. Von dort tauchte auch, noch ehe er seine Eindrücke völlig verarbeitet hatte, Irmgard Widdau auf. Zum abendlichen Anlaß trug sie eine enge Torero-Hose und ein rotes Seidenhemd mit weißem Kragen, unter dem sich ihre großen Brustwarzen provozierend abhoben. Rupert stellte wieder einmal widerwillig fest, daß sie in jeder Garderobe Eindruck zu erwecken wußte.

Er hatte dieser Begegnung mit gemischten Gefühlen entgegengesehen, war er sich doch nicht sicher, wie sie heute auf die gestrigen Geschehnisse reagieren würde, aber sie gab sich ganz unbefangen, geradeso als sei nichts Erwähnenswertes geschehen, ließ sich, mit übereinandergeschlagenen Beinen, in den Sessel fallen und fragte: »Warum setzen Sie sich nicht?«

Ihre Stimme klang freundlich, fast vertraulich, und daß sie ihn nicht mehr duzte, hatte er nicht anders erwartet. Das hatte sich gestern situationsbedingt ergeben. Trotzdem konnte er sich nicht dazu überwinden, ihr in die Augen zu sehen. Er griff in das Jackett, nahm ein zusammengefaltetes Blatt Papier heraus, und sagte: »Das ist eine Zusammenstellung der bisherigen Spesen. Es sind etwas über vierhundert ...«

»Zeigen Sie her!« unterbrach sie ihn und nahm ihm das Papier aus der Hand. Sie deutete auf den Tisch, wo ein blauer Heftordner lag, und sagte: »Mein Mann hat noch vor seiner Abreise den Darlehensvertrag aufsetzen lassen. Lesen Sie ihn durch und sagen Sie mir, ob Sie mit allem einverstanden sind. Ich habe meinen Mann auch dazu überreden können, Ihnen für größere Reisen eine Trennungszulage von zehn Mark täglich zu bezahlen.«

»Wofür eine Trennungszulage?« fragte er verständnislos.

Sie lächelte. »Damit Sie, wenn wir auf Reisen sind, Ihre Frau nicht zu sehr vermissen.«

»Aber Sie wissen doch ...« Er sprach nicht weiter. Sie sagte gleichgültig: »Ich weiß gar nichts, mein Junge. Für die Reise nach Hergiswil bekommen Sie zusätzlich achtzig Mark, und wenn wir im September für vier Wochen nach Italien fahren, weitere dreihundert.«

»Nach Italien?« entfuhr es ihm. Sie nickte. »Mein Mann ist dann zu seiner alljährlichen Kur in Wiesbaden. Haben Sie etwas gegen Italien?«

Er konnte sie nur anschauen. Sie legte die Spesenabrechnung auf den Tisch und sagte: »Ich werde Ihnen nachher, damit Ihre Spesenkasse wieder gefüllt ist, fünfhundert Mark geben. In diesem Betrag ist dann auch gleich Ihre Trennungszulage für Hergiswil enthalten.«

Rupert raffte sich zu Widerspruch auf: »Diese Trennungszulage möchte ich nicht haben. Sie wissen, daß meine Frau nicht mehr bei mir lebt.«

»Mein Mann weiß es nicht«, sagte sie belustigt. »Sie hätten es ihm ja heute nachmittag erzählen können. Warum haben Sie es nicht getan?«

»Sie haben mir gesagt...« Er verstummte.

Sie beugte sich neugierig zu ihm herüber. »Was habe ich gesagt?«

Er starrte verdrossen in ihr heiteres Gesicht. Es war sinnlos, auf diese Weise mit ihr zu argumentieren.

Sie sagte: »Da Sie nun einmal ›A‹ gesagt haben, müssen Sie auch ›B‹ sagen. Lesen Sie den Darlehensvertrag.«

Er klappte den Heftordner auf und las den maschinengeschriebenen Vertrag durch. Dann blickte er auf und sagte: »Das ist mir zu riskant.« Sie kam zu ihm und setzte sich neben ihn auf die Sessellehne.

»Was ist Ihnen zu riskant?«

»Daß ich, wenn ich Ihnen Anlaß gebe, mich zu entlassen, das Darlehen sofort in voller Höhe zurückzahlen muß.«

»Wo steht das?«

Sie beugte sich, mit der Brust seine Schulter berührend, so zu ihm herunter. Ihre Wange war ihm so nahe, daß er sie mit den Lippen hätte streifen können.

Sie sagte: »Ach, das meinen Sie! Da sehe ich überhaupt kein Risiko für Sie. Bei einer Verrechnung von zweihundert Mark monatlich haben Sie das Darlehen in fünf Jahren zurückbezahlt. So lange werden Sie es doch bei mir aushalten?«

»Aber Sie vielleicht nicht bei mir!«

Sie lachte.

»Das liegt ganz an Ihnen, mein Junge. Wenn sie manierlich sind und sich Mühe geben, habe ich keinen Grund, Sie zu entlassen.«

»Trotzdem ist es mir zu riskant«, sagte er entschlossen. »Sie hätten mich damit völlig in der Hand.«

»Wäre das so schlimm?« fragte sie, mit dem Handrücken sein Ohr berührend. Er fühlte es bis hinunter zu den Zehen. Sie trug rote Sandalen an den bloßen Füßen. Rupert ertappte sich dabei, daß er ihre schlanken Fesseln betrachtete.

»Sie werden sich das noch anders überlegen«, sagte sie zuversichtlich. »Haben Sie schon zu Abend gegessen?«

Sie wollte ihn doch nicht etwa... Er antwortete vorsorglich: »Eine Kleinigkeit!«

»Von einer Kleinigkeit kann ein erwachsener Mann nicht leben«, sagte sie lächelnd. »Besonders, nachdem sie in den letzten Tagen so schwer arbeiten mußten. Sie sind heute abend mein Gast.«

Deshalb hatte sie ihn also zu sich kommen lassen. Die Spesenabrechnung und der Darlehensvertrag hätten auch noch morgen Zeit gehabt. Er dachte, Gott helfe mir, und sagte: »Wenn Ihr Mann...«

»Kümmern Sie sich nicht um meinen Mann«, fiel sie ihm ins Wort. »Gestern haben Sie es ja auch nicht getan. Sind Sie immer so leichtsinnig?«

Er wußte sofort, wovon sie sprach, und sagte errötend: »Ich dachte, daß Sie...« Er wußte nicht weiter.

Sie fragte amüsiert: »Selber aufpassen würden? In der Regel bleibt das dem Mann überlassen, aber Sie brauchen sich deshalb keine Gedanken zu machen. Oder halten Sie mich für so unerfahren?«

Auf diesen Gedanken wäre er nicht einmal im Schlaf gekommen. Trotzdem fühlte er sich erleichtert. Sie schenkte ihm noch einen seltsam-prüfenden Blick und ließ ihn allein. Draußen auf dem Flur hörte er sie mit Margot reden.

Er stand auf und trat ans Fenster. Es regnete nicht mehr. Die Lichter der Stadt spiegelten sich im Fluß, hier und da schimmerten Sterne durch die aufreißende Wolkendecke. Das in gelbliches Scheinwerferlicht getauchte Schloß wirkte vor den schwarzen Silhouetten der Berge wie eine romantische Kulisse aus einem Horror-Film. Auf den Uferstraßen rollten die Superautos neureicher Bundesbürger in lackglänzender Anonymität zum festlichen Diner in eines der bekannten Speiselokale im Neckartal.

Rupert verstand Irmgard Widdau immer weniger. Wozu versuchte sie, ihn mit allen möglichen finanziellen Tricks an sich zu fesseln? Auch wenn er eingebildet genug wäre, anzunehmen, daß er ihr als Mann vielleicht nicht ganz gleichgültig war, so konnte das doch bestenfalls für ein kurzweiliges Abenteuer gelten, und falls sie ihn nur als Alibi ihrem Mann gegenüber brauchte, so hätte sie das billiger haben können. Vielleicht gefiel sie sich darin, ihn mit ihrem Geld zu beeindrucken. Noch unbegreiflicher erschien Rupert die Verhaltensweise ihres Mannes. Seine Großzügigkeit ließ sich letztlich nicht alleine damit erklären, daß er es seiner Frau ersparen wollte, sich vielleicht in ein paar Wochen oder Monaten schon wieder nach einem neuen Fahrer umsehen zu müssen. Andererseits mußte er sie auch schon viel zu gut kennen, als daß er sich blindlings auf ihre Treue hätte verlassen dürfen. Möglicherweise traf es doch zu, daß ihm, wenn es sich schon nicht vermeiden ließe, der Chauffeur seiner Frau als deren Liebhaber angenehmer war als ein Mann aus seinen Kreisen. So wie manche Ehefrauen ihre Männer lieber bei einer Dirne als in den Armen einer ernstzunehmenden Rivalin wissen. Der Vergleich behagte Rupert nicht recht, aber er wäre wenigstens eine logische Erklärung für Widdaus Verhalten.

Am allerwenigsten verstand er jedoch sich selber. Erst vor ein paar Stunden hatte er erfahren müssen, daß er Hedy endgültig verloren hatte, und dennoch war Irmgard Widdau schon wieder fähig, seine Begehrlichkeit zu wecken. Oder vielleicht gerade deshalb? Die Berührung ihrer Brust an seiner Schulter, die Berührung ihrer Hand an seinem Ohr, der Anblick ihrer provozierenden Brustwarzen unter dem dünnen Seidenhemd ließen ihn an kaum mehr an etwas anderes denken als an sie. Er war ihr schon so hörig, daß er, um sie wieder zu besitzen, fast alles getan hätte.

Hinter ihm wurde die Tür geöffnet. Er drehte sich um und sah Margot mit einem Tablett hereinkommen. Sie nickte ihm lächelnd zu und fing an, den Tisch zu decken. Es fiel ihm auf, daß sie ihn für drei Personen herrichtete, er fragte: »Essen Sie mit uns?«

»Ich esse immer mit der gnädigen Frau«, antwortete sie und überprüfte mit einem kritischen Blick, ob das Geschirr vollständig war.

Warum auch nicht! Dienstmädchen hatten heute Seltenheitswert. Während sie Weingläser neben die Teller stellte und das Besteck zurechtrückte, betrachtete er wieder ihr Gesicht. Bei der indirekten Zimmerbeleuchtung sah es noch hübscher aus, sie hatte große dunkle Augen, eine feingeschwungene Nase, volle Lippen und Grübchen in den Wangen. Das glatte, schwarze Haar trug sie in der Mitte gescheitelt und nach hinten gekämmt. Sie war etwa so groß wie Irmgard Widdau und genauso schlank wie sie. Nur ihre Taille war noch enger und die Brüste kleiner. Sie verschwand vorübergehend aus dem Zimmer, und als sie zurückkam, brachte sie auf einem silbernen Tablett das Essen herein. Es gab geräucherten Schinken, kaltes Roastbeef, italienischen Salat mit Majonnaise, russische Eier, Tomaten und kleine Butterkugeln. Die Platte sah so appetitlich aus, daß Rupert, obwohl er keinen Hunger verspürte, sofort davon angetan war. Er fragte: »Haben Sie das alles selbst zubereitet?«

»Die gnädige Frau hat mir dabei geholfen«, antwortete Margot. »Hoffentlich schmeckt es Ihnen.« Im gleichen Augenblick hörte Rupert hinter sich Irmgard Widdau aus dem Alkoven kommen; er mußte noch eine zweite Tür zur Diele haben. Sie trug jetzt einen seidenen, bis zum Hals zugeknöpften Hausmantel, der sie noch größer und schlanker erscheinen ließ. Rupert hatte noch nie davon gehört, daß man in ihren Kreisen zum Abendessen einen Hausmantel anzog, aber schließlich war sie hier daheim und hatte keine hochgestellte Persönlichkeit zu Gast. Zudem glich sie in dem Hausmantel einer Schloßherrin viel eher als mit einer Torero-Hose und einem durchsichtigen Seidenhemd.

Sie setzte sich an den Tisch und sagte zu Rupert: »Das Jackett können Sie ablegen; beim Abendessen habe ich es gerne gemütlich. Wenn mein Mann hier ist, wird immer im Eßzimmer serviert.« Sie wandte sich an Margot: »Der Wein steht noch im Kühlschrank. Bringst du ihn bitte?«

Daß sie Margot duzte und dazu noch auf eine fast freundschaftliche Weise, überraschte Rupert. Das Mädchen schien hohes Ansehen bei ihr zu genießen. Während Margot den Wein holen ging, zog Rupert das Jackett aus. »Hängen Sie es über einen Sessel«, sagte Irmgard Widdau. »Es stehen ja genug hier. Hatten Sie heute abend wirklich nichts anderes vor? Ich mußte Sie etwas kurzfristig anrufen.«

Vielleicht wäre es ganz gut, wenn sie sich nicht einredete, er hätte auf ihren Anruf gewartet.

Er sagte: »Eigentlich schon.«

Sie breitete ihre Serviette auf ihrem Schoß aus und lächelte. »Mit Ihrer Frau?«

»Vielleicht«, sagte er.

Margot brachte den Wein; das Einschenken überließ sie Irmgard Widdau.

Beim Essen wurde kaum gesprochen. Irmgard Widdau fragte Rupert einmal, wann der Wagen fertig werde. Seine Antwort schien sie zu befriedigen. »Für morgen hatte ich sowieso keine Pläne, aber bestehen Sie darauf, daß Sie ihn bis zum Abend wirklich abholen können.«

Es fiel Rupert auf, daß Margot einen geistesabwesenden Eindruck machte. Sie trank viel und hastig, und Irmgard Widdau schenkte ihr jedesmal gleich wieder nach. Sein eigener Appetit war mäßig, er mußte sich, obwohl die kalte Platte genausogut schmeckte, wie sie aussah, fast zum Essen zwingen. Trotz Irmgard Widdaus beruhigender Worte war er ständig darauf gefaßt, daß sich die Tür öffnete und ihr Mann hereinkommen würde. In seinem Haus fühlte er sich befangen und voller Skrupel, zumal er immer mehr den Eindruck gewann, daß Irmgard Widdau ihn nicht allein zum Abendessen herbestellt hatte, sondern noch weitergehende Absichten verfolgte. Außerhalb ihres Hauses fühlte er sich ihr jetzt ebenbürtig, aber hier meinte er ständig, Widdaus Gegenwart zu spüren. Er trank zum Essen mehr, als er eigentlich wollte, Margot mußte noch zwei Flaschen holen, und als Rupert einmal die Hand über das leere Glas legte, sagte Irmgard Widdau: »Sie sind mein Gast. Wollen Sie mich kränken?«

Das wollte Rupert nicht, und so ließ er sich das Glas eben vollgießen. Nach dem Essen zündete sich Irmgard Widdau eine Zigarette an. Margot räumte den Tisch ab und trug das Geschirr hinaus. Eine Zigarette, die Irmgard Widdau ihm anbot, schlug Rupert nicht aus. Sie sagte: »Sie sind heute abend nicht sehr gesprächig.«

Wenigstens konnte er ihr jetzt unbefangen in die Augen sehen; er antwortete: »Sie auch nicht. Worüber wollen Sie sich unterhalten?«

»Haben Sie keine eigenen Einfälle?«

Hätte sie ihn das im Wagen oder in einem Hotelzimmer gefragt, wäre er kaum darum verlegen gewesen, aber hier... Er sagte: »Mir ist gerade eingefallen, was Ihr Mann dazu sagen würde, wenn er mich hier sitzen sähe.«

Sie lächelte nachsichtig. »Vermutlich würde er Ihnen erzählen, daß ich eine sehr sozial eingestellte Arbeitgeberin bin. Ich lade meine Angestellten nicht nur zum Essen ein, ich erlaube ihnen sogar, in meinem Bett zu schlafen. Sie haben heute abend doch nichts Besseres vor?«

Seine Erwartungen hatten ihn also nicht getrogen. Trotzdem fragte er ungläubig: »Sie wollen, daß ich hier übernachte?«

»Falls mein Bett Ihnen zusagt«, antwortete sie. »Sie können es sich ja einmal anschauen. Kommen Sie mit!« Sie stand auf und führte ihn in den Alkoven. Er betrachtete das mit einer Seidendecke bezogene niedrige Bett; es war so breit, daß eine kleine Familie darin Platz gefunden hätte. Auch hier waren die Wände mit dunkelrotem Chintz verkleidet. Der weinrote Bodenbelag fühlte sich wie Samt an. Neben dem Fenster stand ein eleganter Frisiertisch mit einem dreiteiligen Spiegel. So ähnlich hatte er sich immer das Schlafzimmer einer anspruchsvollen Hetäre vorgestellt.

Irmgard Widdau sagte: »Das Bett habe ich mir aus Paris kommen lassen; mein Mann und ich haben es bei einer Reise durch Frankreich in einem Schaufenster stehen sehen. Gefällt es Ihnen?«

Er war sich nicht sicher, ob es ihm gefiel. Er selbst hätte ein einfacheres Bett vorgezogen, aber zum Lieben... Er dachte: Du bist verrückt! Ausgerechnet hier, wo sie die Nächte mit ihrem Mann verbringt! Ich könnte kein Auge zutun. Laut sagte er: »Es ist etwas groß.«

Sie lachte. »Ein Bett kann nicht groß genug sein, mein Junge, und falls Sie noch immer Angst haben, mein Mann könnte Sie überraschen: Das passiert nur dummen Frauen. Wäre ich so dumm, wie Sie es mir anscheinend unterstellen, so würde ich heute nicht in diesem Haus wohnen. Zudem haben wir getrennte Schlafzimmer. In dieses kommt mein Mann nur, wenn ich das wünsche.«

Es hätte Rupert interessieren können, wie oft sie sich das wünschte. Er blickte in ihr Gesicht. »Sicher kennen Sie ihn besser als ich. Trotzdem ziehe ich es vor, in meinem eigenen Zimmer zu schlafen.«

»Wirklich?« fragte sie heiter und kehrte in das Boudoir zurück. Rupert folgte ihr benommen. Er spürte jetzt den Wein im Kopf. Wenn er nur eine Stunde bei ihr bliebe... Aber auch dann würde Margot es mitbekommen, und selbst wenn sie Irmgard Widdaus Vertraute war, wäre ihm der Gedanke daran lästig gewesen.

Er beobachtete, wie Irmgard Widdau eine der Spiegeltüren der Couch öffnete. Rupert sah, daß es sich um ein eingebautes Radio mit Plattenspieler handelte.

Sie legte eine Platte auf und sagte: »Mein Mann kommt erst wieder in zwei Tagen zurück; er wird morgen aus London anrufen. Beruhigt?«

»Es geht trotzdem nicht«, sagte Rupert. Sie hatte eine Tanzplatte aufgelegt; er konnte sich nicht schlüssig werden, wo die Lautsprecher untergebracht waren.

Sie drehte ihm das Gesicht zu.

»Warum nicht?«

In seiner Not fiel ihm nichts anderes ein als zu sagen: »Es stimmt wirklich, daß ich heute abend mit meiner Frau verabredet war. Sie wird jetzt in meinem Zimmer auf mich warten.«

»Ihre Frau?« vergewisserte sie sich.

Er nickte nachdrücklich.

»Dann rufen Sie an und sagen ihr, daß Sie beruflich verhindert sind«, sagte Irmgard Widdau und öffnete eine andere Spiegeltür. Sie nahm einen Telefonapparat heraus, stellte ihn neben sich auf die Couch und sagte: »Bedienen Sie sich.«

Er hatte völlig vergessen gehabt, daß in seinem Zimmer neuerdings ein Telefon stand. Er griff nach seinem Glas, trank es aus und füllte es wieder. Irmgard Widdau sagte: »Ein langsamer Walzer. Helfen Sie mir, den Tisch etwas auf die Seite zu rücken.«

Er gehorchte widerspruchslos. Während er sie in den Armen hielt, lächelte sie in sein Gesicht und sagte: »Warum zieren Sie sich eigentlich? Gestern haben Sie es kaum abwarten können. Haben Sie sich übernommen? Zeigen Sie mal her.«

Er fühlte ihre Hand, und er dachte, daß er sich nur lächerlich machte. Hedy hatte, als sie wieder zu Bob gegangen war, weniger Skrupel gehabt als er. Er versuchte sich vorzustellen, wie sie ihn in sein Hotelzimmer begleitet und sich dort ausgezogen hatte, und je länger er sich das vorzustellen versuchte, desto unerträglicher wurde ihm der Gedanke. Er blieb unvermittelt stehen, ging zum Tisch, trank wieder sein Glas leer und sagte: »Zum Teufel damit.«

»Womit?« fragte Irmgard Widdau. »Mit der Liebe?«

»Das hat sich nicht auf Sie bezogen«, sagte er.

»So habe ich es auch nicht verstanden«, sagte sie. »Außerdem glaube ich nicht an den Teufel.«

Er füllte sein Glas und fragte: »Gibt es überhaupt etwas, woran Sie glauben?«

»Sicher«, antwortete sie. »Wollen Sie es sehen?« Sie kam zu ihm, öffnete den Gürtel ihres Hausmantels, schlug ihn auf und ließ ihn auf den Boden fallen. »Das hat mich noch nie im Stich gelassen, mein Junge«, sagte sie. »Zeig mir den Mann, den ich, wenn ich darauf aus wäre, mit ihm zu schlafen, nicht im Bett haben könnte. Ich habe auch mal meine Illusionen über Männer gehabt. Inzwischen bin ich von ihnen kuriert worden. Warum greifst du nicht zu?«

Er wollte es, er wünschte sich nichts sehnlicher, aber es war noch ein Widerstand in ihm. Erst als sie seine Hand an ihren Schoß zog, sein Hemd und seine Hose aufknöpfte und sie ihm vom Körper streifte, überließ er sich ihr willenlos. Er wußte ohnehin kaum mehr, was er tat. Sie sagte: »Laß uns wieder tanzen.«

Ihre Haut klebte feucht an seinem Körper, sie rieb sich an ihm, erwiderte seine Berührungen, er fühlte, wie sie unter seinen Liebkosungen fast verströmte. Sie hielt rasch seine Hand fest, preßte sich an ihn und murmelte: »Warte im Schlafzimmer auf mich, aber laß das Licht aus.«

»Das Mädchen ...«, sagte er.

»Kümmere dich nicht um sie.«

Sie stieß ihn hart von sich. Er stolperte auf unsicheren Beinen in das Schlafzimmer, lehnte die Tür hinter sich an und ließ sich im Dunkeln auf das Bett fallen. Ein paar Augenblicke lang empfand er wieder Skrupel, aber er war nicht mehr fähig, eine Reaktion daraus abzuleiten.

Durch die angelehnte Tür zum Boudoir drang aus dem Radio eine schmalzige Männerstimme: *Wenn ich dich erst kenne ...*

Das war es wohl, was seine Beziehungen zu Irmgard Widdau von jenen zu Hedy unterschied. Hedy hatte er fast genausogut gekannt wie sich selbst. Von Irmgard Widdau kannte er nur die undurchsichtige Oberfläche ihres Wesens, aber vielleicht war die *wahre* Liebe nur die Erfindung romantischer Seelen, die sich nicht eingestehen wollten, daß der vulgäre Sexualtrieb die Hauptanziehungskraft zwischen den Geschlechtern ist, bemäntelt mit rosarotem Kitsch und der unsterblichen Legende von den reinen Gefühlen. Sie schien unausrottbar zu sein, obwohl sie täglich in muffigen Ehebetten und in Anwaltskanzleien widerlegt wurde. Was Irmgard Widdau ihm zu geben hatte, war sicher keine reine Liebe. Sie war genau das, was er jetzt brauchte, um alles andere vergessen zu können: Die Krönung männlichen Empfindens, die simple Ejakulation.

Er starrte mit vor Erregung und Schweiß brennenden Augen in die Dunkelheit. Nie war ihm das Warten so lange geworden, und als er endlich leise Schritte auf dem Teppichboden hörte, drehte er sich rasch um. Er konnte jedoch nichts erkennen, denn auch im Boudoir brannte jetzt kein Licht mehr. Er merkte, wie sich neben ihm die Matratze bewegte, fühlte zwei Hände, die nach seinem Gesicht tasteten, einen Mund, der sich auf seine Lippen preßte und das Gewicht eines Körpers auf dem seinen. Er war so ungeduldig, daß er sich kaum mehr Zeit nahm, ihre Küsse zu erwidern, die Arme um ihren Rücken schlang und sich an sie drängte. Ihre Hände waren überall, zuerst spielerisch, dann suchend und lenkend. Er hörte sie keuchen, fühlte ihre Küsse wie kleine Saugnäpfe auf der Haut, und als er sie rasch auf den Rücken drehte und hart in sie eindrang, schlang sie aufseufzend die Beine um ihn.

Und dann, als ihre Körper schon zusammentrafen und er wie auf einer rollenden Woge durch die Dunkelheit trieb, ihre Nässe fühlte und ihre Fingernägel an seinen Lenden, fiel plötzlich ein Licht durch seine geschlossenen Lider. Er öffnete sie, weil das Licht ihn störte und weil er keine Erklärung dafür hatte. Aus den Augenwinkeln sah er wie durch einen wolkigen Nebel an der Tür zum Boudoir den nackten Körper einer Frau, denselben Körper, den er in seinen Armen zu halten meinte, und dasselbe lüsterne Gesicht, das ihm nun schon so vertraut war, daß er es überall zu sehen meinte, an der Tür ebenso wie in dem zerwühlten Kissen unter ihm. Und trotzdem war es nicht dasselbe Gesicht, und als ein greller Blitz seine Augen blendete und gleich wieder und wieder und sein Hirn endlich begriff, was hier geschah, hatte er schon keine Gewalt mehr über seinen Körper, der, wie losgelöst von seinem Willen, auf den Gipfel der Lust zutrieb, nur noch seinem eigenen Rhythmus gehorchend, bis das Kribbeln in seinen Zehen einsetzte, sich wie ein Ameisenschwarm über seinen ganzen Körper ausbreitete und ihn entlud. Erst jetzt hob er wieder den Kopf, und er sah Irmgard Widdaus Gesicht genau dort, wo er es schon vorhin gesehen hatte, während er noch immer meinte, ihren feuchtwarmen Körper unter sich zu fühlen.

Der Nebel in seinem Kopf und vor seinen Augen lichtete sich nur langsam, gab die Konturen seiner Umgebung frei, ihre Gegenstände, die sich einzuordnen begannen in die Symmetrie des Zimmers, und dann erst löste er sich aus den Armen des Mädchens, richtete sich auf und blickte wieder zur Tür hin. Er beobachtete, wie Irmgard Widdau das Blitzlichtgerät von der Leica nahm und durch die Tür verschwand.

Er starrte noch eine Weile dorthin, wo er sie eben noch gesehen hatte, schließlich fragte er heiser: »Was hat sie dir dafür bezahlt?«

Margot legte den Kopf auf seine Brust und streichelte mit den Fingerspitzen seine Lippen. »Nichts. Ich habe es gerne getan. Du nicht auch, mein Lieber?«

Wenn ich heute noch Erklärungen dafür suche, weshalb ich mich auf all das eingelassen habe, so wäre es vielleicht allzu billig, mich darauf zu berufen, daß sich die meisten Männer in einer ähnlichen Situation wohl kaum anders verhalten hätten oder daß ich einfach schon zu betrunken gewesen sei, um mir über mein Verhalten noch Rechenschaft ablegen zu können. Vielleicht traf dies auf jenen Abend in einer gewissen Weise noch zu, jedoch die späteren Begebenheiten erfolgten mit meinem vollen Wissen. Ich habe kaum einen ernsthaften Versuch unternommen, sie zu vermeiden. Weil ich schon zu tief in ihnen verstrickt gewesen war? Diese Antwort wäre wohl ebenso oberflächlich, wie es oberflächlich wäre, Irmgard Widdaus Motive nur einfach in der Lust an perversen Schauvergnügen suchen zu wollen. Möglicherweise hatte sie mir zuerst nur einen kleinen Schabernack spielen wollen und war dann nicht mehr fähig gewesen, es dabei zu belassen. Nichts von allem paßt so recht zueinander, wenn ich an die weiteren Ereignisse denke, denen ich mich ja auch später nicht entschieden genug widersetzt habe. Warum nur? Weil ich an dieser Art von Lustbarkeiten Gefallen gefunden habe? Ich weiß es noch immer nicht, aber vielleicht finde ich eines Tages in mir selbst die Antwort darauf.

15

Am Morgen erwachte er mit einem schmerzenden Kopf und einem üblen Geschmack im Mund. Die Vorhänge waren noch zugezogen, aber durch einen schmalen Spalt fiel ein Streifen Sonnenlicht auf den weinroten Teppichboden. Es war fast unerträglich warm im Zimmer; Rupert fühlte das Bettlaken feucht an der Haut kleben.

Nach und nach, als ob er in einem Buch mit obszönen Bildern blätterte, kehrte seine Erinnerung zurück. Er begriff jetzt nicht mehr, warum er nicht spätestens in jenem Augenblick, als Irmgard Widdau mit der Leica das Zimmer verlassen hatte, aufgestanden und nach Hause gegangen war. Statt dessen war er neben Margot liegengeblieben und hatte es geduldet, daß sie ihn mit ihren Küssen und Liebkosungen aufs neue erregte, bis dann Irmgard Widdau zurückgekommen war, Margot aus dem Zimmer schickte und sich zu ihm legte. Irgendwann, er hatte keine Ahnung mehr, wie lange es noch gedauert hatte, war er neben ihr eingeschlafen. Während er sich noch an Details zu erinnern versuchte, wurde die Tür zum Boudoir geöffnet, und er sah Irmgard Widdau hereinkommen. Sie trug wieder die Torero-Hose und das seidene Hemd, ihr Gesicht sah frisch und zufrieden aus. »Weißt du, wie spät es ist?« fragte sie.

Er hatte keine Vorstellung davon, es fiel ihm aber jetzt ein, daß sie schon einmal bei ihm gewesen war und versucht hatte, ihn zum Frühstück zu bewegen. Diesmal zog sie ihm das Laken weg und öffnete dann eine Tür, die ihm bisher nicht aufgefallen war. Anscheinend führte sie in ein angrenzendes Badezimmer; er hörte von dort das Geräusch fließenden Wassers. Irmgard Widdau brachte ihm ein Glas mit einer weißlichen Flüssigkeit. Sie schob die Hand unter seinen Kopf, setzte ihm das Glas an die Lippen und sagte: »Trink das aus; das ist gut gegen einen Kater. Ich lasse dir jetzt ein Bad ein. In einer Stunde essen wir zu Mittag.«

Die Flüssigkeit schmeckte bitter, Rupert trank das Glas mit geschlossenen Augen leer. Sie küßte ihn auf den Mund und sagte: »Das war sehr brav.« Dann verschwand sie wieder im Bad, er hörte, wie sie Wasser in die Wanne laufen ließ. Mit Rücksicht auf seinen schmerzenden Kopf stand er vorsichtig auf und ging zu ihr hinein. Das Badezimmer war bis zur Decke blau gekachelt und hatte eine Wanne, wie Rupert sie in dieser Größe noch nie gesehen hatte. Hinter Glaswänden gab es noch eine Duschecke.

»Ich hole dir ein frisches Badetuch«, sagte Irmgard Widdau. »Vielleicht ist dir das Wasser zu heiß; laß kaltes nachfließen.«

Sie streifte, im Vorübergehen, mit dem Handrücken seine Lenden und lächelte.

Rupert fand das Wasser nicht zu heiß, er glitt bis zum Kinn hinein und streckte die Beine von sich. Durch das halboffene Fenster stellte er fest, daß der Himmel wolkenlos war.

Das heiße Wasser tat ihm gut, er genoß es, in diesem freundlichen und hellen Badezimmer zu liegen, keine schmerzlichen Probleme mehr zu haben, keine Unsicherheit und Skrupel zu empfinden, sondern sich ganz den Annehmlichkeiten eines bequemen Lebens hingeben zu können. Endlich auch einmal zu genießen, was für andere schon längst zur Selbstverständlichkeit geworden war. Er würde künftig siebenhundert Mark im Monat verdienen, regelmäßig seine Miete bezahlen und sich noch einen zweiten neuen Anzug leisten können. Und im nächsten Monat würde sich endlich sein alter Wunschtraum erfüllen, nach Italien zu reisen, er würde dort in einem komfortablen Hotel wohnen, im Meer baden und der gnädigen Frau dienlich sein. Tagsüber, indem er sie spazierenfuhr oder den gepflegten Körper mit Sonnenöl einrieb, und nachts im Bett. Es gab nichts mehr, das er zu vermissen brauchte. Er würde es sich nur vollends abgewöhnen müssen, altmodische Skrupel zu haben. Und sicher würde er hin und wieder Gelegenheit bekommen, nebenbei noch mit Margot zu schlafen. Nach allem, was gestern abend geschehen war, hielt er es nicht für ausgeschlossen, daß Irmgard Widdau weitere Spiele zu dritt arrangierte, ihn, während sie seinen Körper liebkoste, in Margots Armen beobachtete und noch andere Einfälle hatte. Und eines Tages würde er sich nichts mehr dabei denken und seine letzten Hemmungen verloren haben. Das war nur noch eine Frage der Zeit, der Anpassung und Resignation und der Überwindung einiger verstaubter Vorurteile.

Er merkte immer mehr, daß er kaum mehr die Kraft hatte, sich dem zu widersetzen. Er hatte auch nicht mehr den Willen dazu. Die Enttäuschungen und Rückschläge der Vergangenheit waren nicht ohne Spuren geblieben. Er wurde bald sechsunddreißig, und er konnte sich in dieser ganzen Zeit an kaum einen Tag entsinnen, an dem er in Frieden mit sich selbst gelebt hätte. War es da nicht einfacher, sich den Umständen einfach nur anzupassen und sie zu nehmen, wie sie waren, statt sie verändern zu wollen? Auf die selbstquälerischen Gedanken zu verzichten und einen Kompromiß mit sich selber zu schließen? Es wurde höchste Zeit, daß er sich endlich umstellte und die Menschen so nahm, wie sie waren. Auch Widdau verdiente es in seiner Hörigkeit gegenüber seiner Frau nicht anders, als daß man ihm Hörner aufsetzte. Wenn er sich schon als ihr Mann um ihre Probleme nicht kümmerte, mußte das eben ein anderer für ihn tun. und sicher könnte man dabei noch einiges mehr über sie erfahren. Wer sie wirklich war und welche Gedanken sie bewegten. Auch jene, über die sie sonst vielleicht nie zu sprechen pflegte.

Er war gerade damit beschäftigt, sich einzuseifen, als Irmgard Widdau mit einem großen Badetuch hereinkam. Sie sagte: »Laß mich das tun«, und nahm ihm die Seife aus der Hand. Während der ganzen Zeit blickte sie lächelnd in sein Gesicht, und einmal sagte sie: »Wirst du immer so rasch wund?«

Normalerweise nicht, aber wenn er sich recht erinnerte, hatte sie die halbe Nacht nicht genug kriegen können. Er sagte: »Es ist nicht jeder so abgehärtet wie du.«

Sie lächelte nur, schob ihm, während sie ihn küßte, die Zunge in den Mund, und als er aus der Wanne stieg, trocknete sie ihn ab. Nachdem sie noch mit einer kühlenden Salbe seine wunde Haut behandelt hatte, holte sie seinen Anzug und seine Wäsche aus einem Schrank und beobachtete, auf dem Bett sitzend, wie er sich ankleidete. Sie erzählte ihm, daß sie vorhabe, das kommende Wochenende mit ihm und Margot in ihrem Landhaus zu verbringen.

Daß sie auch noch ein Landhaus hatte, wunderte Rupert nicht. Er fragte: »Wo ist das?«

»Das wirst du bald sehen«, antwortete sie.

Sie ging mit ihm in das Boudoir. Dort war Margot damit beschäftigt, den Tisch zu decken. Es fiel Rupert auf, daß sie bei seinem Anblick errötete, aber sie erwiderte mit unbefangener Stimme seinen Gruß. Jetzt fiel ihm auch wieder ein, daß er sie mitten in der Nacht einmal am Fußende des Bettes hatte stehen sehen, aber das war zu einem Zeitpunkt gewesen, als ihn gerade wichtigere Dinge beschäftigt hatten. Ihr unschuldiges Gesicht ließ es ihn fast unglaubhaft erscheinen, daß sie schon genauso verdorben war wie ihre schöne Herrin. Anscheinend hatte sie noch in der Küche zu tun, sie verließ kurz darauf das Zimmer.

Aus dem Radio klang schmissige Musik. Rupert entdeckte jetzt erst, daß das Zimmer auch einen Balkon hatte. Auf dem Balkon stand ein bequemer Korbstuhl. Durch die geöffnete Fenstertür flutete warm die Sonne. Die Bäume im Garten bewegten ihre Zweige in einem kleinen Wind, und alles wirkte auf Rupert sehr festlich und unbeschwert. Ein richtiger Ferientag.

Irmgard Widdau hatte sich auf die Couch gesetzt, die Hände in die Taschen ihrer engen Hose geschoben und wippte den Fuß im Takt der Radiomusik. »Hast du gestern abend wirklich nichts gemerkt?« fragte sie neugierig.

Vielleicht war er einfach zu beschwipst gewesen, um etwas zu merken, und da sich Irmgard Widdau ihm bei jeder Gelegenheit in einer immer neuen Gestalt zu zeigen schien und er viel zu erregt gewesen war, als daß er mehr wahrgenommen hätte als seine eigene Lust, empfand er nicht einmal Verwunderung darüber. Er antwortete: »Ich war zu sehr auf dich eingestellt.«

»Und in der Nacht sind alle Katzen grau«, sagte sie. »Es lag nicht an dir; sie hatte schon als Fünfzehnjährige ein Verhältnis.«

Er setzte sich zu ihr. »Willst du mich mit ihr verkuppeln?«

Sie lachte. »Fällt mir nicht ein. Nachher brennt ihr mir zusammen durch, und ich muß mich nicht nur nach einem neuen Chauffeur, sondern auch nach einem anderen Mädchen umschauen.«

»Ich habe bei ihr nicht aufgepaßt«, sagte er etwas besorgt.

»Das tust du anscheinend nie«, sagte Irmgard Widdau. »Mach dir keine Gedanken; sie kriegt kein Kind.«

Er grinste. »Man merkt, daß du Medizin studiert hast. Hast du ihr einen Pessar eingesetzt?«

»Damit kann sie allein umgehen«, sagte sie und kam zu ihm. Sie setzte sich breitbeinig auf seine Knie, verschränkte die Hände hinter seinem Nacken und sagte: »Ich habe nur fünf Semster studiert. Mein Mann gibt gerne damit an. Als ich dann Hans heiratete, hatte ich es nicht mehr nötig, ein Examen zu machen. Ursprünglich dachte ich, schon mit zwei Semestern auszukommen.«

»Das wäre allerdings ein Weltrekord gewesen«, sagte er verwundert.

»Du verstehst mich nicht«, sagte sie. »Es ging mir keinen Augenblick lang um das Medizinstudium. Es war mir nur Mittel zum Zweck. Mein Ehrgeiz lag auf einer anderen Ebene.«

»Zu bekommen, was dir gefällt?«

»Genau«, sagte sie.

»So, wie du auch mich bekommen hast?«

»Du hast es mir ziemlich einfach gemacht«, sagte sie. »Dich habe ich mit dem kleinen Finger geangelt, und du wirst daran zappeln, so lange, wie ich es will.«

Obwohl sie nur seine eigenen Gedanken aussprach, ärgerte er sich darüber. Er sagte: »So sicher wäre ich mir an deiner Stelle nicht. Du hast das nur mit mir machen können, weil meine Frau nicht da ist. Sobald sie zurückkommt, gebe ich diese Stellung auf.«

Er sah, wie ihre Pupillen sich verengten. »Wer sagt dir, daß sie zurückkommt? Sie selbst?«

»Ja«, log er.

Sie drehte das Gesicht zum Fenster und betrachtete die Bäume im Garten. »Du wirst deine Stellung nicht gegen meinen Willen aufgeben.«

In Wirklichkeit hatte er mit seinen Worten nur eine Fassade aufzubauen versucht, damit er nicht völlig in ihre Abhängigkeit geriete, und nun wollte er ihr nicht eingestehen, daß es nur eine Fassade war. Er fragte: »Wie willst du mich daran hindern?«

Sie blickte ihn wieder an. »Überlaß das ruhig mir, mein Junge.«

Ihre Selbstgefälligkeit war ihm plötzlich unerträglich. Wieso war sie sich eigentlich so sicher? Weil er mit ihr geschlafen hatte oder weil sie meinte, ihn mit ihrem Geld ködern zu können? Die Fotos fielen ihm ein. Glaubte sie, mit ihnen ein Druckmittel gegen ihn in der Hand zu haben? Wen hätte sie die Fotos schon sehen lassen können! Doch nicht ihren Mann! Sie könnte allerdings, wenn sie inzwischen wirklich Zweifel daran bekommen hatte, daß seine Frau nicht für immer von ihm gegangen sei, auch an diese denken. Und nicht nur an diese. Sie könnte an jede andere Frau denken, die künftig in seinem Leben eine Rolle spielen würde, wobei jene Fotos von gestern abend auf eine andere Frau vielleicht weniger *entlarvend* wirken würde wie jene, die sie im Wald gemacht hatte. Er hätte sich niemals darauf einlassen sollen, selbst zu dem Preis nicht, sie dadurch bekommen zu haben.

Er blickte auf ihre Hände nieder. Sie hatte sein Hemd aufgeknöpft und streichelte seine Haut. Seine Stimme klang belegt: »Vielleicht täuschst du dich. Es gibt auch noch andere Männer als solche, die du bisher kennengelernt hast.«

Sie lächelte geringschätzig. »Männer sind alle gleich, mein Junge. Als ich zehn Jahre alt war, erzählte mir meine Mutter zum erstenmal, daß ich mich, sobald ich erwachsen sein würde, an einen bestimmten Mann heranmachen müsse. Wenn ich ihn bekäme, wären wir alle Sorgen los. Ich würde in einer großen Villa wohnen, mein eigenes Hauspersonal haben, meinen eigenen Wagen und reisen können, wohin ich Lust habe. Ich müßte ihn nur dazu bringen, mich zu heiraten, obwohl er in Wirklichkeit nicht einmal den Dreck unter meinen Fingernägeln wert sei, aber darauf käme es, wenn man den richtigen Mann erwischen will, für eine Frau nicht an. Dreizehn Jahre später habe ich diesen Mann geheiratet. Du siehst, wie einfach das für eine halbwegs intelligente Frau ist.«

»Du sprichst von deinem ersten Ehemann?« fragte Rupert, wider Willen beeindruckt.

Sie küßte ihn. »Von wem sonst?«

»Was für ein Zufall!« sagte er verwirrt.

Sie lächelte maliziös. »Bei mir gibt es keine Zufälle. Hätte ich mich auf Zufälle verlassen, so säße ich heute vielleicht dort, wo ich vor zwanzig Jahren angefangen habe. Ich habe seinetwegen meine Mutter verlassen, bin seinetwegen in eine fremde Stadt gezogen, und ich habe nur seinetwegen das Medizinstudium angefangen. Als ich ihm in der *Uni* zum ersten Male aufgefallen bin, war ich schon so gut wie am Ziel. Wenn du wüßtest...«

Sie verstummte. Ihr Gesicht sah unvermittelt leer und angewidert aus, aber das dauerte nur einen Moment, dann lächelte sie wieder. »Gefällt dir diese Geschichte?«

Er wußte nicht, was er davon halten sollte. »Dann hast du ihn gar nicht geliebt?«

»Wozu? Liebst *du* mich?«

Er fand, daß das ein unpassender Vergleich war, und sagte: »Wenn du nur auf das Geld seines Vaters aus warst, hättest du am besten gleich diesen geheiratet. Oder war er damals noch nicht geschieden?«

»Er lebte von seiner Frau bereits getrennt«, antwortete sie. »Ich hätte das Hans aber schlecht antun können. Zu jener Zeit war ich noch zarter besaitet als heute, ich hätte seinen Vater sonst schon damals vorgezogen.«

Sie nahm die Hände von seiner Brust, stand auf und verschränkte sie, während sie sich wohlig reckte und dehnte, hinter dem Nacken. In der Sonne wirkte ihr Haar kupferfarben, ihr Gesicht sah gelöst und sehr feminin aus.

Rupert blickte sie atemlos an. Vielleicht trug sie, anstelle eines Herzens, einen Computer in der schönen Brust. Er sagte bewundernd und abgestoßen zugleich: »Ich nehme an, du hast ihm, während du noch mit seinem Sohn verheiratet warst, schon schöne Augen gemacht.«

Sie lächelte ihn, während sie sich noch immer dehnte und reckte, sanft an. Es wurde ihm dabei fast unheimlich zumute. Er fragte: »Weiß dein Mann das? Ich meine, daß du nur studiert hast, um dich an seinen Sohn ranzumachen?«

»Würde ich es dir sonst erzählen?« fragte sie zurück.

Das ließ zwar manches verständlich werden. Andererseits gab es Rupert nur wieder neue Rätsel auf. »Und es hat ihn nicht gestört?«

Sie ging zum Tisch, zündete sich eine Zigarette an und antwortete dann: »Im Gegenteil! Meine Strategie hat ihn so stark beeindruckt, daß er mir noch am gleichen Tag meinen ersten eigenen Wagen geschenkt hat.«

»Dann verstehe ich seine Mentalität nicht.«

Sie setzte sich wieder neben ihn und sagte gleichgültig: »Es ist die Mentalität eines Geschäftsmannes, für den alles, was zum Erfolg führt, legitim ist.«

Wie sie das sagte, klang es psychologisch einleuchtend, trotzdem hatte Rupert den Eindruck, daß sie ihm noch nicht alles erzählt hatte.

Er sagte: »Wenn du nur deshalb nach Heidelberg gekommen bist, mußt du schon vorher über alles Bescheid gewußt haben: Daß Hans dort studierte und einen reichen Vater hatte. Von wem hast du es erfahren? Von deiner Mutter?«

Sie nickte.

»Wir wohnten damals noch in Hamburg, aber sie hatte einen direkten

Kontakt nach Heidelberg. Außerdem stand alles, was bei den Widdaus passierte, in den Klatschspalten der Zeitungen. Sie waren schon damals eine prominente Familie; mein Schwiegervater war Senator.«

»Eine bemerkenswerte Frau, deine Mutter«, sagte Rupert trocken.

Sie schwieg ein paar Sekunden lang, betrachtete geistesabwesend ihre glimmende Zigarettenspitze, und als sie wieder sprach, hatte ihre Stimme einen warmen Klang: »Sie hat oft für mich gehungert.«

Also gab es doch eine weiche Stelle in ihrem Computerherzen! Er fragte: »Lebt sie noch?«

Statt ihm zu antworten, fragte sie: »Trinkst du vor dem Essen einen Aperitif?« Er schüttelte den Kopf.

Warum wich sie seiner Frage aus?

Es fällt mir nicht ganz leicht, die Rätsel, die Irmgard Widdau mir damals aufgegeben hat, hier einfach so stehen zu lassen. Sie haben sich ja später auf eine so außerordentlich krasse Weise gelöst, daß auch meine frühen Erinnerungen an sie davon gefärbt werden, und als ich die letzte Wahrheit endlich erfuhr, sträubte ich mich anfangs dagegen, sie als solche zu akzeptieren. So ist es auch kein Wunder, daß ich, rückschauend gesehen, manche von meinen späteren Erkenntnissen emotional in meine Gedanken einfließen lasse, wodurch die ersten Eindrücke Irmgard Widdaus auf mich – und meine damaligen Reaktionen – mitunter in einem falschen Licht erscheinen. Ich mußte aber bei jenem langen Gespräch in ihrem Boudoir bereits etwas von ihren anderen Geheimnissen erraten haben, möchte mich jedoch bei seiner Rekonstruktion nicht davon beeinflussen lassen, sondern mich jenes Rupert Kruedeners erinnern, der die letzte Wahrheit noch nicht gekannt hatte.

Sie drückte die Zigarette aus und fragte: »Wie ist das eigentlich bei *dir?* Warum laßt ihr euch nicht scheiden?«

Rupert war auf diese Frage nicht gefaßt gewesen, er antwortete, um Zeit zu gewinnen: »Wir wollen uns erst noch einmal darüber aussprechen.«

»Wann?«

»Sobald sie zurückkommt.«

Sie betrachtete nachdenklich sein Gesicht. »Würde sie auch zurückkommen, wenn sie wüßte, daß du keinen Wert mehr darauf legst?«

Die Frage hätte lauten müssen, ob Hedy noch Wert darauf legte. Er antwortete: »Wohl kaum.«

»Warum läßt du sie es dann nicht wissen?«

»Daß ich keinen Wert mehr auf ihre Rückkehr lege?« vergewisserte er sich.

Sie nickte.

»Weil das nicht zuträfe.«

»Obwohl sie dir davongelaufen ist? Was für eine Art von Mann bist du denn! Einer, der alles mit sich machen läßt?«

Vielleicht war er wirklich so einer. Trotzdem fühlte er das Blut in seinen Kopf steigen. »So würde ich mich nicht sehen.«

»Aber ich«, erwiderte sie. »Ich werde dir jetzt sagen, was du tun wirst. Du wirst ihr schreiben oder sie anrufen, daß du an ihrer Rückkehr nicht mehr interessiert bist, und zwar wirst du das noch heute tun.«

Er blickte sie rasch an. »Dazu wirst du mich niemals bringen.«

»Ich werde dich noch zu viel mehr bringen, mein Junge«, sagte sie und verließ das Zimmer.

Während er alleine war, dachte er darüber nach, wie sie ihn dazu bringen und was sie sonst noch alles damit gemeint haben könnte. Solange sie diesen Film von ihm besaß, traute er ihr jetzt auch das zu.

Er ertappte sich dabei, daß er sich im Zimmer umsah und überlegte, wo sie ihn versteckt haben könnte. Sicher war er noch in der Leica, und die müßte, wenn er etwas Zeit hätte, zu finden sein.

Margots Rückkehr lenkte ihn von seinen Überlegungen ab. Sie fragte lächelnd: »So ganz allein!« Im Gegensatz zu ihm war sie nicht im geringsten befangen, sie ließ, während sie die Balkontür schließen ging, im Vorübergehen die Finger durch sein Haar laufen. Zu mehr reichte es nicht; Irmgard Widdau erschien in der Zimmertür. Sie setzte sich an den Tisch und fragte heiter: »Worauf wartet ihr noch?«

Beim Essen sprach sie kein Wort. Es gab klare Schildkrötensuppe, Kalbsbraten und Butternudeln und grünen Salat. Rupert sah immer wieder Margot an, aber sie vermied es in Irmgard Widdaus Gegenwart, seinen Blick zu erwidern.

Sie saßen noch beim Essen, als das Telefon läutete. Irmgard Widdau kniete sich auf die Couch, nahm den Hörer ab und meldete sich. Rupert sah, wie sie einen raschen Blick zu ihm herschickte, dann sagte sie: »Warten Sie eine Minute.«

Sie drückte auf einen Knopf am Telefongehäuse, stellte den Apparat auf seinen Platz zurück und verließ das Zimmer.

»Wohin geht sie?« fragte Rupert.

»Sicher in das Arbeitszimmer ihres Mannes«, antwortete Margot. »Sie wird von dort aus telefonieren wollen.« Sie griff über den Tisch hinweg nach seiner Hand und fragte leise: »Bist du heute abend in deiner Wohnung?«

»Voraussichtlich«, antwortete Rupert geistesabwesend. Er hatte das sichere Gefühl, daß der Anruf mit seiner Person zusammenhing; warum hätte sie ihn sonst so merkwürdig angesehen!

Margot sagte: »Vielleicht komme ich heute abend auf einen Sprung bei dir vorbei. Ich möchte mir mal deine Wohnung ansehen. Das darfst du ihr aber nicht sagen, sonst läßt sie mich nicht aus dem Haus. Still, sie kommt!« Sie beugte sich rasch über den Teller.

Irmgard Widdau setzte sich wortlos zu ihnen und beendete ihre Mahlzeit. Anschließend schickte sie Margot hinaus, ging zu ihrem Sekretär und entnahm ihm einen weißen Umschlag. »Das sind fünfzehnhundert Mark«, sagte sie zu Rupert. »Fünfhundert Mark für Spesen und Trennungszulage, und tausend bin ich dir noch von gestern schuldig. Du siehst, ich halte immer, was ich verspreche.«

Noch ehe er Zeit fand, Bedenken zu haben, überlegte Rupert bereits, was er mit tausend Mark alles anfangen könnte, und was die etwas später einsetzenden Bedenken betraf: Schließlich hatte er gestern, als er sich auf dieses Geschäft eingelassen hatte, auch keine empfunden, und mit tausend Mark könnte er Hedy, falls sie doch noch zu ihm zurückkehren sollte, ein Versöhnungsgeschenk machen, das sie alles Geschehene vergessen lassen würde. Vielleicht wäre dies auch seine einzige Chance, von Irmgard Widdau wieder loszukommen.

Als sie fragte: »Brauchst du es nicht?« ging er zu ihr hin und wollte nach dem Umschlag greifen, aber sie versteckte ihn rasch hinter ihrem Rücken und sagte lächelnd: »Ich überlege mir gerade, ob du für das viele Geld noch etwas für mich tun könntest.«

Also war doch wieder ein Haken dabei; er hätte es sich denken können! »Vielleicht soll ich dir auch noch die Füße dafür küssen«, sagte er verärgert.

Sie musterte ihn mit hochgezogenen Augenbrauen. »Warum nicht? Da du selbst auf diese Idee gekommen bist...« Sie schleuderte mit einer schnellen Bewegung ihres Fußes eine der roten Sandalen von sich und sagte: »Küß ihn!«

»Falls das wieder ein kleiner Scherz von dir sein soll...«, sagte er ungläubig.

Sie schüttelte den Kopf. »Ausnahmsweise nicht, mein Junge. Es ist mir sehr ernst damit. Du mußt es dir angewöhnen, alles, was ich sage, wörtlich zu nehmen.«

»Und wenn ich es nicht tue?«

»Dann behalte ich das Geld«, sagte sie. »Außerdem könnte ich auf den Gedanken kommen, mir noch ein paar andere Dinge einfallen zu lassen, die dir vielleicht noch unangenehmer wären. Entscheide dich, aber schnell.«

Er fragte mit geröteter Stirn: »Was für Dinge?«

»Darüber wollen wir im Detail lieber nicht reden«, sagte sie. »Beispielsweise könnte ich auf den Einfall kommen, meinem Mann zu erzählen, ich hätte dich gefeuert, weil du zudringlich geworden seist. Was glaubst du wohl, wie viele Möglichkeiten du dann noch hättest, eine andere Stellung zu finden?«

Vermutlich keine mehr; er schätzte Widdaus Verbindungen vielfältig genug ein, um vorauszusetzen, daß er ihm überall Steine in den Weg werfen könnte. Überhaupt war es lächerlich, daß er sich so anstellte. Es gab kaum eine Stelle ihres Körpers, die er in der vergangenen Nacht nicht geküßt hätte, und warum sollte er jetzt nicht auch noch ihr hübsches, braungebranntes Füßchen küssen! Schließlich konnte ein Mann bei einer Frau nur einmal kapitulieren; danach war alles andere nur noch eine Farce, und er hatte schon gestern vor ihr kapituliert. Vor ihrem Geld, vor ihrem hübschen Hintern, vor ihren schamlosen Berührungen. Küß schon ihr Füßchen, dachte er. Geh und erweise ihr deine Reverenz! Beuge die Knie vor ihr und zeige ihr, wie klein du dich machen kannst. Noch kleiner, als du in Wirklichkeit bist.

Als er wieder auf die Beine kam, war sein Gesicht fleckig. Er fragte, ohne sie dabei anzusehen: »Gibt es noch etwas, was ich dir küssen kann?«

Sie berührte mit der Handfläche sanft sein Gesicht und sagte lächelnd: »Sicher, aber nicht heute. Du kannst jetzt gehen. Ich brauche dich nicht mehr. Vielleicht brauche ich dich auch morgen nicht; ich habe Gäste und weiß noch nicht, wie lange sie bleiben werden. Ich rufe dich an.«

Sie wandte ihm den Rücken zu. Er sagte rauh: »Das Geld!«

»Ach ja, fast hätte ich es vergessen.« Sie gab ihm grinsend den Umschlag, nickte ihm zu und verschwand in das Schlafzimmer. Er riß den Umschlag auf und zählte das Geld. Es waren tatsächlich eintausendfünfhundert Mark in Hundertmarkscheinen. Er stopfte sie in die Tasche, warf den leeren Umschlag auf den Tisch und verließ das Zimmer. Es erleichterte ihn, daß er Margot nicht mehr begegnete. Er hätte ihr jetzt nicht in die Augen sehen können.

Sekunden später war er auf der Straße. Die frische Luft tat ihm gut. Er lockerte seinen Krawattenknoten, öffnete den obersten Knopf des Hemdes, und erst jetzt konnte er wieder frei atmen. Was hatte er nur aus sich machen lassen! Er begriff es von Mal zu Mal weniger.

Eine Kirchturmuhr schlug viermal. Das schöne Augustwetter hatte wieder viele Menschen aus ihren Häusern gelockt, in der Hauptstraße wimmelte es von Hausfrauen mit Einkaufstaschen. Amerikanerinnen schoben in luxeriösen Kinderwagen ihre Babys spazieren, arbeitslose Angestellte über vierzig genossen auf den Uferbänken resigniert das süße Nichtstun, Studenten mit schwarzen Reißverschlußtaschen eilten hungrig heimwärts, und wohin man blickte, standen wieder fotografierende Touristen. Wenigstens hatten sie sich unverfänglichere Motive auserwählt als Irmgard Widdau.

Rupert nahm das Treiben nur an der Oberfläche seines Bewußtseins wahr. Die Erlebnisse der letzten vierundzwanzig Stunden hatten in seinem Kopf eine Benommenheit hinterlassen, durch die nur noch unklare und verschwommene Eindrücke sein Hirn erreichten. Zwischen all den vielen Menschen fühlte er sich allein und wie ausgestoßen.

Da es ihn noch nicht in sein muffiges Zimmer heimzog, stieg er zum Schloß hinauf, wanderte eine Weile ziellos unter den alten Bäumen des großen Parkes und setzte sich schließlich auf eine leere Bank. Dort drüben, jenseits des Neckars, wo die Häuser sich am Waldrand stießen, hatte er die vergangene Nacht verbracht. Er konnte sich jedoch nicht recht schlüssig werden, welches Haus Widdau gehörte. Durch die hohen Bäume in den Gärten waren die meisten halb verdeckt.

Am westlichen Horizont hoben sich Konturen der Pfälzer Berge schemenhaft vom Himmel ab. Rupert erinnerte sich an einen gemeinsamen Ausflug mit Hedy und Werner an die Weinstraße. Es war ein schöner Oktobertag gewesen, die Blätter der Rebstöcke leuchteten vom Zitronengelb bis zum tiefen Nußbraun, die ganze Landschaft war wie in ein festliches Licht getaucht gewesen. Die Berge, aus der Ferne eine blaue Wellenlinie am Horizont, hatten sich beim Näherkommen in Gipfel und Kuppen aufgelöst, enge Täler durchschnitten sie, die Wälder prangten in ihrem farbigen Herbstkleid. Zu ihren Füßen, inmitten großer Weingärten, schimmerten weißverputzte Häuser in der Sonne, kleine Dörfer, eingebettet in sanfte Mulden, hoben sich mit dem Ziegelrot ihrer spitzen Dächer und den schlanken Silhouetten ihrer Kirchtürme kontrastreich vor den fließenden Konturen der Berge ab. Auf einer ihrer vielen Gipfel thronte das schwarze Gemäuer einer großen Bergruine mit leeren Fensterhöhlen, und die Zinnen ihrer mächtigen Brustwehre schienen wie stumpfe Zahnstummel am Blau des Himmels zu nagen.

Sie waren ganz allein oben gewesen, und irgendwann hatte Hedy den Kopf an Ruperts Schulter gelegt und gesagt: »Hier möchte ich immer mit dir bleiben!«

Wie lange war das schon her!

Er hatte kein Gefühl für die Zeit. Als er wieder einmal den Kopf hob, schien das Land im Westen wie in ein purpurnes Feuer getaucht zu sein. Es glich einer schimmernden Eisfläche, in der sich die Sonne widerspiegelte und ihre roten Strahlenbündel zum Himmel reflektierte. Nur im Norden, wo aus zahllosen Fabrikschornsteinen dunkler Rauch quoll und den Horizont wie mit einem schwarzen Tuch verhängte, war ihr Glanz schon erloschen.

Rupert beobachtete, wie es Nacht wurde. Im Westen, wo der Fluß sich in den vagen Konturen der Ebene verlor, waren noch einzelne hohe Türme wie von einem orangefarbenen Licht angestrahlt, das langsam verblaßte. Die Umrisse der Berge verschwammen mit dem Abendhimmel. Im Park war es jetzt still geworden, auf den meisten Bänken saßen, eng umschlungen, Liebespaare. Auch ein älteres Ehepaar saß noch versunken Hand in Hand und trauerte einem schon wieder erloschenen Tag nach.

Rupert erlebte das alles wie eine fremde Welt, an der er keinen Anteil mehr hatte. Die Sorgen und Probleme dieser Menschen schienen nicht mehr seine eigenen zu sein, auch ihre Wünsche und Hoffnungen nicht. Mit Irmgard Widdau hatte er eine andere Welt erfahren, von der er bisher nichts gewußt hatte, und nun schien es ihm, als könnte er nie mehr zu seiner alten zurückfinden.

16

Erst im Bett fiel Rupert wieder ein, daß er den Wagen in der Werkstätte hätte abholen sollen, aber da Irmgard Widdau für den kommenden Tag keine Pläne mit ihm hatte, konnte er das genausogut morgen vormittag erledigen.

Es war schon kurz nach halb zehn, als an seine Tür geklopft wurde. Er hatte sie, weil Eva Botez und ihr Mann bereits abgereist waren, vorsorglich abgeschlossen, und als sich das Klopfen wiederholte, stieg er rasch aus dem Bett, zog den Slip an und schloß die Tür auf. Er öffnete sie einen Spaltbreit und sah, daß es Margot war. »Du?« fragte er überrascht. Sie schob sich an ihm vorbei ins Zimmer, schlang die Arme um seinen Hals und küßte ihn leidenschaftlich. »Ich habe dir doch gesagt, daß ich kommen werde«, flüsterte sie. »Hast du schon im Bett gelegen?«

Er hatte ihren Besuch ebenso vergessen gehabt wie den Wagen abzuholen. Im Grunde kam sie ihm nicht unwillkommen, sah er doch sofort eine Möglichkeit darin, sie einmal ungestört über Irmgard Widdau auszuhorchen und sich von seinen trüben Gedanken abzulenken. Während er ihre Küsse erwiderte, fand er auch daran Gefallen, er fragte: »Hattest du keine Schwierigkeiten, heute abend wegzukommen?«

»Mittwochs habe ich meinen freien Abend«, sagte sie. »Ich gehe dann meistens ins Kino.« Sie machte sich von ihm los und fragte lächelnd: »Schläfst du immer im Slip?«

Zu ihrem engen schwarzen Rock trug sie einen hellgrauen, dünnen Pulli; sie sah wieder sehr verführerisch und mädchenhaft aus. Er antwortete: »Nur wenn ich Besuch erwarte. Wie lange hast du Zeit?«

»Um elf Uhr muß ich zu Hause sein«, sagte sie und sah sich neugierig in seinem Zimmer um. »Himmlisch gemütlich hast du es hier!« sagte sie begeistert. »Genauso habe ich es mir vorgestellt. Darf ich mal!« Sie lief zum Fenster, warf einen Blick auf den Fluß und die vielen Lichter an der Uferpromenade, und rief: »Es ist wunderschön hier, Rupert. Hier würde ich mich auch wohl fühlen. Ich finde Zimmer mit schrägen Wänden wahnsinnig romantisch. Du auch?«

Er grinste. »Wenn man nicht dauernd darin wohnen muß; sie können einen auch erdrücken. Trinkst du einen Weinbrand?«

»Gerne«, sagte sie. »Wenn du einen hier hast.«

Sie ging zur Couch, setzte sich hin und beobachtete, wie er zwei Gläser vollgoß. Er fragte lächelnd: »Was würde die gnädige Frau dazu sagen, wenn sie wüßte, daß du bei mir bist?«

»Das darf sie nie erfahren«, antwortete sie schnell. Sie erzählte ihm, während sie ihre Handtasche öffnete und sich die kleine Nase puderte, daß Irmgard Widdau in diesem Punkt heikel sei und keinen Spaß verstünde. Am besten sei es, er würde sie, wenn die gnädige Frau das nicht ausdrücklich anders wünschte, in ihrer Gegenwart ignorieren.

Ohne ihre weiße Schürze und mit ihren langen, strumpflosen Beinen erinnerte sie Rupert an die jungen Mädchen, die sich Abend für Abend in Bars herumtrieben, ohne Unterlaß Rock 'n' Roll tanzen und dabei doch nichts anderes im Kopf hatten, als einen festen Freund zu finden. Daß sie sich unter Irmgard Widdaus Fittichen noch ihre Natürlichkeit und eine gewisse Naivität bewahrt hatte, war um so erstaunlicher, als er sich daran erinnerte, daß sie schon als Fünfzehnjährige ein Verhältnis gehabt haben sollte.

Es fiel ihm auf, daß sie kein einziges Mal nach seiner Frau fragte. Sicher war sie auch über diesen Punkt von Irmgard Widdau hinreichend informiert worden.

Er fragte sie nach dem Landhaus. Margot erzählte, daß es mitten im Odenwald an einem schöngelegenen Platz stünde und eine Unmenge Geld gekostet habe. Herr Widdau sei nur selten dort, über das Wochenende sei er meistens beschäftigt. Am nächsten, beispielsweise, müsse er sich für eine große Ansprache anläßlich der Verleihung des Bundesverdienstkreuzes vorbereiten. Gleichzeitig solle am Samstag in acht Tagen im Parkhotel eine große Jubiläumsfeier stattfinden, zu der auch der Oberbürgermeister und Vertreter der Landesregierung erscheinen würden. Deshalb wolle die gnädige Frau auch über das kommende Wochenende wegfahren, damit er in seinem Arbeitszimmer ungestört an der Ansprache arbeiten könne.

»Was ist das für eine Jubiläumsfeier?« fragte Rupert interessiert.

Sie trank, bevor sie ihm antwortete, das Glas leer. »Irgendeine seiner Fabriken ist vor fünfundzwanzig Jahren gegründet worden. Außerdem soll es zu einer wichtigen Fusion gekommen sein; die gnädige Frau sagte, er hätte einen großen Coup gelandet. Er habe auch noch in Essen und München Fabriken. Wenn er so weitermacht, ist er eines Tages der reichste Mann der Welt.«

Rupert mußte lachen. »Es gibt einige, die sicher noch reicher sind als er.«

»Nicht in Heidelberg«, sagte Margot. »Hier kennen ihn alle, weil er immer so viel für den sozialen Wohnungsbau tut. Er hat mehrere Häuser hier. Die Stadtverwaltung schickt sogar eine Ehrenabordnung zu der Jubiläumsfeier, weil die Stadt Heidelberg ihm auch noch aus anderen Gründen verpflichtet ist. Er will ihr ein neues Schwimmbad stiften. Die gnädige Frau meint allerdings, er würde es nur wegen der Steuern tun, und im Grunde würde er, wenn er irgendwo etwas Gutes tue, sogar noch dabei verdienen. Kannst du dir das vorstellen?« fragte sie lachend.

Bei Widdau konnte sich Rupert schon fast alles vorstellen. Er fragte: »Sie sagte mir, daß sie morgen Besuch habe. Was sind das für Leute?«

»Die Frauen einiger Stadträte«, antwortete Margot. »Sie hat sie zum Kaffeekränzchen eingeladen; das tut sie oft.«

Aus einem ihm selbst unersichtlichen Grund fühlte sich Rupert durch ihre Antwort erleichtert. War er auf die Gäste von Irmgard Widdau bereits eifersüchtig? Ehe er weiter darüber nachdenken konnte, sagte Margot: »Deshalb darf ich auch nicht zu lange bleiben. Morgen muß ich früh aufstehen und einkaufen.«

Das klang fast nach einer Mahnung, nicht noch mehr Zeit zu verlieren. Sicher war sie nicht nur zum Plaudern zu ihm gekommen, ihre wohlgefällige Art, ihn zu mustern, ließ noch auf andere Erwartungen schließen. Er legte, ihre Brust berührend, einen Arm um ihre Taille und sagte: »Wenn du morgen einkaufen mußt, hätte ich dir dabei helfen können. Mit dem Wagen wäre das sicher einfacher für dich.«

»Das will sie nicht«, sagte Margot, seine Hand auf ihrer Brust festhaltend. »Weißt du, ich glaube, sie ist eifersüchtig. Mit dem Fahrer, der vor dir hier war, hat sie mich mindestens einmal in der Woche zum Einkaufen geschickt.«

»Kanntest du den genausogut wie mich?« fragte Rupert lächelnd.

Sie errötete. »Solche Dinge darfst du mich nicht fragen. Ich würde auch keinem anderen von dir erzählen. Er war blöde, sonst könnte er noch hier sein, aber du gefällst mir viel besser als er.«

»Das freut mich«, sagte Rupert. »Wieso ist sie eifersüchtig, wenn sie duldet, daß du zu mir ins Bett kommst?«

»Wenn es nicht hinter ihrem Rücken geschieht, macht es ihr nichts aus«, sagte Margot. »Du, mir ist warm. Darf ich den Pulli ausziehen?«

Daß sie keinen BH trug, hatte er bereits festgestellt. Er half ihr dabei und sagte: »Du kannst auch den Rock ausziehen; es stört mich nicht.«

»Wirklich nicht?« fragte sie ernsthaft.

Unter dem Rock hatte sie nur einen rosafarbenen Slip an. Gestern abend in der Dunkelheit hatte Rupert nicht sehen können, wie schön sie war.

Er nahm sie in die Arme, bedeckte ihr Gesicht mit Küssen und fragte: »Hast du noch einen anderen Freund?«

»Nein«, sagte sie fast heftig. Etwas leiser sagte sie: »Die gnädige Frau würde mir das nie verzeihen.«

Daß sie auch dann, wenn Irmgard Widdau nicht anwesend war, in so respektvollem Ton von ihr sprach, war Rupert schon ein paarmal aufgefallen. Sie schien ein eigenartiges Verhältnis zu ihr zu haben.

Während er sie küßte und liebkoste kam ihm der Gedanke, daß er sie vielleicht dazu benutzen könnte, den Film mit den fatalen Fotos in die Hand zu bekommen. Sicher wußte sie, wo Irmgard Widdau ihn und die Leica versteckt hielt. Er fragte: »Hat es dich nicht gestört, daß sie uns heute nacht fotografiert hat?«

»Weshalb?« fragte sie verwundert. »Sie tut das gern. Hat es dich gestört?«

»Entwickelt sie die Bilder selber?«

»Das weiß ich nicht«, sagte Margot. »Sie hat mich noch nie eins sehen lassen. Warum ziehst du das blöde Ding nicht aus?«

In einer gewissen Weise war sie mit Irmgard Widdaus wesensverwandt. Er sagte: »Ich wundere mich über dich.«

Sie blickte ihn fragend an.

»Weil du das alles mitspielst«, sagte er. »Ich meine, diese Sache gestern abend, dazu muß man doch einen Nerv haben.«

Sie lächelte. »Du hast ja auch mitgespielt. Wenn du es nicht gewollt hättest, dann hättest du es ja nicht zu tun brauchen.«

Ihre Logik war in ihrer Einfachheit so entwaffnend, daß er keine Antwort darauf fand. Sie legte sich auf den Rücken, zog ihn an sich und fragte: »Warum redest du soviel? Gestern abend hast du nichts geredet. Gefall ich dir nicht mehr?«

Sie gefiel ihm von Minute zu Minute besser, aber sie war ihm etwas zu ungeduldig und zu direkt. Er hielt ihre Hände fest und fragte: »Wie kommst du darauf?«

»Ich weiß nicht«, sagte sie. »Du bist heute so schwierig.« Sie lachte. »Ich weiß etwas. Hast du eine Sofarolle?«

»Eine was?« fragte er verständnislos.

Sie sagte ungeduldig. »So ein rundes Kissen, wie die gnädige Frau sie auf der Couch liegen hat.«

Rupert erinnerte sich nur unklar daran, er fragte: »Wozu brauchst du so etwas?«

»Es ist schöner so«, sagte sie. »Ich könnte sie mir unter den Rücken legen. Warte!« Sie griff nach einem Kopfkissen, knüllte es zusammen und sagte: »So geht es auch. Was ist nur los mit dir?«

Rupert wußte es selbst nicht; ihm war so etwas noch nie passiert. Er sagte entschuldigend: »Vielleicht habe ich Angst, es könnte etwas passieren.«

Sie lachte wieder. »Dann wäre schon gestern etwas passiert. Hat sie dir nicht gesagt, daß ich einen Pessar trage?«

Ihre Art, darüber zu reden, verstörte ihn noch mehr, er antwortete: »Ich hatte es vergessen. Wieso kennst du dich in solchen Dingen so gut aus?«

»Das hat mir die...« Sie sprach den Satz nicht zu Ende und sagte: »Das Kissen ist nicht so gut wie eine Sofarolle; es ist zu weich. Oder hast du es auf französische Art lieber?«

Rupert hatte keine Ahnung, wovon sie sprach. Vielleicht war er für ihre Ansprüche schon etwas zu alt. Seine Generation hatte die Aufklärung à la Velde verpaßt; seine Bücher waren im Dritten Reich verboten gewesen, und was Margot ihm da vorführte, wirkte eher medizinisch als französisch auf ihn. Eine Sofarolle! Hatte die Welt schon einmal so etwas gehört! Er richtete sich auf, griff nach seinen Zigaretten und zündete sich eine an. Margot fragte besorgt: »Habe ich etwas falsch gemacht?«

»Du hast gar nichts gemacht«, sagte er. »Siehst du das nicht?«

Sie musterte ihn schuldbewußt und sagte: »Ich wußte wirklich nicht, daß du so schwierig bist. Gestern abend...«

»Gestern abend brauchte ich auch keine Sofarolle«, unterbrach er sie etwas gereizt. »Ich fürchte, du bist ein bißchen zu prosaisch für mich.«

»Was ist das?« fragte sie besorgt.

Er mußte, trotz seines Ärgers grinsen. »Wenn man Kaviar mit den Fingern ißt.«

Sie kam zu ihm, küßte ihn auf die Wange und sagte: »Es ist nur, weil ich so wenig Zeit habe. Wir sehen uns ja noch öfter, und vielleicht kann ich das nächste Mal die ganze Nacht bei dir bleiben. Bist du mir böse?«

Er schüttelte den Kopf.

»Mach dir nichts daraus«, sagte sie. »Ich habe mit Männern, wie du einer bist, eben noch nicht viel Erfahrung. Wo liegt mein Slip?« Sie suchte ihn und zog ihn an.

»Du willst schon gehen?« fragte Rupert enttäuscht.

»Willst du, daß ich gehe?«

Er wollte es nicht. Er fühlte sich eher überreizt als nüchtern, und in ihrem rosafarbenen Slip sah sie wieder so süß aus, daß er ihr alles verzieh. Er goß ihr Glas voll und sagte: »Bleib noch. Leg dich hin.«

Sie nahm ihm das Glas aus der Hand und sagte: »Vielleicht liegt es auch daran, daß ich zu unruhig bin. Jedesmal, wenn ich sie angelogen habe, bin ich nervös. Ich habe ihr gesagt, daß ich ins Kino gehe, aber ich weiß nicht, ob sie mir das geglaubt hat. Sie hat mich so merkwürdig angeschaut. Sie sieht es mir fast immer an, wenn ich sie belüge.«

Rupert setzte sich neben sie auf die Couch. »Dann hast du meinetwegen heute abend viel riskiert. Was würde sie tun, wenn sie es herausbekäme?«

»Ich weiß es nicht.« Sie trank das Glas halb leer und behielt es in der Hand. »Bei ihr weiß man nie, was sie tun wird. Sie ist unberechenbar. Vielleicht würde sie mir meinen freien Abend streichen; das hat sie schon einmal getan, vier Wochen lang.«

»Und das läßt du dir einfach gefallen?«

Sie blickte ihn verwundert an. »Was soll ich dagegen tun?«

Ihre Brüste sahen wie kleine Schneehügel aus, er berührte sie und sagte: »Du könntest kündigen.«

Sie lachte. »So eine gutbezahlte Stellung würde ich nie wieder finden. Außerdem ...«

»Ja?«

Sie wich seinem Blick aus. »Es ist nicht wichtig. Weißt du, daß ich dich fast gern habe?«

»Ich mag dich auch«, sagte er.

»Ich dachte, wir seien hier ungestörter«, sagte sie. »Wenn wir es bei ihr machen, schaut sie uns doch jedesmal zu. Das lenkt mich irgendwie ab.«

»Obwohl du selber gerne zuschaust?« sagte er lächelnd.

»Das ist etwas anderes«, sagte sie. »Ich habe schon als Kind gerne zugeschaut. Meine Mutter hatte oft Männerbesuch.«

»Was sagte dein Vater dazu?«

»Der ist im Krieg gefallen, und mit der Witwenrente allein kam meine Mutter nicht aus. Sie hat sich nebenher mit Männern zusätzlich Geld verdient. Einer hat sie angezeigt, weil sie ihm angeblich die Brieftasche gestohlen hat. Sie kam ins Gefängnis. Mich steckten sie, weil ich noch so jung war, in ein Erziehungsheim.«

»Warum in ein Erziehungsheim?« fragte Rupert betroffen.

Sie zuckte mit den Achseln. »Der Mann, der sie angezeigt hat, erzählte der Polizei, daß sie mich, obwohl ich minderjährig sei, schon verkuppelt hätte.«

»Hat sie das?«

»Ich weiß es nicht«, sagte sie gleichgültig. »Ein paarmal kamen Männer in mein Zimmer. Sie sagten, meine Mutter würde schlafen und ich solle sie mit meinem Geschrei nicht aufwecken. Da hab ich eben nicht geschrien. Ich hatte so oft zugeschaut, daß es mir gar nichts ausgemacht hat. Wenn die gnädige Frau nicht für mich gebürgt und mich nicht aus dem Heim geholt hätte, säße ich vielleicht heute noch drin. Ich habe ihr viel zu verdanken, verstehst du?«

Rupert streichelte mitfühlend ihr Gesicht. Nicht nur ihr Wesen, auch ihre Geschichte erinnerte ihn an Irmgard Widdau. In beiden Fällen hatte der Vater gefehlt, und Margots Mutter schien noch skrupelloser zu sein als die Frau aus Hamburg. Er fragte: »Lebt deine Mutter noch?«

Margot nickte. »Sie sitzt, glaube ich, wieder mal im Knast. Warum, weiß ich nicht.«

»Wie kam Frau Widdau gerade auf dich?«

Sie zuckte wieder mit den Achseln. »Das hat sie mir nie verraten. Sie erzählte mir nur, sie hätte mich unter vielen Mädchen herausgesucht. Als ich dann merkte, was sie von mir wollte, machte ich zuerst nur mit, weil ich nicht mehr in das Heim zurückwollte, und später habe ich mich daran gewöhnt.«

»Woran?«

Sie errötete wieder. »Bist du wirklich so dumm?«

Er wunderte sich, daß sie überhaupt noch erröten konnte. Warum war eigentlich der Gedanke an lesbische Liebe für Männer so erregend? Weil man sich alles gleich doppelt vorstellen konnte? Obwohl sie ihm leid tat und ihre Geständnisse kein guter Anlaß dafür waren, konnte er nicht verhindern, daß sein Verlangen nach ihr plötzlich übermächtig wurde. Er beugte sich zu ihr nieder, küßte ihre Brüste und schob die Hand in ihren Slip. Sie schlang sofort die Arme um seinen Hals, und als er ihr den Slip herunterstreifte, läutete das Telefon.

Margot ließ ihn augenblicklich los und sagte mit weißem Gesicht: »Das ist sie! Nimm es ab, sonst ist sie in fünf Minuten hier.«

»Soll sie?« sagte er durch die Zähne, und weil das Telefon nicht verstummte, ging er hin, nahm den Hörer ab, drückte auf die Gabel und legte den Hörer neben den Apparat. Dann sah er, daß Margot aufgestanden war und hastig ihre Kleider zusammensuchte. Mit zwei großen Schritten war er bei ihr, griff nach ihrem Arm und sagte: »Du bleibst hier.«

Sie versuchte, sich loszureißen, und als es ihr nicht gelang, sagte sie verzweifelt: »Nicht, Rupert! Nicht jetzt. Ich habe Angst.«

»Ich nicht«, sagte er. »Du bist hierhergekommen, ohne eingeladen worden zu sein. Du hast dich ausgezogen, ohne daß ich dich dazu aufgefordert habe. Das war deine Sache. Den Rest mußt du jetzt mir überlassen.«

Er ging zur Tür, zog den Schlüssel ab und legte ihn auf den Kleiderschrank. Sie blickte in sein entschlossenes Gesicht und dann die verschlossene Tür an. Ihre Stimme klang heiser vor Furcht: »Wenn sie uns erwischt, machst du mir vielleicht alles kaputt, Rupert.«

»Wovor hast du Angst?«

»Das hat nichts mit Angst zu tun«, sagte sie. »Im Erziehungsheim und auch schon vorher haben sie mich wie den letzten Dreck behandelt. Sie hat mir wieder das Gefühl gegeben, ein Mensch zu sein.«

»Das kann ich dir auch geben«, sagte er. »Leg dich hin.«

Sie erwiderte stumm seinen Blick. Schließlich legte sie sich mit geöffneten Beinen auf die Couch und sagte: »Dann fang schon endlich an.«

Aus ihrer Stimme klang jetzt blanker Haß. Während er auf sie hinabschaute, fühlte Rupert, wie seine Erregung fast schlagartig wich. Er bückte sich nach seinem Slip und sagte: »Du kannst gehen.«

Sie stand sofort auf und lächelte zufrieden. »Ich wußte, daß du es nicht tun würdest«, sagte sie.

Vielleicht kannte sie ihn schon besser als er sich selbst. Er setzte sich auf einen Stuhl und beobachtete, wie sie sich rasch anzog.

»Würdest du mich heiraten?« fragte er.

Sie drehte sich rasch nach ihm um. »Ist das dein Ernst?«

»*Ich* habe dir eine Frage gestellt«, sagte er.

Sie wartete, bis sie den Rock zugeknöpft hatte, dann lächelte sie und sagte: »Ich bin nicht verrückt, Rupert. Kein Mann könnte mir ein so angenehmes Leben bieten wie sie.«

»Indem du ihren Dreck wegputzt?«

»Dafür haben wir eine Putzfrau«, sagte sie und trat vor den Spiegel. »Wenn ich verheiratet wäre, könnte ich mir keine Putzfrau leisten. Ich bin doch nicht blöd, mir für einen Mann die Hände schmutzig zu machen.«

Das klang, als hätte sie es von Irmgard Widdau übernommen. »Vielleicht schläfst du gerne mit ihr«, sagte er verärgert. Sie erwiderte im Spiegel seinen Blick. »Du doch auch! Im Oktober, wenn wir aus Italien zurückkommen, will sie mich sogar den Führerschein machen lassen und mir einen VW kaufen.«

»Wie großzügig von ihr«, sagte Rupert.

Sie wandte ihm das Gesicht zu. »Sie ist viel großzügiger, als jeder Mann es mir gegenüber sein würde. Sie hat mir auch schon wertvollen Schmuck geschenkt.«

»Den du tragen darfst, wenn du bei ihr im Bett liegst«, sagte Rupert. »Vielleicht hängt sie dir bei solchen Gelegenheiten eine goldene Kette um den weißen Bauch.«

»Vielleicht«, sagte sie und lächelte.

Fast tat sie ihm leid. Er sagte: »Wenn ihr Mann einmal dahinterkommt...«

»Ach der?« Sie verzog geringschätzig den Mund. »Der hat andere Sorgen. Lange lebt der sowieso nicht mehr.«

»Wie kommst du darauf?« fragte Rupert schockiert.

Sie kam zu ihm, küßte ihn mit gespitzten Lippen und fragte: »Weißt du, was perniziöse Anämie ist?«

Sie war wie verwandelt. Die Furcht, Irmgard Widdau könnte sie in seinem Zimmer überraschen, schien einen völlig anderen Menschen aus ihr gemacht zu haben, eiskalt und berechnend.

Er fragte: »Hat *sie* dir das erzählt?«

»Ich bekomme so einiges mit«, sagte Margot und blickte nervös auf ihre Armbanduhr. »Bitte schließ die Tür auf, Rupert. Ich bin sicher, sie kommt jeden Augenblick hierher.«

Er stand auf, zog seine Hose an, nahm den Schlüssel vom Schrank und steckte ihn in die Tasche. Sie beobachtete ihn reglos. »Was hast du vor? Willst du mich hierbehalten?«

Er schüttelte den Kopf. »Nein, aber eine Hand wäscht die andere. Ich möchte von dir wissen, wo sie den Film versteckt hat. Sobald ich es weiß, kannst du gehen.«

»Von welchem Film sprichst du?«

»Du weißt, von welchem«, sagte er. »Den sie gestern in der Leica hatte.«

Sie hob gleichgültig die Schultern. »Sie wird ihn noch nicht herausgenommen haben. Ich habe zufällig gesehen, daß sie erst vor ein paar Tagen einen neuen Film eingelegt hat. Es sind, glaube ich, sechsunddreißig Aufnahmen darauf. Die kann sie noch nicht alle verknipst haben.«

»Und wo hat sie die Kamera?«

Sie betrachtete ihn abwägend. »Da hast du Pech. Die liegt in ihrem Sekretär, und den Schlüssel dazu gibt sie keinen Augenblick lang aus der Hand. Nicht einmal mir. Kann ich jetzt gehen?«

Er ging zur Tür, schloß sie auf und öffnete sie weit: »Bon soir, Mademoiselle.«

Im Vorübergehen küßte sie ihn lächelnd und sagte: »Mein Französisch ist viel besser als deins.«

Auf diese Weise erfuhr er an diesem Abend nicht mehr, was sie darunter verstand.

Er legte sich auf die Couch, zündete sich eine Zigarette an und dachte über sie nach, aber genausogut hätte er über die Mentalität eines Aschenbechers nachdenken können; im Ergebnis war es dasselbe.

In der insgeheimen Erwartung, sie würde sich vielleicht doch noch eines anderen besinnen und zurückkehren, hatte er die Tür nicht abgeschlossen, und als kurze Zeit später Irmgard Widdau hereinkam, war er kaum überrascht. Zur Abwechslung trug sie heute eine braune Wildlederjacke, einen braunen, engen Rock und gummibesohlte Sportschuhe. Ein zweites Paar Schuhe hielt sie in der Hand. Sie stellte die Schuhe auf den Tisch, setzte sich neben Rupert auf die Couch und öffnete ihre Handtasche. Er beobachtete, wie sie eine Zigarette herausnahm und sie anzündete. Ihrer Fahne nach zu schließen mußte sie ziemlich viel getrunken haben; er sah es auch ihren Augen an.

Die Schuhe auf dem Tisch kamen ihm bekannt vor; dann erinnerte er sich. Er setzte sich aufrecht hin und fragte: »Wo ist Margot?«

»Ich habe sie nach Hause geschickt«, sagte Irmgard Widdau.

»Ohne Schuhe?«

»Es wird ihr ein Denkzettel sein«, sagte sie.

Er starrte sie eine kurze Weile wortlos an, dann sprang er schnell auf die Beine, zog sich hastig an, griff nach den Schuhen und rannte zur Tür. Er nahm sich nicht einmal mehr Zeit, das Licht im Treppenhaus einzuschalten, lief im Dunkeln die Stufen hinab und auf die Straße.

Es war eine helle Sternennacht, die bewaldeten Berge jenseits des Neckars lagen im sanften Mondlicht, die Straßen waren menschenleer; Margot würde inzwischen schon die alte Brücke passiert haben. Er rannte, so schnell er konnte, hinter ihr her. Zwei späte Passanten, ein älterer Mann und eine Frau blieben, als sie ihn sahen, besorgt stehen, aber er hatte keinen Blick für sie. Als er die Brücke erreichte, vernahm er von der anderen Seite lautes Johlen und Gelächter. Er beschleunigte sein Tempo noch. Am jenseitigen Ufer sah er Margot zwischen drei jungen Burschen stehen, die sie offensichtlich daran hinderten, ihren Weg fortzusetzen. Sie ließen jedoch, Ruperts rasche Schritte hörend, von ihr ab und wandten sich nach ihm um. Margot lief schnell weiter. Auch Rupert rannte an den jungen Burschen vorbei, und da Margot ohne Schuhe viel langsamer war als er, holte er sie bald ein. Er griff nach ihrer Schulter, zwang sie, stehenzubleiben, und sagte atemlos: »Hier sind deine Schuhe.«

Sie wandte ihm heftig das Gesicht zu und sagte mit wutfunkelnden Augen: »Behalte sie. Das war alles nur deine Schuld. Hättest du mich rechtzeitig fortgehen lassen.«

»Es tut mir leid«, sagte Rupert. »Es wird mir nicht mehr passieren. Zieh sie an, bitte.« Er hielt sie ihr entgegen.

Ehe er begriff, was sie damit bezweckte, riß sie ihm die Schuhe aus der Hand, schleuderte sie über die Straße und lief weiter.

Diesmal folgte er ihr nicht. Er beobachtete reglos, wie sie in der Dunkelheit verschwand. Dann ging er ihre Schuhe suchen. Er klemmte sie sich unter den Arm und ging langsam zur alten Brücke zurück. Auf dem Weg dorthin begegnete er wieder den drei jungen Männern. Sie hatten die Hände in die Taschen geschoben und beobachteten ihn feixend. Er blieb bei ihnen stehen und sagte: »Das ist etwas, worüber man weinen sollte. Wartet ihr noch auf etwas?«

Er war einen guten halben Kopf größer als sie. Sie sahen ihn unschlüssig an, und da sie ihm nichts zu sagen hatten, setzte er seinen Weg fort.

Irmgard Wittau schien Margot genauso verhext zu haben wie ihn. Und vielleicht gab es noch andere Leute, die sie verhext hatte. Er schauderte fast bei dem Gedanken, daß sie auch Macht über Seelen haben könnte.

17

Sie hatte es sich auf der Couch bequem gemacht, lässig die Beine verschränkt und blickte ihm mit einem ironischen Lächeln entgegen. »Diese Mühe hättest du dir ersparen können«, sagte sie. »Ich habe ihr befohlen, ohne Schuhe nach Hause zu gehen, und sie ist es gewohnt, mir zu gehorchen.«

»So wie du dir einredest, daß auch ich dir gehorchen würde«, sagte er und warf Margots Schuhe auf den Boden. »Weißt du, was man mit dir machen sollte?«

»Was immer auch es ist, du hast keinen Mut dazu«, sagte sie verächtlich. »Dich mache ich genauso fertig wie sie; sogar noch schlimmer.«

Er erinnerte sich, wie er heute nachmittag vor ihr auf den Knien gelegen hatte, und es wurde ihm, während er daran dachte, fast übel. Er öffnete, ohne es recht zu merken, seinen Ledergürtel, zog ihn aus den Schlaufen und sagte mit vor Zorn unkenntlicher Stimme: »Vielleicht hast du dich diesmal getäuscht.«

Sie betrachtete belustigt, ja fast neugierig sein Gesicht und dann den Gürtel. »Was willst du denn? Ihn dir hochbinden? Hast du dich bei ihr verausgabt?«

Er konnte vor Empörung nicht antworten.

Sie nahm die Beine von der Couch, setzte sich grinsend hin und sagte: »Versuch es doch! Du bist zwar tapfer genug, an einer betrunkenen Frau herumzufingern, aber sie zu schlagen, dazu fehlt dir der Mut. Soll ich dir sagen, was du bist? Ein kleiner, geiler Junge und ein Feigling dazu.«

»Und was bist du?« fragte er fassungslos.

»Deine Meinung über mich interessiert mich nicht«, sagte sie. »Wenn du schlagen willst, dann schlage. Ich mache es dir sogar ganz leicht. Schau!« Sie drehte sich auf den Bauch und blickte ihn über ihre Schulter hinweg spöttisch an. »Worauf wartest du?«

Er brachte es einfach nicht über sich. Warum nur, lieber Gott, brachte er es nicht über sich! Nur weil er dazu erzogen worden war, daß sich ein Mann, der etwas auf sich hält, nicht dazu hinreißen läßt, eine Frau zu schlagen! Oder weil sie auch jetzt, selbst in dieser Situation, noch sein Mitgefühl weckte! Oder deshalb, weil sie ihm ganz einfach haushoch überlegen war!

Sie fragte: »Oder muß ich erst den Rock ausziehen? Du brauchst es nur zu sagen. Vielleicht genügt es auch so?« Sie schob den Rock mit beiden Händen die Schenkel hinauf und ließ Rupert ihren straff sitzenden, hauchdünnen Slip sehen. Möglicherweise wartete sie sogar darauf, daß er sie verprügelte, möglicherweise verschuf ihr das zusätzliche erotische Empfindungen.

Er sagte atemlos: »Du verdammte Hure!«, und er wußte kaum mehr, was er sagte.

Sie fuhr herum, streifte den Rock hinab und sagte mit gerötetem Gesicht: »Das hättest du nicht sagen sollen, mein Junge. Eine Frau eine Hure zu nennen, auch dazu bedarf es keines Mutes. Du weißt genau, daß sie gegen solche Worte wehrlos ist, es sei denn ...« Sie stand plötzlich auf, kam zu ihm und nahm ihm den Ledergürtel aus der Hand. Ehe er richtig begriff, was sie damit bezweckte, traf sie ihn mitten ins Gesicht.

Vor Entsetzen und Überraschung verspürte er im ersten Augenblick kaum Schmerzen. Für ein paar Sekunden lang war er wie betäubt, und als er wieder klar denken konnte und der Schmerz sich in seine Lippen biß, starrte er sie ungläubig an.

Sie lächelte breit. »Ich habe dir schon einmal gesagt, daß ich genau weiß, was und wie du von mir denkst, aber in unseren Kreisen pflegen Männer ihre Meinung für sich zu behalten. Solange du nicht die Courage hast, eine Frau zu schlagen, darfst du sie auch nicht eine Hure nennen. Dazu bist du gar nicht der Typ, und du hättest das bei mir auch nicht nötig. Du könntest mich, wenn du nur halbwegs so intelligent wärst, wie du aussiehst, auch anders kleinkriegen. Oder hast du das noch nicht gemerkt?«

Er schaute sie, während er Blut an seinem Mundwinkel fühlte, stumm an. Vielleicht war das ihre insgeheime Sehnsucht, bei einem Mann ganz klein zu werden, so klein wie ihre ...

Er wischte sich mit dem Handrücken mechanisch das Blut weg und dachte: Wohin verirre ich mich! Mein Gott, wohin verirre ich mich!

Sie sagte spöttisch: »Vielleicht bist du auch zu primitiv, um es zu merken. Es kommt dabei nur auf die richtige Methode an, auf den richtigen Weg. Heute hast du den falschen eingeschlagen.«

Sie legte den Gürtel auf den Tisch und griff nach ihrer Handtasche. Als er merkte, daß sie gehen wollte, fand Rupert seine Handlungsfähigkeit zurück. Er griff hart nach ihrem Arm, drehte ihn ihr auf den Rücken und stieß sie bäuchlings auf das Bett. Er zerrte an ihrem Reißverschluß, riß ihren Rock herunter und griff, während er mit einer Hand noch immer ihren Arm auf dem Rücken festhielt, nach dem Ledergürtel. Sie wehrte sich verzweifelt, aber in dieser Stellung war sie so gut wie hilflos, und als er zum ersten Schlag ausholte, sagte sie keuchend: »Nicht, bitte nicht, Rupert. Mein Mann würde es sehen.«

Ihre vor Furcht fast schrille Stimme brachte ihn jäh zur Besinnung. In Wirklichkeit war es ihm auch gar nicht darum gegangen, sie zu züchtigen, sondern sie sich wieder zu unterwerfen, und während er auf sie hinabschaute, verwandelte sich sein Zorn unvermittelt in Begehrlichkeit. Er ließ sich auf sie fallen, aber sie sträubte sich auch jetzt wieder, versuchte, sich ihm zu verschließen, er mußte sich Platz schaffen, und als sie ihn kommen fühlte, warf sie ihm über die Schulter hinweg einen Blick blanken Hasses zu. Zu jedem anderen Zeitpunkt hätte er sich von ihm vielleicht einschüchtern lassen, jetzt waren ihm ihre Empfindungen gleichgültig, und während seine Bewegungen immer schneller wurden, erlosch ihr Widerstand. Er sah ihr Gesicht weich werden, ihr Mund öffnete sich, sie grub, vielleicht um ein Stöhnen zu unterdrücken, die Zähne in die Unterlippe und krallte die Finger in das Bettlaken. Im gleichen Maße, wie er auch ihren inneren Widerstand schwinden und ihre Kontraktionen fühlte, ihre einsetzende Erregung, ihre Versuche, sich ihm noch weiter zu öffnen, wuchs ein Gefühl von Überlegenheit in ihm. Er begriff, daß sie ihre Niederlage genoß, auch wenn sie noch nicht bereit war, es ihn merken zu lassen, aber je länger er in ihr war, je heftiger seine Bewegungen wurden, desto mehr zerbröckelte ihre Selbstbeherrschung. Sie begann zuerst leise, dann immer lauter zu stöhnen, vergrub das Gesicht im Laken und warf sich dann plötzlich auf den Rücken. Sie umklammerte ihn mit Armen und Beinen, feuerte ihn mit obszönen Worten an und hatte, als er auf ihr zusammenbrach, einen nicht endenwollenden Orgasmus. Sie zerwühlte seine Haare, küßte leidenschaftlich seinen geschwollenen Mund und flüsterte: »Mein Prinz, mein starker Prinz!«

Vielleicht wartete sie schon lange auf einen, der sie von sich selber erlöste, und wenn er schon ihr Prinz war, warum sollte sie dann nicht seine Schloßherrin sein! Er blickte auf ihr verzücktes Gesicht nieder und erlebte, wie sie allmählich aus ihrer Entrücktheit erwachte, die Augen aufschlug und ihn lange und merkwürdig anschaute. Dann machte sie sich von ihm los, stand auf und zog ihren Rock an. »Welche Tür ist es?« fragte sie. Er erklärte es ihr und ging mit ihr auf den Flur. »Du bist verrückt«, sagte sie scharf. »Wenn dich einer so sieht!«

»Meine Nachbarn sind verreist«, sagte er.

Während er im Zimmer auf sie wartete, wurde ihm klar, daß sie ihm immer nur so lange gehören würde, wie er sie in den Armen hielt. In Wirklichkeit blieb sie unerreichbar für ihn.

Er ging zum Spiegel und betrachtete sein Gesicht. Sie mußte ihn mit dem Gürtel direkt auf den Mund getroffen haben, das Bluten kam vom Zahnfleisch. Er betastete es vorsichtig mit den Lippen und dachte: Daran wirst du nicht sterben. Auch seine rechte Wange hatte etwas abbekommen, sie wirkte bläulich angeschwollen. Er würde Irmgard Widdau nie wieder Gelegenheit geben, ihn zu schlagen. Soviel stand fest.

Am Tisch spülte er den Mund mit einem Schluck Weinbrand aus. Er verzog schmerzhaft das Gesicht. Sein Blick fiel, als er die Flasche zurückstellte, auf Irmgard Widdaus Handtasche. Er erinnerte sich, was ihm Margot über die Leica erzählt hatte. Wenn Irmgard Widdau den

Schlüssel für den Sekretär nie aus den Augen ließ, konnte er nur in ihrer Handtasche sein. Er öffnete mehr impulsiv als überlegt die Tasche und durchwühlte sie. Er nahm das Schlüsselbund heraus und vergewisserte sich, daß sonst kein anderer Schlüssel in der Tasche war. Ohne vorläufig recht zu wissen, wofür das gut sein sollte, schloß er ihre Handtasche und steckte den Schlüsselbund in sein Jackett. Er hängte es in den Schrank, setzte sich auf die Couch und dachte eine Weile intensiv nach. Dann stand er rasch auf und glättete das Bett. Er war noch damit beschäftigt, als Irmgard Widdau hereinkam. Sie fragte: »Tust du das für mich?«

»Vielleicht willst du heute nacht hierbleiben«, sagte er. »Bist du mit einem Taxi gekommen?«

Sie nickte und ging zum Waschständer. Während sie ihre Hände wusch, fragte sie über die Schulter. »Willst du dir nicht etwas anziehen?«

»Wozu?« fragte er und holte ihr ein frisches Handtuch aus dem Schrank. Sie maß ihn interessiert. »Noch nicht genug?«

»Bei dir kann ich nicht genug kriegen«, sagte er, und das gehörte bereits mit zu seinem Plan. Er wunderte sich, wie leicht es ihm fiel, diese Rolle zu spielen. Vielleicht hatte er schon von ihr gelernt. Sie fragte: »Was tust du in diesem Haus, wenn du baden willst?«

»In eine öffentliche Badeanstalt gehen«, sagte er. »Das ist nicht gerade bequem, aber man gewöhnt sich daran.« Er beobachtete, wie sie ihre Hände abtrocknete. »Bleibst du hier?«

»Das weiß ich noch nicht«, sagte sie. »Bis jetzt sieht es nicht so aus, als ob es sich lohnte.«

»Das liegt nur an dir«, sagte er und nahm sie in die Arme. Sie duldete, daß er sie küßte, erwiderte seine Küsse jedoch nicht, und als er ihre Brust berührte, sagte sie: »Gib doch nicht so an.«

»Ist das Angabe?« fragte er und trat einen Schritt zurück. Sie hängte lächelnd das Handtuch darüber und sagte: »Ich habe dich schon besser in Form gesehen. Hast du eine Kopfwehtablette im Haus?«

Irgendwo mußten welche liegen; er selbst hatte noch keine gebraucht, aber Hedy. Er fand sie in einer kleinen Pappschachtel im Kleiderschrank zusammen mit anderen Medikamenten.

Dabei kam ihm auch ein Röllchen mit Schlaftabletten in die Finger. Er glaubte plötzlich zu wissen, wie er Irmgard Widdau zum Bleiben bringen könnte. Er ließ rasch ein halbes Dutzend in die hohle Hand gleiten, und als Irmgard Widdau sagte: »Was sind das für Tabletten?« zeigte er ihr ein anderes Röhrchen. Sie nickte. »Die vertrage ich. Löst du mir zwei davon auf?«

Er ging, das Röhrchen mit den Spalttabletten in der einen und die Schlaftabletten in der anderen Hand, in die Küche und löste vier Schlaftabletten in einem Glas Wasser auf. Vorsorglich warf er noch eine fünfte hinein. Das Röhrchen mit den Spalttabletten ließ er in der Küche liegen. Er kehrte zu Irmgard Widdau zurück.

Sie hatte sich auf die Couch gesetzt und rauchte. Als sie ihn mit dem baumelnden Handtuch hereinkommen sah, mußte sie lachen. »Ist es nicht heruntergefallen?«

»Im Gegenteil«, sagte er. »Es hängt jetzt fester als zuvor.« Er griff nach der Weinbrandflasche, füllte das dreiviertelvolle Glas bis zum Rand und gab es Irmgard Widdau.

»Was soll das?« fragte sie stirnrunzelnd.

Er grinste. »So schmeckt es besser.«

»Du bist wirklich verrückt«, sagte sie, trank jedoch das Glas mit einem Zug leer und verzog angewidert das Gesicht. »Das schmeckt ja scheußlich.«

»Meine Frau nimmt Schmerztabletten immer mit Weinbrand ein«, sagte er.

»Dann gib mir noch einen«, sagte sie. »Aber diesmal pur, bitte.«

Er holte ein zweites Glas, füllte es und schob es ihr hin. »Ich kann doch nicht bleiben«, sagte sie. »Ich erwarte morgen Besuch. Da muß ich ausgeruht sein und kann nicht so vergammelt aussehen. Nimm endlich das Handtuch weg.«

»Ich warte darauf, daß du es tust«, sagte er.

Sie zog es mit den Fingerspitzen weg. Rupert meinte, ihrem Gesicht anzumerken, wie schwer es ihr fiel, ihre Lüsternheit zu zügeln. Er setzte sich neben sie und sagte: »Dann bleib wenigstens noch eine Stunde.«

»Wozu?« fragte sie scheinbar uninteressiert.

Angesichts der unübersehbaren Gegebenheiten war ihre Frage ein Affront. Rupert mußte grinsen. »Ich hätte dich gerne wieder einmal gesehen, wenn du schläfst.«

»Wenn ich schlafe?« vergewisserte sie sich verständnislos.

Er nickte.

Sie musterte ihn abweisend und neugierig zugleich. »Das hast du doch erst in der vergangenen Nacht wieder tun können.«

»Da war ich viel zu müde dazu«, sagte er. »Ich denke mehr an Hergiswil.«

Sie befühlte mit den Fingerspitzen seinen geschwollenen Mund und sagte: »Warst du lange bei mir im Zimmer?«

»Über zwei Stunden«, antwortete er. »Ich konnte mich kaum von dir trennen. So schön hast du heute nacht nicht stillgehalten.«

Sie wurde ein wenig rot. »Habe ich es mir doch gedacht. Was hast du alles mit mir angestellt?«

»Rat einmal«, sagte er und küßte sie auf den Nacken.

Sie blickte auf ihre Armbanduhr. »Ist der Wagen fertig geworden?«

»Erst morgen«, antwortete er. »Ich bestell dir ein Taxi. Das ist kein Problem.« Er zog ihre Hand an seinen Schoß und sagte: »Bitte, bleib hier.«

»Das ist das erste Mal, daß du mich um etwas bittest«, sagte sie trocken. »Ich bin noch nicht müde genug, um einschlafen zu können.«

»Dagegen läßt sich ja etwas tun«, sagte er und streichelte ihre Brust. Sie schob seine Hand weg, stand auf und zog sich aus. »Wenn ich Margot noch einmal hier erwische«, sagte sie, »siehst du sie nie wieder. Ist das klar?«

»Ich sehe da keinen Unterschied«, sagte er. »Ob sie hier mit mir schläft oder in deinem Bett...«

»Für mich ist da einer«, sagte sie.

Er beobachtete, wie sie nach der Weinbrandflasche griff und ihr Glas füllte; sie sah wieder anbetungswürdig aus, eine scheinbar kühle, selbstbeherrschte Frau mit einem hübschen Gesicht und einem fast makellosen Körper. Je öfter er sie so sah, desto weniger wunderte er sich darüber, wie leicht er es ihr gemacht hatte, ihr zu Willen zu sein. Er griff nach ihrer Hand, aber sie sagte: »Warte noch. Sind deine Nachbarn wirklich verreist?«

»Ehrenwort«, sagte er. »Sie bleiben eine ganze Woche weg. Was ist das für eine Narbe?«

»Blinddarm«, sagte sie und trank das Glas leer. Dann legte sie sich zu ihm, hielt seine Hände fest und studierte sein Gesicht. »Vielleicht kenne ich dich noch nicht genug«, sagte sie.

»Du bist auch nicht so, wie du aussiehst«, sagte er lächelnd. »Was beunruhigt dich an mir?«

»Genau das muß ich noch herausfinden«, sagte sie. »Ist das ein Tick von dir oder was?«

»Daß ich dich schlafend sehen möchte?«

»Ja«, sagte sie. »Hast du dir das bei deiner Frau angewöhnt?«

»Diesen Wunsch verspüre ich nur bei dir«, sagte er. »Falls es dich psychologisch interessiert: Es verschafft mir so etwas wie ein Machtgefühl über dich.«

»Ach, so ist das!« Diesmal lächelte sie. Rupert fand, daß er sich nicht ungeschickt anstellte. Ihre Augen wirkten bereits etwas trübe, sie gab seinen Händen nach und beobachtete, wie sie über ihren Leib glitten. »Hast du dir das mit dem Darlehensvertrag schon überlegt?« fragte sie.

Er schüttelte den Kopf. »Noch nicht.« Und weil er sie bei Laune halten wollte, setzte er hinzu: »Wahrscheinlich werde ich ihn unterschreiben.«

»Das hoffe ich doch«, sagte sie.

Anscheinend hatte sie mehr davon, wenn sie sich zierte, sie verschränkte die Beine und sagte: »Erst wenn ich dir grünes Licht gebe.«

»Hoffentlich nicht zu spät«, sagte er mit einem bedeutungsvollen Blick.

»Bist du schon soweit?« fragte sie direkt.

»Beinahe.«

Ihre Hand fühlte sich unterkühlt an und gerade so, als umfaßte sie ein zerbrechliches Glas. »Wenn du nicht so ganz anders wärst als ich, hätte ich dich nicht eingestellt«, sagte sie.

»Ist Margot auch anders?«

»Sie paßt sich mir an«, sagte sie. »Erzähl mir etwas von deiner Frau. Warum klappte es nicht mehr? Bettprobleme?«

»Es gibt auch noch andere«, sagte er. »Vielleicht war sie zu jung für mich.«

»Ich dachte, sie wollte heute zurückkommen?«

»Sie hat es sich anders überlegt«, sagte er, und jetzt endlich gab sie ihm nach. Er fühlte sofort, daß sie sich nur wieder ihre Erregung nicht hatte anmerken lassen wollen, denn sie biß ihm, kaum daß er sie dort unten anfaßte, heftig in die Schulter.

»Komm«, sagte sie.

Danach waren sie beide so erschöpft, daß sie kaum mehr fähig waren, sich voneinander zu lösen. Sie bedeckte mit dem Arm das Gesicht und murmelte: »Gib mir ein Glas.«

Sie trank es leer und auch noch ein zweites auf einen Zug. »Du solltest dir eine bessere Marke zulegen«, sagte sie.

Er beobachtete sie abwartend. Wenn sie nach den fünf Tabletten noch mehr von dem Weinbrand trank, würde ihr vielleicht schlecht werden und sie würde alles herausspucken. Obwohl er in den vergangenen Minuten nicht mehr an seinen Plan gedacht hatte, war er jetzt wieder fähig, ihn eiskalt im Auge zu behalten. Er fragte: »Was hast du?«

Sie nahm den Arm von den Augen und erwiderte seinen Blick. »Ich bin müde. Treib es nicht zu schlimm. In Hergiswil hat mir hinterher alles weh getan.«

Er öffnete protestierend den Mund, besann sich jedoch noch rechtzeitig und sagte: »Das tut mir leid.«

Sie streichelte sein Haar. »Wenn du bei mir bleibst, wirst du es nicht bereuen. Über das Wochenende kannst du Margot haben, so oft du willst.«

»Du bist sehr großzügig«, sagte er und küßte sie.

»Gefällt sie dir?«

»Dir doch auch.«

Ihre Pupillen weiteten sich. »Was hat sie dir erzählt?«

»Nichts«, sagte er. »Du hast sie gut erzogen.«

Sie war nicht beruhigt und richtete, sich auf die Ellbogen stützend, den Oberkörper auf. »Das war doch eine Andeutung eben«, sagte sie. »Was wolltest du damit ausdrücken, daß sie mir gefallen würde.«

»Daß du sie liebst«, sagte er. »Das merke ich doch.« Er war sich nicht sicher, ob er sich jetzt klug verhalten hatte. Sie blickte ihn eine Weile prüfend an, dann ließ sie sich auf den Rücken fallen und sagte: »Na und?«

»Nichts weiter«, sagte er. »Ich finde das völlig in Ordnung. Sie liebt dich ja auch. Ich glaube, sie würde sich für dich in Stücke reißen lassen. Wie hast du sie dazu gebracht?«

»Sie ist wie ein kleiner Hund«, sagte sie. »Wenn man gut zu ihr ist, vergißt sie das nicht.«

»Und leckt einem die Hände«, sagte Rupert.

Sie lächelte. »Nicht nur. Als Frau interessiert sie mich nicht; ich bin nicht so; aber sie kann sehr zärtlich sein. Außerdem erinnert sie mich daran, wie ich, als ich so alt war wie sie, ausgesehen habe.«

»Du siehst heute vielleicht noch besser aus als damals«, sagte Rupert. »Ich ziehe reife Frauen anderen vor.«

Sie griff wieder nach ihrem Glas und sagte: »Trotzdem hast du heute nacht nicht gemerkt, daß sie es war. Fühlt man das als Mann nicht?«

»Woran?«

Sie grinste. »Immerhin ist sie noch nicht ganz so entwickelt wie ich.«

»Du meinst, oben?«

»Nicht nur oben«, sagte sie.

»Auf oben habe ich heute nacht nicht geachtet«, sagte er. »Und was das andere betrifft, so habe ich keinen Unterschied feststellen können.«

»Ich habe mich auch gut gehalten«, sagte sie, und ihre Stimme klang zum erstenmal geschmeichelt. »Ich habe das nie ausufern lassen, und mit meinem Mann ...«

Sie verstummte. Er fragte: »Wieso habt ihr noch keine Kinder?«

»Ich bin steril«, sagte sie.

Er fragte ungläubig: »Im Ernst?«

Sie grinste wieder. »Er glaubt daran. Ich will mir meine Figur nicht durch Kinder kaputtmachen lassen. Wenn er unbedingt eins haben will, soll er eins adoptieren. Was hast du mir vorhin ins Glas getan?«

Ihre Augen waren plötzlich hellwach. Er fühlte, daß er rot wurde.

»Kopfwehtabletten, natürlich!«

»Keine Schlaftabletten?«

Vielleicht konnte sie auch noch Gedanken lesen; er starrte sie betroffen an. »Ich weiß genau, wie Tabletten auf mich wirken«, sagte sie. »Wieviel hast du ins Glas getan?«

Ihre Stimme klang so ruhig, und ihre Augen blickten ihn so fest an, daß er sich nicht dazu überwinden konnte, sie anzulügen. Er antwortete: »Fünf.«

»Du bist verrückt«, sagte sie verwundert. »Mit fünf Schlaftabletten kannst du mich beinahe umbringen. Ich brauche nie mehr als zwei. War es dir so wichtig?«

»Ja«, sagte er.

Sie lächelte. »Wenn ich das schon in Hergiswil gewußt hätte, wäre dort manches anders gelaufen. Ich dachte, du wolltest den starken Mann spielen. Mach das Licht aus; ich kann kaum mehr die Augen offenhalten. Fünf Tabletten! Damit kannst du sogar ein Pferd einschläfern.«

Er fühlte sich jetzt doch schuldbewußt. Vielleicht, weil sie ganz anders reagierte, als er erwartet hatte, obwohl er es gar nicht anders hätte erwarten dürfen. Er sagte: »Wenn ich das Licht ausmache, kann ich dich nicht sehen.«

»Du kannst es ja, wenn ich eingeschlafen bin, wieder anmachen«, sagte sie. »Mir tun die Augen weh, und meine Kopfschmerzen sind jetzt noch schlimmer geworden. Mach es aus und setz dich wieder neben mich.«

Er gehorchte. Als er im Dunkeln zu ihr kam, tastete sie nach seiner Hand, legte sie auf ihren Schoß und sagte: »Das ist es doch, was du willst, du neugieriger Junge?«

»Ja«, sagte er, und er fühlte sich immer erbärmlicher. Sie lachte leise. »Ich hätte gute Lust, dir für deine Heimtücke den Spaß zu verderben, aber da du heute abend so süß warst, will ich dir dein Spielzeug ausnahmsweise nicht wegnehmen. Mach es mir aber nicht kaputt, hörst du?«

»Ja«, sagte er.

Sie zog ihn zu sich herunter, küßte ihn und murmelte. »Du bist wirklich wie ein kleiner Junge. Wie spät ist es?«

»Es muß schon eins sein«, sagte er.

»Dann weck mich gegen zehn. Bis dahin werde ich das Zeug einigermaßen verarbeitet haben. Und rufe gegen sieben bei Margot an; sie wird sich, wenn sie das Telefon hört, melden. Sag ihr, daß sie alles, was ich ihr aufgetragen habe, erledigen soll.« Sie schwieg eine Weile, dann fragte sie unvermittelt: »Hast du schon einmal vor dir selber davonlaufen wollen?«

»Nein«, sagte er. Wenn er sie nur hassen könnte! Sogar jetzt empfand er nur Mitleid für sie. Sie murmelte: »Dann sei froh.«

Er fühlte, wie ihre Arme zurückglitten. Wenig später hörte er an ihren tiefen Atemzügen, daß sie eingeschlafen war.

Er blieb noch eine Weile neben ihr sitzen. Durch das halboffene Fenster schien der Mond ins Zimmer. Es war noch immer sehr warm. Trotzdem deckte er Irmgard Widdau bis zum Hals zu. Sie lag mit dem Gesicht zur Wand. Während er sie anschaute, empfand er einen tiefen Ekel vor sich selbst. Daß er ihr die Schlaftabletten gegeben hatte, bedrückte ihn nicht. Widerwärtig war nur, daß es ihm gelungen war, sie von seinen angeblichen Motiven zu überzeugen. Sie hatte ihm, vielleicht zum erstenmal, vertraut, und er hatte ihr Vertrauen mißbraucht, aber mit Selbstvorwürfen ließen sich die Dinge nicht mehr ungeschehen machen, und wenn es heute vielleicht noch nicht so wichtig war, den verdammten Film zu vernichten, so war das keine Garantie dafür, daß es auch morgen oder übermorgen nicht von Wichtigkeit sein würde. Er meinte, solange der Film existierte, keine Minute mehr frei atmen zu können. Selbst wenn er unterstellte, daß er in einer gewissen Weise im Augenblick für Irmgard Widdau nützlich war, so konnte sich das von heute auf morgen ändern. Sie würde ihn, wenn sie seiner überdrüssig wurde, wie eine heiße Kartoffel fallen lassen, aber die Fotos würden auch dann noch existieren und ihn permanent beunruhigen. Vielleicht war dies die einzige und auch die letzte Gelegenheit, sie zu verhindern, denn wenn der Film erst einmal entwickelt und Irmgard im Besitz von Abzügen war, erfuhren sicher noch andere Leute davon. Möglicherweise würden sie unter ihren Freundinnen zirkulieren, und falls Hedy doch noch zurückkehren sollte...

Wünschte er es überhaupt noch? Es bestürzte ihn, daß er nicht sofort eine Antwort darauf fand. Vielleicht ging es ihm bei dieser Sache viel weniger darum, ob sie doch noch zurückkommen und von den Fotos eines Tages erfahren würde, als um seine insgeheime Befürchtung, sie könnten für ihn selber immer mehr zum Vorwand werden, sich nur noch tiefer in Irmgard Widdaus Abhängigkeit verstricken zu lassen, bis er nicht mehr die Kraft haben würde, sich ihr zu entziehen.

Er beschloß, noch einige Minuten verstreichen zu lassen. Was mochte in einer Frau vorgehen, die sich zu einem solchen Spiel überreden ließ! Denn schließlich war sie, als er ihr die Wahrheit über die Tabletten sagte, noch wach genug gewesen, um in ein Taxi zu steigen und nach Hause zu fahren. Vielleicht schmeichelte es ihrer Eitelkeit, sich auch noch im Schlaf begehrt zu wissen, oder sie konnte sich nachträglich in ihrer Lüsternheit an der Vorstellung erregen, was er alles mit ihr getrieben haben könnte! Wer, außer ihr selbst, sollte sich in diesem komplizierten Labyrinth ihrer Seele schon zurechtfinden! Es war zwecklos, sich darüber den Kopf zu zerbrechen. Bevor er das Zimmer verließ, schaltete er das Licht ein und überzeugte sich davon, daß sie wirklich schlief. Er konnte der Versuchung, sie noch einmal anzuschauen, nicht widerstehen und zog die Decke von ihr. Ihr Anblick erregte ihn jedesmal aufs neue. Vielleicht war die schlafende, die wehrlos preisgegebene Frau des Mannes eingeborene Vision: Die Blicke an ihrer Nacktheit zu weiden, an ihrer kultivierten Sinnlichkeit, an der pervertierten Natürlichkeit, sich ihm darzubieten, als hätte sie, schon ehe sie geboren war, bereits alles über ihn gewußt. Was sein Ehrgeiz war, sein Stolz, seine Eitelkeit und sein Egoismus. Was ihn zu erregen vermochte und die Fantasie eines Mannes vom Schlage Widdaus ebenso beschäftigen konnte wie die Fantasie eines kleinen Dorfpfarrers. Sie schien es schon immer gewußt zu haben, vom Anbeginn aller Zeiten an, gestern, heute und in alle Ewigkeit.

Es war kurz nach zwei, als er leise das Zimmer verließ, die Tür hinter sich abschloß und die Treppe hinabstieg. Auf der Straße schlug er den Weg zur alten Brücke ein.

Es war jetzt nicht mehr so hell, der Mond hatte seine Wanderung über die Berge angetreten, ihre Silhouetten standen scharf und schwarz vor dem Sternenhimmel. Die Straßen lagen leer, unter Laternen standen Autos, als schliefen sie. Die Häuser wirkten verlassen, kein Laut drang heraus. Außer dem Geräusch des Flusses, der sich schmatzend an den Ufermauern rieb, war kein anderes.

Rupert ging rasch mit der Entschlossenheit eines Mannes, der zwischen sich und seine Skrupel eine breite Kluft legen will. Er ging unter dem dunklen Torbogen der alten Brücke hindurch, vorbei an der Statue von Karl Theodor über dem ersten und von Pallas Athene über dem zweiten Brückenpfeiler, und als er an ihnen vorüber war, hatte er das Gefühl, als bewegten sie ihre steinernen Häupter und blickten ihm nach.

Er entschied sich für die Abkürzung durch die Gärten, stieg die steile Treppe hinauf, vorbei an den schönen Villen der reichen Leute aus Heidelberg und Mannheim, die sich jetzt von der Mühsal des täglichen Geldverdienens ausruhten und den Schlaf der Gerechten schliefen, denn wer viel Geld hatte, war fast immer im Recht.

Der würzige Duft frisch gemähten Grases und der betäubende Duft zahlloser Rosen begleiteten ihn bis hinauf zu Widdaus Haus. Als er Irmgard Widdaus Schlüssel aus der Tasche nahm, schlug die Turmuhr von der Heiligengeistkirche halb zwei. Nach einigen Versuchen hatte er den richtigen Schlüssel gefunden, Augenblicke später war er im Haus. In der dunklen Halle blieb er eine Weile stehen und lauschte. Von Margot hatte er nichts zu befürchten, sicher schlief sie schon, und falls sie ihn dennoch hören sollte, würde sie annehmen, daß die gnädige Frau heimgekehrt sei. Trotzdem verspürte Rupert Herzklopfen. Welche Gewißheit hatte er eigentlich, daß Widdau nicht früher als erwartet von seiner Reise zurückgekommen war? Er wies den Gedanken jedoch sofort von sich. Irmgard Widdau überließ nichts dem Zufall, und daß sie jetzt im Bett ihres Chauffeurs lag und schlief, war Gewißheit genug. Jeder anderen Frau konnte es passieren, in solchen Situationen von ihrem Mann überrascht zu werden, aber Irmgard Widdau nicht. Dazu war sie zu einmalig.

Er mußte, als er das dachte, lächeln. Man konnte, wenn es so vollkommen war wie bei ihr, sogar das Böse in einem Menschen bewundern. Und trotzdem hatte sie sich von ihm heute nacht hereinlegen lassen! Fast beschlich ihn ein Gefühl von Stolz.

Er tastete sich leise die Treppe empor. Durch die großen Fenster fiel genug Sternenlicht, er fand sich mühelos zurecht. Die Tür zum Boudoir war unverschlossen. Drinnen roch es nach ihrem Parfüm. Die Vorhänge waren zugezogen; es war stockdunkel. Eine Taschenlampe wäre ihm jetzt sehr nützlich gewesen. Da er jedoch keine hatte, riskierte er es, das Licht einzuschalten. Mit einem Blick stellte er fest, daß die Tür zum Schlafzimmer halb offen stand, aber von dort hatte er ja nichts zu befürchten.

Diese Annahme erwies sich als irrig, denn als er die Flurtür hinter sich schloß, vernahm er aus dem Schlafzimmer ein Geräusch. Für ein paar Herzschläge lang fühlte er sich versucht, in wilder Flucht kopfüber auf den Flur zurückzukehren. Sein Schreck war jedoch so groß, daß ihm die Beine nicht gehorchten. Als wären seine Füße mit dem weichen Teppichboden verwachsen, blieb er reglos stehen und starrte atemlos die halboffene Schlafzimmertür an. Dort rührte sich jedoch nichts, auch das Geräusch wiederholte sich nicht mehr. Schließlich faßte er sich ein Herz und näherte sich ihr auf den Fußspitzen.

Sicher, es hätte Karl Widdau sein können, der im Bett seiner Frau ihre Rückkehr erwartete, aber er war es nicht.

Wieder einmal fand sich Rupert in seiner Überzeugung bestätigt, daß Irmgard Widdau keine Fehler unterliefen. Er hätte sich diesen Schock ersparen können, wenn er, genau wie sie, auch vorher alle Möglichkeiten einkalkuliert hätte, und die Möglichkeit, daß nicht ihr Mann, sondern Margot in ihrem Bett liegen würde, war nach allem, was er nun schon über die beiden wußte, so abwegig nicht gewesen. Zu seiner Erleichterung stellte er fest, daß Margot tief zu schlafen schien. Sie lag, bar jeder Hülle, halb auf dem Bauch; ihr Gesicht sah im Schlaf noch mädchenhafter aus. Sie war schön wie eine Statue von Rodin und kalt wie eine Hundenase, ein würdiger Ableger Irmgard Widdaus, eine eindrucksvolle Stellvertreterin, die auch dann noch eine Trumpfkarte für sie sein würde, wenn ihre eigenen Reize einmal nicht mehr ausreichten, einen Mann um den Verstand zu bringen. Der gnädigen Frau Maskottchen, willig, gelehrig und früh verdorben bis ins unschuldige Herz hinein. Sie war nicht nur jünger, sie war auch schöner als ihre Herrin. Jetzt, da er sie so unbekümmert liegen sah und sie ungestört mit ihr vergleichen konnte, wurde es ihm offensichtlich, aber was sie nicht hatte, war jener hintergründige Reiz, der einen Mann dazu bringen konnte, vor Irmgard Widdau auf die Knie zu fallen. Dafür hatte Margot, zugegebenermaßen, andere Reize. Er erinnerte sich an das bevorstehende Wochenende zu dritt. Dies hier wäre eine Gelegenheit gewesen, einen Teil davon vorwegzunehmen. Der Anblick ihres schlafenden Körpers erregte ihn so sehr, daß er ein ähnliches Mißgeschick wie gestern abend sicher nicht hätte zu befürchten brauchen. Es fiel ihm jedoch noch rechtzeitig ein, weshalb er hierhergekommen war.

Behutsam, damit er sie nicht doch noch aufweckte, zog er die Tür zum Schlafzimmer hinter sich zu und beschäftigte sich dann sofort mit dem Sekretär. Er hatte nur eine verschlossene Schublade, die groß genug war, um eine Leica darin unterzubringen; den passenden Schlüssel zu finden war nicht schwer, und dann sah er sie vor sich liegen. Er betrachtete sie mit dem Gefühl eines Mannes, der, um sein Ziel zu erreichen, einen mühsamen und gefährlichen Weg zurücklegen mußte. Er nahm sie aus dem Lederetui und stellte am Bildzähler fest, daß mit dem eingelegten Film erst zwölf Aufnahmen gemacht worden waren. Das dürfte, wenn er alles zusammenrechnete, ungefähr hinkommen. Er öffnete die Rückwand, nahm den Film heraus und zog ihn von der Aufwickelspule. Etwa eine Minute lang hielt er den belichteten Teil unter eine Tischlampe. Dann konnte er sicher sein, daß er unbrauchbar geworden war. Er legte den Film wieder ein, zog ihn ein Stück weit auf die Aufwickelspule, stellte das Bildzählwerk auf die dreizehnte Aufnahme und klappte anschließend die Rückwand sorgfältig zu. Er verschraubte sie wieder mit dem Lederetui. Dabei fiel sein Blick in das Innere der Schublade. Einige dicke, unverschlossene Briefumschläge erregten seine Aufmerksamkeit. Obwohl er seine Neugierde zu bezähmen suchte, konnte er den Wunsch, einen Blick hineinzuwerfen, nicht unterdrücken. Er stellte fest, daß es sich ebenfalls um Fotos handelte. Die meisten waren harmloser Natur, Irmgard Widdau in Gesellschaft ihres Mannes während einer Bootsfahrt auf dem Neckar, während einer Autoreise oder zusammen mit anderen, Rupert unbekannten Personen, zumeist Frauen und Männer ihres Alters bei einer Gartenparty und ähnlichen Gelegenheiten, aber die Fotos, die er etwas später entdeckte, waren weniger harmlos. Fast alle zeigten Margot stehend, liegend, sitzend, breitbeinig auf einem Stuhl, ausgestreckt auf der Couch im Boudoir oder auf dem Bett im Schlafzimmer, oft auch in eindeutigeren Stellungen, und jedesmal war sie völlig unbekleidet. Auch von Irmgard Widdau befanden sich ähnliche Fotos dabei, und einige, wohl mit einem Selbstauslöser aufgenommen, zeigten sie beide in innigen Umarmungen und bei Liebkosungen, die Rupert vor Entzücken erschauern ließen; ein schöneres Pärchen hätte man sich schwerlich vorstellen können. Die Versuchung, sich ein paar davon anzueignen, war so groß, daß er ihr kaum widerstehen konnte, aber er sagte sich, daß er dann nicht besser sei als Irmgard Widdau selbst. Von seinem Vorgänger schien sie keine verfänglichen Fotos gemacht zu haben. Die delikaten Aufnahmen beschränkten sich ausschließlich auf ihre und Margots Person.

Er steckte die Fotos rasch in die Umschläge zurück, legte sie in die Schublade und wollte sie schließen, aber hinten schien sich irgendwas verklemmt zu haben. Er zog die Schublade wieder auf und stellte fest, daß es sich um ein dickes Bündel Briefe handelte, die mit einem roten Bindfaden zusammengeschnürt waren. Vielleicht hätte er ihnen keine Aufmerksamkeit geschenkt, wenn ihm nicht die Briefmarken aufgefallen wären. Ein Blick auf den obersten Briefumschlag zeigte ihm, daß er in einem Luzerner Postamt abgestempelt worden war.

Die Erinnerung durchzuckte ihn wie ein elektrischer Schlag. Also gab es dort doch einen Menschen, der Irmgard Widdau so wichtig war, daß sie, trotz ihrer oft zynischen Offenheit, nie ein Wort über ihn verloren hatte. Mit einer Mischung von Neugierde und Eifersucht blickte er darauf nieder. Diese Briefe schienen ihm ungleich wichtiger zu sein als die Fotos, und als er die Verschnürung öffnete, zitterten ihm die Hände. Dann stellte er fest, daß es sich beim Absender des obersten Briefes um eine Frau handelte, ihre etwas übergroße, jedoch deutliche Handschrift war gut zu entziffern. Er vergewisserte sich rasch davon, daß sämtliche Briefe des dicken Bündels von ihr stammten. Adressiert waren sie postlagernd an Irmgard Widdau, und erst dieser Umstand weckte Ruperts Neugierde vollends. Warum durfte ihr Mann von diesen Briefen nichts wissen? Denn welchen Grund gäbe es für Irmgard Widdau sonst, sie sich postlagernd senden zu lassen? Er nahm den obersten Brief aus dem Umschlag und las ihn rasch durch. Die Frau schrieb, daß sie sich über den letzten Besuch wieder sehr gefreut habe und daß sie darauf hoffe, Irmgard Widdau in diesem Jahr noch einmal zu sehen. Sie beklagte sich über Rheumaschmerzen und andere Beschwerden. Unterschrieben war der Brief mit: *Deine dich liebende Mutter.*

Irmgard Widdaus Mutter! Rupert konnte es kaum fassen. Warum mußte sie ihre Existenz vor ihrem Mann geheimhalten? Eine Frau, die ihrer Tochter nur postlagernd schreiben durfte! Je länger Rupert darüber nachdachte, desto rätselhafter erschien ihm alles. Er nahm die Briefe mit zur Couch, setzte sich hin und las diesmal den zuunterst liegenden Brief. Er war schon so alt, daß die Tinte völlig verblaßt und die Zeilen kaum mehr lesbar waren, aber was Rupert las, erschien ihm so ungeheuerlich, daß er es kaum begreifen konnte. Er mußte den Brief immer und immer wieder lesen. Dann griff er hastig zum nächsten. Auch er war im Juni 1947 geschrieben worden, und er bestätigte nur, was Rupert bereits in dem letzten Brief gelesen hatte. Er steckte auch ihn in seinen Umschlag zurück und verbrachte über eine Stunde damit, sämtliche Briefe zu lesen. Als er damit fertig war, blieb er noch eine Weile reglos sitzen und dachte darüber nach. Er hatte das Gefühl, in einen ihm bisher unvorstellbaren Abgrund menschlicher Verirrungen und Verwirrungen geblickt zu haben, und dennoch war er nicht fähig, Irmgard Widdau so zu verachten, wie sie es verdiente, denn noch in seine Abscheu mischte sich ein Gefühl widerwilliger Bewunderung. Was für eine Art von Mensch mußte man sein, um das alles durchstehen zu können! Wieviel Kaltblütigkeit, Selbstüberwindung und Menschenverachtung gehörten dazu, eine solche widerwärtige Rolle auf sich zu nehmen! Es ging einfach nicht in seinen Kopf.

Ein Blick zum Fenster zeigte ihm, daß draußen bereits der Morgen graute. Er stand rasch auf, bündelte die Briefe sorgfältig zusammen, verschnürte sie und legte sie in die Schublade zurück. Er schloß sie ab und verließ leise das Zimmer. Im Flur fiel ihm ein, daß er das Licht hatte brennen lassen. Bevor er es löschte, vergewisserte er sich davon, daß Margot noch fest schlief.

Augenblicke später war er auf der Straße und sog in tiefen Zügen die kühle Morgenluft in sich hinein. Über den Bergen begann der Himmel sich zu röten, ein paar rosafarbene Wölkchen segelten über das dämmerige Tal, und in den gepflegten Gärten der schönen Villen duftete es noch immer nach Rosen und frisch gemähtem Gras. Alles war noch so wie in der vergangenen Nacht, und trotzdem schien es Rupert, als hätte sich seitdem die Welt für ihn verändert. Oder war nur er selber es, der sich verändert hatte?

Spät am Abend, wir hatten uns schon gute Nacht gesagt und ich dachte, Ruth schliefe bereits, hörte ich sie plötzlich fragen: »Hast du Probleme, Rupert?«

»Wie kommst du darauf?« fragte ich überrascht.

Sie legte die Hand zu mir herüber und sagte: »Du bist in den letzten Tagen irgendwie anders, so geistesabwesend. Es ist mir schon ein paarmal aufgefallen.«

Seiner eigenen Frau konnte man eben nur schwer etwas verheimlichen, ich sagte: »Es ist nichts, das dich zu beunruhigen braucht.«

»Willst du nicht darüber reden?«

Ich griff nach ihrer Hand und hielt sie fest. Vielleicht hätte ich schon lange mit ihr darüber reden sollen, und trotzdem entschied ich mich auch jetzt für einen indirekten Weg: »Eine Frau, die mir dem Namen nach bekannt war, ist bei einem Autounfall ums Leben gekommen.«

»Nur dem Namen nach?« fragte Ruth hellhörig.

Ich wußte, daß es auch in ihrem Leben vor mir andere Männer gegeben hatte, aber als wir heirateten, einigten wir uns darauf, einen Strich unter die Vergangenheit zu ziehen und nie darüber zu sprechen. Damals hätte ich es auch noch nicht tun können, und sie mochte ihre eigenen Gründe dafür gehabt haben. Ich sagte: »Ein guter Freund von mir hatte mit ihr zu tun. Von ihm habe ich alles über sie erfahren. Er hat einige Zeit als Chauffeur für sie gearbeitet. Als ich in der Zeitung von ihrem Tod gelesen habe, sind jene Zeiten wieder in mir lebendig geworden. Es ist eine ziemlich komplizierte Geschichte. Ich weiß nicht, ob ich sie dir erzählen soll. Außerdem wirst du müde sein.«

Sie widersprach mir. »Ich bin gar nicht müde. Weißt du, was aus ihm geworden ist?«

»Wir haben uns schon vor unserer Hochzeit aus den Augen verloren«, sagte ich. »Er gehörte zu jenen Männern, die nichts mit sich anzufangen wußten.«

»Hatte er etwas mit ihr?«

»Ziemlich«, sagte ich. »Sie hat ihn beinahe um den Verstand gebracht.« Ich fühlte förmlich, wie sie vor Neugierde fast zerplatzte. Sie drehte sich auf die Seite, kam auch noch mit der zweiten Hand zu mir herüber und sagte: »Wenn er ihr Chauffeur war, dann war sie sicher reich?«

»Sie war mit einem reichen Mann verheiratet«, sagte ich. »Aber das war ein Fall für sich.«

»Eine romantische Geschichte«, sagte Ruth, und ich hörte, daß sie lächelte. »Eine reiche Frau und ihr Chauffeur! Sicher war dein Freund ein gutaussehender Mann?«

War ich damals ein gutaussehender Mann gewesen? Nun ja, manchmal hatte ich mir selber gefallen. Ich sagte: »Er sah nicht gerade übel aus. Etwa meine Größe, aber nicht ganz so intelligent wie ich, sonst hätte sie das nicht alles mit ihm machen können.«

»Erzähle«, sagte Ruth und preßte meine Hand. »Du hast mich jetzt richtig zappelig gemacht. Hatten sie ein Verhältnis miteinander?«

»Sogar ein doppeltes«, sagte ich. Irgendwie tat es mir gut, darüber reden zu können. »Er hat auch noch mit ihrer Zofe geschlafen.«

»Nein!« sagte Ruth fassungslos. »Aber das hat sie sicher nicht gewußt!«

»Im Gegenteil«, sagte ich. »Sie hat sie miteinander verkuppelt.«

»Eine tolle Frau!« sagte Ruth impulsiv, und ich gewann den Eindruck, daß sie erregt war, denn sie liebkoste meine Brust. Ich hielt ihre Hand fest und sagte: »Das war sie bei Gott. Sie hat zuerst ihren Halbbruder und dann seinen Vater geheiratet.«

»Den Vater ihres Halbbruders?« vergewisserte sich Ruth verwirrt.

Ich nickte, obwohl sie das in der Dunkelheit nicht sehen konnte. »Das wäre nicht einmal so schlimm gewesen, aber der Vater ihres Halbbruders hat sich am Ende für meinen Freund auch noch als ihr leiblicher Vater herausgestellt.«

»Als ihr leib...« Mehr brachte Ruth nicht zustande.

Ich zog sie an mich, küßte sie und sagte: »Es ist eine sehr lange Geschichte, mein Schatz. Ich würde, wollte ich sie dir erzählen, bis morgen früh brauchen.«

»Das ist mir egal«, sagte sie entschieden und kam ganz zu mir herüber. Sie kuschelte sich eng an mich und sagte angenehm erregt: »Du willst mir doch nicht weismachen, daß sie mit ihrem Vater im Inzest gelebt hat?«

»In der Tat«, sagte ich.

»Und dein Freund wußte das?«

»Er ist zufällig dahintergekommen.«

Sie lachte ungläubig: »Wenn das wahr ist, hat es ihn bestimmt umgehauen!«

»Nicht einmal so sehr«, sagte ich. »Sie war eben eine richtige Hexe. Psychologisch wird es so gewesen sein, daß er sich vorher wegen ihres Mannes immer Skrupel gemacht hatte, aber als er erfuhr, daß es sich im Grunde um eine illegitime Ehe handelte, ist er nur noch schärfer auf sie geworden.«

»Das kann ich verstehen«, sagte Ruth und fummelte aufgeregt an meiner Brust. Ich fragte überrascht: »Wirklich?«

»Na hör mal!« sagte sie. »Wenn er richtig in sie verknallt war! Wie ist er zu der Stellung gekommen?«

»Auch das ist eine lange Geschichte«, sagte ich. »Ihr Mann hat ihn sogar für sie eingestellt. Vielleicht wußte er, daß sie ein Spielzeug brauchte.«

»Ich komme da immer noch nicht recht mit«, sagte Ruth verwirrt. »Ich meine, wußte ihr Mann, daß sie seine Tochter war?« Sie lachte und patschte mir vergnügt auf den Bauch. »Ich bin schon völlig durcheinander. Natürlich mußte er das wissen?«

»Das habe ich nie recht herausbekommen«, sagte ich.

»Du?« fragte sie rasch.

»Über meinen Freund«, sagte ich geistesgegenwärtig. Ich versuchte, in der Dunkelheit ihr Gesicht zu erforschen, und fragte: »Sag mal, du bist so vergnügt! Eigentlich hatte ich angenommen, so eine Geschichte würde dich eher schockieren.«

»Was gehen mich andere Leute an«, sagte sie. »Wenn mein eigener Vater so etwas versucht hätte, ja, aber so! Außerdem glaube ich dir kein Wort. Wie soll das alles vor sich gegangen sein?«

Ich nahm sie in die Arme. In dieser Nacht erzählte ich ihr meine ganze Geschichte, als wäre es die eines anderen.

18

Das Landhaus stand auf dem Südhang eines Berges unmittelbar am Waldrand. Mit roten Ziegelmauern und einem tief heruntergezogenen Dach glich es aus der Entfernung einem zweiflügeligen, ansehnlichen Bauernhof. Erst wenn man unmittelbar vor dem Haus stand, wurde auch die große Terrasse sichtbar. Von ihr aus hatte man einen ungehinderten Blick über das Tal und die weiten Hügel des Odenwalds.

Der Wohnraum war im Hauptflügel untergebracht. Ebenso ein Schlafzimmer, ein Eßzimmer, ein Bad und die Küche. Die Terrasse war durch Fenstertüren mit dem Wohnraum verbunden. In dem etwas kleineren Ostflügel befanden sich die Gästezimmer, ein zweites Bad und noch ein Privatzimmer von Irmgard Widdau. Die Inneneinrichtung war geschmackvoll unaufdringlich, farbige Tapeten und helle, bequeme Polstermöbel machten die Zimmer sehr wohnlich. Unter den meisten Fenstern zogen sich gepolsterte Bänke hin. Jalousetten und rote Markisen sorgten stets für eine angenehme Temperatur. Im Wohnzimmer gab es noch eine Eßecke und einen offenen Kamin.

Es war ein sehr schönes Haus in einer Landschaft wie aus einem Bilderbuch. Zum Haus gehörte noch eine große Wiese, und unterhalb der Wiese waren goldgelbe Weizenfelder zu sehen. Ein breiter Fahrweg führte am Waldrand zum nahe gelegenen Dorf, das jedoch für die Bewohner des Hauses hinter einem vorspringenden Waldzipfel verborgen war. Das Haus hatte eine eigene Wasserversorgung, die von einer nahe gelegenen Quelle gespeist wurde. Alleine die Erschließung des Baugeländes, die Strom- und Wasserversorgung, der private Fahrweg zum Dorf mußten Widdau ein Vermögen gekostet haben, aber in einer Zeit, in der sich jeder bessere Gemüsehändler in Heidelberg eine Villa bauen konnte, war es für einen Mann wie Widdau selbstverständlich, daß er sich den zusätzlichen Luxus eines Landhauses auf einer Bergkuppe leistete, vierzig Kilometer von der Stadt entfernt und weitab von allen unbequemen und neugierigen Nachbarn. Ungebetenen Besuchern verwehrten schmiedeeiserne Fenstergitter und einbruchsichere Rolläden den Zugang. Zudem kümmerten sich freundliche Dorfbewohner regelmäßig um das Haus; sie brauchten das nicht umsonst zu tun. Widdau liebte dieses Haus vielleicht nur deshalb, weil er kaum Zeit fand, es zu bewohnen; Rupert wußte von Margot, daß er in diesem Jahr noch kein einziges Mal hiergewesen war. Seine Frau liebte das Haus auch, jedoch wieder aus anderen Gründen. Auch Rupert hätte sich in das Haus verlieben können. Ein einziger Blick von der Terrasse auf das grüne Meer bewaldeter Hügel hatte es ihm sofort sympathisch werden lassen. Es traf nämlich gar nicht immer zu, daß reiche Leute keinen Geschmack hätten.

Er war Margot dabei behilflich, den schweren Einkaufskorb mit den Lebensmitteln vom Wagen in die Küche zu schaffen. Anscheinend trug sie ihm ihre letzten gemeinsamen Erlebnisse nicht nach, sie wirkte ziemlich munter und vergnügt. In der Küche küßte sie ihn und sagte: »Kümmere dich um die gnädige Frau, sonst ist sie beleidigt.«

Ihre Rücksichtnahme auf sie war schon rührend. Er traf Irmgard Widdau auf der Terrasse in einem Liegestuhl an; sie war bereits im Bikini und fragte ihn, ob er seine Badehose mitgebracht habe. Da sie schließlich nicht zum Baden hierhergefahren waren, hatte er gemeint, auf sie verzichten zu können. Sie sagte: »Wenn du einen anständigen Slip anhast, genügt der auch. Hier sieht dich ja keiner. Du kannst dich im Schlafzimmer ausziehen.«

Das Bett dort war fast genauso breit wie ihr Bett in Heidelberg; er nahm einen leeren Bügel aus dem Kleiderschrank, hängte seine Sachen darüber und kehrte auf die Terrasse zurück. Unterwegs begegnete er Margot, sie sagte kichernd: »Du bist aber schick!«

Er zwickte sie in den kleinen Hintern.

Auf der Terrasse durfte er sich neben Irmgard Widdau in einen Liegestuhl setzen; ihre Augen waren jetzt hinter einer großen, dunklen Sonnenbrille verborgen.

Sie musterte ihn prüfend und fragte: »Hat deine Frau von sich hören lassen?«

Er schüttelte den Kopf. »Warum fragst du?«

»Du kommst mir verändert vor«, sagte sie.

Er hatte sich während der ganzen Fahrt hierher bemüht, sich seine neuesten Erkenntnisse über sie nicht anmerken zu lassen, aber sie schien ihn bereits so gut zu kennen, daß es ihm offensichtlich nicht ganz gelungen war. Sicher wäre ihr sein verändertes Wesen schon vorgestern, als er sie von seiner Wohnung nach Hause gefahren hatte, aufgefallen, aber sie war, als er sie, wie von ihr gewünscht, gegen zehn Uhr aufweckte, viel zu schlaftrunken gewesen, um ihm besondere Aufmerksamkeit zu widmen. Zuvor hatte er den Wagen in der Werkstatt abgeholt, und als er mit Irmgard Widdau die Treppe hinuntergestiegen war, hatte er für einen Augenblick lang Frau Kleins fassungsloses und tiefbeeindrucktes Gesicht in ihrer halbgeöffneten Wohnungstür gesehen. Man mußte, um der Bourgeoisie das Staunen zu lehren, eben nur im richtigen Wagen vorfahren und mit der richtigen Frau schlafen. Bis heute vormittag hatte er dann von Irmgard Widdau nichts mehr gehört und bereits angenommen, sie hätte ihre Wochenendpläne geändert, aber gegen elf Uhr hatte sie ihn telefonisch aufgefordert, sie nach dem Mittagessen abzuholen, und als sie zu ihm in den Wagen gestiegen war, hatte sie, vor Margots Augen, seine Hand berührt und ihn angelächelt.

Nachdem er zwei Tage lang über sie und seine Entdeckungen in ihrem Sekretär nachgedacht hatte, fühlte er sich unschlüssiger denn je. Statt sie zu verachten und zu verdammen, neigte er immer mehr dazu, sie wie ein Wesen anzusehen, das sich allen bürgerlichen Moralbegriffen entzogen hatte. Für sie schien nichts zu gelten, was diese Welt noch einigermaßen in Ordnung hielt und ihren Lauf bestimmte. Sie hatte sich von allen lästigen Zwängen freigemacht und lebte nach eigenen Gesetzen und Normen, aber warum das so war, hatte er noch immer nicht begriffen, und vielleicht würde er es auch nie ganz verstehen.

Margot brachte einen kleinen Tisch auf die Terrasse und verschwand wieder. Während sie sich in der Küche um das Kaffeewasser kümmerte, erkundigte sich Irmgard Widdau bei Rupert, wie ihm das Haus gefalle.

»Sehr gut«, antwortete er. »Wie seid ihr auf diesen Platz gekommen?«

»Mein Mann und ich haben ihn während einer Spazierfahrt zufällig entdeckt«, sagte sie. »Das war vor fünf Jahren. Damals hatte er noch mehr Zeit dafür, und ich hatte noch meinen Führerschein und konnte jeden Tag selber hierherfahren. Hast du dich gut amüsiert?«

Er wußte sofort, wovon sie sprach, und sagte: »Du warst sehr niedlich.«

Sie grinste. »Hauptsache, es hat dir Spaß gemacht. Du siehst, ich tue fast alles für dich. Wann bist du eingeschlafen?«

»So gegen vier«, sagte er.

Margot kam mit dem Kaffeegeschirr und deckte den Tisch. Sie hatte inzwischen einen einteiligen, schwarzen Badeanzug angezogen, von dem sich ihre weiße Haut noch auffälliger abhob. Sie setzte sich in den Schatten eines Sonnenschirms und goß Kaffee ein. Dazu gab es Obsttorte, die genauso lecker aussah wie Margot. Ihr angestrengtes Bemühen, sich ja ihre weiße Hautfarbe zu erhalten, amüsierte Rupert, vielleicht wollte es die gnädige Frau so! Man konnte sich, wenn man sie mit Irmgard Widdaus tiefgebräuntem Körper verglich, kaum einen stärkeren Kontrast vorstellen.

Es war sehr heiß auf der Terrasse. Im Süden trieben weiße Wolkensegel über den schimmernden Horizont, und in dem schönen Laubwald hinter dem Haus sangen Vögel. In den großen Fensterscheiben des Wohnzimmers spiegelten sich die Berge.

»Gefällt sie dir?« fragte Irmgard Widdau, mit einem Stück Kuchen im Mund. Natürlich war ihr aufgefallen, daß er den Blick kaum von Margot wenden konnte. Trotzdem fragte er: »Die Landschaft?«

»Sie hat eine sehr hübsche«, sagte Irmgard Widdau grinsend. Zu Margot sagte sie: »Wenn dir zu warm ist, kannst du das Ding ausziehen.«

Margot stand augenblicklich auf, schob die Träger des Badeanzugs von den Schultern und streifte ihn ab. Dann setzte sie sich wieder auf ihren Platz zurück und griff nach einem zweiten Stück Kuchen. »Iß nicht so viel«, sagte Irmgard Widdau zurechtweisend. »Wenn du dick wirst, schicke ich dich wieder dahin, von wo du hergekommen bist.« Sie blickte durch ihre dunklen Brillengläser Rupert an. »Jetzt kannst du sie dir in Ruhe betrachten.«

Ihn wunderte schon gar nichts mehr, und die Situation war erregend genug.

Er befeuchtete seinen trockenen Mund mit einem Schluck Kaffee. Irmgard Widdau taxierte ihn lächelnd und sagte: »Du brauchst dir keinen Zwang anzutun. Ich habe dir ja versprochen, daß du sie hier haben kannst.«

Sie schien entschlossen zu sein, keine Zeit zu verlieren, aß nur ein Stück Kuchen und befahl Margot dann, den Tisch abzuräumen. Rupert beobachtete, wie sie das Tablett in das Haus trug; es war ein umwerfender Anblick. Irmgard Widdau sagte: »Sie hat ein etwas zu mageres Becken, aber das macht sich bei ihr vielleicht noch. Wie findest *du* sie?«

»Das schönste Exemplar in deiner Schmetterlingssammlung«, sagte Rupert etwas heiser. »Wie lange ist sie schon bei dir?«

»Über zwei Jahre.«

Sie drückte ihm eine Flasche mit Sonnenöl in die Hand und streifte das Oberteil ihres Bikinis ab. Wurde sie denn dieses Spiels nie leid? Anscheinend nicht, denn er mußte ihr auch noch die Beine einölen, und am Schluß deutete sie auf ihre Brüste. Dabei liebkoste sie ihn mit ihren dünnen Fingern, und als er es vor Erregung kaum mehr ertrug, schickte sie ihn nach Margot schauen.

Im Wohnzimmer war es kühl. Er setzte sich, um seiner Erregung einigermaßen Herr zu werden, in den nächsten Sessel. Ein alter Schlager aus den dreißiger Jahren kam ihm in den Sinn: *Denn zuerst hast du mich aufgewühlt, und dann läßt du mich gehen.*

Das versprach ein heiteres Wochenende zu werden, aber was hatte er anderes erwartet? Vielleicht meinte sie, ihm noch eine Revanche für ihr Nachgeben in seiner Mansarde schuldig zu sein.

Er stand auf. In der Küche war Margot nicht. Er kehrte in den Flur zurück, klopfte an die Schlafzimmertür und trat, als sich niemand meldete, ein. Sie lag ausgestreckt auf dem Bett und blickte ihm erwartungsvoll entgegen. »Hast du mich nicht klopfen hören?« fragte er.

»Ich bin ja nicht taub«, sagte sie. »Hat sie dich nach mir geschickt?«

»Was tust du hier?« fragte er.

»Das siehst du doch«, sagte sie. »Ich ruhe mich aus. Willst du dich zu mir legen?«

Das Angebot war verführerisch genug. Etwas störte ihn jedoch daran. Er wußte nur noch nicht, was. »Dazu haben wir jetzt keine Zeit«, sagte er. »Du sollst zu ihr kommen.«

»Hat sie das gesagt?«

»Sie hat gesagt, daß ich nach dir schauen soll.«

»Das ist nicht dasselbe«, sagte Margot und streckte ihm die Arme entgegen. »Komm! Wenn du mich küßt, tue ich alles, was du willst.«

Er sagte säuerlich: »Werde um Gottes willen nicht romantisch. Das paßt gar nicht zu dir.«

»Warum nicht?«

Er schwieg und betrachtete sie.

»Du bist vielleicht wieder komisch«, sagte sie verwundert. »Was ist dabei, wenn du mich küßt?«

»Vielleicht kommt sie herein.«

»Dann hören wir eben auf«, sagte sie ungeduldig.

Er sagte: »Ich habe erst vor fünf Minuten wieder aufhören müssen. Das reicht mir für heute.«

Sie lachte. »Ja? Was habt ihr getan?«

Ihre Art, sich ihm darzubieten, war schon fast obszön, aber er konnte nicht den Blick von ihr losreißen. Als er unschlüssig an der Tür stehenblieb, stand sie rasch auf, kam zu ihm und schlang lachend die Arme um ihn. »Du bist ein Dummkopf! Begreifst du denn nicht, daß dies der einzige Grund ist, weshalb sie dich zu mir geschickt hat?«

Er hätte es sich ja denken können. »Wenn das wieder so ein schmutziger Trick von euch ist...«

Sie verschloß ihm den Mund mit einem langen Kuß und sagte dann: »Sei nicht blöd, Rupert. Das ist kein Trick. Sie will es so, und du willst es doch auch? Oder was ist das?«

Sie blickte, während sie ihn berührte, lächelnd in seine Augen und zog ihn mit sich. Obwohl er noch immer mißtrauisch war, konnte er nicht mehr anders, und dann sah er nur noch das Bett, das klaffende Weiß ihrer Schenkel, ihre Brüste, ihr leidenschaftliches Gesicht, fühlte ihre Küsse, ihre Berührungen, konnte an nichts anderes mehr denken. Das blinde Stoßen, das klatschende Geräusch ihrer Flanken, er hatte kein Gefühl dafür, wie lange das dauerte, und als Margot plötzlich die Beine von seinem Rücken nahm, mit einer raschen Drehung ihrer Hüften unter seinem Körper hervorglitt, begriff er kaum, was mit ihm geschah. Erst als er den Kopf hob und am Fußende des Bettes Irmgard Widdau stehen sah, durchschaute er die Zusammenhänge. Er beobachtete benommen, wie Margot aus dem Zimmer lief. Dann blickte er wieder Irmgard Widdau an. Er hatte ihr Gesicht noch nie so schön gesehen, es schien in der Ekstase förmlich zu leuchten. Sie kam zu ihm, beugte sich, während sie gleichzeitig ihren Bikini abstreifte, zu ihm nieder, und preßte die Lippen auf seinen Mund. Jetzt erst traf ihn die Ernüchterung wie ein Kübel eiskalten Wassers. Er stieß sie heftig von sich, stand auf und folgte Margot. So konnte er nicht sehen, wie Irmgard Widdau in fassungslosem Zustand eine große Blumenvase vom Fenstersims nahm und sie ihm nachschleuderte. Sie zerbarst, als er gerade die Tür öffnen wollte, unmittelbar neben seinem Kopf in unzählige Stücke. Ein paar davon trafen auch sein Gesicht, ohne ihn allerdings zu verletzen. Er starrte, vor Schreck und Ingrimm ein paar Augenblicke lang unfähig, sich zu rühren, auf die Scherben nieder. Dann ging er rasch zu Irmgard Widdau hin und schlug ihr, ohne recht zu wissen, was er tat, blindlings ins Gesicht. Er traf sie so heftig, daß sie rücklings auf das Bett fiel. Ihr Gesicht war so weiß wie die getünchte Zimmerdecke. In jäher Ernüchterung drehte er sich um und verließ das Zimmer. Er ging zuerst in die Küche, und als er Margot dort nicht fand, suchte er auch in den anderen Räumen nach ihr, jedoch ohne Erfolg. Schließlich ging er in das kleine Gästezimmer im Ostflügel des Hauses, das ihm bei ihrem Eintreffen von Irmgard Widdau zugewiesen worden war. Er ließ sich auf das Bett fallen, verschränkte die Hände im Nacken und blickte durch das Fenster in den blauen Himmel. Wie weit war es mit ihm gekommen!

Irgendwann beruhigte er sich. Er wartete darauf, daß Irmgard Widdau zu ihm kommen und ihn nach Heidelberg zurückschicken würde, aber sie kam nicht, und der Nachmittag verging, ohne daß sich im Haus etwas rührte. Es war schon kurz nach sieben, als er schließlich aufstand, sich anzog und auf den Flur hinaustrat. Aus der Küche vernahm er Irmgard Widdaus Stimme; anscheinend unterhielt sie sich mit Margot. Er ging, ohne sich aufzuhalten, in das Wohnzimmer und von dort auf die Terrasse. Von einem Liegestuhl aus beobachtete er, wie im Westen die Sonne unterging. Der Himmel glühte.

Später kam Irmgard Widdau zu ihm. Sie hatte zum Abendessen eine enge blaue Hose und eine blaue Kosakenbluse angezogen; ihre linke Wange wirkte geschwollen. Sie setzte sich neben ihn, zündete sich eine Zigarette an und sagte: »Du mußt es lernen, daß du mich so nicht behandeln kannst. Ich bin genauso verletzbar wie du. Wenn man mich zurückstößt, verliere ich die Selbstbeherrschung. Ich bin froh, daß ich dich verfehlt habe. Du hättest tot sein können. Ich bin es, wenn ich mich einem Mann anbiete, nicht gewohnt, wie eine billige Hure zurückgestoßen zu werden. Merk dir das für die Zukunft. Ich habe dir gesagt, du kannst sie haben, sooft du willst, aber nach meinen Spielregeln und nicht nach deinen. Entweder du paßt dich ihnen an, oder du scherst dich zum Teufel.«

»So, wie sie sich angepaßt hat«, sagte er. »Du bist es nicht gewohnt, zurückgestoßen zu werden, und ich bin es nicht gewohnt, mitten im Rennen die Pferde zu wechseln.«

»Dann wirst du dich eben daran gewöhnen«, sagte sie und blies ihm ihren Zigarettenrauch ins Gesicht. »Das kann sogar sehr reizvoll sein. Viel reizvoller als zu zweien. Was stört dich daran?«

»Deine hinterhältige Art«, sagte er. »Wenn du auf so etwas aus bist, hättest du gleich mitkommen können. Für dich hätte es auch noch gereicht, aber ich lasse mich nicht gerne verschaukeln.«

»Ich habe dich nicht verschaukeln wollen«, erwiderte sie ruhig. »Ich wollte dir nur etwas Zeit lassen, dich auf sie einzustellen. Sie hat mir erzählt, daß es bei dir daheim nicht geklappt hat.«

Er wandte ihr das Gesicht zu. »Was erzählt sie dir nicht?«

Sie lächelte, stand auf und trat an das Terrassengeländer. »Sie ist manchmal etwas direkt, aber auch daran wirst du dich gewöhnen. Komm her!«

Er zögerte, stand dann jedoch auf und ging zu ihr. Sie warf ihre Zigarette über das Geländer, legte die Hände in seinen Nacken und küßte ihn.

»Du hast einen ganz schönen Schlag«, murmelte sie. »Mir tut der ganze Kopf weh.«

Er fühlte sich bereits wieder schuldbewußt und sagte: »Ich wollte dich nicht schlagen. Ich habe vor dir noch nie eine Frau geschlagen. Ich wußte gar nicht, daß ich dazu fähig bin.«

»Das steckt in euch allen«, sagte sie. »Man muß es nur wecken.«

»Wolltest du das?«

»Vielleicht«, sagte sie und küßte ihn wieder. »Das Tier im Manne.«

»In dir steckt auch eins«, sagte er. »Sogar eine Bestie.« Er hatte den Ausdruck in ihren Augen, als sie die Vase nach ihm geworfen hatte, noch nicht vergessen; sie hatte ihn in jenem Augenblick umbringen wollen. Er zweifelte nicht daran.

»Männer sind auch Bestien«, sagte sie. »Man braucht sie nur in eine Uniform zu stecken und ihnen ein Gewehr in die Hand zu geben. Wie viele Menschen hast du im Krieg umgebracht?«

»Das habe ich vergessen.«

»So etwas kann man nicht vergessen«, erwiderte sie. »Du verdrängst es nur. So wie du zu verdrängen versuchst, daß du im Grunde nicht besser bist als die anderen und lieber gleichzeitig mit einem Dutzend Frauen als nur mit einer schlafen würdest. Wie ein Hahn. In euren Wunschträumen seid ihr Männer Hähne, aber wehe, wenn man euch das sagt! Dann seid ihr die personifizierte Moral, die reinste Tugendhaftigkeit!«

»Das weiß ich nicht«, sagte er. »Ich habe es noch nie darauf ankommen lassen, gleichzeitig mit einem Dutzend Frauen zu schlafen, und heute nacht werde ich nur mit einer schlafen. Du hast es mir versprochen. Du hast mich jetzt zweimal daran gehindert. Ein drittes Mal wird dir das nicht gelingen.«

Sie betrachtete ihn neugierig. »Hast du dich in sie verliebt?«

»Darauf kommt es bei mir nicht an«, sagte er. »Ich verliebe mich ziemlich oft, und das geht meistens rasch wieder vorbei. Vielleicht habe ich nur den Wunsch, mich wieder einmal als normaler Mensch zu fühlen.«

Sie grinste. »Das ist eine interessante Assoziation. Wieso fühlst du dich nicht mehr als normaler Mensch? Weil ich euch vorhin gestört habe?«

Es war dumm von ihm gewesen, überhaupt davon anzufangen; er hätte es ihr doch nicht zu erklären vermocht. Sie sagte: »Ich meine, fühlst du dich, wenn du dabei beobachtet wirst, nicht als normaler Mensch?«

»Moralisch gesehen, nein.«

Sie grinste noch stärker. »Normale moralische Männer langweilen mich. Ich sehe, ich kann es nicht verantworten, dich heute nacht mit ihr schlafen zu lassen. Vielleicht würdest du dadurch wieder zu deinem besseren Ich zurückfinden. Ist es das, was du dir einredest?«

Er erwiderte stumm ihren Blick.

Sie küßte ihn sanft und sagte: »Ich bin gerade dabei, dich ein wenig umzukrempeln. Da käme es mir sehr ungelegen, wenn du dich plötzlich wieder als normaler moralischer Mensch fühlen würdest. Es tut mir sehr leid, mein Junge, aber du wirst heute nacht auf sie verzichten müssen.«

War es bisher kaum mehr als ein Scheingefecht gewesen, so wurde es für Rupert nun immer mehr zu einer Probe aufs Exempel. Er sagte: »Ich sehe nicht, wie du das bewerkstelligen willst.«

»Nun, *ich* sehe es sehr gut«, sagte sie und ging mit einem leisen Lachen ins Haus. Wenn sie nicht selber der Leibhaftige war, so hatte sie ihn zumindest in ihrem hübschen Leib.

Er beobachtete gedankenlos, wie die Nacht in die Täler kroch und man in den Dörfern Licht anzündete. Aus den tiefgelegenen Wiesen stieg milchiger Nebel. Über die waldigen Kuppen kam das Geläute ferner Kirchenglocken, und im Westen verbrannte der Himmel in einer roten Lohe.

Margot kam mit einer Stehlampe aus dem Wohnzimmer. Sie baute sie neben dem Tisch auf und sagte: »Wir essen auf der Terrasse. Die gnädige Frau hat mir alles erzählt.«

»Du erzählst ihr ja auch alles«, sagte Rupert gleichgültig. »Was war es denn Hübsches?«

»Daß du heute nacht mit mir schlafen willst.«

»Nun ja, das wolltest du heute nachmittag ja selber«, sagte er. »Warum sollen wir es dann nicht auch heute nacht tun wollen?«

»Du hättest mit uns beiden schlafen können«, sagte sie vorwurfsvoll. »Nun werden wir ohne dich schlafen.«

Er lächelte. »Ist das auf die Dauer nicht ein bißchen langweilig?«

Sie erwiderte schnippisch. »Davon verstehst du nichts. Männer sind in dieser Beziehung blöd. Mit einer Frau zu schlafen, das ist etwas ganz anderes, und mit dir kann ich ja noch oft schlafen.«

»Mit ihr nicht?«

Sie wandte ihm den Rücken zu. Er hielt sie rasch an der Schulter fest und sagte: »Ich habe es mir nun mal in den Kopf gesetzt, und sie wird mich nicht daran hindern. Ich verspreche es dir.«

»Du hast mir schon so manches versprochen«, sagte sie kichernd und verschwand im Haus. Das bezog sich wohl auf die kleine Panne auf seiner Couch! Nun ja, wer den Schaden hatte ...

Das Abendessen war dann eine schweigsame Angelegenheit. Es war nicht mehr gerade warm, aber auch noch nicht kühl auf der Terrasse. Irmgard Widdau hatte sich eine Stola umgehängt. Im Schein der Stehlampe sah ihr Gesicht sanft gerötet und wieder sehr hübsch aus. Sie aß mit gutem Appetit, während Rupert und Margot nur unlustig zugriffen. Zwei Nachtfalter umtanzten die Stehlampe, ihre Schatten huschten wie große Fledermäuse über die dunkelroten Fliesen des Terrassenbodens. Der Himmel war sternklar, im Westen reflektierte er die unzähligen Lichter der großen Städte.

Nach dem Essen wandte sich Irmgard Widdau unvermittelt an Rupert: »Warst du schon einmal in Italien?«

Er schüttelte den Kopf.

»Letztes Jahr haben wir südlich von Sorrent eine kleine Bucht entdeckt. Sie liegt so versteckt zwischen den Klippen, daß man nackt baden kann.«

»Wie praktisch für dich«, sagte Rupert, aber es klang nicht so sarkastisch, wie er sich das gewünscht hatte. »Warst du allein dort?«

»Mit Margot«, sagte Irmgard Widdau. »Für sie war der Platz insofern günstig, als es zwischen den Klippen angenehm schattig war.«

»Warum darf sie nicht braun werden?«

Irmgard Widdau lächelte. »Weil sie mir so besser gefällt.« Sie blickte Margot an. »Freust du dich darauf?«

»Sehr«, sagte Margot impulsiv. »Ich kann es kaum mehr abwarten. Darf ich den Tisch abräumen?«

Irmgard Widdau nickte. Wir setzen uns ins Wohnzimmer. »Es wird hier zu kühl. Zünde schon das Feuer im Kamin an. Wir kommen gleich.«

Sie wartete, bis Margot gegangen war, dann fragte sie: »Hast du es dir anders überlegt?«

»Ob ich heute nacht mit ihr schlafen will?«

»Ja.«

»Es ist unverändert mein Wunsch«, sagte Rupert.

»Und mein Wunsch ist es unverändert, daß du es nicht tust«, sagte sie. »Was machen wir da? Ein Markstück in die Luft werfen?«

»Das ist mir zu abenteuerlich«, sagte er.

Sie zuckte mit den Achseln. »Etwas mußt du schon riskieren. Im ungünstigsten Fall deine Stellung.«

»Meinetwegen«, sagte er.

Obwohl ihre Stimme fast heiter geklungen hatte, wußte er, daß dies kein Spiel mit Worten mehr war. Er hatte ihr vor dem Essen den Fehdehandschuh hingeworfen, und sie hatte ihn aufgehoben.

»So viel ist sie dir wert?« fragte sie fast teilnahmsvoll.

»Es ist eine Sache des Prinzips.«

Sie grinste. »Ach ja. Ihr Männer habt ja eure Prinzipien; das hätte ich fast vergessen. Falls du dir einreden solltest, für mich bereits unentbehrlich geworden zu sein ...«

»Mein Vorgänger war es auch nicht«, sagte er.

Sie nickte. »Mit dem habe ich auch nicht geschlafen.«

»Dann hatte ich dich falsch verstanden«, sagte er überrascht.

Sie lächelte wieder. »Das passiert dir oft. Ich habe, ob du es mir glaubst oder nicht, bis heute nur mit drei Männern geschlafen.«

»Einschließlich meiner Person?«

»So ist es, mein Junge«, sagte sie und stand auf. Rupert blickte ihr verwundert nach. Womit hatte sein Vorgänger sie dann zu erpressen versucht? Vielleicht war auch er hinter eines ihrer höllischen Geheimnisse gekommen.

Er folgte ihr ins Haus. Sie hatte sich mit übereinandergeschlagenen Beinen in einen Sessel gesetzt und sagte, als er zu ihr kam: »Schalte das Radio ein.«

Er blickte sich um. »Ich sehe keins.«

»Es steht hinter der Bar.«

»Ich sehe auch keine Bar.«

Sie lachte, stand auf und öffnete eine Tür, die Rupert für eine Schranktür gehalten hatte. Dahinter war eine geräumige Nische mit einer kleinen Bartheke, drei Barhockern und einer diskreten Beleuchtung. Ihre Wände wirkten wie mit rotem Samt bezogen; für Rupert eine echte Überraschung.

Irmgard Widdau setzte sich auf einen der Hocker und winkte Rupert zu sich. Sie blickte ihn fragend an. »Nicht übel«, räumte er widerwillig ein. »Du solltest dir so etwas auch in Heidelberg zulegen.«

»Haben wir«, sagte sie. »Im großen Wohnraum.«

»Habt ihr auch noch einen kleinen?«

Sie lächelte nur. »Sie ist nicht so hübsch wie diese. Mein Mann ist in solchen Dingen eher konventionell.«

»Mich hat er vom Gegenteil überzeugt«, sagte Rupert. »Seit ich dein Gemälde in seinem Arbeitszimmer gesehen habe.«

»Gefällt es dir nicht?«

Er drehte sich mit dem Rücken zur Theke und stemmte die Ellbogen auf. »Es sieht dir sehr ähnlich. Mich wundert nur, daß es ausgerechnet in seinem Arbeitszimmer hängt. Sicher empfängt er dort viele Besucher. Auch solche, die dich kennen.«

»Deshalb hängt es ja dort«, sagte sie. »Er will sie sehen lassen, welchen lohnenden Fang er mit mir gemacht hat.«

»Das paßt doch gar nicht zu einem eifersüchtigen Mann!«

Sie küßte ihn auf die Wange. »Wenn es nicht zu ihm paßte, hätte er mich gar nicht erst geheiratet.«

»Ziemlich kompliziert«, sagte Rupert.

Margot brachte eine Schale mit Eiswürfeln. Sie hatte sich inzwischen umgezogen und trug eine schwarze, hautenge Samthose, einen ärmellosen schwarzen Rollkragenpulli und weiße Sandalen. Auf Rupert wirkte sie in diesem Aufzug wie eine verbesserte Neuauflage, ein bildhübscher Page mit einem bildhübschen Mädchenkopf. Sie schaltete das große Licht aus, so daß nur noch der gedämpfte Schein der Barlampen und das knisternde Holzfeuer im Kamin das Zimmer beleuchteten. Durch die großen Fenstertüren zur Terrasse sah Rupert den Mond über die Berge kommen. Sein weißes Licht meißelte die Konturen der Landschaft aus der Nacht und breitete sich wie Rauhreif über die dunklen Wälder aus. Er blickte wieder Margot an. Er konnte plötzlich nichts anderes mehr tun, als sie anzuschauen.

Neben ihm fragte Irmgard Widdau: »Ist sie nicht süß? Du hättest sie erleben sollen, wie sie ausgesehen hat, als ich sie zu mir ins Haus geholt habe! Ein völlig abgemagertes, unscheinbares Ding. Sie hatte nicht einmal Manieren. Was sie heute ist, habe *ich* aus ihr gemacht. Nicht wahr, Schätzchen?«

Margot nickte lächelnd und blickte Rupert an. »Es ist so. Ich verdanke der gnädigen Frau sehr viel.«

»Du verdankst mir sogar alles, mein Schätzchen«, sagte Irmgard Widdau und küßte sie auf den Mund. Sie gab ihr einen kleinen Klaps auf den Hintern und sagte: »Schalte den Plattenspieler ein und setz dich dann zu uns.«

Während sie einen Drink mixte, zwei Gläser füllte und Margot mit einem dritten Glas auch eine volle Whiskyflasche hinschob, blickte Rupert einmal sie und dann wieder Margot an. Wie hatte sie es nur geschafft, aus diesem Mädchen ein so willenloses Werkzeug zu machen? Sie mußte sie genauso verhext haben wie ihren unglückseligen Mann. Er beobachtete, wie sich das Mädchen in der Nische an einem Zehnplattenspieler zu schaffen machte, sich dann zu ihnen setzte und die Whiskyflasche öffnete. Irmgard Widdau sagte: »Margot zieht Whisky einem Cocktail vor.«

»Doch nicht pur?« fragte Rupert.

»Sodawasser ist schlecht für meinen Magen«, sagte Margot und goß ihr Glas randvoll. Sie setzte es an die Lippen und trank es mit geschlossenen Augen langsam, aber in einem Zug aus. Als sie das leere Glas absetzte, hustete sie, und ihr Gesicht war gerötet.

»Willst du dich vergiften?« fragte Rupert schockiert.

Irmgard Widdau gab ihm sein Cocktailglas. »Sie verträgt einiges. Versuch das! Es ist mein Hausrezept. Wenn es dir nicht schmeckt, dann stimmt etwas mit deiner Zunge nicht.«

Er blickte sie rasch an. »Wie kannst du es zulassen, daß sie ein ganzes Glas auf einmal leer trinkt?«

»In diesem Haus kann jeder trinken, soviel wie er will und verträgt«, beschied Irmgard Widdau ihn. »Willst du nicht die Jacke ausziehen?«

»Mir ist nicht zu heiß«, sagte Rupert und kostete von dem Cocktail; er brannte wie süßes Feuer auf der Zunge.

»Dir wird heute abend bestimmt noch heiß werden«, versicherte Irmgard Widdau. »Ich möchte tanzen!«

Sie stand auf, griff nach seiner Hand und schmiegte sich an ihn. Mit einem Seitenblick stellte Rupert fest, daß Margot ihr Glas wieder gefüllt hatte und es, genau wie das erste, mit einem Zug leer trank. Er hatte plötzlich das Gefühl eines drohenden Unheils. »Was hast du vor mit ihr?«

Irmgard Widdau legte ihm den Zeigefinger auf die Lippen und sagte: »Ich unterhalte mich nicht gerne, wenn ich tanze; es lenkt mich davon ab. Ist dir noch immer nicht heiß?«

Tatsächlich wurde es ihm jetzt rasch warm. Er blieb stehen, zog die Jacke aus und hängte sie über einen Stuhl.

Der automatische Plattenwechsler legte eine neue Platte auf, Irmgard Widdau sagte: »Ein langsamer Walzer. Bei dem kann man so schön schmusen. Komm!«

Und wie sie schmuste! Obwohl er sich diesmal vorgenommen hatte, auf der Hut zu sein, konnte er es nicht verhindern, daß sie ihn erregte. Er sagte: »Ich nehme an, du hast wieder deine Leica mitgebracht!«

Sie schüttelte lächelnd den Kopf. »Die Fotos, die ich von dir haben wollte, habe ich. Du bist kein originelles Motiv mehr für mich.«

»Ich nehme an, du hast eine ganze Sammlung solcher Motive.«

»*Solcher* Motive nicht«, erwiderte sie. »In deinem Fall war das nur eine Laune; mehr nicht.« Sie knöpfte sein Hemd auf, fuhr mit der Zunge über seine Brust und in seine Achselhöhle. Dann fragte sie: »Hast du deine Pläne für heute nacht inzwischen geändert?«

»Du kannst mich haben«, sagte er. »Aber erst hinterher.«

»Ich glaube nicht, daß du sehr viel mit ihr anfangen kannst«, sagte sie lächelnd. »Wenn ich richtig mitgezählt habe, hat sie soeben ihr fünftes Glas leer getrunken. Mehr als drei verträgt sie erfahrungsgemäß nicht.«

Er blieb mitten in einer Drehbewegung stehen und blickte zu Margot hin. Sie saß mit gekrümmtem Rücken auf dem Barhocker und schenkte sich eben das sechste Glas ein. »Warum duldest du das?« fragte er gereizt.

»Du treibst es doch gerne mit betrunkenen Frauen«, sagte sie und beobachtete, wie Margot auch dieses Glas leer trank. Dann rief sie: »Komm her!«

Als hätte sie darauf gewartet, glitt Margot sofort von dem Barhocker. Ihr Gesicht war kaum verändert, nur ihre Augen wirkten stumpf und die Haut leicht gerötet. Sie blieb, wie haltsuchend, neben dem Hocker stehen, dann näherte sie sich langsam und fiel, etwa drei Schritte entfernt, ganz plötzlich kopfüber zu Boden. Alles spielte sich so rasch ab, daß Rupert sie nicht mehr auffangen konnte. Mit einem einzigen Satz war er neben ihr, drehte sie auf den Rücken und stellte zu seiner Erleichterung fest, daß sie sich anscheinend nicht verletzt hatte. Sie hatte die Augen offen und lachte verwundert. »Bin ich hingefallen?«

Rupert hob sie auf, trug sie zu einer Couch und legte ein Kissen unter ihren Kopf. »Beweg dich nicht«, sagte er. »Hast du Kaffeebohnen im Haus?«

»Im Küchenschrank«, sagte sie, und ihre Stimme klang noch erstaunlich klar. »Im rechten oberen Fach in einer blauen Dose.«

Rupert blickte Irmgard Widdau an. Sie hatte sich nicht von der Stelle gerührt; ihr Gesicht trug einen eigenartigen Ausdruck. »Holst du den Kaffee?« fragte er. Als sie nicht antwortete, ging er rasch in die Küche, nahm die blaue Dose aus dem Schrank und kehrte ins Wohnzimmer zurück.

Das sich ihm dort bietende Bild ließ ihm das Blut in den Kopf schießen. Irmgard Widdau kniete neben der Couch, hatte mit einer Hand Margots Kopf angehoben und hielt ihr mit der anderen die Whiskyflasche an den Mund; sie war schon fast leer. Margots Gesicht hatte sich dunkelrot gefärbt. Sie trank mit geschlossenen Augen, ergeben, geduldig und ohne aufzuhören.

Beim Geräusch von Ruperts Schritte blickte Irmgard Widdau rasch hoch. Eine Sekunde lang sah er ihr zufriedenes Gesicht, die Genugtuung in ihren Augen, dann war er mit ein paar großen Sätzen bei ihr, riß ihr die Flasche aus der Hand und zwang sie, ihren rechten Arm hart auf den Rücken drehend, auf die Beine. Er schob sie, obwohl sie sich heftig sträubte, vor sich her zur Bar, stellte die leere Flasche auf die Theke und griff nach einer anderen, die noch bis zur Hälfte mit Pfefferminzlikör gefüllt war. Er zog, Irmgards Arm noch immer auf ihrem Rücken festhaltend, mit den Zähnen den Korken heraus und steckte die Flasche mit der Öffnung nach unten in den Ausschnitt von Irmgard Widdaus Kosakenbluse.

Sie reagierte so heftig, daß er Mühe hatte, sie festzuhalten. Sie trat mit den Schuhen nach seinen Schienbeinen, versuchte, indem sie sich tief nach vorne beugte, seine Absicht zu verhindern, aber er zwang sie, den Arm gegen ihren Kehlkopf pressend, wieder in die Höhe, und als die klebrige Flüssigkeit über ihre Brust, über ihren Bauch die Schenkel hinablief, fing sie an, hysterisch zu schreien. Trotzdem ließ Rupert sie erst los, als die Flasche leer war und die dunkelgrüne Flüssigkeit unter ihrer engen Hose hervor über ihre Knöchel lief und sich auf dem spiegelblanken Parkettboden zu einer häßlichen Lache sammelte. Er trat rasch von ihr zurück, stets gegenwärtig, daß sie sich sofort auf ihn stürzen würde, aber sie war so sehr schockiert, daß ihr nicht einmal der Gedanke daran kam. Ein paar Augenblicke lang blieb sie, etwas vornübergeneigt, reglos stehen, dann rannte sie zur Tür, und überall, wo sie die Füße aufsetzte, hinterließ sie eine kleine, klebrige Pfütze.

Diesmal empfand Rupert kein Mitleid mit ihr. Er wandte sich Margot zu. Sie hatte den Oberkörper aufgerichtet und fragte mit todblassem Gesicht: »Was hast du getan?«

Obwohl ihm nicht danach zumute war, mußte er grinsen. »Wieder einmal nicht das, was sie von mir erwartet hat. Wie fühlst du dich?«

»Das wird sie dir nie verzeihen«, sagte sie mit vor Furcht heiserer Stimme. Er zuckte mit den Achseln. »Das ist mein Problem; kümmere dich nicht darum. Kannst du gehen?«

»Ich weiß nicht«, murmelte sie.

»Versuch es. Du mußt den Whisky herausspucken, sonst stirbst du heute nacht an Alkoholvergiftung. Geh zum Klo oder auf die Terrasse und steck den Finger in den Hals.«

»Das krieg ich nicht fertig«, sagte sie weinerlich. »Mir ist so komisch.«

»Mir auch«, sagte er und half ihr auf die Beine. Er führte sie auf die Terrasse und forderte sie auf, sich tief über das Geländer zu beugen. »Vielleicht genügt es, wenn du eine Weile so stehen bleibst«, sagte er.

Tatsächlich genügte es. Sie erbrach sich fast endlos und sank dann halb erstickt und keuchend in die Knie. Rupert legte sie auf den Rücken und wartete neben ihr, bis sie einigermaßen zu Atem gekommen war. Dann nahm er sie wieder auf die Arme und trug sie in sein Zimmer. Er legte sie auf das Bett, wischte mit einem Taschentuch ihren Mund ab und sagte: »Ich hol' dir ein Glas Wasser. Rühr dich nicht von der Stelle.«

Er kehrte auf den Flur zurück und blieb dort eine Weile lauschend stehen. Aus dem Badezimmer vernahm er das Geräusch fließenden Wassers. Er mußte wieder grinsen. Für die nächsten Minuten würde Irmgard Widdau beschäftigt sein. Er versuchte sich vorzustellen, wie sie in dem sich grün färbenden Wasser hockte. Sicher würde sie auch dann noch begehrenswert aussehen.

Er holte das Wasser aus der Küche. Als er wieder zu Margot kam, hatte sie den dünnen Pulli bis zum Hals hinaufgestreift und atmete schwer. Er flößte ihr vorsichtig von dem Wasser ein und wischte mit dem Handrücken die feinen Schweißperlen von ihrer Stirn. »Schon etwas besser?« fragte er.

Sie bewegte unschlüssig den Kopf. »Mir ist so heiß. Zieh mich aus.«

Das war keine allzu große Arbeit, denn außer Pulli und Hose trug sie nichts auf der Haut. Er deckte sie bis zum Nabel zu und sagte: »Sei froh, daß du das Zeug draußen hast. Es hätte genügt, um zwei starke Männer umzuwerfen. Was warst du auch so verrückt.«

»Sie hat mir befohlen, die Flasche leer zu trinken«, murmelte sie.

»Weißt du auch, warum?«

Sie schwieg.

»Und du tust natürlich alles, was sie dir befiehlt«, sagte Rupert. »Vielleicht würdest du, wenn sie das wünschte, auch ein Glas mit Salzsäure austrinken.«

»Wo ist sie?« fragte Margot.

Daß sie sich sogar in ihrer jetzigen Verfassung mehr um Irmgard Widdau als um sich selber sorgte, zeigte Rupert wieder einmal, wie sehr sie unter deren Einfluß stand. Er antwortete: »Kümmere dich jetzt nicht um sie; sie wird sich schon schlafen gelegt haben. Kann ich dich ein paar Minuten allein lassen?«

Sie griff nach seiner Hand. »Wohin gehst du?«

»Ich muß noch frische Luft schnappen«, sagte er und küßte sie auf die Stirn. Er ging zur Tür, schaltete das Licht aus und schloß die Tür hinter sich ab. Den Schlüssel schob er in die Hosentasche.

Er ging wieder in die Küche, suchte nach einem Eimer und füllte ihn mit Wasser. Nachdem er auch noch einen Scheuerlappen gefunden hatte, trug er beides ins Wohnzimmer und machte sich daran, den Boden zu säubern. Auf dem Parkett ging das leicht, aber auch die Teppiche hatten von dem Pfefferminzlikör abbekommen. Die Flecken waren bereits eingetrocknet und widerstanden allen seinen Bemühungen. Schließlich gab er es auf.

Er war in Schweiß geraten. Auf der Terrasse zündete er sich eine Zigarette an. Es war jetzt noch heller geworden, der Mond ließ sein gelbes Licht in einsame Täler rieseln und leuchtete tief in die dunklen Wälder hinein. In den Dörfern waren die Laternen ausgegangen, und im nahen Wald klagte herzzerreißend ein Käuzchen.

Die kühle Luft tat Rupert gut. Er setzte sich in einen Liegestuhl und streckte die Beine von sich. Seine Gedanken beschäftigten sich mit Margot, sie bewegten sich konträr zu seinen Empfindungen. Wäre es nicht so absurd gewesen, so hätte er seine Verfassung als die eines verliebten Mannes analysieren können, aber das traf nur bedingt zu. In Wirklichkeit war es vielleicht nur so, daß er sich plötzlich in der Rolle des Prinzen Zauberherz gefiel, fest entschlossen, seine beklagenswerte, verwunschene Geliebte aus den Händen der bösen Hexe zu befreien, obwohl die Realität ein wenig anders aussah. Zugegeben, Margot gefiel ihm, sie war bildschön und besaß alles, was sich ein Mann, wenn er mit einer Frau ins Bett ging, nur wünschen konnte, aber solche Liebeleien führten erfahrungsgemäß nicht weit. Vielleicht mußte man, wollte man ihre Seele entdecken, feststellen, daß sie gar keine brauchte. Sie schien so leer zu sein wie der Himmel an einem frühen Sommermorgen, und weil sie so leer war, hatte Irmgard Widdau auch keine Mühe gehabt, ihr ihre eigene verwunschene Seele einzuhauchen, eine Seele mit zwei Körpern, vielleicht so etwas wie eine Persönlichkeitsverschmelzung, und wer sich mit Margot einließ, der mußte sich zwangsläufig auch mit Irmgard Widdau einlassen oder umgekehrt. Unter Margots hübscher Hülle war nichts, das ihn hätte fesseln oder faszinieren können, es sei denn, er erlebte ihren Körper nur als einen Teil von Irmgard Widdau, deren Faszination auf ihn immer offensichtlicher wurde.

An diesem Punkt begannen die Dinge kompliziert und undurchsichtig zu werden und sich seiner Logik zu entziehen. Welche Rolle hatte Irmgard Widdau ihm selber zugedacht? Vielleicht war ihr die Persönlichkeitsverschmelzung mit Margot noch nicht ganz zur vollen Zufriedenheit geraten, vielleicht gab es noch ein fehlendes Bindeglied, denn was immer auch Margot in ihren Armen empfinden mochte: Einen Mann würde sie ihr kaum ersetzen können, und er hatte nach seinen bisherigen Erfahrungen nicht den Eindruck gewonnen, als ob polygame Liebe Margot abstieße; im Gegenteil. Sicher ebensowenig wie Irmgard Widdau, und wenn das ihr Problem war, ihren Einfluß auf Margot dauerhaft zu festigen, dann wäre seine eigene Rolle als Mittel zum Zweck hinlänglich beantwortet, aber genügte ihm das? Er würde nie wissen, wohin er eigentlich gehörte, zu Irmgard Widdau oder zu ihrem gelehrigen Maskottchen. Bei Hedy hatte es solche Probleme nicht gegeben, bei ihr hatte er gewußt, woran er war und was ihn mit ihr verband. Er hätte sie nie nötiger brauchen können als gerade jetzt, und während er an sie dachte, schien es ihm, als wäre nur sie allein noch imstande, ihn aus diesem Teufelskreis seiner Empfindungen zu erlösen. Aber was war, wenn er sich wirklich daraus löste? Wünschte er sich das überhaupt noch? Und wie würde sein Leben ohne Hedy, ohne Irmgard Widdau und ohne Margot überhaupt noch aussehen? Welchen Sinn hätte es dann noch?

»Welchen, verdammt noch mal?« fragte er laut, aber da war niemand, der ihm antwortete, er war ganz allein mit sich selber, und die Nacht schien mit ihren eigenen Gedanken beschäftigt zu sein. Manchmal, wenn er, so wie jetzt, alleine im Dunkeln saß, empfand er Furcht, eine Angewohnheit aus dem Krieg, wenn er bei Trommelfeuer in einem schwarzen Stollen gesessen hatte und daran denken mußte, nie wieder das Tageslicht zu sehen. Und jetzt fühlte er sich genauso.

Er wußte nicht, wieviel Zeit er mit seinen Gedanken verbracht hatte, aber er hatte plötzlich das sichere Gefühl, nicht mehr allein zu sein. Als er sich schnell umdrehte, sah er Irmgard Widdau in der offenen Tür zum Wohnzimmer stehen. Sie hatte sich mit der Schulter gegen den Türpfosten gelehnt, und ihre ganze Haltung drückte Entschlossenheit aus.

Er mußte, als er sie dort stehen sah, an die verzweifelten und bettelnden Briefe ihrer Mutter denken. Welche Gründe mochten sie bewegt haben, als ihr klarwurde, daß sich ihre Tochter ihrem Einfluß entzog und den von ihr selbst gespannten Bogen zu überdehnen begann?

Ein weiblicher Zauberlehrling, der sich selbständig gemacht und seine eigenen Künste erprobt hatte.

Nun, nach allem, was heute geschehen war, nach allem, was er in den vergangenen Tagen über sie erfahren hatte, fühlte er sich ihr nicht mehr unterlegen. Er fühlte sich ihr aber auch nicht überlegen, eher gleichwertig. Der Ausgang ihres kleinen Zweikampfes war noch immer offen, und vielleicht würde er sich auch nie ganz entscheiden. Noch immer schwankten seine Empfindungen für sie zwischen Widerwillen und Bewunderung, und doch gab es noch ein anderes Gefühl, das ihn jedesmal dann überwältigte, wenn er sie in seinen Armen hielt. Er konnte sich nur nie darüber schlüssig werden, welcher Art es war, und sogar diese kleine Ungewißheit beunruhigte ihn.

Sie hatte noch kein Wort gesagt, lehnte nur am Türpfosten und sah zu ihm her. Ihr Gesicht lag im Schatten der Hauswand, die dem Mondlicht den Zutritt verwehrte.

Als das Schweigen unerträglich wurde, stand Rupert auf und fragte: »Seit wann stehst du hier?«

»Seit wann führst du laute Selbstgespräche?« erwiderte sie. »Ich möchte den Schlüssel von dir haben.«

Ihre Stimme verriet ihm, daß sie unverändert willens war, ihm nicht nachzugeben. Aber er war nicht weniger entschlossen als sie und antwortete: »Dann hol ihn dir.«

»Wo hast du ihn?«

»In meiner Tasche.«

»Gib ihn mir«, sagte sie.

Er grinste nur. Sie kam zu ihm, und nun konnte er auch ihr Gesicht sehen. Dieser Ausdruck von Bösartigkeit war ihm noch nie an ihr aufgefallen. Sie blieb vor ihm stehen und streckte ihm die Hand hin.

Eigentlich gab es keinen Anlaß mehr, ihr den Schlüssel zu verweigern. Für diese Nacht war Margot ohnehin zu nichts mehr fähig, weder für ihn noch für Irmgard Widdau, und selbst wenn das anders gewesen wäre: Er empfand kein Verlangen mehr nach ihr. Sie war ihm jetzt auf eine undefinierbare Weise gleichgültig geworden, und ob er sie vor Irmgard Widdau einschloß oder nicht, würde an ihrer Hörigkeit doch nichts zu ändern vermögen. Dennoch reizte es ihn, seinen Willen gegen den ihren zu behaupten. Vielleicht würde er, wenn er ihr jetzt nachgäbe, einen Teil der so mühsam errungenen Gleichwertigkeit wieder aufgeben.

»Wozu brauchst du ihn?« fragte er.

Sie gab keine Antwort, streckte ihm nur die Hand hin.

Er sagte: »Sie schläft. Du hast heute genug mit ihr angestellt. Morgen früh kannst du wieder mit ihr machen, was dir gefällt.«

»Du willst mir den Schlüssel nicht geben?« vergewisserte sie sich.

»Wenn du mir verrätst, wozu du ihn brauchst«, sagte er. »Ich habe dir eben gesagt, daß sie schläft. Sie hat sich übergeben müssen und ist völlig fertig. Du wirst auch einmal eine Nacht ohne sie auskommen. Wenn du einen brauchst, der es dir besorgt, dann nimm mich.«

Sie ließ ihre Hand sinken und sagte: »Dann werden wir eben ohne Margot nach Italien fahren.«

Mit diesem Schachzug hatte er nicht gerechnet; er schuf eine völlig neue Situation. Er hatte kein Recht, seinen Willen auf Margots Kosten durchzusetzen. Wenn er ihr diese Reise verdarb, würde sie ihm das nie verzeihen. Trotz seiner ärgerlichen Überraschung empfand er schon wieder Bewunderung für Irmgard Widdau. Wenn es wirklich darauf ankam, hatte sie jedesmal die besseren Trümpfe in der Hand.

Er nahm den Schlüssel aus der Hosentasche und fragte: »Wäre es da nicht einfacher, du würdest ohne *mich* fahren?«

»Indem ich dich entlasse?«

Er nickte.

Sie trat an das Geländer und blickte in die Nacht. »So einfach kommst du mir nicht davon«, sagte sie. »Außerdem brauche ich dich.«

Das war eine ganz neue Version. Von einem anderen Menschen gebraucht zu werden, war fast so etwas wie ein Urtrieb, und von Irmgard Widdau gebraucht zu werden, kam einem Zugeständnis gleich, das er ihr niemals zugetraut hätte, es sei denn, sie meinte das ganz anders als er oder sie, verknüpfte wieder eine neue Arglist damit. Wenn es ihr darum ging, ihre Ziele zu erreichen, schreckte sie vielleicht auch nicht vor Zugeständnissen zurück, zumal dann nicht, wenn sie ihr nur dazu nützlich waren, wieder einen Schritt weiterzukommen.

Er schob den Schlüssel in die Tasche zurück und sagte: »Wenn du mich wirklich brauchst, würde ich es an deiner Stelle nicht darauf ankommen lassen, mir mein Selbstbewußtsein kaputtzumachen. Eher würde ich auf all das hier verzichten, obwohl es mir jetzt nicht mehr leicht fiele. Du siehst, ich bin ehrlich zu dir.«

»Du bist nicht einmal dir selber gegenüber ehrlich«, sagte sie geringschätzig. »Das, was du dein Selbstbewußtsein nennst, ist doch nicht viel mehr als ein Feigenblatt. Als ich dich im Wald fotografiert habe, hast du es ohne Zögern abgelegt, und du wirst es auch künftig immer dann ablegen, wenn du dafür kriegst, was du haben willst.«

Er hatte es nicht anders verdient. Dennoch fühlte er sich durch ihre geringschätzige Art verletzt, er sagte rauh: »Vielleicht weiß ich schon zuviel über dich, als daß du noch in diesem Ton mit mir reden könntest.«

»Dieses Thema haben wir bereits erörtert«, sagte sie.

»Das kann sein«, sagte er. »Aber inzwischen weiß ich noch einiges mehr.«

»Daß ich mit Margot schlafe?« fragte sie belustigt.

Er zwang sich zur Ruhe. »Ich habe dir in Hergiswil unrecht getan. Ich hatte dich in Verdacht, du würdest dich dort mit einem Liebhaber treffen. Inzwischen weiß ich, mit wem du dich wirklich getroffen hast.«

Sie wandte ihm rasch das Gesicht zu. »In Hergiswil?«

»Vielleicht wolltest du, daß ich mir das einredete«, sagte er.

»Ich spreche auch nicht von Hergiswil, ich spreche von Luzern.«

»Ich weiß noch immer nicht, worauf du hinauswillst«, sagte sie.

Er blickte an ihr vorbei nach Süden, wo sich der Himmel wie ein Lichterdom über das dunkle Land wölbte. Vielleicht konnte man gar nicht darüber reden, obwohl auch das nur ein Tabu war unter vielen anderen, und während er die dunkle Landschaft betrachtete, dachte er, daß auch diese Art von *Liebe* schon so alt sei wie diese Erde und die Menschheit selbst.

Er entschloß sich für eine Umschreibung: »Ich rede von deiner Mutter und von dem, was sie dir nie verziehen und weshalb sie auch zu trinken angefangen hat.«

Er konnte die Veränderung in ihrem Gesicht förmlich spüren, aber was sich immer auch in diesen wenigen Sekunden in ihr abspielte: Sie hatte sich sofort wieder in der Gewalt und fragte mit kalter Stimme: »Woher weißt du es?«

»Das spielt keine Rolle.«

»Von Margot?«

Also wußte auch diese darüber Bescheid. Wenn er sie in dem Glauben ließ, daß er seine Kenntnisse von Margot hatte, würde er das Mädchen vielleicht in eine Hölle treiben, die noch schlimmer war als jene, in der sie bereits lebte. Er sagte: »Ich habe die Briefe in deinem Sekretär gelesen.«

Sie blickte ihn eine Weile stumm an. Schließlich fragte sie: »Wann?«

»Als du in meiner Wohnung warst. Margot hat nichts davon gemerkt; sie lag in deinem Bett und schlief.«

»Während ich bei dir war?« vergewisserte sie sich, und diesmal klang ihre Stimme fassungslos.

Daß er die Briefe gelesen hatte und hinter ihre letzten Geheimnisse gekommen war, hatte sie mit einer fast unfaßbaren Kälte aufgenommen, aber nun reagierte sie mit einer Verletzlichkeit, die ihr Innerstes bloßlegte. Für eine Umkehr war es jedoch schon zu spät, er sagte so ruhig wie möglich: »Ich habe, während du schliefst, deine Schlüssel aus der Handtasche genommen und bin in dein Zimmer gegangen. Ich tat es nur, weil ich den Film mit den Fotos vernichten wollte. Ich wollte nicht, daß du Abzüge davon machen läßt.«

»Du hast ihn ...« Sie konnte nicht weitersprechen. Er sagte: »Ich habe ihn aus der Kamera genommen und ihn gegen eine Lampe gehalten. Auf die Briefe stieß ich zufällig.«

»Dann hast du auch die anderen ...« Sie sprach auch diesmal nicht weiter, und als sie wieder reden konnte, klang ihre Stimme fast flüsternd: »Jetzt verstehe ich alles. Deshalb wolltest du, daß ich ... Deshalb hast du mir die Schlaftabletten gegeben. Allein deshalb, und sonst aus keinem anderen Grund. Und ich blödes Frauenzimmer ...« Ihre Stimme brach endgültig ab. Für einen Augenblick lang sah es aus, als würde sie in Schluchzen ausbrechen, aber dann, so rasch, daß er ihr nicht mehr ausweichen konnte, schlug sie ihm heftig ins Gesicht, drehte sich um und rannte ins Haus.

Er hätte sie nicht tiefer treffen können. Ähnlich tief hatte er an jenem Tag, bevor sie ihm weggelaufen war, Hedy getroffen. Er empfand einen tiefen Ekel vor sich selbst.

Irgendwo hörte er eine Tür zuschlagen. Sie würde doch nicht ...

Er führte den Gedanken nicht zu Ende, sondern rannte so rasch wie er konnte ins Wohnzimmer und von dort auf die Diele zur Haustür. Die Garage befand sich unmittelbar hinter dem Haus an dem zum Waldrand führenden Weg, dessen Kieselsteine im Mondlicht wie mit Schnee bedeckt aussahen. Als Rupert hinter das Haus kam, sah er die offene Garage und hörte den Motor des Plymouth anspringen.

Dann ging alles so schnell, daß er es später kaum mehr rekonstruieren konnte. Er war wohl auf die Garage zugelaufen, mitten in das grelle Licht der jäh aufflammenden Scheinwerfer hinein, während er gleichzeitig das häßliche Geräusch durchdrehender Räder vernommen hatte. Er mußte sich noch instinktiv auf die Seite geworfen haben, bis sein Kopf an eine Mauer schlug. Und fast im selben Moment hatte es einen Krach getan, als wären zwei Lokomotiven aufeinandergeprallt, und danach herrschte eine fast unnatürliche Stille.

Ein paar Sekunden lang blieb er benommen am Boden liegen, bis sich seine Augen wieder an die Dunkelheit gewöhnt hatten. Dann sah er den Plymouth. Irmgard Widdau mußte, statt auf den Weg einzubiegen, direkt auf die gegenüberliegende Hauswand zugefahren und dort mit der Frontseite aufgeprallt sein. Die Tür neben dem Lenkrad stand weit offen. Überall lagen Glasscherben verstreut.

Der erste Gedanke, den er wieder fassen konnte, galt Irmgard Widdau. Er stand taumelnd auf und lief zum Wagen. Seine Furcht erwies sich jedoch als unbegründet; sie hatte den Wagen bereits verlassen. Da weder die Frontscheibe zertrümmert war und Rupert auch keine Blutspuren entdecken konnte, war anzunehmen, daß sie den Aufprall heil überstanden und in ihrem Schock ins Haus gelaufen war. Er vermutete, daß sie die Kraft des riesigen Motors unterschätzt, zuviel Gas gegeben und die

Herrschaft über den Wagen verloren hatte. Der Zündschlüssel steckte noch.

Rupert startete versuchshalber den Motor. Zu seiner Überraschung sprang er sofort an. Er ließ den Wagen ein paar Schritte zurückrollen, stieg aus und beobachtete seine Frontseite. Sie sah noch schlimmer aus, als er befürchtet hatte. Stoßstange und Motorkühler waren völlig eingebeult, anstelle der Scheinwerfergläser gähnten leere Löcher, und auch die Kotflügel hatten ihren Teil abbekommen. Er hatte Mühe, bei diesem traurigen Anblick keine Tränen zu vergießen. Was konnte der arme Plymouth dafür, daß seine Besitzerin Ärger mit ihrem Chauffeur hatte!

Er fuhr den verunstalteten Wagen in die Garage und ging dann ins Haus. Vor Irmgard Widdaus Schlafzimmer drückte er vorsichtig die Klinke nieder; die Tür war jedoch verschlossen. Er lehnte die heiße Stirn gegen das kühle Holz des Türpfostens, und er verspürte nichts anderes als eine beklemmende Leere in sich. Er kam bei ihr keinen Schritt mehr weiter, aber er kam auch nicht mehr von ihr los. Sie konnte mit ihm bereits tun, was sie wollte.

Margot erwartete ihn, mit verstörtem Gesicht im Bett sitzend, und fragte furchtsam: »Was war das für ein Krach?«

»Ich habe nichts gehört«, sagte er. »Warum schläfst du noch nicht?«

»Ich hatte schon geschlafen«, sagte sie. »Aber ich bin von einem Krach aufgewacht.«

»Das wirst du nur geträumt haben«, sagte er und zog sich aus. Er ertappte sich dabei, daß er seine Hose und seine Wäsche sorgfältig über eine Stuhllehne hängte. Als ob es darauf noch ankäme! Aber Gewohnheiten waren mitunter entwickelter als die menschliche Fähigkeit, auf außerordentliche Ereignisse zu reagieren.

Margot hinderte ihn daran, das Licht auszuschalten. »Laß es brennen. Vielleicht werde ich noch gebraucht.«

Er grinste müde. »Das glaube ich nicht. Sie hat die Tür hinter sich abgeschlossen, aber wenn du nicht hierbleiben willst. Ich hindere dich nicht daran, in einem anderen Zimmer zu schlafen.«

»Ich habe Angst, allein zu sein«, murmelte sie.

Er schaltete die Nachttischlampe aus und legte sich im Dunkeln neben Margot. »Dann tu, was du willst«, sagte er. »Vielleicht öffnet sie dir, wenn du sie darum bittest?«

»Willst du mich los sein?« fragte sie eingeschnappt.

»Ich will dich weder los sein noch sonst was von dir«, sagte Rupert. »Ich will nur, daß du endlich den Mund hältst.«

»Dann gehe ich eben«, sagte sie enttäuscht.

Nach zehn Minuten lag sie noch immer neben ihm, und irgendwann fühlte er ihre Hand an seiner Brust und etwas später an seinen Schenkeln.

Sie war ihm auch jetzt noch gleichgültig, aber er hätte auf diese Berührung nicht anders reagiert, wenn sie von einem wildfremden Mädchen gekommen wäre, und wenn sie auch keine Frau zum Verlieben war: ihren Körper konnte man auf die Dauer nicht ignorieren. Außerdem erging es ihm genauso wie ihr: Er hatte Angst, allein zu sein.

19

In der Nacht schlief er unruhig, und als er am Morgen aufwachte, war es bereits kurz nach neun. Er stellte fest, daß Margot noch in tiefem Schlaf lag. Durch die Vorhänge schien warm die Sonne ins Zimmer. Er stand leise auf und ließ, bevor er die Vorhänge zurückzog, die Jalousette herunter. Fast im gleichen Augenblick bemerkte er Irmgard Widdau. Sie folgte dem Weg zum Waldrand. Mit ihren weißen Shorts, einem ärmellosen Pullover und den langen, braungebrannten Beinen sah sie wie eine vollendete Dame aus. Er beobachtete mit angehaltenem Atem, wie sie, ohne einen Blick zurückzuwerfen, hinter dem vorspringenden Waldzipfel verschwand. Sicher war es sonst nicht ihre Art, sonntags so früh aufzustehen. Er vermutete, daß sie sich, um mit sich ins reine zu kommen, zu einem kleinen Morgenspaziergang entschlossen hatte.

Da Margot noch immer schlief, verließ er leise das Zimmer und stellte sich im Bad unter die Dusche. Damit er Irmgard Widdau bei ihrer Rückkehr nicht auf dem Flur begegnete, beeilte er sich. Nachdem er sich noch rasiert hatte, kehrte er in das Gästezimmer zurück. Mit einem Blick stellte er fest, daß Margot inzwischen wach geworden war. Anscheinend war es ihr unter der Bettdecke zu warm geworden, sie hatte sie ganz abgestreift. Durch die schräggestellte Jalousette warf die Sonne ein goldenes Zebramuster auf ihren Körper. Sie lag auf dem Bauch, und Rupert ertappte sich dabei, daß er sie wieder bewundernd anschaute. Sie gehörte zu den Frauen, an denen man sich kaum satt sehen konnte. Ihr Gesicht sah erstaunlich frisch aus. Der gestrige Abend hatte so gut wie keine Spuren auf ihm hinterlassen, aber in ihrem Alter konnte sie sich das noch leisten. Sie blickte ihn lächelnd an und sagte: »Hallo! Bist du schon lange wach?«

»Zehn Minuten«, sagte er. »Wann mußt du aufstehen?«

Sie blickte auf die Armbanduhr. »Sonntags steht die gnädige Frau nie vor elf Uhr auf. Oder hast du sie schon gesehen?«

Um sie nicht zu beunruhigen, schüttelte er den Kopf. Sie streckte ihm die Hand entgegen und sagte: »Komm noch ein paar Minuten zu mir. Ich weiß kaum mehr, was gestern abend alles los war. Erzähl mir, was passiert ist.«

Er verspürte wenig Lust, mit ihr darüber zu reden. Wenn er an das nächste Zusammentreffen mit Irmgard Widdau dachte, empfand er tiefes Unbehagen. Obwohl ihm die Ereignisse von gestern abend ein willkommener Anlaß hätten sein können, endlich die längst fälligen Konsequenzen zu ziehen, konnte er sich auch diesmal nicht dazu aufraffen. Das hätte weitere Konsequenzen zur Folge haben müssen, die ihm, wenn er daran dachte, Widerwillen einflößten. Ein im Grunde ungemein bequemes und mit allerlei Annehmlichkeiten verbundenes Leben wie dieses gegen neue Ungewißheiten eintauschen zu sollen, wirkte nicht gerade verlockend auf ihn, und schließlich war er, wenn er sich um Objektivität bemühte, an den gestrigen Geschehnissen nicht ganz schuldlos gewesen, auch wenn er die Verantwortung dafür weniger seiner Person als der Rolle zuschrieb, in die er durch Irmgard Widdau gedrängt worden war. Das ganze Problem lag wohl hauptsächlich darin, daß sie sich wie zwei chemische Elemente verhielten, die erst in ihrer Vereinigung gefährlich werden, und Margot mochte bei diesem Prozeß so ähnlich wie ein Katalysator wirken. Nur wußte man eben über die seelischen Elemente und ihre Unverträglichkeit viel weniger Bescheid als über die chemischen, und so war er eben ein Opfer dieser Unverträglichkeit geworden.

Wirklich ein Opfer? Er würde sich hüten müssen, sich selbst zu bemitleiden. Schließlich hatte er wenig dazu beigetragen, den Verlockungen, denen er durch Irmgard Widdau ausgesetzt war, zu widerstehen, und zu diesen Verlockungen gehörte auch seine Traumreise nach Italien. Sollte er jetzt, wo sich dieser alte Jugendtraum endlich zu erfüllen schien, alles wieder aufs Spiel setzen? Und wofür? Nur um sich selber zu beweisen, daß er im Grund viel *besser* war als Irmgard Widdau? Was brachte ihm diese kleine Genugtuung schon ein! Mit einer Reise nach Italien, die ihm, Gott weiß warum, so ungeheuer viel bedeutete, würde er sich nicht nur seinen Jugendtraum erfüllen, sondern auch in einer fremden, neuen Umgebung Gelegenheit und Zeit finden, sich Hedy ein für alle Male aus dem Kopf zu schlagen.

Indem er diese Dinge in seinem Unterbewußtsein miteinander verknüpfte, gewann auch Irmgard Widdau eine zusätzliche Bedeutung für ihn, als könnte sie ihm dann, sobald keine Hoffnung mehr auf Hedys Rückkehr bestand, dabei helfen, eine Lücke vergessen zu machen, die sich mit jäher und schmerzlicher Deutlichkeit für ihn auftun würde, denn bis jetzt hatte er den Gedanken daran immer nur verdrängt. Und hatte Irmgard Widdau ihm gestern abend nicht gesagt, daß sie ihn brauchte! Und wenn es ihm nicht gelang, sich von ihr zu lösen, dann war dies doch auch nur ein Beweis dafür, daß er sie genauso brauchte wie sie ihn!

Er hätte sich, was gestern abend geschehen war, alles ersparen können, wenn er nur ein wenig diplomatischer vorgegangen wäre, aber indem er

Irmgard Widdau herausgefordert hatte, war ihr bei ihrer Mentalität gar nichts anderes übriggeblieben, als seine Herausforderung anzunehmen.

Neben ihm sagte Margot, in ihre eigenen Gedanken und Probleme vertieft: »Sie hätte mich ja zu sich rufen können.«

Er blickte sie verständnislos an. »Wer?«

»Die gnädige Frau«, sagte Margot. »Sonst ruft sie mich auch, wenn ich zu ihr kommen soll. Ich wußte ja gar nicht, was sie sich dabei gedacht hat.«

»Natürlich nicht«, sagte Rupert beruhigend, und er fragte sich, nach welchem langen inneren Monolog Margot zu diesem simplen Endergebnis gekommen war.

Sie sagte geistesabwesend: »Außerdem war sie gestern schon den ganzen Tag komisch. Wenn sie sich nicht mit mir darüber ausspricht, kann ich ihr auch nicht helfen. Hast du sie, nachdem du das mit der Flasche gemacht hast, noch einmal gesehen?«

»Nur ganz kurz«, sagte er. »Als ich noch einmal auf die Terrasse ging, aber wir haben kaum miteinander gesprochen.«

Sie drehte sich auf den Rücken und verschränkte die Hände im Nacken. »Vielleicht entläßt sie dich jetzt.«

Irgendwie hatte Rupert das sichere Gefühl, daß Irmgard Widdau ihn nicht entlassen würde. Er fragte: »Würde es dir leid tun?«

Sie küßte seinen Arm. »An dich habe ich mich schon ein bißchen gewöhnt. Das passiert mir bei anderen Männern nie. Du hättest das meinetwegen nicht zu tun brauchen. Es war ja nicht das erste Mal, daß sie mir befohlen hat, so viel zu trinken.«

»Aber wozu tut sie das?«

Margot zuckte mit den Achseln. »Vielleicht macht es ihr Spaß. Sie hat es mir nie verraten. Sie tut es meistens dann, wenn sie ihren schlechten Tag hat. Daran habe ich mich schon lange gewöhnt.«

Rupert sah keinen Zusammenhang. »Soll das heißen, daß es ihr selber hilft, wenn sie dich betrunken sieht?«

»Vielleicht«, sagte Margot in einem Ton, der vieles unausgesprochen ließ. Vermutlich dachte sie über solche Dinge gar nicht erst nach, sie nahm alles wie ein Naturereignis hin, und letztlich konnte sie sich ihrer Wirkung auf Irmgard Widdau ebenso sicher sein wie ihrer Wirkung auf einen Mann. Es fiel Rupert nicht schwer, sich vorzustellen, daß sie, um ihrer schönen Herrin dienlich zu sein, vor kaum etwas zurückschreckte, und vielleicht erfüllte sie, indem sie auch jetzt noch bei ihm war und ihn ungeniert ihren Körper sehen ließ, einen geheimen Auftrag. Wären seine Gedanken nicht so ausschließlich mit dieser beschäftigt gewesen, er hätte dieser pemanenten Provokation auch an diesem Morgen kaum länger widerstehen können, und sei es nur, um wenigstens vorübergehend seine trüben Gedanken zu verscheuchen. Für eine kurze Betäubung war das Mittel recht wirksam, es hatte nur den Nachteil, daß es nicht lange anhielt, und hinterher fühlte man sich noch übler als zuvor. Er fragte: »Hat sie solche Zustände oft? Ich meine, ihren schlechten Tag.«

»Mindestens alle vierzehn Tage einmal«, sagte Margot. »Weißt du, sie ist dann richtig depressiv und kommt morgens mit verheulten Augen aus dem Bett. An solchen Tagen will sie auch mich nicht bei sich haben.«

»In ihrem Bett?« fragte Rupert lächelnd.

Margot sagte ernsthaft: »Dort auch nicht. Man kann ihr dann nichts recht machen.«

»Solche Tage habe ich auch.«

»Ich nicht«, sagte sie bestimmt. »Das kommt nur daher, daß die Leute nicht mit sich zufrieden sind. Ich mag mich so, wie ich bin. Ich sage mir immer, nicht ich bin es, die stinkt, sondern die anderen stinken. Als ich noch im Erziehungsheim war, hätte ich sie alle umbringen können.«

»Wen, alle?« fragte er amüsiert.

»Eben alle«, antwortete sie. »Alle, die draußen waren und mich da hineingebracht haben. Du kannst von einer, wie ich eine bin, denken, was du willst, aber ich möchte mit keinem von denen tauschen. Die nehmen sich alle so wichtig, daß mir schon schlecht wird, wenn ich sie nur sehe. Nein, mit denen möchte ich nichts mehr zu tun haben. Die sind für mich gestorben.«

Aus ihrer Stimme klang so viel Haß, daß Rupert ernst wurde. Er sagte: »Vielleicht siehst du sie zu verallgemeinernd.«

Sie winkte ungeduldig ab: »Die sind doch alle gleich. Von denen hätte, als sie mich in das Heim gebracht haben, keiner etwas dagegen einzuwenden gehabt, auch wenn sie danach gefragt worden wären. Die sind auch nicht anders als ich, sie lassen sich nur nie dabei erwischen und fühlen sich schon deshalb als etwas Besonderes. Für mich sind das Heuchler, wenn du mich fragst. Ich habe in meinem Leben nie anders gehandelt, als ich auch gedacht habe. Deshalb will ich dir jetzt auch etwas verraten. Ich darf doch?«

Er nickte stumm.

»Es betrifft das zwischen uns«, sagte sie. »Ich meine, zwischen der gnädigen Frau und mir. Vielleicht redest du dir ein, ich täte das nur, weil sie es so will, aber das ist nicht wahr. Stört dich das?«

Es hätte ihn nur gestört, wenn er selber in ein solches Verhältnis verwickelt worden wäre. Bei anderen stört es ihn nicht, er fand, daß dies ihre Privatangelegenheit war, und als Margot damit angefangen hatte, mußte sie bereits volljährig gewesen sein. Er antwortete: »Warum sollte es mich stören?«

Sie nickte, als hätte sie nichts anderes von ihm erwartet. »Ich wußte, daß du es verstehen würdest. Du bist ganz anders als die, mit denen ich es damals zu tun hatte. Ich kann auch nichts Unrechtes darin sehen, ich hab' es ganz gern, und ich will dir auch sagen, warum. Ich mag es, weil die anderen es für anstößig halten. Die kämen dann gleich damit, daß ich eine abhängige Person und daß dies nicht normal sei. Ich bin lieber von der gnädigen Frau abhängig als von einem Staat, der junge Mädchen in ein Heim schickt, wo es manchmal noch viel schlimmer zugeht als draußen. Ich könnte dir da Sachen erzählen, die würdest du mir bestimmt nicht glauben, obwohl ich alles selber erlebt habe. Sogar mit einer Aufseherin, aber davon will ich gar nicht reden, und was das Normale betrifft: als ich es zum erstenmal mit einem Mann tun mußte, habe ich das gar nicht als normal, sondern als widerlich empfunden. Dieses Gefühl habe ich, wenn ich bei ihr bin, nicht.«

»Bei mir auch nicht?« fragte Rupert.

Sie schüttelte den Kopf. »Nein. Du bist nicht so direkt. Ich mag es nicht, wenn ein Mann gleich so direkt ist. Die meisten Männer kann ich nicht ausstehen. Im Heim habe ich mir immer vorgestellt, wie ich mich, wenn ich erst einmal wieder draußen bin, an ihnen rächen würde, und ihre Frauen sind auch nicht anders. Viele würden sich, wenn das nicht unschicklich wäre, am liebsten von jedem Mann unter den Rock greifen lassen. So bin *ich* jedenfalls nicht. Ich würde mir nicht von jedem Mann unter den Rock greifen lassen.«

»Aber von mir«, sagte er.

Sie griff nach seiner Hand und legte sie auf ihre Brust. »Von dir schon. Manchmal würde ich mich am liebsten mitten auf der Straße ausziehen, um ihnen zu zeigen, daß ich anders bin als sie und nichts mit ihnen zu tun haben möchte.«

»Das geht leider nicht«, sagte Rupert. »Du wirst immer mit ihnen zu tun haben; sie stellen die Majorität.«

»Was ist das?«

Er grinste. »Die Überzahl. Bei uns sagt man demokratische Mehrheit dazu. In Italien hat die demokratische Mehrheit sogar die Prostitution abgeschafft; ich weiß nicht, was die armen Männer jetzt dort machen.«

»Vielleicht schwitzen sie sich's aus den Rippen«, sagte Margot lächelnd. »Ich glaub', ich habe dich ganz gern. Ich werde mit ihr reden, damit sie dich nicht entläßt.«

»Ob das was nützt?« fragte er zweifelnd.

»Manchmal hört sie auf mich«, sagte Margot.

Ihre Brüste fühlten sich kühl und glatt wie polierter Marmor an. Während er sie streichelte, dachte Rupert, daß sie ihm vielleicht doch nicht ganz so gleichgültig war, wie er es gestern abend noch gemeint hatte. Vielleicht kannte er sie nur noch nicht gut genug. Jedenfalls schien sie, von ihren überdrehten Ansichten einmal abgesehen, zu jenen Mädchen zu gehören, die genau wußten, was sie wollten, und wie viele gab es schon, die das von sich behaupten konnten! Er erinnerte sich an ein Gespräch mit ihr und sagte scherzhaft: »Du hast mich gern, aber heiraten würdest du mich auch nicht?«

Sie küßte ihn rasch auf die Stirn und sagte deutlich: »Nein.«

»Auch nicht, wenn ich einen Haufen Geld hätte?«

»Das hat mit Geld nichts zu tun«, belehrte sie ihn. »Wenn ich darauf aus wäre, zu heiraten, dann wäre ich genauso wie alle anderen. Heiraten ist spießbürgerlich.«

»Hat dir das die gnädige Frau eingeredet?«

»Das ist meine eigene Meinung«, erwiderte sie. »Für dich wäre es ja auch besser gewesen, du hättest nicht geheiratet. Ich glaube, uns beide hat man vom gleichen Baum gepflückt. Wenn mich die gnädige Frau nicht aus dem Heim geholt hätte, wäre ich später vielleicht ins Kloster gegangen oder hätte sonst was Verrücktes angestellt, auch wenn du mir das nicht glaubst.«

»Dir glaube ich alles«, sagte Rupert. »Hoffentlich hast du bei deinen Zukunftsplänen nicht übersehen, daß du auch einmal älter wirst.«

»Na und?« fragte sie. »Hübsch bin ich noch lange, und wenn *ich* einmal nicht mehr hübsch bin, sind es andere schon längst nicht mehr, und ich bin immer noch hübscher als sie. Nur schade, daß sie keine Tiere mag. Sie will keine im Haus haben. Ich habe mir immer einen Hund oder eine Katze gewünscht, am liebsten sogar beides.«

»Wozu?« fragte er überrascht.

»Um sie gern zu haben, du Dummkopf«, sagte sie lächelnd. »Um sie an mich zu kuscheln. Als Kind wünschte ich mir so sehr eine Puppe, aber während des Krieges hat es keine zu kaufen gegeben, und meine Mutter brauchte ihr Geld für andere Dinge.«

»Du bist ein armes ...« Rupert sprach nicht weiter. Er meinte, von draußen ein Geräusch gehört zu haben. »Sei still!« flüsterte er und zog sich rasch an. Er trat auf den Flur hinaus und ging leise ins Wohnzimmer. Die Tür zur Terrasse stand weit offen.

Er kehrte zu Margot zurück und sagte: »Ich glaube, sie ist auf der Terrasse. Vielleicht ist es besser, du machst dich fertig. Ich werde sie, solange du im Bad bist, beschäftigen.«

Sie wurde blaß und sagte: »Sonst schläft sie um diese Zeit noch. Der Tag fängt ja gut an.«

Das fand Rupert auch. Obwohl er Herzklopfen hatte, war er entschlossen, diese unangenehme Begegnung mit Irmgard Widdau so rasch wie möglich hinter sich zu bringen.

Tatsächlich traf er sie auf der Terrasse an. Sie saß rauchend in einem

Liegestuhl und wandte ihm, als sie ihn kommen hörte, lächelnd das Gesicht zu. »Gut geschlafen?« fragte sie.

Er nickte überrascht. Sie reagierte eben immer anders, als er es von ihr erwartete. Nur in der vergangenen Nacht hatte sie zum erstenmal so reagiert, wie es voraussehbar gewesen war, fassungslos vor Zorn und Enttäuschung und ihrer Sinne nicht mehr mächtig, ein Zustand, der auch Rupert vertraut war. Ohne scheinbaren Zusammenhang erinnerte er sich unvermittelt an einen Unteroffizier aus seiner Rekrutenzeit, einer wahren Bulldogge von einem Mann, dessen bloßer Anblick ihn zum Zittern hatte bringen können. Bis er ihm zufällig einmal in Begleitung eines Mädchens begegnet war, das ihn mit offensichtlicher Herablassung behandelte, obwohl er sie wie ein liebeskranker Kater umschmeichelte. Von jenem Augenblick an hatte Rupert seine Furcht vor ihm verloren gehabt, denn er hatte ihn als Menschen wie jeden anderen erlebt. Ähnlich war es ihm gestern abend mit Irmgard Widdau ergangen. Sie hatte wie ein gewöhnlicher Mensch ihre Selbstbeherrschung verloren und ihn einen Blick in ihre verletzbare Seele tun lassen. Er war darauf eingestellt gewesen, daß sie ihn mit Kälte oder Überheblichkeit empfangen würde, aber ihr gelöstes, fast heiteres Gesicht nahm ihm allen Wind aus den Segeln. Er mußte erst wieder eine neue Einstellung zu ihr finden und antwortete, so unbefangen wie möglich: »Einigermaßen. Du hoffentlich auch.«

Statt ihm zu antworten, stand sie auf. Er beobachtete, wie sie ins Haus ging. Ihr Verhalten beunruhigte ihn. Er folgte ihr heimlich und hörte vom Wohnzimmer aus, wie sie an eine Tür klopfte und dann mit Margot sprach. Er blieb im Wohnzimmer stehen, bis sie zurückkam. Sie sagte kurz: »Komm mit.«

Sie verließen das Haus und kamen an der Garage vorbei. Anscheinend hatte sie sich noch nicht die Mühe gemacht, einen Blick auf den Wagen zu werfen; das Garagentor war noch geschlossen. Deutlich waren an der gegenüberliegenden Hauswand die Spuren des Aufpralls zu sehen. Über den Boden verstreut lagen noch immer die Glasscherben der Scheinwerferlampen und der gelben Blinkerleuchten. Rupert war einigermaßen gespannt darauf, welche Erklärung Irmgard Widdau ihrem Mann geben würde.

Dem zum Dorf führenden Fahrweg folgten sie nur etwa zweihundert Schritte. Dann setzte sich Irmgard Widdau am Waldrand ins Gras und forderte Rupert mit einer stummen Geste auf, es genauso zu tun.

Der Waldrand lag noch im Schatten der hohen Laubbäume, aber das Tal zu ihren Füßen war in warmes Sonnenlicht getaucht. Von dem nahen Dorf hinter dem Wald drang das Geläute der Sonntagsglocken zu ihnen. Rupert hatte sie an diesem Morgen schon ein paarmal gehört, ihr Klang schien hier ebenso ein Teil der Landschaft zu sein wie der festlich blaue Himmel und die dunkelgrünen Wälder auf den sanften Bergkuppen.

Das Bild ließ eine alte, lange nicht mehr empfundene Erinnerung in ihm wach werden. Er hatte damals an einem ähnlichen Waldrand gesessen mit einem hohen, blauen Himmel darüber. Das Mädchen an seiner Seite hatte kaum den Mund aufgetan, aber als er sie küßte, waren ihre Hände zu ihm gekommen. Er konnte sich weder an ihren Namen noch an ihr Gesicht entsinnen. In jenen Tagen hatte er die Welt und das Leben noch mit den Augen eines Achtzehnjährigen gesehen, scheinbar unbegrenzt und so weit, wie der Wind reichte. An den bald darauf ausbrechenden Krieg hatte er noch nicht glauben wollen, er hatte, statt in die Kirche zu gehen, mit einigen Schulkameraden Fußball gespielt und war anschließend noch mit dem Rad spazierengefahren. Er erinnerte sich noch genau, wie leicht ihm zumute gewesen war, nichts hatte den Himmel jener Tage verdüstern können, und als er mit dem Fahrrad an dem Waldrand vorübergefahren war, hatte er das Mädchen dort im Gras sitzen sehen und ihretwegen angehalten. Er hatte mit ihr geplaudert, ihren längst vergessenen Namen und einige banale Dinge aus ihrem Leben erfahren. Sie war das erste Mädchen gewesen, das er schon eine Stunde, nachdem er es kennengelernt hatte, küßte, und sicher wäre an jenem Sonntagmorgen noch mehr geschehen, wenn er sich nicht rechtzeitig darauf besonnen hätte, wie wenig er sie doch kannte und wie riskant es war, sich mit einem Mädchen einzulassen, das nicht nur älter war als er, sondern es ihm auch noch so leicht machen wollte, als hätte sie dort am Waldrand beim Geläute der Sonntagsglocken nur auf ihn gewartet und auf keinen anderen. Er hatte sich dann bald von ihr verabschiedet und noch lange an ihr enttäuschtes Gesicht denken müssen, aber er selber hatte sich so leicht und frei gefühlt wie ein Vogel, der einer drohenden Gefahr entronnen war.

Warum ihm das gerade jetzt einfiel? Die Ähnlichkeit mit dem heutigen Tag war nur oberflächlich: ein wolkenloser Himmel, ein Sonntagmorgen mit dem Geläute von Kirchenglocken, ein schattiger Waldrand, aber die Frau neben ihm war kein Mädchen mehr, und was immer auch ihre Gedanken in diesem Augenblick bewegte: es würden nicht die Gedanken des Mädchens von damals sein.

Als hätte sie seine eigenen erraten, fragte sie unvermittelt: »Erinnerungen?«

Er wandte ihr das Gesicht zu. »Wie kommst du darauf?«

»Du hast eben ausgesehen, als hättest du an deine Frau gedacht.«

Er schüttelte den Kopf. »Nein, an sie habe ich nicht gedacht. Eher habe ich über Frauen im allgemeinen nachgedacht.«

»In welchem Zusammenhang?«

Einen Augenblick lang fühlte er sich versucht, sie zu fragen, warum es so ungeheuer kompliziert war, mit ihr auszukommen, und weshalb sie, nachdem die Dinge nun schon so weit gediehen waren, nicht einmal den Versuch machte, sich seine Zuneigung dadurch zu erwerben, daß sie ihn weniger widersprüchlich und launenhaft behandelte, aber er fühlte, daß dies ein sinnloses Unterfangen gewesen wäre. Mit Hedy hatte ihn nicht nur gegenseitige Zuneigung, sondern auch eine fast kameradschaftliche Übereinstimmung verbunden, Eigenschaften, die zu beweisen eine Frau wie Irmgard Widdau wohl nicht fähig war. Ihre Art, ihn zu behandeln, glich eher jener, wie sie zwischen Komplizen üblich ist, bei denen, trotz aller Komplizenschaft, die Rolle des Anführers keinen Augenblick lang in Frage gestellt war.

Er riß einen Grashalm aus dem Boden, nahm ihn zwischen die Zähne und sagte: »Das wird dich nicht interessieren.«

»Das weißt du doch gar nicht!« erwiderte sie. »Hast du dich heute nacht gut amüsiert?«

»Nicht mehr als sonst«, antwortete er. »Was hast du jetzt vor? Nach Heidelberg zurückfahren?«

»Kann man mit dem Wagen überhaupt noch fahren?«

Er nickte. »Bis dorthin wird er es noch schaffen.«

»Dann fahren wir erst heute abend, wenn es dunkel ist«, sagte sie. »Wir würden sonst zu sehr damit auffallen. Meinem Mann werde ich erzählen, daß ich ihn aus der Garage fahren wollte und dabei, weil ich noch nicht mit ihm vertraut war, versehentlich auf das Gaspedal statt auf die Bremse getreten habe. Klingt das überzeugend?«

Er grinste. »Was du sagst, klingt fast immer überzeugend.« Es erleichterte ihn, daß sie fair genug war, ihm nicht zuzumuten, die Schuld für den Blechschaden auf sich zu nehmen. Er fragte: »Und was hättest du ihm erzählt, wenn du mich überfahren hättest? Das wolltest du doch, oder nicht?«

Sie sagte kühl: »Da ich dich nicht überfahren habe, brauchen wir uns über diesen Punkt nicht zu unterhalten. Ich hatte dich gestern gewarnt. Wenn du es dir nicht endlich angewöhnst, meine Worte ernst zu nehmen, wirst du früher oder später so oder so unter die Räder kommen. Du bist ein Narr.«

Zuletzt hatte ihre Stimme nicht mehr kühl geklungen, er sah sie rasch an, aber sie wandte ebenso rasch das Gesicht ab und sagte in normalem Ton: »Du wirst den Wagen morgen früh in die Werkstatt bringen. Bis zum ersten muß er fertig sein.«

»Vielleicht müssen sie erst Ersatzteile kommen...«

Sie unterbrach ihn schroff. »Das interessiert mich nicht. Sag ihnen, daß ich den Wagen am ersten brauche. Wie sie das schaffen, ist ihre Sache.

Länger kann ich nicht auf ihn verzichten, sonst muß ich mir einen neuen kaufen.«

»Dann kannst du dir auch gleich einen neuen Fahrer zulegen«, sagte er. »Ich habe keine große Lust mehr. Wenn du mir nicht kündigst, tue ich es.«

Sie lächelte dünn. »Du solltest dir etwas Neues einfallen lassen. Du wirst bei mir bleiben, solange ich das für richtig halte.«

»Das liegt nicht nur bei dir«, sagte er. »Ich nehme an, du hast mich nur deshalb noch nicht gefeuert, weil ich schon zuviel über dich weiß.«

»Auch darüber haben wir uns schon unterhalten«, sagte sie. »Kannst du dir keinen anderen Grund dafür denken?«

Sie hatte sich, seit er sie heute morgen zum erstenmal gesehen hatte, noch nicht umgezogen. In den knappen Shorts sahen ihre Beine fast überlang aus. Er antwortete: »Selbst wenn ich mir noch einen denken könnte, würde ich ihn vorsichtshalber für mich behalten. Bei dir weiß man nie, wie man wieder ins Fettnäpfchen tritt. Ich nehme an, du wirst Margot jetzt nicht mit nach Italien nehmen wollen?«

»Mehr denn je«, erwiderte sie gelassen. »Ich werde dich dort vier Wochen lang jede Nacht mit ihr schlafen lassen, und bevor wir zurückfahren, werde ich dich achtundvierzig Stunden mit ihr in ein Zimmer einschließen. Ich werde euch sogar eigenhändig das Essen servieren, damit ihr das Zimmer keinen Augenblick lang zu verlassen braucht.«

»Eine hübsche Idee«, sagte er grinsend. »Und was wirst *du* so lange tun?«

»Euch zuschauen. In Sorrent wird es keine Tür geben, die du hinter dir absperren kannst, und wenn wir nach Heidelberg zurückkommen, wirst du Margot so über haben, daß deine Neugierde auf sie endgültig gestillt ist. Einverstanden?«

Er konnte sie nur wieder anschauen. Sie beugte sich lächelnd zu ihm herüber, küßte ihn und sagte: »Du sollst sie haben, bis du sie nicht mehr riechen kannst.«

Die Berührung ihrer Lippen ließ ihn bereits wieder schwach werden; er empfand ihre physische Nähe immer mehr wie einen Zauberkreis, aus dem er sich aus eigener Kraft nicht mehr befreien konnte. Vielleicht wäre Hedy der einzige Mensch gewesen, ihm dabei zu helfen. Nie, seit sie ihm weggelaufen war, hatte er sie sich so sehr zurückgewünscht, wie in diesem Augenblick. Er fragte mit belegter Stimme: »Warum, wenn es dich stört, sie bei mir im Bett zu wissen, hast du überhaupt damit angefangen?«

»Es stört mich nicht im geringsten«, sagte sie. »Du siehst das nicht richtig. Sie ist genau das, was ich gelegentlich brauche. Darüber hinaus ist sie uninteressant für mich. Bei dir ist das etwas anderes. Ich sehe dich gerne mit ihr im Bett. Hast du dich dabei schon einmal im Spiegel beobachtet?«

»Hierbei noch nicht«, sagte er, und er war sich nicht sicher, ob er sich von ihrer Art, über solche Dinge zu sprechen, so abgestoßen fühlte, wie er meinte, es sich selber schuldig zu sein.

Sie lachte. »Jetzt bist du sogar rot geworden. In Wirklichkeit würdest du genauso gerne zuschauen wie alle anderen. Ich komme dadurch erst in die richtige Stimmung. Um euch Männer zu erleben, wie ihr wirklich seid, muß man euch im Bett sehen. Außerhalb des Bettes seid ihr tugendsame Spießer, die ihren Geschäften nachlaufen, über Politik diskutieren und von Frauen träumen, die sie sich aus irgendwelchen Gründen nicht leisten können. Oder wozu schaut ihr euch immer die Beine fremder Frauen an? Hast du schon einmal einen normalen Mann erlebt, der das nicht tut?«

Wenn man es natürlich so sah wie sie... Er sagte: »Man sieht die Menschen immer nur auf eine Weise, wie man sie sehen will.«

»Und wie siehst du mich?« fragte sie neugierig.

Vielleicht würde er es nie lernen, sie so zu sehen, wie sie wirklich war. Er sagte: »Mich würde eher interessieren, wie du deinen Mann siehst.«

Sie zuckte mit den Achseln. »Wenn man erst mal so lange verheiratet ist wie ich, ist alles zur Routine geworden. Für mich ist er ein Mann wie jeder andere. Vielleicht hätte ich ihn schon früher betrogen...«

»Hast du es nie getan?« fragte er schnell.

»Auch darüber haben wir schon gesprochen«, antwortete sie ruhig. »Zugegeben, ich habe es versucht, aber im letzten Augenblick war mir das Risiko jedesmal zu groß. Außerdem hatte ich noch andere Probleme. Vielleicht hatte ich mich überschätzt. Das Zusammenleben mit meinem Mann...«

»Mit deinem Vater«, sagte Rupert.

Sie grinste. »Noch immer nicht darüber hinweg? Du wirst wirklich zu einem ernsthaften Problem für mich. Vielleicht bist du der erste große Fehler, den ich mir in meinem Leben geleistet habe. Ich hatte anscheinend vergessen gehabt, daß ich nicht aus einem Stück gemacht bin. Daß du die Briefe gelesen und auch die Fotos gesehen hast, stört mich nicht. Mich stört nur, daß ich mich, was deine Person betrifft, anscheinend nicht richtig eingeschätzt habe. Wenn man erst einmal so alt ist wie ich, sollte einem das eigentlich nicht mehr passieren.«

Rupert verstand kein Wort. Er sagte: »Was hat das alles mit mir zu tun?«

Sie lächelte wieder. »Bist du wirklich so bescheiden oder tust du nur so? Du hast meinen ganzen Fahrplan durcheinandergebracht.«

»Du willst damit doch nicht sagen, daß du dich in mich...« Er sprach nicht weiter, weil es ihm zu unfaßbar erschien.

Sie sagte unverändert lächelnd: »In dich verliebt habe? Ich weiß nicht, wie das ist. Ich habe mich bisher nie ernsthaft in einen Mann verliebt. Ich weiß bis jetzt nur, daß ich mich in einem Maße um dich bemühe, das mich irritiert. Ich habe dir gestern abend gesagt, daß ich dich brauche. Was hast du dir dabei gedacht, als ich das sagte?«

Er wich ihrem Blick aus. »Nun ja, vielleicht bist du doch nicht so veranlagt, daß du alleine mit Margot auskommst. Ist es das, was ich hätte denken sollen?«

»Hast du es gedacht oder nicht?«

»Ich habe noch keine Zeit gefunden, mir etwas zu denken«, sagte er. Vielleicht war es so, daß seine Begegnung mit ihr das Zusammentreffen zweier individueller Komplikationen war, die sich schon zu unlösbar ineinander verstrickt hatten, als daß sie noch einmal zu ihrer Ursprünglichkeit hätten zurückfinden können, aber möglicherweise war dies seine einzige Chance, sich von sich selber zu befreien, denn mit dem, was er unter seiner bisherigen Identität verstanden hatte, war er doch nie glücklich gewesen.

Er beobachtete geistesabwesend eine kleine Ameise, die über Irmgard Widdaus Schenkel zu ihren Shorts hinaufkroch, und er erinnerte sich, daß Ameisen blind waren.

Er sagte: »Vielleicht wäre es für uns beide besser, wenn du dir einen anderen Fahrer suchtest.«

Sie schüttelte den Kopf. »Dafür ist es jetzt zu spät. Ich habe mir das lange und gründlich überlegt, mein Junge. In meinen Jahren ändert man seine Meinung nicht mehr von heute auf morgen. Ich habe dir vorhin gesagt, daß ich mich vielleicht überschätzt hatte. Als ich meinen jetzigen Mann heiratete, hatte ich nichts anderes im Kopf, als mich von dem so mühsam errungenen Platz nicht mehr verdrängen zu lassen. Meine erste Ehe mit Hans wurde von seiner ganzen Familie, einschließlich seinem Vater, mißbilligt. Sie haben natürlich rasch herausgefunden, daß ich ein uneheliches Kind war, aber Hans stellte sie vor die Alternative, mich entweder zu akzeptieren oder sich auch von ihm zu trennen, und da er der einzige Sohn meines jetzigen Mannes war, haben sie schließlich nachgegeben. Sein Tod schuf eine völlig neue Situation für mich, ich wußte, daß ich, wenn ich es nicht schaffen würde, neuen Familienanschluß zu finden, von ihnen nichts mehr zu erwarten hätte. Ich hatte keine Lust, wieder dort zu landen, wo ich angefangen hatte. Damals sah ich überhaupt keine Probleme für mich. Die fingen erst an, als ich mit ihm ins Bett mußte, und in diesem Punkt hatte ich mich wirklich überschätzt, denn außer Haß und Verachtung habe ich nie etwas anderes für ihn empfunden. Es war mir zuwider; ich konnte nichts dagegen tun. Mit der Zeit habe ich mich zwar daran gewöhnt, aber es wurde nie das, was man als Frau im Bett erwartet. Irgendwann hat er es auch gemerkt. Seitdem kommt er nicht mehr in mein Schlafzimmer.«

Rupert wischte mit dem Handrücken die Ameise von ihrem Schenkel und fragte: »Wie lange geht das schon?«

»Seit mindestens sieben oder acht Jahren«, sagte sie und blickte ihn an. »Aber nicht nur das. Mein Widerwille übertrug sich auch auf andere Männer. Du warst der erste, bei dem ich es geschafft habe, mich darüber hinwegzusetzen. Vielleicht erklärt dir das einiges.«

Es erklärte sogar sehr viel, aber als eine Rechtfertigung konnte er ihre Beichte nicht empfinden. Es wurde ihm bewußt, daß er, seit er die Briefe ihrer Mutter gelesen hatte, ständig darum bemüht gewesen war, ihren Inhalt aus seinem Kopf zu verdrängen, ihre Ungeheuerlichkeit einfach nicht wahrzuhaben, aber nun, da er sich mit ihr darüber unterhielt, empfand er sie wieder genauso unfaßbar wie im Augenblick der Lektüre. Welche Skrupellosigkeit gehörte dazu, sich für ein bequemes Leben an der Seite eines reichen Mannes über all das hinwegzusetzen, worüber sie sich hinweggesetzt hatte! Und trotzdem: hatte ein Mann wie Widdau es anders verdient?

Er hatte, während sie ihm all diese Dinge erzählte, ständig das lästige Gefühl, als erwartete sie eine verständnisvolle Reaktion von ihm, aber es war genauso, als redete ein Mensch in einer Sprache auf ihn ein, derer er nicht mächtig war. Als versuchte jemand, ihn dazu zu bewegen, ihm über einen Abgrund hinwegzuhelfen, der in Wirklichkeit unüberbrückbar war. Wie hätte er ihr auch helfen sollen, helfen können?

Als ob sie es selbst erkannt hätte, wurde sie unvermittelt still, und als sie wieder sprach, klang ihre Stimme resigniert: »Ich weiß, daß es schwer zu verstehen ist. Manchmal verstehe ich es selbst nicht mehr. Nichts, was mir in meinem bisherigen Leben in die Hände gekommen ist, war es wert, Gefühle dafür zu verschwenden. Sicher lag das auch an meiner Erziehung. Meine Mutter hat mich zu dem gemacht, was ich heute bin.«

»Weiß dein Mann, daß sie noch lebt?«

Sie nickte. »Er weiß es schon deshalb, weil ich ihr jeden Monat Geld schicke.«

»Warum schreibt sie ihre Briefe dann postlagernd?« fragte Rupert. »Hattest du Furcht, er könnte einmal einen öffnen?«

»Eher aus Versehen«, antwortete sie. »Ich habe ihm, als wir heirateten, erzählt, sie sei mit einem Mann nach Amerika ausgewandert. Er hätte sonst natürlich darauf bestanden, sie persönlich kennenzulernen. Ich besuche sie so oft wie möglich, aber da ich dazu immer nach Luzern fahren muß, wäre ihm das natürlich eines Tages aufgefallen. Deshalb kam ich auch auf die Idee mit den Schmetterlingen. Ich habe ihm einreden können, daß es bei Hergiswil besonders seltene Exemplare gäbe, in Wirklichkeit lasse ich sie mir in Luzern von einem Botaniker besorgen, und was ich sonst darüber wissen muß, habe ich aus Büchern.«

Ihre gleichgültige Art, darüber zu sprechen, ließ sie ihm fast wieder unheimlich werden.

Er fragte: »Wie geht es deiner Mutter? Ich meine, ist sie noch gesund?«

Sie blickte von ihm weg. »Wie man noch gesund sein kann, wenn man seit über fünfzehn Jahren trinkt.«

»Trinkt sie viel?«

»Nein«, sagte Irmgard Widdau. »Sie säuft. Es wird von Jahr zu Jahr schlimmer mit ihr. Als ich sie jetzt wieder in Luzern besucht habe . . .« Sie sprach nicht weiter. Obwohl sie ihr Gesicht völlig in der Gewalt hatte, merkte Rupert ihr an, wie sehr das Thema sie aufwühlte. Er wußte jetzt, weshalb sie sich an jenem Abend in Hergiswil so sehr betrunken hatte; das unverständliche Mosaik ergab allmählich ein überschaubares Bild.

Er fragte: »Lebt sie in einem Heim?«

Sie schüttelte den Kopf. »Sie war, bevor ich sie nach Luzern gebracht habe, in Deutschland in einer Entziehungsanstalt, aber sie verfiel dort körperlich so rasch, daß mir der Arzt dazu riet, sie nicht länger im Heim zu lassen. Ich habe ihr in Luzern ein kleines Haus gemietet und ihr eine Pflegerin besorgt. Sie wünschte es sich früher immer, in der Schweiz leben zu dürfen. In der ersten Zeit ging es auch ganz gut, sie hat sich dort erholen können, bis sie wieder zu trinken anfing. Sie hat schon früher getrunken, bei Kellnerinnen ist das nicht ungewöhnlich. Als sie merkte, daß sie schwanger war, heiratete sie rasch den erstbesten Mann, in der Hoffnung, er würde ihr später abnehmen, daß ich von ihm sei. Er hat es ihr aber nicht abgenommen, sie bekam von ihm mehr Prügel als Geld, aber sie hatte mir dadurch wenigstens einen ehelichen Namen verschaffen können.«

»Was wurde aus ihm?«

»Er ließ sie bald darauf sitzen und ist seitdem verschwunden. Ihr Problem war, daß sie sich von meinem wirklichen Vater nie ganz hat freimachen können. Sie lernte ihn 1919 während seines letzten Fronturlaubs kennen. Damals war sie schon Kellnerin und er noch ein junger Dachs. Er schlief ein paar Nächte mit ihr und versprach ihr, sie später zu heiraten. Vielleicht wollte er das wirklich tun, denn er muß sehr in sie verliebt gewesen sein. Sie war damals ein bildhübsches Mädchen. Aber nach dem Krieg, als sie schwanger war, wollte er nichts mehr davon wissen, seine Familie übergab die Angelegenheit einem geschickten Anwalt. Damals haßte sie ihn so sehr, daß sie ihn, wenn er ihr einmal über den Weg gelaufen wäre, vielleicht umgebracht hätte. Sie war nur noch von dem Gedanken besessen, sich an ihm zu rächen. Als sie bald darauf erfuhr, daß er eine vermögende Frau geheiratet und einen Sohn bekommen habe, kam sie auf den Gedanken, daß sie es ihm dadurch heimzahlen könne, indem ich meinen Halbbruder heiratete.«

»Was du dann auch geschafft hast«, sagte Rupert. Aus den Briefen waren manche Zusammenhänge nicht ganz klargeworden, aber nun verstand er alles.

Sie sagte: »Nicht ich habe es geschafft, sondern sie. Es war ihre Idee gewesen, nicht meine. Ich war nur ihr Werkzeug. Ich habe nur getan, wozu sie mich erzogen und fast zwanzig Jahre lang vorbereitet hat. Aber als Hans dann im Krieg fiel und ich ihr sagte, daß ich jetzt dasselbe mit seinem Vater tun würde, versuchte sie alles, mir das auszureden. Ich glaube, sie haßt ihn heute gar nicht mehr. Vielleicht hat sie ihn nie richtig gehaßt, sondern alles nur aus unglücklicher Liebe getan. Jedesmal, wenn ich sie in Luzern besuche, bettelt sie darum, ihn noch einmal sehen zu dürfen. Die fixe Idee einer alten Frau, die nur noch in ihren sentimentalen Erinnerungen lebt.«

»Du bist nicht sentimental«, sagte Rupert erschüttert.

Sie grinste mit leerem Gesicht. »Nein? Ich weiß nicht. Manchmal scheint es mir, als hätte auch ich etwas davon mitbekommen. Als sie damals erfuhr, daß ich ihn tatsächlich geheiratet habe, hätte sie mich am liebsten getötet.«

»Trinkt sie deshalb?«

»Nicht nur deshalb«, sagte Irmgard Widdau und blickte in sein Gesicht. »Jetzt weißt du so ziemlich alles. Mir tut von dem, was ich getan habe, nichts leid, aber ich will den Rest meines Lebens nicht allein mit einem Mann verbringen, der mir nichts mehr bedeutet und den ich schon als kleines Mädchen zu hassen gelernt habe. Denke von mir, was du willst. Ich habe mich an dieses Leben ohne finanzielle Sorgen gewöhnt, mein Mann kann mir fast jeden Wunsch erfüllen, und jene Wünsche, die er mir nicht erfüllen kann, die erfülle ich mir selbst. Ich habe in der Gosse aufwachsen müssen, damit meine Mutter das Geld für eine höhere Schule und für die Universität zusammenkratzen konnte. Ich möchte nicht mehr dorthin zurück. Ich habe meine Entscheidung getroffen und könnte sie, selbst wenn ich das wollte, heute nicht mehr rückgängig machen. Wenn ich ein schlechter Mensch bin, dann bin ich eben einer. Was soll's! Es gibt andere, die noch schlechter sind als ich und von denen niemand etwas weiß.«

Selbst ihre Art, sich zu ihrer Verkommenheit zu bekennen, war nicht ohne Größe. Rupert blickte atemlos in ihr Gesicht. »Was bist du nur für eine Frau!«

Sie küßte ihn mit nassen Augen auf den Mund und murmelte: »Ich hatte schon beinahe vergessen gehabt, daß ich überhaupt eine bin.«

Sie fuhren erst am späten Abend nach Heidelberg zurück. Bevor sie aus dem Wagen kletterte, streifte Irmgard Widdau mit der Hand flüchtig Ruperts Wange und sagte: »Du hörst wieder von mir. Kümmere dich morgen sofort um den Wagen.«

Zu diesem Zeitpunkt war Margot bereits im Haus gewesen. Seit er den ganzen Nachmittag in Irmgard Widdaus Schlafzimmer verbracht hatte, wirkte Margot verändert auf Rupert. Er hatte das Gefühl, daß sie eifersüchtig war.

Am nächsten Morgen brachte er den Wagen schon gegen acht Uhr in die Werkstatt und verließ in den beiden folgenden Tagen seine Wohnung nur zum Einkaufen. Am Dienstag abend regnete es, und am Mittwoch morgen war der Himmel grau. Die Stadt sah verändert aus, als hätte der Regen ihr professionelles Lächeln ausgelöscht, ihr sommerliches Make-up heruntergewaschen und das Skelett ihrer dunklen, engen Gassen freigespült. Ein erster, früher Hauch von Herbst lag in der Luft, sein kühler Atem drang bis in die Häuser, ließ ihre Mauern feucht werden, kroch unter die Haut und machte frösteln.

Von Hedy war kein Lebenszeichen eingetroffen. Das konnte ebenso ein gutes wie ein schlechtes Zeichen sein. Wäre sie endgültig entschlossen, einen Anwalt einzuschalten, so hätte dieser vielleicht schon von sich hören lassen. Genausogut konnte ihr Schweigen aber auch bedeuten, daß sie ihre Entscheidung inzwischen getroffen hatte und nur noch zögerte, sie in die Tat umzusetzen. Man löschte nicht einfach mit einem Federstrich vier Jahre gemeinsamen Lebens aus, ohne dabei nicht auch einen Teil seines Ichs auszulöschen, nicht einmal dann, wenn sie einem verloren oder gestohlen erschienen.

Verlorene Jahre? Sie waren voller Licht und Schatten gewesen, Tage und Nächte hatten sie ausgefüllt. Es hatte ebenso Gemeinsames wie Trennendes gegeben, und verglichen mit den Jahren davor, hatten sie mehr freundliche als düstere Farben aufzuweisen gehabt. Mehr tröstliche Einsichten und weniger Bitterkeit, und selbst das, was an Bitterkeit entstanden war, hätte sich bei etwas gutem Willen vermeiden lassen. Sie war gewachsen auf dem Boden ihrer gemeinsamen und gegenseitigen Enttäuschungen, in der Resignation vor scheinbar Unabänderlichem, aber was war, wenn Rupert es am Beispiel von Irmgard Widdau maß, tatsächlich unabänderlich? Sie hatte ihr Leben immer selbst in die Hand genommen und es keinen Zufälligkeiten überlassen. Vielleicht kam man auf diese Weise weiter als andere. Es fragte sich eben nur, wohin man kam.

Daran mußte Rupert an diesem Mittwochmorgen denken, und nicht nur an diesem Morgen. Er hatte sich schon Gedanken darüber gemacht, als er mit Irmgard Widdau und Margot nach Heidelberg zurückgefahren war, und als er dann allein in seinem Zimmer gelegen hatte, war ihm in der Stille dort zumute gewesen, als sei er in einem Sarg eingeschlossen. Er hatte sich wie ein Mann gefühlt, der nach einem abendlichen Trinkgelage zu sich selber zurückfindet und sich an den vergangenen Abend zu erinnern versucht.

Nicht etwa, daß er von den Ereignissen in Widdaus Wochenendhaus etwas bereute, da war eben wieder mal eines zum anderen gekommen, und irgendwann würde es auch ohne sein eigenes Zutun geschehen, daß er sich aus dieser Verstrickung unseliger Leidenschaften und wechselseitigen Abhängigkeiten löste. Es gab zwischen Irmgard Widdau und ihm Berührungspunkte, die seine Gefühle für sie mit jedem neuen Tag nur noch weiter komplizierten. Neben der erotischen Anziehungskraft, die sie auf ihn ausübte, und neben seiner mehr instinktiven als überlegten Abwehr, gab es noch Mitleid und Bewunderung, die ihn mit ihr verbanden. Hinzu kam, seit dem letzten ausführlichen Gespräch mit ihr, ein neues Empfinden, das jedoch noch so tief in ihm verborgen war, daß er es noch nicht zu analysieren vermochte.

Mitunter erschien es ihm, als fände eine erregende Veränderung in ihm statt, die ihn den Kontakt zu seinem bisherigen Ich verlieren ließ, ohne daß sich aus den vielfältigen Emotionen und Überlegungen ein neues herauskristallisierte. Er war fast froh darüber, daß der Wagen mindestens vier bis fünf Tage in der Garage bleiben mußte. Das verschaffte ihm eine dringend benötigte Atempause.

Nachdem er nun zwei Tage Zeit gehabt hatte, über sich nachzudenken, kam er zu dem Ergebnis, daß sein eigentliches Dilemma nicht erst aus seinen komplizierten Beziehungen zu Irmgard Widdau erwachsen war. Es hatte bereits mit Hedy zu einer Zeit begonnen, als er vor seiner eigenen Unfähigkeit, sein Dasein in den Griff zu bekommen und sich über seinen beruflichen Lebensweg schlüssig zu werden, resigniert hatte. Bis jetzt hatte sich kaum etwas daran geändert, er ließ sich noch immer von Zufälligkeiten treiben, verbrachte seine Zeit mit einer Tätigkeit, die weit unter seinem Niveau lag, und lebte einfach in den Tag hinein.

Es bereitete ihm eine fast bösartige Genugtuung, sich so und nicht anders zu sehen, sich in einer sinnlosen Selbstzerfleischung zu gefallen und sich noch geringer einzuschätzen, als Hedy am Schluß es getan hatte. Er hätte mit dieser schon fast masochistischen Denkweise noch den ganzen Tag verbringen können, wäre ihm nicht der völlig unerwartete Besuch Werners dazwischengekommen. Er starrte, als er plötzlich vor seiner Tür stand, ungläubig in sein Gesicht und sagte: »*Du* bist das!«

Er hatte seine Existenz in den vergangenen Wochen völlig vergessen gehabt, und als er nun so plötzlich vor ihm stand, erschien er ihm, in seiner derzeitigen Situation, fast wie ein Bote aus einer vergangenen Welt, die zwar auch ihre Probleme und Komplikationen gehabt hatte, ihm jedoch im Vergleich zu seiner jetzigen beinahe wie ein verlorenes Paradies dünkte. Aus diesem Gefühl heraus begrüßte er, nachdem er sich von seiner ersten Überraschung gefaßt hatte, Werner herzlicher, als er es jemals getan hatte, stellte sofort zwei Gläser auf den Tisch, holte in der Küche eine Flasche aus dem Kühlschrank und sagte, kaum daß er wieder im Zimmer war: »Ich wußte gar nicht, daß es dich noch gibt. Du trinkst doch einen Whisky mit?«

»Am frühen Vormittag?« Werner lächelte. »Da hast du deine Gewohnheiten aber sehr auf den Kopf gestellt. Wenn ich mich recht entsinne, hast du sonst nur Weinbrand getrunken.«

»Da verkehrte ich auch noch nicht in so vornehmen Kreisen wie heute«, sagte Rupert grinsend. Es erleichterte ihn, daß Werner ihm ihren letzten kühlen Abschied nicht nachgetragen hatte.

»Irgendwann hatte ich den Fusel über. Wie geht es dir?«

»Das wollte ich eigentlich dich fragen«, antwortete Werner und stieß mit ihm an. Er nahm einen Schluck, stellte das Glas auf den Tisch zurück und schlug die Beine übereinander. »Seit wann hast du Telefon?« fragte er verwundert.

»Noch nicht lange«, sagte Rupert. »Ich brauche es beruflich. Bist du schon verheiratet?«

»Wir stecken noch mitten in den Vorbereitungen«, sagte Werner. »Eigentlich hatte ich gar nicht damit gerechnet, dich anzutreffen.«

Rupert setzte sich ihm gegenüber auf die Couch. »Falls du mit Hedy gerechnet hast: Sie ist noch nicht zurückgekommen.«

»Ich war schon gestern abend einmal hier«, sagte Werner. »Frau Botez erzählte mir, daß du eine neue Stellung hast und viel unterwegs bist.«

Sicher hatte er Eva Botez bei dieser Gelegenheit ausgehorcht. Sie war gestern am späten Nachmittag mit ihrem Mann aus Frankfurt zurückgekommen. Rupert hatte noch keine Gelegenheit gefunden, sich mit ihr zu unterhalten. Fast kam es ihm so vor, als ob sie ihm aus dem Weg ginge. Er antwortete: »Ich war gestern den ganzen Tag in der Wohnung und ging abends noch ein wenig frische Luft schnappen. Über Eva wollte ich schon lange mit dir reden. Ich vermute, sie hat eine chronische Gastritis, wenn nicht gar ein Magengeschwür. Sie hat nicht genug Geld, um sich einen Arzt zu leisten.«

»Das hat sie mir gestern abend auch erzählt«, sagte Werner. »Ich habe ihr geraten, sich röntgen zu lassen, und ihr gleich eine Adresse gegeben. Du bist also wieder als Chauffeur gelandet! Ich hoffte immer, du würdest dich mal verändern.«

»Wozu?« fragte Rupert. »Ich verdiene gut und habe einen angenehmen Job. Nächsten Monat fahre ich sogar vier Wochen nach Italien.«

»Mit deinem Chef?«

Rupert grinste. »Ich habe mich zur Abwechslung mal für eine Chefin entschlossen. Sie heißt Irmgard Widdau und ist mit einem steinreichen Mann verheiratet.«

»Irmgard Widdau?« fragte Werner rasch. »Doch nicht die Frau von Karl Widdau?«

»Kennst du sie?« fragte Rupert neugierig.

Werner lachte. »Nicht persönlich, aber meine Tante erzählt fast jeden Tag von ihr. Für sie gibt es kein größeres Ärgernis als diese extravagante Person mit ihren amerikanischen Straßenkreuzern. Wenn ich ihr erzähle, daß du ihr Fahrer bist, wird sie dich todsicher zum Kaffee einladen, um noch mehr über sie zu erfahren.« Er schüttelte fassungslos den Kopf. »Du bei Irmgard Widdau! Auf diese Idee wäre ich niemals gekommen. Ihr Mann wird dieser Tage das Bundesverdienstkreuz bekommen; am Samstag findet im Parkhotel eine große Feier mit Gala-Diner statt; mein Vater ist auch eingeladen. Wie bist du an diese Stellung gekommen?«

»Durch ein Zeitungsinserat«, antwortete Rupert. Fast schmeichelte es ihm, daß Werner, der sonst nur mit Geringschätzung von anderen Leuten redete, von seiner neuen Stellung so stark beeindruckt war. Er fragte: »Was weißt du sonst über die Widdaus?«

Werner lächelte. »Eigentlich nur das, was man bei den üblichen versnobten Diner-Konversationen und Partys aufschnappt. Widdau soll mit der letzten Fusion sein Imperium fast verdoppelt haben, er hat jetzt sogar noch ein paar Fabriken mehr als mein Vater, aber die beißen einander nicht. Mein Vater macht sein Geld mit Leichtmetallen, Widdau hauptsächlich mit Stahl, er hat aber auch noch einen Fuß in der pharmazeutischen Industrie. War ja schlimm für ihn, daß sein einziger Sohn aus erster Ehe im Krieg gefallen ist, und in seiner zweiten scheint es mit Kindern nicht zu klappen. Wie ist sie eigentlich, die Widdau? Kommst du mit ihr aus?«

»Ich bin ihr Chauffeur«, sagte Rupert ausweichend. »Mir gegenüber ist sie ganz manierlich.«

Werner lächelte. »Sie soll ja sonst ziemlich unzugänglich und eingebildet sein. Wenn das, was man sich über sie erzählt, zutrifft, hat sie mit ihrer verrückten Autofahrerei schon mindestens dreimal zeitweilig den Führerschein verloren. Vielleicht hat sie sich deshalb einen Chauffeur zugelegt.«

»Was erzählt man sich sonst noch?« fragte Rupert mit gespielter Gleichgültigkeit.

Werner winkte ab. »Ich gebe nicht viel auf diesen Tratsch. Meine Tante behauptet, sie sei unehelich und Widdau habe sich ihretwegen mit seiner ganzen Familie entzweit, aber für ihr Alter soll sie noch ganz passabel aussehen.«

Irgendwie nahm Rupert daran Anstoß, er sagte: »Das kann sie sich wohl auch noch leisten. Oder findest du eine siebenunddreißigjährige Frau schon zu alt?«

Werner zog überrascht die Augenbrauen hinauf, dann lachte er wieder. »Das ist wieder mal ein typisches Beispiel für die weibliche Mentalität. Wenn ich meiner Tante glauben wollte, müßte deine Chefin schon mindestens fünfundvierzig sein. Schade, daß ich am Samstag abend schon verabredet bin, es hätte mich sonst reizen können, sie mir einmal persönlich anzuschauen. Mein Vater hätte mir sicher noch eine Eintrittskarte verschaffen können. Beschäftigt sie außer dir noch anderes Personal?«

»Eine Zofe«, sagte Rupert. Er versuchte sich vorzustellen, wie Werner reagieren würde, wenn er ihm von seinen Erlebnissen mit Irmgard Widdau erzählte. Vermutlich würde er ihm kein Wort glauben. Nachdem seine Neugierde einigermaßen gestillt war, wurde ihm das Thema lästig. Er fragte: »Und zwischen dir und Anni läuft alles glatt?«

Werners Gesicht verdüsterte sich ein wenig. »Na ja, die vollkommene Frau gibt es eben nicht, aber sie hat so viele andere Vorzüge, daß man über Kleinigkeiten hinwegsehen kann. Übrigens erzählte Frau Botez mir, daß du Besuch von dem früheren Verlobten Hedys hattest. Ist sie wieder bei ihm?«

Daß Eva Botez ihm gegenüber diesen Vorfall erwähnt hatte, enttäuschte Rupert; es war sonst nicht ihre Art. Natürlich war Werner kein Unbekannter für sie; sie hatte ihn oft genug hier gesehen, und trotzdem . . .

Er sagte: »Das ist alles noch in der Schwebe. Ich weiß nicht, was Eva dir sonst noch erzählt hat. Ich nehme an, sie redet sich da eine Menge ein.«

Werner lächelte merkwürdig. »Kann sein. Ich hatte immer gehofft, Hedy würde doch wieder zurückkommen, aber solange ihr noch nicht geschieden seid . . .«

»Nein, das sind wir noch nicht«, sagte Rupert kurz.

Werner trank sein Glas leer und stand auf. »Jedenfalls freue ich mich, daß du wieder aus dem Schneider bist«, sagte er. »Du kommst doch zu unserer Hochzeit? Ich habe Anni so viel von dir erzählt, daß sie dich ausdrücklich darum bitten läßt.«

»Wenn ich nicht gerade beruflich verhindert . . .«

»Natürlich«, sagte Werner und gab ihm die Hand. »Ich werde dich den Termin rechtzeitig wissen lassen, Rupert. Mach es gut. Du weißt ja, wo ich zu erreichen bin.«

Er schrieb sich noch Ruperts Telefonnummer auf. Merkwürdigerweise war er ihm jetzt gar nicht mehr so sehr unsympathisch. Warum eigentlich? Im Wesen hatte er sich überhaupt nicht verändert, aber vielleicht lag es daran, daß er ihn, seit Hedy nicht mehr hier war, unbefangener sehen konnte und keine Minderwertigkeitskomplexe mehr zu haben brauchte? Aber zu seiner Hochzeit würde er trotzdem nicht gehen. Vielleicht ging es Werner nur darum, seiner künftigen Frau zu zeigen, wie weit er es selbst, gemessen an Rupert, gebracht hatte. Vom Fenster aus beobachtete er, wie Werner in einen rotlackierten, extrem niedrigen Sportwagen stieg. Vielleicht ein Geschenk seines Vaters anläßlich seines bestandenen Examens. Er winkte noch einmal herauf, und Rupert winkte zurück. Im Stockwerk unter sich sah er den Kopf Frau Kleins mit eulenhafter Neugierde am Fenster. Es wurde höchste Zeit, daß er ihr Haus verließ. Er nahm sich vor, bei der nächsten Begegnung mit Irmgard Widdau den Darlehensvertrag zu unterschreiben.

Ein Luftzug zeigte ihm, daß die Tür hinter ihm geöffnet wurde; er drehte sich um und sah Eva Botez im Morgenrock hereinkommen. Sie sagte: »Ich wollte, solange du Besuch hattest, nicht stören.«

»Bist du allein?« fragte Rupert.

Sie nickte und setzte sich auf die Couch. »Grigore ist in die Stadt gegangen.«

Es fiel Rupert auf, daß ihr Gesicht noch blasser und hagerer aussah als sonst. »War wohl anstrengend in Frankfurt?« sagte er und setzte sich zu ihr. Sie winkte müde ab. »Das war es nicht, aber wenn du auf der Bühne stehst und merkst, daß deine Nummer nicht mehr richtig ankommt, das macht dich mehr fertig als die Arbeit selbst. Der Agent hat uns auch gesagt, wir müßten uns endlich eine neue Nummer einfallen lassen, mit anderen Kostümen und so, aber das würde einen Haufen Geld kosten. In diesem Drecksberuf kommt es immer auf die Verpackung an.«

»Für eure Tanznummer braucht ihr ja keine große Verpackung«, sagte Rupert lächelnd.

Sie nickte. »Das schon, aber gerade deshalb muß das, was du anhast, den Leuten in die Augen stechen. Wenn du mit einem tollen Kostüm auf die Bühne kommst, hast du sie schon halb gewonnen. Unser altes Zeug ist schon bald von den Motten zerfressen und sieht nach nichts mehr aus.«

Sie blickte ihn an. »Hast du heute keinen Dienst?«

»Der Wagen mußte in die Werkstatt«, sagte Rupert.

»Hast du Sorgen?«

»Wie kommst du darauf?«

»Ich weiß nicht«, sagte sie. »Du bist irgendwie verändert. Ist es, weil ich Werner von Bob erzählt habe?«

»Was hast du ihm erzählt?«

»Nicht viel. Nur, daß er eben hier war. Werner fragte mich nach Hedy. Ich dachte, er könnte ruhig wissen, daß sie wieder bei Bob ist. Oder war das falsch?«

Sicher hätte sie sich, wenn sie deshalb kein schlechtes Gewissen gehabt hätte, schon früher bei ihm sehen lassen. Er sagte: »Er erzählt es nur wieder seiner Verlobten weiter.«

»Dann werde ich in Zukunft nichts mehr zu ihm sagen«, sagte Eva Botez. »Ich wußte ja nicht, wie du heute mit ihm stehst. Früher wart ihr doch immer dicke Freunde. Er hat sich ja auch schon lange nicht mehr hier sehen lassen.«

»Reden wir nicht mehr darüber«, sagte Rupert.

Sie nickte erleichtert. »Ist mir auch lieber. Du mußt ja selber wissen, was du tust.«

»Wie meinst du das?« fragte er befremdet.

Sie zuckte mit den Achseln. »Nur so. Ich habe mich in deine Ehe nie reingemischt. Warst du in den letzten Tagen immer hier oder mußtest du wieder mal wegfahren?«

»Über das Wochenende«, sagte Rupert und beobachtete unbehaglich, wie sie ihren Morgenrock auszog, zur Tür ging, sie abschloß und zu ihm zurückkam. Sie sagte lächelnd: »In Frankfurt hast du mir richtig gefehlt. Habe ich dir auch gefehlt?«

Er nickte nur, und als sie sich auf seinen Schoß setzte und seine Hand an ihre Brust zog, sagte er: »Vielleicht ist es hierfür noch zu früh am Tag.«

»Wieso?« fragte sie. »Kaviar kann man zu jeder Tageszeit essen.«

»Wie kommst du auf Kaviar?«

Sie grinste. »Das hat Grigore mal gesagt. Er meinte, die Liebe sei der Kaviar für kleine Leute. Oder hast du keine Lust?«

Er hatte nicht die geringste Lust, und als sie es merkte, stand sie von seinem Schoß auf, zog den Morgenrock an und sagte: »Ich hätte mir denken können, daß du nicht in Stimmung bist. Vielleicht hat dir das mit Hedy schon leid getan. Ich habe mich gleich darüber gewundert. Es paßte nicht zu dir.«

»Ich verstehe nicht, wovon du redest«, sagte er.

Sie griff nach seinen Zigaretten und zündete sich eine an. »Ich rede davon, daß du sie hast abblitzen lassen. Wahrscheinlich wegen dieser Frau.«

Er verstand sie immer weniger. »Wegen welcher Frau?«

»Deiner Chefin«, sagte sie. »Oder warum hast du Hedy nicht mehr sehen wollen? Weil das mit dem Amerikaner passiert ist?«

Er blickte sie eine kleine Weile stumm an, schließlich fragte er heiser: »Wann habe ich Hedy abblitzen lassen?«

»Als sie dich von hier aus angerufen hat. An jenem Tag, als du vorige Woche die ganze Nacht weggeblieben und erst am Nachmittag nach Hause gekommen bist.«

Er stand unwillkürlich auf. »Sie hat mich von hier aus angerufen?«

»Das weißt du nicht?« fragte sie ungläubig.

Er griff hart nach ihrem Arm. »Erzähle mir alles, Eva!«

»Da gibt es nicht viel zu erzählen«, sagte sie beunruhigt. »Hedy tauchte gegen Mittag hier auf. Das war kurz bevor ich mit Grigore zum Bahnhof mußte; ich hatte deshalb auch nicht viel Zeit für sie. Sie wollte wissen, wo du steckst und was zwischen Bob und dir vorgefallen ist. Ich habe es ihr erzählt. Warum sollte sie nicht erfahren, wie der sich hier aufgeführt hat! Sie fragte mich dann, ob du irgendwie zu erreichen seist. Ich habe ihr das Telefon gezeigt und ihr den Namen deiner Chefin gesagt. Die Telefonnummer hat sie sich selber herausgesucht und dann auch gleich angerufen.«

»Und dann?« fragte er heiser.

Sie hob unschlüssig die Schultern. »Ich habe ja nicht mitbekommen, mit wem sie gesprochen hat. Sie hat sich als deine Frau zu erkennen gegeben und nach dir verlangt. Es dauerte dann ein bißchen und plötzlich hat sie aufgelegt, mich angeschaut und gesagt: ›Er will mich nicht mehr sehen.‹ Sie sah aus, als würde sie jeden Augenblick tot umfallen. Ich habe ihr noch zugeredet und . . .«

Rupert unterbrach sie in höchster Erregung: »Was geschah dann?«

»Nicht mehr viel«, sagte Eva Botez. »Ah doch! Nach einer Weile fragte sie mich, ob sie noch ein Gespräch führen dürfte. Ich dachte mir, daß du nichts dagegen haben würdest, und wollte sie allein lassen, aber sie bat mich, hierzubleiben. Sie wählte dann eine lange Nummer, eine Heidelberger war das bestimmt nicht. Dann hat sie nach diesem Bob gefragt, aber anscheinend war er nicht zu erreichen. Sie ließ ihm bestellen, daß sie mit allem einverstanden sei und mit dem Nachmittagszug zu ihm kommen würde. Mehr war dann nicht mehr. Sie hat mir nur noch die Hand gegeben und ist hinausgelaufen. Sie muß völlig durcheinander gewesen sein. Aber ich verstehe nicht, warum du das alles wissen willst! Du hast doch mit ihr telefoniert?«

»Nein«, sagte er und setzte sich neben sie auf die Couch.

Sie starrte ihn tief bestürzt an. »Dann warst du das gar nicht am Telefon?«

Er schüttelte den Kopf und erinnerte sich genau an den Anruf. Sein Gefühl hatte ihn also damals nicht getäuscht.

Als er aufstand, hatte er keine Farbe im Gesicht. »Wohin gehst du?« fragte Eva Botez besorgt, aber er achtete nicht auf sie. Er zog sein Jackett an; für eine Krawatte nahm er sich keine Zeit mehr. Auf der Straße merkte er, daß es zu regnen angefangen hatte. Er schob die Hände in die Taschen und ging ohne Hut und Mantel zur alten Brücke. Er war fast ohne Gefühl, und so stieg er im strömenden Regen die steile Treppe zu Widdaus Haus hinauf. Er blieb kein einziges Mal stehen, und er hob erst wieder den Kopf, als er das Haus bereits erreicht hatte. Er drückte auf den Klingelknopf, und als Margot ihm öffnete und ihn ohne Mantel und mit offenem Hemdkragen von Kopf bis Fuß durchnäßt vor der Tür stehen sah, verfärbte sie sich und sagte: »Mein Gott, ist etwas passiert?«

Er ging an ihr vorbei ins Haus und fragte: »Wo ist sie? In ihrem Zimmer?«

Margot nickte verstört. »Ja, aber du kannst jetzt nicht zu ihr hinaufgehen. Soll ich ihr etwas bestellen?«

»Das ist nicht nötig«, sagte er und stieg die Treppe hinauf. Sie kam ihm sofort nachgelaufen und versuchte, ihn am Arm zurückzuhalten.

»Das kannst du nicht tun«, sagte sie aufgeregt. »Ich muß dich wenigstens vorher anmelden. Bitte, tu das nicht, Rupert. Bitte, warte doch!«

Er riß seinen Arm los und sagte: »Das Anmelden besorge ich diesmal selber. Geh mir aus dem Weg. Oder willst du, daß ich dich die Treppe hinunterwerfe?«

Sie wich verstört von ihm zurück, preßte, als wollte sie einen Schrei unterdrücken, die Hände gegen den Mund und beobachtete reglos, wie er vollends die Treppe hinaufstieg.

Er betrat, ohne anzuklopfen, das Boudoir und sah Irmgard Widdau in einer seidenen Robe am Sekretär sitzen. Sie sah damenhaft aus wie eh und je. Auch ihr Gesicht veränderte sich bei seinem Anblick kaum. Nur ihre Augen wurden ein wenig schmal. »Wie kommen Sie hier herein?« fragte sie völlig beherrscht.

»Wie ich schon das letzte Mal hereingekommen bin«, sagte er und trat dicht vor sie hin. »Was hast du vorige Woche am Telefon meiner Frau gesagt?«

Sie musterte ihn mit ausdruckslosem Gesicht. »Sie sind verrückt. Wovon reden Sie?«

Er wischte sich mit dem durchnäßten Rockärmel den Regen aus dem Gesicht und sagte: »Das brauche ich dir nicht zu erklären. Warum hast du das getan?«

»Sind Sie betrunken?« fragte sie eisig.

Er legte seine nassen Hände auf ihre Schultern und sagte: »Ich habe dich etwas gefragt, und ich werde nicht früher von hier weggehen, bis ich eine Antwort von dir bekommen habe. Ich habe dich gefragt, warum du meine Frau belogen hast.«

Sie stieß seine Hände von ihren Schultern, stand auf und wollte zur Tür gehen, aber er vertrat ihr rasch den Weg und sagte: »Du hast mich anscheinend noch immer nicht verstanden. Du wirst mich nicht abwimmeln können, weder so noch so. Ging es dir nur darum, mich für dich allein zu haben?«

»Sie müssen wirklich betrunken sein«, sagte sie unverändert eisig. »Wenn Sie nicht augenblicklich verschwinden, rufe ich meinen Mann.«

Er grinste wütend. »Ist mir auch recht. Vielleicht können wir uns bei dieser Gelegenheit gleich ein wenig mit ihm aussprechen. Du wirst diese Sache mit meiner Frau wieder in Ordnung bringen, so oder so, und wenn du es nicht tust, werde ich deinen Mann darum bitten, es für dich zu tun. Und ich werde ihm bei dieser Gelegenheit auch gleich erzählen, was für ein Miststück er sich mit dir an den Hals geladen hat.«

Sie schlug blitzschnell zu, aber diesmal war er, weil er darauf gefaßt gewesen war, noch schneller als sie und fing, während er ihr gleichzeitig einen Stoß gegen die rechte Schulter versetzte, ihren Schlag auf. Sie geriet ins Taumeln und prallte mit dem Rücken gegen den Sekretär. Es fiel Rupert auf, daß sie an ihm vorbei zur Tür schaute, und als er sich rasch umdrehte, sah er dort Widdau stehen. Er war in Hemdsärmeln, seine Hose wurde von altmodischen Trägern festgehalten; in diesem Aufzug hatte er so gar nichts von einem Industriekönig an sich. Sein Gesicht trug einen so verblüfften und entsetzten Ausdruck, daß er Rupert unvermittelt leid tat. »Was geht hier vor?« fragte er fassungslos.

Ehe Rupert antworten konnte, sagte Irmgard Widdau rasch: »Er ist betrunken. Bitte schaff ihn mir vom Hals. Er ist zudringlich geworden.«

»Zudringlich gegen dich?« vergewisserte sich ihr Mann ungläubig. Er wartete jedoch keine Antwort ab, sondern trat rasch zu Rupert hin und versetzte ihm eine Ohrfeige.

Die Hand eines Kindes hätte kaum weniger schmerzen können. Auf Rupert wirkte diese ohnmächtige Geste nur noch theatralisch wie aus einem drittklassigen Bühnenstück. Es kostete ihn keine große Mühe, den raschen Reflex in seinem Arm zu unterdrücken, er sagte nur: »Versuchen Sie das nicht ein zweites Mal. Sie sollten mir fairerweise eine Chance geben, die Behauptungen Ihrer Frau widerlegen zu können. Daß ich nicht betrunken bin, müßten Sie selbst sehen.«

»Ich sehe nur, daß Sie ein unverschämter Lümmel sind«, sagte Widdau totenblaß. »Einem Mann wie Ihnen habe ich mein Vertrauen geschenkt.«

»Sie haben es auch ihr geschenkt«, sagte Rupert, mit dem Kinn auf Irmgard Widdau deutend. »Fragen Sie sie, ob sie es verdient hat. Fragen Sie sie, warum sie...«

Er wurde von Irmgard Widdau unterbrochen, sie zitterte plötzlich am ganzen Körper und sagte laut: »Ich wünsche, daß du dich auf keine Diskussion mit ihm einläßt, Karl. Ich habe dir erklärt, daß er betrunken ist und versucht hat, zudringlich zu werden. Wenn er nicht augenblicklich das Haus verläßt, dann tue ich es. Du wirst dich jetzt entscheiden, ob du ihn oder mich anhören willst.«

Ihr Mann ging zur Tür, öffnete sie weit und sagte angewidert: »Gehen Sie. Ich pflege mit Leuten wie Ihnen nicht zu diskutieren. Lassen Sie sich hier nicht mehr sehen, sonst verständige ich die Polizei.«

»Vielleicht hätten Sie das schon lange tun sollen«, sagte Rupert und griff nach seiner Brieftasche. Er entnahm ihr die Wagenpapiere und warf sie auf den Boden. »Was ich Ihnen noch an Geld schuldig bin, sende ich Ihnen mit der Post.«

Er wandte sich der Tür zu, aber Widdau schnitt ihm rasch den Weg ab und fragte kalt: »Was wollten Sie damit sagen, daß ich das schon lange hätte tun sollen?«

Bis dahin hatte sich Rupert allein von seinem Zorn auf Irmgard Widdau hinreißen lassen, und hätte sich ihr Mann ihm nicht in den Weg gestellt, so wäre er jetzt ohne ein weiteres Wort aus dem Haus gegangen. Er fühlte sich weder dazu berufen, ihn über seine eigenen Familienverhältnisse aufzuklären, noch sah er seine Rolle darin, sich als moralischer Richter einer Frau aufzuspielen, die ihm seine eigene Unzulänglichkeit so unvergeßlich bewiesen hatte wie sie. Auch empfand er es beinahe als unfair, ihr mit ein paar unüberlegten Worten all das kaputtzumachen, was sie sich mit so beispielloser Skrupellosigkeit und Selbstverleugnung aufgebaut hatte. Er sagte: »Lassen Sie mich hinaus. Oder wollen Sie, daß ich Gewalt anwende?«

»Das ist nicht nötig«, sagte Widdau, und seine Stimme klang jetzt nur noch verächtlich. »Ich kann mir nicht denken, daß ein Individuum wie Sie mir etwas zu sagen hätte, was für mich von Bedeutung sein könnte. Gehen Sie, Sie kleiner, undankbarer Flegel.«

Rupert war immerhin fast einen halben Kopf größer als er, und den *Flegel* nahm er Widdau übel. Er sagte mit rotem Kopf: »Sie sollten sich Ihre Worte besser überlegen. Ich könnte Ihnen sonst eine angemessene Antwort geben.«

Mit ein paar raschen Schritten war Irmgard Widdau bei ihnen und sagte mit einer für Rupert völlig unkenntlichen Stimme: »Wenn du noch ein Wort mit ihm sprichst, gehe ich, und zwar für immer.«

Ihr Mann verfärbte sich. »Beruhige dich, mein Kind. Ich habe nicht vor, mich noch länger mit ihm zu unterhalten.« Er hatte plötzlich kleine Schweißperlen auf der Stirn. Als er sich wieder an Rupert wandte, wurde er laut: »Ich will nichts mehr von Ihnen hören, verstehen Sie! Nichts, aber auch gar nichts. Gehen Sie mir aus den Augen und wagen Sie nie wieder, meine Frau zu belästigen.«

»Sie kann entweder Ihre Frau oder Ihre Tochter sein«, sagte Rupert, und genau das hatte er auf keinen Fall sagen wollen, aber nun war es geschehen und ließ sich nicht mehr rückgängig machen. Er sah schnell zu Irmgard Widdau hin. Ihr Gesicht war unter der Sonnenbräune aschgrau geworden.

Nur der Blick, mit dem sie ihren Mann maß, paßte nicht recht zu ihrer offensichtlichen Betroffenheit, er drückte eine merkwürdige Mischung von Genugtuung, Bestürzung und Kälte aus. Widdaus Gesicht dagegen wirkte in diesem Moment beinahe undurchdringlich und wie versteinert. Ohne sich länger um sie zu kümmern, ging Rupert rasch aus dem Zimmer auf den Flur, und als er ein wenig später die Treppe hinabstieg, tat er es mit dem Gefühl eines Mannes, der, ohne das zu beabsichtigen, sein eigenes Haus angezündet hat. Margot begegnete ihm nicht mehr. Als er jedoch schon beinahe die Haustür erreicht hatte, hörte er Widdaus befehlende Stimme hinter sich: »Warten Sie!«

Er drehte sich nach ihm um und sah ihn die Treppe herunterkommen. Sein Gesicht war auch jetzt ohne Ausdruck. Er blieb zwei Schritte von Rupert entfernt stehen und sagte voller Kälte: »Sie werden mir für das, was Sie da eben angedeutet haben, eine Erklärung geben oder sich vor einem Gericht dafür verantworten müssen.«

Das hätte alles nur noch viel schlimmer gemacht. Die Vorstellung, in aller Öffentlichkeit eine Erklärung darüber abgeben zu müssen, wie er zu seinem Wissen über Irmgard Widdaus intimste Verhältnisse gekommen war, ließ ihn rasch entscheiden. Er sagte genauso kalt wie Widdau: »Vielleicht wäre es für Sie besser gewesen, Sie hätten Ihre Frau danach gefragt, aber Sie können es, wenn Sie darauf bestehen, auch von mir hören. Sie sind 1919 in Ihrem letzten Kriegsurlaub ein Verhältnis mit einer jungen Kellnerin eingegangen. Sie hieß Anna Scholz. Sicher werden Sie sich an diesen Namen noch entsinnen.«

Für einen Moment lang hatte er den Eindruck, als ob sich Widdaus Pupillen schreckhaft weiteten, aber seine Stimme klang unverändert kalt: »Woher wissen Sie das?«

»Ich weiß noch mehr«, sagte Rupert. »Der Mädchenname Ihrer Schwiegertochter war ebenfalls Anna Scholz, und der Mann, den sie noch kurz vor der Geburt ihrer Tochter heiratete, hieß Kurt Bloch. Der Mädchenname Ihrer Frau ist Irmgard Bloch. Ihr wirklicher Vater aber waren Sie und nicht Kurt Bloch, der sich dessen vermutlich ebensowenig klar gewesen war wie Ihr Sohn aus Ihrer ersten Ehe darüber, daß er mit Irmgard Bloch seine Halbschwester geheiratet hat. Was nach dem Tod Ihres Sohnes geschehen ist, das wissen Sie besser als ich. Oder soll ich Ihnen auch das noch erzählen?«

Widdau schwieg, und nichts in seinem Gesicht ließ einen Schluß darauf zu, was ihn in diesem Augenblick bewegte. Er drehte ein wenig den Kopf und sah die Treppe hinauf. Als Rupert mit den Augen seiner Blickrichtung folgte, sah er Irmgard Widdau. Sie stand am oberen Ende der Treppe und schien das ganze Gespräch mitgehört zu haben. Sie stand dort so reglos wie eine Statue, und sie rührte sich auch nicht, als ihr Mann Rupert den

Rücken zuwandte und, den Blick unverwandt in ihr Gesicht gerichtet, zu ihr hinaufstieg.

Das war das letzte, was Rupert von ihnen sah, bevor er die Haustür aufriß und auf die Straße lief.

Es regnete noch immer. Er klappte den Kragen seines Jacketts hoch, schob die Hände in die Taschen und ging ohne Eile die Straße hinunter. Er fühlte sich merkwürdig leer und gleichgültig. Vielleicht hätte er sich, wäre Widdaus Reaktion so gewesen, wie er es erwartet hatte, jetzt Gewissensbisse gemacht und befürchten müssen, einen Mann, der ihm immer nur mit Wohlwollen und Entgegenkommen begegnet war, vernichtet zu haben, aber dafür hatte er so gut wie nichts gesprochen. Er konnte sich sogar des Eindrucks nicht erwehren, Widdau im Grunde gar nicht viel Neues mitgeteilt zu haben. Vielleicht hatte dieser alles schon geahnt oder gar gewußt? Konnte er siebzehn Jahre lang mit der eigenen Tochter in einer so intimen Weise zusammengelebt haben, ohne ein Gefühl dafür zu bekommen, daß ihn viel mehr mit ihr verband als eine bürokratische Formalität? Seine vorübergehende Unbeherrschtheit mochte vielleicht nur seine Furcht vor einem öffentlichen Skandal ausgedrückt haben, und auch Irmgard Widdaus Reaktion konnte sich auf ganz andere Befürchtungen bezogen haben, beispielsweise auf die, daß sich Rupert in seinem Ärger über die verächtliche Behandlung durch ihren Mann dazu hinreißen lassen könnte, sich mit ihren gemeinsamen erotischen Erlebnissen zu brüsten. Genug Möglichkeiten also, um sich den Kopf darüber zu zerbrechen. Denn ähnlich freimütig, wie sie ihrem Mann eingestanden hatte, ihn nach dem Tod seines Sohnes ganz überlegt in ihre Fänge gezogen zu haben, war ihr bei ihrer Mentalität vielleicht auch zuzutrauen, daß sie ihm bei einem besonderen Anlaß das Geheimnis seiner Vaterschaft anvertraut hatte. Diese Möglichkeit war schon deshalb nicht so abwegig, weil Widdau, wenn er einen unbeschreiblichen Skandal hatte vermeiden wollen, selbst in diesem Falle daran hatte interessiert sein müssen, daß nichts davon an die Öffentlichkeit drang. Dies wäre sogar eine Erklärung dafür, weshalb er in Wirklichkeit auf keinen anderen Mann eifersüchtig zu sein brauchte; er wußte, daß seine Frau ihn niemals verlassen würde.

Aber auch dann gab es noch genug Widersprüche, und je länger Rupert darüber nachdachte, desto undurchsichtiger erschien ihm alles. Nur eines wußte er jetzt mit absoluter Gewißheit: Er hatte sich aus dem höllischen Zauberkreis Irmgard Widdaus befreien können. Es fragte sich nur noch, zu welchem Preis.

Eigentlich hätte er es sich denken können, daß für Irmgard Widdau eine verlorene Schlacht noch lange nicht identisch mit einem verlorenen Feldzug war, denn als er eine halbe Stunde später in seine Wohnung kam, wurde er dort bereits von ihr erwartet. Sie saß auf der gepolsterten Bank am Tisch, rauchte eine Zigarette, und wären ihre geröteten Augen nicht gewesen, so hätte nichts an ihrem Äußeren darauf schließen lassen, daß sie in der vergangenen Stunde einige Unannehmlichkeiten gehabt hatte.

Rupert war über ihre Anwesenheit so sehr überrascht, daß er kein Wort herausbrachte. Natürlich war es, rein zeitlich gesehen, kein Hexenwerk, daß sie vor ihm hier eingetroffen war; sie hatte sicher ein Taxi genommen, aber daß sie die Stirn hatte, sich auch jetzt noch einmal bei ihm sehen zu lassen, ging einfach über sein Fassungsvermögen.

Er trat an den Waschständer und wischte sich mit einem Handtuch den Regen aus dem Gesicht. Aus dem Schrank nahm er einen anderen Anzug, ging mit ihm in die Küche und legte seine nassen Sachen ab. Bis dahin hatte er sich so weit von seiner Überraschung erholt, daß er es fertigbrachte, ihr wieder unter die Augen zu treten.

Auf seinem Weg von Widdaus Haus hierher hatte er ausreichend Zeit gehabt, sich über seine Situation schlüssig zu werden. Im Grunde war er in den vergangenen Wochen doch immer mehr zu der Überzeugung gekommen, daß sich der Bruch zwischen Hedy und ihm nicht mehr reparieren lasse. Sie hätte ihm sein Fehlverhalten von damals doch niemals ganz verziehen; es hätte immer unausgesprochen zwischen ihnen gestanden. Auch fühlte er sich ohne eine Frau, die seine beruflichen Ambitionen zu schüren versuchte und dauernd darauf wartete, er würde endlich eine Stellung finden, die auch ihren eigenen Maßstäben gerecht wurde, in seinen Entscheidungen und Entschlüssen viel freier. Was ihn an dieser Sache so maßlos aufgeregt hatte, war gar nicht so sehr der Umstand, daß durch Irmgard Widdaus Intrige ein letzter Versöhnungsversuch zwischen Hedy und ihm zunichte gemacht worden war, sondern die hinterhältige Art, in der dies geschah. Nichts, was sich zwischen Irmgard Widdau und ihm zugetragen hatte, gab ihr das Recht, seine persönlichen Entscheidungen vorwegzunehmen und sie in seinem Namen zu treffen, selber Schicksal spielen zu wollen und über ihn wie einen Gegenstand, den sie für Geld erworben hatte, verfügen zu können. Nur weil sie vielleicht gemeint hatte, seiner nicht anders sicher zu sein? Dann waren ihre Mittel, ihn an sich zu fesseln, nicht weniger bedenkenlos als seine eigenen, sich von ihr, was immer auch es koste, loszureißen. Objektiv gesehen waren sie jetzt miteinander quitt, aber gerade deshalb hätte sie sich selber und auch ihm diese neuerliche Begegnung ersparen müssen.

Er setzte sich ihr gegenüber auf die Couch. Auf dem Tisch standen noch die Gläser und die Whiskyflasche von Werners Besuch. Er holte zwei frische Gläser und goß sie voll. Sie hatten einander nun so viele Wunden zugefügt, daß er meinte, sich zum Abschluß eine versöhnliche Geste leisten zu können. Als er ihren Blick erwiderte, fragte sie mit ganz ruhiger Stimme: »Bist du jetzt zufrieden?«

Er wußte nicht, worüber er hätte zufrieden sein können, und in ihrem hellgrauen Kostüm sah sie verführerisch aus wie eh und je. Eine schlanke, kultivierte Frau in den besten Jahren, attraktiv, elegant und selbstsicher. Er hätte ihr beinahe ins Gesicht gelacht, aber dann fiel ihm unvermittelt ein, daß sie jetzt mit einem anderen Chauffeur nach Italien fahren würde, und das empfand er gar nicht so sehr erheiternd. Vielleicht hatte er sich damit die letzte Chance, seinen alten Jugendtraum doch noch verwirklichen zu können, endgültig verdorben.

Er griff nach seinem Glas, trank es halb leer und stellte es auf den Tisch zurück. Dann blickte er sie an und fragte: »Weshalb? Bist *du* zufrieden?« Daß sie nicht hier war, um ihm eine Szene zu machen, war ihm bereits klargeworden.

»Du bist und bleibst ein Dummkopf«, sagte sie. »Was hast du dir davon versprochen?«

»Ich hatte mir, als ich zu dir ging, gar nichts versprochen«, sagte er. »Ich hatte nur endgültig die Schnauze voll von dir. Hat er dich aus dem Haus geworfen?«

Sie drückte ihre Zigarette aus.

»Ich gehöre nicht zu den Frauen, die sich aus ihrem eigenen Haus werfen lassen. Er will sich mit dir unterhalten. In einer halben Stunde ist er hier.«

Er vergewisserte sich ungläubig: »Hier bei mir?«

»Ich habe ihn davon überzeugen können, daß es keinen großen Sinn haben würde, auf einen neuerlichen Besuch von *dir* zu warten«, sagte sie. »Außerdem habe ich ihm begreiflich gemacht, daß dieses Gespräch für ihn genauso wichtig ist wie für dich.«

»Für mich sehe ich da überhaupt keine Nützlichkeit«, sagte Rupert schockiert. Der Gedanke, sich noch einmal mit Widdau auseinandersetzen zu sollen, erschien ihm völlig indiskutabel. Wie war sie überhaupt hier hereingekommen? Er erinnerte sich, daß er Eva Botez allein im Zimmer zurückgelassen hatte. Wahrscheinlich hatte sie, als sie gegangen war, die Tür nicht hinter sich abgeschlossen. Er fragte abweisend: »Was verspricht er sich davon?«

Sie nahm einen Schluck aus ihrem Glas und sagte dann: »Er wird dir, damit du den Mund hältst, Geld anbieten. Akzeptiere, was er dir vorschlägt. Mit seinen Verbindungen wäre es ihm möglich, dich auch ohne Geld zum Schweigen zu bringen.«

Ihr Ansinnen war für Rupert so ungeheuerlich, daß er sich schon nicht mehr darüber ärgern konnte. Er sagte: »Unsere Gesetze werden glücklicherweise von anderen Leuten gemacht.«

»Von welchen?« fragte sie. »Die haben genauso ihren Preis wie du. Außerdem war ich vorsichtig genug, mich rechtzeitig davon zu vergewissern, daß nach geltendem deutschen Recht eine uneheliche Tochter nicht unter die Kategorie der Blutsverwandten fällt. Mein Mann hatte seinerzeit auch keine große Mühe, eine Ehebewilligung für eine Heirat mit mir als seine Schwiegertochter zu bekommen. Er will dir zwanzigtausend Mark anbieten. Das würde dir über die nächste Zeit hinweghelfen. Ich halte es für durchaus denkbar, daß ich dich eines Tages auch wieder offiziell als meinen Fahrer einstellen kann.«

»Mit dem Einverständnis deines Mannes?« fragte Rupert ungläubig.

Sie lächelte. »Wer weiß, was bis dahin alles geschehen ist. Hat er dich jemals danach gefragt, ob deine Wohnung einen separaten Eingang hat?«

Er begriff nicht, was sie mit dieser Frage bezweckte, und antwortete: »Wozu soll das wichtig sein?«

»Hat er dich danach gefragt oder nicht?«

Er überlegte. Schließlich nickte er. »Ja. Als ich zum erstenmal bei ihm war. Wie kommst du darauf?«

Sie lächelte wieder. »Er kennt mich eben. Er hat von Anfang an damit gerechnet, daß ich dich in deiner Wohnung besuchen würde. Eine Zimmerwirtin, die das mitbekommen hätte, wäre ihm peinlich gewesen.«

»Warum hast du mir dann anfangs einreden wollen, daß er eifersüchtig sei?« fragte Rupert verständnislos.

»Damit du nicht zu rasch übermütig wirst«, sagte sie und trank ihr Glas leer. »Übrigens wußte er schon, daß ich seine Tochter bin; er muß nach unserer Hochzeit Verdacht geschöpft und Nachforschungen über mich angestellt haben.«

»Er wußte es?« Rupert konnte es nicht fassen.

Sie nickte. »Er hat es mir vorhin gesagt. Er sagte mir ferner, daß es ihm nichts ausgemacht habe, mit mir ins Bett zu gehen. Er habe sich damit für all das gerächt, was *ich* ihm angetan habe. Nun gut, jetzt weiß ich es. Jetzt brauchen wir uns gegenseitig nichts mehr vorzumachen. Er kann es sich nicht leisten, sich von mir zu trennen, auch wenn zwischen uns nichts mehr sein wird.«

»Hast du ihm das ...«

»Ja«, sagte sie hart. »Ich brauche ihn nicht, aber er braucht mich. Am Samstag abend hat er seine große Vorstellung, und ich gehöre mit dazu. Er würde sich jetzt nicht einmal mehr von mir scheiden lassen, wenn ich ihn auf den Knien darum bitten würde. Von wem hast du erfahren, daß deine Frau bei mir angerufen hat? Von ihr selbst?«

»Von meiner Nachbarin«, sagte Rupert. »Du hast mich vorhin gefragt, ob ich zufrieden sei. Du hast jedenfalls mehr Anlaß dazu als ich. Du hast es geschafft, daß sie mir endgültig davongelaufen ist.«

»Ist sie das?« fragte Irmgard Widdau gleichgültig.

Er starrte wütend in ihr Gesicht.

Sie grinste. »Um so besser für uns.«

»Täusche dich nicht«, sagte er. »Du wolltest mich für dich alleine haben, aber jetzt hast du gar nichts mehr.«

Sie grinste noch einmal. »Es macht dir wohl Spaß, dieses alte Spiel. Ich dachte, du seist es schon ein wenig über geworden. Diese Woche habe ich leider keine Zeit mehr, aber vielleicht Montag abend. Wie willst du es haben? Wieder mit einem Ledergürtel?«

Er konnte sie nur anschauen. Sie öffnete ihre Handtasche, nahm eine goldene Puderdose heraus und betrachtete im Spiegel ihr Gesicht. Sie wischte mit dem Zeigefinger ein Klümpchen Lippenstift aus ihrem linken Mundwinkel, schloß die Puderdose und steckte sie in die Tasche zurück.

»Natürlich können wir uns vorläufig nicht mehr zusammen sehen lassen«, sagte sie bedauernd. »Mein Mann wird einen anderen Chauffeur für mich einstellen. Ich habe ihm gesagt, daß ich die Entscheidung diesmal ganz allein ihm überlasse. Nach Italien werden wir eben mit der Bahn fahren, und danach sehen wir weiter.«

Obwohl Rupert sofort richtig schaltete, konnte er nicht daran glauben.

Er fragte: »Wer wir?«

»Wer schon!« sagte sie. »Margot, du und ich. Ich habe meinem Mann bereits gesagt, daß ich mit einem Fahrer, den ich noch nicht gut kenne, so eine große Reise nicht mit dem Wagen zurücklegen möchte. In Sorrent werden wir uns einen Wagen mieten. Über die Einzelheiten unterhalten wir uns nächste Woche. In Sorrent werden wir auch über deine Zukunft nachdenken. Mit den zwanzigtausend Mark meines Mannes wirst du ja vorläufig keine Probleme haben. Ich habe ihm diese Summe vorgeschlagen.«

»Dann war das *deine* Idee?«

Sie schüttelte den Kopf. »Darauf ist er selbst gekommen. Er weiß aus Erfahrung, daß sich mit Geld so gut wie alles regeln läßt. Von mir wollte er nur wissen, wieviel es ungefähr kosten wird, um dir den Mund zu stopfen. Im Grunde hätte er, ohne eure Auseinandersetzung, gar nichts dagegen gehabt, wenn du auch weiterhin für mich gearbeitet hättest, aber nun läßt es sein Stolz nicht mehr zu, sich mit dir anders als mit Geld zu arrangieren. Uns beiden kann das nur recht sein. Du wirst dir irgendwo eine hübsche kleine Wohnung mieten, wo ich dich jederzeit besuchen kann. Möglichst eine ...«

Sie sprach nicht weiter und blickte aufmerksam in sein Gesicht.

»Wolltest du etwas sagen?«

»Nein«, sagte er. »Rede nur weiter.«

Er war jetzt davon überzeugt, daß in ihrem Kopf etwas nicht stimmte.

Sie griff über den Tisch hinweg nach seiner Hand. »Du wirst ein schöneres Leben haben, als du es bei mir als Chauffeur haben konntest. Deine einzige Aufgabe wird darin bestehen, für mich, wenn ich dich brauche, da zu sein, und damit es dir mit einer Frau in meinem Alter auf die Dauer nicht zu langweilig wird, werde ich dir, wann immer du sie haben willst, Margot schicken. Versuche aber nie, sie mir abspenstig zu machen. Das würde dir nicht gelingen. Sie weiß genau, daß du nicht in der Lage bist, ihr ein Leben zu bieten, wie sie es bei mir hat. Da mein Mann oft verreist ist, können wir uns an solchen Tagen auch bei mir treffen. Ich habe mir das schon alles überlegt.«

Tatsächlich war alles so perfekt ausgedacht, daß er ihr auch diesmal seine Bewunderung nicht versagen konnte. Er sagte: »Du hast so gut wie nichts vergessen.«

»Es ist nicht meine Art, etwas zu vergessen«, versicherte sie ihm und kam zu ihm auf die Couch. Sie nahm sein Gesicht in die Hände und sagte lächelnd: »Margot läßt dich von mir grüßen. Sie gefällt dir doch auch, oder nicht?«

»Doch, sie gefällt mir sehr gut«, sagte er.

»Warum nicht!« sagte sie. »Sie ist hübsch und gefällig. Ich werde dir gelegentlich noch einige Dinge verraten, die sie besonders gerne mit sich machen läßt. Sie meint, du seist zwar sonst in Ordnung, manchmal aber ein wenig konventionell. Das läßt sich ändern. Meinst du nicht auch?«

Während er in ihre verschleierten Augen blickte, dachte er, daß sie nicht nur einen, sondern zwei Teufel in sich haben müsse. Er nahm ihre Hände von seinem Gesicht, stand auf und blickte auf seine Armbanduhr. »Die halbe Stunde ist fast vorüber. Vielleicht hat dein Mann es sich anders überlegt. Du bildest dir doch nicht im Ernst ein, daß ich dieses Spiel mitmachen werde?«

»Warum nicht?« fragte sie verwundert. »Oder sind wir schon wieder dort, wo wir vorhin schon einmal waren?«

Er ging zum Fenster und blickte auf die Straße hinab. »Warum suchst du dir keinen anderen?«

»Das ist leichter gesagt als getan«, sagte sie. »Außerdem gefällst du mir. Es gibt nicht viele Männer, die mir nicht nur gefallen, sondern auch so unabhängig sind wie du.«

»Und die vor dir auf die Knie fallen, wenn du es verlangst«, sagte er zum Fenster hinaus. »Wenn dein Mann nicht schon Bescheid gewußt hätte, wärst du durch mich heute vielleicht in Teufels Küche gekommen. Macht dir das nichts aus? Eigentlich müßtest du mich jetzt hassen.«

Sie kam zu ihm und legte einen Arm um seine Taille. »Daß mal eine Sicherung durchbrennt, kann jedem passieren. Ich war noch auf Schlimmeres gefaßt, aber das war mir die Sache wert. Wenn eine Frau ihrem Mann einmal davongelaufen ist, dann läuft sie ihm auch ein zweites Mal davon. Es war für dich besser so, glaube es mir. Du hast nichts mehr für sie empfunden, sonst hättest du es mir nicht so leicht gemacht, dich auf meine Seite zu ziehen. Und hassen, das kann ich heute eigentlich nicht mehr. Wenn man so lange im Haß erzogen worden ist wie ich, hat man ihn eines Tages verbraucht. Du bist ein bißchen unberechenbar. Vielleicht gefällt mir das besonders an dir. Wir haben beide gemeinsam, daß wir in unseren Mitteln nicht immer gerade wählerisch sind. Willst du wissen, warum ich zu dir gekommen bin?«

»Weil du mich brauchst«, sagte er, ohne sie anzusehen. »Aber was du wirklich brauchst, kannst du von jedem haben.«

»Wenn ich sehr anspruchslos wäre«, sagte sie und blickte neben ihm auf die Straße hinab. »Hältst du mich für anspruchslos?«

»Immerhin hast du dich, wenn man dir glauben darf, über fünfzehn Jahre lang im Bett mit deinem Vater begnügt«, entfuhr es ihm. Er hatte auch das nicht sagen wollen, aber wenn es ihm jetzt nicht gelang, sie endgültig loszuwerden, würde sie es vielleicht doch noch schaffen, ihn wieder mürbe zu machen. Die Versuchung, ihrem verlockenden Angebot nachzugeben, war bereits so groß, daß er kaum mehr widerstehen konnte.

Zu seiner Enttäuschung reagierte sie auf seine verletzenden Worte fast heiter. Sie sagte: »Daß er mein Vater ist, schließt nicht aus, daß er auch ein guter Liebhaber sein kann. In der ersten Zeit unserer Ehe hat er es manchmal sogar fertiggebracht, mich unsere verwandtschaftlichen Beziehungen vergessen zu lassen.«

»Du bist ...« Rupert verstummte.

Sie fragte lächelnd: »Was bin ich? Er hat sich über mich nicht zu beklagen brauchen. Er hat von mir bekommen, was er sich so sehnlich gewünscht hat, und ich habe mir von ihm geholt, worauf ich genausoviel Anspruch hatte wie sein Sohn. Anders hätte ich es nicht bekommen. Was soll ich tun? Ihn bemitleiden? Er hat auch kein Mitleid mit meiner Mutter gehabt, obwohl er wußte, daß sie ein Kind von ihm erwartete. Sie hat es ihm zweimal an die Front und in unzähligen Briefen an seine Heimatadresse geschrieben. Er fand es nicht einmal nötig, ihr auch nur mit einem einzigen Wort zu antworten. Meine Mutter hat sich damals gleich mit zwei Anwälten, die von seinen Eltern eingeschaltet worden waren, auseinandersetzen müssen. Sie hatte nicht einmal das Geld, sich einen eigenen zu nehmen. Sie wurde so unter Druck gesetzt, daß sie am Schluß selber daran geglaubt hat, ein liederliches Frauenzimmer zu sein, aber darüber möchte ich mit dir nicht mehr reden. Ich möchte mit dir über die

Zukunft reden. Vielleicht kann ich es einrichten, schon am Sonntag abend zu dir zu kommen. Mein Mann wird sich dann nach dem anstrengenden Samstagabend-Diner sicher frühzeitig schlafen legen. Ich rufe dich aber in jedem Fall vorher noch an.«

»Ich habe dir vorhin gesagt, daß ich dieses Spiel nicht mitmache«, erklärte er brüsk. »Schlag dir das endgültig aus dem Kopf.«

»Soll ich das wirklich tun?« fragte sie und trat rasch hinter ihn. Sie schlang die Arme um seine Brust, küßte sein Ohr und sagte: »Du wirst es niemals schaffen, mich loszuwerden, mein Junge. Du willst es auch gar nicht. Du wirst dieses Spiel mitspielen, weil es dir genausogut gefällt wie mir, und wenn es sonst nichts gäbe, was dich an mir festhält, dann das hier bestimmt.«

Sie griff so rasch zu, daß er ihre Berührung nicht verhindern konnte. Er hatte sie nicht wissen lassen, daß alleine schon der sanfte Druck ihres Schoßes an seinem Körper ausgereicht hatte, ihn zu erregen. Mit einer angewiderten Bewegung stieß er ihre Hand von sich und sagte: »Es ist nicht jeder so wie dein Mann.«

»Jeder vielleicht nicht«, räumte sie ein, »aber du bestimmt, mein Junge. Ich habe dir gesagt, wie wichtig du mir bist. Das habe ich noch keinem anderen gesagt. Oder muß ich dir auch noch sagen, daß ich ohne dich nicht mehr wüßte, was ich anfangen soll!«

Er sah rasch in ihr Gesicht. Ihre Augen waren groß und ein wenig feucht. Wenn sie es jetzt auch noch mit dieser Masche versuchte, würde er ihr vielleicht erst recht nicht mehr widerstehen können. Dann fiel ihm auf, daß sie den Blick von ihm nahm und ihn über seine Schulter hinweg auf die Straße richtete. Als er den Kopf drehte, sah er einen schweren, dunklen Wagen vor dem Haus vorfahren, und neben ihm sagte Irmgard Widdau: »Das ist mein Mann; du siehst, man kann sich immer auf ihn verlassen.«

Rupert beobachtete stumm, wie ein jüngerer Mann in Chauffeuruniform aus dem Wagen kletterte, rasch die Fondtür öffnete und Widdau herausließ. Mehr konnte er nicht mehr sehen, weil Irmgard Widdau ihn vom Fenster wegzog. Sie griff nach seinen Händen, küßte ihn flüchtig auf den Mund und sagte: »Bis später. Verpatze uns nichts. Hörst du?«

Er gab keine Antwort. An der Tür drehte sie sich noch einmal nach ihm um und sagte: »Ich vergesse dich nicht.«

Es klang wie eine Bitte und wie ein Versprechen zugleich.

Rupert wartete, bis sie hinausgegangen war. Dann trat er rasch an die Tür, öffnete sie einen Spalt und lauschte. Im Treppenhaus hörte er sie mit ihrem Mann reden, dann kamen seine Schritte herauf.

Rupert kehrte an den Tisch zurück, zündete sich eine Zigarette an, und als Widdau an die Tür klopfte, ging er ihm öffnen. Davon abgesehen, daß

Widdaus Gesicht ein wenig blaß aussah, wirkte er gefaßt. Er trug eine Brille mit dicken Hornrändern und legte grußlos seinen Hut auf den Tisch. Der Blick, mit dem er sich im Zimmer umsah, drückte Widerwillen, ja fast Ekel aus. Er knöpfte seinen Mantel auf, setzte sich unaufgefordert auf einen Stuhl und sagte kalt: »Meine Frau erzählte mir eben, daß Sie einverstanden seien. Ich werde Ihnen jetzt einen Scheck über zehntausend Mark geben. Den gleichen Betrag können Sie morgen bei meinem Anwalt in Empfang nehmen. Ich lasse Ihnen seine Adresse hier. Natürlich möchte ich einige Sicherheiten von Ihnen haben, aber das wird mein Anwalt mit Ihnen besprechen.«

Obwohl sein ganzes Auftreten, mehr noch als sein fast verächtlicher Ton, eine einzige Anmaßung war, zwang sich Rupert zur Ruhe. Er entschloß sich sogar, nur um zu sehen, wie weit Widdau gehen würde, scheinbar auf sein Angebot einzugehen, und fragte: »Ist das alles?«

»Natürlich nicht«, sagte Widdau und holte seine Brieftasche heraus. Er legte einen bereits ausgefüllten und unterschriebenen Scheck auf den Tisch und sagte: »Ich möchte, daß Sie innerhalb von acht Tagen die Stadt verlassen. Ich habe mit dem Personalleiter meines Münchener Werkes telefoniert; man wird Sie dort als Chauffeur einstellen. Die Einzelheiten erfahren Sie ebenfalls von meinem Anwalt. Sie verpflichten sich ferner schriftlich, jedes weitere Zusammentreffen mit meiner Frau zu vermeiden.«

Obwohl Rupert auf einiges gefaßt gewesen war: Damit hatte er auf keinen Fall gerechnet, und Irmgard Widdau vermutlich auch nicht. Er setzte sich zu Widdau an den Tisch, nahm den Scheck in die Hand und betrachtete ihn. Dann blickte er in seine Augen und fragte: »Ist das nicht ein bißchen unvorsichtig von Ihnen?«

»Inwiefern?« fragte Widdau kühl.

»Nun ja«, sagte Rupert, »Sie geben mir hier einen Barscheck über zehntausend Mark. Ich könnte ihn noch heute bei der Bank einlösen und die Angelegenheit damit als erledigt betrachten. Sie haben, indem Sie mir diese zehntausend Mark geben, noch keine Garantie dafür, daß ich Ihre Bedingungen auch erfülle.«

»Natürlich habe ich eine Garantie«, sagte Widdau. »Sie wissen, daß bei meinem Anwalt weitere zehntausend Mark auf Sie warten. Ich bin sicher, daß Sie sich zu ihm bemühen werden. Er wird dann schon alles vorbereitet haben.«

Rupert nickte. »Ein Mann in Ihrer Position muß sicher auch ein guter Psychologe sein. Ich frage mich nur, warum Sie dann nicht auf den Gedanken gekommen sind, es vorher einmal ohne Geld zu versuchen.«

Widdau erwiderte distanziert seinen Blick. »Wie meinen Sie das?«

»Es war nur so ein Einfall«, sagte Rupert. »Es geht Ihnen doch hauptsächlich darum, sich meiner Verschwiegenheit zu versichern. Das hätten Sie einfacher haben können. Sie hätten mich nur darum zu bitten brauchen.«

»Sie zu bitten?« vergewisserte Widdau sich.

»Warum nicht?« fragte Rupert.

Widdau öffnete den Mund zu einer Entgegnung, schien sich dann jedoch eines anderen zu besinnen und sagte: »Mit welchen Garantien, daß Sie Ihr Versprechen auch wirklich einhalten?«

Rupert sah an ihm vorbei durchs Fenster in den wolkenverhangenen Himmel.

»Daß auch ich so etwas wie ein Ehrgefühl haben könnte, betrachten Sie wohl als wenig wahrscheinlich?«

»Ich betrachte das nicht nur als wenig wahrscheinlich, sondern als geradezu grotesk«, sagte Widdau eisig. Er legte noch eine kleine Visitenkarte auf den Tisch, griff nach seinem Hut und stand auf. »Mein Anwalt erwartet Sie morgen pünktlich um zehn Uhr in seiner Kanzlei. Ich glaube, das wäre für den Augenblick alles.«

»Abgesehen von einer Kleinigkeit«, sagte Rupert mit brennendem Gesicht. »Ich möchte keinen Scheck haben, sondern Bargeld.«

Widdau musterte ihn konsterniert: »Wozu? Ist Ihnen meine Unterschrift nicht gut genug?«

»Nein«, sagte Rupert. »Sie könnten inzwischen Ihre Bank verständigen und den Scheck sperren lassen. Wieso erwarten Sie eigentlich, daß ich Ihnen mehr vertraue als Sie mir? Entweder Sie bezahlen mit Bargeld oder ich akzeptiere Ihre Bedingungen nicht.«

Widdau blieb ein paar Sekunden lang unschlüssig stehen, dann steckte er den Scheck in seine Brieftasche zurück und sagte: »Nun gut. Ich werde meinen Chauffeur zur Bank schicken. Er kann in einer halben Stunde zurück sein. Erwarten Sie ihn hier. Wie wollen Sie das Geld haben? In großen oder in kleinen Scheinen?«

Die Szenerie erinnerte Rupert an eine englische Kidnapper-Komödie.

Er sagte grinsend: »In kleinen. Am liebsten wären mir eintausend Zehnmarkscheine.«

»Eintausend Zehnmark...« Widdau führte seinen Satz nicht zu Ende, und als er wieder sprach, klang seine Stimme nur noch gelangweilt: »Ich werde meinem Chauffeur Bescheid sagen.«

Und draußen war er.

Als die Tür hinter ihm zufiel, saß Rupert noch immer grinsend am Tisch. Durch das offene Fenster hörte er Widdaus Wagen wegfahren. Dann war es wieder still. Er griff nach der Visitenkarte. Es handelte sich um die Adresse einer Anwaltskanzlei. Er zerriß sie in viele kleine Stücke.

Später legte er sich auf die Couch und versuchte sich darüber schlüssig zu werden, auf welche Weise er Widdau diese demütigende Behandlung am wirkungsvollsten heimzahlen könnte. Was zuerst, als er sich scheinbar auf sein Angebot eingelassen hatte, nur eine vage Idee gewesen war, verdichtete sich, je länger er darüber nachdachte, immer mehr zu einer präzisen Vorstellung, und als Eva Botez in sein Zimmer kam, grinste er über das ganze Gesicht. Sie fragte verwundert: »Lachst du über mich?«

»Ich lache nicht, ich grinse nur«, sagte er.

»Und das ist heute dein offizieller Besuchstag?« fragte sie. »Dann ist es wohl besser, ich gehe gleich wieder. Was war denn das für eine komische Figur?«

»Der Mann oder die Frau?«

Sie wurde ein wenig rot. »Wenn das deine Chefin war, verstehe ich alles.«

»Du solltest es dir endlich abgewöhnen, dich heimlich um meine Besucher zu kümmern«, sagte Rupert. »Außerdem ist das kein Besuchs-, sondern ein Auktionstag. Ich habe mich zum Höchstgebot versteigern lassen.«

Sie setzte sich neben ihn und grinste auch. »Wer hat mehr geboten? Sie oder er? War das ihr Mann?«

»Aus altem Patriziergeschlecht«, sagte er. »Ein königlicher Kaufmann vom Scheitel bis zur Sohle. Herr über viele tausend arbeitsame und ehrgeizige Wohlstandsbürger.«

»Hör mal«, sagte sie. »Wenn du so redest und so aussiehst, steckt jedesmal ein Mistding dahinter. Was heißt das überhaupt, daß du dich zum Höchstgebot hast versteigern lassen?«

»Sogar zweimal«, sagte er. »Beim erstenmal meine Seele und beim zweitenmal meinen Charakter.«

»Hat ihr Mann euch beide erwischt?« fragte sie neugierig.

»Wobei?«

»Na ja«, sagte sie. »Ich könnte es mir schon denken.«

»Vielleicht liest du zu viele Frauenzeitschriften«, sagte Rupert feixend. Dann wurde er unvermittelt ernst. Er griff nach ihrer Hand und sagte: »Ich glaube, du wirst mir fehlen, Eva.«

Sie starrte ihn betroffen an. »Was heißt das?«

»Daß wir uns bald Adieu sagen müssen«, antwortete Rupert. »Um aus diesem Scherbenhaufen noch einigermaßen heil herauszufinden, bleibt mir eigentlich nur noch ein Weg, und ich glaube, daß ich ihn gehen werde. Aber dich kann ich da leider nicht mitnehmen.«

Sie wurde blaß und sah von ihm weg. »Ich wußte immer, daß es einmal dazu kommen würde«, sagte sie. »Seit Hedy dir davongelaufen ist, wußte ich es. Wo wirst du hingehen?«

»Vielleicht nach Stuttgart«, sagte er. »Dort kenne ich ein paar alte

Kriegskameraden, die es weiter gebracht haben als ich. Vielleicht kann mir einer von ihnen einen guten Tip geben.«

»Und wann wird das sein?«

»Frühestens am Sonntag, spätestens am Montag«, antwortete Rupert.

Sie blickte ihn schnell an. »Die nächste Woche schon?«

»Und keinen Tag später«, sagte er. »Wenn ich auch nur noch einen einzigen zulege, werde ich hier früher oder später kaputtgehen.«

»Vielleicht überlegst du es dir noch anders«, sagte sie hoffnungsvoll und deprimiert zugleich. »Du wirst dich dort sehr allein fühlen.«

»Ein Mann ist immer allein«, sagte Rupert.

»Ist es wegen dieser Frau?«

»Es ist fast jedesmal wegen irgendeiner Frau«, sagte Rupert und betrachtete die billige Lampe an der Decke. Ihr roter Schirm war mit Staub bedeckt. Warum fiel einem so etwas immer nur in solchen Augenblicken auf?

Er sagte: »Wenn du erst einmal an einem Punkt angelangt bist wie ich, kannst du nur noch vor dir selber davonlaufen, aber ich bin kein Odysseus, und ich habe auch niemanden, der mich, wenn die Sirenen ihr hübsches Lied anstimmen, an einen Mast binden würde. Hedy bin ich für immer los, und was diese Frau angeht, von der du eben gesprochen hast, so braucht sie nur zur Tür hereinzukommen, und schon stehe ich so gut wie ohne Hose da.«

Er grinste wieder und betrachtete ihr blasses Gesicht. »Tut mir leid, Eva, aber es gibt keine Alternative mehr für mich. Vielleicht wärst *du* eine gewesen, aber dann hätten wir uns ein paar Jährchen früher begegnen müssen. Mit mir fährst du heute auch nicht mehr besser als mit Grigore, im Gegenteil, euer Zug hat wenigstens noch einen einigermaßen geordneten Fahrplan. Bei mir wüßtest du nicht einmal, wohin er fährt. Ich glaube, es ist für uns alle bess...«

Er brach ab und blickte zur Tür. »Da kommt schon der nächste Besucher«, sagte er.

Eva hatte die Schritte auf der Treppe ebenfalls gehört und fragte: »Wer ist das? Soll ich verschwinden?«

»Im Gegenteil«, sagte er. »Wenn mich nicht alles täuscht, ist es der Geldbriefträger, und vor Geldbriefträgern soll man nie davonlaufen.« Er stand rasch auf, ging zur Tür und öffnete sie. In dem halbdunklen Flur stand unschlüssig der uniformierte Chauffeur von Widdau; in der rechten Hand trug er eine große, schweinslederne Aktentasche. »Sind Sie Herr Kruedener?« fragte er bei Ruperts Anblick erleichtert.

Rupert öffnete ihm weit die Tür und sagte: »Sie sind hier an der richtigen Adresse. Ich nehme an, Sie bringen die Moneten?«

Der Chauffeur, ein etwa fünfundzwanzigjähriger Mann mit Sommersprossen und abstehenden Ohren betrat irritiert das Zimmer. Beim Anblick von Eva Botez blieb er wieder unschlüssig stehen, aber Rupert sagte: »Sie können das Zeug ruhig auspacken. Frau Botez ist eine gute Nachbarin von mir.«

Seine Auskunft schien den jungen Mann nur wenig zu beruhigen, er sagte zweifelnd: »Wenn Sie meinen?«

»Ja, das meine ich«, sagte Rupert. »Darf ich Ihnen helfen?« Er nahm ihm die Tasche ab, öffnete sie und warf einen Blick hinein. Dann sagte er zu Eva Botez: »Ich möchte nicht, daß dir versehentlich die Augen aus dem Kopf fallen; du könntest sie vorsorglich festhalten.«

»Warum?« fragte sie und trat neugierig näher. Als Rupert den Inhalt der Tasche auf den Tisch kippte, sperrte sie Mund und Augen auf. »Was ist das?« fragte sie.

Rupert grinste: »Zehntausend Mark in Zehnmarkscheinen. Hast du so etwas noch nie gesehen?«

»Nein«, sagte sie und starrte das Geld an.

Rupert sagte: »Ich auch nicht.« Zu dem jungen Chauffeur, der sich derweil pikiert im Zimmer umsah, sagte er: »Ich werde Ihnen den Empfang sicher quittieren müssen.«

»Herr Widdau läßt Sie darum bitten«, sagte der junge Mann und nahm einen Quittungsschein aus der Brieftasche. »Wenn Sie das Geld vorher nachzählen wollen ...«

»Das mache ich heute nacht im Bett«, sagte Rupert und unterschrieb die Quittung mit einem Kugelschreiber. Er gab sie dem jungen Mann zurück und sagte: »Grüßen Sie Herrn Widdau schön von mir.«

Der Chauffeur verließ mit der leeren Aktentasche stumm das Zimmer.

Es fiel Rupert auf, daß Eva Botez ganz gelb im Gesicht war. »Ist dir schlecht?« fragte er.

Sie schüttelte den Kopf und nahm eines der banderolierten Päckchen in die Hand. »Wie kommst du dazu?« fragte sie verstört.

»Ich habe dir doch vorhin erzählt, daß ich meine Seele und meinen Charakter verkauft habe«, sagte Rupert. »Das ist das Geld dafür. Ich würde dir ja gerne einen Teil davon abtreten, aber leider brauche ich es für einen anderen Zweck. Du hättest zu diesem feierlichen Anlaß ruhig ein etwas hübscheres Kleid anziehen können. Was du da trägst, sieht aus, als hättest du es mit der Heilsarmee.«

Sie hob wie in Trance den Kopf. »Wozu brauchst du es?«

»Damit ich meine Seele zurückkaufen kann«, sagte er. »Beim Charakter wird das schwieriger sein.« Er holte eine alte Ledertasche aus dem Schrank und sagte lächelnd. »Sie stammt noch aus meiner Studierzeit. Damals hatte ich noch große Illusionen, aber kein Geld. Heute ist es genau umgekehrt.«

»Dieser Widdau ...«, sagte Eva Botez geistesabwesend. Rupert schnitt ihr das Wort ab: »Denk nicht über ihn nach. Ich kenne ihn viel besser als du und werde trotzdem nicht schlau aus ihm. Daß er eine so geringe Meinung von mir hat, kann ich ihm nicht einmal übelnehmen. Das würde mich auch nicht stören. Was mich stört ist seine Philosophie, daß es sich nicht lohnt, an etwas anderes als an die Macht des Geldes zu glauben. Gerade er müßte das viel besser wissen.«

Er packte das Geld in die Tasche, stellte sie in den Schrank zurück und sagte dann lächelnd: »Vielleicht habe ich dir ein bißchen zuviel zugemutet. Oder fühlst du dich jetzt schon besser?«

»Ja«, sagte sie und setzte sich auf die Couch. »Aber verstanden habe ich kein Wort.«

»Versuche gar nicht erst, es verstehen zu wollen«, sagte Rupert. »Du würdest mich sonst vermutlich für übergeschnappt halten. Am allermeisten stört mich aber, daß ich seine Frau vorhin habe glauben lassen, es hätte sich zwischen ihr und mir im Grunde nichts geändert. Sie hatte nicht einmal ernsthaft damit gerechnet, auf größere Probleme zu stoßen. Im gleichen Augenblick, als sie hier hereingekommen ist, war sie sich ihrer Sache schon so sicher gewesen, daß sie sich gar nicht erst die Mühe gemacht hat, mit ernsthaften Komplikationen zu rechnen, aber nicht einmal das braucht dich zu wundern, denn ich habe ihr bisher keinen Anlaß gegeben, damit rechnen zu müssen.«

»Warst du schon mit ihr im Bett?« fragte Eva Botez direkt.

Er setzte sich neben sie und betrachtete durch das Fenster die niedrig segelnden Wolken über dem Blattgrün der jenseitigen Bergkuppen.

»Darauf kommt es jetzt vielleicht nicht mehr an«, sagte er. »Ich habe mir bei ihr ein paar Dinge durchgehen lassen, die viel schwerer wiegen als die Frage, ob ich schon mit ihr im Bett war. Ich habe mir auch ihm gegenüber so ein paar Dinge durchgehen lassen, aber genaugenommen muß er noch viel verrückter sein als ich, denn bei mir waren das nur ein paar Tage. Ich begreife nicht, wie er das so lange hat durchhalten können. Vielleicht ist er, gerade weil er es so lange durchgehalten hat, verrückt geworden.«

»Und wofür hat er dir das Geld nun wirklich gegeben?« fragte Eva Botez beharrlich. »Wollte er dich damit loswerden?«

Rupert blickte sie wieder an. »Ich weiß nicht, was er ernsthaft wollte. Vielleicht etwas ganz anderes, als ich es mir einrede. Da paßt nichts mehr zusammen. Verstehst du?«

Sie schüttelte den Kopf.

Rupert griff nach ihrer Hand. »Sicher ist, daß er mich loswerden will, und ebenso sicher ist, daß er mich in Wirklichkeit nie loswerden wird. Er wird noch sein ganzes Leben lang an mich denken. Dafür werde ich sorgen.

Am Samstag abend findet seinetwegen im Parkhotel eine große Party statt. Er hat mich nicht dazu eingeladen, aber ich werde trotzdem hingehen und ihm beweisen, daß es immer noch ein paar Dinge auf dieser Welt gibt, die sich nicht kaufen lassen.«

Sie fragte rasch: »Du willst dort Stunk machen?«

»Ich will ihm sein Geld zurückbringen«, sagte Rupert. »Nicht mehr und nicht weniger.«

»Das würde ich auch gerne sehen«, sagte sie verblüfft. »Ich kann mir das gar nicht vorstellen. Würdest du mich mitnehmen?«

»Das geht leider nicht.«

»Warum nicht?«

Er blickte zweifelnd in ihr aufgeregtes Gesicht. Dann grinste er plötzlich. »Ja, warum eigentlich nicht!«

22

Bis zum Samstag abend hatte er noch viel zu tun. Er kaufte sich zwei Koffer, packte seine wichtigsten Sachen hinein und gab sie bei der Gepäckaufbewahrung am Bahnhof ab. Von den Möbeln wollte er nichts mitnehmen; sie hätten ihn zu sehr an Hedy erinnert. Er setzte einen Brief an Frau Klein auf und bat sie, sich dafür, daß er ohne Kündigungsfrist die Wohnung verlassen habe, an seinen Möbeln schadlos zu halten. Die Miete für einen Monat steckte er zusammen mit dem Brief in einen an sie adressierten Umschlag. Er war sich noch nicht ganz sicher, ob er ihn wirklich brauchen würde, aber er handelte eben wie ein Mann, der eine ungewisse Reise antritt und deshalb sämtliche Möglichkeiten ins Auge faßt.

Von seiner Absicht, Widdau auch jenes Geld zurückzusenden, das er für Spesen und Gehaltsvorauszahlungen bekommen hatte, war er vorläufig abgekommen. Er würde, wenn es sich als erforderlich erweisen sollte, Heidelberg kurzfristig zu verlassen, an seinem neuen Wohnort jeden Pfennig brauchen und Widdau das Geld eben zu einem späteren Zeitpunkt zurücksenden. Vorsorglich schrieb er sich auf, wieviel es war.

Eva Botez sah er in diesen Tagen immer nur ganz flüchtig. Er hatte den Eindruck, daß er ihr nicht mehr ganz geheuer war. Vermutlich zweifelte sie inzwischen an seinem Verstand, aber das war schließlich zu verstehen.

Trotzdem war sie, als er sie am Samstag abend fragte, ob sie noch Lust habe, ihn zu begleiten, sofort damit einverstanden. Da das Hotel etwas außerhalb der Stadt am Neckarufer lag und es auch an diesem Abend regnete, nahmen sie ihre Schirme mit. Rupert hatte sich die Aktentasche mit dem Geld unter den Arm geklemmt. Den Zeitpunkt hatte er so gewählt, daß der offizielle Teil der Festveranstaltung mit der Verleihung des Bundesverdienstkreuzes bereits vorüber sein mußte. Wenigstens diese Genugtuung wollte er Karl Widdau an diesem Abend nicht verderben.

Da der Weg zum Hotel nicht allzu weit war, warteten sie auf keinen Bus, sondern legten ihn trotz des Regens zu Fuß zurück. Gegenüber Eva Botez begründete Rupert diesen Entschluß damit, daß sie noch genügend Zeit hätten und nicht zu früh eintreffen dürften, weil es während der offiziellen Feierlichkeit doch nicht möglich sein würde, in Widdaus Nähe zu gelangen. In Wirklichkeit diente ihm der Spaziergang durch den Regen auch dazu, noch eine kleine Frist zu gewinnen, denn so entschlossen, wie er sich vor Eva Botez gab, war er an diesem Abend schon lange nicht mehr. Es war eine andere Sache, einen solchen Plan auszuhecken, sich in Gedanken daran zu berauschen, als ihn in die Tat umzusetzen, und während er neben Eva Botez, dem dunklen Neckarufer folgend, durch den Regen marschierte, wurde ihm bewußt, daß er sie nur deshalb mitgenommen hatte, weil ihm schon kurz nach Widdaus letztem Besuch Zweifel gekommen waren, ob er auch wirklich den Mut haben würde, seinen Plan auszuführen, aber nun, da er mit ihr darüber gesprochen hatte und sie ihn auf seinem Weg begleitete, konnte er nicht mehr anders, als ihn bis zum Ende zu gehen.

Sie sahen das Hotel schon, bevor sie es erreichten. Mit seiner großen, geschlossenen Glasterrasse, die von zahllosen Glühbirnen erleuchtet war, bot es einen festlichen Anblick. Vor dem Hoteleingang, von Scheinwerfern angestrahlt, sprühten die Kaskaden eines Springbrunnens. Straße und Parkplatz standen voll mit Autos. Durch die großen Glasscheiben der Terrasse konnten sie einen Blick in das Innere tun. An blumengeschmückten langen Tafeln saß eine illustre Gesellschaft, Damen in kostbaren Abendroben, behängt mit glitzernden Pretiosen, unterhielten sich beim Diner gutgelaunt mit würdig aussehenden, schwarzbefrackten Herren, von denen jeder einzelne den Eindruck machte, als stünde ein Krupp-Imperium hinter ihm. Geschäftige Kellner eilten mit wehenden Schwalbenschwänzen tischauf und tischab, und eine für Rupert unsichtbare Kapelle sorgte für eine dezente, musikalische Untermalung der farbenprächtigen Szenerie.

Rupert sagte: »Das trifft sich gut; sie sind bereits beim Essen. Jetzt kann ich mich Widdau zum Nachtisch servieren.«

»Da willst du hineingehen?« fragte Eva Botez beklommen.

Rupert war nicht weniger beklommen zumute, aber nun war er bis hierher gelaufen, und er würde, selbst wenn er ihn das Leben kostete, nicht mehr umkehren. Da er sicher war, daß es ihn nicht das Leben kosten würde, sagte er: »Deshalb sind wir ja hier. Oder hat dich dein Mut schon verlassen?«

»Ich weiß nicht«, sagte sie zögernd. »Vor all diesen Leuten in meinem Aufzug!«

Tatsächlich trug sie unter ihrem billigen Regenmantel nur einen Rollkragenpullover und eine alte Hose von Grigore. Unter der Kapuze ihres Mantels sah ihr Gesicht grau und müde aus.

Rupert sagte: »Was für Leute denn! Schau sie dir doch an. Sie sind nicht anders als wir. Sie stopfen hier, auf Widdaus Kosten, in sich hinein, was nur Platz findet, und wenn sie voll sind, öffnen sie, genau wie wir, heimlich die obersten Hosenknöpfe und die Damen ihre Reißverschlüsse, rülpsen hinter der hohlen Hand und unterhalten sich darüber, was dieses Diner den Gastgeber wohl gekostet haben mag. Eigentlich tut es mir jetzt doch leid, nicht auch den Anfang miterlebt zu haben.«

»Welchen Anfang?« fragte Eva Botez.

Er grinste. »Als der verdiente Industrielle Karl Widdau im Namen des Bundespräsidenten der Bundesrepublik Deutschland das große Bundesverdienstkreuz verliehen bekommen hat. Es gibt eine ganze Menge hart schuftender Unternehmer, die es sicher genauso verdient hätten wie er, aber sie verstehen es eben nicht, sich ins richtige Licht zu setzen. Das muß ein großer Augenblick für ihn gewesen sein.«

»Ich weiß nicht«, sagte Eva Botez wieder.

Sie kamen an einer Gruppe livrierter Männer vorbei, die unter dem Vordach des Hoteleingangs Zigaretten rauchten und ein Schwätzchen hielten. Rupert sagte grinsend: »Meine ehemaligen Leidensgenossen. Wenn sie Glück haben, dürfen sie hinterher die Teller ihrer Herrschaften auslecken. Ich möchte nur wissen, was ich mir dabei gedacht habe, als mich das Bedürfnis überkam, anderer Leute Autos fahren zu wollen.«

Indem er so redete, gewann er immer und immer wieder Zeit, und Eva Botez, die ihn allmählich durchschaute, sagte: »Warum läßt du es nicht sein? Es bringt dir doch gar nichts ein, im Gegenteil. Ich an deiner Stelle würde das Geld behalten.«

»Leider bist du nicht an meiner Stelle«, sagte Rupert, jäh ernst werdend. »Mir wäre sonst wohler in meiner Haut.« Und dann fragte er kurz: »Kommst du mit hinein?«

»Nein«, sagte sie. »Nein, das kann ich nicht, Rupert. Ich kann das einfach nicht, und wenn du ohnedies wegfahren willst...«

»Ich will es nicht, ich muß es tun«, fiel er ihr dazwischen. »Ich muß es jetzt tun oder nie.«

Er ließ sie stehen und betrat den Hoteleingang. An der Rezeption wurde er von einem schwarzgekleideten Herren angesprochen, der sich nach seinen Wünschen erkundigte.

»Ich habe Herrn Widdau etwas abzugeben«, sagte Rupert. »Wie komme ich zu ihm?«

Er schwitzte plötzlich am ganzen Körper. Der schwarzgekleidete Herr, ein graumelierter Fünfziger, musterte ihn von oben bis unten. »Es tut mir leid«, sagte er. »Es handelt sich um eine geschlossene Veranstaltung. Das Hotel ist heute abend für alle übrigen Besucher geschlossen.«

»Ich bin kein Besucher«, sagte Rupert. »Ich bin Herrn Widdaus Chauffeur und handle in seinem Auftrag. Würden Sie mir jetzt bitte sagen, wie ich zu ihm komme?«

»Da muß ich Herrn Widdau vorher fragen«, sagte der Graumelierte. »Darf ich um Ihren Namen bitten?«

Rupert betrachtete das halbe Dutzend Türen im Hintergrund des Foyers. Eine davon mußte in den Saal mit der Terrasse führen, aber welche? Bis er die nächstbeste geöffnet hätte, würde der Graumelierte eine Armee dienstbarer Geister gegen ihn mobilisiert haben. Er zwang sich zur Ruhe und versuchte es mit einer List: »Herr Widdau kennt meinen Namen. Bitte, sagen Sie ihm Bescheid, daß ich hier bin.«

»Trotzdem muß ich Sie um Ihren Namen bitten«, sagte der Graumelierte unerschüttert.

Rupert hatte gehofft, er würde sich jetzt von der Rezeption entfernen. Bei dieser Gelegenheit hätte er ihm heimlich folgen und auf diese Weise Widdau ausfindig machen können, aber der Graumelierte rührte sich nicht vom Fleck. Sein Gesicht drückte plötzlich unverhülltes Mißtrauen aus. Die Blicke, mit denen er Ruperts alte Aktentasche musterte, ließen fast den Schluß zu, er befürchtete eine Bombe oder ähnlich Böses darin. Wer hier nicht im Smoking erschien, machte sich zwangsläufig verdächtig.

Rupert öffnete kurzentschlossen die Tasche, ließ den Graumelierten einen Blick hineintun, und schloß sie dann wieder. Diesmal zeigte er Wirkung. Er fragte unschlüssig: »Wozu braucht Herr Widdau das Geld?«

»Das hat er mir nicht verraten«, sagte Rupert. »Vielleicht will er es unter die Gäste verteilen.«

Der Graumelierte dachte nach. Schließlich sagte er: »Ich könnte einen meiner Angestellten ...«

»Nein«, sagte Rupert rasch. »Da es sich um einen sehr hohen Betrag handelt, möchte ich ihn Herrn Widdau persönlich übergeben.«

Der Graumelierte drückte auf einen Klingelknopf und wandte sich an einen herbeieilenden Hoteldiener. Rupert konnte nicht hören, welchen Auftrag er ihm erteilte, aber wenn er sich nicht persönlich zu Widdau bemühte, war es auch unmöglich, dem Hoteldiener unbemerkt zu folgen. In diesem Augenblick fühlte er sich geneigt, seinen Plan aufzugeben, und im Grunde war er beinahe froh darüber. Seine Absicht, vor den versammelten Gästen einem Mann wie Widdau zehntausend Mark vor die Füße zu werfen, gehörte wohl zu jenen großen Gesten, die man immer nur in der Fantasie vollzog.

Aber warum eigentlich? Er beobachtete, wie der Hoteldiener eine der Türen öffnete, für eine kurze Zeitspanne konnte Rupert einen Blick in den festlich erleuchteten Speisesaal werfen, dann war er, bevor der Hoteldiener die Tür ganz hinter sich zuziehen konnte, mit einem Dutzend schneller Schritte bei ihm. Er vernahm noch die scharfe Stimme des Graumelierten in seinem Rücken, riß jedoch, ohne sich um ihn zu kümmern, die Tür auf und betrat unmittelbar hinter dem Hoteldiener den Saal. Anscheinend hatte dieser nicht vor, persönlich an den Tisch von Widdau zu gehen, er war neben der Tür stehengeblieben und winkte einem der schwarzbefrackten Kellner. Bei Ruperts Anblick stutzte er und wandte sich dann rasch der Tür zu, wo im gleichen Moment der Graumelierte auftauchte, aber bis dahin hatte Rupert bereits Widdau entdeckt. Er saß nicht weit entfernt an der Stirnseite einer langen Tafel zwischen seiner Frau und einem großgewachsenen schlanken Mann, mit dem er sich angelegentlich unterhielt. Das frisch verliehene Bundesverdienstkreuz blitzte im Licht der schweren Kristallüster wie eine kostbare Brosche. Rupert hatte jedoch in der kurzen, ihm zur Verfügung stehenden Zeit fast nur ein Auge für Irmgard Widdau. Sie trug eine schwarze Spitzenrobe mit einer Seidenschärpe und einem tiefen Dekolleté. Es war nicht tiefer als das der meisten anwesenden Damen, nur stand bei ihnen der gewagte Ausschnitt nicht immer in einem angemessenen Verhältnis zu der Qualität dessen, was er den erwartungsvollen Blicken der Männer enthüllen sollte. Rupert hatte noch nie so viel gepflegtes Fleisch auf so engem Raum beisammen gesehen, er hatte den Eindruck, in einen Jahrmarkt gezierter Eitelkeiten, parfümierter Selbstgefälligkeit und gepflegter Langeweile geraten zu sein, akustisch untermalt von den Rhythmen einer großen Kapelle, die, halb verborgen von einem Dutzend Gummibäumen, neben der Terrasse ihr musisches Soll erfüllte. Mit einer ihm schon selbst paradox anmutenden Genugtuung stellte Rupert fest, daß Irmgard Widdau selbst noch in diesem auserlesenem Kreise auserwählter Wohlstandsbürger eine dominierende Erscheinung war. Inmitten der oft operettenhaft aufgeputzten Damen wirkte sie auf ihn wie eine ungekrönte Herrscherin, die in einer weinseligen Laune die Marktfrauen ihres Reiches zu einem königlichen Mahl geladen hat. Ihr Anblick ließ es ihm wieder fast unglaubhaft erscheinen, daß er mit ihr geschlafen, sie gehaßt und sich sogar schon mit ihr geprügelt hatte. Hier, in dieser kultivierten Umgebung war sie nur wieder seine schöne, elegante Schaufensterpuppe, die große Dame aus einer Welt, die ihm bisher immer unzugänglich geblieben war, und nun hatte er, der kleine Chauffeur zu ihren Diensten, wenn auch ohne ihr Wissen und wider ihren Willen, wenigstens einmal einen Blick hinein tun können. Aber sie war nicht nur seine schöne Schaufensterpuppe, sie war auch die böse Hexe mit den magischen Künsten, die Verkörperung menschlicher Verworfenheit und Verirrungen.

Er war so sehr in ihren Anblick vertieft, daß er kein Auge mehr für die Geschehnisse in seiner unmittelbaren Umgebung hatte, und als er, von mehreren Fäusten gefaßt, geschoben, gezerrt und gestoßen zugleich, aus dem Saal taumelte, konnte er noch beobachten, wie sie rasch herblickte und sich dann an einen neben ihr sitzenden Mann wandte, dessen Gesicht Rupert bekannt vorkam. Mehr Zeit blieb ihm nicht mehr, er landete, noch immer von mehreren Fäusten bedrängt, bei der Rezeption, wo der Grauhaarige mit hochrotem Gesicht zum Telefon griff. Bevor er jedoch eine Nummer wählen konnte, sagte Rupert atemlos: »Falls Sie die Polizei benachrichtigen wollen, so wäre das bestimmt nicht im Sinne von Herrn Widdau. Seine Frau hat mich gesehen; reden Sie vorher mit ihr.«

Er wandte sich an die um ihn bemühten Männer und sah, daß es der Hoteldiener und zwei großgewachsene Kellner waren. »Lassen Sie mich los«, sagte er. »Sie sehen doch, daß ich weder eine Pistole noch eine andere Waffe bei mir trage.«

Sie blickten unschlüssig den Graumelierten an, der jetzt den Hörer auflegte und an Rupert vorbei zur Tür des Speisesaals blickte. Als Rupert sich umdrehte, sah er Irmgard Widdaus Tischnachbarn herauskommen, und diesmal erkannte er ihn wieder. Es war Herr Hartung, Widdaus Sekretär. Da Rupert ihm nur zweimal flüchtig begegnet war, waren ihm sein Gesicht und sein Name im ersten Moment nicht mehr geläufig gewesen. In seinem Smoking sah er sehr elegant und noch steifer aus als damals. Er kam rasch zu ihnen und fragte: »Was geht hier vor?«

Der Graumelierte nahm ihn einige Schritte auf die Seite, ließ ihn dort einen Blick in Ruperts Aktentasche tun, die diesem bei seiner gewaltsamen Entfernung aus dem Saal entrissen worden war, und wechselte einige Worte mit ihm. Anscheinend schien ihn Herrn Hartungs Antwort zu beruhigen, er befahl den drei Männern, Rupert loszulassen, gab die Aktentasche Herrn Hartung, und dieser überreichte sie Rupert. Er sagte mit undurchdringlichem Gesicht: »Frau Widdau läßt Sie bitten, einige Minuten auf sie zu warten. Sie wird, sobald sie kann, herauskommen.«

Rupert erinnerte sich, wie er ihn einmal zusammen mit ihr im Vorzimmer ihres Mannes gesehen hatte. Vielleicht war er ihr noch treuer ergeben als seinem unmittelbaren Arbeitgeber? Das alles sah doch fast nach einem Komplott aus, und Komplotte werden üblicherweise nur unter Komplizen geschmiedet. Herr Hartung verschwendete auch keine Zeit mehr an ihn, sondern kehrte, nachdem er seinen offensichtlichen Auftrag ausgeführt hatte, in den Saal zurück.

Auch die beiden Kellner und der Hoteldiener entfernten sich. Rupert überlegte, ob es nicht besser sei, nach seinem mißglückten Attentat auf Karl Widdau so rasch wie möglich das Hotel zu verlassen. Das hätte jedoch wie eine Flucht ausgesehen, und nachdem ihm alles andere schiefgegangen war, wollte er dem graumelierten Geschäftsführer, der ihn von der Rezeption aus noch immer beobachtete, kein so unwürdiges Schauspiel bieten. Er setzte sich in einer nur spärlich beleuchteten Ecke des Foyers in einen bequemen Sessel und zündete sich eine Zigarette an. Im Grunde spielte es keine Rolle mehr, ob er sich noch einmal mit Irmgard Widdau unterhielt oder nicht. Sein Entschluß stand jetzt unumstößlich fest, aber sie war ihm wichtig genug gewesen, daß er es sich selber schuldig zu sein meinte, sich von ihr zu verabschieden, denn auch dieser Abschied sollte nicht nach einer Flucht aussehen. Er wollte ihn Auge in Auge mit ihr hinter sich bringen, und als sie keine drei Minuten später herauskam, drückte er seine Zigarette aus und stand auf.

Sie wirkte kühl und überlegen wie immer, setzte sich, den Rücken der Rezeption zukehrend, in einen Sessel, und schlug die Beine übereinander. Zum festlichen Anlaß hatte sie mehr Rouge als sonst aufgelegt, und sie sah, selbst wenn man sich vor Augen hielt, was sich alles hinter ihrer hübschen Larve versteckte, unleugbar hinreißend aus. Rupert blickte stumm in ihr Gesicht. Sie fragte: »Was wolltest du hier?« Ohne seine Antwort abzuwarten, griff sie nach der neben seinem Sessel stehenden Aktentasche, öffnete sie und betrachtete flüchtig das Geld. Dann stellte sie die Tasche auf den Boden zurück und sagte: »Setz dich hin.«

Er gehorchte.

»Eigentlich hätte ich damit rechnen müssen«, sagte sie. »Als mein Mann mir erzählte, daß du das Geld in Zehnmarkscheinen haben wolltest, wußte ich sofort, daß du etwas damit bezwecktest, aber auf den Einfall, daß du ihm das Geld vor seinen versammelten Verehrern auf den Tisch knallen wolltest, bin ich einfach nicht gekommen. Anscheinend kenne ich dich noch immer nicht gut genug. Was wolltest du damit erreichen? Ihn demütigen? Das hättest du auf diese Weise allerdings schaffen können. An mich hast du dabei wohl nicht gedacht?«

Rupert schwieg.

»Man kann dich keinen Augenblick lang ohne Aufsicht lassen«, sagte sie. »Du bist ein riesengroßer Kindskopf, aber ich nehme an, du hattest einen besonderen Grund, den ich noch nicht kenne. Nach allem, was mir mein Mann über eure Unterredung erzählt hat, hattest du keinen Anlaß, ihn demütigen zu wollen.«

»Hat er dir auch erzählt, daß ich mich schriftlich dazu verpflichten sollte, in seinem Münchner Werk eine Stellung anzunehmen und dich nie wieder zu sehen?« fragte Rupert.

Sie blickte ihn ungläubig an. »Das ist nicht wahr!«

»Du redest dir ein, *mich* zu kennen«, sagte Rupert. »Dabei kennst du noch nicht einmal deinen Mann, obwohl du jetzt schon so lange mit ihm verheiratet bist. Ich habe keinen Vorteil dadurch, wenn ich dir so etwas vorlüge. Bei deinem Mann wird das vielleicht anders sein.«

Sie nahm den Blick von seinem Gesicht und sagte blaß: »Daran wird er noch denken, das verspreche ich dir. Hast du unterschrieben?«

»Ich sollte vergangenen Donnerstag zu seinem Anwalt gehen«, sagte Rupert. »Wenn ich es getan hätte, wüßtest du es vielleicht schon.«

»Dann hast du ihn heute abend nur deshalb demütigen wollen?«

»Nein«, sagte er. »Dafür hatte ich andere Gründe, aber darauf kommt es jetzt nicht mehr an. Ich fahre weg.«

»Wohin?« fragte sie rasch.

»Das weiß ich noch nicht«, sagte er. »Vielleicht nach Hamburg, vielleicht auch in eine andere Stadt. Ich werde mir das erst am Bahnhof einfallen lassen. Ich werde den nächstbesten Zug besteigen, egal, wohin er fährt.«

»Das wirst du nicht tun«, sagte sie fast tonlos. »Du wirst in deiner Wohnung warten, bis ich mich bei dir melde. Ich habe gestern und vorgestern ein paarmal bei dir angerufen. Wo warst du?«

»Daheim«, sagte er. »Ich wußte, daß nur du das sein konntest und habe den Hörer nicht abgenommen. Ich bin fertig mit euch. Mit dir ebenso wie mit ihm, und daran wird sich nichts mehr ändern.«

Sie blickte eine Weile stumm in sein Gesicht, dann sagte sie: »Margot hat mir erzählt, daß du sie gefragt hast, ob sie dich heiraten will. Wenn das wirklich dein Wunsch ist, wird sie dich heiraten. Willst du es?«

Er durchschaute sie sofort und sagte: »Nein. Ich wollte nur sehen, wie sie darauf reagiert. Du wirst mich auch mit ihrer Hilfe nicht länger zum Hierbleiben bewegen können. Mein Zug ist schon so gut wie abgefahren.«

»Das glaube ich dir nicht«, sagte sie.

Bis vor ein paar Augenblicken hatte er selber noch nicht recht daran geglaubt, aber nun, da er ihr gegenübersaß und mit ihr darüber redete, empfand er seinen Entschluß wie eine schmerzliche, aber heilsame Klarheit, als den Abschluß eines komplizierten Prozesses, der ihn wochenlang in Aufruhr versetzt, sein Inneres in einen glühenden Ofen verwandelt und alle Schlacken in ihm ausgebrannt hatte. Jetzt fühlte er sich leer und sehr ruhig, und es gab nichts mehr, worüber er sich noch den Kopf zu zerbrechen brauchte.

Er stand auf. Obwohl er wußte, daß er das um seiner selbst willen niemals tun würde, sagte er: »Vielleicht schreibe ich dir einmal postlagernd, wo ich gelandet bin. Übrigens würde ich mich an deiner Stelle von dieser Frisur nicht mehr trennen. Du siehst damit sehr hübsch aus.«

»Setz dich bitte wieder hin«, sagte sie. »Bitte!«

Ihre Hände zitterten plötzlich so heftig, daß ihr die Handtasche entglitt und auf den Boden fiel. Rupert hob sie auf und legte sie auf ihren Schoß. »Der Geschäftsführer beobachtet uns«, sagte er, aber sie achtete nicht darauf und sagte mit einer Stimme, wie er sie noch nie bei ihr gehört hatte: »Ich kann, um dich zu bitten, hierzubleiben, nicht vor dir auf die Knie fallen, aber ich weiß wirklich nicht mehr, was ich ohne dich anfangen soll.«

Vielleicht entsprach das ihren augenblicklichen Empfindungen, aber wenn das so war, dann durfte er erst recht keinen Tag mehr länger hierbleiben. Er sagte: »Spätestens morgen früh wirst du es wieder wissen. Für dich ist das in Wirklichkeit viel leichter als für mich.«

»Bitte!« sagte sie flüsternd.

Er drehte sich schnell um und ging zur Tür. Jemand öffnete sie ihm. Er sah im Vorübergehen, daß es der graumelierte Geschäftsführer war; sein Gesicht war tief beeindruckt.

Als Rupert ins Freie trat, zitterten ihm die Knie. Er mußte sich ein paar Sekunden lang gegen eine Säule des Vordaches lehnen. Dann fiel sein Blick auf Eva Botez. Sie näherte sich langsam. Er wartete, bis sie bei ihm war, und fragte: »War ich lange drin?«

»Ich weiß nicht«, sagte sie und blickte in sein graues Gesicht. »Hast du es getan?«

»Ich habe alles getan, was ich tun konnte«, sagte er und griff nach ihrem Arm. Während sie nebeneinander der dunklen Straße folgten, sagte Eva Botez: »Du hast deinen Schirm im Hotel stehenlassen.«

»Das ist möglich«, sagte Rupert.

»Willst du nicht umkehren und ihn holen?«

»Nein«, sagte er. »Nicht für hunderttausend Mark.«

Ein Page kam ihnen atemlos nachgelaufen. Er sagte: »Ihre Tasche, mein Herr. Sie haben Ihre Aktentasche vergessen.«

Rupert achtete nicht auf ihn.

»Er bringt deine Tasche!« sagte Eva Botez. »Hast du nicht gehört?«

»Scher dich zum Teufel«, sagte Rupert zu dem Pagen, aber der blieb beharrlich neben ihm und hielt ihm die Tasche hin. »Ich habe den Auftrag bekommen, Ihnen diese Tasche zu geben, Herr Kruedener«, sagte er. »Ich darf mit der Tasche nicht zurückkommen. Der Geschäftsführer hat es mir befohlen. Es ist eine Nachricht von der gnädigen Frau drin. Die gnädige Frau hat mir auch befohlen, daß ich Ihnen unbedingt die Tasche geben muß.« Seine Stimme hatte am Schluß fast weinerlich geklungen.

Er ging noch eine Weile neben ihnen her, dann lief er rasch einige Schritte voraus, legte die Tasche mitten auf die Straße und rannte wieder an ihnen vorbei zum Hotel zurück. Eva Botez fragte verstört: »Warum willst du die Tasche nicht haben? Sie gehört doch dir! Oder ist da noch das Geld ...« Sie sprach den Satz nicht zu Ende und starrte ihn an. »Du hast ihm das Geld nicht zurückgegeben?«

»Ich hatte keine Gelegenheit dazu«, sagte Rupert. »Ich nehme den nächsten Bus zum Bahnhof. Du mußt ohne mich nach Hause, altes Mädchen.«

»Alle Männer spinnen«, sagte sie und bückte sich im Vorbeigehen nach der Tasche. »Sie ist tatsächlich noch voll«, sagte sie. »Du kannst sie doch nicht einfach auf der Straße liegen lassen, Rupert! Das wäre ja eine Sünde. Bitte, laß sie nicht liegen.« Sie öffnete mit zitternden Händen die Tasche, warf beim Licht einer einsamen Straßenlaterne einen Blick hinein und sagte atemlos: »Da ist noch das ganze Geld drin, und hier ist ein Zettel für dich. Willst du nicht lesen, was sie dir geschrieben hat?«

Er nahm ihr das Papier aus der Hand und zerriß es, ohne einen Blick darauf zu werfen, in kleine Stücke.

»Und das Geld?« sagte Eva Botez. »Was willst du mit dem Geld tun?«

»*Du* hast es aufgehoben, nicht ich«, sagte er. »Warum fragst du mich?«

»Du bist verrückt«, sagte sie und preßte, während ihr der Regen über das Gesicht lief und sie mit einer Hand den Schirm gegen einen aufkommenden Wind hielt, mit der anderen die Tasche gegen die Brust. »Du bist wirklich verrückt«, sagte sie. »Zehntausend Mark, was könnte man damit nicht alles anfangen! Mit zehntausend Mark könnten Grigore und ich ... Dann würde er, wenn ich so viel Geld hätte, auch nicht mehr zu dieser kleinen Hure gehen. Wir könnten uns neue Kostüme kaufen, eine neue Nummer aufbauen. Was soll ich denn tun, Rupert?« Sie fing an zu weinen.

Er sagte: »Tu, was du willst.«

»Aber es gehört doch nicht mir!« sagte sie weinend. »Ich kann doch Geld, das nicht mir gehört, nicht einfach behalten.«

Sie hatten inzwischen die nächste Bushaltestelle vor den ersten Häusern erreicht. Ein feiner Regen sprühte in ihre Gesichter. Eva Botez setzte sich auf eine Bank am Flußufer und sagte: »Tu mit mir, was du willst, Rupert. Ich kann das Geld nicht auf der Straße liegen lassen. Ich kann es einfach nicht, verdammt noch mal. Lieber bleibe ich hier im Regen sitzen, bis ich tot bin. Warum hast du es ihm denn nicht zurückgegeben? Wollte er es nicht? Wenn er es nicht wollte, ist es *dein* Geld.«

»Ich will es nicht haben«, sagte er und blickte auf seine Armbanduhr. Wenn er Glück hatte, würde innerhalb der nächsten Viertelstunde ein Bus kommen. »Du wirst dir auf der nassen Bank eine Lungenentzündung holen«, sagte er.

»Das ist mir egal«, sagte sie. »Meinetwegen kann ich eine Lungenentzündung kriegen. Ich habe noch nie einen so verrückten Mann gesehen wie dich. Warum willst du das Geld nicht haben?«

»Halt deinen Mund«, sagte er.

Sie stand auf. »Gut, dann werfe ich es in den Fluß. Willst du, daß ich es in den Fluß werfe?«

Sie konnte vor Weinen kaum mehr sprechen. Rupert sagte: »Ich habe dir schon einmal gesagt, daß du tun sollst, was du willst.«

»Aber wir könnten es uns doch wenigstens teilen, wenn du nicht alles haben willst«, sagte sie und wischte sich mit dem nassen Mantelärmel die Tränen aus dem Gesicht. »Wenn wir es teilen, wäre es doch nicht so schlimm für dich.«

Er gab ihr keine Antwort.

Sie sagte: »Gut, dann werde ich das Geld vor die nächste Haustür legen. Vielleicht wohnt dort einer, der es brauchen kann. Kommst du mit?«

»Nein«, sagte er. »Ich warte hier auf den Bus.«

»Ich brauche keinen Bus«, sagte sie. »Das Stück nach Hause schaffe ich auch zu Fuß. Ich werde es vor ein Haus legen, dem man ansieht, daß keine reichen Leute darin wohnen. Hast du was dagegen?«

Er schüttelte stumm den Kopf.

»Gut«, sagte sie. »Und wenn ich heimkomme, werde ich dir sagen, vor welches Haus ich es gelegt habe. Willst du wirklich auf einen Bus warten?«

In ihrer Verstörung schien sie gar nicht mehr daran zu denken, daß er entschlossen war, direkt zum Bahnhof zu fahren, aber er erinnerte sie nicht daran. Er sagte: »Ja.«

»Gut«, sagte sie. »Dann gehe ich jetzt.« Und ohne ihn noch einmal anzusehen, ging sie auf der dunklen Straße weiter.

Rupert brauchte nur noch wenige Minuten auf den Bus zu warten. Er stellte sich auf die hintere Plattform und vergewisserte sich, daß der Bus direkt zum Bahnhof fuhr. Wenn er Glück hatte, erwischte er heute nacht noch einen Zug nach Stuttgart. Wenn nicht, würde er eben einen nach Frankfurt nehmen oder sonstwohin.

Er war der einzige Fahrgast. Durch die regennassen Fenster blickte er auf die Straße hinaus. Kurz vor der alten Brücke sah er Eva Botez auf dem Gehweg. Er drehte sich, als der Bus an ihr vorbeirollte, nach ihr um. In einer Hand hielt sie den Regenschirm, mit der anderen drückte sie noch immer die alte Ledertasche gegen ihre Brust. Er hatte den Eindruck, daß sie ihn im Bus stehen sah, aber sie wandte rasch das Gesicht zur Seite. Als er sie nicht mehr sehen konnte, wischte er mit dem Handrücken seine Augen ab. Er fühlte sich sehr allein.

Der nächste Zug war tatsächlich über Stuttgart nach München gefahren. In Stuttgart verließ ich ihn.

Von Eva und Grigore Botez habe ich nie mehr etwas gehört. Vielleicht haben sie inzwischen ihre große Nummer gefunden und treten im *LIDO* oder in Las Vegas auf.

Werner hat sich auf Kreislaufleiden spezialisiert und soll angeblich eine gutgehende Privatklinik haben. Ich erfuhr es zufällig durch meinen Hausarzt in Stuttgart. Mit Hedy habe ich mich über unsere Anwälte arrangiert, ich nehme an, sie lebt heute als glückliche Mutter irgendwo in dem großen Amerika. Platz genug hat es ja dort. Ich hoffe, ihre Träume haben sich alle erfüllt. Vater ist vor zwei Jahren mit militärischen Ehren beigesetzt worden. Die Inschrift auf seinem Grabstein hat er testamentarisch festgelegt. Dort heißt es: *ER WAR SOLDAT UND MENSCH DURCH UND DURCH.* Ob ihm der liebe Gott das abgenommen hat?

Was aus Margot geworden ist, weiß ich nicht, aber ich nehme an, Irmgard Widdau hatte für sie vorgesorgt.

Ruth ist eine kluge Frau. Sie muß sehr bald dahinter gekommen sein, daß die Geschichte meines angeblichen Freundes meine eigene war, denn seitdem hat unser Eheleben einen neuen Auftrieb bekommen. Sie meinte zwar später auch, daß Irmgard Widdau eine völlig verkommene Person gewesen sei, aber manchmal, wenn ich mich zu ihr ins Bett lege, hat sie so einen merkwürdigen Blick in den Augen, den ich auch schon bei Irmgard Widdau gesehen hatte. Vielleicht steckt in allen Frauen ein klein wenig eine Irmgard Widdau? Und in allen Männern etwas von einem Rupert Kruedener? Wer weiß!

Gottes zweite Garnitur

*Daß dieses Buch geschrieben werden konnte,
verdanke ich dem verständnisvollen Entgegenkommen
der Public Information Division
Headquarters United States Army Europe in Heidelberg,
wo ich freundliche Unterstützung fand.
Das gleiche gilt auch für die
Public Information Division 7th US Army
in Stuttgart
und für das Headquarters 14th
Armored Cavalry in Fulda.
Besonders danken möchte ich Mr. Hans Joachim Hoffner,
Civil Affairs Representative in Karlsruhe,
dessen persönliche und unermüdliche Hilfe
dieses Buch erst ermöglicht hat.
W.H.*

ERSTES KAPITEL

1

Sie sah ihm nach, wie er zur Tür ging, ein mittelgroßer, untersetzter Mann, breitschultrig und ohne Taille, mit kleinen Fettwülsten an den Hüften, rötlich behaarten Beinen, dicken Muskelsträngen an den gedrungenen Oberschenkeln und kurzem, starkem Nacken. Die kreisrunde Glatze an seinem Hinterkopf war in den letzten Jahren noch größer geworden, die dunkle Warze am rechten Schulterblatt ebenso. Als sie ihn zum erstenmal gesehen hatte, war sein Haar noch dicht gewesen, seine Taille schmal und die Hüften knochig. Zweimal in der Woche war er rudern gegangen. Jeden schönen Sonntag hatten sie irgendwo am Wasser verbracht, aber seit zwei Jahren redeten sie nicht mehr davon. Seine Veränderung hatte sich so allmählich vollzogen, daß sie ihr kaum aufgefallen war, und eines Tages würde sie sich daran gewöhnt haben, daß er einen Bauch, einen kahlen Schädel und schlechte Manieren hatte. Eines Tages würde sich nichts mehr in ihr dagegen aufbäumen, nichts gegen ihn und nichts gegen sich selbst, sie würde genauso selbstzufrieden und gleichgültig werden wie er, sie würde genauso aus dem Bett klettern, sich waschen und über belanglose Dinge reden, als hätte sie gerade eine Routinearbeit erledigt. Eines Tages würde sich noch mehr verändert haben als in den verflossenen fünf Jahren, aber wahrscheinlich würde sie sich dann ebenso daran gewöhnt haben, wie sie sich bisher daran gewöhnt hatte.

Ihre eigene Veränderung vollzog sich gleichfalls unmerkbar. Sie ertappte sich zwar manchmal dabei, daß sie sich weniger sorgfältig frisierte als früher, daß es sie eine Überwindung kostete, ein anderes Kleid anzuziehen, wenn sie zu ihm ging, daß sie kaum mehr in den Spiegel schaute und nur noch ganz selten das Bedürfnis verspürte, ihren Lippenstift zu wechseln. Sie puderte sich auch nicht mehr. Seit sie festgestellt hatte, daß er es ignorierte, verzichtete sie darauf. Sie war noch nicht alt genug, sich den Verzicht nicht leisten zu können, und sie wußte, daß sie auch ohne Schminke schön war. So gleichgültig sie aber ihrem Äußeren gegenüber sein konnte und sowenig sie sich darum bemühte, ihre ohnedies auffällige Erscheinung hervorzuheben, so peinlich war sie auch darauf bedacht, nichts an sich zu dulden, was sich nicht mit Hilfe einfachster Mittel wieder hätte korrigieren lassen. Sie hatte keine Ursache, mit sich unzufrieden zu sein, solange sie ihre selbstkritischen

Betrachtungen auf das beschränkte, was Männer bei Frauen gerne sahen. Aber sie gab sich auch keinen Illusionen darüber hin, daß mit der ersten Nachlässigkeit die Tür geöffnet war für weitere und daß sie früher oder später resignieren würde, vor ihm, vor seinen Eltern und vor sich selbst, vor ihrer gleichgültigen, hoffnungslosen Unschlüssigkeit.

Sie verschränkte die Hände im Nacken und betrachtete zum ungezählten Male die Zimmereinrichtung: den grünen Kachelofen neben der Tür, den großen dunklen Schrank, die kitschigen, ölgemalten Landschaftsbilder in den schweren Goldrahmen, das altmodische Büfett, die ganze biedere, wurmstichige Bürgerlichkeit zwischen den verschossenen Blumentapeten, den verstaubten Stuckornamenten der Zimmerdecke und dem Parkettboden, der nun schon so oft gebohnert worden war, daß er wie gelackt aussah.

Draußen schlug eine Tür zu. Jetzt würde er ins Bad gehen, einen zufriedenen Blick in den Spiegel werfen, seinen Morgenrock anziehen und zurückkommen. Er würde das Radio einschalten, Kohlen auflegen, eine Zigarette rauchen und darauf warten, daß sie sich verabschiede. Er hatte eine feste Bettzeit. Wurde es einmal später, war er am nächsten Tag ungenießbar. Jeden Morgen stand er um sieben Uhr auf, frühstückte mit seinen Eltern, dann fuhr er mit seinem Vater ins Büro; vor fünf Jahren noch mit einem Volkswagen, dann mit einem Opel und seit vergangenem Sommer im Mercedes. ›*Fehrenbach & Sohn*, Häuser- und Grundstücksmakler‹; das Geschäft florierte. Sie hätten sich schon lange ein modernes und schöneres Haus leisten können, aber davon war nie die Rede. Das Haus war Familienbesitz, es hatte zwei Kriege und drei Generationen überdauert, und es war stabil genug, noch drei weiteren Generationen Heim und Dach zu sein. In diesem Haus würde sie, Claire, einmal ihre Praxis bekommen, Patienten behandeln, Kinder gebären und alt werden. In diesem Haus würde sie den Rest ihres Lebens verbringen, und sie sah keine Möglichkeit, etwas daran zu ändern. Oft hatte sie gemeint, den Gedanken nicht länger ertragen zu können, hundertmal war sie mit der Absicht hierhergekommen, Schluß zu machen mit der Unaufrichtigkeit, mit seiner Familie, mit ihm, und hundertmal hatte sie im entscheidenden Augenblick geschwiegen.

Nun ging wieder ein Jahr zu Ende, und nichts war geschehen. Nichts im vergangenen Jahr und nichts in diesem. Vielleicht würde im nächsten Jahr etwas geschehen, aber sie glaubte es nicht. Sie war unfähig, an etwas zu denken, unfähig, müde, angeekelt. Sie war fünfundzwanzig Jahre alt, und es gab Tage, da schien es ihr, als läge ihr Leben schon hinter ihr; so wie jetzt, wie immer, wenn er das Zimmer verlassen hatte und sie allein zurückblieb mit ihrem Ekel, ihrem Überdruß und dem schmerzhaften Gefühl einer Demütigung.

Sie blickte zum Fenster hinaus, draußen schneite es. Es hatte schon angefangen, als sie zu Hause weggegangen war; ein früher Winter. Sie haßte den Winter, die Kälte, die langen Abende, die dunklen trostlosen Morgen, wenn sich der Tag wie ein nasses Tier in die leeren Straßen schlich, in die Straßen mit den trüben Lichtern hinter schmalen Fenstern, den mürrischen Zeitungsfrauen, dem fahlen Grau ihrer Gesichter, den grauen leeren Gesichtern in der Straßenbahn, im Zug, unausgeschlafene bösartige Gesichter, dem scharfen Husten der Männer, dem üblen Geruch feuchter Garderobe, dem ganzen widerwärtigen Alltäglichen. Und dies war der erste Winter ohne ihre Mutter, Weihnachten ohne sie, Silvester, und dann noch das Studium, das Examen. Sie fürchtete sich vor dem Examen, nie in ihrem Leben hatte sie soviel Furcht empfunden. Sie konnte kaum mehr einschlafen, weil der Gedanke, sie könnte das Examen nicht bestehen, sie nicht zur Ruhe kommen ließ. Es schien ihr, als sei das Examen ihre letzte Chance, etwas von ihrer Selbständigkeit zu erhalten, und vielleicht war es noch mehr. Vielleicht ahnte er, daß es noch mehr war, vielleicht drängte er deshalb auf die Heirat, und nicht nur seiner Eltern und der Leute wegen. Der Leute von Thüngerstadt wegen!

Sie hörte ihn hereinkommen, spürte sein Stutzen, seinen verwunderten, vorwurfsvollen Blick, sie hörte ihn zum Radio gehen, Musik, dann seine Schritte zum Ofen, das Geräusch einer Zigarettenschachtel, das Zündholz, seine Schritte quer durchs Zimmer, und jetzt war er neben ihr, sie fühlte seinen Schatten im Gesicht, roch den Rauch seiner Zigarette, aber sie sah ihn nicht an, sie blickte angestrengt aus dem Fenster, auf die verschneiten Bäume im Garten, und sie wünschte, er würde merken, daß ihr nicht zum Reden zumute war.

Er merkte es nicht, er setzte sich neben sie auf die Couch, berührte sie mit der plumpen Vertraulichkeit eines Komplizen, und seine Stimme klang so, wie sie es erwartet hatte: ungeduldig, vorwurfsvoll und ein klein wenig beunruhigt: »Ich habe das Licht im Bad brennen lassen.«

»Und die Tür offenstehen«, sagte sie.

»Das auch«, sagte er. »Ich habe die Tür offenstehen lassen. Ich dachte, du hättest dich schon angezogen.«

»Ich habe mich noch nicht angezogen«, sagte sie.

»Das sehe ich. Ich weiß wirklich nicht, worauf du noch wartest.«

Sie stand auf, suchte ihre Kleider zusammen, und sie fühlte sich wieder gedemütigt. Während sie sich anzog, spürte sie seinen Blick auf sich ruhen. In seinem rotgestreiften Morgenrock sah er noch rundlicher aus, rundlicher und viel älter; man hätte ihn für vierzig halten können. Auch sein Gesicht war rund, ein rundes, dickes, zufriedenes Gesicht mit kleinen, etwas abstehenden Ohren, dünnbehaarten rötlichen Wimpern, einer kurzen, kräftigen Nase und sanften blauen Augen. Sie kannte ihn schon zu lange, um sich noch zu fragen, was sie einmal an ihm fasziniert hatte.

»Was ich noch sagen wollte«, begann er wieder. »Wir haben einen Amerikaner eingeladen.«

Es gehörte zu seinen wenigen bemerkenswerten Eigenschaften, im nebensächlichen Ton über Dinge zu plaudern, die sie überraschen mußten. Doch hatte sie es im Laufe der Jahre gelernt, ihre Überraschung nicht mehr zu zeigen.

»Wohin eingeladen?« fragte sie ruhig.

»Hierher natürlich, am Weihnachtsabend. Die Idee stammt von meiner Mutter, ihre Freundin lädt jedes Jahr einen ein.«

»Die Frau des Anwalts?«

»Irgendeine Freundin eben«, sagte Fred. »Sie hat ja ein halbes Dutzend, ich habe sie noch nie auseinanderhalten können. Gestern stand auch ein Artikel in der Zeitung.«

»Wirklich?«

Er reagierte nicht darauf. Sie war nie dahintergekommen, ob er ihre Ironie bewußt überhörte oder kein Gefühl dafür hatte. »Ein großer Artikel«, sagte er wichtig. »Sie schreiben, daß es Ehrenpflicht für die Bevölkerung sei, am Weihnachtsabend einen Amerikaner einzuladen. Ich finde es auch in Ordnung. Schließlich sorgen sie dafür, daß wir ruhig schlafen können.«

»Das tun sie«, sagte Claire. »Und?«

»Was und?«

»Vielleicht wolltest du noch etwas sagen.«

»Eigentlich nicht.« Er dachte ein paar Sekunden nach, dann nickte er. »Stimmt! Ich habe mich ein wenig umgehört; es ist ein Panzerregiment. Ich wußte nicht, daß wir ein Panzerregiment hier haben. Du?«

»Wenn du es nicht wußtest!«

»Dabei sind sie schon sechs Jahre hier«, sagte er verwundert. »Es soll sogar eine große Tradition haben, ehemaliges Kavallerieregiment, 1904 in Manila gegen die Filipinos eingesetzt, später gegen Banditen in Texas, 1944 in den Ardennen...«

»Bravo!« sagte Claire. Sie hatte sich ihr Kleid übergestreift, setzte sich wieder auf die Couch und griff nach ihren Strümpfen. »Wo hast du das alles erfahren?«

»Bei der Redaktion; ich habe angerufen. Wir haben uns schon den Kopf darüber zerbrochen, was wir ihm schenken sollen.«

»Dem Regiment?«

»Dem Amerikaner natürlich. Ich war nie Soldat.«

»Wie wär's mit Wollsocken?«

»Bitte?«

»So ausgefallen ist das nicht. Ich weiß noch von meinem Bruder, daß er immer zerrissene Socken heimgebracht hat. War es dein Einfall?«

»Ihn einzuladen?«

»Ja.«

»Es paßt dir nicht?«

Sie ließ sich mit der Antwort Zeit, bis sie mit ihren Strümpfen fertig war. Dann blickte sie in sein Gesicht. »Ihr werdet Mühe haben, euch mit ihm zu verständigen.«

»Wofür haben wir dich?«

»Danke.«

Er legte ihr die Hand auf das Knie, eine kleine weiche Hand mit kurzen dicken Fingern und sehr sauberen Nägeln. »Claire!«

»Ja?«

»Ich bin wirklich froh, daß du jetzt Ferien hast«, sagte er. »War es wieder anstrengend heute?«

»Wie immer.«

Er beobachtete, wie sie ihre Schuhe anzog. »Ich vermute, er spricht Deutsch«, sagte er dann. »Das Regiment ist schon so lange hier, daß sie sicher alle Deutsch können. Ich kann die Einladung jetzt nicht mehr rückgängig machen.«

»Deine Mutter hat ihn eingeladen«, sagte Claire. Im Grunde war es ihr egal. Wenn der Amerikaner dazu beitrug, der üblichen Konversation eine neue Nuance zu geben, konnte es ihr nur recht sein.

»Ich glaube nicht, daß er Socken braucht«, sagte Fred nach einer Pause. »Bei den Amerikanern ist das nicht so wie bei uns; damals war Krieg. Ihr habt nie erfahren, wo dein Bruder liegt?«

Er hatte es sie schon ein dutzendmal gefragt. Claire schüttelte den Kopf. »Kannst du nicht das Radio abstellen?«

»Du wolltest doch ins Bad. Ich habe das Licht brennen lassen.«

»Ich weiß es. Vielleicht findest du in der Zwischenzeit einen anderen Sender.«

»Es ist Jazz. Seit wann hast du etwas gegen Jazz?«

»Seit wir das erstemal darüber gesprochen haben.« Sie stand auf. Als sie zur Tür gehen wollte, hielt er sie fest. »Du bist müde, Kleines. Soll ich dich heimfahren?«

»Ich habe mich daran gewöhnt, daß du es nicht mehr tust.«

Das Bad lag am Ende des schmalen, hohen Flurs. Dort führte auch die Treppe zum oberen Stockwerk hinauf. Es hatte vier Zimmer, in einem davon schliefen Freds Eltern. Die Parterrewohnung hatte gleichfalls vier Zimmer. Hier waren früher die Büroräume gewesen; heute standen sie leer. Das Haus lag zu sehr an der Peripherie von Thüngerstadt, den Kunden wurde der Weg zu weit, andere Makler setzten sich im

Stadtzentrum fest. Freds Vater mußte sich den veränderten Verhältnissen anpassen, sein Büro befand sich jetzt in einem modernen Hochhaus beim Bahnhof. In die leeren Zimmer sollte später einmal die Praxis kommen, ein Wartezimmer, ein Konsultationszimmer und ein Zimmer für die Röntgenanlage. An alles war gedacht, auch an die Finanzierung. Eine komplette Arztpraxis kostete viel Geld, und sie sollte nicht nur komplett, sie sollte auch modern sein, supermodern, wie Fred meinte. Man würde einiges umbauen müssen, man engagierte einen Innenarchitekten, ließ Pläne anfertigen, redete sich den Kopf heiß, diskutierte, erörterte, Berechnungen wurden angestellt, man ließ nichts außer acht, alles wurde bis ins letzte ausgeklügelt, in Betracht gezogen, gegeneinander abgewogen, nur sie, Claire, wurde kein einziges Mal nach ihren Wünschen gefragt. Sie saß stumm am Tisch, wenn die Meinungen aufeinanderprallten, wenn die Details im Familienrat ausgehandelt wurden, die Polstermöbel, die Tapeten, die Böden – ein Ressort, das Freds Mutter für sich beanspruchte, derweil die Männer farbige Prospekte einer bekannten Firma für medizinische Geräte studierten –, ja, sogar die Journale und Zeitungen für das Wartezimmer waren Gegenstand hitziger Auseinandersetzungen gewesen. Ihr Einwand, daß es noch viel zu früh sei, an eine Praxis zu denken, fand kein Gehör. Auch hatten die Planungen inzwischen ein Stadium erreicht, das weitere Diskussionen überflüssig machte. Man war sich einig geworden, man würde die Finanzierung tragen, die Räumlichkeiten zur Verfügung stellen und eine große Ärztin aus ihr machen. Es gab nichts mehr zu bereden, die Pläne lagen fertig im Schreibtisch; welches Mädchen konnte sich mehr wünschen!

Als sie aus dem Bad zurückkehrte, saß Fred unbeweglich auf der Couch; das Radio spielte nicht mehr. Er rührte sich auch nicht, als sie in ihren Mantel fuhr, die Handtasche vom Tisch nahm und zum Fenster trat. Es schneite unverändert, die Äste der Bäume hatten sich in unförmige Balken verwandelt, die wenigen Laternen tauchten im Schneegestöber unter. Die Straße lag leer. Jetzt fuhren keine Bahnen mehr, keine Taxis; es lohnte sich nicht. Auch Thüngerstadt lag an einer Peripherie, an der Peripherie der freien Welt. Von hier aus führten keine Straßen weiter, keine Eisenbahnschienen, hier kreuzten sich keine internationalen Verkehrslinien, und die Richtungsweiser auf dem Bahnhofsplatz zeigten alle nach Westen. Nach Mitternacht gab es keine Kinovorstellungen mehr, keine einfahrenden Züge, keine Hotelzimmer. Nach Mitternacht hörte Thüngerstadt auf, eine Stadt zu sein.

»Dann werde ich dich jetzt nach Hause bringen«, sagte Fred.

Claire drehte sich um, betrachtete sein gekränktes Gesicht, seine kleinen Hände, die weiß und schlaff zwischen seinen Beinen hingen, und sie dachte, daß sie ihm nie so weh tun könnte, wie es erforderlich wäre, wenn sie jetzt noch etwas zu ändern versuchte. Sie war ihr Leben lang von anderen Menschen abhängig gewesen, zuerst von ihren Eltern, dann von ihm, und sie war nicht der Typ, sich darüber hinwegzusetzen. »Es macht mir nichts aus, zu Fuß zu gehen«, sagte sie.

Sein Gesicht glättete sich. »Wenn du einen Schirm brauchst ...«

»Ich brauche keinen Schirm.«

»Morgen kannst du ja ausschlafen«, sagte er. »Mein Gott, wann habe ich mich das letztemal ausschlafen können! Ich gehe noch mit dir auf die Straße. Wenn wir jetzt verheiratet wären ...«

Er brach ab, seufzte und stand auf. »Es käme wirklich nicht mehr darauf an. Vier Monate noch, dann bist du fertig. Dein Vater hat lange genug Zeit gehabt, sich damit abzufinden.«

»Ich habe es ihm versprochen; nach meiner Promotion, keinen Tag früher.«

»Und dann? Es wird ihm nur noch schwerer werden. Je länger du damit wartest, desto schwerer wird es ihm. Wir hätten heiraten sollen, ehe deine Mutter gestorben ist.«

»Entschuldige bitte, daß ich nicht damit gerechnet habe.«

Diesmal merkte er es; sein Gesicht färbte sich rot. »So war es nicht gemeint.«

»Es hörte sich so an. Verheiratet wäre ich schon beim Physikum durchgefallen. Anscheinend kannst du dir nicht vorstellen, daß es eine Umstellung für mich sein wird.«

»Du hättest hier alles, was du brauchst.«

»Ich habe es zu Hause auch.« Sie ging zu ihm hin. »Es ist nicht nötig, daß du mit auf die Straße gehst.«

»Es hätte mir nichts ausgemacht.«

»Natürlich nicht«, sagte Claire.

2

Nun warteten sie schon über fünf Minuten, aber das Licht zeigte sich nicht mehr. Der Schnee fiel so dicht, daß sie keine zehn Schritte weit schauen konnten. Er setzte sich in dicken Polstern auf ihre Schultern, in den offenen Jeep, er deckte die tiefen Radspuren zu, verwischte die Konturen der Nacht und ließ alles eins werden, Nähe und Ferne, Wald und Feld, oben und unten.

Die vier Männer froren, sie standen neben dem Jeep, hatten die Hände in die Taschen geschoben und starrten unbeweglich in die Nacht. Auch ohne etwas von der Landschaft zu sehen, wußte jeder von ihnen, wie sie beschaffen war. Sie waren schon so oft hier gewesen, daß sie jeden

Quadratmeter Boden kannten. Fünfzig Meter vor ihnen fiel er steil ab, dort wurde das Gelände von einer Mulde durchpflügt. Jenseits der Mulde fing Wald an, und am Waldrand hatten sie das Licht gesehen, vielleicht eine Taschenlampe, vielleicht ein Zündholz, ein rasches Aufblitzen nur, zu kurz, um sich darüber schlüssig zu werden. Wäre es eine Meile weiter westlich geschehen, hätte sich keiner von ihnen darum gekümmert, aber der Wald lag am Zonengrenzstreifen, jenseits des Waldes standen die hölzernen Beobachtungstürme, die großen Warnschilder, jenseits des Waldes hörte die Welt auf. Hier wurde auch das scheinbar Unwesentliche bedeutungsvoll, das Geräusch des Windes konnte ebensogut das Annähern einer Patrouille sein, das Brechen eines Astes, das Schnappen eines Gewehrschlosses. Hier war alles noch so wie vor vierzehn Jahren, östlich von Thüngerstadt war die Zeit stehengeblieben, die Zeit und der Krieg.

Die Männer wandten fast gleichzeitig den Kopf. Schwerfällig, die Schultern gegen den Wind gestemmt, löste sich eine Gestalt aus der Nacht, stapfte mühsam, den halbverwehten Radspuren folgend, näher, blieb stehen und richtete das Wort an den größten der vier Männer: »Sie sollen nachschauen, Sergeant!«

»Allein?«

»Sie sollen einen Mann mitnehmen, die anderen sollen beim Jeep bleiben.«

»Sonst nichts?«

»Sonst nichts, Sergeant.« Es klang mürrisch, gelangweilt und ein klein wenig aufsässig.

Der Sergeant blickte nach der anderen Seite, wo im Schneegestöber der Wald lag. »Sie können gehen«, sagte er.

Der Mann zögerte, wandte sich halb um, zuckte mit den Schultern und stapfte den Weg zurück.

Der Sergeant blickte noch immer zum Wald hinüber. Als einer der Männer sich räusperte, drehte er ihm langsam das Gesicht zu, dann betrachtete er den Jeep, das eingebaute Maschinengewehr, dessen Lauf dem Wald zu gerichtet war. Dann wandte er den Kopf, und zwei der Männer kletterten in den Jeep, wischten den Schnee von den Sitzen und zogen ihre Handschuhe aus.

»Okay«, sagte der eine.

Der Sergeant nickte. Er wechselte das automatische Gewehr von der linken auf die rechte Schulter und setzte sich in Bewegung. Er schritt so rasch aus, daß der dritte Mann Mühe hatte, ihm zu folgen. Erst als sie in der Mulde waren und der Schnee so hoch lag, daß sie bis zu den Knien einsanken, wurde er langsamer.

Von hier aus konnten sie auch wieder den Wald sehen, sein dichtes Unterholz, das wie ein unbezwingbarer Wall den Zutritt verwehrte, die schneebeladenen Äste und knorrigen Stämme. An ihren der Mulde zugewandten Flächen hatte sich eine dicke Schneekruste festgesetzt, hingeweht vom Wind, der scharf und kalt über das Feld kam. In der Mulde war er kaum zu spüren, sie mochte zehn Meter tief, ebenso breit und über eine Meile lang sein. Sie zog sich, eine natürliche Panzerfalle, den Wald entlang, oft so steil, daß kein Fahrzeug sie bewältigen konnte. Von den hundert Meilen, die Sergeant Baako zweimal in der Woche zu patrouillieren hatte, war sie die unproblematischste. Vierzehn Jahre hatten genügt, den Wald in eine unüberwindliche Barrikade zu verwandeln. Seit drei Jahren fuhr er wöchentlich zweimal hier vorbei, rund vierhundertmal, wenn er die regelmäßigen Alarmübungen hinzurechnete, sommers wie winters, bei Tag und Nacht, bei Kälte und Regen. Eine Front ohne Granaten, ohne Schützengräben und, wenn man von den gelegentlichen ›Betriebsunfällen‹ absah, eine Front ohne Verluste. Eine tödlich langweilige, widersinnige, eine gespenstige Front, zehn Meilen von Thüngerstadt entfernt, fünfunddreißig Meilen von Bad Kissingen, rund neunzig Meilen von Frankfurt, eine Front mit Dutzenden von Panzerdivisionen auf beiden Seiten, Hunderten von Schützendivisionen und Tausenden von Kanonen. Und der Wald war eine Meile dieser Front, eine gute Meile von Europa, und in dieser Nacht war Sergeant Baako für diese Meile verantwortlich, in dieser Nacht und in drei Tagen wieder, aber er hatte es nie so empfunden. Er war einer von vielen, und zehn Meilen hinter der Front lag die Kaserne. Sie unterschied sich in nichts von den Kasernen in Kentucky, langgestreckte Gebäude mit vielen Fenstern und Türen, ein Kasernenhof und ein Dienstplan. Ein anderer Dienstplan zwar als in Kentucky, aber doch ein Dienstplan.

John Baako liebte seinen Dienst, er machte sich wenig Gedanken darüber, weshalb er hier war und was geschehen würde, falls einmal etwas geschah. Er würde auch dann seine Pflicht tun, genauso wie gestern und heute, ohne viele Worte, mit der Selbstverständlichkeit eines Soldaten, der seine Aufgabe kennt und sich danach richtet. Er hatte sich alles gut überlegt, bevor er Soldat geworden war, jetzt gab es nichts mehr zu überlegen, außer dem, was mit seinem Dienst zusammenhing, und während er nun, das Gewehr über die Schulter gehängt, durch den knietiefen Schnee den jenseitigen Hang hinaufstapfte, überlegte er, wer in dem Wald stecken könnte. Vielleicht wieder einmal ein Flüchtling, vielleicht eine Patrouille vom Bundesgrenzschutz oder sogar eine von der anderen Seite! Auch das hatte es schon gegeben, aber sie zogen sich immer sofort zurück, wenn sie sich entdeckt sahen.

In jedem Fall war aber kaum damit zu rechnen, daß sich die Mühe lohnte. Waren es Leute von drüben, so mußten sie die Scheinwerfer der beiden Jeeps gesehen haben. Sie waren rechtzeitig gewarnt worden, und vielleicht war es eine Dummheit gewesen, den Vorfall überhaupt zu melden. John Baako wußte zwischen einem gefährlichen Versäumnis und einem vernünftigen Verzicht zu unterscheiden, aber ein Sergeant, der mit zwei Jeeps und vier Begleitern auf Patrouille war, durfte nicht weniger pflichtbewußt sein als der pflichtbewußteste unter seinen Männern.

Sie erreichten den Waldrand an einer Stelle, die so dicht mit Unterholz bewachsen war, daß sie gar nicht erst den Versuch machten, einzudringen. Sie suchten den Boden nach Spuren ab und gingen etwa hundert Schritte nach Norden. Dort fanden sie einen Durchschlupf. Sie arbeiteten sich ein Stück weit in den Wald hinein, bis ihnen ein umgestürzter Baum den Weg versperrte. Hier war der Wind nicht mehr so scharf, der Schnee kam senkrecht vom Himmel, bedeckte knöcheltief den Boden und verbreitete eine stumpfe, phosphoreszierende Helligkeit im Wald. Es war so still, daß sie hören konnten, wie die Flocken aufsetzten.

»Es ist zwecklos«, sagte der Mann neben Sergeant Baako. »Kehren wir um?«

»In fünf Minuten. Vielleicht hören wir etwas.«

»Warum bin ich nicht zur Luftwaffe gegangen«, sagte der Mann mürrisch. »Dieses Land macht mich noch kaputt, ich vertrage dieses Land nicht, verstehst du?«

»Ich habe dich nicht hergeholt, Sam«, sagte der Sergeant und leuchtete mit der Taschenlampe auf seine Armbanduhr.

Sam blickte sich um. »Sie können nur am Waldrand gestanden haben. Hier kommt keiner durch. Wenn es tatsächlich Volkspolizisten waren, möchte ich wissen, was sie hier suchten.«

»Sie beobachten uns«, sagte John. Vielleicht gehörte es zu ihrer militärischen Ausbildung, hier hatten sie alles, was sie brauchten: eine Front, einen Gegner und ein gutes Übungsgelände, einen Sandkasten im Verhältnis eins zu eins, besser als der beste Sandkasten in ihren Offiziersschulen.

»Es war eine Taschenlampe«, sagte Sam. »Ein Streichholz hätten wir auf diese Entfernung nicht sehen können. Warum melden wir es nicht dem Grenzschutz?«

»Ist nicht unsere Sache«, sagte John kurz.

Sam lachte zornig. »Ist immer unsere Sache. Wenn es einmal losgeht, ist es auch unsere Sache; dann findest du weit und breit keinen Grenzschutz mehr.«

Sie kehrten zum Waldrand zurück und kletterten die Mulde hinab. Aus dem Schneegestöber tauchten die Umrisse des Jeeps mit den beiden Männern vor ihnen auf.

»Ich kann diese eingebildeten Burschen aus Mississippi nicht ausstehen«, murmelte Sam. »Hast du schon einmal erlebt, daß einer aus Mississippi nicht eingebildet ist?«

John lächelte. Er klopfte sich den Schnee von der Feldbluse, gab den Männern auf dem Jeep ein Zeichen und ging mit großen Schritten über den sanft ansteigenden Acker zur Straße. Dort stand mit laufendem Motor der Funkwagen, der Mann hinter dem Lenkrad reichte John das Mikrophon. »Haben Sie etwas gesehen?« fragte er.

John schüttelte den Kopf. Während er mit der Befehlsstelle sprach, behielt er das Gelände vor der Mulde im Auge, wo jetzt die Scheinwerfer des ersten Jeeps aufleuchteten. Er beobachtete, wie er auf dem Acker wendete und langsam näher rollte. Sam hockte wieder am Lenkrad, neben ihm ein Mann der Maschinengewehrbedienung, der zweite saß zusammengekauert hinter ihnen und rauchte.

Aus dem Funkgerät kam der Befehl zur Weiterfahrt, die Stimme des Sprechers hallte laut und blechern durch die Nacht. John betrachtete die Karte. Sie hatten noch einen Punkt zu kontrollieren, es war der letzte von insgesamt sieben, dann würden sie nach Thüngerstadt zurückkehren. Um acht Uhr waren sie dort weggefahren, um Mitternacht hatten sie den Verpflegungswagen getroffen, und jetzt war es zwei Uhr früh. Drei Stunden noch, eine Stunde bis zum nächsten Kontrollpunkt und zwei Stunden für die Rückfahrt. Neun Stunden insgesamt, und das Thermometer zeigte fünf Grad minus.

Er schraubte die Thermosflasche auf, füllte den Becher mit heißem Kaffee und blickte seinen Fahrer an. »Einen Schluck?«

Der Mann drehte ihm das Gesicht zu und grinste. Er hatte sich die Pelzmütze tief in die Stirn gezogen, seine Haut war fleckig in der Kälte.

»Ob du einen Schluck willst?« wiederholte John. Seine Hand mit dem Becher zitterte plötzlich. Er wartete ein paar Sekunden, dann stellte er den Becher vorsichtig neben sich auf den Wagenboden. »Du kannst wieder den Wagen übernehmen«, sagte er. Seine Stimme klang unverändert ruhig.

Der Mann grinste noch stärker. Er kletterte aus dem Wagen, holte sein Gewehr aus dem Halfter und stapfte davon. Sekunden später kam Sam. Er setzte sich hinters Lenkrad, steckte sich eine Zigarette an und fluchte ein paarmal leise und wütend vor sich hin. »Bruce und Henry sind nicht die US-Armee«, sagte er dann. »Ich begreife nicht, weshalb du dir soviel Mühe machst.«

»Ich mache mir keine Mühe«, erwiderte John. Er hatte das Meldebuch auf seinen Knien liegen und studierte, was er eingetragen hatte.

»Du machst dir keine Mühe!« Sam lachte kurz auf. »Vor acht Tagen hast du sie zu einem Drink eingeladen.«

»Dich nicht?«

»Mich auch«, sagte Sam laut. »Jawohl, mich auch. Und wer ist gekommen? Sam, sonst keiner. Und jetzt hast du dir die zweite Abfuhr geholt. Mit den Burschen ist nichts anzufangen, sag' ich dir. Oder hast du dir wirklich eingebildet, er würde dir um den Hals fallen, wenn er deinen Jeep fahren darf?«

»Ich wollte mit ihm ins Gespräch kommen.«

»Du hast acht Wochen Zeit gehabt, mit ihm ins Gespräch zu kommen. Seit sie zu uns versetzt worden sind, hast du Zeit gehabt. Weißt du, was er sich dabei gedacht hat, du würdest es nur tun, um ihn von Bruce wegzubringen. Bei denen beißt du auf Granit, John. Wie war das, als er gestern mit dreckigen Stiefeln zum Appell gekommen ist? Einen Anschiß? Nein. Jeder andere hätte seinen Anschiß weggekriegt, aber Henry nicht.«

»Es ist Bruce, nicht Henry«, sagte John. »Bruce hetzt ihn auf.«

»Sie taugen beide nichts«, erklärte Sam verächtlich. »Ich habe diese reichen Farmersöhnchen aus Mississippi noch nie riechen können. Sie werden dich bei der ersten Gelegenheit beim Grenzoffizier denunzieren, und mich dazu.«

»Man darf ihnen die Gelegenheit nicht geben«, sagte John und klappte das Meldebuch zu. »Fahr los!«

Er beobachtete mit zusammengepreßten Lippen, wie Sam die Kupplung durchtrat.

In den letzten Minuten hatte der Schneefall nachgelassen, die Silhouetten der Landschaft wurden deutlicher, die steil ansteigenden, von Mulden und Schluchten durchschnittenen Flächen der Felder hoben sich matt vom Himmel ab, vereinzeltes Buschwerk und verkrüppelte Bäume säumten die Straße, und auf den Hügeln standen verschneite Wälder.

Später zerriß die Wolkendecke, zwischen tiefziehenden Wolkenfetzen zog der Mond über den Horizont und hellte die Nacht auf. Im Scheinwerferlicht blitzten Schneekristalle, ein paar Häuser tauchten auf, schmale Fachwerkhäuser, die Fenster dunkel, am Straßenrand ein Kruzifix, dahinter eine große Scheune. Das Tuckern der Motoren hallte von den Häusern wider, die Schneeketten mahlten klirrend über buckliges Kopfsteinpflaster. Dann hörte die Straße auf, ein Feldweg, unter der Schneedecke kaum mehr zu erkennen, führte bergan, endlos, der blassen Sichel des Mondes entgegen, über eine kahle, langgezogene Hügelkuppe, dann ein ödes Tal durchquerend und wieder einen Berg hinauf.

»Mach das Licht aus!« sagte John. Gleichzeitig erloschen die Scheinwerfer des zweiten Jeeps. Sam schaltete in den ersten Gang zurück, das Motorengeräusch veränderte sich, die Reifen gruben sich tiefer in den Schnee, arbeiteten sich mühsam die Steigung empor, dann tauchte wieder Wald auf, ein dünner Streifen nur, durchsichtig vor dem hellen Himmel, und fünfzig Meter vor dem Wald steuerte Sam den Wagen rechts heran und ließ den zweiten Jeep vorbeifahren.

John stieg aus. Er blieb einen Augenblick stehen und beobachtete, wie die Männer im zweiten Jeep den Lauf des Maschinengewehrs auf den Wald richteten und einen Gurt einlegten. Das Geräusch wurde von den Motoren verschluckt. Dann holte er das Automatengewehr aus dem Halfter, hängte es sich über die Schulter und stieg die letzten Meter zum Wald hinauf.

Jenseits des Waldes tat sich ein breites Tal auf mit vereinzelten Lichtern in der Tiefe, den verschwommenen Konturen der gegenüberliegenden Berge und einem dunklen Turm im Vordergrund, nicht viel weiter entfernt, als ein kräftig geschleuderter Stein fliegt. Hier gab es keinen Stacheldraht und keinen Zaun, aber dicht am jenseitigen Waldrand war der Boden zehn Meter breit umgepflügt. Der Schnee hatte den Streifen zugedeckt, für zwei Tage vielleicht, vielleicht auch für länger, aber der Streifen würde immer noch dasein, wenn der Schnee nicht mehr war.

Vom Waldrand aus beobachtete John den Turm. Er kannte ihn seit drei Jahren, und er wußte, daß er acht Meter hoch und von drei Männern besetzt war, die etwas von einem Maschinengewehr verstanden. Wenn er den Feldstecher zu Hilfe nahm, konnte er sogar ihre Umrisse sehen; sie verhielten sich völlig regungslos. In seiner Uniform mußte er sich deutlich vom hellen Hintergrund abheben, sie hatten ihn jetzt im Glas, sie würden die Motoren hören, die nie abgestellt werden durften, und sie würden anschließend ihre Meldung schreiben, genauso, wie er sie schreiben würde, eine Routinesache, mehr nicht.

Während er zu ihnen hinüberschaute, fragte er sich zum ungezählten Male, was geschehen würde, wenn er den Streifen einmal überquerte. Vielleicht würden sie schießen, vielleicht würden sie ihn auch herankommen lassen, um ihn lebend zu erwischen. Seit er diesen Abschnitt kontrollierte, war es nie zu einem Zwischenfall gekommen, aber er war immer darauf vorbereitet. Ein Maschinengewehr konnte einmal losgehen, versehentlich oder absichtlich. Es würde nicht zu einem Atomkrieg kommen, wenn er, Sergeant Baako, zufällig getroffen wurde. Man würde vielleicht Noten austauschen, protestieren, den Zwischenfall jedoch geheimhalten. Keine Zeitung würde darüber schreiben, kein Reporter davon berichten; ein interner Betriebsunfall, sonst nichts.

Er blickte auf seine Armbanduhr. Es wurde Zeit für den nächsten Anruf. Er hatte Befehl, halbstündlich seinen Standort zu melden. Blieb die Meldung einmal aus, wurde eine Suchpatrouille losgeschickt. Fand die Patrouille nichts, löste die Befehlsstelle Großalarm aus; es hätte ihn seinen Dienstgrad gekostet. Sam hatte bereits das Funkgerät eingeschaltet. Er beobachtete noch, wie John das Mikrophon in die Hand nahm, dann stieg er aus dem Jeep und lief, die Arme an den Körper schlagend, zweimal um den Jeep herum. Hier oben blies der Wind noch schärfer, er kam genau aus Norden und fegte Wolken feinen Schnees über das kahle Feld. Im Westen reflektierte der Himmel die Lichter von Thüngerstadt. Dort lagen sie jetzt in ihren warmen Betten; auch Sam machte sich seine Gedanken.

John kam zu ihm. Er hatte Standort, Uhrzeit und die Wettermeldung durchgegeben, seine Beobachtungen eingetragen und mit der Maschinengewehrbedienung gesprochen. Jetzt hatte er noch einen letzten Weg vor sich, vierhundert Meter über das kahle Schneefeld nach Süden, wo seit sieben Stunden zwei Männer seiner Gruppe auf ihn warteten, ein vorgeschobener Horchposten, zehn Meilen von Thüngerstadt entfernt, einer von den vieren, für die John verantwortlich war. Von den zwölf Männern seiner Gruppe waren acht auf Horchposten verteilt, in ausgebauten Stellungen. Der letzte Horchposten war mit dem Jeep nicht zu erreichen, er lag an einem Steilhang, war vorzüglich getarnt und von der anderen Seite nicht einzusehen. Über diese Stellungen wurde nie gesprochen, sie wurden in keinem Regimentsbefehl erwähnt und waren auf keiner Karte zu finden. Sie waren so geheim, daß selbst der Casino-Sergeant nicht genau wußte, wo sie lagen, und der Casino-Sergeant wußte sonst alles.

»An eines haben sie nicht gedacht«, sagte Sam. Er hatte die Handschuhe ausgezogen, die Fäuste in die Taschen geschoben und betrachtete den rötlichen Himmel über Thüngerstadt. »Du vielleicht auch nicht«, setzte er hinzu.

John lächelte. Er war einen Kopf größer als Sam, sehr schlank, mit den weichen, katzenhaften Bewegungen seiner Rasse. Wenn er nachts über einen Acker schritt, erinnerte er Sam an ein dunkles, geschmeidiges Tier. »Woran habe ich nicht gedacht?« fragte er.

»Daß sie uns einmal irgendwo auflauern«, antwortete Sam. »Irgendwo auf einem Feldweg, zwanzig oder fünfzig Mann stark. Wer hindert sie daran, herüberzukommen?«

»Ich bin kein General«, sagte John.

Sam ereiferte sich. »Bin ich ein General? Aber denken kann ich auch. Was willst du tun, wenn sie plötzlich im Weg stehen? Die Befehlsstelle um Feuererlaubnis bitten? Bis du das Funkgerät eingeschaltet hast, bist du tot. Sie werden uns in unseren eigenen Jeeps über die Grenze schaffen, sie dort stehenlassen und sich auf eine Provokation herausreden. Wer will ihnen beweisen, daß es anders gewesen ist? Ich sage dir, diese Armee hat kein Hirn, sonst hätte sie uns nicht verboten zu schießen, wenn wir angegriffen werden.«

»Sie hat es uns nicht verboten«, erwiderte John. »Sie verlangt nur, daß wir vorher die Genehmigung einholen.«

»Die Genehmigung einholen!« Sam äffte seinen Ton nach. »Hast du in einer Schreibstube gelernt oder wo, Mann! So dumm bist du nicht, wie du mich jetzt machen willst.« Er verlor plötzlich das Interesse an dem Thema und gähnte. »Nichts los heute, was?«

»Wie immer«, sagte John.

3

Wie immer am ersten Ferientag, wachte sie früh auf. Sie würde wieder einige Tage brauchen, sich daran zu gewöhnen, daß kein Wecker schrillte, keine Straßenbahn auf sie wartete, die zu versäumen eine verlorene Vorlesung bedeutete, denn ohne diese Bahn erwischte sie ihren Zug nicht mehr, und der nächste nach Marburg ging erst drei Stunden später. Natürlich wäre es einfacher gewesen, sie hätte sich in Marburg ein Zimmer gemietet, aber in Marburg waren die Zimmer so selten wie Studenten, welche nicht darauf angewiesen waren, eines zu finden. Als sie sich vor fünfeinhalb Jahren immatrikulieren ließ, betrachtete sie die tägliche Hin- und Rückreise nur als Übergangslösung. Inzwischen hatte sie Zeit gehabt, sich daran zu gewöhnen. Vieles hatte dazu beigetragen: der Widerstand ihrer Mutter, deren Wunsch es gewesen war, daß sie daheim wohnen blieb; die Fantasiepreise vieler Marburger Zimmervermieter, die nicht zurückstehen wollten, aus der Not ein Geschäft zu machen; das demütigende Treppauf und Treppab, das widerliche Wuchern und Feilschen mit Menschen, deren bloßer Anblick genügte, ihr den Mund zu verschließen. Auch hatte sie im Laufe der Jahre ihre eigenen vier Wände in der elterlichen Wohnung so gemütlich eingerichtet, daß es ihr schwergefallen wäre, sie mit der nüchternen Umgebung eines möblierten Zimmers zu vertauschen. Seit Fred da war, gab es noch einen Grund mehr, in Thüngerstadt zu bleiben. Er hätte sich nie damit einverstanden erklärt, auf Gewohnheiten zu verzichten, deren Beibehaltung ihre Anwesenheit voraussetzte. Darüber hinaus hätte er jedoch kaum Einwände gehabt, denn um eifersüchtig zu sein, war er sich seiner Sache zu sicher. Sie war davon überzeugt, daß sein Schlaf nicht weniger tief, sein Appetit nicht weniger gut gewesen wäre, wenn er sie in Marburg gewußt hätte.

Ihr Vater war schon auf, sie hörte ihn im Bad hantieren. Er hatte sich nie an seine Pensionierung gewöhnen können, er stand noch genauso früh auf, wie er es getan hatte, als er noch jeden Morgen zur Arbeit gegangen war; pünktlich, gewissenhaft und geräuschvoll. Er hätte nichts versäumt, wenn er zwei Stunden später aufgestanden wäre, er hätte auch dann noch seinen Morgenspaziergang machen können, ein Stück den

Fluß entlang, zur Landesbibliothek – und seit einem halben Jahr auch zum Friedhof, jeden Tag und bei jedem Wetter.

Sie hatte ihn nie so geliebt, wie andere Mädchen ihren Vater lieben, sie hatte nie den Wunsch verspürt, von ihm gestreichelt zu werden oder eine andere Geste der Zuneigung zu erhalten. Was er an Empfindungen aufzubringen vermochte, hatte er immer nur an zwei Menschen verteilt: an seine Frau und an seinen Sohn. Für sie, Claire, war nichts übriggeblieben, und es hatte ihr nie weh getan. Sie war zwölf Jahre jünger gewesen als ihr Bruder, unwillkommen für einen Mann nach vierzehnjähriger Ehe, ein schwarzhaariges, aufdringliches kleines Malheur, das alle Regeln und Gewohnheiten des Familienlebens umstieß, ein ungebetener Eindringling in die bereits festgefügte, in sich abgeschlossene Gemeinschaft dreier Menschen, deren pekuniäre Verhältnisse es nicht zuließen, sich zu vergrößern, ohne dadurch ihren liebgewordenen Lebensstil einschränken zu müssen. Ihre Mutter hatte es sie nie fühlen lassen, vielleicht, weil es für eine Frau nicht dasselbe war wie für einen Mann, vielleicht auch, weil sie gespürt hatte, daß bei soviel Übereinstimmung zwischen Vater und Sohn ihre eigene Rolle unbefriedigend blieb. Solange sie dagewesen war, hatte für Claire nie der Eindruck entstehen können, überflüssig zu sein. Sicher, im Laufe der Jahre hatte sich auch ihr Vater mit ihrer Anwesenheit abgefunden, aber keinen Augenblick lang hatte sie den Platz ihres Bruders schmälern können. Nie, solange sie lebte, würde sie den Tag vergessen, als der Postbote die Nachricht von seinem Tod brachte; nie, solange sie sich an diesen Tag erinnern konnte!

Aber auch dieses Ereignis hatte ihr Verhältnis zu ihrem Vater nicht herzlicher gestalten können. Zwar ließ er sie den Weg gehen, der für ihren Bruder bestimmt gewesen war: Sie ›durfte‹ auf die Universität, eigentlich gegen ihren Willen. Sie hatte nie den Wunsch verspürt zu studieren, es war wie ein Vermächtnis auf sie zugekommen, und sie war nicht stark genug gewesen, dagegen zu opponieren. Sie hatte nie opponiert, sie hatte immer nur getan, was von ihr verlangt worden war, stumm, gleichgültig und von der Sinnlosigkeit eines Widerstandes überzeugt. Ihr Vater hätte ihn auch nicht gelten lassen. Für ihn war ihr Studium die Einlösung eines Wechsels, um den ihn das Schicksal betrogen hatte. Er zog sich noch mehr in sich zurück, schloß sich noch enger an seine Frau an. Ihr Tod verwandelte ihn vollends in einen eigenbrötlerischen, wortkargen Menschen. Oft schien es ihr, als wäre seine Seele schon dort, wohin ihm Frau und Sohn vorangegangen waren.

Eine Zeitlang hatte sie nach dem Tode ihrer Mutter gehofft, daß er sich nun ändern würde, aber das Gegenteil war der Fall. Als ob er dem Schicksal damit zu verstehen geben wollte, daß es ihm von allen Menschen, die ihm lieb gewesen waren, nur jenen gelassen hatte, der ihm am wenigsten bedeutete, verschloß er sich mehr und mehr vor ihr. Nein, er brauchte sie nicht, er hatte sie nie gebraucht, sie hätte unbesorgt heiraten können. Wenn sie ihn trotzdem zum Vorwand nahm, die Heirat hinauszuschieben, so nur, um Zeit zu gewinnen, vor sich selbst und vor dem, was auf sie wartete, wenn sie Freds Frau war. Die fünf Jahre mit ihm hatten ausgereicht, ihr zu zeigen, wie ihr Leben einmal sein würde: illusionslos, sachlich und entsetzlich vorgezeichnet. Es würde alles so kommen, wie Fred und seine Eltern es bestimmt hatten.

Sie erinnerte sich, daß Sonntag war und daß sie in die Küche mußte. Vor einem halben Jahr, als ihre Mutter plötzlich nicht mehr aufstehen konnte, hatte sie ein Mädchen ins Haus genommen. Sie hieß Ruth, war neunzehn Jahre alt und etwas schwierig zu behandeln, aber sie hatte keine andere Wahl gehabt; Hausgehilfinnen waren genauso selten wie billige Zimmer in Marburg, und Claire war froh, sie wenigstens wochentags im Hause zu wissen. Über das Wochenende fuhr sie zu ihren Eltern, dann lag es an Claire, für ihren Vater zu sorgen. Es gab nicht so viel Arbeit, daß sich eine Hausgehilfin gelohnt hätte, die Wäsche gaben sie aus dem Haus, und seit die Mutter nicht mehr lebte, ging er zum Essen ins Restaurant. Claire hatte es ihm nicht ausreden können. Nur das Frühstück nahmen sie zusammen ein. Aber es war beruhigend, daran zu denken, daß er nicht allein war, wenn sie aus dem Hause ging.

Sie wartete noch, bis er aus dem Bad kam, dann stand sie auf. Vom Fenster aus blickte sie über die Landschaft. Es hatte aufgehört zu schneien, aber der Himmel war schwarz, die Wolken hingen so tief herab, daß sie die Berge zudeckten. Sie liebte das Zimmer nicht nur, weil es ihr gehörte und weil sie seit fünfzehn Jahren darin wohnte. Früher hatte es ihrem Bruder gehört, der Schreibtisch war noch von ihm, ebenso das große Bücherregal, ein Geschenk des Vaters zu seinem zwanzigsten Geburtstag am zwölften Mai 1942, mitten im Krieg und vier Monate, bevor sie Kurt zur Wehrmacht holten, Schwarzarbeit eines Angestellten der Landesbibliothek, wo nun ein anderer Mann den Platz des Direktors einnahm, seit eine unaufhaltsame Arteriosklerose die Pensionierung ihres Vaters vorzeitig herbeiführte. Was sonst noch im Zimmer stand, hatte sie von ihrem ersparten Taschengeld gekauft: die Bettcouch, eine Stehlampe, den runden Tisch, die beiden mit hellblauem Velours überzogenen Sessel, das Radio und den roten Schafwollteppich. Das Zimmer lag auf der Südseite des dreistöckigen Mietshauses, hatte einen kleinen Balkon und einen weiten Blick über den Fluß und auf die verschneiten Berge der Rhön. Wenn sie einmal bei Fred wohnte, würde sie auch keine Zeit mehr haben, am Fenster zu stehen, vielleicht auch kein Bedürfnis mehr. Fred schaute nie aus dem Fenster; er war viel zu sehr mit sich selbst beschäftigt.

Ihr Vater saß schon am Tisch, als sie zu ihm kam. Er blickte nicht von der

Zeitung auf; es war das gewohnte Bild. Seit er nicht mehr darauf reagierte, wenn sie ihn anredete, setzte sie sich wortlos zu ihm, füllte seine Tasse, stellte ihm den Teller mit den gestrichenen Brötchen daneben und widmete sich ihrem eigenen Frühstück. Meistens las er noch die Zeitung zu Ende, faltete sie dann sorgfältig zusammen, steckte sie in die Rocktasche und beugte den Kopf tief über die Tasse. Er aß langsam, kaute jeden Bissen mit der Gründlichkeit alter Leute, putzte sich den Mund oft mit der Serviette ab, und manchmal starrte er minutenlang ins Leere. Sein glattrasiertes, welkes Gesicht mit den tiefen Falten, der randlosen Brille und den dünnen Lippen trug dann einen horchenden Ausdruck, als hätte eine ferne Stimme sein Ohr erreicht. Vielleicht durchforschte er auch nur sein Gedächtnis nach einer Sache, die ihn beim Lesen beschäftigt hatte, vielleicht war ihm auch eine Erinnerung an die Vergangenheit gekommen, vielleicht. Sie hatte es schon lange aufgegeben, darüber nachzusinnen, was in ihm vorging. Seine Welt war nicht mehr ihre Welt, sie lebten schon so weit voneinander entfernt, als läge ein Ozean zwischen ihnen, und sie wußte, daß es mehr als nur ein Ozean war. Über der Tür hing sein Hochzeitsbild, ein großer stattlicher Mann, die Weste straff gespannt über dem Bauch, die Frau an seiner Seite um Haupteslänge überragend. Heute war er nur noch ein Schemen seines Selbst. Wenn er mit hängendem Kopf und schlurfenden Schritten durch die Wohnung ging, erinnerte er sie manchmal an die Figuren Kafkas.

Es war warm im Zimmer, das Haus hatte Zentralheizung. Hier waren die Erinnerungen älter als fünfzehn Jahre, in jener Ecke hatte neununddreißig Jahre lang am Weihnachtsabend der Baum gestanden, fünfundzwanzigmal auch für sie. In diesem Jahr würde keiner dort stehen, sie würde den Abend bei Fred verbringen, ihr Vater hatte eine Einladung bekommen, sie wußte nicht, von wem. Sie war froh darüber. Es wäre ihr entsetzlich gewesen, neben ihm zu sitzen mit nichts als mit einer großen Leere im Herzen. Sie war nicht sentimental, aber es fiel ihr schwer, sich die Welt anders vorzustellen, als sie fünfundzwanzig Jahre lang ausgesehen hatte, und diese Zimmerecke war ein wesentlicher Teil ihrer Welt gewesen, hier endeten alle Erinnerungen, die guten wie die schlechten, hier, wo alles einmal angefangen hatte, zwischen diesen Möbeln, die immer dagewesen waren, soweit sie zurückdenken konnte. Es waren noch drei andere Zimmer hier, das Schlafzimmer ihres Vaters, sein Arbeitszimmer und jenes, das ihr gehört hatte, als ihr Bruder noch lebte. Heute wohnte das Mädchen darin, es war das kleinste Zimmer, und sein Fenster führte auf den Hof.

Es schneite schon wieder, sie sah es, als sie das Geschirr wegräumte. In einer Stunde würde Fred kommen, sie würden zusammen essen gehen, dann zu seinen Eltern fahren, dort den Abend verbringen, sich den neuesten Klatsch anhören und vielleicht wieder ›Mensch ärgere dich nicht‹ spielen. Es würde sein wie immer: langweilig, ermüdend und sehr familiär.

Im Flur half sie ihrem Vater in den Mantel, bürstete ihm die Haarschuppen vom Mantelkragen, holte seinen Stock aus dem Garderobenständer und ging mit ihm zur Tür. Sein Haar war noch genauso dicht wie früher, es quoll wie eine Perücke unter seinem Hut hervor, weiß, unbändig und von gelben Strähnen durchzogen. Er gehörte zu den Menschen, die von ihrem Beruf gezeichnet waren, vielleicht trugen sie seinen Stempel auch schon auf sich, ehe sie ihn als ihre Berufung erkannten. Es fiel ihr jedesmal schwer, sich einen Bibliothekar anders vorzustellen. An der Tür erinnerte sie sich, daß sie mit Fred weg wollte.

»Ich bin nicht hier, wenn du zurückkommst«, sagte sie. »Hast du deine Schlüssel?«

Er nickte nur. Sie sah ihm nach, wie er vorsichtig die steile Treppe hinunterstieg, ein müder alter Mann. Es gehörte für sie zu den sinnlosen Grausamkeiten des Lebens, Menschen auseinanderzureißen, die im Laufe vieler Jahrzehnte eins geworden waren und ohne den anderen nicht mehr existieren konnten. Sicher würde er jetzt wieder zum Friedhof fahren, eine halbe Stunde am Grab stehenbleiben, dann seinen gewohnten Spaziergang machen, sich mit einem alten Freund treffen und schließlich, wenn es Zeit zum Essen war, in ein Restaurant gehen. Dort blieb er meistens sitzen, bis die Bibliothek aufmachte. Er konnte ganze Tage damit verbringen, sich über Neuerwerbungen zu unterrichten, nach einem bestimmten Buch zu suchen oder seinem Nachfolger, dem jetzigen Direktor, Ratschläge zu erteilen. Sie bezweifelte allerdings, daß dieser sehr erbaut davon war.

Fred kam früher als sonst. Sie war noch dabei, ihr Zimmer aufzuräumen, als die Türglocke ging. Wie immer küßte er sie flüchtig auf die Backe, lief im Flur umher, schüttelte sich den Schnee vom Mantel und warf einen Blick ins Wohnzimmer.

»Ist er schon weg?«

»Er ist weg«, antwortete Claire. »Du hättest wenigstens die Schuhe abputzen können.«

»Das hast du noch von deiner Mutter«, sagte er. »So attraktiv sind eure Teppiche nicht mehr. Können wir gehen?«

Im Wagen überraschte er sie mit einer Neuigkeit. »Wir fahren über die Feiertage weg, du und ich, vier Tage. Ich habe mich wieder für Oberstdorf entschlossen.«

»Hast du?«

»Weißt du etwas Besseres?«

»Nein.«

»Also! Oberstdorf war doch ganz nett.«

»Natürlich.«

»Und diesmal sind wir allein«, sagte er befriedigt. »Ich habe ihnen erklärt, daß es besser sei, wenn wir ohne sie fahren. Wenn wir einmal verheiratet sind, können wir sie schlecht daheim lassen.«

»Bei anderen soll es genau umgekehrt sein.«

»Was? Ach so!« Er lachte. »Sie waren nie zimperlich. Ich hatte sowieso das Gefühl, als hätten sie diesmal keine Lust mitzufahren.«

»Und der Amerikaner?«

»Der kommt doch bereits am Weihnachtsabend. Wir fahren am nächsten Morgen. Donnerstag, Freitag, Samstag, Sonntag, einen Tag hin, einen Tag zurück, zwei Tage dort.«

»Ich weiß nicht, was du um diese Jahreszeit in Oberstdorf willst«, sagte Claire.

Fred ließ den Motor an. »Ich brauche wieder einmal andere Tapeten um mich herum. So ganz für uns, compris?«

Sie verstand. Im Sommer waren sie zusammen in Garmisch gewesen. Garmisch klang immer gut, wenn man Ansichtskarten verschickte. Zwei Einzelzimmer und ein Doppelzimmer, das Doppelzimmer für seine Eltern, die Einzelzimmer mit einer Verbindungstür. Sie hatte jedesmal das Gefühl gehabt, seine Eltern hörten ihnen zu. Nein, sie waren nicht zimperlich, sie waren es nie gewesen, schon am ersten Abend nicht, damals, vor fünf Jahren an seinem Geburtstag nach all dem vielen Champagner, den vielen Likören; sie hatte sich kaum mehr auf den Beinen halten können. Dabei hatte sie nur einer Laune nachgegeben, als sie sich von ihm einladen ließ, ihre Reaktion auf eine Auseinandersetzung mit ihrem Vater. Und dann, nachdem seine Eltern schlafen gegangen waren, hatte er ihr noch sein Zimmer gezeigt. Sie hatte sich von ihm überrumpeln lassen wie eine aus Hümpferhausen. Seltsam, daran zu denken, wenn sie ihn heute betrachtete.

Er war kein guter Fahrer, sie hatte es lieber, wenn sein Vater am Steuer saß. Er gehörte zu jenen Männern, die mit hoher Geschwindigkeit auf eine Kreuzung zufuhren und erst im letzten Augenblick auf die Bremse traten. Sein Repertoire an Schimpfwörtern war schier unerschöpflich. Er wiederholte sich selten, er tippte sich auch nie an die Stirn, wenn er einem anderen Verkehrsteilnehmer seine Verachtung ausdrücken wollte, er schimpfte nur, leise und ausdauernd. Sie hatte immer wieder Gelegenheit, sich über seine zoologischen Kenntnisse zu wundern, und manchmal erkundigte sie sich, um welche Tiergattung es sich hierbei handle. Sie mußte ihm zugute halten, daß er ihr die Antwort nie schuldig blieb.

Heute fuhr er vorsichtig, er hatte vor nichts soviel Respekt wie vor glatten Straßen. In der Stadt ging es, der Verkehr war mäßig, der Schnee schreckte selbst die passionierten Sonntagsfahrer zurück. Dafür waren viele Fußgänger unterwegs, Kirchgänger und junge Leute mit Schiern, Kinder, Schlitten hinter sich herziehend, Schneepflüge und Streukommandos. Die Straßenbahnen fuhren langsamer als sonst, die Glocken vom Dom dröhnten ohne Unterlaß, die weihnachtlich illuminierten Straßen wirkten festlich, alles sah schön und unbeschwert aus.

»Einen Baum muß ich noch kaufen«, sagte Fred. »Diesmal muß er groß sein; wir dürfen uns vor dem Ami nicht lumpen lassen. Meine Mutter findet übrigens deinen Vorschlag gar nicht so übel, aber sie meint auch, daß Socken allein nicht genügen. Ich könnte mir vorstellen, daß er gegen einen guten Wintermantel nichts einzuwenden hätte. Nur, was tun, wenn ihm der Mantel nicht paßt?«

»Schenkt ihm einen Gutschein.«

»Einen Gutschein!« Er dachte nach, dann schüttelte er den Kopf. »Das wirkt nicht, das wäre für ihn ein Stück Papier. Ich möchte sein Gesicht sehen, wenn wir ihm den Mantel schenken.«

»Kürzer kann er ihn sich immer machen lassen.«

»Du bist ein kluges Kind, wir werden ihn also lang kaufen. Bist du gestern gut nach Hause gekommen? Ich habe mir nachher doch noch Vorwürfe gemacht, daß ich dich bei dem Wetter nicht heimgefahren habe.«

»Das tut mir aber leid«, sagte Claire.

Das Restaurant lag etwas außerhalb von Thüngerstadt an einem Berg. Die Straße war schon geräumt, der schwere Wagen schaffte es, ohne zu rutschen. Hinter dem Restaurant fing verschneiter Wald an.

Der Wirt kannte sie, er nahm ihnen den Mantel ab und führte sie zum Tisch.

»Nicht viel los heute«, sagte Fred händereibend. »Das Wetter, was?«

»Wir spüren es sofort«, bestätigte der Wirt. Er war klein, unscheinbar und sehr höflich. »Das wird wieder ein langer Winter«, sagte er. »Wie vor sieben Jahren. Damals starb meine Frau.«

»Schlimm für Sie«, sagte Fred und griff zur Speisekarte.

Nach dem Essen zog er ein Notizbuch aus der Tasche, starrte mit gerunzelter Stirn hinein, klappte es geräuschvoll zu und sagte: »Viel zu tun morgen. Wenn du Lust hast, kannst du mit mir nach Kissingen fahren. Ich muß mir dort ein Grundstück anschauen.«

»Ich habe keine Lust«, antwortete Claire. Durch die hohen Fenster konnte sie den nahen Wald sehen, Tannenwald. Weiter oben standen Fichten. Ihre säulenartigen roten Stämme leuchteten im Schnee. Sie beobachtete eine Gruppe Halbwüchsiger, die mit ihrem Schlitten über den steilen Hang zum Waldrand emporkletterten. Ihre Stimmen waren bis ins Restaurant zu hören.

»Hast du früher auch so gebrüllt?« fragte sie.

Fred lachte. »Vielleicht. Meine Mutter behauptet zwar, ich wäre ein stiller Junge gewesen.«

»Wie man sich verändern kann!« sagte Claire. Sie beobachtete wieder die Halbwüchsigen. »Es müssen jetzt fünfzehn Jahre her sein, seit ich das letztemal in Giffaumont war«, sagte sie nachdenklich. »Solange meine Tante noch lebte, sind wir jedes Jahr zu Weihnachten hingefahren. Immer, wenn ich Kinder mit Schlitten sehe, fällt es mir ein. Die Landschaft war ungefähr so wie hier, hügelig, die Berge nicht ganz so hoch, aber viel Wald.«

»Und da bist du mit deinem Cousin Schlitten gefahren«, sagte Fred. »Der Karte nach muß es eine wirklich gottverlassene Gegend und ein gottverlassenes Nest sein. Wenn du dort gelebt hättest, würde ich dich verstehen.«

»Meine Mutter hat dort gelebt«, sagte Claire, mit dem Blick zu den Halbwüchsigen. »In diesem gottverlassenen Nest hat sie meinen Vater kennengelernt. Das sagt dir aber wahrscheinlich nichts.«

Fred nickte. »Mir nicht. Aber ich habe dir gesagt, daß wir einmal hinfahren.«

»Seit fünf Jahren.«

»Wir fahren hin, verlaß dich drauf! Mir ist nur noch nicht klargeworden, was du dir davon versprichst. Dein Cousin lebt heute in Reims, und deine Tante ist tot. Eine völlig witzlose Sache. Entschuldige bitte, aber es ist so.«

»Natürlich«, sagte Claire, noch immer zum Fenster hinausschauend. »Fahren wir also nach Oberstdorf.«

Fred starrte sie verwundert an. »Was hat das mit Oberstdorf...«

Er brach ab und lachte ärgerlich. »Das ist wieder typisch für dich. Als ich dich vorhin gefragt habe, ob du etwas Besseres wüßtest, hast du nein gesagt.«

»Was wäre gewesen, wenn ich ja gesagt hätte?«

»Nichts!« sagte er heftig. »Ich bin nicht verrückt, meine freien Tage in so einem Nest zu verbringen.«

»Eben«, sagte Claire und sah ihn zum erstenmal an. »Ich werde einmal hinfahren, ohne dich.«

»Sooft du willst!« Er versank in gekränktes Schweigen, Claire ließ ihn, in spätestens fünf Minuten würde er wieder einlenken. Es dauerte nur drei Minuten, bis sie seine Hand am Arm fühlte.

»Eingeschnappt?«

Sie schüttelte den Kopf.

»Ich fahre dich bestimmt einmal hin«, sagte Fred. »Aber doch nicht gerade zu Weihnachten. Im Sommer, bestimmt!«

»Bestimmt«, sagte Claire.

Als sie wieder im Wagen saßen, lachte er unvermittelt auf. »Ich weiß nicht, woran es liegt, aber ich muß ständig an den Amerikaner denken.«

»Merkwürdig«, murmelte Claire, »ich auch.«

4

Als er aus dem Waschraum zurückkam, saß Chumley im Zimmer. Jedesmal, wenn er ihn sah, erinnerte ihn sein Gesicht an einen Totenschädel. Es war ein ungemein langes und ein ungemein mageres Gesicht, ein Gesicht mit hervorstehenden Knochen, deren Konturen sich blaß unter der dünnen pergamentfarbenen Haut abzeichneten, ein Gesicht mit den Spuren der Malaria, des Gelbfiebers und mit der häßlichen Narbe eines schlecht behandelten Tropengeschwürs an der rechten Backe. Die Malaria hatte er sich auf den Philippinen geholt, das Tropengeschwür auf den Fidschi-Inseln und das Gelbfieber auf Neuguinea. Er war seit achtundzwanzig Jahren bei der Armee und seit zehn Jahren Spieß. In zwei Jahren würde er nach Texas zurückkehren, von seiner Pension und einer kleinen Gemüsefarm leben, wenn er es nicht vorzog, sich auf Grapefruits zu verlegen; er konnte stundenlang über Grapefruits reden. Nur eines würde er nie tun: Er würde nie heiraten.

Er beobachtete neugierig, wie John das feuchte Handtuch über den Heizkörper hängte, sein Rasierzeug im Spind verstaute und zu ihm an den Tisch kam. Das Grinsen gehörte zu seinem normalen Gesichtsausdruck; wenn es einmal verschwand, gingen ihm die Männer aus dem Weg.

»Klargeworden?« fragte er.

John blieb vor ihm stehen. »Ich glaube. Such dir einen anderen.«

»Ich hab' keinen anderen«, erwiderte Chumley schleppend. Er nahm ein Buch vom Tisch, schlug es auf und studierte die Titelseite. »Faulkner!« murmelte er. »Heiliger Präsident!« Er legte das Buch vorsichtig auf den Tisch zurück, als hätte er es mit einer entsicherten Pistole zu tun.

»Seit wann bist du unter die Snobs gegangen?«

»Du hast es nur noch nicht gemerkt«, sagte John. Er setzte sich ihm gegenüber und blickte in sein häßliches Gesicht. »Wieso hast du keinen anderen?«

»Weil ich es mit dem Alten nicht verderben will, verstehst du?«

»Nein.«

Chumley seufzte übertrieben. »In diesem Laden bleibt alles an mir hängen. Die Hälfte hat ihre Familie hier oder ist sonstwie engagiert; sie scheiden von vornherein aus. Von denen, die keine Familie hier haben und nicht engagiert sind, haben die meisten am vierundzwanzigsten Dezember Dienst.«

»Bleiben immer noch genug übrig.«

»Wo hast du nur das Rechnen gelernt?« fragte Chumley grinsend. »Was glaubst du, was der Alte mir erzählt, wenn es Reklamationen gibt! Sie haben mir für die Kompanie zwanzig Einladungen gegeben; im letzten Jahr waren es zehn. Zwanzig Einladungen!« Er lachte wütend. »Wie soll ich in dieser Kompanie zwanzig Männer finden, die mit Messer und Gabel umgehen können, beim Essen nicht rülpsen, keine Flecken auf das Tischtuch machen und wissen, wieviel sie beim Trinken vertragen! Hier!« Er holte eine Handvoll Zettel aus der Rocktasche. »Zwölf hab' ich jetzt, mit dir wären es dreizehn, fehlen immer noch sieben. Du kannst mich jetzt nicht im Stich lassen, du bist der einzige in der Kompanie, der ein anständiges Deutsch spricht. Wenn du zum Bürgermeister...«

»Zum Bürgermeister?« fragte John schnell.

Chumley seufzte wieder. »Dann eben nicht, geh, zu wem du willst, meinetwegen zum Bischof, aber geh. Ich bin jetzt fünfzehn Jahre in diesem Land, aber so was hab' ich noch nie erlebt. In Kaiserslautern und Heidelberg wäre ich froh über jede Einladung gewesen. Wenn mal eine kam, dann von 'ner Familie mit übriggebliebener Tochter. Ist es vielleicht das?« fragte er grinsend.

»Du weißt, was es ist«, antwortete John.

»Quatsch!« Chumley legte ihm über den Tisch hinweg die Hand auf die Schulter. »Wir sind hier nicht in Little Rock, hier kümmert sich kein Mensch darum, welche Hautfarbe du hast. Vom Bürgermeister weiß ich, daß er...«

»Laß den Bürgermeister aus dem Spiel«, sagte John.

Chumley nahm seine Hand zurück. »Hätte nicht gedacht, daß du 'nen alten Freund so im Stich läßt!«

»Darüber haben wir nie gesprochen«, sagte John lächelnd. Er hatte ein unangenehmes Gefühl bei der Sache.

Chumley grinste verstärkt. »Ist nicht üblich unter Freunden. Du kennst mich, ich bin immer für dich da.«

»Wenn du mich brauchst«, sagte John. »Warum gibst du die Einladungen nicht zurück? Vielleicht werden sie woanders gebraucht.«

»Ich bin der Spieß«, sagte Chumley. »Wenn ich dem Alten erzähle, daß ich in 'ner Kompanie von fast zweihundert Männern keine zwanzig finde, die sich wie Zivilisten benehmen können, versetzt er mich in die Küche. Also, wie ist es?«

John betrachtete den Spind in der Ecke. Er war schon zu weit gegangen; Chumley hätte es ihm nie verziehen, wenn er jetzt absagte.

»Unter zwei Bedingungen.«

»Okay.« Chumley blickte ihn erwartungsvoll an.

»Nicht zum Bürgermeister.«

»Ich werde Fogh hinschicken«, sagte Chumley. »Er wollte früher mal ins Parlament. Und die zweite?«

»Du fragst vorher bei ihnen an, ob es ihnen paßt.«

Chumley stand auf. Er war so groß, daß er mit dem Kopf gegen die Lampe stieß. »Verlaß dich drauf«, sagte er erleichtert. »Du kannst dir die Adresse selber heraussuchen.«

»Die Adresse überlasse ich dir«, erwiderte John. »Muß ich vorher eine Instruktionsstunde mitmachen?«

»Du nicht«, sagte Chumley und gab ihm die Hand. Hinterher wischte er sie rasch und unauffällig an seiner Hose ab. »Werde ich dir nie vergessen, John«, versicherte er grinsend. »Ich gebe dir morgen Bescheid.«

»Morgen hast du noch keine Antwort von ihnen.«

»Von wem?«

»Von den Leuten. Ob es ihnen paßt.«

»Ach so!« Chumley ging zur Tür. »Dann übermorgen.«

Vom Fenster aus sah ihn John über den Hof gehen, ein großer schmaler Schatten unter den Bogenlaternen, achtundvierzig Jahre alt. Er hatte nie einen Freund gehabt.

Etwas später kam Sam herein, er streckte die Nase in die Luft und schnupperte. »Chumley hiergewesen?«

»Warum, wenn du ihn gesehen hast, fragst du?«

Sam machte ein beleidigtes Gesicht. »Ich habe ihn nicht gesehen, ich rieche ihn. Ich kann Männer, die sich parfümieren, nicht ausstehen.«

»Wen kannst du ausstehen?« fragte John. Er stand vor dem Spiegel und prüfte den Sitz seiner Krawatte.

»War er eingeschnappt?«

»Warum?«

»Du wolltest ihm doch absagen!«

»Weiß der Himmel, warum ich es nicht getan habe!« sagte John. »Jedesmal, wenn ich ihn sehe, tut er mir leid. Ich kann ihm nichts abschlagen.«

»Du hast ihm zugesagt?« fragte Sam ungläubig.

»Ja.«

Sam ließ sich auf einen Stuhl fallen, sein rundes, sommersprossiges Gesicht sah klein aus vor Enttäuschung. »Ich weiß schon«, murmelte er. »Es ist Marys wegen.«

»Es ist nicht Marys wegen«, widersprach John. Er blickte noch immer in den Spiegel. »Ich möchte es mit Chumley nicht verderben.«

»Du redest es dir bestimmt ein«, murmelte Sam unglücklich. »Mary hat nichts gegen dich.«

Natürlich hat sie etwas gegen mich, dachte John. Sie kommt aus Shreveport. »Ich war letztes Jahr bei euch«, sagte er laut. »Es hat mich schon lange interessiert, wie es Weihnachten in einer deutschen Familie zugeht.«

»Mir brauchst du nichts zu erzählen«, murmelte Sam. »Mary ist nicht so, glaub mir.«

»Ihr wohnt in der Siedlung. In der Siedlung kann man nicht immer tun, was man möchte. Hast du schon gegessen?«

»Ich esse mit dir. Wir können anschließend in die Stadt fahren.«

»Weiß Mary, daß du bei mir bist?«

»Sie soll sich um die Kinder kümmern«, knurrte Sam. »Verdammt noch mal, was geht's sie an, mit wem ich mein Bier trinke. Aber das sage ich dir, nächstes Jahr bist du wieder bei uns! Ich lasse mir nicht vorschreiben, wen ich mit nach Hause bringe!«

John schwieg. Jedesmal, wenn er mit Sam über Mary sprach, entstand eine prekäre Situation. Sie hatten einen Jungen von drei und ein Mädchen von zwei Jahren. Sam verstand sich gut mit ihr. Als sie geheiratet hatten, war sie etwas schwierig gewesen. Er hatte ihr manches abgewöhnen müssen, bis es zwischen ihnen harmonierte. Drei Eigenschaften hatte sie sich allerdings nicht abgewöhnen lassen: ihre Abneigung gegen Whisky, ihre Vorliebe für Pudding – den Sam nicht ausstehen konnte! – und ihren Widerwillen gegen Farbige. Sie war in Shreveport aufgewachsen, Sam in New York. Sam wollte, daß sie sich mit John anfreundete, sie wollte es nicht. Zwischen diesem verschiedenartigen Wollen lag eine Kluft, so breit wie der Atlantik, eine hoffnungslose, unüberbrückbare Kluft, und manchmal schien es John, als stehe er genau in der Mitte dieser Kluft, von beiden Seiten gleich weit entfernt, von Sam ebenso weit wie von seiner Frau, und er würde ihnen nie näherkommen.

Zum Essen mußten sie in die Kantine. Der große, saalartige Raum war heute nicht so stark besetzt wie in der Woche, sonntags gingen viele zum Essen in die Stadt. Eine Zwischenwand trennte die Unteroffiziere von den Mannschaften, letztere bekamen ihr Essen vom Küchen-Sergeanten auf das Tablett, die Unteroffiziere bedienten sich selbst. In einer Ecke befanden sich fünf große Behälter auf einer Warmhalteplatte, dahinter, an die Wand gelümmelt, stand der Küchenhelfer. Sein Gesicht sah aus, als hätte er seit vierzehn Tagen nicht mehr geschlafen.

Sam betrachtete ihn grinsend. »Irgendwo muß es hier doch einen Puff geben«, sagte er zu John. »Davon bringt mich keiner ab.«

»Warum interessiert's dich, wenn du verheiratet bist?« fragte John. Er lud sich sein Tablett mit gebackener Leber, gemischtem Salat und heißen Würstchen voll. Der Küchenhelfer gab ihm die Schüssel mit Suppe.

»Leber!« sagte Sam zu dem Küchenhelfer. »Hat es gestern nicht auch Leber gegeben?«

»Warst du gestern nicht beim Bischof eingeladen?« brummte der Küchenhelfer.

Sam schüttelte sich vor Lachen. »Wenn ich Kommandeur wäre«, sagte er zu John, »würde ich ihn zum Regimentsclown befördern. Setzen wir uns separat?«

Es war überflüssig, daß er es fragte; sie saßen immer separat. Die übrigen saßen auch separat, die Farbigen für sich und die Weißen für sich. Es gab kein Reglement dafür, und keiner hätte Anstoß daran genommen, wenn es anders gewesen wäre. In der Armee gab es kein Rassenproblem. Es war wie in allen Kasernen der Welt: Man suchte sich seine Freunde nach gemeinsamen Interessen, nach gemeinsamen Problemen und nach gemeinsamer Herkunft aus. Man respektierte den anderen, aber man setzte sich nicht mit ihm an einen Tisch, die Weißen ebensowenig wie die Farbigen. Auch innerhalb dieser beiden Gruppen gab es wieder Differenzierungen. Sam hätte sich nie mit einem Mann aus Mississippi unterhalten, und ein Farbiger aus New York wäre nie auf den Gedanken gekommen, sich mit John anzufreunden. So betrachtet, schien alles seine harmlose Erklärung zu haben, aber John wußte, daß Sam sich von weniger problematischen Ressentiments leiten ließ als die Farbigen aus New York. Es war seine schmerzlichste Erfahrung gewesen.

Sie waren spät dran, der Saal leerte sich. Sam aß hastig. Er ließ sich nie Zeit beim Essen, als stünde ihm dauernd eine dringende Verabredung vor Augen. Für John war es jedesmal rätselhaft, wie er es fertigbrachte, dabei noch ununterbrochen zu reden. Sein Lieblingsthema waren Autos. Vor ein paar Monaten hatte er sich für vierhundert Dollar einen gebrauchten Buick gekauft, den dritten in vier Jahren. Sam war einer jener Korporale, die es nie weiterbrachten, und ohne das Geld seiner Frau hätte er sich diesen Luxus nicht leisten können. Ihre Eltern hatten ein großes Geschäft und schickten regelmäßig Geld herüber. Man merkte das auch an Sams Wohnung. Sie gehörte zu den besteingerichteten in der Siedlung und zog immer viele Besucher an, meistens Freundinnen von Mary. Für Sam war es stets eine willkommene Gelegenheit, mit John auszugehen.

Nach dem Essen rauchten sie eine Zigarette, tranken Kaffee dazu und unterhielten sich über den morgigen Dienstplan. »Schon wieder drei Unterrichtsstunden«, sagte Sam abfällig. »Das ist keine Kaserne mehr, das ist eine Hilfsschule für geistig Unterentwickelte. Vielleicht melde ich mich krank.«

»Das verfängt bei dir nicht mehr«, sagte John. »Du hast es schon zu oft probiert. Wie lange bist du jetzt Soldat?«

»Zehn Jahre«, antwortete Sam düster. »Noch zwei, dann hat mich die Armee gesehen. Weißt du, was ich dann mache?«

John wußte es, er bekam es mindestens einmal in der Woche zu hören.

Sam würde in das Geschäft seiner Schwiegereltern einsteigen, sich den neuesten Cadillac kaufen und jedes Jahr nach Thüngerstadt kommen, um seinen ehemaligen Vorgesetzten zu zeigen, wie weit ein Mann, der in der Armee nur bis zum Korporal avanciert war, es im Zivilleben bringen konnte. Er hatte das Pech gehabt, seine Frau kennenzulernen, als er sich gerade für sechs weitere Jahre verpflichtet hatte. Andererseits erzählte sie allen Leuten, daß Sam ohne Uniform niemals Eindruck auf sie gemacht hätte, und John sah keinen Grund, daran zu zweifeln. Manchmal tat er ihm leid, aber wenn er der Armee Gerechtigkeit widerfahren lassen wollte, mußte er einräumen, daß Sam als Korporal jenen Dienstgrad erreicht hatte, den seine Vorgesetzten eben noch verantworten konnten. Seine Differenzen mit dem Spieß, dem Grenzoffizier und dem Kompanieführer gehörten bereits zu den alltäglichen Begebenheiten des Kasernenlebens. Das Kuriose daran war, daß Sam diese Differenzen gar nicht wünschte, sie kamen auf ihn zu wie ein Verhängnis und immer dann, wenn er den Mund aufmachte. Er besaß einen geradezu krankhaften Widerspruchsgeist, fühlte sich stets benachteiligt und aus irgendeinem Grunde verletzt. Ein schiefer Blick konnte ihn schon in Rage bringen, eine Ungerechtigkeit fast zur Desertion treiben. Er hätte nie Soldat werden dürfen, aber Männer wie Sam standen überall falsch, ganz gleich, wo sie auch standen. Vielleicht war er deshalb der einzige in der Kompanie, der sich mit John angefreundet hatte.

Später, als sie im Wagen saßen, schnitt Sam ein neues Thema an: »Ich verstehe nicht, weshalb du dir nicht einen Wagen kaufst«, meinte er. »Du trinkst kaum, rauchst wenig, hast keine Weibergeschichten. Was machst du bloß mit deinem Geld?«

»Ich sammle es«, antwortete John und winkte dem grüßenden Posten am Kasernentor zu, »wie andere Briefmarken sammeln.«

»Dann hast du einen Tick«, erklärte Sam überzeugt. »Als Sergeant mit deinen Ansprüchen kann man monatlich hundert Dollar auf die Seite legen. Ich wette, du hast mindestens zweitausend auf der Kante.«

»Ungefähr«, sagte John. Es waren fast viertausend, er hatte schon in Kentucky damit angefangen. In dreizehn Monaten, wenn er seine Zeit herum hatte, würde er sie brauchen.

»Also!« sagte Sam. »Schau dir diese Kiste an, vierhundert Dollar, glatt geschenkt. Für dreihundert kannst du sie haben, unter Freunden. Ich finde schon wieder eine andere.«

John beobachtete, wie er den Wagen die steile Straße hinuntersteuerte. Die Kaserne lag an der Westseite des Talkessels, hoch über der Stadt an einem Wald. Wenn Schnee lag, mußte man mit dem Wagen aufpassen.

»Das verhält sich wie mit Whisky«, sagte John, »wenn man's einmal anfängt, kann man's nicht mehr sein lassen. Wo fährst du hin?«

»Egal«, antwortete Sam. »Ich habe Appetit auf Bier. Du nicht?«

»Wenn es sein muß«, sagte John.

Sie landeten in einem Gasthaus der Innenstadt. Als Sam die Tür aufstieß, blieb er wie angefroren stehen und fluchte. »Dieses Drecksnest«, sagte er zu John, »ist so klein, daß du überall den gleichen Drecksgesichtern begegnest. Ich schlage vor, wir gehen weiter.«

John blickte über seinen Kopf hinweg. An einem Tisch entdeckte er das grinsende Gesicht Chumleys, neben ihm, mit den Rücken zur Tür, Bruce und Henry. Außer den beiden saß noch ein Korporal am Tisch, er war seit einem halben Jahr bei der Kompanie und ging manchmal mit Chumley aus. Sie kamen beide aus Austin.

»Wenn das ein Zufall ist«, sagte Sam, »schenke ich dir meinen Buick. Worauf warten wir noch?«

»Chumley hat uns schon gesehen«, sagte John.

»Na und? Hast du mit ihm ein Rendezvous?«

»Mit ihm nicht«, sagte John. Es war eine Gelegenheit, auf die er seit acht Wochen gewartet hatte. Er ging an Sam vorbei, der unschlüssig stehenblieb, geradewegs auf Chumley zu. Im Gasthaus saßen noch mehr Leute herum, meist Männer aus dem Regiment, teils in Zivil, teils in Uniform. Einige hatten Mädchen bei sich. Ein Musikautomat spielte die neuesten Schlager ab.

»Hallo, John!« Chumley stellte sich überrascht, winkte lustig mit der Hand, zog mit der anderen einen leeren Stuhl zwischen sich und den Unteroffizier und winkte wieder. »Stell dir vor«, sagte er, »wir haben gerade von dir gesprochen.«

»Man sieht es euch an«, sagte John. Er blickte über den Tisch hinweg Bruce und Henry an. Sie waren beide in Zivil, in ihren blauen Anzügen wirkten sie wie Konfirmanden. »Ihr kennt euch ja schon gut aus«, sagte John zu ihnen. Und zu Chumley: »Haben wir noch Platz für Sam?«

»Er verdirbt mir zwar den Abend«, sagte Chumley, »aber ich bin kein City-Slicker. Setz dich her, Sam, hast du deinen Anzug beim Bügeln?«

Sam kam mürrisch näher. »Warum trägst du nie Zivil?«

»In Zivil würden sie mich von der Stelle weg verhaften«, antwortete Chumley. Er richtete das Wort an den Korporal aus Austin: »Er gefällt seiner Frau nur in Uniform. Kennst du Mary schon?«

Der Korporal starrte Sam aufdringlich an.

»Lohnt sich's?«

»Für dich nicht«, sagte Sam mürrisch. »Was ist das eigentlich hier? Ein Pokerclub oder was?«

»Vielleicht ein Beichtstuhl!« Chumley kicherte. »Bruce und Henry haben mir ihr Herz ausgeschüttet. Sie wollen in eine andere Gruppe versetzt werden.«

»Du kannst sie haben«, sagte Sam. »Zum Selbstkostenpreis.« Er bestellte für sich und John ein Bier und blickte der Bedienung nach. Sie war jung, keine Schönheit, aber gut proportioniert.

John lehnte sich im Stuhl zurück und betrachtete Bruce und Henry, die feixend zuhörten. Sie waren ungefähr gleich groß, beide schmal, beide jung, Bruce im Gesicht etwas breiter und dunkelhaarig, Henry blond und mit kurzgeschnittener Bürstenfrisur. Er hielt Johns Blick nicht stand, während Bruce aufsässig hinüberstarrte.

»Haben sie dir auch verraten, warum sie sich versetzen lassen wollen?« fragte John ruhig.

»Eben nicht.« Chumley spielte den Harmlosen. »Das ist ja das Merkwürdige daran. ›Boys‹, hab' ich ihnen gesagt, ›ihr findet im ganzen Regiment keinen besseren Gruppenführer als Sergeant Baako, aber wenn ihr unbedingt darauf besteht, werde ich bei Denson ein Wort für euch einlegen.‹«

Sam blickte von der Seite angewidert in sein Gesicht. »Wenn sie versetzt werden wollen, müssen sie es begründen, und wenn sie es damit begründen, sind sie bei Denson erledigt. Das weißt du so gut wie ich, Spieß.«

»Ich weiß gar nichts«, erwiderte Chumley gelassen. »Ich weiß nicht einmal, wovon du faselst. Haben sie dir gesagt, warum sie versetzt werden wollen?«

»Vielleicht sagen sie es mir jetzt«, versetzte Sam. »Jetzt und hier, wenn sie nicht die Scheißkerle sind, die ich hinter ihnen vermute.« Er hatte sehr laut gesprochen, von den anderen Tischen blickte man her. Der Wirt, ein großer starker Mann mit roter Glatze, stand hinter der Theke, einen Schritt vom Telefon entfernt. John erfaßte alles mit einem Blick. Er trank sein Glas aus, stand auf und legte ein Markstück auf den Tisch. »Wir sprechen ein andermal darüber«, sagte er zu Chumley. »Du kannst Denson bestellen, daß ich keinen Wert auf die beiden lege.«

»Ist mir auch lieber«, sagte Chumley, und eine Sekunde lang war das Grinsen aus seinem Gesicht weg. »Ich möchte nur Ruhe in der Kompanie haben, John.«

John sah an ihm vorbei. »Ich auch.«

Draußen auf der Straße wurde er von Sam eingeholt. »Du hättest nicht kneifen dürfen«, sagte er wütend. »Warum bist du davongelaufen? Jetzt grinsen sie über dich.«

»Sie grinsten schon vorher«, sagte John. Er hatte ein dumpfes Gefühl in der Brust, seine Beine waren merkwürdig schwer, als hätte er statt des einen Glases Bier zehn getrunken. »Damit hatte ich nicht gerechnet«, sagte er.

»Daß sie sich versetzen lassen wollen?«

»Damit auch nicht.«

Sam faßte nach seinem Arm. »Du hast mich heute abend gefragt, wie lange ich in der Armee bin, John. Jetzt frage ich dich.«

»Bruce und Henry sind nicht die Armee.«

»Das habe ich gesagt, stimmt. Aber man weiß schon am ersten Tag, woran man mit einem Mann ist. Du hast es bei Bruce und Henry nicht wissen wollen.«

»Ich bin Sergeant«, sagte John. »Alles andere ist zweitrangig. Fährst du mich zurück?«

»Wir könnten noch in ein anderes...«

»Heute nicht mehr«, unterbrach ihn John.

Während sie zum Wagen gingen, ließ Sam den Kopf hängen. »Verdammt«, murmelte er unglücklich. »Ich kann nichts dafür, John, glaub mir.«

John nickte. »Wir können alle nichts dafür.«

5

Der Baum stand in der Mitte des großen quadratischen Zimmers. Er reichte vom Boden bis zur Decke, hatte dichte Äste, eine gleichmäßig gewachsene Spitze, und seine Nadeln waren mit künstlichem Schnee gepudert. Es war ein Prachtexemplar von einem Baum, ein Baum auf Bestellung, hätte man meinen können, und er war über und über mit Schmuck beladen. Da gab es weiße Tannenzapfen, Weihnachtssterne aus roter Pappe und Silberpapier, schönes langes Engelshaar, Lametta, Girlanden, Kerzen, Glöckchen und Dutzende bunter Christbaumkugeln. Die Spitze krönte ein prächtiger Rauschgoldengel, sein sanftes Puppengesicht lächelte ungemein einfältig auf all die vielen farbigen, blitzenden, schimmernden Produkte eines ebenso geschäftstüchtigen wie hemmungslosen Industriezweiges herab. Selbst der Kitsch hatte seine Nuancen, und diese hier schien Claire seine schrecklichste zu sein. Sicher, es wäre ihr schwergefallen, sich Weihnachten ohne Baum vorzustellen, aber ihre Mutter hatte ihren eigenen Stil gehabt, ihn herzurichten, ohne Engelshaar und Lametta und Weihnachtssterne: ein paar Kerzen, ein paar Kugeln, mehr nicht. Der Baum allein hatte Atmosphäre verbreitet, hier erstickte sie unter Plunder.

Auf einem Tisch lagen die Geschenke, ein Dutzend Pakete, weihnachtlich verschnürt und vielversprechend voluminös. Ihre eigenen Päckchen nahmen sich daneben sehr unscheinbar aus. Die Bescherung erfolgte immer nach einem festen Zeremoniell und wurde von Freds Mutter eröffnet. Auch daran würde sich in Zukunft nichts ändern.

Fred war im dunklen Anzug, feierlich und ungeduldig. Für ihn schien es noch dasselbe zu sein wie vor dreißig Jahren. Manchmal beneidete sie ihn darum, er konnte so unnachahmbar kindisch sein. Wie immer am Weihnachtsabend hatte er das Radio laut aufgedreht, ›musikalische Stimmungsinjektion‹, wie er sich ausdrückte. Sie wußte, daß er es nicht so meinte, er brauchte Zynismus, um seine Rührung zu verbergen. Kurz vor der Bescherung kriegte er jedesmal feuchte Augen, seine Mutter auch. Im Augenblick hatte sie noch in der Küche zu tun, das Klappern des Geschirrs war bis ins Zimmer zu hören. Ihr Mann hatte sie nie dazu bewegen können, ein Mädchen ins Haus zu nehmen, sie hätte es als Einschränkung ihrer Zuständigkeit betrachtet. Sie war eine jener Frauen, die man selten ohne Staubtuch, noch seltener ohne Arbeitsschürze antraf. Das Haus hätte doppelt so groß sein können, sie wäre auch dann damit fertig geworden.

»Jetzt müßte er schon hiersein«, sagte Fred. Er stand am Fenster, die Hände in den Taschen, rundlich, aufgeregt und erwartungsvoll. »Hoffentlich ist ihm nichts dazwischengekommen!«

»Es wäre entsetzlich«, sagte Claire.

Er blickte nur rasch zu ihr hin. »Bitte?«

»Ich meine nur des Mantels wegen«, sagte Claire. »Was willst du damit anfangen, wenn er nicht kommt?«

»Wer sagt dir, daß er nicht kommt?«

»Ich weiß wirklich nicht, wer mich darauf gebracht hat«, antwortete sie und lächelte.

Fred starrte sie mit gerunzelter Stirn an, dann lächelte er auch. »Du kommst zuviel mit Intellektuellen zusammen. Wird Zeit, daß das aufhört.« Er setzte sich neben sie auf die Sessellehne. »Morgen abend sind wir in Oberstdorf. Freust du dich?«

»Sehr.«

»Ich habe dem Hotel geschrieben, daß ich dasselbe Zimmer möchte wie im vergangenen Jahr.«

»Wir!«

»Was wir?«

»Daß ›wir‹ dasselbe Zimmer möchten.«

»Wenn ich ›ich‹ sage, meine ich ›wir‹.« Er beugte sich zu ihr hinunter und küßte sie auf den Nacken. »Warst du beim Friseur?«

»Nein.«

»Ich dachte. Die Frisur kommt mir neu vor.«

»Sie ist es auch«, sagte Claire, »acht Wochen neu.«

»Sie steht dir.«

»Danke.«

»Mein Ernst! Du solltest dabei bleiben.«

»Ich werde es mir überlegen. Warum kommt dein Vater nicht?«

»Er stellt noch seinen Jahresumsatz zusammen«, sagte Fred. »Wenn er am Weihnachtsabend nicht weiß, wieviel er verdient hat, macht ihm die Bescherung keinen Spaß. Diesmal ist es besonders kompliziert, es sind da ein paar Sachen, von denen das Finanzamt nichts zu wissen braucht!«

»Davon verstehe ich nichts.«

Fred lachte. »Kommt noch, später, wenn du die Praxis hast. Überlaß das nur ihm. Er hätte genausogut Steuerberater werden können, von jener Sorte, die nicht im Telefonbuch steht.«

»Ich will nichts davon wissen«, erklärte Claire bestimmt. »Ich habe es dir schon einmal gesagt.«

»Du gehörst zur Familie. Wenn er nichts davon verstünde, könnte er dir nicht die Praxis einrichten.«

»Es war sein Wunsch.«

»Na und?«

Claire schwieg. Irgendwann hatte es angefangen, vielleicht vor drei Jahren, als sie zum erstenmal merkte, daß er ihr nicht folgen konnte, daß er ihr zuhörte, wie man einem Ausländer zuhört, dessen Sprache man nicht versteht. Der Gedanke, daß ihr die Abhängigkeit von seinen Eltern unangenehm sein könnte, überschritt sein Vorstellungsvermögen. Ebensogut hätte sie versuchen können, ihm eine utopische Geschichte glaubhaft zu machen. Er konnte zwei fünfstellige Zahlen innerhalb kürzester Zeit im Kopf multiplizieren – wozu sie nie fähig gewesen wäre –, den Kilometerverbrauch seines Wagens auf den Zehntelliter ausrechnen und ein fünfstöckiges Wohnhaus präzis auf seinen Minimalwert taxieren. Nur eines konnte er nicht: Er konnte sich nicht vorstellen, daß ein normaler Mensch anders denken könnte als er.

Sein Vater kam, als Claire ein erstes Gähnen unterdrückte. Er setzte sich zu ihnen an den Tisch, erkundigte sich nach diesem und jenem, ließ sich fünf Minuten lang über einen politischen Zeitungsartikel aus und wollte schließlich wissen, wie weit sie, Claire, mit ihrer Dissertation gekommen sei.

»Du hättest dir ein leichteres Thema aussuchen sollen«, meinte er. »Eines, worüber man Bescheid weiß. Rheuma, zum Beispiel. Über Rheuma könnte ich selber eine Doktorarbeit schreiben.«

Das Du hatte er sich angewöhnt, seit seine Frau es für schicklich gefunden hatte, und das war schon nach dem ersten Jahr der Fall gewesen.

»Wenn du es mir noch hundertmal erzähltest«, warf Fred ein, »ich behalte es einfach nicht im Kopf. Ursachen der Zunahme des ... was?«

»... des Bronchialkrebses«, antwortete Claire geduldig.

»Daß es etwas mit Krebs war, wußte ich noch«, sagte Fred. Wenn sein Vater dabei war, sprach er anders als sonst, akzentuierter und mit der wohlmeinenden Miene eines Pädagogen. »Sie hat ja noch ein halbes Jahr Zeit«, gab er zu bedenken.

Fehrenbach machte eine ungeduldige Bewegung. »In einem halben Jahr ist ihr Examen fällig. Sie muß den Kopf frei haben für das Examen. Wo, zum Kuckuck, bleibt nur der Amerikaner?«

»Ich verstehe es auch nicht«, sagte Fred und ging wieder zum Fenster. Fehrenbach griff nach der Zeitung. Jedesmal, wenn Claire ihm gegenübersaß, kostete es sie Überwindung, nicht daran zu denken, daß Fred in zehn oder fünfzehn Jahren genauso aussehen würde wie er. Die Ähnlichkeit war jetzt schon frappant, auch wenn sein Vater bedeutend rundlicher, bedeutend kahler und bedeutend ruhiger war. Nur seine Augen waren anders. Manchmal ertappte sie ihn dabei, wie er sie musterte: kalt, abschätzend und mit der Zufriedenheit eines Mannes, der sein Geld auf ein todsicheres Pferd gesetzt hat. Soweit war Fred noch nicht, er wußte noch auseinanderzuhalten, ob er ein Grundstück, ein Haus oder ob er sie, Claire, betrachtete. Seine Augen konnten wütend, traurig, lustig und auch spöttisch sein, aber niemals kalt. Für seinen Vater war die akademisch gebildete Schwiegertochter mehr als nur eine geschäftliche Investition. Eine junge hübsche Ärztin würde ihre Patienten finden, solche und solche, sie würde ihrer Familie auch in Notzeiten ein Existenzminimum sichern, ein wachsames Auge auf ihr gesundheitliches Wohlergehen haben, ihr gesellschaftliches Renommee heben, ihren Kredit verdoppeln, neue Verbindungen herstellen und im Haus selbst eine Atmosphäre des Vertrauens schaffen. Eine Ärztin in der Familie ersparte das lästige Herumsitzen in Wartezimmern, die kostspieligen Krankenversicherungen und manches andere mehr. Auch darüber war gesprochen worden, ausführlich, unverblümt und mit der für ihren künftigen Schwiegervater charakteristischen Direktheit. Er war ein kühler Rechner, unsentimental und, wenn es sein mußte, auch rigoros. Aber nie hatte sie erlebt, daß er sich in ihrer Gegenwart einmal gehenließ, auch darin unterschied er sich von Fred. Er war fast pedantisch korrekt, als fühlte er sich verpflichtet, seine nicht immer korrekten Geschäfte durch ein um so korrekteres Auftreten wieder wettzumachen. Sie hatte ihn nie fluchen hören, nie in Hosenträgern oder Hausschuhen gesehen, er hätte zu jeder Tageszeit Besuch empfangen können. Etwas kleiner als Fred und trotz seiner Körperfülle ungeheuer beweglich, wirkte er eher bieder als berechnend. Man hätte ihn sich als pflichtbewußten Beamten vorstellen können, rechtschaffen, fromm und unscheinbar.

Etwas später kam auch seine Frau ins Zimmer. Ihre blau-weiß gestreifte Küchenschürze war so alt wie Claires Bekanntschaft mit ihr. Sie war noch unscheinbarer als ihr Mann. Wenn sie im Wagen saß, konnte man sie übersehen.

»Kann man das Radio nicht leiser stellen?« fragte sie.

»Ich habe es deinetwegen laut gestellt«, antwortete Fred, »damit du es in der Küche hörst.«

»Ich bin fertig.« Sie band sich ihre Schürze ab und betrachtete den Baum. »Wenn der Amerikaner hier wäre, könnten wir jetzt bescheren. Er ist schön geworden. Gefällt er dir?« fragte sie Claire. Sie hatte es schon einmal gefragt, und Claire nickte. Sie beobachtete Fred, der vom Fenster zum Radio ging.

Fehrenbach blickte von der Zeitung auf. »Was?«

»Ich habe Fred gesagt, er soll das Radio leiser stellen«, erklärte seine Frau. »Claire sieht blaß aus.« Sie hatte eine ähnlich unangenehme Art, einen anzuschauen, wie ihr Mann. Claire hatte jedesmal das Gefühl, als ob sie über alle ihre Gedanken Bescheid wisse.

Klein gewachsen, weißhaarig und sehr zierlich, ihren Mann an Lebhaftigkeit und Intelligenz noch übertreffend, war sie unbestritten das eigentliche Familienoberhaupt. Sie war in bürgerlichen Verhältnissen aufgewachsen und hatte es früh gelernt, wirtschaftlich zu denken. Zweimal im Monat ging sie nach einem unantastbaren Zyklus zum Friseur, einmal ins Theater und zweimal ins Kino. Darüber hinaus stellte sie, wenn man von den regelmäßigen Urlaubsreisen und sonntäglichen Ausfahrten absah, keine Ansprüche. Sie begnügte sich mit einem einfachen Waschbärmantel, las gerne gute Unterhaltungsromane und war unermüdlich damit beschäftigt, Staub zu wischen, Parkettböden zu bohnern und für das Essen zu sorgen.

»Wieso?« fragte Fred. »Ich finde nicht, daß sie blaß aussieht.«

Sein Vater legte endgültig die Zeitung weg. »Claire?«

»Ja.«

»Sie sieht aus wie immer«, sagte Fehrenbach. »Ein bißchen überarbeitet, aber das ist kein Wunder. Die Luft in Oberstdorf wird ihr guttun. Wann wollt ihr fahren?«

Fred kam vom Radio zurück. »So früh wie möglich. Wir brauchen mindestens acht Stunden.«

»Ihr solltet besser mit der Bahn fahren«, sagte seine Mutter. »Die Straßen sind so glatt.«

»Nicht glatter als die ganze Woche schon«, widersprach Fred. »Ich bin kein Anfänger mehr.«

»Trotzdem wäre ich beruhigter.«

Fehrenbach gähnte. »Wenn sie mit dem Wagen fahren wollen, dann eben mit dem Wagen. Bis Ulm sind sie auf der Autobahn. Schneeketten haben sie auch dabei. Wir werden uns hier zwei ruhige Tage machen.«

»Übermorgen sind wir bei Irmgard eingeladen«, sagte seine Frau. »Ich habe ihr gesagt, daß du mitkommst.«

»Also nur einen ruhigen Tag«, sagte Fehrenbach trocken. »Ich hätte mit nach Oberstdorf fahren sollen. Sind die anderen auch eingeladen?«

»Mit ihren Männern. Zweimal im Jahr ist wirklich nicht zuviel.«

»Ich habe nicht gesagt, daß es mir zuviel ist«, sagte Fehrenbach. Seine Frau schwieg. Ihr ovales, farbloses Gesicht mit den schmalen Lippen und scharfen Linien wirkte tödlich gekränkt. Von ihren langjährigen Freundinnen war eine mit einem Politiker, die zweite mit einem Anwalt und die dritte mit einem Speditionsunternehmer verheiratet. Sie trafen sich allwöchentlich zu einer Kaffeerunde; zweimal im Jahr brachten sie ihre Männer mit.

Claire kannte sie alle. Vor einem Jahr hatte Freds Mutter es an der Zeit gefunden, ihre künftige Schwiegertochter vorzustellen. Es war für Claire ein schrecklicher Nachmittag gewesen, ein gesellschaftliches Vorexamen mit allen Peinlichkeiten einer hochnotpeinlichen Musterung. Der Tod ihrer Mutter und das näher rückende Examen hatten sie zwar vor einer Wiederholung bewahrt, aber eines Tages würde sie keine Ausflüchte mehr haben, sie würde von Kaffeekränzchen zu Kaffeekränzchen geschleppt werden, sie würde außer den dreien noch andere Freundinnen ihrer Schwiegermutter kennenlernen, ihre gesamte Verwandtschaft und die Verwandtschaft ihres Schwiegervaters, und sie würde es sich gefallen lassen müssen, daß über sie geredet wurde, wie über alle geredet wurde, die aus diesem oder jenem Grund an diesem oder jenem Tag zufällig verhindert waren, mitzureden. Sie würde genauso werden wie die anderen: klatschsüchtig, verlogen und entsetzlich selbstzufrieden.

Fred räusperte sich. »Wenn ihr lieber mitfahren wollt...«

»Wir wollen nicht mitfahren«, erwiderte seine Mutter. »Ich habe Irmgard fest zugesagt.«

Wenn sie aufgebracht war, wurde ihre Stimme leise und undeutlich, ihre Haltung steif, und ihre Backen bekamen rote Flecken. Obwohl sie fünf Jahre jünger war als ihr Mann, sah sie bedeutend älter aus, ein müdes, verbrauchtes Gesicht mit den Spuren zweier Kriege, einer Inflation, einer Währungsreform, eines Kindbetts und eines Achtzimmerhaushaltes. Nur manchmal, wenn sie lachte oder von der Vergangenheit erzählte, konnte ihr Gesicht überraschend jung aussehen.

»Für wann hast du den Amerikaner eingeladen?« fragte sie.

Fred hob ungeduldig die Schultern. »Wie wir es besprochen haben: für sieben Uhr.«

»Dann müßte er schon seit zehn Minuten hiersein«, sagte Fehrenbach. »Vielleicht hast du die Uhrzeit im Brief vergessen.«

»Ich habe sie nicht vergessen«, sagte Fred. »Ich habe ausdrücklich darum gebeten, daß er Punkt sieben Uhr hiersein soll. Wenn ich wüßte, wen sie uns schicken, würde ich in der Kaserne anrufen.«

Fehrenbach widersprach energisch. »Wir haben es nicht nötig, ihm nachzulaufen. Das fehlte mir noch!«

»Weil du froh bist, wenn er nicht kommt«, sagte seine Frau.

Fred schüttelte angewidert den Kopf. »Mein Gott, fängt das schon wieder an!« Und zu Claire gewandt: »Seit vier Tagen streiten sie sich darüber, ob es richtig gewesen war, ihn einzuladen. Du warst doch auch dafür?«

»Du hast mir gesagt, daß ihr ihn eingeladen habt«, erwiderte Claire. Sie sah keinen Anlaß, in einer Angelegenheit Stellung zu nehmen, die sie nicht berührte. Freds Mutter konnte sehr nachtragend sein.

»Jedenfalls wird es mir eine Lehre sein«, sagte diese. »Nächstes Jahr laden wir niemanden ein, wir gehen auch nicht zu Irmgard, wir werden alle zusammen über die Feiertage wegfahren.«

Sie stand auf und verließ das Zimmer.

Fehrenbach verschränkte seufzend die Hände vor dem Bauch. »Schön, jetzt wißt ihr Bescheid, was im nächsten Jahr sein wird. Stellt euch darauf ein.«

»Nächstes Jahr Weihnachten sind wir verheiratet«, sagte Fred. »Claire befürchtet, daß sie dann nicht mehr verreisen kann.«

»So pressiert es nun auch wieder nicht«, sagte Fehrenbach lächelnd. Fred blickte ihn überrascht an. »Wieso auf einmal?«

Wenn er etwas nicht verstanden hatte, sah er schrecklich hilflos aus. »Fred denkt an meine Medizinalassistentenzeit«, warf Claire ein. »Wenn ich in einem Krankenhaus arbeite, werde ich über die Feiertage sicher Dienst haben.«

Fehrenbach wurde ernst. »Daran habe ich nicht gedacht. Vielleicht machen sie bei einer verheirateten Assistentin eine Ausnahme.«

»Wieso sagst du, daß es nicht pressiert?« fragte Fred, noch immer außer Fassung.

»Von mir hast du diese Begriffsstutzigkeit nicht«, sagte Fehrenbach. Er musterte Claire auf seine unangenehme Weise und lächelte wieder. »Besser wäre es natürlich, sie bringt es hinter sich, solange sie arbeiten muß. Wenn die Praxis einmal fertig ist, hat sie keine Zeit mehr dazu. Wieviel wollt ihr haben?«

Claire spürte, wie sie rot wurde. Es lag nicht an seiner Direktheit; daran hatte sie sich gewöhnt. Aber seine Art, sie anzuschauen, weckte das fatale Gefühl in ihr, er beschäftigte sich mit der Vorstellung, wie sie mit Fred ein Kind zeuge. Seine Augen konnten nicht nur kalt, sie konnten auch sehr nackt sein. »Ihr habt euch sicher schon darüber geeinigt«, sagte sie.

Fehrenbach lächelte wieder. Dann griff er nach seinen Zigarren, und als er eine zwischen die Lippen steckte, ging die Türglocke.

»Der Amerikaner!« sagte Fred. An der Tür traf er mit seiner Mutter zusammen. »Es hat geläutet«, sagte sie. »Das wird er sein!«

Sie kam aufgeregt ins Zimmer und blickte Claire an. »Hoffentlich trinkt er Weißwein! Ich habe vergessen, mich zu erkundigen, was meine Freundin ihrem Amerikaner zu trinken hingestellt hat.«

»Warum soll er keinen Weißwein trinken?« fragte Fehrenbach verwundert.

In der Tür tauchte wieder Fred auf. Mit seinem Gesicht stimmte etwas nicht, Claire sah es auf den ersten Blick.

»War er es nicht?« fragte seine Mutter enttäuscht.

Fred nickte. »Er wartet unten in der Diele.«

»In der Diele?«

»Ja.«

»Das ist doch...« Anna Fehrenbach verstummte. Sie blickte ratlos ihren Mann, dann Claire und am Schluß wieder Fred an. »Warum führst du ihn nicht herauf?« fragte sie schließlich.

»Sie haben uns einen Schwarzen geschickt«, antwortete Fred. Er setzte sich steif auf einen Stuhl und grinste über den Tisch hinweg in das verständnislose Gesicht seiner Mutter. »Einen Schwarzen!« wiederholte er laut.

Nie, seit sie ihn kannte, hatte Claire ihn so fassungslos gesehen. Während sie ihn anschaute, spürte sie ein unwiderstehliches Lachen im Hals hochkommen. Sie vernahm die ungläubige Stimme seiner Mutter: »Einen Neger?«

Fred nickte, zu mehr reichte es ihm diesmal nicht.

Jetzt, nachdem sie es zweimal hinuntergewürgt hatte, konnte Claire das Lachen nicht länger zurückhalten. Sie preßte beide Hände gegen den Mund und lachte. Sie lachte noch, als Fehrenbach aufstand und zur Tür ging. Dann vernahm sie wieder die Stimme seiner Frau: »Du benimmst dich sehr merkwürdig, Claire.«

Es hörte sich an, als rieben zwei Stahlschienen aufeinander. Ihr Gesicht war blaß vor Wut.

6

Die Diele glich einem Abstellraum für Antiquitäten. Neben einer uralten Standuhr machte sich ein ebenso alter Schrank mit handgeschnitzten Verzierungen breit, ihm zur Seite eine dunkle, eisenbeschlagene Truhe. Über der Truhe hingen ein verblaßtes Ölgemälde und zwei Gobelins, auf der anderen Seite ein ausgestopfter Elchkopf, zwei Hirschgeweihe und ein Tierfell, dessen Gattung sich nicht mehr feststellen ließ. Außerdem stand und lag noch ein Dutzend anderer Kuriositäten herum: bronzene Schalen, silberne Tabletts, ein gußeiserner Schirmständer, japanische Vasen und zwei Gegenstände, über deren Verwendungszweck John sich nicht schlüssig werden konnte. Vielleicht wäre es ihm leichter gefallen, wenn er sich die Mühe genommen hätte, sie in Ruhe zu betrachten, aber seit der junge Mann am Ende der Diele die Treppe hinaufgestiegen war, beschäftigte ihn eine wichtigere Sache.

Chumley hatte ihn angelogen. Irgendwie schmerzte es mehr als sonst. Er war es gewöhnt, angelogen zu werden, und er hatte einen sicheren Instinkt für Ausflüchte und Halbwahrheiten, aber Chumley hätte er nie einer Lüge für fähig gehalten. Chumley konnte nach Laune hinterhältig und aufrichtig sein, brutal und rücksichtsvoll, er war unberechenbar wie ein Puma, unstet und voller Widersprüche, aber bei einer Lüge hatte ihn noch keiner erwischt.

Diesmal aber hatte er gelogen, der Gesichtsausdruck des jungen Mannes, als er die Tür geöffnet hatte, ließ keinen Zweifel daran aufkommen. John kannte diesen Ausdruck, er war ihm schon in den weißen Bungalows von Masava begegnet, in den kühlen Traumschlössern, die auf windumspielten Hügeln von Salisbury, Lusaka und Bulawayo thronten. Er hatte ihn ein Leben lang wie eine Vision vor sich gehabt, in den harten Gesichtern der weißen Farmer, in den kühlen, glatten Gesichtern der englischen Konzernangestellten und in den schönen gepflegten Gesichtern der Frauen von Lansing und Campbellsville, eine merkwürdige Mischung von Betroffenheit, Empörung und Abneigung, wie sie einen mitunter überfällt, wenn sich der Mann vor der Haustür statt des erwarteten lieben Gastes nur als simpler Vertreter einer Waschmaschinenfabrik herausstellt. Unzählige Male hatte er es schon erlebt, und doch empfand er es immer wieder mit derselben intensiven Peinlichkeit und dem blitzartigen Aufbegehren, das wie ein hartes Geschwür auf sein Herz drückte, ihm den Atem stocken ließ und dumpfe Trauer in ihm auslöste.

Irgendwo im Haus waren undeutlich Stimmen zu hören; zur Tür waren es nur fünf Schritte. Eine Gelegenheit? John wies den Gedanken sofort zurück, er war nie davongelaufen. Der Garderobenspiegel zeigte ihm sein Bild, ein großgewachsener, schlanker Mann in der Uniform der US-Armee, mit dunklem schmalem Kopf, das Gesicht mehr braun als schwarz, von dem unnatürlichen Braun chemischer Präparate, wie viele Europäer sie benutzen, um sich einen exaltierten Anstrich zu verleihen, äußeres Merkmal der arabisch-negroiden Abstammung – die altägyptischen Herrenvölker und die Sudanneger –, ein wenig europäisches Blut dazwischen, auch Blut der Berber, Aschanti, Hamiten und Tuareg, aber es gab keine Abstufungen, keine Kompromisse, es gab nur Weiße und

Farbige, und in fünfundzwanzig Jahren würden fünfundachtzig Prozent Farbige fünfzehn Prozent Weißen gegenüberstehen.

Eine Genugtuung? Wofür? Er grinste sein Spiegelbild an. Dafür, daß er sein Studium abgebrochen, nie mit einer weißen Frau geschlafen, nie unbefangen ein Theater, ein Kino oder ein Warenhaus betreten hatte? – weil es zu viele Warenhäuser, Kinos und Theater gab, die zu betreten ihm verboten waren –, daß sie in den Staaten eine ganze Industrie aufgezogen hatten, die Mittel zum Bleichen der Haut und zum Glätten der gekräuselten Haare herstellte, und daß diese Mittel in Millionen Päckchen und Dosen verkauft wurden – der Massen-Minderwertigkeitskomplex, in Dosen und Schachteln verpackt!?

Er stand noch grinsend vor dem Spiegel, als Fehrenbach die Treppe herunterkam, einen Augenblick verhielt, ihn scharf musterte, dann auf ihn zutrat und ihn willkommen hieß. Eine Sekunde lang fühlte John den Druck einer feuchten kleinen Hand, dann half ihm Fehrenbach aus dem Mantel.

Auch sein Typ war John nicht neu. Das pausbäckige Gesicht strahlte glatte Zufriedenheit aus, alles an ihm wirkte gepflegt, selbstsicher, standesgemäß. Er hätte ihm genausogut in Kapstadt oder New York begegnen können, aber dort brauchten sie nicht so viele Worte, mit ihrer Verlegenheit fertig zu werden.

Fehrenbach redete ununterbrochen, er erkundigte sich, ob er den Weg gut hergefunden habe, ob er schon lange in Deutschland sei und wie es ihm gefalle, aber er schloß seine Fragen so schnell hintereinander ab, daß John keine Zeit fand, sie zu beantworten. Erst als sie zusammen die Treppe hinaufstiegen, blieb Fehrenbach unvermittelt stehen und schlug sich mit der flachen Hand klatschend an die Stirn. »Ich rede und rede und weiß nicht einmal, ob Sie mich verstehen können. Sprechen Sie Deutsch?«

»Wir können es versuchen«, antwortete John lächelnd.

Fehrenbach starrte ihn überrascht an. »Ohne Akzent! Wo haben Sie es gelernt?«

»Ich habe Kurse mitgemacht.«

»In Deutschland?«

»Auch in Deutschland«, antwortete John.

Fehrenbach war beeindruckt. »Das muß ich sofort meiner Frau erzählen.«

Sie war nicht da, als sie ins Zimmer kamen. Fehrenbach machte John mit Fred und Claire bekannt. »Sie haben ihn ja schon gesehen«, sagte er, auf Fred schauend. »Und das ist Claire, sie gehört zur Familie. Ich habe leider Ihren Namen nicht verstanden.«

»Baako«, sagte John.

»Klingt fast amerikanisch«, meinte Fehrenbach und blickte ungeduldig in den Flur zurück. »Wo steckt sie denn schon wieder?«

»Sie hat den Mantel weggebracht«, sagte Fred bedeutungsvoll

Sein Vater merkte nichts. »Welchen Mantel?«

»Den wir vorgestern gekauft haben.«

»Den Mantel für Herrn Baako«, sagte Claire.

Fred zuckte zusammen, als hätte sie ihm einen schmerzhaften Schlag versetzt. Er blickte fassungslos in ihr blasses Gesicht. Ehe sein Vater eine weitere Frage stellen konnte, war er bei ihm und zog ihn auf den Flur hinaus. Sein Gesicht war jetzt genauso blaß wie das von Claire.

John stand noch immer dort, wo er Fred die Hand gegeben hatte, etwa vier Schritte von Claire entfernt und völlig regungslos. Als die Tür hinter den beiden zufiel, kam Bewegung in ihn, er drehte sich um, so daß er Claire voll anschauen konnte.

Ihr Gesicht war unverändert blaß, und während er sie betrachtete, fühlte er das Blut in den Schläfen pochen. Sie hatte ein enganliegendes dunkles Kostüm an, Schuhe mit dünnen, hohen Absätzen, das dichte, in die Stirn fallende schwarze Haar trug sie kurz geschnitten; es machte ihr Gesicht noch schöner. John erinnerte sich nicht, jemals einem Mädchen begegnet zu sein, das sich mit ihr vergleichen ließ. In diesem Augenblick, in diesen wenigen Sekunden, während er ihr gegenüberstand und mit einem Gefühl atemloser Bewunderung auf sie hinabsah, schien es ihm, als könnte er ihr Gesicht nie mehr vergessen, als müßte er nun ewig und für alle Zeiten daran denken, als gäbe es hinterher nichts mehr, wofür zu leben sich noch lohnte, nichts mehr, was anzuschauen noch wert war, und nichts mehr, was ihm helfen würde, es in seiner Erinnerung auszulöschen. In dieser Sekunde wußte er, daß alles, was jetzt noch kommen würde, nicht mehr dasselbe sein konnte wie bisher, und nie hatte er eine Sache sicherer gewußt. Hinter ihm räusperte sich jemand, er bewegte ein wenig den Kopf und sah Fred in der Tür stehen.

Claire hatte ihn schon früher entdeckt. Seit er mit seinem Vater das Zimmer verlassen hatte, war nicht mehr als eine halbe Minute vergangen, zu kurz, um einen klaren Entschluß zu fassen. Sie fühlte sich seltsam gelöst von ihrer Umgebung, geradeso, als ginge sie nun, nachdem es geschehen war, alles nichts mehr an. Sie hatte auch keine Erklärung dafür, und wenn sie darüber nachdachte, geriet sie in einen merkwürdigen Zwiespalt von tiefer Genugtuung und schmerzhafter Furcht. Von dem Augenblick an, als Freds Mutter mit dem Mantel aus dem Zimmer gelaufen war, schien alles wie in einen roten Nebel getaucht. Nur noch undeutlich erinnerte sie sich, daß sie mit vor Empörung heiserer Stimme Fred aufgefordert hatte, es zu verhindern, und Fred hatte mit den Schultern gezuckt. In dieser Sekunde mußte es geschehen sein, lange bevor sein Vater mit dem Amerikaner hereingekommen war. Vielleicht eine besondere Art von Bewußtseinsspaltung, vielleicht auch nur eine simple Selbstentladung. Fünf Jahre lang hatte sie alles in sich hineingefressen. Oft hatte sie gemeint, daran ersticken zu müssen, und nun war es wie eine Eruption gewesen, nicht einmal für einen Psychiater interessant genug, eine durchaus natürliche Reaktion ihres Ichs, von dem sie nicht mehr gewußt hatte, daß es noch existierte.

Sie hörte Fred etwas sagen, und sie schüttelte den Kopf, ohne es zu merken, während sie mit einer gleichgültigen Neugierde sein Gesicht betrachtete, wo Wut und Fassungslosigkeit sich wechselseitig ablösten.

»Mach keine Geschichten!« sagte er laut. »Sie warten auf dich.«

»Wo?«

»In seinem Arbeitszimmer. Sie haben mit dir zu reden.«

Es fiel ihr erst jetzt auf, daß er mit ihr sprach, als wären sie allein im Zimmer. Und vielleicht wäre alles noch anders gekommen, wenn er einen anderen Ton angeschlagen hätte. Sie spürte förmlich, wie sich etwas in ihr umdrehte und Stacheln ausstreckte. »Wenn sie mit mir zu reden haben«, erwiderte sie kalt, »sollen sie hereinkommen.«

Fred stierte sie ungläubig an. In dieser Sekunde wirkte er mehr hilflos als wütend. »Ist das dein Ernst?«

»Ja.«

Es klang so, daß nicht die Spur eines Zweifels darin aufkommen konnte. Er blieb eine Weile wie benommen stehen, dann ging er hinaus und schlug die Tür hinter sich zu.

Mit geschlossenen Augen hörte sie ihn über den Flur gehen, dann erinnerte sie sich, daß sie nicht allein war. Sie öffnete schnell wieder die Augen und sagte so ruhig wie sie konnte: »Jetzt habe ich Ihnen den Abend verdorben.«

»Das wäre nicht so schlimm«, sagte John und blickte die Tür an. »Sie sind mit ihm verwandt?«

»Mit Verwandten schläft man nicht«, antwortete Claire.

Noch ehe sie es ausgesprochen hatte, spürte sie, daß es nicht mehr dasselbe war wie vorhin. Es kam zwar aus der gleichen oppositionellen Grundstimmung heraus, und ein paar Herzschläge lang erfüllte es sie sogar mit einer fast perversen Genugtuung, als wären ihre zynischen Worte ein Akt der Selbstentlarvung, der sie künftig davor bewahren könnte, in den alten Zustand verlorener Sittsamkeit, ohnmächtiger Resignation und spießbürgerlicher Geborgenheit zurückzufallen, aber wie ein saures Aufstoßen hinterließ es nur einen üblen Geschmack im Mund und das peinliche Gefühl einer ebenso überflüssigen wie taktlosen Vertraulichkeit einem wildfremden Menschen gegenüber. Dann erinnerte sie sich, daß er fast fehlerlos Deutsch gesprochen hatte, und sie blickte zum erstenmal voll in sein Gesicht. Es war völlig unbewegt, und während sie ihn anschaute, spürte sie, wie ihr das Blut in den Kopf schoß. »Sie haben alles verstanden?«

»Nicht alles«, antwortete John. »Man wollte mir einen Mantel schenken?« – Claire nickte.

»Und als ich kam, hat man sich's anders überlegt?«

Claire nickte wieder. Sie hätte es ihm und sich selbst gerne erspart, aber nun war es zu spät. »Ich hätte es nicht verraten dürfen«, murmelte sie. Seit sie sich darüber klargeworden war, fühlte sie sich elend und schuldbewußt. »Es war eine persönliche Genugtuung für mich, aber auf Ihre Kosten.«

John lächelte. »Sie haben es nicht nur Ihretwegen getan, und was mich betrifft, so bin ich seit achtundzwanzig Jahren so.«

Sie verstand ihn nicht und blickte ihn fragend an.

»So, wie ich bin«, erklärte John. »Wohnen Sie hier?«

»Nein.«

»Dann werden Sie jetzt wohl nach Hause gehen?«

»Ich glaube, es ist am besten«, sagte Claire und stand auf. Im selben Moment kam Fehrenbach herein.

Als er sie nebeneinander stehen sah, verhielt er den Schritt, dann setzte er ein breites Lächeln auf und richtete das Wort an John: »Eine kleine Unpäßlichkeit meiner Frau, entschuldigen Sie bitte. Wir werden gleich essen. Warum nehmen Sie nicht Platz?«

Seiner Stimme war nichts anzumerken. Man konnte ihm manches nachsagen, aber nie, daß er sich leicht in Verlegenheit bringen ließe. Er erinnerte Claire mitunter an ein Stehaufmännchen, wendig, geistesgegenwärtig und immer souverän. Sogar sein Gesicht war unverändert, es sah glatt und zufrieden aus wie immer. Jetzt wandte er sich an sie, und obwohl sein Gesicht den verbindlichen Ausdruck beibehielt, spürte sie ein unangenehmes Ziehen im Kreuz. Vielleicht lag es an seinen Augen, sie hatte sie nie so kalt gesehen wie in dieser Sekunde.

»Ich hoffe, du hast unseren Gast gut unterhalten«, sagte er.

»Das hoffe ich auch«, antwortete Claire, aber es klang nicht so unbefangen, wie sie es sich gewünscht hatte. Die Eruption war vorbei, ihre Empörung verklungen. Sie fühlte sich plötzlich sehr erschöpft und unsicher, als hätte sie einen steilen und gefährlichen Weg hinter sich gebracht und dabei die Richtung verloren. Vor einer halben Minute war sie noch entschlossen gewesen, aufzubrechen, jetzt fürchtete sie sich vor den Folgen. Es war wie der Versuch gewesen, über ihren eigenen Schatten zu springen, ebenso tollkühn wie sinnlos. Von ihrer ganzen Courage war nur noch ein bißchen Herzklopfen übriggeblieben. Zuwenig, um einem Mann wie Fehrenbach die Stirn zu bieten.

Er ignorierte, daß sie noch immer unschlüssig herumstand, erkundigte sich bei John, wie lange er schon in Deutschland sei, und fing an, von sich und seinem Maklerbüro zu erzählen. Es blieb ihr nichts anderes übrig, als sich wieder auf ihren Stuhl zu setzen, während sie mit einem Ohr zuhörte und mit dem anderen auf die Geräusche außerhalb des Zimmers achtete. Seine Frau mußte wieder in der Küche sein; Geschirr klapperte, und einmal vernahm sie Freds Stimme. Es war typisch für ihn, daß er nicht hereinkam. Er schmollte, aber das würde sich wieder einrenken. Sie glaubte nicht einmal, daß es noch zu einer Szene mit seinen Eltern kommen würde. Seine Mutter war impulsiv. Wenn sie wütend war, verlor sie rasch die Beherrschung. Seit dem Vorfall war jedoch genug Zeit vergangen, sie würde sich jetzt wieder gefaßt haben. Wozu etwas riskieren, wenn man es später ohne Risiko nachholen konnte! Claire war davon überzeugt, daß sie es nicht vergessen würde. Und wenn sie einmal bei ihr im Haus wohnte, würde sie keine Möglichkeit mehr haben davonzulaufen, sie würde alles zurückbezahlt bekommen, auf Heller und Pfennig.

Sie ertappte sich dabei, wie sie den Amerikaner betrachtete: sein schmales dunkles Gesicht, sein gekräuseltes Haar, seine großen schlanken Hände, die beim elektrischen Licht den Eindruck erweckten, als hätte er sie wochenlang nicht mehr gewaschen. Ihre Innenflächen waren heller als die Handflächen, die Nägel sorgfältig geschnitten. Er trug ein einwandfrei gebügeltes Hemd und sah sympathisch aus. Aus einem ihr unerklärlichen Grund verspürte sie den Wunsch, sich nach seiner Heimat zu erkundigen. Wäre seine Haut hell gewesen, hätte es sie keine Überwindung gekostet, sich mit ihm ein intimes Verhältnis vorzustellen. Der Gedanke hatte nichts Abwegiges für sie. Wie viele Frauen testete sie ihr Empfinden für einen Mann auch nach dieser Möglichkeit, aber ohne jedes Wunschdenken und mit einer fast psychoanalytischen Sachlichkeit. Sie konnte sich auf das Ergebnis mehr verlassen als auf ihre Menschenkenntnis, und ihre Erfahrung hatte sie gelehrt, daß ihr die Vorstellung nur bei solchen Männern keinen Widerwillen bereitete, mit denen sie auch eine gemeinsame geistige Basis hatte. Darüber hinaus war es noch eine Art Selbstschutz. Indem sie ihre eigene Schwäche für diesen oder jenen Mann rechtzeitig erkannte, war sie vor unliebsamen Überraschungen sicher. Obwohl sie nicht prüde war, hatte sie doch festumrissene Begriffe von Erlaubtem und Unerlaubtem, von harmlosen Flirts und zweideutigen Verhältnissen, und eigentlich passierte es ihr heute zum ersten Male, daß ihre bewährte Methode, einen Mann abzuschätzen, zu einem widersprüchlichen Ergebnis führte.

Sie beobachtete, wie er sich mit Fehrenbach unterhielt, und wieder wunderte sie sich über seine mühelosen Formulierungen. Nur die Artikel bereiteten ihm etwas Schwierigkeiten. Er überlegte jedesmal einige

Sekunden, ehe er weitersprach. Seine Rede beschränkte sich auch meist auf höfliche Zwischenfragen, aber sonst machte er mehr den Eindruck eines Mannes, der sich tödlich langweilt.

»Sehen Sie«, sagte Fehrenbach gerade, »in meinem Beruf kommt man mit allen möglichen Menschen zusammen, und mir persönlich ist einer so lieb wie der andere. Für mich gibt es keine Unterschiede, verstehen Sie?«

»Ich weiß nicht, von welchen Unterschieden Sie reden«, sagte John.

Es schien Fehrenbach aus dem Konzept zu bringen, Claire stellte es mit Genugtuung fest. Sie hatte schon die ganze Zeit darauf gewartet, daß er auf irgendeine Weise versuchen würde, den peinlichen Zwischenfall vergessen zu machen, indem er sich wieder die Rolle eines Biedermannes aneignete, für den solche Probleme nicht existieren.

»Man liest in den Wochen soviel in den Zeitungen«, sagte er mit seiner gewohnten Direktheit. »Rassenprobleme und so weiter. Für einen liberal denkenden Menschen gibt es so etwas nicht. Afrika ist auf dem besten Weg, gleichberechtigt zu werden.«

»Seit man uns lieber schwarz als rot sieht«, sagte John. »Meinen Sie das?«

Fehrenbach nahm sein Zigarettenetui in die Hand und betrachtete es. »Das meine ich nicht«, sagte er. Dann legte er das Etui wieder weg und lächelte. »Man darf nicht alle Schuld nur bei einer Seite suchen. Sehen Sie Südwestafrika an! Die Leute würden uns heute noch mit offenen Armen empfangen, wenn wir zurückkämen. Wir haben Südwestafrika um fünfhundert Jahre weitergebracht. Ich kenne mich da zufällig sehr gut aus.«

»Waren Sie einmal dort?«

»Ich selbst nicht, aber ich habe einen Geschäftsfreund, dessen Vater ...«

Er brach ab, weil seine Frau hereinkam. »Da ist sie ja!« sagte er überschwenglich und stand auf. »Herr Baako – meine Frau. Ist das Essen fertig?«

»Es ist fertig«, antwortete sie und streckte John die Fingerspitzen hin. Dann wandte sie sich sofort an Claire: »Du kannst mir den Tisch decken helfen.«

Im Flur begegneten sie Fred. Er schloß sich ihnen an und machte die Küchentür hinter ihnen zu. »Sie möchte wissen, ob du ihm etwas gesagt hast«, murmelte er.

»Ob ich ihm etwas gesagt habe?« erkundigte sich Claire. Sie stand genau in der Mitte, links von ihr Fred, mit dem Rücken an die Tür gelehnt, auf der anderen Seite, steif und entschlossen, seine Mutter. Es war eine Falle gewesen, und diesmal hatte sie sich überrumpeln lassen. Sie stellte es ohne Gefühlsregung fest. Anscheinend hielt man es doch nicht mehr für nötig, noch zuviel Rücksicht zu nehmen. In der Küche roch es nach dem gebratenen Puter und Rotkraut, das gewohnte Weihnachtsessen.

»Daß wir ihm den Mantel nicht geben wollten«, antwortete Fred. »Ob du ihm das gesagt hast?«

Claire zögerte. Etwas hinderte sie daran, ihnen die Wahrheit zu sagen. Vielleicht, weil sie keinen Mut mehr hatte, vielleicht auch, weil sie fühlte, daß dies ein bedeutsamer Augenblick ihres Lebens war. Und sie haßte es, unvorbereitet Entscheidungen zu treffen, die endgültig waren.

Ich hätte mich nicht darauf einlassen dürfen, dachte sie. Ich hätte meiner ersten Regung nachgeben und davonlaufen sollen. Ich bin inkonsequent, erbärmlich und ... »Ich habe es ihm nicht gesagt«, hörte sie ihre Stimme antworten. Sie hätte sich sofort die Zunge dafür abbeißen können. Nie in ihrem Leben hatte sie so dreist gelogen, es war genauso, als hätte sie sich zu einer kriminellen Handlung verleiten lassen. Sie beobachtete mit blutleerem Gesicht, wie Fred erleichtert grinste.

»Dann ist ja alles in Ordnung!« sagte er. Er stieß sich mit dem Rücken von der Tür ab und wandte sich an seine Mutter: »Ich habe es dir gleich gesagt!«

»Ich glaube ihr nicht«, antwortete sie. »Sie lügt, ich sehe es ihr an.«

»Dann kennst du sie besser als ich«, sagte Fred. Er wurde plötzlich heftig. »Ich habe dieses Theater jetzt satt, verstehst du! Sie hat gesagt, daß sie es nicht verraten hat, und damit Schluß! Oder hast du mich doch angelogen?« sagte er zu Claire.

Claire nickte. Auch diesmal hatte sie keinen Einfluß darauf. Es war, als hätte sich ihr Unterbewußtsein selbständig gemacht. Sie ging zur Tür und über den Flur ins Zimmer. Ohne sich um die beiden Männer zu kümmern, nahm sie ihre Handtasche vom Tisch, kehrte auf den Flur zurück und stieg die Treppe hinunter. Als sie an der Garderobe ihren Mantel anzog, stand wieder Fred neben ihr.

»Was soll der Blödsinn?« sagte er laut. »Du darfst jetzt nicht fortgehen, hörst du!«

»Solange wir nicht verheiratet sind«, erwiderte Claire, »darf ich alles.«

Er lief neben ihr her zur Haustür, seine Stimme überschlug sich. »Wenn du jetzt fortgehst, ist es aus zwischen uns, endgültig, verstehst du?«

»Ich werde darüber nachdenken«, sagte Claire. »Gute Nacht!«

Dann stand sie auf der Straße. Die ersten zwanzig Schritte wartete sie noch darauf, daß er ihr nachkommen werde. Aber hinter ihr blieb alles still, und sie ging auf der dunklen menschenleeren Straße weiter, spürte ihr Herz klopfen, die Kälte im Gesicht, das Knirschen des Schnees unter ihren dünnen Schuhsohlen. Nie hatte sie sich so verlassen gefühlt.

Später kam ihr jemand nachgerannt. Ihr erstes Empfinden war Erleichterung. Sie ging etwas langsamer, und jetzt waren die Schritte neben ihr, und sie hörte die atemlose Stimme eines Mannes: »Fast hätte ich Sie nicht mehr gesehen.«

Sie hatte sich zu sehr auf Fred eingestellt, um nicht enttäuscht zu sein. Es klang aus ihrem Ton: »Sie sind es! Warum sind Sie nicht dort geblieben?«

»Warum hätte ich dort bleiben sollen?« fragte John zurück.

Claire nahm sich zusammen. »Sie sind auch dort geblieben, als ich Ihnen die Sache mit dem Mantel erzählt habe.«

»Weil ich Sie nicht kompromittieren wollte. Gehen Sie nach Hause?«

Sie war sich noch nicht darüber schlüssig geworden, aber wenn sie an die leere Wohnung dachte, erfüllte sie die Vorstellung mit Widerwillen. »Vielleicht«, antwortete sie und blieb stehen. »Hat man Sie denn so ohne weiteres gehen lassen?«

John zuckte mit den Schultern. »Es war niemand mehr da, der mich hätte zurückhalten können. Nachdem Sie hinausgelaufen waren, ließ mich Herr Fehrenbach allein.«

»Und Fre... ich meine, sein Sohn?«

»Ich habe ihn nicht mehr gesehen«, sagte John. »Ist es sehr schlimm für Sie?«

»Das muß sich erst noch zeigen.« Ihre Unschlüssigkeit war jetzt so groß, daß sie zu keinem klaren Gedanken fähig war.

John beobachtete sie abwartend. Nach einer Pause sagte er: »Ich möchte Sie nicht aufhalten. Ich wollte mich nur noch von Ihnen verabschieden.«

Warum fragt er mich nicht, ob er mich nach Hause bringen darf, dachte Claire. Laut sagte sie: »Was werden Sie jetzt tun?«

»Ich?« John blickte die dunkle Straße entlang. Sie war auf beiden Seiten mit Bäumen bepflanzt, hatte wenige trübe Laternen, die Häuser standen etwas zurückversetzt, aus ihren Fenstern fiel Licht in die verschneiten Gärten. »Vielleicht gehe ich in den Unteroffiziersclub.«

»In der Kaserne?«

»Ja.«

Claire sah nachdenklich in sein Gesicht. Ein paar Sekunden lang kämpfte sie mit sich. Der Einfall war ihr so plötzlich gekommen, daß ihre Vernunft noch keine Zeit gefunden hatte, Bedenken hervorzubringen. In einer normalen Verfassung hätte sie ihn nicht ernst genommen. »Wir könnten noch zusammen etwas trinken«, sagte sie.

»Im Club?«

»Ginge das?«

»In den Club kann jeder mitbringen, wen er will.«

Claire dachte nach, dann schüttelte sie den Kopf. »Nein. Wir werden es bei mir daheim tun. Wenn es Ihnen recht ist«, setzte sie rasch hinzu.

John schwieg. Als es ihr zu lange dauerte, machte sie eine ungeduldige Bewegung. »Wollen Sie nicht?«

»Es ist nicht meinetwegen«, sagte John. »Sie sollen nicht denken, Sie hätten an mir etwas gutzumachen.«

»Ich denke gar nichts«, erwiderte sie. »Ich möchte jetzt nicht allein sein, das ist alles. Haben Sie das nie?«

»Doch«, sagte John. »Sehr oft.«

Er hatte das Gesicht weggedreht, den Dächern der rechten Häuserreihe zu, wo irgendwo im Dunkeln Kirchenglocken einsetzten. Es klang, als finge die Nacht selbst zu dröhnen an. »Schön«, sagte John.

Claire nickte. Zum zweitenmal an diesem Abend schien es ihr, als habe ihr jemand mit einer feinen Nadel einen Stich in die Brust versetzt.

7

Nach dem zweiten Glas Wein entschloß sie sich, ihn mit John anzureden. »Es fällt mir leichter als Herr Baako«, sagte sie. »Wenn Sie damit einverstanden sind?«

»Einverstanden«, sagte John. Er saß ihr gegenüber in einem Sessel. Auf dem Tisch brannte eine Kerze, es war warm im Zimmer und sehr still.

»Und ich heiße Claire«, sagte sie. »Fräulein Heggelbacher klingt entsetzlich, finden Sie nicht auch?«

»Schwierig«, bestätigte John. »Aber Claire ist ein französischer Name?«

»Meine Mutter war Französin«, sagte Claire. »Sie war neunzehn Jahre alt, als sie meinen Vater kennenlernte. Er war als Kriegsgefangener auf dem Hof ihrer Eltern beschäftigt, 1919 in Giffaumont. Als sie heirateten, verstand sie kaum ein Wort Deutsch. An den Namen meines Vaters hat sie sich auch nie gewöhnen können.«

Sie stand auf und holte ein Bild aus einer Schublade. »Das war sie.«

»Sie lebt nicht mehr?« fragte John.

»Nein.«

»Und Ihr Vater?«

»Er ist bei Freunden. Vor elf kommt er nicht zurück. Gefällt sie Ihnen?«

»Sie sind ihr wie aus dem Kopf geschnitten.«

Claire lächelte. »Wie aus dem Gesicht, John. Erzählen Sie etwas von sich. Wo haben Sie so gut Deutsch gelernt?«

»Ich hatte in Bulawayo einen deutschen Missionslehrer«, antwortete John. »Wir lernten Englisch und Französisch bei ihm, wer wollte, konnte auch Deutsch lernen. Er hat mir so viel von Deutschland erzählt, daß ich es wollte.«

»Bulawayo, wo liegt das?«

»In Südrhodesien.«

»Merkwürdig.« Claire blickte dem Rauch ihrer Zigarette nach. »Ich hatte gleich das Gefühl, daß Sie nicht immer in Amerika gelebt haben. Wann kamen Sie hinüber?«

»Vor neun Jahren. Mein Vater schickte mich auf die Lansing-State-Universität, ich sollte Jura studieren.«

»Mein Gott!« Claire vergaß, an ihrer Zigarette zu ziehen. »Sie haben studiert?«

»Ich brachte vom College ein gutes Abschlußexamen mit«, sagte John gleichgültig. »Es gab einmal zwischen meinem Vater und einer englischen Gesellschaft einen Rechtsstreit, mein Vater verlor ihn. Damals setzte er es sich in den Kopf, einen Juristen in die Familie zu bekommen. Er machte seinen Anwalt dafür verantwortlich, daß er den Prozeß verloren hat, aber er hätte ihn auch mit einem erstklassigen Anwalt verloren.«

»Und deshalb hat er Sie studieren lassen?« vergewisserte sich Claire verwundert.

John schüttelte lächelnd den Kopf. »Nicht nur deshalb. Mein Vater ist vermögend, er hat eine große Baumwollfarm. Wer vermögend ist, schickt aus Repräsentationsgründen mindestens einen Sohn auf die Universität.«

»Das ist fast wie bei uns«, sagte Claire. Sie versuchte, Klarheit in ihrem Kopf zu schaffen. »Aber wenn Sie studiert haben ...«

»Ich habe nur drei Semester studiert«, warf John ein, »dann meldete ich mich zur Armee. Ich wollte die amerikanische Staatsbürgerschaft haben. In der Armee bekommt man sie zwei Jahre früher.«

»Sie wollten nicht mehr nach Rhodesien zurück?«

»Nein.«

Claire betrachtete ihn prüfend. »Wenn Ihnen das Thema unangenehm ist ...«

»Sie dürfen es ruhig erfahren«, sagte John. »Mein Vater wollte mich verheiraten, und ich wollte es nicht. Ich wurde mir erst in Lansing darüber klar. Vielleicht hätte ich sie geheiratet, wenn ich nicht nach Amerika gekommen wäre, aber so ...«

Er verstummte und nahm einen Schluck aus seinem Glas. »Sie war fünf Jahre älter als ich«, sagte er dann, »die Tochter eines Bantus. Ich bin kein Bantu, mein Vater auch nicht. Er holte sich seine Frau von der Goldküste, der Heimat meines Großvaters, der mit seiner Frau nach Rhodesien auswanderte, nachdem er sich irgendwie Gold verschafft hatte und nicht länger bleiben konnte.«

»Er hat es gestohlen?« fragte Claire belustigt.

John blieb ernst. »Er betrachtete es als sein Eigentum, weil es auf seinem Grund und Boden gefunden wurde; die Engländer waren anderer

Meinung. Mit dem Gold kaufte er sich bei Bulawayo ein Stück Land, mein Vater übernahm es und erwarb neues Land dazu, zum Teil von dem Bantu, dessen Tochter ich heiraten sollte.«

»Jetzt verstehe ich«, sagte Claire. »Es muß schrecklich für Sie gewesen sein. Ist sie häßlich?« Es war ihr herausgerutscht, und sie wurde rot. »Das hätte ich nicht fragen dürfen«, murmelte sie.

John verzog keine Miene. »Sie ist nicht häßlich, sie ist fett. Wissen Sie, wie eine fette Bantu-Frau aussieht?«

»Nein. Erzählen Sie es mir lieber nicht. Aber das war doch kein Grund, Ihr Studium aufzugeben?«

»Wenn ich es ihr nicht geschrieben hätte«, sagte John. »Ich wollte nicht, daß sie auf mich wartet. Nach diesem Brief forderte mich mein Vater auf, heimzukommen, und als ich nicht kam, sperrte er mir das Geld. Meine Quartiersleute rieten mir, zur Armee zu gehen und die amerikanische Staatsbürgerschaft zu erwerben. Sie übernahmen auch die Bürgschaft für mich. In einem Jahr habe ich meine Zeit herum und so viel Geld, daß ich das Studium weitermachen könnte.«

»Warum könnte? Wollen Sie es nicht mehr?«

»Vielleicht. Ich bin fünf Jahre älter geworden, seit ich von der Universität weg bin. Zudem ...« Er verstummte wieder und betrachtete seine Hände. »Es gefällt mir in der Armee«, fuhr er dann fort. »In der Armee wiegt es nicht so schwer, welche Hautfarbe man hat. Ich möchte auch nicht mehr nach Lansing zurück, vielleicht studiere ich in Deutschland zu Ende; das muß ich mir alles noch überlegen. Ich mache seit drei Jahren regelmäßig einen deutschen und einen englischen Sprachkursus mit, aber ich weiß noch nicht, was ich tun werde.«

»Dann geht es Ihnen wie mir, ich weiß es auch noch nicht.«

John blickte rasch in ihr Gesicht. »Sie erzählten mir doch, daß Sie im zwölften Semester sind!«

»Ich ekle mich vor Krankenhäusern«, sagte Claire. »Ich habe mich nie getraut, es einem Menschen zu erzählen. Fred hätte kein Verständnis dafür gehabt, und auf der Universität kann man so etwas nicht sagen, ohne ausgelacht zu werden.«

»Sie haben doch sicher noch mehr Bekannte außer Fred«, sagte John vorsichtig.

Claire sah zu, wie die Kerze herunterbrannte. »Keine, mit denen ich mich über solche Dinge unterhalte. Freds Vater will mir eine Praxis einrichten, ich müßte dann nur zwei Jahre in einem Krankenhaus arbeiten. Ohne Praxis käme ich nie aus einem Krankenhaus heraus.«

»Kann Ihr Vater ...«

Claire winkte ab. »Zuerst kam die Währungsreform, und dann wurde er pensioniert. Wissen Sie, was eine Praxis kostet?«

»Nein«, sagte John. Seine Stimme klang anders als vorher, und als Claire ihn ansah, stellte sie fest, daß auch sein Gesicht anders war.

»Jetzt tun Sie mir unrecht, John«, sagte sie ruhig. »Ich war neunzehn Jahre alt, als wir uns kennenlernten. Es imponierte mir, daß er einen Wagen hatte und sehr selbstbewußt war. Das mit der Praxis kam erst viel später hinzu. Ich bin etwas altmodisch, müssen Sie wissen.«

»Wenn Sie altmodisch wären, hätten Sie mich nicht in Ihre Wohnung eingeladen.«

»Ich habe heute abend viel getan, was ich sonst nie tue«, sagte sie im gleichen ruhigen Ton. »Ich habe Ihnen sogar erzählt, daß ich mit ihm schlafe; so etwas habe ich noch keinem gesagt. In diesem Punkt bin ich auch altmodisch. Für mich ist das genauso, wie wenn ich mit ihm verheiratet wäre. Ich weiß nicht, ob Sie das verstehen können.«

»Ich akzeptiere es«, sagte John.

»Danke.« Sie lächelte ihn an. »Ich zerbreche mir schon die ganze Zeit den Kopf, warum ich Ihnen gegenüber keine Hemmungen habe. Haben wir uns wirklich erst heute abend kennengelernt?«

»Es muß heute abend gewesen sein«, sagte John. »Aber Sie hätten sicher auch keine Hemmungen, wenn Sie sich mit einem Blinden unterhielten.«

Sie verstand sofort, wie er es meinte. »Sie glauben, daß es dasselbe ist?«

»Ungefähr.«

»Ich glaube es nicht«, sagte Claire, »und ich möchte fast schwören, daß Sie es besser wissen. Als ›verheiratete‹ Frau kann ich Ihnen das ja sagen, oder nicht?«

Sie lächelte noch immer, und während er sie anschaute, erinnerte er sich der Mädchen, die sich vor der Kaserne anboten. Wenn man diese hinzurechnete, hatte sie vielleicht recht, aber deren Typ hätte er schon in Lansing und Kentucky haben können. Ein Kommilitone aus Nordrhodesien hatte ihm dringend davon abgeraten. »Ich brauche mein Geld für später«, sagte er.

Claire hörte auf zu lächeln. »Davon habe ich nicht gesprochen.«

»Sie können es nicht tun, ohne davon zu sprechen«, sagte John. »Sie leben doch in der gleichen Welt wie ich.«

»Meine Mutter war Französin. Vielleicht bin ich deshalb weniger voreingenommen. Ich kenne viele Männer, die Ihnen nicht das Wasser reichen könnten, obwohl sie die gleiche Hautfarbe haben wie ich.«

»Das ist es nicht.«

»Was sonst?«

»Sie sind weniger voreingenommen, aber heiraten würden Sie mich nicht?«

Jetzt bereute sie es doch, sich auf das Thema eingelassen zu haben. »Ich hoffe, das ist keine persönliche Frage«, sagte sie nach einer Pause.

»Nur eine grundsätzliche.«

»Aber eine sehr direkte. Was erwarten Sie, daß ich Ihnen darauf antworte?«

»Vielleicht die Wahrheit«, sagte John lächelnd. »Sie können es sich als ›verheiratete‹ Frau doch leisten.«

»Gut.« Sie richtete sich unwillkürlich etwas in ihrem Sessel auf. »Ich glaube, es wäre nicht richtig. Sind Sie jetzt von mir enttäuscht?«

»Nein.«

»Warum nicht?«

Die Kerze war am Erlöschen. John blies sie aus. Jetzt brannte nur noch das abgedeckte Licht der Stehlampe. »Weil ich allmählich selbst daran glaube. Wann, sagten Sie, kommt Ihr Vater zurück?«

»Sicher nicht vor der nächsten Stunde. Warum fragen Sie?«

»Vielleicht wäre es Ihnen unangenehm«, sagte John.

Claire runzelte die Stirn. »Es hätte mir höchstens unangenehm sein können, zusammen mit Ihnen auf der Straße oder im Treppenhaus gesehen zu werden. Mein Vater kommt nie in mein Zimmer. Wenn er uns hört, wird er annehmen, daß Fred bei mir sei. Darf ich Sie einen Augenblick allein lassen?«

John nickte. Er hörte sie hinausgehen, eine Tür zuschlagen, dann wurde es still. An der Wand hing ein Foto von ihr. Er stand auf, um es besser sehen zu können. Es zeigte sie in einem grauen Rock und weißem Pullover mit Rollkragen, und sie sah genauso schön aus wie in Wirklichkeit. Während er es anschaute, spürte er, wie sein Mund trocken wurde. Er holte sein Glas vom Tisch, blieb wieder vor dem Bild stehen und trank das Glas aus, ohne das Bild aus den Augen zu lassen.

Es ist nur, weil sie weiß ist, dachte er.

Er stand noch vor dem Bild, als Claire zurückkam. »Es ist vor der Universität aufgenommen«, sagte sie. »Gefällt es Ihnen?«

»Es ist ein gutes Bild«, sagte John, »von diesem Jahr?«

Claire trat neben ihn. »Vom letzten. Sie haben ja nichts mehr zu trinken!«

Während sie ihm am Tisch das Glas füllte, sagte sie: »Es war dumm, daß wir darüber gesprochen haben. Ich hätte nicht davon anfangen dürfen.«

»Ich habe davon angefangen. Vergessen wir es.«

»Trotzdem möchte ich noch eines wissen«, sagte Claire. Sie setzte sich wieder hin und blickte in sein Gesicht. »Was haben Sie sich gedacht, als ich Ihnen gesagt habe, daß es nicht richtig sei?«

»Ich habe an den Streifen gedacht.«

Diesmal verstand sie ihn nicht. »An welchen Streifen?«

»An den Zonenstreifen. Kennen Sie ihn?«

Claire schwieg. Sie blieb eine Weile mit gesenktem Kopf sitzen, dann ging irgendwo eine Glocke.

»Ihr Vater?« fragte John, und sein Gesicht sah ein wenig grau aus. Claire stand auf. »Er hat einen Schlüssel; es kann nur Fred sein.«

Ihre Stimme klang so ruhig, als hätte sie ihn erwartet.

»Sie wollen ihm aufmachen?«

»Er kann von der Straße aus sehen, daß Licht brennt. Haben Sie Angst vor ihm?«

John grinste.

»Ich rede heute abend lauter dummes Zeug«, sagte Claire befriedigt.

Fred war in Hut und Mantel, er behielt den Hut auf und schob sich an ihr vorbei in die Diele. »Ich habe mit dir zu reden.«

»Das habe ich mir gedacht«, sagte Claire. Sie machte die Tür hinter sich zu, während sie darauf wartete, daß ihr Herz zu klopfen anfinge, aber es war nur eine große gelassene Heiterkeit in ihr. »Ich habe allerdings Besuch«, sagte sie.

Fred blickte sie ungläubig an. »Besuch! Von wem?« Er wartete keine Antwort ab, wandte sich rasch ihrer Tür zu, stieß sie auf und blieb regungslos stehen. Als Claire ihm nachkam, drehte er ihr langsam das Gesicht zu und sagte undeutlich: »Ach, so ist das! Das hast du dir geschickt ausgedacht.«

»Klar«, sagte Claire. »Seit vier Wochen. Willst du nicht ablegen?«

Er wandte sich zum zweitenmal um, packte sie beim Arm und zog sie in die Diele zurück. Sein Gesicht war so weiß wie sein Hemd. »Schick ihn fort!«

»Warum?«

»Du sollst ihn fortschicken, auf der Stelle.«

Sie befreite sich mit einer raschen Drehung aus seinem harten Griff und trat einen Schritt zurück. »Ich werde ihn nicht fortschicken«, sagte sie kühl. »Du kannst mit uns ein Glas Wein trinken, aber ich werde ihn nicht fortschicken. Ihr habt ihn wie einen Hund behandelt.«

»Sie werden dich wie einen Hund behandeln«, sagte Fred, »wenn es herauskommt.«

»Wenn was herauskommt? Daß ich ihn eingeladen habe, mit mir ein Glas Wein zu trinken? Habt ihr ihn nicht eingeladen?«

»Das ist doch lächerlich!« Er war vor Erregung kaum mehr imstande, seine Worte verständlich zu formulieren. »Was du da anrichtest, so naiv bist du nicht, daß du das nicht weißt. Claire!« Er faßte wieder nach ihrem Arm, seine Stimme schlug plötzlich um. »Schick ihn fort. Ich verrate nichts, aber schick ihn fort, bitte!«

Er sah so hilflos aus, daß er ihr fast leid tat. »Ich kann es nicht. Es genügt, daß ihr ihn fortgeschickt habt.«

»Niemand hat ihn fortgeschickt, er ist von allein davongelaufen.«

»Ich wäre an seiner Stelle auch davongelaufen. Willst du jetzt hereinkommen oder nicht?«

»Nicht, ehe er weg ist.«

»Dann mußt du wieder gehen«, sagte Claire.

Fred ließ ihren Arm los, er fing unvermittelt zu schreien an: »Denkst du! Eher werfe ich ihn hinaus, wenn es...«

Er brach ab und blickte an ihr vorbei zu ihrem Zimmer hin. Als sie sich umdrehte, sah sie John in der Tür stehen. Jetzt kam er langsam näher. Er nahm seinen Mantel von der Garderobe, legte ihn sich über die Schulter und lächelte Fred an. »Das möchte ich Ihnen nicht zumuten«, sagte er. Und zu Claire: »Kennen Sie Langston Hughes?«

»Nein«, sagte Claire. Sie hatte das Gefühl, als hätte sie sich gerade erbrochen. »Ich möchte, daß Sie noch hierbleiben«, murmelte sie.

»Ich habe morgen früh wieder Dienst«, sagte John. »Sie müßten einmal Hughes lesen.« Er gab ihr die Hand, dann ging er rasch zur Tür.

Sie blieb unbeweglich stehen. Als die Tür hinter ihm zugefallen war, kehrte sie in ihr Zimmer zurück und blickte vom Fenster auf die Straße hinab, aber sie konnte ihn nicht mehr sehen. – Ich habe ihm nicht einmal etwas zu essen angeboten, dachte sie.

Hinter ihr wurden Schritte laut, sie drehte sich langsam um und beobachtete, wie Fred seinen Mantel auszog und ihn über einen Sessel warf.

»Das hättest du nicht tun dürfen«, sagte sie leise.

Fred lachte. »Hauptsache, er ist fort. Du wirst mir noch einmal dankbar dafür sein. Die Sache daheim habe ich auch wieder in Ordnung gebracht; sie warten auf dich.«

»Sie werden umsonst warten«, sagte Claire.

»Das habe ich ihnen auch gesagt«, erklärte Fred. Er nahm die Flasche in die Hand und hielt sie gegen die Stehlampe. »Es ist ganz gut, daß wir morgen früh wegfahren. Bis wir wieder zurückkommen, hat sich der Sturm gelegt. Sie hat nun mal was gegen Schwarze; daran wirst auch du nichts ändern. Hast du noch ein Glas?«

»Ich möchte, daß du jetzt gehst«, sagte Claire.

Er lachte. »Später, wenn du mit mir ein Glas getrunken hast. Eher wirst du mich nicht los.«

Er ging zur Tür, drehte den Schlüssel herum und zog ihn ab. »Damit du nicht wieder davonläufst«, sagte er.

Die Gläser standen in einer kleinen Vitrine neben dem Radio. Er holte eines heraus, goß es voll und trank im Stehen. »Das war der verrückteste Einfall, den du je gehabt hast«, sagte er dann. »Wenn ich nicht wüßte, daß du es nur gemacht hast, um mich zu ärgern, wäre die Geschichte noch nicht abgeschlossen für mich. Du kannst froh sein, wenn ich es niemandem erzähle. Oder was, glaubst du, würde geschehen, wenn dein Vater es erführe?«

»Es sähe dir ähnlich«, murmelte Claire.

Vielleicht hätte sie noch versuchen können, den Schlüssel zu bekommen, aber vom Augenblick an, als John das Haus verlassen hatte, fühlte sie sich hilflos, müde und angewidert. Sie setzte sich an den Tisch, nahm ihr Glas und trank es mit geschlossenen Augen leer.

»Jetzt bist du wieder normal«, sagte Fred befriedigt. »Ich bin gar nicht so, ich kann es nur nicht leiden, wenn man etwas hinter meinem Rücken macht. So, wie du dich heute aufgeführt hast, benimmt man sich nicht. Darüber bist du dir doch hoffentlich im klaren?«

»Natürlich!« sagte Claire. Sie nahm ihm die Flasche aus der Hand und trank noch ein Glas leer. Da sie den ganzen Abend nichts gegessen hatte, spürte sie, wie ihr der Wein sofort zu Kopf stieg.

»Noch eines?« fragte Fred. Er kam zu ihr, sein Gesicht wirkte rot und gedunsen. Er setzte sich neben sie auf die Sessellehne und knöpfte ihre Kostümjacke auf. »Du Biest«, murmelte er und ließ den Kopf auf ihre Brust fallen. »Du kleines haariges Biest!« Sie machte noch einen schwachen Versuch, ihn von sich zu stoßen, aber es war wie immer.

ZWEITES KAPITEL

1

Das Hotel stand etwas außerhalb des Ortes auf einer Anhöhe. Es war kein großes Hotel, aber modern eingerichtet. Es hatte schöne Balkonzimmer mit einem ungehinderten Blick über die verschneiten Berge. Die Hotelgäste waren fast ausnahmslos zum Schifahren hier, sie trugen auch beim Essen ihre modischen Kombinationen, paprikarote, königsblaue und tannengrüne. Ihre schweren Stiefel hinterließen häßliche Abdrücke auf den glänzenden Linoleumböden. Von den Essenszeiten abgesehen war es ruhig im Hotel. Die Gäste tummelten sich dann auf den Schihängen, wenn sie es nicht vorzogen, mit der Seilbahn auf das Nebelhorn, die Kanzelwand oder auf einen der vielen anderen Berggipfel zu fahren. Eine bessere Möglichkeit zum Zeitvertreib gab es nicht.

Es war alles so, wie Claire es befürchtet hatte, und während sie vom Fenster aus auf den fast ununterbrochenen Strom von Autos, Reisegesellschaften und Schitouristen hinunterschaute, der sich wie eine buntscheckige Schlange die Straße heraufbewegte und hinter der Kuppe des nächsten Hügels verschwand, kam sie sich überflüssig und deplaciert vor.

Sie hatte jedesmal Hemmungen, in den Speisesaal zu gehen. In ihrem dunklen Wollkleid stach sie dort ebenso ab wie ein Sperling unter Spechtmeisen. Dabei wurde sie nie das lästige Gefühl los, als müßte es in ihrem Gesicht geschrieben stehen, weshalb sie im Hotel wohnte und daß sie aus keinem anderen Grund hierhergekommen war. Fred teilte solche Empfindungen nicht. Er konnte sich mit dem Hotelbesitzer – einem kleinen lebhaften Österreicher, der ständig damit beschäftigt war, irgend jemandem die Hand zu schütteln oder zu küssen – genauso unbefangen unterhalten wie mit dem Zimmermädchen. Es machte ihm auch nichts aus, sich das Frühstück aufs Zimmer bringen zu lassen, wenn er noch im Bett lag, während Claire es vorzog, sich so lange im Bad zu verstecken.

Vor genau achtzehn Stunden waren sie hier angekommen. Sie hatten für die Fahrt drei Stunden länger gebraucht, als Fred einkalkuliert hatte. Streckenweise hatten sie nur im Schrittempo fahren können, woran der starke Verkehr ebenso schuld gewesen war wie die verschneiten Straßen. Sie hatten zu Abend gegessen, sich schlafen gelegt, spät gefrühstückt, waren spät aufgestanden und zum Bahnhof gefahren, um sich ein paar Illustrierte und Ansichtskarten zu besorgen. Dann hatten sie die Ansichtskarten geschrieben, eine an seine Eltern, eine an einen guten Freund von ihm und zwei an seine Verwandtschaft. Sie hatten die Karten anschließend zur Post gebracht, waren zum Mittagessen in den Speisesaal gegangen, und nun stand sie am Fenster des Zimmers und beobachtete den Verkehr auf der Straße.

Seit zwei Stunden schneite es wieder. Die Berge waren kaum mehr zu erkennen, ihre Konturen verwischten hinter dem dichten Gestöber, durch das sich, wie glühende Meteore, die Scheinwerfer der Autos bohrten. Unten, wo die Häuser lagen, blinzelten frühe Lichter auf. Verwehtes Läuten einer Kirchenglocke wanderte durch das Tal und verlor sich unter dem grauen Himmel.

Fred war im Bad, sie hörte das Geräusch fließenden Wassers, sein Husten; es hatte sie die halbe Nacht nicht schlafen lassen. Er war anfällig für Erkältungen. Jedes Jahr um diese Zeit bekam er regelmäßig einen leichten Bronchialkatarrh, aber er gehörte zu den Menschen, die glaubten, ohne Medikamente damit fertig werden zu müssen. Zudem konnte er sich nie dazu entschließen, das Rauchen wenigstens vorübergehend einzuschränken. Sie hatte es schon lange aufgegeben, ihm gut zuzureden.

»Früh dunkel!« sagte er, als er hereinkam. »Warum legst du dich nicht hin?«

»Weil ich keine Lust habe.«

»Gestern abend hattest du auch keine Lust. Deine Rußlaune steckt mich an. Den Hotelier hast du heute mittag auch abgefertigt, daß es mir direkt peinlich war. Gefällt dir sein Gesicht nicht?«

»Mir gefällt seine Art nicht«, antwortete Claire.

Fred zog seine Jacke aus und hängte sie über einen Stuhl. »Das redest du dir ein. Und wenn! Soll er doch denken, was er will. Ich möchte nicht wissen, wie viele von denen, die hier ein Doppelzimmer haben, tatsächlich verheiratet sind. Im vergangenen Jahr hat es dich nicht gestört.«

»Du hast es vorausgesetzt.«

»Mich stört es jedenfalls nicht«, sagte Fred. »Das Zimmer ist gut, das Essen auch. Was willst du noch mehr?«

Er ließ sich aufs Bett fallen und verschränkte die Hände im Nacken. »Das sollten jetzt vier Wochen sein und nicht bloß zwei Tage. In dieser Gegend habe ich mir einmal gewünscht, ein eigenes Haus zu haben.«

»Warum wünschst du es dir heute nicht mehr?«

»Weil ich es mir beruflich nicht leisten kann, in Thüngerstadt weiß ich, was ich habe. Wenn mein Vater mal aussteigt, ziehe ich das Geschäft noch größer auf.«

»Bis dahin bist du genauso alt wie er.«

»Abwarten! Ich habe schon meine Pläne, verlaß dich darauf. Er ist noch einer von der alten Schule, der nicht begreifen kann, daß ein Makler nicht nur dazu da ist, einen Abschluß zu vermitteln. Andere stoßen sich mit Bodenspekulationen gesund. Das Grundstück in Kissingen ist in fünf Jahren das Zehnfache wert, aber ihm waren die fünfundzwanzig Mark pro Quadratmeter zuviel. Wenn ich das Geld gehabt hätte, wäre es mir nicht darauf angekommen; ich hätte auf eigene Faust abgeschlossen.«

Er streckte die Arme von sich und gähnte. »Das Bier hier macht mich müde, außerdem schmeckt es mir nicht. Heute abend trinken wir zusammen eine Flasche Wein, zur Feier des Tages.«

Claire drehte ihm das Gesicht zu. »Welches Tages?«

»Dieses«, antwortete Fred. »Weißt du, daß ich noch genauso in dich verknallt bin wie am ersten Tag?«

Es war eine seiner üblichen Einleitungen, und sie versuchte, ihn davon abzubringen. »Was hast du heute mittag vor?«

»Nichts. Ich werde zwei Tage lang im Bett liegenbleiben. So etwas kann ich mir daheim doch nie leisten.«

»Auch nicht, wenn wir verheiratet sind?«

»Du weißt doch, wie sie sind.«

»Allerdings!« Claire kam zu ihm und setzte sich neben ihn auf das Bett. »Und wie stellst du dir das für später vor?«

Ihr Ton gefiel ihm nicht, er richtete den Oberkörper etwas auf. »Was?«

»Wenn wir mit ihnen zusammen wohnen«, sagte Claire, »werden wir sie immer bei uns haben. Wir werden jedesmal nach Oberstdorf oder sonstwohin fahren müssen, wenn wir ein paar Tage für uns sein wollen.«

»Das spielt sich schon noch ein«, erwiderte Fred. »Wenn wir verheiratet sind, macht es mir nichts mehr aus, wenn sie mal hereinkommt.«

»Sie weiß es doch!«

Fred wurde heftig. »Natürlich weiß sie es. Aber wäre es dir angenehm, wenn sie einmal hinzukäme?«

»Es wird mir, wenn wir verheiratet sind, genausowenig angenehm sein.«

»Dann schließen wir eben die Tür ab.«

Claire nickte. »So habe ich es mir vorgestellt.«

»Das spielt sich schon noch ein«, wiederholte Fred etwas ruhiger. »Ich werde es ihr abgewöhnen, ständig hereinzukommen, verlaß dich drauf! Sie denkt sich eben nichts dabei.«

»Um so schlimmer. Aber das ist nicht alles. Wir werden auch in Zukunft zusammen mit ihnen aufstehen, zusammen mit ihnen frühstücken, zu Mittag und zu Abend essen müssen, wir werden uns den Tag nie so einteilen können, wie es uns paßt. Ich sehe ein, daß sich das mit der Praxis nicht mehr ändern läßt, aber ich sehe nicht ein, weshalb wir bei ihnen wohnen müssen. Wenn wir in der Nähe eine Wohnung fänden...«

»Ach, daher weht der Wind!« Er setzte sich aufrecht hin. »Du weißt genau, daß sie nie damit einverstanden wären. Das kannst du dir von vornherein aus dem Kopf schlagen. Wie kommst du gerade heute darauf?«

»Nur so«, murmelte Claire. Sie hätte schon vor drei Jahren mit ihm darüber sprechen müssen, damals, als zum erstenmal davon gesprochen wurde, daß sie eine Wohnung im Haus bekämen, aber sie hatte nie den Mut dazu gehabt. Sie hatte es immer nur vor sich hergeschoben. Der Gedanke, daß es noch Jahre dauern werde, bis sie heirateten, war ihr ein willkommener Vorwand gewesen, der Entscheidung auszuweichen, aber aus den Jahren waren nur noch wenige Monate geworden, und nun fühlte sie sich wie ein Mensch, der sich plötzlich in einem Fahrzeug sieht, das mit überhöhter Geschwindigkeit einer Kurve zurast. Vorgestern nacht, als er fortgegangen war und sie nicht einschlafen konnte, hatte sie den Entschluß gefaßt, mit ihm zu reden. Sie wunderte sich jetzt, daß sie nur einen Augenblick lang ernsthaft damit gerechnet hatte, er würde auf ihren Vorschlag eingehen. Trotzdem machte sie einen letzten Versuch.

»Zwei Zimmer würden uns genügen«, sagte sie. »Ich kann mir nicht vorstellen, daß sie nicht einsehen...«

Fred unterbrach sie wieder: »Du nicht, aber ich. So etwas kann ich ihnen nicht antun, sie wären ihr Leben lang eingeschnappt. Sich von ihnen die Praxis einrichten zu lassen, sind sie gut genug, aber nicht, mit ihnen unter einem Dach zu wohnen. So sieht es doch aus, oder nicht?«

»Ich habe nicht von ihnen verlangt, daß sie mir die Praxis einrichten«, sagte Claire scharf. »Ich denke nur an uns zwei.«

»Ich denke auch an uns zwei«, sagte Fred. »Wahrscheinlich kann ich aber ein wenig besser rechnen als du.« Er stand auf und lief erregt zum Fenster. »Ich weiß schon, woran es liegt«, sagte er heftig. »Seit diese Geschichte mit dem Schwarzen war...«

»Fred!«

Er drehte sich rasch um. »Stimmt es vielleicht nicht? Ich möchte nicht annehmen, daß es das ist, was ein anderer an meiner Stelle vermuten würde, aber du machst es einem nicht leicht.«

Claire fühlte, wie ihr das Blut aus dem Gesicht wich. »Was willst du damit sagen?«

»Nichts«, sagte Fred.

Sie blieb mit blutleerem Gesicht sitzen und blickte ihn unverwandt an.

»Warum reden wir überhaupt darüber«, sagte er unsicher. »Ich bin nicht hierhergefahren, um mich mit dir zu streiten. Ich weiß etwas Besseres.«

»Rühr mich nicht an«, sagte sie leise. »Rühr mich jetzt nicht an!«

Fred grinste. »Ich kenne dich doch!«

Er war so schnell bei ihr, daß sie nicht mehr aufstehen konnte. Sie fühlte das Gewicht seines Körpers auf sich, seine Hände an ihrer Wäsche, und sie schlug ihm mit beiden Fäusten ins Gesicht. Er gab einen überraschten Laut von sich, seine Hände ließen sie einen Moment los, aber im nächsten Augenblick griff er wieder zu, diesmal noch rücksichtsloser. Sie stöhnte, versuchte ihn mit den Knien von sich zu stoßen, und als es ihr nichts half, rollte sie sich zur Seite, erwischte mit einer Hand den Klingelknopf am Nachttisch und drückte ihn hinunter.

»Ich habe geläutet«, sagte sie keuchend.

Fred hielt jäh inne. Er blickte auf die Hand, die noch immer auf dem Klingelknopf lag, dann grinste er wieder. »Zu so etwas fehlt dir der Mut.«

Er riß ihren Arm von der Klingel weg und ließ sich auf sie fallen. Sie setzte sich nicht mehr zur Wehr, sie lag mit geschlossenen Augen da und wartete, aber es dauerte lange, und als jemand von außen gegen die Tür klopfte, war alles vorüber. Fred richtete sich ungläubig in die Höhe.

»Du hast tatsächlich geläutet?«

Da sie keine Antwort gab, packte er sie bei den Schultern und schüttelte sie. »Ob du geläutet hast?«

»Ich habe es dir gesagt«, antwortete Claire, und sie kannte ihre eigene Stimme nicht.

»Das ist doch...« Er verstummte und sprang rasch auf die Beine. Sie sah zu, wie er seine Kleider in Ordnung brachte und zur Tür lief. Sie hörte seine Stimme und die Stimme des Mädchens, aber sie verstand nicht, was sie sagten. Als er zurückkam, stand sie angezogen vor dem Spiegel und machte ihr Gesicht zurecht. Dann holte sie ihre Reisetasche aus dem

Schrank, warf ihre Sachen hinein und griff mit halbblinden Augen nach ihrem Mantel.

Fred beobachtete sie von der Tür aus, sein Gesicht war kaum mehr zu erkennen. »Du kommst hier nicht heraus«, sagte er heiser. »Bilde dir ja nicht ein, daß ich dich fortlasse.«

Nie hatte sie ihn so unbeherrscht gesehen. Sie nahm die Reisetasche und ging wieder zum Nachttisch. Ehe er sie daran hindern konnte, hatte sie zum zweitenmal auf die Klingel gedrückt. Ihre Handtasche lag auf dem Frisiertisch, aber diesmal war er schneller als sie. Er machte sie auf und nahm ihre Geldbörse heraus.

»Gute Reise!« sagte er. »Wenn du es dir anders überlegt hast, weißt du, wo ich zu finden bin.«

»Gib es her!« sagte sie leise.

Er lachte wütend. »Hol es dir! Du kannst dem Mädchen ja sagen, daß dein Mann dir dein Geld weggenommen hat, um dich an der Abreise zu hindern. Vielleicht ruft sie dann den Hotelbesitzer.«

Claire blickte ihn stumm an. Als das Mädchen an die Tür klopfte, öffnete sie ihm. Es war jung, häßlich, und sein Gesicht wirkte verärgert. »Mein Mann hat Ihnen geläutet«, sagte Claire.

Auf dem Weg zur Treppe begegnete ihr kein Mensch, auch im Vestibül nicht. Hier gab es keinen goldbetreßten Portier. Wenn man auf den Klingelknopf neben dem Eingang drückte, erschien der Besitzer persönlich.

Der Schnee auf der Straße lag so hoch, daß sie bis zu den Knöcheln einsank, aber sie merkte es nicht. Sie ging mit gesenktem Kopf die Straße hinunter, fühlte den Wind im Gesicht und die Kälte, und sie ging so schnell, als hätte sie ein festes Ziel vor Augen. Erst als das Gefälle aufhörte und die Straße etwa dreihundert Meter weit schnurgerade auf die ersten Häuser zuführte, blieb sie einmal stehen, setzte die schwere Reisetasche ab und band sich ihren Schal um den Kopf. Wenn sie mit dem Wagen verreiste, nahm sie nie einen Hut mit.

Ein paarmal wurde sie aus vorbeifahrenden Autos angerufen. Männer mit Schiern auf den Schultern drehten sich grinsend nach ihr um, aber sie kümmerte sich nicht darum. Sie hielt den Blick starr geradeaus gerichtet.

Als die Häuser anfingen, lag der Schnee nicht mehr so hoch. Ihre Schuhe waren durchnäßt. Sie spürte, wie der Schnee zwischen den Zehen schmolz. Ihre Arme taten ihr weh, immer öfter wechselte sie die Tasche von einer Hand in die andere.

In den Geschäften auf beiden Seiten der Straße brannten elektrische Kerzen an Christbäumen, Weihnachtsengel baumelten an dünnen Perlonschnüren, aus einem Restaurant kam der Geruch gebratenen Wilds, dann tauchte im Schneegestöber der Bahnhof auf. Sie setzte sich in dem geheizten Warteraum auf eine Bank, stellte ihre Tasche neben sich und klopfte den Schnee aus ihren Schuhen. Außer ihr und der Verkäuferin im Zeitungskiosk war kein Mensch da. Sie schloß daraus, daß vorerst kein Zug abfahren und keiner eintreffen würde. Und selbst wenn ein Zug führe, hatte sie kein Geld, ein Billett zu kaufen. Es war sinnlos gewesen, davonzulaufen.

Sie öffnete ihre Handtasche. In einem kleinen Nebenfach steckte ein Markstück. Sie nahm es zwischen die Finger und betrachtete es, während ihre Augen sich mit Wasser füllten. Bis zu diesem Moment hatte sie es zurückhalten können. Außer ihrem Vater gab es kaum einen Menschen, der ihr Geld schicken würde, und ihr Vater saß jetzt noch in einem Restaurant. Auch wenn es ihr gelänge, irgendwo das Geld für ein Telegramm aufzutreiben, wäre ihr damit nicht geholfen. Er würde wahrscheinlich mit Freds Eltern telefonieren, und diese würden bei Fred anrufen; es war aussichtslos. Natürlich gab es noch andere Möglichkeiten, zwei Kommilitoninnen, mit denen sie sich gut verstand, aber sie waren über die Feiertage weggefahren, und eine Schulfreundin aus Thüngerstadt, die sie seit zwei Jahren nicht mehr gesehen hatte. Seit sie mit Fred zusammen war, hatte sie den Kontakt zu den Menschen, die ihr einmal etwas bedeuteten, verloren. Eher hätte sie versucht, einen wildfremden Menschen anzupumpen, als sich an sie zu wenden.

Ein paar Sekunden lang überlegte sie sich, ob sie versuchen solle, einen Wagen zu erwischen, aber sie hatte so etwas noch nie getan, und die Vorstellung entsetzte sie. Nach Thüngerstadt waren es siebenhundert Kilometer; Fred hatte gewußt, weshalb er sich seiner Sache so sicher war.

Ihr Blick fiel auf ihre Armbanduhr, aber sie war ein Geschenk ihrer Mutter, und sie hätte es nie fertiggebracht, sich von ihr zu trennen. Sie würde zu Fred zurückkehren müssen, nichts konnte sie davor bewahren.

Nachdem sie sich darüber klargeworden und von all dem, was sie aus dem Hotel getrieben hatte, kaum mehr etwas übriggeblieben war als eine große, gleichgültige Leere, entschloß sie sich zum Handeln. Gerade in diesem Augenblick fiel ihr wieder John ein.

Es kam nicht von ungefähr. Seit er vorgestern abend davongelaufen war, stand ihr Entschluß, ihn noch einmal zu sehen, fest, auch wenn sie ihn vorübergehend aus ihrem Bewußtsein verdrängt hatte. Sie hatte noch keine Zeit gefunden, sich darüber klarzuwerden, womit sie ihren Wunsch nach einem Wiedersehen sich selbst und ihm gegenüber motivieren solle, aber sie glaubte es sich schuldig zu sein, und sie wußte auch, was sie ihm sagen würde. Wenn sie sich das Geld von ihm schicken ließe, hätte sie ein Motiv. Die Assoziation erschien ihr in dieser Sekunde so logisch, daß sie unwillkürlich aufstand. Ihre Bedenken meldeten sich erst, als sie schon im Freien war.

Es ist unmöglich, dachte sie, ich kann mir von ihm kein Geld schicken lassen. Sie verhielt den Schritt und blickte über die vielen parkenden Autos hinweg zur anderen Seite des Bahnhofsplatzes, wo das Postamt lag. Selten war ihr eine Entscheidung so schwergefallen, aber dann erinnerte sie sich wieder an Fred. Sie rief sich sein Gesicht ins Gedächtnis, den spöttischen, selbstsicheren Ton in seiner Stimme, und plötzlich schien es ihr, als sei dies hier ihre letzte Chance, zu verhindern, daß alles, was in den letzten achtundvierzig Stunden geschehen war, ohne Einfluß auf die Zukunft blieb. Sie hätte es nicht in Worten präzisieren können. Es verhielt sich damit wie mit den guten Vorsätzen am Silversterabend, die kaum länger dauern als der Augenblick, in dem sie gefaßt werden, und die eines Tages, wenn man Ursache hat, sich auf sie zu besinnen, unvermittelt und einem Schatten gleich über das Bewußtsein fallen.

Als sie wenig später auf das Postamt zuging, stand es für sie fest, daß es sich jetzt nicht mehr darum handelte, welche Möglichkeiten sie hatte, daß sie vielmehr genau das tun mußte, wozu sie entschlossen war, und sie hätte es auch getan, wenn sie noch einen anderen Weg gesehen hätte, der ihr leichter gefallen wäre. Schon im Postamt drinnen fiel ihr noch ein, daß er Sergeant war.

»Ich möchte telefonieren«, sagte sie, »mit Thüngerstadt, aber ich weiß die Nummer nicht.«

Der junge Mann hinter dem Schalter blickte sie lächelnd an. »Können wir feststellen. Wie ist der Name?«

»Es ist noch etwas anderes«, sagte Claire. »Ich habe meinen Geldbeutel verloren. Ich möchte mir telegrafisch Geld schicken lassen, hierher zu Ihnen. Geht das?«

»Geht alles, Fräulein«, sagte der freundliche junge Mann. »Wenn Sie soviel Zeit haben . . .«

Claire lächelte zurück. »Es bleibt mir nichts anderes übrig. Dann könnte ich Ihnen auch das Gespräch bezahlen, es geht an die Smiley Barracks in Thüngerstadt.«

Der junge Mann hörte auf zu lächeln. »Was ist das? Eine amerikanische Kaserne?«

»Ja.«

Er spitzte etwas die Lippen und wurde plötzlich dienstlich. »Das kostet Sie mehr, weil ich vorher bei der Auskunft in Thüngerstadt anrufen muß. Wir haben die amerikanischen Nummern nicht in unseren Büchern.«

»Es ist mir egal, was es kostet.«

»Bitte!« Der junge Mann nahm den Telefonhörer ab. »Wen wollen Sie dort sprechen?« fragte er.

»John Baako«, antwortete Claire, und ihre Handflächen waren feucht vor Aufregung. »Sergeant John Baako.«

2

Das Zimmer von Captain Denson war ein kahler, nüchterner Raum. Hinter dem Schreibtisch hing ein Bild Eisenhowers. Die gegenüberliegende Wandseite war von einer großen Landkarte bedeckt. Sie zeigte den Verlauf der Zonengrenze im Regimentsabschnitt, eine schwarze, vielfach gekrümmte Zickzacklinie, einen Zentimeter breit und wie ein dunkler Riß die Karte in zwei Hälften teilend. Jedesmal, wenn John sie anschaute, fielen ihm die hölzernen Wachtürme ein.

»Sie haben mich rufen lassen, Sir«, sagte er.

Captain Denson blickte von seiner Arbeit auf. »Setzen Sie sich hin, Sergeant! Tut mir leid, daß Sie heute schon wieder Dienst haben.« Seine Stimme klang wie immer höflich und ein klein wenig kollegial. »Zigarette?«

So etwas tat er nur, wenn er Zeit gewinnen wollte; John kannte ihn besser als jeden anderen Offizier im Regiment.

»Wenn Sie erlauben, Sir«, antwortete er, »rauche ich jetzt nicht.«

»Es war kein Befehl«, sagte Denson freundlich. »Es ging nicht anders. Wir haben acht Revierkranke, zwölf haben Weihnachtsurlaub...«

»Ich bin nicht verheiratet, Sir«, warf John ein. »Es macht mir nichts aus.«

Denson nickte. »Ich habe mit Leutnant Horne gesprochen; wir regeln das später.«

Er nahm ein Blatt Papier in die Hand und sah mit gerunzelter Stirn darauf nieder. Wenn man ihm gegenübersaß, hätte man ihn höchstens auf fünfunddreißig Jahre geschätzt, aber John wußte, daß er zehn Jahre älter war, man merkte es nur an seinen grauen Schläfen. Er war der dritte Berufssoldat in seiner Familie. Sein Vater war Lehrer an einer Militärakademie gewesen, sein Großvater Kommandeur eines Kavallerieregiments. Wenn man nach einem Thema suchte, welches Captain Densons Interesse sicher sein durfte, mußte man sich mit ihm über Pferde unterhalten. In seiner Wohnung hing ein Dutzend Bilder an den Wänden, ölgemalte, radierte, fotografierte und skizzierte, aber in einem waren sie sich alle gleich: sie zeigten nur Pferde, und über jedes einzelne hätte Captain Denson eine abendfüllende Geschichte erzählen können.

In vier Wochen würde er in die Staaten zurückkehren, zum Major befördert und wie sein Vater Lehrer auf der Militärakademie werden. Sein Gastspiel im Regiment als Kompanieführer mochte keinem anderen Zweck dienen, als eine jener Vorbedingungen zu erfüllen, die heute an einen Lehrer der Militärakademie gestellt wurden, denn wo, außer hier, hätte er praktische Erfahrungen für seine künftige Aufgabe sammeln können!

Jetzt legte er das Blatt Papier auf den Schreibtisch zurück und blickte John in die Augen.

»Sie wurden auf einer Panzerschule in Kentucky ausgebildet. Wie lange sind Sie schon im Regiment?«

»In acht Tagen sind es drei Jahre«, antwortete John. Seit er im Zimmer saß, war seine Unruhe weg. Er wußte zwar noch immer nicht, weshalb Denson ihn zu sich befohlen hatte, er hätte es ihm aber sofort angesehen, wenn es etwas Unangenehmes gewesen wäre.

»Eine lange Zeit«, sagte Denson schließlich. »Ich lese gerade, daß Sie nie Urlaub genommen haben. Wenn Ihnen die Reise nach Rhodesien zu weit ist ...«

»Damit hat es nichts zu tun«, sagte John rasch.

Denson schlug die Beine übereinander. »Es muß ja nicht Rhodesien sein«, sagte er lächelnd. »Sie könnten fahren, wohin Sie wollen, Italien, Frankreich, Skandinavien. Haben Sie noch nie daran gedacht?«

»Ich habe daran gedacht, Sir«, sagte John.

»Und warum fahren Sie nicht?«

»Es ist mir zu teuer. Ich habe Pläne für später.«

»Wenn Sie aus der Armee entlassen werden?«

»Jawohl, Sir.«

Denson betrachtete ihn wohlwollend. »Die Armee braucht Männer wie Sie, Sergeant. Vielleicht überlegen Sie sich's noch.«

»Vielleicht, Sir«, sagte John. Er konnte nicht glauben, daß dies der einzige Grund gewesen war, weshalb der Captain ihn hatte rufen lassen. Denson traf auch keine Anstalten, das Gespräch zu beenden. Er nahm wieder das Blatt Papier in die Hand, sein Gesicht wirkte plötzlich angestrengt. In dieser Sekunde sah er genauso alt aus, wie er war. »Sie waren vorgestern bei einer deutschen Familie eingeladen«, sagte er langsam. »Ich möchte von Ihnen nicht hören, was vorgefallen ist, ich kann es mir denken.«

»Danke, Sir«, sagte John. Er wußte jetzt Bescheid, aber es löste keine Reaktion in ihm aus. »Hat man sich beschwert?«

»Man hat angerufen«, antwortete Denson mit demselben angestrengten Gesicht. »Es lohnt sich nicht, ein Wort darüber zu verlieren. Und noch etwas ...«

Er stand auf und ging, die Hände auf dem Rücken verschränkt, zum Fenster, ein mittelgroßer, schlanker Mann in der gutsitzenden Uniform eines amerikanischen Offiziers. »Ich wollte es ursprünglich nach den Feiertagen erledigen«, fuhr er fort, »aber ich verreise heute abend mit meiner Familie für eine Woche. Meine Tochter hat ein paar Tage Ferien.«

Nie hatte er sich mit einem Mann der Kompanie über seine Familie unterhalten, John kannte sie. Wenn seine Frau über den Kasernenhof ging, zog sie alle Blicke auf sich. Er hatte noch einen zwölfjährigen Sohn und eine neunzehnjährige Tochter. Die Tochter studierte in München Kunstgeschichte. Im Kasino war sie oft Gegenstand laut geäußerter Wunschgedanken, aber ebensogut hätten sich die Männer wünschen können, von der englischen Königin zum Lunch eingeladen zu werden. Die Densons hörten daheim nur Beethoven, Bach und Schumann. Ihr Schallplattenarsenal jagte auch den Snobs unter den jungen Offizieren ein Frösteln über den Rücken, doch hätte man Denson unrecht getan, es mit Snobismus zu motivieren; wahrscheinlich brauchte der Beethoven und Schumann ebenso wie ein General seinen Stab.

Jetzt drehte er sich plötzlich um, und seine Frage kam so schnell wie ein Artilleriegeschoß: »Sie haben Schwierigkeiten in Ihrer Gruppe?«

John hielt ein paar Herzschläge lang die Luft an. Er hatte in den letzten Tagen kein einziges Mal an das Gespräch mit Chumley, Bruce und Henry gedacht. »Ich wüßte nicht, Sir«, murmelte er überrumpelt.

»Und trotzdem halten Sie es für besser, wenn ich zwei Ihrer Männer in eine andere Gruppe versetze?«

»Wenn Sergeant Chumley ...«

Denson unterbrach ihn schroff: »Ich habe Sie gefragt.«

»Ich möchte nichts darüber sagen, Sir«, murmelte John.

Denson kehrte an seinen Schreibtisch zurück. »Schicken Sie Bruce und Henry zu mir!«

So, wie er jetzt aussah – das Kinn vorgeschoben, die Augen voll kalter Wut –, hatte er ausgesehen, als vor einiger Zeit einem Soldaten seiner Kompanie von einem Kameraden fünfzig Dollar gestohlen worden waren.

»Wenn Sie mir erlauben, Sir ...«, begann John wieder, aber Denson schnitt ihm scharf das Wort ab: »Das ist ein Befehl, Sergeant.«

Vor dem Stabsgebäude blieb John kurz stehen. – Sie haben es so gewollt, dachte er.

Um diese Zeit lag die Kaserne wie verlassen. Für ein Regiment, das sich in ständiger Alarmbereitschaft befand, unterschieden sich die Feiertage von den gewöhnlichen Tagen nur dadurch, daß ein Teil der Männer dienstfrei hatte. Die übrigen waren jetzt im Kraftfahrzeugpark, bei einer Instruktionsstunde oder unterwegs an der Zonengrenze. Letztere mußten in zwei Stunden abgelöst werden; John hatte nicht viel Zeit.

Er wandte seine Schritte dem Kraftfahrzeugpark zu. Der Kasernenkomplex dehnte sich über einen Raum von einer Quadratmeile aus. Er war von einem hohen Zaun umgeben, der scharf bewacht wurde. Im östlichen Teil lagen die Wohnungen der Offiziere, Ein- und Mehrfamilienhäuser. Sie glichen den modernen Privathäusern am Rande von Thüngerstadt. Die Unteroffiziere, soweit sie ihre Familien hier hatten, wohnten in der Siedlung, eine halbe Meile von der Kaserne entfernt. Außer den

Mannschaftsgebäuden gab es noch drei Clubs in der Kaserne, ein Kino, eine Kegelbahn, eine Turnhalle und ein Schwimmbad. Der Kraftfahrzeugpark befand sich im westlichen Teil der Kaserne. Hier standen auf engstem Raum einige hundert schwere Panzer, Schützenpanzerwagen, Granatwerfer und Haubitzen auf Selbstfahrlafetten, Sturmgeschütze und Jeeps beisammen. Da sie ständig der Witterung ausgesetzt waren, gehörte ihre technische Überprüfung zum täglichen Dienstplan. Hinter dem Kraftfahrzeugpark erstreckte sich bis zum Waldrand der Flugplatz für die Hubschrauber und ferngesteuerten Luftaufklärer. Tagsüber flogen sie die Zonengrenze ab und hielten Funkverbindung mit den Bodenpatrouillen. Das Regiment hatte alles, was eine modern ausgerüstete Truppe braucht. Jedesmal, wenn John hier vorüberkam, empfand er ein Gefühl der Genugtuung und des Stolzes. Am südlichen Rand des Kraftfahrzeugparks lagen die Hallen für die Reparaturwerkstätten. Eine war als Waschraum für die Fahrzeuge eingerichtet, ein halbes Dutzend Jeeps stand herum, Männer in olivgrünen Arbeitsuniformen schrubbten die rote Lehmerde von den Reifen, kontrollierten die Motoren und Maschinengewehre, schmierten die Fahrzeuge ab oder probierten die Funkgeräte aus. Kein Wagen verließ die Halle, ehe er nicht vom Patrouillenführer überprüft worden war. Fiel ein Jeep während einer Patrouille aus, hatte es peinliche Untersuchungen zur Folge; John wußte ein Lied davon zu singen.

Er traf Bruce und Henry im hinteren Teil der Halle zusammen mit vier anderen Männern seiner Gruppe. Als ob sein Eintreffen ihre Bewegungen gelähmt hätte, verfuhren sie plötzlich mit großer Umständlichkeit, ließen sich provozierend Zeit und verfielen in mürrisches Schweigen.

Während er sie beobachtete, dachte er, daß etwas geschehen müsse, wollte er verhindern, daß die beiden die ganze Gruppe gegen ihn aufbrachten. Es hatte schon früher Widerstände und Reibereien gegeben, aber sie waren nie organisiert gewesen. Seit Bruce und Henry da waren, hatten die Aufsässigkeiten ein System bekommen; er spürte es von Tag zu Tag deutlicher. In diesem Punkt unterschied sich die Armee von keiner zivilen Organisation. Die Mehrheit war gleichgültig, unvoreingenommen, bis dann irgendwann einige auftauchten, die ihre eigenen Ressentiments ernst nahmen. Am Anfang zuckte man über sie die Schultern, dann entschloß man sich, sie wenigstens einmal anzuhören, und eines Tages identifizierte man sich mit ihnen, die einen bewußt, die anderen unbewußt; im Endeffekt und für denjenigen, den es betraf, machte es keinen Unterschied aus.

Es gab zwei Möglichkeiten, dagegen vorzugehen; die erste hatte sich als unwirksam erwiesen. John brauchte Captain Denson nicht, aber es bereitete ihm jetzt keine Gewissensbisse mehr, daß Bruce und Henry eine unangenehme Viertelstunde vor sich hatten.

»Hört mal her«, sagte er ruhig, »falls es sich noch nicht herumgesprochen haben sollte: Wir fahren in anderthalb Stunden los.«

»Warum immer wir?« fragte einer der Männer. Er hieß Byrne und hatte ein Gesicht wie eine Maus. »Gestern von vier Uhr früh bis zwölf Uhr mittags, heute von vier Uhr mittags bis zwölf Uhr nachts. Das hat es noch nie gegeben.«

»Vielleicht will jemand befördert werden«, knurrte ein anderer.

»Ich kenne Leute, die nicht genug kriegen können, wenn sie sich deshalb beliebt machen. Kennst du auch welche?«

Sie grinsten, auch Bruce und Henry grinsten, dann merkten sie, daß John mitgrinste, und sie hörten auf.

»Vielleicht werden wir morgen abend wieder Patrouille fahren«, sagte John, »und übermorgen auch, vielleicht vierzehn Tage hintereinander, wenn's euch Spaß macht. Liegt nur an euch; mir macht's nichts aus.«

Er richtete das Wort direkt an Bruce: »Captain Denson wartet auf Sie; nehmen Sie Henry mit.«

»Auf mich?« Bruce wechselte die Gesichtsfarbe. »Wieso auf mich?«

»Vielleicht wollten Sie etwas von ihm«, antwortete John.

»Wir wollten gar nichts«, meldete sich Henry zu Wort. Sein schmales Jungengesicht sah grün aus. »Haben Sie uns gemeldet?«

»Ich nicht.«

Bruce blickte ihn haßerfüllt an. »Das glauben wir Ihnen aufs Wort, Sergeant!« Er kletterte vom Jeep herunter, rieb sich die Hände an einem Wollappen ab und setzte sich in Bewegung. Henry blieb noch ein paar Augenblicke unschlüssig stehen, dann schritt er mit hängendem Kopf hinter ihm her.

Während John ihnen nachschaute, hatte er das sichere Gefühl, daß etwas an der Geschichte nicht stimmte. Er wandte sich schroff an die anderen: »In einer halben Stunde nehme ich die Jeeps ab.«

Chumley war nicht in der Schreibstube, er hatte auch nichts hinterlassen. John suchte ihn mit demselben Ergebnis in der Bekleidungskammer. Am Schluß wandte er sich den Mannschaftsgebäuden zu. Die B-Kompanie war im dritten Stock untergebracht.

Sam hatte die restlichen Männer der Gruppe in einer Stube um sich versammelt und betrachtete ihre Gewehrläufe. Es war so gut wie ausgeschlossen, einen Gewehrlauf so zu reinigen, daß Sam nichts daran auszusetzen hatte.

»Schau dir das an!« sagte er zu John und hielt ihm einen Gewehrlauf vors Gesicht. »So was nennt der Mann sauber. Ist das ein Kamin oder nicht?«

»Ich suche Chumley«, sagte John und brachte sein Gesicht vor dem Gewehrlauf in Sicherheit. »Hast du ihn gesehen?«

»Einer hat mir was erzählt.« Sam dachte mit gerunzelter Stirn nach. »Richtig! Ich schickte Green ins Casino, meine Zigaretten waren alle. Wie war das, Green?«

Der Mann, der Green hieß, trat zu ihnen. »Der Spieß hatte was mit dem Casino-Sergeant. Ich hörte, daß sie miteinander herumbrüllten.«

»Das tun sie oft«, sagte Sam feixend. Dann wurde er ernst. »Was passiert, John?«

John schüttelte den Kopf. »Ich suche ihn seit gestern früh.«

»Und ich suche seit gestern früh von dir zu erfahren, wie es auf deiner Weihnachtsparty gewesen ist.«

»Okay«, sagte John und lief davon.

Es war jetzt zu spät, um noch ins Casino zu gehen, er kehrte zu den Männern in die Werkstatthalle zurück. Bruce und Henry waren wieder da, sie sahen aus, als wären sie gerade mit knapper Not einem Hurrikan entronnen.

»Wir sollen uns bei Ihnen melden, Sergeant«, murmelte Bruce mit zu Boden gerichtetem Blick. »Wir sollen Ihnen melden, daß wir beim nächsten Zwischenfall bestraft werden.«

Es war mehr, als John befürchtet hatte. Von diesem Augenblick an hatte er in Bruce einen unversöhnlichen Feind.

Obwohl das Gespräch mit Chumley jetzt noch dringender wurde, kontrollierte er die beiden Jeeps mit gewohnter Sorgfalt. An einem entdeckte er am Rücklicht ein blankgescheuertes Kabel. Er umwickelte es mit Isolierband, dann schickte er die Männer, bis auf Bruce, weg.

»Denson hat es nicht von mir«, sagte er zu ihm. »Wenn ihr ihm nichts gesagt habt, muß es Chumley getan haben.«

»Chumley war es nicht«, erwiderte Bruce. Seine Halsschlagader wirkte geschwollen, er vermied es auch diesmal, John anzusehen.

»Woher wissen Sie das?«

»Es war nur ein Jux«, murmelte Bruce. »Chumley hat es gewußt.«

»Es war Ihr Jux«, sagte John. »Ich habe nie einem Mann weh getan, Bruce, aber nach dem nächsten Jux landen Sie mir genau im Visier. Gehen Sie jetzt!«

Er ließ ihn stehen und wusch sich die Hände in einem mit Seifenwasser gefüllten Eimer. – Sie hat mich schon längst vergessen, dachte er. Es sind jetzt vierzig Stunden und fünfundzwanzig Minuten vergangen.

Im Casino war Chumley nicht mehr, Unteroffizier Perkins von der Schreibstube gestikulierte mit den Händen. »Er sucht dich wie 'ne Stecknadel; es war ein Anruf für dich da.«

»Für mich?«

John erschrak über seine eigene Stimme.

»Er ist im ganzen Regiment rumgegangen«, erzählte Perkins, »weil derjenige, der angerufen hat, deine Kompanie nicht wußte, oder besser diejenige«, sagte er feixend. »Ferngespräch aus Oberstdorf. Erzähl mir jetzt bloß nicht, daß du eine Tante dort hast.«

John spürte, wie seine Brust hohl wurde vor Enttäuschung.

»Muß 'ne Verwechslung sein; ich war nie in Oberstdorf.«

»John Baako«, sagte Perkins. »Den Namen gibt's nur einmal im Regiment, und wenn er dazu noch Sergeant sein soll, gibt es erst recht keine Verwechslung. Frag Chumley, er hat das Gespräch angenommen. Oberstdorf!«

Perkins konnte sich nicht beruhigen. »Muß 'ne Millionärstochter sein. Gratuliere!«

»Ich kenne keine Millionärstochter in Oberstdorf«, sagte John. »Wo steckt Chumley?«

»Keine Ahnung. Ich sagte dir doch, er sucht dich wie 'ne Stecknadel.«

John blickte auf seine Armbanduhr. »In einer Viertelstunde muß ich in den Keller. Er soll sehen, daß er mich erwischt.«

»Das versucht er schon 'ne halbe Stunde. Der Anruf kam gleich, nachdem du das erstemal hier warst. Soviel ich gehört habe, sollst du zurückrufen.«

»Nach Oberstdorf?«

»Ja.«

»Jemand liegt hier quer«, murmelte John.

Wieder im Freien, hielt er nach Chumley Ausschau, konnte ihn jedoch nirgends entdecken. Ein halbes Hundert Soldaten war damit beschäftigt, den Schnee, der in hohen Haufen beiderseits der Straße aufgetürmt lag, auf Lastwagen zu verladen. Der Himmel hing wie ein grauer Sack über den verschneiten Dächern der Kaserne.

Es muß trotz allem eine Verwechslung sein, dachte John.

In seiner Stube zog er die pelzgefütterte Winterkombination über seine Uniform, hängte sich das Kartenbrett um und stieg zum Keller hinunter. Er war spät dran, Leutnant Horne hatte bereits seinen Platz hinter dem Stehpult eingenommen, die Männer hockten ringsum am Boden, in einer Ecke Sam, Bruce, Henry und Byrne. Als John sich zu ihnen setzte, brachen sie ihr Gespräch ab.

Der Raum war etwa zwanzig Quadratmeter groß, hatte eine gewölbte Decke, geweißte Wände und ein kleines vergittertes Fenster. Unter dem Fenster zogen sich dicke Heizungs- und Wasserrohre hin, neben dem Pult hing eine Unterrichtstafel für russische Rangabzeichen und Uniformen; sonst waren die Wände kahl.

Die Befehlsausgabe dauerte in der Regel eine halbe Stunde. Wenn Leutnant Horne Grenzoffizier vom Dienst war, dauerte sie nur zwanzig Minuten. Er sprach so schnell, daß ihm die Männer kaum folgen konnten.

Sein junges Gesicht unter dem kurzgeschnittenen Haar wirkte immer ein wenig abwesend, in Zivilkleidern hätte man ihn für einen Theologiestudenten halten können. Er war kurzsichtig, seine blauen Augen wurden durch die Brillengläser stark vergrößert. Aus der Nähe erinnerten sie John an klare Bergseen.

Nachdem die Fahrtrouten eingeteilt waren, wurden die Parole und die Frequenzen für den Funkverkehr mit der Befehlsstelle und den Aufklärungsflugzeugen ausgegeben. Alles vollzog sich mit der sachlichen Routine langjähriger Übung.

Von den fünfundzwanzig Männern im Raum waren zwanzig Berufssoldaten. John kannte jeden einzelnen beim Namen. Ihm gegenüber in der anderen Ecke saß Sergeant Shovaleka aus Alabama, ein Schrank von einem Mann, mit einem Gesicht so dunkel wie Basalt. Er war seit siebzehn Jahren bei der Armee, seine Großeltern kamen aus einem Buschdorf im Amboland, aber Sergeant Shovaleka war in Montgomery als amerikanischer Staatsbürger auf die Welt gekommen; er unterhielt sich nie mit John. Außer ihm waren noch zwei Farbige hier, ein Indianer aus Mexiko und ein Mulatte, der über seine Heimat genauso selten ein Wort verlor wie Sergeant Shovaleka über die Heimat seiner Großeltern. Sie waren Amerikaner, und sie wollten an nichts anderes erinnert werden.

Die übrigen Männer, keiner älter als dreißig, setzten sich aus Nord- und Südstaatlern zusammen. Ihre Gesichter waren sich unter den Pelzmützen alle gleich. Jedesmal, wenn John sie betrachtete, fiel ihm die Begegnung mit einer Horde entschlossener Männer ein, die an einem kalten Winterabend in Kentucky vor die Kaserne marschiert kamen und die Auslieferung eines Soldaten verlangten. Er hatte sich an einem vierzehnjährigen Mädchen vergangen.

Nach der Befehlsausgabe unterhielt sich John mit Sam. »Bring die Jeeps vors Stabsgebäude, ich muß noch mal nach Chumley schauen.« – »Würde mich nur interessieren, was du von ihm willst«, knurrte Sam, während sie die Kellertreppe hinaufstiegen.

»Warst doch früher nie scharf auf ihn.«

»Er ist mir noch eine Erklärung schuldig«, sagte John.

Diesmal hatte er Glück, Chumley kam ihm vor der Tür zum Stabsgebäude entgegen, einen Fetzen Papier wie eine Parlamentärsflagge schwenkend.

»Wenn du einen Mann suchst«, sagte er grinsend, »findest du ihn nicht, und wenn er dir noch so unsympathisch ist. Ist dir schon aufgefallen, daß dir unsympathische Leute sonst immer auf den Füßen herumtrampeln?«

»Mir ist aufgefallen«, antwortete John, »daß du mir seit zwei Tagen keine Gelegenheit gibst, dir auf den Füßen herumzutrampeln.«

Chumley grinste noch stärker. »War nicht disponiert. Ich möchte – zum

Teufel – wissen, warum die Kerls immer zu saufen anfangen, wenn sie 'nen Tannenbaum sehen! Was bleibt einem anderes übrig, als mitzusaufen!«

»Dein Privatleben interessiert mich nicht«, sagte John. »Du hast mit Denson gesprochen?«

»Hab' ich.« Chumley schob den Papierfetzen in die Tasche. »Auf deinen Wunsch hin.«

»Ich habe eingewilligt, weil Bruce und Henry es angeblich wollten. Vorhin erzählten sie mir, daß sie es nicht wollten.«

»Wollten oder nicht, sie haben davon angefangen. War ein Denkzettel für sie. In meiner Kompanie gibt's so was nicht.«

»Das hast du ihnen nicht gesagt.«

»Sonst wäre es kein Denkzettel gewesen«, sagte Chumley.

Ich werde nie hinter seine Gedanken kommen, dachte John. Er blickte die Straße entlang, wo eben die beiden Jeeps auftauchten.

»Fair war es nicht.«

»Ist meine Sache«, erwiderte Chumley und blickte gleichfalls den Jeeps entgegen.

»Jemand hat angerufen?« fragte John.

Chumleys Grinsen gefror. »Tut mir leid, John. Sie verlangten den Kommandeur.«

»Wer?«

»Diese Leute. Tut mir wirklich leid, John«, versicherte er wieder.

»Vielleicht wäre es doch besser gewesen, ich hätte mich selbst darum gekümmert.«

John sah mit schmalen Augen in sein Gesicht. »Ich rede nicht von diesem Anruf«, sagte er, »aber wenn wir schon dabei sind: Du hast mir am Tag vorher gesagt, du hättest sie verständigt.«

»Ich hatte Perkins damit beauftragt; der Idiot hat es vergessen. Kannst ihn fragen.« Es war sinnlos.

Perkins hing viel zu sehr an seinem Schreibstubenposten, als daß er für Chumley nicht kaltblütig jeden Meineid auf sich genommen hätte.

Die beiden Jeeps standen jetzt vor dem Stabsgebäude, Sam beugte sich ungeduldig heraus: »Was ist los?«

»Ich komme«, antwortete John. Zu Chumley sagte er: »Und der Anruf von heute mittag?«

»Ach ja!« Chumley fuhr mit der Hand in die Tasche und zog den Zettel heraus. »Jemand will dich sprechen, eine Hesselsbacher oder Heckelsbacher. Hab' den Namen nicht genau verstanden.«

»Heggelbacher«, murmelte John.

»Hier ist die Telefonnummer«, sagte Chumley und gab ihm den Zettel. »Wer ist sie?«

John ging an ihm vorbei die Treppe hinauf.

»Was wird hier eigentlich gespielt?« fragte Sam.

Chumley, im Begriff, John zu folgen, blieb wieder stehen. Er wartete auf Sam, der jetzt aus dem Jeep stieg und zu ihm kam. »Hast du gewußt, daß er sich wieder ein Mädchen zugelegt hat?«

»John?« Sam runzelte die Stirn. »Soll das ein Witz sein?«

»Damals war es auch kein Witz«, antwortete Chunley. »Er hat 'nen Anruf aus Oberstdorf.«

»Von 'nem Mädchen?«

»Ja.«

Sam dachte nach, dann schüttelte er energisch den Kopf. »Das ist 'ne leere Tüte, Spieß, davon müßte ich etwas wissen.«

»Hab' ich mir auch gesagt«, knurrte Chumley. »Und du weißt nichts?«

Die Art, wie er ihn dabei anschaute, brachte Sam in Rage. »Wenn ich sag', ich weiß nichts, dann weiß ich nichts, verdammt! Warum fragst du mich, wenn du mir nicht glaubst?«

»Bist doch sein Freund«, sagte Chumley. »Warum war er vorgestern abend nicht bei euch?«

»Du weißt genau, weshalb er nicht zu uns gekommen ist«, sagte Sam noch erregter. »Du mit deinen Einladungen!«

Chumley betrachtete ihn nachdenklich. »Ich hatte das Gefühl, er wäre froh gewesen, wenn er mir hätte sagen können, daß er schon vergeben ist. Wie hieß die damals, Heggelbacher?«

»Wer?«

»Das Mädchen von ihm.«

»Quatsch!« Sam hatte sich schon wieder beruhigt. »Als ob du nicht wüßtest, daß sie nicht Heggelbacher geheißen hat.«

»Diesmal heißt sie aber Heggelbacher«, sagte Chumley. Er blickte auf seine Armbanduhr. »Wenn Horne aufkreuzt, gibt es Stunk. Ihr müßtet schon zehn Minuten unterwegs sein.«

»Da kommt er!« sagte Sam und drehte sich nach John um, der im selben Augenblick aus der Tür trat.

»Ich brauche hundert Mark«, sagte er.

Sam starrte ihn verdutzt an. »Wozu?«

»Ich erkläre es dir später«, antwortete John, sein Gesicht sah fleckig aus. »Hast du sie, oder hast du sie nicht?«

»Hier nicht«, sagte Sam.

John blickte Chumley an. »Du auch nicht?«

»Für dich immer«, sagte Chumley grinsend. »Sogar aus der Kompaniekasse, wenn's sein muß.«

John gab ihm ein Stück Papier. »Das ist die Adresse, Postamt Oberstdorf. Schick es telegrafisch, es muß in einer Stunde dort sein. Du kriegst es zurück, sobald ich es von der Bank habe.«

»Okay«, sagte Chumley. Er blieb vor der Tür stehen und sah zu, wie John und Sam in den Jeep kletterten. »Kann man sie mal kennenlernen?« fragte er.

In seinem Gesicht war ein Ausdruck, der John nicht gefiel. »Fahr los!« sagte er zu Sam.

Sie redeten nichts, bis sie aus der Kaserne heraus waren, dann konnte Sam seine Enttäuschung nicht länger zurückhalten.

»Hätte ich nicht von dir gedacht«, sagte er. »Warum hast du mir nie ein Wort von ihr erzählt?«

»Es gibt nichts zu erzählen«, antwortete John rauh. Die Flecken in seinem Gesicht waren jetzt weg, aber er sah immer noch aus, als wäre er einen steilen Berg hinaufgeklettert. »Ich habe sie vorgestern bei der deutschen Familie kennengelernt. Sie hat die Feiertage in Oberstdorf verbracht und dort ihren Geldbeutel verloren.«

»Und da ruft sie ausgerechnet dich an?« fragte Sam ungläubig.

»Warum nicht?«

Sam zog die Oberlippe von den Zähnen. »Meinetwegen. Wenn es so ist, hätte ich mir an deiner Stelle heute nacht vierundzwanzig Stunden Urlaub genommen, meinen Buick ausgeliehen und wäre hingefahren. Sie hätte ja so lange im Hotel bleiben können.«

Es war ungefähr dasselbe, was John gedacht hatte, als er mit Claire telefonierte. Er beobachtete im Rückspiegel den zweiten Jeep, Henry saß am Steuer. Als sie die steile Straße hinauffuhren, kam ihnen die verschneite Stadt wie eine große weiße Moschee entgegen.

»Ich habe seit vierundfünfzig Stunden kaum geschlafen«, sagte John.

3

Nach einer Stunde hielt er das Herumsitzen nicht mehr aus. Er zog sich an, holte den Wagen aus der Hotelgarage und fuhr ins Dorf. Der Verkehr war fast völlig zum Erliegen gekommen, das pausenlose Schneegestöber verwandelte die Straße in eine gefährliche Rutschbahn. Es wurde erst besser, als er die ersten Häuser erreichte. Er steuerte den Wagen eine Zeitlang ziellos durch die Straßen. Obwohl es früher Nachmittag war, wurde es schon dunkel, in den Häusern gingen Lichter an. Vor der Kirche stand ein großer Tannenbaum mit elektrischen Kerzen, ihre Hitze hatte Löcher in die dicke Schneedecke gefressen. Der Kurgarten hinter der Kirche sah aus, als hätte ihn eine Lawine unter sich begraben. Trotzdem waren viele Menschen auf der Straße, meist Schitouristen, aber auch Einwohner in bunten Trachten, pferdebespannte Schlitten zwischen den Häusern, deren tief verschneite Dächer wie Pelzmützen aussahen.

Nachdem er eine Viertelstunde vergeblich damit verbracht hatte, Claire zu finden, fuhr er zum Bahnhof. Er ließ den Wagen auf dem Parkplatz stehen und ging, die Hände in den Manteltaschen vergraben, in das Gebäude hinein. Im Warteraum saßen ein paar Leute, er musterte sie einzeln, warf einen Blick auf den menschenleeren Bahnsteig und erkundigte sich dann am Schalter nach der nächsten Zugverbindung nach Thüngerstadt. Die Auskunft erleichterte ihn ebensosehr, wie sie seiner Furcht neue Nahrung gab. Wieder auf der Straße, verhielt er unschlüssig den Schritt.

Er erinnerte sich, wie er Claire vom Hotelfenster aus nachgeschaut hatte, bis sie hinter der Straßenkrümmung seinem Blick verlorenging. Zweimal hatte er seinen Mantel angezogen, und zweimal hatte er ihn wieder in den Schrank gehängt. Hätte sie ihm nicht ins Gesicht geschlagen, wäre sein Trotz weniger zäh gewesen; es hatte ihn mehr verletzt als die Ursache ihrer Auseinandersetzung. Aber mit den ersten Selbstvorwürfen, mit seiner immer stärker einsetzenden Ernüchterung und dem gleichzeitig aufkommenden Gefühl, sich häßlich benommen zu haben, erschöpfte sich auch sein Trotz. Er fühlte sich hilflos, unglücklich und ungerecht behandelt, aber auch dieses Empfinden war nicht stark genug gewesen, sich gegen seine Furcht zu behaupten. Er zitterte bei der Vorstellung, sie könnte sich auf die Straße gestellt und einen fremden Wagen angehalten haben.

Vor ein paar Stunden wäre ihm dieser Gedanke noch utopisch erschienen, er hätte es ihr einfach nicht zugetraut. Sie hatte immer so reagiert, wie er es von ihr erwartet hatte. Vielleicht war es eine profane Angelegenheit, die gelegentlichen Differenzen im Bett aus der Welt zu schaffen, doch hatte er im Laufe der Jahre die Überzeugung gewonnen, sie wolle es so haben. Wie zahllose Männer, war er viel zu sehr von seiner Unwiderstehlichkeit überzeugt, als daß er in ihrem Nachgeben nicht eine Selbstbestätigung gesehen hätte. Er hatte es nie ausgesprochen, aber er glaubte fest daran, daß sie abhängig von ihm war. Um so mehr fühlte er sich durch ihr heutiges Verhalten überrumpelt, es erging ihm wie einem Mann, der nach dreißigjähriger Ehe feststellen muß, daß seine Frau Charaktereigenschaften besitzt, von denen er nichts gewußt hatte. Und während er jetzt, die Hände in den Taschen und mit hochgeschlagenem Mantelkragen, vor dem Bahnhofsgebäude stand und mit leerem Blick in die beginnende Dämmerung starrte, überlegte er sich zum erstenmal, wie sein Leben ohne Claire sein würde. Die Vorstellung erschreckte ihn so, als hätte er einen Blick in einen schwarzen Abgrund getan. Er versuchte auch nicht, sich über die Konsequenzen dieser Möglichkeit schlüssig zu werden, weil sein Hirn sich gegen den bloßen Gedanken sofort sträubte wie ein kranker Magen gegen eine fette Speise. Von allen Katastrophen, die ihm für sein persönliches Dasein denkbar schienen, war jene, Claire zu verlieren, die schrecklichste.

Auf dem Weg zum Wagen fiel ihm ein, daß sie vielleicht in der Zwischenzeit ins Hotel zurückgekehrt sein könnte. Obgleich nichts dafür sprach, klammerte er sich in seiner Verzweiflung an dem Gedanken fest. Gleichzeitig jedoch kamen ihm Bedenken. Er durfte nicht riskieren, daß sie zum Bahnhof kam, während er zum Hotel fuhr. Er hielt es nicht für ausgeschlossen, daß sie noch Reisegeld bei sich hatte. Sein Blick fiel auf das gegenüberliegende Postamt, und er entschloß sich, von dort aus das Hotel anzurufen.

Als er die Tür aufstieß, sah er Claire an einem Fenster stehen. Sie mußte ihn schon bemerkt haben, als er zwischen den parkenden Wagen hindurch zum Eingang schritt, aber sie veränderte ihre Haltung nicht. Beim Licht der Neonröhren wirkte ihr Gesicht wie weiß geschminkt.

Sein erstes Empfinden war Erleichterung. Sie breitete sich wie eine warme, belebende Flüssigkeit in seinem ganzen Körper aus. Er ging mit steifen Beinen zu ihr hin und murmelte ihren Namen. Und erst jetzt drehte sie ihm das Gesicht zu, und ihre Augen waren so hart wie Glas.

Es waren noch zwei andere Leute im Raum. Ein älterer Herr saß an einem Schreibpult und las einen Brief. Er lächelte dabei, wie alle älteren Herren lächeln, wenn sie einen postlagernden Brief bekommen. Die Frau am Schalter war jünger und trug einen Persianer; sie unterhielt sich mit dem Beamten über ein Ferngespräch.

»Ich habe dich überall gesucht«, sagte Fred. »Ich wußte schon nicht mehr, was ich tun sollte.«

Seine Augen waren feucht. Da er mit dem Gesicht gegen das Fenster sprach, konnte Claire es sehen. Er hatte, seit sie ihn kannte, ihretwegen nur einmal feuchte Augen gekriegt, damals, als er sie zum erstenmal bekam. Sie war so gerührt gewesen, daß sie ihn dafür geküßt hatte, jetzt widerte es sie an. »Du hättest es dir ersparen können«, sagte sie kalt. »Ich fahre mit dem Zug.«

Fred schüttelte den Kopf. »Wenn du mit dem Zug fährst«, sagte er sanft, »kommst du vor morgen mittag nicht nach Thüngerstadt. Es gibt nur eine direkte Verbindung, und für die ist es heute schon zu spät.«

Daran hatte sie noch nicht gedacht, sie war so mit sich selbst beschäftigt gewesen, daß sie völlig vergessen hatte, sich nach einem Zug zu erkundigen.

Als ob er ihre Unsicherheit fühlte, sprach Fred rasch weiter: »Wenn du nicht mehr ins Hotel zurück willst, gehen wir in ein anderes; ich mache, was dir paßt.«

Claire blickte wieder zum Fenster hinaus. Von hier aus konnte sie einen Teil der Bahnsteighalle sehen, den Schnee, der vom Wind über die Geleise geweht wurde. Noch ehe sie sich recht schlüssig geworden war, merkte sie, daß ihr der Gedanke, vierundzwanzig Stunden im Zug und in schlecht geheizten Wartesälen verbringen zu müssen, mehr Selbstverleugnung abverlangte, als sie nun, da Fred wieder neben ihr stand, noch aufzubringen gewillt war. An dieser Stelle fing es in den Filmen und Romanen an, interessant zu werden, und die Menschen auf der Leinwand und in den Romanen verwandelten sich in Übermenschen, und der Film und die Romane wurden dafür ausgezeichnet. Aber sie war kein Übermensch, und wo es in den Filmen und Romanen anfing, interessant zu werden, hörte es bei ihr auf. Sie war wie ein Fesselballon, der an seinem Seil zerrte und doch nie loskam, und sie würde nie höher fliegen können, als das Seil reichte, und nie länger, als bis jemand an der Winde drehte und sie wieder herunterholte. Der Wind, den sie entfacht hatte, war nicht kräftig genug gewesen, den Ballon loszureißen, und einen Sturm zu entfachen, fehlten ihr der Atem und der große ehrliche Zorn. Sie war wie alle anderen, die sich treiben ließen, unwillig zwar, hin und her gestoßen und voll blauer Flecke, aber nie bereit, auszubrechen, weil schon der Wunsch von Zweifeln erstickt wurde. Es gab keinen Ersatz für das bißchen Sicherheit einer bürgerlichen Existenz, keinen Ersatz für das schäbige Gefühl, wenigstens das Schlimmste verhütet zu haben.

Hier schloß sich immer der Kreis, und hierher würde sie immer wieder zurückkommen, aber sie würde es ihm diesmal nicht leicht machen, und wenn dieser Tag keine anderen Spuren zurückließ als nur eine häßliche Erinnerung, so sollte sie wenigstens nachhaltig genug sein, ihn vierundzwanzig Stunden lang zu beschäftigen; zu mehr würde es, wie sie ihn kannte, nicht reichen.

Sie drehte ihm abermals das Gesicht zu. Der ältere Mann mit dem postlagernden Brief war aufgestanden. Er steckte ihn sorgfältig in seine Tasche, lächelte geistesabwesend ins Leere und trug sein Lächeln mit hinaus in den frühen Winterabend. Die Dame im Persianer hatte ihr Gespräch bekommen, ihre Stimme drang aus der geschlossenen Telefonzelle wie aus einem Taucheranzug. Der junge Mann hinter dem Schalter schickte neugierige Blicke herüber.

»Ich werde in kein anderes Hotel mehr gehen«, sagte Claire. »Ich möchte nach Hause.«

Fred schluckte eine heftige Entgegnung hinunter, die Feuchtigkeit in seinen Augen war schon wieder weg. Er langte in seine Manteltasche und brachte ihre Geldbörse hervor.

»Ich hätte es nicht tun dürfen«, murmelte er. »Wenn du willst, fahren wir morgen früh.«

»Ich habe nicht von morgen früh gesprochen. Wir fahren gleich, oder ich fahre allein.«

Vor zwei Stunden hätte er noch darüber gelächelt, jetzt vergaß er es.

»Ich weiß nicht, wie du dir das denkst«, sagte er mit unterdrückter Wut. »Was soll ich daheim erzählen, wenn wir mitten in der Nacht nach Hause kommen?«

Claire blickte ihn kalt an. »Erzähl ihnen, ich hätte meine Tage bekommen, das wird ihnen als Motiv mehr einleuchten als eine handfeste Lungenentzündung.«

Sie fühlte förmlich, wie es ihn traf. Er hatte eine Stelle neben der rechten Augenbraue, die jedesmal zu zucken anfing, wenn ihn etwas tief verletzt hatte.

»Das haben sie nicht verdient«, sagte er heiser. »Sie haben immer nur dein Bestes gewollt.«

»Dein Bestes«, korrigierte ihn Claire. »Deine Mutter hat mir oft genug zu verstehen gegeben, daß ein fünfunddreißigjähriger Mann mehr braucht, als seine Eltern noch für ihn tun können.«

»Wovon redest du eigentlich?« fragte Fred, aber sie sah ihm an, daß er sie genau verstanden hatte. Da gerade wieder eine Frau hereinkam, zuckte sie nur mit den Schultern.

Fred beobachtete mit zusammengepreßten Lippen, wie die Frau zum Schalter ging. »Was tust du überhaupt hier?« fragte er nach einer Pause. »Hast du telefoniert?«

Sie hatte schon lange darauf gewartet, aber sie war sich noch nicht schlüssig geworden, was sie ihm sagen sollte. Es war ähnlich gewesen wie vorgestern abend, als sie John aufgefordert hatte, mit ihr nach Hause zu gehen. Beides war aus einer Situation heraus geschehen, die kein langes Zögern duldete. Sie bereute nichts, aber nachdem sie nun ihr Geld wiederhatte, überlegte sie sich, ob es sinnvoll sei, es auf eine neue Auseinandersetzung ankommen zu lassen. Wahrscheinlich nicht, und wahrscheinlich würde er noch schärfer reagieren als vorgestern abend. Es mußte für ihn das Schlimmste sein, was sie ihm antun konnte. Daran hatte sie vor eineinhalb Stunden noch nicht gedacht, vor eineinhalb Stunden war sie noch entschlossen gewesen, ohne ihn nach Hause zu fahren, und sie hatte keinen anderen Gedanken gehabt als diesen.

Während sie noch nach einer glaubwürdigen Erklärung suchte, merkte sie, daß sie schon zu lange mit der Antwort gezögert hatte. Sie sah es an seinem Gesicht, an dem jäh aufflackernden Mißtrauen in seinen Augen.

»Du hast telefoniert«, sagte er. »Mit wem?«

»Vielleicht mit meinem Vater«, sagte Claire.

Fred umklammerte ihren Arm. »Dein Vater ist nicht daheim, Ruth auch nicht.«

»Laß meinen Arm los!« sagte sie kühl. »Willst du hier eine Szene haben?«

Er gehorchte, aber seine Stimme klang jetzt unnachgiebig. »Ich frage den Beamten. Ist dir das lieber?«

Claire wandte sich dem Schalter zu. Sie mußte noch einen Augenblick warten, bis die Frau vor ihr fertig war, dann sagte sie laut: »Ich möchte mein Gespräch bezahlen.«

»Hat sich Ihr Geldbeutel wieder gefunden?« fragte der junge Mann hinter dem Schalter.

Claire nickte. Während der ganzen Zeit spürte sie, daß Fred in der Nähe stand und sie scharf beobachtete.

»Da haben Sie ja Glück gehabt«, sagte der junge Mann lächelnd. Er wechselte ihr einen Zwanzigmarkschein und schob den Rest über den Schaltertisch.

»Jetzt brauchen Sie die hundert Mark gar nicht mehr?«

»Können Sie sie an den Absender zurückschicken?« fragte Claire.

»An die Smiley Barracks?«

Die Frage war völlig überflüssig, vielleicht hatte er nur zeigen wollen, daß er den Namen richtig aussprechen konnte. Claire resignierte. Sie hatte es wenigstens versucht, mehr war nicht zu machen. Ohne Fred anzuschauen, wußte sie genau, wie er in dieser Sekunde aussah.

»Ich habe es mir anders überlegt«, sagte sie, »ich warte.«

»Wie Sie wollen«, sagte der junge Mann.

Es wurde plötzlich so still im Schalterraum, daß Claire jedes Wort aus der Telefonzelle verstehen konnte; es war noch immer die Dame im Persianer.

Dann hörte sie Freds Stimme hinter sich, eine vor Wut und Enttäuschung entstellte Stimme: »Du hast den Neger angerufen?«

Es hätte ihr nichts ausgemacht, wenn der junge Mann hinter dem Schalter nicht gewesen wäre. Sie ging auf die Straße hinaus, vor der Tür blieb sie stehen.

Fred kam ihr sofort nach. »Du läßt dir von dem Neger Geld schicken!« sagte er mit derselben entstellten Stimme. »Bist du übergeschnappt?« Sie standen sich auf einer Distanz von einem halben Meter gegenüber, beide zum Äußersten entschlossen, aber dann fiel Claire ein, daß sie nicht allein auf der Straße waren. Ein paar Leute schauten zu ihnen her, Passanten und Taxifahrer, die auf dem Bahnhofsplatz ihre Wagen stehen hatten. Sie haßte es, fremden Menschen ein Schauspiel zu geben.

»Wenn du nicht augenblicklich zu schreien aufhörst«, sagte sie leise, »gehe ich in ein Hotel und warte dort, bis der nächste Zug nach Thüngerstadt fährt.«

»Das wirst du nicht tun«, sagte Fred, und seine Stimme schlug gleichfalls um. »Es könnte sonst der Fall eintreten, daß dein Vater die ganze Geschichte erfährt.«

Es war genau das, was sie am meisten davor zurückschrecken ließ, den Bogen zu überspannen. Sie hatte noch nicht darüber nachgedacht, was geschehen würde, wenn ihr Vater es erführe, aber schon der bloße Gedanke daran reichte aus, ihre Entschlossenheit in Unsicherheit zu verwandeln. Das Gefühl, sich mit allem, was sie gegen Fred unternahm, nur noch mehr an ihn auszuliefern, trieb ihr fast wieder Tränen in die Augen.

Ich werde einmal etwas tun, dachte sie, und wenn alles kaputtgeht. Aber sie war gleichzeitig davon überzeugt, daß sie es nie tun würde.

»Ihr Geld ist gekommen«, sagte jemand.

Sie drehte sich um und sah den jungen Schalterbeamten an der Tür stehen.

»Sie müssen noch quittieren«, sagte er.

»Wir brauchen es nicht mehr«, warf Fred ein. »Schicken Sie es zurück.«

Der junge Mann grinste Claire an. »Wenn Sie es bezahlen...«

Es war das erstemal, daß er grinste und nicht lächelte. Nie hatte sie einem Mann so deutlich angesehen, was er von ihr dachte; es gab den Ausschlag.

Sie ging an ihm vorbei in die Schalterhalle zurück. Dort stand jetzt noch ein anderer Beamter, und er hatte dasselbe Grinsen im Gesicht.

»Wo muß ich unterschreiben?« fragte Claire.

Der junge Mann war ihr nachgekommen, er schob ihr das Formular hin, legte zwei Geldscheine daneben und beobachtete, wie sie ihren Namen unter das Formular setzte. Der zweite Beamte war älter und trug einen Ehering; daheim würde er die Geschichte seiner Frau erzählen.

Sie traf Fred wieder an der Tür, nachdem sie das Geld in die Manteltasche geschoben und ihre Reisetasche in die Hand genommen hatte, und sie stellte auf den ersten Blick fest, daß eine Veränderung mit ihm vorgegangen war.

»Es ist mir egal, was du tust«, sagte sie. »Du mußt selbst wissen, was du am leichtesten verlierst. Fahren wir jetzt nach Hause?«

»Ich muß mein Gepäck noch holen«, murmelte Fred. »Claire!«

Er versuchte, nach ihrer Hand zu greifen. »Warum hast du das Geld nicht zurückgeschickt?«

Sie war sich selbst nicht darüber klargeworden, aber sie wußte seit ein paar Minuten, daß auch für sie die Skala der Demütigungen nicht endlos war, daß es eine Grenze gab, über die hinweg ihr Unterbewußtsein der Resignation nicht mehr folgte und wo ihre Selbstachtung stärker war als ihre Furcht.

»Du hast einen Fehler gemacht«, antwortete sie ruhig. »Können wir gehen?«

Fred nahm ihr die schwere Reisetasche ab. Zum zweitenmal an diesem

Tag hatte sie anders reagiert, als er erwartet hatte. Er war tief beunruhigt, enttäuscht und entsetzt zugleich. Nie hätte er sie für fähig gehalten, etwas zu tun, was seinen eigenen Moralbegriffen widersprach, aber er machte nicht denselben Fehler wie im Hotel. Er brauchte länger als sein Vater, sich mit unangenehmen Erfahrungen abzufinden, jedoch in einem Punkt war er ihm völlig gleich: Er würde nie freiwillig auf etwas verzichten, von dem er überzeugt war, daß es ihm gehörte, und er betrachtete Claire als sein Eigentum genauso wie seine Schallplattensammlung.

Während er neben ihr über den dunklen Bahnhofsplatz zu seinem Wagen schritt, nahm er sich vor, mit John zu sprechen.

4

Es geschah, als sie einen steinigen Hohlweg passierten. Der Wagen brach plötzlich nach links aus, rollte zwei Meter die steile Böschung hinauf, rutschte wieder zurück und prallte mit dem Heck gegen den Kühler des zweiten Jeeps. Es gab einen kurzen, harten Schlag, dem das Geräusch splitternden Glases folgte, dann wurde es still.

John blieb ein paar Sekunden auf seinem Platz sitzen, ehe er die Tür öffnete und nach hinten lief. Er sah den eingedrückten Kühler des zweiten Jeeps, die leeren Löcher, wo die Scheinwerfer gewesen waren, und es wurde ihm fast schlecht. Bruce, Byrne und Henry schienen unverletzt. Sie kamen langsam aus dem Jeep und starrten John an und dann Sam, der mit gelbem Gesicht am Steuer saß und sich nicht rührte.

»Ist einer verletzt?« fragte John undeutlich.

Sie schüttelten den Kopf und blickten noch immer Sam an. Als John zu ihm trat, kam Bewegung in ihn. »Es war nicht meine Schuld«, murmelte er. »Das Lenkrad!«

»Was ist mit dem Lenkrad?« fragte John.

»Schau dir das an!« murmelte Sam und drehte am Steuer. »Die Räder gehen nicht mehr mit.«

John legte sich auf den Boden und leuchtete mit der Taschenlampe unter das Fahrgestell. Als er wieder auf die Beine kam, hielt er den Kopf so tief gesenkt, daß sie von seinem Gesicht nichts sehen konnten. Er klopfte sich den Schnee von der Uniform und gab Sam die Taschenlampe.

»Was ist es?« fragte Sam.

»Betrachte es dir selbst.« Er beobachtete noch, wie Sam unter den Jeep kroch, dann schaltete er das Funkgerät ein und rief die Befehlsstelle. Während der ganzen Zeit behielt er Bruce im Auge, der etwas im Hintergrund stand und einen Kaugummi im Mund hatte.

»So etwas hat es noch nie gegeben!« sagte Sam und schob sich auf dem Rücken unter dem Jeep hervor.

»Was ist los?« fragte Byrne.

»Das Ding war doch völlig festgerostet«, sagte Sam zu John.

»Ich konnte nichts dafür«, murmelte Henry, »es ging zu schnell.«

»Heute mittag war sie noch festgerostet«, sagte John. Seine Stimme hörte sich an, als hätte er einen harten Schlag in den Rücken bekommen.

»Henry trifft jedenfalls keine Schuld«, sagte Byrne. »Ich habe es genau beobachtet.«

»Was hast du beobachtet?« fragte Sam.

Byrne trat unwillkürlich einen Schritt zurück. »Wie ihr abgerutscht seid. Er hat nicht mehr halten können.«

»Und sonst hast du nichts beobachtet?« fragte Sam.

»Nein.«

»Du auch nicht?« sagte Sam zu Bruce.

Bruce wandte ihm träge das Gesicht zu. »Was?«

»Ich möchte wissen«, sagte Sam heiser, »wer den Lenkstockhebel kontrolliert hat. Einer von euch?«

»Das war Ingram«, sagte Byrne rasch, »aber der Sergeant war als letzter unter dem Wagen. Wir haben es alle gesehen.« Er blickte Bruce und Henry an. »Nicht wahr?«

»Klar«, sagte Bruce. »Er hat den Wagen wie immer abgenommen.«

»Und er war wie immer in Ordnung«, sagte Sam. »Und jetzt fehlt die Befestigungsmutter.«

»Welche Befestigungsmutter?« fragte Henry.

Sam starrte mit halbgeschlossenen Augen in sein blasses Gesicht, dann ging er zu John. Er blieb neben ihm stehen, bis von der Befehlsstelle Antwort kam.

»In einer Stunde können sie hiersein«, sagte John.

»Mit Horne?«

»Ich vermute es«, sagte John.

Das Sprechen bereitete ihm noch Mühe, er rief Bruce zu sich und ließ ihn eine volle Minute warten, während er über seinen Kopf hinweg den Sternenhimmel betrachtete.

»Soll ich etwas tun?« fragte Bruce.

Er hatte den Kopf schräg gelegt, seine Haltung war lässig, von einer genau berechneten Lässigkeit, zu offensichtlich, um sie zu übersehen, aber nicht offensichtlich genug, um ihm gefährlich zu werden. Während John ihn anschaute, wurde er sich bewußt, daß er ihn mehr haßte, als er sich eingestehen wollte.

Aber das ist eine andere Sache, dachte er, und sie hat mit dieser hier nichts zu tun, nicht, solange ich Sergeant bin, und nicht, solange ich versuche, es auseinanderzuhalten. Wenn es mir einmal nicht mehr gelingt, bin ich genauso wie er und Henry und alle anderen. »Sie wissen nichts davon?« fragte er ruhig.

Bruce spuckte den Kaugummi aus. »Wovon?«

»Natürlich können Sie nichts davon wissen«, sagte John. »Sie waren ja während der ganzen Zeit auf Ihrer Stube. Oder waren Sie nicht auf Ihrer Stube?«

»Bis zur Befehlsausgabe«, sagte Bruce.

John blickte an ihm vorbei zu Byrne und Henry hin, die gespannt zuhörten. »Die anderen haben gesehen, daß Sie bis zur Befehlsausgabe auf Ihrer Stube waren?«

»Natürlich!« sagte Bruce.

»Sie waren bis zur Befehlsausgabe ununterbrochen auf Ihrer Stube«, sagte John, während er Byrne und Henry anschaute.

»Ununterbrochen, Bruce?«

Bruce grinste. »Vielleicht war ich mal draußen. So genau hab' ich das nicht mehr in Erinnerung.«

»Vielleicht haben es die anderen noch in Erinnerung«, sagte John. »Man könnte sie einmal fragen.«

»Das kann man«, bestätigte Bruce und richtete das Wort an Henry: »War ich mal draußen?«

»Wie draußen?« fragte Henry. »Nicht in der Stube?«

»Ja.«

»Ich denke, du warst die ganze Zeit bei uns in der Stube!«

»Denke ich auch«, sagte Bruce. »Aber es könnte ja sein, daß ich mal auf einen Sprung hinausgegangen bin.«

»Ach so!« Henry nickte. »Das ist gut möglich. Wir waren alle mal auf einen Sprung draußen.«

»Im Waschraum«, sagte Byrne. »Stimmt, ich war im Waschraum. Du nicht?« sagte er zu Henry.

»Doch, im Waschraum war ich.«

»Im Waschraum war ich auch«, sagte Bruce, »dann noch auf der Latrine, anschließend im Casino, Zigaretten holen. Höchstens eine Viertelstunde, Sergeant«, sagte er. »Auf keinen Fall länger.«

Sie grinsten jetzt alle, Bruce und Byrne offen, Henry hinter seiner Hand.

John schob die Fäuste in die Taschen. Die zurückgehaltene Wut schlug wie ein heißes Tuch in sein Gesicht. Er atmete ein paarmal tief und schnell durch, dann wandte er sich an Sam.

»Bring mir die Karte!«

»Wofür brauchst du sie?« fragte Sam.

»Bring mir die Karte!« wiederholte John.

Sam öffnete den Mund, schloß ihn wieder und ging um den Jeep herum. Als er die Karte brachte, sah sein Gesicht grau aus. »Du machst einen Fehler«, sagte er leise.

John achtete nicht darauf. Er studierte die Karte beim Licht seiner Taschenlampe, faltete sie dann sorgfältig zusammen und blickte Bruce an. »Sie nehmen Byrne mit und suchen nach der Schraubenmutter. Vergessen Sie Ihre Taschenlampe nicht.«

Bruce hörte auf zu grinsen. »Das ist eine Schikane, Sergeant. Sie wissen so gut wie ich, daß wir die Mutter bei Nacht und im Schnee nicht finden können. Wir sind vierzig Meilen gefahren.«

»So weit brauchen Sie nicht zu laufen«, sagte John. »Es ist jetzt halb zehn, bis ein Uhr können sie in Rasdorf sein; dort warten Sie auf uns. Wenn wir mit der Patrouille fertig sind, kommen wir den gleichen Weg zurück.«

»Das sind fünfzehn Meilen«, sagte Bruce gepreßt.

»Dreizehn«, sagte John. »Wenn Sie die Schraubenmutter vorher finden, brauchen Sie nicht nach Rasdorf; nach Thaiden ist es nur eine Meile.«

»Es ist eine Schikane!« sagte Bruce wieder. »Ich werde mich beim I. G. beschweren.«

»Vergessen Sie Ihren Kongreßmann nicht. Jetzt machen Sie, was ich Ihnen befohlen habe.«

Bruce blieb noch einen Augenblick stehen, dann holte er seine Taschenlampe und sein Gewehr aus dem Jeep. »Das kann er gar nicht!« sagte er laut. »Er kann die Patrouille nicht mit zwei Männern weiterfahren.«

»Genausogut können wir die Mutter schon in Thüngerstadt verloren haben!« sagte Byrne aufsässig. »Warum schickt er uns nicht gleich nach Thüngerstadt?«

»Das können Sie auch haben«, sagte John ruhig, »wenn Sie in einer Minute noch hier sind.«

Bruce packte Byrne beim Arm. »Komm! Ich mache alles, was mir befohlen wird. Was ich hinterher mache, ist meine Sache.«

»Meine auch!« sagte Byrne. »Verdammt noch mal, da kannst du dich drauf verlassen. Es ist in der Armee nicht so, daß jeder Sergeant seinen Dreck anderen in die Schuhe schieben kann.«

Er war so aufgeregt, daß er stotterte. Nach zehn Schritten blieb er wieder stehen und schrie: »Ich weiß warum, aber das macht Sie auch nicht anders!«

John ging auf ihn zu. Er merkte es erst etwas später, als er wieder zur Besinnung kam und Sam sich mit seinem ganzen Gewicht an ihn hängte. Dann sah er wieder Byrne hinter Bruce den Hohlweg hinunterlaufen, und nie hatte er einen Mann so laufen sehen. Er verfolgte sie mit dem Blick, bis sie aus dem Scheinwerferlicht waren.

»Es ist schon vorbei«, sagte er ruhig.

Sam ließ ihn los; er brachte vor Schreck keinen Ton hervor. »Es passiert mir selten«, murmelte John.

Auf dem Weg zum Jeep trat er auf die Karte. Er hob sie auf und sah sich nach der Taschenlampe um. Sie lag noch dort, wo er gestanden hatte, bevor er auf Byrne losgegangen war. Aus den Augenwinkeln bemerkte er Henry, der ihn reglos anstarrte. Er ging an ihm vorbei und machte die Scheinwerfer aus. Nun, da keiner mehr sein Gesicht sehen konnte, brauchte er nicht länger auf seine Augen aufzupassen.

Die Böschung auf der rechten Seite war niedriger und oben mit dürrem Gesträuch bewachsen, dahinter standen ein paar verkrüppelte Obstbäume. John stieg hinauf und blickte sich um. Die verschneiten Äcker hoben sich scharf vom Himmel ab, weiter hinten eine bewaldete Bergkuppe, und am westlichen Horizont zuckten die Lichtbalken rotierender Scheinwerfer über den Himmel.

Er beobachtete sie eine Weile, dann merkte er, daß Sam wieder neben ihm stand, klein, mager und immer da. Er war der einzige Mensch, den er hatte.

»Byrne hat keine eigene Meinung«, sagte er. »Bruce hält ihn im Casino aus.«

»Ich weiß«, sagte John.

»Er hält alle aus«, sagte Sam. »Wenn einer von der Gruppe Geld braucht, geht er zu Bruce. Er verlangt es nie zurück, wenn's einer mal vergißt.«

»Ich weiß es«, sagte John.

»Sie behaupten, er sei der beste Kamerad im Regiment«, sagte Sam. »Ingram hat mir erzählt, daß er sich einen Wagen kaufen und die Männer einladen will, sonntags mit ihm fortzufahren.«

John schwieg. Es wäre nicht so schlimm gewesen, wenn er sich nicht schon selbst dabei ertappt hätte, daß er Bruce beneidete. Er hatte vier Semester Architektur studiert. Wenn er seine Militärzeit herum hatte, würde er fertigstudieren, mit dem Geld seines Vaters ein Büro aufmachen und ein erfolgreicher Architekt werden. Er war ein gutaussehender junger Mann mit einem reichen Vater, und er würde Mädchen haben können, so viele er wollte, schöne, hochmütige Mädchen, mit langen, braungebrannten Beinen, schneeweißen Brüsten und gepflegten feinknochigen Händen. Sie waren nicht schöner als die schmalhüftigen, hochgewachsenen Herero- und Wanyakusa-Frauen, nicht anmutiger als die Venda-Mädchen und nicht stolzer als die Frauen von Salisbury und Umtali, aber sie würden eher den primitivsten Hafenarbeiter aus New York heiraten als einen farbigen Anwalt aus Salisbury. Sie würden ihn, John, nie so anschauen, wie sie einen weißen Mann anschauten, nie so, wie sie Bruce anschauten, der sich bei jeder Gelegenheit damit brüstete, mindestens einmal in der Woche ein anderes Mädchen im Wagen gehabt zu haben, mindestens einmal in der Woche ein anderes dieser braungebrannten Mädchen, die so kolossal hochmütig sein konnten, wenn ein Farbiger ihren Weg kreuzte, und so unsagbar billig, wenn ein Mann wie Bruce ein Auge auf sie hatte, so erschreckend primitiv in dem, was sie ihm auf die Rückseite ihrer Fotografien geschrieben hatten, und so völlig hemmungslos, wenn sie sich von ihm fotografieren ließen, im Bikini, im halboffenen Pyjama oder mit nackten Schultern unter einer Bettdecke, obgleich sie wissen mußten, daß er die Bilder herumzeigen würde. Ein Mädchen wie Claire würde sich nie im halboffenen Pyjama fotografieren lassen, aber es machte es nur noch hoffnungsloser. Vielleicht hätte er sich nie gewünscht, ein weißes Mädchen zu haben, wenn es für ihn genauso einfach wäre wie für Bruce. Es gab Augenblicke, wo er wie von Sinnen war, und es war gut, in solchen Augenblicken allein zu sein. Vor elf Jahren hatte es angefangen, als er halbtot nach Hause gebracht worden war, weil er ein weißes Mädchen angelächelt hatte. Er hatte sich nichts dabei gedacht, aber das weiße Mädchen hatte ihm mitten ins Gesicht gespuckt, und dann waren ihre Begleiter über ihn hergefallen, junge, stämmige Männer, und während er am Boden gelegen hatte und sie auf ihn einschlugen und auf ihm herumtrampelten, hatte er immer nur das weiße hochmütige Gesicht des jungen Mädchens gesehen, und er hatte es sein Leben lang nicht mehr vergessen.

Neben sich vernahm er wieder Sams Stimme: »Hörst du mir überhaupt noch zu?«

Er hatte ihm nicht mehr zugehört, aber er wollte ihn nicht kränken, und nickte.

»Es sind nur die Alten«, fuhr Sam fort, »sie haben ihn so erzogen. Für die Farmer in Mississippi sind die Farbigen heute noch das, was sie schon vor hundert Jahren für sie waren. Sie werden sich nie damit abfinden, daß sie sie nicht mehr wie Sklaven behandeln können. Ich wette meinen Buick, daß Bruce zum erstenmal in seinem Leben von einem Farbigen Befehle entgegennehmen muß.«

»Es ist eine Zumutung«, sagte John und sah sich nach Henry um. Er stand noch auf derselben Stelle im Hohlweg und blickte zu ihnen herauf. »Sie können die Jeeps einweisen!« sagte John zu ihm. »Gehen Sie hinunter auf die Straße und warten Sie dort, bis sie kommen.«

Henry setzte sich stumm in Bewegung.

»Warum hast du Byrne mitgeschickt und nicht ihn?« fragte Sam.

»Warum ihn, wenn es Bruce so lieber gewesen wäre?«

Sam seufzte. »Es war ein Fehler, John«, sagte er. »Horne ist bestimmt nicht Denson.«

»Kennst du Horne?«

»Kennst du Chumley?«

»Horne ist nicht Chumley«, antwortete John gleichgültig. Er wußte so gut wie Sam, daß ihm eine harte Auseinandersetzung bevorstand, aber es machte ihm nichts mehr aus.

»Beweisen kannst du es ihnen nicht«, murmelte Sam, »darüber mußt du dir im klaren sein. So etwas läßt sich nicht beweisen. Ich hätte an deiner Stelle darauf bestanden, daß sie versetzt werden.«

»Mit welcher Begründung?«

»Wenn sie wenigstens Rückgrat hätten«, murmelte Sam. »Sie werden nie zugeben, daß es das ist. Schau dir Calhoun an. Er hat es nach fünfzehn Jahren zum Major gebracht. Wenn er eine weiße Haut hätte, wäre er schon lange General. Er ist einer der intelligentesten Offiziere, die ich kenne.«

»Und?«

»Nur so«, murmelte Sam. Er schob die Hände in die Taschen und blickte unglücklich in die Nacht. »Die Armee ist nicht schlecht, John, aber es ist hier genauso wie daheim; man muß den richtigen Platz erwischen, und in der Armee wird dir dein Platz zugewiesen. Ich würde an deiner Stelle nicht in der Armee bleiben. Du mußt hier immer nehmen, was du kriegst.«

»Du mußt überall nehmen, was du kriegst«, erwiderte John. »In der Armee habe ich wenigstens die Möglichkeit, mich zu wehren.«

»Wenn du es so siehst...«

»Ich habe keine andere Wahl, als es so zu sehen. Als Sergeant weiß ich, wer ich bin, als Zivilist bin ich, wozu man mich macht. Warum, denkst du, habe ich mich angestrengt, Sergeant zu werden? Die Armee ist humaner als die habilitierten Humanisten auf der Lansing-State-Universität. Seit ich diese Uniform anhabe, juckt mich meine Haut lange nicht mehr so oft wie früher.«

»Trotzdem!« sagte Sam. Manchmal sah er es so klar vor sich wie eine Landschaft, aber immer, wenn er versuchte, es John begreiflich zu machen, stolperte er über die Unzulänglichkeit seiner Ausdrucksmittel. »Wenn du mich fragst«, meinte er, »mir wäre es in der Armee auf die Dauer zu eng. Du kannst deine Ellbogen nie weiter auseinandernehmen als bis zu deinem Nebenmann.«

John lächelte. »In der Armee habe ich wenigstens einen Nebenmann; in Lansing nicht. Wir beide hätten uns ohne die Armee nie kennengelernt.«

»Quatsch!« sagte Sam und wurde rot wie ein Mädchen; John sah es in der Dunkelheit.

Sie standen noch immer oberhalb der Böschung, und sie waren von daheim weg, aber sie wußten, daß sie sich aufeinander verlassen konnten.

»Wenn du einmal meinen Wagen brauchst«, sagte Sam. »Ich meine, wenn sie dir das Geld zurückbringt.«

»Das glaube ich nicht. Sie wird es mit der Post schicken.«

»Ist sie hübsch?«

»Nicht besonders«, antwortete John. Dann sah er die Scheinwerfer. Es waren zwei Fahrzeuge, die sich rasch der Stelle näherten, wo der Hohlweg von der Straße abzweigte. Unten blieben sie plötzlich stehen. »Sie haben Henry getroffen«, sagte Sam.

Sie warteten, aber es dauerte lange. Nach fünf Minuten war John davon überzeugt, daß ihr Aufenthalt nicht allein mit Henry zusammenhängen konnte.

»Ich verstehe das nicht«, murmelte Sam nervös. »Was haben sie so lange zu quatschen?«

John stieg die Böschung hinunter und schaltete die Scheinwerfer seines Jeeps ein. Obwohl er fror, waren seine Handteller feucht, er wischte sie an der Hose ab. – Denson müßte hiersein, dachte er.

»Hast du eine Erklärung dafür?« fragte Sam nervös.

»Eine Vermutung. Vielleicht haben sie Henry nicht allein getroffen.«

»Du meinst ...«

»Eine Vermutung«, wiederholte John ruhig.

Sam kam zu ihm herunter. »Es ist ausgeschlossen, John. Die Jeeps kamen von der anderen Seite. Sie können Bruce und Byrne nicht begegnet sein.«

»Vorausgesetzt, Bruce und Byrne haben auf der Straße nicht auf sie gewartet.«

»Das wäre ein glatter Fall von Insubordination«, sagte Sam. »Sie sind vor einer Dreiviertelstunde wegmarschiert; zur Straße sind es nicht mehr als fünf Minuten.«

»Höchstens«, sagte John. »Ich glaube, da sind sie!«

Er blickte den Hohlweg hinab. Zuerst sahen sie nur das Licht der Scheinwerfer, dann kamen sie langsam um die nächste Krümmung. Noch ehe sie da waren, vernahm John die befehlende Stimme von Leutnant Horne. Er stand aufrecht neben dem Fahrer. Als John zu ihm trat, nickte er flüchtig, kletterte aus dem Jeep und lief an die Unfallstelle.

John wartete noch, bis auch der zweite Jeep herangekommen war und Bruce, Henry und Byrne heraussstiegen. Er blickte in ihre grinsenden Gesichter, dann folgte er Leutnant Horne, der die Rutschspuren auf der linken Böschung betrachtete und ein Notizbuch in der Hand hielt. »Wer saß am Steuer?« fragte er.

»Ich, Sir!« Sam kam mürrisch näher. »Es wäre jedem an meiner Stelle passiert.«

»Danach habe ich Sie nicht gefragt«, sagte Leutnant Horne. Obgleich erst siebenundzwanzig Jahre alt, war er nach Denson der dienstälteste Offizier in der Kompanie. Sein Vater saß im Kongreß. Wenn Denson in die Staaten zurückkehrte, würde Horne erster Leutnant und Kompanieführer werden. Sein Weg war so klar vorgezeichnet wie das Dienstreglement in der Armee. Seine Männer schätzten ihn als fair, unbestechlich und konziliant. Da er den zweiten Zug führte, hatte John nur dann mit ihm zu tun, wenn er Grenzoffizier vom Dienst war.

Er ging um die beiden Jeeps herum, leuchtete mit der Taschenlampe den eingedrückten Kühler ab und blickte Sam an. »Wie erklären Sie sich den Vorfall?«

Sam zuckte mürrisch mit den Schultern; Hornes Art lag ihm nicht. »Der Lenkstockhebel hat sich aus dem Konus gelöst; wir haben die Mutter verloren.«

»Sie war noch dran, als Sie aus der Kaserne wegfuhren?«

»Jawohl, Sir.«

»Sie haben sich davon überzeugt?«

»Ich nicht. Sergeant Baako...«

»Danke«, sagte Leutnant Horne knapp.

Er winkte den Fahrer seines Jeeps zu sich heran. »Bringen Sie die Sache in Ordnung, Dean! Haben Sie die Ersatzmutter?«

»In der Tasche, Sir«, antwortete Dean. Er gehörte zum Werkstattzug.

John beobachtete, wie er zu seinem Jeep ging und mit einem Schraubenschlüssel zurückkehrte. Als er unter den Wagen kroch, wandte sich John an Leutnant Horne: »Sie sollten es sich vorher anschauen, Sir«, sagte er.

»Was?«

»Die Schraube vom Lenkstockhebel. Wenn Sie die Ersatzmutter aufschrauben lassen, läßt sich hinterher nichts mehr feststellen.«

Horne blickte über die Schulter hinweg in sein Gesicht. »Feststellen? Was?«

»Daß die Befestigungsmutter gewaltsam entfernt worden ist«, sagte John. »Sie sehen es am Gewinde; die Mutter war festgerostet.«

Horne kam von der anderen Seite des Jeeps zu ihm herüber. »Ich habe schon so etwas gehört. Wie kommen Sie dazu, zwei Ihrer Männer nach Rasdorf zu schicken?«

»Ich hatte meine Gründe, Sir. Wenn Sie erlauben...«

Horne unterbrach ihn kühl: »Wir sprechen morgen darüber. Sie scheinen sich über Ihre Aufgabe als Patrouillenführer ein völlig falsches Bild zu machen!«

»Das glaube ich nicht, Sir«, sagte John mit erzwungener Ruhe. »Ich hätte den Wagen selbst gefahren. Ich glaube auch nicht, daß es Captain Denson gleichgültig ist, wenn er erfährt, daß zwei meiner Männer sich weigerten, einen dienstlichen Befehl auszuführen.«

»Ihr Befehl wurde von mir aufgehoben«, erwiderte Horne kühl. »Ich stelle es Ihnen anheim, sich darüber bei Captain Denson zu beschweren. Im Augenblick haben Sie jedenfalls Wichtigeres zu tun. Sind Sie fertig?«

Seine letzten Worte galten Dean, der jetzt unter dem Jeep hervorkam.

»Erledigt, Sir«, sagte er. »Diesmal sitzt sie fest.« Er grinste John an. »Sie sind der erste, dem so etwas passiert, Sergeant! Ein Achsenbruch kann jedem passieren.«

Er ging mit Leutnant Horne zum hinteren Jeep und betrachtete ihn. »Da ist nichts zu machen, Sir. Wir müssen ihn abschleppen.«

»Worauf warten Sie noch, Sergeant?« fragte Horne.

John hob den Kopf. Wie durch einen weißen Nebel sah er die zufriedenen Gesichter von Bruce, Henry und Byrne. Dann fühlte er wieder Sams Hand an seinem Arm und die Wärme, die von ihm ausging. Er fühlte sie so deutlich, als hätte er die Hand auf seinem bloßen Arm liegen, und er lächelte darüber.

5

Seine Eltern hatten ihn in der Nacht nicht heimkommen hören. Obwohl er nur ein paar Stunden geschlafen hatte, wachte er früh auf. Er blieb noch eine Weile im Bett liegen und wartete, bis oben die Schlafzimmertür ging. Seine Mutter stand immer als erste auf. Sie würde jetzt ins Bad gehen, dann zurück ins Schlafzimmer und schließlich in die Küche. Sobald sie das Kaffeewasser aufgesetzt hatte, weckte sie ihren Mann. Fred ließ sich in der Regel länger Zeit, er war schneller fertig als sein Vater, weil er sich elektrisch rasierte.

Heute waren sie später dran als sonst. Zwischen den Feiertagen gab es wenig zu tun. Sein Vater würde erst gegen Mittag nach der Post schauen und dann wieder zurückkommen. Der Tag war wie geschaffen, ein ernstes Wort mit ihnen zu reden, und Fred war fest entschlossen, es zu tun.

Er begegnete seiner Mutter, als er die Treppe hinaufstieg. Sie kam im Morgenrock aus der Küche und hätte vor Schreck fast das Tablett mit dem Frühstück fallen lassen; ihr Gesicht färbte sich zitronengelb.

Irgendwie hat sie es mit der Galle, dachte Fred. Er lächelte sie beruhigend an. »Kein Grund zur Aufregung. Wir sind heute nacht zurückgekommen, ich wollte euch nicht stören.«

»Es ist etwas passiert«, flüsterte sie.

Fred küßte sie auf die Wange. »Es ist nichts passiert, Mama. Wir hatten eine kleine Auseinandersetzung, ich erzähle es euch beim Frühstück. Ist er im Bad?«

»Nein!« Sie hatte sich von ihrem Schreck noch nicht erholt. »Es ist wirklich nichts passiert?«

»Wirklich nicht«, sagte Fred beruhigend. Er hatte seine Eltern sehr gern. Der Gedanke, sie einmal verlieren zu müssen, erschien ihm heute noch genauso unfaßbar wie vor vielen Jahren, als er sich zum erstenmal mit ihm beschäftigt hatte. »Ich komme sofort«, sagte er, »wenn ich mich rasiert habe.«

Während er wieder die Treppe hinunterstieg, fühlte er ihren Blick im Rücken. Es schmerzte ihn, daß er ihr diese Aufregung bereiten mußte. Alles wegen eines Niggers, dachte er bitter.

Er behielt auch nach dem Rasieren den Morgenrock an, während sein Vater wie immer korrekt angezogen am Tisch saß, im dunklen Einreiher und Weste.

»Du hättest uns wecken sollen«, sagte er vorwurfsvoll. »Deine Mutter hätte fast einen Herzschlag bekommen.«

»Wo ist sie?« fragte Fred besorgt.

»In der Küche. Warum hast du uns nicht geweckt?«

»Wenn ich euch geweckt hätte«, erwiderte Fred, »wäret ihr noch mehr erschrocken. Ich habe noch daran gedacht, euch anzurufen, oder ein Telegramm zu schicken, aber mit Andeutungen hätte ich es wahrscheinlich schlimmer gemacht, als es ist. Es war eine Laune von Claire, sonst nichts.«

»Sie ist mir in letzter Zeit zu unausgeglichen«, brummte Fehrenbach. »Irgendwas geht in dem Mädchen vor. Ihr habt euch gestritten?«

Fred wartete mit der Antwort, weil seine Mutter hereinkam. Sie stellte das Geschirr auf den Tisch und wischte sich eine Haarsträhne aus dem Gesicht.

»Teils, teils. Ich wollte es euch ursprünglich nicht sagen, aber ...«

»Was wolltest du uns nicht sagen?« fragte Fehrenbach ungeduldig. »Ist etwas vorgefallen?«

»Am Weihnachtsabend, als ich zu ihr nach Hause kam. Sie hatte Besuch bei sich.«

»Claire?«

»Sie hat den Neger mit nach Hause genommen«, sagte Fred.

Es breitete sich wie eine giftige Blase im Zimmer aus. Noch ehe er es ganz ausgesprochen hatte, kamen ihm Zweifel, ob es richtig gewesen war. Er blickte in das versteinerte Gesicht seiner Mutter, in das von ungesunder Röte gefärbte Gesicht seines Vaters, und er beeilte sich, dem Inhalt seiner Worte wenigstens ihren schrecklichen Verdacht zu nehmen.

»Natürlich ist nichts passiert«, sagte er hastig. »Ich vermute, er hat es verstanden, ihr Mitleid zu wecken; sie hat ihn zu einem Glas Wein eingeladen.«

Fehrenbach faßte sich zuerst. Die Röte in seinem Gesicht verwandelte sich in ein stumpfes Grau. Er stand auf, als ob es ihm im Sitzen zu eng geworden wäre, machte ein paar unsichere Schritte durchs Zimmer und kehrte an den Tisch zurück. »Wurden sie von jemandem gesehen?«

Fred schüttelte den Kopf. Er hatte sich die Wirkung seiner Worte nicht so explosiv vorgestellt und verlor jetzt die Lust, ihnen auch von der Geldüberweisung zu erzählen.

»Wir könnten das Büro zumachen«, sagte Fehrenbach. Er setzte sich wieder an den Tisch und starrte geistesabwesend vor sich hin. »Ich hätte es ihr nicht zugetraut«, murmelte er.

»Du nicht!« sagte seine Frau. Ihre Stimme klang wie das Zischen ausströmender Luft. »Ich habe immer gewußt, daß sie zu allem fähig ist. Sie ist ein undankbares, unberechenbares Geschöpf. Ich werde mit ihrem Vater reden.«

»Das wirst du nicht tun«, entgegnete Fred. Sein Verhältnis zu seinen Eltern war immer gut gewesen. Er war von ihnen verwöhnt worden, und sie hatten für seine Zukunft gesorgt, aber jetzt ging es um mehr.

»Außer uns weiß kein Mensch davon«, sagte er ruhig. »Ich werde dafür sorgen, daß sie sich nicht mehr mit ihm trifft. Notfalls kann man noch mehr tun, ich glaube aber nicht, daß es nötig sein wird. Überhaupt wäre es mir lieb, du würdest dich in Zukunft nicht mehr soviel mit ihr befassen. Sie hat bereits angedeutet, daß sie später eine eigene Wohnung haben möchte. Solange du bei jeder unpassenden Gelegenheit zu uns ins Zimmer kommst, kann ich es ihr schlecht ausreden.«

»Wenn es ihr nicht paßt, soll sie gehen. Du findest zehn andere für sie.«

»Ich möchte keine zehn andere, ich werde Claire heiraten, und wenn es sich herausstellen sollte, daß es unter einem Dach nicht guttut, müssen wir uns in Gottes Namen eine eigene Wohnung suchen. Ich ziehe mich jetzt an.« Er verließ so rasch das Zimmer, daß sie keine Zeit zu einer weiteren Entgegnung fand.

»So hat es kommen müssen«, murmelte Fehrenbach. Er schob angewidert seine Tasse von sich. »Ich glaube ja auch nicht, daß sie etwas mit diesem Kerl gehabt hat. Das Mädchen ist eben eigensinnig.«

»Sie ist nicht eigensinnig, sie ist hemmungslos«, sagte seine Frau. Sie suchte in ihrem Morgenrock nach einem Taschentuch und preßte es gegen die Augen. Seelische Erschütterungen endeten bei ihr regelmäßig in Tränenausbrüchen. Sie hatten die Wirkung eines Ventils, schufen ihr Erleichterung und beschleunigten die Wiederherstellung ihrer inneren Ordnung.

Fehrenbach seufzte. »Sie kennen sich schon zu lange. Vielleicht haben wir ihnen zuviel Gelegenheit gegeben.«

»Sie hätten sie auch ohne uns gefunden«, erwiderte seine Frau schroff.

»Wie war es bei uns? Mir ist es jedenfalls lieber, sie sind hier im Haus als sonstwo. Fred ist alt genug, er hätte schon vor zehn Jahren heiraten können.«

»Eine Studentin kann nicht heiraten«, murmelte Fehrenbach. »Das leuchtet mir ein. Er hätte sich ein anderes Mädchen suchen müssen. Damals warst du von ihr genauso angetan wie er.«

»Ich wußte zuwenig von ihr«, sagte seine Frau und stand auf. Sie schob das Taschentuch in den Morgenrock zurück, ihrem Gesicht war nichts mehr anzumerken. »Ich rede noch einmal mit ihm. Er hat uns noch nicht erzählt, warum sie sich in Oberstdorf gestritten haben.«

Fred war noch beim Anziehen. »Wieder beruhigt?« fragte er lächelnd. Sie half ihm in die Jacke, hob seinen Pyjama vom Boden auf und legte ihn auf die Bettcouch. »Du fährst zu ihr?« fragte sie dann.

Fred betrachtete sich im Spiegel. Der graue längsgestreifte Anzug ließ ihn schlanker erscheinen, als er war. Er fand, daß er gut aussah. »Ich habe es vor«, sagte er. »Wahrscheinlich ist sie jetzt wieder zur Vernunft gekommen.«

»Warum habt ihr euch gestritten?«

Sie wirkte jetzt so ruhig, daß er sich ernsthaft überlegte, ob er ihr nicht doch von der Geldüberweisung erzählen solle, aber dann entschied er sich dagegen.

»Ich habe das Gespräch nochmals auf den Schwarzen gebracht«, sagte er gleichgültig. »Sie bekam so etwas wie einen Koller. Ich bringe das schon wieder in Ordnung, verlaß dich drauf.«

Sie betrachtete ihn voll mütterlichen Stolzes. Er war ein guter Junge, und sie liebte ihn über alles. In manchen Nächten konnte sie nicht einschlafen vor Angst, ein neuer Krieg könnte ihn ihr wegnehmen.

»Es klappt doch zwischen euch?«

Fred blickte vom Spiegel zu ihr hin. »Warum nicht?«

»Wenn ein Mädchen einem Schwarzen nachläuft, ist sie entweder pervers oder unausgeglichen. Ich glaube nicht, daß Claire eine perverse Veranlagung hat.«

»Man kann es sich schwer vorstellen«, sagte Fred. »Unausgeglichen war sie schon immer.«

Seine Mutter wandte sich der Bettcouch zu, klappte sie auf und fing an, das Bettzeug in den Kasten zu legen. »Vielleicht liegt es an dir.«

»Wieso an mir?«

»Vielleicht gibst du dir zuwenig Mühe mit ihr.«

Fred wurde ein wenig rot. So offen hatte sie noch nie mit ihm gesprochen. »Das glaube ich nicht«, sagte er verlegen.

Wenn er ehrlich zu sich war, mußte er eingestehen, daß es in sexueller Hinsicht zwischen Claire und ihm nur noch ganz selten zu einer

Übereinstimmung kam. Er führte es auf ihre durch das näher rückende Examen bedingte Nervosität und Unkonzentriertheit zurück.

Seine Mutter war jetzt fertig geworden. Sie klappte die Bettcouch zu und strich ihm zärtlich über die Wange. »Du genierst dich doch nicht, mit mir darüber zu reden?«

»Aber woher denn!« sagte er verlegen. Er hätte ihr sagen können, daß er zwei dicke Bücher im Schrank stehen hatte, die sich ausführlich mit diesen Problemen beschäftigten, aber eine winzige Barrikade von Schamgefühl hinderte ihn daran. Obgleich ihm das Thema unangenehm war, empfand er es nicht als unschicklich, daß seine Mutter davon sprach. Er hatte nie Geheimnisse vor ihr gehabt, und vielleicht war dies auch der Grund, weshalb sein Verhältnis zu ihr fast noch genauso war wie vor fünfundzwanzig Jahren.

Sie nickte befriedigt. »Als Frau kann ich Claire besser beurteilen. Sie gehört nicht zu jenen, die Ansprüche stellen.«

»Vielleicht«, sagte Fred, aber er war anderer Meinung. Claire war nicht der Typ für das, sie wurde rasch ungeduldig, und hinterher apathisch. Er holte seinen Mantel aus dem Schrank.

»Wenn sie ihr Examen hat, wird alles anders. Sie ist jetzt nervös. Wo habe ich nur meine Handschuhe?«

»Ich habe sie an der Garderobe liegen sehen«, sagte seine Mutter. Sie ging mit ihm hinaus und sah zu, wie er die Handschuhe und seinen Hut aufsetzte.

»Was ich noch fragen wollte«, sagte er in nebensächlichem Ton, »Irmgards Mann kennt doch den Bürgermeister?«

»Sie sind Parteifreunde. Warum fragst du?«

»Es war nur so ein Einfall.« Er küßte sie auf die Wange. »Ich beeile mich, vielleicht will er mit dem Wagen ins Büro.«

»Er kann heute mit der Straßenbahn fahren. Willst du ihr die Weihnachtsgeschenke mitnehmen?«

Er hatte sie schon nach Oberstdorf mitnehmen wollen, aber seine Mutter hatte darauf bestanden, daß Claire sie selbst abholte.

»Vielleicht kann ich sie dazu bewegen, heute abend herzukommen«, sagte er.

Auf dem Weg zur Garage und während der ganzen Fahrt zu Claire lächelte er über seine Mutter. Sie ist eine großartige Frau, dachte er.

Ruth machte ihm die Tür auf. Ihre Art, ihn mit ihren graugrünen Augen anzusehen, hatte schon des öfteren den Wunsch in ihm wach werden lassen, sie zu verführen, aber er wußte, was er sich selbst und seiner Familie schuldig war. Ein Mann von Stellung und Charakter ließ sich nicht mit einem Dienstmädchen ein, auch wenn es so aussah wie Ruth.

Es fiel ihm plötzlich auf, daß Ruth Claires Frisur imitierte. Sie trug die blonden Haare kurzgeschnitten und in die Stirn gekämmt. Ihr ovales Gesicht mit dem großen scharfbegrenzten Mund wirkte trotz ihrer neunzehn Jahre noch unfertig und wie von einer dünnen Fettschicht überzogen, aber dieser Eindruck war oberflächlich und wurde durch ihre Figur widerlegt. Fred hatte sie nie anders als in enganliegendem Pullover und ebenso enganliegenden Hosen gesehen. Die Schürze, die sie trug, war so bunt wie ein Gemälde von Matisse.

»Fräulein Heggelbacher ist im Bad«, sagte sie. »Sie ist eben erst aufgestanden.«

Ruth hatte eine tiefe, fast männliche Stimme, die Fred jedesmal in Staunen versetzte. Zweifellos war sie ein ausgefallener Typ.

Er ließ sich von ihr aus dem Mantel helfen, hängte seinen Hut sorgfältig an die Garderobe und prüfte den Sitz seiner Krawatte. Im Spiegel konnte er sehen, daß Ruth ihn beobachtete.

»Es war spät heute nacht«, sagte er.

Ruth lächelte. »Ich habe Fräulein Heggelbacher kommen hören.«

»Hat sie Sie aufgeweckt?«

»Ich höre sie immer heimkommen.«

Es wäre eine Möglichkeit, dachte Fred, für alle Fälle. Man müßte wissen, ob sie dichthält.

»Sie sind doch ein vernünftiges Mädchen, Ruth«, sagte er, in den Spiegel schauend. »Wollen Sie mir einen Gefallen tun?«

»Gern, Herr Fehrenbach«, sagte sie lächelnd.

Fred blickte zum anderen Ende des Flurs, wo das Bad lag. »Ist sie schon lange im Bad?«

»Höchstens fünf Minuten.«

»Kommen Sie mit!« sagte Fred.

In Claires Zimmer sah er sich rasch um. Ihr Bett war noch nicht gemacht, ihr Nachthemd lag über einem Sessel, das Fenster stand weit offen. Er machte es zu und betrachtete einen Augenblick lang die verschneiten Berge jenseits des Flusses und den grauen Winterhimmel. Es war ihm nicht ganz wohl bei der Sache, und er fühlte sich wie ein Mann, der eine unsichere Eisdecke betritt. Andererseits beruhigte er sich damit, daß nun, wo Claire ohnedies bald das Haus verlassen würde, für Ruth kein Grund mehr vorlag, ihr besonders gefällig zu sein.

»Sie wissen sicher, daß Fräulein Heggelbacher und ich bald heiraten werden«, sagte er. »Oder hat sie es Ihnen noch nicht erzählt?«

Als er keine Antwort bekam, drehte er sich um. Sie stand in der Tür, einen merkwürdigen Ausdruck im Gesicht.

»Hat sie es Ihnen nicht erzählt?« fragte er wieder.

Sie machte eine unbestimmte Bewegung.

Fred lächelte. »Ich glaube, es fällt Ihnen schwer, sich von ihr zu trennen?«

»Ich habe mich an sie gewöhnt.«

Er blickte sie nachdenklich an. »Wenn Sie bei ihr bleiben möchten: Es kann gut sein, daß wir später selbst ein Mädchen brauchen. Bis dahin können Sie ja noch Herrn Heggelbacher den Haushalt führen, oder wollen Sie nicht mehr so lange arbeiten?«

»Das weiß ich noch nicht.«

Es lief nicht so, wie er es erwartet hatte. Wenn er eine Sache nicht auf Anhieb schaffte, verließ ihn regelmäßig der Mut. Er ging zum Tisch und schlug eine Zeitung auf. »Jedenfalls wissen Sie jetzt, daß die Möglichkeit besteht«, sagte er kurz.

Es klang nach einer Verabschiedung, aber sie blieb auf ihrem Platz an der Tür stehen.

»Ist noch etwas?« fragte Fred, in die Zeitung blickend.

»Sie wollten mich doch um einen Gefallen bitten«, antwortete sie. »Betrifft es Fräulein Heggelbacher?«

»Vielleicht.« Fred legte die Zeitung weg. »Ich weiß nicht, ob Sie etwas für sich behalten können?«

»Oh, das kann ich!« sagte sie lebhaft. »Ich verrate nichts.«

Ihr Gesicht hatte wieder denselben Ausdruck wie vorhin. Er gefiel ihm nicht, und er hatte plötzlich das Gefühl, einen Fehler zu machen.

»Ich werde es mir überlegen«, sagte er. »Vielleicht komme ich noch einmal darauf zurück.«

Der Ausdruck in ihrem Gesicht wich unverhüllter Enttäuschung. Sie verschwand, ohne ein Wort zu sagen, durch die Tür. Bis Claire eintrat, zerbrach sich Fred den Kopf nach einer glaubwürdigen Erklärung, falls das Mädchen ihr von dem Gespräch erzählte.

Claire war im Bademantel. Er hatte sie kurz vorher auf dem Flur mit Ruth sprechen hören. Ihr Gesicht verriet keine Überraschung, als sie ihn sitzen sah.

»Früher konntest du nicht kommen?« fragte sie, aber es klang nicht unfreundlich, und er glaubte sogar die Andeutung eines Lächelns in ihren Augen wahrzunehmen. Sie sah frisch und ausgeruht aus. Jedesmal, wenn er sie mit Ruth verglich, verlor er das Bild des Mädchens aus seinem Gedächtnis.

»Ich habe schauderhaft geschlafen«, sagte er.

Sie ließ sich von ihm küssen, und es schien ihm, als ob ihr Mund weicher sei als sonst. »Du riechst gut«, sagte er. »Was ist das? Hautöl?«

»Vielleicht mein Puder«, antwortete Claire. »Bist du mit dem Wagen hier?«

»Ja, ich war so ungeduldig!«

Claire lächelte. »Wir haben uns schrecklich lange nicht mehr gesehen.«

»Mir ist es schrecklich lange vorgekommen«, sagte er ernsthaft. »Hast du gut geschlafen?«

»Ausgezeichnet!« sagte sie.

Es verletzte ihn, aber er hatte sich entschlossen, vernünftig mit ihr zu sprechen. Obwohl er sich Mühe gab, gelang es ihm nicht ganz, Unbefangenheit in seinen Ton zu legen. Als hätte sich die Erinnerung an den gestrigen Tag in ein feinmaschiges Netz verwandelt, fühlte er sich gehemmt, hilflos und wie von einer durchsichtigen Druckkabine umgeben. Es änderte sich auch nicht, als er Claire bei der Hand faßte und sie zum Sessel zog. Sie sträubte sich nicht, und ihre Augen waren wie immer, ein wenig neugierig und ein wenig gleichgültig. Er hatte oft versucht, hinter ihre Farbe zu kommen, aber sie änderte sich mit der Beleuchtung, wie die Farbe eines Chamäleons. Ebensowenig hätte er zu sagen vermocht, was ihr Gesicht unter Hunderten hervorhob, vielleicht lag es an der Harmonie seiner Proportionen. Es gab nichts Unregelmäßiges an ihrem Gesicht und nichts, was man sich hätte anders vorstellen können, als es war.

Es hatte einmal eine Zeit gegeben, wo der bloße Gedanke, ein anderer Mann könnte ihm dazwischenkommen, ihm den Schweiß auf die Stirn getrieben hatte. Ihretwegen hatte er ein halbes Jahr schlecht geschlafen, seine Arbeit vernachlässigt und fünf Pfund Gewicht verloren. Er hatte alles durchgemacht, was ein Mann einer Frau wegen durchmachen kann, und jetzt saß sie auf seinem Schoß, und er spürte ihren Körper durch den Bademantel, die kühle glatte Haut ihrer Arme unter seinen Händen, und er wußte nicht, wie er beginnen sollte.

Obwohl sie es ihm leichter machte, als er erwartet hatte, war es nicht dasselbe wie sonst, und die winzige Bewegung, die es ihn gekostet hätte, ihren Gürtel zu öffnen, verlangte in dieser Sekunde größere Überwindung von ihm als eine Selbstdemütigung. Er fühlte sich noch immer im Recht, und er wartete darauf, daß sie etwas sagte, was ihm helfen würde, aus der Sackgasse seines Stolzes herauszukommen. Aber sie sagte nichts, und ihre Augen waren unverändert auf ihn gerichtet, etwas neugierig und etwas gleichgültig, geradeso, als ob sie die Handlung eines Theaterstückes verfolgte, das zu anspruchslos war, um ihren ungeteilten Beifall zu finden.

»Deine Weihnachtsgeschenke liegen noch bei uns«, sagte er schließlich, als das Schweigen peinlich wurde. »Willst du sie heute abend abholen?«

»Warum hast du sie nicht mitgebracht?«

»Es ist besser, du holst sie ab. Es wäre eine Gelegenheit, meine ich.«

»Wofür?«

Es verdroß ihn, daß sie sich so begriffsstutzig stellte. »Immerhin warst du seit dem Weihnachtsabend nicht mehr bei uns. Du mußt dich wieder einmal sehen lassen; sie hat das Kostüm selbst geschneidert.«

»Woher hatte sie die Maße?«

Fred grinste. »Von mir. Erinnerst du dich nicht?«

Sie erinnerte sich, er machte es öfter. Jedesmal, wenn in einer Zeitung oder Illustrierten die Taille- und Brustweite eines Filmstars publiziert wurde, verglich er sie mit ihren eigenen Maßen, um befriedigt festzustellen, daß weder Esther Williams noch Martine Carol mit ihr konkurrieren konnten.

»Eigentlich wollte ich heute abend arbeiten«, sagte Claire.

Fred runzelte die Stirn. »Wenn wir in Oberstdorf geblieben wären, hättest du heute abend auch nicht arbeiten können. Je länger wir damit warten, desto unangenehmer wird es. Es war dumm von uns, daß wir uns gestritten hatten; findest du nicht auch?«

Claire nickte. Sie tat es gegen ihre Überzeugung, aber sie hatte sich, genau wie er, vorgenommen, vernünftig zu sein.

»Wir waren beide überreizt«, fuhr Fred fort. »Am besten ist es, wir reden nicht mehr davon. Hast du mich überhaupt noch gern?«

Es war eine schwierige Frage. Gestern hatte sie ihn gehaßt, an anderen Tagen war er ihr gleichgültig. Sie war sich nie ganz darüber schlüssig geworden, ob das, was sie mit ihm verband, nur noch Gewohnheit war. Früher war es mehr gewesen. Sie hatte es oft nicht abwarten können, ihn zu sehen.

»Das mußt du doch merken«, antwortete sie ausweichend.

»Ich weiß nicht. Manches Mal, ja. Aber gestern zum Beispiel ...«

»Du wolltest nicht mehr davon sprechen«, sagte Claire. Sie beobachtete, wie seine Hand mit der Schlaufe ihres Gürtels spielte. – Warum macht er ihn nicht endlich auf? dachte sie. Es war noch ein Widerstand in ihr, mit dem sie allein nicht fertig wurde.

Erst wenn ich mit ihr gesprochen habe, dachte Fred. Es ist besser, ich warte so lange. Er berührte mit dem Mund ihr Ohr, und sie nahm ihm die Zigarette aus der Hand und rauchte sie weiter.

»Das Geld schickst du ihm zurück«, sagte Fred, so gleichgültig, wie er konnte.

Er sah, wie die Bewegung, mit der sie die Zigarette gerade zum Mund führen wollte, plötzlich aufhörte, dann ließ sie den Arm sinken.

»Nein.«

»Warum nicht?«

»Es wäre unhöflich«, sagte Claire. »Ich werde es ihm bringen und mich bedanken.«

»Das kommt nicht in Frage!« sagte Fred.

Claire machte sich von ihm los; die Gelegenheit war endgültig verpaßt. Sie gab ihm die Zigarette und sah sich im Zimmer um, als ob sie etwas suchte.

»Hast du verstanden?« fragte Fred.

»Ich kann dir eines versprechen«, sagte sie, ohne ihn anzuschauen, »ich werde ihm das Geld bringen und ihn dann nie mehr treffen.«

Wenn sie sich jetzt wieder mit ihm trifft, dachte er, kommt sie nicht mehr von ihm los.

Er stand gleichfalls auf. »Wenn du zu ihm gehst, werden wir dafür sorgen, daß er von hier wegkommt.«

Sie blickte schnell in sein Gesicht. »Wer? Deine Eltern?«

»Ich und meine Eltern«, antwortete Fred. Er war so von ihr enttäuscht, daß er kaum reden konnte.

»Du hast es ihnen erzählt?«

»Noch nicht!« Er wäre beim Sprechen fast über seine Lüge gestolpert und wurde ein wenig rot. »Aber ich werde es ihnen erzählen, wenn du zu ihm gehst, sie haben Beziehungen zum Bürgermeister.«

»Und weiter?« fragte Claire.

Sie stand kerzengerade da, und er versuchte, in einem jähen Besinnen, sich noch einmal an seine guten Vorsätze zu klammern, aber die Strömung seiner Erregung war stärker. Er verlor ganz plötzlich die Beherrschung und trat dicht vor sie hin. »Das Weitere wirst du dann sehen«, sagte er laut. »Die Amerikaner hier legen Wert auf ein gutes Verhältnis zu der Bevölkerung. Wenn der Bürgermeister dem Regimentskommandeur einen Wink gibt, schicken sie deinen John nach Amerika zurück.«

»Das habt ihr euch fein ausgedacht«, sagte Claire unverändert ruhig. »Hoffentlich macht der Regimentskommandeur mit. Ich möchte mich jetzt anziehen.«

Fred drehte sich um und lief zur Tür. Dort blieb er noch einmal stehen. »Du kannst dir den Weg sparen«, sagte er, vor Wut zitternd. »Ich fahre jetzt hin und bringe ihm das Geld persönlich.«

»Untersteh dich nicht!« sagte Claire. »Wenn du das tust, brauchst du dich hier nicht mehr sehen zu lassen.«

»Darüber kannst du dich mit deinem Vater unterhalten«, erwiderte Fred, »wenn ich mit ihm gesprochen habe.«

Er schlug die Tür hinter sich zu und holte, halb blind vor Wut, seine Sachen von der Garderobe. Als er in seinen Mantel fuhr, hörte er Ruths Stimme hinter sich: »Wollen Sie schon wieder gehen?«

Sie lächelte verwundert und reichte ihm seinen Hut. »Ich dachte, Sie wollten Fräulein Heggelbacher abholen?«

»Kommen Sie mit vor die Tür!« sagte Fred rauh.

Diesmal hatte er keine Hemmungen mehr. Das Warnsignal in seinem Hirn ging im Aufruhr seiner Empfindungen unter. Er holte seine Brieftasche heraus und drückte dem Mädchen einen Geldschein in die Hand. »Das ist für Sie. Sie bekommen noch mehr, wenn Sie mir künftig sagen, mit wem Fräulein Heggelbacher telefoniert und wohin sie geht, wenn sie das Haus verläßt. Wenn Sie es verraten, waren Sie die längste Zeit hier. Haben Sie verstanden?«

Sie wurde um die Nase herum ein wenig weiß und nickte.

»Ich erfahre es!« sagte Fred drohend. »Ich erfahre auch, wenn Sie mir etwas unterschlagen. Sie können viel Geld verdienen, wenn Sie den Mund halten.«

Er ließ sie stehen und rannte die Treppe hinunter. Hätte er noch einmal zurückgeschaut, wäre ihm der Blick aufgefallen, den sie ihm nachschickte. Sie wartete, bis unten die Haustür zuschlug, dann kehrte sie rasch auf den Flur zurück. Sie bewegte sich leise zu Claires Zimmer, drückte vorsichtig die Klinke hinunter und öffnete die Tür einen Spalt weit.

»Wie oft habe ich Ihnen schon erklärt, Sie sollen anklopfen!« sagte Claire scharf.

Das Mädchen schwieg. Es starrte Claire neugierig an und trat vollends ins Zimmer.

»Haben Sie nicht gehört?« fragte Claire.

»Ich muß Ihnen was sagen«, murmelte das Mädchen.

Claire warf den Bademantel, den sie gerade ausgezogen hatte, wieder über und kam zu ihr. Wenn es nicht so schwierig gewesen wäre, ein Mädchen für den Haushalt zu kriegen, hätte sie sich schon lange nach einem anderen umgesehen. Ruth war ihr zu neugierig. Sie steckte überall ihre Nase hinein, und ihre Vertraulichkeiten stießen sie ab. Manchmal hatte sie sie im Verdacht einer lesbischen Veranlagung, aber ebensogut konnte es auch Dummheit bei ihr sein.

»Das nächste Mal klopfen Sie an«, sagte sie kurz. »Was wollen Sie?«

»Es ist wegen Herrn Fehrenbach«, antwortete Ruth. »Er wollte etwas von mir.«

»Von Ihnen?«

»Ja.«

Claire blickte sie aufmerksam an, dann entdeckte sie den Geldschein in ihrer Hand. »Von wem haben Sie das?«

»Von Herrn Fehrenbach.«

»Von Fred?« fragte Claire ungläubig.

Ruth nickte.

»Wofür?«

»Das darf ich Ihnen nicht verraten.«

Claire blieb eine Weile regungslos stehen, dann packte sie das Mädchen bei den Schultern. »Jetzt hören Sie mir einmal gut zu«, sagte sie mit blutleeren Lippen. »Entweder Sie sagen mir jetzt, wofür Ihnen Herr Fehrenbach das Geld gegeben hat, oder Sie packen Ihre Sachen und verschwinden. Also?«

»Ich soll ihm alles sagen«, antwortete das Mädchen eingeschüchtert.

»Was sollen Sie ihm sagen?«

»Mit wem Sie telefonieren und wohin Sie ausgehen. Ich hätte es Ihnen auch so erzählt, ich will das Geld nicht.«

Claire schloß einen Moment die Augen, dann ging sie in das Arbeitszimmer ihres Vaters, wo das Telefon stand. Während sie die Nummer wählte, fiel ihr Blick zur Tür, und sie sah wieder das neugierige Gesicht des Mädchens auf sich gerichtet.

»Räumen Sie das Bad auf!« sagte Claire, aber es war nicht mehr ihre Stimme.

6

Sam war noch da. Er hatte die Beine auf den Tisch gelegt, seine Arme hingen hinter der Stuhllehne, als gehörten sie nicht zu ihm. Bei Johns Eintreten blickte er besorgt auf. »Horne?«

»Das auch«, sagte John. Er trat ans Fenster und preßte die heiße Stirn gegen die Scheiben. Auf dem Kasernenhof herrschte Vormittagsbetrieb: viele Soldaten in Arbeitsuniformen, Lastwagen und zwei schwere Panzer, die klirrend über das Kopfsteinpflaster rollten.

»Von wem hast du es?« fragte Sam.

»Von Chumley.« Vom Fenster aus konnte John das Stabsgebäude sehen, und er behielt den Eingang im Auge.

»Wenn Horne Kompanieführer wird«, sagte Sam, »versetzt er mich in einen anderen Zug. Sie geben mir wieder eine Gruppe, ob ich will oder nicht.«

John wußte es. Er verdankte es nur Captain Denson, daß Sam noch in seiner Gruppe war. Als er zum Korporal befördert wurde, hatte er noch eine eigene Gruppe geführt. Dann gab es einen Zwischenfall mit dem Grenzoffizier, und er kam in den Werkstattzug auf die Schreibstube, wo er sich eines Tages mit Chumley anlegte. Seit einem Jahr war er stellvertretender Gruppenführer, ein Posten, der selbst dem Ehrgeiz eines Obergefreiten nicht genügte, aber Sam hatte keinen Ehrgeiz mehr. – »Gestern nacht soll es wieder einen Unfall gegeben haben«, sprach Sam weiter, »irgendeiner von der C-Kompanie. Hat Chumley nichts erzählt?«

»Mir nicht«, antwortete John. Er hörte kaum zu. Seit Claire ihn angerufen hatte, dröhnte ihm das Blut in den Ohren, und seine Gedanken zuckten wie elektrische Blitze über die Projektionsfläche seines Bewußtseins.

»Der vierte in einem halben Jahr«, sagte Sam. »Diese Armee will uns für dumm verkaufen. Oder glaubst du an einen Unfall?«

»Ich war nicht dabei.«

Sam grinste. »Wenn etwas passiert ist, will keiner dabeigewesen sein. Einen Tag, bevor sie mich entlassen, säge ich mit einer MP-Garbe einen Holzturm um und melde dem Grenzoffizier einen Betriebsunfall auf der anderen Seite.«

Es fiel ihm auf, daß John einen geistesabwesenden Eindruck machte, und er nahm seine Füße vom Tisch. »Viel kann er dir nicht anhaben«, sagte er tröstend. »Er wird dir einen Anpfiff geben und 'ne Meldung schreiben. Bevor sie weitergeht, kriegt Denson sie in die Hand. Ich möchte nicht in Bruces Haut stecken, wenn er zurückkommt.«

»Wer?«

Sam stand endgültig auf. »Du könntest wenigstens die Ohren aufmachen, wenn ein Kumpel dir gute Ratschläge gibt. Was hast du eigentlich mit dem Fenster?«

»Ich erwarte Besuch.«

Sam spitzte überrascht die Lippen. »Das Mädchen?«

Wieder brachte John es nicht fertig, ihm zu erzählen, daß er sich für den Abend mit Claire verabredet hatte. Es schien ihm selbst noch so unglaubhaft, daß er mit wachsendem Abstand fast daran zu zweifeln begann. Aber dann erinnerte er sich wieder an das grinsende Gesicht von Chumley und an Perkins, der ihn vor zehn Minuten ans Telefon geholt hatte. Er würde sie wiedersehen in acht Stunden, und hinterher würde alles nur noch hoffnungsloser sein. Aber er hätte sich eher die Hand abhacken lassen, als darauf zu verzichten.

»Ihr Verlobter«, sagte er.

Sam mußte sich wieder hinsetzen. Er betrachtete seine Beine, als hätten sie ihm einen bösen Streich gespielt. Dann zog er die Oberlippe von den Zähnen. »Wenn du einen Sekundanten brauchst ...«

»Ich brauche einen Mann, der ihn am Tor abholt.«

»Wo willst du mit ihm reden?«

»Im Club. Wir haben Samstag; er ist sicher schon geöffnet.«

»Und wenn er noch nicht geöffnet ist?«

»Dann gehst du mit ihm ins Casino.«

»Okay«, sagte Sam. Sein Gesicht verwandelte sich in ein Labyrinth sorgenvoller Falten. »Hoffentlich hast du dir das gut überlegt! Wenn du es nicht willst, kommt er nicht herein.«

»Er bringt mir das Geld zurück.«

»Das du ihr geschickt hast?«

»Ja.«

»Warum bringt sie es nicht selbst?«

Diesmal war es Perkins, der John eine Antwort ersparte. Er kam aus dem Stabsgebäude und blickte herauf.

»Er ist da!« sagte John. »Ich habe mit Perkins verabredet, daß er mir ein Zeichen gibt. Geh mit ihm in den Club und leiste ihm solange Gesellschaft. Von dem Mädchen weißt du nichts.«

»Ich verstehe kein Wort Deutsch«, sagte Sam und verschwand.

John blieb noch eine Weile am Fenster stehen, dann wechselte er sein Hemd, band sich eine Krawatte um und beschäftigte sich mit seinen Fingernägeln. Seine Hände zitterten ein wenig, er ballte sie zur Faust und wartete, bis sie ruhig wurden.

Der Raum für den Unteroffiziersclub war die Visitenkarte des Regiments; ein großer rechteckiger Saal mit freitragender Dachkonstruktion und einfallendem Oberlicht. Die riesigen Glasplatten der Zwischendecke waren blau angestrichen und mit gelben Bilderbuchsternen bemalt, die Wände mit orientalischen Motiven, halbbekleidete, schöngewachsene Mädchen schleppten schwere Wasserkrüge auf dem Kopf, eine Kamelkarawane zog durch ödes Wüstenland, ein dickbäuchiger Sultan hockte im Türkensitz zwischen vielen Frauen und lächelte satt. An den hohen Fenstern hingen bunte Vorhänge. Glasschalen mit künstlichen Blumen entpuppten sich bei näherem Hinsehen als diskrete Wandbeleuchtung, moderne Stahlrohrsessel und Tische mit verchromten Beinen schufen eine behagliche Atmosphäre. An der Fensterseite waren sie in kleinen, von kunstvollen Bambusgittern abgeteilten Nischen gruppiert. Gegenüber stand das Podium für die Musikkapelle. Alles sah sehr bunt, sehr gemütlich und ein klein wenig kitschig aus, eine seltsame Mischung von kultiviertem Geschmack und Nachtbarmilieu. Die Bar war in einem kleinen Nebenraum untergebracht. Dort standen nur wenige Tische, dafür um so mehr Spielautomaten amerikanischer Herkunft; sie nahmen eine ganze Wandseite ein.

John entdeckte die beiden in einer Fensternische. Um diese Zeit war der Saal fast leer. Außer ihnen saßen noch zwei MP mit übernächtigten Gesichtern an einem Tisch. Sie hatten die Ellbogen aufgestützt, das Kinn auf die Fäuste gelegt und dösten vor sich hin. John konnte sie nicht ausstehen, sie waren ihm zu arrogant. Als er an den Tisch kam, stand Fred auf.

Es war ein weiter Weg gewesen von Claire bis hierher. Die wütende Entschlossenheit, die ihn wie eine Sturmflut aus ihrer Wohnung gespült hatte, war unterwegs zu einer harmlosen Pfütze zusammengeschrumpft. Es hatte alles viel zu lange gedauert: die Fahrt zur Kaserne, sein fast viertelstündiges Telefongespräch mit irgendeiner anonymen Stelle, während er, Fred, auf der kalten Straße warten mußte, Zeit genug, um auch einen bis zur Besinnungslosigkeit gereizten Mann so weit zu ernüchtern, daß er wieder fähig war, die kühle Wertung seiner Vernunft an seine Handlungsweise zu legen. Hinzu kamen noch die ungewohnte Umgebung, die fremde Atmosphäre, die betriebsame Sachlichkeit kasernierten Alltags, die ihn auf dem Weg zum Clubgebäude wie der Atem einer unbekannten Welt berührte, und nicht zuletzt das geradezu steinerne Gesicht des Mannes, der ihn abgeholt hatte, mit steinernem Gesicht hierhergeführt und mit steinernem Gesicht neben ihm Platz genommen hatte. Er war ihm vom ersten Blick an unsympathisch gewesen. Er hatte diesen, wie er dachte, stupiden Typ noch nie für voll genommen, und er betrachtete es unter seiner Würde, sich über ihn aufzuregen. Aber all das hatte ihn doch in einen Zustand nervöser Unsicherheit versetzt und er war daher fast froh, als John auftauchte.

Einen Augenblick lang wartete er darauf, daß dieser ihm die Hand gäbe, aber John setzte sich sofort hin und winkte mit dem Kopf zu Sam hinüber. »Er versteht uns nicht. Sie können unbesorgt sprechen.«

Es war nicht das, was Fred erwartet hatte, keine Spur von Überraschung und kein schuldbewußtes Grinsen. Sein erstes Empfinden war Ärger, aber dann sagte er sich, daß es vielleicht die beste Art sei, die Angelegenheit aus der Welt zu schaffen. Er griff in die Tasche und legte zwei Fünfzigmarkscheine auf den Tisch.

»Ich soll Ihnen das zurückbringen. Meine Verlobte hat mir aufgetragen, mich in ihrem Namen bei Ihnen zu bedanken.«

»Ihre Verlobte?« fragte John. »Ich wußte nicht, daß Sie mit ihr verlobt sind.«

»Dann wissen Sie es jetzt«, sagte Fred. Claire hatte sich einer offiziellen Verlobung widersetzt. Sie fand es altmodisch und lächerlich, jahrelang verlobt zu sein. Überraschenderweise war ihr Standpunkt von seinem Vater gebilligt worden.

John betrachtete die beiden Geldscheine. »Ich muß Sie enttäuschen«, sagte er nach einer Pause. »Fräulein Heggelbacher hat mir vor einer Viertelstunde am Telefon erklärt, daß sie mir das Geld persönlich bringen möchte. Sie bat mich, Sie davon zu unterrichten.«

Es war genauso, als hätte er ihm einen Kübel eiskalten Wassers ins Gesicht geschüttet. Fred stierte ihn mit hervorquellenden Augen an. Nie hätte er damit gerechnet, daß sie ihm so etwas antun könnte. Ein paar Herzschläge lang war er unfähig, etwas zu erwidern, er stand einfach da, den Mund halb offen, während er zuerst weiß, dann rot, dann wieder weiß wurde, bis ihm einfiel, daß er sich durch sein Schweigen bloßstellte. Er setzte zweimal zum Sprechen an, aber seine Stimme gehorchte ihm erst wieder, als John gleichfalls aufstand.

»Das war, bevor ich mit ihr gesprochen habe«, sagte er leise. »Wann wollte sie es Ihnen bringen?«

»Hat sie es Ihnen nicht gesagt?« fragte John dagegen.

Fred sah sein Gesicht wie durch eine unklare Mattscheibe. Während er ihn anschaute, ertappte er sich bei der Vorstellung, Claire könnte ihn schon geküßt haben. Der Gedanke durchzuckte ihn wie ein physischer Schmerz.

»Jedenfalls haben Sie jetzt Ihr Geld wieder«, sagte er undeutlich. »Es war ein Mißverständnis.«

»Das tut mir leid«, sagte John. »Trotzdem kann ich es nicht behalten. Als ich mit Fräulein Heggelbacher telefoniert habe, waren Sie bereits auf dem Weg hierher.«

Fred schwieg. Er hatte sich eine zweite Blöße gegeben, aber er war nun davon überzeugt, daß seine schlimmsten Befürchtungen zutrafen. Es erübrigte sich, daß er sich noch länger der Demütigung dieser Unterhaltung aussetzte; sie widerte ihn an. Er würde jetzt wieder zu Claire fahren. Die Entscheidung über das, was dann noch zu tun blieb, lag bei ihr.

Er drehte sich abrupt um. Nach ein paar Schritten hörte er wieder Johns Stimme neben sich: »Sie haben Ihr Geld vergessen.«

»Es ist Ihr Geld«, erwiderte Fred und ging weiter.

John vertrat ihm den Weg. Er wußte, daß die beiden MP aufmerksam geworden waren und herschauten: viel Zeit blieb ihm nicht mehr. »Ich möchte Sie noch etwas fragen«, sagte er ruhig.

Fred sah an ihm vorbei. »Machen Sie Platz.«

»Sie kommen ohne den Korporal nicht durch die Pforte«, sagte John. »Als Besucher müssen Sie sich an die Vorschriften halten. Er hat Sie abgeholt, und er muß Sie wieder hinbringen.«

»Niemand hindert ihn daran.«

»Er wird es nicht tun, ehe ich ihn nicht damit beauftrage.«

Fred betrachtete die beiden MP. Sie waren groß, schlank, hatten junge, harte Gesichter und starrten mit schmalen Augen zu ihm herüber.

»Was wollen Sie wissen?« fragte er.

»Ob Fräulein Heggelbacher allein in Oberstdorf war.«

»Ich habe sie hingefahren und wieder nach Hause gebracht. Sie hat Ihr Geld nicht gebraucht. Genügt Ihnen das?«

John nickte. Er gab Sam, der am Tisch sitzengeblieben war, einen Wink. »Du kannst ihn hinausbringen.«

»Und das Geld?« fragte Sam. Wenn er wollte, konnte er jedes Wort verstehen.

»Ich behalte es«, sagte John. Sein Gesicht sah plötzlich ungesund aus. Er ließ sie stehen und ging schnell zur Tür. Im Freien wandte er sich dem Stabsgebäude zu.

Unteroffizier Perkins war beim Aufräumen, er grinste vertraulich. »War's schön?«

»Was?«

»Ich weiß nicht«, sagte Perkins. »Hätte ja sein können.«

John legte einen der beiden Fünfzigmarkscheine auf den Schreibtisch. »Das ist für dich, wenn du für mich einen Anruf erledigst.«

»Warum meldest du dich nicht krank?« fragte Perkins. Sein blasses Schreibstubengesicht war steif vor Überraschung.

»Du mußt im Telefonbuch nachsehen«, sagte John. »Ich weiß die Nummer nicht. Hier ist die Adresse!« Er kritzelte sie auf ein Blatt Papier. »Sag ihr, daß ich heute abend keine Zeit habe.«

»Für fünfzig Mark sage ich alles«, murmelte Perkins. Er griff mit spitzen Fingern nach dem Geldschein und hielt ihn gegen das Fenster. »Sogar echt«, murmelte er. »Soll ich dir den Krankenschein gleich ausstellen?«

»Du sollst den Anruf für mich erledigen«, sagte John mit erhobener Stimme.

Perkins ließ den Geldschein mit akrobatischer Geschicklichkeit in einer Tasche verschwinden. »Bevor es dir wieder leid tut!« sagte er grinsend. »Spricht sie Englisch?«

»So gut wie du Deutsch«, antwortete John und kehrte auf die Straße zurück. Dort traf er Sam, der verdrossen des Weges kam.

»Er fährt einen Mercedes«, knurrte er. »Hat ordentlich darauf geachtet, ob ich ihn einsteigen sehe. Wenn du mich fragst...«

John fiel ihm dazwischen: »Was hättest du an seiner Stelle gemacht?«

»Ich bin nicht er. Wer fragt nach dir?«

»Ich kann es nicht leiden«, murmelte John, »wenn eine Frau einen Mann hinhält. Sie spielt mit ihm, und ich bin ihr Statist.«

Er erinnerte sich, daß er noch zu Horne mußte, und grinste mit leerem Gesicht. »Wie es so kommt!« sagte er laut.

Sam blickte ihn besorgt an. »Was?«

»Es gibt solche Tage«, erklärte John. »Solche und solche.«

Dann entdeckte er Perkins. Er stand unter der Tür wie ein Feldherr nach verlorener Schlacht.

»Nichts zu wollen!« sagte er unglücklich. »Sie ist nicht da.« John hatte es halb befürchtet. »Versuch es heute mittag noch einmal.«

»Sie ist auch heute mittag nicht da. Hat sie eine Schwester?«

»Wieso?«

»War ein Mädchen am Telefon«, erzählte Perkins. »Sie sagte, sie sei fortgegangen und würde erst am späten Abend wieder heimkommen.«

Pech! dachte John. Er wußte keinen Rat mehr.

»Etwas klappt nicht«, meldete sich Sam zu Wort, »aber was?«

»Ich sollte ihr sagen, daß er heute abend keine Zeit für sie hat«, erklärte Perkins unglücklich. »Jetzt ist sie nicht da.«

»Heute abend?« Sam runzelte die Stirn, dann hatte er verstanden. »Geheimnisse!« sagte er höhnisch. »Meinetwegen.«

Er schob die Hände in die Taschen, setzte sich in Bewegung und fing an, laut zu pfeifen. Dann kam er wieder zurück. »Dagegen bist du so klein!« sagte er und zeigte es mit den Fingern. »So klein, mein Guter!«

»Die fünfzig Mark!« sagte Perkins unglücklich.

John schüttelte den Kopf. »Ich war ein Idiot«, sagte er und ging zu Leutnant Horne.

Er mußte zehn Minuten vor seiner Tür warten, der lange gewachste Korridor war feucht aufgewischt worden und glänzte. In einer Nische stand ein vergessener Wassereimer. Irgendwo in der Kaserne wurde ein Lied geübt, John hatte es noch nie gehört. Durch die Fenster auf der rechten Seite sah er den grauen Winterhimmel. Er hatte den nördlichen Winter zum erstenmal in Lansing kennengelernt. Heute fror er nicht mehr so sehr wie damals, aber an den grauen Himmel würde er sich nie gewöhnen. An manchen Tagen war das Heimweh so stark in ihm, daß er es kaum mehr ertrug. Wenn sein Heimweh nicht gewesen wäre, hätte er sich über die Zukunft nicht den Kopf zu zerbrechen brauchen; er konnte es ebensowenig ändern wie seine Hautfarbe.

Horne empfing ihn in Hemdsärmeln. Wenn er nicht im Dienst war, gab er sich betont lässig, und daß er auch heute keine Ausnahme machte, betrachtete John als ein gutes Zeichen.

»Ich hatte Sie erst auf elf Uhr bestellt«, sagte Horne. »Sie sind pünktlich, Sergeant. Setzen Sie sich!«

Sein Zimmer war nicht so nüchtern wie das von Captain Denson. An den Wänden hingen ein paar Landschaftsbilder aus seiner Heimat Kalifornien, auf dem Schreibtisch hatte er eine Vase mit Tannenzweigen stehen, daneben die Fotografie eines schönen Mädchens. Niemand in der Kompanie wußte, wer sie war.

»Ich habe Sie nicht auf die Schreibstube bestellt«, fuhr Horne fort, »weil ich aus dieser Geschichte keine Affäre machen möchte. Sie sind sich aber hoffentlich darüber im klaren, daß ich eine Meldung schreiben muß.«

»Jawohl, Sir«, sagte John.

Horne lächelte freundlich. »Fein! Natürlich werde ich sie so abfassen, daß Ihnen keine Unannehmlichkeiten entstehen. Ich werde schreiben, daß die Befestigungsmutter, obwohl Sie sie vor der Patrouille kontrolliert haben, verlorengegangen ist.«

»Das wird uns das Bataillon nicht glauben, Sir«, sagte John. »Sie müssen erwähnen, daß es nach meiner Auffassung keine einleuchtende Erklärung dafür gibt.«

»Das kann ich nicht«, erwiderte Horne. Er setzte sich John gegenüber an den Tisch und blickte ihn durch seine starken Brillengläser hindurch humorvoll an. »Es käme sofort zu einer Rückfrage«, sagte er freundlich. »Ich kann mir nicht denken, daß Ihnen daran gelegen ist, die Angelegenheit zu komplizieren. Sie haben an Ihrem Jeep eine Mutter verloren, ein durchaus banaler Vorfall. Was finden Sie daran mysteriös?«

»Die Mutter konnte nicht verlorengehen«, antwortete John. »Sie war festgeschraubt und festgerostet; sie ist gewaltsam entfernt worden.«

»Das ist eine Hypothese«, sagte Leutnant Horne.

Seine Augen waren jetzt etwas weniger humorvoll, er stand auf, wickelte seine Hemdsärmel herunter und knöpfte die Manschetten zu. »Eine sehr leichtfertige Hypothese sogar«, sagte er immer noch freundlich. »In diesem Regiment hat es noch keinen Fall von Sabotage gegeben. Sie wissen doch, was ein nachweisbarer Fall von Sabotage zur Folge hätte?«

»Ich weiß es, Sir«, sagte John ruhig. »Vielleicht warten Sie mit der Meldung, bis Captain Denson zurückkommt. Ich möchte ihm den Fall selbst vortragen.«

»Captain Denson bekommt den Fall durch mich vorgetragen«, erwiderte Horne. »Ich glaube nicht, daß er drei Wochen vor seiner Rückkehr in die Staaten an einem Sabotageakt in seiner Kompanie interessiert ist.«

Er holte seinen Uniformrock aus dem Schrank, zog ihn an und setzte sich wieder an den Tisch. »Sie deuteten in der vergangenen Nacht an, daß Sie Gründe für Ihren Verdacht hätten, Sergeant. Was sind das für Gründe?«

»Zwei Männer wünschen meine Ablösung, Sir.«

»Haben sie Ihnen das gesagt?«

»Sie wissen, Sir, daß das nicht üblich ist.«

Horne lächelte nachsichtig. »Dann werden Sie es ihnen schlecht beweisen können. Ich vermute, Sie reden von Bruce und Henry. Mir ist nichts Nachteiliges über sie zu Ohren gekommen. Ich habe mit Chumley gesprochen, er meint, Sie seien etwas empfindlich, Sergeant. Vielleicht sollten Sie doch einmal ein paar Wochen Urlaub machen.«

John blickte rasch auf. »Sonst hat Sergeant Chumley nichts gesagt?«

»Nun, er stellt Bruce und Henry ein tadelloses Zeugnis aus, von irgendwelchen Ressentiments gegen Sie ist ihm nichts bekannt.«

»Das sieht ihm ähnlich«, murmelte John.

»Bitte?«

John grinste. »Sergeant Chumley ist ein Spaßvogel, Sir. Sie hätten ihn in meinem Beisein fragen müssen.«

»Dazu lag für mich kein Grund vor«, sagte Leutnant Horne, und zum erstenmal klang seine Stimme kühl. »Aber wenn Sie schon davon überzeugt sind, daß Bruce und Henry eine Abneigung gegen Sie hegen, können Sie mir sicher auch erklären, worauf sie zurückzuführen ist.«

Es war eine Falle; John war nicht mehr unerfahren genug, hineinzustolpern. Hätte er ihm wahrheitsgemäß geantwortet, wäre es für Horne Anlaß zu einer in väterlichem Ton gehaltenen Belehrung darüber gewesen, daß es in der Armee keine Rassenprobleme gäbe und daß er, John, sich das alles nur eingeredet hätte, und er hätte seine Belehrung wahrscheinlich mit einem pathetischen Hinweis auf die Verfassung der Vereinigten Staaten abgeschlossen. Es wäre ungefähr die gleiche Floskel gewesen, die John bei ähnlichen Gelegenheiten bereits dreimal zu hören bekommen hatte, und er war nicht gewillt, sie sich ein viertes Mal anzuhören. Es ging ihm in Wirklichkeit auch gar nicht darum, den komplizierten Apparat eines Militärgerichtsverfahrens in Bewegung zu setzen, aber er war jetzt endgültig entschlossen, den Zwischenfall zum Anlaß zu nehmen, Bruce und Henry loszuwerden, ehe sie noch mehr Unheil anrichteten. Seine Möglichkeiten, künftige Wiederholungen solcher Vorfälle zu verhindern, waren begrenzt.

»Wenn Sie erlauben, Sir«, antwortete er, »möchte ich nicht darüber reden. Ich bitte darum, daß Bruce und Henry versetzt werden. In diesem Fall würde ich auf den Zusatz in der Meldung verzichten.«

Hornes Gesicht verlor sein nachsichtiges Lächeln. »Sie vergessen, Sergeant, daß nicht Sie, sondern ich die Meldung schreibe, und ich schreibe sie so, wie ich es auf Grund der Ergebnisse meiner Untersuchung für richtig finde. Ihr Ansinnen könnte auch den Verdacht einer anderen Hypothese nahelegen.«

»Ich verstehe Sie nicht, Sir.«

»Ich möchte es Ihnen nicht unterstellen«, sagte Horne. »Ich werde die Meldung so abfassen, wie ich es Ihnen gesagt habe. Sind Sie damit einverstanden?«

»Wenn Bruce und Henry versetzt werden, Sir.«

Horne nahm einen Bleistift in die Hand, befühlte mit dem Zeigefinger die Spitze und legte ihn dann wieder auf den Tisch zurück.

»Sie können sich das noch eimal überlegen«, sagte er kühl. »Damit Sie genügend Zeit haben, wünsche ich, daß Sie bis morgen früh in der Kaserne bleiben. Ich erwarte Sie um elf Uhr auf der Schreibstube.«

John stand auf. – Wenn Denson fort ist, dachte er, lasse ich mich in eine andere Kompanie versetzen.

Vor der Tür fiel ihm ein, daß er sich am Abend mit Claire treffen wollte. Er blieb eine Weile unbeweglich stehen, während er mit sich kämpfte, ob er zu Horne zurückkehren sollte. Es hätte ihn nur ein paar Worte gekostet, aber der Widerstand in ihm war stärker. Jetzt konnte nur noch Sam helfen.

Er traf ihn eine halbe Stunde später beim Essen. Sein gekränktes Gesicht zeigte ihm, daß er die Episode mit Perkins noch nicht vergessen hatte.

»Ich hätte es dir erzählt«, sagte John. »Ich wußte selbst noch nicht, ob ich hinfahren soll.«

»Und jetzt weißt du es?« fragte Sam mürrisch.

»Ich kann nicht, ich habe heute Ausgehverbot.«

Sam vergaß das Essen und sein gekränktes Gesicht. »Nein!« sagte er.

John grinste. »Man lernt nie aus.«

Er erzählte Sam, was er mit Leutnant Horne gesprochen hatte, und hinterher war Sam eine volle Minute still, dann schüttelte er den Kopf.

»Etwas stimmte hier nicht. Er muß sich seiner Sache sehr sicher sein, sonst hätte er das in Densons Abwesenheit nicht gewagt. Weißt du, was du bist?«

John nickte. »Ich kann es nicht ändern. Sie wollte mich vor dem Schloßgarten treffen. Vielleicht kannst du sie dazu überreden, mit in den Club zu kommen.«

»Und trotzdem bist du ein Idiot!« sagte Sam überzeugt. Das Essen schmeckte ihm nicht mehr, er schob es angewidert von sich. »Und wenn sie nicht mitkommt?«

»Dann hat es so sein sollen«, sagte John.

Sam äffte wütend seinen Ton nach: »Hat es so sein sollen! Was bist du eigentlich, ein Mann oder was?«

»Heute mittag habe ich es versucht«, antwortete John und zerbröckelte ein Stück Brot zwischen den Fingern. »So hat es damals auch angefangen.«

»Damals ist vorbei«, erwiderte Sam, »aus und vorbei! Wenn ich immer daran denken wollte, was früher war, könnte ich mich selbst nicht mehr ausstehen. Warum gehst du nicht zu Peck? Peck ist unser Zugführer, nicht Horne.«

John zuckte gleichmäßig mit den Schultern. »Peck ist zweiter Leutnant und ein Mann ohne Gesicht. Seit er weiß, daß Horne Kompanieführer wird, redet er ihm nach dem Mund. Ich hätte warten sollen, bis Denson zurückkommt.«

»Denkst du!« sagte Sam.

Etwas in seinem Ton erregte Johns Aufmerksamkeit, er blickte ihn fragend an.

»Denson hätte Bruce und Henry nie versetzt«, erklärte Sam verächtlich, »nicht einmal, wenn sie es von ihm verlangt hätten. Er wird sie auch nicht versetzen, wenn du es verlangst; jetzt, wo er wegkommt, erst recht nicht. Solange du nicht beweisen kannst, daß sie die Mutter abgeschraubt haben, hat er keine Handhabe gegen sie. Warum, denkst du, hat sich Horne auf nichts eingelassen?«

»Er hält zu Bruce«, murmelte John.

Sam grinste wütend. »Er hält nicht zu Bruce, er hält zu den Statuten, und in den Staaten heißt es, daß nicht sein kann, was nicht sein darf. Nach der Verfassung gibt es keine Rassenunterschiede, und in der Armee zweimal nicht. Wenn du als Sergeant nicht selbst damit fertig wirst, schicken sie dich unter irgendeinem Vorwand in die Staaten zurück. Du mit deiner humanen Armee!« – Er ging wütend fort und holte zwei Becher mit heißem Kaffee.

John sah zu, wie er sie auf den Tisch stellte und seine Hände betrachtete, als hätte er jetzt erst entdeckt, wozu sie nützlich sein konnten.

»Er hätte mich nicht zu fragen brauchen«, murmelte John.

»Damit du hinterher Stunk machst?« Sam lachte gekünstelt. »Horne geht kein Risiko ein, er ist ein eiskalter Rechner. Du wirst ihm morgen sagen, daß du mit der Meldung einverstanden bist, und die Geschichte ist erledigt.«

»Vielleicht.«

»Wieso vielleicht? Du hast gar keine andere Möglichkeit.«

»Vielleicht doch.«

Sam starrte ihn mißtrauisch an. »Du willst doch nicht ...«

»Ein einziges Mal!« sagte John. »Ich will es ein einziges Mal von einem amerikanischen Offizier hören – und dann nie mehr.«

»Du bist ein Nigger!« sagte Sam. »Und du bist minderwertig! Langt dir das?«

John blickte lächelnd in sein zornrotes Gesicht. »Du bist kein Offizier.«

Sam rannte davon.

7

Der amerikanische Wagen kam von der anderen Seite, überquerte den verschneiten Platz und blieb vor dem Eingang zum Schloßgarten stehen. Der Mann am Steuer war Claire fremd. Er blickte unschlüssig zu ihr hin, dann kletterte er aus dem Wagen und näherte sich zögernd. Er war klein, hatte ein rundes, sommersprossiges Gesicht mit abstehenden Ohren und grinste verlegen.

»Warten Sie auf Sergeant Baako?« fragte er auf englisch.

Claire nickte, sie war für einen Moment so enttäuscht, daß ihre Stimme streikte.

»Ich soll Sie zu ihm bringen«, sagte Sam. Im Scheinwerferlicht des Wagens konnte er ihr Gesicht sehen; es verschlug ihm fast den Atem.

»Wenn Sie wollen«, murmelte er und fing an zu stottern. »Er kann leider nicht, sie lassen ihn nicht heraus. Er wartet im Club auf Sie.«

»In welchem Club?« fragte Claire, die kein Wort begriff.

Sam nahm sich zusammen. »Im Unteroffiziersclub. Er hat Ausgangssperre.«

Es war nicht das, was sie im ersten Augenblick befürchtet hatte, aber sie wurde jetzt mißtrauisch. »Davon hat er mir am Telefon nichts gesagt.«

»Es ist später passiert«, erklärte Sam. »Er hatte eine kleine Differenz mit einem Offizier; so etwas kommt jeden Tag vor.«

Obwohl er ein sauberes Englisch sprach, kostete es Claire Mühe, jedes seiner Worte zu verstehen. Seit ihrem Abitur waren sieben Jahre vergangen. Das Sprechen bereitete ihr noch größere Schwierigkeiten.

Sam merkte es und kam ihr zu Hilfe. »Sie können ruhig deutsch sprechen«, sagte er grinsend. »Verstehen tue ich alles.«

Er war ihr nicht unsympathisch, und sie sagte sich, daß sie keinen Grund habe, mißtrauisch zu sein. Wenn John ihn geschickt hatte, woran zu zweifeln nicht der geringste Anlaß vorlag, konnte sie ruhig mit ihm fahren.

Sie wunderte sich sofort über den Gedanken und über seine Vereinfachung. Als ob es die natürlichste Sache der Welt sei, sich von einem wildfremden Amerikaner in den Unteroffiziersclub einer amerikanischen Kaserne fahren zu lassen, um sich dort mit einem schwarzhäutigen Mann zu treffen, der Ursache ihres größten Konfliktes mit sich selbst und ihrer Umgebung war, obwohl sie ihn nur einmal in ihrem Leben gesehen hatte! Es wäre heute nicht dasselbe wie am Weihnachtsabend. Wenn sie zu ihm in die Kaserne ging, würde sie zusammen mit ihm gesehen werden, seine Kameraden würden sie anstarren und denken, daß sie etwas mit ihm habe. Sie, Claire Heggelbacher, die Tochter eines angesehenen und ehrbaren Bürgers von Thüngerstadt, würde verdächtigt werden, mit einem Neger zu schlafen. Sie wußte nicht, wie der Unteroffiziersclub aussah, aber auf jeden Fall anders als der Rahmen, den sie sich für diese Begegnung vorgenommen hatte und der es ihr ermöglicht hätte, ihr Gesicht im Dunkeln zu lassen. Ein paar Herzschläge lang war sie geneigt abzulehnen, aber sie war den ganzen Mittag durch die Stadt gelaufen, hatte sich eine Stunde in ein Kino gesetzt, war mitten in der Vorstellung aufgestanden, in ein Café gegangen und schließlich hierhergekommen. Und nun war sie müde, durchgefroren und verzweifelt. Sie brauchte einen Menschen, mit dem sie sich aussprechen konnte, und sie hatte keinen anderen als John. »Ich fahre mit Ihnen«, sagte sie entschlossen.

Sams Grinsen erlosch. Er drehte sich wortlos um, öffnete ihr wortlos die Wagentür und setzte sich wortlos hinters Lenkrad. Seine Veränderung war so auffällig, daß Claire eine Bemerkung über den Wagen unterdrückte. Sie war noch nie in einem amerikanischen Wagen gefahren. Er war sehr geräumig, gut geheizt und für ihre Begriffe unglaublich leise; der Motor war kaum zu hören.

»Sie sind Johns Freund?« fragte sie.

Sam bewegte zustimmend den Kopf. Seit er wußte, wie sie aussah, hatte er Angst um John. Es wäre ihm lieber gewesen, wenn sie sich's anders überlegt hätte.

»Wir kennen uns seit drei Jahren«, sagte er. »Es gibt keinen in der Kaserne, der es mehr verdient hätte als er.«

Claire verstand ihn nicht. »Daß er Ihr Freund ist?«

»Daß man ihn endlich in Ruhe läßt«, erwiderte Sam. »An seiner Stelle würde ich wieder nach Rhodesien gehen. Sein Vater schreibt ihm jede Woche einen Brief.«

»Davon hat er mir nichts erzählt«, murmelte Claire.

»Er hat Angst, jemand könnte ihm zureden, aber ich verbrenne mir den Mund schon lange nicht mehr. Einem Mann wie ihm ist nicht zu helfen.«

Claire nahm den Blick von seinem Gesicht und beobachtete durch die Windschutzscheibe die Straße. »Wissen Sie, warum er nicht mehr zurück will?«

»Er hat zu lange als Kuli arbeiten müssen.«

»Als Kuli?«

»Bevor er zur Armee ging«, sagte Sam. »Er war eineinhalb Jahre auf der Universität und zwei Jahre lang Mädchen für alles. Wahrscheinlich wissen Sie nicht, was das für einen Mann aus Rhodesien in Michigan bedeutet.«

»Nein«, murmelte Claire.

»Man hat ihn moralisch fertiggemacht«, sagte Sam, »und als er ganz fertig war, ging er zur Armee und in der Armee wird man ihn eines Tages auch fertigmachen. Haben Sie schon einmal erlebt, daß ein fertiggemachter Mann gern in seine Heimat zurückkehrt?«

Claire schwieg.

»Er hat Angst, sie deuten mit dem Finger auf ihn«, fuhr Sam fort. »Ich wette meinen Kopf, daß in Bulawayo kein Mensch mit dem Finger auf ihn deuten würde, aber machen Sie ihm das mal plausibel! Hat er Ihnen erzählt, warum er die Universität verlassen hat?« – Etwas zwang Claire, den Kopf zu schütteln. Sam grinste verbissen. »Ich dachte. Es gab einige Leute dort, denen es nicht einleuchten wollte, weshalb ein Eingeborener aus Rhodesien Jura studieren muß. Sie haben ihn hinausgeekelt. Er ist der Typ, bei dem man es kann; bei anderen kann man es nicht. Sicher hat er Ihnen auch nicht erzählt, daß die Eltern Ihres Verlobten in der Kaserne angerufen und sich über ihn beschwert haben?«

Claire blickte schnell in sein Gesicht. »Meines Verlobten?«

»Der junge Mann heute vormittag hat sich jedenfalls als Ihr Verlobter vorgestellt«, sagte Sam rücksichtslos. »Ich nehme an, daß dies der Grund war, weshalb John die hundert Mark von ihm angenommen hat. Er hat schon einmal einem Mädchen Geld geborgt. Damals waren es allerdings tausend Mark, und sie hat sie ihm nicht zurückgegeben. Sie hat ihn nach allen Regeln abgekocht, und es hat sie nicht einmal ihre Unschuld gekostet. Bevor es nämlich dazu kam, war sie verschwunden. Wollen Sie aussteigen?«

»Ich glaube, es ist besser«, murmelte Claire. Ihr Gesicht brannte, als hätte sie es in kochendes Wasser getaucht.

Sam trat sofort auf die Bremse. »Tut mir leid«, sagte er, »aber er ist mein Freund. Heute mittag wollte er Sie anrufen und Ihnen ausrichten lassen, daß Sie nicht kommen sollen. Anscheinend waren Sie nicht daheim?«

»Nein«, sagte Claire, »ich war nicht daheim.«

Sie öffnete die Tür und kletterte aus dem Wagen. Im Rückspiegel konnte Sam beobachten, wie sie die Straße überquerte. Er schwitzte am ganzen Körper, und seine Hände zitterten so heftig, daß er sein Feuerzeug nicht zünden konnte. Er steckte es in die Tasche zurück und drückte auf den elektrischen Zigarettenanzünder am Armaturenbrett. – Er wird mich umbringen, wenn er es erfährt, dachte er.

Dann sah er, daß sie stehengeblieben war, vielleicht fünfzig Meter entfernt und genau unter einer Straßenlaterne. Sie blickte zu ihm herüber, und während er sie im Spiegel beobachtete, fühlte er sein Herz klopfen. Jetzt kam sie zurück, zuerst langsam, dann immer schneller. Ihre Gestalt verschwand aus dem Spiegel, die Wagentür wurde geöffnet, und er hörte wieder ihre Stimme neben sich: »Warum wollte er, daß ich nicht komme?«

»Weil Sie verlobt sind«, antwortete Sam heiser.

Sie setzte sich neben ihn und schlug hart die Tür zu. »Ich bin nicht verlobt«, sagte sie. »Bringen Sie mich zu ihm!«

»Okay«, sagte Sam. Es war ihm nach einem Gebet zumute, aber er wußte keines.

Auf der ganzen Fahrt sprachen sie nichts miteinander. Claire saß in ihre Ecke gedrückt und blickte starr geradeaus. Immer, wenn sie an einer Laterne vorbeifuhren, und das Licht ihr Gesicht traf, schloß sie kurz die Augen. Sie wußte genau, was sie tat, und sie hatte es auch gewußt, als sie aus dem Wagen gestiegen war, aber dazwischen lag eine Lücke, und jedesmal, wenn sie eine Erklärung dafür suchte, schob es sich wie eine Nebelbank vor ihr Bewußtsein, und ihre Gedanken wurden unklar. Nur über eines war sie sich jetzt völlig im klaren: sie hatte sich innerlich schon so weit von Fred entfernt, daß ihr die Vorstellung, zusammen mit John in einen amerikanischen Unteroffiziersclub zu gehen, weniger Selbstüberwindung abverlangte, als ein weiteres Nachgeben Fred gegenüber. Sie war noch nicht bereit, über irgendwelche Konsequenzen nachzudenken, aber sie fühlte, daß eine Veränderung mit ihr vorging, die sie ebensosehr beunruhigte wie mit Genugtuung erfüllte. Es wird alles noch ganz schrecklich enden, dachte sie.

Sie näherten sich jetzt dem Stadtrand. Die Straße, die sie den Berg hinauftrug, wurde breiter, die Laternen, die sie begleiteten, seltener. Das

Geräusch des Motors veränderte sich, die Reifen rollten saugend über die festgefahrene Schneedecke.

Claire sah zu, wie die Stadt in die Tiefe glitt. Sie sah ihre farbigen Lichter heraufwinken, die von Scheinwerfern angestrahlte Kuppel und Türme des Doms, die schlanken Zwillingstürme der Basilika, die Türme von Sankt Michael und der Stadtpfarrkirche. Sie kannte die Stadt seit fünfundzwanzig Jahren, ihre Straßen und Gäßchen, ihre alten, efeuumrankten Mauern und ihre geheimsten Gedanken. Aber nie hatte sie sie geliebt. Sie war ihr fremd geblieben, wie ihre Menschen, fremd und gleichgültig.

Unvermittelt tauchte die Kaserne auf, die langen Lichterketten ihrer Fenster, das hellbeleuchtete Tor mit dem grüßenden Posten; es zwang ihr ein Lächeln ab.

Sam, der es aus den Augenwinkeln bemerkte, grinste. »Das tat er nur, weil er Sie für eine Offiziersfrau gehalten hat.«

»Werden Offiziersfrauen gegrüßt?« fragte Claire.

»Wenn sie hübsch sind.«

»Danke«, sagte Claire. Und nach einer kleinen Pause: »Sind viele Männer dort?«

»Im Club?«

»Ja.«

»Kaum«, antwortete Sam. »Samstags gehen die meisten aus. Sie brauchen keine Angst zu haben.«

»Ich habe keine Angst.«

»Das habe ich schon gemerkt. Ich heiße Insogna, Sie können aber auch Sam zu mir sagen.«

»Danke, Sam«, sagte Claire.

Es fiel ihr überraschend leicht, und sie erklärte es sich mit ihrer Furcht. Nie hatte sie der Gegenwart eines Menschen mehr bedurft als jetzt, und keinen Augenblick lang, seit sie sich in den Wagen gesetzt hatte, war sie so unsicher und von Zweifeln geplagt gewesen. Je länger sie sich in ihrer Vorstellung mit den Ereignissen der kommenden Minuten beschäftigte, desto überdimensionaler wurden ihre Konturen. Der Club verwandelte sich in den feierlichen Spiegelsaal eines Schlosses mit endlosen weißgedeckten Tafeln, an denen unzählige Männer saßen, deren Gesichter sich bei ihrem Eintritt der Tür zuwandten, und sie ging durch das Spalier ihrer sich kreuzenden Blicke, als wäre sie nackt.

Ich würde es nicht ertragen können, dachte sie.

Der Gedanke beherrschte sie noch, als der Wagen auf einem dunklen Parkplatz vor einem langgestreckten Gebäude mit hohen Fenstern hielt. »Wir sind da!« sagte Sam.

Ihre Knie zitterten beim Aussteigen. Sie hielt sich eine Sekunde lang am Wagen fest, ehe sie neben Sam auf eine Tür zuschritt, und dann kam alles ganz anders. Es gab keinen feierlichen Spiegelsaal, keine langen weißgedeckten Tafeln, keine Männer, die sie anstarrten, und sie war auch nicht die einzige Frau. Sie blieb einen Augenblick an der Tür stehen und versuchte, mit ihrer Überraschung fertig zu werden.

Der Raum war so groß, daß die zwei Dutzend Männer und Frauen, die zwanglos an den Tischen saßen, fast in ihm verschwanden. Die meisten Männer trugen dunkle Zivilanzüge. Die Frauen, unschwer als Amerikanerinnen zu erkennen, waren gleichfalls gut angezogen, nicht zu auffallend, aber auch nicht so, wie man sich anzieht, wenn man in ein Restaurant geht. Sie hatten Gläser vor sich stehen und beobachteten eine kleine Musikkapelle, die amerikanische Schlager spielte. Sie setzte sich aus vier Männern in roten Jacketts zusammen. Hinter ihnen, auf einem Stuhl, saß ein junges Mädchen in ärmellosem Kleid mit weitem Rock, Silberschuhen und goldener Halskette. Das schwarze Haar trug sie zu einem Knoten aufgesteckt, der zu groß war, um echt zu sein. Sie hatte ein schmales, stark geschminktes Gesicht und bewegte den Fuß im Takt der Musik. Ganz hinten, an einer Tür, standen drei junge gutaussehende Mädchen mit weißen Schürzen und blickten gelangweilt in die Runde. Nur John war nirgends zu entdecken.

»Vielleicht sitzt er in der Bar«, sagte Sam. »Wie gefällt Ihnen unser Club?«

»Besser als ich erwartet habe«, antwortete Claire lächelnd.

Dann sah sie John. Er trat aus der Tür, wo die drei Mädchen standen, verhielt kurz den Schritt und kam dann schnell durch den Saal.

»Was ich gesagt habe«, meinte Sam grinsend. »Er hat sich an der Bar Mut angetrunken!«

»Wozu?« fragte Claire, während sie John entgegenschaute. Plötzlich hatte sie wieder Herzklopfen. Sie stellte mit Genugtuung fest, daß die Frauen an den Tischen ihn mit dem Blick verfolgten, dann war er bei ihr, und seine Hand war so groß, daß sie ihre eigene nicht mehr spürte. Er sagte nichts, er hielt nur ihre Hand fest und lächelte sie an, und vielleicht hätte es noch lange gedauert, wenn Sam nicht gewesen wäre.

»Ich komme später noch einmal vorbei«, sagte er. »Mary wartet auf mich.« Er war so schnell draußen, daß Claire keine Zeit mehr fand, sich nach ihm umzuschauen.

»Wer ist Mary?« fragte sie.

»Seine Frau«, antwortete John. Er ging mit ihr an einen Tisch in einer Fensternische und half ihr aus dem Mantel. Jetzt merkte sie, daß sie angestarrt wurde, sie bewegte ein wenig den Kopf und begegnete den Blicken einiger Männer und Frauen, die rasch wieder wegsahen. Ihr erstes Empfinden war Ärger, der sich aber sofort in Trotz verwandelte. – Sie haben nicht einmal Courage, mir zu zeigen, was sie von mir denken, dachte sie verächtlich.

Unter den Männern waren auch einige Dunkelhäutige. Zum erstenmal fiel ihr auf, daß sie von den Weißen getrennt saßen. Vielleicht war es ein Zufall, aber sie stieß sich daran.

Die Sessel waren bequem. Sie schlug die Beine übereinander und betrachtete die von oben beleuchtete Decke mit ihren gelben Bilderbuchsternen, die etwas kitschigen Wandgemälde und zum Schluß John. Etwas an seinem Gesicht war anders, als sie es in Erinnerung behalten hatte, sie konnte sich aber nicht schlüssig werden, was es war.

»Ich hätte mir nicht träumen lassen, daß wir uns so bald wiedersehen würden«, sagte er.

Claire lächelte. »Man träumt immer das Falsche, John. Ich hätte mir nicht träumen lassen, daß Sie sogar eine Band in Ihrem Club haben. Sind es Amerikaner?«

»Holländer«, antwortete John. Er hatte eine schlimme halbe Stunde hinter sich. Die Furcht, sie könnte nicht kommen, hatte ihn zweimal vor die Tür getrieben. »Sie bleiben immer vier Wochen hier, dann kommt eine andere Kapelle. Was wollen Sie trinken?«

»Was trinken Sie?«

»Whisky on the rocks.«

»Kenne ich nicht«, sagte Claire. »Ich kann ihn einmal probieren.«

Sie hatte nie in ihrem Leben Whisky getrunken, und sie wunderte sich über sich selbst. Seit sie neben John saß, wurde sie ein Gefühl der Unwirklichkeit nicht los. Es war genauso, als erlebte sie ihren eigenen Auftritt aus einer anonymen Geborgenheit heraus. Die ungewohnte Umgebung schien ihr seltsam vertraut, geradeso, als wäre sie vor langer Zeit schon einmal hier gewesen, und sie wußte, daß es nur von ihrer Erleichterung kam. So wie jetzt würde es ihr vielleicht einmal zumute sein, wenn sie ihr Examen hinter sich hatte, etwas erschöpft, etwas neugierig auf das Kommende und sehr mit sich zufrieden.

Ein Mädchen trat an den Tisch. Es mochte etwa in ihrem Alter sein und unterhielt sich mit John wie mit einem guten Bekannten.

»Eine Deutsche?« fragte Claire, als sie weg war.

John nickte. »Sie ist hier angestellt.«

»Wer bezahlt sie?«

»Der Club-Sergeant. Er kassiert von jedem Clubmitglied monatlich einen Dollar.« Er lehnte sich in seinem Sessel zurück. »Ich glaubte nicht daran, daß Sie kommen.«

Claire lächelte verwundert. »Wir waren doch verabredet.«

»Vor dem Schloßgarten.«

»Und Sie waren nicht da. Warum haben Sie Ausgangssperre?«

»Jemand hat etwas gegen mein Gesicht.«

»Nur gegen Ihr Gesicht?«

»Es ist ihm zu dunkel.«

»Das tut mir leid, John.«

Jedesmal, wenn sie John sagte, tat sein Herz ein paar harte Schläge. Sie trug wieder ihr dunkles Kostüm vom Weihnachtsabend.

»Es macht mir nichts mehr aus«, sagte er.

»Trotzdem tut es mir leid«, sagte Claire. »Es ist lächerlich...«

Sie brach ab, weil das Mädchen die Gläser brachte, und wartete, bis es wieder weg war. »Ich verstehe die Leute nicht«, sagte sie dann. »Sam hat mir erzählt, daß Freds Eltern in der Kaserne angerufen und sich über Sie beschwert haben; ich wußte es nicht.«

»Er ist ein Schwätzer«, sagte John. »Er hätte es Ihnen nicht sagen dürfen.«

»Warum nicht?«

»Ich möchte nicht, daß Sie sich diesen Abend verderben lassen. Hat er Ihnen noch mehr erzählt?«

»Daß Sie mich heute mittag anrufen lassen wollten, um mir zu sagen, daß ich nicht kommen soll; daß Sie in Wirklichkeit von der Universität geekelt wurden, daß Sie zwei Jahre lang Gelegenheitsarbeiter waren und ein Mädchen Ihnen tausend Mark abgenommen hat.«

»Er ist ein Schwätzer«, sagte John wieder, und seine Stimme klang gepreßt.

Claire legte ihm über den Tisch hinweg die Hand auf den Arm. »Wenn er es mir nicht erzählt hätte, könnte ich vielleicht nicht so mit Ihnen reden. Was hat Fred zu Ihnen gesagt, als er hier war?«

John betrachtete ihre Hand. Sie hatte lange, sehr schmale und etwas knochige Finger. »Daß Sie mit ihm verlobt sind.«

»Und deshalb wollten Sie, daß ich nicht komme?«

»Nicht nur deshalb. Er tat mir leid.«

Claire nahm ihre Hand von seinem Arm und griff nach ihrem Glas. Sie trank einen kleinen Schluck und schloß einen Moment die Augen.

»Schmeckt er Ihnen?« fragte John.

»Besser als ihre Komplimente. Warum tat er Ihnen leid?«

»Jetzt habe ich Sie verärgert.«

»Nicht sehr; ich hätte es mir denken müssen.«

Sie blickte zu der Kapelle hinüber, wo das Mädchen jetzt aufgestanden war und an das Mikrofon trat. Es sang ein amerikanisches Lied, seine Stimme klang überraschend gut.

»Was hätten Sie sich denken müssen?« fragte John.

»Daß es nicht einfach ist. Ich hätte nicht dulden dürfen, daß Sie am Weihnachtsabend davongelaufen sind.«

John zuckte mit den Schultern. »Ich dachte, es sei Ihnen lieber so.«

»Wenn es mir lieber gewesen wäre, hätte ich Sie gar nicht erst mit nach Hause genommen. Vielleicht bin ich vor meinem eigenen Mut erschrokken. Man glaubt oft, man sei fertig damit, und dann entdeckt man doch noch etwas, was einen festhält.«

»An ihm?«

»Auch an ihm«, antwortete Claire.

Sie trank gedankenlos ihr Glas leer, beobachtete gedankenlos, wie er ein zweites für sie bestellte, dann blickte sie voll in sein Gesicht. »Es war zwischen Fred und mir nicht immer so wie in den letzten Jahren. Als ich mit meinem Studium angefangen habe, war ich neunzehn Jahre alt, als ich Fred kennenlernte, zwanzig. Er war zehn Jahre älter als ich und der erste ernst zu nehmende Mann in meinem Leben. Es verhielt sich wie mit meinem Studium; Wenn man erst einmal sechs Semster hinter sich hat, kehrt man nicht mehr um.«

»Noch dazu mit einer Praxis vor Augen!« sagte John.

Claire nickte. »Noch dazu mit einer Praxis vor Augen. Ich habe das Rechnen genauso lernen müssen, wie Sie, ich habe vor fünfzehn Jahre mit einem Taschengeld angefangen, und ich lebe heute praktisch immer noch von einem Taschengeld.«

»Ich wollte Sie nicht kränken«, murmelte John.

»Sie tun es, seit ich hier bin. Warum eigentlich?«

»Ich möchte Sie heiraten«, sagte John.

»Dann sind Sie wenigstens originell«, sagte Claire und verschluckte sich. »Habe ich dieses Glas schon wieder ausgetrunken?«

»Ich war es nicht«, sagte John.

Claire blickte prüfend in sein Gesicht. Sie war weder schockiert noch verlegen. Außer Fred hatte ihr noch kein Mann einen Heiratsantrag gemacht.

»Wir haben schon einmal darüber gesprochen«, sagte sie ruhig. »Am Weihnachtsabend.«

»Ich weiß es«, sagte John.

Claire schwieg. Sie spürte, daß sie wieder beobachtet wurde. Ihr Blick fiel auf einen Tisch in der Nähe, wo jetzt drei Farbige saßen, die sie unvermittelt anstarrten. »Sind das Freunde von Ihnen?«

John sah kurz hin. »Nein.«

»Ich dachte, weil es Landsleute von Ihnen sind.«

»Sie sind in Amerika geboren.«

»Und?«

»Sie schauen auf mich herunter.«

»Das verstehe ich nicht«, sagte Claire. »Warum tun sie es?«

»Sie werden nicht gern daran erinnert, daß sie keine Weißen sind.«

»Und Sie erinnern sie daran?«

»Jeder, der in Afrika geboren ist, erinnert sie daran. Klassenbarrieren sind bei Ihnen ausgeprägter als bei Weißen.«

»Ökonomische?«

John grinste. »Das auch, aber mehr noch der Grad der Helligkeitstönung ihrer Haut. Man hat ihnen so lange eingeredet, daß sie als Schwarze minderwertig sind, bis sie es nicht mehr ertrugen, Schwarze zu sein. – Sie würden mich also nie heiraten?«

»Nie!« sagte Claire lächelnd.

John lächelte auch. »Wollen Sie noch ein Glas?«

Er will mich betrunken machen, dachte Claire, aber sie hatte schon zuviel getrunken, und nahm das, was er sagte, nicht mehr ernst. »Nein«, sagte sie.

»Ein Glas noch!« sagte John und winkte dem Mädchen.

Sie hätte jetzt aufstehen müssen, wenn ihre Beine nicht so müde gewesen wären, aber es war eine angenehme Müdigkeit. Sie saß bequem in dem tiefen Sessel, lächelte über die kitschigen Bilderbuchsterne an dem künstlichen Himmel, über die Wandmalereien und über sich selbst.

»Ich werde nicht mehr in diesen Club kommen«, sagte sie, »er animiert zum Trinken. Ich habe es bis heute nicht gelernt.«

»Hier lernt es jeder«, sagte John. »Im Club ersäufen sie ihr Heimweh und was es sonst noch gibt.«

»Was gibt es sonst noch?«

»Viel!« sagte John. »Da kommt Sam!«

Claire hatte ihn auch schon gesehen, er kam von der Tür direkt auf sie zu.

»Ich kann leider nicht hierbleiben«, sagte er, noch ehe er recht bei ihnen war. »Wir haben Besuch!«

»Wie schade!« sagte John.

Sam nickte. »Tut mir wirklich leid«, sagte er und blickte beharrlich in die Luft. »Kam ganz unerwartet, ich wollte dir nur rasch den Autoschlüssel bringen, falls du ...«

Er brach ab, nahm die Nase zwischen Daumen und Zeigefinger und rieb sie. »Horne ist unterwegs«, sagte er, »ich habe mich erkundigt. Vor morgen früh zwei Uhr kommt er nicht zurück. Du brauchst ja nicht die ganze Nacht wegzubleiben.«

»Ich gehe zu Fuß nach Hause«, sagte Claire, »es wird mir guttun. Ich möchte nicht, daß John, wenn er Ausgangssperre hat, und meinetwegen noch ...«

Sie verhaspelte sich und lachte. »Das kommt davon.«

»Wovon?« fragte Sam.

Er schaute so betroffen drein, daß sie noch mehr lachen mußte.

John beobachtete sie grinsend. »Gib her!« sagte er und streckte Sam die Hand hin.

»Wieviel Gläser hast du?« fragte Sam.

»Zwei.«

»Das ist nicht wahr!« protestierte Claire. »Es waren mindestens vier oder fünf.«

»Sechs!« sagte John, ernsthaft und mit ausgestrecktem Arm.

»Gib endlich her!«

Sam zögerte. »Sechs?« vergewisserte er sich.

»Gib her!« sagte John.

Sam legte den Schlüssel auf den Tisch. »Du mußt wissen, was du tust. Wenn sie dich erwischen...«

»Ich gehe zu Fuß!« sagte Claire.

»Laß ihn auf dem Parkplatz stehen«, sagte Sam. »Ich brauche ihn vor morgen früh nicht.« Er blickte Claire an. »Haben Sie auch sechs Gläser?«

»Vier«, antwortete Claire heiter. – »Vier Gläser Whisky?«

»Ja.«

»Dann alles Gute!« sagte Sam und ging.

John trank sein Glas leer. »Wann kommen Sie wieder?«

»Das weiß ich nicht.«

»Sie kommen nicht mehr«, sagte er, »ich weiß es.«

»Das weiß man nie, John.«

»Ich weiß es!« wiederholte er störrisch.

»Habe ich es gesagt?«

»Sie werden es noch tun.«

»Ich habe zuviel getrunken«, sagte sie nach einer Pause. »Wenn ich zuviel getrunken habe, dürfen Sie mir keine Fragen stellen, die ich nicht einmal in nüchternem Zustand beantworten kann. Ich bin ein Augenblicksmensch, ich disponiere nicht.«

»Vielleicht am Silvesterabend«, sagte John, »oder gehen Sie wieder zu ihm?«

»Vielleicht«, sagte Claire. Schon die Vorstellung entsetzte sie. Sie würde den ganzen Abend mit ihnen zusammensitzen, Bowle trinken und sich um Mitternacht von ihnen abküssen lassen müssen: von Fred, seiner Mutter, seinem Vater...

»Ich könnte wieder den Wagen kriegen«, sagte John. »Wir könnten irgendwohin fahren.«

»Nach Giffaumont«, sagte Claire lächelnd.

»Wohin?«

»Sie kennen es nicht«, sagte Claire. »Nicht einmal Fred kennt es. Ich möchte auch nicht, daß er es kennenlernt; er würde es mir verderben, er ist zu zynisch.«

»Es bedeutet Ihnen viel?« fragte John.

»Vielleicht, aber wahrscheinlich rede ich es mir nur ein. Und jetzt wird es Zeit für mich.«

Er machte keinen Versuch, sie umzustimmen, und winkte dem Mädchen. Nachdem er bezahlt hatte, holte er ihren Mantel.

»Warum tragen Sie immer Uniform?« fragte Claire. »Ein grauer Anzug würde Ihnen stehen.«

»Ich habe keinen«, sagte John.

Er brachte sie zum Wagen, öffnete die Tür und wartete, bis sie saß. »Ich mache in letzter Zeit nur Dummheiten«, sagte sie, »ich glaube, ich wäre imstande, mit Ihnen nach Giffaumont zu fahren.«

»Morgen früh haben Sie es wieder vergessen«, sagte John und ließ den Motor an. Er fuhr rasch, und als sie aus der Kaserne waren, fiel Claire in einer Kurve mit dem Kopf gegen seine Schulter.

»Verzeihung!« sagte sie und wollte sich wieder aufrichten, aber er hielt sie mit einer Hand fest.

»Bleiben Sie bitte so!« sagte er.

Sie blickte von unten in sein Gesicht. »Wissen Sie überhaupt noch, wo ich wohne?« – »Nein.«

»Dann fahren Sie mich hin!« sagte sie lächelnd.

Er hatte die Gegend nicht mehr genau im Kopf und verfuhr sich.

»Wir sind völlig verkehrt«, sagte Claire. »Fahren Sie da vorn nach rechts.« Sie sagte ihm noch zweimal, wie er fahren müsse, dann waren sie in einer dunklen Straße, und sie erklärte, daß sie wieder falsch seien. Er fuhr die Straße zurück auf eine andere, und schließlich hörten die Häuser auf, und die Straße mündete in einen Feldweg.

»Das kann auch nicht stimmen«, sagte Claire. »Fahren Sie zurück.«

John schwieg. Er fuhr noch einige hundert Meter weiter, dann hielt er an, schaltete das Licht aus und legte den Arm um ihre Schulter.

Claire richtete sich schnell auf; sie war plötzlich stocknüchtern. »Das dürfen Sie nicht tun!« sagte sie.

»Warum nicht?«

»Lassen Sie mich los!« sagte sie scharf.

Er lächelte von der Seite in ihr Gesicht. »Wenn Sie mich heiraten.«

»Ich warne Sie, John!«

Vielleicht lag es an ihrem Ton, vielleicht auch daran, daß sie jetzt so nahe bei ihm war, daß ihm der Gedanke, sie vielleicht nie mehr zu sehen, unvorstellbar erschien. Als er nach ihrer Brust griff, fiel ihm wieder das hochmütige Gesicht des weißen Mädchens ein, während die jungen Männer auf ihm herumgetrampelt waren, und dann erinnerte er sich an nichts mehr. Wie durch eine gepolsterte Tür hörte er ihre bettelnde Stimme, aber der Geruch ihrer Haut war stärker und er preßte den Mund auf ihren Nacken, fühlte seidigen Stoff unter seinen Fingern und dann keinen Stoff mehr, und er hatte vergessen gehabt, wie es war.

»Nicht!« sagte sie, »bitte nicht, John.«

Er achtete nicht darauf, und als sie zu schreien anfing, preßte er ihr die Hand auf den Mund. Sie grub ihre Zähne hinein, bis sie Blut schmeckte und vor Atemnot nicht mehr konnte. Dann ließ er sie plötzlich los. Sie öffnete die Augen und sah, daß er die Arme auf das Lenkrad und das Gesicht auf die Arme gelegt hatte. Eine kurze Weile blieb sie unschlüssig sitzen, aber er rührte sich auch nicht, als sie die Tür öffnete und aus dem Wagen kletterte.

Draußen brachte sie ihre Kleider in Ordnung. Es war kalt, ein schneidender Wind kam über die weißen Felder. Weiter hinten, wo die Häuser anfingen, brannte eine Straßenlaterne, irgendwo schlug eine Kirchturmuhr; es hörte sich ganz nahe an. Sie drehte sich um und entdeckte die Silhouette des Turms, die sich schmal und scharf vom Sternenhimmel abhob.

Es muß Sankt Michael sein, dachte sie. Sie wußte nun ungefähr, wo sie war, und es gab keine Entschuldigung dafür. Thüngerstadt war zu klein, um sich ernsthaft zu verfahren. Jeder andere Mann an seiner Stelle hätte das gleiche vermutet.

Sie stellte es ohne Beschönigung fest und sie dachte nicht daran, zu Fuß zu gehen. Sie hätte eine Dreiviertelstunde dafür gebraucht; mit dem Wagen waren es zehn Minuten. Der Aufwand an Mühe lohnte sich nicht. Vielleicht hätte es sich gelohnt, wenn ihre Empörung echt gewesen wäre, aber nicht einmal dessen war sie sicher.

Ihr Blick fiel wieder auf John, der unverändert hinter dem Lenkrad saß. Auch dafür fand sie keine Erklärung. Sie konnte sich nicht einmal schlüssig darüber werden, ob sie sie noch länger gesträubt hätte. Man brauchte in solchen Situationen ebensoviel Distanz wie Selbstbeherrschung, ebensoviel Glück wie Charakter, und wo die Gelegenheiten anfingen, energisch zu werden, hörte die Tugend meistens auf, stark zu bleiben.

Sie lächelte über sich selbst, dann kehrte sie in den Wagen zurück und berührte Johns Schulter.

»Bringen Sie mich nach Hause«, sagte sie ruhig. »Es ist spät geworden.«

»Ich war betrunken«, murmelte er.

»Wir waren beide betrunken; es wird uns nicht mehr passieren. Wo ist der Lichtschalter?«

Er richtete sich auf. Als es hell wurde, sah sie das blutverschmierte Lenkrad, es wurde ihr fast schlecht. Sie faßte behutsam nach seiner Hand und betrachtete sie. Im Ballen entdeckte sie die blutunterlaufenen Eindrücke ihrer Zähne, zwei waren durch die Haut hindurchgegangen.

»Ich bin ein Biest«, sagte sie. »Nehmen Sie mein Taschentuch!«

Sie wickelte es um seine Hand, knüpfte einen Knoten und hielt seine Hand ein paar Augenblicke fest. »Das war die Sache nicht wert, John«, sagte sie.

»Für Sie nicht«, sagte er.

Claire lächelte. Sie betrachtete sein schmales, regelmäßiges Gesicht, sein kräftiges Kinn und die hohe Stirn. »Wenn ich eine Bantu-Frau wäre, würde ich Sie auf der Stelle heiraten, aber ich bin keine Bantu-Frau. Tut es noch weh?«

»Nein.«

Schuldbewußt sieht er gerade nicht aus, dachte sie, aber warum auch? Außer Fred hat es noch keiner fertiggebracht. Sie ertappte sich dabei, wie sie seine schönen schlanken Finger betrachtete, und sie ließ rasch seine Hand los.

»Fahren wir jetzt?« fragte sie.

»Nein.«

Er machte wieder das Licht aus und griff nach ihren Schultern. Damit hatte sie nicht gerechnet, aber sie versuchte diesmal nicht, sich zu wehren; sie wußte jetzt, wie stark er war.

»Wenn Sie mich nicht loslassen, John«, sagte sie, »haben wir uns heute das letzte Mal gesehen.«

»Das steht für Sie schon fest. Ich habe Sie angelogen.«

»Wann?«

»Vorhin. Ich war nicht betrunken.«

»Ich auch nicht«, sagte Claire, »dann sind wir quitt.«

»Ich habe gemerkt, daß Sie nicht mehr betrunken waren«, sagte John und legte ihr die Arme um den Rücken. Es war genauso, als wäre sie in einen Schraubstock eingespannt. Ein paar Herzschläge lang tat es ihr leid, daß sie nicht doch davongelaufen war, aber dann sagte sie sich, daß es nicht mehr zu ändern und sein Verhalten zu absurd sei, um es voraussehen zu können.

»Ich hätte Sie für vernünftiger gehalten«, sagte sie. »Warum haben Sie mich vorhin losgelassen?«

»Ich weiß es nicht.«

Sie hatte einen Verdacht, aber sie unterdrückte eine Bemerkung darüber und sagte statt dessen: »Ich gebe Ihnen noch eine Chance, John. Wenn Sie mich loslassen, fahre ich vielleicht zu Silvester mit Ihnen weg.«

»›Vielleicht‹ ist mir zu wenig.«

»Dann eben nicht.«

Seine Fingerspitzen streichelten ihren Hals, ihr Haar, dann beugte er sich zu ihr hinunter und küßte sie behutsam auf die geschlossenen Lider.

Es erinnerte sie an ihre Mutter, sie lächelte verwundert. »Was ist los mit Ihnen, John?«

»Nichts«, murmelte er und gab sie frei. »Sie müssen mir jetzt nur noch sagen, wie ich fahren muß. Ich kenne mich in dieser Gegend nicht aus.«

»Zurück«, sagte Claire.

Sie beobachtete, wie er das Licht einschaltete, und den Wagen rückwärts zu den Häusern fuhr, und sie wußte nicht mehr, was sie von ihm denken sollte.

Es war schon weit nach Mitternacht, die Straßen lagen leer und dunkel. Auf beiden Seiten waren große Schneehaufen aufgetürmt, dann kam ein halbrunder Platz und dahinter eine Kirche. Vor ihrem Portal stand ein großer Tannenbaum mit elektrischen Kerzen.

»Sankt Michael«, sagte Claire. »Sie müssen immer geradeaus fahren. Hat Ihnen schon einmal jemand gesagt, daß Sie ein merkwürdiger Mensch sind?«

»Mein Vater«, antwortete John lächelnd.

Claire lächelte auch. »Das wundert mich nicht. Lebt Ihre Mutter nicht mehr?«

»Schon lange nicht mehr, ich war drei Jahre alt, als sie starb.«

Sie brauchten keine zehn Minuten bis zu ihrer Wohnung. Hundert Meter vor dem Haus ließ sie ihn anhalten. »Ich steige hier aus. Das Taschentuch können Sie behalten.«

»Ich werde es aufheben«, sagte John. »Sie rufen mich wieder an?«

Sie wußte es nicht, und sie wollte ihn nicht anlügen. »Vielleicht.«

»Ich werde trotzdem auf Sie warten«, sagte er und betrachtete seine verbundene Hand.

Als sie schon einen Fuß auf der Straße hatte, wandte sie ihm noch einmal das Gesicht zu. Er saß wie versteinert auf seinem Platz, und nie hatte ihr ein Mann so leid getan, aber sie sah keinen Ausweg. Sie sah auch kein Ende, wenn nicht dieses hier das Ende war. Vielleicht würde sie sich jetzt von Fred trennen. Nach diesem Abend schien es ihr möglich. Aber wenn sie es nur tat, um ein noch komplizierteres und aussichtsloseres Verhältnis einzugehen, war es sinnlos. Sie durfte nicht aus den Augen verlieren, weshalb sie sich mit John getroffen hatte: um sich an Fred zu revanchieren, um an John ein Versäumnis gutzumachen und um ihrer selbst willen, um wenigstens in ihrem Leben einmal etwas zu tun, wozu ihr jedesmal der Mut gefehlt hatte. Aber nun war etwas Neues hinzugekommen, und sie wußte noch nicht, wie sie morgen darüber denken würde, wenn auch der letzte Rest Whisky aus ihrem Kopf war. Sie brauchte jetzt Zeit, Schlaf und Distanz. Sie konnte ihm nicht mehr versprechen, als sie morgen früh, wenn sie ausgeschlafen hatte, versprechen würde. Vielleicht war es unfair gewesen, ihn mit einem Hinweis auf Silvester abzuspeisen, doch hatte sie keine andere Wahl gehabt, und sie betrachtete es als einen Akt der Notwehr. Sie konnte ihm nicht helfen, es war eine Entscheidung, die ihr niemand abnehmen würde. »Auf Wiedersehen, John«, sagte sie.

Er nickte nur.

Sie wartete noch eine Sekunde, dann ging sie rasch davon.

John blickte ihr nach, bis sie in einem Haus verschwand. Die Straße war einseitig bebaut, die Häuser standen hinter kleinen Gärten. Auf der linken Straßenseite war eine niedrige Böschung mit Sitzbänken. Vor drei Tagen hatte er keine Zeit gefunden, auf die Gegend zu achten. Er kletterte aus dem Wagen. Als er die Böschung hinaufstieg, sah er den Fluß. Er war halb zugefroren, drüben hoben sich die verschneiten Berge der Rhön vom Himmel ab. Es war eine schöne Wohngegend, auch die Häuser waren schön, keine Mietskasernen, die Stockwerke mit Balkons, Erkern und kleinen Vorbauten. Er kehrte zum Wagen zurück und fuhr langsam weiter. Vor ihrem Haus hielt er kurz an und blickte zu ihrem Fenster hinauf, wo jetzt Licht brannte. Er war unfähig, etwas zu denken.

DRITTES KAPITEL

1

Er sah den Wagen schon, als er in die Straße einbog. Es war ein großer Buick, zweifarbig, mit riesigen Panoramascheiben und Weißwandreifen. Er stand etwa zwanzig Schritte von ihrer Haustür entfernt auf der anderen Straßenseite und trug ein amerikanisches Nummernschild. Zwei Kinder drückten sich an seinen Scheiben die Nasen platt.

Obwohl er auf eine unangenehme Überraschung gefaßt gewesen war, nahm es ihm die Luft weg. Er ließ seinen Wagen langsam ausrollen, kletterte mit steifen Beinen heraus und blickte zu ihrem Fenster hinauf. Der Rolladen war oben, der Vorhang zurückgezogen. Viermal hatte er heute morgen vergeblich versucht, sie anzurufen; jetzt wußte er, weshalb sie sich nicht gemeldet hatte.

Er blieb eine Weile auf der Straße stehen, während seine Gedanken wie lahmgeschossene Vögel durch sein Bewußtsein flatterten. Nun, da er nur noch die Treppe hinaufzusteigen brauchte, um sich auch die letzte Gewißheit zu verschaffen, fürchtete er sich davor. Er war bereit gewesen, alles zu entschuldigen. Er war in der festen Absicht hierhergekommen, ihr keine Vorwürfe zu machen, mit einer versöhnlichen Geste auszulöschen, was geschehen war, obwohl er gestern den ganzen Nachmittag nach ihr gefragt, bis Mitternacht vor ihrem Haus gewartet und die schlimmste Nacht seines Lebens hinter sich hatte.

Und nun stand der amerikanische Wagen vor der Tür. Ihr Vater war sicher schon weggegangen, Ruth über das Wochenende nach Hause gefahren, sie würde allein mit ihm sein, vielleicht im Bett...

Es drehte seinen Körper herum. Als er eine halbe Minute später atemlos vor ihrer Tür stand, war er nicht mehr zurechnungsfähig. Er ließ die Hand auf dem Klingelknopf liegen, trommelte mit der Faust gegen die Tür, und dann blickte er in das empörte Gesicht ihres Vaters. Es brachte ihn schneller zur Vernunft, als ein Erdbeben es vermocht hätte. Er glotzte ihn fassungslos an, unfähig, etwas zu sagen, unfähig nach einer Entschuldigung zu suchen, er stand einfach da, die Arme schlaff herunterhängend und mit einem Gefühl grenzenloser Verblüffung. Dann entdeckte er auch Claire. Sie kam langsam aus ihrem Zimmer, fertig angezogen und mit rotem Kopf.

»Bist du übergeschnappt?« fragte sie.

Es ist unmöglich, dachte er, es ist unmöglich, daß ihr Vater mit ihr unter einer Decke steckt. Sie hätte sich nie getraut, den Schwarzen heraufzulassen, solange er im Haus ist.

Er wandte sich mit verzerrtem Lächeln an ihn. »Ich dachte, Sie seien schon weg.«

»Soll das heißen, daß Sie sich immer so aufführen, wenn ich nicht im Hause bin?« fragte Heggelbacher kühl.

»Natürlich nicht«, mrmelte Fred. »Entschuldigen Sie, bitte!«

Er hatte ihn nie gemocht, er war ihm zu intellektuell, zu hochnäsig, einer von jenen, die einen Mann nur dann ernst nahmen, wenn er mindestens das Abitur hatte. Er, Fred, hatte das Abitur nicht, aber er war der Sohn eines stadtbekannten Mannes, und eines Tages würde er mehr Geld verdienen, als der Direktor einer Landesbibliothek jemals gesehen hatte. Seit er ihn kannte, hatte er selten mehr als ein Dutzend Worte auf einmal mit ihm gesprochen. Er vermied es auch, wenn es sich irgendwie einrichten ließ, ihm zu begegnen. Am Anfang hatte er ihn im Verdacht gehabt, eifersüchtig zu sein, aber so, wie die Dinge zwischen ihm und Claire lagen, war der Gedanke absurd.

Er merkte plötzlich, daß Claire verschwunden war. Während er noch nach einer glaubwürdigen Erklärung für sein Verhalten suchte, drehte sich Heggelbacher schroff um, ging in sein Zimmer und schlug die Tür hinter sich zu.

Altes Ekel! dachte Fred.

Claire saß an ihrer Reiseschreibmaschine, hatte ein paar Bücher auf dem Tisch liegen und rauchte. Sie trug eine enge blaue Hose, einen gelben Pullover mit Rollkragen, und ihr Gesicht war wie immer. Er hatte fast vergessen, wie schön sie war. Als er hereinkam, ließ sie sich mit dem Rücken gegen die Stuhllehne fallen und blickte ihn an.

»Es ist mir entsetzlich peinlich«, sagte er und legte seinen Hut ab. »Ich habe nicht damit gerechnet, daß er noch hier ist. Um diese Zeit habe ich ihn noch nie angetroffen.«

»Er ist erkältet«, sagte Claire.

»Das konnte ich nicht riechen«, sagte Fred. »Ich habe in letzter Zeit Pech.«

»Ich würde sagen: schlechte Manieren, aber die hattest du schon immer. Was willst du?«

»Euer Telefon geht nicht.«

»Ich habe den Stecker herausgezogen.«

»Warum?«

»Damit du nicht anrufst«, sagte sie.

Fred nickte. »Ich habe es mir gedacht. Ich wollte dich abholen, aber wenn er erkältet ist... Er bleibt zum Essen hier?«

»Ja.«

»Pech!« sagte Fred wieder. Er ging zum Fenster, schob die Gardine etwas auf die Seite und betrachtete den amerikanischen Wagen.

»Willst du mir nicht endlich erklären, weshalb du dich so aufgeführt hast?« fragte Claire.

Ihr Ton war neu. Er kannte die ganze Skala ihrer Stimme, und wenn sie mit ihm sprach, wußte er sofort, woran er mit ihr war. Heute wußte er es nicht. Ihre Stimme klang weder gereizt noch unfreundlich, aber auch nicht eine Spur versöhnlich. In diesem Ton unterhielten sich Chefsekretärinnen mit unangemeldeten Besuchern.

»Ich dachte, du schliefst noch«, sagte Fred.

»Ich habe dir keinen Anlaß gegeben, so zu denken«, erwiderte sie. »Du weißt, daß ich sonntags spätestens um zehn Uhr aufstehe.«

»Du kommst auch nicht jeden Samstagabend nach zwölf Uhr nach Hause«, sagte Fred, den Wagen betrachend. »Ich habe unten auf dich gewartet.«

Sie hatte halb damit gerechnet. »Es war dein Privatvergnügen«, sagte sie.

Fred drehte sich um. »Gestern mittag warst du auch nicht zu Hause.«

»Das ist möglich«, sagte Claire.

»Du warst bei ihm?«

»Ich habe es dir gesagt.«

»Wie lange?«

»Wenn du gestern abend eine halbe Stunde länger gewartet hättest, wüßtest du es genau.«

Er merkte, wie es ihm immer schwerer fiel, an seine guten Vorsätze zu denken.«

»Du findest das ganz natürlich?« sagte er mühsam.

Claire lächelte. »Es war sehr lustig, wir haben Whisky getrunken, Musik gehört, und anschließend sind wir noch etwas spazierengefahren.«

»Mit einem Buick?«

Sie stutzte. »Wieso?«

»Mit einem zweifarbigen Buick?« fragte Fred.

Jetzt war sie sich ihrer Sache sicher, er mußte sie also doch gesehen haben. Sie zuckte gleichgültig mit den Schultern.

»Ich habe es mir gedacht«, sagte Fred. »Vor eurem Haus steht einer.«

Sie starrte verblüfft in sein Gesicht. »Vor unserem Haus?«

Es klang so echt, daß er unsicher wurde. »Du weiß es nicht?«

Sie stand langsam auf, drückte ihre Zigarette aus und kam zu ihm ans Fenster. Als sie den Wagen sah, wurde sie blaß.

»Ist er das?« hörte sie Fred fragen.

Er war es, sie hatte sich sogar die Nummer gemerkt, und sie wußte jetzt, weshalb Fred sich so aufgeführt hatte. Ein paar Herzschläge lang war sie vor Ärger unfähig, etwas zu sagen. Sie öffnete das Fenster und blickte auf die Straße hinab.

Ich muß ihn sofort anrufen, dachte sie, und es war ihr erster klarer Gedanke.

»Er gehört ihm?« fragte Fred wieder, und diesmal klang es mehr nach einer Feststellung.

Sie machte das Fenster zu, kehrte an den Tisch zurück und steckte sich eine frische Zigarette an. Vielleicht war ihm das Benzin ausgegangen? Aber ausgerechnet vor ihrer Haustür? So viel Zufall gab es nicht.

»Ich habe dich etwas gefragt«, sagte Fred.

Die zuckende Stelle in seinem Gesicht verriet ihr, daß seine äußere Ruhe gekünstelt war. Sie setzte sich auf ihren Platz und blies den Rauch zur Decke. »Vielleicht hat er ihn vergessen.«

Fred glaubte sich verhört zu haben. »Vergessen?«

Jetzt brachte sie es sogar fertig zu lächeln. »Er war etwas zerstreut. Verliebte Männer sind immer zerstreut.«

»Du gibst zu...«

Sie unterbrach ihn kühl: »Ich habe von ihm gesprochen, nicht von mir. Er hat mir erzählt, daß deine Eltern in der Kaserne angerufen haben.«

Fred wußte es, seine Mutter hatte am Weihnachtsabend gesagt, daß sie sich beschweren wolle, aber er hatte nicht mehr daran gedacht.

»Mein Einfall war es nicht«, sagte er. »Wenn sie es getan hat, dann nur deinetwegen.«

»Meinetwegen?«

»Natürlich!« sagte Fred. »Sie hätte auch nicht den Mantel hinausgetragen, wenn sie sich nicht über dich geärgert hätte. Es war schlimm genug, daß sie ausgerechnet ihr einen Schwarzen geschickt haben. Sie getraut sich nicht, es ihren Bekannten zu erzählen, und statt ihr darüber hinwegzuhelfen, lachst du sie noch aus.«

»Ich habe sie nicht ausgelacht.«

»Es hörte sich jedenfalls so an. Du hast gewußt, wie empfindlich sie ist. Ich habe ihm gestern das Geld zurückgegeben. Du hast jetzt keinen Grund mehr, dich noch einmal mit ihm zu treffen.«

Claire schwieg.

»Oder hast du doch noch einen Grund?« fragte er lauernd.

»Ich möchte weiterarbeiten«, sagte Claire.

Fred hatte noch seinen Mantel an und knöpfte ihn langsam auf. »Wenn das geschieht«, sagte er, »geschieht etwas anderes.«

Bis dahin war sie sich noch nicht schlüssig gewesen, wie dieses Gespräch enden würde. Als sie heute früh aufgewacht war, hatte sie zuerst drei Tabletten geschluckt, um ihre Kopfschmerzen loszuwerden, dann hatte sie lange gebadet und hinterher mit ihrem Vater gefrühstückt. Aber im gleichen Maße, wie ihre Kopfschmerzen nachließen und die Erinnerung an den gestrigen Abend war auch ihr Selbstbewußtsein zurückgekehrt. Es war ein Mißverständnis gewesen, und es würde nur noch darauf ankommen, eine Wiederholung zu vermeiden, wozu sie fest entschlossen war. Allerdings belastete sie dieses Problem im Augenblick nicht so sehr wie Freds Anwesenheit. Sie fühlte, daß sie noch nicht unsentimental genug war, mit einem Wort hinwegzuwischen, was fünf Jahre lang zu ihrem Alltag gehört hatte. Und vielleicht war sie im Grunde genauso berechnend wie alle anderen, die es einer gesicherten Zukunft wegen mit sich machen ließen, auch wenn es ihnen dabei den Magen herumdrehte. War sie es wirklich?

Die Antwort kam von ihren Beinen, die sie ohne ihr Zutun in die Höhe und zur Tür trugen. Sie machte die Tür weit auf.

»Ich weiß zwar nicht, was geschehen soll«, sagte sie, »aber solange dies hier mein Zimmer ist, geschieht hier, was ich will, und jetzt will ich wieder arbeiten.«

»Du bist verrückt«, sagte Fred mehr verwundert als empört.

Claire lächelte. »Das habe ich mir gestern auch gesagt. Soll ich meinen Vater rufen?«

Er starrte sie eine Weile an, dann ging er langsam auf sie zu und nahm die Hände aus den Taschen. »Wo hast du dich mit ihm getroffen?«

»In einem Stundenhotel«, sagte Claire. »Wir haben zusammen zehn Gläser Whisky getrunken und sind dann ins Bett gegangen. Wenn du noch mehr wissen willst, mußt du ihn selbst fragen. Vergiß deine hundert Mark nicht, sie liegen auf dem Tisch.«

Jedes ihrer Worte war gezielter Hohn, und jedes traf ihn genau dort, wo er am empfindsamsten war. Er blieb hilflos vor ihr stehen. Seltsamerweise erschien es ihm nun, da sie es ausgesprochen hatte, unwahrscheinlicher als vorher, und er hatte plötzlich das Gefühl, daß ihr der Neger nur zum Vorwand diente, ihn loszuwerden. Aber wenn sie es vorhatte, wenn sie wirklich beabsichtigte, sich von ihm zu trennen, mußte es andere Gründe haben. In dieser Sekunde seiner größten Demütigung schien es ihm ausgeschlossen, daß sie ihn eines Negers wegen aufgab, ihn, Alfred Fehrenbach, die Praxis und alles, was er ihr für die Zukunft zu bieten hatte. Vielleicht steckte schon lange ein anderer Mann dahinter, ein Kommilitone in Marburg, ein Dozent, einer, den sie im Zug, auf der Straße oder sonstwo kennengelernt hatte, hundert Möglichkeiten, und nie war ihm auch nur der Gedanke gekommen. Vielleicht ging das schon Monate so, vielleicht Jahre, vielleicht...

»Wer steckt dahinter?« fragte er mit zusammengebissenen Zähnen.

Claire runzelte die Stirn. »Wo dahinter?«

»Langsam geht mir ein Licht auf«, sagte Fred. »Es ist gar nicht dieser Neger, du bist viel zu anspruchsvoll, dich mit so etwas einzulassen.«

»So?«

»Natürlich!« sagte Fred. »Du würdest eher kotzen. Da muß schon ein anderer kommen, wahrscheinlich einer von der Universität, der dir das Wasser reichen kann, so ein Hochgeistiger wie dein Vater, was?«

Claire trat einen Schritt von ihm zurück. »Du weißt nicht mehr, was du redest!«

Er lachte wütend. »Es hat lange gedauert, ich war blödsinnig genug, auf dein Theater hereinzufallen, Stundenhotel und so weiter! Ich gehe nicht von hier weg, ehe ich nicht weiß, wer es ist.«

»Du hast den Buick übersehen«, sagte sie kalt.

Fred stutzte. Er hatte sich dermaßen in seine neue Version hineingesteigert, daß er den amerikanischen Wagen völlig übersehen hatte. Wenn er wirklich dem Sergeant gehörte, war die neue Version haltlos, aber er glaubte es nicht, jetzt nicht mehr. Wahrscheinlich war es ein Zufall, daß er vor der Tür stand, eigentlich stand er nicht genau vor ihrer Tür, eher zwischen ihrem Haus und dem nächsten. Er erinnerte sich, wie sie gelächelt hatte, als sie sagte, daß er den Wagen vergessen habe. Vielleicht hatte sie die Gelegenheit dazu benutzt, ihn an der Nase herumzuführen, ein neuer Trick von ihr, ein wenig Angabe, um ihn glauben zu machen, sie sei gestern mit einem Buick fortgewesen, den ganzen Mittag und den ganzen Abend! Möglicherweise hatte sie sich ein paar Minuten mit ihm getroffen, um sich ein Alibi zu verschaffen und den Rest des Tages mit dem anderen zu verbringen! Nein, sie war nicht so einfältig, zuzulassen, daß ein Neger seinen Wagen vor ihrem Haus stehenließ, damit jeder ihn sehen konnte. Und wenn er wirklich ihm gehörte, hätte er es sich nicht entgehen lassen, schon am Weihnachtsabend damit zu glänzen.

Je länger er darüber nachdachte und sich alle Argumente und Gegenargumente durch den Kopf gehen ließ, desto lächerlicher erschien es ihm. Er war davon überzeugt, daß sie jede Beziehung zwischen dem Wagen und John abgeleugnet hätte, wenn eine vorhanden gewesen wäre. Daß sie es nicht getan hatte, bestätigte nur seine Theorie.

»Ich habe noch keinen Halbwilden in einem Buick herumfahren sehen«, sagte er verächtlich. »Ich bin zwar nicht so intelligent wie du, aber rechnen kann ich auch. Als Sergeant kann er sich keinen Buick leisten.«

»Er ist kein Halbwilder«, sagte Claire mit erhobener Stimme. »Er ist zufällig schwarz, wie du zufällig weiß bist.«

Fred grinste. »Man ist nie zufällig das, was man ist. Vielleicht willst du mir noch einreden, daß du dich entschlossen hättest, ihn zu heiraten! Wie ich dich kenne, würdest du dich nur noch mit einem Schleier auf die Straße trauen. Warum hast du so genau gewußt, daß euch am Weihnachtsabend niemand gesehen hat? Wenn du nicht darauf geachtet hättest, ob euch jemand sieht, hättest du es nicht sagen können.«

Es war ein neues Argument, das ihm erst jetzt eingefallen war, und ihr Schweigen schien ihm recht zu geben. Er fühlte, wie er wieder festen Boden gewann, und wurde laut: »Ich will jetzt wissen, wer es ist!«

Claire schwieg. Irgendwo war eine Barriere, über die ihr Verstand nicht hinwegkam, und sie fühlte sich versucht, ihm ins Gesicht zu lachen. Vielleicht hätte sie es auch getan, wenn er nicht zu viel gegen John gesagt hätte, eine Kleinigkeit zu viel, die sie unwillkürlich in Opposition gegen sich selbst brachte, gegen ihre eigenen Bedenken, gegen ihre eigene Vernunft und auch gegen das, was gegen John sprach. Jetzt, in diesem Augenblick merkte sie, daß sie nichts vergessen hatte und daß alles, was ihm zugestoßen war, ihren leidenschaftlichen Widerspruch hervorrief. Der gleiche Zorn, der über sie gekommen war, als Freds Mutter den Mantel hinausgetragen hatte, erfaßte sie auch jetzt wieder, und er kam so plötzlich, daß sie sich von ihm überrumpeln ließ.

»Du willst ihn kennenlernen?« fragte sie undeutlich.

»Ich werde ihn kennenlernen!« erwiderte Fred, »ob es dir paßt oder nicht.«

Sie ging an ihm vorbei auf die Diele und von dort zur Glastür. Sie machte sie auf und blieb stehen, bis Fred ihr nachkam.

»Das wird dir noch leid tun«, sagte er mit rotem Kopf.

»Das glaube ich nicht. Ich treffe ihn am Mittwoch abend Punkt acht Uhr vor den Smiley Barracks.«

»Das ist nicht wahr!« sagte Fred.

»So wahr ich lebe«, sagte Claire und kehrte in ihr Zimmer zurück. Sie schloß die Tür hinter sich ab, ließ sich in einen Sessel fallen und blieb sitzen, bis draußen die Glastür zuschlug. Dann trat sie ans Fenster und blickte hinter der Gardine auf die Straße hinab. Etwas später sah sie Fred aus dem Haus kommen. Er ging schnell und mit gesenktem Kopf zu seinem Wagen, schloß die Tür auf und fuhr davon. Jetzt stand nur noch der Buick unten. Während Claire ihn betrachtete, wurde ihr der Hals eng.

2

Chumley empfing ihn grinsend. »Du solltest dir ein Privattelefon zulegen«, sagte er, »mit Anschluß auf deine Bude. Sie ist an der Strippe.«

Er beobachtete, wie John den Hörer in die Hand nahm. »Ich muß sie unbedingt kennenlernen«, sagte er.

»Ich habe sowieso mit dir zu sprechen«, erwiderte John, dann vernahm er Claires Stimme: »Sind Sie es, John?«

»Ich bin es«, sagte er. »Der Wagen wird heute abend abgeholt!«

Ihre Stimme blieb ein paar Sekunden weg, dann hörte er sie fragen: »Hatten Sie eine Panne?«

Wieder blieb es eine Weile still. »Tun Sie so etwas nicht mehr, John«, sagte sie schließlich. »Ich muß Sie noch einmal sprechen.«

Er hatte mit allem gerechnet, nur nicht damit. »Heute abend?« fragte er schnell.

»Nein, am Mittwoch abend. Erwarten Sie mich um acht Uhr vor der Kaserne.« Er vernahm noch das Geräusch, mit dem sie den Hörer auflegte, dann war es still.

Von irgendwoher kam Chumleys Stimme: »Schon fertig?«

John bewegte ein wenig den Kopf und sah ihn am Schreibtisch sitzen. »Diesmal hat es dich erwischt«, sagte Chumley. »Ich gäbe einen Monatslohn, wenn ich wüßte, wie sie aussieht.«

»Weißt du es nicht?« fragte John.

Chumley fletschte die gelben Zähne. »Vom Hörensagen. In der Siedlung ist sie Thema Nummer eins. Buck behauptet, sie sei wie ein Titelbild vom ›Vogue‹. Ich könnte mich grün ärgern, daß ich gestern abend nicht im Club war.«

»Du bist auch sonst nicht im Club.«

»Um ein Bier zu trinken, brauche ich ihn nicht. Siehst du sie wieder?«

John schob die Hände in die Taschen und blickte von oben in sein Gesicht. »Horne hat mir etwas erzählt.«

»Er will dir noch mehr erzählen«, sagte Chumley. »Irgendein Schweinehund hat dich verpfiffen.«

»Verpfiffen?«

»Du hattest gestern abend Ausgangssperre«, sagte Chumley. »Jemand hat dich in Sams Wagen gesehen.«

Es war eine Möglichkeit, mit der John gerechnet hatte. Er verzog keine Miene. »Du warst es natürlich nicht?«

Chumley legte die Stirn in Falten. »So etwas solltest du nicht einmal auf der Latrine denken. Es ist deine Sache, wenn du dich unbeliebt machst.«

»Bei Horne hast du nichts davon gewußt.«

»Horne hat eine eigene Zunge«, sagte Chumley schleppend. »Ich weiß nicht, was er dir erzählt hat, aber wenn du ihm mehr glaubst, als mir...«

»Dir glaube ich kein Wort mehr«, sagte John.

»Schade!« murmelte Chumley und betrachtete melancholisch seine rechte Fußspitze, die mitten auf dem Schreibtisch lag. Dann stand er auf. »Du weißt Bescheid«, sagte er dienstlich. »In einer Stunde.«

»Okay«, sagte John.

Sam erwartete ihn auf seiner Stube. »War sie es?«

»Sie war es«, bestätigte John und warf seine Mütze auf das Feldbett. »Sie will mich am Silvesterabend treffen.«

»Komisch!« sagte Sam. Er sah aus wie ein Mann, der einen todsicheren Tip gemacht hat und sich trotzdem darüber wundert. »Hätte ich nicht gedacht.«

»Heute früh hast du es gedacht«, erwiderte John.

Sam bohrte in seiner Nase und betrachtete etwas in der Luft. »Ich weiß natürlich nicht, wie weit du mit ihr gekommen bist«, meinte er nach einer Pause.

»Das stimmt«, sagte John.

Sein Ton erregte Sams Aufmerksamkeit. »War etwas?«

»Es war ein Dammbruch«, sagte John, »es ging mit mir durch.«

»Du hast sie...«

»Im Wagen?«

»Neu wäre es nicht«, sagte Sam verwundert. »Ich bin kein Seelenarchitekt, aber wenn ich Dammbruch höre...«

Er drehte sich nach John um, der sich aufs Bett gelegt und die Hände im Nacken verschränkt hatte. »Mary weiß auch schon davon.«

»Es geht herum wie eine Hühnerseuche«, sagte John. »Ich habe ihr gesagt, daß der Wagen heute abend abgeholt wird.«

Sam nickte. »Er hat seine Schuldigkeit getan; sie mußte anrufen, sie hatte gar keine andere Möglichkeit.«

»Ich weiß nicht.«

»War sie wütend?«

»Nein.«

»Dann ist alles okay«, sagte Sam zufrieden. »Es war jedenfalls besser, als wenn du sie angerufen oder ihr einen Brief geschrieben hättest. Einen Brief kann man ungelesen wegwerfen, einen Telefonhörer auflegen. Wenn es wieder mal nicht klappt, weißt du, was du zu tun hast. Bei Mary war es ähnlich. Damals hatte ich noch keinen eigenen Wagen. Ich mietete mir einen und ließ ihn so lange vor ihrer Haustür stehen, bis ihre Eltern sich darüber aufregten. Am nächsten Tag rief sie mich an.«

»Es ist Erpressung«, sagte John.

Sam begriff ihn nicht. »Jetzt hör mal her!« sagte er aufgebracht. »Ich habe den Wagen hingefahren, und sie hat angerufen. Was willst du noch mehr?«

John wußte es selbst nicht. Vielleicht lag es daran, daß ihre Stimme am Telefon so sachlich geklungen hatte. Er war darauf gefaßt gewesen, daß sie verärgert sein würde, und er wäre damit fertig geworden, aber ihre Sachlichkeit beunruhigte ihn. So sprach man, wenn man eine unangenehme Angelegenheit zu Ende bringen möchte. Sicher hätte sie ohne den Wagen nicht angerufen, und ebenso sicher wollte sie vermeiden, daß er es noch einmal tat. Sie würde ihm erklären, daß sie ihn nicht heiraten könne, daß es bei dem bleiben müsse, was geschehen war, und daß man sich in aller Freundschaft und wie zwei vernünftige Menschen trennen wolle. Er hatte das alles schon einmal gehört, es war nicht mehr neu für ihn, aber diesmal würde er es nicht ertragen.

Die ganze Siedlung weiß es schon, dachte er, ich hätte sie nicht in den Club bringen dürfen, überallhin, nur nicht in den Club!

»Vielleicht will sie sich verabschieden«, sagte er laut.

»Vor der Kaserne?« Sam schüttelte den Kopf. »Du verstehst nichts von Frauen. Wenn sie sich verabschieden wollte, hätte sie es am Telefon getan. Du weißt, daß ich skeptisch war, aber wenn an dieser Sache nicht etwas dran ist, schenke ich dir meinen Buick.«

»Ich kaufe ihn.«

Sam stand auf, als wäre ihm ein Trompetensignal in die Knochen gefahren.

»Du kaufst ihn?«

»Für dreihundert Dollar«, sagte John, »wenn du einverstanden bist.«

»Ich muß mich wieder setzen!« sagte Sam und tat es.

John grinste mit leerem Gesicht. »Ich würde den letzten Dollar für sie hergeben.«

»Damals waren es nur zweihundertfünfzig Dollar«, sagte Sam, der es noch nicht gefaßt hatte. »Du warst genauso verrückt wie heute, und hinterher warst du noch verrückter. Ich wäre nicht dein Freund, wenn ich es nicht riskierte, mir möglicherweise das Maul zu verbrennen. Du kannst sagen: Das ist bestimmt eine Frau, die einen Mann abkocht, und jene ist eine, die ihn bestimmt nicht abkocht, und du kannst dich in beiden Fällen täuschen.«

»Nur über dich selbst kannst du dich nicht täuschen«, sagte John.

Sam erhob sich zum zweitenmal, sein Gesicht sah plötzlich fiebrig aus. »Wenn Mary nicht wäre«, sagte er rauh, »und mir käme so ein Weib über den Weg, ich würde mich den Teufel was darum kümmern, was sie mich kostet und was mir hinterher bleibt. Das ist genauso, als hättest du die Möglichkeit, ein einziges Mal auf der Milchstraße spazierenzugehen, auch wenn du genau weißt, daß du nicht mehr zurückkommst. Leg sie um, John, und wenn sie dir dann davonläuft, kann sie es dir nicht mehr wegnehmen.«

Nie hatte John ihn so erlebt, es war eine neue Seite an ihm, und sie kannten sich seit drei Jahren.

Gestern abend hätte ich es tun können, dachte er, sie war so weich wie Meerschaum.

Er schwitzte wieder und stand auf. »Ich will nicht, daß sie mir davonläuft, ich will sie heiraten.«

Er trat zum Fenster, riß es auf und drückte die schweren Schultern zurück, daß seine Brust hervortrat. Er atmete ein paarmal tief durch, fühlte die eisige Luft in sich hineinströmen, fühlte die Kraft, die in ihm steckte, die unbändige, unverbrauchte Kraft eines achtundzwanzigjährigen Mannes, und er dachte, daß er es schaffen müsse. Ein paar Verse von Hughes fielen ihm ein, er versuchte sie in die richtige Reihenfolge zu bringen: Ich kannte Ströme, uralt wie die Welt und älter als das Blut in Menschenadern – meine Seele ward tief wie die Ströme – ich badete im Euphrat in der Dämmerung der Zeiten und baute meine Hütte am Ufer des Kongo – ich blickte auf den Nil, baute über ihm die Pyramiden – ich hörte den Mississippi singen, als Abraham Lincoln nach New Orleans zog – ich kannte Ströme, uralte schwarze Ströme – meine Seele ward tief wie die Ströme ...

Seine Augen waren geblendet von der Sonne, die weiß und grell über dem flachen Dach des Stabsgebäudes stand, und er erinnerte sich, wie sie daheim aussah, über den endlosen weißen Baumwollfeldern, die sich bis zu dem von Wolken gekrönten violetten Vorgebirge des Injangani ausdehnten, am Morgen, wenn das perlgraue Licht das dunkle, hüglige Land streifte, wenn der Geruch der Nacht sich mit dem Geruch des Tages vermengte, die abgekühlte Erde zu dampfen anfing und purpurne Nebel aufstiegen, wenn an den Spinnweben der Bäume der Tau blitzte und die Lehmhütten gelb und rötlich wie Bienenkörbe auf den Savannen standen. Er erinnerte sich auch der Abende, wenn der orangefarbene Himmel voll war vom Rauch der Kochfeuer, an das Zikadenkonzert auf den Hügeln, an den Duft der Yacaranda-Bäume, deren violette Blüten wie ein Teppich den Boden bedeckten, an den Schrei wilder Vögel, ehe die Nacht wie schwarzer Samt herniederfiel. Und er erinnerte sich der kakaofarbenen Frauen, die in dünnwandigen Binsenhäusern schliefen, an das Stöhnen der Liebespaare, an den säuerlich riechenden schweißbedeckten Körper eines jungen Mädchens, ihrer feuchten Bereitschaft, der hungrigen Umarmung ihrer Schenkel, die sich wie Schlingpflanzen an ihn geklammert hatten und ihn doch nicht halten konnten. Vielleicht hatte sie in jener Nacht gefühlt, daß er nicht zurückkehren würde und daß es das letzte Mal gewesen war. Sie war keine fette Bantu-Frau, dachte er, vielleicht ist sie es heute, aber damals . . .

Eine Hand kroch über seine Schulter, er erinnerte sich wieder, wo er war.

»Ich würde mich nicht darauf versteifen«, sagte Sams Stimme, »ich würde sie nehmen, aber ich würde mich nicht aufs Heiraten versteifen. Selbst wenn sie damit einverstanden wäre, könnte sie es nicht.«

»Warum nicht?« fragte John zum Fenster hinaus.

»Warum kommt der liebe Gott nicht in die Smiley Barracks?«

»Das genügt mir nicht«, sagte John.

»Es genügt dir nicht?«

»Nein.«

»Schön«, sagte Sam. »Man würde sie wie eine Hure behandeln.«

»Und?«

»Wie eine Unreine«, sagte Sam. »Sie müßte von hier verschwinden, sie könnte sich nirgends mehr blicken lassen. Wenn die Leute hier ein Mädchen mit einem Schwarzen sehen, ist es moralisch erledigt. Sie würde dir eines Tages davonlaufen, weil sie nicht mehr anders kann.«

»Und?« fragte John.

Sam nahm die Hand von seiner Schulter. Er war ein wenig blaß, aber sehr ruhig. »Es war nicht fair unter Kameraden, aber du hast es hören wollen.«

»Es war gut«, sagte John und drehte sich um. »Genau das würde passieren. Wo, vermutest du, liegt Giffaumont?«

»Giffaumont?«

»Ja.«

»Kenne ich nicht«, sagte Sam.

John nickte. »Ich habe es die halbe Nacht auf einer Karte gesucht und nicht gefunden. Ihre Mutter war Französin.«

»Nein!« Sam behielt den Mund offen, dann merkte er es und sprach durch die Zähne weiter. »In meiner Familie gab es auch eine Französin, ich glaube, meine Urgroßmutter. Ich wollte immer mal nach Paris.«

Er ging vom Fenster weg zur Tür und betrachtete die Füllung. »Wie ein anderer Rahmen ein Bild verändern kann!« sagte er. »Es ist nur dieses Land hier, kompensiert mit dem, was wir herübergebracht haben, plus Klischeedenken, plus Chumley, Horne, Bruce, Müller und Mayer – fertig ist der Salat. Es steckt an, ob man es will oder nicht. Wie kommst du auf Giffaumont? Hat sie es gesagt?«

»Ja.«

»In welchem Zusammenhang?«

»Sie will vielleicht einmal mit mir hinfahren.«

»Das ist mehr, als ich gedacht habe«, murmelte Sam. »Viel mehr, aber warum nicht? Bevor ich zur Armee ging, kannte ich einen ähnlichen Typ, nur aus der Entfernung, verstehst du? An so etwas kommt unsereiner doch nicht ran. Ich weiß nicht, was ich alles getan hätte, um sie zu kriegen. Du kennst mich, und du kennst Mary. Sie ist nicht übel, aber sie hat mich auch nicht weitergebracht. Ein Mann braucht eine Frau, die ihn weiterbringt. Hätte ich die andere bekommen, wer weiß!«

Er verstummte und setzte sich wieder an den Tisch. »Für sie hätte ich Generaldirektor werden können«, fuhr er fort, »und dann wurde es nichts mit ihr, und ich landete bei der Armee. Zwölf Jahre, Mann, da bleibt nicht viel von dir übrig! Und dann siehst du plötzlich wieder eine vor dir stehen, die dir die Augen öffnet für das, was aus dir hätte werden können und was in Wirklichkeit aus dir geworden ist. Um wieviel Uhr will sie kommen?«

»Um acht Uhr.«

»Zeit genug, aber geh nicht wieder in den Club, Chumley wartet nur darauf.«

»Ich würde ihn umbringen«, sagte John und schloß das Fenster. Er holte sein Koppel aus dem Spind und betrachtete es. »Jemand hat Horne erzählt, daß ich gestern abend noch weggefahren bin.«

»Mach keine Geschichten.«

»Ich habe es von Chumley«, sagte John, während er sich das Koppel umschnallte. »Aber ich bin jetzt nicht mehr in der Stimmung, etwas einzustecken. Ich werde Horne ein Geschäft vorschlagen.«

»Horne ist kein Geschäftsmann«, murmelte Sam. »Er wird eines Tages für die Fahne der Vereinigten Staaten ein Loch in den Kopf oder in den Bauch bekommen, aber er wird nie Geschäfte machen. Wer hat dich gesehen?«

»Keine Ahnung.«

»Ich bekomme es heraus«, sagte Sam, und sein Gesicht war rot vor Wut.

John grinste. »Ich auch.«

Das Grinsen war noch um seinen Mund, als er wieder in die Schreibstube kam.

Chumley tat beschäftigt. Er hockte hinter seiner Schreibmaschine und füllte ein Formular aus. »Dauert noch ein paar Minuten«, sagte er.

»Wo ist Perkins?« fragte John. Seit er von ihm ans Telefon geholt worden war, hatte er ihn nicht mehr gesehen.

»Perkins!« Chumley blickte auf, als hätte er jetzt erst entdeckt, daß Perkins nicht da war. »Erledigt etwas«, sagte er dann und tippte mit zwei Fingern auf der Maschine weiter.

Von einem Stuhl aus sah John ihm zu. Mit seinen langen Armen und Beinen erinnerte er ihn manchmal an eine Spinne, die Schreibstube war sein Netz, wo sich alles fing und nichts verlorenging, nichts an Gerüchten, die im Regiment umherschwirrten, und nichts, was die privatesten Dinge eines Soldaten betraf. Chumley wußte über jeden einzelnen Bescheid, über sein Familienleben ebenso gut wie über sein dienstliches Betragen. Entweder hatte er ein phänomenales Gedächtnis, oder er machte sich, wie böse Zungen behaupteten, private Notizen, eine Art Buchführung über Intimitäten, die er sammelte, wie andere Leute Briefmarken oder Souvenirs. Er hatte seine Vertrauensleute unter den Männern, von einigen war es bekannt, von anderen nicht. Sie waren nie in der Schreibstube anzutreffen. Die Aufgabe des Zuträgers übernahm Perkins. Er war das verlängerte Ohr Chumleys und er verfuhr dabei ebenso geschickt wie gründlich. Sam behauptete von ihm, seine Nase sei überall, sogar in den Schlafzimmern der Offiziersfrauen. Aber Sam war voreingenommen, seit Perkins ihn auf der Schreibstube abgelöst hatte.

Originellerweise war Chumley trotzdem beliebt, er war kein Schleifer und Paragraphenreiter. Kein Betriebsratsvorsitzender hätte die Interessen einer Belegschaft gewissenhafter vertreten können, als er es tat. Mit den Kriegsauszeichnungen, die er auf der Brust trug, konnte er es sich leisten, objektiv zu sein.

»Eine Meldung?« fragte John, als ihm das Schweigen zu lange dauerte. Chumley nickte, ohne seine Arbeit zu unterbrechen. Es passierte selten, daß er sonntags arbeitete, und wenn er es tat, mußte er wichtige Gründe haben.

»Im Auftrag von Horne«, sagte er. »Dieser Papierkram kostet mich mehr Nerven als zwei Jahre Dschungel. Es betrifft dich.«

»Wie interessant!« sagte John.

Chumley hörte auf zu schreiben. »Neugierig bist du nicht.«

»Selten«, sagte John.

»Es ist für Denson bestimmt«, sagte Chumley. »Vor Freitag kommt er nicht zurück. Wenn's schlimm wird, kostet es dich einen Streifen.«

»Soviel ist mir die Sache wert. Wer hat mich verpfiffen?«

»Es ist eine Frage der Individualität«, sagte Chumley. »Du hast mit ihnen die gleiche Uniform, das gleiche Fressen und die gleichen Probleme. Du kannst dich hundertmal vor einen Spiegel stellen und dich damit trösten, daß du nicht die gleiche Visage hast wie sie; es nützt dir nichts, solange du nicht auch einen anderen Charakter hast. Ich verpfeife nie.«

Es war eine rhetorische Leistung, und John wußte sie zu schätzen.

»Man weiß nicht viel von deinem Charakter«, sagte er.

Chumley gähnte. »Es ist bei einem Mann schwieriger als bei einer Frau. Bei einer Frau weiß man es, sobald man sie anfaßt. Bist du schon gut mit ihr bekannt?«

»Mit wem?«

»Damals hieß sie Gudrun«, sagte Chumley versonnen. »Claire gefällt mir eigentlich besser, man kann es auf der Zunge zergehen lassen wie Eiscreme. Akademikertochter! War ihr Vater nicht Direktor der Landesbibliothek?«

John wußte es nicht. Es fiel ihm erst jetzt auf, daß er sich noch keinen Augenblick lang Gedanken über ihre Familie gemacht hatte. Daß ihre Mutter nicht mehr lebte, hatte sie ihm erzählt. Ihr Vater war am Weihnachtsabend nicht daheim gewesen. Geschwister schien sie keine zu haben.

Er blickte mit schmalen Augen in das grinsende Gesicht Chumleys. »Du bist gut orientiert.«

»Es steht im Adreßbuch«, sagte Chumley. »Landesbibliotheksdirektor a. D.; eine erstklassige Familie. Hat sie einen Beruf?«

»Vielleicht weißt du das auch schon.«

»Die Zeit war zu kurz«, sagte Chumley entschuldigend. »Wenn ich sonst nichts zu tun hätte . . . Vielleicht nehme ich mir nächstens ein paar Tage Urlaub; wäre übrigens auch ein Rezept für dich.«

»Wofür?«

»Urlaub ist immer gut«, sagte Chumley. »Du machst dir kein Bild, was so ein Urlaub im Kopf eines Mannes nicht alles wieder zurechtbiegen kann. Wenn du von deinem alten Spieß einen brauchbaren Tip hören willst . . .«

»Schmeiß den Knochen endlich auf den Tisch!« sagte John grob dazwischen. »Du verlierst zuviel Zeit mit der Verpackung.«

Chumley nahm das Formular aus der Schreibmaschine und seufzte. »Dieser verdammte Perkins«, sagte er, »steckt sicher wieder in einem Schlafzimmer. Ich habe mir schon überlegt, ob ich nicht Sam auf die Schreibstube zurückholen soll, aber das will ich dir nicht antun. ›Lassen Sie die beiden zusammen‹, habe ich zu Horne gesagt. ›Insogna ist nur zu gebrauchen, wenn Sergeant Baako ihm die Milch gibt.‹ Hoffentlich nützt es was! Er ist plötzlich versessen darauf, Sam in eine andere Gruppe zu stecken. Natürlich liegt in deiner Gruppe ein glatter Fall von Dualismus vor, aber ich habe zu Horne gesagt, solange Peck es ablehnt, Insogna zum Sergeant zu machen, und solange wir mehr Sergeants haben, als wir brauchen, könne er ihm keine Gruppe geben, und solange das so ist, spielt es keine Rolle, zu welcher Gruppe Sam gehört. Er war vom ersten Tag an als Korporal überflüssig, und er wird es bis zum letzten Tag bleiben, es sei denn, Horne versetzt ihn nach Korea.«

John stand rasch auf. »Das hast du gesagt?«

»Das habe ich nur gedacht«, antwortete Chumley. »Ich habe noch keinem Hund ohne Grund die Nase auf eine brauchbare Fährte gesetzt. ›Wenn Sie alle Doppelbesetzungen im Regiment korrigieren wollen‹, habe ich ihm erklärt, ›werden uns die Kommunisten im ersten Anlauf überrennen.‹ Ich an deiner Stelle würde seinen Bericht über den Zwischenfall auf eurer Patrouille akzeptieren. Du hast an der anderen Sache noch genug zu kauen. Horne besteht auf einer Meldung an Denson: Weigerung, den Befehl eines Vorgesetzten auszuführen.«

Er verstummte und schüttelte bekümmert den hageren Kopf. »Diese jungen Offiziere machen aus jeder Pißlache 'ne Atlantiküberquerung, aber wie ich Denson kenne, wird die Suppe in seinem Schreibtisch genug Zeit haben, abzukühlen.«

»So billig mache ich es Horne nicht«, sagte John.

Chumley blickte ihn träge an. »Du hast einen dicken großen Schädel. John Baako«, sagte er gelangweilt, »aber er ist nicht so groß und nicht so dick, daß Horne ihn nicht mit dem kleinen Finger auf den Boden stupsen könnte. Mir scheint, du hast kein Wort von dem, was ich dir seit 'ner halben Stunde begreiflich zu machen suche, verstanden. Ich würde mich nicht so sehr auf Denson verlassen, ein Teil seines Gepäcks schwimmt bereits auf dem Wasser. Ich gebe dir keine fünf Cents ...«

Er brach ab und sah zur Tür, die im gleichen Augenblick aufgestoßen wurde und Leutnant Horne hereinließ. Er war in Ausgehuniform, und John erinnerte sich, daß ab heute ein anderer Leutnant Grenzoffizier vom Dienst war. Es ließ, gegen seinen Willen, ein Gefühl der Erleichterung in ihm aufkommen. Er war schon mürber, als er sich eingestehen wollte.

Horne streifte ihn mit einem flüchtigen Blick, trat zu Chumley, der lässig aufgestanden war, und griff nach dem Formular. »Ist es das?«

»Jawohl, Sir«, sagte Chumley träge.

»Legen Sie es mir morgen früh vor«, sagte Horne und wandte sich an John: »Sie haben gestern abend die Kaserne verlassen.«

»Für eineinhalb Stunden, Sir«, sagte John.

»Obwohl ich es Ihnen verboten hatte.«

John öffnete den Mund, dann fiel sein Blick auf Chumley, der ihn grinsend anstarrte, und er schluckte das, was er antworten wollte, wieder hinunter.

»Ich betrachtete mich an das Verbot nicht mehr gebunden«, sagte er nach einer kleinen Pause.

»Was soll das heißen?« fragte Horne rasch.

John zögerte. Es war ein Augenblickseinfall, der sofort ein Gefühl inneren Widerspruchs in ihm wachrief, aber nun konnte er nicht mehr zurück. »Ich habe Ihr Verbot so verstanden, daß ich die Kaserne nur dann nicht verlassen darf, wenn ich auf meinem Standpunkt beharre.«

»Lächerlich!« sagte Horne. »Ich habe Ihnen befohlen, bis heute vormittag in der Kaserne zu bleiben, und ich habe diesen Befehl mit keinerlei Einschränkungen verknüpft.«

»Dann habe ich Sie mißverstanden«, sagte John, »aber ich muß darauf bestehen, daß ich nur deshalb die Kaserne verlassen habe.«

Hornes Gesicht gefror zu einer Maske. Er warf das Formular auf den Tisch und näherte sich John mit auf dem Rücken verschränkten Händen. Einen Schritt von ihm entfernt blieb er stehen. »Sie geben also zu, daß Sie den Jeep nicht sorgfältig genug kontrolliert haben?«

»Das gebe ich nicht zu, Sir«, sagte John. »Meine Männer können Ihnen bestätigen ...«

»Ihre Männer können mir nichts bestätigen«, unterbrach ihn Horne. »Sie erinnern sich nicht, Sie unter dem Jeep gesehen zu haben.«

»Dann lügen sie«, sagte John, und zum erstenmal klang seine Stimme aufsässig.

Horne blickte ihn kalt an. »Das werden Sie beweisen müssen.«

»Wenn Sie ihnen mehr Glauben schenken als mir ...«

»Warum soll ich Ihnen mehr Glauben schenken?«

»Vielleicht gefällt Ihnen meine Hautfarbe nicht«, sagte John.

Es hatte ungefähr die Wirkung einer plötzlich auftauchenden Klapperschlange; Horne und Chumley erstarrten zu Säulen granitener Unbeweglichkeit.

Etwas Schlimmeres hätte ich nicht sagen können, dachte John, aber er empfand kein Bedauern, er empfand nicht einmal Furcht. Es war aus ihm herausgebrochen wie eine verdorbene Speise, und nun war alles in ihm leer und gleichgültig.

Horne rührte sich zuerst. Er bewegte ein wenig den Kopf, als ob ihn der Hals juckte, dann trat er geistesabwesend zum Schreibtisch, griff geistesabwesend nach dem Formular und riß es in der Mitte durch.

»Wir werden die Meldung anders abfassen«, sagte er leise. »Ich möchte, daß Captain Denson sie unterschreibt.«

»Jawohl, Sir«, sagte Chumley.

Horne nickte geistesabwesend. »Das wäre es für heute«, sagte er und ging hinaus.

Chumley begleitete ihn vor die Tür und blieb stehen, bis er am Ende des Korridors verschwand. Dann kehrte er in die Schreibstube zurück, nahm die auseinandergerissenen Teile des Formulars in die Hände und betrachtete sie bekümmert.

»So sauber habe ich noch nie eine Meldung getippt«, sagte er, »eine volle Stunde habe ich an diesen Dreck gehängt.«

»Ich habe es nicht gewollt«, sagte John.

»Eine volle Stunde am Sonntagmorgen«, sagte Chumley. »Du hättest ihm sagen können, daß er ein Scheißgesicht hat, daß er ein kleiner Wichtigtuer ist, und daß er dich am Arsch lecken kann, aber du hättest nicht sagen dürfen, daß ihm deine Hautfarbe nicht gefällt.«

»Ich weiß es«, sagte John.

»Natürlich weißt du es«, sagte Chumley, noch immer das zerrissene Formular betrachtend, »natürlich weißt du, daß du dich wie ein hoffnungsloser Idiot benommen hast. Und wahrscheinlich kommst du dir jetzt noch sehr großartig und sehr männlich vor, aber lange bevor Leute wie du angefangen haben, die Armee in einen Saustall zu verwandeln, gab es einen Washington und einen Lincoln, und lange bevor du die Uniform angezogen hast, gab es einen Unabhängigkeitskrieg, einen Sezessionskrieg und zwei Weltkriege. Vielleicht hast du zufällig davon gehört!«

»Zufällig«, sagte John.

Chumley wandte ihm das Gesicht zu. »Ganz zufällig!« sagte er. »Ganz zufällig hast du davon gehört. Und warum, zum Teufel, hast du dein verdammtes Maul nicht gehalten?«

»Ich wollte es nicht sagen«, murmelte John.

»Aber du hast es gesagt, verdammt!« brüllte Chumley los. »Es wäre deine nationale Pflicht gewesen, es hinunterzuschlucken und daran zu denken, daß die Armee wichtigere Aufgaben hat, als mit einem Problem fertig zu werden, mit dem nicht einmal unsere Verfassung fertig geworden ist, weil mindestens fünfzig Millionen Amerikaner in diesem Punkt mindestens einmal am Tag mit der Verfassung in Konflikt kommen. Weißt du, was es bedeutet, wenn er darauf besteht, daß Denson die Meldung unterschreibt?«

»Es ist mir egal«, sagte John. »Ich werde Denson beweisen, daß ich den Jeep sorgfältig kontrolliert habe.«

»Ach!« Chumley wurde plötzlich ruhig. »Das willst du ihm beweisen! Und wie, wenn man fragen darf?«

»Wie man so etwas beweist«, sagte John und verließ die Schreibstube.

3

Das Haus stand am westlichen Rand von Thüngerstadt in einem neuen Stadtteil. Es war zweistöckig, hatte große Fenster, große Balkons und zwei Garagen. Es war an den Berg gebaut, zum Eingang führte eine steile Treppe hinauf. Jedesmal, wenn Fehrenbach es sah, empfand er ein leises Gefühl von Neid. Seit er das Büro in der Stadt hatte, wußte er die

Vorzüge moderner Wohnräume zu schätzen. Vielleicht hätte er sich schon lange dazu aufgerafft, ein neues Haus zu bauen – es fehlte nicht an Kaufinteressenten für das alte –, aber es gab viele Gründe, welche dagegen sprachen, und der triftigste war seine Frau. Abgesehen davon, daß sie sich von den ererbten Möbeln ihrer Eltern nicht trennen wollte und diese in einer modernen Wohnung kaum am richtigen Platz gewesen wären, vertrug sie helle Räume nicht; sie hatte es seit einigen Jahren mit den Augen.

Ehe sie in den Wagen stiegen, blickte er noch einmal zurück. Irmgard Neininger und ihr Mann standen vor der Haustür und winkten. Man hätte sich ein ungleicheres Paar schlecht vorstellen können: sie eine große, hagere Frau mit harten Gesichtszügen, er klein und rundlich, ungefähr von seiner, Fehrenbachs, Statur. Zweimal in seinem Leben hatte er mit seiner politischen Weltanschauung Schiffbruch erlitten, aber er gehörte zu jenen, die immer wieder auf die Beine fielen. Seit sechs Jahren war er Abgeordneter des Landkreises Thüngerstadt, und wie die Dinge lagen, hatte er gute Aussichten, auch bei der nächsten Wahl durchzukommen. Die kleine Glühlampenfabrik, die sein Vater ihm hinterlassen hatte, garantierte ihm ein Einkommen, das seine politischen Ambitionen auch wirtschaftlich absicherte. Die Freistil-Arena politischen Ehrgeizes sagte ihm mehr zu als sein Fabrikbüro. Leute, die ihm nicht gut wollten, motivierten es mit einem krankhaften Geltungsbedürfnis.

»Ich möchte nicht hören«, knurrte Fehrenbach, »was sie jetzt über uns sprechen.«

»Sie sollen vor ihrer eigenen Tür kehren«, erwiderte Fred. »Ich kann mir denken, weshalb er so oft ins Ausland verreist.«

»Es geht uns nichts an.«

»Dienstreisen!« sagte Fred angewidert.

Er öffnete seiner Mutter die Wagentür. Sie hatte während des ganzen Besuches kaum ein Wort gesprochen. Es beunruhigte ihn, aber er hatte es ihr nicht ersparen können. Nach dem letzten Gespräch mit Claire war er auf dem direkten Weg nach Hause gefahren und hatte seinen Eltern klaren Wein eingeschenkt. Es war zu einer harten Auseinandersetzung mit ihnen gekommen. Sie fürchteten sich vor einem Skandal und verlangten, daß er sein Verhältnis mit ihr auflöste. Aber wieder war es ihm gelungen, sie davon zu überzeugen, daß die einzige Möglichkeit, einen Skandal zu verhindern, darin bestünde, den Schwarzen fortzuschaffen. Sein Argument, daß er sich nirgendwo mehr sehen lassen könne, wenn sich erst einmal herumspräche, daß er sich von einem primitiven Schwarzen das Mädchen habe ausspannen lassen, und seine Drohung, sich notfalls auf eigene Faust mit Neininger in Verbindung zu setzen, waren ohne Wirkung geblieben. Er kannte die Gründe, die seiner Mutter den Weg zu Irmgard so schwerfallen ließen. Seit fünf Jahren versäumte sie keine Gelegenheit, im Kreis ihrer Freundinnen Claires Vorzüge zu loben. Für Irmgard Neininger, die keine Kinder hatte, war die attraktive zukünftige Schwiegertochter ihrer Freundin immer ein Anlaß mißgünstiger Meditationen über Erziehungsprobleme gewesen. Man hatte ihr angesehen, wie schwer es ihr gefallen war, ihre Genugtuung zu unterdrücken.

»Jedenfalls will er etwas unternehmen«, sagte Fehrenbach, als sie im Wagen saßen. »Wenn der Bürgermeister mit dem Regimentskommandeur befreundet ist, kann er viel erreichen. Ich bin froh, daß wir es hinter uns haben.«

Er drehte sich nach seiner Frau um, die steif im Fond saß und die Hände im Schoß verschränkt hatte.

»Es war halb so schlimm«, sagte er. »Ich habe es mir schlimmer vorgestellt.«

Seine Frau bewegte ein wenig den Kopf. »Morgen weiß es die ganze Stadt.«

»Das glaube ich nicht«, erwiderte Fehrenbach, während er mit einem Auge beobachtete, wie Fred den Wagen durch den sonntäglichen Straßenverkehr steuerte. »So viele Leute kennt Irmgard nun auch wieder nicht. Ihren Bekannten wird sie es natürlich erzählen; soll sie es. Das wird alles aufhören, sobald der Kerl fort ist. Was hätten wir sonst tun können?«

»Ich habe es euch gesagt«, sagte seine Frau hart. »Sie kommt nicht mehr in mein Haus.«

»Claire?«

»Ja.«

»Dann hätten wir daheim bleiben können«, sagte Fehrenbach. Im Gegensatz zu seiner Frau wirkte er gelassen. Zwar war er durch Freds Beichte genauso schockiert gewesen wie sie, aber er hatte sich rasch wieder davon erholt. »Wir werden jetzt zu ihr fahren«, sagte er. »Ich kann mir nicht vorstellen, daß sie nicht vernünftig mit sich reden läßt.«

»Ihr könnt zu ihr«, sagte seine Frau, »aber ohne mich.«

»Du willst nicht mit?«

»Nein.«

»Wir haben ausgemacht, daß du mitgehst«, warf Fred ein. »Und wenn sie nicht mehr in dein Haus darf, habt ihr mich auch gesehen; damit das endlich einmal klar ist.«

Anna Fehrenbach schwieg. Von allen unangenehmen Stunden ihres Lebens war diese die schrecklichste gewesen. Sie würde Irmgard Neininger nie mehr in die Augen schauen können, sie fühlte sich innerlich beschmutzt, lächerlich gemacht und gedemütigt. Sie hatte es schon gewußt, ehe sie zu ihr gekommen war, als sie Freds Drängen nachgegeben hatte. Sie liebte ihn noch mehr als ihren Stolz, und während sie jetzt, den Blick starr geradeaus gerichtet, darüber nachdachte, spürte sie, wie ihre Augen vor Haß zu brennen anfingen. Sie hatte lange Zeit eine hohe Meinung von Claire gehabt, auch wenn ihr eine andere Schwiegertochter lieber gewesen wäre, eine, die weniger selbständig war als Claire, die sie nach ihrem Geschmack erziehen konnte und die für Fred nicht viel mehr gewesen wäre als die Mutter seiner Kinder. Sie war eifersüchtig auf Claire, und sie wußte es, aber sie hatte es unterdrückt, weil sie Fred nicht verlieren wollte und weil der Gedanke, eine Akademikerin in die Familie zu bekommen, ihrer Eitelkeit geschmeichelt hatte. In Wirklichkeit war Claire ihr immer fremd geblieben. Sie war nie hinter ihr Wesen gekommen, und wenn sie sich mit ihr unterhalten hatte, war sie nie das Gefühl losgeworden, Claire nähme sie nicht ernst. Bis heute früh hatte sie gehofft, einen Ausweg zu finden, der ihr die Demütigung vor ihrer Bekanntschaft erspart hätte, aber nun, nachdem Irmgard Neininger alles wußte, würden es auch die anderen erfahren: die Frau des Anwalts, die Frau des Spediteurs und ihre sonstigen Freundinnen. Vielleicht würde es sich auch noch weiter in der Stadt herumsprechen; für sie spielte es jetzt keine Rolle mehr. Der Skandal, vor dem sie sich gefürchtet hatte, war nun bereits im Gange, und nichts, was jetzt noch geschehen würde, konnte sie mehr verletzen als das, was bereits geschehen war. In ihren Augen gab es nur noch eine Lösung: Fred mußte sich von Claire trennen. In dieser Stunde ihrer größten Demütigung hatte sie keinen anderen Wunsch mehr.

Der amerikanische Wagen stand noch da, zwanzig Schritte von der Haustür entfernt. Auf der Straße herrschte reger Betrieb, sonntäglich gekleidete Spaziergänger – ganze Familien, junge Pärchen und Kinder mit Schlittschuhen – promenierten auf der Uferböschung. Die Berge jenseits des Flusses standen weiß vor dem blassen Himmel, ihre verschneiten Hänge blitzten in der Sonne. – Fred hatte kein Auge dafür. Er brachte den Wagen zum Stehen und winkte mit dem Kinn nach vorn. »Das ist er!«

»Merkwürdig«, sagte Fehrenbach und betrachtete den amerikanischen Wagen. »Wieso steht er immer noch hier?«

»Das möchte ich auch wissen«, sagte Fred und schaute sich nach seiner Mutter um. »Wie ist es jetzt? Gehst du mit – oder nicht?«

Sie war sich noch nicht schlüssig geworden, aber dann kam ihr ein Einfall; sie öffnete die Wagentür.

»Na also«, sagte Fehrenbach erleichtert.

Fred half seiner Mutter beim Aussteigen. Als er einmal zu Claires Fenster hinaufschaute, war es ihm, als ob sich die Gardine bewege.

»Es bleibt, wie wir es besprochen haben«, sagte er. »Kein Wort zu ihrem Vater. Wir tun so, als wären wir zufällig vorbeigekommen.«

»Ich halte sie nicht für so dumm, daß sie es glaubt«, sagte Fehrenbach skeptisch.

Claire erwartete sie bereits an der Glastür. Sie trug noch ihre enge blaue Hose und den gelben Pullover. Sie hatte nicht zufällig am Fenster gestanden. Obwohl John am Telefon gesagt hatte, daß der Wagen erst am Abend abgeholt werde, hatte sie ihm nicht ganz getraut. Sie hatte nicht versäumen wollen zu sehen, ob er selbst kam. Da sie ohnedies mit ihrer Arbeit nicht recht weitergekommen war, hatte sie die meiste Zeit am Fenster gestanden.

Mit Fred und seinen Eltern hatte sie allerdings nicht gerechnet, nicht heute. Sie war zwar darauf vorbereitet gewesen, daß diese Auseinandersetzung früher oder später auf sie zukommen werde – und sie hatte sich davor gefürchtet, weil es kein sachliches Argument gab, womit sie ihr Verhalten der letzten achtundvierzig Stunden hätte rechtfertigen können –, aber sie hatte nicht geglaubt, daß sie so früh kämen; sie hatte gehofft, noch etwas Zeit zu gewinnen. Auch ihr letztes Gespräch mit Fred war nichts anderes als ein Versuch gewesen, Zeit zu gewinnen. Vielleicht hätte sie sich nun, nachdem ihre Erregung abgeklungen war, vernünftig mit ihm unterhalten können, aber dann hätte er ohne seine Eltern kommen müssen. Es war typisch für ihn, immer dann, wenn er nicht weiterwußte, seine Eltern einzuschalten. Er würde nie ohne sie auskommen. Und wenn sie, Claire, ihn heiratete, würden ihre ehelichen Differenzen jedesmal vor der ganzen Familie ausgetragen werden. Sie würde immer eine geschlossene Front gegen sich haben und am Ende nachgeben müssen. Während sie beobachtete, wie er hinter seinen Eltern die Treppe hinaufging, empfand sie nur noch Verachtung für ihn.

Fehrenbach entdeckte sie zuerst, er hatte sie noch nie in Hosen gesehen und starrte sie verwundert an.

»Fast hätte ich dich nicht erkannt«, sagte er grinsend. »Du siehst aus wie eine jüngere Schwester von dir. Wie geht es?«

»Ich bin zufrieden«, antwortete sie.

Ihre Stimme klang kühl und unpersönlich. Fehrenbach runzelte etwas die Stirn. Er wartete darauf, daß sie auch Fred und seine Frau begrüßen würde, aber sie blickte sie nur an, und ihre Augen waren so kühl wie ihre Stimme.

»Wir sind zufällig vorbeigefahren«, sagte Fehrenbach, als das Schweigen peinlich wurde. »Hoffentlich stören wir nicht.«

»Nicht sehr«, antwortete Claire. »Wenn ich ablegen wollt...«

Sie ließ sie auf der Diele stehen und räumte die Schreibmaschine vom

Tisch. »Ich muß noch einen Stuhl holen«, sagte sie, als sie hereinkamen. »Setzt euch schon hin!«

Fehrenbach blickte sich im Zimmer um. »Nur keine Umstände! Ich setze mich auf die Couch.«

»Es ist meine Schlafcouch«, sagte Claire und verließ das Zimmer. Als sie draußen war, wandte sich Fehrenbach an seine Frau. »Du hättest etwas sagen sollen, Anna. Auf diese Weise erreichen wir nichts.«

Es geschah selten, daß er sie beim Vornamen anredete, normalerweise hatte er einen Kosenamen für sie, aber wenn er verstimmt war, verzichtete er darauf.

»Sie hat mir nicht einmal die Hand gegeben!« erwiderte seine Frau scharf.

»Weil du sie nicht angeschaut hast«, sagte Fred. »Wenn du mir diese Sache jetzt verdirbst, bleibe ich gleich hier.«

Vor einer Woche hätte sie es noch ernst genommen, jetzt zuckte sie nur abfällig mit den Schultern.

»Sie wird dich hinauswerfen, wie sie dich heute morgen hinausgeworfen hat.«

»Sie hat mich nicht hinausgeworfen.«

»Dann hast du uns angelogen. Mir reicht das, was ich gesehen habe: Sie behandelt dich wie Luft.« Sie setzte sich mit entschlossenem Gesicht in einen Sessel und legte ihre Handtasche auf den Tisch.

Fred blickte sie wütend an. »Ohne dich wäre es gar nicht so weit gekommen. Wenn du den Mantel ...«

»Ich habe ihn mit meinem Geld gekauft und nicht mit ihrem«, unterbrach ihn seine Mutter schroff. »Was bildet sich diese Göre eigentlich ein?«

»Geschmack hat sie jedenfalls«, sagte Fehrenbach und betrachtete das Zimmer.

Die ständigen Auseinandersetzungen waren ihm zuwider. Er hatte bei Irmgard Neininger drei Tassen Kaffee getrunken, hinterher zwei Kirschwasser, und der Kuchen war auch nicht schlecht gewesen. Jetzt fühlte er sich gesättigt und nicht zum Streiten aufgelegt. Weder wollte er es mit seiner Frau verderben noch Fred vor den Kopf stoßen. Er war immer ein Mann des Ausgleichs gewesen, und nichts belastete ihn so sehr wie familiäre Szenen. Zudem hatte Claire in ihrer engen Hose und dem gelben Pullover wieder einen starken Eindruck auf ihn gemacht. Er war noch nicht alt genug, darüber hinwegzusehen, und nachdem er sie vier Tage lang nicht gesehen hatte, mußte er erneut feststellen, daß sie ein außergewöhnlich hübsches Mädchen war und daß es ein Jammer wäre, wenn es zwischen Fred und ihr nicht zur Heirat käme, von dem Skandal ganz zu schweigen. Seit drei Jahren trug er ständig ein Bild von ihr in der

Brieftasche, und es gab keinen unter seinen Geschäftsfreunden, der es nicht schon gesehen hätte. Er wagte nicht daran zu denken, was geschehen würde, wenn sie die Geschichte mit dem Schwarzen erführen.

Er stand auf, ging zum Fenster, warf einen Blick auf den Balkon und auf die Straße, beobachtete ein paar Sekunden den Betrieb auf der Uferböschung und kehrte wieder an den Tisch zurück.

»So kommen wir jedenfalls nicht weiter«, sagte er. »Wo bleibt sie nur so lange?«

»Es ist eine Taktlosigkeit«, sagte seine Frau. »Schon als sie uns auf der Diele hat stehenlassen. Wenn sie in einer Minute noch nicht hier ist, gehe ich.«

»Wir wären vielleicht besser nicht heraufgekommen«, sagte Fehrenbach. »Wenn ich sie angerufen hätte ...«

»Du hättest so wenig erreicht wie ich«, sagte Fred mürrisch. Seit er hier war, bereute er es, seine Eltern mitgebracht zu haben. Als sie es zu Hause besprochen hatten, war es ihm noch ganz natürlich erschienen.

Der Vorschlag, Claire die Rückkehr zu erleichtern, indem man zu ihr fuhr und sie zum Abendessen einlud, war von seinem Vater ausgegangen. Er hatte eingewilligt, weil er keine andere Möglichkeit gesehen hatte, sie wieder mit seinen Eltern zusammenzubringen.

»Ich hätte allein zu ihr gehen müssen«, sagte er.

Fehrenbach widersprach. »Du warst dreimal allein hier und hast nichts ausgerichtet. Ich werde diese Sache in die Hand ...«

Er verstummte und blickte zu Claire, die mit einem Stuhl zur Tür hereinkam.

»Es dauerte etwas länger«, sagte sie, »ich mußte mich noch um meinen Vater kümmern; er läßt sich entschuldigen.«

»Fred hat uns schon erzählt, daß er sich nicht wohl fühlt«, sagte Fehrenbach. »Liegt er im Bett?«

»Ich habe ihm gesagt, er soll sich hinlegen.« Sie stellte den Stuhl an den Tisch und setzte sich hin. »Leider kann ich Ihnen nichts anbieten.«

»Wir wollten uns sowieso nicht lange aufhalten«, sagte Fehrenbach, durch ihren förmlichen Ton verstimmt. »Wir haben uns gerade über dein Zimmer unterhalten.«

»So?«

»Es ist sehr gemütlich, geschmackvoll eingerichtet. Was macht die Arbeit?«

»Gut«, antwortete Claire.

»Bist du schon fertig?«

»Nein.«

»Du kriegst das schon noch hin«, sagte Fehrenbach und nahm seine Brille ab; er trug sie nur ganz selten und immer dann, wenn er sich nichts entgehen lassen wollte. »Eine Doktorarbeit braucht eben ihre Zeit.« Er wußte nicht mehr weiter und schaute sich wieder im Zimmer um. »Wirklich gemütlich.«

»Danke«, sagte Claire.

»Tja«, sagte Fehrenbach und besah seine Brille, »dann wollen wir dich nicht länger aufhalten. Wir haben uns gedacht, daß du heute abend zu uns zum Essen kommst.«

»Das geht nicht«, sagte Claire, »ich kann meinen Vater nicht allein lassen.«

»Natürlich!« sagte Fehrenbach. »Wenn er krank ist...« Er setzte seine Brille wieder auf. »Dann vielleicht morgen abend?«

»Das geht auch nicht«, sagte Claire.

Fehrenbach lächelte überrascht. »Warum nicht?«

»Ich habe zu arbeiten.«

»So!« sagte Fehrenbach, und das Lächeln in seinem Gesicht erlosch.

»Zu Silvester auch?« fragte seine Frau.

Claire sah auf ihre Hände nieder. »Nein.«

»Dann kommst du zu Silvester«, sagte Anna Fehrenbach und stand auf.

Es wäre für Claire der Moment gewesen, ihr zu sagen, daß sie auch Silvester nicht kommen werde, aber diesmal fehlte ihr der Mut dazu. Sie würde ihnen telefonisch absagen. Fred hatte sicher erzählt, daß sie mit John verabredet war.

»Vorausgesetzt, du hast nicht schon etwas Besseres vor«, sagte Freds Mutter kalt.

»Warum soll sie etwas Besseres vorhaben?« sagte Fehrenbach.

Er schickte ihr einen beschwörenden Blick zu und wandte sich an Claire: »Wir machen uns wieder einen gemütlichen Abend.«

Fred sagte nichts. Er saß unbeweglich im Sessel, den Blick starr auf seine Mutter geheftet.

»Dann bleibt es also dabei«, sagte Fehrenbach und stand auf. »Wir sehen uns zu Silvester.«

»Ich weiß nicht, ob ich kommen werde«, sagte Claire langsam.

»Natürlich kommt sie nicht«, sagte Anna Fehrenbach. »Ich habe es ihr gleich angesehen, sie hat doch eine andere Verabredung.«

»Sei still!« sagte Fred laut.

Sie drehte ihm rasch das Gesicht zu. »Ist es nicht so? Ich denke, sie hat sich mit dem Schwarzen verabredet!«

Fehrenbach ging zur Tür. Dort blieb er stehen und blickte seine Frau an: »Komm, Anna!«

»Ich komme, wenn ich hier fertig bin«, sagte sie kalt. »Wenn sie mir sonst keine Gelegenheit gibt, ihr zu sagen, was ich von ihr denke, muß ich es hier tun.«

Claire schloß einen Moment die Augen. Sie hatte es nicht gewollt, aber nun war sie fast froh darüber.

»Meine Frau ist etwas mit den Nerven herunter«, sagte Fehrenbach mühsam. »Sie meint es nicht so.«

»Ich weiß schon, wie sie es meint«, sagte Claire. »Ich habe nichts dagegen, wenn wir's zum Abschluß bringen.« Sie richtete sich langsam auf und blickte in das fleckige Gesicht Anna Fehrenbachs. »Was wollen Sie mir sagen?«

»Nichts.« Anna Fehrenbach griff nach ihrer Handtasche. »Was du dir geleistet hast, spricht für sich. Wenn ich deine Mutter wäre, würde ich mich zu Tode schämen.«

»Es wäre mir auch nicht angenehm. Ist das alles?«

»Du kannst noch mehr hören. Für ein Mädchen, das sich so weit gehenläßt, ist mir mein Sohn zu schade.«

»Das leuchtet mir ein. Sie können ihn wiederhaben.«

»Claire!« rief Fehrenbach fassungslos.

Sie lächelte zu ihm hin. »Ich verstehe Ihre Frau vollkommen. Sie hat sich schrecklich viel Mühe gegeben, eine gute Schwiegertochter aus mir zu machen.«

»Mehr Mühe als du!« sagte Anna Fehrenbach atemlos vor Zorn. »Welche Mühe hast du dir gegeben?«

»Ich hatte nicht so viele Möglichkeiten wie Sie«, sagte Claire. »Ich habe getan, was ich konnte.«

»Was jedes Straßenmädchen kann.«

Es tat nicht weh. Claire horchte ein paar Sekunden in sich hinein, aber es war wie das Nachhallen einer fernen Detonation, die sie nicht mehr berührte. Sie streifte mit dem Blick das kalkige Gesicht Freds, das verstörte Gesicht seines Vaters, dann sagte sie mit ihrer gewohnten Stimme: »Genau. Mehr haben Sie auch nicht gewollt.«

Anna Fehrenbach richtete das Wort an Fred: »Du kommst mit.«

Er rührte sich nicht.

»Hast du gehört?« fragte seine Mutter scharf.

»Ich bleibe hier«, murmelte Fred.

»Sie wird mit dir schimpfen«, sagte Claire. »Sei ein braver Junge!«

Fred stierte sie mit hervorquellenden Augen an, aber er tat ihr nicht mehr leid. Sie hatte jetzt alles hinter sich, und sie brauchte nur noch an sich selbst zu denken.

»Sie findet sicher wieder eine Frau für dich«, fuhr sie fort, »und sie wird auch in Zukunft am Schlüsselloch stehen und aufpassen, ob sie eine gute Schwiegertochter ist.«

Anna Fehrenbach drehte sich so schnell herum, daß ihr der Hut verrutschte. »Du hast allen Grund!« sagte sie mit unkenntlicher Stimme. »Wenn du immer getan hättest, was du konntest, hättest du keinen Neger gebraucht.«

»In dreißig Jahren brauche ich keinen mehr«, sagte Claire, »nicht einmal durchs Schlüsselloch. Sie sollen mit fünf Frauen gleichzeitig schlafen und hinterher noch auf eine Kokospalme klettern können; ich stelle mir das sehr aufregend vor, Sie nicht auch?«

Nichts hätte Anna Fehrenbach tiefer verletzen können. Sie blieb wie versteinert stehen, dann drehte sie sich um und rannte an ihrem Mann vorbei auf die Diele.

»Das hättest du nicht sagen dürfen«, murmelte Fehrenbach, und sein Gesicht sah vor Entsetzen zehn Jahre älter aus. »Das hätte ich dir nicht zugetraut.«

»Das nicht«, sagte Claire, »aber daß ich mit einem anderen ins Bett gehe, habt ihr mir sofort zugetraut. Ihr habt es nicht anders gewollt.«

Fehrenbach schwieg. Als er seiner Frau nachging, ließ er den Kopf hängen.

Jetzt war nur noch Fred im Zimmer. »Worauf wartest du noch?« fragte Claire. Dann stellte sie fest, daß er nasse Augen hatte.

»Ich hätte es dir schon heute morgen sagen sollen«, meinte sie ruhig. »Es ist besser so; wir hätten nie zusammengepaßt.«

»Wir werden uns eine eigene Wohnung suchen«, murmelte er.

Claire schüttelte den Kopf. »Dafür ist es zu spät. Du wirst aus den Socken und Pulswärmern, die sie dir gestrickt hat, niemals herauswachsen.«

Sie ging rasch auf die Diele hinaus. Seine Eltern waren schon weg. An der Garderobe blieb sie stehen und wartete, bis Fred aus ihrem Zimmer kam.

Er fuhr wortlos in seinen Mantel, hängte sich den Schal um den Hals und griff zum Hut. Morgen in acht Tagen, wenn sie wieder in Marburg war, würde er mit ihrem Vater reden; sein Entschluß stand fest. Er hatte jetzt keine nassen Augen mehr, und seine Stimme klang eisig: »Du wirst dir natürlich nicht einbilden, daß ich es dabei bewenden lasse.«

»Sicher nicht«, antwortete Claire. »Wie ich dich kenne, wirst du morgen mit deiner übrigen Verwandtschaft kommen.«

»Morgen nicht«, sagte Fred, »und wenn du es des Schwarzen wegen getan hast, war es umsonst; er war die längste Zeit hier.«

Er ließ sie stehen und schlug die Glastür hinter sich zu. Claire hörte ihn die Treppe hinuntersteigen. Wären seine letzten Worte nicht gewesen, hätte sie nun aufgeatmet. Es bestand keine Ursache für sie, mit sich unzufrieden zu sein. Sie hatte etwas fertiggebracht, woran sie nie geglaubt hatte. Sie hätte stolz auf sich sein können, wenn sie durch

Fred nicht daran erinnert worden wäre, daß sie gestern abend, als sie bei John gewesen war, das Wichtigste vergessen hatte.

Als sie in ihr Zimmer zurückkehrte, hatte sie Herzklopfen. Sie beobachtete vom Fenster aus, wie Fred und seine Eltern in den Wagen stiegen und davonfuhren, und dann bemerkte sie, daß auch der amerikanische Wagen verschwunden war.

Sie machte schnell das Fenster auf. Auf der Straße wurde es bereits dunkel, die Uferböschung lag verlassen, ein kalter Wind kam über den Fluß, wo der Wagen gestanden hatte, stand jetzt ein kleiner Kabinenroller; Claire kannte ihn, er gehörte ins Haus nebenan. Sie schloß das Fenster und kämpfte eine Weile mit sich, ob sie John anrufen solle. Schließlich ging sie zu ihrem Vater.

Er saß hinter seinem Schreibtisch, hatte einige Bücher vor sich liegen und trug ihre Titel in ein Verzeichnis ein. Sein Zimmer war das größte in der Wohnung und voll mit Büchern, die sorgfältig numeriert in drei riesigen Wandregalen standen. An der vierten Wandseite stand ein breiter Glasschrank. Er war gleichfalls mit Büchern gefüllt und enthielt die wertvollsten Exemplare seiner Sammlung.

Es enttäuschte Claire, daß er noch auf war. »Warum hast du dich nicht hingelegt?«

»Ich fühle mich nicht zum Hinlegen«, antwortete Heggelbacher, ohne seine Arbeit zu unterbrechen. »Sind sie weg?«

»Ja.«

»Ich habe es nicht gern, wenn sie zu oft ins Haus kommen«, sagte er. Claire blickte das Telefon an. In der Diele war noch ein Anschluß, aber es wäre zu auffällig gewesen, wenn sie den Apparat mit hinausgenommen hätte.

»Es war das erstemal, daß er seine Eltern mitgebracht hat«, sagte sie, »ich habe sie noch nie eingeladen.«

»Ich dachte, sie seien schon öfter hiergewesen«, brummte Heggelbacher. Er betrachtete einen Buchrücken, bewegte die Lippen und trug den Titel in das Verzeichnis ein.

Während Claire ihn beobachtete, kam ihr ein Gedanke. Es war eine Gelegenheit und würde die Sache noch endgültiger machen. »Ich habe ihnen gesagt, daß ich Fred nicht heiraten werde.«

Heggelbacher blickte eine Sekunde auf und fuhr dann mit seiner Beschäftigung fort.

»Wir haben uns getrennt«, sagte Claire, die sich nicht sicher war, ob er sie verstanden hatte. »Ich weiß, daß du ihn nicht gemocht hast.«

»Er ist ein Banause«, sagte Heggelbacher. »Ich habe dich nicht auf die Universität geschickt, damit du einen Banausen heiratest. Heirate einen Arzt. Du brauchst einen Mann aus unseren Kreisen.«

Sowenig Claire für ihn empfand und sowenig er sich um sie kümmerte, so sehr mußte sie auch erkennen, daß er nie versucht hatte, sie zu Freds Ungunsten zu beeinflussen. Als sie ihn zum erstenmal ins Haus gebracht hatte, war ihr Vater zuerst nicht unfreundlich zu ihm gewesen. Er hatte sich nach seinem Beruf erkundigt und ihm dann, während sie bei ihrer Mutter in der Küche gewesen war, seine Bibliothek gezeigt. Dabei mußte es geschehen sein. Fred verstand nichts von Literatur, er rührte auch nie ein Buch an, und das schlimmste war, daß er es ihrem Vater noch erzählt hatte. Als sie sie zum Kaffeetrinken holen wollte, lehnte Heggelbacher unter einem Vorwand ab. Seitdem war zwischen ihr, Claire, und ihrem Vater kaum mehr über Fred gesprochen worden.

Sie erinnerte sich wieder, daß sie John anrufen wollte, aber dann sagte sie sich, daß es auf die beiden Tage nicht mehr ankomme. Vielleicht würde sie am Telefon schlecht mit ihm darüber reden können, und vielleicht hatte Fred auch nur geblufft.

»Wenn du mich brauchst«, sagte sie zu ihrem Vater, »ich bin in meinem Zimmer.«

Er nickte nur. Daran merkte sie, daß das Thema für ihn abgeschlossen war. An der Tür blickte sie noch einmal zurück. Er lächelte zufrieden vor sich hin, und sie schaute ihn aufmerksam an, bis sie sicher war, daß es nicht ihr galt. Er hatte ein anderes Buch in die Hand genommen und streichelte mit den Fingerspitzen den Deckel.

»Chateaubriand«, murmelte er. »Du großer Gott!«

Claire ging leise hinaus. Auf der Diele fingen ihre Beine an zu zittern. Wie immer erfolgte ihre Reaktion auf außergewöhnliche Nervenbelastungen erst viel später. Sie ließ sich mit dem Rücken gegen die Wand fallen und schnitt eine Grimasse. Es sah aus, als ob sie gleichzeitig weinte und lachte, und genauso war ihr auch zumute.

4

Es war dunkel im Zimmer, aber sie sahen seinen großen Körper wie einen Schattenriß im helleren Rechteck des Fensters stehen. Als sie ins Zimmer traten, kam er ihnen entgegen, schloß die Tür und drehte den Schlüssel herum. Dann erst schaltete er das Licht ein.

»Einer muß sich aufs Bett setzen«, sagte er. »Wie geht's, Dawkins?«

Dawkins blickte die verschlossene Tür, dann Ingram und Turner und am Schluß John an. »Warum haben Sie abgeschlossen?«

»Damit uns keiner stört«, antwortete John. »Setzt euch hin!« Er lehnte sich mit dem Rücken gegen die Tür und betrachtete sie der Reihe nach. Dawkins war der älteste und seit vier Jahren Soldat. Er wartete schon lange darauf, zum Korporal befördert zu werden, aber er hatte nicht das Zeug dazu. Er war nachlässig, undiszipliniert und begriffsstutzig. Bevor er sich freiwillig zur Armee gemeldet hatte, war er Berufsboxer gewesen. Er hatte ein breitflächiges, häßliches Gesicht mit flacher Nase, niedriger Stirn und dicken Muskelsträngen. Neben ihm wirkte Ingram wie ein Knabe. Seine Veilchenaugen konnten jedes Mädchen ansprechen, und er wußte es. Er war klein, sehr schlank und parfümierte sich. Wenn er seine Dienstzeit herum hatte, würde er wieder in den Damensalon seines Vaters in Oklahoma zurückkehren und die Kundinnen zum Erröten bringen. Auch Turner war kein Berufssoldat. Er war fast so groß wie John, aber nur halb so schwer. In der Bekleidungskammer gab es keine passende Uniform für ihn, sie waren ihm entweder zu weit oder zu kurz. Im Zivilleben war er Büroangestellter. Seinen Hauptwunsch, auf eine Schreibstube zu kommen, hatte ihm die Armee nicht erfüllt.

»Ich habe eine Verabredung«, sagte Dawkins. »Außerdem habe ich mich noch nicht gewaschen.«

John wußte es. Sie waren vor zehn Minuten von der Patrouille zurückgekommen und trugen noch ihre Felduniformen. »Du wäschst dich nie«, sagte er. »Habt ihr etwas vor?«

Sie starrten ihn empört an. Es war lächerlich zu fragen, ob sie am Silvesterabend etwas vorhatten.

»Ich habe nichts vor«, sagte John, »ich habe Zeit bis morgen früh. Setzt euch endlich hin, sonst brauchen wir noch länger.«

»Wir haben jetzt dienstfrei«, sagte Turner aufsässig. »Wir waren seit acht Uhr heute früh unterwegs.«

»Ich auch. Wenn wir uns einig werden, sind wir in fünf Minuten fertig. Ihr braucht nur diesen Wisch zu unterschreiben, eine kleine Formalität, das ist alles.«

»Welchen Wisch?« fragte Dawkins.

»Er liegt auf dem Tisch«, antwortete John.

Sie blickten wie auf ein Kommando zum Tisch hin, wo ein Blatt Papier lag.

»Was ist das?« fragte Dawkins.

John lächelte. »Sie dürfen es lesen.«

Er beobachtete, wie sie an den Tisch traten, sich über das Papier beugten und die Köpfe zusammensteckten. Ihre Gesichter veränderten sich beim Lesen wie eine Landschaft im wechselnden Spiel von Licht und Schatten.

»Das sollen wir unterschreiben?« fragte Dawkins.

John nickte.

»Und wenn wir es nicht unterschreiben?«

»Ihr habt Ausgang bis zum Wecken«, sagte John, »so lange kann ich euch hierbehalten.«

»Das können Sie nicht!« sagte Dawkins. »Sie haben nicht das Recht dazu, uns hierzubehalten; wir sind jetzt nicht im Dienst.«

»Ein Soldat ist immer im Dienst«, erwiderte John. »Das Regiment befindet sich in ständiger Alarmbereitschaft; oder wissen Sie das nicht?«

»Das ist mir egal«, sagte Dawkins. »Schließen Sie die Tür auf!«

John steckte die Hände in die Taschen. »Ich begreife nicht, warum ihr euch so anstellt. Ihr braucht mir lediglich zu bestätigen, daß ich den Jeep vorschriftsmäßig abgenommen habe.«

»Warum lassen Sie sich's nicht von Bruce bestätigen?« fragte Turner.

»Ihr habt es genauso gesehen wie Bruce.«

Turner wechselte einen raschen Blick mit Dawkins. »Ich habe nichts gesehen.«

»Ich auch nicht«, sagte Ingram.

»Und Dawkins auch nicht«, sagte John. »Ein hübsches kleines Komplott. Was hat Bruce euch dafür bezahlt?«

»Fragen Sie ihn doch!« sagte Dawkins grinsend.

John grinste auch. »Okay, wir werden die Zeit herumbringen. Macht's euch bequem.«

Jetzt erst waren sie davon überzeugt, daß er es ernst meinte. Dawkins schob das kantige Schlägerkinn vor. »Probieren Sie das lieber nicht. Mich hat noch keiner in einem Zimmer eingesperrt.«

»Zeit, es nachzuholen«, sagte John. »Es gab schon mal Schwierigkeiten mit einer Gruppe, Denson hat sie völlig umbesetzt. Wenn er's bei euch genauso macht, werdet ihr auf die ganze Kompanie verteilt, und jeder Gruppenführer wird wissen, woran er mit euch ist. Schlechte Aussichten für eine Beförderung, Dawkins.«

»Denson wird nicht mehr viel umbesetzen«, sagte Dawkins. »Was Horne macht, ist 'ne andere Sache. Ich habe zufällig was läuten hören.«

»So!«

»Zufällig«, sagte Dawkins. »Man erzählt sich so einiges; ich kann's abwarten.«

»Ich auch«, sagte John. »Vor allen Dingen habe ich heute abend nichts vor.«

Dawkins hob seine Armbanduhr vor die Augen. Vor einer Viertelstunde waren er, Ingram und Turner von Sam aus ihrer Stube geholt worden. Er war mit ihnen auf den Korridor gegangen, und dort erst hatte er ihnen befohlen, sich bei Sergeant Baako zu melden. Bruce und die anderen wußten nicht, wo sie jetzt steckten, aber sie waren um acht Uhr mit ihnen in einem Restaurant verabredet. Bruce hatte einen Tisch bestellt; er wollte sie heute abend freihalten. Vor einigen Tagen hatte er ihnen vertraulich erzählt, daß sein Vater zu zwei Monaten Gefängnis verurteilt worden war, weil er einen aufsässigen schwarzen Farmarbeiter bestraft hatte. Dawkins hatte nichts gegen die Schwarzen, aber Sergeant Baako hatte Bruce und Henry bei Denson angeschwärzt, und Bruce und Henry waren patente Kerle. Sie waren großzügig im Bezahlen und hatten beide studiert. Es schmeichelte Dawkins, daß sie ihn als ihresgleichen behandelten. Er kam aus einer Arbeiterfamilie. Männer wie Bruce und Henry waren ihm sein Leben lang nur in großen Autos begegnet, aber sie machten keinen Unterschied zwischen ihm und Ingram, der schon mit siebzehn Jahren einen eigenen Wagen gehabt hatte. Er fand es fair von ihnen, und er war entschlossen, sich dafür zu revanchieren. Der Sergeant hatte ihm noch nie einen Drink bezahlt, zudem hatte er ihn im Verdacht, dafür verantwortlich zu sein, daß er noch nicht befördert worden war. Diese Schwarzen ließen keinen Weißen hochkommen, wenn sie erst einmal oben saßen. Überhaupt war es eine Ungerechtigkeit, einen Schwarzen früher zu befördern als einen Weißen. Er hatte nicht die geringste Ursache, einen Finger für ihn krumm zu machen, erst recht nicht, wo er ihn, Dawkins, jetzt daran hindern wollte, sich mit Bruce und den anderen zu treffen. Aber das kam nicht in Frage, er würde sich nicht daran hindern lassen, von einem Nigger schon gar nicht. Auf Turner und Ingram brauchte er nicht zu rechnen, sie machten nur mit, weil er gedroht hatte, jedem in der Gruppe die Knochen entzweizuhauen, der Bruce verpetzte. Sie hatten Angst, vor ihm noch mehr als vor dem Sergeant.

Er wartete noch, bis der Sekundenzeiger seiner Uhr oben stand, dann ließ er den Arm sinken. »Ich muß jetzt gehen«, sagte er. »Wenn Sie die Tür nicht aufschließen, mache ich sie selbst auf.«

»Etwas mühsam«, erwiderte John, »ich habe den Schlüssel in der Tasche.«

»Das kann sich ändern«, sagte Dawkins. Er wußte, wieviel er riskieren konnte. Bruce hatte gestern mittag mit Leutnant Horne gesprochen, und seitdem war Sergeant Baako für Dawkins ein erledigter Mann.

Er öffnete den Lederriemen seiner Armbanduhr und steckte sie in die Hosentasche. »Ich kenne mich in den Dienstvorschriften zufällig etwas aus«, sagte er. »Offiziell kommen Sie damit nicht durch.«

»Offiziell nicht«, bestätigte John, »das spielt hinterher auch keine Rolle mehr. Ich möchte das unter uns erledigen.«

»Außerdienstlich sozusagen?«

John nickte. »Ganz außerdienstlich, Dawkins.«

»Dann verzichte ich auf eine Meldung wegen Freiheitsberaubung«, sagte Dawkins. »Man möchte nur wissen, woran man ist.«

»Wir sind uns einig«, sagte John lächelnd.

Es irritierte Dawkins. Er hatte zwar nicht erwartet, daß der Sergeant furchtsam sei. Wenn er furchtsam wäre, hätte er nicht ausgerechnet ihn mit auf seine Stube bestellt. Er war kein leichter Gegner. Dawkins machte sich nie etwas vor, wenn er sich auf einen Kampf einließ. Der Sergeant hatte die längere Reichweite, er war einen halben Kopf größer und breitschultrig, aber Dawkins hatte schon stärkere Männer zu Boden geschickt.

Als er auf John zuging, nahm dieser die Hände aus den Taschen. »Bis auf zwei Schritte«, sagte er, »dann wird es gefährlich, Dawkins.«

Dawkins grinste. Er bewegte sich so langsam, daß es wie eine Zeitlupenaufnahme aussah, seine Augen waren jetzt flach und weit offen. Über seinen Kopf hinweg sah John einen Moment lang die fahlen Gesichter von Turner und Ingram, dann trat er ihm in den Magen.

Da er die Tür im Rücken hatte, konnte er seine ganze Kraft in den Stoß legen, und er hatte die Wirkung einer Mine. Dawkins knickte in der Mitte ein, hob sich etwas in die Luft, schlitterte quer durch die Stube, vorbei an Turner und Ingram, die entsetzt zur Seite sprangen, riß einen Stuhl um und landete mit häßlichem Geräusch am Boden. Er drehte sich einmal um seine eigene Achse und blieb, mit dem Gesicht nach unten und die Knie an die Brust gezogen, unbeweglich liegen. Dann wurde von außen gegen die Tür geklopft.

Es kam im unglücklichsten Zeitpunkt, und John hielt unwillkürlich die Luft an. Er spürte, wie sich die Klinke in seinem Rücken bewegte. Das Klopfen wiederholte sich, diesmal hart und ungeduldig. Jemand rief seinen Namen, und als er die Stimme erkannte, schloß er die Tür auf.

»Du hättest noch fünf Minuten warten können«, sagte er.

»Ich warte schon seit zehn Minuten«, erwiderte Chumley und schob sich träge ins Zimmer. Als er Dawkins liegen sah, wurden seine Augen schmal. »Kleiner Unfall?«

»Er wollte boxen«, antwortete John, »ich verstehe nicht viel davon.«

Chumley starrte ihn mit schmalen Augen an, dann ging er zu Dawkins, drehte ihn herum und betrachtete sein Gesicht. Es war schmerzhaft verzerrt, gelb und schweißbedeckt. Als er auf dem Rükken lag, fing er an zu stöhnen und preßte die Hände gegen den Magen.

»Tiefschlag?« fragte Chumley.

Turner trat neben ihn. »Er hat ihm in den Bauch getreten«, sagte er heiser, »ich habe es genau gesehen.«

»Wer hat angefangen?«

»Der Sergeant hat die Tür ...«

»Wer angefangen hat!« brüllte Chumley.

Turner erschrak. »Dawkins, aber der Sergeant hat die Tür abgeschlossen. Er wollte uns nicht hinauslassen, bevor wir nicht das Papier unterschrieben haben.«

»Welches Papier?«

»Das da!« sagte Turner und wies auf den Tisch.

Chumley drehte sich auf den Fußspitzen um. Er las das Geschriebene sorgfältig durch, dann schaute er John an. »Deshalb hast du dir die Schreibmaschine bei mir ausgeborgt?«

»Stimmt«, sagte John.

Er beobachtete, wie Dawkins den Oberkörper aufrichtete. Mit seinen glasigen Augen, dem halboffenen Mund, aus dem Speichel über sein Kinn lief, bot er einen widerlichen Anblick. »Und ich dachte, es gäbe einen Liebesbrief«, sagte Chumley. Sein Blick fiel auf Ingram, dessen Veilchenaugen vor Schreck weit aufgerissen waren. »Was stehen Sie herum?« fuhr er ihn an. »Helfen Sie ihm auf die Beine! Und Sie auch«, sagte er zu Turner, »aber dalli!«

»Er ist zu schwer für uns«, sagte Turner. »Warum lassen Sie ihn nicht liegen, bis er sich erholt hat?«

»Er soll sich auf dem Scheißhaus erholen«, sagte Chumley brutal. »In meiner Kompanie gibt es keine Schlägereien. Wenn ihr eine Beschwerde vorzubringen habt, wendet ihr euch an mich.«

»Der Sergeant wollte uns ...«

Chumley unterbrach ihn: »Maul halten! Ich brauche heute abend noch ein paar Leute für den Innendienst. Wenn ihr in zwei Minuten noch hier seid, nehme ich euch.«

Es wirkte belebender auf sie als eine entsicherte Pistole. Sie wandten sich fast gleichzeitig zu Dawkins hin, zerrten ihn in die Höhe und legten seine Arme um ihre Schultern. Da Turner einen Kopf größer war als Ingram, verlor Dawkins den Halt und rutschte auf den Boden zurück.

Chumley grinste verächtlich. »Nicht einmal das habt ihr gelernt. Ich werde euch vier Wochen zur Sanitätskompanie stecken. Ingram!«

»Jawohl«, sagte Ingram blaß.

»Sie waren doch dabei, als Sergeant Baako den Jeep abgenommen hat?«

»Jawohl«, sagte Ingram.

Chumley trat dicht vor ihn hin und schaute von oben in sein Gesicht. »Und Sie haben gesehen, daß er den Lenkstockhebel kontrolliert hat?«

»Jawohl, das heißt ...«

»Sie haben es gesehen!« brüllte Chumley. Sein Gesicht sah so furchterweckend aus, daß Ingram einen Schritt zurückprallte. »Jawohl, Hauptfeldwebel«, sagte er überrumpelt.

Chumley starrte ihn noch ein paar Sekunden an, dann nickte er befriedigt. »Ich werde es zu Protokoll nehmen. Und jetzt verschwinden Sie!«

Ingram warf einen hilfesuchenden Blick zu Turner hin, aber der beschäftigte sich mit Dawkins. Er hatte ihm die Hände unter die Arme geschoben und half ihm in die Höhe.

»Wenn du wieder umfällst«, sagte er gereizt, »laß ich dich liegen.«

»Ich habe jetzt auch die Schnauze voll«, sagte Ingram.

Chumley beobachtete, wie sie Dawkins durchs Zimmer schleppten. John öffnete ihnen die Tür; sie gingen an ihm vorbei, als wäre er Luft.

Als sie draußen waren, setzte sich Chumley auf den Tisch, zündete sich eine Zigarette und dann, mit demselben Streichholz, das Blatt Papier an. Er hielt es mit einer Hand in die Luft und ließ es erst fallen, als die Flammen seine Finger erreichten. »Stilistisch war es gut«, sagte er, »aber sonst ein himmelgroßer Dreck. Hast du dir im Ernst etwas davon versprochen?«

»Vielleicht«, antwortete John. »Natürlich hätten sie es am nächsten Tag widerrufen.«

»Ach nee!« Chumley drehte ihm verblüfft das Gesicht zu. »Daran hast du gedacht?«

»Manchmal habe ich einen guten Tag. Wer hat dir gesagt, daß sie hier sind?«

»Eine Maus. Ich stand zehn Minuten vor der Tür. Hast du gewußt, daß man draußen jedes Wort verstehen kann?«

»Nein.«

»Ich auch nicht. Ich werde mir für die Schreibstube eine Polstertür anfertigen lassen. Ist sonst nicht meine Sache, mir die Ohren flachzudrücken.«

»Du hast mehr erreicht als ich«, sagte John. »Ingram kann jetzt nicht mehr zurück.«

»Mit mir macht er das nicht«, sagte Chumley.

John nickte. »Mit dir nicht.« Er setzte sich neben ihn auf den Tisch. »Du hättest es schon vor drei Tagen tun können.«

»Hätte ich«, sagte Chumley.

»Ein Wort von dir, und die Geschichte mit Horne wäre nicht soweit gekommen.«

»Kann sein. Ich bin schon mit größeren Idioten fertig geworden, aber ich renne keinem nach.«

John nickte wieder. »Ich habe es mir überlegt; wenn ich dir am Samstagabend gesagt hätte, daß ich eine Verabredung habe, hätte Horne nichts davon erfahren.«

»Kann sein«, wiederholte Chumley und sog an einer Zigarette. John nickte zum drittenmal. »Heute habe ich dich auch nicht gerufen.«

»Der Fall lag anders«, sagte Chumley. »Wenn ich es bei dir zulasse, macht es Schule. Horne wird sich immer zuerst für einen Weißen einsetzen, bevor er es für einen Farbigen tut, und ich werde mich immer zuerst für einen Unteroffizier einsetzen; wir hocken alle auf dem gleichen Ast.«

»Das ist dir spät eingefallen.«

»Ich wollte sehen, wie weit du es treibst. Dawkins ist ein Totschläger; er wurde als Boxer disqualifiziert.«

»Das wußte ich nicht.«

»Ich dränge mein Wissen keinem auf. Was hättest du getan, wenn sie unterschrieben hätten?«

»Denson hätte es genügt.«

»Möglich«, sagte Chumley, »solange er noch hier ist. Ich fürchte nur, es wird dir nicht mehr viel nützen. Ich wollte es dir schon gestern abend sagen: Das Regiment interessiert sich für dich. Sie haben deine Personalakten angefordert, Führungsnote und so weiter. Horne hat sich auf zwei Schreibmaschinenseiten ausgetobt. Dein Pech, daß Denson nicht hier ist.«

John schwieg. Während er darüber nachdachte, spürte er, wie das Blut aus seinen Fingerspitzen wich. Er bewegte sie ein wenig und blickte zum Fenster hin, wo ein Stück des Sternenhimmels eingefangen war.

»Horne?« fragte er nach einer Weile.

Chumley schüttelte den Kopf. »Ich habe es zuerst auch vermutet, aber der war genauso überrascht wie ich. Natürlich war es ihm ein willkommenes Fressen.«

»Sie müssen doch einen Grund haben«, sagte John.

»Sicher.« Chumley drückte seine Zigarette am Tischbein aus und stand auf. »Ohne Grund passiert nichts in der Armee. Hab' ich dir einmal erzählt, daß ich in ein Mädchen verknallt war?« Er weiß genau, daß er es mir noch nicht erzählt hat, dachte John.

»Auf Honolulu«, sagte Chumley und betrachtete seine Fingernägel. »Tochter eines Bankdirektors. Ich weiß heute noch nicht, was ihr an mir gefallen hat.«

»Eine schöne Geschichte«, sagte John, und sein Mund war ganz trocken.

Chumley nickte melancholisch. »Ist noch nicht alles. Eines Tages stand ich an der Reling eines Promenadendecks, und irgendeine Dreckskapelle spielte ›Aloha Oe‹. Seitdem kann ich das Lied nicht mehr hören.«

»Das verstehe ich«, sagte John mit trockenem Mund. »Du hast eine Vermutung?«

»War 'ne Sauzeit auf Neuguinea«, sagte Chumley. »Damals habe ich Lovell kennengelernt.«

»Wer ist das?«

»Er ist heute Regimentsspieß«, sagte Chumley. »So vorsichtig habe ich ihn noch nie erlebt; er wollte nicht damit herausrücken.«

»Ich verstehe«, sagte John.

Chumley kniff ein wenig die Augen zusammen und blickte von seinen Fingernägeln auf. »Es hätte nicht soweit zu kommen brauchen. Wenn sie es von Hornes Beurteilung abhängig machen ... es verstößt gegen meine Prinzipien, einem Mann nachzulaufen.«

»Ich weiß es«, sagte John, »er muß dir in den Hintern kriechen, wenn er etwas von dir will. Er muß dir am Tag mindestens einmal sagen, was für ein verdammt feiner Spieß du bist, wieviel Geld er auf der Bank hat, mit welchem Mädchen er herumzieht, wie oft er mit ihr ins Bett geht. Ich habe dir nie etwas erzählt.«

»Wie man von seinen besten Freunden verkannt wird!« murmelte Chumley betroffen.

John lächelte dünn. »Bei dir habe ich lange gebraucht. Es hat dir schon nicht gepaßt, als sie mich zum Sergeant gemacht haben. Es hat dir nicht gepaßt, daß Denson soviel Interesse für mich gezeigt hat. Es hat dir nicht gepaßt, daß ich nie eine Runde für dich ausgegeben habe. Und nun paßt es dir nicht, daß die Tochter eines Direktors mit mir spazierenfährt.«

»Ich kann nichts dafür«, murmelte Chumley. »Es ist nicht das, was du meinst, mich kotzt einfach dein Typ an.«

»Nicht einmal jetzt kriegst du es fertig«, sagte John verächtlich. »Du würdest dir eher die Zunge abbeißen.«

Chumley richtete seine blassen, wäßrigen Augen auf ihn; sie hatten den Ausdruck eines weidwund getroffenen Tieres. »So spricht man nicht mit seinem Spieß, John Baako«, sagte er seufzend, »und wenn du zehnmal recht hast. Mir ist egal, ob du gelb oder schwarz oder weiß bist, aber du bist nicht nur schwarz, du bist auch noch eingebildet, und das ist mir zuviel. Vielleicht hätte ich noch etwas für dich tun können, unter Freunden, aber jetzt sollen sie dich meinetwegen auf den Mond schicken.«

»Sie wollen mich versetzen?«

Chumley wandte sich der Tür zu. »Ich weiß nichts, und wenn sie es tun, dann wegen Insubordination, Anarchismus und Dummheit. Grund genug, einen Mann aus einem Eliteregiment zu entfernen.«

Er ging hinaus und schlug die Tür hinter sich zu.

John blieb eine Weile neben dem Tisch stehen, dann bewegte er sich mit steifen Beinen zum Spind, öffnete ihn und holte einen taubengrauen Anzug heraus. Er hatte ihn gestern erst gekauft, und er betrachtete ihn, wie man einen Brillantring betrachtet.

5

Hinter Thüngerstadt wurde die Straße schmal. Wald nahm sie auf, dickverschneite Kiefern und Tannen auf beiden Seiten, eine kleine Brücke, im Scheinwerferlicht ein schmaler, halb zugefrorener Bach zwischen graurindigem Weidengesträuch, Bergkuppen mit kreisrunden Baum-Oasen über steilen Kahlflächen, dazwischen wieder Tannenschonungen, verlassene Feldwege zum Sternenhimmel, ferne Lichter am Horizont und wieder ein Tal, schmal und beidseitig vom Wald gesäumt.

Claire beobachtete entspannt, sie fuhr gern bei Nacht, wenn sich die Landschaft nur in Konturen zeigte, die entfernteren Dinge im ungewissen blieben und Rätsel aufgaben. Es war warm im Wagen, das Radio brachte Tanzmusik, amerikanische Schlager zum Jahresausklang.

Sonst war sie um diese Zeit von Fred abgeholt worden. Noch vor acht Tagen hatte nichts darauf hingedeutet, daß dieser Silvesterabend anders verlaufen werde als die früheren. Es war seltsam, daran zu denken, seltsam und ein wenig unwirklich, daß Fred jetzt wieder bei seinen Eltern sitzen würde, während sie mit einem Mann, von dessen Existenz sie vor vierzehn Tagen noch nichts gewußt hatte, durch die Nacht fuhr, mit einem Neger in einem amerikanischen Wagen über eine verschneite Straße, die sich wie eine Hängebrücke von Hügel zu Hügel spannte, von Horizont zu Horizont, wie auf eine unsichtbare Schwelle zu, wo sich das alte und das neue Jahr berührten und wo alles neu anfangen und nichts von dem, was gewesen war, noch einmal wiederkehren würde.

Sie lächelte bei dem Gedanken, und sie sah zu, wie die grellen Scheinwerferkegel die weißgestrichenen Begrenzungspfähle der Straße aus der Dunkelheit holten, sie sekundenlang festhielten und im Vorübergleiten wieder in die Nacht zurückwarfen.

Ein Symbol, dachte sie, ein Symbol vergeudeter Zeit, vergeudeten Lebens, Pfähle wie Tage, Striche im Kalender, Jahre im Zeitraffer. Noch einmal fünfundzwanzig, und ich werde sein wie die meisten Frauen über fünfzig, verbraucht, erledigt und auf das Schlüsselloch angewiesen, ein Leben lang bemüht gewesen, nicht unangenehm aufzufallen, nicht aus der Reihe zu tanzen, ein Leben lang Durchschnittsware!

Seit der Auseinandersetzung mit Freds Mutter waren drei Tage vergangen, Zeit genug, sich darüber schlüssig zu werden, ob sie sie bereute. Aber sie bereute nichts, sie war nicht einmal sentimental. Sie hatte mit Fred fünf Jahre verloren, und sie konnte es sich nicht leisten, seinetwegen auch nur noch einen Tag zu verlieren. Dieser Bruch war nicht zu verhindern gewesen, er hatte kommen müssen, wie ein reifer Apfel vom Baum fällt, unabdingbar und schmerzlos. Sie hatte ihn sich nicht leicht gemacht, sie hatte die Entscheidung bis zum letzten Augenblick hinausgezögert, und vielleicht hätte es noch länger gedauert, wenn seine Mutter nicht gewesen wäre; fast empfand sie ein Gefühl der Dankbarkeit gegen sie.

In der Ferne tauchten wieder ein paar Lichter auf, die Konturen einer kleinen Ortschaft zwischen bewaldeten Bergen, und etwas davor, rechts der Straße am Berg, die hellerleuchtete Fassade eines Restaurants mit einer großen, mit bunten Lampions geschmückten Gartenterrasse.

»Das muß es sein!« sagte Claire.

John nahm den Fuß vom Gaspedal. »Waren Sie noch nie hier?«

»Nein. Ein Bekannter hat mir davon erzählt; es wurde vor einem halben Jahr eröffnet.«

»Scheint gut besucht zu sein«, sagte John und wies nach vorn, wo im Scheinwerferlicht ein großer Parkplatz mit vielen Wagen auftauchte.

»Haben Sie Angst?«

»Wovor?«

»Ich dachte«, sagte Claire und beobachtete, wie er den Wagen in eine Parklücke steuerte.

Seit Sonntag hatte sie in einem merkwürdigen Zwiespalt von Unbehagen und Ungeduld an diese Begegnung gedacht. Mehr als einmal hatte sie sich, von jähen Zweifeln überfallen, versucht gefühlt, ihm abzutelefonieren, und noch vor zwei Stunden, als sie die steile Straße zur Kaserne hinaufgestiegen war, hatte sie nicht gewußt, ob sie es bis zum Schluß durchhalten würde. Er hatte schon auf sie gewartet, und als sie ihn in dem knielangen Trenchcoat und dem taubengrauen Anzug auf sich zukommen sah, war sie so gerührt gewesen, daß sie ihre Zweifel vergessen hatte.

»Wir werden es uns einmal ansehen«, meinte sie. »Wenn es uns nicht zusagt, fahren wir weiter.«

Sie kamen in einen großen Saal mit holzgetäfelter Decke, holzgetäfelten Wänden und ledergepolsterten Bänken, die in offenem Viereck um die Tische standen. Ihre Lehnen waren gleichfalls ledergepolstert, über den Tischen hingen schmiedeeiserne Laternen. Ein breiter Durchbruch führte auf die vollbesetzte Terrasse. Im Hintergrund wurde getanzt, die Kapelle spielte einen Tango.

Claire erfaßte alles mit einem Blick: den Saal, das halbe Dutzend schwarzbefrackter Kellner, die Terrasse und die vielen Menschen. Die Herren trugen zum größten Teil dunkle Anzüge, die Damen Cocktailkleider mit tiefen Dekolletés, eine exklusive Auslese, mit angeborenem Snobismus an den Champagnergläsern nippend, viele Familien darunter, auch einige jüngere Pärchen, die mit sich selbst beschäftigt waren.

»In der Mitte ist noch ein Tisch frei«, sagte John.

Claire hatte ihn schon gesehen. Es waren etwa dreißig Schritte dorthin, und sie hatten die Hälfte hinter sich gebracht, als Claire stehenblieb. Irgendwo auf der rechten Seite hatte es angefangen, einige Männer, die fast gleichzeitig zu ihr heraufschauten. Die Bewegung pflanzte sich wie ein Reflex bis auf die Tanzfläche fort und verwandelte den Saal in einen Wald von Gesichtern. Sie hörte, wie sie zu tuscheln anfingen, sah sie die Köpfe zusammenstecken, spürte die klebrigen Blicke der Männer, die aufdringlichen Blicke der Frauen, und dann drehte sie sich wieder um und ging, ohne auf John zu achten, den gleichen Weg zurück. Der Kellner kam ihr nachgelaufen, sagte etwas, aber sie verstand ihn nicht und blieb erst wieder stehen, als sie im Freien und die Treppe hinuntergegangen war. Dort wartete sie auf John.

Es dauerte lange. Als er aus der Tür kam, verhielt er am oberen Ende der Treppe den Schritt und blickte zu ihr hinunter. Sie konnte nicht viel von seinem Gesicht sehen, und sie hätte es auch nicht fertiggebracht, ihm jetzt in die Augen zu schauen. Nichts von dem, was sie in den letzten Minuten getan hatte, war aus ihrem Bewußtsein gekommen. Sie war einfach davongelaufen, wie man davonläuft, wenn man auf ein ekelhaftes Reptil stößt, ohne etwas zu denken und ohne etwas anderes zu empfinden als einen grenzenlosen Abscheu.

Sie drehte sich um und ging zum Wagen; etwas später kam John. Er schloß die Tür auf, setzte sich hinters Steuer und steckte sich eine Zigarette an. Beim Aufflammen des Zündholzes konnte sie sein Gesicht sehen; es wirkte grau und enttäuscht.

Sie blickte ihn unverwandt an, dann nahm sie ihm die Zigarette aus der Hand und machte einen tiefen Zug. »Fahren Sie weiter!« sagte sie.

»Wohin?«

»Wohin Sie wollen. Wenn es Ihnen Spaß macht, wieder auf einen Feldweg.«

Er empfand es wie eine Ohrfeige. »Ich werde Sie nach Hause fahren«, sagte er heiser.

Claire nickte. »Sie sind heute ohnedies nicht sehr unterhaltsam. Wissen Sie, daß Sie während der ganzen Fahrt kaum ein Wort mit mir gesprochen haben?«

Er wußte es, aber das Gespräch mit Chumley lag ihm wie ein Stein auf der Brust. Er war deprimiert, unschlüssig und verzweifelt.

»Sie hätten mich festhalten sollen«, murmelte Claire. »Hier haben Sie ihre Zigarette wieder!«

»Sie können sie behalten.«

Sein feindseliger Ton zeigte ihr, wie tief es ihn verletzt hatte. Sie rauchte mit geschlossenen Augen, unfähig, sich zu einem versöhnlichen Wort aufzuraffen. Obwohl sie wußte, daß sie sich unmöglich benommen hatte und daß die Schuld allein bei ihr lag, brachte sie es nicht fertig, etwas zu sagen.

Wenn er anders wäre, dachte sie resigniert, aber er ist wie ein Panzerschrank. Ich kann einen Panzerschrank nicht um Entschuldigung bitten.

Sie fuhren jetzt wieder in Richtung Thüngerstadt, und Claire sagte laut: »Ich möchte spazierengehen.«

Sie merkte, daß er sie verwundert anschaute, und lächelte. »Ich war schon immer ein wenig verrückt, falls Sie es noch nicht bemerkt haben sollten.«

»Ich finde es nicht verrückt«, erwiderte John. »Wo wollen Sie spazierengehen?«

»Auf einem verschneiten Waldweg bei Sternenlicht. Haben Sie mir einen zu bieten?«

John betrachtete die Landschaft. Die Straße führte durch ein schmales Tal mit kahlen Feldern auf beiden Seiten. Rechts floß ein kleiner Bach, dahinter stieg das Gelände zu einem lichten Kiefernwald hinauf.

»Vielleicht dort oben!« sagte Claire. »Wenn wir eine Brücke finden.« Sie fanden eine, nachdem sie noch ein Stück weitergefahren waren. Auf der anderen Seite kletterte ein Feldweg den Berg empor; er war im Schnee kaum zu erkennen.

John steuerte den Wagen mit den Vorderrädern auf die Brücke. Sie war schmal, für Fuhrwerke bestimmt, und sah aus, als müßte sie jeden Augenblick zusammenfallen.

»Ich habe etwas gegen Familienlokale«, sagte Claire, »wir hätten uns ein anderes suchen sollen.«

John stellte den Motor ab. »Sie brauchen sich nicht zu entschuldigen; es macht mir nichts mehr aus.«

»Dann wären Sie nicht eingeschnappt?«

»Ich bin nicht eingeschnappt.«

»Man hört es. Erzählen Sie der guten Tante Claire keine Geschichten. Es ist Ihr gutes Recht, eingeschnappt zu sein. Ich habe vor, es wieder wettzumachen.«

»Sie brauchen an mir nichts wettzumachen«, sagte John, aber es waren nicht seine Gedanken. Sie hatte ihn mehr enttäuscht, als er wahrhaben wollte. Als er neben ihr das Restaurant betreten hatte, waren seine Empfindungen die einer Frau gewesen, die zum erstenmal ihr neues Brillantkollier austrägt.

Claire berührte seinen Arm. »Vielleicht werde ich eines Tages mit Ihnen im Schloßhotel in Thüngerstadt ein Glas Wein trinken. Sie müssen mir noch etwas Zeit lassen; ich war noch nie begierig darauf, angestarrt zu werden.«

Sie hatte Schuhe mit flachen Absätzen und einen dunkelblauen Popelinemantel an, und John sagte: »Sie werden sich nasse Füße holen.«

»Dann dürfen Sie sie mir trockenreiben. In Giffaumont bin ich immer quer durch den Schnee gelaufen, am liebsten, wenn es schneite.«

Sie stieg aus und klemmte sich ihre Tasche unter den Arm. »Das wollte ich schon seit fünfzehn Jahren tun«, sagte sie, »an einem Silvesterabend einen Berg hinaufklettern. Warum tut man eigentlich nie das, was man möchte?«

»Vielleicht, weil man es nicht gern allein tut«, sagte John und dachte an Fred.

Etwas hinderte ihn daran, sie zu fragen, weshalb sie heute abend nicht bei ihm sei.

Claire hakte sich bei ihm unter. »Fred hätte für so etwas kein Verständnis gehabt«, sagte sie, »er hätte mich für verrückt erklärt.«

Nun, da sie selbst davon anfing, riskierte er es doch: »Sicher werden Sie ihm heute abend fehlen.«

»Er weiß, daß ich bei Ihnen bin.«

»Sie haben es ihm gesagt?«

»Ja.«

Es klang so, daß er keine Frage mehr stellte. Als sie über die Brücke gingen und dann, dem verschneiten Feldweg folgend, den Berg hinaufstiegen, hielt er ihre Hand fest.

»Eigentlich müßte ich Ihnen noch die Leviten lesen«, sagte Claire. »Warum haben Sie mir den Wagen vor die Tür gestellt?«

»Damit Sie mich nicht vergessen.«

»Nur deshalb?«

»Ja.«

»Sie sind zu groß«, sagte Claire, »man kann Sie nicht vergessen.«

Der Schnee wurde, je weiter sie den Berg hinaufkamen, immer tiefer. Er war naß und pappig. Tagsüber hatte die Sonne geschienen, und auch die Nacht war ungewöhnlich mild. An manchen Stellen sanken sie bis zu den Knöcheln ein. Claire begann daran zu zweifeln, daß sie es bis zum Wald schaffte. Als sie die Hälfte des Weges hinter sich hatten, blieb sie stehen und knöpfte ihren Mantel auf. »Ich bin schon älter, als ich dachte«, sagte sie. »Ihnen macht das Klettern nichts aus?«

»Nicht viel«, sagte John.

Sie blickten den Weg zurück. Tief unter sich sahen sie das Tal liegen. Auf der anderen Seite waren die Berge nicht so hoch. Ihre weißen Flächen schimmerten im Sternenlicht.

»Es erinnert mich an Schneewittchen«, sagte Claire.

»Wer ist das?«

Sie lächelte. »Wenn Sie brav sind, erzählte ich es Ihnen einmal. Haben Sie in Ihren Sprachkursen nichts davon gehört?«

»Von Schneewittchen nicht«, sagte John.

»Waren Sie auf einer Privatschule?«

»Nein.«

Er hätte ihr erzählen können, daß die Kurse in der Kaserne abgehalten wurden, daß er sie seit drei Jahren zweimal in der Woche besuchte, aber er fühlte sich nicht zum Reden aufgelegt.

Claire blickte ihn aufmerksam an. »Ich glaube, Sie sind immer noch eingeschnappt. Wären Sie lieber in ein Restaurant gegangen?«

Er schüttelte den Kopf.

»Am Weihnachtsabend waren Sie viel netter«, sagte Claire. »Haben Sie wieder etwas mit mir vor?«

Ihre direkte Frage trieb ihm das Blut in den Kopf. »Vielleicht«, sagte er rauh.

Claire faßte nach seiner Hand. »Sie sind viel stärker als ich, John. Ich hätte heute abend nicht zu kommen brauchen.«

»Aber Sie sind gekommen«, sagte er.

Es war jedesmal, als ob sie gegen eine Mauer stieße. – Warum sage ich ihm nicht endlich, warum ich ihn sehen wollte, dachte sie. Weil es mich selbst nicht überzeugt? Weil ich ihm auch sagen müßte, daß ich nicht gekommen wäre, wenn Fred mich nicht dazu provoziert hätte! Aber das ist es gar nicht, dachte sie. In Wirklichkeit hätte ich ihm das, was zu sagen wäre, ebensogut am Telefon sagen können, und in Wirklichkeit war Freds Provokation nur ein willkommener Vorwand für mich, ihn heute abend zu treffen. Warum eigentlich? Aus Mitleid? Weil es mich empört, wie sie ihm mitgespielt haben, weil es mich interessiert, was für ein Mensch er ist, weil ich endlich wissen will, wie der Panzerschrank von innen aussieht, oder weil sein unberechenbares Verhalten so etwas wie eine sexuelle Neugierde in mir geweckt hat, weil ich das Bild, wie ich ihm am Samstagabend ausgeliefert gewesen war, keinen Augenblick lang aus meinem Kopf verdrängen konnte, weil ich sogar nachts davon geträumt habe?

Obwohl sie sich sagte, daß es nur ein Teil war und daß ihre Empfindungen für ihn schon tiefer wurzelten, als sie sich eingestehen wollte, daß nichts von dem, was sie mit ihm erlebt, von ihm gehört und aus seinen gelegentlichen Andeutungen herausgehört hatte, ohne Einfluß auf ihr Handeln geblieben war, versuchte sie auch nicht, das andere zu verharmlosen. Vielleicht wäre sie mit ihm über Neujahr weggefahren, wenn sie mehr von ihm gewußt hätte. Sie hatte ganz gewöhnliche Furcht, von ihm ein Kind zu kriegen, und sie hatte Furcht vor sich selbst.

Und trotzdem hatte sie ihn heute abend wieder getroffen, obwohl sie

Furcht hatte und obwohl sie wissen mußte, daß es nicht bei dem bleiben würde, was am Samstagabend geschehen war, daß man nicht auf halbem Weg stehenbleiben konnte, wenn man schon nicht mehr den Willen zur Umkehr hatte. Sie wußte nicht mehr, was mit ihr los war.

Sie blickte wieder zum Waldrand hinauf und überlegte, ob sie umkehren solle. Aber sie wollte an diesem Abend nicht ein zweites Mal davonlaufen, nicht vor ihm und nicht vor sich selbst, und sie würde im Wagen vor ihm und vor sich selbst nicht sicher sein. Sie hatte es angefangen, und sie würde es irgendwie zu Ende bringen müssen, aber sie wußte noch nicht wie.

John hatte sie geduldig beobachtet. Als sie den Berg hinaufschaute, lächelte er.

»Wollen Sie wieder zurück?«

»Ich weiß es noch nicht«, antwortete Claire und drehte ihm langsam das Gesicht zu. »Vielleicht bin ich schon zu alt dafür.«

»Ich werde Sie tragen.«

Sie hatte es anders gemeint, aber sie ging auf seinen Ton ein. »Ich wiege zweiundfünfzig Kilo.«

»Das ist noch weniger, als ich dachte«, sagte John und nahm sie auf die Arme. »Sie dürfen sich an meinem Hals festhalten.«

»Sie sind ein Bär«, sagte Claire.

Er trug sie, ohne ein einziges Mal stehenzubleiben, zum Wald hinauf, und nie war er müheloser einen Berg emporgestiegen. Oben sah er sich um. Der Weg führte am Waldrand entlang. Zwischen den Bäumen lag der Schnee nicht so hoch, an einigen Stellen kam dunkles Moos durch. Er trug sie ein Stück in den Wald hinein, legte sie auf den Boden und kniete neben ihr nieder.

Der Panzerschrank! dachte Claire, aber sie sagte nichts. Sie schaute ihn nur an, und als er sie küßte, bekam sie eine Gänsehaut. Er küßte anders als Fred. Seine Lippen berührten ihren Mund, als hätte er Angst, ihr weh zu tun, und dann streichelte er ihr Gesicht und ihren Hals, und sie spürte, wie sie am ganzen Körper zitterte.

»Tun Sie es nicht, John«, sagte sie, »nicht hier.«

»Sie haben mir zuviel Furcht«, sagte er. »Bei uns daheim haben die Mädchen keine Furcht.«

Er half ihr auf die Beine, machte ein paar Schritte und betrachtete die hochangesetzten Kronen der Kiefern. Als er sich wieder nach Claire umschaute, hatte sie sich mit dem Rücken gegen einen Baum gelehnt und blickte ihn unverwandt an.

»Was haben Sie?« fragte er.

»Ich denke über Ihre Seele nach.«

John lachte. »Ich bin ein Heide, ich habe keine Seele.«

»Sind Sie nicht getauft?«

»Doch, aber ich halte nicht viel von euren Kirchen.«

»Warum nicht?«

»Ich glaube nicht an die Erbsünde«, sagte John. »Es ist Unsinn, daß der Akt zweier Ahnen in grauer Vorzeit wie ein Unheil über der ganzen Menschheit hängen soll. Unsere Religionen kennen keine Erbsünde und keine Hölle. Sie könnten ruhig mit mir schlafen.«

Sie mußte gegen ihren Willen lachen. »Sie sind ein Sophist, John. Wann haben Sie Ihre letzte Frau gehabt?«

»Vor sieben Jahren in Lansing.«

»Eine Studentin?«

»Ja.«

»Eine Weiße?«

»Sie kam aus Äthiopien und hatte Heimweh.«

»Und früher?«

»Früher auch«, sagte John, »mit dem Mädchen, das ich heiraten sollte. Ich weiß, daß man aufpassen muß.«

Es war eine Lektion, und sie war froh, daß er in der Dunkelheit ihr Erröten nicht sehen konnte, aber sie versuchte keine Ausflüchte. »Es ist bei uns nicht unwichtig, John.«

»Es ist nirgendwo unwichtig«, sagte er ruhig. »In Rhodesien ebensowenig wie hier. Ich bin nicht im Busch aufgewachsen.«

Ich hätte es nicht sagen dürfen, dachte Claire. Es war eine Taktlosigkeit, die zweite, die ich mir heute abend leiste. Wahrscheinlich bin ich auf der Universität verdorben worden. Es verhält sich dabei wie mit dem Führerschein: Sobald man ihn hat, setzt man sich nicht mehr unbefangen neben einen anderen Fahrer.

»Ich habe nicht behauptet, daß Sie im Busch aufgewachsen sind«, sagte sie ruhig. »Es erginge mir bei jedem anderen Mann ebenso. Ich habe mich heute abend auch nicht mit Ihnen getroffen, um Sie zu verletzen. Fred hat gedroht, dafür zu sorgen, daß Sie versetzt werden. Er will über einen Bekannten seiner Mutter den Bürgermeister einschalten. Halten Sie es für möglich, daß er etwas damit erreicht?«

John nickte geistesabwesend. Obwohl er es seit dem Gespräch mit Chumley befürchtet hatte, setzte sein Herz ein paar Schläge aus. Er schob die Hände in die Manteltaschen und fragte undeutlich: »Wann hat er Ihnen das gesagt?«

»Vor acht Tagen schon. Er behauptete, der Bürgermeister würde sich mit Ihrem Regimentskommandeur in Verbindung setzen. Haben Sie schon etwas gehört?«

Als er keine Antwort gab, ging sie zu ihm hin und blickte von unten in sein Gesicht. »War etwas, John?«

»Das Regiment hat meine Personalakten angefordert.«
»Wann?«
»Vor einigen Tagen.«
Sie blieben über eine Minute still, dann steckte Claire ihre Hände in seine Manteltaschen und legte sie auf seine Hände. »Wohin würde man Sie versetzen?« fragte sie ruhig.
»Ich weiß es nicht.«
»Nach Amerika?«
»Vielleicht.«
»Und Sie könnten nichts dagegen tun?«
»Es gibt zu viele Leute, die mich loswerden wollen.«
»Weil Sie nicht weiß sind?«
»Vielleicht«, sagte John.
Claire legte den Kopf an seine Brust. Sie standen sich jetzt so nahe, daß kein Raum mehr zwischen ihnen war. »Sie können Sie nicht versetzen«, sagte sie. »Ich werde zu Ihrem Regimentskommandeur gehen und ihn fragen, ob er mich nicht für alt genug hält, zu tun, was ich für richtig finde.«
»Damit erreichen Sie nichts. Sie werden mich versetzen, weil ich mich mit einem Offizier angelegt habe. Wenn sie es darauf abgesehen haben, mit loszuwerden, finden sie genügend andere Gründe. Wie ich sie kenne, werden sie über diese Sache kein Wort verlieren.«
»Warum haben Sie sich mit dem Offizier gestritten?«
John grinste. »Er gefällt mir nicht.«
»Das ist schlimm«, sagte Claire, mit dem Kopf an seiner Brust. Sie ertappte sich dabei, wie sie seine Hände streichelte, und sie sagte: »Sie wollten doch später in Deutschland weiterstudieren. Kämen Sie wieder herüber, wenn man Sie versetzt?«
»Ich weiß nicht, ob Sie in einem Jahr noch hiersein werden.«
»Das weiß ich selbst nicht, ich möchte aus Thüngerstadt weg.«
»Warum?«
»Ich habe es satt«, antwortete Claire.»Seit die Grenze da ist, komme ich mir wie in einem Käfig vor. Haben Sie noch nie bemerkt, daß die Leute hier Angst haben?«
»Vor den Russen?«
»Ich vermute es. Wenn man es vierzehn Jahre lang mitgemacht hat, kann es zu einem Alptraum werden. Wie groß ist Rhodesien?«
John zögerte. Seit sie sich an ihn gelehnt hatte und seine Hände streichelte, fiel es ihm schwer, sich zu konzentrieren. Ihre Berührungen waren wie kleine Stromstöße, die seinen Körper mit Elektrizität aufluden und seine Nerven vibrieren ließen. Er rückte eine Kleinigkeit von ihr ab und zuckte mit den Schultern. »Ich weiß es nicht mehr

auswendig. Wenn Sie mit der Bahn durchfahren wollen, brauchen Sie vier Tage.«

»In vier Tagen kann ich durch ganz Europa fahren«, sagte Claire. »Ist es sehr heiß?«

»Nur in den Flußtälern. Auf dem Hochplateau kommen Sie im Winter ohne warme Sachen nicht aus. Wollen Sie einmal hinfahren?«

Sie nahm den Kopf von seiner Brust und blickte von unten in sein Gesicht. »Heute bestimmt nicht mehr. Ich habe in den letzten Tagen viel über Rhodesien gelesen, ich war sogar in der Bibliothek und habe mir zwei Bücher geholt.«

Wenn sie ihm nicht so nahe gestanden hätte, wäre ihm eingefallen, sie zu fragen, weshalb sie es getan habe. »Sie sollten doch einmal hinfahren«, sagte er rauh.

»Mit Ihnen?«

»Ja.«

Sie hatte plötzlich Herzklopfen, und als er sie küßte, schloß sie wieder die Augen. Sie hätte ihm jetzt sagen müssen, daß sie es nicht wollte, daß dies nicht der Augenblick dafür sei, aber es war, als ob sie keine Stimme mehr hätte, und ihre Beine schienen sich in Holzpfähle verwandelt zu haben, die tief im Waldboden eingefroren waren. Sie rührte sich auch nicht, als er sie unvermittelt losließ, seinen Mantel auszog, ihn hinter ihr auf dem Schnee ausbreitete und zu ihr zurückkehrte. Er blieb, etwa einen halben Schritt von ihr entfernt, mit hängenden Armen stehen und blickte sie stumm an.

Während sie in sein Gesicht schaute und in einem Zustand peinvoller Unschlüssigkeit mit sich kämpfte, weil sie sich ebensosehr zu ihm hingezogen wie von ihrem Stolz daran gehindert fühlte, erlebte sie, wie der Widerstand in ihr zusammenschrumpfte, und sie rührte sich nicht vom Fleck, bis nichts mehr von ihm da war. Dann machte sie einen kleinen Schritt vorwärts, lehnte sich mit ihrem ganzen Körper an ihn und atmete laut.

Diesmal wich er nicht vor ihr zurück. Sie standen lange Zeit unbeweglich beieinander, ohne etwas zu tun und nur durch ihre Nähe zusammengehalten. Seine Erregung war jetzt so deutlich, daß sie sie wie eine Berührung empfand, und als sie ihm mit ihrem Körper antwortete, beugte er sich zu ihr hinunter, schlang die Arme um ihren Rücken und preßte sie an sich.

In gleichem Maße, wie seine Hände von ihr Besitz nahmen, verlor sie das Bewußtsein für ihre Umgebung. Sie streichelte sein Gesicht, erwiderte seine Küsse, und ein paar Sekunden lang war sie wie betäubt. Die große Zärtlichkeit, die immer dagewesen war, versteckt und zurückgehalten, die große aufgestaute Zärtlichkeit, die sie nie aus sich herausgelassen, deren sie sich immer geschämt und die sie nie gebraucht hatte, riß sie fort. Es war, als ob etwas in ihr aufbräche. Sie verlor unvermittelt die Kontrolle über sich, drängte sich an ihn, fühlte seine Hände, ihre Blöße, fühlte mit geschlossenen Augen, wie er ihre Brüste umfaßte, sie mit Küssen bedeckte, und sie hatte nicht gewußt, wie es sein konnte.

Der Druck seines Körpers wurde schmerzhaft, sie erwiderte ihn mit ihren Hüften, verschränkte die Hände hinter seinem Nacken und ließ den Kopf zurückfallen. Einen Augenblick lang sah sie die schirmförmigen Kronen der hohen Kiefern vor dem Sternenhimmel, dann schob sich wieder sein Gesicht dazwischen, und sie spürte noch, wie ihr Rücken hohl wurde, ehe ihre Schultern die Erde berührten und sein schwerer Körper wie ein Baum auf sie fiel, sie zudeckte und ihre Fußspitzen nach außen drehte. Ihre Berührung ließ ihn aufstöhnen. Es steigerte ihre Erregung ins Unerträgliche, und als er, vor ihr kniend, seinen Oberkörper aufrichtete, sie an sich zog, und sie, seine Absicht erkennend, ihm entgegenkam, fühlte sie sich auf eine seltsam endgültige Weise mit ihm verbunden. Das Empfinden war so stark in ihr, daß ihr eine Steigerung nicht mehr möglich schien, und vielleicht hätte sie es in diesem Augenblick sogar fertiggebracht, darauf zu verzichten. Aber sie hatte weder den Wunsch noch den Willen dazu, und da nichts mehr zwischen ihnen war, was sie noch daran hindern konnte, und die rasche Bewegung, die es herbeiführte, von ihnen gleichzeitig ausging, von ihr ebenso wie von ihm, geschah es von selbst.

Sie vernahm ihre eigene Stimme in einem halberstickten Aufschrei, hörte sich zusammenhanglose Worte stammeln. Und dann fühlte sie, wie sich alles Blut und alles Empfinden in ihr zu einem harten Klumpen zusammenzog, ihre Hüften dehnte und sie auseinandersprengte.

Es traf sie wie ein Blitzstrahl, und für ein paar Sekunden schien es ihr, als stürze sie aus großer Höhe durch das rötliche Licht eines Sonnenuntergangs und das sprühende Licht eines Sommermorgens.

Als sie wieder die Augen aufschlug, war der Himmel über ihr in gelbes Licht getaucht. Sie drehte etwas den Kopf und blickte zwischen den Bäumen hindurch über das Tal hinweg, wo der Horizont zu leuchten begann. Das Geräusch ferner Detonationen vermengte sich mit dem Klang von Kirchenglocken. Es hörte sich an, als finge die Nacht selbst zu dröhnen an. »Das neue Jahr!« sagte Claire. Sie legte John die Hände um den Nacken und zog ihn zu sich herunter. »Jetzt haben wir es mit einer Sünde angefangen«, sagte sie.

»Mit einer Erbsünde«, sagte John und küßte sie.

Nun, da es geschehen war, bereute sie es nicht, und nichts von dem, was sie befürchtet hatte, war eingetreten. Während sie seine Küsse erwiderte und mit einem nie erlebten Gefühl zärtlicher Genugtuung seine Erschöpfung wahrnahm, überlegte sie sich, wie es sein würde, wenn sie mit ihm verreiste. Von da an ließ sie der Gedanke nicht mehr los.

»Ich kann ohne dich nicht mehr leben«, sagte John.

Darin unterschied er sich von keinem anderen Mann, und sie lächelte über ihn.

»Du wirst noch lange leben«, sagte sie. »Ich kann tote Männer nicht ausstehen, und wenn du oft genug mit mir geschlafen hast, wirst du meinetwegen auch nicht mehr sterben wollen. Wir müssen jetzt gehen, sonst werden wir beide sterben, und zwar an einer Lungenentzündung. Wo hast du meine Sachen hingeworfen?«

Er suchte sie in der Dunkelheit. Sie waren vom Schnee so feucht geworden, daß Claire es vorzog, sie in die Tasche zu stopfen. – Meinen Mantel muß ich reinigen lassen, dachte sie, und mich am besten mit dazu.

Sie sprachen jetzt nichts mehr. Den Berg hinunter trug er sie wieder. Einmal wäre er beinahe mit ihr hingestürzt, aber er war wie eine Katze und erwischte immer wieder festen Halt unter den Füßen.

»Eines Tages wirst du es satt kriegen«, sagte Claire. John schüttelte nur den Kopf.

Im Wagen legte sie ihren Mantel ab, zog ihre nassen Schuhe und Strümpfe aus und massierte ihre kalten Füße.

»Laß mich das tun«, sagte John.

Später lag sie, die Knie an die Brust gezogen, mit dem Kopf auf seinem Schoß. Der Motor lief, es wurde rasch warm im Wagen. Sie achteten nicht mehr darauf, wie spät es war, und sie kümmerten sich auch nicht darum, daß die Scheinwerfer vorüberfahrender Autos gelegentlich das Wageninnere aufhellten. Die meiste Zeit küßten sie sich, und als ihre Erregung zurückkehrte, fuhren sie einige Kilometer weiter, bis die Straße aus dem Tal heraus über einen bewaldeten Bergrücken hinwegführte. Dort fanden sie einen befahrbaren Waldweg. Sie folgten ihm bis hinter eine Krümmung, dann schaltete John die Scheinwerfer aus, klappte die Sitze zurück und nahm Claire in die Arme. Als er sie auf seinen Schoß zog, hatte sie nichts mehr an. Diesmal erlebten sie es wie in einem Zustand hochgradigen Fiebers. Sie waren beide wie von Sinnen, und hinterher lagen sie erschöpft ineinander verschlungen, aber es war nur eine physische Erschöpfung, während ihre Erregung, wie Kohlen unter einem Haufen Asche, weitergloste und jeden Augenblick neu aufflammen konnte. Bevor es jedoch dazu kam, machte sich Claire von ihm los, richtete sich rasch auf und lehnte die heiße Stirn gegen die Windschutzscheibe. Sie war in der Wärme angelaufen. Draußen lag die Nacht wie ein schwarzes Tuch über dem verschneiten Wald, und während Claire hinausschaute und die Benommenheit in ihrem Kopf allmählich einer kühlen Überlegung Platz machte, fand sie wieder zu sich selbst zurück.

»Ich muß nach Hause, John«, sagte sie ruhig. »Wenn mein Vater mich in diesem Zustand sieht, wird er mich fragen, wo ich die Nacht über gesteckt habe.«

»Hast du Angst vor ihm?«

Sie schüttelte ungeduldig den Kopf. »Vorerst lebe ich noch mit ihm zusammen. Ich kann nicht tun, was ich will.«

John schwieg. Obwohl er sich Mühe gab, sie zu verstehen, fiel es ihm schwer. Er befand sich jetzt in einem Stadium, wo schon der bloße Gedanke, sich – wenn auch nur vorübergehend – von ihr trennen zu müssen, seinen Widerspruch hervorrief.

»Du warst sicher schon öfter die Nacht über weg«, sagte er.

»Dann wußte er, daß ich bei Fred war.«

»Soll er es glauben.«

Claire schaltete die Innenbeleuchtung des Wagens ein. »Er wird es mir nicht glauben«, sagte sie. »Er weiß, daß ich mich von Fred getrennt habe.«

Es fuhr ihm wie ein elektrischer Schlag durch die Glieder, und er blieb ein paar Sekunden regungslos sitzen. Dann griff er nach ihren Schultern und fragte rauh: »Wann?«

»Am Sonntag«, antwortete Claire. Sie knöpfte ihm das Hemd zu und küßte ihn auf den Mund. »Schau nicht so dumm«, sagte sie. »Wenn ich mich nicht von ihm getrennt hätte, wäre ich heute abend nicht zu dir gekommen. Mehr als einen Mann verkrafte ich nicht, schon gar nicht, wenn er so ist wie du.«

Er konnte ihr nicht antworten, weil ihm die Überraschung die Sprache nahm und weil er sie zum ersten Male bei Licht sah. Sie erinnerte ihn an die Mädchen der Massai, die ihrer zartgliedrigen Schlankheit wegen berühmt waren. Als er in einer plötzlichen Gefühlsaufwallung den Kopf gegen ihren Schoß preßte und ihre Lenden streichelte, hätte sie ihm beinahe ein drittes Mal nachgegeben, aber der Gedanke an ihren Vater hatte sich wie ein Stachel in ihrem Bewußtsein fortgesetzt. Sie schob ihre Hände dazwischen und lächelte. »Kannst du dir ein paar Tage Urlaub nehmen?«

Er kam wie ein Taucher, der zu lange unter Wasser war, ruckartig in die Höhe und starrte sie an. »Du willst mit mir wegfahren?«

»Es bleibt mir nichts anderes übrig, sonst habe ich keine ruhigen fünf Minuten mehr.«

»Und dein Vater?«

»Ich werde schon mit ihm einig werden«, sagte Claire und griff nach ihren Kleidern. »Von mir hängt es nicht so sehr ab wie von dir. Wenn sie dich versetzen ...«

»Meinen Urlaub müßten sie mir auf alle Fälle geben«, sagte John dazwischen. Die Vorstellung, sie eine Weile ganz für sich zu haben, berauschte ihn. Er nahm sie wieder in die Arme und deckte ihr Gesicht mit Küssen zu. »Wohin willst du fahren?« fragte er dann. »Nach Giffaumont?«

»In Giffaumont gibt es nur einen einzigen Gasthof«, erwiderte Claire. »Außerdem kenne ich zu viele Leute dort. Wieviel Urlaub würdest du bekommen?«

»Mindestens vier Wochen. Ich habe mir, seit ich bei der Armee bin, noch keinen genommen.«

Claire lachte. »Warum nicht gleich ein halbes Jahr? Länger als vierzehn Tage kann ich auf keinen Fall weg. Wird Sam dir den Wagen geben?«

»Ich habe ihn gekauft.«

Sie hielt in der Bewegung, mit der sie gerade ihr Kleid anzog, inne und blickte rasch in sein Gesicht. »Warum hast du ihn gekauft?«

»Ich wollte schon lange einen«, log John. »Es war eine Gelegenheit; Sam hatte einen anderen im Auge.«

Es klang nicht so, daß es sie überzeugte, aber sie unterdrückte eine Bemerkung und klappte die Sonnenblende mit dem großen Make-up-Spiegel herunter. Sie fand, daß sie überraschend frisch aussah, und wunderte sich darüber.

»Ich werde dich nächste Woche anrufen«, sagte sie. »Bis dahin weiß ich, wann wir fahren können, drei Bedingungen vorausgesetzt: Du läßt mir so lange Zeit, damit ich noch etwas vorarbeiten kann, und du bist damit einverstanden, daß ich meine Doktorarbeit mitnehme und mich jeden Tag mindestens zwei Stunden damit beschäftige.«

»Ich werde dir dabei helfen«, sagte John lächelnd. »Und die dritte Bedingung?«

Claire wartete, bis sie mit ihrem Lippenstift fertig war, dann schraubte sie ihn zusammen, legte ihn in ihre Handtasche zurück und erwiderte Johns Blick. »Ich beteilige mich an den Kosten.«

»Das kommt nicht in Frage!« sagte John. »Ich habe genug Geld.«

»Für dein Studium. Wenn du ein braver Junge bist, werden wir eines Tages einen großen Anwalt aus dir machen, und dann kannst du mir alles wieder zurückgeben. Wir werden uns irgendwo in Frankreich ein kleines, billiges Hotel suchen ...«

»Und heiraten«, sagte John.

Sie hatte gehofft, er würde heute nicht mehr davon anfangen. Von allen Problemen, die jetzt auf sie zukommen würden, war es das größte, und sie machte sich keine Illusionen darüber. Sie machte sich auch keine Illusionen mehr über das, was sie für ihn empfand. Wie immer, wenn sie sich über eine Sache schlüssig geworden war, versuchte sie nicht länger, sie vor sich selbst zu beschönigen. Sie liebte ihn mehr, als sie sich vor einigen Stunden noch hatte eingestehen wollen, und er hatte Empfindungen in ihr wachgerufen, deren sie sich bisher nie bewußt geworden war. Die flüchtigen und ichbezogenen Umarmungen Freds hatten in den letzten Jahren kaum noch ein Echo in ihr geweckt. Aber dies war nur die eine Seite. Unabhängig davon, daß er eine andere Hautfarbe hatte als sie, erschien ihr der Gedanke an eine Heirat auch nicht dringlich genug, sich jetzt schon ernsthaft damit zu beschäftigen. Und wenn die Vorstellung an seine mögliche Versetzung zwar ein stechendes Schmerzgefühl in ihr aufkommen ließ, war es doch noch nicht so intensiv, wie es ihr aufgrund ihres intimen Verhältnisses angemessen erschien. Irgendwo gab es ein kleines schmerzstillendes Pflästerchen, das ihr die Vorstellung erträglich werden ließ, und es bestand in der kühlen Einsicht tief in einem versteckten Winkel ihres Hirns, daß seine Versetzung ihr Gelegenheit verschaffen würde, über ein Jahr lang darüber nachzudenken, ob ihre Empfindungen für ihn stark genug waren, alle sich aus einer Heirat ergebenden Konsequenzen bedingungslos auf sich zu nehmen.

Diese plötzliche Entdeckung brachte sie unvermittelt in Opposition gegen ihre eigenen Vorbehalte, und vielleicht hätte sie sich doch noch dazu aufgerafft, ernsthaft mit ihm darüber zu reden, wenn er nicht, durch ihr langes Schweigen ungeduldig geworden, im gleichen Augenblick die Scheinwerfer eingeschaltet und den Wagen auf die Straße zurückgefahren hätte. Er ging auch nicht mehr auf das Thema ein, sondern kam wieder auf den Urlaub zu sprechen.

»Ich werde mir für alle Fälle vier Wochen nehmen«, sagte er. »Vielleicht überlegst du es dir noch.«

»Was?«

»Das mit den vierzehn Tagen.«

»Das ist völlig unwahrscheinlich«, sagte Claire lächelnd.

John lächelte auch. Wenn sie erst einmal mit ihm in einem Hotel wohnte, würde sie vielleicht anders denken. Dieser vergangene Abend hatte ihm mehr beschert, als er von ihm erhofft hatte, und die Vorstellung, mindestens vierzehn Tage mit ihr zu verreisen, versetzte ihn in einen Zustand ungeduldiger Erwartung. Zum erstenmal seit neun Jahren sah er wieder einen klaren Weg vor sich: Er würde Claire heiraten, sie mit nach Rhodesien nehmen, sein Studium beenden und eine Anwaltspraxis aufmachen. Die Gründe, die ihn bisher an einer Heimkehr gehindert hatten, fielen jetzt weg. Weder wurde er von einem Bantu-Mädchen erwartet, noch würde er mit leeren Händen zurückkommen. Mit einer weißen Ärztin als Frau standen ihm alle Türen offen, und niemand in Bulawayo würde Ursache haben, sich über ihn lustig zu machen.

Im Augenblick gab es nur einen Punkt, der ihm ernsthafte Sorgen bereitete. Wenn es tatsächlich zu einer Versetzung käme, würde er sich über ein Jahr lang von Claire trennen müssen, ein Gedanke, der ihm nach diesem Abend unvorstellbar erschien. Zudem würde er ständig in der Furcht leben müssen, daß sie sich wieder mit Fred versöhnte oder zuviel Gelegenheit hatte, über die Heirat mit einem Neger nachzudenken. Das Risiko, sie zu verlieren, erschien ihm so groß, daß er mehr davor zurückschreckte als vor allen Konsequenzen, die sich für ihn daraus ergaben.

Als in der Ferne die ersten Lichter von Thüngerstadt am dunklen Horizont auftauchten, fiel ihm wieder Denson ein. Er war der einzige, der jetzt noch helfen konnte.

6

Captain Finch war ein großer, breitschultriger Mann und seit drei Jahren Bataillonskommandeur. Jedesmal, wenn Captain Denson mit ihm zusammenkam, fiel ihm ein, daß er trotz ihrer langen Zusammenarbeit so gut wie nichts von ihm wußte. Vielleicht lag es an dem Umstand, daß Finch Junggeselle war, einen untadeligen Lebenswandel führte und auch den professionellen Gerüchteverbreitern im Regiment keine Angriffsfläche bot. Abgesehen davon, daß er ein leidenschaftlicher Pfeifenraucher war und die Pfeife auch zwischen den Zähnen behielt, wenn er nicht rauchte, schien er keinerlei Hobbys oder außerdienstliche Ambitionen zu haben. Er gehörte zu jenen Offizieren, von denen im Falle ihres Todes in irgendeinem Regimentstagebuch verzeichnet stand, daß sie durch und durch Soldat und auch Mensch waren. Dabei war er trotz allem nicht der Typ des ungeschlachten Haudegens mit den sattsam bekannten Nilpferdmanieren. Er konnte ungemein sensibel sein, erteilte seine Befehle meist im Seelsorgerton und brachte es fertig, sich einen ganzen Nachmittag lang über die Frage auszulassen, ob es mit der Verfassung in Einklang zu bringen sei, einem Soldaten vorzuschreiben, wie oft er sich die Haare schneiden lassen müsse. Aber solche lautgeführten Meditationen waren meist theoretischer Natur und hatten wenig Einfluß auf seine fast pedantische Dienstauffassung.

Er empfing Denson zwischen zwei Telefongesprächen, erkundigte sich lebhaft nach seiner Familie, seinem persönlichen Wohlergehen und erinnerte sich noch rechtzeitig daran, daß er einige Tage verreist gewesen war und es daher schicklich sei, auch darüber einige Worte zu verlieren, und das alles mit der Pfeife zwischen den Zähnen. Nachdem Denson sämtliche Fragen ausführlich beantwortet hatte, kam Finch ohne weitere Umstände wieder auf das Thema zu sprechen, das es bereits am Telefon angeschnitten und das sich als so schwierig erwiesen hatte, daß sie keine Verständigung erzielen konnten.

»Natürlich ist es eine unangenehme Geschichte«, sagte er ernst. »Ich möchte unter allen Umständen vermeiden, Leutnant Horne noch stärker zu desavouieren. Haben Sie schon mit ihm gesprochen?«

Denson betrachtete seine auf Hochglanz polierten Schuhe. Er wußte, daß Finchs Rücksichtnahme auf Horne nicht zuletzt dem Umstand zuzuschreiben war, daß dessen Vater einen Sitz im Parlament hatte.

»Flüchtig. Ich muß nach wie vor auf meinen Bedenken gegen ein summarisches Militärgerichtsverfahren bestehen. Wie ich den Fall überschaue, würden über ein Dutzend Männer meiner Kompanie in die Angelegenheit verwickelt werden. Horne hätte sich in seinem Bericht zurückhalten müssen. Vor allen Dingen war es völlig überflüssig, zu erwähnen, daß er bei mir ein Militärgerichtsverfahren gegen den Sergeant beantragen wolle. Er hat damit seine Kompetenzen weit überschritten. Kennen Sie die Gründe, die das Regiment bewogen haben, ein Führungszeugnis über Baako anzufordern?«

Finch schüttelte den schweren Kopf. »Es ist zwar eine ungewöhnliche Maßnahme, jedoch nicht meine Sache, mir darüber Gedanken zu machen. Ich habe nach dem Gespräch mit Ihnen noch einmal das Regiment angerufen und gesagt, daß Sie den Bericht Leutnant Hornes in seiner jetzigen Form nicht billigen könnten. Man war ausgesprochen enttäuscht darüber; Colonel Horton erklärte mir...«

»Sie haben mit dem Kommandeur selbst gesprochen?« fragte Denson überrascht.

Finch nahm einen Moment die Pfeife aus dem Mund und grinste. »Ich wurde mit ihm verbunden. Er meinte, daß es nach dem Vorgefallenen für Horne unzumutbar sei, den Sergeant noch länger in der Kompanie zu behalten. Er verlangt, daß Baako sofort seinen fälligen Jahresurlaub antritt. Bis zu seiner Rückkehr wird das Regiment über seine weitere Verwendung entscheiden; mehr war nicht zu erfahren.«

»Das ist alles sehr merkwürdig«, murmelte Denson gedankenvoll. »Haben Sie Colonel Horton meine Bedenken gegen ein Disziplinarverfahren angedeutet?«

»Angedeutet. Sie wissen, daß man in solchen Dingen ungeheuer vorsichtig sein muß. Colonel Horton scheint mich aber richtig verstanden zu haben. Er kam jedenfalls nicht mehr auf das Verfahren zurück. Ich war, offen gestanden, ebenso überrascht wie er. Haben Sie schon früher solche Beobachtungen gemacht?«

»Öfter, als mir lieb war.«

Finch stand seufzend auf und machte ein paar Schritte durchs Zimmer.

»Mir wäre angenehm, Sie würden sich einmal mit Horne darüber unterhalten. Da Sie in vierzehn Tagen doch in die Staaten zurückkehren, fällt es Ihnen vielleicht leichter als mir. Die Armee hat für Weltanschauungen keinen Platz.«

Er trat wieder an den Schreibtisch und griff zum Telefon. »Ich werde dem Kommandeur Bescheid sagen. Sorgen Sie dafür, daß Sergeant Baako so schnell wie möglich in Urlaub fährt. Sehen wir uns am Samstagabend im Club?«

»Ich habe es vor«, sagte Denson und verabschiedete sich. Er kehrte in den Kompaniegefechtsstand zurück und befahl Leutnant Horne und Sergeant Chumley zu sich. Obwohl er Horne als pflichtbewußten und zuverlässigen Offizier schätzte, war es nie zu einem persönlichen Kontakt zwischen ihnen gekommen. Horne verkörperte einen Menschentyp, der Denson nicht lag. Auch wenn er dabei berücksichtigte, daß seine Empfindungen für ihn zum Teil aus der natürlichen Abneigung gespeist wurden, die jeder Mann auf verantwortlichem Posten seinem späteren Nachfolger entgegenbringt, blieben noch genug handfestere Argumente für seine reservierte Haltung. Horne war ihm eine Kleinigkeit zu ehrgeizig und zu sehr von seiner soldatischen Berufung überzeugt. Zudem war es ausgeschlossen, mit ihm ein vernünftiges Gespräch über Dinge zu führen, die nicht unmittelbar mit seiner Uniform zu tun hatten. Weder interessierte er sich für Literatur noch für Musik, noch für Politik. Er war, für Densons Ansprüche, absolut ungebildet, und sein Wissen beschränkte sich auf rein militärische Belange, die er zugegebenermaßen mit vorbildlicher Perfektion beherrschte. Darüber hinaus wußte Denson aus vielen Beobachtungen, daß Horne eine Aversion gegen alle schwarzhäutigen Soldaten hatte, auch wenn es nie zu Zwischenfällen gekommen war, die es ihm ermöglicht hätten, ihn deshalb zur Rede zu stellen. Horne war zu geschickt dafür, ein kluger Taktiker, der sich immer im Rahmen des Erlaubten bewegte und es nie versäumte, seinen wahren Motiven einen brauchbaren Vorwand zu liefern. Diesmal hatte Denson allerdings das Gefühl, als wäre Horne einen Schritt zu weit gegangen.

Wenn er trotzdem keine große Lust verspürte, aus der Angelegenheit eine Affäre zu machen, so nur deshalb, weil er seiner persönlichen Einstellung zu diesem Problem damit keinen Dienst mehr erwiesen hätte. In vierzehn Tagen würde Horne Kompaniechef sein, und schon deshalb kam Denson das Gespräch mit Finch nicht einmal so ungelegen. Nach allem, was vorgefallen war, wäre ein längeres Verbleiben des

Sergeants kaum denkbar gewesen; er hätte bei Leutnant Horne keine ruhige Minute mehr gehabt.

Es hätte jedoch nicht den Gegebenheiten entsprochen, hinter Densons wohlwollender Einstellung dem Sergeant gegenüber persönliche Gründe zu vermuten. Er hätte sich für jeden anderen dunkelhäutigen Soldaten in ähnlicher Situation mit der gleichen Objektivität eingesetzt, auch wenn bei Sergeant Baako noch hinzukam, daß seine etwas undurchsichtige Vergangenheit und die Widersprüche, die sich aus seinen Papieren ergaben, so etwas wie ein neugieriges Interesse in Denson geweckt hatten. Ausschlaggebend für seine Einstellung war jedoch die Tatsache, daß er zu jenen Amerikanern gehörte, die sich in ihrer Weltanschauung an den Buchstaben ihrer Verfassung hielten und vorausschauend genug waren, sich von überholten Vorurteilen zu lösen. Er empfand Hornes Aversion als rückständig, primitiv und eines Bürgers der Vereinigten Staaten unwürdig. Männer wie er schadeten dem Ansehen ihres Landes mehr, als sie durch ihren persönlichen Einsatz in der Armee wieder wettzumachen vermochten, und Densons Empfindungen für sie glichen denen eines aufgeschlossenen Europäers, der sich mit nationalistischen Voreingenommenheiten konfrontiert sieht; sie waren ihm genauso zuwider wie die Kommunisten. – Als Leutnant Horne das Zimmer betrat, saß er mit verdrossenem Gesicht hinter seinem Schreibtisch und blätterte in einigen Papieren.

»Ich habe es mir noch einmal überlegt«, sagte er, ohne von den Papieren aufzusehen. »Mir paßt diese Geschichte nicht, Leutnant. Würde es Ihnen genügen, wenn ich Sergeant Baako selbst bestrafe?«

»Es scheint mir dem Tatbestand nicht angemessen zu sein«, antwortete Leutnant Horne zurückhaltend.

Denson nickte, als hätte er nichts anderes erwartet. »Trotzdem kann ich Ihren Wunsch nicht berücksichtigen«, sagte er, in den Anblick der Papiere versunken. »Ich weiß nicht, ob Ihr Bericht unter den gegebenen Umständen sehr klug war, Leutnant. Ich sah mich jedenfalls außerstande, ihn zu billigen. Und was Ihre Differenzen mit Sergeant Baako betrifft, so basieren sie auf Ihrer irrtümlichen Annahme, er habe sich eine grobe Nachlässigkeit zuschulden kommen lassen. Ohne diesen Irrtum wären die Differenzen zu vermeiden gewesen.«

Horne verfärbte sich ein wenig. »Nach den Aussagen ...«

»Die Aussagen widersprechen sich«, fiel ihm Denson kühl dazwischen. »Ich habe Captain Finch gesagt, daß ein Disziplinarverfahren gegen Sergeant Baako eine ganze Reihe unmittelbar beteiligter Männer hineinziehen würde, woran mir sowenig gelegen sein kann wie Ihnen. Im übrigen wird Sergeant Baako schon morgen einen längeren Urlaub antreten und nach seiner Rückkehr eine andere Verwendung finden. Und noch etwas, Leutnant!« Er sah unvermittelt auf. »Es hat sich nicht vermeiden lassen, daß ich Captain Finch gewisse Beobachtungen mitteilen mußte, die ich während der Zeit unserer Zusammenarbeit gemacht habe. Und natürlich war es ebenso unvermeidlich, daß Colonel Horton davon erfuhr. Ich könnte mir vorstellen, daß eine Reihe von Beschwerden aus Mannschafts- und Unteroffizierskreisen einen bestimmten Verdachtsmoment erhärten und sich nachteilig auf Ihre Karriere auswirken würden. Ich möchte jetzt Sergeant Chumley sprechen.«

»Jawohl, Sir«, sagte Horne. Als er hinausging, hatte er keine Farbe mehr im Gesicht.

Chumley hatte vor der Tür gewartet. Er baute sich in lässiger Haltung vor dem Schreibtisch auf und grinste.

»Machen Sie die Urlaubspapiere für Sergeant Baako fertig«, sagte Denson dienstlich. »Er fährt morgen früh. Nach seiner Rückkehr wird ihm das Regiment einen anderen Platz zuweisen. Sie wissen nicht, weshalb man sich dort für ihn interessiert?«

»Ausnahmsweise nicht«, antwortete Chumley grinsend.

Denson betrachtete ihn abwägend. Er war der beste Spieß, den er jemals gehabt hatte, intelligenter als zwei Offiziere vom Schlage Hornes zusammengenommen und mit einem sechsten Sinn für alle Ereignisse im Regiment ausgestattet.

»Das wundert mich«, sagte Denson. »Schicken Sie Sergeant Baako zu mir. Ich vermute, daß er seinen Urlaub in Rhodesien verbringen will. Wieviel Wochen stehen ihm zu?«

»Wir könnten ihm sechs Wochen geben«, antwortete Chumley, »mehr ist nicht zulässig.«

Denson nickte. »Einverstanden. Ich unterschreibe die Papiere heute mittag. Die Gruppe übernimmt Korporal Insogna. Danke, Sergeant.«

Vor der Tür fing Chumley zu pfeifen an. Es war vormittags zehn Uhr, die B-Kompanie hatte Exerzierdienst. Sie marschierte, in Gruppen aufgeteilt, auf dem Kasernenhof umher. Es sah mehr nach einer Gymnastikübung aus. Die Unteroffiziere schonten ihre Stimmen und schauten grinsend zu.

In der hintersten Ecke entdeckte Chumley Sergeant Baako. Er stand mit Sam zusammen und beobachtete, wie die Gruppe Kehrtwendungen übte. Als Chumley zu ihnen kam, vergaß Sam das nächste Kommando.

»Urlaubswetter!« sagte Chumley und blinzelte in den wolkenlosen Himmel. »Was gibt's Neues, Kameraden?«

»Dasselbe wollte ich dich fragen«, antwortete John. »Jemand hat mir erzählt, Denson sei zurückgekommen.«

»Gestern abend; er erwartet dich.«

»Wann?«

»Sofort. Wenn du dich beeilst, kann ich bis zum Mittagessen deine Urlaubspapiere fertigmachen.«

John kniff die Augen zusammen. »Er hat ihn genehmigt?«

»Sechs Wochen«, sagte Chumley. »Warum passiert mir so etwas nicht? Für sechs Wochen Urlaub würde ich meine Schreibstube hergeben. Du fährst morgen früh.«

»Da steckt doch etwas dahinter«, sagte Sam und blickte in das ausdruckslose Gesicht Johns. »Wieso ging das so schnell? Du hast ihn doch erst beantragt!«

Chumley grinste verstärkt. »Es hat sich inzwischen bis zum Regiment herumgesprochen, daß er etwas für seine Nerven tun muß.«

»Sonst nichts?« fragte John.

»Eine Kleinigkeit.« Chumley beobachtete die Männer der Gruppe. Sie standen unschlüssig herum und warteten auf ein neues Kommando. »Vielleicht wird es ihnen noch leid tun«, sagte Chumley.

John wechselte einen raschen Blick mit Sam. »Was?«

»Eine Chance für Sam, Sergeant zu werden«, sagte Chumley, die Männer betrachtend. »Mal sehen, was sich tun läßt, solange Denson noch hier ist. Horne würde die Gruppe eher einem Zivilisten geben.«

»Ich soll versetzt werden?« fragte John. Er hatte in den letzten vier Tagen so oft daran gedacht, daß es nun, wo er die Bestätigung dafür bekam, kein Empfinden mehr in ihm auslöste.

Chumley nickte.

»Wohin?«

»Noch nicht spruchreif.«

»In die Staaten?«

»Keine Ahnung«, sagte Chumley.

»Natürlich in die Staaten«, sagte Sam mit zerquetschter Stimme. Obwohl er von John darauf vorbereitet worden war, empfand er es wie einen Tiefschlag. »Wenn die Armee einen loswerden will, findet sie in den Staaten immer einen Platz.« Er hatte Tränen der Wut in den Augen und wandte sich an John: »Du mußt mit Denson reden. Wenn Denson will...«

Chumley unterbrach ihn verächtlich: »Denson will seine Ruhe haben. Wohin soll ich den Urlaubsschein ausstellen?«

»Lancaster«, sagte John.

»Wo liegt das?«

»Sechzig Meilen östlich von Bulawayo«, antwortete John und machte sich auf den Weg zu Captain Denson.

Heute bekam er keinen Stuhl und keine Zigarette angeboten. Denson empfing ihn mit einem Gesicht eisiger Zurückhaltung.

»Ich habe Sie rufen lassen«, sagte er, »weil verschiedene Beschwerden gegen Sie vorliegen. Auch wenn ich zu Ihrer Entlastung gewisse unglückliche Umstände berücksichtige, reichen sie nicht aus, Ihr ungebührliches Betragen Leutnant Horne gegenüber zu rechtfertigen. Ich hoffe, Sie sind sich darüber im klaren.«

»Jawohl, Sir«, sagte John. »Ich muß aber . . .«

Denson schnitt ihm kühl das Wort ab: »Ich habe Sie nicht gefragt, was Sie müssen. Da Leutnant Horne den Vorfall bereits dem Regiment gemeldet hat, sind mir die Hände gebunden. Sie treten morgen Ihren Urlaub an. Über Ihre weitere Verwendung in der Armee werden Sie rechtzeitig unterrichtet werden.«

Es ist zwecklos, dachte John, er wird mich nicht einmal anhören. Trotzdem unternahm er einen letzten Versuch: »Ich möchte nicht aus Thüngerstadt weg, Sir.«

»Darauf habe ich keinen Einfluß mehr«, erwiderte Denson. »Das Regiment hat aufgrund der ihm vorliegenden Beschwerde von Leutnant Horne seine Entscheidung bereits getroffen. Es blieb damit weit unter dessen Antrag auf ein summarisches Militärgerichtsverfahren. Sie haben sich die Suppe selbst eingebrockt, Sergeant. Ich möchte noch Bruce, Ingram und Dawkins sprechen. Veranlassen Sie, daß sie in einer Viertelstunde zu mir kommen.«

John zögerte einen Augenblick, aber der Captain beschäftigte sich bereits wieder mit den Papieren auf seinem Schreibtisch. Es war das kürzeste Gespräch gewesen, das er je mit ihm geführt hatte.

Während er zu seinen Männern zurückkehrte, versuchte er, sich mit dem Gedanken abzufinden, daß seine Versetzung nicht mehr zu verhindern war. Es war töricht gewesen, auf Denson zu hoffen. Denson hatte mehr für ihn getan, als jeder andere Offizier an seiner Stelle getan hätte. Er hatte ihm den Urlaub genehmigt, sogar zwei Wochen länger, als er gehofft hatte, und sicher war es nur seinem Einfluß zuzuschreiben, daß es zu keinem Verfahren gekommen war. Damit wurde zwar das größte Problem nicht aus der Welt geschafft, aber er hatte immerhin sechs Wochen Zeit gewonnen und ein festes Ziel vor Augen. Seit Silvester waren vier Tage vergangen, viermal vierundzwanzig Stunden. Er hatte Claire versprochen, auf ihren Anruf zu warten und sich mit dem nächsten Wiedersehen so lange zu gedulden, aber er hatte nicht gewußt, wie schwer es ihm fallen würde. Jetzt würde er nicht länger warten können. Er mußte sie im Laufe des Nachmittags anrufen und mit ihr reden. Der kurzfristig angesetzte Urlaubstermin warf seine sämtlichen Dispositionen um.

Chumley unterhielt sich noch mit Sam. Die Männer standen in einer Runde beisammen und rauchten, während der Kasernenhof noch immer voll war von marschierenden und exerzierenden Soldaten.

»Schon erledigt?« fragte Chumley. »Ich habe Sam gerade gesagt, daß er sich bei Leutnant Peck als neuer Gruppenführer melden muß.«

»So!« sagte John. Leutnant Peck war diese Woche Grenzoffizier vom Dienst. »Ich muß mich noch von ihm verabschieden.«

»Wird schlecht gehen«, erwiderte Chumley. »Vor morgen mittag kommt er nicht zurück. Bist du mit dem Alten einig geworden?«

John steckte sich eine Zigarette an. Es gelang ihm, so gleichgültig zu antworten, wie er es sich vorgenommen hatte: »War nicht schwer.«

»Sie stecken alle unter einer Decke«, murmelte Sam. Sein Gesicht wirkte flach vor Enttäuschung. »Heute abend kommst du zu mir.«

»Warum zu dir?« fragte Chumley. »Ich schlage vor, wir feiern seinen Abschied im Club.«

Es war die Regel, wenn ein Unteroffizier in Urlaub fuhr, aber John dachte nicht daran. Außer Sam gab es keinen Mann im Regiment, von dem ihm der Abschied schwerfiel.

»Bin nicht scharf auf deine Gesellschaft«, sagte er und betrachtete den sonnenbeschienenen Kasernenhof, auf dem sich der Schnee in schmutzige Pfützen verwandelte.

»Was machst du mit dem Wagen?« fragte Sam.

John zuckte mit den Schultern. »Solange ich nicht weiß, wohin sie mich versetzen, behalte ich ihn.«

»Hat Denson dir nichts verraten?« fragte Chumley.

»Nein.«

»Scheint dir nicht viel auszumachen.«

»Daß sie mich versetzen?«

»Ja.«

»Jetzt nicht mehr«, sagte John.

Chumley nahm die Unterlippe zwischen die gelben Zähne. »Ich bin heute abend auf jeden Fall im Club«, sagte er dann. »Vielleicht reicht es dir auf einen Sprung. Ich nehme an, du gehst noch in die Stadt.«

»Wozu?«

»Hätte ja sein können«, sagte Chumley. »Du kommst also nicht in den Club?«

»Nein.«

»Okay.« Chumley drehte sich schroff um. Nach ein paar Schritten kam er noch einmal zurück. »Glaube nicht, daß du den Wagen noch brauchst«, sagte er. »Privater Tip von mir.«

John nickte. »Danke.«

»Keine Ursache!« Chumley grinste schon wieder.

Als er fort war, warf John die halb aufgerauchte Zigarette auf den Boden und zertrat sie unter dem Absatz. »Das wär's«, sagte er. »Ich weiß noch nicht, ob ich heute abend Zeit habe.«

»Ich habe es mir gedacht«, murmelte Sam. »Was willst du ihr sagen?«

»Daß ich irgendwo auf sie warte. Vielleicht ziehe ich in ein Hotel, bis sie mit ihrem Vater einig geworden ist.«

Sam starrte ihn verständnislos an. »Du willst trotzdem mit ihr fortfahren?«

»Was hast du gedacht?«

»Du hast dir doch den Urlaubsschein...«

»Ich habe es mir genau überlegt«, fiel ihm John dazwischen. »Wenn er auf Lancaster ausgestellt ist, kann ich jederzeit in Frankreich bleiben. Hätte ich ihn mir auf eine französische Stadt ausstellen lassen, würde ich mit ihm schlecht nach Lancaster kommen.«

»Das ist mir zu hoch«, sagte Sam.

John grinste dünn. »Ich werde sie heute mittag anrufen. Sobald sie kann, fahren wir zusammen nach Frankreich. Ich habe mir ausgerechnet, daß meine Chancen, sie dazu zu überreden, mit mir nach Lancaster zu fliegen, in Frankreich zehnmal so groß sind wie hier.«

»Ach so!« sagte Sam. Er dachte mit gerunzelter Stimme nach. »Ich weiß nicht, was du dir davon versprichst«, sagte er nach einer Pause. »Vielleicht gefällt ihr Rhodesien nicht.«

John nickte. Es war im Risiko enthalten, und es war nicht größer als jenes, sich über ein Jahr von ihr trennen zu müssen. »Vielleicht«, sagte er, »vielleicht auch nicht. Ich kenne Europäer, die es nicht länger als acht Wochen aushalten.«

»In Rhodesien?«

»In Europa«, antwortete John und ging zu den Männern. Sie hörten auf zu reden und blickten ihn erwartungsvoll an. Einige von ihnen waren schon seit zwei Jahren in seiner Gruppe; Ferrell und Capps, die beide aus Colorado kamen und von denen er nie erwartet hätte, daß sie sich auf die Seite von Bruce schlagen würden, ferner Ward, Cottle und Love. Love war immer schwierig gewesen, ein hagerer, dünnlippiger Texaner mit stechendem Blick.

Während John sie betrachtete, spürte er, wie ihm die Kehle eng wurde. Er sagte mit belegter Stimme: »Hört mal her! Ab sofort übernimmt Korporal Insogna die Gruppe. Bruce, Ingram und Dawkins melden sich in fünf Minuten bei Captain Denson. Putzt euch vorher den Dreck von den Schuhen!«

Er machte eine Pause und blickte der Reihe nach in ihre Gesichter. Sie sahen alle gleich aus: überrascht, betreten und eine Kleinigkeit mürrisch. »Ich möchte es jetzt erledigen«, fuhr John fort, »für den Fall, daß ich keine Zeit mehr dazu finde. Hat noch einer eine Frage?«

Ward räusperte sich. Er war der dickste unter den Männern, breithüftig wie eine Marktfrau und mit rundem Apfelgesicht.

»Werden Sie versetzt, Sergeant?« fragte er.

»Ich habe mir einen ruhigeren Job gesucht«, antwortete John und wandte sich an Sam: »Ich gehe schon packen. Wir sehen uns in der Kantine.«

»Okay«, sagte Sam.

Er wartete, bis John außer Hörweite war, dann bewegte er sich langsam auf Bruce zu und blieb, die Hände auf dem Rücken verschränkt, dicht vor ihm stehen. »Du wirst ihn dir noch zurückwünschen, so wahr ich Insogna heiße«, sagte er gepreßt. »Verschwinde!«

Bruce gehorchte mürrisch. Als er über den Kasernenhof schritt, rannten ihm Ingram und Dawkins nach.

»Ich habe gleich ein dummes Gefühl gehabt«, sagte Dawkins und spuckte vor sich auf den Boden. »Das war das letztemal, daß ich mich in so 'ne Geschichte hineinziehen ließ.«

»Für mich auch«, sagte Ingram verdrossen.

Bruce fuhr ihn gereizt an: »Wenn du dichtgehalten hättest, wäre es nicht soweit gekommen.«

»Chumley hätte es auf jeden Fall herausgekriegt«, widersprach Dawkins. »Dieses fette Schwein von Ward hätte sein Maul bestimmt nicht gehalten, und Cottle war von Anfang an dagegen. So etwas kannst du nur machen, wenn du zuverlässige Männer hast. Wenn es sich herumspricht, daß er sich freiwillig versetzen ließ, stehen wir bei sämtlichen Unteroffizieren auf der Abschußliste.«

»Wer sagt dir, daß er freiwillig geht?«

Dawkins winkte verächtlich ab. »Ich bin lange genug bei der Armee, Mann. Bis jetzt hat er noch sämtliche Streifen am Arm, und solange Denson da ist, passiert ihm nichts. Horne hat angegeben, sag' ich euch.«

»Baako war mir jedenfalls lieber als dieser verdammte Korporal«, murmelte Ingram. »Insogna ist ein Schleifer. Du hättest den anderen nichts erzählen dürfen, Bruce.«

Er sprach damit aus, was sie alle drei dachten. Bruce hatte es schon längst bereut. Von den Männern, die gesehen hatten, wie der Sergeant die Jeeps kontrollierte, hätte er nicht viel zu befürchten gehabt. Anders war es bei den übrigen. An jenem Abend, als er aus einer redseligen Laune heraus die Geschichte erzählte, waren sie genauso betrunken gewesen wie er, und keiner von ihnen hatte Anstoß daran genommen. Der Ärger hatte erst am nächsten Morgen angefangen, und seitdem hatte er einige hundert Dollar springen lassen müssen, um sie bei der Stange zu halten, was ihm um so schwerer gefallen war, als er die meisten von ihnen nicht ausstehen konnte. Sie waren ihm zu primitiv, und ihre Vertraulichkeiten widerten ihn an. Nachdem er sie jedoch zu seinen Komplicen gemacht hatte, blieb ihm keine andere Wahl. In Wirklichkeit war seine persönliche Abneigung gegen den Sergeant gar nicht so groß, wie er nach außen hin glauben machen wollte. Er hatte sich bei den Männern ein wenig produzieren und den Sergeant auf den Arm nehmen wollen; das war alles. Es traf auch nicht zu, daß sein Vater eines Schwarzen wegen zu Gefängnis verurteilt worden war. Auf diesen Einfall war er erst gekommen, als Ward und Ferrell Gewissensbisse kriegten. Zwar hatte es einmal zwischen seinem Vater und einem schwarzen Angestellten eine Auseinandersetzung gegeben. Der Angestellte war zu seiner Gewerkschaft gegangen, worauf sein Vater die Kündigung zurücknehmen mußte. Aber auch das war für einen Mann, der sein Leben lang seine schwarzen Bediensteten als minderwertiges ›Material‹ betrachtet hatte, schon schlimm genug gewesen, und es kam nicht von ungefähr, daß Bruce einen weißen Sergeant lieber gesehen hätte als einen schwarzen. Er war in einem Haus aufgewachsen, wo Rassenvorurteile seit Generationen zur regelmäßigen Konversation gehörten. Trotzdem hätte er sich – weil er einen Neger viel zu gering einschätzte, als daß er bereit gewesen wäre, sich seinetwegen in Unannehmlichkeiten zu stürzen – in dieser Sache kaum soweit engagiert, daß er es sogar auf sich nahm, einen Mann wie Dawkins, der in seinen Augen zum untersten Proletariat zählte, zu seinem Verbündeten zu machen, wäre nicht aus dem ursprünglichen Spiel unvermittelt bitterer Ernst geworden. Er war nach wie vor davon überzeugt, daß es nicht Chumley, sondern Baako gewesen war, der ihn bei Captain Denson denunziert hatte. Es war für ihn mit ein Grund gewesen, ihm den Streich mit der Schraubenmutter zu spielen. Damals hatte er allerdings noch nicht absehen können, was sich alles daraus entwickeln würde. Als Leutnant Horne ihn vor einigen Tagen zu sich befohlen und den Vorfall noch einmal vertraulich mit ihm durchgesprochen hatte, wobei er einfließen ließ, daß er die Verdächtigungen des Sergeants als reine Hirngespinste betrachte und ihn seines undisziplinierten Verhaltens wegen zur Rechenschaft ziehen wolle, hatte er gehofft, daß die Angelegenheit endgültig erledigt sei. Seine plötzliche Versetzung beunruhigte ihn fast ebensosehr wie das bevorstehende Verhör durch Captain Denson. Als er Minuten später, zusammen mit Ingram und Dawkins, das Stabsgebäude betrat, stand ihm Schweiß auf der Stirn. Captain Denson ließ sie eine Viertelstunde vor seiner Tür stehen, ehe er sie hereinrief. Er verlor auch bei ihnen keine Zeit mit einer gesuchten Einleitung, sondern kam sofort auf die Sache zu sprechen, wobei er sich zuerst an Ingram wandte, der am nervösesten wirkte und ständig die Hände bewegte. »Sie haben beobachtet, daß Sergeant Baako den Jeep kontrolliert hat«, sagte er in dienstlichem Ton. »Das stimmt doch?«

»Jawohl, Sir«, sagte Ingram gepreßt. »Ich habe es beobachtet.«

»Und Sie haben es nicht beobachtet?« sagte Denson zu Bruce. »Wie erklären Sie sich das?«

»Das habe ich nicht behauptet, Sir«, sagte Bruce.

»Was haben Sie nicht behauptet?«

»Daß Sergeant Baako den Jeep nicht kontrolliert hätte. Ich habe lediglich gesagt, daß ich nicht gesehen habe, wie er unter den Jeep schaute.«

»Ingram hat es gesehen.«

»So genau habe ich nicht hingeschaut, Sir«, sagte Bruce.

Denson nickte. »Diese Sache wäre also klar. Nicht geklärt ist die Frage, wie die Mutter verlorengehen konnte, obgleich sich Sergeant Baako vor der Abfahrt davon überzeugt hat, daß sie festsaß. Dafür haben Sie natürlich keine Erklärung?«

»Nein, Sir«, sagte Bruce.

»Und Sie, Ingram?«

»Ich auch nicht, Sir.«

»Dawkins auch nicht?«

»Nein, Sir.«

Denson stand auf, ging zum Fenster und blickte eine Weile hinaus. Als er weitersprach, klang seine Stimme unnachgiebig: »Ich teile den Standpunkt von Sergeant Baako, daß es nicht mit rechten Dingen zugegangen ist, und ich möchte Ihnen Gelegenheit geben, darüber nachzudenken. Bis auf weiteres verläßt keiner von Ihnen die Kaserne; das gilt für die ganze Gruppe. Sie können gehen; Dawkins bleibt noch hier.«

Er wartete, bis Ingram und Bruce draußen waren. Dann erst drehte er sich um und blickte Dawkins an, der in strammer Haltung im Zimmer stand und die Schultern zurückdrückte.

»Sie haben in letzter Zeit viel Pech gehabt, Dawkins«, sagte er mit veränderter Stimme. »Wie lange sind Sie Soldat?«

»Vier Jahre, Sir«, antwortete Dawkins erwartungsvoll.

Denson blickte über seinen Kopf hinweg. »Ja, ich erinnere mich, daß man sich zweimal gegen Ihre Beförderung ausgesprochen hat, und wie es einmal sein wird, wenn Sie einen anderen Kompanieführer haben, kann ich schlecht beurteilen.«

»Jawohl, Sir«, sagte Dawkins und hielt den Atem an, aber Denson ließ es dabei bewenden.

Er kehrte an seinen Schreibtisch zurück, nahm ein Blatt Papier in die Hand und sagte beiläufig: »Sie können den Männern Ihrer Gruppe noch sagen, daß ich jede Mitteilung in der vorhin besprochenen Angelegenheit selbstverständlich vertraulich behandeln werde. Vergessen Sie es nicht!«

»Nein, Sir«, sagte Dawkins.

Denson lächelte. »Schön. Sonst habe ich im Moment nichts mehr für Sie.«

»Jawohl, Sir«, sagte Dawkins.

Als er auf den Korridor trat, zitterten ihm vor Aufregung die Knie. Bruce und Ingram erwarteten ihn vor dem Stabsgebäude. Sie sahen beide blaß aus und starrten ihn beunruhigt an.

»Was wollte er von dir?« fragte Bruce sofort. »War es meinetwegen?«

»Wieso deinetwegen?« fragte Dawkins.

»Könnte ja sein«, sagte Bruce. »Warum hat er mich hinausgeschickt?«

Dawkins spuckte auf den Boden. »Er hat Ingram auch hinausgeschickt. Ich habe mit dieser Geschichte mehr Ärger als du.«

»War es wegen Silvester?« fragte Ingram.

»Wegen was?«

»Ich meine wegen der Sache auf Baakos Zimmer.«

Dawkins blickte mit schmalen Augen in sein Gesicht. »Möchte nur wissen, wer's ihm erzählt hat«, sagte er nach einer kleinen Pause. »Der Sergeant bestimmt nicht.«

»Es kann nur Chumley gewesen sein«, sagte Ingram verdrossen.

»Hat er von mir nichts gesagt?«

»Denson?«

»Ja.«

»Nein.«

Bruce hatte nervös zugehört, jetzt fragte er ungeduldig: »Was hat er gesagt?«

»Was soll er schon gesagt haben!« Dawkins setzte ein mürrisches Gesicht auf. »Zusammengeschissen hat er mich. Wenn ich Pech habe, kostet mich die Sache meine Beförderung.«

»Er hat etwas von deiner Beförderung gesagt?«

»Daß er mich vorgesehen hätte. Anscheinend wollte er noch ein gutes Werk tun, bevor er abhaut. Wie's natürlich jetzt wird...«

Er brach ab. Sie waren, während sie miteinander redeten, langsam den Weg zurückgegangen, um das langgestreckte Mannschaftsgebäude herum zu seiner Rückseite, wo der Kasernenhof lag, und sie kamen nun in Sichtweite der exerzierenden Kompanien.

»Seit zwei Jahren warte ich auf die Beförderung«, fuhr Dawkins fort. »Wenn Denson mich nicht befördert, Horne befördert mich nie!«

»Das ist nicht gesagt«, widersprach Bruce nervös. »Horne ist mir zehnmal lieber als Denson.«

»Denson war nicht schlecht.«

»Befördert hat er dich jedenfalls nicht.«

»Baako ist nicht mehr da«, sagte Ingram.

Sie blieben stehen und blickten über den Kasernenhof hinweg zur anderen Seite, wo Sam die Gruppe kommandierte.

»Der verdammte Schleifer!« sagte Ingram erbittert. »Ich sage euch, es gibt nichts Schlimmeres als einen Korporal, der Sergeant werden will. Glaubt ihr, daß die anderen jetzt noch dichthalten?«

»Warum nicht?« fragte Bruce nervös.

Ingram kratzte sich hinterm Ohr. »Es ist eine Gemeinheit. Er kann doch nicht der ganzen Gruppe den Ausgang sperren!«

»Denson kann alles«, sagte Dawkins. »Wenn sie hören, daß sie nicht mehr aus dem Bau heraus dürfen, lege ich für keinen die Hand ins Feuer. Ferrell hat ein Mädchen in der Stadt.«

»Es ist ja nur, bis Denson fortkommt«, sagte Bruce. »Die acht Tage...«

»Vierzehn«, sagte Ingram.

»Ich werde euch solange jeden Abend im Club freihalten«, sagte Bruce beschwörend. »Ihr dürft mich jetzt nicht im Stich lassen.«

»Von uns ist keine Rede«, erwiderte Dawkins. »Ich kann für einen Kameraden auch mal vierzehn Tage im Bau bleiben, aber Ward! Erzähl einmal Ward, daß er vierzehn Tage lang nicht mehr aus dem Bau heraus darf. Und Cottle erst! Cottle geht sonst jeden Abend in die Stadt.«

»Es ist eine Gemeinheit!« sagte Ingram wieder. »Die ganze Gruppe...«

Bruce unterbrach ihn gereizt: »Hör endlich auf damit! Die anderen stecken genauso drin wie wir!«

»Möchte ich nicht sagen.« Dawkins betrachtete den wolkenlosen Winterhimmel. »Hat keiner gesagt, daß du die Mutter herausschrauben sollst.«

»Es hätte ja auch mehr passieren können«, sagte Ingram nachdenklich. »Stellt euch vor, der Jeep wäre gegen einen Baum gefahren!«

»Er ist nicht gegen einen Baum gefahren!« sagte Bruce laut.

Ingram zuckte mit den Schultern. »Ich meine nur.«

»War schon ein tolles Stück«, knurrte Dawkins.

Bruce schwieg; er hatte entsetzliche Furcht.

VIERTES KAPITEL

1

Anna Fehrenbach hatte eine schlimme Woche hinter sich. Seit ihrer Auseinandersetzung mit Claire war es zwischen ihr und Fred zu keinem Gespräch mehr gekommen. Ihre Versuche, eine Aussprache herbeizuführen, wurden von Fred ignoriert. Die gemeinsamen Mahlzeiten entwickelten sich mehr und mehr zu einer Nervenbelastung für die ganze Familie. Während der übrigen Zeit schloß sich Fred in sein Zimmer ein oder trieb sich irgendwo in der Stadt herum. Nachdem er auch den Silvesterabend außerhalb des Hauses verbracht hatte, war es zwischen seinem Vater und ihm zu einem heftigen Wortwechsel gekommen, worauf Fred davongelaufen und erst am nächsten Morgen wieder zum Frühstück erschienen war. Seitdem verzichtete Fehrenbach darauf, ihm Vorhaltungen zu machen, zeigte eine verdrossene Miene und legte sich jeden Abend früh schlafen. Dennoch war das gespannte Verhältnis für ihn nicht ganz so unerträglich wie für seine Frau, da er wenigstens im Büro Gelegenheit hatte, sich in gewohnter Weise mit Fred zu unterhalten. In einem stillschweigenden Übereinkommen waren sie beide darum bemüht, sich vor den Angestellten ihre Differenzen nicht anmerken zu lassen, und manchmal geschah es, daß sie, wenn sie nebeneinander im Wagen saßen, ein paar Worte über nebensächliche Dinge wechselten.

Für Anna Fehrenbach entfielen solche Gespräche, und sie litt mehr darunter, als sie nach außen hin zeigte. Sie empfand den ungewohnten Zustand um so schmerzlicher, als sich auch ihr Mann – nachdem es immer wieder zu gegenseitigen Vorwürfen zwischen ihnen gekommen war – von ihr abkapselte und seine Gespräche gleichfalls auf das Notwendigste beschränkte. Der innere Widerstreit zwischen ihrem Stolz und ihrem Bedürfnis, sich mit Fred auszusöhnen, hatte sie in den vergangenen acht Tagen nicht zur Ruhe kommen lassen, und je länger dieser Zustand andauerte, desto mehr fühlte sie sich geneigt, ihn auf irgendeine Weise zu beenden. Ihre Einstellung zu Claire blieb davon unberührt. Sie war nach wie vor fest entschlossen, Fred zur Vernunft zu bringen, nur würde sie diesmal geschickter vorgehen, und die Gelegenheit dazu ergab sich rascher, als sie gehofft hatte.

Der Tag fing wie jeder Montag an. Nachdem Fred und sein Vater ins Büro gefahren waren, erledigte Anna Fehrenbach die üblichen Haushaltspflichten, räumte die Zimmer auf, spülte das Frühstücksgeschirr und besorgte die Einkäufe. Da sie einen weiten Weg zu den verschiedenen Geschäften hatte, ließ sie sich das meiste ins Haus bringen und nahm nur mit, was sie zum Mittagessen brauchte. Wieder daheim, holte sie die

Post aus dem Briefkasten, sah sie sorgfältig durch und legte sie ihrem Mann auf den Schreibtisch. Als sie damit fertig war, läutete das Telefon. Irmgard Neininger war am Apparat. Sie hatten schon vor vier Tagen miteinander telefoniert, als Anna Fehrenbach nicht zu dem wöchentlichen Kaffeekränzchen gekommen war und sich mit einem Unwohlsein entschuldigt hatte, was Irmgard Neininger jetzt dazu benutzte, sich eingehend nach ihrem Befinden zu erkundigen und zu versichern, daß man sie vermißt habe und bestimmt damit rechne, sie am nächsten Mittwoch wieder zu sehen. Dann erst kam sie auf ihr eigentliches Anliegen zu sprechen, drückte einleitend ihr Bedauern darüber aus, daß es ihrem Mann nicht möglich gewesen war, etwas zu erreichen, empörte sich über die Unzulänglichkeit des amerikanischen Regimentskommandeurs, der sich als ein den Interessen der Bevölkerung von Thüngerstadt verständnislos gegenüberstehender Offizier erwiesen habe, und erzählte schließlich lang und breit, was ihr Mann erfahren hatte. Es deckte sich mit den geheimen Hoffnungen von Anna Fehrenbach, und sie vermochte nur mühsam ihre Genugtuung zu unterdrücken.

»Ich habe mir ohnedies nicht viel davon versprochen«, sagte sie in den Apparat hinein, als Irmgard Neininger einmal Luft holte. »Vielleicht ist es am besten so.«

Sie unterhielt sich noch ein paar Minuten mit ihr und blieb hinterher eine halbe Stunde neben dem Telefon sitzen. Als sie schließlich in die Küche ging, war sie sehr zufrieden.

Beim Mittagessen behielt sie ihre Neuigkeit für sich, bis ihr Mann mit der Suppe fertig war. Er brauchte immer etwas länger, weil er die Angewohnheit hatte, sich ständig mit der Serviette den Mund abzutupfen. Heute war die Atmosphäre nicht so gespannt wie in den letzten Tagen. Fehrenbach hatte am Vormittag ein gutes Geschäft abschließen können und unterhielt sich mit Fred darüber. Er verschaffte Anna Fehrenbach Gelegenheit, sich einzuschalten, wodurch Fred gezwungen war, von ihrer Anwesenheit Notiz zu nehmen.

Es fiel ihm nicht einmal so schwer, denn eigentlich war es nur noch sein Trotz, der ihn daran hinderte, sich mit ihr zu versöhnen. Er empfand den jetzigen Zustand ebenso unerträglich wie sie und wünschte sein Ende herbei, auch wenn er ihr den Auftritt bei Claire noch nicht verziehen hatte. Aber seit jenem Tag war über eine Woche vergangen, und wenn er sich auch gelegentlich aus einem Impuls heraus zu einem unbedachten Schritt hinreißen lassen konnte, war er doch ein viel zu praktisch veranlagter Mann, als daß er sich den Einsichten seiner Vernunft auf die Dauer widersetzt hätte, und diese Einsichten sagten ihm, daß seine Abhängigkeit von seinen Eltern es nicht erlaubte, ein ernsthaftes Zerwürfnis zu riskieren. Er hatte sich nie Gedanken um seine Zukunft zu machen brauchen, und die Vorstellung, bei einer anderen Firma als Angestellter arbeiten zu müssen, war so indiskutabel für ihn, daß er sich gar nicht erst die Mühe nahm, darüber nachzudenken. Zudem hing er viel zu sehr an seinen Eltern. Er hätte es niemals fertiggebracht, sich von ihnen zu trennen. Darüber hinaus gab es einen weiteren Grund, seine Differenzen mit ihnen nicht auf die Spitze zu treiben. Wie bei vielen jungen Männern aus vermögenden Familien hatte sich sein Selbstvertrauen in gleichem Maße entwickelt, wie ihm die Bedeutung eines ansehnlichen Bankkontos aufgegangen war, und er betrachtete seine ökonomische Situation immer noch als seine stärkste Waffe, Claire wieder für sich zu gewinnen. Sie würde früher oder später zur Einsicht kommen, daß das, was sie im Augenblick zu dem Schwarzen hinzog, gegenüber dem, was er ihr zu bieten hatte, in keinem Verhältnis stand. Seine Empfindungen für sie waren unverändert. Davon abgesehen, daß ihm der Gedanke, sie an einen Neger zu verlieren, von Tag zu Tag unerträglicher wurde und sein Stolz es nie zugelassen hätte, sich damit abzufinden, entdeckte er, je länger er von ihr getrennt war, immer neue Eigenschaften und Vorzüge an ihr, die zwar schon von Anfang an dagewesen waren, deren Existenz er jedoch nie beachtet hatte.

So war es völlig natürlich, daß ihn die Mitteilung seiner Mutter, Irmgard Neininger habe am Vormittag angerufen, in einer inneren Verfassung überraschte, wie sie für Anna Fehrenbachs Absichten nicht gelegener kommen konnte. Seit acht Tagen hatte er auf diesen Moment gewartet, unzählige Male hatte es ihm auf der Zunge gelegen, danach zu fragen, und ebensooft hatte er es wieder hinuntergeschluckt. Trotzdem brachte er es jetzt fertig, seine Erregung nicht zu verraten. Er lud sich den Teller mit Kartoffeln und Spinat voll und fragte so gleichgültig, wie er konnte:

»Was wollte sie?«

»Der Bürgermeister hat mit dem Regimentskommandeur gesprochen«, antwortete Anna Fehrenbach. »Angeblich läßt sich nichts machen.«

»Warum nicht?«

»Das hat sie nicht erfahren können.«

»Deshalb hat es auch so lange gedauert«, sagte Freds Vater. »Ich habe mir gleich gedacht, daß Neininger nichts erreicht. Wir hätten uns dieses ganze Theater ersparen können.«

»Ich war nie dafür«, sagte Anna Fehrenbach.

Fred schwieg. Die Enttäuschung legte sich wie eine Schlinge um seinen Hals. Als er den Kopf hob, begegnete er dem Blick seiner Mutter, die ihn aufmerksam beobachtete.

»Du solltest endlich mit ihrem Vater sprechen«, sagte sie.

Es kam so unerwartet, daß Fred nicht gleich antworten konnte.

»Ich denke, du bist nicht mehr daran interessiert?«

»Ich bin nicht daran interessiert, daß du dich von ihr noch länger zum Narren machen läßt. Auf uns hört sie nicht mehr; das hat sich erwiesen.«

»Sie wird auf ihren Vater genausowenig hören«, brummte Fehrenbach. Wie immer auch er die Angelegenheit betrachtete, blieb eine Versöhnung mit Claire das kleinere Übel. Bis jetzt hatten seine Geschäftsfreunde noch nichts erfahren, und vielleicht war es noch nicht zu spät, das Schlimmste zu verhüten. Es kam noch hinzu, daß er Claire vermißte. Er hatte immer eine Schwäche für sie gehabt, und wäre seine Furcht vor einem Skandal nicht gewesen, hätte er die ganze Geschichte als eine dumme Laune von ihr abgetan.

»Ich verspreche mir nicht viel davon«, fuhr er fort. »Sie stehen ohnedies nicht gut miteinander.«

»Das hat sie uns erzählt«, sagte seine Frau.

»Du glaubst es nicht?«

»Ich glaube nur, was ich selbst gesehen habe. Er hat jedenfalls mehr Einfluß auf sie als wir, sie wohnt bei ihm und lebt von seinem Geld. Ohne ihn könnte sie ihr Studium nicht beenden. – Will noch jemand Spinat?«

»Mir ist der Appetit vergangen«, knurrte Fehrenbach. »Wieso glaubst du, daß sie uns mit ihrem Vater etwas vorgemacht hat?«

»Es könnte ihr jetzt nur gelegen kommen«, antwortete seine Frau. »Sie wollte sich für alle Fälle ein Hintertürchen offenhalten. Wenn er schlecht auf uns zu sprechen ist, muß er seine Gründe haben. Warum hat sie uns nie mit ihm zusammengebracht?«

»Weil sie nicht gut mit ihm steht.«

»Das ist nur die eine Möglichkeit. Die andere wäre, daß sie keinen Wert darauf legt, es zu einem guten Einvernehmen zwischen uns kommen zu lassen.«

»Aber warum denn nicht«, fragte Fehrenbach ungeduldig. »Sie müßte doch selbst das größte Interesse daran haben!«

Seine Frau schickte einen raschen Blick zu Fred hinüber, der mit gespanntem Gesicht zuhörte. »Wenn sie ein Interesse daran gehabt hätte, wäre es ihr ein leichtes gewesen, ihn umzustimmen. Sie hätte ihm nur zu erzählen brauchen, daß wir ihr eine Praxis einrichten wollen.«

»Ich dachte, er weiß es!«

»Eben nicht.«

»Sie wollte es ihm erst nach der Hochzeit sagen«, murmelte Fred.

Seine Mutter lächelte mitleidig. »Für den Fall, daß ihr bis dahin etwas Besseres über den Weg läuft.«

»Ein Neger?« fragte Fehrenbach. »Das ist doch lächerlich!« Er schob angewidert seinen Teller zurück. »Ich glaube es einfach nicht. Wir kennen sie seit fünf Jahren. Etwas verstehe ich auch von Menschen.«

»Man kann sich täuschen«, erwiderte seine Frau gelassen. »Sie hat immerhin erreicht, was sie erreichen wollte. Es wird ihrem Vater nicht einmal auffallen, wenn Fred nicht mehr zu ihnen kommt. Dafür kann sie sich jetzt jeden Abend mit dem Neger treffen. Über das Wochenende, wenn das Mädchen weg ist, wären sie völlig ungestört.«

Fehrenbach schaute verständnislos auf. »Du glaubst doch nicht im Ernst, daß sie ihn mit auf ihr Zimmer nimmt?«

»Ich glaube gar nichts. Am Weihnachtsabend hat sie ihn jedenfalls bei sich gehabt. Fred hat uns ja erzählt, daß ihr Vater nie in ihr Zimmer kommt. Solange man ihm nicht die Augen öffnet, kann sie tun und lassen, was sie will.«

»So dumm ist sie nicht«, sagte Fehrenbach, der den Gedankengängen seiner Frau nicht folgen wollte. »Sie muß damit rechnen, daß Fred mit ihm spricht.«

»Muß sie das?«

»Natürlich.«

»Wahrscheinlich verläßt sie sich darauf, daß er viel zuviel Respekt vor ihm hat.«

Jedes ihrer Worte war gezielt, und sie trafen Fred genau dort, wo er am empfindlichsten war. Er stand mit blassem Gesicht auf. »Vielleicht treffe ich ihn in der Bibliothek.«

»Du willst zu ihm?« vergewisserte sich sein Vater.

»Ich nehme den Wagen. In einer Stunde bin ich zurück.«

»Vielleicht ist er noch krank.«

»Ich habe ein gutes Rezept für ihn«, sagte Fred und ging hinaus.

Fehrenbach seufzte. »Es gefällt mir nicht. Wenn sie erfährt, daß er mit ihm gesprochen hat, ist erst recht der Teufel los.«

»Wennschon!« sagte seine Frau. Sie trug das Geschirr in die Küche. Dann stieg sie die Treppe hinunter und beschäftigte sich in der Diele mit Staubwischen, bis Fred aus seinem Zimmer kam. Er war fertig angezogen, und als sie sein blasses Gesicht sah, tat er ihr wieder leid. Sie hätte ihm diesen Weg gerne erspart, aber von allen Möglichkeiten, Claire endgültig loszuwerden, war es die sicherste.

»Du hast kaum etwas gegessen«, sagte sie zu ihm. »Willst du nicht eine Tasse Kaffee vorher trinken?«

Er schüttelte den Kopf. »Ich möchte ihn nicht verpassen; die Bibliothek öffnet um zwei Uhr.«

»Daheim würdest du ihn doch nicht allein antreffen«, sagte Anna Fehrenbach. Sie ging mit ihm zur Tür. »Du mußt ihm alles erzählen.«

»Ich weiß schon, was ich ihm erzählen werde«, sagte Fred durch die Zähne.

Die Landesbibliothek lag im nördlichen Teil von Thüngerstadt, ein großes, repräsentatives Gebäude mit hohen Fenstern, mächtigen Säulen und einem Kuppeldach. Neben dem Dom, dem kurfürstlichen Schloß und den alten Patrizierhäusern gehörte es zu den bedeutendsten Sehenswürdigkeiten der Stadt. Vor fünfzehn Jahren hatte es noch an einem schönen Park gelegen, der heute, bis auf eine kleine Grünanlage, verschwunden war. Wohnhäuser waren für Thüngerstadt lebenswichtiger als schöne Parks, die Einwohnerzahl hatte sich in den letzten Jahrzehnten fast verdoppelt, aber der Talkessel, der allen Ausdehnungsmöglichkeiten eine Grenze setzte, war nicht größer geworden; für eine Stadtverwaltung ein unlösbares Problem.

Fred hatte Glück. Es dauerte keine zehn Minuten, bis er Heggelbacher am anderen Straßenende auftauchen sah. Er hätte ihn auch auf die doppelte Entfernung hin sofort erkannt. Wie immer trug er seinen schwarzen Mantel, einen dunklen Hut mit breiter Krempe, das dichte weiße Haar reichte ihm bis auf die Schultern. Montags tauschte er regelmäßig die Bücher um, die er über das Wochenende mit nach Hause genommen hatte. Auch heute schleppte er eine dicke Aktentasche, während er sich mit der anderen Hand schwer auf seinen Stock stützte. Bei seiner langsamen Gehweise brauchte er eine gute Stunde für den Weg, aber er verzichtete auch bei schlechtem Wetter nicht darauf.

Fred wartete, bis er auf ein paar Dutzend Schritte herangekommen war, dann kletterte er aus dem Wagen und ging ihm rasch entgegen. Seit seinem ersten Zusammentreffen mit ihm verzichtete er bei der Anrede auf seinen Doktortitel. In Anbetracht seiner halbfamiliären Beziehung zu ihm hatte er es als überflüssige Formalität empfunden und von vornherein klare, den Gegebenheiten angemessene Verhältnisse schaffen wollen. Er hatte auch nie den Eindruck gehabt, daß Heggelbacher Anstoß daran nahm. Heute hatte es jedoch den Anschein, als könnte sich Heggelbacher an ihre familiären Beziehungen nicht mehr erinnern. Er übersah Freds dargebotene Hand und setzte seinen Weg unbeirrt fort.

Es kam so unerwartet für Fred, daß er einen Augenblick lang verblüfft stehenblieb. Er hatte diese Begegnung nicht gewollt, er hatte sich dazu entschlossen, wie man sich zu einer Operation entschließt, deren Ergebnis völlig ungewiß ist. Bei jedem anderen Mann hätte sie ihn in der gleichen Situation weniger Überwindung gekostet. Seine Empfindungen für Heggelbacher – eine eigenartige Mischung von unterdrückten Ressentiments, psychischer Abneigung und Komplexen – waren zu kompliziert, als daß es ihm möglich gewesen wäre, ihm unbefangen zu begegnen. Er hatte ihn vom ersten Tag an nicht gemocht, und immer hatte er auf eine Gelegenheit gewartet, ihm die zahllosen Demütigungen heimzuzahlen. Jetzt sah er sie gekommen.

Als er ihn mit ein paar schnellen Schritten wieder einholte, blieb Heggelbacher stehen und blickte abweisend in sein Gesicht. Aus der Nähe sah er noch älter aus, seine Haut war welk, der Mund ohne Lippen. Genauso hatte seine Frau ausgesehen, als sie im offenen Sarg gelegen hatte; Fred würde den Anblick nicht vergessen. Sie war ihm lieber gewesen als ihr Mann. Mit ihr hatte er sich gelegentlich unterhalten, wenn er Claire abholte oder zurückbrachte. Allerdings war er auch bei ihr nie ganz das Gefühl losgeworden, als wäre sie über Claires Wahl nicht sehr glücklich gewesen. Im Grunde hatte ihm ihr Tod nichts ausgemacht. »Ich habe auf Sie gewartet«, sagte er schroff. »Ich muß mit Ihnen reden.«

Heggelbacher musterte ihn kühl. »Sie können mich höchstens darum bitten. Worum handelt es sich?«

»Um Claire. Wenn es Ihnen recht ist, setzen wir uns so lange in meinen Wagen.«

»Ich vermute, es ist der Wagen Ihres Vaters«, erwiderte Heggelbacher. »Meine Tochter ist alt genug, für sich selbst zu sprechen. Ich kümmere mich nicht um ihre Bekanntschaften.«

Fred nickte wütend. »Das hat sich gezeigt. Hat sie Ihnen erzählt, daß wir eine Auseinandersetzung hatten?«

»Sie erzählte mir, daß sie sich von Ihnen getrennt habe. Ich sah keinen Grund, ihr das auszureden.«

Es übertraf Freds schlimmste Befürchtungen. Wenn sie schon mit ihrem Vater darüber gesprochen hatte, mußte es endgültig für sie sein. Für eine Weile war er vor Wut und Enttäuschung unfähig, einen klaren Gedanken zu fassen.

»Überrascht Sie das?« fragte Heggelbacher.

»Was?«

»Daß sie es mir erzählt hat.«

Fred blickte an ihm vorbei auf die Straße. Sie lag in einer ruhigen Wohngegend, die Häuser waren alt und hatten kleine Vorgärten. Nur hinter dem Bibliotheksgebäude, wo früher der Park gelegen hatte, standen moderne Wohnblocks. Ein paar junge Leute stiegen die breite Freitreppe zur Bibliothek hinauf. »Sie hat Ihnen nicht alles erzählt«, antwortete Fred.

»Das ist möglich, ich habe mich für die Details nicht interessiert. War es das, was Sie mir sagen wollten?«

Sein abfälliger Ton trieb Fred das Blut in den Kopf. Er sagte laut: »Noch nicht ganz. Vielleicht ändern Sie Ihre Meinung, Claire sei alt genug, für sich selbst zu sprechen, wenn ich Ihnen sage, daß sie sich mit einem amerikanischen Soldaten eingelassen hat.«

Heggelbacher starrte ihn ungläubig an. »Claire?«

»Ja.«

»Ich nehme an, Sie sind betrunken«, sagte Heggelbacher. »Claire würde sich nie mit einem amerikanischen Soldaten einlassen.«

»Nehmen Sie an, was Sie wollen. Sie brauchen nur in die Kaserne zu gehen und sich nach Sergeant Baako zu erkundigen.«

»In welcher Kaserne?«

»Wir haben nur eine amerikanische Kaserne in Thüngerstadt.«

Heggelbacher schwieg. Er blieb über eine Minute regungslos stehen und blickte vor sich auf den Boden, dann hob er rasch den Kopf. »Ich glaube Ihnen kein Wort. Selbstverständlich werde ich mit meiner Tochter darüber sprechen.«

»Deshalb bin ich hier«, sagte Fred. »Erzählen Sie ihr aber nicht, daß Sie es von mir erfahren haben.«

»Warum nicht?«

»Ich habe meine Gründe. Sie können ihr sagen, jemand im Haus habe beobachtet, wie sie den Amerikaner am Weihnachtsabend mit hinaufgenommen hat.«

»Wohin hinaufgenommen?«

»Auf ihr Zimmer«, antwortete Fred. »Es handelt sich um einen Neger.«

Es wirkte auf Heggelbacher genauso, als hätte er ihm eine Ohrfeige versetzt. Sein Gesicht verwandelte sich in eine blutleere Maske, die in der weißen Wintersonne wie getüncht aussah, und einen Moment lang tat es Fred leid. Zum erstenmal, seit er ihn kannte, fühlte er sich ihm überlegen.

»Vielleicht setzen wir uns doch besser in den Wagen«, sagte er ruhig. »Wenn Sie wollen, fahre ich Sie nach Hause.«

Heggelbacher blickte ihn geistesabwesend an. Dann drehte er sich plötzlich um, machte ein paar unsichere Schritte über die Straße, blieb wieder stehen und kam langsam zurück. »Ein Neger?« fragte er.

Fred nickte.

»Und wie, sagten Sie, heißt er?«

Der Ausdruck in seinen Augen ließ Fred frösteln. »Baako, aber ich muß Ihnen das noch erklären ...«

»Ich lasse es mir von meiner Tochter erklären«, erwiderte Heggelbacher und wandte sich endgültig der Bibliothek zu.

Fred beobachtete, wie er mühsam die Treppe hinaufstieg und im Gebäude verschwand. Wenn der Zweck des Gespräches allein darin bestanden hätte, sich an ihm für seine anmaßende Art zu revanchieren, so hätte er jetzt allen Grund gehabt, mit sich zufrieden zu sein, aber das Gefühl ließ auf sich warten.

Ich hätte es ihm nicht sagen dürfen, dachte er.

2

Als Claire am Abend nach Hause kam, hatte sie Kopfschmerzen. Wie immer nach einer längeren Pause hatte sie der erste Tag auf der Universität mehr angestrengt als sonst. Sie hatte sechs Vorlesungen hinter sich, die letzten Stunden in der Hautklinik. Sie haßte die Hautklinik. Der Dozent, ein Professor für Dermatologie, hatte eine ebenso einprägsame wie schockierende Art, seine Zuhörer mit praktischen Demonstrationen zu konfrontieren, die Claire jedesmal auf den Magen schlugen. Als sie zum erstenmal einen besonders widerlichen Fall von Lymphogranuloma inguinale vorgeführt bekam, hatte sie für den Rest des Tages keinen Bissen mehr hinuntergebracht. Heute hatte es sich zwar nur um eine einfache Hautverbrennung gehandelt, aber dafür war die Darmoperation in der Chirurgischen Klinik um so strapaziöser gewesen, für die Zuschauer noch mehr als für den narkotisierten Patienten. In normaler Verfassung hätte sie das Erlebnis weniger mitgenommen. Wenn man sich fast sechs Jahre lang mit solchen Dingen beschäftigt hatte, bekam man so etwas wie eine Hornhaut auf die Seele, und sie hatte schlimmere Operationen mit angesehen als diese. Sie hatte schon erlebt, wie ein Patient durch die Unachtsamkeit der Narkoseschwester mitten in der Operation aufwachte und zu brüllen anfing, und ein anderer war dem Chirurgen unter dem Messer gestorben. Es gab noch extremere Fälle, und sie kannte sie fast alle.

Heute kam jedoch noch hinzu, daß sie sich in einer inneren Verfassung befand, die sie überempfindlich gegen alle psychischen Belastungen machte. Sie hatte seit vier Tagen nicht mehr richtig geschlafen, nicht mehr richtig gegessen und keinen Entschluß fassen können. Selten in ihrem Leben war sie so hilflos und unsicher gewesen. Als ob sie von einem seelischen Starrkrampf befallen wäre, fühlte sie sich außerstande, etwas zu unternehmen, obwohl sich ihre Empfindungen für John in den vergangenen Tagen eher noch vertieft hatten. Der innere Zwiespalt zwischen ihrem Bedürfnis, ihn wiederzutreffen, und ihrer von Tag zu Tag wachsenden Einsicht, daß sie im Begriffe stand, sich in ein aussichtsloses Verhältnis zu stürzen, das früher oder später zu einer Katastrophe führen mußte, versetzte sie in einen Zustand hoffnungsloser Apathie, aus der sie keinen Ausweg mehr sah. Weder hatte sie es fertiggebracht, ihren Vater auf die geplante Reise vorzubereiten, noch hatte sie sich dazu aufraffen können, mit John zu telefonieren und ihm die Wahrheit zu sagen. Das eine wie das andere hätte sie mehr Überwindung gekostet, als sie in ihrer augenblicklichen Verfassung aufzubringen vermochte, und das eine wie das andere hätte etwas ausgelöst, was sich vielleicht nicht mehr rückgängig machen ließ.

Sie haßte es, Entscheidungen treffen zu müssen, deren Konsequenzen nicht abzusehen waren. Schon der Bruch mit Fred war eine Entscheidung gewesen, die beinahe über ihre Kraft gegangen war, und sie wußte noch nicht, was sich daraus ergeben würde. Sie vermochte auch nichts zu empfinden, keine Erleichterung und kein Bedauern. Vielleicht war es noch zu früh dafür, und vielleicht wäre es besser gewesen, sie hätte sich jetzt einige Wochen Zeit lassen können, bevor sie ihre nächste Entscheidung traf. Aber sie hatte keine Zeit mehr. Die Ereignisse fingen an, ihr davonzulaufen, die Diskrepanz zwischen ihrer Vernunft und ihren Gefühlen wurde immer unüberbrückbarer, je länger sie zögerte. Auf eine einfache Formel gebracht, war es die Diskrepanz zwischen dem, was sie für John empfand, und jenem, was ihre Vernunft dazu sagte, die gleiche Vernunft, die sie jedesmal im Stich ließ, wenn sie mit John zusammen war. Wie anders ließe es sich sonst erklären, daß alles, was sie in seiner Gegenwart tat und sagte, aus einem Gefühl absoluter Selbstverständlichkeit geschah, während es wenige Stunden später ein ähnlich ungläubiges Verwundern in ihr auslöste, wie es einem mitunter überkommt, wenn man sich nach einer durchzechten Nacht an unangenehme Details erinnert.

Sie wußte auch an diesem Abend noch nicht, was sie tun solle, und als sie die Treppe zu ihrer Wohnung hinaufstieg, nahm sie sich vor, am nächsten Tag John anzurufen. Sie würde ihm sagen, daß er sich noch einige Tage gedulden müsse, und wenn es nicht anders ginge, würde sie sich morgen abend mit ihm treffen. Es war das Äußerste, wozu sie sich im Augenblick aufraffen konnte.

An der Glastür fiel ihr auf, daß in der Wohnung kein Licht brannte. Um diese Zeit war Ruth meistens in der Küche beschäftigt. Ihr Vater hatte in der Regel schon gegessen. Es hatte sich bereits zu Lebzeiten ihrer Mutter als unmöglich erwiesen, das Abendessen gemeinsam einzunehmen, da sie ihr nie genau sagen konnte, wann sie nach Hause kam. Oft hielt sie sich noch in der Klinik auf, und wenn sie ihren Zug verpaßte, mußte sie über eine Stunde auf den nächsten warten.

In der Diele schaltete sie das Licht ein, warf einen Blick in die dunkle Küche und hängte ihre Sachen an die Garderobe. Vielleicht hatte sich Ruth für den Abend wieder einmal freigenommen. Sie ging viel ins Kino, und wenn die Spätvorstellung ausverkauft war, mußte sich Claire selbst um ihr Essen kümmern. Sie hatte sich längst damit abgefunden, und ihr

Vater aß ohnedies am Abend kaum etwas. Wahrscheinlich hatte er Ruths Abwesenheit benutzt, um einen Besuch zu machen. Er kannte unzählige Leute in der Stadt. Montags blieb er jedoch fast immer zu Hause, und Claire wunderte sich, daß er nicht hier war.

Sie ging wieder in die Küche, bereitete ihr Essen vor, wusch sich im Bad die Hände und trug dann ihre Handtasche in ihr Zimmer. Als sie das Licht anmachte, sah sie ihren Vater. Er saß in einem Sessel, hatte die Arme vor der Brust verschränkt und blickte sie durch seine starken Brillengläser hindurch regungslos an.

Es war so ungewohnt für sie, daß sie unwillkürlich stehenblieb und keinen Ton herausbrachte. Während sie nach einer Erklärung dafür suchte, fiel ihr Fred ein. Obwohl sie seit ihrer letzten Auseinandersetzung mit ihm ständig damit gerechnet hatte, daß er mit ihrem Vater reden würde, hatte sich etwas in ihr dagegen gesträubt, daran zu glauben. Sie hatte es nicht für möglich gehalten, daß er sich so weit erniedrigte. Abernun war es geschehen, und sie war sich ihrer Sache absolut sicher. Allein schon der Umstand, daß ihr Vater sich im Dunkeln in ihr Zimmer gesetzt und auf sie gewartet hatte, schloß jede andere Möglichkeit aus.

Seit vierzehn Tagen hatte sie vor dem Gedanken gezittert. Immer wieder hatte sie sich vorzustellen versucht, was geschähe, wenn er die Wahrheit erführe, und nun vermochte sie nichts zu empfinden, sie hatte nicht einmal Furcht. Wie immer, wenn psychische Belastungen die Grenze des für sie Zumutbaren überschritten, reagierte sie mit einem inneren Kurzschluß, als ob unter der ständigen Überbelastung ihrer Nerven eine Sicherung durchgebrannt und ihre Fähigkeit, Gefühle zu haben, vorübergehend lahmgelegt worden wäre. Als sie sich zu ihm an den Tisch setzte, war sie völlig ruhig. »Du kommst aber spät«, sagte Heggelbacher.

Sein Gesicht wirkte wie versteinert, die Augen ausdruckslos. Ähnlich hat er ausgesehen, als er erfuhr, daß sein Sohn nicht mehr lebte. Sie hatte den Tag bis heute nicht vergessen.

Während sie ihn anschaute, erinnerte sie sich, daß er sein ganzes Leben damit verbracht hatte, Männer wie Goethe, Winckelmann und Albert Schweitzer zu verehren, er hatte Hitler ebenso verurteilt wie die Kolonialpolitik der Engländer und Franzosen, er war ein Mann des Ausgleichs, der Toleranz und ein leidenschaftlicher Gegner aller Versuche, die Integrität der Menschenwürde mit staatlichen Mitteln einzuschränken, aber um sie hatte er sich nie gekümmert.

»Ich komme nicht später als sonst«, erwiderte sie ruhig. »Warum bist du hier?«

»Weißt du es nicht?«

»Ich kann es mir denken.« Sie sah an ihm vorbei zum Fenster hin.

Gegen Abend hatte das Wetter umgeschlagen, der Himmel war ohne Sterne. »Du hast mit Fred gesprochen?«

»Ich wollte es nicht glauben«, sagte Heggelbacher. »Seit wann kennst du ihn?«

»Wen?«

»Den Neger.«

Claire schwieg.

»Ich habe dich etwas gefragt!«

Sie drehte ihm langsam das Gesicht zu. »Ich möchte jetzt nicht darüber reden.«

»War was zwischen euch?«

»Ich habe dir gesagt, daß ich jetzt nicht darüber reden möchte.«

»Du wirst darüber reden«, sagte Heggelbacher. Er erhob sich, stellte sich dicht vor sie hin und sah von oben auf sie hinab. »Seit wann kennst du ihn?«

»Seit vierzehn Tagen.«

»Du hast ihn am Weihnachtsabend mit in meine Wohnung genommen?«

Als sie keine Antwort gab, schlug er ihr mit dem Handrücken hart und unvermittelt auf den Mund.

Er hatte sie vorher noch nie geschlagen, und es war ihr, als ob etwas in ihr auseinanderrisse. Sie blieb eine kurze Weile wie betäubt sitzen, dann stand sie geistesabwesend auf, nahm ihre Handtasche und ging zur Tür. Sie wußte noch nicht, was sie tun würde, sie wußte nur, daß sie keinen Augenblick länger hierbleiben konnte. Das Gefühl war so stark in ihr, daß es kein anderes neben sich duldete.

An der Garderobe holte sie ihren Mantel, zog ihre Handschuhe an und drehte sich um. Er war ihr nachgekommen. Das lange weiße Haar hing ihm unordentlich in die Stirn, der dünne Mund war tief in die welke Haut eingeschmolzen und wirkte wie eine gelbliche Narbe, die sein Gesicht in zwei Teile zerschnitt. Es war das Gesicht ihres Vaters, aber sie würde es vergessen haben, sobald sie draußen war, und sie würde sich nicht mehr daran erinnern wollen.

»Vielleicht werde ich ihn jetzt sogar heiraten«, sagte sie, »du wirst mich jedenfalls nicht daran hindern.«

»Ich werde dich nicht daran hindern«, erwiderte Heggelbacher kalt. »Du wirst von allein zurückkommen, und zwar auf den Knien.«

»Das glaube ich nicht«, sagte Claire, ging hinaus, die Treppe hinunter, und blickte kein einziges Mal zurück.

Auf der Straße war es kalt, ein eisiger Wind blies ihr ins Gesicht. Sie stemmte die Schultern dagegen und schob die Hände tief in die Manteltaschen. Einige Passanten drehten sich nach ihr um, ein junger Mann versuchte, sie anzusprechen; sie ging an ihm vorbei, ohne ihn zu sehen. Sie achtete auch nicht darauf, wohin sie ging. Über eine Stunde lang lief sie ziellos durch die Stadt. Später merkte sie, daß die Straße steil anstieg. Als sie den Kopf hob, sah sie die langen Lichterketten der Kaserne am dunklen Himmel stehen, und es war ihr, als ob sie von einer langen Reise nach Hause käme.

Der Posten am Eingang war jung, groß und hatte einen weißen Helm auf. Er hörte sie mit unbewegtem Gesicht an, ließ sich Johns Namen wiederholen und verschwand dann hinter einer Tür.

Während sie auf seine Rückkehr wartete, kamen immer wieder Soldaten an ihr vorbei, die meisten in Zivil. Sie starrten sie neugierig an, spitzten die Lippen, und zwei blieben stehen.

Claire drehte ihnen den Rücken zu und blickte auf die Stadt hinab, die wie ein Meer von Lichtern zwischen den dunklen Bergen lag. Sie sah die schmalen Gassen der Altstadt, den Dom mit seiner basilikalen Anlage, seinen schrägliegenden Seitendächern und der kühnen Kuppel. Etwas rechts davon, im Licht greller Scheinwerfer, ragte die Fassade des kurfürstlichen Schlosses mit seiner großen Terrasse und den balustradenumsäumten Treppen in die Nacht.

Als Kind war sie immer davon fasziniert gewesen, heute löste der Anblick kein Empfinden mehr in ihr aus. Sie war der Stadt überdrüssig geworden, ihrer provinziellen Atmosphäre, die so alt war wie ihre ältesten Türme und Mauern, ihres widerspruchsvollen Charakters von barockem Stilleben und protzenhafter Modernität, eine Stadt, zu groß, um alle ihre Straßen zu kennen, und doch wiederum nicht groß genug, als daß man nicht jeden Tag den gleichen Leuten begegnet wäre, eine langweilige Mischung von dörflicher Intimität und großstädtischem Fluidum, langweilig wie ihre Menschen, die so eng beisammen wohnten, daß sie sich fast wie eine Familie fühlten. Man hatte die gleiche Zeitung, die gleichen Ansichten, die gleichen Probleme und die gleiche Partei. Seit es in Thüngerstadt ein großes Kaufhaus gab, trug man auch die gleichen Krawatten, die gleichen Kleider und die gleichen Regenschirme. Vor 1945 hatte man die gleichen Uniformen getragen, und im Grunde hatte sich seitdem nicht viel verändert. Die Menschen waren dieselben geblieben, auch wenn sie heute nicht mehr mit dem Gesicht, sondern mit dem Rücken zu einem Stacheldraht standen, gespenstisches Symbol menschlicher Unzulänglichkeit, die immer dort mit primitivsten Mitteln reagierte, wo Gegensätze aufeinanderprallten, ob sie nun ideologischer, wirtschaftlicher oder rassischer Art waren. In diesem Punkt konnte Thüngerstadt jedem internationalen Vergleich standhalten, denn die Chancen, unter seinen achtzigtausend Einwohnern einen einzigen Menschen zu finden, der eine Verbindung zwischen einem Neger und einer deutschen Frau nicht als nationale Schande empfunden hätte, waren hundertmal geringer als jene, die Zonengrenze könnte durch ein mirakulöses Ereignis über Nacht verschwinden.

Hinter ihrem Rücken räusperte sich jemand. Sie drehte sich um und sah, daß der Posten zurückgekommen war. Er nickte ihr zu, grinste ein wenig und blickte sie unverwandt an. Vielleicht kannte er John und machte sich jetzt Gedanken über sie; sie schaute von ihm weg.

John kam im Wagen. Er öffnete von innen die Tür und hielt ein paar Sekunden ihre Hand fest. »Warum hast du mich nicht angerufen?« fragte er. »Ich hätte dich abgeholt.«

»Ich wußte nicht genau, ob ich kommen würde«, antwortete Claire und setzte sich neben ihn. »Fahr von hier weg!«

Während sie die Straße hinunterfuhren, spürte sie, wie das Eis in ihr auftaute. Sie lehnte den Kopf an Johns Schulter und weinte lautlos. Er merkte es erst etwas später, als er den Wagen in einer Nebenstraße zum Stehen brachte. Trotz der spärlichen Beleuchtung konnte sie sehen, wie sein Gesicht grau wurde. Er zog sie an sich, wischte ihr mit dem Handrücken die Tränen von den Wangen, aber er sagte kein Wort und wartete, bis sie von selbst zu sprechen anfing.

»Es ist gleich vorüber«, sagte sie. »Bekommst du deinen Urlaub?«

»Ich habe ihn schon. Wenn du willst, können wir noch heute nacht fahren.«

Claire schüttelte den Kopf. »Ich habe nichts mitgenommen. Morgen mittag, wenn mein Vater nicht zu Hause ist, werde ich meine Sachen holen.«

»Darf er es nicht sehen?«

»Ich bin ihm davongelaufen«, sagte Claire.

John schwieg. Er hielt wieder ihre Hand fest und streichelte sie.

»War es meinetwegen?« fragte er nach einer Weile.

»Er hat mit Fred gesprochen.«

»Wann?«

»Heute. Als ich nach Hause kam, machte er mir eine Szene. Hast du eine Zigarette?«

John griff geistesabwesend in seine Tasche. »Das wollte ich nicht«, murmelte er.

»Es wäre auch ohne dich soweit gekommen«, erwiderte Claire. »Ich habe mich nie mit ihm verstanden.«

»Trotzdem wollte ich es nicht«, murmelte John. Vielleicht würde es ihr eines Tages leid tun, und sie würde dann immer daran denken, weshalb sie es getan hatte.

»Ich wußte nicht, daß du in Marburg warst«, sagte er, »sonst hätte ich nicht bei dir angerufen.«

»Du hast bei mir angerufen?«

»Hat man es dir nicht ausgerichtet?«

»Mit wem hast du gesprochen?«

»Mit eurem Mädchen; sie wollte es dir ausrichten.«

»Sie war nicht da, als ich nach Hause kam. Weshalb hast du angerufen?«

»Ich wollte dir Bescheid sagen. Morgen hättest du mich nicht mehr in der Kaserne angetroffen. Wenn man seinen Urlaubsschein hat, muß man noch am gleichen Tag wegfahren. Ist es endgültig, daß du nicht mehr zu deinem Vater zurückgehst?«

»Ja.«

Es klang so, daß er es für einen Augenblick vorzog, das Thema fallenzulassen. »Vielleicht könnte ich dich zu Sam bringen«, sagte er nachdenklich. »Oder weißt du eine andere Möglichkeit, wo du übernachten könntest?«

»Höchstens in einem Hotel, aber ohne Gepäck würde ich dort Aufsehen erregen.«

»Dann müssen wir es bei Sam versuchen«, sagte John.

Claire drückte ihre Zigarette aus und blickte von der Seite in sein Gesicht. Er hatte ihre Hand gestreichelt, ihr die Tränen von den Wangen gewischt, aber geküßt hatte er sie nicht. Jede Begegnung mit ihm war wie ein neues Sichkennenlernen, und es nützte ihr auch nichts, daß sie sich das letzte Beisammensein in Erinnerung rief. Was bei jedem anderen Mann in diesem Stadium selbstverständlich gewesen wäre, kostete sie bei ihm immer neue Überwindung. Selbst das Erlebnis vom Silvesterabend war schon wieder in eine unklare Ferne gerückt, die seine Konturen verwischte und ein Gefühl der Unwirklichkeit weckte, und vielleicht würde es nie anders zwischen ihnen werden.

»Hast du etwas von deiner Versetzung gehört?« fragte sie.

John zögerte. Er wollte noch nicht darüber sprechen und antwortete ausweichend: »Es entscheidet sich erst während meines Urlaubs. Sie haben mir sechs Wochen gegeben.«

Claire mußte lächeln. »Dann können wir uns mit dem Wegfahren bis morgen Zeit lassen. Hältst du es für möglich, daß Sam mich für eine Nacht aufnehmen wird?«

»Sam bestimmt.«

»Aber?«

»Er ist verheiratet«, sagte John offen. »Mary hat etwas gegen mich.«

»Wer hat eigentlich nichts gegen dich?«

»Ich glaube, das hast du mich schon einmal gefragt«, antwortete John, und diesmal küßte er sie.

Hinterher ließ sie sich aufatmend mit dem Rücken gegen die Lehne fallen. »Jetzt können wir zu Sam fahren«, sagte sie. »Ich tue es nicht gern, aber ich habe keine andere Wahl. Was für eine Frau ist sie?«

»Mary? Sie sieht nicht schlecht aus, rotblond, mittelgroß, eine typische Amerikanerin.«

»Wie alt?«

»Ich habe sie nie gefragt, vielleicht dreißig.«

»Mehr als hinauswerfen kann sie mich nicht«, sagte Claire.

»Versuchen wir es!«

Die amerikanische Siedlung, ein Dutzend langgestreckter Wohnblocks, lag etwas außerhalb von Thüngerstadt auf einem Gelände, das sich nierenförmig zwischen den Bergen und dem Fluß hinzog. Früher war hier Ackerland gewesen. Amerikanische Pioniere hatten eine Straße und eine Brücke über den Fluß gebaut. Von weitem sah die Siedlung wie ein moderner Kasernenkomplex aus, dessen letzte Gebäude sich bis an die Berge heranschoben. Um jedes Haus zog sich ein breiter Rasenstreifen herum, und die Straßen standen voll von amerikanischen Wagen.

John hatte Mühe, einen Parkplatz zu finden. Als er neben Claire auf eine der vielen Türen zuging, lächelte er. »Ganz unerwartet kommen wir nicht. Wenn ich bis neun Uhr nichts von dir gehört hätte, wäre ich zu ihm gegangen. Wir hatten eine kleine Abschiedsparty vor.«

»Warum Abschiedsparty?«

»Das ist immer so, wenn einer in Urlaub fährt«, sagte John rasch.

Sam wohnte im zweiten Stock, sie kamen hinauf, ohne einem Menschen zu begegnen, und Sam öffnete ihnen die Tür. Als er Claire sah, machte er den Mund auf und ließ es dabei bewenden.

»Er ist überrascht«, sagte John. »Normalerweise sieht er etwas intelligenter aus.«

»Ich habe ihn schon einmal gesehen«, sagte Claire und gab Sam die Hand. »Hoffentlich verderbe ich Ihnen Ihre Party nicht!«

Sam murmelte etwas, dann fing er an zu grinsen und zog sie an der Hand in die Diele. »Mary wird umfallen!« meinte er. »Du guter Himmel!«

Er half Claire aus dem Mantel, während er ununterbrochen auf sie einredete, aber er sprach so rasch, daß sie nur die Hälfte verstand. Die Diele gefiel ihr, ebenso das Zimmer, in das sie kam: freundliche Tapeten, eine bequeme Polstergarnitur, eine kleine Bar und leichte Nußbaummöbel.

»Gefällt es Ihnen?« fragte Sam erwartungsvoll.

Claire nickte beifällig. »Sie haben es gemütlich.«

»Meine Frau hat eine Schwäche für europäischen Stil«, erklärte Sam. »Wir haben noch zwei Zimmer, ein Schlafzimmer und das Kinderzimmer. Ich sage Mary, daß Sie hier sind; sie bringt gerade die Kinder ins Bett.«

»Ich komme mit!« sagte John.

Er ging mit ihm auf die Diele hinaus und zog die Tür hinter sich zu. »Kann sie heute nacht bei euch schlafen?«

Sam kniff etwas die Augen zusammen. »Etwas vorgefallen?«

»Ihr Vater hat es erfahren.«

»Ich habe es mir halb gedacht«, murmelte Sam, und sein Gesicht war todernst. »Das ist erst der Anfang, John!«

»Morgen abend sind wir in Frankreich. Erzähle ihr nichts von der Versetzung; ich möchte es ihr erst in Frankreich sagen.«

»Ich rede mit Mary. Sie kann auf jeden Fall hierbleiben.«

»Diese Rechnung kann ich dir nie bezahlen«, sagte John, »und wenn ich hundert Jahre alt werde.«

Sam blickte ihn mit feuchten Augen an. »Wenn ich keine Familie hätte, würde ich mit euch fahren. Ihr werdet verdammt allein sein, wie Adam und Eva.«

»Sie hatten es einfacher«, erwiderte John, »sie wußten nicht, daß sie allein waren.«

Er kehrte zu Claire zurück. Sie hatte sich in einen Sessel gesetzt und blickte ihm fragend entgegen.

»Ich glaube, es geht«, sagte John. »Sam ist einverstanden.«

»Es wird mehr von seiner Frau abhängen.«

»Vielleicht tut sie es gern. Fühlst du dich jetzt besser?«

»Seit ich bei dir bin«, antwortete Claire. Sie trug einen engen grauen Rock und einen gelben Pullover. Ihr Gesicht war noch immer blaß, ihre Augen gerötet.

John faßte nach ihren Händen. »Ich habe mir überlegt, ob ich mit deinem Vater sprechen soll.«

»Er würde dich nicht einmal anhören. Ich möchte es auch nicht.«

»Warum nicht?«

»Du hast es nicht nötig.«

John lächelte. »Ein Mann wie ich kann sich keinen falschen Stolz leisten.«

»Davon habe ich nicht gesprochen«, erwiderte Claire ruhig. »Ich höre es nicht gern, wenn du in diesem Ton von dir sprichst.«

Er verstand sie nicht und blickte sie verwundert an. »In welchem Ton?«

»In diesem«, sagte Claire. »Du machst mir kein Kompliment damit.«

»Ich dir?«

»Ja.«

»Vielleicht bin ich zu dumm«, sagte John und ließ ihre Hände los. »Was mache ich falsch?«

»Viel«, antwortete Claire und schaute zur Tür hin, wo jetzt wieder Sam auftauchte.

»Mary zieht sich noch um«, sagte er grinsend. »Für John allein hätte sie das nicht gemacht. Warum trinkt ihr nichts?«

»Wir wollten auf dich warten«, sagte John. »Ist sie einverstanden?«

Sam tat indigniert. »Wenn ich einverstanden bin, ist Mary auch einverstanden. Wofür hältst du mich?«

Er wandte sich an Claire. »Was trinken Sie? Whisky, Gin, Portwein oder ein Glas Bier?«

»Whisky on the rocks«, antwortete Claire und blickte John an.

»Du auch?«

»Ich auch«, antwortete John. »Hast du schon etwas gegessen?«

»Ich habe keinen Hunger.«

»Das wird Mary leid tun«, sagte Sam. »Ihre Sandwiches sind in der ganzen Siedlung bekannt.«

Er trat an die Bar. Sie stand auf kleinen Gummirädern und ließ sich nach zwei Seiten aufklappen. »Mary ist nicht für Whisky zu haben«, sagte Sam. Er verließ für kurze Zeit das Zimmer und brachte eine Schale mit Eiswürfeln herein. »Habt ihr euch schon überlegt, wohin ihr fahren wollt?« fragte er.

»Wir bleiben, wo es uns am besten gefällt«, antwortete Claire.

»Ich würde an eurer Stelle nach Paris fahren. – Da kommt Mary!«

Sie sah genauso aus, wie John sie beschrieben hatte, mittelgroß und rotblond, das schmale, etwas knochige Gesicht war stark geschminkt und nicht unschön, um den Mund herum vielleicht eine Kleinigkeit zu hart.

Sie hinderte Claire am Aufstehen, drückte ihr kräftig die Hand, bedachte John mit einem Kopfnicken und wandte sich wieder an Claire. »Sie sprechen Englisch?«

»Ein wenig. Wie man es in der Schule lernt.«

»Sie müssen eine gute Schülerin gewesen sein«, versicherte Mary und setzte sich zu ihnen. Sie erkundigte sich lebhaft nach Claires Studium, erzählte, daß ein jüngerer Bruder von ihr Jura studiere, kam später auf Thüngerstadt und am Schluß auf ihre Kinder zu sprechen.

»Hoffentlich werden Sie heute nacht nicht gestört«, sagte sie. »Charles ist etwas erkältet und hustet. Wann wollen Sie morgen fahren?«

»Gegen Mittag; ich habe noch einiges zu erledigen.«

»Dann können wir zusammen frühstücken«, sagte Mary. »Sam geht zum Frühstück in die Kaserne. Ich stehe nie vor neun Uhr auf. Ist Ihnen das zu spät?«

»Morgen nicht«, antwortete Claire.

»Wo wollt ihr euch treffen?« fragte Sam. »Hier?«

Claire sah zu John hinüber, der bisher kein Wort gesprochen hatte.

»Vielleicht wieder vor dem Schloßgarten. Ich werde mir für das Gepäck ein Taxi nehmen.«

»Ich hätte dich abholen können«, sagte John.

Sie merkte, daß er enttäuscht war. »Es ist besser so«, sagte sie. »Ich möchte Ruth keine Gelegenheit geben, neugierig zu sein.«

»Ist das Ihr Mädchen?« fragte Mary.

»Ja.«

»Dienstmädchen sind immer neugierig. Wo wollen Sie in Frankreich hinfahren?«

»Ich habe ihnen Paris vorgeschlagen«, sagte Sam.

Mary stimmte ihm zu. »Wenn Sie schon in Frankreich sind, dürfen Sie sich Paris nicht entgehen lassen.«

Sie unterhielten sich eine Weile darüber, bis John unvermittelt aufstand. »Ich muß gehen. Claire wird auch müde sein.«

»Todmüde«, sagte Claire.

Mary legte ihr mitfühlend die Hand auf den Arm. »Ich hätte daran denken müssen. Sie schlafen bei mir; Sam wird heute nacht hier auf der Couch liegen.«

»Das möchte ich nicht«, sagte Claire. »Ich kann genausogut auf der Couch schlafen.«

»Das kommt nicht in Frage«, sagte Mary und ging hinaus.

Sam grinste und trank sein Glas leer. »Das war ein dienstlicher Befehl«, sagte er. »Machen Sie ihr die Freude. Ich gehe schon meine Sachen holen.«

»Ich verstehe immer besser, weshalb er dein Freund ist«, sagte Claire, als Sam das Zimmer verlassen hatte. »Du wirst ihm sicher fehlen!«

»Er mir auch!« sagte John. »Bist du sicher, daß dein Vater morgen mittag nicht daheim ist?«

»Er ist über Mittag nie daheim. Warum fragst du?«

»Vielleicht macht er dir Schwierigkeiten, wenn du deine Sachen holst.«

»Das glaube ich nicht. Er ist davon überzeugt, daß ich eines Tages auf den Knien zu ihm zurückkommen werde.«

»Hat er das gesagt?«

»Ja.«

John trat zu ihr hin und nahm ihr Gesicht zwischen die Hände. »Ich möchte diesmal nichts falsch machen. Was willst du hören?«

»Nichts. Du kannst mir alles morgen abend sagen.«

»Wann soll ich an den Schloßgarten kommen?«

»Um zwölf Uhr.«

Er war tief in Gedanken, als er auf die Diele hinaustrat.

Dort begegnete er Sam. »Sobald ich etwas von deiner Versetzung höre«, sagte der, »schreibe ich dir nach Lancaster.«

»Wir sprechen morgen früh noch einmal darüber«, erwiderte John. »Es wird alles von Claire abhängen.«

»Ich denke, ihr seid euch einig?«

»Wieso?«

»Sie ist doch deinetwegen von daheim davongelaufen!«

»Ich weiß nicht, was sie vorhat. Vielleicht hat sie irgendwo Verwandte oder Bekannte, die sie später aufnehmen.«

Sam schüttelte skeptisch den Kopf. »Sie werden genauso reagieren wie ihr Vater. Hat sie dir nichts gesagt?«

»Noch nicht. Morgen abend weiß ich, woran ich mit ihr bin. Es wäre mir lieber, sie hätte nicht davonzulaufen brauchen.«

»Mir auch. Willst du dich noch von Mary verabschieden?«

»Will sie es?«

Sam schwieg.

»Was machst du für ein Gesicht?« fragte John.

»Ich habe ein dummes Gefühl.«

»Claires wegen?«

»Allgemein, John!«

»Ja.«

»Gib gut auf sie acht.«

»Ich habe es mir vorgenommen«, sagte John.

Sam blieb noch eine Weile an der Tür stehen, dann ging er zu Mary ins Schlafzimmer. Er sah zu, wie sie die Kissen frisch überzog. »John ist weg«, sagte er.

»Ich habe es gehört. Warum hat er nicht gewartet, bis ich hier fertig bin?«

»Du hast dich noch nie von ihm verabschiedet. Wie gefällt sie dir?«

»Sie tut mir leid«, sagte Mary und kehrte zu Claire zurück. Sie zeigte ihr zuerst das Bad und dann das Schlafzimmer. Es hatte ein großes Doppelbett, blaue Tapeten und eine rote Lampe.

»Rechts ist Ihr Platz«, sagte Mary. »Ich gebe Ihnen einen Pyjama von mir; wir haben ungefähr die gleiche Größe, einssiebzig?«

»Ich weiß nicht, wie ich Ihnen danken soll«, sagte Claire.

Mary lächelte. »Indem Sie sich bei uns wohl fühlen. Sie können gleich ins Bad gehen. Ich richte noch das Bett für Sam.«

»Wir werden uns morgen früh nicht mehr sehen«, sagte Sam zu Claire. »Werden Sie uns wieder besuchen, wenn Sie mit John zurückkommen?«

»Wenn ich darf.«

Sam hielt ein paar Sekunden ihre Hand fest, dann ging er rasch hinaus.

»Seit acht Tagen spricht er nur von Ihnen«, sagte Mary. »Ich muß Ihnen noch ein frisches Handtuch geben. Den Pyjama lege ich aufs Bett. Mögen Sie das Fenster gern etwas offen?«

»Wenn es Sie nicht stört.«

»Im Gegenteil«, sagte Mary.

Sie war nicht da, als Claire aus dem Bad zurückkehrte. Während sie sich auszog, spürte sie wieder, wie müde sie war. Sie hängte ihre Sachen über eine Stuhllehne, kroch unter die Bettdecke und verschränkte die Hände im Nacken.

Dies war der entscheidendste Tag ihres bisherigen Lebens gewesen, und während sie darüber nachdachte, stellte sie fest, daß er keine Spuren in ihr hinterlassen hatte. Sie war unfähig, etwas anderes zu empfinden als eine große, leere Gleichgültigkeit. Morgen würde sie mit John fortfahren, und es war ihr einziger Gedanke. Sobald sie versuchte, sich mit der späteren Zukunft auseinanderzusetzen, kam sie über einen bestimmten Punkt nicht hinaus. Vielleicht würde sich alles mit der gleichen Selbstverständlichkeit ergeben wie bisher; sie wußte es nicht, sie würde es auf sich zukommen lassen und im entsprechenden Augenblick ihre Entscheidung treffen. Sie hatte jetzt nichts mehr zu verlieren.

Später kam Mary herein. Sie war schon ausgezogen und trug einen bunten Morgenrock über dem Pyjama.

»Charles schläft fest«, sagte sie, »ich glaube, sein Husten ist besser geworden. Liegen Sie gut?«

»Sehr gut«, antwortete Claire.

»Es sind Schaumgummimatratzen«, sagte Mary, »im Sommer etwas zu warm, aber man gewöhnt sich daran.« Sie zog den Morgenrock aus und legte sich neben Claire. »Wollen Sie ihn heiraten?« fragte sie, während sie sich zudeckte.

Ihre Direktheit trieb Claire das Blut ins Gesicht. »Vielleicht.«

»Ich bewundere Ihren Mut«, sagte Mary und machte das Licht aus. »In manchen Ländern denkt sich kein Mensch etwas dabei. Ich weiß nicht, ob Sie meine Meinung interessiert?«

»Ich glaube, man muß es mit sich selbst ausmachen.«

»Ich will Ihnen auch nicht hineinreden. Sie gefallen mir; das ist alles. Hoffentlich sind Sie mir jetzt nicht böse.«

»Nein.«

»Er wird nicht gut über mich gesprochen haben«, sagte Mary nach einer Pause. »Wir wohnen hier in der Siedlung; man kommt rasch ins Gerede. Ich wollte nicht, daß er zu oft bei uns gesehen wird.«

»Ich verstehe«, sagte Claire.

»Vielleicht nicht ganz. Ich habe einmal Partei für ihn ergriffen.«

»Für John?«

»Als sich einige meiner Freundinnen darüber aufregten, daß Sam sich soviel mit ihm abgibt. Gott, es ist mir herausgerutscht, ich habe gesagt, daß er mir gefällt. Natürlich hat man es sofort falsch ausgelegt.«

Claire schwieg. Sie hörte, wie Mary sich herumdrehte. »Überrascht Sie das?«

»Ein wenig.«

»Warum?«

»Ich dachte, Sie mögen ihn nicht.«

»Hat er Ihnen das gesagt?«

»Ja.«

»Er ist ein dummer Kerl«, sagte Mary. »Schlafen Sie gut, Claire.«

Claire lächelte im Dunkeln. »Gute Nacht, Mary!«

Viel später, sie war schon halb am Einschlafen, vernahm sie noch einmal ihre Stimme: »Sie dürfen es ihm ruhig sagen.«

»Bestimmt!« murmelte Claire.

3

Als sie an die Stelle kamen, wo die Straße nach Giffaumont abzweigt, wußte Claire, daß sie es nicht mehr sehen wollte.

»Ich habe Angst, es könnte mich enttäuschen«, sagte sie zu John. »Kannst du dir vorstellen, daß mich diese Gegend einmal begeistert hat?«

»Vielleicht im Sommer.«

»Auch im Winter. Ich konnte es nie abwarten, nach Giffaumont zu kommen.«

»Wie alt warst du damals?«

»Zehn Jahre, als wir das letztemal hier waren.«

John nickte. »Als ich zehn Jahre alt war, hat mir sogar der Nyazany gefallen. Später merkte ich, daß sein Wasser faulig war und stank. Wohin willst du jetzt?«

Sie wußte es nicht. Er hatte ihr an der Grenze gesagt, daß er mit ihr nach Paris fahren wolle, und sie hatte keine Einwände erhoben. Im Grunde war es ihr egal, wohin er mit ihr fuhr, und sie wäre auch einverstanden gewesen, wenn er Dijon oder Le Havre vorgeschlagen hätte. Daß sie überhaupt auf den Gedanken gekommen war, wenigstens im Vorbeifahren einen Blick auf Giffaumont zu werfen, war nur dem Umstand zuzuschreiben, daß es ungefähr auf ihrer Route lag.

»Wir müssen auf die N 3 zurück«, sagte John, während er die Autokarte studierte. »Die nächste größere Stadt ist Verdun; kennst du es?«

»Mein Vater hat oft davon gesprochen, er war im Ersten Weltkrieg in der Nähe von Verdun. Wie weit ist es noch?«

»Vierzig Kilometer.«

»Dann fahren wir nach Verdun«, sagte Claire. »Sicher bin ich eine dumme Gans, aber wenn Giffaumont nicht anders aussieht als diese Dörfer hier, hätte ich nichts mehr, woran ich mich noch erinnern könnte.«

»Du weißt doch, wie es aussieht!«

»Ich weiß, wie es aussah, als ich zehn Jahre alt war. Ich wünschte, ich hätte meine Mutter so in Erinnerung behalten können, wie sie aussah, als sie noch lebte.«

Die Straße war schmal. Verschneite Felder säumten sie, lange Reihen von Pappeln und einsame Gehöfte. Das hügelige Land lag verlassen unter dem grauen Winterhimmel, leer und öde, ab und zu ein ferner Waldrand am Horizont, halb verdeckt von der frühen Dämmerung, die eisernen Masten einer Hochspannungsleitung, Gruppen schwarzen Gestrüpps hinter zugefrorenen Tümpeln, zwischen zwei Hügelkuppen eine Kirchturmspitze, ein lautloser Schwarm dunkler Krähen, hölzerne Gatter quer über stoppelige Äcker, ein kleiner Friedhof hinter halbzerfallener Mauer und immer wieder Gedenksteine, Soldatengräber und verrosteter Stacheldraht an verfaulenden Pfosten. Die wenigen Ortschaften an der Straße, zwei Reihen häßlicher Backsteinhäuser, wirkten so verlassen wie das Land selbst.

»Früher hat es mir nichts gesagt«, murmelte Claire, »jetzt erinnert es mich an meinen Bruder. Das gehört auch zu unserer westlichen Zivilisation. Wie gefällt es dir?«

»In Rhodesien haben wir jetzt Sommer«, sagte John.

»Ich meine die Gräber.«

Er zuckte nur mit den Schultern.

Sie merkte, daß seine Gedanken woanders waren, vielleicht in einem Hotelzimmer mit einem französischen Doppelbett. Sie erinnerte sich an das verächtliche Gesicht des Taxifahrers, als er John geholfen hatte, ihr Gepäck umzuladen, an das unfreundliche Gesicht des deutschen Grenzbeamten, der ihren Paß länger angeschaut hatte, als erforderlich gewesen war; sie erinnerte sich auch an das kaum versteckte Lächeln der jungen Elsässerin, die ihnen den Kaffee serviert hatte, an das aufdringliche Gaffen der übrigen Gäste und an den französischen Polizisten, der ihr im Vorbeifahren zugeblinzelt hatte, wie man einer Hure zublinzelt.

Vielleicht war es ihr nur deshalb aufgefallen, weil sie sich eingeredet hatte, es würde hinter der Grenze anders werden. Möglich, daß es in Paris anders wurde, aber heute abend würden sie noch nicht in Paris sein. Sie würden in einem Hotel in Verdun absteigen, und bis nach Verdun waren es noch vierzig Kilometer.

Nun, da es schon so nahe war, daß sie es nicht länger aus ihrem Bewußtsein verdrängen konnte, merkte sie, daß es ihr widerstrebte. Vielleicht war es doch etwas anderes, es im Wagen zu tun, und vielleicht war es auch dann etwas anderes, wenn man es schon einmal getan hatte, vielleicht, weil es im Wagen unverbindlicher, weniger endgültig und weniger kompromißlos war als im Hotel, weil man hinterher sein Gesicht im Dunkeln lassen konnte, weil man keinem Menschen dafür in die Augen zu schauen, keinen falschen Namen anzugeben und kein Zimmer zu bezahlen brauchte! Oder gab es eine andere Erklärung für ihr Herzklopfen?

Heute mittag, als sie zu ihm in den Wagen geklettert war, hatte sie kein Herzklopfen gehabt, auch heute früh nicht, als sie sich von Mary verabschiedet, zu Hause ihre Koffer gepackt und das Taxi bestellt hatte. Alles war völlig undramatisch vor sich gegangen. Es war zu keiner neuen Auseinandersetzung mit ihrem Vater gekommen, der die Wohnung wie jeden Tag zur gewohnten Stunde verlassen hatte. Und wäre nicht das verstörte Gesicht des Mädchens gewesen, so hätte sie vergessen können, daß sie diesmal nicht nur für einige Tage oder Wochen fortfahren würde, wie sie es früher getan hatte, wenn sie mit Fred weggefahren war. Nicht einmal der Gedanke an das, was sie zurücklassen mußte, hatte sie unsicher machen können. Es war genauso gewesen, als hätte sie diese Reise seit langem vorbereitet und als gäbe es nichts mehr, worüber nachzudenken sich noch lohnte. Ihre Unsicherheit hatte erst begonnen, nachdem sie vier Stunden lang neben John im Wagen gesessen hatte, ohne daß es zu einem vernünftigen Gespräch zwischen ihnen gekommen war, und es fiel ihr schwer, sich vorzustellen, wie es ihr jetzt noch möglich sein sollte, unbefangen mit ihm in ein Hotel zu gehen. Vielleicht war die düstere Landschaft daran schuld, vielleicht auch der Umstand, daß er kein einziges Mal versucht hatte, sie zu küssen. Obwohl sie so dicht neben ihm saß, daß sich ihre Schultern berührten, fühlte sie sich ihm ferner als je zuvor, und vielleicht war dies der wirkliche Grund, weshalb sie nicht mit ihm nach Giffaumont gefahren war. Sie wußte es nicht genau, sie wußte nur, daß es heute ganz anders war als Silvester und daß sie viel darum gegeben hätte, wenn sie es nur um einen einzigen Tag hätte hinauszögern können.

Es war so absurd, daß sie keine Erklärung dafür fand außer der einen, und während sie darüber nachgrübelte, ertappte sie sich bei dem Gedanken, wie einfach alles wäre, wenn er die gleiche Hautfarbe hätte wie sie.

Später wurde die Landschaft gebirgig, dichtes Buschwerk schob sich auf beiden Seiten an die Straße heran, die jetzt steil in die Höhe kletterte. Gleichzeitig fing es an zu schneien, zuerst in einzelnen Flocken, dann immer heftiger. Es wurde unvermittelt dunkel. John schaltete die Scheinwerfer ein und grinste.

»Worüber freust du dich?« fragte Claire. »Über den Schnee?«

»Das auch«, sagte John. »Ich fürchte, wir haben uns verfahren.«

Sie blickte betroffen auf. »Wirklich?«

»Der Karte nach müßten wir längst wieder auf der N 3 sein. Ich glaube, ich weiß, wo wir falsch gefahren sind.«

»Dann war es meine Schuld«, sagte Claire. »Wir hätten auf der N 3 bleiben sollen. Willst du umkehren?«

»Warum?«

Auch darin unterschied er sich von Fred, der in solchen Situationen regelmäßig fluchte.

Sie lächelte. »Wir werden irgendwo im Schnee steckenbleiben und heute nacht erfrieren. Hast du wenigstens Schneeketten dabei?«

»Ich wußte nicht, daß wir in ein Hochgebirge kommen.«

»Das ist kein Hochgebirge; es müssen die Maashöhen sein.«

»Um so besser«, murmelte John.

Das Schneegestöber war jetzt so dicht geworden, daß die Scheibenwischer es kaum mehr schafften. Noch immer säumte meterhohes Buschwerk die Straße, gelegentlich auch ein verkrüppelter Baum. Im Schneetreiben sah alles etwas gespenstig, etwas unwirklich und wie eine schlechte Theaterkulisse aus. Dann stand auf der rechten Seite ein Wegweiser.

»Douaumont«, sagte John. »Irgendwann habe ich den Namen schon einmal gehört.«

»Ich auch«, sagte Claire. »Es muß schrecklich gewesen sein.«

»Was?«

»Wir werden es gleich sehen.«

Nach weiteren fünfhundert Metern hörte das Buschwerk plötzlich auf. Die Straße stieg wieder an, dann sahen sie die schattenhaften Umrisse eines riesigen Monuments zum Himmel ragen, und zu seinen Füßen lag ein unübersehbares Gräberfeld.

»Das ist es, was ich meinte«, sagte Claire. »Mein Vater hat oft davon erzählt.«

»Soldatengräber?« fragte John.

»Ja. Ich möchte sie mir anschauen.«

»Es wird zu spät.«

Claire spürte, wie ihre Schläfen heiß wurden. Sie drehte ihm rasch das Gesicht zu. »Wofür zu spät?«

»Ich dachte«, murmelte John und trat auf die Bremse. Er blieb unbeweglich hinter dem Lenkrad sitzen und rührte sich auch nicht, als sie ausstieg und ihren Mantel anzog.

Das Gräberfeld lag auf einer sanft ansteigenden Fläche. Zwischen den langen Reihen der Kreuze, die irgendwo in der Schneenacht aufhörten, waren schmale Pfade angelegt. Am oberen Ende des Feldes stand das Monument, einem riesigen Sarg ähnlich und mit einem fingerförmigen Turm in der Mitte.

Während Claire ihn betrachtete, hörte sie John kommen. Er blieb neben ihr stehen und blickte über das Gräberfeld hinweg.

»Wie viele mögen es sein?« fragte Claire.

»Ich weiß es nicht.« Seine Zähne schlugen beim Sprechen aufeinander. Claire sah, daß er ohne Mantel war. »Du frierst«, sagte sie. »Warum hast du deinen Mantel nicht angezogen?«

»Wir sollten nicht hierbleiben«, murmelte er.

»Warum nicht?«

»Es ist nicht richtig.«

»Du lieber Gott!« Claire trat dicht vor ihn hin und legte ihm die Hände auf die Schultern. »Hast du Angst?«

»Das ist es nicht.«

»Was sonst?«

»Es ist nicht richtig«, sagte er wieder.

Claire blickte ihn eine Weile stumm an.

»Du bist ein großes Kind, John«, sagte sie dann. »Man sollte Kinder nicht in Uniformen stecken, auch dann nicht, wenn sie so groß sind wie du. Was würdest du tun, wenn die Russen wirklich einmal bei Thüngerstadt über die Grenze kämen?«

Er schaute mit gefurchter Stirn auf sie hinab. »Ich würde ihnen entgegenfahren.«

»Mit einem Panzer?«

»Mit meinem Jeep.«

»Nur mit einem Jeep?«

»Natürlich wäre ich nicht allein«, sagte John, der sie immer weniger verstand. »Wir haben viele Jeeps.«

»Und viele große Kinder«, sagte Claire, »viele große Kinder, die mit ihren kleinen Jeeps den bösen Russen entgegenfahren. Ich denke, ihr seid ein Panzerregiment?«

»Die Panzer kommen hinterher«, murmelte John. »Wir sind die Vorhut.«

»Mit euren Jeeps?«

»Ja.«

»Und was werden die bösen Russen tun, wenn sie euch mit euren kleinen Jeeps sehen?«

John schwieg; er hatte nie darüber nachgedacht.

»Bei meinem Bruder waren es auch die Russen«, sagte Claire und nahm die Hände von seinen Schultern.

Als es passierte, bekam sie einen halben Tag schulfrei. Der Lehrer hielt eine kurze Ansprache, er hatte immer den gleichen Text parat, den er von Fall zu Fall etwas abwandelte: »Der Bruder unserer lieben Mitschülerin X, der Vater unserer lieben Mitschülerin Y«, und er schloß regelmäßig mit dem Hinweis, daß sie noch zu jung seien, es zu verstehen, und daß sie stolz sein müßten.

»Es ist unfair, daß man so dumm auf die Welt kommt«, sagte sie laut.

John faßte sie vorsichtig beim Arm. »Du wirst dich erkälten«, sagte er. Der Schnee hatte sich wie eine weiße Mütze auf seinen Kopf gesetzt. Es sah ein wenig komisch aus mit seinem dunklen Gesicht darunter, und sie mußte wieder über ihn lächeln.

»Wir haben noch Zeit«, sagte sie, »ich möchte nicht zu früh ins Hotel kommen.«

»Ich weiß.«

»Manchmal kannst du schrecklich intelligent sein.«

Im Wagen half er ihr aus dem Mantel. »Es war nicht das, was du denkst«, sagte er.

»Was ich denke?«

»Ja.«

»Was denke ich?«

John schwieg. Sie schien es plötzlich darauf abgesehen zu haben, ihn zu demütigen. Schon auf der Fahrt hierher war sie ihm verändert vorgekommen. Die meiste Zeit hatte sie stumm neben ihm gesessen. Vielleicht tat es ihr schon leid, daß sie mit ihm fortgefahren war; er fand keine andere Erklärung dafür.

»Wenn es dir lieber ist«, sagte er, »nehmen wir uns im Hotel zwei Zimmer.«

Claire biß sich auf die Lippen. – Ich sollte zu einem Psychiater gehen, dachte sie. Vorhin, als sie gemerkt hatte, daß er sich beim Anblick des riesigen Gräberfeldes fürchtete, hätte sie ihn beinahe geküßt, aber es wäre kaum der richtige Ort dafür gewesen.

Der Schnee fiel jetzt nicht mehr so dicht, die Konturen der Landschaft wurden deutlicher. Links ging es steil zu einer tiefen Schlucht hinab, jenseits der Schlucht lag ein kahler Höhenzug; im Schnee sah er wie der gekrümmte Rücken eines Menschen aus.

Etwas später kamen sie an eine Kreuzung mit einem Wegweiser; John fuhr geradeaus weiter.

»Wir hätten die andere Straße fahren sollen«, sagte Claire.

John zuckte mit den Schultern. »Hier geht es nach Douaumont.«

»Wolltest du hin?«

»Ich nicht.«

»Ich auch nicht«, sagte Claire.

Die Straße endete auf einem kleinen, von niedrigem Gesträuch umsäumten Platz vor einem unförmigen Betonklotz, der sich ihr wie eine Mauer quer in den Weg stellte. Er mochte etwa hundert Meter lang und fünf Meter hoch sein. An seiner der Straße zugewandten Seite befanden sich große Fensterbögen, die nachträglich zugemauert worden waren. Das Gelände ringsum glich einer wüsten Mondlandschaft, mit riesigen Trichtern, Geröllhaufen und halbverfallenen Schützengräben.

John schaltete die Scheinwerfer aus und wandte Claire das Gesicht zu. »Was wirst du tun, wenn wir nach Thüngerstadt zurückkommen?«

Manchmal war er genauso sprunghaft wie Fred, aber sie ahnte, weshalb er gerade jetzt danach fragte.

»Ich weiß es noch nicht genau«, antwortete sie gleichgültig. »Wahrscheinlich werde ich mir in Marburg ein Zimmer mieten.«

»Und dann?«

»Dann mache ich mein Examen.«

»Das kostet Geld«, sagte John bedächtig. »Von deinem Vater wirst du keines mehr bekommen.«

»Ich habe Geld.«

»Viel?«

»Es reicht.« Vielleicht hatte ihre Mutter geahnt, daß sie eines Tages davonlaufen würde. Vor zehn Jahren hatte sie ein Bankkonto für sie angelegt und jeden Monat etwas von ihrem Haushaltsgeld eingezahlt. »Sobald ich eine Stellung in einem Krankenhaus habe, verdiene ich selbst«, setzte sie hinzu.

»Ich habe es mir gedacht«, sagte John.

Er betrachtete durch die Windschutzscheibe die dunklen Betonwälle des Forts. »Wenn du kein Geld gehabt hättest, wärst du sicher nicht davongelaufen.«

»Vielleicht«, antwortete Claire gegen ihr besseres Wissen.

»Dann ist es egal.«

Sie blickte verständnislos auf. »Was?«

»Ob ich wieder etwas falsch mache«, sagte John und beugte sich zu ihr hinüber. Den ganzen Mittag hatte sie darauf gewartet, aber als er sie jetzt küssen wollte, drehte sie rasch das Gesicht weg.

»Das kann ich nicht leiden«, sagte er lächelnd, aber er war wütend und enttäuscht. Am Silvesterabend hatte er sich ihrer sicher gefühlt, auch gestern abend noch, und als er sie jetzt in die Arme nahm, geschah es nur aus der Überlegung, daß es ihr hinterher leichter fallen werde, mit ihm in ein Hotel zu gehen. Zudem hatte ihn das vorangegangene Gespräch darin bestärkt, daß sich seine Absicht, mit ihr nach Bulawayo zu fliegen, erst dann verwirklichen lasse, wenn es ihm gelang, sie in ähnlicher Weise gefügig zu machen wie am Silvesterabend. Sie war eine weiße Frau, und weißen Frauen gegenüber fühlte er sich nur unterlegen, solange sie sich unter ihren Kleidern versteckten.

Er versuchte sie zu streicheln, aber sie widersetzte sich. Und als er ein wenig hart zupackte, riß sie sich wütend los.

»Du ekelst mich an«, sagte sie unbeherrscht.

John hörte auf zu lächeln. Von allen Möglichkeiten, ihn an seine Herkunft zu erinnern, war dies die wirksamste, und sie hatte einen ähnlichen Effekt auf ihn wie eine Nadelspitze auf einen luftgefüllten Schlauch. Er fühlte, wie seine ganze Erregung aus ihm heraussickerte, bis er sich selbst wie ein leerer Schlauch fühlte. Dann nahm er seine Hände von ihr, holte seinen Mantel aus dem Fond und öffnete die Tür.

Sie hörte, wie er sie hinter sich zuschlug, dann saß sie allein im Wagen. Von allen Lektionen ihres bisherigen Lebens war dies die eindrucksvollste, aber sie wußte, daß sie sie verdient hatte. Der jahrelange Umgang mit Fred hatte untilgbare Spuren hinterlassen. Bei ihm hatte sie ihre Verstimmungen abreagieren können, ohne Gefahr zu laufen, ein größeres Risiko einzugehen als jenes einer horizontalen Maßregelung, aber John war nicht der Mann, den man ungestraft demütigen konnte. Und solange sie es nicht fertigbrachte, sich mit seiner Hautfarbe abzufinden, würde es immer wieder zu solchen Szenen zwischen ihnen kommen. Sie waren weniger eine Folge der äußeren Begleitumstände ihres Beisammenseins. Überall und zu allen Zeiten hatte es Menschen gegeben, die es einer inneren Überzeugung wegen auf sich nahmen, die ganze Welt herauszufordern. Und wenn diese Überzeugung so tief in einem steckte, daß man sie nicht aufgeben konnte, ohne sich damit selbst aufzugeben, durfte man getrost auf Kompromisse verzichten.

So weit war sie aber noch nicht, und sie wußte, daß auch diese Reise nichts anderes als ein Kompromiß war, ein Kompromiß zwischen dem, was sie zu John hinzog, und jenem, was sie von ihm trennte.

Solange sie sich damit begnügte, ihr Vorstellungsvermögen nicht weiter in Anspruch zu nehmen als bis dahin, wo es am Silvesterabend zwischen ihnen aufgehört hatte, blieb ihr Verhältnis mit ihm auf die Frage beschränkt, wie weit es sich für eine Frau wie sie moralisch verantworten ließ, und darüber konnte man zur Not ebenso diskutieren wie über die moralische Legitimität der operativen Sterilisation. Aber hinter diesen mehr allgemeinen Gesichtspunkten schob sich in gleichem Maße, wie sie sich mit dem Gedanken an eine Heirat ernsthaft zu befassen begann, ein anderes Problem in den Vordergrund, das so persönlich war, daß sie es bis heute jedesmal aus ihrem Bewußtsein verdrängt hatte, ohne es zu Ende zu denken, und es verhielt sich dabei wie mit einer verschleppten Erkältung, die sich immer fühlbarer auf den Gesamtorganismus auswirkt. So war auch ihr plötzlicher Widerwille gegen das Hotelzimmer nichts anderes als eine Art Lustlosigkeit, ausgelöst durch die immer wieder hinausgeschobene Auseinandersetzung mit der gleichen Frage, die den ganzen Komplex von Demütigungen, Skrupeln und Ressentiments nur noch hoffnungsloser machte und die in der nüchternen Überlegung endete, wie sie es fertigbringen wollte, sich später einmal vor aller Welt zu ihren Kindern zu bekennen, wenn es sie schon Überwindung kostete, es bei ihrem Mann zu tun.

Dieser Frage war nicht mit dialektischen Vergleichen beizukommen, auch nicht mit gefühlsbedingten Argumenten. Man konnte sie vielleicht chirurgisch lösen, aber auch dann blieb es nur ein Kompromiß vor der eigenen Inkonsequenz. Obwohl ihr Wunsch, Kinder zu haben, nie übermäßig groß gewesen war, schien ihr der endgültige und überlegte Verzicht als Preis für eine Zukunft mit John doch unerträglich hoch. Vielleicht deshalb, weil sie fühlte, daß mit dem heutigen Tag ihre Möglichkeiten, einer Entscheidung auszuweichen, zu Ende waren. Ein Zusammenleben mit John schloß viel mehr ein als nur die Problematik all derer, die es wagten, aus der Reihe zu tanzen, es schloß auch ein, daß sie sich über Dinge den Kopf zerbrach, die in einer ›normalen‹ Ehe nie zur Diskussion standen.

An diesem Punkt ihrer Überlegungen gab sie es auf. Sie würde auch heute keine letzte Klarheit darüber gewinnen, aber wenn es überhaupt eine Klarheit gab, würde sie früher oder später von allein darauf stoßen, und es war sinnlos, daß sie jedes neue Beisammensein mit John zu einer neuen Quälerei für ihn und für sich selbst werden ließ; sie hatte es bis obenhin satt.

Der Motor lief noch, es war sehr warm im Wagen. Auf der Windschutzscheibe hatte sich eine dicke Schneedecke festgesetzt. Sie kurbelte das Fenster auf der linken Seite ein kleines Stück herunter und blickte hinaus. Deutlich konnte sie Johns Fußspuren sehen, sie endeten am Fuß einer Treppe, die auf den Oberbau des Forts führte. Es war in der letzten halben Stunde etwas heller geworden. Der Schnee fiel dünn und gleichmäßig auf die tote Landschaft. Sie hörte, wie er in der Stille aufsetzte.

Während sie auf John wartete, merkte sie, daß sie unruhig wurde. Seit er sie verlassen hatte, waren mindestens fünfzehn Minuten vergangen, und sie verstand nicht, weshalb er so lange wegblieb. Als sie das untätige Herumsitzen nicht mehr ertrug, zog sie ihren Mantel an. Es würde genügen, wenn sie einmal die Treppe hinaufstieg und sich dort nach ihm umschaute.

Es war nicht so kalt, wie sie angenommen hatte. Der Schnee fühlte sich pappig an, und sie hatte Mühe, sich mit ihren hohen Absätzen einen Weg zu bahnen.

Die Treppe war steil und glatt. Sie stieg sie vorsichtig hinauf. Oben bot sich ihr das gleiche trostlose Bild: vereinzeltes Gesträuch, hohe Geröllhaufen und metertiefe Granattrichter.

Während sie sich umschaute, überfiel sie ganz plötzlich der schreckliche Gedanke, John könne in der Dunkelheit einen Trichter übersehen haben und abgestürzt sein. Seine Fußspuren verschwanden hinter einem unförmigen Betonklotz, der zur Hälfte über einen Trichter hinausragte. Sie kümmerte sich nicht darum, daß ihre Füße naß wurden, und ging, so schnell der Boden und das Schneetreiben es zuließen, auf seinen Spuren weiter. Nach etwa vierzig Metern verwandelte sich der Oberbau des Forts in ein Labyrinth von übereinandergetürmten Betonbrocken, undurchdringlichem Gesträuch und tückischen Vertiefungen. Hier wurden die Spuren so undeutlich, daß sie sie aus den Augen verlor.

Trotzdem konnte sie sich nicht zur Umkehr entschließen. Ihre Furcht war jetzt so groß, daß sie ihr die Luft wegnahm. Sie machte sie unempfindlich gegen die Kälte und den Schnee, der sich in nassen Flocken auf ihr Haar und ihren Mantel setzte. Sie fing an zu rufen, zuerst noch zaghaft, dann immer lauter, aber in der kalten Schneenacht hörte sich ihre Stimme seltsam dünn und verloren an. Schließlich drehte sie sich um und lief, halb besinnungslos vor Furcht, zur Treppe zurück. Auf der drittletzten Stufe rutschte sie aus und schlug hart mit dem Rücken auf. Der Schmerz war so heftig, daß sie einen Schrei ausstieß. Aber sie verlor keine Zeit und wandte sich der rechten Flanke des Forts zu. In diese Richtung führten auch die Fußspuren auf dem Oberbau, und vielleicht entdeckte sie sie wieder, wenn sie um das Fort herumging.

Ihre Hoffnung erfüllte sich nicht. Schon nach einigen Dutzend Schritten baute sich ein neuer Geröllhaufen vor ihr auf. Als sie ihm ausweichen wollte, geriet sie in ein Gelände, das nur noch aus Trichtern bestand. Sie blieb verzweifelt stehen, und gerade in diesem Augenblick bemerkte sie John.

Er kam mitten über das verschneite Trichterfeld, und er ging so langsam, daß sie oft den Eindruck hatte, als bewegte er sich nicht mehr von der Stelle. Ab und zu verschwand er bis zu den Hüften in einem Trichter, und sie konnte beobachten, wie er die Hände zu Hilfe nehmen mußte, um weiterzukommen. Dann wirkte er wie ein großes, dunkles Tier, das sich auf dem Bauch über den Boden bewegte.

Während sie ihm entgegenschaute, fühlte sie, wie ihr vor Erleichterung Tränen kamen. Sie faltete die Hände vor der Brust und lächelte. Jetzt mußte er sie auch gesehen haben. Er stutzte ein wenig und setzte seinen Weg beschleunigt fort. Etwas später war er bei ihr.

»Ich habe mich verlaufen«, sagte er und blickte über seine Schulter hinweg auf das Trichterfeld zurück. »Fast wäre ich nicht mehr herausgekommen.«

Seine Stimme klang undeutlich vor Anstrengung, und sie sah, daß sein heller Mantel voll war von dunklen Flecken. Auch seine Schuhe sahen aus, als wäre er bei strömendem Regen über einen Acker gelaufen.

»Hast du mich gesucht?« fragte er.

Claire nickte; sie konnte noch nicht reden.

»Ich sah von oben die Trichter«, erzählte John, »und wollte sie mir aus der Nähe anschauen, aber dann kam ein tiefer Graben, ich habe ihn zu spät bemerkt, und als ich unten lag, kam ich nicht mehr hinauf.«

»Hast du dich verletzt?« fragte Claire rasch.

Er betastete seinen rechten Ellbogen. »Ich glaube nicht. Auf der anderen Seite ging es besser, aber dort fingen die Trichter an. Ich habe es mir nicht so schlimm vorgestellt. Stehst du schon lange hier?«

»Ich habe dich auf dem Fort gesucht. Hast du mich nicht rufen hören?«

»Nein. Hast du gerufen?«

»Ich habe geschrien«, sagte Claire.

»Ich habe es nicht gehört«, sagte John und blickte wieder über seine Schulter hinweg. »Ich mußte ein großes Stück ausholen, sonst wäre ich nicht herausgekommen. Ist das vom letzten Krieg?«

»Vom ersten.«

»Das sind schon über vierzig Jahre her. Sie müssen wahnsinnig gewesen sein.«

Er machte einen geistesabwesenden Eindruck, und als sie nebeneinander zum Wagen gingen, schob Claire die Hand unter seinen Arm.

»Ich hätte es nicht tun sollen«, sagte er.

Claire nickte. »Es war leichtsinnig.«

»Ich spreche von dem, was ich im Wagen getan habe.«

»Es ist vorbei«, murmelte Claire.

»Trotzdem!« sagte John. »Ich verstehe jetzt, weshalb du vorhin an deinen Bruder gedacht hast. Es muß eine dreckige Art zu sterben sein, eine dreckige und einsame Art. Hier sind auf jedem Quadratmeter ein paar Soldaten gestorben.«

Claire schwieg.

»Ich bin eben kein Europäer«, fuhr John fort. »Wenn ich ein Europäer wäre, hätte ich es nicht versucht, nicht hier.«

»Schau es dir zuerst an«, antwortete Claire.

Beim Wagen blieb sie kurz stehen und legte John die Hände auf die Brust.

»Ich habe mir niemals etwas darauf eingebildet, hier noch weniger als sonstwo auf der Welt. Fahren wir jetzt in ein Hotel?«

»Mit zwei Einzelzimmern?«

Sie lächelte ihn mit feuchten Augen an. »Vielleicht haben wir Glück und bekommen keine.«

»Trotzdem war es nicht richtig von mir«, sagte John eigensinnig. »Ich hätte es nicht tun dürfen.«

»Es ist vorbei«, sagte sie wieder.

John schüttelte ungeduldig den Kopf. »Es ist mir lieber, du sagst mir, wenn ich etwas falsch mache. Ich muß noch viel von dir lernen, und das kann ich nur, wenn du mir dabei hilfst.«

»Ich werde es versuchen«, murmelte Claire.

Nun, da sie wieder im Wagen saß, spürte sie, daß sie am ganzen Körper zitterte.

»Ist dir kalt?« fragte John.

»Ein wenig. Heute abend brauche ich ein heißes Bad.«

»Ich auch«, sagte John.

Er wendete den Wagen und fuhr die Straße zurück. Der Schnee lag jetzt so hoch, daß die Räder ein paarmal durchdrehten. Erst als sie an der Kreuzung auf die andere Straße kamen, wurde es besser. Sie war bedeutend breiter und führte in leichtem Gefälle durch eine eintönige Buschlandschaft.

»Jetzt weiß ich auch, weshalb hier keine richtigen Wälder wachsen«, sagte John. »Ich habe mich schon vorhin darüber gewundert. Frierst du noch?«

»Nein. Und du?«

»Ich auch nicht.«

Sie langte zu ihm hinüber. »Aber kalte Hände hast du.«

»Du auch.«

»Ich bin froh, daß dir nichts passiert ist.«

»Hast du Angst gehabt?«

»Sehr.«

»Ich auch.«

»Um mich?«

»Ja.«

»Das ist doch dumm«, murmelte Claire.

John lächelte. »Ich habe immer Angst um dich. Eines Tages werde ich vor lauter Angst sterben.«

»Aber vorher fragst du mich?«

»Wenn du es willst.«

»Bitte, John«, sagte Claire und legte den Kopf auf seinen Schoß. Sie begriff nicht mehr, daß sie auch nur eine Sekunde lang vergessen konnte, wie gern sie ihn hatte.

»Liegst du gut?« fragte John.

»Sehr gut. Stört es dich nicht?«

»Nein.«

Er streichelte mit einer Hand ihr Gesicht, und sie hielt seine Hand fest und küßte sie. Später sagte er: »Ich glaube, wir sind da.«

»Wo?«

»In Verdun. Willst du es dir nicht anschauen?«

»Wie sieht es aus?«

Er lachte. »Beinahe wie Thüngerstadt. Es liegt in einem engen Tal; man sieht nur die Lichter.«

»Wenn es wie Thüngerstadt aussieht«, murmelte Claire, »interessiert es mich nicht. Warum fährst du so langsam?«

»Zehn Prozent Gefälle«, sagte John.

Er hatte jetzt beide Hände am Lenkrad, und Claire merkte, daß er viele Kurven zu fahren hatte. Später hörte das Gefälle auf, und es wurde hell im Wagen.

Sie setzte sich aufrecht hin und sah, daß sie bereits durch die Stadt fuhren. Links standen Häuser, auf der anderen Seite befand sich eine verschneite Parkanlage mit alten Kastanien, Pyramidenbäumen und beschnittenen Hecken an den Wegen. Dann kamen sie an einen runden Platz, an dem ein großes Hotel lag.

»Wie gefällt es dir?« fragte John.

»Wir können es einmal versuchen.«

Das Hotel hatte einen Parkplatz. John stellte den Wagen ab und öffnete die Tür. »Kommst du mit?«

»Schau es dir zuerst an«, antwortete Claire.

Während sie auf seine Rückkehr wartete, knöpfte sie ihren Mantel bis zum Hals zu und schlug den Kragen hoch. Sie hatte plötzlich Herzklopfen. John brachte einen Hoteldiener mit. »Sie haben Platz«, sagte er. »Willst du dir das Zimmer ansehen?«

»Hast du es schon gesehen?«

»Ja. Es gefällt mir.«

»Dann gefällt es mir auch«, sagte Claire.

Am Eingang wurden sie von einer schwarzgekleideten Dame empfangen. Sie hatte etwas Gouvernantenhaftes an sich und sprach ein miserables Englisch. Drei Hotelgäste, eine Dame und zwei Herren, unterhielten sich an der Rezeption. Sie verstummten so auffällig, daß es nach einem Komplott aussah.

Die schwarzgekleidete Dame legte John den Meldeblock hin und beobachtete, wie er ihn ausfüllte. Bei Claires Geburtsdatum zögerte er einen Moment und blickte sie an, aber sie tat, als hätte sie es nicht bemerkt, und sah dem Hoteldiener zu, der ihr Gepäck zum Lift trug. Dort stellte er es ab und kam zu ihnen.

»Ist das alles?« fragte er auf englisch.

»Wir bleiben nur eine Nacht«, antwortete John.

Er war jetzt fertig geworden und wandte sich an Claire. »Ich schließe rasch den Wagen ab.«

Sie fühlte, daß sie von den drei Hotelgästen unverwandt angestarrt wurde. Die Männer trugen dunkle Anzüge, der eine war blond, der andere kahlköpfig. Sie sahen nicht wie Franzosen aus, eher wie Holländer oder Dänen. Die Frau hatte rote Haare, blaue Augen und einen knallrot gefärbten Mund.

Die schwarzgekleidete Dame von der Rezeption hielt einen Kugelschreiber in der Hand und klopfte damit nervös auf den Tisch; es schien das einzige Geräusch im ganzen Hotel zu sein. John brachte seinen Mantel mit. Er hatte ihn über die Schulter gelegt und betrachtete die Hotelgäste.

»Es dauerte etwas länger«, sagte er, »das Schloß an der rechten Tür funktioniert nicht mehr richtig.«

»Ich wunderte mich schon«, sagte Claire.

»War es schlimm?«

»Daß ich auf dich warten mußte?«

»Du hättest auf das Zimmer gehen sollen. Es ist mir erst draußen eingefallen.«

»Warum?«

»Ich bin nicht blind«, sagte er durch die Zähne.

Als Claire in sein Gesicht schaute, setzte ihr Herz einen Moment aus. Sie schob die Hand unter seinen Arm und ging mit ihm zum Lift.

»In welchem Stockwerk wohnen wir?« fragte sie.

»Im zweiten. Was ist los?«

»Nichts. Ich möchte endlich auf unser Zimmer kommen.«

Die Gäste unterhielten sich jetzt mit der schwarzgekleideten Dame, die Männer lächelten abfällig, während die Rothaarige den Kopf schüttelte. Es war das letzte, was Claire sah, ehe der Lift losfuhr. Sie griff nach Johns Hand und streichelte sie.

Das Zimmer hatte eingebaute Schränke, ein breites Bett und eine Diele, von der zwei Türen zum Bad und zur Toilette führten. In einer Ecke stand eine bequeme Polstergarnitur mit einem Rauchtisch.

»Zufrieden?« fragte John.

»Sehr.« Es war mehr, als sie erwartet hatte.

»Es ist lange her, seit ich das letztemal in einem Hotel wohnte«, sagte John. Er ging zum Fenster, zog den Vorhang zurück und blickte hinaus.

Claire trat neben ihn. Das Fenster befand sich direkt über dem Hoteleingang, jenseits der Straße fingen die Parkanlagen an, sie zogen sich am Ufer eines breiten Flusses hin, dessen dunkle Oberfläche auch im Schneetreiben deutlich zu erkennen war. Etwas weiter links führte eine Brücke über den Fluß.

»Es muß die Maas sein«, sagte Claire. »Bei Tag haben wir einen schönen Ausblick von hier. Ich überlege mir, ob wir nicht erst übermorgen weiterfahren sollen. Das Hotel gefällt mir.«

»Mir gefallen die Gäste nicht«, sagte John.

Claire schob wieder die Hand unter seinen Arm. »Was kümmern uns die Gäste? Vielleicht reisen sie morgen ab. Wir werden sie nie wiedersehen.«

»Wenn es nicht diese sind, werden es andere sein. Du wirst mir nicht einreden wollen, daß es dich gleichgültig läßt.«

»Ich werde mich daran gewöhnen.«

»Wie man sich an Krampfadern gewöhnt. Eines Tages hat man sie satt und läßt sich operieren.«

Claire lächelte. »Davon verstehe ich mehr als du. Es hat mir heute abend nichts ausgemacht.«

»Das sagst du zu mir.«

»Ich sage immer nur, was ich denke«, erwiderte Claire. »Vor fünfzehn Jahren wurde bei uns noch jeder angestarrt, der keine Uniform trug; heute will sich niemand mehr daran erinnern. Wenn sich zu viele Menschen in einer Sache einig sind, ist immer etwas falsch dran. Ich möchte keiner von den vielen sein.«

Sie drehte sich um und betrachtete wieder das Zimmer. Das Bett war bereits aufgedeckt, es wirkte sehr sauber und hatte eine grüne Steppdecke.

Während sie es anschaute, fühlte sie Johns Blick auf sich ruhen. Sie wandte ihm langsam das Gesicht zu und wurde ein wenig rot.

»Ich gehe jetzt ins Bad«, sagte sie.

John nickte.

»Du wolltest auch baden?«

Er nickte wieder.

»Wenn es dir lieber ist«, sagte Claire, »kannst du vor mir hineingehen.«

»Das kann ich tun«, sagte John, aber er rührte sich nicht vom Fleck.

Sie standen sich eine Weile unschlüssig gegenüber, dann drehte sich Claire um und setzte sich auf einen Stuhl. Sie hatte plötzlich wieder Herzklopfen.

»Willst du nicht wenigstens den Mantel ausziehen?« fragte John.

Sie schüttelte den Kopf, ohne es zu merken. Ihre Hände waren kalt, sie schob sie in die Manteltaschen.

»Vielleicht tut es dir schon wieder leid«, sagte John.

Claire schwieg. Sie beobachtete, wie er die Lippen zusammenpreßte und rasch ins Bad ging. Sie hörte ihn das Wasser aufdrehen, und sie saß immer noch im Mantel auf dem Stuhl, unfähig, etwas zu tun. Schließlich stand sie auf und folgte ihm ins Bad.

Er war ohne Hemd und kehrte ihr den Rücken zu. Zum erstenmal konnte sie die Muskelstränge an seinen sehnigen Armen sehen. Im Verhältnis zu seinen Schultern hatte er die Taille eines Mädchens. Sie stellte sich hinter ihn, schlang die Arme um ihn und legte das Gesicht auf seinen Rücken.

»Ich kann nichts dafür«, murmelte sie.

Sie hatte die Hände vor seiner Brust verschränkt, auf seiner dunklen Haut sahen sie noch weißer aus. Während er sie anschaute, wurde ihm der Hals eng. Wenn er sie um den Preis bekommen hätte, einen Menschen zu töten, hätte er es vielleicht getan, aber er verstand sie immer weniger. Zum erstenmal wurde ihm mit schmerzhafter Eindringlichkeit bewußt, daß dies immer die einzige Form einer Assimilation zwischen ihnen bleiben würde, solange er es nicht fertigbrachte, ihre Mentalität zu begreifen.

Er machte sich vorsichtig von ihr los und drehte sich nach ihr um. »Vielleicht bin ich doch zu primitiv für dich«, sagte er. »Ich weiß nicht, wie ein Europäer sich benimmt, wenn er bei einer Frau ist.«

Sie blickte ihn mit zuckenden Lippen an, während sie fühlte, wie eine neue Veränderung in ihr vorging. Als sich nichts mehr in ihr dagegen sträubte, faßte sie ihn bei der Hand und führte ihn ins Zimmer zurück.

»Für diese Konsultation brauche ich keine Approbation«, sagte sie.

4

Mitten in der Nacht wachte sie auf. Sie blieb eine Weile mit offenen Augen im Dunkeln liegen und horchte auf Johns Atemzüge. Es war sehr warm im Zimmer, und vielleicht war sie deshalb wach geworden. Daheim hatte sie die Heizung die Nacht über abgedreht. Auch die dicke Steppdecke war ungewohnt für sie, sie schlug einen Zipfel zurück und versuchte erfolglos, etwas vom Leuchtzifferblatt ihrer Uhr zu erkennen. Schließlich schaltete sie die Nachttischlampe ein; es war drei Minuten nach vier.

Keine Zeit für alte Mädchen, dachte sie schläfrig und blickte zu John hin. Er lag dicht neben ihr und drehte ihr das Gesicht zu. Es sah auch im Schlaf unverändert aus, vielleicht ein wenig jünger und gelöster, aber es konnte ebensogut Einbildung von ihr sein. Fred hatte im Schlaf entsetzlich albern ausgesehen. Natürlich war es unfair, einen Mann im Schlaf zu beobachten. Andererseits glaubte sie nicht daran, daß Männer in diesem Fall mehr Skrupel hatten.

Sie legte sich auf die Seite, damit sie ihn besser betrachten konnte, und während sie es tat, wurde sie hellwach. Der Kontrast zwischen seinem dunklen Gesicht und den schneeweißen Kissenbezügen brachte sie zum Lächeln. Sie zog vorsichtig die Decke von seiner Schulter und widmete ihre Aufmerksamkeit eine Zeitlang seinen muskulösen Armen. Später wurde sie dreister und begnügte sich nicht mehr damit, ihn nur anzuschauen. Es hatte allerdings ein Ergebnis, das nach Lage der Dinge ihr Mißtrauen hervorrufen mußte, und sie sagte laut und deutlich: »Du bist ein großer Schuft, John!«

»Es hat mir den ganzen Spaß verdorben«, antwortete er und schlug die Augen auf. »Hast du das auf der Universität gelernt?«

»Ich verstand vorher schon etwas von Anatomie«, erwiderte Claire. »Seit wann bist du wach?«

»Seit du das Licht eingeschaltet hast. Licht weckt mich sofort auf, ich muß ein Mikroamperemeter im Kopf haben.«

Claire lächelte. »Gut, daß ich das weiß. Künftig werde ich vorher deinen Kopf zudecken.«

»Ich könnte mich zu Tode ärgern«, meinte John und kam zu ihr. »Irgendwie ist es nicht richtig konstruiert.«

»Heimtücke entlarvt sich selbst.«

»Bei euch nicht.«

»Nicht so panoramisch. Das ist doch nicht dein Ernst.«

»Warum nicht?«

»Es ist halb fünf Uhr.«

»Ich möchte wissen«, murmelte John, »was das mit der Uhrzeit zu tun hat.«

Dagegen ließ sich schlecht etwas sagen, und als es vorüber war, küßte sie ihn. »Eigentlich nichts«, sagte sie.

John blickte verwundert. »Was sagst du?«

»Ich meinte, es hat nichts mit der Uhrzeit zu tun«, antwortete Claire und ging ins Bad.

Im Spiegel betrachtete sie ihr Gesicht; es war gerötet, ihre Augen glänzten.

John war nicht im Zimmer, als sie zurückkam. Sie trat ans Fenster und schob den Vorhang auf die Seite.

Es schneite unverändert, sie sah es an den Laternen. Von der Brücke war nichts mehr zu erkennen; die Nacht hatte sie verschluckt.

So einfach ist das alles, dachte sie. Ich werde ihn heiraten. Hinter sich hörte sie seine Schritte. Er schob die Hände unter ihre Arme, legte sie auf ihre Brüste und berührte mit dem Mund ihre Schulter.

»Müde?«

Sie schüttelte den Kopf.

»Durstig?«

»Nicht auf Wein.«

»Auf Whisky?«

Sie rieb ihr Gesicht an seinem Kinn und lächelte. »Woher?«

»Aus meinem Koffer. Ich habe drei Flaschen mitgenommen; im Club bekomme ich sie billiger.«

»Um fünf Uhr früh«, murmelte Claire. »Wo wird das mit uns aufhören?«

»Wo du willst. Vielleicht in Bulawayo.«

»In Bulawayo?«

»Wenn du willst«, sagte John ruhig. »Ich würde gern mit dir hinfliegen.«

»Wann?«

»Wann du Lust hast.«

Ehe sie eingeschlafen waren, hatte er es ein dutzendmal auf der Zunge gehabt, und immer wieder hatte er es auf einen späteren Zeitpunkt verschoben. Jetzt war es ihm ohne Anstrengung über die Lippen gekommen. Claire schwieg. Sie ließ mit geschlossenen Augen den Kopf gegen seine Brust fallen und dachte nach.

»Wenn es dir nicht gefällt«, sagte John, »fliegen wir am nächsten Tag zurück. Von Paris aus gibt es eine direkte Flugverbindung nach Livingstone. Wenn wir um vier Uhr abfliegen, sind wir am nächsten Mittag in Livingstone.«

»Und dann?« fragte Claire mit geschlossenen Augen.

»In Livingstone müssen wir übernachten«, sagte John. »Am nächsten Morgen bekommen wir eine Maschine der CAA nach Bulawayo. In zwei Stunden sind wir dort.«

»Wohnt dein Vater in Bulawayo?«

»Nicht direkt; unsere Farm liegt östlich davon. Die Straße führt über Lancaster; wir nehmen uns ein Taxi.«

»Das ist mir alles ein klein wenig zu perfekt«, sagte Claire und öffnete die Augen. »Seit wann beschäftigst du dich damit?«

John lächelte. »Seit ich dich kenne.«

»Vielleicht hast du früher schon einmal daran gedacht«, sagte Claire. »Vor mir war doch ein anderes Mädchen da.«

Er blieb ein paar Sekunden still. »Sie zählte nicht«, sagte er dann. »Sie brauchte Geld, und als sie es hatte, kam sie nicht mehr.«

»Wofür brauchte sie es?«

»Für ihre kranke Mutter.«

Claire nahm seine Hände von ihrer Brust und drehte sich nach ihm um. »Und auf so etwas bist du hereingefallen?«

»Sie hatte ein Gesicht wie ein Engel«, sagte John und ging zu seinem Gepäck. »Ich habe sie nicht mehr als ein dutzendmal gesehen; sie war nicht aus Thüngerstadt. Angeblich hatte sie Bekannte hier, die sie regelmäßig besuchte. Ich lernte sie in einem Tanzlokal kennen.«

»Woher kam sie?«

»Sie hat mich angelogen«, sagte John kurz.

Während er die Whiskyflasche aus dem Koffer holte, legte sich Claire aufs Bett. Auf dem Tisch standen noch die Gläser und die Weinflasche vom Abendessen, er trug die Gläser ins Bad, spülte sie aus und kehrte ins Zimmer zurück. Seine Bewegungen waren völlig ungezwungen, er schien überhaupt nicht daran zu denken, daß er nichts anhatte. Claire ertappte sich dabei, daß sie ihn fasziniert anschaute.

So muß ich früher meine Puppen angeschaut haben, dachte sie, Spielzeug für große Mädchen!

»Wir haben uns nur abends getroffen«, sagte er. »Sie war zwanzig Jahre alt und neugierig. Jemand muß ihr eine Räubergeschichte über uns erzählt haben.«

Er kam mit den Gläsern ans Bett und setzte sich neben sie.

»Eine anatomische?« fragte Claire.

»Von unserer Seele hatte sie jedenfalls noch nichts gehört. Sie war auch sehr vorsichtig; weiter als bis in den Schloßgarten ist sie nie mit mir gegangen.«

»Ein schlechter Platz für einen Mann. Warum hast du dir Sams Wagen nicht geborgt?«

»Sie konnte das Autofahren nicht vertragen.«

»Natürlich!« sagte Claire, und sie wunderte sich über den Zorn, den sie dabei empfand. Sie legte ihm die Hand auf die Hüfte. »Es tut mir leid, aber du mußt damals sehr dumm gewesen sein.«

»Das auch«, sagte John. Er kippte seinen Whisky hinunter und grinste. »Als ich auf die Universität kam, war ich noch dümmer.«

»Ich weiß immer noch nicht, weshalb du das Studium nun wirklich aufgegeben hast. Sam hat mir eine andere Version erzählt als du.«

»Manchmal könnte ich ihn in eine Mülltonne stecken«, murmelte John. »Habt ihr gestern abend darüber gesprochen?«

Claire schüttelte den Kopf. Der Whisky schmeckte ihr nicht; er war zu warm. Sie stellte das Glas auf den Boden. »Damals, als er mich vor dem

Schloßgarten abgeholt hat. Ich kann mir aber nicht vorstellen, daß ein Mann in Amerika die Universität verlassen muß, nur weil es dort Leute gibt, die sein Gesicht nicht mögen.«

»Nicht, wenn er es nicht will.«

»Dann lag es an dir?«

»Es ist die Methode der feinen Nadelstiche«, sagte John. »Wer eine dicke Haut hat, spürt sie nicht. Willst du noch einen Whisky?«

»Nein. Leg dich zu mir!«

Sie machte ihm Platz, und als er neben ihr lag, schaltete sie das Licht aus. Es war auch jetzt nicht ganz dunkel im Zimmer; durchs Fenster leuchtete die helle Schneenacht herein.

»Es begegnete einem auf Schritt und Tritt«, sagte John. »Ich dachte, in Amerika sei es anders.«

»Hast du nie Zeitungen gelesen?«

»In Rhodesien gibt es kein Rassenproblem; auch in den Zeitungen nicht. Was ich über Amerika wußte, habe ich auf dem College gehört; sie haben uns ein Märchen erzählt. – Warum deckst du dich nicht zu?«

»Mir ist nicht kalt.«

»Es waren nicht nur die Dozenten«, sagte John. »Wenn man Glück hatte, erwischte man sogar einen, der sich nicht darum kümmerte, ob man schwarz oder weiß war.«

Claire berührte mit den Fingerspitzen seinen Mund. »Du hast kein Glück gehabt?«

»Wenig. Auch mit meinen Kommilitonen nicht; die meisten kamen aus den Südstaaten.«

Er verstummte einen Augenblick, dann zog er Claire fest an sich. »Eigentlich war es damals auch ein Mädchen«, murmelte er.

»Die Äthiopierin?«

»Ich wollte sie heiraten, aber ihre Eltern hätten es nicht zugelassen. Sie hatten schon einen Mann für sie aus ihren Kreisen. In Äthiopien ist das besonders ausgeprägt.«

»Es liegt Europa näher als Rhodesien«, sagte Claire. »Warst du in sie verliebt?«

John lachte leise. »Genug, um mich ihretwegen mit einem Professor anzulegen. Er hatte eine besonders abfällige Art, mit ihr zu reden. Vielleicht gefiel es ihm nicht, daß ihr Vater ein hoher Regierungsbeamter war. Als er sie wieder einmal im Hörsaal heruntermachte, mischte ich mich ein; von da an hatte ich keine Chance mehr, in Lansing das Examen zu bestehen.«

»Du bist ein Michael Kohlhaas«, murmelte Claire.

»Wer ist das?«

»Er war es einmal und glaubte an sein Recht; man hat ihn gerädert. Wie ging es weiter?«

»Es hörte auf. Ich hatte übersehen, daß der Professor bei den weißen Kommilitonen sehr beliebt war; nach vierzehn Tagen zog ich es vor, freiwillig zu gehen.«

»Und das Mädchen?«

»Wir waren schon vorher miteinander befreundet. Als ich nicht mehr in die Vorlesungen kam, besuchte sie mich.«

»Und so weiter«, sagte Claire. »Wie lange ging das?«

Claire sah jetzt klar. »Dann bist du ihretwegen nicht mehr nach Rhodesien zurück. Hättet ihr nicht ohne den Segen ihrer Eltern heiraten können?«

»Sie wollte es nicht.«

»Wenn sie dich liebte ...«

»Sie liebte mich in Lansing«, sagte John dazwischen. »Mit mir konnte sie sich über Äthiopien unterhalten. Als sie das Examen machte, verdiente ich in der Woche zwanzig Dollar; ich war erledigt.«

»Was hast du gearbeitet?«

»Alles«, sagte John.

Er lag ihr so nahe, daß die Wärme seines Körpers sie wie in ein Tuch einhüllte. Unter ihrer Hand fühlte sie sein Herz schlagen.

»Warum nicht?« fragte er.

»Morgen wieder.«

»Es ist schon morgen. Die Massai glauben, daß zwei, die in der Vereinigung einschlafen, immer beisammenbleiben werden; sie tauschen im Schlaf ihre Seelen aus.«

»Das ist paradox«, sagte Claire. »Sie können sich entweder vereinigen oder schlafen, beides zusammen ist psychisch wie physisch unvorstellbar.«

»Manchmal ist man auch im Schlaf physisch beteiligt. Hast du es nie erlebt?«

Claire fühlte, wie sie in der Dunkelheit rot wurde. »So etwas fragt man eine Frau nicht. Was glauben die Massai noch?«

Ihr Ton erregte seine Aufmerksamkeit. »Was weißt du von den Massai?«

»Nur das, was ich über sie gelesen habe. Wenn es stimmt, was der Verfasser schreibt, bist du so etwas wie ein weißer Rabe. Die Bantus sollen naiv, immer zum Lachen aufgelegt und ausnahmslos beschnitten sein. Die Massai gehören doch zu den Bantus?«

Ihre Kenntnisse überraschten ihn, er blieb eine Weile still, dann lachte er verlegen. »Daß sie zu den Bantus gehören, stimmt. Das andere stimmt nicht.«

»Daß sie oft lachen?«

»Das stimmt auch.«

»Naiv bist du ein wenig«, sagte Claire erheitert.

»Davon habe ich nicht gesprochen. Außerdem bin ich kein Bantu.«

»Du hast mir nie gesagt, was du bist.«

»Mein Großvater gehörte noch zu den Aschantis. Er heiratete eine Ägypterin, mein Vater eine Hamitin; ich bin von allem etwas. Wäre ich in einem Kral oder bei einem Stamm aufgewachsen, wüßte ich wenigstens, was ich bin.«

»Weißt du es nicht?«

»Für das eine zu intelligent und für das andere zu schwarz.«

»Hast du noch Geschwister?«

»Einen Bruder, er ist drei Jahre älter als ich und wird einmal die Farm übernehmen. Wir waren zusammen auf der Missionsschule, aber wenn ihm einmal der Bauch weh tut, besucht er im nächsten Kral einen Fetischpriester.«

»Er glaubt noch daran?« fragte Claire verwundert.

»Ja.«

»Und du?«

»Ich glaube nichts mehr«, sagte John, »weder das eine noch das andere. Die in einem Kral aufgewachsen sind, haben es einfacher; sie wissen es nicht besser.«

»Vielleicht lachen sie deshalb so oft«, sagte Claire.

»Vielleicht. Wir könnten sie einmal fragen.«

»Wir?«

»Wenn wir in Lancaster sind«, sagte John. »Du hast mir noch nicht verraten, ob du mitfliegen willst.«

Claire hatte es in der letzten halben Stunde keine Sekunde lang vergessen, aber sie war noch zu keinem Entschluß gekommen. Es gab einige Gesichtspunkte, die sie für seinen Vorschlag zugänglich machten. Abgesehen davon, daß der Gedanke an die Reise eine starke Suggestion auf sie ausübte, blieb auch die Überlegung, durch eine Begegnung mit seiner Familie und seiner Heimat vieles von dem, was ihr noch unverständlich an ihm war, besser zu begreifen, nicht ohne Einfluß auf sie. Andererseits ließ sie sich nicht gerne überrumpeln, schon gar nicht um fünf Uhr früh. Und wenn sie ehrlich zu sich war, mußte sie sich eingestehen, daß sie ebensoviel Furcht wie Neugierde empfand. Es war doch etwas anderes, mit John in einem französischen Hotel zu wohnen, als ihm, wenn auch nur zu einem kurzen Besuch, in seine Heimat zu folgen. Zwar hatte sie genug Geld bei sich, notfalls den Rückflug aus eigener Tasche zu bezahlen, aber das Gefühl, sich durch eine solche Reise bedingungsloser an ihn auszuliefern, als es beim jetzigen Stand ihrer

Beziehungen ohne Risiko möglich war, wurde dadurch nicht völlig beseitigt.

Sie wußte immer noch zuwenig von ihm, und um sich unbefangen mit ihm in ein Flugzeug zu setzen, das sie in ein wildfremdes Land trug, hatte sie schon zu viele Überraschungen mit ihm erlebt. Er steckte, genau wie sie selbst, voller Widersprüche, und was sie in der letzten Zeit über Rhodesien gelesen hatte, ließ ihr die Entscheidung nicht leichter werden. Zudem waren auch die jüngsten politischen Ereignisse in Afrika wenig dazu angetan, ihre grundsätzlichen Bedenken zu zerstreuen. John hatte zwar nie ein Wort darüber verloren, doch schien es ihr undenkbar, daß sie ihn nicht berührten.

»Ich muß mir das noch überlegen«, sagte sie. »Ich weiß nicht, ob sich die weite Reise lohnt.«

»Für dich?«

Sie schüttelte ungeduldig den Kopf. »Ich meine es anders. Auf keinen Fall kann ich länger als vierzehn Tage von den Vorlesungen wegbleiben. Wenn wir für den Hin- und Rückflug vier Tage brauchen, könnten wir uns höchstens eine Woche dort aufhalten.«

»Sie würde sich sogar lohnen, wenn wir uns nur vier Tage aufhielten«, erwiderte John ruhig. »Ich möchte nur, daß du es einmal siehst.«

»Warum möchtest du das?«

»Vielleicht fällt es dir dann leichter, mich zu heiraten.«

Claire lächelte. »Davon wollen wir es lieber nicht abhängig machen. Ich möchte jetzt schlafen.«

Sie küßte ihn, zog die Decke über die Schultern und drehte ihm den Rücken zu. Aber sie fühlte sich immer noch nicht müde genug, und als er sich sofort wieder an sie preßte und mit dem Mund ihren Nacken berührte, legte sie ihm die Hand auf die Hüfte.

»Wie war das bei den Massai?« fragte sie.

5

Nachdem Dawkins das Zimmer verlassen hatte, machte sich Captain Denson einige Notizen, dann griff er zum Telefon und befahl Sergeant Chumley zu sich.

»Die Ausgangssperre für die Gruppe ist aufgehoben«, sagte er zu ihm. »Einer der Männer war bei mir und hat gestanden, daß Bruce die Mutter herausgeschraubt hat.«

»Ich habe nie daran gezweifelt«, sagte Chumley. »Was werden Sie mit ihm tun, Sir?«

»Ich lasse es mir noch durch den Kopf gehen. Fürs erste wünsche ich, daß Leutnant Horne davon unterrichtet wird, und zwar von Bruce persönlich.«

Chumley grinste. »Jawohl, Sir!«

»Leutnant Horne wird ein Protokoll darüber anfertigen«, sagte Denson und studierte die Notizen, die er sich gemacht hatte.

»Halten Sie Dawkins für fähig, eine Gruppe zu führen?«

»Dawkins?«

»Ja.«

»Wenn Sie es wünschen, Sir«, sagte Chumley zögernd.

Denson blickte ihn kühl an. »Ich habe Sie gefragt, ob Sie ihn für fähig halten.«

»Nein, Sir.«

»Dann kommt er in einen anderen Zug«, entschied Denson. »Geben Sie ihm einen Posten, der keine moralische Qualifikation erfordert. Das ist alles.«

Chumley war schon an der Tür, als Densons Stimme ihn wieder einholte: »Sergeant Baako wird nach seiner Rückkehr nach Eschwege versetzt; das Regiment hat ihn dem dritten Bataillon zugeteilt.«

»Das sind sechzig Meilen«, sagte Chumley.

Denson runzelte die Stirn. »Und?«

»Ich meine, mit seinem Wagen ist das kein Problem für ihn«, sagte Chumley. »Er hat sich vor zwei Wochen einen zugelegt.«

»Einen Wagen?«

»Jawohl, Sir.«

»Drücken Sie sich gefälligst deutlicher aus, Sergeant«, sagte Denson mit leicht erhobener Stimme.

»Jawohl, Sir!« Chumley nahm die Arme eine Kleinigkeit hoch. »Ich wollte sagen, daß es mit einem Wagen für Sergeant Baako kein Problem ist, gelegentlich von Eschwege nach Thüngerstadt zu fahren; er kennt ein Mädchen hier.«

Denson blickte ihn mit schmalen Augen an. »Seit wann?«

»Noch nicht lange, Sir. Tochter aus erstklassiger Familie; sie studiert Medizin.«

»So!« sagte Denson und versank in minutenlanges Schweigen. Schließlich hob er ruckartig den Kopf. »Sonst wissen Sie nichts?«

»Sir?«

Wenn Chumley verständnislos tat, war es aussichtslos, mehr von ihm zu erfahren. »Es ist gut«, sagte Denson zerstreut. »Danke, Sergeant.«

In seiner Schreibstube wurde Chumley von Fred erwartet. Er saß auf einem Stuhl neben der Tür, und Chumley bemerkte ihn erst, als Korporal Perkins ihm ein Zeichen gab. »Er will zum Alten«, sagte Perkins. »Spricht kein Wort Englisch.«

»Denson spricht kein Wort Deutsch«, sagte Chumley und musterte Fred über die Schulter hinweg mit der routinierten Gründlichkeit eines alten Hauptfeldwebels.

»Frag ihn, worum es sich handelt!«

»Um Sergeant Baako«, sagte Perkins grinsend. »Er vermißt seit Montag seine Braut.«

»John?«

Perkins grinste verstärkt. »Der junge Mann hier. Er heißt Alfred Fehrenbach.«

Als Fred seinen Namen hörte, stand er auf. »Guten Tag!« sagte er zu Chumley.

»Ich habe den Kerl noch nie gesehen«, knurrte Chumley und behielt Freds Gesicht im Auge. Als sich dort keine Veränderung zeigte, wandte er sich wieder an Perkins. »Hab' kein Fundbüro hier. Was hat seine Braut mit Baako zu tun?«

»Sie ist verschwunden«, sagte Perkins. »Er behauptet, John müßte wissen, wo sie ist.«

»Wieso?«

»Sie heißt Claire Heggelbacher«, sagte Perkins.

Chumley setzte sich langsam hin. »Nein!«

»Doch«, sagte Perkins triumphierend.

»Und sie ist seine Braut?«

»Er behauptet es. Zuerst wollte er mit John sprechen, und als ich ihm sagte, daß das nicht ginge, verlangte er den Kompanieführer.«

»Hast du ihm gesagt, daß John in Urlaub ist?«

»Zivilisten gebe ich keine Auskunft«, antwortete Perkins.

Chumley dachte angestrengt nach.

»Er wollte nicht damit herausrücken«, sagte Perkins. »Als ich ihn fragte, was er von John wünschte, faselte er etwas von einer Adresse, die er von ihm erfahren wolle. War nicht schwer zu erraten, welche Adresse er meinte!«

»Seit wann ist sie verschwunden?«

»Seit Montag abend.«

»Montag abend!« Chumley drehte ihm das Gesicht zu. »Ausgerechnet Montag abend! Komisch, was?«

»Sehr komisch«, bestätigte Perkins. »Ich wette, er hat sie mit nach Lancaster genommen.«

»Der Teufel soll ihn holen!« knurrte Chumley und betrachtete wieder Fred. Während er ihn anschaute, kam ihm ein Einfall. »Frag ihn, ob er auch schon mit dem Regimentskommandeur gesprochen hat!«

Perkins blickte verdutzt. »Mit unserem Regimentskommandeur?«

»Ja.«

»Hat er das?«

»Idiot! Ich möchte es von ihm hören.«

»Okay«, brummte Perkins und richtete das Wort an Fred: »Der Sergeant möchte wissen, ob Sie in dieser Sache schon mit dem Regimentskommandeur gesprochen haben«, sagte er in schlechtem Deutsch.

»Ich nicht«, antwortete Fred, »der Bürgermeister; er ist ein guter Bekannter von mir.«

Es schien keinen Eindruck auf Perkins zu machen. Fred registrierte es mit Enttäuschung. Er setzte sich wieder hin und beobachtete, wie die beiden miteinander redeten.

Gestern mittag hatte er bei Claire angerufen, nachdem ihm die Ungewißheit unerträglich geworden war. Er hatte Ruth nur ein wenig aushorchen wollen, mehr nicht. Aber seitdem wußte er, daß Claire am Montag abend nach einer Auseinandersetzung mit ihrem Vater das Haus verlassen hatte. Nach einer unruhig verbrachten Nacht war er heute vormittag nach Marburg gefahren, hatte Claire jedoch nicht angetroffen. Sie war schon gestern nicht zu den Vorlesungen erschienen. Da die Auseinandersetzung mit ihrem Vater am Abend des gleichen Tages erfolgt war, an dem er die Unterredung mit ihm gehabt hatte, war der Zusammenhang offensichtlich. Auf der Rückfahrt nach Thüngerstadt hatte sich sein Schuldbewußtsein in Furcht und seine Furcht in den Entschluß verwandelt, unter allen Umständen ihren Aufenthaltsort zu erfahren. Und wenn es einen Menschen gab, der ihm sagen konnte, wo sie sich befand, war es John Baako.

Deshalb war er hier, und er war entschlossen, sich nicht damit abfertigen zu lassen, daß der Sergeant nicht zu sprechen sei. Wahrscheinlich ließ er sich verleugnen, und ebenso wahrscheinlich schien es ihm, daß die beiden hier mit ihm unter einer Decke steckten. Dafür sprach auch die Tatsache, daß der Unteroffizier sofort gewußt hatte, welche Adresse er von John erfahren wollte. Vielleicht war es ein Fehler gewesen, ihm mehr zu erzählen, als unbedingt erforderlich gewesen wäre, aber nun ließ es sich nicht mehr ändern. Während er ungeduldig darauf wartete, daß die beiden ihr Gespräch beendeten, nahm er sich vor, nicht eher aus der Kaserne zu gehen, als bis er entweder mit John Baako oder mit dem Kompanieführer gesprochen hatte.

»Wir können Ihnen nicht helfen«, sagte Perkins jetzt. »Der Kompanieführer ist nicht zuständig dafür. Sie müssen warten, bis Sergeant Baako zurückkommt; er ist vorgestern für sechs Wochen in Urlaub gefahren.«

Fred starrte ihn bestürzt an. »Urlaub?«

»Ja.«

»Wohin?«

»In seine Heimat; er kommt aus Rhodesien.«

Es war neu für Fred, und er brauchte Zeit, sich darauf umzustellen. »Ich dachte, er sei Amerikaner«, sagte er nach einer kleinen Pause.

Perkins grinste. »Das eine schließt das andere nicht aus. Kommen Sie in sechs Wochen wieder vorbei, dann können Sie mit ihm reden. Der Kompanieführer weiß auch nicht mehr als wir.«

Obwohl es sich um einen neuen Trick handeln konnte, klang es diesmal so überzeugend, daß Fred sich damit begnügte. Als er etwas später an Perkins' Seite zum Kasernentor schritt, beschäftigte er sich mit der Frage, ob der Sergeant allein oder in Claires Gesellschaft gefahren sei. Wenngleich die zeitliche Übereinstimmung seines Urlaubs mit ihrem Verschwinden den Verdacht nahelegte, sträubte sich sein Verstand dagegen. Sie konnte es sich nicht leisten, so kurz vor ihrem Examen sechs Wochen lang die Vorlesungen zu versäumen. Und selbst wenn sie sich dazu entschlossen hätte, würde ihr das Leben in einem Buschdorf vielleicht rascher die Augen öffnen, als es in Thüngerstadt möglich gewesen wäre. Aber er glaubte nicht daran, es schien ihm einfach unvorstellbar. Viel wahrscheinlicher war es ihm dagegen, daß es zwischen den beiden zu Differenzen gekommen war und daß sie deshalb darauf verzichtet hatten, seinen Urlaub zusammen irgendwo in Europa zu verbringen. Da sich diese Möglichkeit auch mit seiner unveränderten Überzeugung deckte – die bereits zu einem Komplex geworden war –, daß Claire früher oder später von dem Schwarzen genug kriegen würde, weckte sie auch, je länger er sich mit ihr beschäftigte, neue Zuversicht in ihm. Daß Claire gestern und heute nicht zu den Vorlesungen erschienen war, erklärte er sich mit ihren Schwierigkeiten, ein passendes Zimmer zu finden, und er hielt es nicht für ausgeschlossen, daß sie so lange in einem Hotel wohnte. Morgen würde er auf alle Fälle noch einmal nach Marburg fahren, und wenn er sie auch dann nicht antraf, würde er einem ihrer Kommilitonen fünfzig Mark in die Hand drücken und sich von ihm Nachricht geben lassen, sobald sie sich wieder in der Universität sehen ließ. Mehr war im Augenblick nicht zu tun, aber er war nun doch froh, daß er sich zu diesem Besuch in der Kaserne aufgerafft hatte, obgleich er ihm schwer genug gefallen war. Und als Perkins sich am Tor mit einem flüchtigen Kopfnicken verabschieden wollte, holte er rasch eine Zigarettenpackung aus der Tasche und streckte sie ihm hin.

»Ich rauche nicht«, sagte Perkins.

Fred steckte die Packung wieder ein, ohne seinen Ärger zu zeigen. »Man sieht es den Leuten nicht an«, meinte er. »Eine Frage hätte ich noch. Wissen Sie genau, daß der Sergeant wirklich nach Rhodesien gefahren ist?«

»Wozu hätte er sich sonst seinen Urlaubsschein nach Lancaster

ausstellen lassen?« erwiderte Perkins und kehrte zu Chumley zurück. Er traf ihn mit verkniffenem Mund am Fenster stehend und vor sich hin brütend.

»Er wollte noch wissen, ob John tatsächlich nach Rhodesien gefahren ist«, sagte Perkins und hielt die Hände über den Heizkörper. »Verdammt kalt heute, ich glaube, wir kriegen wieder Schnee.«

Als Chumley nicht antwortete, blickte er in sein Gesicht. »Wirst du Denson davon erzählen?«

»Einen Dreck werde ich!« sagte Chumley. »Und du auch! Damit das klar ist zwischen uns.«

Perkins nickte. »Ich weiß nicht soviel wie du, Spieß, aber langsam rieche ich etwas. So schnell ist im Regiment noch keiner in Urlaub gefahren. Hältst du es für möglich, daß er sie mitgenommen hat?«

»In einem Koffer«, sagte Chumley, »klein zusammengehackt.«

Perkins begriff nicht sofort. »Du meinst...«

»Das tun sie immer«, sagte Chumley, »mit einem Beil.«

Er holte seine Mütze von einem Haken und verließ die Schreibstube. Auf dem Weg zu Sam grinste er vor sich hin.

Die Gruppe war in der Nacht auf Patrouille gewesen. Als Chumley hereinkam, saßen die Männer am großen Tisch der Mannschaftsstube und putzten ihre Gewehre.

Sam grüßte lässig. »Wo brennt's, Spieß?«

»Vielleicht brennt's bei dir«, sagte Chumley und musterte mit scharfem Blick die Männer; sie waren alle da.

»Wieso bei mir?« fragte Sam, der ein gutes Gewissen hatte.

»Vor Ungeduld«, antwortete Chumley. »Hast du nicht eine Neuigkeit für mich?«

»Hab' noch keine Zeitung gelesen«, sagte Sam. »Hast du vielleicht eine Neuigkeit?«

»Nicht direkt. Daß vorsätzliche Beschädigung von militärischem Eigentum streng bestraft wird, ist nichts Neues, Denson will den Vorfall dem Bataillon melden.«

Er hatte so laut gesprochen, daß alle es hörten; sie unterbrachen ihre Beschäftigung.

»Welchen Vorfall?« fragte Sam verständnislos.

Chumley nahm Ingram das Gewehr weg und betrachtete es von allen Seiten. »Abschrauben einer Befestigungsmutter vom Lenkstockhebel eines Jeeps«, sagte er schleppend. »Jemand war vor 'ner halben Stunde bei Captain Denson und hat ausgepackt. Die Ausgangssperre ist aufgehoben.«

Er gab Ingram das Gewehr zurück und heftete den Blick auf Bruce, dessen Gesicht ohne Farbe war. »Sie wissen Bescheid«, sagte er. »Captain

Denson wünscht, daß Sie sich bei Leutnant Horne melden und Ihren Mist zu Protokoll geben. Versuchen Sie keinen neuen Trick mehr; wenn Denson eine Karte in der Hand hat, spielt er sie auch aus. Ist das klar?«

»Jawohl, Sergeant«, sagte Bruce.

Seit dem Gespräch mit Captain Denson hatte er keine ruhige Minute mehr gehabt. Nicht etwa, daß die Männer ihm Szenen gemacht hätten. Keiner von ihnen hatte einen Ton gesagt. Aber als er sie in den vergangenen Tagen nach Dienstschluß in den Club einladen wollte, hatte jeder eine andere Ausrede gehabt. Drei Abende lang hatte er ihre mürrischen Gesichter ertragen, ihren einsilbigen Gesprächen zugehört und ihre vorwurfsvollen Blicke auf sich gefühlt. Jetzt war er fast froh, daß es zu Ende war. Es interessierte ihn nicht einmal, wer ihn bei Denson denunziert hatte. Hätte die Ausgangssperre nur noch zwei oder drei Tage gedauert, wäre jeder einzelne von ihnen dazu imstande gewesen. Außer Henry, der aus dem gleichen Milieu kam wie er, gab es keinen, für den er die Hand ins Feuer gelegt hätte, und er hatte es schon lange satt, sich ihr Schweigen dadurch zu erkaufen, daß er freundschaftliche Gefühle für sie heuchelte. Es war zermürbender gewesen als die Furcht, einer von ihnen könnte zu Denson gehen und die Wahrheit erzählen.

Nun, da es geschehen war, hatte er keine Furcht mehr. Im Grunde hatte alles mit dem Sergeant angefangen, und ihn machte er auch für seine Situation verantwortlich, ihn und alle anderen, die von der gleichen Hautfarbe waren wie er. Es hatte mit Logik nichts zu tun, es war nur noch eine Sache seines Empfindens und seiner Abneigung, die stets dagewesen war, seit er denken konnte. Und wenn er seine Militärzeit hinter sich hatte, würde er es ihnen heimzahlen, wo immer sich eine Gelegenheit dafür bot; allen Niggern der Welt!

»Soll ich sofort zu Leutnant Horne?« fragte er laut.

Chumley blickte zuerst ihn, dann Sam an, dessen Gesicht vor Wut genauso blaß war wie das von Bruce. »Wenn ich hier fertig bin«, antwortete er grinsend. »Ich komme mit Ihnen, Dawkins.«

»Jawohl, Sergeant!« Dawkins richtete sich erwartungsvoll auf.

»Packen Sie Ihre Sachen«, sagte Chumley. »In einer halben Stunde melden Sie sich bei mir auf der Schreibstube!«

»Jawohl, Sergeant!« sagte Dawkins erwartungsvoll.

Chumley maß ihn mit einem ausdruckslosen Blick, dann wandte er sich an Sam: »Komm mit!«

Er trat auf den Korridor hinaus, lehnte sich mit dem Rücken an ein Fenster und verschränkte die langen Arme vor der Brust.

»Dieses Schwein!« sagte Sam atemlos. »Ich habe sofort gewußt, daß er es war.«

»Dawkins?«

»Quatsch! Was willst du überhaupt von Dawkins?«

»Nicht das, was er will; er wird versetzt.«

»Warum?«

»Das wird er sich auch fragen«, antwortete Chumley. Er hatte etwas gegen Denunzianten, und dieser Fall war ihm besonders unsympathisch. »Übernimm dich nicht mit Bruce«, sagte er schleppend. »Horne hat 'ne Schwäche für ihn. Er wird in den nächsten Tagen einen brauchen, bei dem er sich abkühlen kann.«

Sam grinste wütend. »War der beste Einfall, den Denson je gehabt hat. Wer hat gepfiffen?«

»Es muß nach dem Essen passiert sein«, sagte Chumley und nickte einem Mann zu, der im Vorbeigehen die Hand an die Mütze hob. »Heute vormittag wußte Denson noch nichts.«

»Hängt es mit Dawkins' Versetzung zusammen?«

»Dienstgeheimnis«, sagte Chumley. »Schon 'ne Ansichtskarte bekommen?«

»Von wem?«

»Jemand hat beobachtet, wie John am Montag abend das Mädchen abgeholt hat.«

Sam wurde um die Nase herum ein wenig blaß. »Und? Er hat sie schon öfter abgeholt.«

»Jemand hat noch mehr beobachtet«, sagte Chumley, die Tür zur Mannschaftsstube betrachtend. »Er ist am Dienstag zusammen mit ihr weggefahren.«

»Dann weiß der Jemand mehr als ich«, erwiderte Sam. Er glaubte es nicht. John hatte sich mit Claire am Schloßgarten getroffen; es war so gut wie ausgeschlossen, daß sie beobachtet worden waren.

»Seinen Wagen hat er jedenfalls mitgenommen«, sagte Chumley.

»Ist das verboten?«

Chumley zuckte mit den Schultern. »Etwas ausgefallen, wenn einer nach Lancaster fliegt.«

»Von Paris aus kriegt er eine direkte Maschine«, sagte Sam. »Er wird den Wagen solange in eine Garage stellen.«

»In Paris?«

»Das ist auch nicht verboten. Was interessiert's dich?«

Chumley betrachtete noch immer die Tür der Mannschaftsstube. Sein hageres Gesicht wirkte angestrengt. »Du weißt also nicht, ob er sie mitgenommen hat?«

»Bedauere«, sagte Sam steif.

»Auch nicht unter Freunden?«

»Unter welchen?«

»Schön!« Chumley stieß sich mit dem Rücken vom Fenster ab, öffnete die Tür und rief Bruce heraus. Bevor er ging, wandte er sich noch einmal an Sam: »Viel wird es ihm nicht nützen«, sagte er mit unterdrücktem Ärger. »Seine Versetzung ist perfekt.«

Es kam nicht überraschend für Sam; er zuckte mit den Schultern.

»Bin lange genug in der Armee, und John auch. Ein alter Trick, einen unbequemen Mann in die Staaten abzuschieben.«

»In die Staaten?«

»Wohin sonst? In den Staaten ist er weit genug weg.«

Chumley dachte intensiv nach, dann grinste er. »Korea wäre noch besser.« Diesmal konnte er mit der Wirkung zufrieden sein; Sams Gesicht wurde gelb vor Schreck. »Ist das amtlich?«

»Ich habe nichts gesagt«, antwortete Chumley befriedigt.

Er winkte Bruce, der an der Tür gewartet hatte, mit dem Kopf und setzte sich in Bewegung. Das Grinsen lag noch auf seinem Gesicht, als er die Treppe hinunterstieg; Bruce folgte ihm in kurzem Abstand. Vor Hornes Zimmer blieb Chumley stehen.

»Machen Sie es kurz!« sagte er. »Ich hoffe, Denson brummt Ihnen für Ihren Dilettantismus eine Extrastrafe auf.«

»Ist mir egal«, sagte Bruce.

Chumley nickte. »Mal sehen. Ich schätze, dreißig Tage harte Arbeit. Den Schaden an den beiden Jeeps müssen Sie zusätzlich blechen.«

»Ist mir auch egal«, sagte Bruce verbissen.

»Eines Tages kriegt Sie einer am Arsch«, sagte Chumley und klopfte an die Tür.

Horne empfing sie am Schreibtisch sitzend und fertig angezogen. In fünfundzwanzig Minuten würde sich sein Zug zu einer der üblichen Instruktionsstunden im Unterrichtsraum versammeln, und Horne würde über die militärpolitische Situation in der Welt referieren, eine Aufgabe, die ihm lag und auf die er sich immer mit großer Gewissenhaftigkeit vorbereitete. Als Chumley und Bruce das Zimmer betraten, sah er unwillig auf.

»Befehl von Captain Denson«, sagte Chumley. »Ich hätte Sie sonst nicht gestört, Sir. Bruce hat eine Meldung für Sie.«

»Eine Meldung?« Horne drehte sich auf seinem Stuhl herum und schaute Bruce an.

»Ich habe die Mutter am Jeep von Sergeant Baako herausgeschraubt«, sagte Bruce.

In Hornes Gesicht rührte sich nichts, seine blauen Augen hinter der Brille blieben ohne Ausdruck. Chumley empfand widerwillige Bewunderung. Er ist noch kälter als ein Fisch, dachte er.

»Warum kommen Sie zu mir?« fragte Horne nach einer kleinen Pause.

»Befehl von Captain Denson«, antwortete Chumley für Bruce.

»Sie sollen den Tatbericht aufnehmen, Sir.«

»Von wem hat Captain Denson es erfahren?«

»Er hat es mir nicht gesagt, Sir.«

Horne richtete den Blick wieder auf Bruce. »Sie wissen es auch nicht?«

»Nein, Sir.«

»Warten Sie vor der Tür, Sergeant«, sagte Horne.

Chumley glaubte, sich verhört zu haben. »Vor der Tür?«

»Vor der Tür«, bestätigte Horne kühl.

Er beobachtete, wie Chumley hinausging. Dann stand er auf, verschränkte die Hände hinter dem Rücken und nahm die Unterlippe zwischen die Zähne. Als er sie losließ, war sie ganz weiß. Er machte ein paar Schritte zum Fenster, kehrte auf halbem Weg um und baute sich breitbeinig vor Bruce auf.

»Sie haben mich also belogen«, sagte er in unpersönlichem Ton. »Warum haben Sie die Mutter herausgeschraubt?«

Gemessen an dem, was Bruce befürchtet hatte, war es nichts, ein Windhauch an Stelle des erwarteten Orkans. Es machte die Situation aber nur noch peinlicher. Horne hatte sich in dieser Sache sehr kulant benommen und ihm rückhaltlos vertraut.

»Ich bedauere es aufrichtig, Sir«, murmelte er.

»Daß Sie die Mutter herausgeschraubt haben?« fragte Horne.

Bruce hob den Blick in sein Gesicht. »Das bedauere ich nicht, Sir. Ich bedauere, daß ich Sie angelogen habe.«

»Es beantwortet nicht meine Frage«, sagte Horne, und diesmal klang seine Stimme weniger unpersönlich. »Sie müssen doch einen Grund dafür gehabt haben!«

»Der Sergeant hatte eine Antipathie gegen mich.«

»Haben Sie Beweise dafür?«

»Jeder in der Gruppe kann es Ihnen bestätigen.«

»Das genügt mir nicht«, sagte Horne und setzte sich hinter seinen Schreibtisch. »Ich brauche etwas Konkretes.«

»Er hat bei Captain Denson falsche Anschuldigungen gegen mich erhoben«, sagte Bruce.

»Wann?«

»Nach Weihnachten. Er hat erfahren, daß ich einmal den Wunsch äußerte, in eine andere Gruppe versetzt zu werden, und hat es Captain Denson gemeldet.«

»Warum wollten Sie sich versetzen lassen?«

»Das habe ich nicht gesagt, Sir. Der Sergeant muß es erfunden haben.«

»Was?«

»Das, was er Captain Denson darüber erzählt hat. Der Captain ließ mich rufen und sagte mir, daß es in der Armee keine Rassenunterschiede gäbe.«

»Gibt«, korrigierte Horne sanft und machte sich einige Notizen.

»Das wissen Sie doch?«

»Jawohl, Sir.«

»Es ist immer noch kein Beweis für Baakos Abneigung gegen Sie«, sagte Horne. »Ich bin verpflichtet, Sie darauf aufmerksam zu machen, daß Sie sich eines unverantwortlichen Verhaltens schuldig gemacht haben. Das ist Ihnen hoffentlich klar?«

»Jawohl, Sir«, sagte Bruce mit Anstrengung. »Aber wenn ich noch etwás sagen darf, Sir?«

»Bitte.«

»Der Sergeant hat mich einmal gefragt, ob wir auf unserer Farm noch Sklaven beschäftigen würden.«

Es war eine Eingebung seines Hasses und seines verzweifelten Bemühens, sich Horne gegenüber zu rechtfertigen, inspiriert durch die instinktive Überlegung, daß ein Mann, der einen sechswöchigen Urlaub in Rhodesien verbrachte und anschließend zu einem anderen Truppenteil kommen würde, sich schlecht verteidigen konnte.

Horne blickte rasch auf. »Haben Sie einen Zeugen dafür?«

»Jawohl, Sir. Henry hat es gehört.«

»Ich möchte das unmißverständlich fragen«, sagte Horne. »Hat der Sergeant von Ihnen wissen wollen, ob Sie heute noch Sklaven auf Ihrer Farm beschäftigen oder ob Sie früher welche beschäftigt haben?«

Bruce zögerte eine Sekunde. Die Bedeutung der Nuancierung war ihm klar, aber er wußte, daß er sich auf Henry verlassen konnte, und notfalls würde Aussage gegen Aussage stehen.

»Er hat gefragt, ob wir noch welche beschäftigen«, wiederholte er ruhig.

»Das dürfte ausreichen.« Horne ließ sich mit dem Rücken gegen die Stuhllehne fallen. »Sie können gehen. Nach dem Unterricht werde ich Sie und Henry zu mir rufen lassen. Schicken Sie Sergeant Chumley herein!«

»Jawohl, Sir«, sagte Bruce.

Chumleys Gesicht war dunkel vor Wut. Nicht einmal Denson hätte die Unverfrorenheit besessen, seinen Hauptfeldwebel wegen eines einfachen Soldaten zehn Minuten lang vor der Tür warten zu lassen; es widersprach jedem militärischen Reglement. Er blieb mitten im Zimmer stehen und starrte Horne mit geröteten Augen an, aber der Leutnant war noch mit seinen Notizen beschäftigt. Er beeilte sich nicht sonderlich damit, und als er schließlich das Wort an Chumley richtete, wirkte er völlig geistesabwesend: »Sie sind schon lange Spieß in der Kompanie?«

Er mußte es genauso wissen wie Denson und alle anderen Offiziere im Bataillon; Chumley grinste verächtlich. »Zehn Jahre, Sir.«

»Captain Denson war mit Ihnen zufrieden«, sagte Horne geistesabwesend. »Ich nehme an, Sie werden für mich nicht weniger zuverlässig arbeiten.«

»Ich kenne meinen Dienst, Sir«, sagte Chumley aufsässig.

Horne schien es nicht zu hören. »Was wissen Sie über Sergeant Baako?« fragte er.

»Sir?«

»Ich meine seine charakterlichen Eigenschaften. Ist Ihnen nie etwas an ihm aufgefallen?«

»Nicht mehr als an jedem anderen Mann«, antwortete Chumley. Horne nahm den Zettel mit den Notizen in die Hand und betrachtete sie. »Das wundert mich, Sergeant«, sagte er, und seine Stimme klang plötzlich unangenehm kalt. »Ich halte Sie für intelligenter, als Sie mir jetzt glaubhaft machen wollen. Mein persönlicher Eindruck ist der, daß Sergeant Baako noch nicht lange genug amerikanischer Staatsbürger ist, um gewisse Vorurteile und obskure Assoziationen zu neutralisieren. Daß er von einer krankhaften Empfindlichkeit ist und dazu neigt, auch in verdienten Zurechtweisungen eine Bestätigung für seinen Komplex zu sehen, dürfte Ihnen jedenfalls nicht entgangen sein?«

Er wartete einen Augenblick. Als Chumley stumm blieb, runzelte er die Stirn. »Ich würde es bedauern, Sergeant, wenn es sich erweisen sollte, daß sich meine Ansprüche, die ich an einen Hauptfeldwebel stelle, nicht mit denen von Captain Denson decken. Mehr habe ich im Moment nicht für Sie.«

Chumley verließ das Zimmer. Er war sich jetzt nicht mehr ganz sicher, wen er mehr haßte, den Leutnant oder John Baako.

6

Es schneite auch am folgenden Tag. Die Stadt wurde eins mit der Landschaft, mit den Bergen, deren kahle Steilhänge sich an den Fluß drängten, und mit dem Himmel, der tief und grau über den Dächern hing. Sie war lange nicht so groß wie Thüngerstadt. Claire stellte es fest, als sie nach dem Frühstück mit John durch die Straßen schlenderte. Für gehobene Ansprüche des Fremdenverkehrs hatte sie nur wenig Sehenswürdigkeiten aufzuweisen. Sie beschränkten sich auf die alten Befestigungsanlagen und Stadtmauern, auf einige romantische Winkel am

Fluß, der sich breit und schmutzig durch das enge Tal zwängte, auf die doppelchorige Kathedrale und auf die überall gegenwärtigen Spuren und Erinnerungen des Krieges. Es gab eine Geschäftsstraße mit kleinen Läden, vielen Restaurants und dem typischen Bild französischen Alltags, der sich vom Thüngerstädter Alltag im wesentlichen dadurch unterschied, daß sich die Menschen bei dem, was sie zu besorgen hatten, mehr Zeit ließen, sich zwangloser unterhielten und nicht ganz so korrekt angezogen waren wie die Einwohner von Thüngerstadt.

Nach zehn Minuten wußte Claire, daß ihr erster Eindruck nicht das Ergebnis einer zufälligen Gleichgültigkeit war: Sie erregte an Johns Seite nicht größeres Aufsehen, als ein gutaussehendes Mädchen in jeder Stadt der Welt erregen mußte, wollte sie nicht Zweifel an sich selbst bekommen, und es bestätigte eigentlich nur ihre Erwartungen, die sie trotz der schlechten Erfahrungen des gestrigen Tages noch nicht begraben hatte. Andererseits waren ihre Gedanken viel zu sehr mit wichtigeren Dingen beschäftigt, als daß die aufdringlichen Blicke einiger wildfremder Menschen ihr jetzt noch unter die Haut gegangen wären, und sie ertappte sich einmal dabei, wie sie Johns Arm an sich preßte.

Später kehrten sie an den Fluß zurück und folgten ein Stück seinem diesseitigen Ufer. Hier herrschte kaum Verkehr. Ein breiter, von alten Kastanien gesäumter Gehweg führte am Fluß entlang. Die Häuser auf der anderen Seite hatten spitze Dächer, aus ihren Schornsteinen quoll dunkler Rauch und vermengte sich mit dem Grau des Himmels, aus dem dünn und gleichmäßig der Schnee fiel.

»Eigentlich habe ich ihn satt«, meinte Claire, »ich habe in den letzten Wochen zu viel Schnee gesehen. Kommen wir morgen ohne Schneeketten weiter?«

»Ich kenne die Strecke nicht«, antwortete John, »aber sicher wird sie geräumt. Hast du dich schon entschieden?«

»Wofür, Liebling?« fragte Claire heiter.

»In Paris wirst du auch Schnee sehen.«

»In Bulawayo auch?«

John schluckte vor Erregung. Den ganzen Vormittag hatte er sich mit ihr über die Schlachtfelder, über das Wetter und über alle möglichen Dinge unterhalten, nur nicht über das, wozu es ihn am meisten drängte. Seine Furcht, sie könnte ihm abschlägig antworten, war größer gewesen als seine Ungeduld.

»Kaum«, sagte er gepreßt. »Ich schlage vor, wir fahren morgen nach Paris und setzen uns übermorgen in eine Maschine.«

»Nach Bulawayo?«

»Ja.«

»Schön«, sagte Claire, »setzen wir uns übermorgen in eine Maschine!«

John hatte sich nach dieser Nacht eine echte Chance ausgerechnet, sie dazu zu überreden, aber daß es keiner Überredung mehr bedurfte, hätte er sich nicht träumen lassen.

»Ist es dir unangenehm?« fragte Claire.

Er wandte ihr verständnislos das Gesicht zu. »Was?«

»Daß ich mitfliege?«

»Ich wundere mich nur«, sagte er langsam.

»Ich mich auch.«

Vielleicht war das, was in der vergangenen Nacht ihre letzten Bedenken ausgelöscht hatte, nicht gerade schmeichelhaft für sie, aber sie scherte sich nicht darum. Wahrscheinlich war sie schon zu alt, sich durch andere Argumente überzeugen zu lassen.

Im gleichen Maße, wie ihr Widerstand gegen John sich an ihren eigenen Empfindungen erschöpfte, war auch das Gefühl eines unabdingbaren Zusammengehörens in ihr gewachsen, und wenn sie sich vergegenwärtigte, daß vier Begegnungen mit ihm ausgereicht hatten, sie an einen Punkt zu bringen, wo selbst der Gedanke an eine Heirat nur noch die natürliche Konsequenz einer inneren Verfassung war, die sich mit den Mitteln ihrer Vernunft nicht mehr analysieren ließ, so lag die Erklärung dafür schon im Bereich des Transzendenten, und dagegen war mit konventionellen Erfahrungen nicht mehr anzukommen. Letztlich war alles, was sie bis vor wenigen Wochen getan und empfunden hatte, auf eine geradezu triviale Art konventionell gewesen, und die Erinnerung daran erfüllte sie mit dem gleichen Widerwillen, den man empfindet, wenn man sich ins Gedächtnis ruft, wie entsetzlich albern man sich mit fünfzehn Jahren benommen hat.

Sie zog ihre Hand unter Johns Arm hervor, blieb stehen und beugte sich über das Ufergeländer.

»Ich nehme an, du hast dir alles gut überlegt«, sagte sie. »Braucht man für Rhodesien nicht ein Visum?«

»Ich nicht«, sagte John.

»Und ich?«

»Es dauert im Durchschnitt ein Vierteljahr, bis es genehmigt wird. Bist du gegen Pocken geimpft?«

Claire lächelte. »Das ist schon lange her. Genügt es?«

»Für einen kurzen Aufenthalt, ja. Die Impfung gegen Gelbfieber erledigt der Arzt auf dem Flugplatz von Livingstone.«

»Und das Visum?«

John stützte die Arme auf das Geländer und blickte über den Fluß hinweg zum jenseitigen Ufer, wo sich die Häuser bis dicht ans Wasser heranschoben. »Wenn du einmal in Livingstone bist, müssen sie deine Anwesenheit akzeptieren, mit oder ohne Visum. Sie werden dir ein kurzbefristetes Visum geben. Schlimmstenfalls schicken sie dich mit der nächsten Maschine nach Europa zurück, aber das glaube ich nicht. Du mußt ihnen eine Geschichte erzählen.«

»Eine Geschichte?« fragte Claire mit gerunzelter Stirn.

»Von einem Verwandten, der sich geschäftlich in Rhodesien aufhält. Du hast eine dringende Nachricht für ihn und willst dich mit ihm in Bulawayo treffen. Auf ein Visum zu warten, war deine Reise zu dringend.«

»Das gefällt mir nicht«, sagte Claire.

Er hatte damit gerechnet, und er wußte, daß ihm der schwierigste Teil noch bevorstand. »Ich sage es nur für alle Fälle«, meinte er ruhig. »Es kommt auf den betreffenden Polizisten an. Wenn du Glück hast, wirst du von einem kontrolliert, der keine Ahnung hat, ob du als deutsche Staatsangehörige überhaupt ein Visum brauchst. Sie begnügen sich in der Regel mit der Kontrolle des Passes.«

Etwas an seinen Formulierungen erregte ihre Aufmerksamkeit.

»Warum sprichst du immer nur von mir?«

»Wir müssen getrennt zur Paßabfertigung gehen.«

»Warum?«

»Sobald sie merken, daß wir zusammengehören, giltst du als unerwünscht.«

»Das ist lustig«, sagte Claire. »Wenn du schlau gewesen wärst, hättest du mir das erst verraten, wenn es zu spät gewesen wäre.«

Es waren seine eigenen Gedanken. »Ich glaube, es ist besser so«, antwortete er und nahm etwas Schnee in die Hand. Er preßte ihn zusammen, öffnete die Faust und sah zu, wie der Schnee schmolz. »Mir liegt viel daran, daß du mit mir kommst«, fuhr er fort, »aber du sollst wissen, was du tust. Man fliegt als Europäerin nicht nach Bulawayo, wie man nach Paris oder nach Frankfurt fliegt; heute noch nicht.«

»Wann sonst?«

»Das kommt darauf an«, sagte John und warf das, was von dem Schnee übriggeblieben war, in den Fluß. »Vielleicht bald.«

Claire merkte, daß er nicht weiter darüber sprechen wollte. Sie drehte sich um, so daß sie mit dem Rücken zum Geländer stand, und schob die Hände in die Manteltaschen. »Was würdest du tun, wenn ich nicht mitfliege?«

Es war eines jener Probleme, auf die er noch keine Antwort gefunden hatte; er zuckte mit den Schultern.

»Natürlich würdest du ohne mich fliegen?«

»Das glaube ich nicht.«

»Warum nicht?«

»Wozu?« fragte John und schaute sie an. Sie trug ein gelbes Kopftuch und hatte den Mantelkragen hochgeschlagen. Während er sie betrachtete, schien es ihm fast unglaubhaft, daß sie mit ihm geschlafen hatte. »Du bist wunderschön«, sagte er ruhig.

»Ich weiß es.«

»Wenn du nach Marburg gehst«, sagte John, »komme ich mit dir. Falls ich kein Zimmer finde, ziehe ich für den Rest meines Urlaubs in ein Hotel.«

»Geht das?«

»Ich sehe keinen Grund, weshalb es nicht gehen sollte.«

»Ich denke, wenn man einen Urlaubsschein hat, muß man sofort an den Urlaubsort fahren?«

»Das war gelogen«, sagte John. »Ich wollte dir keine Zeit lassen, es dir anders zu überlegen.«

»Du lügst oft.«

»Ich habe es mir in Lansing angewöhnt. Es wäre alles viel einfacher, wenn wir verheiratet wären.«

Sie hatte selbst schon daran gedacht. »Wir werden uns darüber unterhalten, wenn ich mein Examen hinter mir habe.«

»Bis dahin ist es vielleicht zu spät.«

»Wieso?«

Wieder kämpfte er mit sich, ob er ihr von der Versetzung erzählen solle, und wieder brachte er es nicht fertig.

»Hängt es mit deiner eventuellen Versetzung zusammen?« fragte Claire, die etwas von seinen Gedanken erriet.

»Nicht direkt«, sagte er ausweichend und beobachtete ein paar Kinder, die ihre Schlitten über die Straße zogen. Dann blickte er Claire voll an. »Willst du mich heiraten?«

Sie hätte nur zu nicken brauchen, aber ihr Hals war seltsam steif. Irgendwo steckte noch ein letzter Zweifel in ihr. Sie fürchtete sich davor, eines Morgens aufzuwachen, wie man aus einem angenehmen Traum aufwacht. »Ich hatte zuwenig Zeit, darüber nachzudenken«, sagte sie. »Heiratet man in Rhodesien, wenn man sich zwei Wochen kennt?«

»Wenn du mich nicht heiratest...«, sagte John und verstummte.

Sie standen nebeneinander am Brückengeländer, und der Schnee fiel dünn aus dem grauen Himmel, der bis auf die Berge herunterhing und die Stadt zudeckte.

»Als meine Mutter heiratete«, sagte Claire, »war ihre ganze Familie dagegen. Sie kam nach Thüngerstadt, ohne ein Wort Deutsch zu sprechen. Wenn sie einkaufen ging, mußte ihr mein Vater einen Zettel schreiben. Seine Familie war gleichfalls gegen die Heirat, meine Mutter kam aus einfachen Verhältnissen.«

»Giffaumont«, sagte John.

Claire nickte. »Ein Bauernmädchen, aber sie brauchte kein halbes Jahr, dann konnte sie meinem Vater aus der Zeitung vorlesen. Dafür lernten wir, mein Bruder und ich, fast ebenso gut Französisch wie Deutsch. Ich habe nie in Erfahrung bringen können, wann die Romanze aufgehört hat, eine zu sein, ob bereits in den ersten Jahren oder erst später.«

»Das ist etwas, was ich nicht verstehe«, sagte John.

»Romanze?«

»Ja.«

»Sie hört meistens dort auf«, sagte Claire, »wo man sich zum erstenmal fragt, ob man den richtigen Mann geheiratet hat. Vielleicht lag es auch an der fremden Umgebung. Meine Mutter hatte zuviel Zeit, darüber nachzudenken.«

»Ich verstehe«, sagte John.

Claire lächelte ihn an.

»Das ist schon viel. Trotzdem ist man bei dir vor Überraschungen nie sicher.«

»Ist es das?«

»Vielleicht.«

»Jemand hat eine Geschichte von Adam und Eva erzählt«, sagte John. »Es muß vor dreitausend Jahren geschehen sein.«

»Und?«

Er grinste. »Man erzählt sie heute noch. Ich glaube nicht, daß Mentalität Bestimmung ist, eher Akklimatisierung. Es wird viel Unsinn darüber geschrieben. Bei Picasso verhält es sich ähnlich.«

»Ich passe«, sagte Claire verwundert.

John besah seine Schuhspitzen. »Die einen bewundern ihn.«

»Picasso?«

»Ich kann mir unter den meisten seiner Bilder nichts vorstellen. Es soll Europäer geben, denen es genauso ergeht. Es ist auch nicht jedermanns Sache, Faulkner zu lesen; es kommt auf die Denkart an.«

»Hast du ihn gelesen?«

»In Lansing gehört es zum guten Ton, aber Lewis war mir lieber. Ich verstehe nicht viel von Literatur. Manchmal hole ich mir ein Buch aus der Bibliothek und lese es fünfmal hintereinander durch.«

»Dann hast du mehr Geduld als ich«, sagte Claire. »Ich habe weder Faulkner noch Lewis gelesen, und Picasso sagt mir nichts. Wie war das mit Adam und Eva?«

»Einer hat angefangen zu erzählen, daß wir dumm und primitiv seien, und seitdem reden es ihm die anderen nach. Es gibt zu viele Leute, denen es in ihren Kram paßt.«

»Daß ihr primitiv seid?«

»Man kann nicht sein Leben lang in einem Kral wohnen und gleichzeitig Faulkner lesen«, sagte John. »Wäre Gwendolyn Brocks im Busch aufgewachsen, hätte er schwerlich den Pulitzer-Preis bekommen. Bei Wright verhält es sich ähnlich. Er hat die gleiche Hautfarbe wie ich, aber niemand würde auf den Gedanken kommen, ihn deshalb primitiv zu nennen. Wenn ich in Amerika aufgewachsen wäre, hätte ich manches anders angefaßt.«

»Mich auch?« fragte Claire.

John klopfte sich geistesabwesend den Schnee vom Mantel. »Ich habe noch zuwenig Erfahrungen.«

»Diesen Eindruck hatte ich nicht.«

»Ich denke, es war falsch, was ich gestern gemacht habe?«

»Du hast mir noch nicht verraten, weshalb du es gemacht hast.«

»Ich hatte Angst.«

Sie dachte einige Sekunden darüber nach. »Mary meinte auch, daß du ein dummer Kerl bist«, sagte sie dann.

»Mary?«

»Wundert dich das?«

»Sie ist Sams Frau«, sagte John mit erzwungener Gleichgültigkeit. »Es ist mir egal, was sie denkt.«

»Das ist nicht dein einziger Fehler. Gibt es außer dem Visum noch mehr Schwierigkeiten?«

»Wir werden schon im Flugzeug getrennte Plätze nehmen müssen«, sagte John. »Es wäre nicht gut, wenn man sieht, daß wir zusammengehören.«

»Wenn wer uns sieht?«

»Die Fluggäste. Einer könnte Anstoß daran nehmen und den Beamten in Livingstone einen Wink geben.«

»Natürlich!« sagte Claire, und ihre Stimme klang undeutlich vor Zorn. »Sonst noch etwas?«

John schluckte. »Das Übliche. Du kannst dir immer noch überlegen, ob du mitfliegen willst.«

»Den Teufel werde ich tun«, sagte Claire und stieß sich mit dem Rücken vom Geländer ab. »Komm!«

»Wohin?«

»Ins Hotel. Wir fahren heute mittag nach Paris.«

»Heute mittag?«

»Ich kann es nicht mehr abwarten«, sagte Claire, »diese Idioten einmal aus der Nähe zu sehen. Morgen fliegen wir.«

FÜNFTES KAPITEL

1

Als sie aus dem Waschraum zurückkam, saß ein grauhaariger Mann neben ihrem Platz. Bevor sie hinausgegangen war, hatte er zwei Reihen hinter ihr gesessen, und sie erinnerte sich, daß sie ihn schon auf dem Pariser Flughafen gesehen hatte.

Die Maschine war nur noch schwach besetzt, die meisten Passagiere waren in Brazzaville und Elisabethville ausgestiegen. Bis Elisabethville hatte ein korpulenter Belgier neben ihr gesessen. Er war schweigsam, unfreundlich und die meiste Zeit tief in Gedanken versunken gewesen. In der Nacht hatte er sie durch sein lautes Schnarchen ein paarmal aufgeweckt.

John saß auf der anderen Seite des schmalen Ganges in der gleichen Reihe. Als sie an ihm vorbeikam, wandte er ihr das Gesicht zu und blickte dann zu dem Grauhaarigen hin. Sie sah ihm an, daß er besorgt war.

Der Grauhaarige las in einer Zeitung. Um an ihren Platz zu kommen, mußte sie sich an ihm vorbeizwängen.

Er stand rasch auf und murmelte eine Entschuldigung. Einen Augenblick lang hatte sie sein Gesicht dicht vor sich. Es war von der Sonne verbrannt, sehr schmal, mit auffallend hellen Augen. Wären seine grauen Haare nicht gewesen, hätte sie ihn auf fünfunddreißig Jahre geschätzt.

Er war ihr nicht unsympathisch. Nachdem sie fast vierundzwanzig Stunden lang keinen anderen Gesprächspartner gehabt hatte als die attraktive Stewardeß, wäre sie einer Konversation nicht abgeneigt gewesen, aber die Selbstverständlichkeit, mit der er den leeren Platz eingenommen hatte, war ihr zu impertinent. Sie beschloß, seine Existenz zu ignorieren. Zudem mußte das Flugzeug in einer halben Stunde Livingstone erreichen.

Sie blickte zum Fenster hinaus. Seit der Zwischenlandung in Brazzaville flog die Super-Constellation über eine fast lückenlose Wolkendecke. Vom Land war nur selten etwas zu sehen, ab und zu die grünflächigen Konturen dichter Wälder, der Silberstreifen eines mächtigen Stroms im wechselnden Spiel von Licht und Schatten, hohe Gebirgszüge und tiefeingeschnittene Flußtäler, sekundenlang wie ein Spiegelbild zwischen den Wolken aufleuchtend und rasch wieder verschwindend.

Im Grunde war bis jetzt alles viel weniger überwältigend gewesen, als sie es erwartet hatte. Beim Abflug der Maschine in Paris war es bereits dunkel gewesen, und heute früh beim Aufwachen hatten sie schon über die Hälfte Afrikas überflogen. Auch der Flug selbst war im Verhältnis zu ihren Erwartungen nicht viel aufregender als eine Fahrt mit einer Drahtseilbahn. Man konnte es sich im zwanzigsten Jahrhundert nicht mehr leisten, überwältigende Empfindungen zu haben, wenn andere vor Langeweile gähnten. Snobismus wirkte ansteckend, und sie hatte schon in den ersten Minuten das Gefühl gehabt, sich in einer Gesellschaft ausgesuchter Snobs zu befinden. Den beiden dunkelhäutigen Afrikanern, die in Brazzaville die Maschine bestiegen hatten, schien es ähnlich zu ergehen. Sie saßen auf den vordersten Plätzen, als wären sie dort festgewachsen, steif, unbehaglich und auf eine unübersehbare Weise isoliert. In ihren europäischen Anzügen wirkten sie noch hilfloser.

John hatte Glück gehabt, der Mann neben ihm, ein kleiner, lebhafter Franzose, war in Nizza zugestiegen und unterhielt sich oft mit ihm. Es war Claire nicht entgangen, daß das Gespräch zwischen den beiden von den meisten Passagieren mißbilligt wurde. Einige sahen wie Beamte aus, die ihr Leben hinter Schreibtischen verbracht hatten, andere wie magenkranke Geschäftsleute. Was sie gemeinsam hatten, war ein geradezu lächerliches Gehabe von Wichtigkeit. Man hätte annehmen können, daß jeder einzelne von ihnen im persönlichen Auftrag der Königin von England irgendwo nach dem Rechten schauen sollte.

Wenn sie über ihre eigenen Empfindungen nachdachte, kam sie zu dem Ergebnis einer gelassenen Neugierde. Gestern abend, bevor sie zum erstenmal eingeschlafen war, hatte sie sich etwas verlassen und unsicher gefühlt, geradeso, als ob sie nachträglich über ihre Courage erschrocken wäre, aber sie wußte es besser. Sie hatte sich selten eine Sache gründlicher überlegt als diesen Flug. Der Gedanke, ein riskantes Abenteuer eingegangen zu sein, hatte keinen Platz mehr in ihr, sie empfand ihn höchstens als absurd. Wenn sie es sich nicht in den Kopf gesetzt hätte, Johns Familie kennenzulernen, hätte sie ungeachtet aller damit verbundenen Komplikationen das kindische Versteckspiel beendet. Es widerte sie an, und je länger sie es durchstehen mußte, desto bewußter gelang es ihr, sich in Johns Situation hineinzudenken. Wahrscheinlich würde sie sich, wenn sie lange genug angestarrt und ihres Verhältnisses wegen oft genug provoziert worden war, schon selbst als ›Farbige‹ fühlen.

Aus den Augenwinkeln bemerkte sie, daß John aufstand. Er trat auf den schmalen Gang zwischen den Sitzreihen, sah einen Moment zu ihr her und ging dann nach hinten, wo die Waschräume lagen.

»Sie kennen sich«, sagte der Grauhaarige neben ihr.

Es kam so überraschend, daß sie ihn wortlos anschaute.

Er lächelte ein wenig und faltete seine Zeitung zusammen. »Als Sie in

Paris durch die Paßkontrolle gingen, drückte er Ihnen heimlich die Hand. Außerdem versäumen Sie keine Gelegenheit, Blicke zu wechseln. Es gehört zu meinem Beruf, auf Kleinigkeiten zu achten.«

Etwas an seiner Art hinderte sie daran, ihm zu widersprechen. Sie hatte einen Fehler gemacht, und sie erinnerte sich, daß sie es gewesen war, die John dazu ermuntert hatte, im Gedränge der Paßabfertigung nach ihrer Hand zu greifen, aber sie war nicht geneigt, die Beobachtungen des Mannes zu dramatisieren. Nachdem sie mit ihrer ersten Überraschung fertig geworden war, fand sie wieder ihre Selbstsicherheit zurück. »Sie sind von der Polizei?« fragte sie kühl.

»Nicht direkt.«

Nach dieser unklaren Auskunft schlug er die Beine übereinander und holte ein silbernes Etui aus der Tasche. »Rauchen Sie?«

Claire schüttelte den Kopf. Sicher war er der merkwürdigste Franzose, den sie bisher kennengelernt hatte, und sie ertappte sich dabei, daß sie enttäuscht seine Wildlederschuhe betrachtete. Sie konnte Wildlederschuhe bei Männern auf den Tod nicht ausstehen.

»Es ist Ihr erster Flug«, sagte er, als seine Zigarette brannte. »Auch Ihr erster Besuch in Afrika?«

»Woher wissen Sie, daß es mein erster Flug ist?« fragte Claire. Das Gespräch fing an, sie zu unterhalten.

»Ich beobachtete Sie, als Sie sich anschnallten. Ihr Französisch ist ohne Akzent. Ich wäre nie auf den Gedanken gekommen, daß Sie aus Deutschland kommen. Haben Sie Verwandte in Frankreich?«

»Meine Mutter war Französin«, antwortete Claire überrumpelt.

»Daher Ihr französischer Vorname. Ich habe es mir halb gedacht.«

»Woher wissen Sie ...«

»Ich habe die Passagierliste eingesehen«, sagte der Grauhaarige. »Vermutlich reisen Sie ohne Visum?«

»Vermutlich haben Sie auch meinen Paß eingesehen«, sagte Claire mit einiger Mühe. Niemals war sie in so kurzer Zeit so oft aus der Fassung gebracht worden.

Der Grauhaarige lächelte wieder. »Dazu lag kein Anlaß vor, Mademoiselle. Ich war fünfzehn Jahre lang Capitaine des Sicherheitsdienstes in Tanganjika; man bekommt einen Blick für Fluggäste und ihre Probleme. Hat man Ihnen das Visum verweigert?«

»Ich hatte keine Zeit, einen Antrag zu stellen.«

»In Livingstone wird man Ihnen eine Aufenthaltsgenehmigung geben«, sagte der Grauhaarige. »Wie ich die Verhältnisse in der Föderation kenne, dauert es ungefähr acht Tage.«

»Acht Tage?« vergewisserte sich Claire bestürzt.

»Natürlich können Sie sich während dieser Zeit ungehindert bewegen. Wenn Sie in Livingstone ein Hotel suchen, empfehle ich Ihnen das Victoria-Fall-Hotel.«

»Ich möchte nach Bulawayo.«

»Sobald Sie die Zollabfertigung passiert haben, können Sie gehen oder fliegen, wohin Sie wollen. Innerhalb der Föderation sind Ihren Ausflügen keine Grenzen gesetzt. Ich würde Ihnen aber trotzdem zur Vorsicht raten.«

Es klang aufrichtig, und Claire war nun endgültig davon überzeugt, daß er keine Hintergedanken hatte. »Ich bin nicht allein«, sagte sie.

»Das würde ich gelten lassen, wenn Sie mit einem Europäer reisten. Verlassen Sie sich in dem Land niemals auf demokratische Gepflogenheiten. Die einzigen Demokraten, die ich in Afrika kennenlernte, wohnen in öffentlichen Häusern; sie machen keinen Unterschied. Wie lange wollen Sie sich aufhalten?«

»Eine Woche.«

»Bis dahin wird Ihre Aufenthaltsgenehmigung unterschrieben sein«, sagte der Grauhaarige lächelnd. »Vermeiden Sie alle Gespräche mit Settlern. Die Föderation ist ein Musterbeispiel für europäischen Illusionismus und kleinbürgerliche Instinkte. Sagt Ihnen der Name Cecil Rhodes etwas?«

»Rhodes?«

»Sie sind auf der richtigen Spur«, sagte der Grauhaarige. »Ein bemerkenswerter englischer Kolonialpolitiker. Von ihm stammt der noch bemerkenswertere Ausspruch vom gleichen Recht für alle zivilisierten Menschen. Seitdem sind die Zivilisierten Rhodesiens bemüht, unter sich zu bleiben.«

»Ich habe schon davon gehört.«

»Von Ihrem Bekannten?«

»Wir sind verlobt«, sagte Claire, und sie wunderte sich, wie leicht es ihr über die Lippen kam.

Der Grauhaarige schwieg. Wenn es ihn überraschte, verstand er es meisterhaft, sich zu beherrschen. Er blickte an ihr vorbei durchs Fenster. In den letzten Minuten war die Wolkendecke unter ihnen aufgerissen, die Erde wölbte sich wie der ungeheure Rücken eines Berges von Horizont zu Horizont, eine grünbelaubte Einöde, von durchsichtigen Dunstschleiern überzogen, furchteinflößend und faszinierend zugleich.

»Sehen Sie sich das an«, sagte der Grauhaarige, »ein Stück Schöpfungsgeschichte, vom ersten Tag bis ins zwanzigste Jahrhundert! Hier können Sie noch die Jahrtausende aufblättern wie ein Buch. Was hätte man nicht alles aus diesem Land machen können!«

Etwas in seiner Stimme erregte Claires Aufmerksamkeit. Sie blickte rasch in sein Gesicht; es wirkte plötzlich um zwanzig Jahre älter. »Sie waren gern in Tanganjika?« fragte sie.

Er lächelte zerstreut. »Ich war nie in Tanganjika, Mademoiselle, ich bin Franzose. Tanganjika steht unter britischer Verwaltung. Ich war abwechselnd in Kamerun und in Äquatorialafrika.«

»Aber Sie sagten doch...«

»Ich weiß es, und ich muß Sie um Verzeihung bitten. Aber ein Capitaine des französischen Sicherheitsdienstes in Tanganjika wäre genauso kurios, wie es kurios ist, wenn eine deutsche Frau mit einem schwarzen Amerikaner nach Livingstone fliegt. Darf ich Sie fragen, was Sie nach Bulawayo führt?«

Ehe Claire antworten konnte, kam John zurück. Er blickte unauffällig zu ihr herüber und setzte sich wieder auf seinen Platz. Der Mann aus Nizza begann sofort wieder ein Gespräch mit ihm.

»Er möchte seine Familie besuchen«, sagte Claire. »Sein Vater hat eine Baumwollfarm.«

»In Bulawayo?«

»Östlich davon.«

»Das ist erstaunlich!« sagte der Grauhaarige, und seine Stimme verriet zum erstenmal Überraschung.

Claire bereute nun doch, ihm soviel erzählt zu haben. Seit sie wußte, daß er nicht in Tanganjika gewesen war, zerbrach sie sich den Kopf, weshalb er sie angelogen hatte. »Warum finden Sie es erstaunlich?« fragte sie ruhig.

»In der Passagierliste steht, daß er Amerikaner ist.«

»Das stimmt. Sein Vater schickte ihn nach Lansing, er sollte Jura studieren. Auf der Universität bekam er Schwierigkeiten, er meldete sich zur Armee. Vor drei Jahren wurde er nach Deutschland versetzt. Sein Regiment liegt an der Zonengrenze.«

»Das erklärt alles«, murmelte der Grauhaarige und versank in sekundenlanges Schweigen. Dann zuckte er mit den Schultern.

»Sie beide sind ein Fall, für den ich noch keine Schablone hatte. Können Sie mir genau sagen, wo die Farm liegt?«

»Genau nicht, wir müssen über Lancaster fahren.«

»Das genügt«, sagte der Grauhaarige und wechselte sprunghaft das Thema. »Ich schätze die Amerikaner sehr«, sagte er, »aber Ihr Freund wäre besser beraten gewesen, wenn er sein Studium in Paris absolviert hätte. Man wird, vermute ich, in Amerika noch hundert Jahre brauchen, bis man das Problem bewältigt hat. Es fehlt zwar nicht an Einsicht und gutem Willen, aber das allein wird, fürchte ich, nicht ausreichen. Ich hoffe, ich habe Sie nicht verärgert.«

»Ich verstehe das alles nicht«, sagte Claire offen.

Er nickte. »Wären Sie das gewesen, was ich befürchtete, hätten Sie merken müssen, daß meine Geschichte einen Haken hatte.«

»Wenn ich was gewesen wäre?«

»Es ist ihr neuester Trick, auch Frauen herüberzuschicken. Mir fiel sofort auf, daß Sie in einer Stadt an der Zonengrenze wohnen. Im ersten Moment hielt ich Sie für eine Agentin.«

Claire mußte unwillkürlich lachen. »Eine kommunistische?«

»Die anderen sind uninteressant geworden. Wir wissen, daß der Busch heute von ihnen wimmelt, und wenn ich Glück gehabt hätte, wären Sie sogar auf dem Weg zu meinem Freund gewesen. Natürlich war diese Hypothese sehr gewagt, aber Sie glauben nicht, wie sehr man in diesem Beruf auf glückliche und oft sehr unglaubwürdige Zufälle angewiesen ist.«

Obgleich sein Ton unverändert höflich war, spürte Claire, wie sie ein unangenehmes Gefühl überkam. Es war wie der kurze Blick hinter eine Tür gewesen, von deren Existenz sie bisher nichts gewußt hatte. »Und nun sind Sie davon überzeugt, daß ich keine Agentin bin«, sagte sie etwas gezwungen.

»Es bleibt mir nichts anderes übrig«, antwortete der Grauhaarige bedauernd. »Werden Sie bald heiraten?«

Seine direkte Frage setzte sie in Verlegenheit, aber aus einem ihr unerklärlichen Grund drängte es sie dazu, seine Meinung darüber zu hören.

»Vielleicht«, antwortete sie. »Sie waren nicht erstaunt?«

Als er sie fragend anschaute, wich sie seinem Blick aus. »Daß ich verlobt bin«, sagte sie so unbefangen wie möglich.

Er lächelte. »Ich sagte Ihnen schon, daß ich Franzose bin, Mademoiselle. Gewiß, es gibt in Frankreich ebenso viele Dummköpfe wie anderswo, aber wir sind mit diesem Problem doch etwas früher fertig geworden als unsere Nachbarn. In den meisten Fällen, die mir bekannt sind, hat sich meine persönliche Ansicht bestätigt.«

»Ich kenne Ihre Ansicht nicht«, sagte Claire, und sie ärgerte sich über ihr Herzklopfen.

Der Grauhaarige beobachtete eine Stewardeß, die auf einem Tablett verschiedene Getränke balancierte und sie den Passagieren anbot »Ich halte es für eine Angelegenheit der Optik. Lieben Sie schwarze Tapeten?«

»Nicht sehr. Ist das Ihre ganze Ansicht?«

»Soweit sie sich auf meine Erfahrungen bezieht. Daß ich unsere europäische Optik als völlig unzureichend betrachte, steht dabei auf einem anderen Blatt. Paradoxerweise sind Verbindungen dieser Art – wenn man einmal von der Südafrikanischen Union absieht – in diesem Land nichts Außergewöhnliches. Es hat seinen guten Grund, weshalb die weißen Frauen in Afrika nichts mehr fürchten und nichts mehr hassen als ihre schwarzen Rivalinnen. Ich kann es nicht beschwören, aber ich möchte behaupten, daß die Apartheid dem Kopf einer Frau entsprungen ist.«

Er machte eine kleine Pause und lächelte wieder. »Was die weißen Frauen hier nicht immer daran hindert, gelegentlich gegen ihre eigenen Prinzipien zu verstoßen. Unter den jungen männlichen Eingeborenen kursieren die pikantesten Geschichten darüber. Oder schauen Sie sich die Passagiere hier an: Importeure, Spekulanten, Industrielle, Pflanzer und Beamte des Colonial Office. Die meisten von ihnen haben eine schwarze Mätresse, aber sie sind, aus ökonomischen Gründen, kompromißlos gegen die Rassengleichheit. Im Vergleich zu ihnen muß man den amerikanischen Südstaatlern glaubwürdigere Motive zubilligen. Bei ihnen handelt es sich um eine echte Abneigung. Sie ist zwar nicht weniger primitiv, aber wenigstens kein billiger Vorwand. Ich kenne kein vielschichtigeres Problem als dieses. Eigentlich gibt es nur einen Weg, es zu lösen.«

»Sie kennen ihn?«

»So gut wie Sie«, sagte der Grauhaarige. »Wir müssen uns eine andere Optik zulegen. Würden Sie mir Ihren Paß geben?«

Claire blickte ihn befremdet an. »Sie trauen mir immer noch nicht?«

»Wenn Sie eine Agentin wären«, sagte er freundlich, »hätten Sie bestimmt ein Visum. Nichts macht Sie unverdächtiger als der Umstand, daß Sie keines haben. Sie würden auch ohne meine Hilfe eine Aufenthaltsgenehmigung bekommen, aber ich fühle mich Ihnen gegenüber für meine bösen Verdächtigungen zu einer kleinen Gefälligkeit verpflichtet. Wenn Sie erlauben, werde ich die Paßformalitäten für Sie erledigen.«

»Können Sie das?«

»Ich habe für meinen Auftrag die volle Unterstützung der hiesigen Behörden.«

Er blätterte ihren Paß sorgfältig durch, nickte und steckte ihn in die Innentasche seines Jacketts. »Noch etwas«, sagte er. »Ich rede mir nicht ein, der einzige Mensch mit einer guten Beobachtungsgabe zu sein. In diesem Land sind die Sitten strenger als die Moral. Geben Sie gut auf Ihre Hände acht.«

Claire wurde ein wenig rot. »Es wird uns nicht mehr passieren. Sie sind sehr freundlich, Monsieur.«

Er betrachtete nachdenklich ihr Gesicht, dann stand er unvermittelt auf. »In fünf Minuten sind wir in Livingstone. Entschuldigen Sie mich solange.«

Sie sah ihm nach, wie er zu seinem Platz ging, und sie erinnerte sich, daß sie noch nicht einmal seinen Namen wußte. Vielleicht gehörte das auch zu seinem seltsamen Auftrag. John blickte unverwandt zu ihr herüber. Sicher hatte er beobachtet, wie sie dem Fremden ihren Paß gab; sie nickte ihm beruhigend zu.

Die Super-Constellation verlor jetzt rasch an Höhe. Da Claires Platz über einer Tragfläche lag, die ihr mit den riesigen Motoren die Sicht in die Tiefe versperrte, sah sie Livingstone erst, als der Lautsprecher die bevorstehende Landung ankündigte. Inmitten der dunkelgrünen Vegetation glich es einem weißen Farbklecks, der auf die Erde gefallen war. Während sie es betrachtete, fühlte sie wieder ihr Herz klopfen. Zum erstenmal, seit sie auf dem Pariser Flughafen in die Maschine gestiegen war, hatte sie Furcht, aber sie hätte nicht zu sagen vermocht, wovor.

2

Sie entdeckte den Grauhaarigen erst wieder, als sie die Treppe hinunterstieg. Er stand etwas abseits und schien auf sie zu warten. In der Sonne wirkte sein Gesicht noch dunkler. Er trug eine Aktentasche, seinen Regenmantel hatte er sich nachlässig über die Schulter gelegt. Als Claire sich ihm nähern wollte, schüttelte er den Kopf und gab ihr ein Zeichen, ihren Weg fortzusetzen. Sie sah sich beunruhigt nach John um. Er kam wenige Schritte hinter ihr her, und sie hörte noch, wie der Grauhaarige ihn ansprach, dann ging sie mit den anderen Passagieren auf das weiße Flughafengebäude am Ende der Rollpiste zu. Ihr Herzklopfen war jetzt noch stärker geworden. Es war unerträglich warm. Der plötzliche Wechsel aus dem angenehm temperierten Flugzeug in die feuchtheiße Luft trieb ihr schon nach einer halben Minute den Schweiß auf die Stirn. Obwohl sie von John darauf vorbereitet worden war, hatte sie es sich nicht so schlimm vorgestellt. Dabei mußte es vor kurzem erst geregnet haben, auf der Betonpiste der Startbahn standen große Wasserpfützen. Ihr Bewußtsein registrierte es nur am Rande.

Vielleicht lag es an der Vielzahl neuer Eindrücke in den letzten vierundzwanzig Stunden, daß sie zu keiner Empfindung fähig war. Selbst der Gedanke, auf afrikanischem Boden zu stehen, ließ nur ein verwundertes Erinnern an die verschneiten Boulevards von Paris in ihr aufkommen, wo sie noch vor dreißig Stunden zusammen mit John die letzten Einkäufe erledigt hatte: einen leichten Regenmantel, zwei ärmellose weiße Kleider und einen breitrandigen Strohhut, den sie jetzt in der Hand trug; sie hatte sich noch nicht an ihn gewöhnen können.

Vor dem Flughafengebäude standen zwei Polizisten in Shorts, khakifarbenen Hemden und polierten Stiefeln. Ohne ihre großen Pistolenhalfter hätten sie wie Pfadfinder ausgesehen. Ihre Aufmerksamkeit war auf das Flugfeld gerichtet, wo sich eben eine riesige Düsenmaschine mit ohrenbetäubendem Lärm in die Luft hob. Sonst herrschte wenig Betrieb. Im Vergleich zum Pariser Flughafen wirkte dieser hier wie ausgestorben. Die letzten Passagiere der Super-Constellation verschwanden eben hinter einer Tür, die zur Paß- und Zollabfertigung führte.

Claire blieb unschlüssig stehen. Als sie zurückschaute, sah sie John und den Grauhaarigen langsam über das Flugfeld kommen. Sie gingen direkt auf den Eingang zu, und Claire stellte zu ihrer Überraschung fest, daß sie sich in deutscher Sprache unterhielten. An der Tür trennten sie sich. Während John in die Zollabfertigung ging, kam der Grauhaarige rasch zu ihr.

»Wir treffen Ihren Freund vor dem Flughafen«, sagte er. »Ich fürchte, er unterschätzt die Schwierigkeiten.«

Er wirkte ein wenig zerstreut, und Claire musterte ihn beunruhigt. »Bei der Paßkontrolle?«

»Nein. Ich denke an Ihren Aufenthalt in der Stadt. Zufällig kenne ich die Verhältnisse in der Föderation sehr gut. Wie alt war Ihr Freund, als er in die Staaten kam?«

»Ich weiß es nicht genau, zwanzig Jahre vielleicht. Warum fragen Sie?«

»Mit zwanzig Jahren ist man noch geneigt, die Häßlichkeiten und Absurditäten des Daseins zu ignorieren. Wie mir scheint, hat er zu lange in Europa gelebt. Wie fühlen Sie sich?«

»Etwas müde. Ich habe es mir nicht so heiß vorgestellt.«

»Das machen die Regenzeit und der Monsun. Was Sie als unangenehm empfinden, ist der hohe Feuchtigkeitsgehalt der Luft. Sind Sie geimpft?«

»Gegen Gelbfieber. Wir haben es noch auf dem Pariser Flughafen erledigen lassen.«

»Haben Sie eine Bescheinigung?«

Claire gab sie ihm, und er legte sie in ihren Paß. »Sie sprechen Deutsch?« fragte sie neugierig.

»Ich war nach dem Krieg fünf Jahre in Deutschland.«

Sie sahen John wieder, als sie in die Zollabfertigung kamen, wo die Passagiere ihr Gepäck entgegennahmen. Alles ging rasch und reibungslos vor sich. Claire hatte nur ihre große Reisetasche mitgenommen. Ihre übrigen Sachen lagen bei der Gepäckaufbewahrung des Pariser Flughafens. Der Zollbeamte, ein magerer Mann mit Sommersprossen, warf nur einen flüchtigen Blick in ihre Tasche. Die Paßabfertigung befand sich im gleichen Raum. Sie mußten einige Minuten warten.

»Setzen Sie sich solange dort hinüber«, sagte der Grauhaarige und wies mit dem Kinn auf eine hölzerne Bank an der einen Stirnseite des langen Raums. »Ich glaube nicht, daß der Polizist mit Ihnen sprechen will.«

»Es wäre mir auch lieber«, sagte Claire und schaute sich wieder nach John um, aber der Platz, wo er gestanden hatte, war jetzt leer. Von der Bank aus beobachtete sie, wie der Grauhaarige mit einem Beamten sprach. Sie trugen kurzärmelige Hemden und weiße Hosen, und sie sahen aus wie alle Beamten auf der Welt. Innerhalb des Gebäudes war die Hitze erträglich, zwei große Ventilatoren sorgten für frische Luft. Von den Passagieren waren nur noch eine ältere Dame und ein junger Mann zurückgeblieben, vielleicht Mutter und Sohn. Der junge Mann hatte einen grauen Flanellanzug an, die Dame ein gelbes Kleid und ellbogenlange weiße Handschuhe. Ihr riesiger Wagenradhut aus geblümtem Chiffon erinnerte Claire an die verblichene Mode der zwanziger Jahre.

Sie betrachtete sie noch, als der Grauhaarige neben ihr auftauchte.

»Voilà!« sagte er zufrieden. »Die Federation of Rhodesia and Nyassaland heißt Sie willkommen, Mademoiselle. Ihrer Weiterreise steht nichts mehr im Wege.«

»Sie haben für mich ein Visum bekommen?«

»Weder ein Visum noch eine Aufenthaltsgenehmigung. Sie sind einfach da, und Sie können wieder wegfliegen, wann Sie wollen.« Er gab ihr ihren Paß zurück und lächelte. »Sie werden ihn voraussichtlich erst wieder brauchen, wenn Sie in Paris das Flugzeug verlassen.«

»Wie haben Sie das so rasch fertiggebracht?« fragte sie verwundert.

»Ich sagte dem Polizisten, daß Sie morgen zusammen mit mir nach Salisbury fliegen, wo Sie vom deutschen Konsul erwartet werden. Vielleicht hatten Sie sich eine originellere Geschichte zurechtgelegt, aber diese hat den Vorteil absoluter Unglaubwürdigkeit, und darauf fallen die Leute immer herein. Und nun wollen wir nach Ihrem Freund schauen!«

Sie trafen ihn außerhalb des Gebäudes vor einem Taxi-Parkplatz, der von hohen Palmen umsäumt war. Dahinter stand dichter Wald. Eine breite Asphaltstraße führte im Bogen um den Platz herum und verschwand zwischen dem dunklen Grün der Bäume.

Die Taxifahrer waren ausnahmslos Schwarze, die ersten, die Claire sah, seit sie das Flugzeug verlassen hatte. Sie waren ärmlich angezogen und trugen trotz der Hitze dicke Wollsachen. Ihre Wagen, meist alte englische Modelle, standen schnurgerade ausgerichtet wie zu einer Parade.

Claire erfaßte alles mit einem Blick; den hellen, blendenden Himmel, die Palmen, den Wald und die Taxifahrer, die auf einem Haufen beisammenstanden und neugierig zu ihr herschauten. Aber ihre ganze

Aufmerksamkeit konzentrierte sich auf John, und als sie bei ihm war, lächelte sie ihn an. Sie hatte seit gestern mittag nichts mehr mit ihm gesprochen, und nun wußte sie nicht, was sie ihm sagen sollte.

Der Grauhaarige ließ ihr auch keine Zeit dazu, er richtete das Wort sofort an John: »Haben Sie Erfolg gehabt?«

John schüttelte den Kopf, während er unverwandt Claire anschaute.

»Was ist los?« fragte sie rasch.

Der Grauhaarige lächelte. »Ich habe Ihrem Freund gesagt, daß er hier keinen Taxifahrer finden wird, der es riskiert, Sie zusammen in seinen Wagen zu nehmen. Er würde noch am gleichen Tage seine Konzession verlieren.«

»Davon hatte ich keine Ahnung«, sagte Claire, und ihr Gesicht färbte sich rot vor Ärger. »Dann fahren wir eben getrennt zum Hotel.«

»Sie werden auch kein Hotel finden«, erwiderte der Grauhaarige. »Livingstone ist eine Kleinstadt, und die Sitten sind hier noch strenger als anderswo. Ich habe Ihrem Freund vorgeschlagen, daß Sie für die eine Nacht im Victoria-Fall-Hotel wohnen. Morgen vormittag treffen Sie sich wieder auf dem Flughafen.«

»Wir werden ein Hotel finden!« sagte John rauh. »Und wenn es mich hundert Pfund kostet.«

Der Grauhaarige zuckte mit den Schultern. »Vielleicht haben Sie Glück. Es soll Häuser geben, wo man ein Auge zudrückt, aber Europäer werden Sie dort keine antreffen, auch kein Bad, höchstens eine Gemeinschaftstoilette. Wenn Sie meinen, daß Sie es der Mademoiselle zumuten können...«

»Wo werden Sie wohnen?« fragte John dazwischen.

Der Grauhaarige erwiderte kühl seinen Blick. »Im Victoria-Fall-Hotel, Monsieur, aber wenn ich Ihnen einen Gefallen damit erweise, ziehe ich in ein anderes.«

»Das ist doch Unsinn!« sagte Claire scharf. Sie wandte sich schnell an John. »Bist du davon überzeugt, daß wir ein Hotel finden werden?«

»Ja.«

»Heute noch?«

John schwieg.

»Warten Sie einen Augenblick!« sagte der Grauhaarige. Er ging zu den Taxifahrern und sprach mit ihnen.

Claire stellte ihre Reisetasche auf den Boden und trocknete sich die Stirn ab. »Ich wundere mich, daß du es nicht gewußt hast«, sagte sie etwas atemlos. »Sicher war es vor neun Jahren nicht viel anders als heute.«

»Vor neun Jahren habe ich noch kein Hotel gebraucht«, erwiderte John. »Irgendwo werden wir unterkommen.«

»Sicher. Ich weiß zwar nicht, wie es in Livingstone aussieht, aber bestimmt gibt es eine Grünanlage dort.«

»Tut es dir schon leid?«

Manchmal machte er es ihr sehr schwer. Sie hatte einen vierundzwanzigstündigen Flug hinter sich, schlecht geschlafen und Kopfschmerzen. Er schien überhaupt nicht auf den Gedanken zu kommen, daß die Reise sie angestrengt hatte und daß sie jetzt froh über ein Bad gewesen wäre. Natürlich würde es auch ohne ein Bad gehen, aber wenn der einzige Grund, weshalb sie darauf verzichten sollte, seine kindische Eifersucht war, brauchte sie keine Rücksicht darauf zu nehmen, und sie war fest entschlossen, ihm beizeiten klarzumachen, daß er nicht uneingeschränkt über sie verfügen konnte.

»Ich verstehe nicht, wovon du sprichst«, erwiderte sie ruhig. »Im Augenblick geht es nur darum, ein Hotel zu finden. Ich habe es satt, hier herumzustehen.«

»Ich möchte nicht, daß du zusammen mit ihm in einem Hotel wohnst«, sagte John. »Er kümmert sich zuviel um dich.«

»Ist das alles?«

Als er keine Antwort gab, legte sie ihm die Hand auf den Arm. »Damit wollen wir gar nicht erst anfangen«, sagte sie unverändert ruhig. »Es ist ein todsicheres Mittel, mich in Opposition zu bringen.«

»Das wollte ich nicht«, murmelte John.

»Eben! Und dabei wollen wir es auch lassen.«

Der Grauhaarige hatte seine Unterhaltung jetzt beendet und kam wieder zu ihnen. »Wie ich es mir gedacht habe«, sagte er gleichgültig. »Sie halten es für ausgeschlossen, daß Sie ein Hotel finden, wo Sie zusammen absteigen können, auch nicht für hundert Pfund. Was werden Sie jetzt tun?«

»Ich komme mit Ihnen«, sagte Claire entschlossen und richtete das Wort an John: »Du wirst mich anrufen, sobald du in einem Hotel bist. Vielleicht können wir uns fürs Abendessen verabreden.«

»Im Hotel?« fragte der Grauhaarige.

Claire schüttelte ungeduldig den Kopf. »Es wird in dieser Stadt doch wenigstens ein Restaurant geben, wo man zusammen essen kann!«

»Nicht einmal eine Bank, auf der Sie nebeneinander sitzen können«, sagte der Grauhaarige. »Es sei denn, Sie riskieren es, vom erstbesten Polizisten nach Ihren Papieren gefragt zu werden. Da Sie kein Visum haben, würde ich es Ihnen nicht empfehlen.«

Er nahm ihre Reisetasche und wandte sich an John: »Ich werde Sie voraussichtlich nicht mehr sehen, Monsieur, meine Maschine fliegt um vier Uhr morgen früh.« Zu Claire sagte er: »Ich warte im Wagen, Mademoiselle.«

Als sie mit John allein war, drehte sie ihm das Gesicht zu. »Du wolltest von Bulawayo aus mit einem Taxi fahren. Wie stellst du dir das vor?«

»Vielleicht fliegen wir morgen nach Paris zurück«, sagte John und betrachtete seine Schuhspitzen. »Ich habe einen Fehler gemacht.«

»Du bist gerade dabei, einen noch größeren zu machen«, sagte Claire. »Gibt es sonst keine andere Möglichkeit, nach Lancaster zu kommen?«

»Wir können uns einen Wagen für Selbstfahrer mieten.«

»Das wird sicher sehr teuer.«

»Es ist mir egal«, sagte John und blickte auf. Sie sah, daß seine Augen naß waren.

»Du bist ein großer Dummkopf, John«, sagte sie zärtlich. »Rufst du mich an?«

»Ja.«

»Wir werden den ganzen Abend telefonieren«, sagte Claire.

Sie ging rasch zu dem Grauhaarigen hin, der Fahrer riß ihr die Tür auf und grinste. Als der Wagen anrollte, stand John noch immer auf dem gleichen Fleck und sah ihm nach; Claire biß sich auf die Lippen. Der Grauhaarige rauchte. Er hatte die Beine übereinandergeschlagen und sah durchs Fenster, sein Gesicht war ohne Ausdruck.

»Ich werde noch viel hinzulernen müssen«, sagte Claire. »Im Moment überlege ich mir, wie es einem Mann zumute sein muß, wenn er auf diese Art nach neun Jahren wieder in seine Heimat kommt.«

»Nicht viel anders, als ihm schon vor neun Jahren zumute gewesen war«, sagte der Grauhaarige. »Wenn Sie eines Tages in der Zeitung lesen, daß einigen Weißen in Rhodesien die Hälse durchgeschnitten wurden, wissen Sie, warum. Dabei reden sich die Siedler hier noch ein, ein besonders gutes Verhältnis zu den Eingeborenen zu haben. In Rhodesien gebe ich ihnen höchsten noch fünf Jahre.«

»Schade«, sagte Claire. Er blickte sie fragend an.

»Daß es noch fünf Jahre dauert«, sagte Claire.

Der Grauhaarige hob etwas die Schultern. »Jedes Ding hat zwei Seiten, auch dieses. Ist Ihnen schon aufgefallen, wie warm sich unser Fahrer angezogen hat? Er will damit den Klassenunterschied zwischen sich und seiner nackten Verwandtschaft hervorheben, etwas, was sie von uns gelernt haben. Wahrscheinlich wird er es damit bezahlen müssen, daß er zehn oder zwanzig Jahre früher stirbt als seine Verwandten, aber er kann es immerhin in dem Bewußtsein tun, der westlichen Zivilisation seine Reverenz erwiesen zu haben. Ihr Freund ist kein Bantu?«

»Nein. Sein Großvater heiratete eine Ägypterin.«

»Haben Sie ihn einmal gefragt, wo sein Großvater die Ägypterin kennengelernt hat?«

»Noch nicht.«

»Es müßte ganz interessant sein«, sagte der Grauhaarige und lächelte. Die Straße führte jetzt aus dem Wald heraus über flaches Land hinweg. Es war mit Reis, Sonnenblumen und Tabak bepflanzt. Im Hintergrund tauchten weiße Hochhäuser aus dem dunstigen Horizont.

»Livingstone«, sagte der Grauhaarige, »ein Stück urbar gemachtes Land im Busch! Schade, daß Sie nur eine Nacht hier sind. Man sollte Livingstone nicht besuchen, ohne die Victoria-Fälle zu sehen.«

»Vielleicht besuche ich sie in fünf Jahren einmal«, sagte Claire.

Später begegneten sie einer Gruppe junger schwarzer Mädchen. Sie trugen ausgebleichte Kattunkleider und schleppten große Holzbündel auf dem Kopf. Trotz ihrer schweren Last gingen sie kerzengerade, die Beine aus den Hüften bewegend, mit einer natürlichen Anmut, die Claires Bewunderung wachrief.

»Gefallen sie Ihnen?« fragte der Grauhaarige.

»Sehr. Ein Star-Mannequin könnte von ihnen lernen. Sind es Massai?«

»Ich glaube nicht, vielleicht Bemba oder Schewa. Sie sehen es an dem wolligen Haar, der platten Nase und den aufgewölbten Lippen. Da vorn laufen noch mehr.«

Die Straße wurde immer belebter, je mehr sie sich der Stadt näherten. Meist waren es Fußgänger, Männer und Frauen, andere saßen auf knarrenden Ochsenkarren, die Männer mit breitkrempigen Hüten, geflickten Kitteln und bunten Tüchern um den Hals, auch viele halbnackte Kinder mit Bäuchen wie schwarze Trommeln.

Claire beobachtete eine Frau, die ihr Baby mit einem Tuch auf den Rücken gebunden hatte und es im Gehen säugte, indem sie ihre etwa dreißig Zentimeter lange schlaffe Brust über die Schulter legte. Eine andere urinierte mit gespreizten Beinen am Straßenrand. Das lange Haar hing ihr zu Schnüren geflochten wie ein Vorhang über dem Gesicht.

»Das könnte eine Massai sein«, sagte der Grauhaarige gelassen. »Sie werden sich an den Anblick rasch gewöhnt haben, es ist für sie nicht anstößiger als essen und trinken.«

»Warum glauben Sie, daß es eine Massai ist?«

»Ich schließe es aus ihrer Haartracht. Sie kommen von der Arbeit zurück. Die meisten von ihnen sind in Fabriken oder bei weißen Siedlern beschäftigt.«

»Ich habe noch keine Weißen gesehen«, sagte Claire. »Wieviel Einwohner hat Livingstone?«

»Ich schätze zwanzigtausend, davon zehn Prozent Weiße. Sie erholen sich jetzt von der Hitze. Kein Europäer wird auf den Gedanken verfallen, zu Fuß die Stadt zu verlassen. Sie werden sie sehen, sobald wir in die City kommen. Hier beginnen die Eingeborenenviertel!«

Claire betrachtete die primitiven Lehmhütten auf beiden Seiten der Straße. Die Dächer bestanden aus Stroh oder Wellblech, überall hockten Menschen vor den Türen, schlampig gekleidete dicke Frauen, halbwüchsige Mädchen und alte Männer. In der Luft roch es stagnierend nach warmem Essen.

»Es ist das, was wir aus Afrika gemacht haben«, sagte der Grauhaarige sarkastisch. »Dem echten Afrika werden Sie wahrscheinlich erst begegnen, wenn Sie von Bulawayo nach Lancaster fahren. Ich nehme an, Sie benutzen eine der üblichen Omnibuslinien?«

»Gibt es das?«

»Nach Lancaster bestimmt. Sie werden allerdings wieder getrennt fahren müssen.«

»John will einen Wagen für Selbstfahrer mieten.«

»Das kann er, er ist amerikanischer Staatsbürger. Bulawayo ist eine Stadt von fast sechzigtausend Einwohnern. Sie werden sicher einen Autoverleih finden. Ich würde Ihnen aber raten, am Flughafen auf Ihren Freund zu warten. Wenn Sie zusammen zum Autoverleih gehen, kann es Ihnen passieren, daß sämtliche Wagen schon vermietet sind.«

»Natürlich!« sagte Claire. »Ich finde das alles ungemein lächerlich.«

Der Grauhaarige blickte dem Rauch seiner Zigarette nach. »Das müssen Sie wohl, Mademoiselle; Sie haben keine andere Wahl.«

Das Stadtbild wurde europäisch, die Eingeborenenslums blieben zurück, große Geschäfts- und Bürohäuser säumten die Straße, an den Kreuzungen stauten sich lange Autoschlangen, meist amerikanische Luxuslimousinen, auch einige Rolls-Royce und Volkswagen, daneben italienische und französische Fabrikate und altmodische Humber. Die Fahrer, fast ausnahmslos Weiße, chauffierten mit betonter Lässigkeit; sie erinnerten Claire an das Gehabe berühmter Filmschauspieler. Gelegentlich entdeckte sie einen Polizisten in weißer Tropenuniform. Ihr Hauptaugenmerk richtete sich jedoch auf die Gehwege, wo reger Betrieb herrschte, ein babylonisches Völkergemisch, sehr viele Inder und Araber, die Mehrzahl jedoch Schwarze, zum Teil gut gekleidet, die Frauen oft in langen Hosen, die Männer in taubengrauen Anzügen und mit Panamahüten, dazwischen welche in blauen Leinenhosen und cremefarbenen Sporthemden. Die wenigen weißen Frauen, die sie bemerkte, waren nur selten allein. Sie trugen flotte, mit Blumen garnierte Hüte, weiße Schuhe und lange Kleider. Ihre Gesichter wirkten kühl und unbeteiligt, die Augen versteckten sie hinter weißgerandeten Brillen mit sehr dunklen Gläsern.

»Sie sind sich ihrer Gottähnlichkeit bewußt«, meinte der Grauhaarige, als Claire eine Bemerkung über sie machte.

Das Hotel war groß und sah vertrauenerweckend aus. Im Vestibül kämpfte ein riesiger Ventilator mit der trägen Luft. Der Empfangschef, ein schlanker lebhafter Mann mit kleinem Spitzbärtchen, begrüßte den Grauhaarigen wie einen guten Bekannten. Er sprach fließend Französisch und redete ihn mit Rouault an; Claire wußte nun endlich, wie er hieß. Als sie den Meldezettel ausfüllte, beobachtete er sie über ihre Schulter hinweg.

»Sie haben eine sympathische Handschrift«, sagte er. »Sind Sie irgendwie berufstätig?«

»Nicht direkt; ich studiere.«

»Medizin?«

Sie lächelte überrascht. »Wie haben Sie das erraten?«

»Ich wundere mich selbst«, sagte der Grauhaarige.

Sie wohnten im gleichen Stockwerk. Der Grauhaarige vergewisserte sich, daß Claire mit ihrem Zimmer zufrieden war. Es gefiel ihr. Obwohl sehr klein, war es doch komfortabel eingerichtet.

»Telefon haben Sie auch«, sagte der Grauhaarige und ging zum Fenster. »Was Sie dort hinten sehen, sind die Häuser der Hautevolee.«

Claire trat neben ihn. Nicht weit entfernt hob sich ein bewaldeter Hügel über die Stadt, eingetaucht in den hellen Himmel, der sich nun, da es auf den Abend zuging, gelb tönte. Zwischen Palmen und anderen tropischen Bäumen versteckt, inmitten gepflegter Gärten, blitzte das weiße Gemäuer großer Bungalows.

»Hübsch!« sagte Claire anerkennend. »Man kann über sie denken, wie man will, aber sie verstehen es, zu leben.«

»Das verstanden schon unsere alten Raubritter«, sagte der Grauhaarige. »Die einen nennen es wirtschaftlichen Imperialismus, die anderen Handelspiratentum; es kommt auf eines heraus.«

»Sie lieben sie nicht sehr?«

»Diese nicht, Mademoiselle. Ich unterscheide zwischen Pflanzern und Geschäftemachern. Die Masse der Pflanzer sind kleinbürgerlich, fleißig, gottesfürchtig und etwas beschränkt – eine natürliche Folge geistiger Inzucht. Sie segeln seit zweihundert Jahren im Kielwasser der Geschichte, ohne es zu merken, aber die da oben wissen genau, wo sie segeln und wohin sie segeln. Ein Double ihrer Bungalows steht bezugsfertig irgendwo in Europa. Wenn der ›Tag X‹ kommt, werden sie ebenso geräuschlos verschwinden, wie sie aufgetaucht sind. Den Pflanzern wird es überlassen bleiben, ihre Zeche zu bezahlen.«

»Was sind es für Leute? Industrielle?«

»Selten. Die Industriellen wohnen in Europa, das hier sind ihre Vertreter, Generaldirektoren und Manager. Daneben gibt es noch Großimporteure, die den Markt kontrollieren, Bankdirektoren, Inhaber bekannter Geschäftshäuser, ein paar hundert Leute, die das Heft in der

Hand haben, seit einigen Jahren erbitterte Gegner des Colonial Office, wo man aus politischen Rücksichten bemüht ist, ihnen behutsam das Wasser abzudrehen. Jeder von ihnen hat mindestens ein Dutzend schwarzer Dienstboten, man trifft sie nur in ihren Häusern, in ihren Büros oder in ihren Straßenkreuzern. Wenn Sie einen von ihnen sprechen wollen, müssen Sie sich vier Wochen vorher schriftlich anmelden.«

»Ich habe nicht das Bedürfnis«, sagte Claire und drehte sich halb nach ihm um. »Sie waren sehr hilfsbereit, Monsieur. Wie kann ich Ihnen danken?«

»Ich habe Ihnen zu danken«, antwortete er lächelnd. »Bis vor zwanzig Jahren war meine Hilfsbereitschaft schönen Frauen gegenüber nicht mehr als ein Vorwand. Inzwischen bin ich jedoch Vater von zwei erwachsenen Söhnen und der vielen Komplikationen überdrüssig geworden. Ich hoffe, Sie machen mir das Vergnügen, mit mir zu dinieren?«

»Wenn es Ihnen ein Vergnügen ist«, sagte Claire. »In einer Stunde?«

»Ich werde auf Sie warten«, sagte der Grauhaarige.

Er gehörte zu den wenigen Männern, die ihr Respekt einflößten, ohne daß sie dabei das Gefühl hatte, sich etwas zu vergeben.

Zuerst ging sie ins Bad. Das Wasser war lauwarm und roch nach schlechter Kanalisation. Trotzdem fühlte sie sich hinterher angenehm erfrischt, auch ihre Kopfschmerzen waren weg. Im Spiegel betrachtete sie sich. Die Aufregungen der vergangenen Tage und Wochen waren nicht ohne Spuren geblieben. Sie stellte stirnrunzelnd fest, daß sie wieder abgenommen und einen Punkt erreicht hatte, wo fünfhundert Gramm Gewicht darüber entscheiden konnten, ob man schlank oder mager war.

Das kommt davon, dachte sie erbittert, wenn man sich so problematisch in einen Mann verliebt. Aber ihre Erbitterung war nicht echt, denn unabhängig von dem sachlichen Ergebnis ihrer kritischen Musterung war sie im Grunde nicht unzufrieden. Es war noch genug vorhanden, auch eine anspruchsvolle Männerhand zu beschäftigen, und um Fett anzusetzen, waren fünfundzwanzig Jahre keine hinreichende Begründung.

Schon gar nicht während der Flitterwochen, dachte sie und streckte ihrem Spiegelbild eine wohlgeformte Zunge heraus. Dann zog sie eines der neuen Kleider an. Es hatte einen tiefen Ausschnitt, etwas zu tief, wenn man sich vorbeugte, aber schließlich hatte sie nichts Anstößiges zu verbergen, und sie mußte wieder einräumen, daß sie ganz passabel aussah, ein vorzüglich gebautes Mädchen mit einem regelmäßig geschnittenen Gesicht, ausgeprägtem, aber nicht zu kräftigem Mund, schwarzen, in die Stirn fallenden Haaren und aufregend großen dunklen Augen. Wenigstens hatte sie den Eindruck, daß sie für einen Mann aufregend sein mußten.

Sie legte noch etwas Puder auf – was ihr in den letzten Tagen wieder zur Gewohnheit geworden war –, entschied sich für das kräftigere Rot ihrer beiden Lippenstifte und trat, als ihr sonst nichts mehr zu tun blieb, wieder ans Fenster. Es beunruhigte sie, daß noch kein Anruf von John gekommen war. Sie hatte noch immer das Bild vor Augen, wie er ihr von seinem Platz vor dem Flughafengebäude aus nachgeschaut hatte, und sie wurde das Gefühl nicht los, als habe sie zu rasch resigniert. Wenigstens hätten sie den Versuch machen können, eine gemeinsame Unterkunft zu finden. Ihr Gewissen wäre jetzt ruhiger gewesen. Andererseits hielt sie es aufgrund ihrer bisherigen Erfahrungen für völlig unwahrscheinlich; es wäre nur Zeitverschwendung gewesen. Morgen abend würden sie bei seinem Vater sein, und sie ertappte sich dabei, wie sie sich ein Bild von ihm zu machen suchte und es im Unterbewußtsein auf John übertrug. Irgendwie erfüllte sie der Gedanke mit Unbehagen, aber dann fiel ihr ein, daß sich ihre eigenen Ansprüche in dreißig Jahren sicherlich auf jenes bescheidene Maß reduziert haben würden, wo die äußere Erscheinung eines Mannes nichts mehr wog und die Falten in seinem Gesicht höchstens noch liebgewordene Spuren gemeinsamer Erinnerungen waren.

Dämmerung sank über die Stadt, der orangefarben gestreifte Himmel verblaßte. Es war immer noch sehr warm im Zimmer. Claire öffnete das Fenster. Obwohl die Sonne schon lange hinter dem Horizont verschwunden war, hatte sich die Luft kaum abgekühlt. Vor dem Hotel standen einige große Limousinen, ein schwarzer Boy plagte sich mit zwei riesigen Koffern ab. Ihr Anblick erinnerte sie daran, daß sie mit nichts anderem als mit einer Reisetasche nach Afrika geflogen war, aber sie gehörte einer Generation an, die mit Raketen zum Mond zielte und aus einem kurzen Abstecher von Paris nach Bulawayo keine Affäre mehr machte.

Nachdem sie noch zehn Minuten vergeblich auf Johns Anruf gewartet hatte, ging sie in den Speisesaal. Es war ein hoher, rechteckiger Raum mit langer Fensterfront, holzgetäfelten Wänden und runden Tischen. In großen Kübeln standen dekorative Palmen und andere tropische Pflanzen herum. Die Tische waren gut besetzt, es mochten etwa fünfzig Gäste anwesend sein. Als Claire durch die Tür trat, blickte sie in ein Spalier neugieriger Gesichter.

Sie war es gewohnt, Aufsehen zu erregen, aber niemals zuvor war sie mit solch unverhüllter Neugierde angestarrt worden, nicht einmal am Silvesterabend, als sie an Johns Seite jenes Restaurant betreten hatte. Wäre sie im Bikini hereingekommen, hätte die Wirkung nicht viel größer sein können, und sie erinnerte sich, daß es die gleichen Leute waren, derentwegen sie in einem anderen Hotel wohnen mußte als John. Sie hielt unwillkürlich die Luft an und ging, ohne nach links oder rechts zu schauen, zu dem Grauhaarigen hin. Er saß allein an einem Tisch und empfing sie mit einem zufriedenen Lächeln.

»Vielleicht verstehen Sie jetzt, weshalb es mir ein Vergnügen ist, mit Ihnen zu dinieren«, sagte er und rückte ihr den Stuhl zurecht. »In diesem Land sind Frauen wie Sie so etwas wie ein achtes Weltwunder. Hat Ihr Freund schon angerufen?«

»Nein. Es beunruhigt mich.«

»Dafür liegt kein Grund vor. Sicher war es nicht einfach für ihn, ein passendes Hotel zu finden, und er wird sich denken, daß Sie jetzt beim Diner sind. Was wollen Sie essen?«

Claire studierte unschlüssig die Speiskarte, die von einem dunkelhäutigen Kellner in weißer Jacke gebracht wurde. Aus den Augenwinkeln bemerkte sie, daß man am Nachbartisch die Köpfe zusammensteckte und über sie redete.

»Ich würde Ihnen etwas Leichtes empfehlen«, meinte der Grauhaarige. »Ihr Magen könnte es Ihnen nach dem plötzlichen Klimawechsel sonst übelnehmen. Wie wäre es mit Filet de sole?«

Claire stimmte zu. Mit der englisch geschriebenen Speisekarte konnte sie ohnedies nicht viel anfangen. Als Getränk bestellte sie sich einen eisgekühlten Orangensaft. Seit sie aus dem Flugzeug geklettert war, hatte sie ein ständiges Durstgefühl.

Während sie auf das Essen warteten, sah sie sich im Saal um. Sie zählte fast ebenso viele Frauen wie Männer, die Frauen mit strenger Haartracht, stark geschminkten Gesichtern und langen, auffälligen Kleidern. Bei den Männern waren Nylonanzüge dominierend, nur zwei Inder, an einem Tisch in der Nähe der Tür, trugen weiße Tropenanzüge. Aus ihrer laut und zwanglos geführten Unterhaltung hörte Claire, daß es durchweg Engländer waren. Es wurde viel getrunken, auf jedem Tisch standen silberne Weinkühler. Die vier schwarzhäutigen Kellner waren pausenlos beschäftigt, ihre undurchdringlichen Mienen verrieten nichts von ihren Gedanken.

»Servieren dürfen sie«, sagte Claire. »Warum nimmt man keine Weißen?«

Der Grauhaarige zuckte mit den Schultern. »Sie sind billiger. Für die Weißen gibt es lukrativere Möglichkeiten, Geld zu verdienen. Was hier herumsitzt, sind Geschäftsleute mit ihren Frauen und Mätressen, die meisten leben in der Föderation. Fällt Ihnen bei den Frauen etwas auf?«

»Zuviel Schminke«, antwortete Claire sofort. »Es ist mir in der Stadt schon aufgefallen.«

»Daran erkennen Sie die weiße Afrikanerin, ihr Teint ist durch die Hitze verdorben, sie versucht es zu verdecken. Weiß der Vater Ihres Freundes schon, daß Sie kommen?«

»Er möchte ihn überraschen.«

»Es soll eine gute Farm sein«, sagte der Grauhaarige nachdenklich. »Bis vor fünfzig Jahren gehörte sie einem Weißen; sie war damals völlig heruntergewirtschaftet. Er verkaufte sie, weil seine Frau das Klima nicht mehr vertrug.«

Claire blickte ihn verständnislos an. »Reden Sie von der Farm seines Vaters?«

»Ich habe mit Lancaster telefoniert und hoffe, daß Sie mir deswegen nicht böse sind. Offen gestanden habe ich mir etwas Sorgen um Sie gemacht.«

»Ich verstehe Sie nicht«, sagte Claire befremdet.

Der Grauhaarige drehte sein Weinglas zwischen den Händen.

»Mir war an der Geschichte Ihres Freundes einiges nicht ganz klar, ich habe Erkundigungen über seine Familie eingezogen.«

»Über seine ...« Claire verstummte. Als sie wieder sprach, klang ihre Stimme gereizt: »Wie kamen Sie dazu?«

»Ich tat es Ihretwegen«, antwortete der Grauhaarige gelassen. »Ich wollte Sie vor einer unangenehmen Überraschung bewahren und bin jetzt froh, daß ich mich geirrt habe. Übrigens nicht das erstemal«, setzte er mit feinem Lächeln hinzu. »Ich sagte Ihnen schon, daß Sie und Ihr Freund in keine meiner Schablonen hineinpassen. Trotzdem kann ich ihm den Vorwurf nicht ersparen, etwas leichtfertig gehandelt zu haben, als er Sie so unvorbereitet zu dieser Reise überredete.«

»Diesen Eindruck habe ich nicht«, erwiderte Claire. Dann merkte sie, daß ihr Ärger überflüssig und auch lächerlich war. Er kannte die Verhältnisse besser als sie, und wenn er sich Sorgen gemacht hatte, würde er seine Gründe dafür haben. Sie zwang sich zu einem Lächeln. »Wahrscheinlich habe ich Ihnen jetzt unrecht getan.«

»Es gehört zu meinem Beruf«, sagte der Grauhaarige. »Afrika ist ein Land der Anomalien, Mademoiselle. Wer hier verlorengeht, hat kaum Chancen, noch einmal gefunden zu werden, erst recht nicht, wenn er ohne Visum einreiste.«

Sein ernster Ton verfehlte nicht seine Wirkung auf sie, aber sie stellte keine Frage mehr. Später, als sie gegessen hatten, blickte sie verschiedene Male verstohlen auf ihre Uhr. Seit sie sich von John getrennt hatte, waren über zwei Stunden vergangen. Sicher hatte er in der Zwischenzeit angerufen. Wäre es dem Grauhaarigen gegenüber nicht unhöflich gewesen, wäre sie jetzt so rasch wie möglich auf ihr Zimmer gegangen. Zudem war es trotz der modernen Klimaanlage unangenehm schwül im Speisesaal. Sie spürte, wie ihre Wäsche am Körper klebte.

»In einer Stunde wird es kühl«, sagte der Grauhaarige, als sie sich mit der Speisekarte Luft zufächelte. »Gemessen an Äquatorialafrika ist das Klima hier geradezu europäisch. In Bulawayo werden Sie es erträglicher finden, es liegt fast vierzehnhundert Meter hoch. Haben Sie vor, später einmal für ständig nach Rhodesien zu übersiedeln?«

Es war eine Möglichkeit, mit der sich Claire noch nicht beschäftigt hatte. Sie machte eine abfällige Handbewegung. »Ich fürchte, selbst wenn ich es vorhätte, wäre es mit zu vielen Umständen verbunden.«

»Das gilt heute noch, in fünf Jahren werden Frauen wie Sie ins Parlament gewählt werden. Ich nehme an, Ihr Freund wird, wenn er seine Militärzeit hinter sich hat, sein Studium wieder aufnehmen?«

»Vielleicht.«

»Dann kann er es genausogut in Paris tun«, sagte der Grauhaarige. »Dort haben wir auch ein Tropeninstitut für Sie. In Europa werden wir eines Tages ebenso viele Ärzte wie Patienten haben; Ihr Platz ist in Afrika, Mademoiselle, hier wird in den nächsten hundert Jahren jeder Mann gebraucht. Ich müßte mich unverantwortlich irren, wenn Sie nicht die Frau dafür wären.«

»Sie haben sich schon einmal in mir geirrt«, sagte Claire lächelnd. Der Grauhaarige blieb ernst. »In diesem Falle nicht. Ich kenne Afrika zu gut, als daß ich die Schwierigkeiten für eine Frau übersehen würde, aber Sie werden mit ihnen fertig werden. Versäumen Sie es nicht, mich in Paris zu besuchen; hier ist meine Adresse.«

Er schob ihr eine Visitenkarte über den Tisch. »Auf der Rückseite habe ich Ihnen mein Hotel in Salisbury aufgeschrieben. Sollten Sie meine Hilfe brauchen, rufen Sie mich ungeniert an. Jede größere Farm in der Föderation hat Telefonanschluß.«

»Ich hoffe, es wird nicht nötig sein«, sagte Claire und schaute unübersehbar auf ihre Uhr.

Er stand sofort auf. »Sie erwarten Ihren Anruf. Ich begleite Sie noch bis an Ihr Zimmer.«

Beim Verlassen des Saales fühlte sie wieder die Blicke der Gäste auf sich ruhen. Für ein paar Sekunden wurde es so still, daß sie das Geräusch der Ventilatoren hören konnte. Der Grauhaarige lächelte.

Im Lift fiel ihr ein, daß er das Taxi bezahlt hatte. Als sie eine Bemerkung darüber machte, wehrte er entschieden ab. »Es hätte mich das gleiche Geld gekostet, wenn ich allein gefahren wäre, außerdem geht es über mein Spesenkonto. Haben Sie englisches Geld?«

Claire bejahte. John hatte ihr vor ihrem Abflug für alle Fälle fünfzig Pfund gegeben. Vor ihrer Tür blieb sie stehen.

»Ich möchte beinahe schwören, daß ich Sie einmal in Paris besuchen werde«, sagte sie. »Wie lange haben Sie in Rhodesien zu tun?«

»Ich hoffe, nicht länger als vier Wochen. Vorausgesetzt, ich habe etwas Glück.«

»Dann wünsche ich Ihnen viel Glück«, sagte Claire herzlich. »Sie haben mir sehr geholfen, Monsieur.«

Er betrachtete nachdenklich ihr Gesicht. »Lange nicht so sehr, wie ich es gerne möchte, Mademoiselle. Beim schwierigsten Teil werde ich Ihnen nicht helfen können.«

Obwohl sie ahnte, wovon er sprach, stellte sie sich verwundert. »Ich dachte, wir hätten jetzt den schwierigsten Teil hinter uns?«

»Was Ihre Reise betrifft. Obwohl ...« Er verstummte und dachte mit gerunzelter Stirn nach. »Ich möchte Sie nicht noch mehr beunruhigen«, sagte er dann, »aber wenn Sie in Bulawayo einen Wagen mieten, würde ich Ihnen unbedingt empfehlen, allen Polizeistreifen auszuweichen. Es wäre mir lieb, wenn Sie es Ihrem Freund sagten.«

»Ich werde es nicht vergessen«, antwortete Claire.

»Und auch nicht, daß Sie mir geschworen haben, mich in Paris zu besuchen?«

»Ich habe es beinahe geschworen«, sagte Claire lächelnd.

Er öffnete den Mund, als ob er noch etwas sagen wollte, aber dann drehte er sich rasch um und ging zu seinem Zimmer. Claire sah ihm nach. Sie fühlte sich plötzlich sehr allein.

Ihr erster Weg führte sie wieder ins Bad. Sie zog sich aus und stellte sich eine Minute lang unter die lauwarme Dusche. Dann kehrte sie ins Zimmer zurück, holte ihre Zigaretten aus der Handtasche und legte sich im Dunkeln aufs Bett.

Es war sehr still im Hotel, und sie wünschte, daß John bei ihr wäre.

Dieser Tag hatte mehr in ihr verändert als die vergangenen Wochen. Sie verstand jetzt, wie es in einem Mann aussehen mußte, der diese endlosen Demütigungen achtundzwanzig Jahre lang in sich hineingefressen hatte. Vielleicht lag es daran, daß sie seine Probleme zum erstenmal aus einer Distanz heraus erleben konnte, die es ihr ersparte, sich selbst als Ursache moralischer Empörung zu fühlen, ähnlich einem Kinobesucher, der von der anonymen Geborgenheit seines Platzes aus die Ereignisse auf der Leinwand verfolgt, ohne jedoch unmittelbar daran beteiligt zu sein. Im Grunde war sie ihr ganzes Leben lang immer nur mit sich selbst beschäftigt gewesen und damit ausgefüllt, sich zu bemitleiden. Sie hatte sich nie um fremde Probleme gekümmert, sich nie für einen anderen Menschen verantwortlich gefühlt, sie war, wenn sie es objektiv betrachtete, gleichgültig, egoistisch und immer darauf bedacht gewesen, sämtlichen Komplikationen möglichst aus dem Weg zu gehen. Dies alles hatte sich nun geändert, seit John in ihr Leben getreten war, und während sie jetzt darüber nachdachte, empfand sie es fast wie ein Wunder.

Sie war viel zu skeptisch veranlagt, als daß sie dieses überraschende Ergebnis ihrer Bekanntschaft allein dem Einfluß ihrer Empfindungen für John zugeschrieben hätte. Dies war keine Liebe auf den ersten Blick gewesen, sie hätte sich auch niemals auf den ersten Blick in einen Mann verliebt, sowenig sie sich durch einen vielversprechenden Schutzumschlag zum Kauf eines Buches entschließen würde, ohne nicht wenigstens vorher einen kritischen Blick hineinzuwerfen. Viel wahrscheinlicher dagegen schien es ihr, daß das Zusammentreffen mit John und die anschließenden Auseinandersetzungen mit Fred und seinen Eltern eine Erschütterung in ihr ausgelöst hatten, die einem langwierigen Prozeß innerer Entwicklung zu einem eruptiven Abschluß verhalf und ihr eigentliches Ich, das sie die ganzen Jahre hindurch unter einem Panzer von müder Resignation, ohnmächtiger Gleichgültigkeit und unschlüssigem Abwarten begraben hatte, wieder zum Vorschein brachte. Aber sie würde sich nicht damit begnügen dürfen, und die Erinnerung an die Ungereimtheiten, die sie sich in den vergangenen acht Tagen während ihrer Begegnungen mit John geleistet hatte, trieb ihr nachträglich das Blut ins Gesicht. Es würde auch nicht genügen, seine Familie und seine Heimat kennenzulernen. Sie würde vielmehr bei sich selbst anfangen müssen, bei ihren eigenen Zweifeln und bei dem, was sie noch davor zurückschrecken ließ, auch die letzten Konsequenzen ernsthaft ins Auge zu fassen. Solange der Gedanke an ein Kind jede physische Vereinigung wie mit einer untilgbaren Hypothek belastete, würde sie nie ganz ihre Befangenheit loswerden. Aber glaubte sie wirklich im Ernst daran, sie könnte sich an den Anblick ihres eigenen Kindes nicht gewöhnen oder ihn gar als unerträglich empfinden? Ging es ihr nicht vielmehr nur darum, unter welchen Bedingungen es aufwachsen, welche Demütigungen und Benachteiligungen es ausgesetzt und wie es um ihre eigene moralische Position als Mutter bestellt sein würde? Vielleicht auch um ihre gesellschaftliche Position? Solange sie das Bild auf Thüngerstadt übertrug, mochten ihre Befürchtungen zutreffen, aber hatte sie nur einen Augenblick lang daran gedacht, nach Thüngerstadt zurückzukehren? Was hinderte sie überhaupt noch daran, den Vorschlag des Grauhaarigen ernst zu nehmen, was hinderte sie daran, Deutschland zu verlassen?

Sie erinnerte sich, wie es in Paris gewesen war, an die freundliche Hotelbesitzerin, an den abendlichen Spaziergang, an das gemütliche Restaurant und an den gesprächigen Taxifahrer, der einfach nicht glauben wollte, daß sie keine Französin war. Sicher würde es auch in Paris schwierig sein, ein Zimmer zu finden, aber sie würde keine

Schwierigkeiten haben, zusammen mit John in einem Zimmer zu wohnen. Und wenn sie ihre klinischen Jahre in einem Pariser Krankenhaus absolvierte, würde sie damit nicht schlechter fahren als in Deutschland. Als das Telefon anschlug, war sie schon halb entschlossen.

Sie griff so rasch zum Hörer, daß sie beinahe den Apparat auf den Boden geworfen hätte. Es war John, seine Stimme klang wie von sehr weit her, und sie schloß einen Moment die Augen und lächelte. »Ja, ich bin es«, sagte sie ruhig. »Wie geht es dir, John?«

3

Am gleichen Tag wurde Leutnant Horne zum Kompaniegefechtsstand befohlen. Captain Denson saß mit verkniffenem Mund hinter seinem Schreibtisch. Er war nicht allein. Drei Schritte neben ihm, das lange, häßliche Gesicht zu einer undurchsichtigen Maske gefroren, stand Chumley. Als Horne ihn anschaute, zuckte er leicht mit den Schultern.

»Sir?« sagte Horne.

Denson wies auf einen Stuhl. »Nehmen Sie Platz, Leutnant. Ich habe eben Ihr Protokoll gelesen.«

»Ich hoffe, Sie sind zufrieden, Sir«, sagte Horne unpersönlich.

»Sie haben sich außerordentlich viel Mühe gegeben«, antwortete Denson. »Trotzdem muß ich Sie bitten, das Protokoll noch einmal zu schreiben. Es enthält so viel Unsinn, daß ich es nicht verantworten kann, es in seiner jetzigen Form an das Bataillon weiterzureichen. Ich habe Sie bisher für einen ernst zu nehmenden Offizier gehalten, Horne, aber so etwas darf einem ernst zu nehmenden Offizier nicht passieren.«

»Sir!« sagte Horne heiser. »Wenn Sie gestatten, Sir . . .«

Denson unterbrach ihn kühl: »Ich gestatte es, Leutnant. Ich gestatte Ihnen, daß Sie in meiner Gegenwart Ihr Protokoll zerreißen, und ich gestatte Ihnen ferner, daß Sie es in meiner Gegenwart in meinen Papierkorb werfen. Sergeant!«

»Sir?« sagte Chumley blaß. Nie, seit er Denson kannte, hatte sich der Captain so weit gehenlassen.

»Geben Sie dem Leutnant das Protokoll!«

»Jawohl, Sir!« sagte Chumley.

Er nahm das Protokoll vom Tisch, zögerte einen Augenblick und ging dann mit eckigen Bewegungen zu Horne hin. »Bitte, Sir!« sagte er undeutlich. Er war schon zu lange bei der Armee, als daß irgend etwas auf der Welt ihn noch beunruhigen konnte, aber als er in Hornes Augen schaute, wünschte er sich weit weg.

»Bringen Sie dem Leutnant noch den Papierkorb«, sagte Denson.

»Ich möchte nicht, daß er sich dieses Protokolls wegen bücken muß. Hier ist er!«

Er angelte ihn mit dem Fuß unter dem Schreibtisch hervor und sah zu, wie Chumley ihn zu Horne trug.

»Worauf warten Sie noch, Leutnant?« fragte er.

Horne hob den Kopf. Als er das Protokoll sorgfältig in kleine Stücke zerriß und sie in den Papierkorb fallen ließ, trug sein Gesicht einen geistesabwesenden Ausdruck.

»Und nun wünsche ich von Ihnen einen sachlichen Bericht über den Vorfall«, sagte Denson, »in zehn Schreibmaschinenzeilen; mehr benötigen Sie nicht. Das Motiv, das Bruce zu diesem Delikt getrieben hat, ist höchstens für einen Psychiater interessant; die Armee hat keine Verwendung dafür. Nach Verbüßung seiner Strafe wird er zur A-Kompanie versetzt.«

Er blätterte in einigen Papieren; Chumley beobachtete ihn mit angehaltenem Atem.

»Wie ist das mit Korporal Insogna?« wandte sich Denson an ihn. »Er führt noch die Gruppe?«

»Jawohl, Sir«, antwortete Chumley.

Denson betrachtete mit gerunzelter Stirn ein Blatt Papier, dann sah er Horne an. »Leutnant Peck hat sich gegen seine Beförderung ausgesprochen. Er sagte mir, daß Sie Insogna nicht sehr schätzen.«

»Das ist richtig, Sir«, sagte Horne teilnahmslos.

»Ich teile Ihre Auffassung nicht, Leutnant«, erwiderte Denson und sah auf seine Uhr. »Wenn Sie sich beeilen, können Sie mir das neue Protokoll in einer halben Stunde vorlegen. Sergeant Chumley kann Ihnen dabei helfen.«

»Jawohl, Sir«, sagte Horne und erhob sich.

»Sie können gleich mitgehen, Sergeant«, sagte Denson. »Bereiten Sie bis morgen früh die Beförderungspapiere für Korporal Insogna zum Sergeant vor.«

»Jawohl, Sir!« sagte Chumley. Manchmal hatte er das unangenehme Gefühl, daß der Captain ihn durchschaute. Als er kurz darauf zusammen mit dem Leutnant auf den Korridor hinaustrat, wischte er sich den Schweiß von der Stirn.

»Wünschen Sie, daß ich das Protokoll in der Schreibstube aufnehme, Sir?« fragte er mit belegter Stimme.

Horne schüttelte den Kopf. Dann blieb er unvermittelt stehen und starrte zur Decke hinauf. »Wann kommt Sergeant Baako zurück?«

»Sein Urlaub läuft am ersten März um vierundzwanzig Uhr ab, Sir«, antwortete Chumley, ohne zu überlegen. »Am zweiten März muß er seinen Dienst in Eschwege antreten.«

»Nachdem er sich vorher bei seinem Kompanieführer abgemeldet hat?« fragte Horne mit dem Blick zur Decke.

»Jawohl, Sir, er muß sich vorher bei Ihnen abmelden.«

»Sicher wissen Sie, weshalb er versetzt wird?«

Etwas an seiner Formulierung gefiel Chumley nicht. Der offizielle Grund war Horne genauso bekannt wie ihm, aber Denson würde in acht Tagen Deutschland verlassen, und daß zwischen dem künftigen Kompanieführer und dem Hauptfeldwebel nicht alles zum besten stand, wußten außer Perkins noch andere Leute, obwohl Perkins am gefährlichsten war. Schreibstuben-Unteroffiziere lebten immer in der fixen Idee, eines Tages ihren Hauptfeldwebel ablösen zu können. Chumley hatte einen untrüglichen Instinkt dafür, wieviel er riskieren konnte und wann es für ihn Zeit wurde, Konzessionen zu machen. Er tat es nicht gern, es verstieß gegen seine Prinzipien. Andererseits hing er viel zu sehr an seinem Posten, als daß er ihn eines Prinzips wegen aufs Spiel gesetzt hätte. In vier Wochen würde er für Horne genauso unentbehrlich sein, wie er es für Denson und alle früheren Kompanieführer gewesen war, aber in diesen vier Wochen würde er seine ganze Intelligenz brauchen und auch die unwahrscheinlichsten Möglichkeiten berücksichtigen müssen. Eine davon war, daß Horne über diese Geschichte schon mehr wußte, als er zu erkennen gab.

Wenn ein Mann wie Perkins sich bei einem Kompanieführer beliebt machen wollte, würde er nicht einmal davor zurückschrecken, seine eigene Mutter zu denunzieren.

»Es ist nichts Offizielles, Sir«, sagte er zögernd. »Ich habe es mir selbst zusammengereimt.«

»Kommen Sie mit!« befahl Horne.

Er ging mit ihm in sein Zimmer, machte sorgfältig die Tür hinter sich zu und setzte sich auf die Schreibtischkante. »Also, Sergeant!«

Chumley betrachtete das Bild mit dem jungen hübschen Mädchen auf seinem Schreibtisch. »Angeblich steckt ein Mädchen dahinter, Sir«, sagte er langsam. »Vor zwei Tagen war ein junger Mann bei mir auf der Schreibstube und wollte von Sergeant Baako ihren Aufenthaltsort erfahren. Er erzählte, daß sich bereits der Bürgermeister in dieser Sache mit dem Regiment in Verbindung gesetzt habe.«

»Ist er mit dem Mädchen verwandt?«

»Verlobt, Sir. Sie ist von zu Hause davongelaufen.«

»Wo steckt sie jetzt?«

»Ich vermute, sie ist mit Sergeant Baako nach Rhodesien geflogen.«

Horne spitzte etwas die Lippen. Er nahm seine Brille ab und fuhr sich mit Daumen und Zeigefinger über die Augen. Die Gelegenheiten, sich beim Regimentskommandeur in Erinnerung zu bringen, waren für einen jungen Offizier denkbar selten; hier bot sich vielleicht eine. Als er nach Thüngerstadt versetzt worden war, hatte er gehofft, dem Regimentsstab zugeteilt zu werden, statt dessen hatte man ihn als Zugführer in die B-Kompanie abgeschoben. In acht Tagen würde er Kompanieführer sein, und er wußte ebensogut wie der Bataillonskommandeur, daß er diese rasche Beförderung nicht allein seinen soldatischen Fähigkeiten verdankte. Man hatte sich gefällig erweisen wollen, aber von allen Möglichkeiten, zu avancieren, war es die mühsamste. Die nächste Hürde auf diesem Weg wäre eine Stellung als Bataillonsadjutant, dann Bataillonskommandeur, in zehn Jahren vielleicht, wenn er das erforderliche Alter dafür hatte. Es gab zu viele, die schon länger darauf warteten als er. Anders lagen die Dinge beim Regimentsstab. Dort entschied oft nur das persönliche Wohlwollen des Kommandeurs über die nächste Beförderung, und die Möglichkeiten, die militärische Stufenleiter hinaufzufallen, waren fast unbegrenzt.

Aber dies war nur die eine Seite seiner Überlegungen. Seit er das Zimmer des Captains verlassen hatte, fühlte er sich auf eine nicht wiedergutzumachende Weise gedemütigt. Er betrachtete sich als Opfer einer Verschwörung, die ebenso illegal wie sittenwidrig war; denn daß sich ein Kompaniechef in der Auseinandersetzung auf die Seite des Gruppenführers schlug, war – so schien es ihm wenigstens – in der Geschichte der Armee ohne Beispiel. Im Gegensatz zu Bruce, dessen Abneigung gegen den Sergeant aus mehr oder weniger verschwommenen Ressentiments gespeist wurde, waren Hornes Empfindungen von eindeutiger Natur. Die bloße Anwesenheit eines Schwarzen genügte, einen Abscheu in ihm wachzurufen, wie man ihn sonst nur beim Anblick eines widerlichen Reptils empfindet. In seiner Familie hatte es nie Sklaven gegeben, er hätte, ebenso wie seine Eltern, ihre Gegenwart als unerträglich empfunden. Die Ausdünstung eines schwitzenden Negers konnte ihm den Magen umdrehen, der Umgang mit einem schwarzen Vorgesetzten den Wunsch zur Desertion in ihm wach werden lassen. Er hatte von Anfang an keinen Augenblick lang daran gezweifelt, daß Bruce bei dem Zwischenfall mit der Schraubenmutter die Hände im Spiel gehabt hatte, aber ebensowenig hätte er sich dazu hergegeben, ihn eines Schwarzen wegen in eine unangenehme Situation zu bringen. Zudem war er fest davon überzeugt, daß der Sergeant bei Denson gegen ihn intrigiert hatte, und wenn seine Möglichkeiten, dem Captain die Demütigungen heimzuzahlen, auch so gut wie aussichtslos waren, so gab es andererseits genug Mittel und Wege, seinen aufgestauten Haß an dem Sergeant abzukühlen, den er für alles verantwortlich machte, was ihm in den letzten Tagen widerfahren war.

Er beschäftigte sich noch eine Weile damit, dann wandte er seine

Aufmerksamkeit wieder dem Hauptfeldwebel zu, der in lässiger Haltung vor ihm stand und die Hände auf seinem Rücken verschränkt hatte.

»Ich nehme an, Sie haben mit Captain Denson über diese Sache bereits gesprochen?« fragte er beiläufig.

Chumley zog grinsend die Oberlippe von den Zähnen. »Wie ich Captain Denson kenne, Sir, hätte er sich kaum dafür interessiert. Wünschen Sie, daß ich ihn davon unterrichte?«

»Das wünsche ich nicht, Sergeant«, antwortete Horne und setzte seine Brille wieder auf. »Ich wünsche vielmehr, daß Sie über diese Angelegenheit mit keinem anderen Menschen reden. Sollte der junge Mann noch einmal bei Ihnen auftauchen, so bringen Sie ihn unverzüglich zu mir; das ist ein Befehl, Sergeant.«

»Jawohl, Sir!« sagte Chumley. Er war jetzt davon überzeugt, daß Perkins über diese Sache geschwiegen hatte. Horne war intelligent genug, sich seine eigenen Gedanken über Johns Versetzung zu machen.

Der Leutnant verabschiedete ihn. »Das Protokoll können Sie in fünfzehn Minuten bei mir abholen!«

Obwohl das Gespräch undramatischer verlaufen war, als Chumley befürchtet hatte, war er übler Laune. Nicht etwa, daß er sich Gewissensbisse gemacht hätte! Dazu lag vorläufig auch kein Grund vor; der Leutnant würde mit dem, was er ihm erzählt hatte, im Augenblick nicht viel anfangen können, und seine, Chumleys, Empfindungen für John waren viel zu kompliziert, als daß er sich in diesem Fall zur Diskretion verpflichtet gefühlt hätte. Was ihn erboste, war ganz einfach der Umstand, daß er sich zur Preisgabe einer delikaten Information hatte verleiten lassen, ohne daß es nach Lage der Dinge unbedingt erforderlich gewesen wäre. So versessen er darauf war, persönliche Details über die Männer seiner Kompanie zu sammeln, so eifersüchtig war er auch darauf bedacht, sie für sich zu behalten; und daß John Baako mit der bildhübschen Tochter eines angesehenen Bürgers von Thüngerstadt nach Rhodesien geflogen war, hatte in seinem Arsenal von Intimitäten etwa den gleichen Wert wie die blaue Mauritius in einer Briefmarkensammlung.

Perkins erkannte seine schlechte Laune schon, als er zur Tür hereinkam. Er ließ sich ihm gegenüber am Tisch nieder, stützte die Ellbogen auf und starrte ihn über die Schreibmaschine hinweg unbeweglich an. Es war ein alter Trick von ihm, und trotzdem fiel Perkins jedesmal darauf herein. Nach einer halben Minute wurde er unsicher. Er vertippte sich ein paarmal, setzte ein falsches Wort ein und fing an, zu radieren. Dann hielt er es nicht länger aus. Er stand nervös auf und beschäftigte sich an einem Aktenschrank; Chumley beobachtete ihn grinsend.

»Insogna schon dagewesen?« fragte er.

Perkins drehte ihm das Gesicht zu. »Sollte er kommen?«

»Worauf, glaubst du, warte ich hier?« fragte Chumley.

Perkins ging verärgert hinaus. Seit er mit Chumley zusammen arbeitete, taugten seine Nerven nichts mehr. Fünf Minuten später brachte er Sam herein.

»Schlechte Nachrichten«, sagte Chumley, der unverändert am Tisch saß.

Sam kniff die Augen zusammen, als ob er in ein grelles Licht schaute. »Für mich?«

»Für die Armee«, sagte Chumley. »Denson will dich morgen zum Sergeant befördern.«

»Er war schon immer etwas exzentrisch«, murmelte Sam verwundert und rechnete nach. »Das macht im Monat genau ...«

»Stimmt!« sagte Chumley. »Mary kann dir dein Taschengeld erhöhen. Was Neues von John?«

Sam schüttelte den Kopf. Gestern hatte er ihm einen langen Brief nach Paris geschrieben, postlagernd, wie sie es vereinbart hatten.

»Wird jetzt beschäftigt sein«, sagte Perkins feixend. »Schade, daß man ...« Er brach ab.

»Was ist schade?« erkundigte sich Sam.

Chumley grinste. »Er möchte gerne wissen, wie so etwas aussieht, wenn es zusammen ins Bett geht. Es könnte mich selbst neugierig machen.«

»Ich weiß schon lange, was dich nicht schlafen läßt«, sagte Sam verächtlich. »Daß er hier nicht beliebt war, husten die Hühner. Kann nicht jeder wie 'ne Eule aussehen.«

Chumley betrachtete ihn mit schräggelegtem Kopf. »Horne?«

»Verdreh mir das Wort nicht, Spieß«, erwiderte Sam. »Diese Beförderung hintertreibst du mir nicht mehr.«

»Ich habe mir den Hals trockengeredet, bis ich Denson so weit hatte«, murmelte Chumley vorwurfsvoll. »Ich habe mir auch bei John den Hals trockengeredet. Ohne mich wäre er heute noch Korporal.«

»Bin nie recht dahintergekommen, warum du es gemacht hast«, knurrte Sam.

Chumley wußte es auch nicht. Neben seiner dienstlichen Auffassung, die keine unterschiedliche Behandlung zwischen weißen und schwarzen Soldaten duldete, hatte er, wie alle amerikanischen Staatsbürger, auch eine private Einstellung zur Rassenfrage, die sich von Hornes Einstellung grundsätzlich darin unterschied, daß er sie als gottgewollte Einrichtung betrachtete und als solche akzeptierte, aber in dieser gottgewollten Einrichtung war ihm die Rangordnung zwischen Weißen und Schwarzen im zivilen Leben ebenso selbstverständlich wie die Rangordnung zwischen Offizieren und Mannschaften im militärischen Bereich. Er brauchte sich dabei von keinerlei Ressentiments inspirieren zu lassen, für ihn hatte das Rassenproblem nur eine biologische Seite, und seine Empfindungen Schwarzen gegenüber waren etwa die gleichen, wie sie ein körperlich gesunder Mann einem Verwachsenen oder Blinden entgegenbringt. Sie waren für ihn bedauernswerte Geschöpfe, aber auch nicht mehr. Sich mit einem von ihnen auf die gleiche Stufe zu stellen oder gar Sympathien für ihn zu hegen, kam in seinen Augen nicht nur einem Verstoß gegen die Tabus menschlicher Gesellschaftsordnung gleich, es war auch eine Versündigung an jenen mirakulösen Gesetzen, die das Universum im Gleichgewicht hielten. So erklärten sich auch seine Empfindungen John gegenüber aus der merkwürdigen Tatsache, daß ausgerechnet ihm eine solche Versündigung unterlaufen war, und sein Haß war im Grunde nichts anderes als ein männlicher Akt der Notwehr und der Selbstverteidigung gegen die widerwillige Bewunderung, die er für ihn empfand, gegen die Sympathie, die er sich nicht eingestehen wollte, und nicht zuletzt gegen das lästige Gefühl geistiger Unterlegenheit, das ihn jedesmal überkam, wenn er sich mit ihm unterhalten hatte. Seit John zur Kompanie gekommen war, hatte Chumley erleben müssen, wie das solide Gebäude seiner Weltanschauung zu knistern begann. Er hatte ihm mehr unruhige Stunden bereitet als jeder andere Mann, und eigentlich hätte er alle Ursache gehabt, über seine Versetzung glücklich zu sein. Daß er sich statt dessen regelmäßig bei dem Wunsch ertappte, den Sergeant wieder in seine Kompanie zu bekommen, war nur einer jener vielen Beweise menschlicher Unzulänglichkeit, und niemand konnte sich mehr darüber entrüsten als er selbst. Aber letztlich war es nicht viel widerspruchsvoller als der Umstand, daß Sergeant Chumley an manchen Sonntagen die Uniform gegen einen Zivilanzug vertauschte und sich in einem Winkel des Doms von Thüngerstadt versteckte, wo er sich mit gottesfürchtiger Miene an der Messe beteiligte und für seine Seele betete. Kein Mensch war so absolut er selbst, daß er immer Herr seiner Empfindungen war; auch Sergeant Chumley nicht.

Er erinnerte sich, daß es Zeit für ihn wurde, das Protokoll abzuholen, und stand auf. »Ich kümmere mich nicht darum, was kleine Leute von mir denken«, sagte er würdevoll. »In dieser Kompanie bekommt jeder, was er verdient.«

»Darauf warte ich schon lange«, sagte Sam. »Man erzählt sich neuerdings Geschichten von einem anderen Spieß.«

Chumley sah mit gerunzelter Stirn in sein verkniffenes Gesicht.

»Diese Geschichten sind fast so alt wie dein Hintern, Sergeant Insogna«, sagte er förmlich und verließ das Zimmer.

Perkins kicherte. »Jetzt hast du ihn erschreckt. Wo hast du es gehört?«

»Auf der Latrine«, antwortete Sam. »Es stimmt doch, daß sie John nach Korea versetzen wollen?«

»Nach Korea?« vergewisserte sich Perkins ungläubig.

»Weißt du nichts davon?«

»Von wem hast du es?«

»Von Chumley.«

»Dann wird es wohl stimmen«, erklärte Perkins, der es sich aufgrund schlechter Erfahrungen schon lange abgewöhnt hatte, anderer Meinung zu sein als sein Hauptfeldwebel.

Sam nickte. »Es paßt zu dieser Armee!«

John fehlte ihm, er hätte keinem Menschen zu sagen vermocht, wie. Daran konnte nicht einmal die Beförderung etwas ändern.

4

Etwa fünf Meilen hinter Lancaster verwandelte sich die Straße in einen unbefestigten, vom Regen aufgeweichten Streifen aus roter Lateriterde, der in vielen Krümmungen eine mit lichtem Gehölz bewachsene Gebirgslandschaft durchquerte. Meterhohe Termitenhügel und rostfarbene Felskötze säumten sie, von Zeit zu Zeit auch eine Schirmakazie oder der mächtige Stamm eines Affenbrotbaumes. Später wurden die Berge flacher, das Gelände wurde wellig, eine weite, von einzelnen Waldoasen aufgelockerte Grassavanne öffnete sich. Sie reichte bis zu einer purpurnen Hügelkette, die den Horizont abschloß. Dort war der Himmel noch immer schwarz, das Land von Regenfronten überzogen. Die von silbernen Lichtschächten durchbrochenen Wolken leuchteten im Widerschein ferner Gewitter, deren Windböen die Savanne abkämmten und das hohe Gras in rollende Dünung versetzten. Es sah aus, als ob das Land selbst in Bewegung geriete, einer riesigen Glocke ähnlich, die mit lautloser Gewalt in die brütende Stille des frühen Mittags einschwang.

Es war alles ganz anders, als Claire es erwartet hatte. Schon Bulawayo war eine Überraschung für sie gewesen, eine großzügig und modern angelegte Stadt mit vielen Fabriken und schönen Villen, eingebettet in die dekorative Landschaft der Matopo-Berge, die mit ihren eigenwillig geformten Gipfeln und Felstürmen unwillkürlich an die Dolomiten erinnerte. Wäre die drückende Hitze nicht gewesen, hätte man sich in eine Hochgebirgslandschaft in Europa versetzt fühlen können.

Die zweimotorige Vickers Viscount hatte die Strecke von Livingstone nach Bulawayo in zwei Stunden bewältigt. Obwohl sie bei der Landung mit keinen Paßschwierigkeiten mehr zu rechnen brauchten, hatte sich John aufgrund ihrer bisherigen schlechten Erfahrungen wieder für getrennte Plätze entschlossen. Seit ihrer Begegnung am Flughafen in Livingstone machte er einen zerstreuten und nachdenklichen Eindruck; vielleicht beschäftigte ihn das bevorstehende Wiedersehen mit seinem Vater. Über den Grauhaarigen hatte er kein Wort mehr verloren, auch gestern abend nicht, als sie miteinander telefoniert hatten. Die Vermutung des Grauhaarigen, daß er Schwierigkeiten haben werde, ein Hotel zu finden, hatte sich als zutreffend erwiesen. Er hatte über eine Stunde lang suchen müssen. In Bulawayo war er sofort mit einem Taxi in die Stadt gefahren. Da gleichzeitig ein heftiger Gewitterregen niedergegangen war, hatte Claire die Zeit bis zu seiner Rückkehr im Flughafenrestaurant verbracht.

Inzwischen waren über zwei Stunden vergangen. Der Wagen, ein uralter Chrysler, dessen miserable Federung die Fahrt über die schlechten Straßen zu einem mehr strapaziösen als unterhaltsamen Erlebnis werden ließ, hatte entgegen allen Befürchtungen noch keine Panne gehabt. Teilweise hatten sie sogar eine Asphaltstraße benutzen können. Dies hatte sich aber sofort geändert, als die großen Obst- und Tabakplantagen der weißen Pflanzer zurückgeblieben waren. Lancaster war wieder der erste größere Ort auf ihrer Strecke gewesen: einige hundert Häuser, die sich in einer Geländefalte versteckten, dazwischen ein Gewimmel schwarzer Männer und Frauen, die Männer in zerschlissenen Hemden, abgetragenen Hosen und bunten Tüchern, die Frauen in billigen indischen Baumwollkleidern, auch viele nackte Kinder mit monströsen Nabelbrüchen und eitrigen Geschwüren, unzählige Straßenhändler, Bettler mit entzündeten Beinstümpfen, und über alldem der Rauch der Holzkohlenfeuer, der penetrante Gestank der offenen, oft bis zum Rand mit Urin, Exkrementen und Abfällen gefüllten Entwässerungsgräben beiderseits der gepflasterten Straße, und eine Meute johlender Halbwüchsiger, die hinter dem Wagen hergerannt war und um einen Pence bettelte. John hatte kein Wort darüber verloren, aber es war ihr nicht entgangen, daß es ihm peinlich gewesen war.

Ihre eigenen Empfindungen waren noch keinen Augenblick lang zur Ruhe gekommen. Dieses Land flößte ihr ebensosehr Unbehagen ein, wie sie sich von ihm fasziniert fühlte, und sie hätte weder das eine noch das andere zu motivieren vermocht. Was sie jedoch am stärksten beeindruckte, waren die fast erschreckenden Dimensionen, die das Ichbewußtsein bis zur insektenhaften Bedeutungslosigkeit zusammenschrumpfen ließen, und das harte Aufeinanderprallen von Gegensätzen, die ihr mit jedem Kilometer, den sie zurücklegten, deutlicher wurden. Wahrscheinlich würde es unmöglich sein, jemals eine Synthese zu finden, sie zu überbrücken, solange fünfundsiebzig Prozent aller Eingeborenen Analphabeten waren und keine hygienischeren Ansprüche stellten als jene, die sie beobachtet hatte. Es schien ihr unbegreiflich, daß Menschen unter solchen Verhältnissen vegetieren konnten, und sie hatte ein paarmal vergeblich versucht, Johns Meinung darüber zu erfahren; er war ihr mit nichtssagenden Redewendungen ausgewichen. Außerhalb der Ortschaften waren sie kaum einem Eingeborenen begegnet. Die wenigen, die sie gesehen hatten, waren mit schweren Lasten unterwegs gewesen. Beim Annähern des Wagens waren sie auf die Seite getreten und hatten ihn gleichgültig vorbeifahren lassen. Tiere waren noch seltener. Ein einziges Mal hatte in etwa dreihundert Meter Entfernung eine Giraffenherde die Straße überquert. Bis der Wagen jedoch die Stelle erreicht hatte, waren sie in dem hohen Gehölz verschwunden gewesen.

Trotz der offenen Fenster war es unerträglich warm im Wagen. Die Sonne stand jetzt senkrecht am Himmel und trocknete rasch die Straße ab. Claire spürte Müdigkeit in sich aufkommen. In der vergangenen Nacht hatte sie der Schwüle wegen lange nicht einschlafen können, und am Morgen war sie um sechs Uhr von einem Hotelboy geweckt worden, der ihr eine Tasse Tee servieren wollte. Im ersten Moment hatte sie an ein Mißverständnis geglaubt, bis sie darüber aufgeklärt worden war, daß es zu den üblichen Gepflogenheiten gehörte, mit denen man sich in einem englischen Hotel in Rhodesien abfinden mußte.

Eigentlich wäre es nun an der Zeit gewesen, etwas von der Farm zu sehen, aber die Landschaft wirkte, so weit sie schauen konnte, völlig unbewohnt. Hier sollten, nach Johns Worten, die eigentlichen Reservate der Maschonas beginnen. Sie gehörten zu den Südost-Bantu und bewohnten die Reservate zusammen mit einigen tausend Massai, die nach der großen Rinderpest in Kenia das Land verlassen hatten und nach Süden gezogen waren. Wahrscheinlich lagen ihre Dörfer irgendwo am Horizont, wo die Hügel anfingen und die dichte Vegetation auf einen nahen Fluß schließen ließ. Das Wolkengebirge war jetzt flacher geworden, es sah aus, als ob der Regen für heute vorüber sei. Als sie eine Bemerkung darüber machte, zuckte John mit den Schultern. »Vielleicht. Manchmal regnet es nur einmal, manchmal den ganzen Tag.«

»Wie weit ist es noch zur Farm?«

»Dreißig Meilen, vielleicht auch vierzig. Ich habe früher nie darauf geachtet.«

»Ich dachte, sie liegt bei Lancaster?«

»Habe ich das gesagt?«

Sie konnte sich nicht mehr genau entsinnen. »Du hast mir jedenfalls etwas von Lancaster erzählt.«

»Die Post geht über Lancaster. Es hat dich enttäuscht?«

Sie wunderte sich, daß er jetzt von selbst darauf zu sprechen kam, ein

Zeichen dafür, daß er sich während der ganzen Zeit damit beschäftigt hatte. »Ich habe es mir etwas anders vorgestellt«, antwortete sie offen.

John nickte. »Sie kennen es nicht besser. Es ist ein Beispiel für die Diskrepanz zwischen dem, was wir sein wollen, und jenem, was wir sind. Wir haben zu viele Leute, die es nicht wissen.«

»Was sie sein wollen?«

»Was sie sind.«

»Das macht es nicht einfacher«, sagte Claire nachdenklich. »Wovon leben sie?«

»Die meisten haben einen Verwandten, der auf einer Farm oder in einer Fabrik arbeitet.«

»Bei den Weißen.«

»Ja.«

»Ich überlege mir«, sagte Claire, »wo sie arbeiten würden, wenn keine Weißen hier wären.«

Es hatte ihr schon lange auf der Zunge gelegen, aber sie hatte befürchtet, es könnte ihn verletzen. Zu ihrer Verwunderung lächelte er.

»Ich mir auch. Solange die Fabriken und sechzig Prozent des besten Bodens den Weißen gehören, läßt sich nichts daran ändern. Nkrumah hat das auch erkannt.«

Sie hatten jetzt den Rand der Savanne erreicht; John blickte auf seine Armbanduhr. »Wenn du willst, machen wir hier eine kurze Rast.«

Claire wollte. Er fuhr den Wagen ein paar Meter von der Straße weg, stieg aus und befühlte den Boden. »Er ist trocken«, sagte er. Dann stapfte er einige Schritte in das Gras hinein. Es war über einen Meter hoch und hart wie Holz. John sah sich sorgfältig um.

»Suchst du etwas?« fragte Claire verwundert.

»Nein, du kannst dich hinsetzen. Willst du eine Orange?«

»Zwei«, antwortete Claire. Sie hatte sie bei einem Straßenhändler vor dem Flughafengebäude von Bulawayo gekauft.

John brachte seine Jacke mit, er legte sie auf den Boden und beobachtete, wie Claire ihre Strümpfe auszog. Sie trug ihr ärmelloses weißes Kleid, und er ließ keinen Blick von ihr.

»Was ist los?« fragte sie.

Er lächelte. »Nichts. Ich überlege mir etwas.«

»Darf man wissen, was es ist?«

»Was ich meinem Vater erzählen soll.«

Die ganze Nacht hatte er darüber nachgedacht, war jedoch zu keinem Ergebnis gekommen. Nur über eines war er sich in den letzten vierundzwanzig Stunden klargeworden, aber er wußte noch nicht, wie er es ihr beibringen sollte.

Der Platz lag etwas im Schatten des Wagens, dessen hohe, altmodische

Karosserie Claire jedesmal ein Lächeln entlockte, wenn sie ihn anschaute. Sie ließ sich von John einen Orangenschnitz in den Mund schieben und behielt sein Gesicht im Auge.

»Mußt du ihm etwas erzählen?«

»Wann wir heiraten.«

»Nach meinem Examen«, sagte Claire. Es war für sie eine beschlossene Sache, über die sie jetzt nicht mehr nachzudenken brauchte. »Wir werden uns in Paris eine Wohnung suchen.«

John vergaß das Atmen. »Ich wußte nicht, daß du nach Paris willst«, sagte er schließlich.

Sie lächelte. »Ich wußte es auch nicht. In Paris werden wir weniger Schwierigkeiten haben als in Deutschland. Ich kann meine klinischen Jahre genausogut in einem Pariser Krankenhaus absolvieren. Vielleicht besuche ich noch das Tropeninstitut. Es wird davon abhängen, wie lange ich dort bin.«

»Und ich?«

»Du!« Sie nahm sein Gesicht zwischen die Hände. »Du wirst Französisch lernen und dich auf der Sorbonne immatrikulieren lassen. Bis ich meine klinischen Jahre hinter mir habe, hast du dein Examen.«

Noch vor zwei Wochen wäre es mehr gewesen, als er in seinen verwegensten Hoffnungen für möglich gehalten hatte, aber vor zwei Wochen hatte er noch nichts von seiner Versetzung gewußt. Während er darüber nachdachte, fiel ihm etwas ein. »Wie bist du auf Paris gekommen?« fragte er ruhig.

Es war nicht das, was sie erwartet hatte. Sie legte sich auf den Rücken und betrachtete den hohen leeren Himmel. »Ist es dir zu wenig?«

John schüttelte den Kopf. Die gleiche Furcht, die ihn bisher daran gehindert hatte, ihr von seiner Versetzung zu erzählen, ließ ihn auch diesmal davor zurückschrecken. Er versuchte es auf einem Umweg: »Ich muß damit rechnen, daß sie mich versetzen.«

»Und?«

»Wir würden uns über ein Jahr lang nicht mehr sehen.«

Sie hatte es nicht vergessen gehabt. Während sie am Silvesterabend noch einen Zeitgewinn darin gesehen hatte, war ihr der Gedanke jetzt unangenehm. »Sie können dich nicht versetzen«, sagte sie ungeduldig. »Erzähl ihnen, daß wir heiraten wollen.«

»Es wäre für sie ein Grund mehr, mich zu versetzen. Wie lange brauchst du noch für das Examen?«

»Vier Monate.«

In vier Monaten konnte sie hundert andere Männer kennenlernen. Er würde es nicht ertragen, daran zu denken. »Ich weiß nicht, wie du dir das gedacht hast«, sagte er zögernd. »Auch wenn sie mich nicht versetzen, dauert es noch ein Jahr, bis ich entlassen werde.«

»Kannst du es nicht beschleunigen?«

»Nein.«

»Dann werde ich so lange in Marburg bleiben«, sagte Claire. »Sobald du entlassen wirst, fahren wir zusammen nach Paris.«

»Und wenn sie mich versetzen?«

»Wenn sie dich versetzen, werde ich in Paris auf dich warten.«

Vielleicht hatte sie sich mit diesem Monsieur Rouault verabredet. Gestern abend hatte sie ihm am Telefon erzählt, daß er in Paris wohnte, und er hatte seinetwegen die Nacht kein Auge zugetan.

»Warum heiraten wir nicht sofort?« fragte er. »Sobald du dein Examen hast, könntest du mir nachkommen.«

»Nach Amerika?«

Als er keine Antwort gab, legte sie ihm die Arme um den Hals und zog ihn zu sich herunter. »Hör mir einmal gut zu, John«, sagte sie ruhig. »Erstens brauche ich meinen Kopf jetzt für das Examen, und zweitens würden mindestens fünf Monate vergehen, bis ich dir nachfahren könnte. Selbst wenn ich es wollte, würde es sich nicht lohnen. Wir müßten ein halbes Jahr später wieder nach Paris zurückfahren; so viel Geld haben wir nicht. Außerdem steht deine Versetzung noch nicht fest. Wir werden uns noch einmal darüber unterhalten, sobald du etwas Definitives erfahren hast.«

Es klang endgültig, und er fühlte, daß jedes weitere Wort Zeitverschwendung wäre. Vielleicht würde ihr seine Versetzung sogar willkommen sein, eine günstige Gelegenheit, ihn auf unproblematische Weise loszuwerden.

Keinen Augenblick lang, seit er sie kannte, war er sich ihrer ganz sicher gewesen, und keinen Augenblick lang konnte er sich von der Furcht frei machen, ihr auf die Dauer nicht zu genügen. Jedesmal, wenn er versuchte, sich darüber hinwegzusetzen, blieb er mit einem Bein an den Minderwertigkeitskomplexen einer jahrhundertelangen Deklassierung hängen. So war auch seine Eifersucht nichts anderes als ein ohnmächtiges Aufbegehren gegen die vielen Demütigungen der letzten vierundzwanzig Stunden, die um so schlimmer gewesen waren, als er sie in ihrer Gegenwart hatte hinnehmen müssen. Kein Mann, gleich welcher Hautfarbe, wird es verwinden, wenn er vor einer Frau gedemütigt wird, für die er notfalls zu sterben bereit wäre, aber er hätte es keinem Menschen erklären können; nicht einmal ihr. Als er sich zu ihr hinüberbeugte und das Gesicht in ihren Schoß preßte, geschah es nur aus einem Reflex seiner Verzweiflung und in einem blinden Atemholen vor der ständigen Furcht, sie zu verlieren.

»Das sollst du jetzt nicht tun«, sagte Claire und schob ihre Hände dazwischen. »Du wirst mir das neue Kleid verderben.«

Trotzdem hätte sie ihm kaum Widerstand entgegengesetzt. Die Hitze lähmte sie, sie lähmte ihren Willen, ihre Vernunft und ihre Fähigkeit, auch dann noch einen winzigen Zipfel ihres Ichs fest in der Hand zu behalten, wenn ihr Bewußtsein es schon nicht mehr wahrnehmen konnte. In diesem Land würde man sich rasch daran gewöhnen, höchstens ein dünnes Kleid auf der Haut zu tragen, was nicht immer ganz unproblematisch sein mußte, besonders dann nicht, wenn ein Dutzend schwarzer Bediensteter die Hausfrau dazu animierten, sich vierundzwanzig Stunden am Tag auf ihren Urtrieb zu konzentrieren. Viel mehr blieb ihr auch nicht zu tun, wenn sie sonst keine Nebenbeschäftigung, einen müden Mann und eine natürliche Veranlagung hatte. Man konnte es fast verstehen, daß manche weiße Frauen mit der Rassentrennung aufhörten, sobald sie anfingen, sich auf ihr Geschlecht zu besinnen.

»Schön«, sagte sie. »Dann laß mich wenigstens das Kleid ausziehen. Ich dachte, du hättest jetzt wichtigere Dinge im Kopf.«

»Das dachte ich auch«, antwortete John und richtete sich auf. »Wahrscheinlich habe ich es mir nur eingeredet. Willst du noch eine Orange?«

»Eine Zigarette«, sagte Claire erleichtert. »Sie liegen im Handschuhkasten.«

Sie beobachtete, wie er zum Wagen ging. Sie liebte seine Art zu gehen, sie anzuschauen, seine Art, sich auszudrücken. Seine Stimme konnte ihr Herz schneller schlagen lassen, seine Augen ihren Blick fesseln wie ein Gemälde von Botticelli. Er war kein Panzerschrank mehr für sie, die meisten seiner Reaktionen und Gedanken waren auch in europäischem Sinn durchaus normal. In Paris hatte sie festgestellt, daß er einen sicheren Instinkt für Kitsch hatte und in vielen Dingen ihren Geschmack teilte. Daß er Gartenzwerge ›lustig‹ fand, würde sie ihm mit der Zeit noch ausreden können.

»Vielleicht hätten wir in Paris bleiben sollen«, sagte er, als er mit den Zigaretten zurückkam. »Ich weiß nicht mehr, was ich mir von dieser Reise versprochen habe.«

Es war einer jener Widersprüche an ihm, die sie jedesmal in Verwirrung setzten. Wenigstens hatte sie von einem Mann, der nach fast neun Jahren zum erstenmal wieder in seine Heimat kam, eine andere Reaktion erwartet.

»Vielleicht fällt es dir wieder ein«, sagte sie. »Hast du in den neun Jahren nie Heimweh gehabt?«

Er lachte unfroh. »Jeden Tag. Warum hast du nicht mehr nach Giffaumont gewollt?«

»Du warst kein Kind mehr, als du nach Lansing kamst.«

»Für afrikanische Maßstäbe nicht. Die Engländer wissen, weshalb sie unsere Intellektuellen nach Oxford holen. Wenn sie wieder zurückkommen, genieren sie sich, Verwandte zu haben, die noch mit den Fingern essen.«

»Ich kann mir nicht vorstellen, daß dein Vater noch mit den Fingern ißt«, sagte Claire heiter.

John blieb ernst. »Er kommt viel mit weißen Pflanzern zusammen. Sein Vater war vier Jahre lang Steward auf einem Passagierdampfer.«

»Ein interessanter Mann«, sagte Claire und erinnerte sich an das, was der Grauhaarige gesagt hatte. »Wo hat er die Ägypterin kennengelernt?«

John blickte rasch in ihr Gesicht. »Wie kommst du darauf?«

»Ich wundere mich. Er war doch an der Goldküste daheim?«

»Das stimmt«, sagte John und dachte ein paar Sekunden nach. »Du würdest es doch erfahren. Mein Vater ist heute noch so stolz auf ihn, daß er die Geschichte allen Leuten erzählt. Er hat in dieser Beziehung andere Ansichten als ich.«

»Unmoralischere?«

»Das auch«, sagte John und beobachtete einen großen dunklen Raubvogel, der fast unbeweglich im leeren Himmel schwebte. »Wahrscheinlich hat er es von meinem Großvater mitbekommen, der mit siebzehn Jahren aus dem Kral davonlief. Er schlug sich nach Takoradi durch, wurde zuerst Schiffsjunge und später Steward. Er muß ein gutaussehender Mann gewesen sein, ein weißer Passagier erwischte ihn in der Kabine mit seiner Frau. Zum Glück lag das Schiff in einem Hafen. Es gelang meinem Großvater, noch rechtzeitig an Land zu kommen, ehe die alarmierte Schiffsbesatzung Jagd auf ihn machte. Die Frau hat sich ihrem Mann gegenüber bestimmt auf eine Vergewaltigung herausgeredet, und darauf stand damals für einen Eingeborenen mit ziemlicher Sicherheit die Todesstrafe.«

»Wie barbarisch!« sagte Claire.

»Das muß sich mein Großvater auch gedacht haben«, sagte John. »Er gab die Seefahrt auf und bekam eine Stellung in einem Goldbergwerk. Damals lernte er seine Frau kennen, sie war Tänzerin in einem anrüchigen Nachtlokal. Trotzdem müssen sie es sich gegenseitig so angetan haben, daß sie sich sofort ineinander verliebten. Sie hatte noch ein Nebenverhältnis mit einem Aufseher der Bergwerksgesellschaft. Zu dritt knobelten sie einen Plan aus, wie sie etwas von dem Gold in ihre eigene Tasche bringen könnten.«

»Dann hast du mich schon wieder belogen«, sagte Claire. »Du hast mir erzählt, er hätte es auf seinem eigenen Grund und Boden gefunden.«

John grinste. »Vom Standpunkt meines Großvaters aus gesehen war es sein Grund und Boden. Er betrachtete die Weißen immer als ungebetene Gäste, die zu bestehlen eine nationale Aufgabe war. Wie sie es im einzelnen gemacht haben, weiß ich nicht. Der Aufseher wurde plötzlich festgenommen. Als sie dann meinen Großvater holen wollten, war er bereits verschwunden. Seine spätere Frau verkaufte das Gold an einen Hehler. Sie hatten keine Zeit mehr, ein passendes Schiff herauszusuchen, und nahmen das erstbeste. Es war ein portugiesischer Frachter auf dem Weg nach Angola und von dort nach Moçambique. In Moçambique gingen sie an Land. Da mein Großvater nur Englisch sprach, entschloß er sich für Rhodesien. Es war immer sein Wunsch gewesen, eine eigene Farm zu bekommen, aber er hätte sich an das zuständige Land-Apportionment wenden müssen, und das war ihm zu aussichtslos. Durch Zufall hörte er von einem weißen Siedler, der seine Farm aufgeben wollte und keinen Käufer fand. Sie wurden sich einig, und seitdem gehört die Farm unserer Familie.«

»Und die Ägypterin?« fragte Claire. Sie hörte ihm gern zu, wenn er erzählte. Er veränderte sich dabei, der verschlossene Ausdruck, der sonst sein Gesicht beherrschte, verschwand völlig, und seine dunkle, etwas rauhe Stimme wurde lebhaft.

»Sie muß sich unter seinem guten Einfluß so gebessert haben«, antwortete er, »daß sie eine perfekte Farmersfrau wurde. Mit Kindern hatten sie allerdings wenig Glück. Es reichte nur für einen Sohn, und wenn du ihn heute nach ihr fragst, wird er dir erzählen, daß es eine Frau gewesen war, wie man sie in Afrika nur einmal finden konnte.«

»Vielleicht hat er sich deshalb seine Frau von der Goldküste geholt?«

»Möglich. Mein Großvater hatte es sich in den Kopf gesetzt, vor seinem Tod noch einmal in seine Heimat zu kommen. Er fuhr zusammen mit meinem Vater. Sie mußten achttausend Meilen mit dem Schiff und mit der Bahn zurücklegen, und als sie wieder nach Bulawayo kamen, brachten sie meine Mutter mit.«

»Man könnte fast darüber weinen«, sagte Claire und lächelte über ihre eigene Rührung. »Ich glaube, daß dein Vater mir sehr sympathisch sein wird.«

»Ich weiß nicht, ob du das denkst«, sagte John.

»Warum zweifelst du daran?«

Er strich ihr mit den Fingerspitzen über den Mund. »Ich weiß nie, was du denkst. Sie schreiben, daß eine Ehe zwischen einem Schwarzen und einer Weißen nur in ganz seltenen Fällen gut ausgeht.«

»Wer schreibt das?«

»Leute, die es wissen müßten.«

»Leute, die etwas wissen müßten«, sagte Claire, »sind mir ungeheuer gleichgültig, und selbst wenn sie recht hätten, werden wir eben zu diesen ganz seltenen Fällen gehören. Ich hatte schon immer etwas gegen

Sachverständige. Es sind fast ausschließlich Leute, die ihre Theorien wie Scheuklappen mit sich herumtragen. Warum hörst du nicht einmal auf mich?«

»Du bist so schwer zu verstehen.«

»Vielleicht liegt es an deinen Ohren. Wenn ich nicht genau wüßte, daß du ...« Sie brach ab. John hatte den Kopf gedreht und schaute in die Richtung, aus der sie gekommen waren. »Was ist los?« fragte sie beunruhigt.

»Ich glaube, es ist ein Motor«, murmelte er.

»Von einem Wagen?«

»Ja.«

»Ich höre nichts.«

Er stand auf und blickte über die Motorhaube des Chryslers hinweg die Straße zurück. Sie führte etwa dreihundert Meter über welliges Gelände, ehe sie in vielen Schleifen die mit dornigem Gesträuch bewachsenen Ausläufer der Matopo-Berge hinaufkletterte und hinter einem flachen Hügelkamm verschwand. Das Gesträuch versperrte den Blick auf die Straße, aber das Motorengeräusch war jetzt so laut geworden, daß auch Claire es hören konnte.

»Vielleicht ist es besser, du versteckst dich solange hinter dem Wagen«, sagte John. »Wenn sie dich sehen, werden sie neugierige Fragen stellen.«

»Ist es eine Polizeistreife?«

»Nein. Es ist kein Jeep. Vielleicht ein Farmer, der aus Bulawayo zurückkommt. Wenn er sieht, daß ich allein bin, wird er weiterfahren.«

Er wartete, bis sie hinter dem Wagen war, dann legte er sich wieder hin, verschränkte die Hände im Nacken und beobachtete aus halbgeschlossenen Augen die Straße. Es dauerte noch eine Minute, bis der Wagen zwischen dem Gesträuch auftauchte. Es war ein hellblauer Lincoln mit offenem Sonnendach. Am Lenkrad saß ein kahlköpfiger Mann, neben ihm eine Frau mit breitrandigem Strohhut und Sonnenbrille.

Jetzt waren sie so nahe, daß sie den Chrysler sehen mußten. John schloß die Augen zu schmalen Schlitzen. Der Wagen verlangsamte seine Geschwindigkeit, blieb stehen, fuhr ein kleines Stück weiter und blieb wieder stehen. John hörte, wie die beiden miteinander sprachen, die Frau rasch und aufgeregt, der Mann brummig. Als er die Wagentür aufstieß und herauskletterte, öffnete John die Augen. Es war ein großer, breithüftiger Mann mit schweren Schultern, kurzem Hals und kleinen rötlichen Augen. Seine Khakihose war an den Knien ausgebeult, sein Hemd unter den Achselhöhlen verschwitzt. John ließ ihn bis auf fünf Schritte herankommen, dann richtete er sich langsam auf.

Der Mann blieb sofort stehen. »Was tust du hier?« fragte er barsch. Es war der vertraute Ton, wie er zwischen Weißen und Eingeborenen üblich war. Als John ihn nach so vielen Jahren wieder hörte, stieg ihm das Blut in den Kopf.

»Ich ruhe mich aus«, sagte er undeutlich.

»Und was ist das für eine Tasche?«

John sah sie erst jetzt. Sie lag einen Meter neben ihm und gehörte Claire. Er wußte jetzt, weshalb der Mann ausgestiegen war. »Sie gehört meiner Frau«, sagte er.

»Wo ist sie?«

John stand auf. Er nahm die Tasche in die Hand und blickte zum Wagen hin. »Haben Sie nicht eine Farm am Mchingwe?«

»Woher weißt du das?« fragte der Mann mißtrauisch.

»Ich habe Sie schon einmal gesehen«, antwortete John. Als er die Tasche in den Wagen legen wollte, packte ihn der Farmer hart am Arm. »Gib sie her!«

John betrachtete seine Hand, die seinen Arm festhielt. Dann hob er den Blick in sein Gesicht. »Laß los!« sagte er ruhig.

Es geschah im gleichen Augenblick, als Claire hinter dem Wagen hervorkam. »Er will deine Tasche haben«, sagte John.

»Ich habe es gehört.« Ihre Backen waren fleckig vor Zorn. Sie wandte sich an den Farmer. »Was wollen Sie damit?«

Der Mann starrte sie fassungslos an. »Sie sind seine Frau?«

»Warum nicht?«

Er musterte abwechselnd sie, dann wieder John. Schließlich drehte er sich um und ging zum Wagen. Sie hörten ihn mit der Frau sprechen.

»Es tut mir leid«, sagte Claire. »Ich habe sie in der Aufregung vergessen.«

»Ich hätte sie selbst sehen müssen«, sagte John. »Sie haben angenommen, ich hätte sie gestohlen.«

»Du kennst ihn?«

»Wenn einer in diese Richtung fährt, liegt seine Farm am Mchingwe. Ich wollte ihn von deiner Handtasche ablenken.«

»Er benimmt sich wie ein Flegel«, sagte Claire und betrachtete die Frau im Wagen. Ihr leichenhaft blaß gepudertes Gesicht war nicht unschön, vielleicht eine Kleinigkeit zu mager, der Mund zu dünn. Das rötliche Haar hatte sie im Nacken zu einem großen Knoten aufgesteckt. Jetzt kam der Farmer wieder zurück.

»Meine Frau möchte wissen, weshalb Sie sich vor uns versteckt haben«, sagte er zu Claire.

»Sie gefielen mir nicht.«

»Wir Ihnen?«

»Ja.«

Es schien ihn zu verblüffen. Er blickte sie von oben bis unten an.

»Sie sind keine Engländerin«, sagte er dann. »Eine Französin?«

»Nein.«

»Amerikanerin?«

»Mein Mann ist Amerikaner.«

»So sieht er auch aus. Wohin fahren Sie?«

Sie wandte sich an John. »Wieso muß ich ihm antworten?«

»Du mußt es nicht.«

»Ich weiß auch so, woran ich mit ihr bin«, sagte der Farmer. »Frauen wie sie werden bei uns in einer Kartei geführt.«

Er machte kehrt und ging zum Wagen. Als er die Tür öffnete, stand John neben ihm. »In welcher Kartei?« fragte er.

Claire sah sein wutentstelltes Gesicht und lief rasch zu ihm. »Er kann mich nicht beleidigen«, sagte sie laut.

»Nicht mehr lange«, sagte John. »Eines Tages holen wir ihn.«

Der Farmer kniff etwas die Augen zusammen. »Du bist kein Amerikaner. Woher weißt du, daß ich eine Farm am Mchingwe habe?«

»Jemand hat es mir erzählt.«

»Wer?«

John betrachtete sein dickes, schweißbedecktes Gesicht mit den wimpernlosen rötlichen Augen und der fleischigen Nase. Er stand noch immer neben der offenen Tür, während die Frau mit übereinandergeschlagenen Beinen auf ihrem Platz saß und starr durch die Windschutzscheibe blickte.

»Ein Fetischpriester«, antwortete John.

Der Farmer wechselte die Gesichtsfarbe. »Von den Maschonas?«

»Vielleicht.«

»Ich hätte Lust, dich mit nach Gregstone zu nehmen«, sagte der Farmer langsam.

John grinste. »Ja?«

»Wir finden dich auch so«, sagte der Farmer und setzte sich hinters Lenkrad. Als der Wagen anrollte, bewegte die Frau den Kopf und blickte Claire an. Ihr blasses, hochmütiges Gesicht trug einen Ausdruck unverhüllten Ekels. Sekunden später war der Wagen zwischen dem hohen Savannengras verschwunden.

»Ich glaube, du hast einen Fehler gemacht«, sagte Claire mit blutleeren Lippen.

John nickte. »Ich weiß es, aber er wird künftig keine Nacht mehr ruhig schlafen können. Wir müssen einen anderen Weg fahren.«

»Weshalb?«

»In Gregstone ist eine Polizeistation.«

»Müssen wir hindurch?«

»Der Weg zur Farm zweigt zwei Meilen vorher ab. Er wird mit seinem Wagen eine halbe Stunde früher dort sein als wir. Wenn du ein Visum hättest, wäre es mir egal. Mir können sie nichts anhaben.«

»Du glaubst, daß sie die Polizei auf uns aufmerksam machen?«

»Ich müßte mich sehr irren, wenn sie es nicht täten«, sagte John.

»Wir müssen weiter!«

Im Wagen legte Claire ihm die Hand auf den Arm. »Wie hast du das so lange allein ausgehalten?«

»Allein?«

»Ohne mich.«

Er gab keine Antwort.

»Das schlimmste daran ist«, sagte sie, »daß man es ihnen nicht ansieht; sie sehen wie normale Menschen aus.«

»Das ist bei den meisten Psychopathen so«, sagte John.

Er fuhr den Wagen auf die Straße zurück und in der bisherigen Richtung weiter.

»Ich denke, du willst einen anderen Weg fahren«, sagte Claire.

»Wir kommen bald an eine Abzweigung. Er führt durch das Reservat der Massai.«

Noch immer säumte brusthohes Savannengras die Straße; die Hügel am Horizont rückten nur langsam näher. In der Hitze, die über dem Land lag, wirkten ihre Konturen verschwommen. Claire war schweigsam, ihre Gedanken kamen nicht von dem Zwischenfall mit dem Farmer los. Man hätte das Ganze mit einem Schulterzucken abtun können, wenn nicht soviel überzeugte Weltanschauung dahintersteckte. Es war der gleiche Typ von Herrenmenschen, den die Nazis zur Perfektion entwickelt hatten, aber erfunden hatten sie ihn gewiß nicht.

Sie brauchten noch eine halbe Stunde bis zur Abzweigung, dann nahm sie ein holpriger, von tiefen Radspuren ausgefahrener Weg auf. Er wurde oft so schmal, daß das Gras auf beiden Seiten zu den Fenstern hereinpeitschte. Dennoch kamen sie verhältnismäßig gut voran, und nach einer weiteren halben Stunde wurde das Gras niedriger, die Hügel verschwanden vorübergehend hinter einem lichten Wald, der wie eine grüne Mauer die Savanne abschloß. Er war nur einige hundert Meter tief, dann sahen sie die Hügel wieder, und bis zu den Hügeln breitete sich eine mit Gras, Schilf, kleinen Waldstücken und halbhohem Gehölz bewachsene Flußlandschaft aus.

»Der Nyazany!« sagte John. »Hier beginnen die Dörfer der Massai. Wir müssen über den Fluß.«

»Auf einer Brücke?«

»Die Brücke hätten wir benutzen können, wenn wir auf der Straße geblieben wären. Früher gab es hier einmal eine Furt. Ich hoffe, sie existiert noch.«

»Und wenn sie nicht mehr existiert?«

»Dann müssen wir nach Bulawayo zurück und es morgen noch einmal auf der Straße versuchen. Bis dahin werden sie nicht mehr damit rechnen, daß wir noch kommen.«

Claire widersprach entschieden: »Lieber schlafe ich im Wagen.«

Die Vorstellung, den gleichen Weg noch zweimal fahren zu müssen, entsetzte sie. »Gibt es sonst keine andere Brücke?«

»Bei Matala.«

»Warum fahren wir nicht hin?«

»Es sind rund hundert Meilen«, antwortete John.

Claire resignierte. Im Grunde war alles unsagbar lächerlich; sie brachte es nicht einmal fertig, sich darüber zu ärgern. Von einem gewissen Punkt an versagte ihre Fähigkeit, sich aufzuregen, und sie hatte diesen Punkt schon erreicht gehabt, als sie gestern abend ins Hotel gekommen war. Vielleicht hätte sich diese Situation vermeiden lassen, wenn sie an ihre Handtasche gedacht hätte, aber es war müßig, sich nachträglich Vorwürfe zu machen. Es lohnte sich nicht, nicht des Farmers wegen und nicht des angewiderten Gesichts seiner Frau wegen. Sie hatte gewußt, worauf sie sich eingelassen hatte, und je mehr sie ihre Erwartungen bestätigt fand, desto unabdingbarer fühlte sie sich mit John verbunden. Sie wäre jetzt sogar imstande gewesen, ihn nur noch aus Trotz zu heiraten.

»Wir werden auf keinen Fall mehr nach Bulawayo zurückfahren«, sagte sie wieder. »Ich möchte nicht das gleiche Theater erleben wie gestern abend. Gibt es sonst keine andere Möglichkeit, zu übernachten?«

John grinste dünn. »Wir könnten uns nach der nächsten Missionsstation erkundigen.«

»Das ist auch nichts«, sagte Claire, nachdem sie eine volle Minute lang darüber nachgedacht hatte. »Die Leute haben so fromme Gesichter, daß ich es nicht fertigbrächte, sie zu belügen. Ist das alles?«

»Wenn du nicht in einem Kral schlafen willst, ja.«

»Bei den Massai?«

»Ich würde es dir nicht empfehlen«, sagte John. »Da vorn steht ihr erstes Dorf!«

Claire hatte es schon selbst gesehen. Halb versteckt in einem lichten Gehölz standen einige Dutzend Hütten. Die Dächer waren aus Schilf und Gras geflochten und sahen wie Bienenkörbe aus. Nicht weit davon entfernt befanden sich die Weideplätze für eine fast unübersehbare Viehherde. Das Motorengeräusch mußte die Bewohner aufmerksam gemacht haben. Sie drängten sich in einem dichten Haufen an den Rand des Gehölzes, hochgewachsene Männer, schlanke Frauen und viele Kinder, einige vom Kopf bis zu den Zehen in Decken gehüllt, die meisten jedoch völlig unbekleidet. Sie taten nichts, sie standen nur da, unbeweglich, neugierig und nackt.

Ihr Anblick löste in Claire ein merkwürdiges Gefühl von Ergriffenheit aus, sie berührte Johns Arm. »Ich möchte sie mir einmal aus der Nähe anschauen.«

»Das kannst du. Ich werde sie nach der Furt fragen. Komm ihnen aber nicht zu nahe, sonst ist dein Kleid erledigt; sie schmieren sich mit Fett und Ocker ein.«

»Sprechen sie Englisch?«

»Die meisten von ihnen waren einmal auf einer Missionsschule, aber sobald sie sie verlassen haben, streifen sie das Erlernte wieder ab wie eine Libelle ihre Haut. Die Verkehrssprache hier ist Nyanja.«

Er fuhr den Wagen vom Weg herunter zu dem Gehölz hin. Als er hielt, wurde er sofort von den Eingeborenen umringt. Mit ihnen kam eine Wolke von Fliegen. Sie saßen in dicken Klumpen an ihren Augen und auf ihren Rücken; manche sahen aus, als trügen sie einen schwarzen Pelz auf der Haut. Innerhalb weniger Sekunden war auch der Wagen voll Insekten.

»Wie halten sie das nur aus?« fragte Claire.

»Sie spüren sie nicht mehr; die Viehherden locken sie an.«

Er sprach mit einem älteren Mann, dessen runzliges Gesicht mit Tätowierungen bedeckt war, die es wie mit einem feinen Spinnengewebe überzogen. Er gehörte zu den wenigen, die ein Kleidungsstück trugen: eine rostfarbene Decke, die er sich malerisch über die Schultern gehängt hatte. Die übrigen hielten sich in respektvoller Entfernung vom Wagen. Unter den Frauen befanden sich einige außergewöhnlich schöne Mädchen mit feinen Gesichtszügen. Ihr zu Schnüren geflochtenes Haar hatten sie dick mit Ockerstaub eingerieben. Um den Hals und an den Hüften trugen sie Ketten aus bunten Glasperlen, die Männer große Ohrgehänge, Lederriemen mit Pfeilköchern und fantasievollen Kopfschmuck. Ihre Gesichter mit den hohen Backenknochen waren glatt und ohne Falten. Sie hatten kräftige Hälse, breite Schultern, schmale Taillen und Hüften, schlanke magere Schenkel und Knie und lange sehnige Beine. Mit einer Mischung von beruflichem Interesse und privater Neugierde apperzipierte Claire die deformierenden Spuren der Beschneidung. Ihre eigenartig blicklosen und düsteren Augen verrieten nichts von ihren Gedanken. Man hatte das Gefühl, als ob sie durch einen hindurchschauten. Sie schienen sich ihrer Nacktheit ebensowenig bewußt zu sein wie der Fliegenschwärme. Manche hatten bösartige Augeninfektionen, andere eitrige Geschwüre an den Beinen. Ihre Haut war überraschend zart und seidig, besonders die Mädchen erweckten Claires rückhaltlose Bewunderung. Das einzig Häßliche an ihnen waren ihre große Spreizfüße.

Obwohl sie kein Wort der Unterhaltung zwischen John und dem Tätowierten verstehen konnte, merkte sie an seinem Gesichtsausdruck, daß ihn das Ergebnis enttäuschte. Es fiel ihr auf, daß seine Stimme in der ihr ungewohnten Sprache einen völlig anderen Klang bekam. Jetzt wandte er sich wieder an sie: »Die Furt ist noch da, aber sie glauben nicht, daß wir hinüberkommen. Der Fluß ist durch die Regenfälle angestiegen.«

»Daran hättest du eigentlich denken müssen«, erwiderte Claire.

»Was willst du tun?«

»Wir warten, bis es dunkel wird.«

»Hier?«

Er blickte unschlüssig den Tätowierten an. »Er kennt unsere Farm. Vor Jahren haben sie meinem Vater einige Rinder verkauft. Er fragt, ob wir zum Essen bleiben wollen.«

»Was essen sie?«

»Blut.«

Sie hielt es für einen Scherz und runzelte die Stirn.

»Es ist ihre Hauptmahlzeit«, erklärte John. »Sie machen lebenden Tieren eine Aderpresse, bis die Blutgefäße am Hals anschwellen, und bohren sie dann mit einem Pfeil an. Dem Blut fügen sie den Saft einer wilden Pflanze bei, der es gerinnen läßt. Anschließend kocht es sich wie Leber.«

Claire fühlte, wie etwas in ihrem Magen protestierte. »Ich glaube nicht, daß ich Appetit darauf habe.«

»Ich auch nicht, aber ich möchte sie nicht gern vor den Kopf stoßen. Sie sind stolz, empfindlich und nachtragend. Der Alte hier ist ihr Häuptling.«

»Was trinken sie?«

»Milch.«

»Gegen einen Schluck Milch hätte ich nichts einzuwenden«, sagte Claire. Sie beobachtete das Gesicht des Häuptlings. Er lächelte sie an, legte zwei Finger an die Stirn und sagte etwas.

»Was meint er?«

»Du gefällst ihm«, antwortete John. »Er möchte dich gern kaufen.«

»Das möchten andere auch. Was bietet er?«

John grinste und sprach mit dem Häuptling. »Vierzig Schafe und zwanzig Rinder«, sagte er dann. »Ich glaube, es ist für hiesige Verhältnisse ein guter Preis.«

»Das glaube ich auch«, sagte Claire. »In Deutschland versuchen sie es schon mit einem Beefsteak und einem billigen Rheinwein. Was hast du ihm von uns erzählt?«

»Daß du bei meinem Vater Baumwolle kaufen möchtest. Wenn ich ihm die Wahrheit gesagt hätte, würde er nichts unversucht lassen, mit mir ein Geschäft zu machen. Er sagt, wir könnten Milch haben; wir sollten mit ihm kommen.«

»Wenn es sein muß«, sagte Claire und holte ihr Sonnenöl aus der Handtasche. Als sie sich Gesicht und Arme einrieb, rückten die Massai etwas näher an den Wagen heran und beobachteten jede ihrer Bewegungen. Ein Mädchen, das ihr ihrer Schönheit wegen schon einige Male aufgefallen war, formte die Hände zu einer Schale und hielt es ans Fenster.

»Sie möchte wissen, was in der Flasche ist«, sagte John.

Claire ließ etwas von dem Öl auf ihre Handflächen tropfen, sie roch daran und schnitt eine Grimasse.

»Wofür ist es gut?« fragte sie auf englisch.

Es verschlug Claire die Sprache. Der Häuptling sagte einige Worte und lachte.

»Sie ist seine Tochter«, übersetzte John. »Sie war auf einem Lehrerseminar.«

»Was tut sie dann hier?« fragte Claire noch immer fassungslos.

»Wahrscheinlich hat sie das Examen nicht bestanden.«

»Es hält die Fliegen ab«, sagte Claire zu dem Mädchen. »Du warst auf einem Lehrerseminar?«

Das Mädchen nickte.

»Hast du das Examen nicht gemacht?«

»Nein. Willst du meinen Kral sehen?«

»Sie will mir ihren Kral zeigen«, sagte Claire zu John. »Was soll ich tun?«

»Du kannst es ihr nicht abschlagen. Für eine weiße Frau ist es bei den Massai eine Auszeichnung.«

Claire öffnete die Wagentür. »Ich komme mit dir«, sagte sie.

Die Männer und Frauen machten ihnen Platz. Es waren jetzt so viele geworden, daß Claire John aus den Augen verlor. Sie ging an der Seite des Mädchens auf die Hütten zu. Es waren mehr, als sie ursprünglich angenommen hatte, sie standen unregelmäßig verteilt zwischen dem Gehölz. An offenen Feuerstellen und vor den Hütten saßen alte Männer und Frauen mit ausgemergelten Körpern. Andere wieder kauerten vor großen eisernen Töpfen, in denen eine übelriechende Masse brodelte. Dazwischen liefen Ziegen und Hühner herum. Eine Frau säugte ihr Baby. Das Kind zerrte wie ein junger Hund an ihrer großen Brustwarze.

»Das ist mein Kral!« sagte das Mädchen. Sie blieb vor einer Hütte stehen, die wie alle anderen aussah. Der untere Teil bestand aus getrocknetem Lehm, darüber wölbte sich die grasgeflochtene Kuppel des Dachs. Eine Bastmatte verschloß den niedrigen Eingang. Das Mädchen schob sie auf die Seite und ließ Claire hinein.

Das Innere der Hütte war überraschend geräumig. Auf der einen Seite stand ein Ruhelager aus Stangen und Riemen. Auf den Riemen lagen getrocknetes Schilf und eine Wolldecke. Außerdem standen noch zwei hölzerne Hocker herum. In der Mitte brannte ein Feuer auf dem gestampften Estrich. Der Rauch zog durch eine kleine Öffnung im Dach ab. Trotzdem war die Luft zum Schneiden dick. Schon nach wenigen Sekunden spürte Claire, wie ihr der Schweiß aus allen Poren trat.

Das Mädchen war neben ihr stehengeblieben und beobachtete sie aufmerksam. »Gefällt es dir?«

»Es ist sehr gemütlich«, sagte Claire mühsam. »Wohnst du allein hier?«

»Manchmal«, sagte das Mädchen und lächelte. »Er gefällt dir nicht, aber ich möchte nicht anders wohnen. Auf dem Lehrerseminar hatte ich ein Zimmer wie ihr; nach einem halben Jahr hielt ich es nicht mehr aus. Setz dich hin, ich bringe dir etwas zu trinken.«

Sie verschwand für kurze Zeit und kehrte mit einer tönernen Schale zurück, die bis zum Rand mit Milch gefüllt war. Auf der Milch schwamm ein halbes Dutzend Fliegen. Das Mädchen holte sie mit den Fingern heraus und warf sie auf den Boden.

»Sie ist frisch«, sagte sie. »Wo hast du deinen Mann kennengelernt?«

»Er ist nicht mein Mann.«

»Das hat er meinem Vater erzählt. Ich glaube es nicht.«

»Warum glaubst du es nicht?«

»Ich habe euch beobachtet«, antwortete das Mädchen. Sie hatte sich auf einem Hocker niedergelassen und streckte ungeniert die langen Beine von sich. »Weiße Frauen kaufen keine Baumwolle, und wenn sie kaufen, gehen sie zu einem weißen Pflanzer. Er sagte auch, daß du aus Deutschland kommst. Bist du seine Geliebte?«

Claire mußte lachen. »Man kann dir nichts vormachen.«

»Du gefällst mir«, sagte das Mädchen und berührte den Saum von Claires Kleid. »Wenn du willst, kannst du heute nacht bei mir schlafen.«

»Es geht nicht.«

»Das ist schade«, sagte das Mädchen enttäuscht.

Claire betrachtete sie. Die Vorstellung hatte etwas Unzüchtiges, und es berührte sie seltsam, daß sie nicht den gleichen Widerwillen in ihr auslöste, wie sie ihn bei einer weißen Frau in einer solchen Situation empfunden hätte. Vielleicht deshalb nicht, weil die Unzüchtigkeit zu sehr europäischen Moralbegriffen entsprang, als daß sie sich in dieser primitiven Umgebung und vor dem ruhigen Blick dieser schönen und unergründlichen Mädchenaugen hätte behaupten können.

Sie ertappte sich dabei, wie sie ihre selbstbewußte, fast anmaßende Haltung bewunderte. Sie schien sich ihrer proportionalen Vollkommenheit so sicher zu sein, daß sie nicht einmal den Versuch machte, auch nur einen Zoll ihres schlanken sehnigen Körpers zu verbergen. Wahrscheinlich wurde es ihr keinen Augenblick lang bewußt, aber ebenso wahrscheinlich war, daß sie an ihrer Wirkung auf eine weiße Frau nicht den geringsten Zweifel hatte. Sie gefiel Claire von Minute zu Minute besser, und als sie den Schatten in ihrem Gesicht sah, legte sie ihr unwillkürlich die Hand auf die Schulter.

»Wir bleiben nur wenige Tage hier«, sagte sie herzlich. »Vielleicht komme ich später einmal für länger zu euch.«

»Wann?«

»Wenn ich mein Studium fertig habe. Ich studiere Medizin.«

»Du willst Ärztin werden?«

»Ja.«

»Wie lange dauert das noch?«

»Zwei Jahre.«

»Ich wußte, daß du nicht gekommen bist, um Baumwolle zu kaufen«, sagte das Mädchen. Sie faßte nach ihrer Hand und betrachtete ihre Armbanduhr.

»Gefällt sie dir?«

»Hast du sie von ihm?«

»Sie ist ein Geschenk meiner Mutter.«

»Lebt sie noch?«

»Nein.«

»Ich habe auch ein Geschenk meiner Mutter«, sagte das Mädchen. Sie ging zu ihrem Lager, kniete nieder und brachte einen kleinen Holzkasten zum Vorschein. Er war bis zum Rand mit goldenen Armreifen gefüllt. Sie nahm ein besonders schönes Stück heraus, klappte den Kasten wieder zu und kehrte zu Claire zurück.

»Nimm ihn!«

Claire blickte ungläubig in ihr Gesicht. Wenn der Reif aus massivem Gold war, hatte er einen Wert von annähernd tausend Mark.

»Das kann ich nicht«, sagte sie verlegen.

Das Mädchen schob ihr den Reif über die Hand, er war ein wenig eng, und sie mußte Kraft anwenden. »Du kannst ihn mir zurückgeben«, sagte sie, »in zwei Jahren, wenn du wiederkommst.«

In ihrer Stimme war ein Ton, der Claire daran hinderte, ihr zu widersprechen. »Warum trägst du ihn nicht selbst?«

»Ich darf ihn erst tragen, wenn ich einen Mann habe. Meine Mutter wollte es so.«

»Weshalb?«

»Sie wollte es so«, wiederholte das Mädchen und blickte sie eigenartig an.

»Hast du noch keinen Mann?«

»Ich muß noch darüber nachdenken, welchen ich nehme. Wirst du den Reif behalten?«

Claire nickte. »Bis ich wiederkomme. Warum gibst du ihn mir?«

»Ich weiß es nicht«, sagte das Mädchen. »Wie alt bist du?«

»Fünfundzwanzig.«

»Dann bist du drei Jahre älter als ich. Wie lange wirst du bei uns bleiben, wenn du wiederkommst?«

Ehe Claire antworten konnte, hörte sie Johns Stimme ihren Namen rufen. Sie stand auf. »Vielleicht sehr lange. Wie heißt du?«

»Betusile.«

Claire beugte sich zu ihr nieder und berührte mit den Lippen ihre Stirn. Sie tat es ohne Überlegung, und sie wußte nicht, weshalb sie es tat. Vielleicht waren die Augen des Mädchens daran schuld, sie wirkten wie ein Magnet auf sie.

Das Mädchen blieb ein paar Sekunden regungslos sitzen, dann verschwand es rasch durch die Türöffnung.

Vielleicht hätte ich es nicht tun dürfen, dachte Claire. Ihr Blick fiel wieder auf ihre Armbanduhr. Sie war nur ein Bruchteil des Armreifs wert, aber sie gehörte zu den wenigen Dingen, von denen sie sich nur schwer trennen konnte. Sie streifte sie ab und legte sie gut sichtbar auf einen Hocker.

John und der Häuptling erwarteten sie vor der Hütte. Es hatten sich jetzt noch mehr Dorfbewohner versammelt. Sie standen teils neugierig, teils gleichgültig herum, die Frauen für sich abgesondert. Als Claire aus der Hütte kam, steckten sie die Köpfe zusammen und tuschelten. Von den jungen Männern hatten sich inzwischen viele bewaffnet, sie trugen lange Bambusspeere mit gefährlich aussehenden Spitzen. Ihre Haltung war genauso selbstbewußt wie die des Mädchens. So, wie sie dastanden, nachlässig auf ihre Speere gestützt und mit vorgerecktem Kinn, hätte es Claire nicht überrascht, wenn der eine oder andere von ihnen sie mit einer herrischen Bewegung seines Kopfes in seinen Kral gerufen hätte.

Mit ihrem Gesicht mußte etwas nicht stimmen, sie merkte es an der Art, wie John sie anschaute.

»Ärger gehabt?« fragte er.

»Nein. Wo ist sie hin?«

»Sie rannte zwischen die Bäume.« Sein Blick fiel auf den Armreif. »Woher hast du ihn?«

»Sie hat ihn mir geschenkt.«

Obwohl es ihn überraschen mußte, verlor er kein Wort darüber. Es enttäuschte Claire, daß sich das Mädchen nicht sehen ließ. Während sie zum Wagen zurückkehrte, schaute sie sich immer wieder nach ihm um.

Die Hitze war jetzt nicht mehr so groß, es ging auf den späten Nachmittag zu, die Bäume warfen lange Schatten. Sie hatten lichtes, zartes Laubwerk, ihre eigenartige Form war Claire schon in Livingstone aufgefallen. Sie bildeten keine Kronen, sondern waagerechte Flächen und Schichten. Zwischen den Blättern leuchtete das bunte Gefieder tropischer Vögel. In der Luft roch es nach Thymian und Schilf, Zikaden wurden laut. Das Geräusch schien das ganze Dorf wie in eine Wolke feinen Lärms einzuhüllen.

Vor einer Hütte entdeckte Claire einen etwa fünfjährigen Jungen, dessen kahlgeschorener Schädel mit einer großen, entzündeten Kruste bedeckt war. Auf der Kruste hatten sich ganze Traubenbündel bläulich schillernder Fliegen festgesetzt.

»Warum bringt man ihn nicht zum Arzt?« fragte sie.

John schaute flüchtig zu ihm hin. »Der nächste Arzt ist in Bulawayo. Er wird von allein gesund werden oder sterben.«

Sein gleichgültiger Ton ärgerte sie. »Du findest das richtig?«

»Ich nicht; die Massai. Als du im Kral warst, habe ich zwei Frauen mit Syphilis gesehen; sie behandeln sich selbst.«

»Womit?«

»Ich möchte es ihnen nicht nachmachen«, sagte John, »nicht für zehntausend Pfund.«

Der Häuptling verabschiedete sich am Wagen von ihnen. Er war ein schmutziger alter Mann, aber er hatte die Haltung eines Monarchen. Seit Claire wußte, daß er der Vater des Mädchens war, empfand sie fast so etwas wie Zuneigung für ihn.

»Das nächstemal will er uns zu Ehren ein Fest geben«, sagte John. »Er bedauert es, daß er sich mit dir nicht unterhalten konnte.«

Es waren wieder viele Dorfbewohner mit zum Wagen gekommen. Als er sich in Bewegung setzte, winkten die Männer mit ihren Speeren; Claire wunderte sich darüber. »Ich hätte es ihnen nicht zugetraut. Die ganze Zeit über taten sie so, als wären wir ihnen gleichgültig.«

»Es ist nur ihre Art. Wahrscheinlich bist du die erste weiße Frau, die sie zusammen mit einem Neger gesehen haben. Der Häuptling hat mir von meiner Geschichte kein Wort geglaubt.«

»Seine Tochter auch nicht«, sagte Claire. »Hoffentlich habe ich nichts falsch gemacht.«

»Was hast du mit ihr gesprochen?«

Sie erzählte ihm alles.

»Ich glaube nicht, daß es falsch war«, sagte John. »Sie war gerührt und wollte es dir nicht zeigen. Du mußt es ihr sehr angetan haben.«

»Ich war höchstens fünf Minuten mit ihr zusammen.«

»Darauf kommt es bei ihnen nicht an. Sie spüren sofort, ob man sie als gleichwertig betrachtet. Ich halte sie für intelligenter als alle anderen Stämme. Wenn sie wollten, könnten sie in Afrika eine führende Rolle spielen.«

»Warum wollen sie nicht?«

John lächelte. »Warum will der Löwe nicht in einen Käfig? Sie hängen an ihren Sitten. Untereinander leben sie in völliger Promiskuität. Die Ehe ist für sie nur eine Absprache über die Verteilung der Pflichten; mit ihrem Sexualleben hat sie nichts zu tun. In Bulawayo lebt ein Massai, er gilt sogar bei den Weißen als erstklassiger Chirurg und spricht fünf Sprachen. Dabei gibt es viele ernsthafte Leute, die den Kopf schütteln, wenn man ihnen erzählt, daß die Massai noch nicht am Ende sind.« Claire dachte darüber nach. Wahrscheinlich hätten die römischen Patrizier und griechischen Philosophen auch den Kopf geschüttelt, wenn ihnen erzählt worden wäre, daß sich die Gallier und Angeln eines Tages um den ersten Platz in der zivilisierten Welt streiten würden. –

Sie hatten jetzt wieder die Savanne erreicht. Da sie in die entgegengesetzte Richtung fuhren, sahen sie vor sich die Gipfel und Grate der Matopo-Berge aufragen. Einige von ihnen trugen weiße Wolkenkränze. Ihre Flanken und Steilhänge wirkten wie glasiert, in kräftigen Farben, die sich leuchtend vom hellen Blau des Himmels abhoben.

»Willst du bis zur Straße zurückfahren?« fragte Claire.

»Nein. Wir suchen uns vorher einen Platz und warten, bis es dunkel wird. Vielleicht kämen wir jetzt schon ungehindert zur Farm, aber ich will nichts riskieren. Sicher bist du hungrig?«

»Nicht auf gekochtes Blut. Vielleicht können wir sie noch einmal besuchen, solange wir hier sind?«

Er lächelte. »Deine Freundin?«

»Es ist merkwürdig«, sagte Claire, »ich habe nie eine richtige Freundin gehabt, aber es ist mir auch nie aufgefallen. Verstehst du, weshalb sie die Reifen nicht trägt?«

»Vielleicht liegt ein Zauber darauf; sie sind hoffnungslos abergläubisch.«

»Es waren mindestens zwölf Stück. Woher hat ihre Mutter das Geld dafür genommen?«

»Sie sind nicht arm. Jeder von ihnen besitzt im Durchschnitt fünfzig Rinder, ein Häuptling noch mehr.«

Sie fanden einen schattigen Platz unter einem riesigen Affenbrotbaum, der etwa dreißig Schritte vom Weg entfernt auf einer kleinen Anhöhe stand. John fuhr den Wagen einige Meter weit in das Gras hinein; unter dem Baum war es nur fußhoch. »Hier sind wir vor Besuchern sicher«, sagte er. »Der Weg wird kaum befahren und auch nur dann, wenn die Furt offen ist. Gefällt dir der Platz?«

Er gefiel ihr. Man konnte über die ganze Savanne hinwegschauen. In der Nähe wuchsen Lilien mit großen, fleischigen Blüten. Ihr schwerer Duft tränkte die Luft wie mit einem exotischen Parfüm.

John ging langsam um den Baum herum und betrachtete wieder sorgfältig den Boden.

»Wonach suchst du eigentlich?« fragte Claire.

»Nach Schlangen.«

Obwohl sie es halb vermutet hatte, erschrak sie. »Giftige?«

»Gelegentlich sind sie auch giftig, sie sind aber nicht so gefährlich wie die Treiberameisen. Sie werden bis zu fünf Zentimeter groß und können einen Menschen töten.«

Er bemerkte ihr besorgtes Gesicht und lachte. »Du kannst dich ruhig hinsetzen.«

»Ich weiß nicht«, murmelte Claire. »Vielleicht offerierst du mir noch einen Löwen.«

»Um Löwen zu sehen, mußt du in einen Nationalpark gehen. Als mein Vater die Farm kaufte, wimmelte es in dieser Gegend von Löwen und Elefanten. Heute findest du höchstens noch einige Giraffen, wenn du Glück hast, auch ein Flußpferd. Willst du dich auf meine Jacke setzen?«

Sie schaute unschlüssig an sich hinunter. Das Kleid hatte schon viele Flecken bekommen. »Am besten ist es, ich ziehe es aus. Wenn du anständig bist.«

Er gab sich Mühe. In der Tüte waren noch drei Orangen, sie teilte sie mit John. Hinterher lagen sie dicht nebeneinander im warmen Gras.

»Du hat mir noch nicht verraten, wie es dir gefällt«, sagte John. Obgleich sie sofort wußte, wovon er sprach, stellte sie sich verwundert. »Wie mir was gefällt?«

»Rhodesien.«

Claire betrachtete die violetten Hügel am Horizont. Sie erinnerte sich unwillkürlich an den grauen Winterhimmel über Thüngerstadt, an die müden grauen Gesichter der Menschen, wenn sie an einem naßkalten Morgen in die Straßenbahn und in den Zug kletterten. Sie erinnerte sich der ständigen Furcht vor der nahen Zonengrenze, an das stumpfsinnige, entnervende Warten auf irgendein Ereignis, von dem niemand wußte, wie es aussehen und was es bringen würde, und das doch in jeder Sekunde und in jedem Gedanken gegenwärtig war. Und ganz am Schluß erinnerte sie sich auch an ihr Examen, aber sie hatte jetzt keine Furcht mehr davor. Sie würde es bestehen und einen sicheren Beruf haben. Sie liebte ihn nicht mehr als zuvor, aber sie war jetzt entschlossen, für sich und John das Beste daraus zu machen.

Sie blickte von der Seite in sein Gesicht. Er hatte sein verschwitztes Hemd ausgezogen und rauchte.

»Ich glaube, ich könnte mich daran gewöhnen«, sagte sie nachdenklich.

»Warum zerbrichst du dir den Kopf darüber?«

»Es hängt soviel davon ab.«

»Ob es mir gefällt?«

»Ja.«

»Das glaube ich nicht«, widersprach Claire. »Es wird einzig und allein davon abhängen, welche Möglichkeiten ich als Ärztin habe. Hast du eine Ahnung?«

»Du hast alle Möglichkeiten.«

»Das ist mir zu vage.«

»Du könntest in ein Missionshospital.«

»Das könnte ich, aber ich glaube nicht, daß ich sehr glücklich darüber wäre. Weiter?«

»Wir haben noch andere Krankenhäuser, staatliche und private. Wenn du aber einverstanden wärst, wüßte ich etwas Besseres.«

»Ja?«

»Du machst eine eigene Praxis auf«, sagte John. »Wenn wir uns in der Nähe der Farm ein Haus hinstellen, würdest du mehr Patienten bekommen, als du behandeln kannst.«

»Das kostet viel Geld.«

»Wir haben es. Die Farm ist heute dreißigtausend Pfund wert; ich bekomme meinen Anteil ausbezahlt.«

Claire runzelte die Stirn. »Es erinnert mich an etwas. Ich werde mir das alles noch gut überlegen müssen.«

»Wie du willst«, sagte John ruhig.

Es war sehr still ringsum. Das Violett der Hügel färbte sich jetzt rosa. Einzelne weiße Wolkensegel trieben verloren in den Luftströmungen des hohen leeren Himmels. Hinter einem fernen Waldrand stiegen blaue Rauchsäulen empor und verwehten im Dunst des Horizonts. Aus dem regungslosen Gras der weiten Savanne ragten alte knorrige Dornbäume wie schwarze Schattenrisse. Über alldem lag eine große feierliche Gelassenheit, eine verhaltene Melancholie und noch etwas, was Claire nicht zu ergründen vermochte, aber es war ihr schon in den Augen der

Massai begegnet, und während sie darüber nachdachte, schob sich wieder das Bild des Mädchens in ihr Gedächtnis.

Sie hat mich verhext, dachte sie verwundert.

Neben sich vernahm sie wieder Johns Stimme: »Wie lange muß ich noch anständig sein?«

Sie legte das Gesicht auf seine Brust und lächelte. »Ich habe es auch satt, Liebling.«

5

Die Farm lag zwischen hohen Eukalyptusbäumen auf einem grasbewachsenen Platz, ein langgestrecktes niedriges Haus aus groben Feldstämmen, nach altenglischer Manier in Fachwerk gefügt. Es hatte eine große gedeckte Terrasse, Fenster mit weißgestrichenen Rahmen, ein flaches Ziegeldach und eine breite Treppe, die auf die Terrasse führte.

Es gefiel Claire auf den ersten Blick. Vielleicht deshalb, weil ihre Erwartungen viel bescheidener gewesen waren. Etwas abseits standen noch einige geräumige Schuppen und die Stallungen für das Vieh, dahinter, am Rande eines Palmengehölzes, in der Dunkelheit kaum zu erkennen, die Häuser der Farmarbeiter, ein Dutzend rechteckiger Hütten mit kleinen Fenstern, strohbedeckten Dächern und dicken Lehmwänden. Auf der anderen Seite fingen die Baumwollfelder an, hohe Sträucher, ihre elfenbeinfarbenen Blüten hellten wie milchiger Nebel die Nacht auf.

In der letzten Stunde hatte es sich stark abgekühlt. Hier merkte man die Hochebene und die Nähe der Berge, deren rauher Atem über die Savannen und Felder strich und die Tageshitze aus ihren Schlupfwinkeln aufstöberte. Die Luft war herb und frisch wie Quellwasser. Über das Haus, die Eukalyptusbäume und das Palmengehölz wölbte sich der Sternenhimmel, ein blitzendes Diadem, eingefaßt vom schwarzen Samt des Horizonts, dessen Konturen sich schemenhaft über das dunkle, hügelige Land hoben. Der Geruch der Eukalyptusbäume vermengte sich mit dem Geruch der nahen Stallungen und der abkühlenden Erde, mit dem Zirpen der Zikaden in den Baumwollfeldern und dem okarinaartigen Heulen eines Nachtvogels.

John blieb lange. Er hatte seinen Vater auf ihre Anwesenheit vorbereiten wollen, und es war ihr lieber so. Diesem Wiedersehen sollte nichts von seiner Unbefangenheit genommen werden. Wenn ein Mann nach neun Jahren nach Hause kam, ging es kaum ohne seelische Erschütterung ab, und Männer hatten es nun einmal nicht gern, wenn sie dabei beobachtet wurden, schon gar nicht von einer Frau. Ihre Ankunft war nicht unbemerkt geblieben. Drüben, vor den Hütten der Farmarbeiter, standen einige regungslose Gestalten. In der Dunkelheit war nicht festzustellen, ob es sich um Männer oder Frauen handelte. Als Claire aus dem Wagen stieg, verschwanden sie.

Im Haus brannte Licht; sie sah es durch die Ritzen der Jalousien. Kerosinlampen! Die Farm war noch nicht an das Stromnetz der Föderation angeschlossen, sie lag am Rande der Eingeborenenreservate und gehörte nur einem Neger. Etwas problematisch für eine Arztpraxis, auf eine Röntgenanlage würde man vorerst verzichten müssen.

Sie lächelte über den Gedanken. Als ob es bereits feststünde, daß sie Johns Angebot akzeptierte! Aber zu dem Massai-Dorf war es von hier nur eine knappe Fahrstunde; wenn die Furt offen war, noch weniger. Sie hatte sich eingehend bei John erkundigt, etwas zu eingehend. Seltsam, wie man sich in eine fixe Idee verrennen konnte, oder war es vielleicht mehr? Sie wußte es nicht, sie wußte nur, daß sie die Erinnerung an das Mädchen nicht mehr aus ihrem Kopf brachte.

Jetzt vernahm sie Stimmen. Die Terrassentür wurde aufgestoßen, und John kam die Treppe herunter. Sie blieb neben dem Wagen stehen und hatte Herzklopfen.

»Das Gepäck können wir hierlassen«, sagte er, »es wird geholt.« Seine Stimme klang etwas belegt, und sie fragte sich, ob es ein gutes oder schlechtes Zeichen sei. Als sie vor einer Viertelstunde angekommen waren, hatte sie sich zum erstenmal überlegt, was sein Vater zu einer weißen Schwiegertochter sagen werde. Vorher hatte sie sein Einverständnis als selbstverständlich vorausgesetzt. Warum eigentlich? Sie würde sich davor hüten müssen, es nur von ihrem eigenen Standpunkt aus zu sehen, vom Standpunkt der zivilisierten Europäerin, die sich dazu herabläßt, einen Schwarzen als Schwiegervater zu akzeptieren. Es steckte viel tiefer in einem, als man ahnte.

»Wie war es?« fragte sie.

Er lachte. »Schön! Sie fielen vor Schreck aus dem Bett. Auf der Farm gehen sie mit den Hühnern schlafen.«

»Aus Schreck vor mir?«

»Sie sind neugierig auf dich«, sagte John, und mehr war von ihm nicht zu erfahren.

Auf der Terrasse standen ein Tisch, eine Bank und Stühle aus Bambus. Durch eine dunkle Diele kamen sie in ein Wohnzimmer, einen großen holzgetäfelten Raum mit tiefen Ledersesseln, schweren alten Möbeln und offenem Kamin. Über dem Kamin befand sich ein Mahagonisims mit Messinggefäßen. Die Fenster hatten Moskitogitter und waren mit Musselin verhängt, am Boden lagen reichgemusterte Teppiche. Außer einem Schreibtisch standen noch zwei kleine Tische, eine Bar, verschiedene Stühle und eine breite, mit Leopardenfell bedeckte Couch im

Zimmer. An den Wänden hingen alte englische Stiche. Zwei Kerosinlampen mit roten Schirmen und die knisternden Holzscheite im Kamin sorgten für eine warme, angenehme Beleuchtung.

»Die anderen Zimmer sind ähnlich eingerichtet«, sagte John. »Die meisten Möbel stammen noch von dem Engländer, sie sind nicht kaputtzukriegen. Unsere eigene Wohnung werden wir uns modern einrichten, ähnlich wie dein Zimmer in Thüngerstadt. Willst du etwas trinken?«

Claire setzte sich auf die weiche Couch, befühlte die Leopardenfelle, betrachtete den Kamin, die dunkelgebeizte Dielendecke und schüttelte den Kopf.

»Nichts zu trinken?« vergewisserte sich John.

»Doch. Ich weiß nur nicht, ob ich jetzt noch eine moderne Wohnung haben möchte.«

»Sie gefällt dir?«

»Ich kann dir nicht sagen, wie. Du hast mir nie etwas davon erzählt!«

»Ich wäre auch nie auf den Gedanken gekommen, daß sie dein Geschmack ist«, sagte John.

Er trat an den Kamin und streichelte mit den Fingerspitzen das Mahagonisims. Etwas an seiner Haltung erregte Claires Aufmerksamkeit. Sie stand rasch auf und ging zu ihm hin.

»Was ist los, John?« fragte sie.

»Nichts.« Den ganzen Tag hatte er es vor ihr versteckt, aber nun liefen ihm die Tränen über das Gesicht, und er konnte nichts dagegen tun.

»Ich wußte nicht, daß es dir soviel bedeutet«, murmelte Claire und legte ihm die Arme um den Hals. »Warum hast du es mir nicht gesagt?«

»Ich wußte es selbst nicht.« Er rieb sich ungeduldig das Gesicht ab. »Es ist doch zu lächerlich! Was bin ich eigentlich?«

Sie küßte ihn. »Ein dummer Kerl. Was sagt dein Vater dazu, daß du mich mitgebracht hast?«

»Er soll es dir selbst erzählen. Im Augenblick rasiert er sich und zieht seinen besten Anzug an.«

»Das hätte er nicht zu tun brauchen«, murmelte Claire, aber sie fühlte, wie ihr Herzklopfen plötzlich aufhörte. »Wie heißt dein Bruder?«

»Stephen, mein Vater Kojo.«

»Ist dein Bruder verheiratet?«

»Er war es. Vor zwei Jahren erwischte er sie zusammen mit einem unserer Arbeiter und jagte sie davon. Im Augenblick hat er es mit einem Massai-Mädchen; es arbeitet bei uns.«

»Will er wieder heiraten?«

»Frag ihn selbst«, antwortete John und blickte zur Tür, wo im gleichen Moment zwei Männer hereinkamen. Claire drehte sich langsam nach ihnen um.

Sie hatte sich keine feste Vorstellung von ihnen gemacht, aber als sie ihnen jetzt gegenüberstand, wußte sie, daß sie in jedem Fall danebengeraten hätte. Ihre Ähnlichkeit war so groß, daß sie fast wie Zwillingsbrüder ausgesehen hätten, wenn der eine von ihnen nicht mindestens doppelt so alt gewesen wäre wie der andere. Mit John hatten sie nur ihre Statur gemeinsam. Sie waren beide hochgewachsen, breitschultrig, mit kräftigen Hälsen, kurzen krausen Haaren und Gesichtszügen, die unverkennbar arabische Merkmale aufwiesen. Sie waren hellhäutiger als John, das Gesicht des Vaters mehr braun als schwarz, aber auch schärfer in seinen Linien, ebenso das Gesicht des Bruders, der eine Kleinigkeit untersetzter wirkte und gewölbtere Lippen hatte. In ihren europäischen Straßenanzügen sahen sie nicht unvorteilhafter aus als die gutgekleideten Männer, denen Claire in den Straßen von Livingstone begegnet war.

Es entging ihr nicht, daß sie bei ihrem Anblick für den Bruchteil einer Sekunde stutzten, aber es war ebenso unauffällig wie das kaum wahrnehmbare Lächeln in ihren Augen. Noch ehe sie ein Wort mit ihnen gesprochen hatte, war Claire davon überzeugt, daß es sie keine Überwindung kosten würde, sich an ihre Gegenwart zu gewöhnen.

Neben sich vernahm sie Johns Stimme, und sie klang genauso belegt wie vorhin, als er aus dem Haus gekommen war: »Mein Vater.«

»Der Vater eines nichtsnutzigen Sohnes«, sagte Kojo Baako. Er kam mit ausgestreckter Hand auf sie zu, und das Lächeln kroch aus seinen Augen und verteilte sich über sein ganzes Gesicht. »Willkommen auf Lonsdale, Miß. Sie werden müde und hungrig sein. Das hier ist mein ältester Sohn, Stephen. John erzählte mir, daß Sie unterwegs Ärger gehabt haben?«

»Das hat man auf einer Reise immer«, antwortete Claire und wandte sich an Johns Bruder, der etwas linkisch auf sie zutrat und ihr so kräftig die Hand drückte, daß sie beinahe aufgeschrien hätte.

»Daran mußt du dich gewöhnen«, sagte John, »er hat keine Manieren.«

»Ich war auch nicht auf der Universität«, sagte sein Bruder und lachte. »Haben Sie Ihr Gepäck noch im Wagen, Miß?«

»Ja.«

»Ich bringe es Ihnen.« Zu seinem Vater sagte er: »Kümmert sich Ibrahim schon um das Bad?«

»Ich habe es ihm befohlen«, antwortete Kojo Baako und wandte sich an Claire: »Sie werden sich vor dem Essen sicher noch ein wenig frisch machen wollen?«

»Wenn es geht.« Obwohl sie von John darauf vorbereitet worden war, fühlte sie sich von seiner gepflegten Ausdrucksweise und seinem guten Englisch überrumpelt. Sein Auftreten wirkte so stark europäisch, daß es sie fast enttäuschte. Es paßte nicht recht zu diesem dunklen, etwas verschlossenen Gesicht. Aus der Nähe konnte sie feststellen, daß seine Haare stark angegraut waren.

»Bis Sie aus dem Bad kommen, ist das Essen fertig«, sagte er.

»Trinken Sie vorher einen Whisky?«

Eigentlich hatte sie keinen Appetit darauf, aber sie befürchtete, eine Ablehnung könnte ihn kränken. »Einen kleinen.«

»John wird ihn uns servieren. Ich muß in die Küche.«

Er verließ mit Stephen das Zimmer.

Claire drehte sich nach John um. Er stand neben der Bar und sah forschend in ihr Gesicht. »War es schlimm?« fragte er.

»Was?«

»Vielleicht hast du es dir anders vorgestellt.«

»Jedenfalls nicht so. Ich werde wohl niemals begreifen, weshalb du nicht schon früher nach Hause gefahren bist. Ist dein Vater immer so konventionell?«

»Er war es schon vor neun Jahren, aber inzwischen hat er noch Fortschritte gemacht. In diesem Punkt werden wir uns nie einigen.«

Sie verstand ihn nicht. »In welchem?«

»Was die Engländer betrifft. Er kopiert sie, wo er kann.«

»Er kopiert sie gut.«

»Für meinen Geschmack zu gut. Wie gefällt dir Stephen?«

Sie lachte. »Rauh, aber herzlich.«

»Er hat sich kaum verändert«, murmelte John. »Wahrscheinlich wird er bei der ersten sich bietenden Gelegenheit versuchen, dir einen Schwagerkuß zu geben. Fang es nicht an, du wirst ihn sonst nicht mehr los. Wenn es nach seiner Weltanschauung ginge, müßte ich dich mit ihm teilen.«

»Das ist wohl nicht dein Ernst!«

»Es ist gelegentlich üblich; der ältere Bruder hat einen gewissen Anspruch auf die Frau des jüngeren. Er wird es bei dir zwar nie ernsthaft probieren, aber du sollst wissen, woran du mit ihm bist.«

Er nahm vier Gläser und eine Flasche aus der Bar und füllte sie. Claire beobachtete ihn. Man mußte in diesem Land auf so viele Überraschungen gefaßt sein, daß es auf diese nicht mehr ankam. Sie wunderte sich auch nicht, als John aus einem Behälter der Bar Eiswürfel zum Vorschein brachte.

»Wir holen es in Lancaster«, sagte er von selbst. »Stephen fährt in der Woche zweimal hin.«

»Habt ihr einen Wagen?«

»Einen?« Er lachte. »Wir haben vier Lastwagen und seit einem Jahr auch einen Jaguar. Wenn wir die Baumwolle direkt an die Fabrik liefern können, erzielen wir höhere Preise. Lonsdale wird von Jahr zu Jahr rentabler.«

Es war das zweitemal, daß sie den Namen hörte. »Heißt so die Farm?«

»Es ist so Sitte. Lonsdale stammt noch von dem Engländer. Wenn es nach mir ginge, hätten wir ihr schon lange einen anderen Namen gegeben, aber die beiden wollen sich nicht von ihm trennen. Übrigens habe ich ihnen noch nichts Endgültiges über uns erzählt. Ich tat so, als stünde nicht fest, ob wir heiraten.«

»Warum das?«

»Ich wollte nicht, daß sie jetzt schon zu familiär mit dir werden. Du sollst es dir in Ruhe überlegen können.«

»Ob wir heiraten?«

»Wo du arbeiten willst. Er könnte sofort siebentausend Pfund flüssig machen. Ich weiß nicht, was eine Praxis kostet, aber ein Haus wie dieses, komplett eingerichtet, kann man sich schon für vier- bis fünftausend Pfund hinstellen.«

»Das ist so gut wie nichts«, sagte Claire belustigt. »Wie spät ist es?«

»Halb elf.« Er lachte. »Das kommt davon, wenn man seine Armbanduhr verschenkt. Das Mädchen hätte sich schon ein Dutzend Uhren kaufen können, wenn es scharf darauf gewesen wäre. In den Krals schaut kein Mensch auf die Uhr.«

»Das ist etwas, was du nicht begreifst«, erwiderte Claire und setzte sich in einen der tiefen Sessel. »Wer wohnt sonst noch im Haus?«

»Das Massai-Mädchen und drei Boys für den Haushalt.«

»Das Mädchen wohnt hier?«

»Warum nicht, wenn es mit ihm schläft?«

»Das frage ich mich auch«, sagte Claire. »Weshalb hat eigentlich dein Vater nicht mehr geheiratet?«

»Als meine Mutter starb, fühlte er sich schon zu alt. Ich erinnere mich, daß er eine Zeitlang hinter einem jungen Bantu-Mädchen her war, aber das scheint sich wieder gelegt zu haben. In seinen Jahren...«

Er brach ab, weil sein Bruder hereinkam. Er schleppte das Gepäck und stellte es auf den Boden. »Nicht viel«, sagte er und lachte. »Ein alter Wagen!«

»Nicht älter als der Ford, mit dem du vor zehn Jahren das Bantu-Dorf demoliert hast«, sagte John.

Stephen tat verwundert: »Ich?«

»Seine Bremsen versagten«, erzählte John, zu Claire gewandt. »Er fuhr eine abschüssige Strecke hinunter und riß vier oder fünf Hütten um. Zum Glück feierten sie gerade ein Fest; die Hütten waren leer.«

»Ich wollte das Fest besuchen«, sagte Stephen und lachte so heftig, daß ihm Tränen in die Augen kamen.

John grinste. »Er hatte sich wie ein Pfau aufgeputzt. Als die Bantus sahen, was er angerichtet hatte, wollten sie ihn lynchen. Er mußte den ganzen Weg zur Farm zurückrennen.«

»Und der Ford?« fragte Claire mühsam.

»Er ließ ihn stehen. Die Bantus behielten ihn als Schadenersatz für ihre Hütten.«

Sie lachten noch, als Kojo Baako auftauchte.

»Ich habe die Geschichte von Stephens Amokfahrt erzählt«, sagte John. »Wie weit ist das Bad?«

Kojo Baako lächelte. »Fertig.« Er trat an den Tisch und griff nach einem Glas. »Wie sagt man in Germany? Your health?«

»Das auch«, antwortete Claire. Ihr Blick fiel auf Stephen, und sie mußte wieder lachen. Die Vorstellung, wie der große, schwere Mann mit dem alten Ford die Bantu-Hütten niedergewalzt hatte, war so unsagbar komisch, daß sie sich nicht beruhigen konnte. Die Männer lachten mit, sogar John; sie hatte ihn selten so ungezwungen gesehen.

Hinterher zeigte er ihr das Bad. In der Diele brannten jetzt zwei Lampen. Sie war viel größer, als Claire beim Hereinkommen bemerkt hatte. Auf beiden Seiten befanden sich Türen, von denen eine ins Bad führte. Das war ein weißgetünchter Raum mit einem rostüberzogenen Wasserbehälter unter der Decke, einer alten Emaillewanne, rundem Holzbadeofen und WC. Ein junger Bursche war noch damit beschäftigt, zwei Frotteetücher über eine Bambusstange zu hängen. Sein langes gelbliches Gewand reichte ihm bis zu den Knöcheln. Er hatte einen schlanken, knochigen Körper, dichtes wolliges Haar und verschmitzte Augen, die Claire mit neugieriger Gründlichkeit musterten.

»Bathi tyria, Memsaab«, sagte er grinsend.

»Das ist Ibrahim«, sagte John. »Er ist Bantu und spricht Suaheli, obwohl er ebensogut Nyanja oder Englisch sprechen könnte. Als ich von der Farm wegging, war er fünfzehn Jahre alt. Seit sein Vater nicht mehr lebt, ist er auch für die Küche verantwortlich.«

Er schickte ihn hinaus und zeigte Claire, wie sie die Wassertemperatur regulieren konnte. »Die Anlage ist veraltet, wir müssen jeden Liter mit der Hand in den Tank pumpen. Brauchst du noch etwas?«

»Vielleicht einen Kuß«, sagte Claire.

Als sie eine Viertelstunde später in das Zimmer zurückkam, saßen die Männer am Tisch und rauchten. Sie hatte sich mit ihrem Make-up besondere Mühe gegeben, das andere Kleid angezogen und lächelte über ihre überraschten Blicke. Zwischen John und seinem Vater war noch ein Sessel frei, auf dem Tisch brannten zwei Kerzen; Claire fühlte sich fast wie daheim. »Mein Vater meint, daß wir Mister Lindsay und seiner Frau begegnet sind«, sagte John. »Ihre Farm liegt vierzig Meilen weiter südlich. Sie haben einen hellblauen Lincoln.«

»Dann werden sie es wohl gewesen sein«, sagte Claire. Sie hatte die beiden bereits vergessen gehabt. »Ist es eine große Farm?«

»Sie besitzen zehntausend Morgen, fast doppelt so viel wie wir. Vielleicht besuche ich sie einmal und stelle mich ihnen vor.«

»Du hättest es gleich tun sollen«, sagte sein Vater. »Ich möchte keinen Ärger mit ihnen haben.«

»Ein Sohn von ihnen ist Abgeordneter der Confederated Party«, warf Stephen ein.

John nahm einen Schluck aus seinem Glas. »Das wundert mich nicht, sie macht sich für die Rassentrennung stark.« Zu seinem Vater sagte er: »Warum willst du keinen Ärger mit ihnen haben?«

»Wir brauchen sie.«

»Nicht mehr als sie uns. Ohne uns könnten sie ihre Fabriken schließen und ihre Farmen verkaufen.«

»Ohne sie wären keine Fabriken da, wir müßten unsere Baumwolle nach Europa exportieren und bekämen nur die Hälfte dessen, was uns die Cotton Research and Industry Board dafür bezahlt.«

»Sie hätten die Fabriken nicht bauen können, wenn ihnen die Bantus nicht dabei geholfen hätten.«

»Davon verstehst du nichts«, sagte Kojo Baako. »Du warst neun Jahre nicht hier.«

Das Gespräch war unvermittelt hart geworden. John legte seine Hände auf den Tisch. Seine Halsmuskeln waren angeschwollen wie der Nacken einer gereizten Kobra. »Das stimmt. Ich hatte Zeit, darüber nachzudenken, warum fünfundneunzig Prozent der Fabrikarbeiter Leute von uns sind und warum kein einziger von ihnen eine Schlüsselposition bekommt. Ich hatte ferner Zeit, mich zu fragen, weshalb ein Europäer für die gleiche Arbeit das Vierzehnfache des Verdienstes von einem Bantu einsteckt.«

»Das war schon immer so«, sagte Kojo Baako. »Wie willst du es ändern?«

»Nkrumah hat es geändert.«

»Er steckt mit den Kommunisten unter einer Decke.«

»Behauptet man. Wir werden uns die Leute, die wir brauchen, aus Frankreich und Amerika holen.«

»Das bestimmt die Regierung.«

»Die Regierung ist illegal«, sagte John laut.

Kojo Baako verfärbte sich ein wenig. Dann stand er auf. »Du hast nichts hinzugelernt«, sagte er gemessen. »Wozu, glaubst du, habe ich dich auf die Universität geschickt?«

John gab keine Antwort.

»Ich möchte nicht von mir reden«, sagte Kojo Baako. »Es war in diesen neun Jahren nicht immer einfach für mich; ich habe mir deinetwegen viele Vorwürfe gemacht. Ich möchte nur davon reden, daß ich dich auf die Universität geschickt habe, und ich konnte es tun, weil mir die Cotton Research and Industry Board meine Baumwolle gut bezahlt.«

Er richtete das Wort an Claire: »Ich bin nicht grundsätzlich gegen eine Autonomie, Miß, aber wir haben noch nicht die Leute, uns selbst zu regieren, wir haben auch nicht das Volk für diese Regierung. Was unsere jungen Männer heute wollen, ist Anarchie. Sie würden uns wieder dahin bringen, wo wir schon einmal vor zweihundert Jahren gestanden haben.«

»Im Nyassaland denkt man anders«, sagte John.

»Ich weiß, wie man im Nyassaland denkt. Sie sehen in der Föderation eine Bevormundung durch Südrhodesien und wollen lieber ihre eigene Suppe kochen. Es ist ihr Magen, den sie sich damit verderben werden.«

»Du hast auch nie etwas anderes als deine eigene Suppe gekocht.«

»Sind wir schlecht damit gefahren?«

»Wenn es dir genügt«, sagte John, »mir genügt es nicht. Vielleicht hast du kein Gefühl mehr dafür.«

»Wofür habe ich kein Gefühl mehr?«

»Daß sie uns wie Dreck behandeln.«

»Diese Rechnung hat noch Zeit«, sagte Kojo Baako und verließ das Zimmer.

»Er ist schon zu alt«, sagte Stephen. »Du wirst ihn nicht mehr ändern.«

John betrachtete geistesabwesend sein Gesicht. »Hast du es versucht?«

»Ich hatte andere Sorgen.«

»Deine Sorgen kenne ich«, sagte John und wandte sich an Claire: »Es tut mir leid; ich habe mich hinreißen lassen.«

»Es war überflüssig«, sagte sie ruhig. »Ich glaube, ihr seid euch mehr einig, als euch klar ist.«

»Natürlich sind wir uns einig«, sagte John, »nur nicht über den Zeitpunkt. Ich weiß so gut wie er, daß wir die Europäer brauchen. Was er nicht einsehen will, ist, daß wir heute schon eine funktionsfähige Regierung haben könnten, wenn uns die Möglichkeit gegeben worden wäre, unsere Intellektuellen und das Volk darauf vorzubereiten. Er ist wie ein Abiturient in seine Cotton Research and Industry Board verliebt.«

»Warum wirst du nicht Politiker?« fragte Stephen. »Wenn die Bantus dich so sprechen hören, werden sie dich zu ihrem Ministerpräsidenten wählen.«

John winkte geringschätzig ab. »Ich weiß, wen die Bantus wählen werden. Einen ihrer Häuptlinge, der dann mit Sonnenschirm und Leopardenfell in das Regierungsgebäude einzieht und dort seinen Hokuspokus weitertreibt. Wir brauchen Politiker, keine Clowns.«

Er ging zum Kamin und legte zwei frische Holzscheite auf.

»Ich kümmere mich nicht um Politik«, sagte Stephen. »In den Krals wird viel gesprochen.«

John drehte sich nach ihm um. »Was?«

»Was man so spricht«, sagte Stephen. »Wenn ich etwas nicht hören will, bin ich taub. Vor einem Vierteljahr haben sie die Polizeistation in Gregstone verstärkt. Erinnerst du dich noch an die Miltons?«

»Was ist mit ihnen?«

»Sie versuchen seit einem Jahr, ihre Farm abzustoßen, und finden keinen Käufer. Vierzigtausend Pfund bar auf den Tisch.«

»Wäre das nichts für uns?« fragte John.

Stephen lachte. »Ich denke, wir kriegen sie eines Tages billiger.«

»Sie grenzt im Osten an unsere Farm«, sagte John zu Claire. »Wir hatten oft Ärger mit ihnen. Ist die Tochter jetzt verheiratet?«

»Mit einem Buren aus Pretoria«, antwortete Stephen. »Er spielt sich wie ein Vogt auf. Ich kenne ein Dutzend Männer, die sich vorgenommen haben, ihm bei lebendigem Leib das Herz herauszuschneiden.«

Obwohl er wieder dabei lachte, zuckte Claire bei seinen Worten zusammen. Sie war sich über ihn noch nicht ganz klargeworden, seine Lustigkeit wirkte mitunter gekünstelt. Ein paarmal hatte sie ihn dabei ertappt, wie er sie mit einem unangenehm starren Blick anschaute. Möglich auch, daß sie ihn nach Johns Warnung voreingenommen betrachtete. Da er sich während der Auseinandersetzung zwischen John und seinem Vater völlig unbeteiligt verhalten hatte, war es für sie schwierig, sich ein Bild über ihn zu machen. Die meiste Zeit saß er mit übereinandergeschlagenen Beinen tief in seinem Sessel, die langen Arme auf beiden Seiten bis fast auf den Boden herunterhängend und immer eine Zigarette im Mundwinkel. Je länger sie Gelegenheit hatte, ihn zu beobachten, desto mehr festigte sich in ihr die Überzeugung, daß ihr erster Eindruck von ihm zu oberflächlich gewesen war. John behandelte er mit der leichten Überlegenheit des älteren Bruders, etwas ironisch, aber unübersehbar zugetan. Es war offensichtlich, daß sie sich gern hatten.

Sie begann sich Sorgen zu machen, weil Kojo Baako so lange wegblieb, aber ihre Befürchtung, seine Auseinandersetzung mit John könnte das weitere Beisammensein belasten, erwies sich als unbegründet. Er hatte sich in der Küche um das Essen gekümmert. Als es von Ibrahim und einem anderen Jungen aufgetragen wurde, kam er wieder herein und stellte einige Büchsen auf den Tisch.

»Es ist Bier«, sagte er zu Claire. »Stephen und ich trinken keinen Wein. Wir haben zwar heute abend schon einmal gegessen, aber inzwischen sind über vier Stunden vergangen. Ich hoffe, es schmeckt Ihnen, Miß.«

Es schmeckte ihr, die Sardinen und Oliven ebenso wie das Portwein-Steak und die gebackenen Bananen. Sie erkundigte sich bei ihm nach dem Rezept.

»Es war das Leibgericht meiner Frau«, sagte er und erzählte ihr zehn Minuten lang, wie es zubereitet wurde. Hinterher tranken sie aus kleinen, mit Blumenmustern verzierten Tassen Tee. Die Männer rauchten Zigarren und unterhielten sich über die neue Ernte. Es fiel Claire auf, daß sie es sorgsam vermieden, irgendwelche neugierigen Fragen an sie zu richten. Überhaupt konnte man den Eindruck gewinnen, als ob sich drei Männer gegenübersäßen, die sich mindestens zweimal in der Woche zu einer gelangweilten Konversation zusammenfanden. Das Gespräch drehte sich fast ausschließlich um Personalsorgen, Wirtschaftsprobleme und Schädlingsbekämpfung; Claire kam sich dabei ein wenig überflüssig vor. Erst als John nebenbei einfließen ließ, daß man in Amerika eine neue Methode zur Schädlingsbekämpfung entwickelt habe, kamen sie anschließend auf seine Staatsangehörigkeit zu sprechen.

»Sie nützt dir in Rhodesien so gut wie nichts«, meinte sein Vater. »Hier fragt niemand danach, welche Staatsangehörigkeit du hast; man ist entweder weiß oder schwarz. In einem Jahr, sagst du, wirst du aus der Armee entlassen?«

»Spätestens in einem Jahr.«

»Wieso spätestens?« erkundigte sich Claire verwundert. »Ich denke, das ist sicher.«

»In der Armee ist nie etwas sicher. Sobald wir zurückkommen, werde ich mit Captain Denson reden.«

»Ist er dein Chef?«

»Ja.«

Bis er zurückkam, würde Captain Denson schon lange in Amerika sein, und er würde nie mehr mit ihm reden können. Aber einmal mußte er damit anfangen, sie auf seine Pläne vorzubereiten, und es kostete ihn jetzt keine Überwindung mehr. Seit er am Silvesterabend zum erstenmal mit ihr über seine Versetzung gesprochen hatte, war der Gedanke zu einem festen Bestandteil seiner Überlegungen geworden. Er war weder das Ergebnis einer dramatischen Auseinandersetzung mit seinem Gewissen noch eine Kurzschlußreaktion auf die letzten ernüchternden Erfahrungen in der Kaserne. Es war ganz einfach die einzig mögliche Konsequenz aus der Alternative, entweder die Armee zu verlassen oder das Risiko auf sich zu nehmen, Claire zu verlieren. Seit er sie kennengelernt hatte, war die Armee unwichtig geworden. Seine Zugehörigkeit zu ihr war die Folge eines freiwilligen Entschlusses. Kein Mensch hatte ihn zu seiner Uniform gezwungen, und kein Mensch würde ihn daran hindern können, sie wieder auszuziehen. Wäre es in diesen vergangenen Jahren zu einem Krieg gekommen, so hätte er nicht gezögert, für die Armee zu sterben, aber nur für sie und nicht für die Vereinigten Staaten von Nordamerika, mit denen ihn nicht mehr verband als eine endlose Kette demütigender Erinnerungen. Er hatte sich immer nur als Soldat und nie als Amerikaner gefühlt. Keinen Augenblick lang, seit er die Uniform trug, war es zwischen diesen beiden Begriffen in seinem Bewußtsein zu einer Identifikation gekommen. Vielleicht wäre ihm sein Entschluß weniger leichtgefallen, wenn es in der Armee nicht zu viele Männer wie Bruce und Horne gegeben hätte.

Er betrachtete seine Versetzung als einen Verstoß der Armee gegen ihre eigenen Prinzipien, als einen Eingriff in seine persönliche Freiheit und als eine flagrante Ungerechtigkeit einem Soldaten gegenüber, der ihr fünf Jahre lang pflichtbewußt gedient hat. Daß er sich durch eine unerlaubte Entfernung von seinem Regiment strafbar machte, war ihm selbstverständlich bekannt, aber es gehörte in seinen Augen zu den vielen abstrakten Ungereimtheiten westlicher Zivilisation, einen Mann, der sich freiwillig zur Armee gemeldet hatte, deshalb bestrafen zu wollen, weil ihn private Umstände dazu zwangen, sie ein Jahr früher zu verlassen, als ursprünglich beabsichtigt gewesen war. Schließlich hätte er sich ebensogut nur für fünf Jahre verpflichten können; es hatte in seinem Ermessen gelegen, und er betrachtete es nach wie vor als eine Angelegenheit seiner persönlichen Zuständigkeit. Zudem würden sie ihn nur dann bestrafen können, wenn sie ihn erwischten, und dazu würde er ihnen keine Gelegenheit geben.

Aus dieser Perspektive gesehen, kam ihm Claires Absicht, nach Paris zu gehen, nicht einmal ungelegen. In Paris konnte ein Mann untertauchen, ohne befürchten zu müssen, daß ihn die Militärpolizei aufstöberte. Er würde dort jedenfalls sicherer sein als in Deutschland. Wenn er dennoch bei alldem ein unbehagliches Gefühl nicht ganz loswerden konnte, so deshalb, weil er nicht wußte, wie Claire darüber urteilen würde. Als Europäerin betrachtete sie eine Desertion sicher mit anderen Augen als er. Auf keinen Fall schien es ihm ratsam, sie jetzt schon in seine Pläne einzuweihen. Er hatte noch fünf Wochen Urlaub, Zeit genug, sich alles gründlich zu überlegen. Vielleicht würde sie bis dahin ihre

Meinung auch ändern. Trotz ihrer entschiedenen Stellungnahme heute mittag hatte er die Hoffnung nicht ganz aufgegeben. Wenn sie sich dazu entschließen könnte, ihm nach Amerika zu folgen, würde sich eine Desertion erübrigen. Zwar müßte er sich auch dann vorübergehend von ihr trennen, aber es wären nur wenige Wochen, und damit würde er notfalls fertig werden.

Seine Bereitschaft, der Armee diese Chance noch einzuräumen, entsprach jedoch weniger der Furcht vor unvorhergesehenen Komplikationen. Letztlich war ihm der Gedanke, sich acht Wochen von ihr trennen zu müssen, ebenso unangenehm wie der an ein ganzes Jahr. Aber irgendwo, ihm selbst verborgen, gab es einen winzigen Haken, an dem er sich jedesmal mit einem Zipfel seines Ichs verfing, wenn er sich allzu intensiv mit der moralischen Seite der Sache auseinandersetzte, und es war genau der gleiche Haken, der ihn auch daran hinderte, Claire die Wahrheit zu sagen. Kein Mann konnte neun Jahre lang in einer fremden Sprache reden, ohne nicht auch etwas von ihren Menschen in sich aufzunehmen.

Er hörte gedankenlos zu, wie Stephen und sein Vater mit Claire redeten. Sie wollten wissen, wie groß die Plantagen in Deutschland seien, wieviel Arbeiter sie beschäftigten und ob es auch Baumwollpflanzungen gäbe. Ihre Antworten schienen sie ebenso zu enttäuschen wie zu belustigen, sie schüttelten immer wieder den Kopf und tauschten abfällige Kommentare aus.

»Davon könnte bei uns kein Farmer existieren«, meinte Kojo Baako. »Warum kaufen sie sich nicht mehr Land?«

»Es gibt nicht mehr. Deutschland ist heute nur noch ein Fünftel so groß wie die Föderation.«

»Ich habe es mir viel größer vorgestellt«, murmelte Kojo Baako verwundert. Sie sprachen noch eine Weile darüber, bis John sah, daß Claire ein Gähnen unterdrückte.

»Wir können uns morgen weiter darüber unterhalten«, sagte er. »Ich bringe dich jetzt in dein Zimmer.«

Sie war froh darüber. Die anstrengende Reise, das heiße Bad und nicht zuletzt das ungewohnte Bier versetzten sie in einen Zustand schläfriger Gleichgültigkeit. Als sie sich von Stephen und seinem Vater verabschiedete, hatte sie Mühe, die Augen offenzuhalten.

»Morgen wird auf Lonsdale nicht gearbeitet«, sagte Kojo Baako. »Schlafen Sie gut, Miß.«

Stephen ging mit ihnen bis auf die Diele. »Eigentlich müßte ich jetzt Claire zu Ihnen sagen«, meinte er.

Sie lächelte. »Wenn sie wollen, Stephen.«

Er hielt ihre Hand länger fest, als nötig war. »Morgen zeige ich Ihnen die Farm. Vielleicht überlegen Sie sich's noch und bleiben etwas länger hier.«

»Vielleicht.«

Das Zimmer war nur halb so groß wie das andere. Es hatte die gleichen holzgetäfelten Wände, die gleichen Musselin-Vorhänge und die gleichen dunklen schweren Möbel. Neben dem breiten holzgeschnitzten Bett stand ein leerer Bücherschrank.

»Hier habe ich gewohnt«, sagte John. »Es steht noch alles so wie früher.«

»Viel gelesen hast du nicht.«

Er lachte. »Ich habe die Bücher mit nach Lansing genommen. Als ich kein Geld mehr hatte, verkaufte ich sie an einen Trödler. Ich glaube, ich bekam pro Buch zwanzig Cent. Willst du noch ins Bad?«

»Ich will ins Bett«, antwortete Claire. »Wenn ich mich nicht auf der Stelle hinlege, falle ich um.«

»Das kannst du haben!« Er nahm sie auf die Arme, trug sie zum Bett und knöpfte ihr Kleid auf.

»Das tue ich selbst«, murmelte Claire, aber sie ließ es dabei bewenden. »Mein Pyjama steckt in der Reisetasche.«

»Ich halte es für unwahrscheinlich, daß du ihn heute brauchst.« Er deckte sie bis zum Hals mit einer rauhen Wolldecke zu. »Ich komme bald.«

»Was werden sie von uns denken!«

»Sie würden sich wundern, wenn wir ihnen keinen Grund dazu gäben.« Er ging zum Tisch, drehte die Lampe klein und kam wieder zu ihr. »Liegst du gut?«

»Ja.«

»Wenn es dir lieber ist, schlafe ich in einem anderen Zimmer.«

»Das ist es nicht«, sagte Claire. »Ich bin nur schrecklich müde.«

»Ich auch«, sagte John.

Mit geschlossenen Augen hörte sie ihn hinausgehen. Das Bett war hart. Sie befühlte die Matratzen und stellte fest, daß sie mit Seegras gestopft waren. Die Luft im Zimmer war stickig, sicher hatte man es lange nicht mehr gelüftet. Nachdem sie eine Weile mit sich gekämpft hatte, stand sie auf und öffnete das Fenster. Es führte auf die Terrasse. Das Zikadenkonzert war jetzt noch stärker geworden, irgendwo in der Ferne heulte ein Tier. Es klang wie das Heulen eines Hundes und doch wieder anders, unheimlicher und furchteinflößend. Sie spürte, wie sie fröstelte.

Wieder im Bett, fiel ihr ein, daß sie vergessen hatte, ihre Zähne zu putzen, aber nichts auf der Welt hätte sie jetzt dazu bewegen können, noch einmal aufzustehen. Sie versuchte daran zu denken, daß es Johns

Zimmer war und daß sie es sich viel einfacher vorgestellt hatte. Aber warum eigentlich? Schließlich hatte sie gewußt, daß er nicht in einem Kral aufgewachsen war. Der rauhe Stoff der Wolldecke kratzte auf ihrer Haut. Da sie ihr ohnedies zu schwer war, schlug sie sie zurück. So wartete sie auf John, aber es dauerte lange, und als sie ihn endlich die Tür öffnen hörte, brachte sie schon nicht mehr die Augen auf. Sie fühlte noch, wie sein großer warmer Körper zu ihr kam, fühlte seine Hände und seinen Atem, und dann mußte sie irgendwann eingeschlafen sein.

Sie erinnerte sich am Morgen nicht mehr genau daran, wie es gewesen war. Es war bereits hell im Zimmer, als sie einmal feststellte, daß er nicht mehr neben ihr lag, aber sie nahm es nur im Unterbewußtsein wahr und fiel wieder in Schlaf. Dann vernahm sie seine Stimme, und diesmal wurde sie sofort hellwach. Er saß fertig angezogen neben ihr, und sein Gesicht sah grau aus.

»Du mußt aufstehen«, sagte er. »Sie wollen dich mit nach Bulawayo nehmen.«

Sie blickte ihn so lange an, bis sie sicher war, daß sie ihn richtig verstanden hatte. Dann setzte sie sich aufrecht hin. »Wer?«

»Die Polizisten. Sie behaupten, ein Inspektor der Alien Immigrants Selection Board wolle mit dir sprechen.«

»Das ist lustig«, sagte Claire und kletterte aus dem Bett. Sie begriff noch nicht ganz, was geschehen war, aber sein Gesicht verriet ihr mehr als seine Worte. Während sie ihre Sachen zusammensuchte, ging John zum Fenster und schob den Vorhang ein kleines Stück zur Seite.

»Sie sitzen auf der Terrasse«, sagte er durch die Zähne. »Ich möchte nur wissen, woher sie erfahren haben, daß wir hier sind.«

Claire schwieg. Sie zog sich bis auf ihr Kleid an, holte ihren Morgenrock aus der Reisetasche und streifte ihn über. Dann trat sie zu John. Auf der Bank, mit dem Rücken zum Fenster, saßen zwei Polizisten. Sie trugen breitkrempige Hüte mit Kinnriemen, Shorts mit Bügelfalten und hohe Buschstiefel. Vor der Terrasse stand ein lehmverkrusteter Jeep mit Plane und Polizeistandarte. Mehr war nicht zu sehen. Ein heftiger Gewitterregen verbarg die Landschaft wie hinter einem grauen Vorhang, der an den Wolken befestigt zu sein schien.

»Sie waren schon einmal vor zwei Stunden hier«, sagte John. »Du hast so fest geschlafen, daß ich dich nicht wecken wollte. Zuerst sah es so aus, als ob sie mit dem, was ich ihnen erzählt habe, zufrieden wären. Sie fuhren wieder fort, ohne etwas zu sagen.«

»Was hast du ihnen erzählt?«

»Nicht viel. Als sie sich davon überzeugt hatten, daß ich tatsächlich Amerikaner bin, erkundigten sie sich nach dir. Sie wollten wissen, ob wir verheiratet sind, aber es war mir zu riskant. Sie mußten an deinem Paß sehen, daß es nicht stimmt.«

»Haben sie ihn gesehen?«

»Ich holte ihn aus deiner Handtasche. Es fiel ihnen sofort auf, daß du kein Visum hast. Ich sagte ihnen, daß uns die Zeit gefehlt hätte, für dich ein Visum zu beantragen. Inzwischen müssen sie mit Bulawayo telefoniert haben. Sie beanstanden jetzt, daß du kein Visum und keine Impfbescheinigung für Pocken, Cholera und Typhus hast.«

»Von Cholera und Typhus hast du mir nichts gesagt.«

Er machte eine ungeduldige Bewegung. »Es ist eine Schikane. In dieser Gegend gab es seit dreißig Jahren keine Cholera mehr. Wenn du Engländerin wärst oder eine Tante in Bulawayo hättest, wäre kein Mensch auf den Gedanken gekommen, deine Papiere zu beanstanden. Es ist nur, weil sie dich zusammen mit mir erwischt haben.«

»Damit haben wir rechnen müssen«, sagte Claire.

Sie ging zum Tisch, öffnete ihre Handtasche und vergewisserte sich, daß er den Paß wieder hineingesteckt hatte. »Trotzdem verstehe ich nicht, weshalb du mich nicht geweckt hast.«

»Ich wollte dich nicht beunruhigen. Wenn sie nicht zurückgekommen wären, hätte ich dir nichts davon erzählt. Ich nehme an, sie wollen dich in Bulawayo nur ein wenig ausfragen.«

»Und dann?«

Er sah von ihr weg. »Vielleicht geben sie dir eine Aufenthaltsgenehmigung.«

»Daran glaubst du wohl selbst nicht«, sagte Claire und ging ins Bad. Nachdem sie ihren ersten Schock überwunden hatte, vermochte sie wieder klar zu denken. Wahrscheinlich würde man sie ausweisen, eine Möglichkeit, die John bereits in Verdun angedeutet hatte, und nach allem, was sie bisher gesehen und erlebt hatte, war sie durchaus logisch. Logisch und unvermeidlich. Sie würde sich damit abfinden müssen, ob sie wollte oder nicht. Schließlich hatte sie gewußt, welches Risiko sie auf sich nahm. – Und wenn du jetzt anfängst zu heulen, dachte sie, wird die Sache auch nicht besser.

Vor der Tür begegnete sie Stephen. Sein Gesicht sah genauso verstört aus wie das von John. »Ich werde Sie mit unserem Wagen nach Bulawayo fahren«, sagte er düster. »Wir können gegen die Polizei nichts machen.«

Claire zwang sich zu einem Lächeln. »Das sollen Sie auch nicht, Stephen. Es war mein Fehler, ich hätte ohne Visum nicht einreisen dürfen.«

»Eines Tages werden wir bestimmen, wer in unser Land einreist«, sagte er. »Vielleicht früher, als manche Leute glauben.«

Er drehte sich rasch um und verschwand hinter einer Tür.

John hatte sich wieder auf das Bett gesetzt und starrte vor sich auf den Boden. Als sie hereinkam, hob er den Kopf. »Wenn sie dich ausweisen, komme ich selbstverständlich mit.«

»Das wirst du selbstverständlich nicht tun«, erwiderte Claire.

»Wenn sie mich ausweisen, werde ich in Paris auf dich warten. Ich steige wieder im gleichen Hotel ab.«

»Das kommt nicht in Frage!« sagte John.

Claire setzte sich neben ihn und faßte nach seiner Hand. »Das kommt sehr wohl in Frage«, erwiderte sie ruhig. »Denk an deinen Vater. Du hast ihn neun Jahre lang warten lassen. Ich würde es mir nie verzeihen, wenn du meinetwegen so rasch wieder von ihm weggingst.«

»Ich hätte keine ruhige Minute ohne dich.«

»Das ist Unsinn. Oder hältst du mich nicht für erwachsen genug, mich in ein Flugzeug zu setzen und nach Paris zu fliegen?«

»Was willst du allein in Paris machen?«

»Ich werde an meiner Dissertation arbeiten. Wenn du dann kommst, bleiben wir noch zusammen eine Woche dort.«

»Es gefällt mir nicht«, sagte John.

Claire ließ seine Hand los. »Ich würde es an deiner Stelle nicht darauf ankommen lassen, mich zu verärgern«, sagte sie. »Ich könnte mich sonst entschließen, noch am gleichen Tag nach Marburg weiterzufahren. Du bleibst mindestens fünf Tage hier. Ist das klar zwischen uns?« Sie wartete etwas, dann stand sie auf. »Ich werde mich jetzt fertigmachen.«

John sah ihr vom Bett aus zu. »Natürlich wirst du vorher noch frühstücken«, sagte er. »Wir nehmen den Jaguar. Die beiden werden sich nicht einbilden, daß du dich zu ihnen in den dreckigen Jeep setzt. Ich werde noch einmal mit ihnen reden.«

»Wozu?«

»Vielleicht kriege ich heraus, woher sie ihre Informationen haben. Die Lindsays können es nicht gewesen sein.«

»Es ist doch egal, woher sie ihre Informationen haben. Was sagt dein Vater dazu?«

»Nichts.«

Im Kaminzimmer wurden sie von seinem Vater und Stephen erwartet. Auf dem Tisch standen Frühstücksgeschirr, geschnittenes Brot und Corned beef.

Kojo Baako begrüßte Claire mit ernstem Gesicht. »Ich bin sehr unglücklich, Miß. Wenn John uns gesagt hätte, daß Sie kein Visum haben, hätten wir den Wagen in einen Schuppen gestellt und die Polizisten weggeschickt.«

»Du hast es nicht erzählt?« fragte Claire befremdet.

»Ich habe es vergessen. Außerdem glaube ich nicht, daß sie sich hätten fortschicken lassen. Sie wußten genau, weshalb sie hierherkamen, sie hätten nur einen Blick in den Schuppen zu werfen brauchen.«

»Sie sind ungeduldig«, sagte Stephen. »Vor zwei Minuten erkundigte sich einer, wie lange es noch dauere.«

»Was hast du geantwortet?«

»Er ließ mich nicht ausreden. Zehn Männer, die wissen, was sie wollen – und die Polizeistation würde uns keinen Ärger mehr machen!«

Kojo Baako schüttelte verweisend den Kopf.

»So etwas solltest du nicht einmal im Schlaf sagen. Ohne die Polizeistation kämen die Maschonas nur auf dumme Gedanken.«

»Davon spreche ich ja«, sagte Stephen. »Mir gefallen ihre feinen Uniformen nicht. Dir auch nicht, Bruder, was?«

»Ich wüßte eine andere für sie«, antwortete John, und seine Halsmuskeln waren wieder so dick angeschwollen wie gestern abend, als er sich mit seinem Vater gestritten hatte. Er schenkte Claire Kaffee ein und forderte sie auf, von dem Corned beef zu nehmen.

Während sie aßen, wurde kaum gesprochen. Claire hatte wenig Appetit; sie begnügte sich mit einer Scheibe Brot. Von den Männern achtete keiner darauf, sie waren mit ihren eigenen Gedanken beschäftigt.

»Ich zerbreche mir den Kopf, was ich noch tun könnte«, sagte Kojo Baako später. »Vielleicht nützt es etwas, wenn ich eine Kaution stelle.«

John lachte wütend. »Sie würden dir einen Steuerprüfer ins Haus schicken. Bis jetzt steht noch nicht fest, daß sie Claire ausweisen. Ich werde dem Inspektor meine Meinung sagen.«

»Das wirst du sein lassen«, widersprach Claire auf deutsch. »Hast du ihnen schon gesagt, daß du hierbleibst?«

»Nein.«

Sie richtete das Wort an Stephen: »Sie werden John wieder zurückbringen, Stephen. Er bleibt noch einige Tage hier.«

»Hier bei uns?«

»Ja.«

Stephen blickte zu John hinüber. »Dann hast du es dir anders überlegt. Heute früh ...«

»Das ist noch nicht sicher«, sagte John rasch. Er stand auf und ging aus dem Zimmer.

»Ich hoffe, Sie können ihn dazu überreden, Miß«, sagte Kojo Baako mit schwerer Stimme. »Ich habe ihm hundertmal geschrieben, daß er zurückkommen soll.«

Er sah plötzlich sehr alt und müde aus; Claire legte ihm impulsiv die Hand auf den Arm. »Er wird hierbleiben; ich warte in Paris auf ihn.«

»Und wann werden Sie wiederkommen?« fragte Stephen.

»Vielleicht sehr bald, aber ich kann Ihnen noch nichts versprechen.«

»Wir verdanken es Ihnen, daß er überhaupt noch einmal gekommen ist«, sagte Kojo Baako. »Er hat das unruhige Blut seines Großvaters. Ich hatte mich schon damit abgefunden, ihn nicht mehr zu sehen.«

Er wandte sich an Stephen: »Schau, wo er steckt. Wir dürfen die Polizisten nicht länger warten lassen.«

»Sie sind schon da!« knurrte Stephen.

Claire hatte den Polizisten fast gleichzeitig gesehen. Er stand unter der offenen Tür, sein dickes, sommersprossiges Gesicht mit den hellblauen Augen war ungläubig auf sie gerichtet.

»Sie sind das?« fragte er perplex.

Claire musterte ihn kühl. »Haben Sie jemand anders erwartet?«

Es schien ihn noch mehr zu verwirren. Er biß sich auf die Lippen, dann warf er ungeduldig den Kopf zurück. »Wir können nicht länger warten.«

»Das brauchen Sie auch nicht«, sagte Claire. »Ich bin jetzt fertig.«

»Ich hole den Wagen«, sagte Stephen. Der Polizist ging mit ihm hinaus.

Kojo Baako räusperte sich. »Ich kann Ihnen nicht sagen, wie sehr ich das alles bedaure, Miß. Es gab noch so vieles, was ich mit Ihnen besprechen wollte. Sehen Sie, ich bin ein alter Mann, ich habe meine Söhne sehr gern.«

Er wandte sich ab und blickte durchs Fenster in den strömenden Regen hinaus. Dann schüttelte er ungeduldig den Kopf. »Ich habe keinen Grund, unzufrieden zu sein, ich möchte Sie auch nicht fragen, ob Sie wiederkommen. Wenn ich aber höre, wie er von Ihnen spricht, bekomme ich Angst. Vielleicht werden Sie es sich eines Tages anders überlegen. Bringen Sie ihn mir vorher zurück, Miß. Ich möchte nicht, daß er dann allein ist.«

Claire blickte mit feuchten Augen in sein Gesicht. »Solange ich lebe, wird er nicht allein sein. Ich glaube, ich habe ihn genauso gern, wie Sie ihn gern haben.«

»Das ist viel«, murmelte Kojo Baako. Er räusperte sich wieder, dann lächelte er. »Ich bin ein alter Esel, Miß. Kommen Sie, ich bringe Sie noch hinaus.«

John und Stephen erwarteten sie auf der Terrasse. Die beiden Polizisten saßen bereits in ihrem Jeep. Daneben stand ein großer dunkler Wagen mit langgezogener Motorhaube. Der Regen schien jetzt noch heftiger geworden zu sein, er verwandelte den grasbewachsenen Platz vor dem Haus in eine einzige große Pfütze. Die hohen Eukalyptusbäume trieften vor Nässe. Drüben, bei den Hütten der Farmarbeiter, drängten sich dunkelhäutige Männer und Frauen an die Türen und Fenster und starrten neugierig herüber.

»Es wäre heute doch kein Wetter gewesen, mir die Farm anzuschauen«, sagte Claire mit einem Versuch zu scherzen. »Wo ist meine Tasche?«

»Im Wagen«, antwortete John. »Hast du dich schon verabschiedet?«

»Nein.« Sie gab seinem Vater die Hand. »Beim nächsten Besuch werde ich mit einem Visum kommen. Ich weiß jetzt nicht einmal, ob ich mich schon bedankt habe.«

»Lonsdale gehört Ihnen, Miß«, sagte Kojo Baako. »Wofür wollen Sie sich bedanken?«

Claire schwieg; sie hatte ihn richtig gern. Ibrahim kam mit einem großen Regenschirm aus dem Haus. Er grinste über das ganze Gesicht; eigentlich bestand kein Grund dafür.

Der Wagen war geräumig und hatte Lederpolster. Claire setzte sich mit John in den Fond. Als er sie etwas fragte, konnte sie vor Haß und Enttäuschung nicht antworten. Sie blickte auch nicht mehr zurück. Der Anblick des traurigen alten Mannes auf der Terrasse hätte alles nur noch schlimmer gemacht.

Nach einer halben Stunde erreichten sie die Straße, der Polizeijeep beschleunigte seine Geschwindigkeit. Es regnete unverändert. Claire war fast froh darüber; es paßte besser zu ihrer inneren Verfassung. Sie überließ John ihre Hand.

»Es war meine Schuld«, sagte er. »Wenn ich gestern meinen Mund gehalten hätte, wäre es nicht soweit gekommen.«

»Das hast du noch nie fertiggebracht«, sagte Stephen.

Er saß breitschultrig hinter dem Lenkrad und beobachtete den Jeep, der etwa fünfzig Meter vor ihnen herfuhr und mit seinen Reifen die Pfützen in den Schlaglöchern wie eine Bugwelle aufsprühen ließ. »Wenn du mich fragst, so haben sie es von den Massai erfahren. Du hättest es ihnen nicht erzählen sollen.«

John hatte schon selbst daran gedacht; es gab keine andere Erklärung. Die Straße führte jetzt wieder durch die Grassavanne. Stephen winkte mit dem Kinn auf einen einzeln stehenden Baum an der rechten Straßenseite.

»Er hat einem Missionslehrer aus Downskop vor einem halben Jahr das Leben gerettet. Er war mit einem anderen Lehrer zu Fuß unterwegs nach Lancaster, als sie mitten auf der Straße von einem Löwen angefallen wurden. Der eine konnte sich noch auf den Baum flüchten.«

»Von einem Löwen?« vergewisserte sich Claire bestürzt.

Stephen lachte. »Im Wagen sind Sie vor ihnen sicher.«

»Ich dachte, hier gäbe es keine Löwen mehr!«

»Nicht mehr viel, aber wenn sie hungrig sind, besuchen sie gelegentlich die Massai und holen sich ein Rind.«

»Davon hast du mir nichts erzählt«, sagte Claire zu John, und ihre Stimme klang verärgert.

»Du hättest dir nur unnötige Sorgen gemacht. Wenn einer in der Nähe gewesen wäre, hätte ich es gemerkt.«

»Es waren weiße Missionslehrer«, sagte Stephen verächtlich.

»Einen Löwen riecht man schon auf fünfzig Meter, wenn man eine Nase hat.«

Claire lachte ärgerlich auf. »Ich habe auch eine Nase, Stephen, aber ich hätte ihn nicht gerochen. Wir lagen gestern nachmittag vier Stunden lang im Gras und warteten, bis es dunkel wurde.«

»Ich wollte dich nicht beunruhigen«, sagte John und streichelte ihre Hand. »Wir hätten uns nur in den Wagen zu setzen brauchen; im Wagen ist man absolut sicher vor ihnen.«

»Wenn wir noch Zeit gefunden hätten«, sagte Claire. Sie war wieder um eine Erfahrung reicher geworden.

Die Sicht wurde immer schlechter. Sie hatten das Ende der Savanne erreicht, und die Straße kletterte die Berge hinauf. Manchmal hingen die Wolken so tief herunter, daß sie den Jeep aus den Augen verloren. Es änderte sich erst wieder, als sie nach Lancaster kamen. Der Ort wirkte im Regen wie ausgestorben. Die meisten Häuser waren mit Lehm verputzt und häßlich angemalt. Daneben gab es auch einige europäisch anmutende Gebäude mit Geschäften. Ihre Besitzer, fast ausschließlich Inder, standen gelangweilt in den Türen. Die Polizisten schienen ihnen bekannt zu sein, sie grüßten sie mit erhobenen Händen. Für den Jaguar hatten sie nur einen gleichgültigen Blick. Stephen machte eine abfällige Bemerkung über sie.

»Sie können sie nicht leiden?« fragte Claire.

»Niemand kann sie leiden. An allem, was sie verkaufen, verdienen sie mindestens zweihundert Prozent. Wir haben genug eigene Leute, die Kafferntücher und Seifenkuchen unter das Volk bringen können.«

»Sind sie gleichberechtigt mit den Weißen?«

Stephen grinste. »Farbig bleibt farbig.«

»Im Hotel in Livingstone sah ich zwei sitzen; ich wunderte mich noch darüber.«

»Vielleicht waren es Hotelaktionäre«, meinte John. »Bei manchen drücken sie ein Auge zu.«

Sie brauchten noch eine Dreiviertelstunde, dann kamen sie auf die Asphaltstraße. Das Landschaftsbild veränderte sich, wurde flacher. Auf beiden Seiten schoben sich die großen Plantagen der weißen Farmer bis an die Straße heran.

»Noch fünfzehn Minuten«, sagte Stephen. Er blickte über die Schulter hinweg Claire an. »Haben Sie sich schon überlegt, was Sie ihnen erzählen werden?«

»Ich lasse es mir einfallen, wenn es soweit ist. Schlimmstenfalls stelle ich mich unwissend; John hat schließlich auch kein Visum gebraucht.«

»Und keine Impfbescheinigung für Cholera«, sagte John. »Sie werden dir sicher eine Aufenthaltsgenehmigung geben. Ich möchte fast eine Wette darauf eingehen.«

»Wieviel?« fragte Stephen. »Wenn du dir deiner Sache so sicher wärst, hättest du dein Gepäck daheim gelassen.«

»Du bist noch der gleiche Schwätzer wie früher!« sagte John heftig. – Stephen nickte. »Wir haben uns beide nicht verändert, aber ich habe unserem Vater versprochen, daß ich dich wieder nach Lonsdale zurückbringen werde, und wenn ich dich zusammengeschnürt in den Kofferraum stecken müßte.«

In seiner Stimme war ein Ton, der Claire erschreckte. Sie machte ihre Hand los. »Du hast dein Gepäck mitgenommen?«

»Für alle Fälle.«

»Obwohl ich dir gesagt habe, daß du auf alle Fälle noch einige Tage hierbleiben wirst?«

»Das wird ganz davon abhängen, was der Inspektor von dir will.«

»Und was geschieht mit dem Chrysler?«

»Den kann Stephen abliefern.«

Claire öffnete ihre Handtasche, holte ihre Flugkarte heraus und gab sie ihm.

Er blickte betroffen darauf nieder. »Was soll das?«

»Das wirst du sehen«, antwortete sie auf deutsch. »Ich habe glücklicherweise mehr Geld in der Tasche, als mich der Rückflug und die Bahnfahrt von Paris nach Marburg kosten werden.«

»Die Bahnfahrt?«

»Du hast es nicht anders gewollt«, sagte Claire.

Es war immer das gleiche. Wahrscheinlich würde sie noch einige Jahre brauchen, mit seinem Eigensinn fertig zu werden, aber wenn sie ihm diesmal nachgab, würde er ihre Worte nie mehr ernst nehmen. Sie preßte die Lippen zusammen und schaute durchs Fenster. Die Nähe der Stadt kündigte sich an. Der Verkehr auf der Straße wurde lebhafter, dann tauchten die ersten Häuser auf.

Heute waren keine Berge zu sehen, eine schwarze Rußwolke schien über der Stadt zu hängen. Auf den breiten Gehwegen hasteten Menschen mit Regenschirmen. Hinter den langen Fensterreihen der vierstöckigen Geschäfts- und Bürohäuser brannten Lichter. Im Regen sah Bulawayo genauso grau und nüchtern aus wie jede andere Stadt auf der Welt.

Der Jeep hielt vor einem häßlichen, langgestreckten Gebäude, das noch an der Peripherie von Bulawayo lag. Neben der Tür war eine Marmortafel mit den Initialen der Alien Immigrants Selection Board angebracht.

Einer der beiden Polizisten kletterte aus dem Jeep. Es war derselbe, der vor zwei Stunden in das Zimmer gekommen war. Er rückte sein Koppel mit dem großen Pistolenhalfter zurecht, prüfte den Sitz seines breitkrempigen Hutes und verschwand hinter der Tür.

»Ich glaube nicht, daß sie uns mit hineinlassen«, sagte Stephen. »Es ist die Einwanderungsbehörde für Europäer.«

»Das ist mir egal«, sagte John. Es war das erstemal, daß er wieder sprach, seit Claire ihm die Flugkarte gegeben hatte; er mußte sie inzwischen in seine Tasche gesteckt haben.

Von den Passanten waren einige auf die beiden Wagen aufmerksam geworden. Claire beobachtete zwei Männer, die plötzlich stehenblieben und zu ihr herschauten. Dann gingen sie zu dem Jeep und sprachen mit dem Polizisten. Etwas später gesellten sich noch zwei Frauen und andere Männer zu ihnen. Sie schickten empörte Blicke herüber, die Frauen schüttelten den Kopf. In ihren geschmacklosen Kleidern sahen sie wie Dienstmädchen aus. Eine von ihnen war dick, die andere groß und mager. Ihre Regenschirme wirkten ebenso antiquiert wie ihre altbackenen Blumenhüte. Die Männer trugen Regenmäntel. Es waren ausschließlich Europäer. Von den schwarzen Fußgängern, die vorbeikamen, nahm kaum einer Notiz von dem Wagen. Claire hatte fast das Gefühl, als ob ihnen die Szene peinlich wäre. Als sie Stephen danach fragte, lachte er abfällig. »Die Stadt verdirbt ihren Charakter. Sie haben Angst, unangenehm aufzufallen und ihre gute Stellung bei den Weißen zu verlieren.«

»Ich weiß noch immer nicht«, sagte Claire, »was geschehen würde, wenn wir zusammen durch die Stadt gingen.«

»Wir drei?« Er grinste. »Das kann ich Ihnen genau sagen: Die Weißen würden Ihnen vor die Füße spucken oder auf die andere Straßenseite hinüberwechseln. Mehr brauchen Sie allerdings kaum zu befürchten.«

»Wie human!« sagte Claire.

Sie schaute zufällig John an. Sein Gesicht trug den gleichen Ausdruck unbändigen Hasses wie damals in Verdun, als er die Hotelgäste betrachtet hatte. Obwohl sie sich vorgenommen hatte, es nicht zu tun, griff sie wieder nach seiner Hand. Es geschah im selben Augenblick, als der Polizist zurückkam. Er öffnete ihr die Tür und gab ihr mit dem Kopf ein Zeichen.

In normaler Verfasssung hätte sie sich vielleicht darüber hinweggesetzt, aber sie hatte heute schon zu viel hinuntergeschluckt. Ihre Stimme klang heiser vor Zorn: »Ich wußte nicht, daß in der Föderation auch die Europäer Buschmanieren haben.«

Er starrte sie konsterniert an, dann wurde sein Blick eisig. »Ich tue nur meine Pflicht.«

»Das kenne ich«, sagte Claire.

Als sie aus dem Wagen stieg, schoben sich die Passanten näher. Ein junger Mann in blauer Hose und Lumberjack rief ihr etwas zu, aber sie verstand ihn nicht. An der Tür des Gebäudes wurden sie von John eingeholt.

»Was willst du?« fragte der Polizist.

»Mit dem Inspektor sprechen.«

»Das geht nicht.«

»Ich werde trotzdem mit ihm sprechen«, sagte John.

Der Polizist legte die Hand auf die Pistole. »Hau ab, Nigger!«

Es waren jetzt noch mehr Passanten zusammengekommen. Die jungen Männer unter ihnen nahmen gegen John eine drohende Haltung ein.

»Hau ab, Nigger!« wiederholte einer von ihnen.

John drehte sich nach ihm um. Dann tauchte Stephen neben ihm auf. Er packte ihn beim Arm und zog ihn gewaltsam zum Wagen. Claire hörte, wie er in einer fremden Sprache auf ihn einschrie; seine Stimme klang heiser vor Furcht.

»Kommen Sie!« sagte der Polizist wieder. Sie gehorchte. Ihre Knie zitterten so heftig, daß sie auf der Treppe fast hingestürzt wäre. Sie kamen in einen langen Korridor mit vielen Türen. Vor einer blieb der Polizist stehen und klopfte. »Warten Sie hier!« sagte er. Sekunden später wurde sie hineingerufen.

Der Mann hinter dem Schreibtisch mochte etwa vierzig Jahre alt sein. Er war klein, beleibt und nachlässig gekleidet. Seine Jacke hing über der Stuhllehne. Er hatte die Hemdsärmel aufgerollt, seine blondbehaarten Arme waren kurz und dick. Der Krawattenknoten baumelte ihm zwanzig Zentimeter unter dem Hals.

»Ihren Paß!« sagte er.

Sie holte ihn aus ihrer Handtasche und warf ihn auf den Tisch.

Der Polizist war hinter ihr stehengeblieben.

»Sie sind Deutsche«, sagte der Inspektor.

Claire nickte.

»Ja oder nein«, sagte der Inspektor.

»Ich dachte, Sie könnten lesen«, sagte Claire.

Er hob etwas den Kopf und blickte gelangweilt in ihr Gesicht. Dann ließ er sich mit dem Rücken gegen die Stuhllehne fallen.

»Sie scheinen sich über den Ernst Ihrer Situation nicht ganz im klaren zu sein. Sie haben gegen die Einreise- und Impfbestimmungen verstoßen. Nach den Gesetzen der Föderation können wir Sie dafür einige Wochen einsperren.«

Es war offensichtlich, daß er sie einzuschüchtern versuchte. Sie lächelte mitleidig. »Dann fangen Sie zuerst bei Ihren Paßbeamten auf dem Flughafen von Livingstone an. Sie haben mich ohne Visum passieren lassen, obwohl ihnen die Bestimmungen Ihres Landes eigentlich bekannt sein müßten.«

»Haben Sie eine Flugkarte?«

Claire öffnete wieder ihre Handtasche, dann fiel ihr ein, daß John sie hatte. »Sie ist im Wagen.«

»Wirklich?« Er wandte sich gelangweilt an den Polizisten. »Schaffen Sie sie herbei, Sergeant!« Zu Claire sagte er: »Sie wollen die Einreisebestimmungen nicht gekannt haben?«

»Nein.«

»Warum haben Sie sich dann in Paris gegen Gelbfieber impfen lassen?«

»Mein Bekannter riet mir dazu.«

»Ihr Bekannter?«

»Wir sind verlobt«, sagte Claire.

Er beschäftigte sich wieder mit ihrem Paß. »Ich habe schon so etwas gehört. Wollen Sie ihn heiraten?«

»Finden Sie das außergewöhnlich?«

»Es soll vorkommen. Wir haben hier unsere eigene Meinung darüber.«

»Sie leben nicht schlecht davon«, sagte Claire.

Diesmal schien es ihn getroffen zu haben, er runzelte die Stirn. »Ich nehme an, Sie sind Reporterin einer Zeitung.«

Vielleicht war es kein Fehler. Eine Medizinstudentin, die gegen Impfbestimmungen verstieß, war moralisch anfechtbar, eine Journalistin weniger. Sie begnügte sich mit einem Achselzucken.

Der Polizist brachte die Flugkarte. Er gab sie dem Inspektor und nahm wieder einen Platz hinter Claire ein.

»Sie gilt nur acht Tage«, sagte der Inspektor. »Für welche Zeitung arbeiten Sie?«

Claire verzichtete auf eine Antwort

»Wir hatten schon einmal einen ähnlichen Fall«, sagte der Inspektor und blätterte in ihrem Paß. »Die Reporterin einer linksorientierten Zeitung reiste zusammen mit einem Kollegen negroider Herkunft illegal bei uns ein, ließ sich verhaften und verfaßte später eine Artikelserie über die Rassentrennung in Südrhodesien. Sie behauptete, nur deshalb verhaftet worden zu sein, weil sie sich in Gesellschaft eines Farbigen befunden habe.«

»Eine intelligente Frau«, sagte Claire.

Der Inspektor ignorierte es. »Wir haben unsere Erfahrungen. Daß Sie als Verlobte eines schwarzen Amerikaners nur deshalb illegal eingereist sein wollen, um seinen alten Vater kennenzulernen, kann kaum Anspruch darauf erheben, ernst genommen zu werden. Völlig unglaubwürdig ist auch die Art, in der Sie sich in Szene gesetzt haben. Die einfältigen Drohungen Ihres Begleiters Mister Lindsay gegenüber können in diesem Land nicht einmal ein Kind erschrecken.«

Er stand auf und verschwand mit ihrem Paß für kurze Zeit hinter einer Nebentür. Als er zurückkam, blickte er auf seine Armbanduhr. »In fünfundvierzig Minuten landet eine Maschine aus Johannesburg. Sie fliegt nach Elisabethville weiter. Von dort aus haben Sie direkten Anschluß nach Paris. Der Sergeant wird Sie jetzt zum Flughafen bringen. Versuchen Sie nicht, in Livingstone auszusteigen; es wäre zwecklos.«

»Ich habe nicht die Absicht«, sagte Claire. Sie steckte ihren Paß und die Flugkarte ein und ging zur Tür. Dort blieb sie noch einmal stehen. »Sie bearbeiten die Anträge für Einwanderungsgesuche?«

»Ja.«

»Auch Visumanträge?«

»Für die Visumanträge haben wir eine Unterabteilung. Wollen Sie ein Visum beantragen?«

»Würde es genehmigt werden?«

»Das weiß ich nicht.«

»Natürlich wissen Sie es«, sagte Claire. »Sie würden es ebensowenig genehmigen wie ein Einwanderungsgesuch. Ich möchte sogar annehmen, daß Sie nicht einmal ein Einwanderungsgesuch meines zukünftigen Mannes genehmigen würden, obwohl er in Rhodesien geboren ist.«

»Für uns ist er amerikanischer Staatsbürger«, sagte der Inspektor gelangweilt. »Wir haben kein Interesse an amerikanischen Einwanderern.«

»Das glaube ich Ihnen aufs Wort«, sagte Claire und trat auf den Korridor hinaus. Der Polizist setzte sich sofort wieder an ihre Seite. Auf der Straße wurde sie von John erwartet. Die Menschenansammlung hatte sich inzwischen aufgelöst. Vielleicht lag es am Regen, der jetzt noch heftiger geworden war. Auch der Jaguar war verschwunden. Als sie den Kopf drehte, sah sie ihn etwa hundert Meter entfernt auf der anderen Straßenseite stehen. »Sie haben uns von hier weggeschickt«, sagte John. »Was war los?«

»In fünfundvierzig Minuten fliegt meine Maschine«, antwortete Claire. »Der Polizist muß mich zum Flughafen bringen.«

»Ich habe es mir gedacht.« Er wirkte jetzt völlig ruhig und wandte sich an den Polizisten, der neben ihnen stehengeblieben war und ihnen zuhörte. »Können wir sie noch zum Flughafen fahren?«

»Mir egal«, sagte der Polizist. Er ging zum Jeep und sprach mit dem Fahrer.

»Du hast es dir überlegt?« fragte Claire.

John gab keine Antwort. Er beobachtete den Jaguar, der eben anrollte und langsam näher kam.

»Du mußt mindestens acht Tage hierbleiben«, sagte Claire. »Ich fürchte, wir werden so rasch nicht wieder nach Bulawayo kommen.«

»Warum nicht?«

»Sie werden uns nicht mehr hereinlassen.«

»Hat er das gesagt?«

»Es war nicht schwer zu erraten. Mit einer Genehmigung für eine Einwanderung brauchen wir auch nicht mehr zu rechnen. Ich nehme an, wir stehen jetzt auf einer roten Liste.«

»Das war zu erwarten«, sagte John.

Er ging mit ihr durch den Regen auf die andere Straßenseite hinüber; Stephen öffnete ihnen die Wagentür.

»Das ging rasch!« sagte er. »Wohin?«

»Zum Flughafen«, sagte Claire.

Er nickte. »Elf Uhr fünfundvierzig, die Maschine aus Johannesburg. Wie ich es mir vorgestellt habe.«

»Dumm warst du nie«, sagte John.

»Nicht außergewöhnlich«, sagte Stephen. Er spuckte zum Fenster hinaus und beobachtete im Rückspiegel, wie der Polizeijeep auf der Straße wendete und sich hinter sie stellte.

»Worauf wartest du noch?« fragte John.

Claire berührte seine Hand. »Acht Tage, John. Tue es für deinen Vater.«

»Vielleicht.«

Seine Halsstarrigkeit enttäuschte sie. Sie drückte sich in ihre Ecke und sah zu, wie Stephen den großen Wagen durch den Verkehr steuerte, der nun, da es auf den Mittag zuging, immer lebhafter wurde.

Sie erinnerte sich, daß Samstag war. Morgen abend würde sie wieder in Paris sein; vielleicht schneite es.

Der Flughafen lag am Stadtrand, sie erreichten ihn auf einer breiten Asphaltstraße, die im Halbkreis um die Stadt herumführte. Außer hier bot sich überall das gleiche Bild: amerikanische Luxuswagen, weiße Bungalows zwischen Palmen und schönen Blumengärten versteckt, und auf der anderen Seite große Plantagen. Claire sah alles wie durch einen milchigen Nebel.

Heute herrschte vor dem Flughafengebäude reger Betrieb. Zwei rotlackierte Stadtomnibusse brachten einen ganzen Touristenschwarm. Daneben standen überall Taxis und Privatwagen herum. Als Stephen auf die Bremse trat, waren es immer noch hundert Meter zum Gebäude.

»Warum hältst du hier?« fragte John.

»Du würdest das gleiche erleben wie vorhin«, antwortete Stephen.

»Wenn die Europäer die Polizisten sehen, werden sie auf uns aufmerksam.«

»Ich kann die wenigen Meter zu Fuß gehen«, sagte Claire.

»Im Regen?« fragte John. Er stieg aus und holte ihre Reisetasche aus dem Kofferraum. »Ich komme mit dir.«

Stephen widersprach: »Wenn man beobachtet, wie du dich von ihr verabschiedest, wird sie im Flugzeug Ärger haben.«

»Das ist mir egal«, sagte Claire.

Der Polizeisergeant kam zu ihnen. »Was ist los?«

»Wir haben keinen Sprit mehr«, antwortete Stephen mit unbewegtem Gesicht. Er gab Claire über die Lehne seines Sitzes hinweg die Hand. »Kommen Sie wieder, Claire.«

»Wenn ich kann, Stephen.«

Er betrachtete seine Hand, mit der er sich von ihr verabschiedet hatte, dann steckte er sich eine Zigarette an.

»Sie können sich zu uns in den Jeep setzen«, sagte der Polizeisergeant zu Claire. Er nahm John die Reisetasche ab. »Ist das alles?«

»Sogar das war zuviel«, sagte John. Er hatte sich jetzt entschieden und kehrte in den Wagen zurück. »Was tust du, wenn im Hotel kein Zimmer frei ist?«

»Das halte ich für ausgeschlossen«, antwortete Claire. »In dieser Jahreszeit findet man überall Platz. Ich würde dir an der Rezeption meine neue Adresse hinterlassen.«

»Heute in acht Tagen werde ich von hier wegfliegen«, sagte John. »Ist es dir so recht?«

»Sehr, John.«

Ohne Rücksicht darauf, daß die beiden Polizisten sie durch das Rückfenster beobachten konnten, beugte sie sich zu ihm hinüber und küßte ihn. Dann kletterte sie rasch aus dem Wagen. »Was sie für schöne Hände hat«, sagte Stephen undeutlich.

Sie beobachteten, wie Claire in den Jeep stieg. Als er an ihnen vorbeifuhr, beugte sie sich heraus und blickte John an. Sie winkte nicht, und sie sagte nichts, sie blickte ihn nur an, aber er würde das Bild niemals vergessen, und wenn er wieder bei ihr in Paris war, würde er sich auch nie mehr von ihr trennen. Keinen einzigen Tag. Sekunden später war der Jeep zwischen den vielen Wagen vor dem Flughafengebäude verschwunden.

»Es ist ja nur für kurze Zeit«, sagte Stephen. »Wenn sie ihr Examen hat, kommt sie wieder.«

»Sie glaubt, daß sie uns nicht mehr einreisen lassen.«

»Wer sagt das?«

»Der Inspektor.«

»Er ist ein einflußreicher Mann«, sagte Stephen und drückte sorgfältig seine Zigarette aus, »aber ich möchte trotzdem nicht mit ihm tauschen. Nicht für zehntausend Morgen Land.«

SECHSTES KAPITEL

1

Freds Absicht, sich von einem Kommilitonen Claires über ihre Rückkehr unterrichten zu lassen, hatte sich als undurchführbar erwiesen. Zwar war er am Tag nach seinem Besuch in der Kaserne, wie vorgesehen, noch einmal nach Marburg gefahren, aber er hatte sich nicht dazu aufraffen können, einen dieser jungen und wildfremden Menschen in einer so persönlichen Sache anzusprechen. Vielleicht auch deshalb nicht, weil er seine eigenen Empfindungen für Claire, nach allem, was geschehen war, falsch eingeschätzt hatte. Er war nicht bereit gewesen, sich einzugestehen, daß das, was er in den vergangenen Wochen geplant und unternommen hatte, nur aus der verletzten Eitelkeit eines Mannes geschehen war, der sich nicht damit abfinden wollte, einem primitiven Schwarzen das Feld räumen zu müssen. Aber nachdem nun die Ereignisse so weit gediehen waren, daß jeder Zweifel an einer intimen Verbindung zwischen den beiden absurd gewesen wäre, hatten sich seine Empfindungen für sie ebenso gründlich gewandelt wie seine ganze Einstellung zu ihr. Eine Frau, die nicht davor zurückschreckte, mit einem Neger ins Bett zu gehen, wäre auch nicht davor zurückgeschreckt, ihren Mann zu betrügen. Eine Ehe mit ihr hätte zwangsläufig mit einem Fiasko enden müssen. In diesem Punkt war er sich heute, vier Wochen nach seinem Besuch in der Kaserne, mit seinen Eltern einig. Während diese jedoch die Angelegenheit als erledigt betrachteten und sich bereits wegen einer anderen Schwiegertochter den Kopf zerbrachen, hatte er sie noch immer nicht aus seinem Bewußtsein verdrängen können. In gleichem Maße, wie ihm die klägliche Rolle, die sie ihm aufgezwungen hatte, deutlicher wurde und die zahllosen Demütigungen und Selbsterniedrigungen durch die wachsende zeitliche und räumliche Distanz in seiner Erinnerung ins Überdimensionale anschwollen, schlugen auch seine Empfindungen für sie in das entgegengesetzte Extrem um. Sein Haß auf sie war so groß, daß er ihm die Luft abschnüren konnte. Und wenn seine Aussichten, ihr die Demütigungen heimzuzahlen, auch so gut wie hoffnungslos waren, so wollte er doch wenigstens mit ansehen, wir ihr an der Seite des Schwarzen jenes Schicksal widerfuhr, das er ihr hundertmal gewünscht und prophezeit hatte. Diese Genugtuung würde er sich nicht entgehen lassen. Er zweifelte jetzt nicht mehr daran, daß die beiden zusammen in

Urlaub gefahren waren, ob nach Rhodesien oder in ein anderes Land, war unwichtig geworden. Eines Tages würde sie wieder in Marburg auftauchen, und seine Vermutung, daß er den Zeitpunkt auch ohne sein Zutun erfahren werde, bestätigte sich rascher, als er erwartet hatte.

Nach dem Mittagessen war er wie jeden Tag mit seinem Vater ins Büro zurückgekehrt. Die Arbeitsteilung zwischen ihnen erfolgte in der Weise, daß Fehrenbach sich ausschließlich mit den alten, eingeführten Kunden beschäftigte, während Freds Aufgabe darin bestand, neue Kunden zu gewinnen und durch gelegentliche Vorsprachen bei ihnen einen persönlichen Kontakt herzustellen. Er erfüllte diese Obliegenheit ebenso gewissenhaft wie geschickt, und Fehrenbach wußte sie bei seinem Sohn in den besten Händen.

Auch an diesem Mittag führte ihn sein erster Weg zu einem Kunden, der im Stadtzentrum ein großes Geschäftshaus errichtet hatte. Die Verhandlungen mit ihm verliefen erfolgreich, und als Fred eine Stunde später wieder in seinen Wagen stieg, hatte er Ursache, mit sich zufrieden zu sein. Daran vermochte auch der naßkalte Schneeregen nichts zu ändern, der schon seit den frühen Morgenstunden die Stadt wie mit einem grauen Tuch zudeckte.

Er traf seinen Vater beim Diktat. Das Büro lag im zweiten Stock eines modernen Hochhauses. Es hatte ein repräsentativ eingerichtetes Wartezimmer, einen Raum für drei Stenotypistinnen und je ein Arbeitszimmer für Fred und seinen Vater. Bei der Auswahl der Stenotypistinnen hatte Fehrenbach den Grundsatz beherzigt, daß sie die Visitenkarte eines jeden Büros waren, und es war daher kein Zufall, daß sie neben ihrer beruflichen Qualifikation auch den Vorzug hatten, gut auszusehen. Zu den obligatorischen Instruktionen, die er ihnen für den Umgang mit der Kundschaft zu erteilen pflegte, gehörte auch die Ermahnung, bei privaten Gesprächen keine übertriebene Zurückhaltung zu zeigen. Manche Kunden dankten es durch regelmäßige Besuche, die nicht selten Gelegenheit boten, das bestehende Geschäftsverhältnis noch weiter auszubauen. Für Fred kamen diese psychologischen Gesichtspunkte seines Vaters, die in keinem Fall die Grenze des Schicklichen überschritten, schon deshalb nicht ungelegen, als ihm gutaussehende Stenotypistinnen lieber waren als andere. Eine von ihnen wurde jeden Abend von einem älteren Herrn in einem großen Wagen abgeholt. Auch die anderen waren, soviel er wußte, in festen Händen, und wahrscheinlich hätten sie ihn, wäre er ihnen als Fremder auf der Straße begegnet, keines Blickes gewürdigt. Mädchen wie sie konnten es sich leisten, sich ihren Freund unter einem Dutzend Männer herauszusuchen, und es schmeichelte seinem Selbstbewußtsein, daß sie ihn genauso respektvoll behandelten wie seinen Vater. Er hatte es sich angewöhnt, sie mit wohlwollender Herablassung anzureden, und wenn er außergewöhnlich gut gelaunt war, rief er sie auch beim Vornamen. Zu mehr hätte er sich jedoch in keinem Fall hergegeben. Ein Verhältnis mit einer Angestellten lag unter seinem Niveau. Es untergrub die Autorität und komplizierte den Umgang mit dem übrigen Personal; man durfte nie vergessen, wer man war.

Als er das Büro des Vaters betrat, unterbrach dieser das Diktat und schickte das Mädchen hinaus. »Es ist gut, daß du kommst«, sagte er und steckte sich eine Zigarre an. »Wie ist es gegangen?«

»Erledigt«, antwortete Fred und holte die Verträge aus seiner Aktentasche. Er legte sie auf den Schreibtisch, zog seinen Mantel aus und setzte sich in einen der tiefen Polstersessel für die Besucher. »Vier Ladenräume mit je sechzig Quadratmeter. Er will sie nicht unter fünfhundert Mark vermieten.«

Fehrenbach spitzte die Lippen. »Etwas viel!«

»Wir kriegen sie los«, sagte Fred. »Die Gegend ist eine Goldgrube. Ich habe schon zwei Interessenten dafür.«

»Kennen sie den Preis?«

»Sie sind darauf angewiesen, einen Laden zu finden«, antwortete Fred gleichgültig. »Ist die Post schon gekommen?«

»Ich habe sie dir auf den Schreibtisch legen lassen. Deine Mutter hat angerufen.« – Es passierte öfter, und Fred wunderte sich, weshalb er es so besonders betonte.

»Sie hat mit Irmgard Neininger gesprochen«, fuhr Fehrenbach nach einer kurzen Pause fort. »Irgendeine Bekannte von ihr hat einen Sohn auf der Universität; er will angeblich Claire gesehen haben.«

Obwohl er seit Wochen darauf gefaßt gewesen war, zuckte Fred wie unter einem elektrischen Schlag zusammen. »Wann?«

»Gestern oder vorgestern; es ist auch unwichtig. Sie ist jedenfalls wieder da.«

Er stand auf und ging einmal um den Schreibtisch herum. Eigentlich hatte er seiner Frau versprochen, Fred nichts davon zu erzählen, aber es war ihm ähnlich ergangen wir ihr; er hatte mit einem Menschen darüber reden müssen. Nicht etwa, daß er heute noch an einer Versöhnung zwischen Claire und Fred interessiert gewesen wäre! Seit einer seiner besten Geschäftsfreunde vor vierzehn Tagen die erste vorsichtige Andeutung gemacht hatte, betrachtete er die Angelegenheit als abgeschlossen. Er war nach ruhigem Nachdenken auch nicht mehr geneigt, das Gerede der Leute allzu tragisch zu nehmen. Schließlich war Claire nicht seine Tochter; ihn traf keine Verantwortung. Neugierigen Fragen begegnete er mit der gleichgültigen Bemerkung, daß sein Sohn schon vor längerer Zeit die Verlobung gelöst habe und über ihr Privatleben nicht mehr unterrichtet sei. Daß er trotz allem immer noch in einem versteckten

Winkel seines Herzens einen Rest von Sympathie für sie hegte, war nicht paradoxer als der Umstand, daß ihre Handlungsweise in manchen Augenblicken eine widerwillige Bewunderung und die ferne Erinnerung an verpaßte Gelegenheiten in ihm auslöste. Es hatte Zeiten in seiner Ehe gegeben, wo er imstande gewesen wäre, mit der erstbesten Frau davonzulaufen, aber er hatte sich nie dazu aufraffen können, und inzwischen war er alt und gleichgültig geworden. In seinen Jahren riskierte man keine Abenteuer mehr. Er hatte eine sichere Existenz, ein ansehnliches Vermögen und die beruhigende Gewißheit, den Rest seines Lebens ohne wirtschaftliche Sorgen verbringen zu können. Es war genau das, was sich die meisten Menschen wünschten. Komplikationen im Familienleben waren ihm verhaßt, und daß Claire eine solche Komplikation verursacht hatte, trug er ihr mehr nach als ihr Intermezzo mit dem Neger. In Wirklichkeit war er in diesen Dingen viel liberaler eingestellt, als er sich nach außen hin zu zeigen traute, aber er kannte seine Frau zu gut, um sich auf nutzlose Diskussionen einzulassen. Sie zahlten sich nicht aus; nicht bei ihr.

Er setzte sich wieder hinter seinen Schreibtisch und musterte Fred, der mit gesenktem Kopf an seiner Unterlippe nagte und einen geistesabwesenden Eindruck machte.

»Sonst hat sie nichts erfahren?« fragte er.

Fehrenbach hob die Schultern. »Ich hatte gerade Besuch hier, als sie anrief. Was soll sie noch erfahren haben?«

»Mich würde interessieren, ob Claire noch mit ihm zusammen ist«, sagte Fred.

Es war eine Frage, die Fehrenbach nicht weniger interessierte, aber bei ihm geschah es aus anderen und unkomplizierteren Gründen als bei Fred. Er war neugierig, sonst nichts. Vielleicht hatten die beiden inzwischen sogar geheiratet. Noch vor einem Monat hätte er den Gedanken als absurd von sich gewiesen, aber damals hatte er noch die Hoffnung gehabt, daß das Mädchen wieder zur Vernunft kommen würde; heute hatte er diese Hoffnung nicht mehr.

»Es müßte zu erfahren sein«, sagte er und streifte die Asche von seiner Zigarre. »Vielleicht kann sich der Sohn von Irmgards Bekannten einmal vorsichtig umhören.«

»Damit sie noch mehr zu reden haben!« Fred schüttelte energisch den Kopf; sein Entschluß stand schon halb fest. Mit dem Wagen konnte er in einer Stunde in Marburg sein. »Vielleicht fahre ich selbst hin.«

»Nach Marburg?«

»Ich möchte sehen, wo sie wohnt und ob sie noch mit ihm zusammen ist; mehr nicht.«

»Wie willst du das sehen?«

»Ich warte, bis sie aus der Universität kommt, und gehe ihr nach.«

Fehrenbach legte die Stirn in Falten. Trotz seiner Neugierde konnte er sich nicht dafür begeistern. Immerhin bestand die Möglichkeit, daß Claire sich von dem Schwarzen getrennt hatte, und er traute ihr ohne weiteres zu, daß sie es in diesem Fall fertigbringen würde, sich mit Fred auszusöhnen. Die Folgen wären nicht abzusehen.

»Du willst noch einmal mit ihr reden?« fragte er.

Fred stand auf. »Ich wüßte nicht, was ich noch mit ihr zu bereden hätte. Außerdem bin ich mir noch nicht sicher, ob ich es tun werde.«

Er nahm seinen Mantel und ging in sein Zimmer hinüber. Dort befaßte er sich zehn Minuten lang mit der eingegangenen Post, aber er war nicht bei der Sache. Irgend etwas stimmte nicht. Warum, wenn der Schwarze sechs Wochen Urlaub hatte, war sie jetzt schon zurückgekommen?

Die Frage beschäftigte ihn so stark, daß er unfähig war, sich auf seine Arbeit zu konzentrieren. Schließlich nahm er den Telefonhörer ab und ließ sich mit dem Sekretariat der Universität verbinden. Als er fünf Minuten später fertig angezogen zu seinem Vater kam, hatte er sich entschieden.

»Ich fahre«, sagte er. »Sie hat heute nur bis fünf Uhr ein Kolloquium.«

Fehrenbach hatte es befürchtet. Er hatte es ihm schon angesehen, als er hinausgegangen war. »Du hast mit der Universität telefoniert?«

»Ja. Im Sekretariat wußten sie nicht, ob sie hier ist. Nach dem Vorlesungsverzeichnis müßte sie bis fünf Uhr in der Augenklinik sein. Ich habe sie dort schon einmal abgeholt.«

»Ich weiß nicht, was du dir davon versprichst«, murmelte Fehrenbach. Er machte sich Vorwürfe, ihm von dem Anruf seiner Frau erzählt zu haben.

»Im Augenblick verspreche ich mir gar nichts«, antwortete Fred, »und für das, was ich mir für später verspreche, ist es noch zu früh. Vielleicht weiß ich heute abend ein wenig mehr. Warte nicht auf mich; es kann spät werden.«

Fehrenbach seufzte. Er hätte noch versuchen können, ihn davon abzubringen, aber er wußte, daß es hoffnungslos war. Zudem war er der vielen Auseinandersetzungen in dieser Sache überdrüssig geworden. Sie standen ihm bis obenhin. »Eigentlich hätte ich den Wagen heute mittag gebraucht«, sagte er mürrisch.

Fred setzte seinen Hut auf. »Nimm dir ein Taxi. Du kannst mir die Kosten dafür vom Gehalt abziehen.«

Er ging so rasch aus dem Zimmer, daß Fehrenbach es erst merkte, als die Tür hinter ihm zuschlug. Angewidert drückte er seine Zigarre aus.

Claire war ihm wie eine Tochter gewesen, aber er würde es keinem Menschen mehr sagen dürfen.

Fred brauchte für die Strecke länger, als er vorgesehen hatte. Außerhalb der Stadt verwandelte sich der Regen in Schnee, die Straße wurde glatt, an manchen Stellen kam er nur im Schrittempo voran. Es war schon dunkel, als er das Universitätsviertel von Marbach erreichte. Im ersten Jahr seiner Bekanntschaft mit Claire war er oft hierhergekommen. Er hatte sie nach den Vorlesungen abgeholt und nach Hause gefahren, aber später war es ihm zuviel geworden. Dabei hatte er die Stadt immer gemocht, ihre schönen Kirchen, die Häuser und die engen, steilen Gassen, die mit unzähligen Treppen durch die Altstadt führten. Fast jede von ihnen war mit einer Erinnerung an Claire verknüpft. Oft hatten sie zusammen bis in den späten Abend hinein in einem der kleinen Restaurants gesessen und sich über die Zukunft unterhalten. Jetzt würde sie sich mit dem Schwarzen darüber unterhalten; er durfte nicht daran denken.

Die Augenklinik lag hinter alten Bäumen versteckt in einer ruhigen Straße am Stadtrand. Hier brannten nur wenig Laternen. Die Gefahr, daß Claire ihn entdecken könnte, war also gering. Da er noch eine halbe Stunde Zeit hatte, fuhr er am Portal vorbei und bog in die nächste Querstraße ein. Der Schneefall hielt unvermindert an. Die großen Flocken zergingen beim Aufsetzen auf dem Asphalt wie auf einer heißen Herdplatte. Nur in den Grünanlagen und Gärten sammelten sie sich zu einer dünnen Decke.

Die Querstraße war einseitig bebaut. Links fingen halbverschneite Felder an. Unter einer Laterne stand ein zweifarbiger amerikanischer Wagen. Er fiel Fred erst auf, als er schon auf gleicher Höhe mit ihm war. Aus den Augenwinkeln sah er einen dunkelhäutigen Mann hinter dem Lenkrad sitzen, dann war er an ihm vorbei, und es schien ihm, als ob er bis zum Hals in kochendheißem Wasser steckte.

Ein paar Sekunden lang wußte er nicht, was er tun sollte. Er fuhr einfach weiter, und als auf der rechten Seite wieder eine Straße abzweigte, stieß er den Wagen rückwärts hinein. Dann kletterte er mit steifen Beinen ins Freie und kehrte an die Kreuzung zurück. Obwohl die Entfernung zu dem amerikanischen Wagen mindestens hundert Meter betrug, konnte er ihn unter der Straßenlaterne deutlich erkennen. Er lehnte sich mit dem Rücken gegen einen Gartenzaun, nahm den Hut ab und ließ sich mit geschlossenen Augen den Schnee in das heiße Gesicht fallen.

Er war sich seiner Sache absolut sicher. Zwar hatte er nur das Profil des Mannes gesehen, aber es wäre ihm unter Hunderten aufgefallen. Sein Gesicht hatte sich wie mit einem glühenden Stempel in sein Gedächtnis eingeprägt. Er öffnete die Augen und blickte wieder zu dem Wagen hin. Seine Anwesenheit beseitigte auch die letzten Zweifel, sie schuf eine endgültige und unanfechtbare Klarheit. Schon dieser Klarheit wegen hatte sich die Fahrt hierher gelohnt. In Zukunft würde es müßig sein, Überlegungen darüber anzustellen, ob sie noch mit ihm zusammen war. Es würde auch müßig sein, sich selbst irgendwo ein verstecktes Hintertürchen offenzuhalten, durch das man notfalls seinen eigenen Skrupeln davonlaufen konnte. Es schmerzte noch etwas, aber es war nicht mehr jener scharfe und schneidende Schmerz der vergangenen Woche. Es war ein Schmerz, der zugleich befreite. Und als etwas später im Lichtkreis der Laterne Claire auftauchte und er sie zum erstenmal nach vier Wochen wieder vor sich sah, schlug sein Herz nicht rascher als sonst. Er beobachtete noch, wie ihr von innen die Tür geöffnet wurde und sie den Schnee von ihrem Schirm schüttelte, dann lief er zu seinem Wagen zurück.

Er hätte jetzt nach Hause fahren können, aber nachdem der erste Teil viel einfacher gewesen war, als er befürchtet hatte, und die Gelegenheit, ihnen zu folgen, sich geradezu anbot, wollte er nicht darauf verzichten. Er wartete mit laufendem Motor, bis der amerikanische Wagen am Ende der Straße vorbeifuhr, dann setzte er sich hinter ihn. Wenn sie die Richtung beibehielten, mußten sie irgendwann auf die Bundesstraße nach Frankfurt stoßen, aber wahrscheinlich würden sie eine der nächsten Querstraßen dazu benutzen, in die Stadt zurückzufahren. Damit sie nicht auf ihn aufmerksam wurden, begnügte er sich mit dem Standlicht.

Viel rascher, als er vermutet hatte, kamen sie auf die Bundesstraße. Hier war der Verkehr so lebhaft, daß er unbesorgt die Scheinwerfer einschalten konnte. Zu seiner Überraschung schlugen sie aber nicht die Richtung zur Stadt ein, sondern blieben auf der Bundesstraße, die in vielen Krümmungen durch das Lahntal nach Süden führte. Er war die Strecke nur einmal in seinem Leben gefahren und hatte sie kaum mehr in Erinnerung.

Beim Einschleusen in den starken Verkehr hatten sich drei andere Wagen zwischen ihn und den Buick geschoben. Er überholte zwei von ihnen, dann wurde das Tal breiter, die verschneiten Berge auf beiden Seiten traten ein Stück zurück. Er hatte sich gerade entschlossen, auch den dritten Wagen zu überholen, als der Buick sein Tempo drosselte und an einer Kreuzung auf eine schmale Straße einbog. Obwohl er auf etwas Ähnliches gefaßt gewesen war, wurde er durch die Plötzlichkeit des Vorgangs überrumpelt. Er fuhr über die Kreuzung hinweg, brachte den Wagen zum Stehen und blickte zurück.

Soweit er in der Dunkelheit feststellen konnte, mußte die Straße in ein Seitental führen, das sich keilförmig zwischen die Berge schob. Am

Taleingang, etwa hundert Meter von der Bundesstraße entfernt und im Scheinwerferlicht des Buicks deutlich zu erkennen, stand ein zweistöckiges Gebäude mit tief heruntergezogenem Dach, großer Terrasse und breiten Fenstern. Es war an den Berg gebaut und sah wie ein Restaurant aus. Hinter dem Gebäude begann der Wald.

Fred wartete noch, bis die Scheinwerfer des Buick vor dem Gebäude erloschen, dann fuhr er im Rückwärtsgang auf die Nebenstraße und so weit an das Gebäude heran, wie er es gerade noch riskieren konnte. Den Rest legte er zu Fuß zurück. Der Buick war nicht mehr da. Wahrscheinlich stand er in einer der Garagen, die unterhalb der Terrasse angebaut waren. Von außen wirkte das Gebäude etwas verwahrlost, an vielen Stellen war der Verputz abgebröckelt, von den grüngestrichenen Fensterläden hingen einige schief in den Angeln, aber für zwei, die ihre Flitterwochen verbrachten, wogen diese Schönheitsfehler nicht schwer. Wahrscheinlich waren sie die einzigen Gäste im Haus, und wo sonst wären sie ungestörter gewesen! Hinter einem der oberen Fenster brannte jetzt Licht, für einige Sekunden tauchte der Schatten eines Mannes auf, dann wurde die Gardine vorgezogen.

Fred hatte genug gesehen. Ehe er zum Wagen zurückging, prägte er sich noch den Namen des Gasthauses ein; er würde ihn so rasch nicht vergessen. Er war sich auch nicht mehr sicher, ob es richtig gewesen war, ihnen nachzufahren. Vielleicht hätte er sich wenigstens diesen Anblick ersparen sollen. Es saß doch noch tiefer, als er angenommen hatte. Viel tiefer sogar!

Er hielt beim Gehen wieder das Gesicht in den Schnee, seine Beine waren seltsam schwer und gefühllos. Irgendwann würde es einmal aufhören, man konnte fünf Jahre nicht einfach mit einem Schulterzucken auslöschen. Mit dem Geld seines Vaters würde es ihm nicht schwerfallen, ein anderes Mädchen kennenzulernen. Es würde alles wieder von vorn anfangen, aber es würde nicht mehr das gleiche sein wie mit Claire; bei keinem anderen Mädchen!

2

Nach fünf Minuten kam sie wieder herunter. Sie setzte sich neben ihn in den Wagen und blickte durch die Windschutzscheibe. »Mein Vater ist nicht da. Du kannst jetzt in die Kaserne fahren. Dauert es länger als eine halbe Stunde?«

»Ich glaube nicht. Reicht dir die Zeit?«

»Das Mädchen hilft mir. Er hat in den ganzen Wochen kein einziges Mal von mir gesprochen.«

»Ein konsequenter Mann. Bist du enttäuscht?«

Claire schüttelte den Kopf. »Jetzt nicht mehr. Versuche, rechtzeitig hier zu sein. Ich möchte ihm nicht begegnen, wenn er zurückkommt. Hoffentlich hast du Glück!«

»Ich kann es brauchen«, sagte John.

Er wartete, bis sie wieder im Haus verschwunden war, dann fuhr er zur nächsten Querstraße und von dort zum Stadtrand. In der Nacht hatte es geschneit, die Berge standen weiß vor dem grauen Himmel.

In einer einsamen Gegend hielt er an, holte seine Zigaretten aus der Tasche und betrachtete die verschneiten Felder, aber seine Gedanken waren mit wichtigeren Dingen beschäftigt. In acht Tagen war sein Urlaub zu Ende. Sie waren eine Woche länger in Paris geblieben, als sie ursprünglich beabsichtigt hatten; es war die schönste Zeit ihres Urlaubs gewesen. Claire hatte die Gelegenheit benutzt, bei verschiedenen Kliniken vorzusprechen. Ihre Aussichten, im Sommer eine Stellung zu finden, waren überraschend gut. Der Chefarzt einer Hautklinik war so von ihr angetan gewesen, daß er sie am liebsten gleich dort behalten hätte.

Ungünstiger verhielt es sich bei ihm selbst. Wenn er sich auf der Sorbonne immatrikulieren lassen wollte, würde er ein volles Jahr warten müssen. Aber auch dieses Problem war im Augenblick nur zweitrangig. Sein erster Weg, als er in Paris aus dem Flugzeug geklettert war, hatte ihn zum Postamt geführt, wo er Sams Brief vorfand. Er hatte ihn dreimal lesen müssen, bis ihm sein Inhalt voll zu Bewußtsein gekommen war. Eine Versetzung nach Korea schloß auch die entfernteste Möglichkeit aus, eine Trennung von Claire zu vermeiden. Wenn schon die Chancen, sie doch noch zu einem vorübergehenden Aufenthalt in den Staaten überreden zu können, wenig aussichtsreich waren, so schuf Sams Brief eine geradezu hoffnungslose Situation. Gleichzeitig beseitigte er jedoch auch den letzten Zweifel an dem, was ihm zu tun blieb. Seine innere Entscheidung war schon gefallen, ehe er den Brief gelesen hatte; sie wurde durch ihn höchstens noch legitimiert. Er brauchte jetzt keine Skrupel mehr zu haben.

Bei der Überlegung, wie er Claire gegenüber vorgehen solle, hatte er sich für einen Kompromiß entschlossen. Vielleicht würde er ihr später, wenn sie in Paris waren, die Wahrheit erzählen; im Augenblick erschien es ihm zu riskant. Es wäre ihm lieber gewesen, er hätte einen anderen Weg gefunden, der es ihm ersparte, sie belügen zu müssen, aber es gab keinen. Er war davon überzeugt, daß sie, wenn er ihr auch nur eine Andeutung darüber machte, nichts unversucht ließe, ihn davon abzubringen. Fünf Wochen lang hatte er es vor sich hergeschoben, fünf Wochen lang hatte er sich den Kopf nach einer glaubhaften Erklärung zerbrochen, und nun wußte er, was er ihr erzählen würde. Als er ihr gestern abend seine Absicht mitgeteilt hatte, am nächsten Tag in der Kaserne die Möglichkeit einer vorzeitigen Entlassung zu erkunden, hatte sie den Wunsch geäußert, bei dieser Gelegenheit ihre restlichen Sachen aus der Wohnung ihres Vaters zu holen. Sobald sein Urlaub abgelaufen war, würde er sich in Thüngerstadt allerdings nicht mehr sehen lassen dürfen. Die Gefahr, einem Soldaten seiner Kompanie zu begegnen, war zu groß. Er würde nicht einmal Sam von seinen Plänen verständigen dürfen. Es hätte sich in diesem Fall kaum vermeiden lassen, daß auch Mary davon hörte, und dieses Risiko wollte er nicht eingehen.

Ein schwieriges Problem war der Wagen. Solange er ihn fuhr, würde er damit rechnen müssen, von einer Streife der Militärpolizei aufgegriffen zu werden. Andererseits war es unmöglich, ihn heimlich abzustoßen. Wenn er ihn an einen deutschen Händler verkaufte, würde dieser den Vorgang der amerikanischen Zulassungsstelle melden. Der sicherste Weg war der, den Wagen in eine weit entfernte Stadt zu fahren, ihn dort zum Schrottwert abzusetzen und mit der Bahn nach Marburg zurückzukehren. Dadurch würde er verhindern, daß er der amerikanischen Zulassungsstelle seinen Aufenthaltsort verriet. Anschließend mußte er in einer anderen Stadt einen deutschen Gebrauchtwagen kaufen und ihn auf Claires Namen zulassen. Das alles mußte noch in dieser Woche erledigt werden; keinen Tag später.

Außer dem Wagen gab es noch mehr Probleme, die aber vorerst Zeit hatten. Ernsthafte Sorgen bereitete ihm nur noch die Frage des Grenzübergangs. Zwar hielt er es für wenig wahrscheinlich, daß die Militärpolizei bei der Fahndung nach Deserteuren auch die deutschen Zollbeamten einschaltete, doch war es eine Möglichkeit, die er nicht aus den Augen verlieren durfte.

Was die finanzielle Seite betraf, so brauchte er sich für die nächsten Jahre keine Gedanken zu machen. Sein Vater würde ihn mit allem, was er benötigte, versorgen. Da sie in dem Gasthaus verhältnismäßig billig wohnten, würde er auch mit seinem Geld noch eine gute Weile hinkommen.

Ein Blick auf die Uhr zeigte ihm, daß die halbe Stunde fast vorüber war. Er fuhr noch ein Stück auf der Straße weiter, bis er einen Platz zum Wenden fand. Trotz der vielen Fragen, die er zu bedenken hatte, war er mit dem bisherigen Ablauf der Ereignisse nicht unzufrieden. Claires Eindruck auf seinen Vater und Stephen war so stark gewesen, daß sie in den acht Tagen von nichts anderem mehr gesprochen hatten. Auch die zwei Wochen in Paris waren in mehrfacher Hinsicht zu einem nützlichen Erlebnis geworden. Er hatte in diesen vierzehn Tagen mehr von ihr erfahren, als er noch vor kurzer Zeit für möglich gehalten hatte. Vor allen Dingen – und dies schien ihm am bedeutungsvollsten – hatte sich zwischen ihnen eine Übereinstimmung ergeben, wie sie nur zwischen Menschen möglich ist, die sich in außergewöhnlichen Situationen zusammenfinden. Je mehr er Gelegenheit hatte, sich mit ihr zu unterhalten und Einblick in ihre Gedanken zu bekommen, desto leichter fiel es ihm, seine eigene Denkweise zu korrigieren. Dies galt besonders für seine Befürchtung, ihre gelegentlichen Launen und Verstimmungen könnten ihre Ursache allein in seiner Hautfarbe haben. Seit er herausgefunden hatte, daß sie sehr sensibel war, rasch deprimiert, aber ebenso rasch wieder ausgelassen sein konnte, fiel es ihm nicht mehr schwer, im Umgang mit ihr den richtigen Ton zu finden. Die besten Erfahrungen hatte er damit gemacht, sich einfach zurückzuziehen. Sie kam dann meistens von selbst wieder zu ihm, setzte sich auf seinen Schoß oder fing unvermittelt ein Gespräch über seinen Vater, über ihr Examen oder über ein kompliziertes Thema an. Wenn er etwas nicht verstand, konnte sie sich halb totlachen. Auch dagegen hatte er inzwischen ein wirksames Mittel gefunden. Nebenbei war sie unermüdlich bemüht, ihm die französische Sprache beizubringen. Da er für Sprachen ein ausgesprochenes Talent hatte, konnte er sich schon verhältnismäßig gut mir ihr unterhalten, und ihre Art, ihn für seine Fortschritte zu belohnen, war ebenso reizvoll wie anspornend. Nur ein einziges Mal hatte es eine ernsthafte Differenz zwischen ihnen gegeben, als er sie dazu überreden wollte, mit ihm in ein anrüchiges Nachtlokal zu gehen. Er hatte sich in den Gedanken verrannt gehabt, und sie hatte nichts davon wissen wollen, aber das würde ihm nicht mehr passieren, weder in Paris noch sonstwo.

Da er nicht wußte, ob ihr Vater inzwischen in die Wohnung gekommen war, begnügte er sich damit, vor ihrem Haus auszusteigen und zweimal auf den Klingelknopf zu drücken. Anscheinend hatte sie ihn vorfahren sehen, sie kam sofort herunter und brachte einen schweren Koffer mit. Aus einem Fenster des zweiten Stockwerks schaute eine ältere Frau heraus. Als Claire auf die Straße trat, zog sie rasch den Kopf zurück.

»Was hast du erreicht?« fragte sie sofort.

»Ich erzähle es dir später. Ist das alles?«

»Nein. Hilfst du mir?«

»Ich wußte nicht, ob es dir recht ist«, sagte John und blickte wieder zu dem Fenster hinauf. Die Frau stand jetzt hinter der Gardine, wahrscheinlich hielt sie es für ausgeschlossen, daß man sie trotzdem sehen konnte. »Wir werden beobachtet.«

»Ich weiß es«, sagte Claire. »Die gute Frau Nicolay! Seit sie es erfahren hat, muß für sie eine Welt zusammengebrochen sein. Als Mädchen durfte ich ihr immer bei ihrer großen Wäsche helfen. Komm!«

Während sie die Treppe hinaufstiegen, sah sie von der Seite in sein Gesicht. »Du hast keinen Erfolg gehabt?«

»Ich mußte einen Antrag stellen«, antwortete John. »Bis darüber entschieden wird, können vier Wochen vergehen.«

Claire nickte. »Ich habe keinen Augenblick lang damit gerechnet, daß sie dich sofort entlassen würden. Und deine Versetzung?«

»Ist vorerst verschoben. Sie haben mir noch einmal vier Wochen Urlaub gegeben.«

»Nein!« Sie blieb mitten auf der Treppe stehen. »Ist das wahr?« Er hatte gewußt, daß es ihn Überwindung kosten würde, aber er hatte es sich nicht so schwer vorgestellt. »Ich hätte gleich zehn Wochen haben können«, sagte er mit belegter Stimme. »Seit ich bei der Armee bin, war dies mein erster Urlaub.«

»Warum hast du dir nie Urlaub genommen?«

»Ich wollte warten, bis ich dich kennenlernte«, sagte John, und diesmal brachte er ein Lächeln zustande. »Wohin hätte ich in Urlaub fahren sollen?«

Claire küßte ihn auf den Mund. »Zu deinem Vater. Es war die höchste Zeit, daß ich mich um dich kümmerte. Anscheinend ist dein neuer Kompanieführer doch nicht so schlecht auf dich zu sprechen, wie du mir einreden wolltest.« Die Vorstellung beschäftigte sie so stark, daß sie für den Augenblick alles andere vergaß. Sie hakte sich bei ihm unter und lachte. »Dann können wir noch fünf Wochen in unserem Zimmer wohnen bleiben. Wird es nicht zu teuer?«

»Nicht teurer, als wenn wir uns in der Stadt zwei möblierte Zimmer mieten«, sagte John.

Auf der Diele begegneten sie dem Mädchen. Sie starrte ihn mit offenem Mund an.

»Das ist Ruth«, sagte Claire. »Sie führt meinem Vater den Haushalt. Die Sachen stehen in meinem Zimmer.«

Es waren zwei Koffer, eine Schreibmaschine, ein kleines Radio und ein schwerer Karton. »Meine Bücher«, sagte Claire. »Ich habe nur die wichtigsten mitgenommen. Kannst du ihn tragen?«

Als er wieder heraufkam, stand sie am Fenster und blickte über den Fluß hinweg. Das Mädchen war verschwunden.

»Sentimental?« fragte John.

»Ein wenig.« Sie drehte sich nach ihm um und lächelte. »Ich hatte schon immer eine Veranlagung dafür. Schade um das viele Geld, das ich in das Zimmer gesteckt habe!«

John betrachtete die Möbel. Er erinnerte sich, wie er am Weihnachtsabend mit ihr an diesem Tisch gesessen hatte. Fast schien es ihm unglaubhaft, daß seitdem so wenig Zeit verstrichen war.

»Vielleicht könntest du einen Teil davon mit nach Paris nehmen.«

»Vielleicht«, sagte Claire, »aber ich werde es nicht tun.«

Sie nahm die Reiseschreibmaschine und ging schnell in die Diele hinaus. »Du kannst schon die Koffer hinuntertragen«, sagte sie. »Ich muß noch mit Ruth sprechen.«

Es dauerte lange, und als sie schließlich zu ihm in den Wagen kam, wirkte sie ein wenig bedrückt. »Ich habe ihm ein paar Zeilen hinterlassen«, sagte sie. »Er war wieder vierzehn Tage krank.«

»Etwas Ernstes?«

»Das weiß man in seinem Alter nicht. Ich habe mit Ruth vereinbart, daß ich von Zeit zu Zeit anrufen werde.«

John hatte es befürchtet. »Du hast ihr unsere Adresse gegeben?«

Es klang eine Kleinigkeit zu hastig; Claire sah ihn verwundert an. »Wäre es dir unangenehm gewesen?«

Ihre Fragestellung beruhigte ihn. »Das nicht, aber ich halte es für besser, wenn niemand weiß, wo wir wohnen. Bei der Armee ist man nie ganz davor sicher, daß man nicht aus dem Urlaub zurückgerufen wird. Solange sie meine Urlaubsadresse nicht kennen, dürfte es ihnen schwerfallen.«

»Du hältst es für möglich, daß sie sich bei meinem Vater danach erkundigen?« fragte Claire ungläubig.

»Außer Sam wissen noch andere Leute, daß wir zusammen weggefahren sind. Mary hat es sicher weitererzählt.«

»Hast du Sam gesprochen?«

»Er war auf Patrouille«, antwortete John und blickte angestrengt durch die Windschutzscheibe.

Claire lächelte. »Wenn sie dich entlassen, werden wir ihn einmal besuchen.«

Es war eine der vielen Möglichkeiten, an die er schon gedacht hatte. Wenn es nicht anders ginge, würde er eine Geschichte erfinden müssen, die einen Besuch bei Sam unmöglich machte.

Während der Fahrt durch die Stadt vermied er alle Straßen, von denen er wußte, daß sie von den Patrouillen benutzt wurden. Um die Mittagszeit war der Verkehr nicht so groß; sie kamen gut voran.

Claire hatte sich eine Zigarette angesteckt und betrachtete die Häuser auf beiden Seiten. Das Wiedersehen mit Thüngerstadt löste keine Empfindungen in ihr aus. Die Stadt und ihre Menschen waren ihr in den vergangenen fünf Wochen noch gleichgültiger geworden, sie hatte sie kein einziges Mal vermißt. Ein paar Sekunden lang beschäftigten sich ihre Gedanken auch mit Fred. Fünf Jahre lang hatte sie ihn fast jeden Tag gesehen, und nun kostete es sie Mühe, sich sein Gesicht in Erinnerung zu rufen. Wahrscheinlich würde er jetzt beim Mittagessen sitzen und sich von seiner Mutter die neuesten Lokalskandälchen berichten lassen. In Thüngerstadt passierte immer etwas, worüber zu berichten sich lohnte. Es passierte auch in Großstädten, aber dort nahm kaum ein Mensch Notiz davon.

Seit sie aus Bulawayo zurück war, erlebte sie die Vorgänge ihrer Umgebung wie in einem Traumzustand, der sie zwar daran teilnehmen ließ, gleichzeitig aber auch ein ständiges Gefühl von Unwirklichkeit in ihr wachhielt. Wie immer, wenn sich zu viele Eindrücke und Erlebnisse in einem kurzen Zeitraum zusammendrängten, fiel es ihr schwer, sie zu verarbeiten, aber sie gewannen, je länger sie sich damit befaßte, eine immer stärkere Intensität.

Sie ertappte sich oft dabei, wie sie sich an die Einzelheiten ihrer Reise erinnerte, die Stimme des Massai-Mädchens zu hören meinte oder den Geruch der Savanne wahrzunehmen glaubte; es wurde schon zu einer fixen Idee.

Es fiel ihr auf, daß John einen Umweg fuhr, aber sie stellte keine Frage. In Paris hatte er ihr eine goldene Armbanduhr gekauft. Sie kannten sich jetzt schon zu gut, als daß es ihr unangenehm gewesen wäre, auch wenn sie der Meinung war, daß sie sich solche Anschaffungen vorerst nicht leisten konnten. Immerhin hatte er ihren persönlichen Geschmack getroffen und ihr versprochen, vorerst keine kostspieligen Geschenke mehr zu machen.

Sie hatten jetzt die Straße nach Marburg erreicht, die Stadt blieb hinter ihnen zurück. John schaltete das Radio ein.

»Ich weiß nicht, wie ich es dir beibringen soll«, sagte er.

Sie hatte schon die ganze Zeit gemerkt, daß er an einer Sache herumdruckste. »Ist es so schlimm?«

»Das hängt von dir ab. Würdest du dich an einen anderen Wagen gewöhnen können?«

»Er ist viel zu teuer für uns«, antwortete Claire. Sie hatte schon zweimal vorgehabt, mit ihm zu reden. »Willst du ihn verkaufen?«

»Vielleicht fällt es dir schwer, dich von ihm zu trennen.«

Es war nicht ausgeschlossen; sie hatte sich an den Buick gewöhnt, aber darauf kam es nicht an. »Nicht sehr«, sagte sie lächelnd. »Wir kämen sogar ohne Wagen aus.«

»Dann müßten wir unser Zimmer aufgeben«, sagte John. »Ich möchte nicht mehr ohne Wagen sein. Wir werden uns einen gebrauchten deutschen Wagen kaufen und ihn auf deinen Namen zulassen.«

»Wieso auf meinen Namen?«

»Falls ich doch noch versetzt werde. Ich denke mir das so, daß du den Führerschein machst.«

Claire öffnete den Mund und schloß ihn wieder. Seit drei Jahren war es ihr heimlicher Wunsch, aber Fred hatte nie ein Wort darüber verloren. »Den Buick müßte ich so oder so verkaufen«, sagte John, »ob ich versetzt werde oder nicht. Mit einem Wagen sind wir in Paris auch nicht so sehr auf eine Wohnung in der Stadt angewiesen. Ich könnte dich, genau wie hier auch, morgens in die Klinik fahren und abends abholen. Außerhalb der Stadt sind die Möglichkeiten, ein Zimmer zu finden, sicher besser.«

Er sprach ihre eigenen Gedanken aus. Trotzdem raffte sie sich noch zu einem Einwand auf: »Das kommt alles ein bißchen sehr plötzlich.«

John lächelte. »Für mich nicht, ich habe es mir gut überlegt.«

»Hoffentlich hast du dir auch überlegt, was ich als Assistenzärztin in einem Krankenhaus verdienen werde.«

»Das brauchte ich nicht. Ich habe noch dreitausend Dollar, und mein Vater hat mir einen Scheck über tausend Pfund mitgegeben. Wir werden in den nächsten Tagen zu einer Bank gehen und ein Konto auf deinen Namen eröffnen. Ich habe es mir so gedacht, daß wir den neuen Wagen gleich für zwei Jahre versteuern und versichern.«

»Vorausgesetzt, ich bin damit einverstanden.«

»Bist du es nicht?«

Es hatte, wie alle Dinge auf der Welt, zwei Seiten, und sie zwang sich dazu, auch die andere zu sehen. »Ich kann dir nicht vorschreiben, was du mit deinem Geld ...«

»Es ist unser Geld«, fiel ihr John dazwischen. »Man kann in Paris genauso billig leben wie hier, man muß nur wissen, wo.«

Claire resignierte; die Versuchung war zu groß. Sie würden das Geld eben anderweitig einsparen. Wenn sie nicht auf ein Zimmer in der Stadt angewiesen waren, würden sie vielleicht nur die Häfte zu zahlen brauchen. Zudem hätte die tägliche Fahrt zur Klinik mit einem Omnibus auch Geld gekostet.

»Soll ich dich wieder vor der Universität absetzen?« fragte John.

Eigentlich hatte sie es vorgehabt, aber nun verspürte sie keine Lust mehr. Sie würde heute mittag in Ruhe ihre Sachen auspacken und auf die geschichtliche Medizin und die Kinderklinik verzichten. Der Vormittag in der Chirurgischen Klinik mit der anschließenden klinischen Visite war ohnedies anstrengend genug gewesen. Im zwölften Semester konnte man es sich schon einmal leisten, auf die eine oder andere Vorlesung zu verzichten. Zudem war dies ein besonderer Tag heute. Der Gedanke an Johns bevorstehende Versetzung hatte in den letzten Wochen immer größeren Einfluß auf sie bekommen. Sie hatte sich inzwischen so an seine Gegenwart gewöhnt, daß es ihr fast unvorstellbar geworden war, wie es sein würde, wenn er sie nicht mehr von der Universität abholte.

»Wir machen uns einen gemütlichen Nachmittag«, antwortete sie. »Ich bin sehr froh, daß sie deinen Urlaub verlängert haben, John.«

»Ich auch. Ich möchte fast glauben, daß sie auch mein Entlassungsgesuch genehmigen, sie hätten es sonst sicher sofort abgelehnt.«

»Mit wem hast du gesprochen?«

»Mit meinem Kompanieführer.«

»Wenn wir heiraten«, sagte Claire, »schicken wir ihm eine Vermählungsanzeige.«

John grinste. »Aus Paris. Hättest du etwas dagegen, wenn wir uns in Paris trauen lassen?«

Der Gedanke war ihr sofort sympathisch. »Es wäre jedenfalls origineller als in Marburg. Läßt es sich machen?«

Er hatte sich bereits danach erkundigt. Natürlich durfte er nicht seine Militärpapiere vorlegen. Er würde sich mit seinem Reisepaß als amerikanischer Tourist ausgeben. »Warum soll es sich nicht machen lassen?« fragte er.

»Das weiß ich auch nicht, ich habe mich nie damit befaßt. Vielleicht heiraten wir schon vor meinem Examen.«

Es war neu, und er blickte sie überrascht an. »Davon hast du mir noch gar nichts gesagt.«

»Darum tue ich es jetzt«, antwortete Claire.

Sie erreichten die Bundesstraße nach Frankfurt auf einer Abkürzung, die ihnen die Fahrt durch Marburg ersparte. Von hier aus waren es nur noch wenige Kilometer zu ihrem Quartier. Sie hatten es entdeckt, als sie am späten Nachmittag von Paris zurückgekommen waren. Ursprünglich war es ihre Absicht gewesen, nur zwei oder drei Tage darin zu wohnen, bis sie in Marburg eine passende Unterkunft gefunden hatten, aber inzwischen waren fast zwei Wochen daraus geworden, und sie hatten sich ausgerechnet, daß sie hier billiger lebten als in der Stadt. Das Zimmer kostete achtzehn Mark mit Vollpension. Es war nicht so komfortabel eingerichtet wie die Hotelzimmer in Marburg, und bei den gelegentlichen Gästen handelte es sich oft um obskure junge Pärchen, die am späten Abend eintrafen und am nächsten Morgen wieder verschwunden waren. Aber wenn man von solchen kleinen Schönheitsfehlern absah und dabei noch berücksichtigte, daß sie nicht einmal einen Meldezettel hatten ausfüllen müssen, konnten sie sich kein besseres Quartier wünschen. Zudem lag es an einer direkten Omnibuslinie nach Marburg, was für Claire nicht unwichtig war, falls John doch noch versetzt werden sollte. Unabhängig davon, daß es völlig unwahrscheinlich gewesen wäre, in Marburg ein möbliertes Zimmer zu finden, wo sie zusammen hätten wohnen können, wären die Miete und das zusätzliche Essen in einem Restaurant auf die Dauer nicht billiger gekommen als die Pension, und seit John für zwei Wochen vorausbezahlt hatte, bekamen sie das Essen sogar aufs Zimmer gebracht. Das Gasthaus war ein Familienbetrieb. Der

Besitzer sorgte für die Küche, seine Frau und die siebzehnjährige Tochter kümmerten sich um die Zimmer. Im Sommer sollte es oft auf Wochen hinaus besetzt sein, was bei seiner schönen Lage nicht einmal verwunderlich war. Es stand direkt am Waldrand, von wo aus verschiedene Spazierwege in die Berge führten, während die schmale Straße durch ein romantisches Tal zu einem kleinen Höhenkurort hinaufkletterte. Im Augenblick waren sie die einzigen Gäste. Bis vor zwei Tagen hatte ein älteres Ehepaar mit ihnen im gleichen Stockwerk gewohnt.

Nachdem sie die Sachen auf ihr Zimmer geschafft hatten, ging John in die Gaststube. Tagsüber wurde sie gelegentlich von Gästen und Einwohnern des Höhenkurorts besucht, heute war sie leer. Der Wirt saß auf einer Fensterbank und las in einer Zeitung. Er war ein großer hagerer Mann mit schlaffen Gesichtszügen, buschigen Augenbrauen und sächsischem Dialekt. Er begrüßte John mit einem Händedruck, erkundigte sich, ob das Zimmer warm genug sei, und beantwortete seinen Wunsch nach zwei Tassen Kaffee damit, daß er es laut in die Küche rief. Zu den Eigenschaften, die John an ihm schätzte, gehörte auch, daß er nie neugierig war. Sicher hatte er vom Fenster aus beobachtet, wie sie die Sachen hinauftrugen, aber er machte keine Bemerkung darüber.

»Wir haben vor, noch vier Wochen bei Ihnen zu bleiben«, sagte John. »Vielleich auch noch länger. Es ist Ihnen doch recht?«

Der Wirt lachte. »Wen fragen Sie das? Ich wünschte, ich hätte lauter solche Gäste wie Sie!«

Er ging in die Küche; John hörte ihn mit seiner Frau sprechen.

»Wir werden Ihr Zimmer noch etwas gemütlicher machen«, sagte er, als er zurückkam. »Morgen früh stellen wir Ihnen eine Couch und einen Sessel hinauf. Brauchen Sie sonst noch etwas?«

»Ich werde meine Frau fragen«, antwortete John.

Er traf Claire damit beschäftigt, die Koffer auszupacken. Das Zimmer war einfach möbliert, aber nicht ungemütlich, wozu nicht zuletzt das große Fenster beitrug. Es war doppelt so breit wie hoch und ermöglichte einen ungehinderten Blick auf die gegenüberliegenden Berge.

»Wir bekommen eine Couch und einen Sessel«, sagte John. »Er fragt, ob wir außerdem noch etwas brauchen.«

»Eine Tischlampe«, sagte Claire und sah sich im Zimmer um.

»Die Couch stellen wir in die Ecke, den Sessel unter das Fenster.«

John lächelte. »Du bist so ungeheuer praktisch veranlagt.«

»Das habe ich von meiner Mutter. Schließlich verdient er ganz schön Geld an uns. Hast du den Kaffee bestellt?«

»Er bringt ihn herauf.«

Sie setzte sich neben die Koffer auf den Boden und streckte die Beine von sich. »Heute könnte ich etwas anstellen.«

»Warum gerade heute?«

Sie fing an zu lachen. »Wenn du nur nicht so schrecklich dumm wärst, John.«

3

Am dritten Tag kam Horne zu ungewohnter Stunde in die Schreibstube. Er erledigte einige Unterschriften, betrachtete die Liste der Krankmeldungen und trat dann ans Fenster. Es schneite schon den ganzen Vormittag. Auf der Straße vor dem Stabsgebäude waren einige Männer damit beschäftigt, den Schnee von den Gehwegen zu schippen; Horne beobachtete sie gedankenlos.

Seit der letzten Demütigung im Bataillonsgefechtsstand war er innerlich nicht mehr zur Ruhe gekommen. Zwar hatte er nicht unbedingt damit gerechnet, daß Captain Finch ihn mit seiner Neuigkeit sofort zum Regiment schicken würde, aber ebensowenig war er darauf gefaßt gewesen, auf eisige Ablehnung zu stoßen. Der Captain hatte ihm schroff zu verstehen gegeben, daß er seine Vermutung als reines Hirngespinst betrachte. Für die Versetzung von Sergeant Baako sei einzig und allein dessen undiszipliniertes Verhalten ihm, Horne, gegenüber ausschlaggebend gewesen, und weder der Regimentskommandeur noch er selbst wisse etwas von irgendeiner Beschwerde ziviler deutscher Stellen. Zudem interessiere er sich als Bataillonskommandeur nicht für das Privatleben seiner Soldaten, solange sie nicht durch ungebührliches Verhalten in der Öffentlichkeit das Ansehen der Armee schädigten, wovon in diesem Falle nicht die Rede sein könne.

Das war vor zwei Wochen gewesen und genau vier Tage nach Densons Abreise in die Staaten. Natürlich wußte Horne ebensogut wie Captain Finch, daß das undisziplinierte Verhalten des Sergeants niemals allein zu seiner Versetzung geführt hätte, solange Captain Denson Kompanieführer gewesen war. Wenn das Regiment sich trotzdem und über den Kopf des Captains hinweg für eine Versetzung entschlossen hatte, mußten triftigere Gründe vorgelegen haben. Um so mehr brachte es ihn auf, daß Captain Finch ihn seitdem mit kühler Zurückhaltung behandelte, und der Gedanke, der Regimentskommandeur könne seine unfreundlichen Empfindungen teilen, wodurch er genau das Gegenteil dessen erreicht haben würde, was zu erreichen seine Absicht gewesen war, hatte ihn keine Nacht mehr ruhig schlafen lassen. Er zweifelte nach dem Gespräch mit Finch keinen Augenblick daran, daß dieser sofort mit dem Regiment telefoniert hatte, und bis vor drei Tagen hatte er allen Grund gehabt, für seine zukünftige Karriere das Schlimmste zu befürchten. Dies hatte sich erst geändert, seit die Rückkehr des Sergeants überfällig geworden war.

Davon abgesehen, daß der Vorfall seine eigene Position beim Bataillons- und Regimentsgefechtsstand zwangsläufig wieder aufwerten mußte und seine Beschwerde über die Disziplinlosigkeit des Sergeants auf eine unerhoffte Weise legitimierte, sah er auch eine verschwommene Möglichkeit, durch eine persönliche Initiative das zu erreichen, was ihm bei seinem ersten Versuch versagt geblieben war. Er hatte in den letzten achtundvierzig Stunden förmlich davor gezittert, der Sergeant könne doch noch überraschend auftauchen und für seine Verspätung eine Entschuldigung vorbringen, die sich weder moralisch noch dienstlich anfechten ließe. Zehnmal am Tag war er unter einem nichtigen Vorwand in die Schreibstube gekommen, und zehnmal hatte er sie ebenso erleichtert wie von neuen Zweifeln geplagt wieder verlassen. Aber nun ertrug er die Ungewißheit nicht länger. Nach sorgfältiger Prüfung aller Möglichkeiten, die ihm zur Verfügung standen, war er entschlossen, sich im Rahmen seiner Kompetenz die größtmögliche Klarheit zu verschaffen, ehe ihm eine andere interessierte Stelle zuvorkam. Er betrachtete diesen Fall als eine Angelegenheit seines persönlichen Prestiges, und daran konnte auch nichts ändern, daß es allein Sache der Militärpolizei gewesen wäre, die notwendigen Ermittlungen einzuleiten. Wenn es sich herausstellen sollte, daß die Verspätung des Sergeants in irgendeiner Weise mit dem Mädchen zusammenhing, würde Captain Finch seine Einstellung revidieren müssen, und eine größere Genugtuung war für Horne im Augenblick nicht denkbar.

Er wandte sich unvermittelt um und blickte Chumley an, der Perkins eine lange Liste von Gegenständen diktierte, die für die Schreibstube benötigt wurden. Eigentlich hatte er diese Arbeit erst heute mittag erledigen wollen, und wäre Horne nicht buchstäblich in letzter Sekunde zur Tür hereingekommen, säße er jetzt schon seit einer Viertelstunde beim Mittagessen. Er war daher denkbar schlechter Laune, und als Horne ihn ansprach, drehte er ihm gereizt das Gesicht zu. »Sir?«

»Rufen Sie den Provost Marshal an und erkundigen Sie sich, ob sie eine Antwort aus Lancaster haben.«

Chumley griff widerwillig zum Telefon, dann fiel ihm etwas ein. »Ich nehme an, er ist jetzt beim Essen, Sir. Vor zwei Uhr werden wir ihn nicht erreichen.«

»Dann versuchen Sie es nach zwei Uhr. Ist Ihnen die Adresse des Mädchens bekannt?«

Obwohl Chumley sofort wußte, von wem er sprach, stellte er sich schwerfällig. »Sie meinen das Mädchen von Sergeant Baako?«

»Ja.«

»Die Adresse steht im Telefonbuch, Sir.«

Horne ließ es sich geben.

»Es ist der Name ihres Vaters, Sir«, sagte Chumley. »Er kann uns sicher auch nichts sagen.«

»Woraus schließen Sie das?«

»Ich denke es mir, Sir. Sie ist von zu Hause davongelaufen. Außerdem wissen wir nicht mit Bestimmtheit, ob sie mit Sergeant Baako tatsächlich weggefahren ist. Wenn Sie wünschen, werde ich der MP einen Hinweis geben.«

»Davon war nicht die Rede«, erwiderte Horne. Er nahm den Telefonhörer ab und gab ihn Perkins. »Rufen Sie die Nummer an und fragen Sie, ob sie zu Hause ist!«

»Jawohl, Sir«, sagte Perkins unbehaglich.

Horne sah ihm zu, wie er die Nummer wählte. Als sich die Stimme eines Mädchens meldete, schaute er rasch zu Chumley hinüber, aber der beschäftigte sich bereits wieder mit seiner Liste.

»Sie ist nicht da«, sagte Perkins, während er die Hand auf die Muschel legte. »Es ist das Dienstmädchen.«

»Fragen Sie, ob sie ihre Adresse kennt!«

Er beobachtete mit vorgeschobenem Kopf sein Gesicht. Die Stimme des Mädchens war so deutlich zu hören, daß er jedes Wort verstehen konnte. Sie wollte wissen, mit wem sie sprach.

»Sagen Sie, ein guter Freund von Sergeant Baako«, flüsterte Horne. »Sie hätten eine wichtige Nachricht für ihn.«

Chumley stand angewidert auf und ging zu einem Aktenschrank. Seit drei Tagen hatte er sich den Kopf darüber zerbrochen, weshalb Horne bei seiner Meldung an die MP das Mädchen nicht erwähnt hatte. Jetzt wußte er es. Hinter sich vernahm er Perkins' aufgeregte Stimme und dann die von Horne: »Fragen Sie, wo Sie ihn treffen können!«

»Sie weiß es nicht«, antwortete Perkins und sprach wieder mit dem Mädchen. – Horne hörte noch ein paar Sekunden zu, dann winkte er Chumley zu sich.

»Wie hieß dieser junge Mann, der sich als ihr Verlobter ausgegeben hat?«

»Alfred Fehrenbach, Sir«, antwortete Chumley.

»Sie sagten doch, daß er noch einmal vorbeikommen wollte?«

»Er hatte es vor.«

»Haben Sie seine Adresse?«

»Nein, Sir.«

Horne wandte sich rasch an Perkins, der das Gespräch für einen Augenblick unterbrochen hatte und ihnen zuhörte. »Fragen Sie, wo er wohnt!«

Er blieb neben ihm stehen und beobachtete, wie er die Adresse aufschrieb. Dann nahm er das Papier in die Hand und starrte darauf nieder. »Sie weiß also nicht, wo sich Sergeant Baako aufhält?«

»Nein, Sir, aber vor zehn Tagen war er ...«

»Das habe ich gehört«, sagte Horne. »Legen Sie auf!«

Er blieb eine Weile regungslos stehen. Als er das Wort wieder an Perkins richtete, konnte er vor Genugtuung kaum sprechen.

»Sie werden sofort zu diesem jungen Mann fahren. Berufen Sie sich auf seinen Besuch bei uns und fragen Sie ihn, ob er etwas von seiner Verlobten gehört hat.«

»Jawohl, Sir«, sagte Perkins. Er sah eine einmalige Chance, sich bei Horne beliebt zu machen. »Soll ich ihm sagen, daß Sergeant Baako ...«

Horne unterbrach ihn schroff: »Mit keinem Wort. Sie interessieren sich privat dafür.« Er blickte Chumley an. »Stellen Sie für Unteroffizier Perkins einen Fahrbefehl aus; er nimmt einen Jeep.«

»Jawohl, Sir«, sagte Chumley. Er hatte nicht alles verstanden, aber wenn es das war, was er befürchtete, gab es keine Erklärung dafür.

Horne wartete, bis Perkins hinausgegangen war, dann sah er auf seine Armbanduhr. »Sie können jetzt zum Essen gehen, Sergeant. Der Anruf an den Provost Marshal erübrigt sich. Ich wünsche, daß Sie vorerst keinem Menschen von dieser Sache erzählen.«

»Jawohl, Sir«, sagte Chumley, »aber wenn ich mir noch eine Bemerkung erlauben darf, wäre es vielleicht angebracht, sofort die MP zu verständigen.«

Horne erwiderte kühl seinen Blick. »Wenn ich Ihren Rat brauche, werde ich Sie danach fragen. Im Augenblick interessiert es mich, zu erfahren, weshalb der junge Mann nicht mehr bei uns vorbeigekommen ist. Sollte sich meine Vermutung als irrig erweisen, ist es immer noch Zeit, die MP einzuschalten.«

»Wie Sie wünschen, Sir«, sagte Chumley. Er setzte seine Mütze auf und ging zur Tür.

»Sergeant!« sagte Horne.

Chumley drehte sich um. Der Leutnant hatte sich auf die Schreibtischkante gesetzt und betrachtete seine Fingernägel.

»Ich nehme an, Sie wissen, welche Strafe Sergeant Baako zu erwarten hat?«

»Das wird davon abhängen, wann er zurückkommt, Sir.«

Horne betrachtete weiter seine Fingernägel. »Nehmen wir einmal an, wir finden ihn innerhalb der nächsten vierundzwanzig Stunden.«

»Ich schätze, es wird ihn einen Streifen kosten, Sir.«

»Das schätze ich auch. Es ist gut, Sergeant.«

In seinem Gesicht war ein Ausdruck, der Chumley noch beschäftigte, als er sich kurze Zeit danach am Kasernentor eine Zigarette ansteckte. Perkins kam rascher, als er erwartet hatte. Er fuhr wegen des dichten Schneetreibens mit eingeschalteten Scheinwerfern und trat so heftig auf die Bremse, daß der Wagen ins Rutschen kam und sich quer zur Straße stellte.

»Das lernst du nie«, sagte Chumley und setzte sich neben ihn. »Was war los?«

Perkins brachte den Wagen wieder in Fahrtrichtung. »Es passiert mir nur, wenn die Straße glatt ist. John war vor zehn Tagen zusammen mit dem Mädchen in ihrer Wohnung.«

»Was taten sie dort?«

»Das hat sie mir nicht erzählt. Fährst du mit?«

»Ich warte in der Kantine auf dich. Bevor du zu Horne gehst, kommst du zu mir.«

»Okay, Spieß.« Perkins grinste. »Ich weiß zwar nicht, was er sich davon verspricht. Wenn sie ihrem Verlobten davongelaufen ist, wird sie kein Interesse gehabt haben, ihm ihre Adresse zu hinterlassen.«

»Sie studiert«, sagte Chumley.

Perkins hörte auf zu grinsen. »Du meinst ...«

»Auf der Universität müssen sie wissen, wo sie wohnt.«

»Warum?«

»Keine Ahnung«, antwortete Chumley, »aber entweder ist er raffinierter als wir alle zusammen oder ein hoffnungsloser Idiot!«

»John?«

»Ich hätte es ihm nicht zugetraut«, murmelte Chumley und kletterte aus dem Jeep.

In der Kantine saßen nur noch wenige Männer. Chumley warf einen Blick in den Unteroffiziersteil, dann rief er einen Soldaten seiner Kompanie zu sich und schickte ihn zu Sam. Er kam, als Chumley mit dem Essen fertig war.

»Ich habe um zwei Uhr Dienst«, sagte er mürrisch. »Ist es wegen John?«

»Das auch«, antwortete Chumley. Er stand auf und holte sich einen Becher Kaffee. »Noch nichts von ihm gehört?«

Sam schüttelte den Kopf. Die halbe Nacht hatte er sich wieder mit Mary darüber unterhalten. »Ich kann es mir nur so erklären, daß er krank geworden ist.«

»Vor zehn Tagen war er noch gesund«, erwiderte Chumley und nahm einen Schluck Kaffee. »Er war in der Wohnung des Mädchens.«

Sam blieb eine volle Minute still, während sein Gesicht zuerst weiß und dann gelb wurde. »Wer sagt das?«

»Das Dienstmädchen. Ich dachte, er hätte dich besucht.«

»Das ist nicht wahr«, sagte Sam.

»Daß er dich besucht hat?«

»Daß er in ihrer Wohnung war. Das kann nicht wahr sein!«

Chumley wurde unsicher. Er verstand etwas von Menschen, und Sergeant Insogna war ein zu schlechter Schauspieler, als daß er ihm etwas hätte vormachen können. »Ich hätte meinen Kopf gewettet, daß er bei dir war. Behalte es für dich, Horne spielt Privatdetektiv. Er hat Perkins in ihrer Wohnung anrufen lassen.«

»Wann?«

»Vor vierzig Minuten. Mir ist es lieber, er hat es heute getan als erst in acht Tagen. Je früher sie ihn erwischen, desto besser ist es für ihn. Hat er dir nie eine Andeutung gemacht?«

»Nein.« Sam hatte es noch immer nicht ganz begriffen. Es war so ungeheuerlich, daß sein Verstand sich sträubte, es aufzunehmen.

»Es ändert nichts dran, daß er so schnell wie möglich herbei muß«, sagte Chumley, »in seinem eigenen Interesse. Mehr als eine einfache Degradierung steckt für ihn nicht drin.«

»Es war wegen seiner Versetzung«, sagte Sam durch die Zähne.

Chumley kniff etwas die Augen zusammen. »Wieso?«

»Ich hätte es ihm nicht schreiben dürfen«, sagte Sam. »Er wollte, daß ich ihm postlagernd nach Paris schreibe, wohin er versetzt wird. Als er gelesen hat, daß er nach Korea kommt, muß er den Kopf . . .«

»Moment mal!« Chumley beugte sich mit käsigem Gesicht über den Tisch. »Du hast ihm geschrieben, daß er nach Korea versetzt wird?«

»Warum nicht?« fragte Sam aufsässig. »War doch kein Dienstgeheimnis!«

Chumley schwieg. Er fühlte sich wie ein Mann, der aus Gedankenlosigkeit einen kleinen Stein angestoßen hat und mit ansehen muß, wie eine Lawine daraus wird. Als er den Kopf hob, sah er Perkins an der Tür zur Kantine stehen und zu ihm herschauen.

»Du bist ein dreimal verfluchter Idiot, Sergeant Insogna«, sagte er mit gepreßter Stimme. Ohne sich um sein betroffenes Gesicht zu kümmern, ging er rasch zu Perkins. »Hast du etwas erfahren?«

Perkins grinste. »Wir können ihn abholen, Spieß. Er wohnt in einem Gasthaus bei Marburg.«

Es bestätigte Chumley nur, was er befürchtet hatte. Er hatte es ihm schon angesehen, als er zur Tür hereingekommen war.

»Ich muß sofort zum Leutnant«, sagte Perkins aufgeregt. »Diesmal kann er mit uns zufrieden sein, Spieß.«

Chumley starrte ihn mit ausdruckslosem Gesicht an. »Du meinst mit dir?«

»Ist auch deine Sache, Spieß«, sagte Perkins. »War gar nicht so einfach, dem Burschen den Mund aufzumachen. Zuerst tat er von oben und wollte mir einreden, daß er an der Geschichte nicht mehr interessiert wäre.«

»Komm mit in die Schreibstube!« sagte Chumley.

Auf dem Weg dorthin gab Perkins einen ausführlichen Bericht, wobei er allerdings verschwieg, daß er gegen den ausdrücklichen Befehl Hornes verstoßen hatte. Tatsächlich hatte Fred ihn an der Tür abfertigen wollen. Erst als er durchblicken ließ, daß sich die MP für die Adresse von Sergeant Baako interessiere, war er plötzlich zugänglicher geworden. Gemessen an dem Ergebnis seines Besuches, erschien Perkins diese kleine Indiskretion jedoch nicht schwerwiegend genug, sich deshalb Gewissensbisse zu machen. Zudem hatte Alfred Fehrenbach ihm versprochen, die Information vertraulich zu behandeln, und am Schluß waren sie wie zwei Komplizen auseinandergegangen. »Das Gasthaus liegt fünf Kilometer hinter Marburg«, erzählte er eifrig. »Man soll es von der Straße aus sehen können.«

»Wie heißt es?«

»Ich habe es aufgeschrieben«, antwortete Perkins und holte einen Zettel aus der Tasche. »Er hat mir noch eine Skizze gemacht. Auf diesen Platz wäre die MP nie gekommen.«

»Ich auch nicht«, murmelte Chumley. Er wischte sich mit dem Rockärmel ein paar große Schneeflocken aus dem Gesicht und gab Perkins den Zettel zurück. In der Schreibstube setzte er sich auf einen Stuhl und starrte mit verkniffenem Gesicht vor sich hin.

Perkins war neben ihm stehengeblieben und trat unruhig von einem Bein auf das andere. »Schließlich ist es nicht deine Schuld, Spieß. Wenn ich noch länger warte, kommt Horne herein und macht mich fertig, weil ich mich nicht gleich bei ihm gemeldet habe.«

»Ich wundere mich schon die ganze Zeit, weshalb du noch hier bist«, sagte Chumley. Perkins ging wütend hinaus.

Obgleich es immer noch früher Nachmittag war, wurde es bereits dunkel. Chumley stand auf und trat ans Fenster. Es schneite so heftig, daß er von den gegenüberliegenden Gebäuden nur noch die Umrisse erkennen konnte. Ein Jeep bog langsam in die Straße ein und fuhr am Stabsgebäude vorbei. Er sah ihm gedankenverloren nach, bis er im Schneegestöber untertauchte, dann kehrte er zum Schreibtisch zurück.

Er war schon zu lange Soldat, als daß er sich jetzt Vorwürfe gemacht hätte. Zudem hielt er es nach einigem Nachdenken für ausgeschlossen, daß seine Bemerkung Sam gegenüber die eigentliche Ursache für das unerklärliche Verhalten von Sergeant Baako sein sollte. Er hatte Sam damit etwas auf den Arm nehmen wollen, mehr nicht, eine kleine Boshaftigkeit, die ein halbwegs intelligenter Mensch sofort durchschauen mußte, wenn er nicht zufällig an krankhaftem Verfolgungswahn litt, und davon konnte bei einem Mann mit dem Selbstbewußtsein von Sergeant Baako keine Rede sein. Seit Chumley Spieß in der Kompanie war, hatte es noch nie eine Versetzung nach Korea gegeben; der Gedanke war völlig absurd. Viel eher war er geneigt, anzunehmen, daß Sergeant Baako in Sams Brief einen willkommenen Vorwand gesehen hatte, seine Flitterwochen für eine unbestimmte Zeit zu verlängern. Sobald ein Mädchen mit im Spiel war, durfte man auf Einsichten der Vernunft nicht mehr hoffen, eine Erfahrung, die Chumley in seiner langen Dienstzeit schon zu oft gemacht hatte, um sich noch darüber zu wundern. Andererseits fühlte er sich als Hauptfeldwebel zu sehr für die Vorgänge in der Kompanie verantwortlich, als daß er sich mit einem Schulterzukken darüber hinweggesetzt hätte. Ein Fall von Fahnenflucht war immer eine häßliche Angelegenheit, die auch dem Ansehen des Hauptfeldwebels abträglich sein konnte. Einen Augenblick lang hatte er sich sogar die Möglichkeit überlegt, John zu einer freiwilligen Rückkehr zu bewegen, indem er Sam zu ihm schickte, aber das Risiko war ihm zu groß. Wenn ein Mann schon nicht davor zurückschreckte, einer Frau wegen zu desertieren, würde er auch nicht davor zurückschrecken, sich mit allen Mitteln einer Rückkehr zu widersetzen. Wahrscheinlich hätte er Sams Auftauchen nur dazu benutzt, sich durch eine rasche Flucht der Verhaftung zu entziehen, woran ihm, Chumley, ebensowenig gelegen sein konnte wie dem guten Ruf seiner Kompanie. Zudem hätte die MP bald herausgefunden gehabt, wer in der letzten halben Stunde bei ihm gewesen war.

Von allen menschlichen Eigenschaften lag Sentimentalität Chumley am wenigsten. Er war ein kühler Rechner und noch keinen Tag damit fertig geworden, daß die wenigen Frauen, die in seinem Leben eine Rolle gespielt hatten, im entscheidenden Augenblick davongelaufen waren. Er verhehlte sich auch nicht, daß das Verhältnis zwischen John Baako und der schönen Tochter eines angesehenen Bürgers aus Thüngerstadt seine ohnedies komplizierten Empfindungen für ihn nur noch zusätzlich belastet hatte. Er betrachtete es als eine Ungerechtigkeit des Schicksals, ausgerechnet einem Schwarzen das zu geben, was es ihm selbst bisher immer vorenthalten hatte, und damit würde er sich niemals abfinden können; sein ganzes Leben nicht.

Als Perkins hereinkam, saß er unverändert am Schreibtisch und blätterte in einem dicken Aktenbündel. »Hat lange gedauert«, sagte er.

»Er spinnt«, sagte Perkins und setzte sich auf seinen Platz an der anderen Seite des Tisches. »Weißt du, was er gesagt hat?«

»Nicht wörtlich.«

Perkins lachte verlegen. »War nicht so gemeint, Spieß. Zuerst hörte er sich alles an, dann ließ er mich eine Viertelstunde vor der Tür stehen, und dann rief er mich wieder herein und erklärte mir, daß er noch bis heute abend warten wolle.«

»Vielleicht hast du es nur geträumt«, murmelte Chumley. Er legte das Aktenbündel weg und blickte in sein Gesicht. »Bis heute abend?«

»Ja.«

»Weshalb?«

»Das hat er mir nicht verraten.«

»Er war schon immer ein intelligenter Offizier«, sagte Chumley und grinste. »Wenn Denson noch hier wäre, hätte er bestimmt das gleiche gemacht.«

Perkins starrte ihn verständnislos an. »Warum?«

»Sie tun im Grunde alle das gleiche, die Differenzierung liegt nur in der Absicht. Sehe ich wirklich so dumm aus?«

»Wenn das zu einem Spieß gehört«, sagte Perkins resigniert, »lerne ich es nie.«

Chumley nickte. »Ich weiß genau, warum ich dich nicht schon längst zum Teufel gejagt habe.«

4

Nachdem er das Wichtigste mit ihm besprochen hatte, zeigte er ihm noch die Skizze mit der genauen Lage des Gasthauses. »Was schätzen Sie, wie lange Sie für die Strecke brauchen, Sergeant?«

Der MP dachte ein paar Sekunden nach. »Zwei Stunden, Sir. Wir müssen vorher noch Schneeketten auflegen. Die Straße nach Marburg ist sicher verweht.«

»Dann können Sie gegen elf Uhr dort sein«, sagte Horne befriedigt. »Ich halte es für besser, wenn Sie ihn im Bett überraschen. Wahrscheinlich hat er eine Pistole bei sich.«

»Darauf sind wir immer vorbereitet, Sir«, sagte der MP lächelnd. Er war einen ganzen Kopf größer als Horne, hatte ein junges sympathisches Gesicht mit blauen Augen und kräftigem Kinn.

»Wir nehmen noch einen deutschen Polizeimeister mit.«

Horne runzelte die Stirn. »Ist das erforderlich?«

»Unbedingt, Sir! Es handelt sich um ein deutsches Gasthaus. Der Besitzer könnte uns sonst Schwierigkeiten machen. Wohin, wünschen Sie, sollen wir ihn bringen?«

»Hierher«, antwortete Horne. »Sergeant Chumley wird mich benachrichtigen, sobald Sie eintreffen.«

»Es kann spät werden, Sir.«

»Das schadet nichts. Ich möchte morgen früh Meldung an das Bataillon machen und sofort ein Militärgericht beantragen. Habe ich Ihnen schon gesagt, daß er ein Mädchen bei sich hat?«

Der MP blickte überrascht auf. »Im Gasthaus?«

»Die übliche Sorte«, sagte Horne gleichgültig. »Sie brauchen sie nicht mit Handschuhen anzufassen. Bringen Sie sie gleich mit, ich lege Wert auf ihre Zeugenaussage.«

»Wir haben darin Erfahrung, Sir«, sagte der MP lächelnd.

Horne nickte ihm wohlwollend zu. »Vor allen Dingen dürfen Sie die beiden keine Sekunde aus den Augen lassen. Wahrscheinlich wird er versuchen, Sie unter irgendeinem Vorwand aus dem Zimmer zu schikken. Ich könnte mir vorstellen, daß man beim Regiment an einem reibungslosen Ablauf gar nicht so sehr interessiert ist. Sergeant Baako sollte auf persönlichen Befehl von Colonel Horton am Tag seiner Rückkehr aus dem Urlaub strafversetzt werden.«

Der MP hob den Kopf wie ein Hund, wenn er eine frische Fährte wittert. »Natürlich wird es ganz vom Verhalten des Sergeants abhängen«, fuhr Horne mit gleichgültiger Stimme fort, »es würde aber das Verfahren gegen ihn wesentlich vereinfachen, wenn er so reagiert, wie ich es aufgrund seines gewalttätigen Charakters von ihm erwarte.«

»Jawohl, Sir«, sagte der MP. Er war jung, intelligent und ehrgeizig, und Anerkennung für die Arbeit der MP gab es immer nur dann, wenn sie mit Komplikationen verbunden war.

Horne stand auf. »Schön, Sergeant. Sie können jetzt wieder Sergeant Chumley hereinschicken. Ich erwarte Sie zwischen zwei und drei Uhr. Hoffentlich haben Sie Erfolg.«

»Ich denke schon, Sir«, sagte der MP.

Er kehrte auf die Straße zurück, wo ein großer olivgrüner Ford mit Blaulicht und dem weißen Streifen der MP stand. Chumley unterhielt sich mit dem Fahrer.

»Schon erledigt?« fragte er.

Der MP nickte. »Du sollst zu ihm kommen. Woher wißt ihr, daß er eine Hure bei sich hat?«

»Wer? Baako?«

»Ja.«

»Das ist mir neu«, sagte Chumley langsam. »Hat der Leutnant von einer Hure gesprochen?«

»Es hörte sich so an.« Der MP hatte es plötzlich eilig. Er setzte sich neben den Fahrer. »Zur Wache! Wir müssen noch Schneeketten auflegen und den Polizeimeister mitnehmen. Diese Schokoladenmänner machen uns die meiste Arbeit.«

»Man sollte sie kastrieren«, knurrte der Fahrer. Er war Korporal und noch etwas größer als der Sergeant; sein Kopf stieß beinahe gegen das Wagendach.

Chumley blickte ihnen nach, solange er die Schlußlichter des Wagens sehen konnte. Dann ging er in die Schreibstube. Er wußte nicht, weshalb ihn der Leutnant hinausgeschickt hatte.

»Sie haben mich rufen lassen, Sir«, sagte er mit undurchdringlichem Gesicht.

Horne ignorierte es. Er saß am Tisch und studierte, scheinbar tief in Gedanken versunken, ein Blatt Papier. Schließlich hob er den Kopf. »Das wird auch Sie interessieren«, sagte er. »Sergeant Baako hat vor fünf Tagen seinen Wagen verkauft.«

»In Marburg?« fragte Chumley rasch.

»In Köln. Lesen Sie selbst!« Er gab Chumley das Papier und beobachtete sein Gesicht. »Was halten Sie davon?«

»Es ist eindeutig, Sir«, antwortete Chumley rauh.

Horne lächelte dünn. »Eindeutig dafür, daß Sergeant Baako seine Desertion von langer Hand vorbereitet hat. Sie werden heute nacht wenig zum Schlafen kommen. Sobald die MP eintrifft, schicken Sie den Sergeant zu mir. Es genügt, wenn Sie sich ab ein Uhr in der Schreibstube aufhalten. Korporal Perkins kann Ihnen Gesellschaft leisten.«

»Jawohl, Sir«, sagte Chumley.

Er sah zu, wie Horne das Papier sorgfältig in eine Mappe heftete. »Ich habe hier noch einiges zu tun«, sagte er. »Sie können gehen, Sergeant!«

Gegen Abend hatte es aufgehört zu schneien. Ein kalter Wind fegte Wolken feinen Schnees über den dunklen Kasernenhof, aber Chumley spürte ihn nicht. Er blieb eine Weile unschlüssig vor dem Stabsgebäude stehen und betrachtete den Sternenhimmel. Dann ging er Perkins suchen. Er fand ihn im Unteroffiziersclub. Am gleichen Tisch saßen noch vier andere Männer. Ihre Aufmerksamkeit war auf das Podium gerichtet, wo eine deutsche Fünfmannband amerikanische Schlager spielte.

»Sam gesehen?« fragte Chumley.

Perkins grinste. »Er hockt in einer Bar. Wollte mir schon zweimal die Würmer aus der Nase ziehen.«

»Das kann er jetzt haben«, sagte Chumley. »Komm mit!«

Sie trafen Sam allein an einem Tisch. Er hatte ein Glas Whisky vor sich stehen und machte einen niedergeschlagenen Eindruck.

»Was Neues?« fragte er.

»Horne will Bruce wieder in deine Gruppe versetzen«, antwortete Chumley. »Du hast sowieso einen Mann zu wenig.«

»Darauf warte ich schon lange; der Junge kommt mir wie gerufen.«

»Für Horne auch«, sagte Chumley und setzte sich neben ihn. »Er braucht einen, der ihm einen Vorwand liefert, dir den Sergeant wieder abzukaufen. Wie wär's mit 'ner anderen Kompanie?«

»So weit bringt er mich nicht«, erwiderte Sam. Er beobachtete einen Mann, der mit der Beharrlichkeit eines Betrunkenen Centstücke in einen der vielen Spielautomaten steckte. Außer ihm war noch ein Dutzend anderer Männer in der Bar. Einige pokerten. Ein breitschultriger Sergeant der A-Kompanie poussierte mit den deutschen Serviermädchen, die gelangweilt an der offenen Tür zwischen der Bar und dem Clubraum standen. Chumley winkte eines zu sich.

»Ich könnte diesen Idioten umbringen«, sagte Sam. »Seit einer halben Stunde traktiert er den Spielautomaten.«

»Ist egal, in welchem Schlitz er sein Geld los wird«, sagte Chumley und bestellte sich einen Whisky. Das Mädchen mußte es gehört haben; es wurde rot. Er sah ihr belustigt nach.

»Wie lange will Horne eigentlich noch warten?« fragte Perkins.

»Womit?«

»War nur so ein Einfall«, antwortete Perkins und blickte Sam an. »Du könntest einem alten Freund einen Whisky spendieren.«

»Du könntest dich totsaufen«, erwiderte Sam. »Es würde dich keinen Cent kosten.«

Perkins wandte sich bekümmert an Chumley. »Du hast es gehört, Spieß. Seit einer Stunde versucht er, mich zu korrumpieren. Sag ihm, daß ich nichts weiß, vielleicht glaubt er es dir.«

»In drei Stunden weiß es die ganze Kompanie«, sagte Chumley.

»Vor zehn Minuten war die MP hier. Sie legen jetzt noch Schneeketten auf und nehmen einen deutschen Polizisten mit. Ich schätze, daß sie gegen elf Uhr bei John sein werden.«

»Bei John?« fragte Sam.

»Wir warten in der Schreibstube auf sie«, sagte Chumley zu Perkins. »Wenn mich nicht alles täuscht, bringen sie auch das Mädchen mit.«

»Wozu?«

»Sondervergnügen für Horne. Wird nicht einfach sein, in der Dunkelheit das Gasthaus zu finden.«

»Ich würde es mit geschlossenen Augen finden«, sagte Perkins. »Von Marburg fünf Kilometer auf der Straße nach Frankfurt und an der ersten Abzweigung rechts. Es ist weit und breit das einzige Haus.«

»Komischer Name«, murmelte Chumley.

Perkins widersprach: »Den findest du oft. Vielleicht stand einmal eine Mühle in der Nähe.«

»Du solltest besser dein Maul halten«, sagte Chumley und sah zu Sam hinüber, der ihnen mit blutleerem Gesicht zuhörte.

Das Mädchen brachte den Whisky. Sie bedachte Chumley mit einem nachdenklichen Blick aus ihren dunklen Augen und kehrte wieder an ihren Platz zurück.

»Ich habe dich weder gefragt, wo das Gasthaus liegt, noch wie es heißt«, sagte Chumley laut.

Perkins erschrak. »Ich dachte, weil du ...«

»Es kümmert mich einen Dreck, was du denkst«, sagte Chumley. »Ich werde verdammt froh sein, wenn diese Geschichte erledigt ist.«

»Viel können sie ihm nicht anhaben«, meinte Perkins. »Es waren nur drei Tage.«

»Das kommt darauf an«, sagte Chumley. »Wenn er Schwierigkeiten ...«, er brach ab und nahm einen Schluck aus seinem Glas. Perkins schüttelte den Kopf. »Das muß er selbst wissen, Spieß. Widerstand gegen die MP bringt ihn in die Strafanstalt. Ich halte ihn nicht für so dumm, es darauf ankommen zu lassen.«

»Ich hielt ihn nicht für dumm genug«, sagte Chumley, »sich fünfzig Meilen von seiner Kompanie entfernt in einem Gasthaus zu verstecken. Er hätte in Frankreich bleiben können oder sonstwo auf der Welt, aber nicht in Marburg. Er ist ein dreimal verfluchter Idiot, und wenn die MP von Horne instruiert worden ist, eine Hure abzuholen, werden sie sie auch wie eine Hure behandeln.«

Perkins erschrak zum zweitenmal. »Haben sie das gesagt?«

»Ich überlege mir«, sagte Chumley, »wie so ein dreimal verfluchter Idiot wie Baako darauf reagieren wird, wenn sie sie aus dem Bett herausholen. Kannst du mir das verraten?«

»Daran habe ich noch nicht gedacht«, murmelte Perkins.

Chumley grinste verächtlich. »Wenn ich es mir nicht schon lange angewöhnt hätte, an alles zu denken, müßte ich dir heute die Stiefel putzen. Wo willst du hin?«

Seine letzten Worte waren an Sam gerichtet, der schwerfällig aufstand.

»Muß gehen«, antwortete er heiser. »Will Mary vom Kino abholen.«

»Da hast du noch 'ne Stunde Zeit«, meinte Perkins. »Vor zehn Uhr ist es nicht aus.«

»Bist du seine Gouvernante?« fragte Chumley. »Er muß selbst wissen, was er tut. Schließlich hat er eine Familie.«

Perkins starrte ihn verblüfft an. »Ich kenne mich da nicht aus, Spieß«, sagte er vorsichtig.

»Natürlich kennst du dich nicht aus«, sagte Chumley. »Wenn du keine Familie hast, kannst du dir manches erlauben, was sich ein Mann mit einer Familie nicht erlauben kann. Du kannst dich sogar mitten in der Nacht in deinen Wagen hocken und einen Ausflug machen. Kein Mensch wird dich daran hindern.«

»Wird schon so sein, Spieß«, sagte Perkins vorsichtig.

Chumley grinste. Er sah zu, wie Sam seinen Mantel holte, ihn anzog und wieder an den Tisch zurückkam.

»War ein guter Tip«, sagte er undeutlich. »Vielleicht brauchst du mal einen, der dir hilft, einen Haufen Dreck wegzuräumen.«

»Er muß besoffen sein«, sagte Chumley zu Perkins. »Hast du etwas von einem Tip gehört?«

Perkins blickte zuerst ihn, dann Sam an. Er hatte einen Verdacht. »Wenn ihr mich auf den Arm nehmen wollt...«

»Wer wird schon puren Mist mit der Hand anfassen«, sagte Chumley.

Sam ging hinaus. Sein Wagen stand neben dem Clubgebäude. Er setzte sich ans Steuer und fuhr in die Stadt. Seine Chancen, ohne Schneeketten über die gebirgige Strecke nach Marburg zu kommen, waren gering, und er wußte es. Im Keller seiner Wohnung hatte er eine alte Garnitur liegen, aber er hätte eine halbe Stunde damit verloren. Einen Augenblick lang überlegte er sich, ob er versuchen solle, am Nachtschalter der Post die Telefonnummer des Gasthauses zu erfahren. Da er jedoch nicht wußte, an welches Ortsnetz es angeschlossen war, und seine Möglichkeiten, sich mit dem deutschen Postbeamten zu unterhalten, auf wenige Worte beschränkt wären, verzichtete er darauf. Auf Mary brauchte er keine Rücksicht zu nehmen; sie hatte heute abend wieder zwei Freundinnen bei sich. Er brauchte auch nicht darüber nachzudenken, ob das, was er vorhatte, richtig war. Unabhängig von dem, was ihn mit John verband, hätte er es allein schon Claires wegen getan. Die bloße Vorstellung dessen, was Chumley angedeutet hatte, trieb ihm den Schweiß auf die Stirn. Er billigte Johns Handlungsweise nicht. Man konnte über seine Desertion reden, und man konnte sich hundertmal wünschen, der Armee davonzulaufen, aber man ließ sich nicht dazu hinreißen. Es war sinnlos, unmoralisch und irgendwie enttäuschend. Auch für ihn, Sam. Er fluchte jeden Tag ein dutzendmal auf die Armee, und es hätte ihm nicht viel ausgemacht, einen Mann wie Horne von hinten umzulegen. Das war aber nur die eine Seite, und er hatte schon oft über dieses Phänomen nachgedacht. Vielleicht lag es daran, daß er stolz darauf war, Amerikaner zu sein. Man konnte jedoch nicht stolz darauf sein und gleichzeitig der Armee davonlaufen. Die Armee war ein wichtiger und wesentlicher Teil der amerikanischen Nation, und ohne die Armee wäre sie niemals das geworden, was sie heute ist. Wer die Armee desavouierte, lehnte auch die amerikanische Nation ab. In diesem Punkt gab es keinen Kompromiß. John hätte wissen müssen, daß man der Armee nicht davonlaufen konnte. Sie erwischte jeden, der es versuchte, den einen früher, den anderen später. Ihre Mittel, einen Mann aufzuspüren, waren unbegrenzt, sie war eine perfekte Einrichtung mit einem perfekten Polizeiapparat, und es gab kaum einen Punkt in der westlichen Welt, wo man vor ihr sicher war. In Marburg ebensowenig wie im afrikanischen Busch. Sie konnte die Interpol einschalten, Scotland Yard und die Sûreté, sie stand mit allen Kolonialbehörden und militärischen Institutionen in Verbindung, und ihre Divisionen waren über den ganzen Erdball verteilt. Es war lächerlich, sie herauszufordern; er hätte John für klüger gehalten. Und trotzdem mußte er zu ihm fahren und ihn warnen. Er würde ihm vernünftig zureden, freiwillig mit ihm zu kommen, und wenn er Schwierigkeiten machte, würde er nicht eher von seiner Seite weichen, als bis er ihn davon überzeugt hatte, daß es seine einzige Chance war. Was er brauchte, waren ein Vorsprung von mindestens zehn Minuten und eine ordentliche Portion Glück; Glück, nach Marburg zu kommen, und Glück, das Gasthaus zu finden. Fast zuviel Glück für einen einzelnen Mann, aber wenn er es nicht wenigstens versuchte, würde er sich immer Vorwürfe machen; er hatte keine andere Wahl.

Die erste große Steigung aus der Stadt schaffte er verhältnismäßig leicht. Die Straße war hier gestreut, der Schnee festgefahren. Es fing erst an, als er weiter ins Gebirge hineinkam und die Straße durch tiefverschneite Wälder führte, vorbei an verschlafenen Ortschaften, die in engen Tälern versteckt lagen, über vereiste Brücken hinweg und dann wieder einen steilen Berg empor, aus den schützenden Wäldern heraus auf eine kahle Hochebene, wo der Wind den Schnee zu Barrikaden türmte und die Straße eins werden ließ mit den Feldern auf beiden Seiten, eine geschlossene weiße Fläche, die irgendwo am Sternenhimmel aufhörte.

Es war noch schlimmer, als Sam befürchtet hatte. Kaum, daß einmal fünf Minuten vergingen, ohne daß der Wagen nicht ins Rutschen kam, mit den Rädern irgendwo hängenblieb oder schräg zur Fahrtrichtung eine Steigung hinaufschlitterte, als hätte sich das Chassis verdreht. Nach einer Stunde hatte er erst knapp die Hälfte der Strecke geschafft und schwitzte am ganzen Körper. Nur ganz selten begegnete ihm ein anderes Fahrzeug, sie hatten ausnahmslos Schneeketten aufgelegt, er hörte es im Vorbeifahren. Es wurde erst wieder besser, als die Straße einem breiten Tal folgte, das sich fast schnurgerade von Osten nach Westen zog. Im Scheinwerferlicht tauchten einzeln stehende dunkle Gehöfte auf, zugefrorene Weiher und verschneites Gehölz, im Hintergrund die Konturen einer kleinen Ortschaft. Der Himmel hatte sich wieder bewölkt, der Wind trieb feine Schneekristalle über die Straße, von einem Kirchturm schlug es zehn Uhr.

Sam beschleunigte das Tempo. Wenn die MP mit Schneeketten fuhr, würde er an jeder Steigung einige Sekunden seines Vorsprungs verlieren, wobei noch hinzukam, daß er nicht einmal genau wußte, wie groß er war. Wenn er voraussetzte, daß Chumleys Zeitangabe gestimmt hatte, waren von ihrer Abfahrt bis zum Augenblick, wo er sich in seinen Wagen gesetzt hatte, mindestens fünfzehn Minuten vergangen. Zur Wache waren es nicht mehr als fünf Minuten, für die Schneeketten würden sie nicht länger als eine Viertelstunde gebraucht haben. Im günstigsten Fall würde er mit einem Vorsprung von zehn Minuten rechnen können; nicht viel bei einer Strecke von fünfzig Meilen!

Das Tal wurde schmaler, eine neue Steigung kündigte sich an. Er ging vom Gas herunter, schnitt vorsichtig eine scharfe Kurve und blickte in die Scheinwerfer eines großen Lastwagens, der im Schneckentempo den Berg herunterkam. Die Straße war höchstens fünf Meter breit. In der Mitte war eine festgefahrene Schneedecke, während der Schnee an den Rändern fast einen halben Meter hoch lag. Der Lastwagen fuhr ziemlich in der Mitte. Sam erkannte schon von weitem, daß der festgefahrene Streifen für beide Wagen zu schmal war. Er steuerte den Cadillac scharf rechts heran, trat auf die Bremse und wartete, bis der Lastwagen vorbei war.

Wie er befürchtet hatte, fanden die Räder beim Anfahren keinen Halt. Er schaltete den Rückwärtsgang ein, ließ den Wagen einige Schritte zurückrollen, bis er wieder auf dem festgefahrenen Streifen stand. Einen Augenblick schien es, als ob die Reifen faßten, aber dann drehten sie durch. Er versuchte es so oft, bis der Geruch verbrannten Gummis ins Wageninnere drang. Schließlich zog er die Handbremse und kletterte hinaus. Die Steigung betrug mindestens sieben Prozent. Er überlegte, ob er den Wagen rückwärts den Berg hinunterrollen lassen sollte, aber es waren etwa fünfhundert Meter, und die Straße war abschüssig und kurvig. Wenn er in dem verschneiten Graben auf der rechten Seite landete, würde er mit eigener Kraft nicht mehr herauskommen.

Ein paar Sekunden lang war er vor Wut und Verzweiflung unfähig, etwas zu tun, dann fiel ihm sein Mantel ein. Es war ein neuer Popelinemantel und ein Weihnachtsgeschenk von Mary. Er zog ihn aus und legte ihn unter ein Hinterrad. Im Wagen steckte er sich zuerst eine Zigarette an. Als er langsam die Handbreme löste, stand ihm Schweiß auf der Stirn. Er vernahm wieder das schleifende Geräusch der Hinterreifen, aber dann hörte es plötzlich auf, die Räder faßten, drückten die dreißig Zentner des Wagens in die Höhe und trugen ihn langsam die Straße hinauf. Sam grinste. Seine Erleichterung war so groß, daß ihm der Mantel erst wieder einfiel, als er die Steigung schon lange hinter sich hatte. Es hätte sich auch nicht gelohnt, ihn noch einmal aufzuheben; der schwere Reifen mußte ihn zerfetzt haben.

Seine Vermutung, daß er nun den schlimmsten Teil geschafft habe, bestätigte sich. Die Straße führte wieder in ein breites Tal, und zehn Minuten später begegnete ihm ein Streuwagen der Stadt Marburg. Er konnte seine Geschwindigkeit verdoppeln, und als die ersten Häuser auftauchten, war es kurz vor elf Uhr.

Obwohl er die Strecke nach Frankfurt schon einige Male gefahren war, verlor er die Orientierung. In der Dunkelheit und dem leichten Schneetreiben, das in den letzten Minuten wieder eingesetzt hatte, wirkte alles verändert, die vielen Kreuzungen und Verbotstafeln irritierten ihn. Er gelangte in einen völlig unbekannten Stadtteil und mußte umkehren, wodurch er wertvolle Minuten verlor. Bis er schließlich die richtige Ausfahrt gefunden hatte, war fast eine Viertelstunde vergangen. Er überfuhr in seiner Nervosität eine rote Ampel, wäre beinahe auf einen Pkw aufgefahren, der scharf abbremsen mußte, und jagte dann mit überhöhter Geschwindigkeit dem Stadtrand zu.

Schon nach dem ersten Kilometer zweigte auf der rechten Seite eine Straße ab. Soweit er in der Dunkelheit erkennen konnte, führte sie zu einer kleinen Ortschaft am Fuße der Berge. Er fuhr langsam weiter, während er unausgesetzt den rechten Straßenrand im Auge behielt. Als er zufällig einmal in den Rückspiegel schaute, sah er am Himmel ein blaues Licht aufblitzen.

Zuerst hielt er es für eine Täuschung. Seit er die Stadt verlassen hatte, fuhren zwei deutsche Personenwagen hinter ihm her, ihnen folgte ein schwerer Lastzug mit Anhänger, der die Sicht zurück versperrte. Aber jetzt bemerkte er das Licht wieder, diesmal direkt über dem Motorwagen des Lastzugs. Für einen winzigen Augenblick war die Straße in einen bläulichen Schein getaucht, der bis zu den Bergen hinüberreichte und die Konturen der Schneelandschaft aus der Nacht modellierte. Dann verdoppelten sich die Scheinwerfer des Lastzugs, das Blaulicht sprang hart und unvermittelt hinter dem unförmigen Aufbau des Motorwagens hervor, zog mit klirrenden Schneeketten an den beiden Personenwagen vorbei und erlosch ebenso plötzlich, wie es aufgetaucht war.

Es hatte nur einige Sekunden gedauert, aber lange genug, um Sam Gewißheit darüber zu verschaffen, daß alles, was er in den beiden letzten Stunden getan und gehofft hatte, umsonst gewesen war. Er war genau um jene zehn Minuten zu spät gekommen, die Sergeant Chumley gebraucht hatte, sich über die eisernen Prinzipien seines soldatischen Gewissens hinwegzusetzen, und es blieb ihm jetzt nichts mehr zu tun, als wieder nach Thüngerstadt zurückzufahren. Es nützte auch nichts, daß ihm vor Wut die Tränen kamen, er konnte John nicht mehr helfen.

5

In der Regel gingen sie früh schlafen. So zufriedenstellend das Zimmer tagsüber geheizt war, so empfindlich kalt wurde es, sobald die Heizung nachließ. Der Zeitpunkt hing von der Anzahl der Gäste ab. Waren die Zimmer gut belegt, konnte es geschehen, daß die Nacht über durchgeheizt wurde, aber normalerweise war nach zehn Uhr nicht mehr viel zu erhoffen. Sie lagen dann meistens noch eine Stunde wach, lasen in einem Buch oder hörten Radio, und wenn es ihnen danach zumute war, liebten sie sich. Im großen und ganzen hatte sich ihr Zusammenleben fast reibungslos eingespielt, sie entdeckten immer mehr gemeinsame Interessen und konnte sich oft die halbe Nacht über Johns Heimat, seinen Vater und Stephen unterhalten. Nach vierzehn Tagen wußte Claire genausoviel von ihnen wie über ihren eigenen Vater.

Da das Mittagessen im Zimmerpreis mit einbegriffen war, holte John sie auch während der Mittagspause ab. Die übrige Zeit verbrachte er damit, sich auf sein künftiges Studium vorzubereiten. Er hatte sich neben einigen französischen Sprachbüchern auch eine ganze Anzahl juristischer Lehrbücher besorgt und beteiligte sich auf Claires Rat hin an einem Fernunterricht über Wirtschaftsrecht. An manchen Abenden gingen sie ins Kino oder fuhren mit dem neuen Wagen spazieren, einem zweifarbigen Coupé, das John bei einem Gebrauchtwagenhändler in Frankfurt entdeckt hatte. Es war erst zwei Jahre alt, fünfzigtausend Kilometer gefahren und hatte viertausend Mark gekostet; Claire war auf den ersten Blick davon angetan gewesen. Mit dem Führerschein wollte sie allerdings noch warten, bis sie ihr Examen hinter sich hatte. Es wäre ihr im Augenblick schwergefallen, sich auf die Fahrprüfung zu konzentrieren.

Bei alldem verlor John keine Sekunde lang das Risiko einer Entdeckung aus den Augen. Er verhehlte sich auch nicht, daß das Zusammenwohnen mit Claire dieses Risiko noch erhöhte. Wenn er trotzdem seine Chancen zuversichtlich beurteilte, so geschah dies aus der nüchternen Überlegung, daß die MP schwerlich auf den Gedanken verfallen werde, einen Soldaten, der aus einem Urlaub in Lancaster überfällig war, ausgerechnet in Marburg zu vermuten. Wahrscheinlich würden sie darauf warten, daß er ihnen bei einer Routinekontrolle in die Hände fiele, und dazu würde er ihnen keine Gelegenheit geben.

Was die moralische Seite betraf, so machte er sich heute, dem dritten Tag seiner Desertion, nicht mehr Gedanken darüber als in der Woche zuvor. Es genügte ihm, bei Claire zu sein. Dies war eine konkrete Situation, die keines Nachdenkens mehr bedurfte. Kompliziert wurde es erst, wenn er sich die Absichten des Regiments vergegenwärtigte und die Motive, die den Kommandeur zu der Versetzung bewogen hatten. Seine

Versetzung würde Claire nicht veranlassen können, reumütig zu Fred zurückzukehren, noch wäre sonstwie einem Menschen damit geholfen. Demzufolge war sie absolut sinnlos, überflüssig und nur dazu geeignet, Abstraktionen zu schaffen, für die ihm jegliches Verständnis fehlte. Trotzdem hatte er sich den Entschluß zur Desertion nicht leicht gemacht, es gab vieles, was ihn mit der Armee verband. Sie hatte ihm fünf Jahre lang alles ersetzt, was ein Mann zum Leben braucht, und er würde es nicht vergessen.

Auch an diesem Abend gingen sie früh zu Bett. Claire hatte vorher noch in einer wissenschaftlichen Abhandlung über eine neue Impfmethode gelesen, aber bald das Interesse daran verloren. Es handelte sich um einen jener originellen Einfälle, die einen Tag lang die Zeitungsspalten füllten und am nächsten wieder vergessen waren, weil sie sich in der Praxis nicht bewährten. Zudem war es heute besonders kühl im Zimmer, das große Fenster schloß nicht dicht, und da schon den ganzen Abend über ein eisiger Wind durch das Tal strich, machte sich die Kälte doppelt unangenehm bemerkbar.

Sie mußten schon eine gute Stunde geschlafen haben, als sie durch Johns Stimme geweckt wurde. Im Zimmer brannte Licht. Noch ehe ihr Bewußtsein voll einsetzte, sah sie ihn zum Schrank gehen und seinen Bademantel herausholen. Es geschah oft, daß er in der Nacht noch einmal aufstand, und sie dachte sich zuerst nichts dabei, aber dann erinnerte sie sich, daß sie durch seine Stimme wach geworden war, und sie richtete sich rasch auf. »Was ist los, John?«

Er drehte sich nach ihr um. »Der Wirt hat ein Telegramm für mich.«

»Von deinem Vater?«

»Er ist der einzige, der unsere Adresse kennt. Ich wundere mich nur . . .« Er brach ab, ging zum Fenster und blickte hinaus, aber draußen schneite es, von der Straße war kaum etwas zu sehen.

»Du hast den Brief doch erst vor acht Tagen weggeschickt«, sagte Claire verwundert.

»Als Luftpost. Er braucht nicht länger als eine Woche.« Er zog den Bademantel vor seiner Brust zusammen und wandte sich der Tür zu. Vielleicht hätte er etwas weniger arglos reagiert, wenn er seit seiner Abreise aus Bulawayo nicht ständig darauf gefaßt gewesen wäre, irgendeine dringende Nachricht seines Vaters zu erhalten. Die Möglichkeit, daß Claires illegale Einreise und die verschiedenen Vorkommnisse für die Farm unangenehme Folgen haben könnten, war nicht ohne weiteres von der Hand zu weisen, und als er die Tür aufschloß, hatte er keinen anderen Gedanken. So erklärte es sich auch, daß er völlig überrumpelt wurde. Er sah noch das lange Bein und die weiße Ledergamasche des MP, ehe die Tür mit der Wucht einer Keule seine Stirn traf und ihn zurücktaumeln ließ. Für einen Augenblick lang erkannte er das verstörte Gesicht des Wirts auf dem dunklen Korridor, dann schob sich die breite Gestalt des zweiten Polizisten dazwischen, und er blinzelte, halb betäubt vor Schmerz, in die Mündungen ihrer großkalibrigen Pistolen. Aber seine Überraschung währte nur ein paar Sekunden. Auch wenn er nie ernsthaft daran gedacht hatte, war er doch immer darauf vorbereitet gewesen. Er hatte es genauso einkalkulieren müssen wie einen harmlosen Verkehrsunfall, der ihn unweigerlich mit der MP zusammengebracht hätte. Es hatte hundert Möglichkeiten gegeben, erwischt zu werden, und diese hier war nur eine davon. Eine von hundert und nicht einmal die unwahrscheinlichste, sie kam nur viel früher, als er gerechnet hatte; ganze drei Monate zu früh.

Er sah über seine Schulter hinweg zu Claire hin. Sie saß aufrecht im Bett, die Hände in die Decke verkrallt und ohne Farbe. Nichts wäre ihm zuviel gewesen, wenn er ihr diesen Anblick hätte ersparen können. Irgendwann hatte er einen Fehler gemacht; vielleicht, als er sie zu ihrer Wohnung gefahren hatte, vielleicht auch schon früher. Es war müßig, sich den Kopf darüber zu zerbrechen, es konnte nichts mehr daran ändern. »Sie weiß nichts davon«, sagte er, und seine Stimme klang kaum anders als sonst.

Der Sergeant lächelte gelassen. »Das kannst du in der Kaserne erzählen.« Er trat hinter ihn, tastete rasch und geschickt seinen Körper ab und winkte mit dem Kinn zur Wand. »Stell dich dort hinüber. Wo hast du deine Pistole?«

»Ich habe keine.«

»Paß auf ihn auf, Jimmy!« sagte der Sergeant. Er steckte seine Waffe weg und öffnete die Nachttischschubladen. Dann blickte er Claire an. Es war das erstemal, daß er sie voll anschaute, und sein Gesicht wurde ein wenig nachdenklich. »Ziehen Sie sich an«, sagte er, »wir müssen Sie mitnehmen.«

»Wohin?«

»Das erfahren Sie noch.« Er griff nach Johns Kopfkissen und überzeugte sich, daß keine Waffe darunterlag.

»Vielleicht hat sie sie unter der Bettdecke versteckt«, sagte der Korporal. Er hielt jetzt seinen Gummiknüppel in der Hand und klopfte nervös gegen seine kräftigen Waden.

Der Sergeant wischte sich mit dem Rockärmel die Stirn ab. Etwas gefiel ihm nicht, aber er hätte nicht zu sagen vermocht, was es war. Er musterte wieder Claire. Sie trug ein blaues Nachthemd mit tiefem Ausschnitt. Nach dem Reglement hätte er jetzt den deutschen Polizeimeister heraufrufen müssen, der vor dem Haus stehengeblieben war und das Fenster bewachte. Andererseits erschien es ihm zu riskant, solange die Frage nach der Waffe nicht geklärt war. In Anbetracht dessen, daß sich der Regimentskommandeur persönlich für den Fall interessierte, konnte er sich keine Panne leisten. Er richtete das Wort an den Korporal: »Schau in den Schrank, ich nehme mir die Betten vor. Irgendwo muß er das Ding versteckt haben.«

»Ich wette, sie hat sie unter der Bettdecke«, sagte der Korporal. Er war seit drei Nächten nicht mehr richtig zum Schlafen gekommen und schlecht gelaunt. »Stehen Sie auf!« sagte er zu Claire.

Bis zu diesem Augenblick hatte sie noch immer gehofft, daß John etwas sagen werde, was der gespenstischen Szene ein Ende bereitete, aber nun schlug ihre anfängliche lähmende Fassungslosigkeit in Zorn um. Sie blickte John an. »Willst du mir nicht endlich eine Erklärung geben?« fragte sie auf deutsch.

»Sie haben kein Recht, dich mitzunehmen«, antwortete er mit grauem Gesicht. »Ich habe dich angelogen.«

»Wann?«

»Als ich dir sagte, daß ich meinen Urlaub verlängert bekommen hätte. Ich war nicht in der Kaserne.«

Claire schwieg. Sie dachte ein paar Sekunden darüber nach, dann sah sie wieder in sein Gesicht. »Warum hast du es getan?«

»Sie wollen mich nach Korea versetzen«, antwortete John und wandte sich an den Sergeant: »Ich habe dir gesagt, daß sie von nichts weiß. Laßt sie in Ruhe.«

»Das kannst du alles auf der Wache erzählen«, erwiderte der Sergeant gelangweilt. »Wir haben Befehl, sie mitzubringen.«

»Von wem?«

Der Sergeant drehte ihm den Rücken zu. »Wenn Sie nicht freiwillig aufstehen«, sagte er zu Claire, »holen wir Sie heraus.«

»Ich glaube nicht, daß Sie das tun werden«, sagte sie kalt. »Ich bin deutsche Staatsangehörige.«

»Ruf den Polizeimeister herauf!« sagte der Sergeant.

Der Korporal ging zur Tür. Noch ehe er sie erreicht hatte, stand John vor ihm. Die Vorstellung, daß sie Claire mit zur Wache nehmen würden, legte sich wie ein Nebel über sein Hirn. »Ihr werdet sie hierlassen«, sagte er. »Sie ist nicht das, was ihr denkt.«

Der Korporal musterte ihn kalt. Er war noch etwas größer als John, ein hünenhafter Mann mit einem Kinn wie aus Eisen. »Geh auf deinen Platz zurück!«

Sie standen sich auf einen halben Schritt gegenüber, und John fühlte seinen Atem im Gesicht. »Sie ist nicht das, was ihr denkt«, sagte er wieder.

»Wo hast du sie kennengelernt?«

»In Thüngerstadt.«

»Ich dachte im Puff.«

John schloß eine Sekunde die Augen, dann schlug er unvermittelt zu. Er traf den Korporal mitten ins Gesicht, und so hart, daß er wie ein Stück Holz zu Boden fiel. Als er sich umdrehte, kam der Sergeant zu ihm. Die ersten Schläge seines Knüppels konnte er mit den Armen abfangen, aber dann war auch der Korporal wieder da, und er hatte keine Chancen mehr gegen sie. Sie drängten ihn langsam gegen die Wand, während das Geräusch ihrer Knüppel wie kleine Explosionen in seinen Ohren dröhnte. Einer traf ihn quer über den Schädel, er fühlte den Schmerz bis tief in den Nacken hinab und brach in die Knie. Schon halb betäubt, hörte er Claires Stimme seinen Namen rufen, sah noch das blutverschmierte Gesicht des Korporals über sich, dann kippte er seitlich um und fiel mit der Stirn auf den Boden. Sie ließen erst von ihm ab, als er sich nicht mehr rührte.

Der Lärm hatte den deutschen Polizeimeister alarmiert. Er betrat gleichzeitig mit dem Wirt das Zimmer, warf einen raschen Blick auf den regungslosen Körper Johns und wandte seine Aufmerksamkeit dann Claire zu, die mit maskenhaft starrem Gesicht im Bett saß und die Augen geschlossen hielt.

»Den Rest kannst du erledigen«, sagte der Sergeant und steckte seinen Knüppel weg. Er keuchte, sein Gesicht war gerötet. Der Korporal versuchte am Waschbecken das Blut aus seiner Nase zu stillen.

»Schlimm, Jimmy?« fragte der Sergeant.

Der Korporal schüttelte den Kopf. Er nahm ein Handtuch, trocknete sein Gesicht ab und betastete die Nase. »Schon vorbei«, knurrte er. »Der Bursche hat einen Schlag wie ein Pferd.«

»Er muß verrückt geworden sein«, sagte der Sergeant. Sein Blick fiel auf den Wirt, der verstört neben ihnen stand und John anschaute. »Warten Sie vor der Tür!« sagte er zu ihm.

Der Wirt verstand ihn nicht. »Was sagt er?« fragte er den Polizeimeister.

»Sie sollen vor der Tür warten«, übersetzte der. Er betrachtete wieder Claire. »Was ist mit ihr?«

»Sie macht Schwierigkeiten«, antwortete der Sergeant. »Wenn sie nicht freiwillig mitgeht, mußt du einen Haftbefehl besorgen.«

Der Polizeimeister ging zu Claire hin. »Wir können Sie dazu zwingen, mitzukommen. Es ist für Sie besser, Sie tun es freiwillig.«

»Wozu brauchen Sie mich?« fragte sie mit geschlossenen Augen.

»Für die Zeugenaussage. Haben Sie Papiere?«

Sie nahm ihre Handtasche vom Nachttisch und holte ihren Paß heraus. Der Polizeimeister blätterte ihn langsam durch. »Sie wohnen in Thüngerstadt?«

Sie nickte.

»Bei wem?«

»Bei meinem Vater.«

»Hat er einen festen Beruf?«

Claire blickte ihn zum erstenmal an. »Er ist pensioniert. Bis vor einigen Jahren war er Direktor der Landesbibliothek.«

»In Thüngerstadt?«

»Ja.«

Der Polizeimeister blätterte wieder im Paß. Seit er mit der MP zusammenarbeitete, hatte er schon alle möglichen Dinge erlebt, aber nun wußte er nicht mehr, woran er war. »Was arbeiten Sie?« fragte er.

»Ich studiere Medizin.«

»Hier in Marburg?«

»Ja.«

»Es macht alles nur noch komplizierter.« Er blickte mit gerunzelter Stirn in den Paß. »Wußten Sie, daß er seinen Urlaub überschritten hat?«

Claire schüttelte den Kopf. »Wir wollten in einigen Wochen heiraten.«

»Das war uns nicht bekannt«, murmelte der Polizeimeister. Er blieb ein paar Sekunden unschlüssig stehen, dann wandte er sich an die beiden MP und sprach mit ihnen.

»Komisch«, sagte der Korporal, »ich hätte sie für eine Hure gehalten. Was meinst du, Jimmy?« – Der Sergeant zuckte mit den Schultern. »Der Leutnant muß sie mit einer anderen verwechselt haben. Ich kann nichts daran ändern.«

»Eines Tages melde ich mich zur Infanterie«, sagte der Korporal düster. Er betrachtete angewidert seine großen Hände, dann hob er ungeduldig den Kopf. »Das muß der Leutnant verantworten. Wir haben jedenfalls Befehl, sie mitzubringen.«

Ein Geräusch lenkte ihre Aufmerksamkeit zum Bett. Claire war aufgestanden. Sie zog ihren Morgenrock an und beugte sich über John. Einer der Schläge hatte seine Stirn getroffen, die Haut war aufgeplatzt, das rechte Auge verschwand unter einer rasch anschwellenden Beule.

Während sie auf ihn hinunterschaute, erinnerte sie sich, wie sie ihn zu Boden geprügelt hatten. Vielleicht hätte sie es verhindern können, wenn sie sich zwischen ihn und die Gummiknüppel gestellt hätte, aber sie war unfähig gewesen, sich zu bewegen, geradeso, als zwänge sie etwas dazu, es bis zum Ende durchzustehen, damit sie es fortan nicht mehr vergäße. Und nun schien es ihr, als ob alles in ihr zu Eis gefroren wäre.

»Es sieht schlimmer aus, als es ist«, sagte der Polizeimeister. »Haben Sie Heftpflaster hier?«

Es gehörte zu den Requisiten ihrer Handtasche. Sie befeuchtete ein

Handtuch und wusch das Blut von Johns Stirn. Als sie ihm das Pflaster auf die Wunde drückte, öffnete er die Augen. Er mußte schon vorher bei Bewußtsein gewesen sein, weil er sie sofort erkannte. »Haben sie dir etwas getan?« fragte er.

»Nein. Kannst du aufstehen?«

»Ich denke.«

Er schaffte es nicht ganz, der Korporal griff ihm unter die Arme. Sie beobachtete, wie er mit unsicheren Schritten zum Waschbecken ging, seinen Bademantel und die Pyjamajacke auszog und sich niederbeugte. Beim Anblick der blutunterlaufenen Striemen auf seiner Haut drehte Claire den Kopf weg.

Der Polizeimeister sprach wieder mit den MP. Dann verschwand er für eine kurze Weile durch die Tür und kehrte mit dem Wirt zurück. »Sie können sich in einem anderen Zimmer anziehen«, sagte er zu Claire. »Es ist auch für Ihren Verlobten besser, wenn Sie mitkommen.«

»Ich komme mit«, sagte Claire.

Der Polizeimeister war erleichtert. »Es handelt sich nur um eine Formalität, Sie können anschließend sofort wieder gehen. Vergessen Sie Ihren Mantel nicht, es ist kalt draußen.«

Im Korridor brannte jetzt Licht, der Wirt führte Claire zu einer Tür.

»Kann ich ein paar Worte mit ihr sprechen?« fragte er den Polizeimeister.

»Ich habe nichts dagegen.«

Im Zimmer machte der Wirt die Tür hinter sich zu. »Sie haben noch ein Guthaben bei mir«, sagte er verlegen. »Wollen Sie das Geld wieder zurückhaben?«

»Es wird das beste sein«, antwortete Claire und legte ihre Kleider auf einen Stuhl. »Ich ziehe morgen in ein anderes Gasthaus.«

»Das tut mir leid«, murmelte der Wirt. Er trug nur eine Weste über seinem Hemd und betrachtete bekümmert seine Schuhspitzen. »Sie werden verstehen, daß ich auf so etwas nicht gefaßt war. Müssen Sie unbedingt in ein anderes Gasthaus?«

Claire trat ans Fenster und preßte die Stirn gegen die kalte Scheibe.

»Ich nehme an, es ist Ihnen lieber so.«

»Ich bin Geschäftsmann«, sagte der Wirt ruhig. »Solange ich durch diese Sache keinen Schaden habe, kümmere ich mich nicht darum. Ich hätte ein schönes Einzelzimmer für Sie.«

»Sie vergessen, daß ich jeden Morgen auf die Universität muß.«

»Bleibt Ihr Wagen nicht hier?«

»Ich habe noch keinen Führerschein.«

»Sie können den Omnibus nehmen«, sagte der Wirt. »Er ist kurz vor acht Uhr in Marburg.«

Claire schwieg. Nach einer Pause sagte sie: »Ich weiß noch nicht, was ich tun werde.«

»Selbstverständlich«, sagte der Wirt. »Ich wollte Sie nur darauf aufmerksam gemacht haben. Sie können hier wohnen bleiben, solange Sie wollen.«

Er ging wieder auf den Flur hinaus, wo er von dem Polizeimeister erwartet wurde. »Sie haben für einen ganzen Monat vorausbezahlt«, sagte er zu ihm. »Wer hätte schon mit so etwas gerechnet! Mir gegenüber haben sie sich als verheiratet ausgegeben.«

»Auf ihrem Meldezettel auch?«

Der Wirt trocknete sich mit einem Taschentuch den Schweiß von der Stirn. »Sie wohnen noch nicht lange hier, ich habe ihnen den Meldezettel mit aufs Zimmer gegeben und ihnen gesagt, daß sie ihn ausfüllen sollen. Vielleicht haben sie ihn inzwischen meiner Frau abgeliefert.«

»Sie wissen genau, daß er schon am ersten Tag ausgefüllt werden muß«, sagte der Polizeimeister.

»Ich wollte sie nicht drängen. Normalerweise tut man das, aber sie hatten vor, drei Monate bei mir wohnen zu bleiben, da ist man nicht so penibel.«

Der Polizeimeister stutzte. »Drei Monate?«

»Bis sie ihr Examen hat«, sagte der Wirt. »Solche Gäste kriegt man nicht alle Tage. Wer vermutet hinter einem Mädchen, das in einem Vierteljahr seinen Doktor macht, schon etwas Schlimmes! Mir ist egal, wer wen heiratet, solange bei mir einer pünktlich sein Zimmer ...«

Er verstummte und sah zu John hin, der mit den beiden MP aus dem Zimmer kam.

»Wir warten unten«, sagte der Sergeant zum Polizeimeister. »Sie soll sich beeilen.«

Der Polizeimeister nickte. Er beobachtete, wie sie John in ihre Mitte nahmen und die Treppe hinunterstiegen.

»Hat er sich widersetzt?« fragte der Wirt.

»Sie schlagen nur, wenn sie angegriffen werden. Wenn er sich ruhig verhalten hätte, wäre er mit einer einfachen Degradierung davongekommen.«

»Und so?«

Der Polizeimeister zuckte mit den Schultern.

Er war schon halb entschlossen, nach Claire zu schauen, als sie die Tür öffnete. Sie war fertig angezogen und wandte sich sofort an den Wirt: »Sie müssen mir einen Hausschlüssel mitgeben. Ich weiß nicht, wann ich zurückkomme.«

»Ich hole ihn«, sagte der Wirt.

Auf dem Weg zum Wagen schob Claire die Hände in die Manteltaschen. Ein kalter Wind trieb ihr Schnee ins Gesicht, aber sie spürte ihn nicht.

John saß mit dem Sergeant im Fond, der Korporal rauchte eine Zigarette. »Halb eins«, sagte er. »Wird höchste Zeit.«

»Kann ich mich neben ihn setzen?« fragte Claire, während sie John anschaute.

Der Korporal grinste. »Wir sind keine Unmenschen.«

Er holte eine Zigarettenpackung aus der Tasche, hielt sie zuerst dem Polizeimeister, dann dem Sergeant und am Schluß John hin.

»Rauchen Sie auch?« fragte er Claire.

Sie gab keine Antwort. Ihr Gesicht war noch genauso starr wie vor einer Viertelstunde.

»Dann eben nicht«, sagte der Korporal. Er hatte ihr gegenüber ein schlechtes Gewissen, aber schließlich war es nicht seine Schuld, wenn er sie für eine Hure gehalten hatte. Ein Mädchen, das etwas auf sich hielt, wohnte nicht mit einem Schwarzen im Hotel.

Der Wirt brachte den Haustürschlüssel. Er gab ihn Claire und blieb neben dem Wagen stehen. »Überlegen Sie sich, was ich Ihnen vorgeschlagen habe«, sagte er. »Ich würde Ihnen das Zimmer genauso gemütlich einrichten wie das andere.«

»Wir reden später darüber«, sagte Claire.

Während sie durch das dichte Schneetreiben zur Stadt fuhren, lehnte sie den Kopf an Johns Schulter. Er saß zwischen ihr und dem Sergeant, und jedesmal, wenn er an seiner Zigarette sog, konnte sie sein verschwollenes Gesicht sehen.

»Was sollst du dir überlegen?« fragte er.

»Er hat mir vorgeschlagen, im Gasthaus zu bleiben und ein Einzelzimmer zu nehmen.«

»Das würde ich dir auch raten«, sagte John. »Ich weiß dann immer, wo du bist.«

»Was werden sie mit dir tun?«

»Wahrscheinlich stecken sie mich in die Militärstrafanstalt nach Mannheim. Bis ich entlassen werde, habe ich meine Militärzeit herum.«

»Kann ich dich besuchen?«

»Sicher. Es ist mir lieber, als wenn sie mich nach Korea versetzen; ich wollte nicht von dir fort.«

Claire tastete im Dunkeln nach seiner Hand und hielt sie fest. Er brauchte ihr jetzt nichts mehr zu erklären.

6

Als Sam in die Schreibstube kam, saßen Chumley und Perkins mit mürrischem Gesicht am Tisch und rauchten. Chumley hatte die Füße auf den Tisch gelegt. Er veränderte seine Haltung auch nicht, als Sam den Schnee von seinem Anzug klopfte und sich zu ihnen setzte.

»Der Mann macht mich noch schwach!« sagte Perkins fassungslos. »Was tust du um diese Zeit hier?«

»Er ist schon zu lange verheiratet«, sagte Chumley und blickte starr in Sams Gesicht. »Hast du Mary abgeholt?«

»Zehn Minuten zu spät«, antwortete Sam, »verdammte zehn Minuten. Habt ihr einen Whisky?«

»Hat's Stunk gegeben?« fragte Perkins erwartungsvoll.

»Wenn du verheiratet bist«, sagte Chumley, »hast du immer Stunk.« Er öffnete, ohne seine Haltung zu verändern, den Schreibtisch und brachte eine Flasche zum Vorschein.

»Bier?« fragte Sam enttäuscht.

Chumley grinste. »Wenn du Ansprüche stellst, mußt du in den Club. Hat sie dich gesehen?«

»Mary?«

»Wer sonst?«

»So dumm bin ich nicht«, sagte Sam und setzte die Flasche an den Mund. Die Rückfahrt durch das dichte Schneetreiben war noch anstrengender gewesen als die Hinfahrt, er würde sie so rasch nicht vergessen.

Chumley blickte auf seine Armbanduhr. Es war fünf Minuten nach halb zwei; lange konnte es nicht mehr dauern. Im Grunde war er froh, daß Sam keinen Erfolg gehabt hatte. So würde alles seinen geordneten Lauf nehmen, und es erübrigte sich, nachträglich Betrachtungen darüber anzustellen, ob man richtig gehandelt habe. Es war eine vorübergehende seelische Migräne gewesen, ein kleiner Ausrutscher auf dem schlüpfrigen Boden der Sentimentalität, und nun war er wieder frei und ohne Skrupel. Er hatte mehr getan, als jeder andere Mann an seiner Stelle getan hätte, und er brauchte sich nichts mehr vorzuwerfen, weder nach der einen noch nach der anderen Seite.

»Brauchen verdammt lange«, sagte er und nahm die Füße vom Tisch. »Sie sind jetzt schon viereinhalb Stunden unterwegs.«

»Du kannst bei diesem Wetter zwei Stunden für eine Fahrt rechnen«, sagte Sam. »Die Straße ist glatt wie ein Rutschbrett.« Er stand nervös auf und ging zum Fenster. »Ich habe mir das überlegt«, sagte er. »Sie haben doch einen deutschen Polizisten mitgenommen?«

Chumley drehte ihm träge das Gesicht zu. »Und?«

»Er wird feststellen, daß sie nicht ein x-beliebiges Mädchen ist«, sagte

Sam. »Wenn er den Namen ihres Vaters hört, wird er vorsichtig werden.«

»Das glaubst du?«

»Du nicht?«

Chumley war anderer Meinung, aber er fühlte sich nicht zum Diskutieren aufgelegt.

»Trotzdem verstehe ich nicht, weshalb du zu spät gekommen bist«, sagte Perkins, der noch mit ihrem ersten Thema beschäftigt war. »Du bist doch so früh weggegangen!«

»Hatte vorher noch etwas zu erledigen«, antwortete Sam kurz.

»Und jetzt traust du dich nicht nach Hause?« fragte Perkins grinsend.

»Sie ist mindestens zehn Zentimeter größer als er«, sagte Chumley.

Mary gehörte zu den wenigen Frauen, die ihm Respekt einflößten, weil sie selbstsicher, aus vermögender Familie und in den Jahren war, wo ein Mann ihr nichts mehr vormachen konnte. Zudem hatte sie sich trotz der beiden Kinder eine vorzügliche Figur bewahrt.

Sams Nervosität wirkte ansteckend auf Perkins, er trat zu ihm ans Fenster, aber es dauerte noch eine Viertelstunde, bis der Wagen der MP vorgefahren kam.

»Du kannst noch einmal hereinkommen, wenn alles vorbei ist«, sagte Chumley zu Sam. »Es ist besser, Horne sieht dich nicht.«

Sie gingen zu dritt auf die Straße. An der Tür begegneten sie dem MP-Sergeant.

»Wohin mit ihnen?« fragte er.

Chumley schaute zum Wagen hin. »In die Schreibstube. Ist alles gut gegangen?«

»Wir sind zufrieden. Ist der Leutnant hier?«

»Perkins bringt dich zu ihm«, sagte Chumley.

Er kehrte in die Schreibstube zurück, stellte die leere Bierflasche weg und räumte ein wenig auf. Als der Korporal mit John und Claire hereinkam, stand er am Fenster und sah ihnen entgegen.

Am Schluß betrat der Polizeimeister die Schreibstube. Er war Chumley bekannt und gab ihm die Hand.

»Immer die B-Kompanie!« sagte er. »Was ist los mit euch?«

Chumley gab keine Antwort. Er starrte mit schmalen Augen Claire an, die sich ohne Aufforderung auf einen Stuhl gesetzt hatte.

John stand einen Schritt neben ihr, sein Gesicht war bis zur Unkenntlichkeit angeschwollen. »Muß 'ne harte Arbeit gewesen sein«, sagte Chumley langsam.

Der Korporal grinste. »Nur in der ersten Minute.«

»Wie ist es passiert?«

»Wie immer«, antwortete der Korporal gleichgültig. Er steckte sich eine Zigarette an und sah sich gelangweilt in der Schreibstube um.

Sekunden später tauchte Horne auf, mit ihm der MP-Sergeant und Perkins. Er setzte sich sofort an den Tisch, schlug die Beine übereinander und betrachtete zuerst Claire und dann John. Sein schmales Gesicht war ohne Ausdruck.

»Sie sind der vorsätzlichen Fahnenflucht beschuldigt, Sergeant«, sagte er mit leiser Stimme. »Sie sind ferner beschuldigt, die Militärpolizei in der Ausübung ihrer Pflicht aufs schwerste behindert zu haben. Sie haben dem Ansehen der Armee in der Öffentlickeit geschadet, sich des Widerstandes gegen ihre vollziehenden Organe und der schweren Körperverletzung schuldig gemacht. Haben Sie etwas dazu zu sagen?«

John schwieg. Er hatte zwei Stunden lang Zeit gehabt, intensiv nachzudenken, und er hatte Klarheit darüber gewonnen, daß alles, was er zu seiner Verteidigung anführen könnte, in indirekter Weise Claire belasten müßte. Ihretwegen hatte er sich zur Desertion entschlossen, und ihretwegen hatte er den Korporal niedergeschlagen. Wenn er es zur Sprache brachte, würde man sie auch zu der Verhandlung vor dem Militärgericht heranziehen, sie würde peinliche Verhöre über sich ergehen lassen müssen und den ständigen Anfeindungen Hornes ausgesetzt sein. Die Militärstrafanstalt war keine schöne Sache, und er hatte schon zuviel darüber gehört, als daß er sich irgendwelche Illusionen gemacht hätte. Aber sie war gleichzeitig die einzige Möglichkeit, seine Versetzung nach Korea zu verhindern, und wenn er seine Strafe abgesessen hatte, würde er aus der Armee entlassen werden.

Er hatte sich alles gut überlegt, und vielleicht war dies sogar die bessere Lösung. Es war doch etwas anderes, eine Desertion zu planen, als sie in die Tat umzusetzen, und die vergangenen drei Tage waren nur ein kleiner Vorgeschmack dessen gewesen, was in Zukunft auf ihn gewartet hätte. Er war des dauernden Versteckspiels rascher überdrüssig geworden, als er sich selbst gegenüber hatte eingestehen wollen. Und wenn er es ruhig betrachtete, war er nicht einmal sehr unglücklich über seine Verhaftung, obgleich sie genau das herbeiführen würde, was er unter allen Umständen hatte vermeiden wollen. Aber das Zusammenleben mit Claire in den letzten Wochen war nicht ohne Einfluß auf seine Denkweise geblieben, auch wenn es ihm keinen Augenblick lang bewußt geworden war. In gleichem Maße, wie er Einblick in ihre Mentalität gewonnen hatte, verlor auch seine Furcht, er könnte ihr seiner Hautfarbe wegen eines Tages überdrüssig werden, ihre Berechtigung, wodurch zwangsläufig auch sein Hauptargument gegen eine vorübergehende Trennung unwichtig wurde. Sie hätte sich niemals damit einverstanden erklärt, über sein Geld zu verfügen, wenn sie sich der Beständigkeit ihrer Empfindungen für ihn nicht absolut sicher gewesen wäre. Spätestens in einem Jahr würde er zu ihr nach Paris fahren, sein Studium wiederaufnehmen und sein Examen machen. Bis dahin würden sich auch die Verhältnisse in Rhodesien geändert haben. Die Zeit arbeitete gegen die Settler und ihre Regierung, und er hatte keine Ursache, zu verzweifeln. Er hatte überhaupt keine Ursache, zu verzweifeln, er hatte viel mehr erreicht, als er noch vor einigen Wochen für möglich gehalten hatte, und nun fühlte er sich wie ein Mann, der von einer langen und mühsamen Reise nach Hause kommt. Er war müde, sonst nichts. Wie von sehr weit her vernahm er wieder die Stimme des Kompanieführers, und er schüttelte den Kopf, ohne seine Frage verstanden zu haben. Dann sah er, daß der Leutnant ihn ungläubig anstarrte. Es berührte ihn in dieser Sekunde eigenartig, daß Horne ihm nie unsympathisch gewesen war. Es gab eine ganze Anzahl von Offizieren im Bataillon, die ihm schon rein äußerlich weniger zusagten als er, aber mit ihnen hatte er nie Differenzen gehabt. Auch das gehörte zu jenen Absonderlichkeiten menschlicher Beziehungen, die ihm seit achtundzwanzig Jahren auf Schritt und Tritt begegnet waren, und er würde sie wohl nie ganz begreifen.

Der Leutnant starrte ihn noch immer an. Er war auf alles mögliche gefaßt gewesen, nur nicht auf dies, und obgleich er sich nichts Besseres wünschen konnte, fühlte er sich auf eine hinterhältige Weise düpiert, ähnlich einem Schauspieler, der sich mit viel Sorgfalt auf eine tragende Rolle vorbereitet hat und am Abend der Premiere die eines Statisten übernehmen muß. – »Sie haben nichts zu Ihrer Verteidigung vorzubringen?« wiederholte er ungläubig.

Diesmal hatte John ihn verstanden, er sagte deutlich: »Nein, Sir.«

»Warum sind Sie desertiert?«

»Darüber möchte ich keine Auskunft geben, Sir.«

Horne stand auf. Er hatte alles erreicht, was zu erreichen er sich vorgenommen hatte, aber irgendwo fehlte etwas, und es beunruhigte ihn. Vielleicht, weil es zu glatt gegangen war, zu anspruchslos, um Genugtuung darüber zu empfinden. Vier Stunden lang hatte er sich auf dieses Verhör vorbereitet, vier Stunden lang hatte er sich mit allen Argumenten auseinandergesetzt, die ein Mann wie John Baako zu seiner Verteidigung vorbringen konnte, und nun war alles umsonst gewesen; die Vorbereitungen, die nächtliche Szenerie und der Aufwand an Personal. Er sah sich um seinen Auftritt betrogen, um jene letzte Selbstbestätigung, die ihm jedesmal versagt blieb.

Er wandte sich an den MP-Sergeanten: »Sie haben es gehört. Nehmen Sie es mit ins Protokoll. Sobald es fertig ist, möchte ich es lesen.«

»Jawohl, Sir«, sagte der Sergeant. »Soll das Mädchen auch vernommen werden?«

»Nach allem, was ich gehört habe, erübrigt es sich.«

»Warum haben Sie mich dann hierher bringen lassen?« fragte Claire, die jedes Wort verstanden hatte.

Horne drehte sich rasch nach ihr um. Seltsamerweise hatte er nicht damit gerechnet, daß sie Englisch sprach, aber es war auch unwichtig. Sie hatte die ihr zugedachte Funktion erfüllt und war jetzt überflüssig geworden. Eine Aussage von ihr vor dem Militärgericht hätte höchstens die Richter zugunsten des Sergeanten beeinflussen können, und daran war Horne genausowenig gelegen wie an einer Erörterung der früheren Differenzen zwischen ihm und John Baako. Daß ihre Persönlichkeit seinen Erwartungen völlig widersprach, berührte ihn in der Sache nur wenig. Es war höchstens ein Grund mehr, sie so rasch und so unauffällig wie möglich wieder loszuwerden.

Er erwiderte kühl ihren Blick. »Wenn Sie sich auf solche Situationen einlassen, dürfen Sie sich über Unannehmlichkeiten nicht wundern.«

»Ich verstehe«, sagte Claire und richtete das Wort an John: »Ist das der kleine Offizier, von dem du mir soviel erzählt hast?«

»Ja.«

»Es ist merkwürdig«, sagte sie, »aber ich habe ihn mir kein bißchen anders vorgestellt.«

Sie hatte sehr laut gesprochen, und die Stille hinterher hatte etwas von der tödlichen Ruhe nach einer schweren Explosion. Horne wurde rot. Es war ihm entsetzlich, aber er konnte es nicht verhindern. Als er die Schreibstube verließ, sah es wie eine Flucht aus.

»Das wär's!« sagte Chumley. Er setzte sich auf den Stuhl, von dem der Leutnant gerade aufgestanden war, und blickte die Männer der Reihe nach an; sie wußten nicht recht, was sie tun sollten.

Der MP-Sergeant schob sich den Helm aus der Stirn. »Du mußt das Mädchen zurückbringen lassen«, sagte er zu Chumley. »Ich fahre heute nacht nicht mehr nach Marburg.«

»Vielleicht will die deutsche Polizei noch etwas von ihr.«

Der Polizeimeister schüttelte den Kopf. Er stimmte mit dem, was Claire gesagt hatte, überein, aber es stand ihm nicht zu, seine private Meinung zu äußern. »Für mich ist die Sache erledigt.«

»Für mich auch«, sagte der Korporal angewidert.

Perkins grinste. »Es geht mich ja nichts an.«

»Das ist genau das, was ich dir im Moment nahelegen wollte«, knurrte Chumley und betrachtete John. Er hatte ihn nie so bewundert wie gerade jetzt. »Du wirst dich verabschieden müssen.«

John nickte. Als er Claire anschaute, stand sie langsam auf. »Vielleicht hättest du noch etwas sagen sollen«, murmelte sie.

»Es lohnte sich nicht.«

»Ich habe es gemerkt«, sagte Claire und senkte den Kopf. »Wie erfahre ich, wo du bist?«

»Sam kann es dir sagen. Er stand draußen auf der Straße.«

»Als wir kamen?«

»Ja.«

Sie betrachtete mit angestrengtem Gesicht den Fußboden, während die Männer sie alle anstarrten. »Ich möchte nicht, daß sie uns jetzt zusehen, John.«

»Ich werde dir alles schreiben«, sagte er und wandte sich an den MP-Sergeanten: »Ich bin soweit.«

Claire blieb mit gesenktem Kopf stehen, bis die Tür hinter ihnen zuschlug. Als sie aufsah, begegnete sie dem Blick des Hauptfeldwebels, der sie eigenartig anschaute.

»Warten Sie hier«, sagte er, »ich besorge Ihnen einen Wagen.«

Sam stand an der Tür zum Stabsgebäude; die MP war bereits weggefahren.

»Eines Tages laufe ich dieser Armee auch davon«, sagte er düster.

Chumley sah über seinen Kopf hinweg in das dichte Schneetreiben.

»Mir fiel nichts mehr ein. Was werden sie ihm geben?«

»Unter einem Jahr kommt er nicht weg. Ich brauche einen, der das Mädchen zurückbringt.«

»Deshalb bin ich hier«, sagte Sam. »Ich werde mir ewig Vorwürfe machen, daß ich es ihm geschrieben habe.«

»Mit Korea?«

»Als er es gelesen hat, muß er den Kopf verloren haben.«

»Er hat ihn schon viel früher verloren«, sagte Chumley verächtlich. Er war sich jetzt seiner Sache nicht mehr ganz so sicher wie vor einigen Stunden, aber wenn an dieser Geschichte wirklich etwas dran war, hätte er weder Sam noch John damit gedient, das Mißverständnis aufzuklären.

»Daß er deshalb desertiert ist«, sagte er, »wird ihm kein Militärgericht abnehmen.«

»Was hat er gesagt?«

»Genau das, was ich an seiner Stelle auch gesagt hätte. Wenn er das Mädchen nicht mit hineinziehen will, muß er seine Story für sich behalten. Die Militärstrafanstalt ist für einen Idioten wie ihn der einzige Platz auf der Welt, die Armee zu überleben. Hol deinen Wagen!«

Er kehrte in das Stabsgebäude zurück. Auf dem Korridor begegnete er Perkins.

»Sie spricht nicht mit gewöhnlichen Leuten«, sagte er. »Ich habe sie gefragt, ob sie einen Becher Kaffee will.«

Chumley zog die Oberlippe von den Zähnen. »Eine Lady trinkt nicht aus einem Becher. Ist sie noch drin?«

»Ja. Sie schaute mich an, als ob ich dafür verantwortlich wäre.«

»Das kommt davon, weil du immer ein schlechtes Gewissen hast«, sagte Chumley. Er hatte plötzlich Hemmungen, allein zu Claire in die Schreibstube zu gehen, und blickte von einem Fenster aus auf die verschneite Straße des Kasernenhofs.

»Wenn du mir einen Fahrbefehl gegeben hättest«, sagte Perkins, »hätte ich sie nach Marburg gebracht. Es hätte mir nichts ausgemacht.«

»Ich habe auf den guten Ruf der Armee zu achten«, sagte Chumley.

Sie blieben am Fenster stehen, bis Sam hereinkam. »Sie ist in der Schreibstube«, sagte Chumley.

Er beobachtete, wie er hineinging und die Tür hinter sich zumachte.

»Trotzdem verstehe ich nicht, weshalb John desertiert ist«, meinte Perkins. »Der Mann war mir schon immer ein Rätsel. Es würde mich nur interessieren, was so ein Mädchen wie sie an ihm findet.«

Es war die gleiche Frage, die Chumley beschäftigte, seit er Claire gesehen hatte, aber er wußte keine Antwort darauf.

»Vielleicht hat er etwas an sich, was wir nicht haben«, sagte Perkins grinsend.

»Oder sie.«

Perkins hörte auf zu grinsen. »Das ist mir zu hoch.«

»Mir auch«, knurrte Chumley, und es war so ungewöhnlich bei ihm, daß Perkins vor Verwunderung den Mund offen behielt. Er machte ihn erst wieder zu, als Sam und Claire aus der Schreibstube kamen.

Chumley ging mit ihnen auf die Straße, wo Sams großer Wagen stand. »Ich würde dir empfehlen, Schneeketten aufzulegen«, sagte er.

Sam blickte eine Sekunde lang in den dunklen Himmel, aus dem dicht und gleichmäßig der Schnee fiel. »Ich habe ihr vorgeschlagen, bei uns zu übernachten.«

»Wie vor sieben Wochen«, sagte Chumley.

Sam drehte ihm schnell das Gesicht zu. »Du hast es gewußt?«

»Habe 'ne direkte Rohrpostleitung zum lieben Gott«, sagte Chumley.

Er sah noch zu, wie Sam die Wagentür öffnete, dann schob er die Hände in die Taschen und ging wieder in das Stabsgebäude hinein. Irgendwo auf der Schreibstube mußte noch eine Flasche Whisky stehen, und er zwang sich, an nichts anderes zu denken.

Sam half Claire beim Einsteigen. Als sie im Wagen saß, kamen ihr Tränen, aber sie wurde rasch damit fertig. Sie war schon damit fertig geworden, als sie während der Fahrt hierher Johns Hand festgehalten hatte. Nach seiner Entlassung würden sie heiraten. Dies war erst der Anfang, aber eines Tages würde sie sich daran gewöhnt haben, auf ihn zu warten. Sie würde auch keine Zeit mehr finden, sich selbst zu bemitleiden. Sie würde ihr Examen machen, in Paris auf das Tropeninstitut gehen und sich künftig nicht mehr damit begnügen müssen, beim Anblick eines todkranken Negerjungen in hilflosem Entsetzen nach einem Arzt zu fragen. Sie war fünfundzwanzig Jahre alt und zum erstenmal in ihrem Leben von einem Gedanken besessen, der sie fortan keinen Augenblick lang mehr losließ.

Als Sam in den Wagen kam, saß sie ruhig auf ihrem Platz und blickte ihm entgegen.

»Es war der Hauptfeldwebel«, sagte er. »Früher dachte ich immer, er hätte etwas gegen John.«

»Jetzt nicht mehr?«

»Ich habe mich in ihm getäuscht. Er ist schwierig, aber man kann sich auf ihn verlassen; er sieht nur so aus.«

»Mir war er sympathisch«, sagte Claire. »John hat mir nie etwas von ihm erzählt.«

Sam nickte. »Das ist oft so.« Er ließ den Motor an und starrte ein paar Sekunden geistensabwesend durch die Windschutzscheibe.

»Man hat immer irgendein Brett vor dem Kopf«, sagte er dann.

Willi Heinrich ein Meister des psychologischen Unterhaltungsromans

Willi Heinrich wurde 1920 in Heidelberg geboren. Sein Vater, ein immer wieder von Arbeitslosigkeit betroffener Kaufmann, war aus finanziellen Gründen nicht in der Lage, seinem Sohn eine höhere Schulbildung zu ermöglichen. Nach Abschluß einer kaufmännischen Lehre arbeitete Willi Heinrich in einer Lebensmittelgroßhandlung in Karlsruhe, bis er 1938 zum Arbeitsdienst und daran anschließend zum Wehrdienst einberufen wurde.

Im Verlauf des Zweiten Weltkrieges, den er als Funker an der Ostfront miterlebte, wurde er fünfmal verwundet. 1945 kehrte er aus dem Krieg zurück. Zwei Jahre lang schrieb er abends und an den freien Wochenenden seinen Roman *Das geduldige Fleisch.*

Schon mit diesem Roman gelang ihm der Durchbruch zum international anerkannten Bestseller-Autor. Sein von der Kritik begeistert aufgenommenes Erstlingswerk, das oft mit Norman Mailers *Die Nackten und die Toten* verglichen wurde, war der Versuch, die traumatischen Kriegsereignisse zu überwinden. Elf Verlage lehnten das Werk ab, bis es 1955 endlich bei der Deutschen Verlagsanstalt erscheinen konnte.

Die starke Resonanz auf diesen Roman, er erschien in über 50 Ländern, und der ungewöhnliche Erfolg dieses Buches ermöglichten es Heinrich, seinen Beruf aufzugeben und sich ganz der Schriftstellerei zu widmen.

Während auch sein zweiter Roman *Der goldene Tisch* (1956) in das Geschehen des Zweiten Weltkrieges eingebettet ist, widmet der Autor sich in den darauffolgenden Romanen *Die Gezeichneten* und *Alte Häuser sterben nicht* dem literarischen Porträt der deutschen Nachkriegsgesellschaft.

Genau und realitätsnah beschreibt er die handelnden Personen. Seine Charaktere sind glaubhaft und lebendig, ihre Handlungsweise wird für den Leser nachvollziehbar dargestellt. Auch in seinen späteren Romanen, die gesellschaftspolitische und zeitkritische Themen aufgreifen, gelingt es Heinrich immer wieder, den Leser durch sein erzählerisches Talent zu fesseln.

Heinrichs Genauigkeit im psychologischen Detail, die Gegenwartsbezogenheit und Authentizität der von ihm gewählten Stoffe veranschaulichen, daß seine Bücher mehr sind als nur oberflächliche Unterhaltungsliteratur. Willi Heinrich ist vielmehr ein Schriftsteller, der durch seine Sensibilität und seinen Blick für das Zeitsymptomatische, Betroffenheit auszulösen vermag. Er sieht seine Aufgabe als Schriftsteller darin, »Verständnis für Außenseiter zu wecken, für Leute, die irgendwie von der Norm abweichen«. Seine Romane sind, wie er sagt, »das Ergebnis von zielstrebiger Konzentration und beharrlicher Disziplin«.

Willi Heinrich
Lieferbare Titel

(Stand Februar 1986)

Allein gegen Palermo
(01/6262)

Alte Häuser sterben nicht

Ferien im Jenseits

Freundinnen und andere
Erzählungen (01/6530)

Geometrie einer Ehe
(01/931)

Die Gezeichneten
(01/5542)

Gottes zweite Garnitur
(01/977)

Eine Handvoll Himmel
(01/5907)

Herzbube und Mädchen
(01/6156)

In einem Schloß zu wohnen
(01/5585)

Jahre wie Tau

Liebe und was sonst noch
zählt (01/5727)

Männer zum Wegwerfen

Maiglöckchen oder ähnlich

Ein Mann ist immer
unterwegs

Mittlere Reife

Schmetterlinge weinen nicht

So long, Archie

Steiner – Das geduldige
Fleisch

Traumvogel

Vermögen vorhanden
(01/6468)

*Die Bandnummern der
Heyne-Taschenbücher
sind jeweils in Klammern
angegeben.*